Diogenes Taschenbuch 24459

EVELYN WAUGH, geboren 1903 in Hampstead, war Maler, Lehrer, Reporter und Kunsttischler, bis er in der Schriftstellerei sein Metier fand und zu einem der wichtigsten englischen Autoren des 20. Jahrhunderts wurde. Im Krieg diente Waugh als Offizier. Waugh, der seit seiner Studienzeit eine Neigung zu dandyhafter Extravaganz pflegte, liebte es, das Publikum durch kontroverse Äußerungen zu provozieren. Er starb 1966 in Taunton (Somerset).

Evelyn Waugh

Ohne Furcht und Tadel

ROMAN

Aus dem Englischen von
Werner Peterich

Diogenes

Titel der 1965 bei Chapman & Hall, London,
erschienenen Originalausgabe: ›Sword of Honour‹
›Sword of Honour‹ umfasst die drei Romane
›Men at arms‹ (1952), ›Officers and Gentlemen‹ (1955)
und ›Unconditional Surrender‹ (1961),
die der Autor 1965 überarbeitete und
zu einem Roman vereinte
Copyright © 1952, 1955, 1961, 1965 by Evelyn Waugh
All rights reserved
Der Roman erschien auf Deutsch erstmals 1979
im Albrecht Knaus Verlag
Die Übersetzung wurde für die
2016 erstmals im Diogenes Verlag
erschienene Ausgabe durchgesehen
Das Vorwort des Autors wurde von Marion Hertle
aus dem Englischen übersetzt
Covermotiv: Foto von Norman Parkinson,
›Model Enid Boulting trägt Hardy Amies‹,
British Vogue, Februar 1951
Copyright © Norman Parkinson Archive

Veröffentlicht als Diogenes Taschenbuch, 2018
Alle deutschen Rechte vorbehalten
Copyright © 2016
Diogenes Verlag AG Zürich
www.diogenes.ch
30/18/36/1
ISBN 978 3 257 24459 5

Inhalt

Für

CHRISTOPHER SYKES

ROBERT LAYCOCK

und

MARGARET FITZHERBERT
in Liebe wie eh und je

Vorwort des Autors

Die drei Bücher, aus denen dieser neu durchgesehene Band besteht, erschienen nacheinander innerhalb von zehn Jahren und mit dem wenig aufrichtigen (dem kommerziellen Interesse geschuldeten) Versprechen, dass jedes als eigenständiges, unabhängiges Werk gelesen werden könne. Vom Leser zu erwarten, sich die verschiedenen Charaktere zu merken, geschweige denn einer fortlaufenden und fortgeführten Handlung zu folgen, war unangemessen. Es kam zu Wiederholungen und Unstimmigkeiten, die in dieser Ausgabe hoffentlich beseitigt sind. Außerdem habe ich Passagen gestrichen, die beim erneuten Lesen langatmig wirkten.

Das Ergebnis soll (wie ursprünglich geplant) als eine einzige Geschichte gelesen werden. Mein Vorhaben war es, den Zweiten Weltkrieg aus der Sicht eines einzelnen, ziemlich untypischen Engländers zu beschreiben und dessen Auswirkungen auf ihn darzustellen. Zu diesem Zweck habe ich drei Clowns erfunden, die eine prominente Rolle in der Struktur der Geschichte einnehmen, aber nicht in ihrer Thematik.

Als ich nun das Buch las, erkannte ich, dass etwas entstanden war, das gar nicht meiner ursprünglichen Absicht entsprach. Ich hatte einen Nachruf auf die römisch-katholische Kirche in England geschrieben, wie es sie jahrhundertelang gegeben hat. Doch die Rituale und viele der Ansichten, die hier beschrieben werden, sind längst überholt. Mit *Wiedersehen mit Brideshead* verfasste ich ganz bewusst einen Nachruf auf die dem Untergang geweihte englische Oberschicht. Aber als ich *Ohne Furcht und Tadel* schrieb, kam es mir nie in den Sinn, dass auch die Kirche dem Wandel unterworfen sein könnte. Das war ein Irrtum, und ich habe damals etwas als vorübergehend eingestuft, was eine Revolution mit dauerhaften Folgen sein sollte. Trotz vieler gläubiger Figuren war *Ohne Furcht und Tadel* kein ausgesprochen religiöses Buch. Aktuelle Entwicklungen haben daraus jedoch ein Dokument der katholischen Bräuche gemacht, wie es sie in meiner Jugend noch gab.

E. W.
Combe Florey 1964

I

Schwert der Ehre

I

Als Guy Crouchbacks Großeltern, Gervase und Hermione, in ihren Flitterwochen nach Italien kamen, hielten französische Truppen die Befestigungsanlagen von Rom besetzt, der Pontifex Maximus fuhr im offenen Wagen aus, und die Kardinale ritten im Damensattel auf dem Pincio spazieren.

Gervase und Hermione wurden in einer Reihe mit Fresken ausgemalter Palazzi willkommen geheißen. Papst Pius empfing sie bei einer Privataudienz und erteilte der Verbindung zweier englischer Familien, die für ihren Glauben gelitten, aber gleichwohl ein gutes Maß an materiellen Gütern behalten hatten, seinen ganz besonderen Segen. Die Kapelle in Broome hatte in all den Dürrejahren nie ohne Priester auskommen müssen, und die Ländereien von Broome erstreckten sich unvermindert und durch Hypotheken unbelastet von den Quantocks bis zu den Blackdown Hills. Vorfahren beider Familien waren auf dem Schafott gestorben. Die Stadt, mittlerweile von einer Welle illustrer Konvertiten überspült, erinnerte sich noch immer in aller Ehre ihrer alten Waffengefährten.

Gervase Crouchback strich sich über den Backenbart und fand respektvolle Zuhörer für seine Ansichten zur irischen Frage sowie zur katholischen Mission in Indien. Hermione stellte ihre Staffelei inmitten der Ruinen auf, und während sie malte, las Gervase ihr laut aus den Gedichten von Tennyson und Patmore vor. Sie war hübsch und sprach drei Sprachen;

er entsprach allem, was Römer sich von einem Engländer erwarteten. Überall wurde das glückliche Paar gepriesen und umworben, doch es war nicht alles eitel Sonnenschein bei den beiden. Kein Zeichen oder Hinweis verriet ihren Kummer, doch wenn die letzten Wagen davonrollten und sie in ihre ehelichen Gemächer hinaufstiegen, klaffte ein trauriger Abgrund zwischen ihnen, entstanden aus Bescheidenheit, Zartgefühl und Unschuld, von dem keiner der beiden sprach, außer im Gebet.

Später gesellten sie sich in Neapel zu anderen auf eine Yacht, dampften langsam die Küste hinauf und legten in wenig besuchten Häfen an. Und dort wurde, als sie eines Abends in ihrer Kabine saßen, endlich alles gut zwischen ihnen, und ihre Liebe fand freudige Erfüllung.

Vor dem Einschlafen spürten sie noch, wie die Maschinen stoppten und die Ankerkette hinunterrasselte, und als Gervase bei Morgengrauen an Deck kam, stellte er fest, dass das Schiff im Schutz einer hochragenden Halbinsel vor Anker lag. Er rief Hermione, und so standen sie Hand in Hand an der feuchten Heckreling, nahmen zum ersten Mal den Anblick von Santa Dulcina delle Rocce in sich auf und schlossen den Ort sowie seine Bewohner in ihr frohlockendes Herz.

Unten am Hafen wimmelte es von Menschen, als ob die Bewohner von einem Erdbeben aus dem Bett gescheucht worden wären. Klar drangen ihre Stimmen über das Wasser, die das fremde Schiff bewunderten. Steil ragten Häuser an der Hafenmauer auf; zwei Gebäude stachen aus den weißen und ockerfarbenen Mauern und rostbraunen Dachpfannen hervor; die kuppelgekrönte Kirche mit der verschnörkelten Fassade sowie eine Art Burg, die aus zwei Bastionen und einem zerfallenen Wachtturm bestand. Hinter der Stadt erstreckte sich der in Terrassen gegliederte, von Bauern beackerte Berghang, um weiter oben in ein Gewirr von Dorngestrüpp und Felsbrocken überzugehen. Es gab ein Kartenspiel, das Gervase und Hermione im Schulzimmer immer gespielt hatten und bei dem derjenige, der mit einem bestimmten Trick durchkam, rief: »Alles mein!«

»Alles mein!«, rief Hermione, weil sie sehr glücklich war und von allem Besitz nahm, was sie sah.

Im Laufe des Vormittags gingen die Engländer an Land. Zwei Matrosen fuhren voraus, um jede Belästigung von Seiten der Einheimischen zu verhindern. Ihnen folgten vier Paare von Damen und Herren; dann die Diener mit Deckelkörben, Umhängen und Skizzenblöcken. Die Damen trugen Segelhüte und hielten die Röcke, damit sie nicht vom Kopfsteinpflaster schmutzig wurden; ein paar von ihnen trugen Lorgnetten. Die Herren schützten sie mit fransenbesetzten Sonnenschirmen. Es war eine Prozession, wie Santa Dulcina delle Rocce sie noch nie erlebt hatte. Sie bummelten durch die Arkaden, tauchten kurz in das kühle Zwielicht der Kirche und stiegen über die Stufen, die von der Piazza zu den Bastionen hinaufführten.

Davon war nicht mehr viel übrig. Die große, mit Steinplatten belegte Plattform war aufgerissen, und überall wuchsen Pinien und Ginster. Der Wachtturm war voller Geröll. Aus den schön behauenen Steinen der alten Burg hatte man am Hang zwei Hütten gebaut. Aus ihnen kamen zwei Bauernfamilien geeilt, um die Besucher mit Mimosensträußchen zu begrüßen. Das Mittagspicknick wurde auf ausgebreiteten Decken im Schatten eingenommen.

»Enttäuschend, wenn man oben ist«, sagte der Besitzer der Yacht in entschuldigendem Ton. »So ist es immer mit solchen Orten. Am besten sieht man sie sich aus der Ferne an.«

»Ich finde es hinreißend«, erklärte Hermione, »und wir werden hier leben. Bitte, kein Wort gegen unsere Burg.«

Gervase lachte nachsichtig mit den anderen, doch später,

nachdem sein Vater gestorben war und er sich reich fühlte, wurde das Vorhaben verwirklicht. Gervase holte Erkundigungen ein. Die Burg gehörte einem älteren Anwalt in Genua, der sie gern verkaufen wollte. Bald erhob sich ein schlichtes eckiges Haus über den Burgwällen, und liebliche Levkojen gesellten sich zu Myrte und Pinien. Gervase taufte sein neues Haus ›Villa Hermione‹, doch bürgerte sich der Name bei den Einheimischen nie recht ein. In großen geraden Lettern wurde er in die Torpfosten eingemeißelt, doch Geißblatt wucherte darüber und überdeckte ihn. Die Leute aus Santa Dulcina sprachen stets vom ›Castello Crauccibac‹, bis die Familie diesen Namen schließlich übernahm, und an Hermione, die stolze Braut, erinnerte hier nichts weiter.

Doch unter welchem Namen auch immer, die Burg bewahrte ihren ursprünglichen Charakter. Fünfzig Jahre hindurch, bis Schatten sich über die Familie Crouchback legten, war sie ein Ort der Freude und der Liebe. Hier verbrachte Guy mit seinen Geschwistern seine glücklichsten Ferien. Guys Vater und Guy selbst verbrachten hier ihre Flitterwochen. Immer wieder wurde die Burg jungverheirateten Cousins und Freunden zur Verfügung gestellt. Das Städtchen veränderte sich ein wenig, doch weder Eisenbahn noch Landstraße erschlossen sich die glückliche Halbinsel. Noch ein paar andere Fremde bauten sich dort eine Villa. Das Gasthaus wurde vergrößert, man ließ so etwas wie sanitäre Anlagen einbauen, ein Café-Restaurant legte sich den Namen Hotel Eden zu, um ihn dann unversehens während des Abessinienkriegs in Albergo del Sol umzuwandeln. Der Tankstellenbesitzer wurde Parteisekretär der Faschisten am Ort. Doch als Guy an seinem letzten Vormittag zur Piazza hinunterstieg, entdeckte er nur wenig, was Gervase und Hermione fremd gewesen wäre. Schon jetzt, eine Stunde vor Mittag, war es sehr heiß, doch er marschierte so munter dahin wie seine jungvermählten Großeltern an jenem Morgen heimlichen Frohlockens. Genau wie bei ihnen hatte auch bei ihm eine frustrierte Liebe ihre erste Erfüllung gefunden. Er war für eine lange Reise bepackt und gekleidet und befand sich bereits auf dem Rückweg in seine Heimat, um dort seinem König zu dienen.

Erst vor sieben Tagen, als er die Morgenzeitung aufschlug, war ihm die Schlagzeile über das russisch-deutsche Bündnis ins Auge gesprungen. Nachrichten, die Politiker und junge Dichter in einem Dutzend Hauptstädte erschütterten, brachten tiefe Befriedigung für ein englisches Herz. Acht Jahre der Schande und Einsamkeit waren vorbei. Acht Jahre lang hatte sich Guy, von Leben und Liebe verlassen, von seinen Kameraden zurückgezogen. Er hatte Treue und Pflichterfüllung entbehren müssen, die ihm innerlich hätten Halt geben sollen. Er hatte in Italien den Faschismus aus zu großer Nähe erlebt, als dass er die oppositionelle Begeisterung seiner Landsleute hätte teilen können. Er betrachtete ihn weder als Unheil noch als Wiedergeburt, eher als eine grobe Improvisation. Ihm missfielen die Männer, die rücksichtslos um ihn herum an die Macht drängten, doch englische Anschuldigungen klangen einfältig und unaufrichtig, und in den letzten drei Jahren hatte er nicht einmal mehr englische Zeitungen gelesen. Die deutschen Nazis hielt er für *verrückt und böse*. Ihre Einmischung hatte die Sache Spaniens entehrt, doch das Unglück, das im Jahr zuvor über Böhmen hereingebrochen war, hatte ihn völlig kaltgelassen. Als Prag fiel, wusste er, dass ein Krieg unvermeidlich war. Er erwartete, dass sein Vaterland sich in den Krieg stürzen würde, von Panik ergriffen, aus den falschen Gründen oder aus überhaupt keinem Grund, mit den falschen Verbündeten und schwach gerüstet. Doch jetzt war alles herrlich klar geworden. Der Feind jedenfalls stand nun deutlich vor Augen, riesig und hassenswert, und hatte jede Maske fallenlassen. Es war die Moderne in Waffen. Wie der Kampf auch ausgehen mochte – es gab einen Platz für ihn darin.

Im Castello war jetzt alles geregelt. Die förmlichen Abschiedsbesuche waren gemacht. Vorgestern hatte er dem Arciprete, dem Podestà, der Ehrwürdigen Mutter des Klosters, Mrs. Garry in der Villa Duratura, den Wilmots im Castelletto Musgrave und der Gräfin von Gluck in der Casa Gluck einen Besuch abgestattet. Jetzt war nur noch eines zu tun, eine ganz private Angelegenheit. Fünfunddreißig Jahre alt, schlank und schmuck, durchaus als Ausländer, aber nicht unbedingt als Engländer erkennbar, jung in Herz und Schritt, war er auf dem Weg, um von einem lebenslangen Freund Abschied zu nehmen, der, wie es sich für einen Mann gehörte, der seit über achthundert Jahren tot war, in der Pfarrkirche begraben lag.

St. Dulcina, Namenspatronin der Stadt, soll eines der Opfer Diokletians gewesen sein. Schmachtend ruhte ihr Antlitz aus Wachs in einer Vitrine unterm Hochaltar. Ihre Gebeine, die nach einem mittelalterlichen Raubzug von den griechischen Inseln hergebracht worden waren, lagen in einer reich verzierten Urne im Tresor der Sakristei. Jedes Jahr wurden sie einmal auf Schulterhöhe und unter einem Regen von Feuerwerk durch die Straßen getragen, doch bis auf ihren Festtag hatte sie keine große Bedeutung in der Stadt, der sie ihren Namen gegeben hatte. Der Platz als Wohltäterin war ihr von einer anderen Figur streitig gemacht worden, deren Grab stets mit zusammengerollten Bittschriften übersät, deren Finger und Zehen mit Schleifen aus farbiger Wolle als *aides-mémoires* umwunden waren. Mit Ausnahme der Gebeine der Heiligen Dulcina und einem vorchristlichen Donnerkeil, der hinter dem Altar verborgen lag (und dessen Existenz der Arciprete stets leugnete), war er älter als die Kirche. Sein gerade noch lesbarer Name lautete Roger of Waybroke, Ritter, ein Engländer; sein Wappen: fünf Falken. Sein Schwert sowie ein Handschuh lagen noch neben ihm. Guys Onkel Peregrine, der in solchen Dingen sehr belesen war, hatte einiges von seiner Geschichte herausgefunden. Waybroke, heute Waybrook, lag in der Nähe von London. Rogers Herrenhaus war längst dahin und überbaut worden. Er hatte es mit dem zweiten Kreuzzug verlassen, hatte sich in Genua eingeschifft und an diesen Gestaden Schiffbruch erlitten. Hier schloss er sich dem örtlichen Grafen an, der versprach, ihn ins Heilige Land hinüberzubringen, ihn zunächst jedoch an einem Feldzug gegen einen Nachbarn teilnehmen ließ. An den Mauern von dessen Burg war er im Augenblick des Sieges gefallen. Der Graf hatte ihm ein ehrenvolles Begräbnis bereitet, und so hatte er jahrhundertelang hier gelegen. Die Kirche über ihm war zerfallen und neu wiederaufgebaut worden, und so lag er, fern von Jerusalem, fern von Waybroke, ein Mann, der noch immer eine große Reise vor sich hatte, sein Gelöbnis nicht hatte erfüllen können; doch die Bewohner von Santa Dulcina delle Rocce, denen die übernatürliche Ordnung der Dinge in allen ihren Verästelungen stets gegenwärtig, vor allem aber immer lebendiger war als die eintönige Welt um sie herum, nahmen sich dieses Sir Roger an, kanonisierten ihn aller Proteste der Geistlichkeit zum Trotz, kamen mit ihren Sorgen zu ihm und waren fest überzeugt, dass es Glück bringe, sein Schwert zu berühren, so dass dessen Schneide stets blank glänzte. Sein ganzes Leben lang, vor allem aber während der letzten Jahre, hatte Guy eine ganz besondere Verwandtschaft mit diesem ›Santo Inglese‹ empfunden. Heute, an seinem letzten Tag, ging er unverzüglich zum Grab und fuhr mit den Fingern über die Schneide seines Schwertes, wie es auch die Fischer taten. »Sir Roger, bete für mich!«, flüsterte er. »Und für unser Königreich, das in Gefahr ist!«

Der Beichtstuhl war an diesem Vormittag besetzt, denn es war der Tag, an dem Suora Tomasina die Schulkinder herbrachte, damit sie ihrer Pflicht nachkamen. Sie hockten auf der Bank an der Wand aufgereiht, flüsterten und zwickten einander, während die Schwester flügelschlagend über ihnen wachte wie eine Glucke und sie eines nach dem anderen zum Sprechgitter führte und von dort zum Hochaltar, wo sie ihre Bußgebete verrichteten.

Der Eingebung des Augenblicks folgend – nicht weil sein Gewissen ihn plagte, sondern weil es ihm seit seiner Kindheit zur Gewohnheit geworden war, vor Antritt einer Reise zur Beichte zu gehen –, machte Guy der Schwester ein Zeichen und unterbrach die Reihenfolge der Bauernkinder.

»*Beneditemi, padre, perché ho peccato*…« Guy fiel es leicht, auf Italienisch zu beichten. Er konnte die Sprache gut, freilich ohne die feineren Unterschiede. Er lief keine Gefahr, mehr zu bekennen als seine paar Vergehen gegen die Zehn Gebote und seine gewohnheitsmäßigen Schwächen. Bis in jene Ödnis, in der seine Seele dahinkümmerte, vordringen konnte er nicht. Er hatte auch keine Worte, um sie zu beschreiben; dafür gab es in keiner Sprache Worte. Es gab auch gar nichts zu beschreiben – lediglich eine Leere. Er war kein ›interessanter Fall‹, dachte er. Kein kosmischer Kampf tobte in seiner traurigen Seele. Es war, als ob er vor acht Jahren einen sehr, sehr leichten Anfall von Lähmung erlitten hätte; alle seine spirituellen Fähigkeiten waren kaum merklich versehrt worden. Er war ›gehandicapt‹, wie Mrs. Garry aus der Villa Datura es genannt hätte. Es gab nichts dazu zu sagen.

Der Priester erteilte ihm die Absolution und bedachte ihn mit den traditionellen Worten der Entlassung: »*Sia lodato Gesù Cristo*«, woraufhin er mit einem »*Oggi, sempre*« antwortete. Er erhob sich von den Knien, sprach vor dem Wachsbild der Santa Dulcina drei Ave Maria und trat durch den Ledervorhang hinaus in das blendende Sonnenlicht auf der Piazza.

Die Kinder, Enkel und Urenkel jener Bauern, die Gervase und Hermione damals begrüßt hatten, bewohnten noch immer die Hütten hinter dem Castello und beackerten die umliegenden Terrassen. Sie bauten Trauben an und kelterten Wein; sie verkauften Oliven; sie hielten eine nahezu bleiche Kuh in einem unterirdischen Stall, aus dem sie gelegentlich ausbrach, um die Gemüsebeete zu zertrampeln und über die niedrigen Mauern hinwegzuspringen, ehe sie unter riesigem Theater wieder eingefangen wurde. Ihre Pacht bezahlten die Bauern mit Früchten des Feldes und Dienstleistungen. Zwei Schwestern, Josefina und Bianca, verrichteten die Arbeit im Haus. Unter dem Orangenbaum hatten sie Guys Abschiedsmahl gedeckt. Er aß seine Spaghetti und trank seinen *vino scelto,* den bräunlichen, rasch zu Kopf steigenden Wein der Gegend. Danach brachte Josefina mit viel Aufhebens einen reich verzierten Kuchen, der eigens zur Feier seiner Abreise gebacken worden war. Sein bisschen Appetit war längst gestillt. Erschrocken schaute er zu, wie Josefina den Kuchen anschnitt. Er kostete, lobte und zerkrümelte ihn. Josefina und Bianca standen unerbittlich vor ihm, bis er den letzten Krümel aufgegessen hatte.

Das Taxi wartete. Es führte keine Auffahrt zum Castello hinauf. Das Tor ging vielmehr unten am Fuß einer Treppe auf eine Gasse hinaus. Als Guy sich erhob, versammelte sich sein gesamter, zwanzig Mann starker Haushalt, um ihm Lebwohl zu sagen. Sie würden bleiben, komme, was wolle. Alle küssten sie ihm die Hand, die meisten weinten. Die Kinder warfen Blumen in seinen Wagen. Josefina legte ihm den restlichen, in Zeitungspapier eingewickelten Kuchen auf den Schoß. Sie winkten, bis er außer Sicht war, dann kehrten sie zu ihrer Siesta zurück. Guy legte den Kuchen hinter sich auf den Rücksitz und wischte sich die Hände mit einem Taschentuch ab. Er war froh, dass diese Qual vorüber war, und wartete schicksalsergeben darauf, dass der faschistische Parteisekretär eine Unterhaltung begann.

Er wurde nicht geliebt, das wusste Guy, weder von seinen Angestellten noch von den Leuten in der Stadt. Er wurde akzeptiert und respektiert, galt jedoch nicht als *simpatico*. Die Gräfin von Gluck, die kein Wort Italienisch sprach und unverhohlen in wilder Ehe mit ihrem Butler lebte, war *simpatica*. Und auch Mrs. Garry, die protestantische Traktätchen verteilte, sich darüber aufregte, wie die Fischer die Tintenfische totschlugen, und ihr Haus zu einem Hort streunender Katzen machte, war *simpatica*.

Guys Onkel Peregrine, ein international berüchtigter Langweiler, dessen gefürchtete Anwesenheit im Handumdrehen dafür sorgte, dass sich ein Zimmer in jedem Mittelpunkt des geistigen Lebens leerte – dieser Onkel Peregrine galt sogar als *molto simpatico*. Die Wilmots waren aufdringlich vulgäre Leute; sie benutzten Santa Dulcina nur als Ort, um ihren Vergnügungen nachzugehen, spendeten für keine der örtlichen Wohltätigkeitseinrichtungen, schmissen ausufernde Partys und liefen in unanständigen Klamotten herum, nannten die Einheimischen ›Itaker‹ und reisten oft nach dem Sommer ab, ohne ihre Rechnungen bei den Geschäftsleuten bezahlt zu haben – aber sie hatten vier ungebärdige und verwöhnte Töchter, die die Santa Dulcinesi hatten heranwachsen sehen. Und was noch mehr zählte: Sie hatten einen Sohn verloren, der beim Baden an den Klippen ertrunken war. An diesen Freuden und Kümmernissen nahmen die Santa Dulcinesi Anteil. Genüsslich beobachteten sie, wie sie am Ende der Ferien Hals über Kopf und klammheimlich abreisten. Sie waren *simpatici*. Selbst Musgrave, dem das Castelletto vor den Wilmots gehört und der ihm seinen Namen vererbt hatte – dieser Musgrave, dem man nachsagte, dass er wegen irgendwelcher Haftbefehle weder nach England noch nach Amerika zurückkonnte,

›Musgrave, das Monstrum‹, wie er bei den Crouchbacks hieß – selbst der war *simpatico*. Nur Guy, den sie von klein auf kannten, der ihre Sprache sprach und ihre Religion teilte, der stets sehr freigebig war und betont darauf achtete, sie bei nichts zu verletzen, dessen Großvater ihnen die Schule gebaut und dessen Mutter ihnen ein ganzes Prunkgewand gestiftet hatte, das von der Königlichen Handarbeitsschule extra für die jährliche Prozession der Gebeine der Heiligen Dulcina angefertigt worden war – nur Guy war ein Fremder unter ihnen geblieben.

Das Schwarzhemd sagte: »Fahren Sie lange weg?«

»Solange der Krieg dauert.«

»Es wird keinen Krieg geben. Kein Mensch will ihn. Wer hätte schon was davon?«

An jeder fensterlosen Mauer, an der sie vorbeifuhren, prangten das finster blickende, mit Schablone aufgesprühte Gesicht Mussolinis und die Unterschrift: *Der Duce hat immer recht!* Der faschistische Parteisekretär nahm die Hände vom Steuer, zündete sich eine Zigarette an und trat dabei aufs Gaspedal. *Der Duce hat immer recht …*

Der Duce hat immer recht flitzte es an ihnen vorüber und blieb im Staub zurück. »Krieg wäre Dummheit!« erklärte der unvollkommene Jünger. »Sie werden sehen. Es wird schon noch zu einer Einigung kommen.«

Guy ließ sich nicht auf eine Diskussion ein. Was der Taxifahrer sagte oder dachte, interessierte ihn nicht. Mrs. Garry hingegen hätte sich auf eine hitzige Diskussion eingelassen. Einmal – derselbe Mann hatte sie gefahren – hatte sie das Taxi halten lassen, war ausgestiegen und war den beschwerlichen, vier Kilometer langen Weg nach Hause zu Fuß gegangen, nur um ihm zu zeigen, wie sehr sie seine politische Philosophie verabscheute. Guy hingegen verspürte nicht den Wunsch, jemanden zu überreden oder zu überzeugen oder seine Anschauungen zu teilen. Selbst in seinem Glauben empfand er keinerlei Brüderlichkeit. Oft wünschte er, er hätte in kargen Zeiten gelebt, als Broome noch ein einsamer Außenposten des Katholizismus inmitten der Fremde gewesen war. Manchmal malte er sich aus, wie er am Ende der Welt in einer Katakombe dem letzten Papst bei der Messe diente. Er ging niemals am Sonntag zur Kommunion, sondern schlich sich an Wochentagen in aller Herrgottsfrühe in die Kirche, wenn nur wenige andere da waren. Den Leuten in Santa Dulcina war ›Musgrave, das Monstrum‹ lieber gewesen. In den ersten Jahren nach seiner Scheidung hatte Guy ein paar jämmerliche Liebschaften gehabt, doch hatte er sie stets vor den Leuten im Ort verheimlicht. In letzter Zeit hatte er sich einer trockenen und negativen Keuschheit verschrieben, wie selbst die Priester sie nicht erbaulich fanden. Weder auf unterster noch auf oberster Stufe gab es Sympathie zwischen ihm und seinen Mitmenschen. Er konnte dem Taxifahrer nicht zuhören.

»Die Geschichte ist eine lebendige Kraft«, sagte der Taxifahrer und zitierte aus einem Artikel, den er vor kurzem gelesen hatte. »Niemand kann sie aufhalten und sagen: ›Von jetzt an kann es keine Veränderungen mehr geben.‹ Manche werden alt, das ist bei Völkern nicht anders als bei den Menschen. Manche haben zu viel, andere zu wenig. Folglich muss man sich arrangieren. Wenn es aber zum Krieg kommt, haben alle zu wenig. *Sie* wissen das. *Sie* wollen keinen Krieg!«

Guy hörte seine Stimme, ohne sich darüber zu ärgern. Nur eine kleine Frage bereitete ihm im Augenblick Kopfschmerzen: Wohin mit dem Kuchen? Im Auto konnte er ihn unmöglich lassen, das würden Bianca und Josefina erfahren. Im Zug würde er recht hinderlich sein. Er versuchte, sich zu erinnern, ob der Vizekonsul, mit dem er ein paar Einzelheiten über das Schließen des Castello besprechen musste, Kinder hatte, denen er den Kuchen mitbringen konnte. Wahrscheinlich schon.

Abgesehen von diesem zuckerigen Hindernis schwebte Guy frei dahin: in seiner neugefundenen Zufriedenheit genauso unerreichbar wie in seiner alten Verzweiflung. *Sia lodato Gesù Cristo. Oggi, sempre.* Heute ganz besonders, vor allem heute.

2

Die Crouchbacks waren bis vor vergleichsweise kurzer Zeit noch eine vielköpfige und reiche Familie gewesen, nunmehr waren sie jedoch sehr zusammengeschmolzen. Guy war der jüngste von ihnen, und es sah ganz so aus, als würde er auch der letzte bleiben. Seine Mutter war tot, sein Vater über siebzig. Sie waren vier Kinder gewesen. Angela, die älteste, dann kam Gervase, der vom Downside College direkt bei den Irish Guards eingetreten war und den gleich an seinem ersten Tag in Frankreich die Kugel eines Heckenschützen erwischt hatte, als er frisch gewaschen und ausgeruht, den Schwarzdornstock in der Hand, auf einer Planke durch den Schlamm geschritten war, um sich bei seinem Kompaniechef zu melden. Der dritte, Ivo, war nur ein Jahr älter als Guy, doch waren sie sich nie nahegekommen. Ivo war immer sonderbar gewesen, wurde immer wunderlicher und verschwand schließlich mit sechsundzwanzig von zu Hause. Monatelang hörten sie nichts von ihm. Dann fand man ihn, er hatte sich in einer Behausung in Cricklewood verschanzt und war buchstäblich im Begriff zu verhungern. Ausgemergelt und bereits im Delirium trugen sie ihn hinaus, völlig dem Wahn verfallen starb er ein paar Tage später. Das war 1931 gewesen. Ivos Tod wollte Guy bisweilen wie eine Karikatur seines eigenen Lebens erscheinen, das sich gerade damals zu einer einzigen Katastrophe verwandelte. Ehe Ivos Wunderlichkeit Anlass zu ernster Besorgnis gab, hatte Guy geheiratet, und zwar keine Katholikin, sondern eine strahlende, schicke junge Frau, die ganz anders war als alles, was seine Freunde und seine Familie von ihm erwartet hätten. Er nahm den ihm als jüngerem Sohn zustehenden Anteil des bereits geschrumpften Familienvermögens und ließ sich in Kenia nieder, wo er, wie es ihm hinterher erschien, in ungetrübt guter Laune neben einem Bergsee gelebt hatte: Die Luft war stets strahlend frisch, und die Flamingos flogen beim ersten Morgengrauen erst weiß, dann rosig auf, dann zogen sie als ein wirbelnder Schatten über den glühenden Himmel. Mit Fleiß warf er sich in die Landwirtschaft, und beinah war es so weit, dass sich die Sache rentierte. Doch dann erklärte seine Frau einigermaßen grundlos, ihre Gesundheit mache es erforderlich, dass sie für ein Jahr nach England gehe. Sie schrieb regelmäßig und liebevoll, bis sie ihn eines Tages – immer noch sehr liebevoll – davon in Kenntnis setzte, sie habe sich bis über beide Ohren in einen gemeinsamen Bekannten namens Tommy Blackhouse verliebt; Guy solle ihr deswegen nicht gram sein; sie ersuche ihn, in eine Scheidung einzuwilligen. *Und bitte*, schloss ihr Brief, *Du brauchst Dich nicht als Ritter aufzuspielen und nach Brighton zu fahren, um dort aller Welt vorzuspielen, dass Du ›der Schuldige‹ seist. Das würde sechs Monate Trennung von Tommy bedeuten, und ich traue dem Halunken keine sechs Minuten, wenn ich ihn nicht im Blick habe.*

Also hatte Guy Kenia verlassen, und kurz darauf verließ sein verwitweter Vater, der die Hoffnung auf einen Erben fahren ließ, Broome. Das Gut war damals bereits auf das Herrenhaus nebst Park und eine kleine dazugehörige Landwirtschaft zusammengeschmolzen. In letzter Zeit hatte es sogar eine gewisse Berühmtheit erlangt, stand es doch in dieser Zeit in England fast einzigartig da, denn es befand sich in ununterbrochener männlicher Erbfolge seit der Regierungszeit

Heinrichs I. im Besitz der Familie. Auch Mr. Crouchback verkaufte es nicht, sondern verpachtete es an einen Nonnenorden und setzte sich selbst in Matchet, einem nahegelegenen Seebad, zur Ruhe. So brannte das ewige Licht in Broome wie von alters her.

Niemand war sich des Niedergangs des Hauses Crouchback deutlicher bewusst als Guys Schwager, Arthur Box-Bender, der Angela 1914 geheiratet hatte, als Broome noch unveränderlich am Firmament zu strahlen schien wie ein Himmelskörper, der Tradition und unaufdringliche Autorität verströmte. Box-Bender selbst stammte nicht aus einer alten Familie und schätzte Angelas Stammbaum sehr. Einmal überlegte er sogar ernsthaft, ob er dem eigenen Namen nicht den von Crouchback hinzufügen sollte anstelle von Box oder Bender, die beide gleichermaßen entbehrlich schienen, doch brachten Mr. Crouchbacks Gleichgültigkeit, die wie eine kalte Dusche wirken konnte, sowie Angelas Spott für das Vorhaben ihn rasch wieder davon ab. Er war kein Katholik und hielt es für Guys selbstverständliche Pflicht, wieder zu heiraten, möglichst jemanden mit Geld, und für den Fortbestand der Familie zu sorgen. Er war kein sonderlich feinfühliger Mann und konnte es einfach nicht billigen, dass Guy sich verkroch. Er müsse die Landwirtschaft in Broome übernehmen, in die Politik einsteigen. Leute wie Guy, daraus machte er kein Hehl, waren ihrem Vaterland etwas schuldig. Doch als Guy im August 1939 in London erschien mit dem Vorsatz, diese Schuld zu begleichen, fand er bei Box-Bender dafür wenig Verständnis.

»Mein lieber Guy«, sagte er, »nun werd doch mal erwachsen!« Box-Bender war sechsundfünfzig und Parlamentsmitglied. Vor vielen Jahren hatte er durchaus löblich bei einem Schützenregiment gedient; sein Sohn verrichtete dort momentan seinen Dienst. Für seine Begriffe war das Soldatendasein eine Sache der Jugend, so wie Karamellbonbons und Katapulte. Guy, der bald sechsunddreißig wurde, betrachtete sich noch als einen jungen Mann. Für ihn hatte die Zeit in den vergangenen acht Jahren stillgestanden. Für Box-Bender hingegen war sie geflogen.

»Kannst du dir allen Ernstes vorstellen, an der Spitze einer Kompanie voranzustürmen?«

»In der Tat«, sagte Guy, »genau das hatte ich mir vorgestellt.«

Für gewöhnlich wohnte Guy, wenn er in London war, bei Box-Bender am Lowndes Square. Jetzt war er von der Victoria Station unverzüglich dorthin gefahren, musste jedoch feststellen, dass seine Schwester Angela bereits auf dem Lande weilte und das Haus schon halb leer stand. Box-Benders Arbeitszimmer war das letzte, in dem noch nichts angerührt worden war. Dort saßen sie jetzt, ehe sie zum Dinner aufbrachen.

»Ich fürchte, du wirst keine große Unterstützung erfahren. 1914 ist all so was natürlich passiert – dass alte Colonels im Ruhestand sich das Haar färbten und als gemeine Soldaten wieder Dienst taten. Ich erinnere mich. Ich war dabei. Das war selbstverständlich alles sehr kühn und ritterlich, aber diesmal passiert so etwas nicht. Es ist alles vorausgeplant. Die Regierung weiß genau, mit wie viel Mann sie rechnen kann; sie weiß, wo sie sie herkriegen kann, und wird sie sich holen, wenn es so weit ist. Im Moment verfügen wir weder über die nötigen Unterbringungsmöglichkeiten noch über die Ausrüstung, um die Truppenstärke wesentlich zu vergrößern. Möglich, dass Leute fallen, gewiss, aber ich persönlich sehe die ganze Sache nicht als Soldatenkrieg. Wo sollen wir denn kämpfen? Kein Mensch, der seine fünf Sinne beisammenhat, würde versuchen, die Maginot-Linie oder den Westwall zu durchbrechen. So wie ich die Sache sehe, werden beide Seiten sich nicht rühren, bis die wirtschaftlichen Schwierigkeiten anfangen. Den Deutschen fehlt es an fast allen Rohstoffen. Sobald sie erkennen, dass Mr. Hitler nur blufft, werden wir von ihm nicht mehr viel sehen. Das ist eine Angelegenheit, die die Deutschen unter sich regeln müssen. Selbstverständlich können wir mit der Räuberbande, die augenblicklich am Ruder ist, nicht verhandeln, aber sobald sie eine anständige Regierung auf die Beine stellen, können wir unsere Differenzen schon ausbügeln.«

»Das klingt fast wie das, was mein Taxifahrer mir gestern erzählt hat.«

»Selbstverständlich! Man sollte sich immer an Taxifahrer wenden, wenn man eine vernünftige, unvoreingenommene Meinung hören will. Ich habe gerade heute mit einem gesprochen. Er sagte: ›Wenn es erst mal Krieg gibt, ist der Zeitpunkt gekommen, über den Krieg zu sprechen. Aber im Augenblick haben wir keinen Krieg.‹ Sehr vernünftige Einstellung, finde ich.«

»Aber mir fällt auf, dass du doch sämtliche Vorsichtsmaßnahmen ergreifst.«

Box-Benders drei Töchter waren nach Amerika zu einem Geschäftspartner nach Connecticut verfrachtet worden. Das Haus am Lowndes Square wurde geräumt und die Fensterläden geschlossen. Etliches Mobiliar war aufs Land gebracht worden, der Rest wurde eingelagert. Box-Bender hatte einen Teil einer sehr großen, brandneuen Wohnung übernommen, die im Augenblick spottbillig waren. Mit zwei seiner Kollegen aus dem Unterhaus wollte er sich die Wohnung teilen und sie gemeinsam benutzen. Sein klügster Schachzug war es jedoch gewesen, sein Landhaus in seinem Wahlkreis zur Auslagerungsstelle für ›nationale Kunstschätze‹ deklarieren zu lassen. Fortan würde man keinerlei Scherereien mehr mit irgendwelchen Einquartierungen von militärischer oder ziviler Seite haben. Über all diese Vorsichtsmaßnahmen hatte Box-Bender wenige Minuten zuvor noch voller Stolz gesprochen. Jetzt wandte er sich bloß einem Radioapparat zu und sagte: »Ich hoffe, du hast nichts dagegen, wenn ich diesen Kasten kurz anstelle. Es könnte ja was Neues geben.«

Aber es gab nichts Neues. Von irgendwelcher Friedensbotschaft war natürlich auch nichts zu hören. Die Evakuierung der Großstädte ging weiter zügig vonstatten; glückliche Gruppen von Müttern und Kindern trafen pünktlich an ihrem Bestimmungsort ein und wurden in ihren neuen Unterkünften willkommen geheißen. Box-Bender stellte den Apparat ab.

»Nichts Neues seit heute Nachmittag. Komisch, wie oft man heutzutage diesen Kasten anstellt. Früher hatte ich nichts dafür übrig. Übrigens, Guy, das wäre doch etwas für dich, wenn du dich wirklich nützlich machen willst. Bei der BBC suchen sie händeringend Leute, die Fremdsprachen sprechen – zum Abhören und für Propagandazwecke und solche Sachen. Zugegeben, nicht sonderlich aufregend, aber irgendwer muss das ja tun, und ich würde meinen, dein Italienisch käme denen ganz gelegen.«

Die beiden Schwager waren sich nie besonders zugetan gewesen. Guy war es nie in den Sinn gekommen, sich Gedanken darüber zu machen, was sein Schwager wohl von ihm hielt. Es war ihm überhaupt nie in den Sinn gekommen, dass Box-Bender irgendwelche besonderen Ansichten vertrat. Tatsächlich hatte Box-Bender sogar ein paar Jahre lang angenommen – und daraus Angela gegenüber keinerlei Hehl gemacht –, dass Guy verrückt werden würde. Er war weder ein Mann mit viel Vorstellungskraft, noch ließ er sich von irgendetwas sonderlich beeindrucken. Bei der Suche nach Ivo und seiner grauenerregenden Auffindung hatte er sich jedoch sehr engagiert. Die ganze Sache hatte durchaus Eindruck auf ihn gemacht. Guy und Ivo aber waren sich bemerkenswert ähnlich. Box-Bender erinnerte sich an Ivos Blick seinerzeit, als er noch am Rande des Wahns entlanggeschliddert war; wild war sein Blick wahrhaftig nicht gewesen, vielmehr eher selbstzufrieden und entschlossen, irgendwie hingebungsvoll-entschlossen. Ja, er hatte etwas an sich gehabt, das sehr viel Ähnlichkeit mit dem Ausdruck in Guys Augen hatte, wie er jetzt zu so ungelegener Zeit am Lowndes Square vor der Tür stand und in aller Gemütsruhe über die Irish Guards redete. Das verhieß nichts Gutes. Am besten war es, ihn bei etwas wie der BBC unterzubringen, damit er kein Unheil anrichtete.

An diesem Abend speisten sie bei Bellamy's. Diesem Club hatte Guys Familie von jeher angehört. Gervases Name stand auf der Ehrentafel der Gefallenen des Ersten Weltkriegs in der Eingangshalle. Der arme wahnsinnige Ivo hatte hier oft am Erkerfenster gesessen und die Vorübergehenden mit seinem starren Blick erschreckt. Guy war bereits als junger Mann Mitglied geworden, hatte in den letzten Jahren freilich nur selten vom Club Gebrauch gemacht, die Mitgliedschaft jedoch weiterhin aufrechterhalten. Es handelte sich um ein historisches Gebäude. Früher waren hier betrunkene Spieler am Arm von Fackelträgern diese Stufen heruntergewankt und zu ihren Kutschen getorkelt. Jetzt tasteten Guy und Box-Bender sich in der Dunkelheit vorwärts. Die ersten Glastüren waren mit Farbe überstrichen worden. Um sie herum in dem kleinen Vestibül – ein spürbar unheimliches Leuchten. Hinter der zweiten Flügeltür herrschte helles Licht, Lärm, abgestandener Zigarrenqualm und Whiskydunst. In den ersten Tagen der Verdunkelung wusste man noch nicht, wie man die Lüftung regeln sollte.

Der Club hatte gerade an diesem Tag nach dem alljährlichen Hausputz wieder geöffnet. In normalen Zeiten wäre es um diese Jahreszeit recht leer gewesen. Jetzt herrschte eher

Gedränge. Sie sahen viele vertraute Gesichter, doch keine Freunde. Als Guy an einem Mitglied vorüberging, das ihn grüßte, drehte sich ein anderer um und fragte: »Wer war denn das? Ein Neuer?«

»Nein, der ist schon von jeher Mitglied. Aber du errätst nie, wer er ist. Virginia Troys erster Mann.«

»Wirklich? Ich dachte, sie war mit Tommy Blackhouse verheiratet.«

»Dieser Bursche hier war noch vor Tommy dran. Seinen Namen habe ich vergessen. Soviel ich weiß, lebt er in Kenia. Tommy hat sie ihm ausgespannt, dann hat sie 'ne Weile mit Gussie zusammengelebt, und schließlich hat Bert Troy sie sich geschnappt, als sie wieder ausgerastet ist.«

»Sie ist eine phantastische Frau! Der würde ich auch keinen Laufpass geben.«

In diesem Club herrschten keine einengenden Gepflogenheiten. Es wurde ungeniert über Frauen geredet, sie wurden offen beim Namen genannt.

Box-Bender und Guy speisten und tranken dann mit einer Gruppe, die sich den ganzen Abend veränderte, manche gingen, andere kamen neu hinzu. Die Unterhaltung war lebhaft und drehte sich um Aktuelles; auf diese Weise fing Guy an, mit dieser stark veränderten Stadt wieder vertraut zu werden. Sie sprachen über häusliche Vorkehrungen und Einschränkungen. Jeder schien fieberhaft damit beschäftigt, irgendwelche Verantwortungen loszuwerden. Box-Benders Vorkehrungen spiegelten im Kleinen, was überall im Lande vor sich ging. Überall wurden Häuser zugemacht, Möbel eingelagert, Kinder verschickt, Dienstboten entlassen, Rasen umgepflügt, Witwensitze und Jagdhäuser bis an den Rand des Zumutbaren mit neuen Bewohnern belegt, überall übernahmen Schwiegermütter und Kinderfrauen die Herrschaft.

Sie redeten über Zwischenfälle und Verbrechen, die während der Verdunkelung verübt wurden. Die eine hatte ihre Zähne in einem Taxi liegen lassen. Ein anderer war in Hay Hill mit Sandsäcken niedergeschlagen und all seiner Poker-Gewinne beraubt worden. Wieder ein anderer war von einem Rotkreuz-Krankenwagen überfahren worden; man hatte ihn sterbend liegengelassen.

Sie redeten über verschiedene Formen des Dienstes am Vaterland. Die meisten trugen Uniform. Überall taten sich kleine Gruppen von guten Freunden zusammen und versuchten, es einzurichten, dass sie im Krieg zusammenbleiben konnten. So bestand zum Beispiel die ganze Bedienungsmannschaft einer Scheinwerferbatterie aus einer Gruppe modischer Ästheten, die ›das monströse Regiment der Gentlemen‹ genannt wurde. Börsenmakler und Weinhändler machten sich in den Büros des Bezirkskommandos London breit. Soldaten mussten sich bereithalten, binnen zwölf Stunden aktiv Dienst zu tun. Segler trugen Uniformen der *Royal Navy Volunteer Reserve* und ließen sich einen Bart stehen. Für Guy schien nirgendwo Platz.

»Mein Schwager sucht übrigens nach einem Job«, sagte Box-Bender.

»Sie kommen reichlich spät, wissen Sie. Alle sind mehr oder weniger untergebracht. Selbstverständlich wird wieder großer Bedarf sein, wenn die Bombe erst mal geplatzt ist. Bis dahin würde ich abwarten.«

Sie blieben lange sitzen, niemand verspürte sonderliche Lust, ins Dunkel hinauszugehen. Keiner versuchte, mit dem Auto zu fahren, und Taxis waren rar. Sie fanden sich zu Gruppen zusammen, um gemeinsam zu Fuß nach Hause zu gehen. Guy und Box-Bender schlossen sich zuletzt einer Gruppe an, die nach Belgravia ging. Zusammen tappten sie die Treppe hinunter und machten sich in die mitternächtliche Leere auf. Es war, als wäre die Zeit zweitausend Jahre zurückgedreht worden, als London nichts weiter gewesen war als eine

Ansammlung umzäunter Hütten unten am Fluss. Die Straßen, durch die sie gingen, glichen verschilftem, sumpfigem Gelände.

In den nächsten vierzehn Tagen verbrachte Guy die meiste Zeit über im Bellamy's. Er zog in ein Hotel und ging Tag für Tag gleich nach dem Frühstück hinüber in die St. James' Street wie jemand, der in sein Büro geht. Dort schrieb er in einer Ecke des Morgenzimmers jeden Tag einen ganzen Stapel Briefe, die ihm, wie er sich schamvoll eingestand, zunehmend leichter von der Hand gingen.

Lieber General Cutter – Verzeihen Sie, dass ich Sie in dieser Zeit, in der Sie gewiss äußerst beschäftigt sind, belästige. Ich hoffe, dass Sie sich wie ich an den glücklichen Tag erinnern, da die Bradshaves Sie in mein Haus in Santa Dulcina mitbrachten und wir im Boot hinausruderten, wo wir es schändlicherweise nicht schafften, pulpi mit dem Speer zu erwischen ...

Lieber Colonel Glover – Ich schreibe Ihnen, weil ich weiß, dass Sie zusammen mit meinem Bruder Gervase gedient haben und mit ihm befreundet waren ...

Lieber Sam – Obwohl wir uns seit Downside nicht mehr gesehen haben, habe ich doch aus der Ferne voller Bewunderung und Stolz Deine Karriere verfolgt ...

Liebe Molly – Selbstverständlich weiß ich, dass ich es nicht wissen darf, trotzdem ist mir zu Ohren gekommen, dass Alex bei der Admiralität ein großes Tier ist, etwas ganz Geheimes. Und ich weiß, dass er Dir aus der Hand frisst. Meinst Du nicht, Du könntest ein Engel sein und ...

Er war zu einem professionellen Bittsteller geworden.

Für gewöhnlich bekam er Antwort: eine getippte Nachricht oder einen Anruf von einer Sekretärin oder einem Adjutanten, eine Verabredung oder eine Einladung. Überall wurde er auf die gleiche höfliche Weise abgewimmelt. »Als Chamberlain nach München flog, haben wir unseren Mitarbeiterstab stark reduziert. Zwar nehme ich an, dass wir wieder aufstocken werden, sobald wir wissen, woran wir sind, aber …«, hieß es bei den Zivilisten, oder: »Unsere jüngsten Vorschriften geben Anweisung, keine Neueinstellungen vorzunehmen. Ich werde Sie auf unsere Liste setzen und dafür sorgen, dass Sie Nachricht erhalten, sobald sich etwas ergibt …«

»Diesmal wollen wir kein Kanonenfutter«, kam es vom Militär. »Was das betrifft, haben wir 1914 unsere Lektion gelernt. Da haben wir die Blüte der Nation einfach hinwegmähen lassen. Darunter leiden wir noch heute …«

»Aber ich gehöre nicht zur Blüte der Nation«, sagte Guy. »Ich bin ganz normales Kanonenfutter. Ich habe niemanden, für den ich sorgen müsste, und verfüge über keine besonderen Fertigkeiten. Außerdem werde ich alt. Ich bin bereit, sofort verfüttert zu werden. Sie sollten jetzt die Fünfunddreißigjährigen nehmen und den jungen Leuten Zeit lassen, Söhne zu bekommen.«

»Ich fürchte, von offizieller Seite ist man da anderer Ansicht. Ich werde Sie auf unsere Liste setzen und dafür sorgen, dass Sie Nachricht erhalten, sobald sich etwas ergibt …«

In den folgenden Tagen wurde Guys Name auf so manche Liste gesetzt, seine wenigen Fähigkeiten zusammengefasst und all dies in Ordnern mit der Aufschrift ›Vertraulich‹ abgelegt, die dann in den folgenden langen Jahren ungelesen verstauben sollten.

England erklärte Deutschland den Krieg, doch das änderte nicht das Geringste an Guys Anträgen und Gesprächen. Es fielen keine Bomben. Es regnete weder Gift noch Feuer. Dass man sich nach Einbruch der Dunkelheit die Knochen weiterhin brach, war alles. Im Club sah er sich unversehens als Angehöriger einer großen Schar von niedergeschlagenen Männern, alle älter als er, die ohne besonderen Ruhm im Ersten Weltkrieg gedient hatten. Die meisten von ihnen waren damals von der Schulbank direkt in den Schützengraben gegangen und hatten den Rest ihres Lebens damit verbracht, den Schlamm, die Läuse und das Getöse zu vergessen. Sie hatten Befehl, auf Befehle zu warten, und redeten traurig von den verschiedenen langweiligen Abschiebeposten, die sie auf Bahnhöfen, an den Quais und in irgendwelchen Kaffs erwarteten. Die Bombe war geplatzt, doch sie waren am Boden zurückgeblieben.

Die Russen marschierten in Polen ein. Guy fand bei diesen alten Soldaten keinerlei Verständnis für seine glühende Abscheu.

»Mein lieber Mann, wir haben doch schon so genug am Hals. Wir können schließlich nicht der ganzen Welt den Krieg erklären.«

»Wozu haben wir denn dann überhaupt den Krieg erklärt? Wenn es uns nur um den Wohlstand geht, dann wäre auch der schlimmste Kompromiss mit Hitler einem Sieg vorzuziehen. Geht es uns aber um Gerechtigkeit, dann sind die Russen genauso schuldig wie die Deutschen.«

»Gerechtigkeit?«, sagten die alten Soldaten. »Gerechtigkeit?«

»Außerdem«, sagte Box-Bender, als Guy mit ihm über diese Sache sprach, über die außer ihm sonst kein Mensch nachzudenken schien, »würde das Volk nie dahinterstehen. Die Sozialisten schreien zwar wegen der Nazis schon seit fünf Jahren Zeter und Mordio, aber im Grunde ihres Herzens sind sie doch alle Pazifisten. Falls sie überhaupt so was wie Solidarität aufbringen, dann für Russland. Es würde zu einem allgemeinen Streik kommen, das Land würde zusammenbrechen, wenn wir uns hinstellten und gerecht sein wollten!«

»Aber warum kämpfen wir denn überhaupt?«

»Nun, das mussten wir, verstehst du. Die Sozialisten haben uns immer verdächtigt, für Hitler zu sein – warum, weiß der liebe Gott. Und in Spanien neutral zu bleiben, war gar nicht mal so leicht. Diese ganze Aufregung darüber hast du nicht mitgekriegt, weil du ja im Ausland warst. Und *ob* das heikel war, kann ich dir sagen! Wenn wir uns jetzt nicht rühren, gibt das ein Chaos. Jetzt müssen wir dafür sorgen, dass der Krieg sich in Grenzen hält, auf Europa beschränkt bleibt und sich nicht ausbreitet.«

Das Ende all dieser Diskussionen war die Dunkelheit, die beunruhigende Nacht, die auf der anderen Seite der Tür des Clubs herrschte. Wenn es Zeit war, nach Hause zu gehen, fanden die alten Soldaten, die jungen Soldaten und die Politiker sich immer zu den gleichen kleinen Gruppen zusammen, die gemeinsam nach Hause tappten. Es gab immer jemanden, der in dieselbe Richtung ging wie Guy, immer einen freundlichen Arm. Sein Herz aber blieb einsam.

Guy hörte von geheimnisvollen Institutionen und Behörden, die nur unter ihrer Abkürzung bekannt waren oder ›die Geheimagenten von Soundso‹ genannt wurden. Bankleute, Spieler, Männer von irgendwelchen Ölgesellschaften schienen dort unterzukommen, nicht aber Guy. Er traf einen Bekannten, einen Journalisten, der ihn einst in Kenia besucht hatte. Dieser Mann, Lord Kilbannock, hatte sich in letzter Zeit als Klatschkolumnist betätigt; jetzt trug er eine Air-Force-Uniform.

»Wie haben Sie das fertiggebracht?«, fragte Guy.

»Hm, eigentlich müsste man sich dafür schämen. Da gibt es

einen Air Marshal, dessen Frau mit meiner Frau Bridge spielt. Er ist von jeher verdammt scharf drauf gewesen, bei uns Mitglied zu werden. Ich hab ihn vorgeschlagen. Er ist wirklich widerlich.«

»Wird er denn aufgenommen?«

»Nein, nein, dafür hab ich schon gesorgt. Mit Sicherheit gibt es drei schwarze Kugeln. Nur kann er mich nicht aus der Air Force rauskriegen.«

»Was machen Sie denn da?«

»Auch das ist etwas, wofür man sich schämen müsste. Ich bin das, was man einen ›Liaison Officer‹, einen Verbindungsoffizier, nennt. Ich führe amerikanische Journalisten durch Jagdfliegerhorste. Aber ich finde bestimmt bald was anderes. Wichtig ist ja zunächst mal, an eine Uniform zu kommen. Dann kann man sich nach was Passendem umsehen. Bis jetzt ist es ein höchst exklusiver Krieg. Wer erst mal drin ist, dem steht alles offen. Ich habe ein Auge auf Indien oder Ägypten geworfen. Irgendwo, wo's keine Verdunkelung gibt. Meinem Wohnungsnachbarn haben sie neulich Abend draußen auf der Treppe eins über den Schädel gezogen. Ist mir alles ein bisschen zu gefährlich. Auf Orden kann ich verzichten. Ich möchte als einer von den Verschonten in die Geschichte eingehen, die gut weggekommen sind, was den Krieg angeht. Kommen Sie, lassen Sie uns was trinken.«

So verging der Abend. Jeden Morgen wachte Guy in seinem Hotelzimmer zeitig und beklommen auf. Nach einem Monat beschloss er, London zu verlassen und seine Familie zu besuchen.

Zunächst fuhr er zu seiner Schwester Angela in jenes Haus in Gloucestershire, das Box-Bender gekauft hatte, als er für den dortigen Wahlkreis ins Unterhaus geschickt worden war.

»Wir leben in einem unvorstellbaren Elend«, sagte sie am

Telefon. »Wir können nicht mal mehr Leute aus Kemble abholen – kein Benzin. Du wirst also umsteigen und den Bummelzug nehmen müssen. Oder den Bus von Stroud, falls der noch fährt. Aber das glaube ich eher nicht.«

Doch in Kemble entdeckte er, als er aus dem Gang trat, auf dem er drei Stunden lang hatte stehen müssen, auf dem Bahnsteig seinen Neffen Tony, der gekommen war, ihn abzuholen. Er trug Zivil. Nur sein kurzgeschorenes Haar ließ ihn als Soldaten erkennen.

»Hallo, Onkel Guy. Hoffentlich ist das eine freudige Überraschung für dich. Ich bin gekommen, um dir den Bummelzug zu ersparen. Man hat uns Urlaub vor dem Verschiffen und ein paar Benzinmarken extra gegeben. Steig ein!«

»Solltest du nicht Uniform tragen?«

»Eigentlich schon. Aber das tut kein Mensch. Ich komme mir viel menschlicher vor, wenn ich sie ein paar Stunden lang nicht anhabe.«

»Ich glaube, wenn ich meine erst habe, ziehe ich sie überhaupt nicht mehr aus.«

Tony Box-Bender stieß ein unschuldiges Lachen aus. »Das würde ich liebend gerne sehen. Irgendwie kann ich mir dich als zügellosen Soldaten gar nicht vorstellen. Warum bist du aus Italien weg? Ich hätte gedacht, Santa Dulcina ist genau der richtige Ort, das Ende des Krieges abzuwarten. Wie sind sie denn alle verblieben?«

»Vorübergehend in Tränen aufgelöst.«

»Wetten, dass du ihnen fehlst?«

»Nicht wirklich. Denen kommen leicht die Tränen.«

Zwischen niedrigen Cotswold-Mauern schaukelten sie dahin. Schließlich tauchte tief unter ihnen das Berkeley Tal auf, und der Severn glänzte braun und golden in der Abendsonne.

»Freust du dich, nach Frankreich zu kommen?«

»Na klar! In der Kaserne ist es furchtbar, den ganzen Tag

wird man rumgescheucht. Zu Hause ist es nicht ganz so furchtbar – alles ist mit Kunstschätzen vollgestopft, und Mum hat
das Kochen übernommen.«

Das Haus von Box-Bender war ein kleines, spitzgiebeliges
Herrenhaus in einem recht fortschrittlichen Dorf, in dem die
Hälfte der Cottages mit Bad und chintzbezogenen Möbeln
ausgestattet war. Wohn- und Speisezimmer waren bis unter
die Decke mit großen Kisten vollgestellt und unbenutzbar.

»War das eine Enttäuschung, Darling«, sagte Angela. »Da
dachte ich, wir wären weiß Gott wie schlau gewesen, und
hatte mir vorgestellt, wir bekämen die Wallace-Sammlung
und könnten in Sèvres, kostbaren Intarsien und Bouchers
schwelgen. Was für ein kulturell ansehnlicher Krieg, habe
ich gedacht. Stattdessen hat man uns hethitische Tabletts aus
dem Britischen Museum zugewiesen, die wir noch nicht mal
heimlich ansehen dürfen – nicht, dass wir das wollten, weiß
Gott. Es wird furchtbar unbequem für dich, Darling! Ich hab
dich in der Bibliothek untergebracht. Das obere Stockwerk
ist verriegelt, damit wir bei einem Bombenangriff nicht in Panik geraten und aus dem Fenster springen – das war Arthurs
Idee. Er hat wirklich an alles gedacht. Er und ich, wir schlafen im Cottage. Wir brechen uns eines Nachts bestimmt noch
den Hals, wenn wir durch den Garten ins Bett rübergehen
müssen. Arthur ist furchtbar streng, was die Taschenlampen
angeht. Das ist doch idiotisch, in den Garten reinsehen kann
sowieso kein Mensch!«

Es kam Guy vor, als ob seine Schwester redseliger geworden wäre.

»Hätten wir nicht ein paar Leute einladen sollen, wo es
doch dein letzter Abend daheim ist, Tony? Ich fürchte, es
wird furchtbar langweilig – aber wer ist denn auch schon da?
Außerdem haben wir ja selbst kaum Platz, uns umzudrehen,
jetzt, wo wir in Arthurs Büro essen.«

»Nein, Mum, ich finde es viel schöner, wenn wir ganz unter uns sind.«

»Ich hatte gehofft, dass du das sagen würdest. Uns ist es so natürlich recht, aber ich finde, sie hätten euch auch zwei Abende freigeben können.«

»Ich muss zum Wecken am Montag wieder zurück sein. Wenn ihr in London geblieben wärt ...«

»Aber möchtest du an deinem letzten Abend wirklich zu Hause sein?«

»Wo immer du bist, Mum.«

»Ist er nicht ein lieber Junge, Guy?«

Die Bibliothek war jetzt das einzige Zimmer, das wirklich bewohnbar war. Das für Guy bereits aufgeschlagene Bett auf dem Sofa am äußersten Ende vertrug sich nicht recht mit dem Erd- und dem Himmelsglobus am Kopfende und zu seinen Füßen.

»Du und Tony, ihr müsst euch im Klo unter der Treppe waschen. Er schläft in der Blumenkammer, der Ärmste. Und ich muss jetzt gehen und mich ums Essen kümmern.«

»Das alles ist im Grunde gar nicht nötig«, sagte Tony. »Mum und Dad scheint es einen Riesenspaß zu machen, wenn alles kunterbunt durcheinandergeht. Vielleicht kommt das daher, weil bisher immer alles so superkorrekt war. Und natürlich ist Daddy immer ziemlich knauserig gewesen. Es ist ihm von jeher gegen den Strich gegangen, wenn er das Gefühl hatte, zahlen zu müssen. Und jetzt hat er einen wunderbaren Vorwand, um sparsam zu leben.«

Arthur Box-Bender kam mit einem Tablett herein. »Du siehst, wie wir uns einschränken und uns behelfen«, sagte er. »Wenn der Krieg weitergeht, werden in ein oder zwei Jahren alle so leben müssen wie wir. Wir fangen früh damit an. Das macht richtig Spaß.«

»Du bist doch nur am Wochenende hier«, sagte Tony. »Soviel ich gehört hab, hast du es in der Arlington Street recht gemütlich.«

»Jetzt glaube ich aber doch, dass du deinen Urlaub lieber in London verbracht hättest.«

»Nicht wirklich«, sagte Tony.

»Für deine Mutter wäre in der Wohnung kein Zimmer gewesen. Keine Frauen – das haben wir so festgesetzt, als wir uns entschlossen, die Wohnung gemeinsam zu nehmen. Sherry, Guy? Ich bin gespannt, wie er dir schmeckt. Stammt aus Südafrika, bald werden ihn alle trinken.«

»Dieser Eifer, in der Mode tonangebend zu sein, ist ganz neu bei dir, Arthur.«

»Schmeckt er dir nicht?«

»Nicht sonderlich.«

»Je früher wir uns an ihn gewöhnen, umso besser. Aus Spanien kommt nichts mehr.«

»Für mich schmeckt alles gleich«, erklärte Tony.

»Nun, wir trinken ihn dir zu Ehren.«

Die Frau eines Gärtners sowie ein Mädchen aus dem Dorf waren jetzt die einzigen Bediensteten. Angela hatte sämtliche leichteren und weniger schmutzigen Arbeiten in der Küche selbst übernommen. Nach einer Weile rief sie zum Essen in das kleine Arbeitszimmer, das Arthur Box-Bender gern sein ›Kontor‹ nannte. In der Stadt besaß er ein weiträumiges Büro; sein Wahlkampfvertreter hatte sein Hauptquartier in der Kreisstadt aufgeschlagen, und sein Privatsekretär saß mit Aktenordnern, Schreibmaschine und zwei Telefonen in South West London. Niemals waren in diesem Raum, in dem sie jetzt saßen, irgendwelche Geschäfte getätigt worden, doch Box-Bender hatte die Bezeichnung ›Kontor‹ zum ersten Mal aus dem Mund von Mr. Crouchback gehört, der so den Raum nannte, in dem er in Broome alle schriftlichen Arbeiten erledigte, die mit der Bewirtschaftung des Gutes verbunden waren. Das klang ländlich-gediegen, dachte Box-Bender sich zu Recht.

In Friedenszeiten hatte Box-Bender häufig nette kleine Gesellschaften gegeben und acht und zehn Menschen zum Abendessen geladen. Guy erinnerte sich an so manchen Abend bei Kerzenlicht, an denen ein recht strenges Regiment geherrscht hatte, was das Verhältnis zwischen Essen und Wein betraf. Box-Bender hatte wuchtig auf seinem Sessel gesessen und war Wortführer bei Unterhaltungen über irgendwelche aktuellen Themen gewesen. Als Angela und Tony heute Abend aber häufig aufstanden, um Teller und Schüsseln zu wechseln, schien ihm weniger wohl in seiner Haut zu sein. Sein Interesse galt immer noch vielerlei aktuellen Dingen, doch waren Guy und Tony mit ihren eigenen Sorgen beschäftigt.

»Schlimm, das mit den Abercrombies«, sagte er. »Hast du gehört? Sie haben gepackt und sind mit Kind und Kegel nach Jamaika.«

»Warum auch nicht?«, meinte Tony. »Hier wären sie sowieso nur ein paar hungrige Mäuler mehr.«

»Es sieht ganz so aus, als ob auch ich noch ein hungriges Maul mehr werde«, meinte Guy. »Aber das ist nun mal eine Gefühlssache, nehme ich an. In Kriegszeiten möchte man bei seinen Leuten sein.«

»Das seh ich nicht so«, sagte Tony.

»Es gibt jede Menge nützliche Arbeit für Zivilisten«, sagte Box-Bender.

»Die Leute, die die Prentices haben bei sich aufnehmen müssen, sind alle wieder beleidigt zurück nach Birmingham«, sagte Angela. »Die hatten immer so ein unverschämtes Glück. Wir dagegen müssen uns bis an unser Lebensende mit diesen hethitischen Scheußlichkeiten abfinden, das weiß ich genau.«

»Für die Männer ist es ganz furchtbar, nicht zu wissen, wo ihre Frauen und Kinder sind«, sagte Tony. »Unser Welfare

Officer, der für alles Soziale zuständig ist, tut den ganzen Tag nichts anderes, als zu versuchen, sie aufzuspüren, der Ärmste. Sechs Mann aus meiner Kompanie sind auf Urlaub gegangen, ohne zu wissen, ob sie ein Zuhause haben, zu dem sie fahren können, oder nicht.«

»Die alte Mrs. Sparrow ist vom Apfelboden runtergefallen und hat sich beide Beine gebrochen. Das Krankenhaus wollte sie nicht aufnehmen, weil sie alle Betten für Schwerverwundete von Luftangriffen bereitstellen.«

»Und wir müssen Tag und Nacht einen Mann vom Luftschutz Wache schieben lassen. Das ist schrecklich langweilig. Sie rufen jede Stunde an und melden: ›Alles ruhig!‹«

»Caroline Maiden ist in Stround von einem Polizisten angehalten worden, der sie gefragt hat, wieso sie keine Gasmaske bei sich habe.«

Tony kam aus einer ganz anderen Welt, ihre Probleme waren nicht die seinen. Guy gehörte zu keiner dieser beiden Welten.

»Ich habe jemanden sagen hören, dies sei ein höchst exklusiver Krieg.«

»Nun ja, Onkel Guy, je mehr sich da raushalten können, desto besser. Ihr Zivilisten wisst ja gar nicht, wie gut ihr dran seid.«

»Vielleicht möchten wir im Augenblick aber gar nicht besonders gut dran sein, Tony.«

»Ich weiß ganz genau, was ich will. Einen schönen Orden, und eine hübsche saubere Wunde. Dann kann ich mich für den Rest des Kriegs von schönen Krankenschwestern verwöhnen lassen.«

»*Bitte*, Tony!«

»Entschuldigung, Mum. Mach nicht ein so furchtbar ernstes Gesicht! Sonst wünsche ich mir doch noch, ich hätte meinen Urlaub in London verbracht.«

»Und ich dachte, ich halte mich prächtig. Nur, Liebling, bitte, sprich nicht davon, dass du verwundet werden könntest.«

»Nun, das ist doch aber noch das Beste, was einem passieren kann, oder?«

»Hört mal«, sagte Box-Bender, »findet ihr nicht, das wird jetzt ein wenig morbide? Geh mit Onkel Guy hinaus, während ich mit Mutter den Tisch abräume.«

Guy und Tony gingen in die Bibliothek. Die verglasten Türen gingen auf den gepflasterten Garten hinaus. »Verdammt, wir müssen die Vorhänge zuziehen, ehe wir Licht anknipsen.«

»Lass uns doch ein Weilchen nach draußen gehen«, sagte Guy.

Es war gerade eben noch hell genug, um den Weg zu erkennen. Die Luft war erfüllt vom Duft unsichtbarer Magnolienblüten, die hoch in dem alten Baum aufgegangen waren, der das halbe Haus verdeckte.

»Ich bin mir in meinem ganzen Leben noch nie weniger morbid vorgekommen«, sagte Tony. Als er und Guy in die zunehmende Dunkelheit hinausschlenderten, brach er das Schweigen erneut und platzte unvermittelt heraus: »Sag mal, wie ist das eigentlich, wenn man verrückt wird. Sind viele aus Mums Familie plemplem?«

»Nein.«

»Da war doch aber Onkel Ivo, oder?«

»Ivo hat unter übermäßiger Schwermut gelitten.«

»Und das ist nicht erblich?«

»Nein, nein. Warum? Hast du das Gefühl, du verlierst den Verstand?«

»Noch nicht. Aber ich habe etwas gelesen – von einem Offizier im letzten Krieg, der ganz normal erschien, bis er an die Front kam. Da schnappte er total über, und sein Unteroffizier musste ihn erschießen.«

»*Übergeschnappt* kann man Onkel Ivo nicht nennen. Er war in jeder Beziehung ein äußerst zurückhaltender Mensch.«

»Und wie steht es mit den anderen?«

»Sieh mich an. Sieh deinen Großvater an – und deinen Großonkel Peregrine, der ist doch geradezu erschreckend normal.«

»Er verbringt seine Tage damit, Ferngläser zu sammeln und sie ans Kriegsministerium zu schicken. Nennst du das normal?«

»Durchaus.«

»Bin ich froh, dass du das sagst.«

Endlich rief Angela sie. »Kommt rein, ihr beiden. Es ist schon ganz dunkel. Worüber redet ihr denn?«

»Tony glaubt, er wird verrückt.«

»Mrs. Groat ist es wirklich. Sie hat die Speisekammer nicht verdunkelt.«

Mit dem Rücken an Guys Bett gelehnt, saßen sie in der Bibliothek. Recht bald erhob Tony sich und sagte gute Nacht.

»Messe ist um acht«, sagte Angela. »Wir sollten zwanzig vor losfahren. Ich muss in Uley noch ein paar Evakuierte mitnehmen.«

»Ach, gibt's denn nicht noch später eine? Ich hatte gedacht, ich könnte mal richtig ausschlafen.«

»Und ich dachte, wir könnten morgen früh alle zusammen zur Kommunion gehen. Komm doch mit, Tony.«

»Na schön, Mum, natürlich komm ich. Nur dann lieber um fünf nach halb. Ich muss noch unbedingt beichten – nach Wochen des sündhaften Lebens!«

Box-Bender machte ein verlegenes Gesicht, wie immer, wenn über religiöse Bräuche gesprochen wurde. Er konnte sich einfach nicht daran gewöhnen, an diesen selbstverständlichen Umgang mit dem Erhabenen.

»Ich bin im Geiste bei euch«, sagte er.

Dann verabschiedete auch er sich und wankte durch den Garten zum Cottage. Angela und Guy waren allein.

»Er ist ein bezaubernder Junge, Angela.«

»Ja, nicht wahr? Und so ein ordentlicher Soldat! Und das in den wenigen Monaten! Er hat überhaupt nichts dagegen, nach Frankreich zu gehen.«

»Das kann ich mir vorstellen.«

»Ach, Guy, du bist einfach zu jung, um dich noch zu erinnern. Ich bin mit dem Ersten Weltkrieg erwachsen geworden. Ich bin eines der jungen Mädchen, von denen du nur gelesen hast – die mit Männern getanzt haben, die dann fielen. Ich weiß noch, wie das Telegramm kam, in dem wir von Gervase erfuhren. Du warst nur ein kleiner Schuljunge, der nicht genug Süßigkeiten kriegen konnte, weil sie so knapp waren. Ich erinnere mich noch an die erste Gruppe, die auszog. Nicht einer davon ist wiedergekommen. Was für eine Chance hat denn ein Junge wie Tony, wo er von Anfang an dabei ist? Ich habe doch im Lazarett gearbeitet, wie du weißt. Deshalb war es mir unerträglich, als Tony von einer hübschen sauberen Verwundung redete und dass er von Krankenschwestern verhätschelt werden würde. Es gibt keine hübschen sauberen Verwundungen. Sie waren alle ganz scheußlich, und diesmal werden vermutlich auch noch alle möglichen chemischen Waffen eingesetzt. Er hat keine Ahnung, wie es sein wird. Und diesmal besteht ja noch nicht einmal Hoffnung, dass er in Gefangenschaft gerät. Unter dem Kaiser waren die Deutschen noch ein zivilisiertes Volk. Aber diese Wilden heute sind zu allem fähig.«

»Angela, ich kann nur sagen, du weißt ganz genau, dass du Tony kein bisschen anders haben möchtest. Du willst doch nicht, dass er zu diesen Feiglingen gehört, die auf und davon sind und sich nach Irland oder Amerika absetzen.«

»Das ist natürlich ganz und gar unvorstellbar.«

»Na also, was dann?«

»Ich weiß, ich weiß. Es ist Zeit zum Schlafengehen. Ich fürchte, dein ganzes Zimmer ist verräuchert. Du kannst das Fenster aufmachen, nachdem du das Licht ausgeknipst hast. Gott sei Dank ist Arthur schon vorausgegangen. Da kann ich meine Taschenlampe benutzen, ohne mir vorwerfen lassen zu müssen, die Zeppeline anzulocken.«

In dieser Nacht lag Guy lange wach – hin- und hergerissen zwischen dem Bedürfnis nach frischer Luft und nach Licht, bis er schließlich die frische Luft dem Lesen vorzog – und dachte: Warum Tony? Was für ein Wahnsinn, einen jungen Menschen sinnlos zu opfern und *ihn* am Leben zu lassen? Wurde man in China zu den Waffen gerufen, galt es als ehrenvoll, einen armen jungen Mann zu engagieren und ihn zu schicken, statt selbst zu gehen. Tony war reich an Liebe und einer verheißungsvollen Zukunft. Er selbst, Guy, war bar all dieser Dinge und besaß nichts als ein paar trockene Körnchen Glauben. Warum konnte nicht er an Tonys Stelle nach Frankreich gehen, sich die hübsche saubere Wunde holen oder in barbarische Gefangenschaft geraten?

Doch als er am nächsten Morgen zwischen Angela und Tony am Altargitter kniete, war ihm, als vernähme er die Antwort in den Worten der Messe: *Domine, non sum dignus.*

3

Guy hatte vorgehabt, zwei Tage zu bleiben und am Montag nach Matchet weiterzufahren, um seinen Vater zu besuchen. Doch stattdessen fuhr er bereits am Sonntag vor dem Mittagessen, um Angelas letzte Stunden mit Tony nicht zu stören. Die Fahrt hatte er schon oft gemacht. Box-Bender hatte ihn immer mit dem Auto bis Bristol gebracht und sein Vater ihn vom Bahnhof der Haupteisenbahnstrecke abholen lassen. Jetzt schien jedoch alle Welt unterwegs zu sein, er war gezwungen, ein paarmal umzusteigen und von der Bahn in den Bus zu wechseln, was alles ziemlich ermüdend war. Erst am Spätnachmittag kam er auf dem Bahnhof von Matchet an, wo ihn sein Vater mit seinem Golden Retriever auf dem Bahnsteig erwartete.

»Ich weiß nicht, wo der Hoteldiener ist. Ich habe ihm gesagt, er würde benötigt. Aber alle haben so viel zu tun. Lass deine Reisetasche hier. Ich nehme an, wir werden ihn unterwegs treffen«, sagte Mr. Crouchback.

Gemeinsam gingen Vater, Sohn und Hund die steilen Gassen des Städtchens hinunter dem Sonnenuntergang entgegen.

Obwohl vierzig Jahre zwischen ihnen lagen, bestand eine auffallende Ähnlichkeit zwischen Mr. Crouchback und Guy. Mr. Crouchback war zwar größer und strahlte eine Art unerschütterliche Güte aus, die Guy völlig abging. »Mehr *racé* als *distingué*«, beliebte Miss Vavasour Mr. Crouchbacks offenkundigen Charme zu beschreiben, die wie er zu den ständigen Gästen des Marine Hotel gehörte. Er hatte nichts von einem alten Lebemann, nichts Erstarrtes und nichts Verschrobenes. Er war keineswegs das, was man einen sonderbaren Kauz nennt, sondern ein friedfertiger, leutseliger alter Herr, der sich irgendwie seine gute Laune bewahrt hatte – ja, mehr noch, eine heimliche, stille Freude –, und das nach einem Leben, das, von außen betrachtet, vom Unglück gezeichnet war. Wie so viele andere war er gleichsam bei strahlendem Sonnenschein geboren und alt genug geworden, um den Einbruch der Nacht zu erleben. Er trug einen uralten Namen, der nunmehr wenig galt und auszusterben drohte. Nur Gott und Guy kannten die Einzigartigkeit und Unerschütterlichkeit von Mr. Crouchbacks Familienstolz. Er behielt ihn für sich. Diese Leidenschaft, so voller Dornen, brachte für Mr. Crouchback nichts als Rosen hervor. Etwas wie ein Klassenbewusstsein kannte er nicht, da er das gesamte hochkomplizierte Gesellschaftsgefüge seines Vaterlandes fein säuberlich in zwei ungleiche und unverwechselbare Hälften geteilt sah. Auf der einen Seite standen die Crouchbacks und bestimmte unauffällig von jeher miteinander verbündete Familien, und auf der anderen der Rest der Menschheit: Box-Bender, der Metzger, der Herzog von Omnium (dessen einstmaliger Reichtum auf ehemaligem Klosterbesitz beruhte), Lloyd George und Neville Chamberlain, die für ihn alle in einen Topf gehörten. Mr. Crouchback ließ keinen Monarchen seit James II., dem letzten katholischen König von England, gelten. Das war zwar keine ganz geistig gesunde Weitsicht, sorgte aber für zwei sehr seltene Eigenschaften in seiner sanften Brust: Toleranz und Demut. Denn, so dachte er, Großes war vom gemeinen Volk nicht zu erwarten; es war schon erstaunlich, wie anständig einige von ihnen sich bei Gelegenheit verhielten. Jede seiner Tugenden dagegen war aus ganz früher Zeit und ohne dass er sie sich verdient hätte auf ihn gekommen, und noch der kleinste Fehler bei einem Mann so großer Tradition war sträflich.

Und er besaß noch einen weiteren Vorteil gegenüber Guy: Er war innerlich durch eine Besonderheit seines Erinnerungsvermögens gewappnet, denn es bewahrte nur das Gute und verdrängte alles Schlechte. Trotz all seiner Sorgen hatte er durchaus ein schönes Maß an Freude erlebt, die ihm frisch wie eh und je in der Erinnerung war. Er trauerte nie um den Verlust von Broome. Er bewohnte es im Geist immer noch so, wie er es in seiner strahlenden Jugend und in der Zeit seiner frühen, erfüllten Liebe erlebt hatte.

Das Marine Hotel in Matchet gehörte alten Dienstboten aus Broome, und dort war er als Dauergast höchst willkommen. Er brachte ein paar Fotos mit, seine gewohnte Schlafzimmereinrichtung, vollständig und eher streng gehalten –

das Bettgestell aus Messing, der eichene Kleiderschrank und der Stiefelständer, der kreisrunde Rasierspiegel und der Betstuhl aus Mahagoni. Sein Wohnzimmer war mit Möbeln aus dem Rauchsalon von Broome und mit sorgfältig ausgewählten Lieblingsstücken aus der Bibliothek eingerichtet. In diesen Räumlichkeiten hatte er seither gelebt und sich der besonderen Hochachtung von Miss Vavasour und der anderen Dauergäste erfreut. Der ursprüngliche Besitzer war nach dem Verkauf nach Kanada ausgewandert. Sein Nachfolger hatte Mr. Crouchback zusammen mit allem anderen übernommen. Einmal im Jahr, wenn für seine Vorfahren ein Requiem gesungen wurde, fuhr Mr. Crouchback nach Broome. Niemals beklagte er sich über seine veränderten Lebensverhältnisse oder erwähnte sie gegenüber Neuankömmlingen. Er ging jeden Tag zur Messe, marschierte pünktlich in aller Frühe, noch ehe die Läden öffneten, die High Street hinunter, kehrte zurück, wenn die Rollläden hochgezogen wurden, und bedachte jedermann mit einem freundlichen Gruß. Sein ganzer Familienstolz war ein Kinderspiel, verglichen mit seinem religiösen Glauben. Als Virginia Guy verließ, ohne dass sie Kinder bekommen hätten, kam es Mr. Crouchback nie in den Sinn (wie es Box-Bender nie ganz aus dem Sinn ging), dass der Fortbestand der Familie eine kleine Meinungsverschiedenheit mit der Kirche wert sei, also dass Guy noch einmal standesamtlich heiraten, einen Erben zeugen und die Sache mit der Kirche später ins Reine bringen könnte, wie das andere Leute zu tun schienen. Dem Familienstolz tat man in Unehre keinen Gefallen. Zwar waren in den Familienannalen im Mittelalter zwei Exkommunikationen und im 17. Jahrhundert eine Apostasie eindeutig bezeugt, doch gehörte das zu den Dingen, die Mr. Crouchbacks Erinnerung verdrängte.

An diesem Abend schien die Stadt voller als sonst. Guy kannte Matchet gut. Hierher war er als Kind zum Picknick gekommen, und außerdem hatte er seinen Vater hier jedes Mal besucht, wenn er nach England gekommen war. Das Marine Hotel lag ein wenig außerhalb hoch über dem Steilufer neben der Station der Küstenwacht. Ihr Weg führte sie hinunter zum Hafen, den Quai entlang und dann wieder einen roten Felsweg hinauf. Im Licht der untergehenden Sonne war weit draußen hinter braunem Wasser Lundy Island zu erkennen. Im Kanal wimmelte es von Schiffen, die von der Küstenwache auf Schmuggelware kontrolliert wurden.

»Ich hätte mich gern von Tony verabschiedet«, sagte Mr. Crouchback. »Ich hatte ja keine Ahnung, dass er so schnell fortmuss. Neulich habe ich etwas für ihn hervorgesucht, und das wollte ich ihm schenken. Ich weiß, dass er es gern gehabt hätte – Gervases Lourdes-Medaillon. Er hat es in den Ferien in Frankreich gekauft, in dem Jahr, als der Krieg ausbrach, und hat es immer getragen. Sie haben es uns zusammen mit seiner Uhr und den anderen Sachen zugeschickt, nachdem er gefallen war. Tony sollte es bekommen.«

»Ich glaube nicht, dass noch Zeit ist, es ihm zukommen zu lassen.«

»Ich hätte es ihm auch lieber selbst gegeben. Das ist doch etwas anderes, als es mit der Post zu schicken, viel schwerer zu erklären.«

»Sonderlich beschützt hat es Gervase ja nicht, oder?«

»O doch«, sagte Mr. Crouchback. »Viel mehr, als du vielleicht ahnst. Das hat er mir erzählt, als er sich verabschiedete, ehe er ausrückte. Die Army ist ja voller Versuchungen für einen jungen Mann. In London hatte er sich während seiner Ausbildung mit einigen Kameraden aus seinem Regiment ziemlich betrunken, und am Ende fand er sich allein mit einem Mädchen, das sie irgendwo aufgegabelt hatten. Sie begann, an ihm herumzufummeln, zog ihm seinen Schlips aus und fand dabei das Medaillon, woraufhin beide plötzlich wieder nüchtern wurden und sie anfing, von dem Kloster zu erzählen, in dem sie zur Schule gegangen war. Sie schieden als Freunde, und kein Schaden war angerichtet worden. Das nenne ich beschützt werden. Ich selbst hab mein Leben lang ein Medaillon getragen. Du nicht?«

»Doch, jedenfalls von Zeit zu Zeit. Im Moment trage ich keines.«

»Das solltest du aber, verstehst du, jetzt, wo Bomben geworfen werden und alles Mögliche passieren kann. Wenn es dich dann erwischt und sie bringen dich ins Krankenhaus, wissen sie sofort, dass du Katholik bist, und schicken nach einem Priester. Das hat mir mal eine Krankenschwester erzählt. Möchtest du denn Gervases Medaillon haben, wenn Tony es nicht bekommen kann?«

»Sehr gern sogar. Im Übrigen hoffe ich, selbst bald Soldat zu werden.«

»Das stand in deinem Brief. Aber sie haben dich abgewiesen?«

»Sie scheinen sich nicht gerade um mich zu reißen.«

»Was für eine Schande. Aber ich kann mir dich ohnehin nicht als Soldat vorstellen. Du hast dich nie für Automobile interessiert, nicht wahr? Dabei gibt es heutzutage nur noch Automobile bei den Soldaten. Jemand hat mir erzählt, dass sie seit vorletztem Jahr nicht mal mehr bei der Yeomanry Pferde haben, aber Automobile haben sie stattdessen auch nicht. Kommt einem wirklich verrückt vor. Aber du machst dir ja auch aus Pferden nichts, oder?«

»In letzter Zeit nicht mehr«, sagte Guy und dachte an die acht Pferde, die er und Virginia in Kenia gehalten hatten, und an die frühmorgendlichen Ritte um den See. Er erinnerte sich auch an den Ford-Transporter, mit dem er zweimal im Monat über holperige Buschpfade zum Markt gefahren war.

»Luxuszüge sind mehr nach deinem Geschmack, was?«

»Von Luxus war in den Zügen heute nicht viel zu spüren«, sagte Guy.

»Nein«, sagte der Vater. »Ich habe auch kein Recht, mich über dich lustig zu machen. Es ist sehr nett von dir, dass du die lange Fahrt gemacht hast, um mich zu besuchen, mein Junge. Ich glaube, du wirst dich nicht langweilen. Alle möglichen neuen Leute essen heute im Hotel. Ich hab in den letzten vierzehn Tagen einen ganz neuen Freundeskreis gewonnen. Reizende Leute. Du wirst überrascht sein.«

»Noch mehr Miss Vavasours?«

»Nein, nein, ganz andere Leute. Alle möglichen Leute, und ziemlich jung. Eine reizende Mrs. Tickeridge und ihre Tochter. Ihr Mann ist Major bei den Halberdiers. Er ist über Sonntag runtergekommen. Sie werden dir sehr gefallen.«

Das Marine Hotel war voll, ja, übervoll, wie anscheinend alle Hotels im ganzen Land. Wenn er früher seinen Vater besucht hatte, war Guy sich der interessierten Blicke bewusst gewesen, mit denen Gäste wie Personal ihn bedacht hatten. Jetzt fiel es ihm schwer, überhaupt irgendwelche Aufmerksamkeit zu wecken.

»Nein, wir sind voll belegt«, sagte die Verwalterin. »Ihr Vater hat um ein Zimmer für Sie gebeten, aber wir haben Sie erst morgen erwartet. Für heute Nacht haben wir überhaupt nichts mehr frei.«

»Vielleicht können Sie ihm in meinem Wohnzimmer ein Bett herrichten?«

»Ich will sehen, was sich machen lässt.«

Der Hoteldiener, der ihm am Bahnhof das Gepäck hätte abnehmen sollen, half im Foyer Getränke servieren.

»Ich gehe hin, sobald ich Zeit dazu finde, Sir«, sagte er. »Wenn Sie sich noch bis nach dem Dinner gedulden würden?«

Guy wollte sich durchaus nicht gedulden, er sehnte sich danach, sich nach der langen Fahrt ein frisches Hemd anzuziehen, doch noch ehe er etwas sagen konnte, war der Mann mit dem Tablett wieder verschwunden.

»Ist das nicht ein lustiges Bild?«, sagte Mr. Crouchback. »Das da drüben sind übrigens die Tickeridges. Komm, ich stell dich ihnen vor.«

Guy erblickte eine mausgraue Frau und einen Mann in Uniform, der einen gewaltigen Zwirbelbart trug. »Offenbar haben sie ihr Töchterchen bereits zu Bett gebracht. Sie ist ein erstaunliches Kind. Erst sechs Jahre alt, ohne Kinderfrau, und macht alles schon ganz selbständig.«

Die mausgraue Dame brach in ein unerwartet reizvolles Lächeln aus, als Mr. Crouchback näher kam. Der Mann mit dem Schnurrbart fing an, Tisch und Stühle zu rücken, um Platz zu schaffen.

»Cheerio«, sagte er, »und entschuldigen Sie meinen Handschuh.« (Er hielt mit beiden Händen einen Stuhl über seinen Kopf.) »Wir wollten ein paar kleine Einkäufe machen. Und Sie, die Herren?«

Irgendwie schaffte er Platz für zwei Stühle mehr und bekam sogar den Hoteldiener zu fassen. Mr. Crouchback stellte Guy vor.

»Sie gehören also auch zu den ›Lotus-Essern‹? Ich habe meine Frau und Tochter gerade hier untergebracht, um Kriegszeiten abzuwarten. Ein bezauberndes Fleckchen Erde. Ich wünschte, ich könnte ein paar Wochen hierbleiben, statt in der Kaserne zu versauern.«

»Nein«, sagte Guy, »ich bleibe nur für eine Nacht.«

»Schade. Meine Frau braucht Gesellschaft. Zu viele alte Tanten hier.«

Neben seinem gewaltigen Schnurrbart trug Major Tickeridge auch noch einen roten buschigen Backenbart, der ihm fast bis in die Augen hineinwuchs.

Der Hoteldiener brachte ihre Drinks. Guy versuchte, ihn

wegen seiner Reisetasche festzuhalten, doch er meinte augenzwinkernd: »Ich bin gleich wieder da, Sir.«

»Probleme mit dem Gepäck?«, fragte der Major. »Sie sind hier alle ziemlich lasch. Wo drückt denn der Schuh?«

Guy erklärte es ihm ziemlich umständlich.

»Das haben wir gleich. Ich habe einen unschätzbaren, für gewöhnlich jedoch unsichtbaren Burschen, einen Halberdier namens Gold, der sich irgendwo herumtreibt. Der soll gehen.«

»Nein, bitte ...«

»Seit wir hergekommen sind, hat Halberdier Gold keinen Handschlag mehr getan, als mich heute Morgen viel zu früh aus den Federn zu holen. Er braucht ein bisschen Bewegung. Außerdem ist er verheiratet, und die Hausmädchen lassen ihn nicht in Ruhe. Es wird Halberdier Gold guttun, für eine Weile von hier wegzukommen.«

Guy konnte sich gut vorstellen, mit diesem freundlichen haarigen Mann warm zu werden.

»Zum Wohl«, sagte der Major.

»Zum Wohl«, sagte seine mausgraue Frau.

»Zum Wohl«, sagte Mr. Crouchback heiter.

Guy hingegen vermochte nur ein verlegenes Knurren hervorzubringen.

»Das erste Glas heute«, erklärte der Major und goss seinen Pink Gin hinunter. »Vi, bestell doch bitte noch eine Runde. Ich werde den Halberdier aufscheuchen.«

Unter mehrfachen Zusammenstößen und den entsprechenden Entschuldigungen arbeitete sich Major Tickeridge bis zum Ausgang vor.

»Das ist schrecklich nett von Ihrem Gatten.«

»Er kann es nun mal nicht ausstehen, wenn jemand nur rumsteht und nichts zu tun hat«, sagte Mrs. Tickeridge. »Das hat er bei den Halberdiers gelernt.«

Später, nachdem sie sich zum Abendessen getrennt hatten,

sagte Mr. Crouchback: »Reizende Leute, hab ich's dir nicht gesagt? Jenifer wirst du morgen kennenlernen. Ein wunderbar artiges Kind.«

Die Dauergäste hatten ihre Tische im Speisesaal rings an den Wänden, während die Neuankömmlinge in der Mitte saßen und, wie es Guy vorkam, aufmerksamer bedient wurden. Mr. Crouchback sorgte einer langjährigen Abmachung zufolge für seinen eigenen Wein, der im Weinkeller des Hotels für ihn gelagert wurde. Eine Flasche Burgunder und eine Flasche Portwein standen bereits auf seinem Tisch. Die fünf Gänge waren besser als erwartet.

»Es ist wirklich erstaunlich, wie die Cuthberts mit dieser Flut von Gästen fertigwerden. Es ist ja alles so plötzlich gekommen. Selbstverständlich muss man zwischen den einzelnen Gängen etwas warten, aber sie bringen immer noch ein vorzügliches Essen auf den Tisch, findest du nicht? Nur eine Neuerung missfällt mir. Sie haben mich gebeten, Felix nicht zu den Mahlzeiten mitzubringen. Zugegebenermaßen braucht er ziemlich viel Platz.«

Zusammen mit dem Pudding stellte der Kellner einen Teller mit dem Essen für den Hund auf den Tisch. Mr. Crouchback beäugte es genau und stocherte mit der Gabel prüfend darin herum.

»Ja, das sieht köstlich aus«, sagte er. »Haben Sie vielen Dank.« Und zu Guy: »Hast du was dagegen, wenn ich es Felix rasch raufbringe? Er ist es gewöhnt, um diese Zeit zu fressen zu kriegen. Schenk dir nur von dem Portwein ein. Ich bin gleich zurück.«

Durch den Speisesaal trug er den Teller hinauf in sein Wohnzimmer, jetzt Guys Schlafzimmer, und war gleich darauf wieder da.

»Spazieren gehen wir später mit ihm«, erklärte Mr. Crouchback. »So gegen zehn. Die Tickeridges sind auch fertig, wie ich sehe. Gestern und vorgestern Abend sind sie noch auf ein Glas Portwein an meinen Tisch gekommen. Heute scheinen sie etwas schüchtern. Du hast doch nichts dagegen, wenn ich sie rüberbitte, oder?«

Sie kamen.

»Ein wunderbarer Wein, Sir.«

»Ach, nichts Besonderes, nur was die Leute aus London mir so schicken.«

»Ich wünschte, Sie könnten in unserem Kasino mal mein Gast sein. Wir haben auch einen exzellenten Portwein, der allerdings nur serviert wird, wenn wir Gäste haben. Und Sie auch«, fügte er an Guy gewandt hinzu.

»Mein Sohn unternimmt trotz seines fortgeschrittenen Alters verzweifelte Versuche, um bei der Armee aufgenommen zu werden.«

»Was Sie nicht sagen! Das finde ich aber sehr anständig.«

»Nun, andere scheinen da anderer Ansicht zu sein«, sagte Guy und berichtete mit schiefem Lächeln von den vielen Absagen und Enttäuschungen der vergangenen beiden Wochen.

Major Tickeridge schien ein wenig irritiert über den leicht ironischen Ton, in dem Guy berichtete.

»Was Sie nicht sagen!«, erklärte er. »Hören Sie, ist es Ihnen damit wirklich ernst?«

»Ich wünschte, es wäre nicht so«, sagte Guy. »Aber leider ist es das doch.«

»Denn, wenn es Ihnen damit wirklich ernst ist – warum kommen Sie dann nicht zu *uns*?«

»Ich habe so ziemlich alle Hoffnung aufgegeben«, sagte Guy. »Ja, ich habe mich beim Auswärtigen Amt so gut wie verpflichtet.«

Major Tickeridge zeigte tiefes Mitgefühl.

»Ich muss schon sagen, dazu muss man ziemlich verzweifelt sein. Wissen Sie, wenn Sie es wirklich ernst meinen – ich glaube, da ließe sich schon was machen. Bei meiner Truppe, den Halberdiers, hat man die Dinge nie ganz so gemacht, wie es sonst bei der Armee üblich zu sein scheint. Ich meine, wir halten uns nicht an den Hore-Belisha-Unsinn von wegen von der Pike auf dienen! Wir stellen unsere Brigade selbst auf die Beine, halb aus Berufs-, halb aus Reserveoffizieren, halb aus frisch Einberufenen und halb aus Berufssoldaten. Im Moment steht zwar alles erst auf dem Papier, aber die Ausbildung der Stammtruppe kann jetzt jeden Tag losgehen. Es wird was ganz Besonderes werden. Wir kennen uns alle untereinander, wissen Sie; wenn Sie also möchten, dass ich beim Kommandeur ein Wort für Sie einlege – Sie brauchen es nur zu sagen. Erst neulich habe ich gehört, wie er meinte, er könne ganz gut ein paar ältere Leute unter den Offiziersanwärtern gebrauchen.«

Als es an diesem Abend zehn schlug und Guy und sein Vater Felix ins Dunkel hinaushüpfen ließen, hatte Major Tickeridge sich einiges über Guy notiert und versprochen, etwas zu unternehmen.

»Es ist schon erstaunlich«, sagte Guy. »Da habe ich wochenlang Generäle und Kabinettsmitglieder bedrängt, und es ist nichts dabei herausgekommen. Dann komme ich hierher, und ein wildfremder Major bringt binnen einer Stunde alles für mich in Ordnung.«

»So geht das oft. Ich hab dir ja gesagt, dieser Tickeridge ist ein toller Bursche«, sagte Mr. Crouchback, »und die Halberdiers sind ein prachtvolles Regiment. Ich habe sie bei einer Parade gesehen. Sie sind mindestens genauso gut wie die Foot Guards.«

Um elf wurde im Marine Hotel das Licht ausgemacht, und die Angestellten verschwanden. Guy und sein Vater gingen nach oben. In Mr. Crouchbacks Wohnzimmer roch es nach Tabak und Hund.

»Mit einem richtigen Bett hat das, fürchte ich, nicht viel zu tun.«

»Gestern Nacht bei Angela habe ich in der Bibliothek geschlafen.«

»Nun, hoffentlich kannst du gut schlafen.«

Guy zog sich aus und legte sich neben dem offenen Fenster aufs Sofa. Das Rauschen der See und die Seeluft erfüllten das Zimmer. Seit heute Morgen hatten sich seine Verhältnisse deutlich verändert.

Nach einer Weile ging die Tür zum Schlafzimmer seines Vaters auf. »Schläfst du schon?«

»Noch nicht ganz.«

»Hier ist das Ding, von dem du meintest, du würdest es gern haben. Gervases Medaillon. Morgen früh vergesse ich's womöglich.«

»Vielen, vielen Dank. Ich werde es von jetzt an immer tragen.«

»Ich leg es hier auf den Tisch. Gute Nacht.«

Guy streckte im Dunkeln die Hand aus und fühlte das schmale Medaillon aus Metall. Es hing an einer Kordel. Er knüpfte es sich um den Hals und hörte, wie sein Vater in seinem Schlafzimmer herumwanderte. Abermals ging die Tür auf. »Was ich noch sagen wollte: Ich stehe immer sehr früh auf und muss dann hier durch. Ich werde aber so leise wie möglich sein.«

»Ich gehe mit dir zur Messe.«

»Wirklich? Tu das! Nochmals gute Nacht.«

Bald hörte er seinen Vater leise schnarchen. Sein letzter Gedanke vor dem Einschlafen war eine beunruhigende Frage: »Warum habe ich es nicht fertiggebracht, zu Major Tickeridge ›Zum Wohl!‹ zu sagen? Mein Vater konnte es. Gervase hätte es auch gekonnt. Warum ich nicht?«

II

Apthorpe Gloriosus

I

»Zum Wohl!«, sagte Guy.

»Prost!«, sagte Apthorpe.

»Hören Sie mal, Sie zwei da, diese Drinks lassen Sie besser auf meine Rechnung gehen«, sagte Major Tickeridge, »jüngeren Offizieren ist es eigentlich nicht gestattet, vor dem Mittagessen im Vorraum zu trinken.«

»O Gott! Tut mir leid, Sir.«

»Das konnten Sie ja unmöglich wissen, mein Lieber. Ich hätte Sie warnen sollen. Das ist eine Regel, die eigentlich für junge Leute gedacht ist. Natürlich ist es Quatsch, sie jetzt auch auf Sie anzuwenden, aber es gibt sie nun mal. Falls Sie also was trinken wollen, sagen Sie dem Kasino-Unteroffizier, er soll Ihnen die Drinks ins Billardzimmer schicken. Dagegen hat niemand was.«

»Vielen Dank, dass Sie uns das gesagt haben«, sagte Apthorpe.

»Ich kann mir schon denken, dass Ihnen die Exerziererei eine ziemlich trockene Kehle macht. Der Kommandeur und ich haben heute Morgen bei Ihnen zugesehen. Es wird schon.«

»Ja, ich glaube, es wird schon.«

»Ich habe heute von meiner Frau gehört. An der Matchet-Front nichts Neues. Schade, dass es für den Wochenendurlaub zu weit ist. Ich nehme aber an, dass man Ihnen am Ende der Grundausbildung eine Woche Urlaub gibt.«

Es war Anfang November. Die Winterkälte hatte in diesem

Jahr früh eingesetzt. Im Vorraum loderte ein gewaltiges Feuer im Kamin. Ohne Einladung setzten jüngere Offiziere sich nicht davor; doch die Wärme drang sogar bis in die Ecken des großen getäfelten Raums.

Die Offiziere des Royal Corps of Halberdiers, der ›Königlichen Korps der Hellebardiere‹, ursprünglich arme Schlucker, führten für ihre Begriffe ein geradezu üppiges Leben. In neuen, modernen Regimenten war das Kasino nach Dienstschluss leer bis auf den Offizier vom Dienst. Die Halberdiers dagegen hatten sich in diesem Gebäude seit zweihundert Jahren häuslich niedergelassen. In den vier Wochen, die sie jetzt beim Korps waren, hatten weder Guy noch Apthorpe auch nur eine einzige Mahlzeit außerhalb zu sich genommen.

Sie waren die ältesten jener Gruppe von zwanzig Offiziersanwärtern, die im Augenblick in der Kaserne ihre Grundausbildung ablegten. Von einer zweiten, ähnlichen Gruppe hieß es, sie sei im Depot untergebracht. Am Schluss würden sie dann zusammengeworfen. Ein paar hundert frisch Einberufene bekamen ihre Grundausbildung an der Küste. Irgendwann im Frühjahr sollten sie den regulären Bataillonen zugeteilt und die Brigade aufgestellt werden. Dieser Satz fiel dauernd: »Wenn erst mal die Brigade aufgestellt wird …« Das wäre der Endpunkt ihrer augenblicklichen Aktivitäten, den man erwartete wie eine Geburt, den Beginn eines neuen, unbekannten Lebens.

Guys Kameraden waren zum größten Teil junge Büroangestellte aus London. Zwei oder drei hatten bis vor kurzem noch die Schulbank gedrückt. Einer, Frank de Souza, kam direkt aus Cambridge. Wie Guy erfuhr, waren sie aus über zweitausend Bewerbern ausgewählt worden. Bisweilen überlegte er, nach welchen Gesichtspunkten man eine so undefinierbare Gruppe zusammengestellt hatte. Später erkannte er, dass das den besonderen Stolz des Korps ausmachte: Man vertraute nicht auf besonders hervorragendes Material, sondern auf die altbewährten Methoden der Veränderung. Die Disziplin auf dem Kasernenhof, die Traditionen im Kasino würden Wunder wirken, und der *esprit de corps* würde wie Balsam heilbringend herniedertropfen.

Wie ein richtiger Soldat sah nur Apthorpe aus. Er war vierschrötig, braungebrannt, trug einen Schnurrbart und warf mit militärischen Ausdrücken und Abkürzungen um sich. Bis vor kurzem hatte er in nicht näher benannter Mission in Afrika gedient. Seine Stiefel hatten viele Meilen Buschpfade zurückgelegt.

Apthorpe hatte ein besonderes Interesse für Stiefel entwickelt.

Kennengelernt hatten er und Guy sich an dem Tag, an dem sie hier eingetreten waren. Guy war auf dem Bahnhof Charing Cross eingestiegen, ihm gegenüber auf dem Eckplatz hatte Apthorpe gesessen. Er erkannte die Abzeichen der Halberdiers sowie die Hornknöpfe des Regiments. Sein erster Gedanke war, dass er sich wahrscheinlich eines unmöglichen Verstoßes gegen die Etikette schuldig gemacht hatte, weil er sich das Abteil mit einem höheren Offizier teilte.

Apthorpe hatte weder eine Zeitung noch ein Buch bei sich. Meile für Meile starrte er auf seine eigenen Füße. Zuletzt, nachdem er ihn immer wieder verstohlen gemustert hatte, erkannte Guy, dass es sich bei den Rangabzeichen auf den Schulterstücken von Apthorpe nicht um Kronen handelte, sondern um einfache Sterne, wie auch er selbst sie trug. Trotzdem ergriff keiner von beiden das Wort, bis Apthorpe schließlich nach zwanzig Minuten eine Pfeife hervorholte und sie sorgsam aus einem großen zusammengerollten Tabaksbeutel stopfte. Dann sagte er: »Das ist mein neues Paar Tümmler. Ich nehme an, Sie tragen sie auch.«

Guy ließ seinen Blick von Apthorpes Stiefeln zu seinen

eigenen wandern. Sie ähnelten einander sehr. War ›Tümmler‹ wohl Halberdier-Slang für ›Stiefel‹?

»Ich weiß nicht. Ich habe meinem Schuhmacher nur gesagt, er solle mir zwei Paare dicker schwarzer Stiefel machen.«

»Vielleicht hat er Rindsleder genommen.«

»Ja, vielleicht.«

»Aber das wäre ein großer Fehler, Kamerad, wenn Sie gestatten, dass ich das sage.«

Er paffte weitere fünf Minuten seine Pfeife, dann sprach er wieder: »Denn eigentlich ist es ja die Haut des weißen Wals, wissen Sie?«

»Das wusste ich nicht. Warum werden sie Tümmler genannt?«

»Geschäftsgeheimnis, Kamerad.«

Mehr als einmal nach diesem ersten Zusammentreffen war Apthorpe auf dieses Thema zurückgekommen. Wann immer Guy in anderen Dingen einen gewissen Anspruch erkennen ließ, pflegte Apthorpe zu sagen: »Komisch, dass Sie keine Tümmler tragen. Ich hätte gedacht, dass Sie genau der Typ dafür sind.«

Dabei hatte der Bursche, der sich in der Kaserne um ihre Sachen kümmerte – je vier Offiziersanwärtern war einer zugeteilt worden –, große Schwierigkeiten, Apthorpes Tümmler auf Hochglanz zu bringen, und die einzige Kritik, die beim Appell jemals über seinen Aufzug laut wurde, war, dass seine Stiefel nicht glänzten.

Da sie annähernd gleich alt waren, machten Guy und Apthorpe die meisten Dinge gemeinsam und wurden von den jüngeren ›Onkel‹ genannt.

»Nun«, sagte Apthorpe, »ich glaube, wir gehen mal ein Zimmer weiter.«

Die Mittagspause ließ ihnen keine Zeit zum Müßiggang. Auf dem Dienstplan waren dafür zwar anderthalb Stunden angesetzt, doch ihr Zug exerzierte in Drillichanzügen (Kampf-anzüge waren noch nicht ausgegeben worden), und so muss-ten sie sich umziehen, ehe sie im Kasino erschienen. Heute hatte Sergeant Cork sie nach dem Klingeln zum Abendessen zur Strafe noch fünf Minuten festgehalten, weil Trimmer am Morgen fünf Minuten zu spät zum Appell erschienen war.

Trimmer war der Einzige ihrer Truppe, gegen den Guy eine ausgesprochene Abneigung hegte. Trimmer gehörte nicht zu den Jüngsten. Seine großen, dicht beieinanderstehenden Au-gen mit den langen Lidern blickten wissend in die Welt. Trim-mer verbarg unter seiner Mütze eine Locke goldenen Haars, die ihm stets in die Stirn fiel, wenn er ohne Kopfbedeckung war. Er sprach mit etwas geziertem Cockney-Akzent, und wenn das Radio im Billardzimmer Jazz spielte, hopste Trim-mer mit erhobenen Händen mit kleinen schlurfenden Tanz-schritten umher. Was er vorher im Zivilleben gemacht hatte, war nicht bekannt, möglicherweise etwas beim Theater, wie Guy annahm. Er war nicht auf den Kopf gefallen, doch Sol-datisches hatte er nichts an sich. Das Selbstbewusstsein der Halberdiers beeindruckte Trimmer kaum, und die Annehm-lichkeiten des Kasinos reizten ihn nicht. Unmittelbar nach Dienstschluss setzte er sich ab, manchmal allein, manchmal gemeinsam mit einem armseligen Abklatsch seiner selbst, seinem einzigen Freund namens Sarum-Smith. So sicher wie Apthorpe bald befördert wurde, so gewiss würde Trimmer irgendwo in Schande enden. An diesem Morgen war er pünkt-lich zu dem auf dem Dienstplan angegebenen Zeitpunkt erschienen. Doch alle anderen hatten bereits fünf Minuten gewartet, und Sergeant Cork rief gerade den Funker auf, da erschien Trimmer. Infolgedessen war es jetzt fünf Minuten nach halb eins, als sie entlassen wurden.

Jetzt waren sie im Laufschritt auf ihre Stube geeilt, hatten Gewehre und Ausrüstung aufs Bett geworfen und waren in ihre Dienstuniform geschlüpft. Mit Stock und Handschuhen (die vor dem Hinaustreten zugeknöpft zu sein hatten. Ein jüngerer Offizier, der dabei erwischt wurde, wie er sich die Handschuhe erst auf der Treppe zuknöpfte, wurde unweigerlich zurückgeschickt, um sich fertig anzukleiden) marschierten sie in Zweierpaaren zum Offiziershaus hinüber. Das sah die alltägliche Routine vor. Alle zehn Meter grüßten sie oder wurden gegrüßt. (Ein Gruß wurde bei den Halberdiers ebenso schneidig vollführt wie erwidert. Der ältere von den beiden musste zählen: »*Up. One, two, three. Down.*«) Im Vorraum legten sie ihre Mützen und Lederkoppel samt Schulterriemen ab.

Theoretisch galten im Kasino keine Rangunterschiede – »bis auf die natürliche Ehrerbietung, die die Jugend dem Alter schuldet, Gentlemen«, wie ihnen bei der Begrüßungsansprache an ihrem ersten Abend gesagt worden war. Guy und Apthorpe waren älter als die meisten der Captains und wurden in vieler Hinsicht auch dementsprechend behandelt. Gemeinsam betraten sie jetzt wenige Minuten nach eins das Kasino.

Guy nahm sich am Büffet vom *steak and kidney pie* und trug seinen Teller an den nächsten freien Platz an der Tafel. Eine Kasinoordonnanz erschien augenblicklich mit Röstkartoffeln und Salat an seiner Seite. Der Wein-Butler stellte einen Silberbecher Bier vor ihn hin. Geredet wurde nicht viel. ›Fachsimpeln‹ – in diesem Falle also über den Dienst reden – war verpönt, dabei konnten sie kaum an etwas anderes denken. Zu ihren Häuptern starrten sich aus vergoldeten Rahmen zwei Jahrhunderte von Korpskommandeuren stumpfsinnig an.

Da er sich einerseits außerordentlich freute, andererseits aber auch Angst hatte und diese beiden Gefühle miteinander in Widerstreit lagen, war Guy bei seinem Eintritt in das Korps sehr schüchtern gewesen. Er hatte vom Soldatenleben nur wenig Ahnung und wusste aus gelegentlichen Erzählungen nur von den Demütigungen, denen neue Offiziere ausgesetzt waren; er hatte von ›Kriegsgerichten der Subalternen‹ gehört und von groben Initiationsriten. Von alldem war in der Art, wie er und seine Kameraden von den Halberdiers willkommen geheißen wurden, nichts zu merken. Es kam Guy vor, als habe er in den letzten Wochen etwas erlebt, was in seiner Jugend gefehlt hatte: eine glückliche Jünglingszeit.

Captain Bosanquet, der Adjutant, der nach seinem dritten Pink Gin gutgelaunt ins Kasino kam, blieb vor Guy und Apthorpe stehen und sagte: »Muss ja heute Morgen ziemlich kalt gewesen sein auf dem Exerzierplatz.«

»Ja, ziemlich, Sir.«

»Nun, dann sagen Sie Bescheid, dass Ihre Leute heute Nachmittag Wintermäntel tragen.«

»Sehr wohl, Sir.«

»Vielen Dank, Sir.«

»Ach, ihr beiden Arschgeigen«, erboste sich Frank de Souza, der Cambridge-Student, »das bedeutet, dass wir heute Nachmittag unsere ganze Ausrüstung noch mal vorführen müssen.«

Folglich blieb ihnen keine Zeit für Kaffee und eine Zigarette. Um halb zwei schnallten Guy und Apthorpe ihre Gürtel um, knöpften sich die Handschuhe zu und schauten in den Spiegel, um zu sehen, ob ihre Mützen auch gerade saßen, klemmten sich den Stock unter den Arm und marschierten im Gleichschritt ab in ihr Quartier.

»*Up. One, two, three. Down.*« Sie erwiderten den Gruß einer Abteilung, die Habachtstellung einnehmen musste, als sie vorübergingen.

Aus dem Gleichschritt gingen sie in Laufschritt über. Guy zog sich um und zerrte hastig das Kampfgeschirr fest. Dabei geriet ihm Schuhcreme unter die Fingernägel. (Es war die Zeit des Tages, die Guy seit der Schulzeit jeden Tag im Sessel verbracht hatte.) In Drillichuniform durften sie rennen. Mit einer halben Minute Vorsprung erreichte Guy den Rand des Kasernenhofs.

Trimmer sah katastrophal aus. Statt seinen Uniformmantel quer über der Brust zuzuknöpfen und ihn oben am Kragen eng zuzuhaken, hatte er ihn offen gelassen. Noch schlimmer: Sein Koppel war verdreht. Einer der Seitenriemen hing ihm auf dem Rücken herunter, der andere vorn – es wirkte geradezu grotesk.

»Mr. Trimmer, heraustreten, Sir! Gehen Sie auf Ihr Quartier, und kommen Sie in fünf Minuten vorschriftsmäßig gekleidet wieder. *Kommando zurück.* Einen Schritt *hinter* das letzte Glied, Mr. Trimmer, *Kommando zurück.* Auf das Kommando ›heraustreten!‹ treten Sie mit dem linken Fuß einen Schritt zurück. Ganze Abteilung, kehrt! *Kommando zurück.* Lassen Sie den rechten Arm bis zur Koppelhöhe vorschwingen, während Sie den linken Fuß vorsetzen. So, jetzt noch einmal richtig. Heraustreten! Und lassen Sie sich nicht noch einmal dabei erwischen, wie Sie lachen, Mr. Sarum-Smith. Kein Offizier in dieser Abteilung kann es sich leisten, über einen anderen zu lachen. Wenn ich es noch einmal erlebe, dass ein Offizier über einen anderen lacht, meldet er sich oben beim Adjutanten. Also gut. Rührt euch! Während wir hier auf Mr. Trimmer warten, wollen wir noch ein wenig Korpsgeschichte repetieren. Das Royal Corps of Halberdiers wurde erstmalig vom Earl of Essex aufgestellt und sollte während der Regierungszeit von Königin Elisabeth in den Niederlanden Dienst tun. Damals nannte es sich ›The Earl of Essex's Honourable Company of Free Halberdiers‹. Welche Spitznamen hat es sich noch erworben, Mr. Crouchback?«

»Copper Heels und Applejacks, Sergeant!«

»Richtig. Warum Applejacks, Mr. Sarum-Smith?«

»Weil eine Abteilung des Korps nach der Schlacht von Malplaquet unter Halberdier Sergeant Major Breen in einem Obstgarten biwackierte. Dabei wurde sie von einem Trupp französischer Marodeure überrascht, die sie vertrieben, indem sie sie mit Äpfeln bombardierten, Sergeant.«

»Sehr gut, Mr. Sarum-Smith. Mr. Leonard, was für eine Rolle spielte das Korps im Ersten Aschanti-Krieg?«

Endlich war Trimmer wieder da.

»Sehr gut. Wir können jetzt also weitermachen. Heute Nachmittag gehen wir in die Küche, wo Halberdier Sergeant Major Groggin Ihnen beibringt, wie man die verschiedenen Fleischsorten unterscheidet. Jeder Offizier muss imstande sein, Hammel- von Schweinefleisch zu unterscheiden. Die zivilen Versorgungsunternehmen versuchen immer wieder, die Truppe zu betrügen, und die Gesundheit seiner Leute hängt nun mal davon ab, wie wachsam ein Offizier ist. Verstanden? Nun denn, Mr. Sarum-Smith, übernehmen Sie das Kommando. Auf das Kommando ›Vorwärts!‹ treten Sie zackig aus dem Glied heraus, machen eine volle Kehrtwendung und sehen Ihre Leute an. Vorwärts! Das hier ist jetzt Ihr Zug. Ich bin nicht da. Ich möchte, dass Sie ohne Waffen zum Küchenhof marschieren, aber nicht als Hammelherde, sondern geordnet in Reih und Glied, wie es sich für Soldaten gehört. Wenn Sie nicht wissen, wo die Küche ist, brauchen Sie nur Ihrer Nase zu folgen, Sir. Zunächst aber gehen Sie mit Ihren Leuten die Einzelheiten zum Bau von Gewehrpyramiden durch, als kleine Auffrischung. Und dann geben Sie die entsprechenden Befehle.«

Die festgelegten Einzelheiten für den Bau von Gewehrpyramiden hatten bisher den größten Teil ihrer Ausbildung ausgemacht. Sarum-Smith geriet ins Straucheln. Guy wurde aufgerufen, und ihm ging es genauso. De Souza ratterte das

Ganze selbstbewusst, aber nicht korrekt herunter. Zuletzt wurde Apthorpe aufgerufen, der Retter in der Not, auf den man sich immer verlassen konnte. Mit angestrengtem Gesichtsausdruck schaffte er es, »… die Ungeraden im vordersten Glied packen mit der Linken die Karabiner der Geraden, legen die Mündungen kreuzweise übereinander, so dass die Magazine nach außen zeigen, und nehmen gleichzeitig die Riemenbügel beider Karabiner zwischen Daumen und Zeigefinger …«, und der Zug marschierte ab. Den Rest des Nachmittags inspizierten sie die Küche, in der eine mörderische Hitze herrschte, sowie die Lagerräume für das Fleisch mit ihrer arktischen Kälte. Sie bekamen riesige violette und gelbe Schlachtviehhälften zu sehen und lernten, aufgrund der Rippenzahl Katzen von Kaninchen zu unterscheiden.

Um vier wurden sie entlassen. Für diejenigen, die willig waren, sich nochmals umzuziehen, gab es im Kasino Tee. Die meisten lagen jedoch auf ihren Betten, bis es Zeit für die Körperertüchtigung war.

Sarum-Smith kam in Guys Stube.

»Sagen Sie, Onkel, haben Sie schon Sold bekommen?«

»Keinen Penny.«

»Können wir da nicht was machen?«

»Ich habe es dem Stellvertretenden Kommandeur gegenüber erwähnt. Er sagte, es brauche immer seine Zeit, bis der Sold kommt. Man muss einfach abwarten.«

»Das mag für diejenigen, die es sich leisten können, ja schön und gut sein. Einige Firmen zahlen ihren Angestellten sogar den Ausgleich zu ihrem früheren Gehalt, damit sie nicht schlechter dastehen, wenn sie Soldat werden. Meine tut's aber nicht. Sie sind doch einigermaßen wohlhabend, nicht wahr, Onkel?«

»Nun, ich bin noch nicht gerade pleite.«

»Wenn ich das auch von mir sagen könnte! Für mich ist das

ganze eher peinlich. Als Sie hierherkamen, war Ihnen da klar, dass man uns hier fürs Essen bezahlen lässt?«

»Nun, eigentlich bezahlen für das, was wir außerhalb der Mahlzeiten zu uns nehmen. Und man bekommt schon was für sein Geld.«

»Alles schön und gut, aber ich hatte gedacht, das mindeste, was sie tun könnten, wäre, uns in Kriegszeiten zu verköstigen. Als man mir die erste Kasinorechnung präsentierte, war das ein großer Schock. Wie stellen die sich vor, dass wir leben sollen? Ich bin restlos pleite.«

»Ich verstehe«, sagte Guy ohne Begeisterung, aber auch nicht überrascht, denn dies war nicht die erste Unterhaltung dieser Art, die er in den vergangenen Wochen geführt hatte; nur war ihm Sarum-Smith nicht gerade sympathisch. »Ich nehme an, Sie möchten, dass ich Ihnen etwas Geld leihe.«

»Ich muss schon sagen, Onkel, Sie können wirklich Gedanken lesen. Über einen Fünfer wäre ich froh, wenn Sie ihn entbehren können. Nur, bis wir unseren Sold bekommen.«

»Sagen Sie das aber bitte nicht weiter.«

»Selbstverständlich nicht. Viele von uns sitzen in der Klemme. Ich habe es schon bei Onkel Apthorpe versucht. Der riet mir, mich an Sie zu wenden.«

»Wie aufmerksam von ihm.«

»Aber selbstverständlich, wenn *Sie* dadurch in die Klemme geraten …«

»Nein, ist schon in Ordnung. Ich hab nur keine Lust, Bankier für das ganze Korps zu spielen.«

»Sie bekommen es zurück, sobald ich meinen Sold kriege …«

Insgesamt schuldete man Guy bereits fünfundfünfzig Pfund.

Bald war es Zeit, den Trainingsanzug anzuziehen und in die Turnhalle hinüberzugehen. Das war der Tagesabschnitt, den Guy hasste. Die Offiziersanwärter versammelten sich unter den Bogenlampen. Zwei Corporals schossen einen Fußball hin und her. Einer von ihnen versetzte ihm einen Tritt, so dass er an die Wand über ihren Köpfen prallte.

»Ich finde das unverschämt«, sagte ein junger Mann namens Leonard.

Wieder flog der Ball, diesmal noch näher.

»Ich glaube, der tut das mit Absicht«, sagte Sarum-Smith.

Plötzlich ließ Apthorpe sich mit Stentorstimme vernehmen: »Sie beide da! Sehen Sie denn nicht, dass Offiziere hier sind? Nehmen Sie den Ball und gehen Sie raus …«

Die Corporals setzten ein Schmollgesicht auf, nahmen den Ball und trollten sich mit einer gewissen zur Schau getragenen Lässigkeit. Draußen vor der Tür brachen sie in brüllendes Gelächter aus. Die Turnhalle kam Guy wie eine Art von exterritorialem Gebiet vor, wie die Botschaft eines fremden und feindlichen Staates, etwas, das nichts mit dem wohlgeordneten Leben in der Kaserne zu tun hatte.

Der Sportlehrer war ein aalglatter junger Mann mit pomadisiertem Haar, mächtigem Hinterteil und unnatürlich glitzernden Augen. Er führte Übungen, die Kraft und Beweglichkeit verlangten, mit einer raubtierhaften und, wie es Guy schien, geradezu beleidigenden Selbstbeherrschung aus.

»Zweck der Gymnastik ist die Lockerung«, sagte er, »und der Verkrampfung durch den altmodischen Drill entgegenzuwirken. Manche von Ihnen sind älter als andere. Übertreiben Sie es nicht. Machen Sie nicht mehr, als Sie leisten können. Ich möchte, dass der Sport Ihnen *Spaß* macht. Fangen wir mit einem Spiel an.«

Diese Spiele hatten selbst auf die jüngsten unter ihnen eine niederschmetternde Wirkung. Guy, mit den anderen aufgereiht, nahm den Fußball durch die gegrätschten Beine seines Vordermanns in Empfang und gab ihn genauso weiter. Die verschiedenen Dienstgrade sollten gegeneinander antreten.

»Also bitte«, spornte der Sportlehrer sie an, »Sie lassen sich vorführen! Ich hab auf Sie gesetzt! Lassen Sie mich jetzt nicht im Stich.«

Nach dem Spiel kam die Gymnastik.

»Bemühen Sie sich um geschmeidige und anmutige Bewegungsabläufe, meine Herren, als ob Sie mit Ihrer Frau Walzer tanzten. So ist's richtig, Mr. Trimmer. Sehr schön rhythmisch. Früher bestand die Ausbildung eines Soldaten fast ausschließlich darin, stundenlang in Habachtstellung auszuharren und möglichst geräuschvoll mit den Füßen aufzustampfen. Die moderne Wissenschaft hat nachgewiesen, dass gerade das Füßestampfen die Wirbelsäule ernstlich in Mitleidenschaft ziehen kann. Deshalb steht heutzutage am Ende jedes Werktages eine halbe Stunde Lockerungsübungen.«

Dieser Mann würde niemals kämpfen, dachte Guy. Er würde hier in seiner hell erleuchteten Halle bleiben, seine Muskeln spielen lassen, auf den Händen laufen und wie ein Gummiball über die Fußbodenbretter hüpfen, auch wenn der Himmel über ihm einstürzte.

»In Aldershot werden die Ertüchtigungskurse heute alle von Musik begleitet.«

Für diesen Mann, dachte Guy weiter, wäre in ›The Earl of Essex' Honourable Company of Free Halberdiers‹ kein Platz gewesen. Er war kein geborener Copper Heel, kein richtiger Applejack.

Nach dem Sport nochmals Umziehen und Vortrag von Captain Bosanquet über Militärrecht. Vortragender wie Zuhörer waren gleichermaßen schläfrig. Captain Bosanquet verlangte nichts weiter als Ruhe.

»... Worum es vor allem geht: sämtliche Änderungen und

Zusätze zum Exerzierreglement, also den *King's Regulations,* gleich nach ihrem Erscheinen einzukleben. Sorgen Sie dafür, dass Ihre *King's Regulations* immer auf dem neuesten Stand sind, dann kann gar nichts schiefgehen.«

Um halb sieben wurden sie geweckt und entlassen, damit war die Dienstzeit endlich vorüber. An diesem Abend rief Captain Bosanquet Guy und Apthorpe noch einmal zu sich.

»Was ich noch sagen wollte«, erklärte er, »ich hab Ihnen heute Abend bei der Gymnastik zugesehen. Glauben Sie wirklich, dass Ihnen das guttut?«

»Das kann ich von mir nicht behaupten, Sir«, sagte Guy.

»Ich auch nicht. Für Leute wie Sie ist das wirklich Unsinn! Wenn Sie wollen, können Sie den Sport auslassen. Lassen Sie sich einfach nicht im Vorraum blicken. Bleiben Sie auf Ihrer Stube, und wenn jemand fragt, sagen Sie, Sie büffeln Militärrecht.«

»Vielen Dank, Sir.«

»Sie werden eines Tages wahrscheinlich jeder eine Kompanie führen. Da hilft Ihnen das Militärrecht mehr als der ganze Sport.«

»Ich glaube, ich mache lieber weiter in der Turnhalle mit, falls Sie nichts dagegen haben«, erklärte Apthorpe. »Ich finde, dass ich nach dem Exerzieren auf dem Kasernenhof ein paar Lockerungsübungen gut gebrauchen kann.«

»Wie Sie wollen.«

»Ich habe immer viel Bewegung gebraucht«, sagte Apthorpe zu Guy, als sie auf ihre Zimmer zurückgingen. »Das, was Sergeant Pringle über die Wirbelsäule gesagt hat, ist schon richtig. Könnte sein, dass ich meiner schon ein bisschen viel zugemutet habe. Ich bin in letzter Zeit nicht so ganz auf dem Damm gewesen. Vielleicht möchte ich auch nicht, dass irgendjemand denkt, ich wäre nicht so fit wie die anderen. Die Wahrheit ist, dass ich mir selbst gegenüber ziemlich rücksichtslos gewesen bin, altes Haus, und das macht sich bemerkbar.«

»Da wir gerade vom Anderssein reden: Haben Sie Sarum-Smith an mich weiterverwiesen?«

»Richtig. Ich halte weder was vom Leihen noch vom Verleihen. Auf dem Gebiet hab ich schon zu viel erlebt.«

Auf jedem Flur gab es zwei Waschräume. Inzwischen waren in den Schlafzimmern Kohlefeuer entfacht worden. Schwer arbeitende ältere Halberdiers, die wieder zu den Fahnen gerufen worden waren und Kasernendienst verrichteten, sorgten dafür, dass das Feuer nicht ausging. Jetzt kam die schönste Stunde des Tages. Guy hörte die Schritte der jungen Offiziersanwärter die Treppe herunterhüpfen und in die Stadt eilen, ins Kino, in irgendeine Hotelbar oder ein Tanzlokal. Er aalte sich im heißen Wasser und lag hinterher im Oxford-Stuhl vor dem Kamin und döste. Keine mediterrane Siesta war ihm je so erholsam erschienen.

Nach einer Weile kam Apthorpe ihn abholen, um gemeinsam ins Offiziershaus hinüberzugehen. Den Offiziersanwärtern war es freigestellt, ihre Ausgehuniform anzuziehen. Nur Apthorpe und Guy hatten sich eine angeschafft und unterschieden sich dadurch von den anderen; es wertete sie auch für die alten Hasen auf, und zwar nicht wegen der zwölf Guineen, die sich die anderen nicht leisten konnten, sondern vor allem, weil sie aus eigener Tasche in die Tradition des Korps investiert hatten.

Als die beiden Onkel in ihren blauen Uniformen im Vorraum erschienen, saßen Major Tickeridge und Captain Bosanquet als Einzige vor dem Kamin.

»Kommen Sie, setzen Sie sich zu uns«, sagte Major Tickeridge und klatschte in die Hände. »Musik und Tänzerinnen! Vier Pink Gin!«

Guy liebte Major Tickeridge und Captain Bosanquet. Er

liebte Apthorpe. Er liebte das Ölgemälde über dem Kamin, das einen fest geschlossenen Zug von Halberdiers in der Wüste zeigte. Er liebte das ganze Korps tief und innig.

An diesem Abend ging es beim Dinner förmlich zu. Der Kasinovorstand klopfte mit einem Elfenbeinhämmerchen auf den Tisch, und der Kaplan sprach das Tischgebet. Die an weniger opulente Mahlzeiten gewöhnten Offiziersanwärter fanden das alles ziemlich bedrückend. »Es ist doch reichlich übertrieben«, hatte Sarum-Smith einmal gesagt, »dass sie selbst aus dem Essen eine Exerzierübung machen.«

Erleuchtet wurde die Tafel von riesigen, weitverzweigten Silberkerzenständern, die in Form von Palmen und zu Boden gezwungenen Wilden die Militärgeschichte der letzten hundert Jahre feierten. Etwa zwanzig Offiziere nahmen an diesem Abend an der Tafel Platz. Viele von den jungen Offizieren hatten Ausgang und waren in der Stadt; die anderen, die nicht anwesend waren, weilten bei ihren Frauen in Villen in der Nachbarschaft. Außer an Abenden mit Gästen von außerhalb trank niemand Wein. Guy hatte den Lapsus gemacht, an seinem ersten Abend Bordeaux zu bestellen, wofür er sich ein spöttisches »Ach was, hat jemand Geburtstag heute?« eingehandelt hatte.

»Ich habe gehört, heute gibt's eine Vorstellung von der ENSA zur Betreuung und Unterhaltung der Truppen. Gehen wir hin?«

»Warum nicht?«

»Ich hatte mir eigentlich vorgenommen, ein paar Nachträge in die *King's Regulations* einzukleben.«

»Ich habe gehört, der Mann in der Schreibstube übernimmt das für ein Pfund.«

»Sieht besser aus, wenn man's selbst macht«, sagte Apthorpe.

»Trotzdem komme ich mal mit. Könnte ja sein, dass der

Captain-Commandant da ist. Ich habe seit unserem ersten Tag nicht mehr mit ihm gesprochen.«

»Was wollen Sie ihm sagen?«

»Ach, nichts Besonders. Was sich so ergibt, wissen Sie.«

Nach einer Pause sagte Guy: »Sie haben gehört, was der Adjutant gesagt hat: dass wir wahrscheinlich mal eine Kompanie führen werden.«

»Meinen Sie nicht, das grenzt schon fast ans Geschäftliche, altes Haus?«

Schließlich sauste das Hämmerchen erneut hernieder, der Kaplan sprach das Dankgebet, und es wurde abgetragen. Das Abnehmen des Tischtuches war ein Kunststück, für das eine solche Geschicklichkeit nötig war, dass es Guy immer wieder entzückte. Der Kasinounteroffizier stand am Fuß der Tafel. Die Bediensteten hoben die Leuchter in die Höhe. Mit einem einzigen Ruck aus dem Handgelenk zog der Corporal das lange Tischtuch zu sich heran, so dass es sich in einer Lawine zu seinen Füßen ergoss.

Portwein und Schnupftabak wurden gereicht. Die Tafel war aufgehoben, und die Gesellschaft konnte sich verteilen.

Die Halberdiers hatten innerhalb der Kasernenmauern ihr eigenes Garnisonstheater. Als Guy und Apthorpe ankamen, war der Saal fast schon voll. Die ersten beiden Reihen waren für die Offiziere reserviert. In der Mitte saß der Full Colonel, der im Korps den Spitznamen ›Captain-Commandant‹ trug, mit Frau und Tochter. Guy und Apthorpe sahen sich nach Plätzen um und entdeckten nur noch zwei leere Plätze in der Mitte. Sie zögerten. Guy wollte sich schon wieder zurückziehen, wohingegen Apthorpe vorsichtig weiterging.

»Kommen Sie nur«, forderte der Captain-Commandant sie auf. »Scheuen Sie sich davor, bei uns Platz zu nehmen? Darf ich Ihnen meine Frau und meine Tochter vorstellen?«

So nahmen sie bei den erlauchten Gästen Platz.

»Fahren Sie übers Wochenende nach Hause?«, fragte die Tochter.

»Nein. Mein Zuhause ist nämlich in Italien, wissen Sie.«

»Ach, was Sie nicht sagen. Sind Sie vielleicht Künstler oder so was? Wie aufregend!«

»Und mein Zuhause war im Betschuanaland«, sagte Apthorpe.

»Donnerwetter«, sagte der Captain-Commandant. »Sie können bestimmt so manche interessante Geschichte erzählen. Nun, ich glaube, ich gebe besser Order anzufangen.«

Er nickte mit dem Kopf. Die Bühnenbeleuchtung ging an. Er erhob sich und stieg auf die Bühne.

»Wir alle sind sehr gespannt auf das, was uns heute erwartet«, sagte er. »Diese reizenden Damen und Künstler haben an einem kalten Abend eine lange Fahrt gemacht, um uns zu unterhalten. Bemühen wir uns, ihnen einen richtigen Halberdier-Empfang zu bereiten.«

Unter lautem Applaus begab er sich wieder auf seinen Platz.

»Eigentlich ist das Aufgabe des Kaplans«, sagte er, an Guy gewandt. »Aber ich gebe dem Burschen ab und zu eine Ruhepause.«

Hinter dem Vorhang erklang Klaviermusik. Der Vorhang ging in die Höhe. Noch ehe die Bühne ganz zu erkennen war, versank der Captain-Commandant in einen tiefen, aber nicht lautlosen Schlaf. Unterm Korpswappen am Bühnenportal wurde eine kleine Gruppe von Musikern sichtbar, die aus drei älteren Damen mit übertriebenem Make-up bestand, einem leichenhaft ausgemergelten alten Mann mit zu wenig Make-up und einem Neutrum von undefinierbarem Alter am Flügel. Alle waren sie in die Kostüme von Pierrots und Pierretten gekleidet. Ein Sturm wohlwollenden Applauses erhob sich.

Ein flotter Chor eröffnete die Darbietung. Die Köpfe in den vordersten beiden Reihen versanken, einer nach dem anderen, in ihren Kragen. Auch Guy schlief.

Eine Stunde später wurde er von lautem Gesinge wieder wach, das nur wenige Schritte vor ihm erklang. Es kam von dem leichenhaften Mann, dessen zarter nordischer Körper überraschend von einer mächtigen südländischen Tenorstimme beherrscht schien. Er weckte auch den Captain-Commandant.

»Das ist noch nicht *God Save The King*, oder?«

»Nein, Sir. Das ist *There'll always be an England*.«

Der Captain-Commandant versuchte, sich zu sammeln, und lauschte.

»Richtig«, sagte er. »Ich erkenne doch nie ein Lied, ehe ich nicht den Text verstanden habe. Der Alte hat keine schlechte Stimme, oder?«

Es war das letzte Stück. Danach nahmen alle Habachtstellung ein und sangen die Nationalhymne.

»Bei solchen Gelegenheiten laden wir die Künstler hinterher immer zu einem Drink ein. Tun Sie mir den Gefallen und trommeln Sie ein paar von den Jüngeren zusammen, damit sie die Honneurs machen, ja? Ich nehme an, Sie haben mehr Erfahrung mit Gästen vom Theater als wir. Und übrigens, falls Sie am Sonntag hier sind und nichts Besseres zu tun haben, kommen Sie doch zum Lunch zu uns.«

»Mit Vergnügen, Sir«, sagte Apthorpe, wobei keineswegs klar war, ob die Einladung auch für ihn galt.

»Sie werden auch hier sein? Ja, selbstverständlich, dann kommen Sie auch. Sehr erfreut.«

Der Captain-Commandant ging nicht mit ihnen ins Offiziershaus. Zwei Offiziere und drei oder vier Offiziersanwärter aus Guys Gruppe bildeten das Empfangskomitee. Die Damen hatten mit dem Make-up und ihren Kostümen auch alles

Theatergehabe abgelegt. Sie hätten genauso gut vom Einkauf kommen können.

Guy stand neben dem Tenor, der seine Perücke abgenommen hatte und jetzt ein paar graue Strähnen zeigte, die ihn etwas jünger machten. Trotzdem wirkte er immer noch sehr alt. Seine Wangen und seine Nase waren fleckig und von blutroten Adern überzogen, seine wässrigen Augen schwammen in einem Kranz von Runzeln. Es war viele Wochen her, dass Guy in das Gesicht eines Kranken geblickt hatte.

»Sie sind wunderbar gastfreundlich. Dieses Korps ganz besonders. Ich habe immer etwas für die Copper Heads übrig gehabt.«

»Für die Copper Heels.«

»Ja, selbstverständlich. Ich habe Copper Heels gemeint. Bei dem letzten Auftritt waren wir direkt neben Ihnen positioniert. Wir kamen sehr gut zurecht mit Ihren Leuten. Ich gehörte zu den Künstlern. Wurde nicht eingezogen, wohlgemerkt. Ich hatte mich freiwillig gemeldet und bis ans Ende gedient.«

»Ich bin erst seit kurzem dabei.«

»Ach, Sie sind noch jung. Ob ich wohl noch eine Tasse von diesem exzellenten Kaffee bekommen könnte? Das Singen strengt schon sehr an.

»Sie haben eine schöne Stimme.«

»Meinen Sie, es ist gut angekommen? Man weiß das nie.«

»Oh ja, es war ein großer Erfolg.«

»Selbstverständlich sind wir als Ensemble nicht erste Klasse.«

»Alle wurden sehr gefeiert.«

Sie schwiegen. Gelächter erhob sich bei der Gruppe der Damen. Dort verlief alles weniger gezwungen.

»Noch etwas Kaffee?«

»Nein, vielen Dank, nicht mehr.«

Schweigen.

»Laut den Nachrichten sieht's besser aus«, sagte der Tenor zuletzt.

»Wirklich?«

»Oh, *wesentlich* besser ...«

»Wir haben nicht viel Zeit, um in die Zeitungen hineinzuschauen.«

»Nein, das haben Sie wohl nicht. Ich beneide Sie. Es stehen ja nur Lügen drin«, fügte er traurig hinzu. »Man kann kein Wort von dem glauben, was sie schreiben. Aber sie klingen alle sehr gut. Sehr gut sogar. Das hebt die Stimmung«, sagte er aus der Tiefe seiner Tristesse heraus. »Jeden Morgen etwas Fröhliches. Das brauchen wir in diesen Zeiten nun mal.«

Bald fuhren die Künstler ab, hinaus in die Nacht.

»Der Mann, mit dem Sie sich unterhalten haben, machte einen sehr interessanten Eindruck«, sagte Apthorpe.

»Ja.«

»Ein echter Künstler. Der war bestimmt bei der Oper.«

»Würde ich auch meinen.«

»Bei der großen Oper – nicht Operette.«

Zehn Minuten später lag Guy im Bett. In seiner Jugend hatte man ihn gelehrt, jeden Abend eine Gewissenserforschung vorzunehmen und Buße zu tun. Seit er Soldat war, drängten sich in diese fromme Übung immer Gedanken an das, was er tagsüber gelernt hatte. Bei der Schilderung des ›Pyramidenbaus‹ hatte er schmählich versagt ... – »... die Geraden aus dem Mittelglied neigen den Lauf dem Ersten Glied entgegen, indem sie ihre Karabiner unter den rechten Arm legen, und zwar mit dem Abzugsbügel nach oben, und dabei gleichzeitig den Riemenbügel ergreifen ...« Er war sich nicht sicher, was nun mehr Rippen hatte, Katze oder Kaninchen. Er wünschte, er wäre es gewesen und nicht Apthorpe, der die unverschämten Corporals in der Turnhalle zur Ordnung gerufen hatte. Und den redlichen, schwermütigen alten Mann hatte er mit seinen ›Copper Heels‹ vor den Kopf gestoßen. Was wurde bei einem ›echten Halberdier-Willkommen‹ von ihm erwartet? Es gab vieles zu bereuen und wiedergutzu-machen.

2

Am Samstag um zwölf setzte ein großer Exodus aus der Ka-serne ein. Guy blieb wie gewöhnlich daheim. Schwerer als seine längeren und bitteren Erinnerungen, sein bescheide-ner Kontostand, seine blaue Ausgehuniform, seine Lange-weile in der Turnhalle oder die vielen anderen kleinen An-zeichen des Alters, die ihn von seinen jüngeren Kameraden unterschieden, wog dabei sein gewachsenes Bedürfnis nach Ruhe und Alleinsein. Apthorpe ging mit einem der älteren Offiziere Golf spielen. Genug Feiertagsstimmung für Guy also, um sich umzukleiden, den ganzen Nachmittag über dieselben Sachen zu tragen, nach dem Mittagessen eine Zi-garre zu rauchen, die Highstreet hinunterzuschlendern, um sich seine Wochenzeitungen – *Spectator, New Statesman* und *Tablet* – vom Zeitschriftenhändler zu holen und sie verschlafen an seinem eigenen Kaminfeuer zu lesen. Damit war er noch beschäftigt, als – lange nach Einbruch der Dun-kelheit – Apthorpe vom Golf zurückkehrte. Er trug eine Trainingshose und eine geflickte, mit Ledergurt zusammen-gehaltene Tweedjacke. Seine Augen glitzerten einfältig und glasig. Apthorpe war sternhagelvoll.

»Hallo. Schon gegessen?«

»Nein. Hab ich auch nicht vor. Eine der Grundregeln für die Gesundheit lautet, abends nichts zu essen.«

»Nie, Apthorpe?«

»Na, das hab ich nicht gesagt, altes Haus. Natürlich nicht ›nie‹. Gelegentlich. Damit die Säfte mal zur Ruhe kommen. Draußen im Busch muss man sein eigener Doktor sein. Regel Nummer eins: immer für trockene Füße sorgen! Regel Nummer zwei: den Säften ab und zu Ruhe gönnen! Kennen Sie die dritte?«

»Nein.«

»Ich auch nicht. Aber wenn man sich an die beiden ersten hält, kann einem nichts passieren. Wissen Sie, Sie sehen für meine Begriffe nicht gut aus, Crouchback. Ich hab mir schon Sorgen um Sie gemacht. Kennen Sie Sanders?«

»Ja.«

»Ich habe mit ihm Golf gespielt.«

»War's ein gutes Spiel?«

»Schrecklich! Starker Wind und schlechte Sicht. Wir haben neun Löcher gespielt und dann aufgegeben. Sanders hat einen Bruder in Kasanga. Ich nehme an, Sie glauben, das liegt in der Nähe von Makarikari, stimmt's?«

»Tut es das nicht?«

»Das sind nur zwölfhundert Meilen Entfernung, so nahe liegt das beieinander. Für einen Mann, der so viel rumgekommen ist wie Sie, wissen Sie nicht viel, finden Sie nicht auch? Zwölfhundert Meilen verdammter Busch, und das nennen Sie nahe!« Apthorpe setzte sich und blickte Guy traurig an. »Nicht, dass das wirklich wichtig wäre«, sagte er. »Wen kümmert's schon? Warum nach Makarikari gehen, warum nicht gleich in Kasanga bleiben?«

»Ja, warum eigentlich nicht?«

»Weil Kasanga wirklich ein Rattenloch ist, deshalb. Aber wenn es Ihnen dort gefällt, dann bleiben Sie um Himmels willen dort. Nur bitten Sie mich nicht, dass ich auch dorthin komme, das ist alles, altes Haus. Natürlich hätten Sie dort Sanders' Bruder. Wenn er auch nur ein bisschen Ähnlichkeit mit Sanders hat, ist er ein verdammt schlechter Golfspieler, aber ich zweifle nicht daran, dass Sie in Kasanga heilfroh wären, seine Gesellschaft zu haben. Kasanga ist wirklich das Allerletzte. Ich begreife nicht, was Sie an dem Nest finden.«

»Warum gehen Sie nicht zu Bett?«

»Weil ich einsam bin«, sagte Apthorpe, »deshalb. Es ist immer das Gleiche, wo man auch ist. Makarikari, Kasanga, egal, wo. Man amüsiert sich mit den Kameraden im Club. Man fühlt sich fabelhaft, und am Schluss geht man dann heim und legt sich allein ins Bett. Ich brauche eine Frau.«

»In der Kaserne finden Sie jedenfalls keine.«

»Nur zur Gesellschaft, verstehen Sie? Ohne das andere komm ich schon aus. Nur damit wir uns richtig verstehen – nicht, dass ich es mir zu meiner Zeit nicht hätte gutgehen lassen. Und das werde ich auch wieder. Ich kann's machen oder sein lassen – ich stehe über Sex. Das muss man im Busch, sonst geht es nicht. Nur ohne Gesellschaft komme ich nicht aus.«

»Ich schon.«

»Sie wollen also, dass ich gehe? Schön, altes Haus, aber so ein dickes Fell, wie Sie vielleicht meinen, habe ich nicht. Ich weiß schon, wann ich nicht erwünscht bin. Tut mir leid, dass ich mich Ihnen aufgedrängt habe, sehr leid.«

»Wir sehen uns morgen wieder.«

Aber Apthorpe rührte sich nicht vom Fleck. Traurig saß er mit vorquellenden Augen da. Es war, wie wenn man der Kugel beim Roulette mit dem Blick folgt, wie sie langsamer und langsamer über die Zahlen rollt. Was würde als Nächstes aufs Tapet kommen: Frauen? Afrika? Die Gesundheit? Golf? Die Kugel blieb bei ›Stiefel‹ liegen.

»Ich hab heute Stiefel mit Gummisohlen getragen«, sagte er. »Ein Fehler. Hat mir den ganzen Schwung genommen. Hatte keinen guten Schlag.«

»Meinen Sie nicht, es wäre besser, ins Bett zu gehen?«

Es dauerte noch eine halbe Stunde, ehe Apthorpe sich aus dem Sessel aufraffte. Nachdem er es getan hatte, ließ er sich schwerfällig auf den Boden plumpsen und redete weiter, offenbar ohne zu merken, dass sich seine Stellung verändert hatte. Zuletzt sagte er mit neuer Klarheit: »Hören Sie, altes Haus, ich hab die Unterhaltung außerordentlich genossen. Ich hoffe, wir können an einem anderen Abend weiterreden, aber im Augenblick bin ich ziemlich müde. Wenn Sie also nichts dagegen haben, hau ich mich jetzt hin.«

Damit ließ er sich auf die Seite fallen und blieb schweigend liegen. Guy ging bei Apthorpes Atemgeräuschen ins Bett, knipste das Licht aus und schlief ebenfalls ein. Im Dunkel wachte er von Gestöhn und Gestolpere auf. Als er das Licht anmachte, sah er Apthorpe, der aufrecht dastand und ins Licht blinzelte.

»Guten Morgen, Crouchback«, sagte er würdevoll. »Habe den Abort gesucht und muss wohl in die falsche Richtung gegangen sein. Gute Nacht.«

Damit stolperte er hinaus und ließ die Tür hinter sich offen stehen.

Als Guy am nächsten Morgen geweckt wurde, sagte der Bursche: »Mr. Apthorpe ist krank. Er bittet Sie, nach ihm zu sehen, wenn Sie angezogen sind.«

Guy fand ihn mit einem schwarzen Apothekerkästchen auf den Knien im Bett.

»Ich bin heute nicht ganz auf der Höhe«, sagte er. »Ja, es geht mir sogar ausgesprochen mies. Ich werde liegen bleiben.«

»Kann ich irgendetwas für Sie tun?«

»Nein, nein, es ist nichts weiter als ein kleiner Anfall von Betschuana-Bauchgrimmen, das habe ich von Zeit zu Zeit. Damit werde ich schon fertig.« Mit einem Glasstößel rührte er ein weißliches Gebräu um. »Das Vertrackte ist nur, dass ich versprochen habe, heute zum Mittagessen beim Captain-Commandant anzutanzen. Ich muss ihm signalisieren, dass ich nicht kann.«

»Warum nicht einfach eine Nachricht schicken?«

»Genau das hab ich ja gemeint, altes Haus. Bei den Soldaten heißt das immer, jemandem was signalisieren, wissen Sie.«

»Wissen Sie noch, dass Sie *mir* gestern Nacht einen Besuch abgestattet haben?«

»Aber selbstverständlich. Was für eine Frage, altes Haus! Ich bin nicht sonderlich gesprächig, wie Sie sehr wohl wissen, aber gelegentlich, wenn alles andere gut dazu passt, bin ich einem kleinen gemütlichen Essen in der richtigen Gesellschaft durchaus nicht abgeneigt. Aber heute ist mir nicht danach. Es war nass und kalt gestern auf dem Golfplatz, und ich hol mir bei jedem kühlen Zug dieses Betschuana-Bauchgrimmen. Ob Sie mir wohl etwas Papier und einen Umschlag geben könnten? Am besten, ich gebe dem Captain-Commandant rechtzeitig Nachricht.« Er trank sein Gebräu. »Seien Sie doch ein guter Junge und stellen Sie das hier irgendwo für mich hin, wo ich es erreichen kann.«

Guy nahm das Apothekerkästchen, das bei näherem Hinsehen nur Flaschen mit der Aufschrift ›Gift‹ zu enthalten schien, und brachte Apthorpe etwas zum Schreiben.

»Wie, meinen Sie, soll ich anfangen? ›Sir, ich habe die Ehre‹?«

»Nein.«

»Einfach: ›Lieber Colonel Green‹?«

»Wie wär's mit: ›Liebe Mrs. Green‹.«

»Das ist es! Das trifft genau den richtigen Ton. Gut gemacht, altes Haus! ›Liebe Mrs. Green‹ – natürlich!«

Bei den Halberdiers gehörte der sonntägliche Kirchgang zur Tradition. Papisten und Dissidenten waren unter den Berufssoldaten des Korps so gut wie unbekannt. Wer sich länger zum Dienst verpflichtete, wurde vom Kaplan auf die Konfirmation vorbereitet; das war Teil der Grundausbildung. Die Pfarrkirche des Städtchens war gleichzeitig Garnisonskirche. Beim Sonntagmorgengottesdienst war der gesamte hintere Teil des Kirchenschiffs für die Halberdiers reserviert, die hinter ihrer Musikkapelle von der Kaserne marschierend in das Gotteshaus einzogen. Nach der Kirche pflegten sich die Damen der Garnison, Frauen, Witwen und Töchter, von denen es in der Stadt sehr viele gab – ihr Rasen wurde von Halberdiers gemäht, und ihre Rinderlenden stammten unerlaubterweise aus den Vorräten der Halberdiers –, mit dem Gesangbuch in der Hand im Offiziershaus zu versammeln, um dort Erfrischungen zu sich zu nehmen und ein Stündchen zu plaudern. Nirgends in England hatte sich die Sitte des spätviktorianischen Sonntagvormittags so unverfälscht und mit solcher Selbstverständlichkeit erhalten wie in der Kaserne der Halberdiers.

Als dem einzigen katholischen Offizier fiel Guy die Aufgabe zu, sich um den Kirchgang der Katholiken im Korps zu kümmern. Es gab etwa ein Dutzend, alle waren sie frisch eingezogen worden. Jetzt inspizierte er sie auf dem Kasernenhof und ließ sie dann in Reih und Glied zur Wellblechkirche in einer Seitenstraße marschieren. Der Priester hatte erst vor kurzem seine Weihe in Maynooth bekommen und konnte nur wenig Begeisterung für die Sache der Alliierten oder die englische Armee aufbringen; Letztere betrachtete er nur als ein Element, das zum Sittenverfall im Städtchen beitrug.

Nach der Messe, als seine Leute darauf warteten, den Rückmarsch in die Kaserne anzutreten, trat der Priester am Tor an Guy heran: »Haben Sie nicht Lust, auf einen Sprung ins Pfarrhaus zu kommen, Captain, und ein Glas mit mir zu trinken? Ich habe von einer guten Seele eine Flasche Whisky bekommen, und die muss angebrochen werden.«

»Nein, vielen Dank, Pater Whelan. Ich muss die Truppe in die Kaserne zurückführen.«

»Was muss die Army doch für eine großartige Einrichtung sein, dass ein paar erwachsene Burschen keine halbe Meile unbeaufsichtigt in ihr Quartier zurückkehren können.«

»Tut mir leid, aber so lauten nun mal die Befehle.«

»Aber noch mal zur Namensliste, Captain. Ihre Lordschaft möchte eine Aufstellung der Namen aller eingezogenen Katholiken für seine Unterlagen; ich glaube, ich habe Ihnen das bereits letzten Sonntag gesagt.«

»Es ist sehr löblich, dass Sie solchen Anteil an uns nehmen. Sie bekommen wohl vom Kriegsministerium eine Kopfpauschale, wo es doch keinen katholischen Kaplan gibt, Pater Whelan?«

»Da haben Sie wohl recht, Captain, aber die steht mir doch rechtens zu?«

»Ich bin kein Captain. Da wenden Sie sich besser an den Adjutanten.«

»Und wie soll ich all die Offiziere auseinanderhalten, wo ich doch persönlich gar nichts vom Militär verstehe?«

»Schreiben Sie doch einfach ›An den Adjutanten des Royal Corps of Halberdiers‹. Dann bekommt er es bestimmt.«

»Wenn Sie nicht helfen können, dann eben nicht. Gott segne Sie, Captain«, sagte er kurz angebunden und wandte sich einer weiblichen Person zu, die bislang unbeachtet neben ihm gestanden hatte. »Nun, meine gute Frau, was haben Sie auf dem Herzen?«

Auf dem Rückmarsch kamen sie an der Gemeindekirche vorbei, deren reich verzierter Turm schlank über einem gedrungenen Sandsteinbau älteren Datums mit niedrigen, in Hundszahnmuster gearbeiteten Bögen aufragte. Sie stand in einem gepflegten Kirchhof hinter uralten Eiben. Im Inneren hingen von den mit Spinnweben übersäten Stichbalken die Korpsfahnen herab. Guy kannte sie sehr gut. Oft kehrte er hier am Samstagnachmittag mit seinen Wochenzeitungen unter dem Arm ein. Aus einem Portal wie diesem war Roger de Waybroke herausgetreten, um seine nie vollendete Reise anzutreten, und hatte den Schlüssel hinter seiner Burgfrau umgedreht.

Weniger gebunden als die Dame von Waybroke waren die Frauen der Halberdiers bei Guys Rückkehr über den ganzen Vorraum verteilt. Die meisten von ihnen kannte er inzwischen, und eine halbe Stunde lang half er, Sherry zu bestellen, Aschenbecher herumzureichen und Zigaretten anzuzünden. Einer aus seiner eigenen Gruppe, der sportliche junge Mann namens Leonard, hatte heute seine Frau mitgebracht, die offenkundig ein Kind erwartete. Guy kannte Leonard kaum, denn er wohnte in der Stadt und verbrachte auch seine Nächte dort, doch war ihm bereits aufgegangen, dass Leonard sich offensichtlich ganz besonders als Halberdier eignete. Apthorpe sah aus wie ein erfahrener Soldat, der in jedes Regiment gepasst hätte, aber Leonard schien aus dem Holz gemacht, aus dem man die echten Halberdiers schnitzte. In Friedenszeiten hatte er bei einer Versicherungsgesellschaft gearbeitet und im Winter jeden Samstagnachmittag mit seiner Sportkleidung in einer Ledertasche weite Fahrten zu abgelegenen Sportplätzen gemacht und in der Fußballmannschaft seines Vereins gespielt.

In seiner Begrüßungsansprache hatte der Captain-Commandant angedeutet, einige von ihnen könnten nach dem Krieg vielleicht für immer ins Korps übernommen werden. Guy konnte sich Leonard in zwölf Jahren durchaus als genauso behaart, freundlich und gesprächig vorstellen, wie Major Tickeridge es heute war. Doch das war, ehe er seine Frau kennenlernte.

Die Leonards saßen mit Sarum-Smith zusammen und redeten über Geld.

»Ich bin hier, weil ich muss«, sagte Sarum-Smith gerade. »Letztes Wochenende bin ich in die Stadt gegangen, und das hat mich über fünf Pfund gekostet. Als ich noch gearbeitet habe, hätte ich mir darüber keine Gedanken gemacht. Aber bei der Army muss man jeden Penny umdrehen.«

»Stimmt es, Mr. Crouchback, dass Sie nach Weihnachten alle verlegt werden?«

»Das nehme ich an.«

»Ist das nicht eine Schande? Kaum hat man sich in einer Garnison eingelebt, muss man schon wieder umziehen. Ich sehe keinen Sinn darin.«

»Eines jedenfalls werde ich nicht tun«, sagte Sarum-Smith. »Eine Kartentasche kaufen. Und die *King's Regulations*.«

»Es heißt, wir müssen sogar unsere Kampfanzüge selbst bezahlen, wenn es erst mal losgeht. Das geht wirklich ein wenig zu weit, finde ich«, sagte Leonard.

»Offizier zu sein ist kein Zuckerschlecken. Dauernd zwingen sie einen, etwas zu kaufen, das man gar nicht haben will. Das Kriegsministerium ist vollauf damit beschäftigt, die ganzen Mannschaften zu verkraften, so dass ihnen für die armen Schweine von Offizieren gar keine Zeit bleibt. Gestern standen drei Shilling auf meiner Kasinoabrechnung für ›Unterhaltung‹. Ich habe mich erkundigt, was das denn heißen solle, und man sagte mir, das sei mein Anteil an den Getränken für die ENSA-Truppenbetreuung. Dabei hab ich mir die Vorführung nicht mal angesehen, von Getränken ganz zu schweigen.«

»Nun, man möchte ja auch nicht, dass sie extra zu uns kommen und das Korps hinterher nicht mal einen Empfang gibt, oder?«, fragte Leonard.

»Ich würd's überleben«, meinte Sarum-Smith. »Und ich

wette, die Hälfte der Getränke ist den Herren Berufsoffizieren die Kehle hinabgeflossen.«

»Still«, warnte Leonard. »Da kommt einer von ihnen.«

Captain Sanders trat zu ihnen. »Guten Tag, Mrs. Leonard«, sagte er. »Sie wissen, dass der Captain-Commandant Sie beide heute zum Mittagessen erwartet?«

»Wir haben unsere Befehle erhalten«, sagte Mrs. Leonard säuerlich.

»Großartig. Ich suche übrigens noch einen Mann. Apthorpe hütet das Bett. Sie sind ja schon eingeladen, nicht wahr, Crouchback? Wie steht's mit Ihnen, Sarum-Smith? Es wird Ihnen gefallen.«

»Ist das ein Befehl?«

»Selbstverständlich nicht. Nur eine Einladung – *vom Captain-Commandant.*«

»Nun, dann gut.«

»Ich hab Onkel Apthorpe heute Morgen gar nicht gesehen«, sagte Sanders zu Guy. »Wie geht es ihm denn?«

»Schrecklich.«

»Er hatte gestern Abend ja ganz schön einen in der Krone. Offenbar ist er im Golf-Club in feucht-fröhliche Gesellschaft geraten.«

»Heute Morgen hatte er sein Betschuana-Bauchgrimmen.«

»Hm, so kann man das auch nennen.«

»Ich möchte mal wissen, wie er *meinen* Bauch nennen würde«, sagte Mrs. Leonard.

Sarum-Smith lachte lauthals. Captain Sanders ging weiter. Leonard sagte: »Reiß dich zusammen, Daisy, um Gottes willen. Ich bin froh, dass Sie mit zum Essen kommen, Onkel. Wir müssen heute auf Daisy aufpassen. Sie ist heute gar nicht gut gelaunt.«

»Hm, dazu kann ich nur sagen, ich wünschte, *Jim* hätte irgendein Wehwehchen. Da spielt er hier die ganze Woche über

Soldat, und ich bekomme ihn kaum zu sehen. Sie könnten ihm zumindest seinen freien Sonntag gönnen. In jedem normalen Beruf hat man das.«

»Der Captain-Commandant machte einen sehr netten Eindruck.«

»Wahrscheinlich ist er auch nett, wenn man ihn erst mal kennt. Meine Tante Margie ist auch nett. Aber deshalb erwarte ich noch lange nicht, dass der Captain-Commandant seinen freien Tag ausgerechnet mit ihr verbringt.«

»Sie dürfen das Daisy nicht übelnehmen«, sagte Leonard. »Sie freut sich schon die ganze Woche auf den Sonntag. Sie ist nun mal kein Mensch, der rausgeht und andere Leute kennenlernt – ganz besonders im Augenblick nicht.«

»Meiner Meinung nach sind die Halberdiers viel zu sehr mit sich selbst beschäftigt«, sagte Mrs. Leonard. »Bei der Royal Air Force ist das ganz anders. Mein Bruder ist Staffelkommandant beim Nachschub, und der sagt, dort ist es auch nicht anders als in jedem anderen Beruf, nur leichter. Halberdiers können nicht mal am Sonntag vergessen, dass sie Halberdiers sind. Sehen Sie sie sich doch nur mal an.«

Sarum-Smith ließ den Blick über seine Kameraden und ihre Frauen schweifen, wie sie mit dem Gebetbuch und den Handschuhen auf dem Schoß und Sherryglas sowie Zigarette in der Hand dasaßen; ihre Stimmen klangen hell und ausgelassen.

»Wahrscheinlich finden wir diese Drinks hier auch auf der Kasinorechnung wieder. Wie viel, glauben Sie, knöpft uns der Captain-Commandant für das Mittagessen ab?«

»Jetzt hör aber mal auf«, sagte Leonard.

»Wenn Jim doch bloß zur RAF gegangen wäre«, sagte Mrs. Leonard. »Das hätte sich bestimmt machen lassen. Bei denen weiß man wenigstens, woran man ist. Man lässt sich einfach wie in jedem anderen Beruf mit regelmäßigen Arbeitszeiten und angenehmen Kollegen in einer RAF-Garnison nieder. Natürlich würde ich nie zulassen, dass Jim richtig *fliegt*, aber es gibt genügend Posten beim Bodenpersonal.«

»Beim Bodenpersonal zu sein ist in Kriegszeiten nicht schlecht«, meinte Sarum-Smith, »nur hinterher hört sich's nicht mehr so gut an. Man muss auch an später denken. Im Geschäftsleben macht es sich besser, wenn man bei den Halberdiers gewesen ist und nicht beim Bodenpersonal der RAF.«

Punkt fünf vor eins erhoben sich Mrs. und Miss Green, Gattin und Tochter des Captain-Commandant, von ihren Plätzen und sammelten ihre Gäste ein.

»Wir dürfen uns nicht verspäten«, sagte Mrs. Green. »Ben Ritchie-Hook kommt. Er kann unausstehlich sein, wenn er sein Essen zu spät bekommt.«

»Ich finde ihn immer unausstehlich«, sagte Miss Green.

»Das solltest du nicht über ihren zukünftigen Brigadier sagen.«

»Ist das der Mann, von dem du mir erzählt hast?«, fragte Mrs. Leonard, die ihren deutlichen Unwillen dadurch zu verstehen gab, dass sie nur mit ihrem Mann sprach, »der Mann, der den Leuten den Kopf abreißt?«

»Ja. Hört sich an, als ob er wirklich ein Scheusal wäre.«

»Eigentlich mögen wir ihn alle sehr gern«, sagte Mrs. Green.

»Ich hab von ihm gehört«, sagte Sarum-Smith, als sei das gleichbedeutend damit, dass jemand polizeibekannt sei.

Auch Guy hatte viel von ihm gehört. Ritchie-Hook war das *enfant terrible* der Halberdiers aus dem Ersten Weltkrieg; der jüngste Kompaniechef in der Geschichte des Korps; derjenige, der dann am längsten auf seine Beförderung hatte warten müssen; der oft verwundet und immer wieder mit Orden ausgezeichnet worden war; für das Victoria Cross vorgeschlagen, zweimal in Anerkennung außergewöhnlicher Erfolge vom Kriegsgericht aufgrund eigenmächtigen Handelns freigesprochen; ein legendärer Held des Stellungskriegs, in dessen Verlauf weniger mutige Krieger deutsche Stahlhelme aus dem Niemandsland mit zurückbrachten, wohingegen Ritchie-Hook von einem Angriff mit den bluttriefenden Köpfen zweier deutscher Wachsoldaten zurückgekehrt war. Die Friedensjahre waren Jahre des unablässigen Kampfes für ihn gewesen. Wo immer Blut floss und Pulverdampf die Luft erfüllte, von der irischen Grafschaft Cork bis zum brasilianischen Mato Grosso, dort war Ritchie-Hook zu finden. In jüngster Vergangenheit war er durchs Heilige Land gezogen und hatte Handgranaten in die Wohnstuben abtrünniger Araber geworfen. Dies und anderes hatte Guy über ihn im Kasino gehört.

Der Captain-Commandant bewohnte ein breites, solides Haus am äußersten Rand des Kasernenareals. Als sie dorthin gingen, fragte Mrs. Green: »Raucht einer von Ihnen Pfeife?«

»Nein.«

»Nein.«

»Nein.«

»Wie schade. Ben mag am liebsten Pfeifenraucher. Zigaretten?«

»Ja.«

»Ja.«

»Ja.«

»Auch das ist schade. Er möchte nämlich nicht, dass Sie rauchen, wenn schon keine Pfeife. Mein Mann raucht nur Pfeife, wenn Ben da ist. Selbstverständlich ist er der ranghöchste Offizier, aber das zählt bei Ben nicht. Mein Mann hat einen Heidenrespekt vor ihm.«

»Er hat wirklich die Hosen voll«, sagte Miss Green. »Es ist jämmerlich, das mit anzusehen.«

Leonard stieß ein herzhaftes Lachen aus.

»Ich weiß nicht, was daran so komisch ist«, sagte Mrs. Leonard. »*Ich* werde jedenfalls rauchen, wenn mir danach ist.«

Doch keiner von den anderen teilte Mrs. Leonards trotzige

Haltung. Die drei Offiziersanwärter der Halberdiers ließen die Damen vorangehen und folgten ihnen dann mit bösen Ahnungen wie unreife Gymnasiasten, und in der Tat: Vor ihnen, nur durch die Glasscheibe des Wohnzimmerfensters getrennt, stand Lieutenant-Colonel Ritchie-Hook, der demnächst zum Brigadier aufrücken sollte, und funkelte sie unheilvoll aus einem einzigen, schrecklichen Auge an. Es war so schwarz wie die Braue darüber, dieses Auge, und genauso schwarz wie die Augenklappe auf der anderen Seite der hageren und etwas schiefen Nase. Es funkelte hinter einem stahlgefassten Monokel hervor. Colonel Ritchie-Hook bleckte die Zähne, als er die Damen sah, warf wie bei einer einstudierten Pantomime einen Blick auf seine riesige Armbanduhr und sagte etwas, das man nicht verstehen konnte, was aber unmissverständlich spöttisch war.

»Ach du liebe Güte«, sagte Mrs. Green. »Wir müssen *doch* zu spät dran sein.«

Sie betraten das Wohnzimmer; Colonel Green, bis dato eine ehrfurchtgebietende Persönlichkeit, lächelte sie hinter einem silbernen Tablett mit Cocktails darauf geziert an. Colonel Ritchie-Hook, der weniger die Rolle des Gastgebers für sich beanspruchte, als vielmehr so etwas wie einen Wachhund spielte, trat auf sie zu. Mrs. Green machte den Versuch einer konventionellen Vorstellung, musste sich jedoch das Wort abschneiden lassen.

»Die Namen noch einmal, bitte! Muss sie mir einprägen. Leonard, Sarum, Smith, Crouchback? Ich zähle aber nur drei. Wer ist Crouchback? Ach so. Verstehe. Und wem gehört die Dame?«

Er bedachte Mrs. Leonard mit einem Aufblitzen seiner gewaltigen Eckzähne.

»Dieser hier gehört *mir*«, sagte sie.

Das war mutiger und besser, als Guy erwartet hätte, und

wurde auch gut aufgenommen. Nur Leonard schien damit nicht sonderlich glücklich.

»Sehr gut«, erklärte Ritchie-Hook. »Wirklich sehr gut.«

»Genau so muss man ihn nehmen«, sagte Mrs. Green.

Colonel Green quollen vor Bewunderung fast die Augen aus den Höhlen.

»Gin für die Dame«, rief Colonel Ritchie-Hook. Damit streckte er die verstümmelte Rechte aus, deren zwei verbliebene Finger mit einem halben Daumen in einem schwarzen Handschuh staken, nahm ein Glas und reichte es Mrs. Leonard. Doch die heitere Stimmung verflog, und er selbst weigerte sich, einen Gin zu nehmen.

»Alles ganz schön und gut, wenn man sich nach dem Mittagessen hinlegen kann.«

»Nun, das kann ich«, sagte Mrs. Leonard. »Der Sonntag ist mein Ruhetag – normalerweise.«

»An der Front gibt es keinen Sonntag«, sagte Colonel Ritchie-Hook. »Unsere eingefleischte Gewohnheit, auf dem Wochenende zu bestehen, könnte uns den Sieg kosten.«

»Sie verbreiten Schrecken und Verzweiflung, Ben.«

»Tut mir leid, Geoff. Der Colonel hier war schon immer der klügere von uns beiden«, fügte er hinzu, als wollte er erklären, warum er die Kritik so widerstandslos über sich ergehen ließ. »Er war bereits Brigademajor, als ich noch ein kleiner Zugführer war. Deshalb wohnt er auch in dieser feinen Villa, wohingegen ich noch im Zelt kampiere. Haben Sie übrigens irgendwelche Erfahrungen mit dem Lagerleben?«, wandte er sich unvermittelt an Guy.

»Jawohl, Sir, ein wenig. Ich habe eine Zeitlang in Kenia gelebt und dort verschiedene Fahrten in den Busch gemacht.«

»Gut für Sie! Gin für den alten Siedler.« Abermals stieß die schwarze Klaue zu, packte ein zweites Cocktailglas und entließ es in Guys Hand. »Viel geschossen dabei?«

»Einen alten Löwen habe ich erlegt, der auf die Farm stolziert kam.«

»Welcher sind Sie? Crouchback? Ich wusste, dass einer meiner jungen Offiziere aus Afrika kam. Dachte aber, der hieße anders. Sie werden noch sehen, dass Ihre Afrika-Erfahrungen hundert Bajonette wert sind. Irgendein armseliger Knabe auf meiner Liste hat sein halbes Leben in Italien verbracht. Das ist gar nicht nach meinem Geschmack.«

Miss Green zwinkerte Guy zu, und er blieb stumm.

»Ich hab in Afrika auch meinen Spaß gehabt«, fuhr Ritchie-Hook fort. »Nach einer meiner Meinungsverschiedenheiten mit den aktuellen Machthabern dort wurde ich den African Rifles zugeteilt. Gute Burschen, wenn man mit dem Stock nicht zu sehr bei ihnen spart, aber sie haben eine Heidenangst vor Rhinozerossen. Eines unserer Lager befand sich am Ufer eines Sees, und ein altes Rhinozeros musste Abend für Abend zum Trinken ausgerechnet über unseren Exerzierplatz stampfen. Eine Frechheit! Ich wollte es abknallen, aber der Kommandant redete dauernd davon, dass man dazu eine Jagdlizenz brauche. War ein fürchterlicher Spießer, einer von diesen Burschen«, sagte er, als beschreibe er damit einen allgemein bekannten und verachtenswerten Typ Mann, »die ein Dutzend Hemden besitzen. Also vergrub ich am nächsten Tag kleine Sprengkapseln an der Tränke des Nashorns und verband sie mit ein paar Zündschnüren, die ich dann direkt vor seiner Nase zündete. Niemals habe ich ein Rhinozeros in so einem Schweinsgalopp durch ein Camp fetzen sehen. Dabei nahm es einen Schwarzen aufs Horn! So ein Geschrei haben Sie noch nie gehört! Aber dann konnte mich keiner mehr daran hindern, das Vieh abzuknallen, als es den Sergeant aufs Horn genommen hatte.«

»Hört sich an wie Betschuana-Bauchgrimmen«, sagte Mrs. Leonard.

»Wie bitte? Was war das?«, fragte Colonel Ritchie-Hook, diesmal weniger erfreut über die Keckheit der Dame.

»Wo war denn das, Ben?«, erkundigte sich Mrs. Green.

»In Somalia. An der Grenze zu Ogaden.«

»Ich wusste ja gar nicht, dass es in Somalia Nashörner gibt«, sagte Colonel Green.

»Jetzt gibt es eins weniger.«

»Und was passierte mit dem Sergeant?«

»Ach, der machte eine Woche darauf schon wieder beim Exerzieren mit.«

»Sie dürfen Colonel Ritchie-Hooks Geschichten nicht ganz wörtlich nehmen«, sagte Mrs. Green.

Man schritt zum Mittagessen. Zwei Halberdiers warteten bei Tisch auf. Mrs. Green schnitt das Fleisch. Ritchie-Hook packte mit der behandschuhten Hand die Gabel, pfählte sein Fleisch, schnitt es rasch in Würfel, legte sein Messer nieder, wechselte die Gabel in die heile Hand und aß rasch und schweigend, wobei er Fleischbrocken in Meerrettichsauce tunkte, um sie dann seinen Backenzähnen vorzuwerfen. Dann fing er wieder an zu reden. Wäre er einem weniger ritterlichen Beruf nachgegangen, hätte er irgendeine andere Uniform getragen als die der Halberdiers – man hätte meinen können, dass Colonel Ritchie-Hook, der sich über Mrs. Leonards Unterbrechungen ärgerte, es darauf anlegte, Mrs. Leonard in Verlegenheit zu bringen, so unablässig starrte er sie mit seinem einen wild blickenden Auge an, so direkt schienen alle seine Worte auf die Hoffnungen und leicht verletzlichen Gefühle einer jungen Braut abzuzielen.

»Es wird Sie freuen zu hören, dass ich das Kriegsministerium habe umstimmen können. Dort erkennt man jetzt unsere ›besondere Rolle‹ an. Das entsprechende Memorandum habe ich selbst verfasst. Es ist direkt bis an die oberste Stelle hinaufgelangt und kam dann umgehend mit dem Vermerk ›Einverstanden‹ wieder zurück. Wir sind ein HOO.«

»Und was heißt das, bitte?«, fragte Mrs. Leonard.

»Hazardous Offensive Operations – ein Sondereinsatzkommando für besonders gefährliche Aufgaben. Man hat uns unsere eigenen schweren Maschinengewehre und Granatwerfer zugeteilt; wir unterstehen unmittelbar den Stabschefs. Da war zwar ein bisschen Widerstand von irgendeinem idiotischen Artilleristen, aber den habe ich schnell niederbügeln können. Und unser Gebiet im Hochland ist sagenhaft gut.«

»In Schottland? Dort sollen wir uns niederlassen?«

»Dort werden wir die neue Truppe zusammenstellen.«

»Aber werden wir dort auch den Sommer verbringen? Ich muss meine Vorbereitungen treffen.«

»Die Vorbereitungen für den Sommer hängen von unseren Freunden, den *boches*, ab. Ich hoffe doch, dass ich die Brigade im Sommer als jederzeit einsatzbereit melden kann. Es hat keinen Sinn, lange rumzulungern. Man kann seinen Leuten nur ein gewisses Maß an Ausbildung zumuten. Ab einem bestimmten Wendepunkt verlieren sie die Lust und fallen in ihrer Leistung ab. Man muss sie benutzen, wenn sie am fittesten sind … Sie benutzen«, wiederholte er verträumt, »sie aufs Spiel setzen. Als ob man über einen längeren Zeitraum am Spieltisch Chips anhäuft und sie dann alle auf einmal beim Roulette einsetzt. Es gibt nichts Faszinierenderes im Leben, als Männer auszubilden und sie dann mit ungewissem Ausgang einzusetzen. Man erschafft sich die vollkommene Mannschaft. Jeder kennt jeden. Jeder kennt seinen Kommandeur so gut, dass die Männer seine Absichten erraten, noch ehe er sie ihnen darlegt. Sie können ohne Befehle handeln, wie die Hunde eines Schäfers. Dann wirft man sie in die Schlacht, und binnen einer Woche, vielleicht sogar schon nach ein paar

Stunden, ist alles gelaufen. Selbst wenn man die Schlacht gewinnt, ist man niemals wieder derselbe. Es gibt Verstärkungen und Beförderungen. Es gilt ›es ganz verlieren und nicht darum klagen, nur wortlos ganz von vorn beginnen‹. Heißt es nicht so in dem Gedicht? Sie sehen also, Mrs. Leonard, es hat keinen Zweck, danach zu fragen, wo man sich niederlassen wird. Spielen Sie eigentlich alle Fußball?«

»Nein, Sir.«

»Nein, Sir.«

»Ja.« Das kam von Leonard.

»In der Liga?«

»Nein, Sir, Amateure.«

»Schade. Die Leute verstehen nichts vom Fußball, bis auf die aus Wales, und von denen haben wir nur ganz wenige. Mit denen zu spielen, ist phantastisch. Die Männer stehen für einen ein, und man steht für sie ein, und keiner nimmt es einem übel, wenn er sich ein paar Knochen bricht. In meiner Kompanie hatten wir einmal mehr Verletzungen durch Fußball als durch den Feind, und ich kann Ihnen versichern, dass wir mehr gegeben haben, als wir einstecken mussten. Bei einigen kam es sogar zu bleibenden Schäden. Da gab es zum Beispiel einen tapferen kleinen Burschen, der als Halbrechts für meine Kompanie spielte und gelähmt im Heim landete. Beim Fußball muss man dranbleiben, selbst wenn man gar nicht spielt. Ich erinnere mich an einen Sergeant von mir, dem das Bein abgeschossen wurde. War nichts zu machen für das arme Schwein. Das Bein hatte nämlich noch den halben Körper mitgenommen. Er war schon am Abkratzen, aber er war noch bei klarem Verstand, und da hatte er auf der einen Seite einen Pater, der versuchte, ihn zum Beten zu bewegen, und auf der anderen mich, und das Einzige, woran er dachte, war Fußball. Zum Glück kannte ich die letzten Spielergebnisse der Oberliga, und die, die ich nicht wusste, erfand ich einfach. Ich erzählte ihm, seine Heimatmannschaft mache sich sehr gut, und so starb er mit einem Lächeln auf den Lippen. Jedes Mal, wenn sich ein Pater wieder zu viel herausnimmt, reib ich ihm das unter die Nase. Bei den Katholiken ist das natürlich anders. Deren Priester lassen nicht locker bis zum letzten Atemzug. Scheußlich, mit ansehen zu müssen, wie sie einem Sterbenden was ins Ohr flüstern. Die treiben Hunderte mit ihrer Angstmacherei in den Tod.«

»Mr. Crouchback ist katholisch«, sagte Mrs. Green.

»Oh, Verzeihung! Rede ich mal wieder unpassend daher? Takt hab ich nie besessen. Das liegt sicher daran, dass Sie in Afrika leben«, sagte Colonel Ritchie-Hook und wandte sich an Guy. »Sie haben da draußen einen recht anständigen Typ von Missionaren. Hab ich selbst erlebt. Die dulden keinen Unsinn bei den Eingeborenen. Nichts da von wegen: ›Ich chlistlich Boy un’ haben Seele genau wie weiße Mann.‹ Aber Achtung, Crouchback, da draußen haben Sie nur die besten kennengelernt. Würden Sie in Italien leben, wie dieser andere junge Offizier, der mir da zugeteilt worden ist, würden Sie sehen, wie die zu Hause sind. Oder in Irland, da haben die ganz offen auf der Seite der Rebellen gestanden.«

»Vergessen Sie Ihren Nachtisch nicht, Ben«, sagte Mrs. Green.

Colonel Ritchie-Hook wandte sein Auge seiner Apfeltorte zu und äußerte sich für den Rest des Essens hauptsächlich darüber, warum er gegen den Luftschutz sei – ein weniger heikles Thema.

Im Wohnzimmer beim Kaffee zeigte Colonel Ritchie-Hook seine weichere Seite. Auf dem Kaminsims stand ein Kalender, der im November schon recht abgerissen war und sich dem Ende seiner Nützlichkeit näherte. Die Zeichnung darauf war recht phantasievoll: Zwerge, Fliegenpilze, Glockenblumen, nackte rosige Babys und Libellen.

»Ich muss schon sagen«, erklärte er, »dieses Ding ist allerliebst. Allerliebst, sage ich. Ist es nicht allerliebst?«

»Jawohl, Sir.«

»Nun, wir können es uns nicht leisten, hier herumzustehen und sentimental zu werden. Ich habe noch eine lange Motorradfahrt vor mir. Da muss ich mir vorher noch die Beine vertreten. Wer kommt mit mir?«

»Jim nicht«, sagte Mrs. Leonard. »Den nehme ich mit nach Hause.«

»Na schön. Und Sie beide?«

»Gern, Sir.«

Die Garnisonsstadt der Halberdiers eignete sich nicht sonderlich zum Spazierengehen. Den Mittelpunkt bildete eine recht hübsche alte Anlage, um die in konzentrischen Kreisen spätere Hässlichkeiten angebaut worden waren. Für eine hübsche Landschaft musste man zwar drei Meilen oder noch weiter hinausfahren, doch waren Colonel Ritchie-Hooks ästhetische Bedürfnisse durch den Kalender befriedigt worden.

»Ich hab da meinen Weg, den ich immer gehe, wenn ich hier bin«, sagte er. »Der dauert fünfzig Minuten.«

In rascher, höchst unregelmäßiger Gangart, mit der Schritt zu halten ein Ding der Unmöglichkeit war, machte er sich auf den Weg. Er führte sie zur Eisenbahn, wo neben dem Schienenstrang durch einen schwarzen Wellblechzaun getrennt ein Schlackenweg verlief.

»Jetzt sind wir außer Hörweite des Captain-Commandant«, begann er, doch ein vorbeiratternder Zug brachte auch ihn außer Hörweite seiner beiden Begleiter. Als sie ihn wieder verstehen konnten, sagte er gerade: »… alles in allem geht es viel zu zivil im Regiment zu. In Friedenszeiten mag das angehen, aber nicht im Krieg. Da braucht man schon mehr als Kadavergehorsam. Da muss man seinen eigenen Grips anstrengen und selbständig handeln. Wenn in meiner Zeit als Kompaniechef jemand zu mir kam, weil ihm irgendeine Strafe aufgebrummt worden war, habe ich ihn immer gefragt, ob er mit der Bestrafung durch mich einverstanden sei oder ob er zum Regimentskommandeur gehen wolle. Sie entschieden sich alle für mich. Woraufhin ich sie sich bücken ließ und ihnen sechs Stockschläge überzog, die sich allerdings gewaschen hatten. Damit verstieß ich selbstverständlich gegen die Vorschriften, und man hätte mich vors Kriegsgericht stellen können, aber es hat sich nie jemand beschwert, und in meiner Kompanie hat es immer weniger Verstöße gegeben als in den anderen. Das nenne ich ›mit Grips selbständig handeln‹.« Er schritt weiter kräftig aus. Keiner seiner beiden Begleiter wusste darauf etwas zu sagen. Schließlich setzte er noch hinzu: »Ihnen würde ich allerdings raten, das noch nicht zu tun – jedenfalls nicht am Anfang.«

Der Spaziergang wurde fast schweigend fortgesetzt. Wenn Ritchie-Hook sprach, erzählte er meist von irgendeinem Streich oder einer *gaffe raisonnée*. Für diesen bemerkenswerten Kriegsmann war Krieg nicht gleich Jagd oder Schießen; für ihn war das der nasse Schwamm auf der Tür oder der Igel im Bett – der Krieg war für ihn nichts anderes als ein Riesenjux.

Nach fünfundzwanzig Minuten blickte Colonel Ritchie-Hook auf die Uhr.

»Wir sollten jetzt eigentlich gerade dabei sein, auf die andere Seite zu gehen. Ich werde langsam.«

Bald gelangten sie an eine eiserne Fußgängerüberführung. Auf der anderen Seite erstreckte sich neben einem Schlackenweg wieder ein Wellblechzaun. Sie traten den Heimweg an.

»Wir müssen einen Zahn zulegen, wenn wir die veranschlagte Zeit einhalten wollen.«

Sie waren bereits mit beträchtlichem Tempo unterwegs. Am Kasernentor warf er einen Blick auf die Uhr. »Neunundvierzig Minuten«, sagte er. »Gute Leistung. Tja, freut mich, dass ich Sie kennengelernt habe. In Zukunft werden wir viel miteinander zu tun haben. Mein Motorrad hab ich im Wachraum abgestellt.« Er machte seinen Gasmaskenbeutel auf und zeigte ihnen ein fest geschnürtes Bündel mit Pyjama und Haarbürsten. »Mehr Gepäck habe ich nie bei mir. Eine bessere Verwendung gibt's gar nicht für dieses alberne Ding. Wiedersehen.«

Guy und Sarum-Smith grüßten stramm, als er davonfuhr.

»Ein Haudegen, wie er im Buche steht, was?«, sagte Sarum-Smith. »Der scheint sich ja vorgenommen zu haben, uns alle über die Klinge springen zu lassen.«

An diesem Abend schaute Guy zu Apthorpe hinein, um zu fragen, ob er zum Abendessen mitkomme.

»Nein, altes Haus. Heut lass ich's noch langsam angehen. Ich glaube zwar, dass ich die Sache schnell loskriege, aber ich muss es langsam angehen lassen. Wie war das Mittagessen?«

»Unser zukünftiger Brigadier war da.«

»Schade, dass ich das verpasst hab, sehr schade. Aber ich hätte bestimmt keinen besonders guten ersten Eindruck gemacht. Ich möchte nicht, dass er mich in so einem miesen Zustand sieht. Wie ist es denn gelaufen?«

»Gar nicht so schlecht. Aber wahrscheinlich vor allem, weil er meinte, ich wäre Sie.«

»Wie soll ich das verstehen, mein Alter?«

»Er hatte gehört, dass einer von uns in Italien und der andere in Afrika gelebt hatte. Und glaubt, der Afrikaner sei ich.«

»Das gefällt mir aber gar nicht, Alter.«

»Er fing damit an, und plötzlich war das Ganze zu weit fortgeschritten, als dass ich es noch hätte richtigstellen können.«

»Aber es *muss* richtiggestellt werden. Am besten schreiben Sie ihm einen Brief und erklären ihm alles.«

»Aber das ist doch Quatsch!«

»Über eine solche Sache kann man keine Witze machen. Ich finde, Sie haben mir da einen üblen Streich gespielt. Die Krankheit eines Menschen ausnützen und in seine Rolle schlüpfen! Genau solche Dinge machen wahnsinnig viel aus. Haben Sie sich vielleicht auch meines Namens bedient?«

»Selbstverständlich nicht.«

»Nun, wenn Sie nicht schreiben, dann werde ich es tun.«

»Das würde ich an Ihrer Stelle nicht, er wird Sie für verrückt halten.«

»Nun, ich muss darüber nachdenken. Die ganze Sache ist äußerst heikel. Ich begreife einfach nicht, wie Sie es dazu haben kommen lassen können.«

Apthorpe schrieb zwar nicht an Ritchie-Hook, nährte aber seinen Groll und war fortan in Guys Gesellschaft immer auf der Hut.

3

Kurz vor Weihnachten ging die Grundausbildung zu Ende, und Guys Einheit bekam eine Woche Urlaub. Ehe sie jedoch abfuhren, wurde ihnen zu Ehren ein Empfang gegeben, zu dem Gäste geladen werden durften, denn immerhin sollte dies vorerst ihre letzte Nacht in der Kaserne sein. Jeder fühlte sich angespornt, jemanden aufzutreiben, mit dem er möglichst viel Ehre einlegte. Insbesondere Apthorpe war stolz auf seine Wahl.

»Hab ich ein Glück gehabt«, sagte er. »Mir ist es gelungen, ›Chatty‹ Corner aufzutun. Ich wusste gar nicht, dass er in England ist, bis ich in der Zeitung davon las.«

»Und wer ist Chatty Corner?«

»Von dem müssen Sie doch schon gehört haben. Aber vielleicht ist das auf den Luxusfarmen in Kenia anders. Wenn Sie diese Frage im *echten* Afrika stellen – egal, wo, vom Tschad bis Mozambique –, würden die Leute glauben, Sie wollen sie auf den Arm nehmen. Chatty ist ein Original. Sieht schon rein äußerlich komisch aus. Wenn Sie den sehen, fragen Sie sich, ob der überhaupt mit Messer und Gabel umgehen kann. Dabei ist er der Sohn eines Bischofs, hat Eton hinter sich und in Oxford studiert und so weiter und spielt Geige wie ein Berufsmusiker. Er steht in allen Büchern.«

»Büchern über Musik, Apthorpe?«

»Bücher über Gorillas, selbstverständlich. Und wen bringen Sie mit, wenn ich fragen darf?«

»Ich habe bis jetzt noch niemanden gefunden.«

»Merkwürdig. Ich hätte angenommen, jemand wie Sie kennt jede Menge Leute.«

Apthorpe war wegen der Sache mit der Verwechslung immer noch ein wenig gekränkt.

Guy kündigte sich zu Weihnachten bei den Box-Benders an. In ihrer Zusage schrieb Angela, dass Tony über Weihnachten Urlaub habe. Guy gelang es im letzten Moment, ihn in London abzufangen und ihn zu bewegen, für diesen Abend mit zu den Halberdiers zu kommen. Es war das erste Mal, dass sie einander in Uniform sahen.

»Dich als jungen Offizier verkleidet zu sehen, hätte ich mir um alles in der Welt nicht entgehen lassen mögen, Onkel Guy«, sagte Tony bei seiner Ankunft.

»Du wirst sehen, dass ich hier auch von allen anderen ›Onkel‹ genannt werde.«

Über den Kiesweg gingen sie in das Haus hinüber, in dem die Gäste untergebracht waren. Ein Halberdier ging vorbei und grüßte, und Guy sackte vor Scham förmlich in sich zusammen, als er sah, mit welcher Lässigkeit sein Neffe den Gruß erwiderte.

»Also, Tony, das mag in deinem Regiment vielleicht angehen. Aber hier erwidern wir einen Gruß genauso zackig, wie
er gegeben wird.«

»Onkel Guy, muss ich dich darauf aufmerksam machen,
dass ich rangmäßig über dir stehe?«

Doch am Abend war Guy stolz auf seinen in eine prächtige grüne Ausgehuniform mit schwarzem Leder gekleide-
ten Neffen, als er ihn im Vorraum dem Kasinovorstand vorstellte.

»Zurück aus Frankreich, wie? Ich werde von meinem
Sonderrecht als Vorstand dieses Kasinos Gebrauch machen
und Ihnen den Platz neben mir geben. Ich brenne darauf, aus
erster Hand zu erfahren, was da drüben los ist. Aus den Zeitungen werde ich einfach nicht schlau.«

Wer Chatty Corner war, war für jeden auch ohne Vorstellung sofort klar: Ein brauner Mann mit grauem Borstenhaar
en brosse stand mürrisch neben Apthorpe. Dass er mit den
Gorillas hatte Freundschaft schließen können, war leicht zu
erkennen. Er ließ den Kopf rhythmisch von links nach rechts
schwingen, blickte unter buschigen Augenbrauen hervor in
die Welt, als suchte er nach Möglichkeiten, sich zu den Dach-
sparren aufzuschwingen und es sich dort in luftiger Höhe gemütlich zu machen. Erst als die Kapelle *The Roast Beef of
Old England* spielte, schien es Chatty wohler zu werden. Er
strahlte plötzlich, nickte und flüsterte Apthorpe vertraulich
etwas ins Ohr.

Die Kapelle stand auf der Galerie. Als sie ins Kasino herunterkamen und an der Tafel Platz nahmen, erreichten sie
ihre volle Lautstärke. Der Kasinovorstand saß in der Mitte gegenüber dem Stellvertretenden Kommandeur. Tony auf dem
Stuhl neben ihm schickte sich bereits an, Platz zu nehmen,
noch ehe das Tischgebet gesprochen worden war, woran er
freilich eilends von seinem Onkel gehindert wurde. Die Ka-

pelle hörte auf zu spielen, das Hämmerchen sauste hernieder, und der Kaplan sprach das Gebet. Dann setzten die allgemeine Unterhaltung und die Kapelle gemeinsam wieder ein.

Von den höheren Offizieren um ihn herum ausgefragt, begann Tony, von seinen Erlebnissen in Frankreich zu erzählen, von geländegängigen Fahrzeugen, nächtlichen Spähtrupps und getarnten Sprengladungen, berichtete darüber, wie jung und glühend die Handvoll jugendlicher Gefangener gewesen sei, die er gesehen hatte, und vom bewundernswerten Stil und der Präzision, mit der der Feind seine Angriffe vornahm. Guy schaute zu Chatty Corner hinüber, um zu sehen, ob dieser im Umgang mit Messer und Gabel irgendwelche besonderen Fähigkeiten erkennen ließ, und sah, wie er beim Trinken mit Kopf und Handgelenken seltsam kreisende Bewegungen vollführte.

Als zuletzt für den Nachtisch das Tischtuch weggezogen wurde, gingen die Bläser, und die Streicher kamen von der Galerie herunter und nahmen im Erker Aufstellung. Am Tisch herrschte Schweigen, während die Musiker sich über ihre Instrumente neigten und an den Saiten zupften. All das schien endlos weit entfernt von Tonys Spähtrupps und Vorstößen ins Niemandsland und noch unendlich viel weiter von der Grenze der Christenheit, an der eine große Schlacht geschlagen und verloren worden war; von jenen stillen Wäldern, durch die die Züge selbst in diesem Augenblick, während die Halberdiers und ihre Gäste vom Wein und der allgemeinen Eintracht eingelullt dasaßen, mit ihren todgeweihten Ladungen westwärts und ostwärts rollten.

Die Musiker spielten zwei Stücke, und im zweiten erklang unversehens hell ein Glockenspiel. Dann meldete sich der ›Captain of the Musicke‹ in traditioneller Form beim Kasinovorstand. Auf einem Stuhl neben Tony wurde Platz gemacht für ihn, und der Kasinounteroffizier kredenzte ihm einen großen Becher Portwein. Der Tambourmajor war ein glatter, rotgesichtiger Mann, in dem man, wie es Guy vorkam, genauso wenig einen Künstler vermutete wie in Chatty Corner.

Der Kasinovorstand schlug mit dem Hämmerchen auf die Tafel. Alle erhoben sich.

»Herr Stellvertretender Kommandeur, unser Colonel in Chief, die Großfürstin Elena von Russland.«

»Die Großfürstin – Gott segne sie!«

Die uralte Dame lebte in einer sehr bescheidenen Wohnung in Nizza, wurde aber von den Halberdiers genauso treu geehrt wie damals, da sie als junge Schönheit im Jahr 1902 gnädig bereit gewesen war, den Rang anzunehmen.

Rauch kräuselte sich zwischen den Kerzen. Das Horn mit dem Schnupftabak wurde herumgereicht. An diesem riesigen, reich verzierten Gefäß hingen etliche kleine Silbergeräte – Löffel, Hämmerchen und Bürste –, die einem strengen Ritus zufolge in genau festgelegter Reihenfolge benutzt werden mussten, sonst riskierte man, eine Half-Crown Strafe zu zahlen. Guy instruierte seinen Neffen, wie das genau vor sich ging.

»Gibt es bei euch im Regiment auch all diese Dinge?«

»Nicht ganz so feierlich wie hier. Ich bin beeindruckt.«

»Ich auch«, sagte Guy.

Niemand war mehr richtig nüchtern, als sie den Speisesaal verließen; es war aber auch niemand regelrecht betrunken, bis auf Chatty Corner. Dieser Mann der Wildnis war trotz seiner klerikalen Herkunft den Verführungen der Zivilisation erlegen; er wurde weggebracht und ward nie mehr gesehen. Wäre es ihm um Prestige gegangen, wie Apthorpe ihm unterstellte, wäre dies eine Stunde des Triumphes für Guy gewesen. Doch stattdessen war der ganze Abend ein vollendeter Genuss für ihn.

Im Vorraum wurde ein Stegreifkonzert gegeben. Major Tickeridge gab eine unschuldig obszöne Darbietung zum Besten namens ›Der einarmige Flötist‹, die von eh und je im ganzen Korps beliebt war; für Guy war sie neu, und es wurde ein großer Erfolg. In den Silberbechern, aus denen normalerweise Bier getrunken wurde, schäumte der Champagner. Guy sah sich in eine Unterhaltung über die Religion mit dem Kaplan verstrickt.

»… Stimmen Sie zu«, fragte er ernst, »dass die übernatürliche Ordnung nichts ist, was der natürlichen Ordnung nachträglich hinzugefügt wurde, wie die Musik oder die Malerei, um das tägliche Dasein erträglicher zu machen? Sie *ist* das tägliche Leben. Das Übernatürliche ist wirklich; was wir ›wirklich‹ nennen, ist nur ein Schatten, ein vorübergehendes Phantasiegebilde. Stimmen Sie dem nicht zu, Padre?«

»Bis zu einem gewissen Grad.«

»Lassen Sie es mich anders ausdrücken …«

Das Lächeln des Kaplans war während Major Tickeridges Darbietung erstarrt; es wirkte wie das eines Akrobaten, ein professioneller Trick, um Angst und Erschöpfung zu verbergen.

Irgendwann begann der Adjutant, mit einem Papierkorb Fußball zu spielen. Vom Fußball ging man zum Rugby über. Leonard hielt den Papierkorb fest. Er wurde zu Boden gebracht. Alle jungen Offiziersanwärter warfen sich auf das Knäuel der sich windenden Männer. Apthorpe sprang. Guy sprang. Andere sprangen wiederum auf sie drauf. Guy spürte einen stechenden Schmerz im Knie, dann blieb ihm die Luft weg, und er lag einen Augenblick wie erstarrt da. Staubig, lachend, schwitzend und nach Atem ringend löste sich das Knäuel der Leiber auf, und sie erhoben sich. Guy verspürte entfernte, aber ernsthafte Schmerzen im Knie.

»Was ist, Onkel, sind Sie verletzt?«

»Nein, nein, es ist nichts weiter.«

Irgendwo war der Befehl zum Aufbruch gegeben worden. Tony reichte Guy seinen Arm, und so gingen sie über den Kiesweg zurück.

»Ich hoffe, es war nicht allzu langweilig für dich, Tony.«

»Das hätte ich mir fürs Leben nicht entgehen lassen mögen. Meinst du, du solltest zu einem Arzt gehen?«

»Morgen früh ist bestimmt wieder alles in Ordnung. Ich hab's mir nur verdreht.«

Doch am Morgen, als er aus tiefem Schlaf erwachte, war sein Knie stark angeschwollen, und er konnte nicht gehen.

4

Tony fuhr mit dem Auto nach Hause und nahm Guy wie verabredet mit. Vier Tage lang lag Guy bei den Box-Benders mit hochgelegtem Bein und fest bandagiertem Knie. Am Weihnachtsabend trugen sie ihn zur Christmette und betteten ihn dann wieder auf sein Lager in der Bibliothek. Tonys Rückkehr hatte etwas von einer Antiklimax. Alle Bühnenkulissen waren noch da, die Kisten mit den hethitischen Tafeln, die provisorisch aufgeschlagenen Betten; es fehlte nur die Dramatik des vorangegangenen Abschieds. Nach dem geräumigen Leben in der Kaserne fühlte Guy sich eingeengt und behindert, so dass er, als sein Schwager nach dem zweiten Weihnachtsfeiertag nach London zurückkehrte, mitfuhr und die letzten Tage seines Urlaubs in einem Hotel verbrachte.

Diese Tage der Lähmung, das ging ihm später auf, waren gleichsam seine Flitterwochen, der endgültige Vollzug seiner Liebe zum Royal Corps of Halberdiers. Darauf folgte der Kasernenalltag voller Ergebenheit und Zuneigung, Dinge, die man teilte, doch dazwischen und allgegenwärtig eine Fülle trauriger kleiner Entdeckungen, wie sie zu einer Ehe nun mal dazugehören, Vertraulichkeiten, Ärger, Unvollkommenheiten und Zwistigkeiten, die er wahrnahm. In der Zwischenzeit war es süß, in diesem Bewusstsein wachend im Bett zu liegen, der Korpsgeist lag neben ihm; wenn er klingelte, geschah dies im Dienst an seiner unsichtbaren Braut.

London hatte seine vielen Reichtümer noch nicht verloren. Es war dieselbe Stadt, die er sein Leben lang gemieden hatte, weil ihre Geschichte in seinen Augen gewöhnlich und ihr Aussehen schäbig gewesen war. Und nun lag sie rings um ihn, wie er sie zuvor nie gesehen hatte – eine königliche Hauptstadt. Guy war ein anderer geworden. Er humpelte in die Stadt hinaus und sah sie mit neuen Augen und neuem Herzen.

Im Bellamy's, wo er sich zuletzt in einsame Winkel verkrochen hatte, um seine Bittbriefe zu schreiben, fand er jetzt mühelos Platz unter ständig wechselnden Barbesuchern. Er trank viel und war glücklich, sagte mechanisch ›Prost‹ und ›Zum Wohl‹ und war sich der gelinden Verwunderung, die diese fremdländischen Trinksitten auslösten, durchaus nicht bewusst.

Eines Abends ging er allein ins Theater und hörte hinter sich eine junge Stimme sagen: »Bei meiner Seele – mein Onkel.«

Er drehte sich um und erblickte hinter sich Frank de Souza. Frank trug das, was man bei den Halberdiers ›Zivil‹ nannte und bei den Zivilisten etwas exotischer ›Kluft‹ oder ›Mufti‹. Seine Kleidung war gar nicht allzu ›zivil‹ – brauner Anzug, grünes Seidenhemd und orangefarbener Schlips. Neben ihm saß ein Mädchen. Guy kannte Frank de Souza, diesen dunklen, zurückhaltenden und tüchtigen jungen Mann mit dem trockenen Humor, kaum. Er erinnerte sich, vage gehört zu haben, dass Frank in London eine Freundin habe, die er am Wochenende immer besuche.

»Pat, darf ich dir meinen Onkel Crouchback vorstellen?«

Das Mädchen lächelte, aber weder humorvoll noch liebenswürdig.

»Musst du denn immer Witze machen?«

»Gefällt's euch?«, fragte Guy. Sie sahen das, was man eine ›intime Revue‹ nannte.

»Und ob!«

Guy hatte die Revue sehr lustig und hübsch gefunden. »Sind Sie die ganze Zeit über in London gewesen?«

»Ich habe eine Wohnung in Earls Court«, sagte das Mädchen. »Wir leben zusammen.«

»Das muss schön sein«, sagte Guy.

»Und ob!«, sagte das Mädchen.

Die Unterhaltung wurde unterbrochen, denn ihre Nachbarn kamen von der Bar zurück, und der Vorhang ging wieder auf. Die zweite Hälfte des Programms gefiel Guy viel weniger. Er konnte die ganze Zeit nicht vergessen, dass hinter ihm dieses kalte, merkwürdige Paar saß. Nach der Vorstellung sagte er: »Hätten Sie nicht Lust, mit mir zusammen zu Abend zu essen?«

»Wir gehen von hier aus ins Café«, sagte die junge Frau.

»Ist das weit?«

»Das Café Royal«, erklärte Frank. »Kommen Sie doch mit.«

»Aber Jane und Constant haben doch gesagt, sie wollten uns dort treffen«, gab die junge Frau zu bedenken.

»Die kommen ja doch nicht«, sagte Frank.

»Kommen Sie und essen Sie Austern mit mir«, sagte Guy. »Ich kenne ein Restaurant gleich nebenan.«

»Ich hasse Austern«, erklärte das Mädchen.

»Vielleicht doch lieber nicht«, sagte Frank. »Aber trotzdem vielen Dank.«

»Nun, wir sehen uns ja bald wieder.«

»Zu Philippi«, sagte Frank.

»O Gott«, sagte das Mädchen. »Nun komm schon!«

An seinem letzten Abend, dem letzten Abend des Jahres, als Guy nach dem Dinner bei Bellamy's an der Bar stand, hörte er plötzlich jemanden sagen: »Hey Tommy, was machen denn die Hämorrhoiden des Stabsoffiziers?« Als er sich umdrehte, stand der Major des Coldstream-Regiments neben ihm.

Es war Tommy Blackhouse, den er zuletzt vom Fenster seines Anwalts im Lincoln's Inn gesehen hatte. Damals hatten er und Tommys Bursche beim Scheidungsprozess aussagen müssen. Lachend waren Tommy und Virginia über den Platz gekommen, waren wie verabredet vor der Tür stehen geblieben und hatten ihre Gesichter deutlich gezeigt: Virginia das ihre unter einem leuchtenden neuen Hut und Tommys unter einer Melone, und waren dann sofort weitergegangen, ohne einen Blick zu dem Fenster hinaufzuwerfen, von wo aus sie, wie sie sehr wohl wussten, beobachtet wurden. Guy hatte ausgesagt: »Das ist meine Frau.« Und der Bursche hatte erklärt: »Das ist Captain Blackhouse, und bei der Dame handelt es sich um diejenige, die ich bei ihm vorfand, als ich ihn am Morgen des 14. weckte.« Beide hatten sie eine Erklärung unterschrieben, und der Anwalt hatte Guy davon abgehalten, dem Burschen einen Zehn-Shilling-Schein zuzustecken. »Das geht ganz und gar nicht, Mr. Crouchback. Das Angebot eines Entgelts könnte das ganze Verfahren torpedieren.«

Tommy Blackhouse hatte das Coldstream-Regiment verlassen müssen, doch da er mit Leib und Seele Soldat war, war er in ein Linienregiment versetzt worden. Jetzt war er, wie es schien, wieder bei seiner alten Einheit. Vor der Scheidung hatte Guy Tommy Blackhouse nur flüchtig gekannt. Jetzt begrüßten sie sich:

»Hallo, Guy.«

»Hallo, Tommy.«

»So, du bist also bei den Halberdiers. Eine tüchtige Truppe, oder?«

»Zu tüchtig für mich. Neulich haben sie mir fast das Bein gebrochen. Wie ich sehe, bist du wieder beim Coldstream.«

»Was weiß ich, wo ich bin. Ich komme mir vor wie ein Federball, der zwischen dem Kriegsministerium und dem Lieutenant-Colonel hin- und hergeschossen wird. Nach der Scheidung im vorigen Jahr bin ich tatsächlich bei der Brigade wieder aufgenommen worden – Ehebruch spielt in Kriegszeiten offenbar keine so große Rolle mehr –, aber da ich nun mal ein solcher Esel bin, habe ich die letzten zwei, drei Jahre am Staff College zugebracht und irgendwie es sogar geschafft, das Examen zu bestehen. Folglich gehöre ich jetzt in die Kategorie ›stabsdiensttauglich‹ und warte die ganze Zeit darauf, wieder in den regulären Dienst zu kommen. Übrigens war auch einer von euch auf dem Staff College. Verdammt guter Mann, mit einem Riesenschnauzbart. Weiß nicht mehr, wie er hieß.«

»Große Schnauzer haben sie alle.«

»Dann steht dir ja offenbar eine recht interessante Zukunft bevor. Ich habe heute eine Akte darüber gesehen.«

»Wir wissen von nichts.«

»Nun, dieser Krieg wird lange dauern. Wir kommen schon noch alle auf unsere Kosten, bis er zu Ende ist.«

Alles ging so mühelos.

Eine halbe Stunde später hatte die Gruppe sich aufgelöst. Im Foyer sagte Tommy: »Du humpelst ja *wirklich*. Komm, ich bring dich ein Stück.«

Schweigend fuhren sie um den Piccadilly Circus. Dann sagte Tommy: »Virginia ist wieder in England.«

Guy hatte sich nie gefragt, wie Tommy über Virginia

dachte. Er wusste nicht einmal genau, unter welchen Umständen sie sich getrennt hatten. »Ist sie denn weg gewesen?«

»Ja, sogar ziemlich lange. In Amerika. Sie ist wegen des Krieges zurückgekommen.«

»Typisch – wo alle anderen in die andere Richtung rennen.«

»Sie ist ganz groß in Form. Heute Abend hab ich sie im Claridge's gesehen. Sie hat sich nach dir erkundigt, aber ich wusste nicht, wo du warst.«

»Sie hat nach mir gefragt?«

»Nun, ehrlich gesagt, hat sie sich nach allen ihren Verflossenen erkundigt – aber nach dir ganz besonders. Wenn du Zeit hast, besuch sie doch mal. Wir sollten uns alle ein bisschen um sie kümmern.«

»Wo wohnt sie denn?«

»Im Claridge's, nehme ich an.«

»Ich glaube aber nicht, dass sie großen Wert drauf legt, mich zu sehen.«

»Ich hatte den Eindruck, dass sie am liebsten alle Welt sehen würde. *Mich* jedenfalls hat sie ziemlich bedrängt.«

Sie erreichten Guys Hotel und verabschiedeten sich. Guy grüßte korrekt, wie er es bei den Halberdiers gelernt hatte, den ranghöheren Offizier in völliger Dunkelheit militärisch – es war absurd.

Am nächsten Morgen, dem Neujahrstag, erwachte Guy – wie jetzt immer – zu der Zeit, wenn in der Kaserne vom Hornisten die *Reveille* geblasen wurde; sein erster Gedanke galt Virginia. Seine Neugier war schier überwältigend, doch nach acht Jahren, nach allem, was er gefühlt und nicht ausgesprochen hatte, konnte er jetzt nicht einfach den Hörer vom Telefon auf seinem Nachtschrank in die Hand nehmen und sie anrufen – wie sie es zweifellos getan hätte, wenn sie gewusst hätte, wo er war. Stattdessen zog er sich an, packte und bezahlte seine

Rechnung, war allerdings in Gedanken immer noch bei Virginia. Bis er sich um vier Uhr nachmittags zu seinem neuen Ziel aufmachen musste, blieb ihm noch reichlich Zeit.

Er fuhr daher zum Claridge's, erkundigte sich beim Empfang, und man sagte ihm, dass Mrs. Troy bis jetzt noch nicht heruntergekommen sei. Also machte er es sich in der Halle in einem Sessel bequem, von dem aus er sowohl die Aufzüge als auch die Treppe im Auge behalten konnte. Von Zeit zu Zeit gingen Leute an ihm vorüber, die er kannte, blieben stehen und forderten ihn auf, sich ihnen anzuschließen. Doch er blieb unverdrossen auf seinem Posten. Zuletzt trat jemand, der sie hätte sein können, federnden Schritts aus dem Aufzug und ging zum Empfang hinüber. Die Dame vom Empfang zeigte auf Guy. Die Frau drehte sich um und strahlte augenblicklich vor Freude. Er humpelte auf sie zu; hopsend wie ein kleines Mädchen kam sie ihm entgegen.

»Guy, mein *Herz*! Was für eine schöne Überraschung! Wie großartig es doch in London ist!« Sie umarmte ihn, löste sich und betrachtete ihn dann. »Jawohl«, sagte sie. »Wirklich toll! Ich habe mich erst gestern nach dir erkundigt.«

»Das habe ich gehört. Tommy hat es mir erzählt.«

»Ach, ich habe wirklich alle Welt gefragt.«

»Es war lustig, ausgerechnet von ihm von dir zu hören.«

»Ja, so gesehen, muss es in gewisser Hinsicht wirklich komisch gewesen sein. Warum hat denn deine Uniform eine andere Farbe als all die anderen?«

»Hat sie doch gar nicht.«

»Doch, jedenfalls als die von Tommy, und dem da drüben und dem da?«

»Die sind bei den Foot Guards.«

»Nun, ich finde, deine Farbe ist viel schicker. Und wie gut die Uniform dir steht! Und täusche ich mich – lässt du dir auch einen kleinen Lippenbart stehen? Das macht dich so *jung*!«

»Du siehst aber auch sehr jung aus.«

»Oh ja, jünger als alle anderen. Der Krieg bekommt mir gut! Es ist so himmlisch, Mr. Troy los zu sein.«

»Er ist gar nicht bei dir?«

»Ach, Liebling, ganz unter uns: Ich glaube nicht, dass ich noch viel von Mr. Troy sehen werde. Er hat sich in letzter Zeit wirklich nicht mehr gut benommen.«

Guy wusste über diesen Hector Troy nichts, kannte nur seinen Namen. Er hatte lediglich gehört, dass sich Virginia acht Jahre hindurch überall großer Beliebtheit erfreut hatte. Er wollte ihr nichts Böses, aber dass sie so sichtlich erblüht war, verstärkte die Barriere zwischen ihnen nur. Wäre es ihr schlecht ergangen, hätte sie ihn sofort als Helfer an ihrer Seite gefunden, doch je mehr sie in das unbekümmerte Glück hineindriftete, umso mehr zog Guy sich in sein Schneckenhaus zurück. Der Krieg hatte sie nun wieder nach London verschlagen – da stand sie vor ihm, reizend, elegant und erfreut, ihn zu sehen.

»Gehst du irgendwo zum Mittagessen?«

»Habe ich schon. Ich möchte nichts mehr essen. Aber komm mit. Aber du hast ja ein lahmes Bein, du bist doch nicht etwa schon verwundet?«

»Nein, ob du mir glaubst oder nicht – ich habe mit einem Papierkorb Fußball gespielt.«

»Ehrlich?«

»Ja, wirklich.«

»Ach, Liebling, eigentlich sieht dir das aber gar nicht ähnlich!«

»Weißt du, du bist der erste Mensch, der nicht überrascht scheint, dass ich bei der Army bin.«

»Aber wo solltest du denn sonst sein? Ich habe doch schon immer gewusst, dass du einen Löwenmut hast!«

Sie aßen zusammen, gingen danach auf ihr Zimmer und

unterhielten sich ununterbrochen, bis es für Guy Zeit war, in seinen Zug zu steigen.

»Hast du immer noch die Farm in Eldoret?«

»Nein, die habe ich damals sofort verkauft. Hast du das denn nicht gewusst?«

»Vielleicht hab ich es damals gehört, aber weißt du, seither ist so viel Neues auf mich eingestürzt. Erst die Scheidung, dann die Heirat, dann wieder Scheidung, kaum, dass ich dazwischen Luft holen konnte. Mit Tommy hat es überhaupt nicht lang gehalten, eigentlich hätte ich genauso gut bleiben können, wo ich war. Hast du denn wenigstens einen guten Preis bekommen?«

»So gut wie gar nichts. Es war ja das Jahr, in dem alle pleitegegangen sind.«

»Richtig! Wie konnte ich das nur vergessen! Das war ja auch eine der Schwierigkeiten, die ich mit Tommy hatte. Das Schlimmste aber war, dass sein Regiment plötzlich so spießig wurde. Wir mussten London verlassen und in eine ganz lächerliche kleine Stadt ziehen, wo es nur ganz schreckliche Leute gab. Er hat damals sogar davon gesprochen, nach Indien zu gehen! Das war das Ende. Ich habe ihn aber ehrlich geliebt! Und du – du hast nie wieder geheiratet?«

»Wie sollte ich?«

»Aber Darling, nun behaupte bitte nicht, dein Herz wäre dein Leben lang gebrochen!«

»Abgesehen von meinem Herzen – Katholiken können nicht wieder heiraten, das weißt du doch.«

»Ach, *das*! Hältst du dich denn noch immer daran?«

»Mehr denn je!«

»Armer Guy – das war ein ganz schöner Schlamassel, nicht wahr? Geld weg, ich weg, alles auf einmal! Ich nehme an, früher hätte man gesagt, ich hätte dich ruiniert.«

»Möglich.«

»Hast du denn seither viele schöne Frauen gehabt?«

»Nicht viele, und auch keine sehr schönen.«

»Nun, dann musst du das jetzt nachholen! Ich nehme dich an der Hand und suche was ganz Besonderes für dich!«

Und:

»Es gibt noch eine Sache – beim Gedanken daran ist mir nie ganz wohl in meiner Haut. Wie hat es dein Vater aufgefasst? Er war so gut!«

»Der hat bloß gesagt: ›Der arme Guy ist auf die Falsche reingefallen!‹«

»Oh, das gefällt mir aber gar nicht! Wie kann man nur so gemein daherreden!«

Und:

»Aber es ist doch völlig unmöglich, acht Jahre lang *überhaupt nichts* getan zu haben!«

Doch genau darauf lief es hinaus: gar nichts! Jedenfalls nichts, was zu erzählen wert gewesen wäre. Als er seinerzeit von Kenia nach Santa Dulcina gekommen war und immer noch dem Gedanken nachgehangen hatte, einen Hof zu betreiben, hatte er versucht, den Weinbau zu erlernen, hatte mit der Hippe die Rebstöcke ausgeputzt, versucht, bei den Leuten, die ihm bei der Weinlese halfen, ein neues Auslesesystem einzuführen, und eine neue französische Kelter ausprobiert. In Italien, an Ort und Stelle, war der Wein von Santa Dulcina köstlich gewesen, aber nach einer Fahrt von einer Stunde wurde er bereits sauer. Guy hatte versucht, den Wein wissenschaftlich abzufüllen, doch nichts hatte gefruchtet.

Er hatte versucht, ein Buch zu schreiben. Zwei Kapitel lang war alles gutgegangen, doch dann war es im Sand verlaufen.

Er hatte ein bisschen Geld und viel Arbeit in ein Reiseunternehmen gesteckt, das ein Freund von ihm aufzuziehen versuchte. Die Grundidee war gewesen, erstklassige Kunstkenner als Reiseführer in Italien einzusetzen und Kunden, bei denen es sich wirklich lohnte, auch in abgelegene Gebiete zu begleiten und ihnen den Zugang zu Palästen zu verschaffen, die den Touristen normalerweise verschlossen blieben. Doch die Abessinien-Krise hatte den Touristenstrom unterbrochen – Besucher, bei denen es sich lohnte und bei denen es sich nicht lohnte, waren gleichermaßen zu Hause geblieben.

»Nein, nichts«, pflichtete er ihr bei.

»Armer Guy«, sagte Virginia. »Das klingt alles ziemlich jämmerlich. Keine Arbeit. Kein Geld. Nichtssagende Frauen. Aber zumindest hast du deine Haare auf dem Kopf behalten. Tommy hat schon fast eine Glatze. Es war ein ziemlicher Schock, ihn wiederzusehen. Und deine Figur! Augustus ist fett wie ein Fass Butter!«

»Augustus?«

»Ich glaube, du hast ihn nie kennengelernt. Er kam nach Tommy. Geheiratet habe ich Augustus allerdings nie. Er wurde schon damals fett.«

Und so weiter – drei Stunden lang.

Als sie sich verabschiedeten, erklärte Virginia: »Wir *müssen* uns weiter treffen. Ich weiß noch nicht, wie lange ich hier sein werde, sicherlich länger. Wir dürfen den Kontakt nicht wieder abreißen lassen.«

Es war bereits dunkel, als Guy beim Bahnhof anlangte. Unter dem schwachen Licht der blauen Laterne fand er ein halbes Dutzend Männer seiner Gruppe bei den Halberdiers.

»Da kommt ja unser gichtgebeugter Onkel«, sagten sie, als er sich zu ihnen gesellte. »Erzählen Sie uns doch ein bisschen mehr, wo es jetzt hingeht. Sie wissen doch immer Bescheid.«

Aber Guy wusste auch nicht mehr als das, was auf seinem Marschbefehl getippt stand. Wohin es ging, war nicht bekannt.

5

Auf dem Marschbefehl stand: ›Kut-al-Imara House, South-sand-on-Sea‹. Ausgestellt worden war er ohne weitere Erklärung am Morgen nach dem Gästeabend. Guy hatte sich bei Major Tickeridge erkundigt, der sagte: »Nie gehört! Da muss sich das Korps was Neues ausgedacht haben«, und dann auch beim Adjutanten, der erklärte: »Nicht unsere Angelegenheit. Von jetzt an, bis die Brigade aufgestellt ist, gehören Sie zur Ausbildungsriege. Es wird vermutlich ein heilloses Durcheinander herrschen.«

»Und von den alten Hasen hier kommt keiner mit?«

»Nicht um alles auf der Welt, Onkel.«

Doch Guy konnte sich im Vorraum inmitten der Trophäen des Korps, in der Ordnung und Bequemlichkeit, die zweihundert Jahre ununterbrochene Benutzung hinterlassen, einfach nicht vorstellen, dass irgendetwas, das die Halberdiers unternahmen, *nicht* erstklassig ausfiele. Auch jetzt, als der Zug durch die kalte und neblige Dunkelheit dahinrollte, erfüllte ihn diese heitere Zuversicht. Sein Knie war steif und tat ihm weh. Im Dämmerlicht setzte er sich anders hin und veränderte die Lage seines Beins zwischen den gekreuzten oder ausgestreckten der anderen im Abteil. Die kleine Gruppe von Offiziersanwärtern saß missmutig da. Hoch über ihnen waren im Schatten Kleidersäcke, Ausrüstungsgegenstände und Koffer aufgestapelt, deren Umrisse sich verloren. Die Gesichter waren kaum zu erkennen. Nur der Schoß der Reisenden wurde durch Lichtstrahlen erhellt, die trotz allem zu schwach waren, als dass man darin hätte lesen können. Von Zeit zu Zeit riss einer von ihnen ein Zündholz an. Von Zeit zu Zeit unterhielten sie sich über ihren Urlaub. Doch meistens schwiegen sie. Inmitten von Nebel und Kälte war Guy ganz erfüllt von klaren und tröstlichen Erinnerungen; er saß da, lauschte innerlich den Stimmen des Nachmittags, als spielte er sich immer wieder ein und dieselbe Platte auf dem Grammophon vor.

Die letzte Dreiviertelstunde der Fahrt sprach niemand mehr; bis auf Guy schliefen alle. Schließlich erreichten sie Southsand, holten ihre Sachen herunter und standen in noch eisigerer Kälte auf dem Bahnsteig. Der Zug fuhr ab. Noch lange, nachdem das schwache Schlusslicht verschwunden war, trug der Ostwind das Stampfen der Lokomotive zu ihnen. Ein Gepäckträger sagte: »Gehören Sie zu den Halberdiers? Ihr hättet mit dem Zug um sechs Uhr acht kommen sollen.«

»Dieser Zug hier steht aber auf unserem Marschbefehl.«

»Nun, die anderen sind alle schon vor einer Stunde angekommen. Der Bahnhofsvorsteher hat gerade für heute dichtgemacht. Vielleicht erwischt ihr ihn noch im Hof. Nein, das da hinten ist er – er fährt gerade weg. Er meinte, heute Abend erwartete er keine Soldaten mehr.«

»Verflucht!«

»Ja, so ist das nun mal bei der Army, oder?«

Der Gepäckträger verschwand in der Dunkelheit.

»Was machen wir jetzt?«

»Am besten versuchen wir anzurufen.«

»Und wen?«

Leonard lief hinter dem Gepäckträger her.

»Gibt's im Kut-al-Imara House ein Telefon?«

»Das ist nur über Dienstapparat zu erreichen. Und das ist im Zimmer des Bahnhofsvorstehers eingeschlossen.«

»Haben Sie ein Telefonbuch?«

»Sie können's ja versuchen. Ich nehme aber an, die Leitungen sind gekappt.«

Im schwach erleuchteten Büro des Bahnhofsvorstehers fanden sie das örtliche Telefonbuch.

»Hier steht: ›Kut-al-Imara House – Preparatory School‹. Also ein Internat. Versuchen wir's mal.«

Nach einer Weile antwortete eine heisere Stimme. »Hallo? Ja? Was? Wer? Ich versteh kein Wort. Eigentlich soll's die Leitung gar nicht mehr geben. Das hier ist eine militärische Einrichtung.«

»Hier draußen am Bahnhof warten acht Offiziere darauf, abgeholt zu werden.«

»Sind Sie die Offiziere, die wir erwartet haben?«

»Das nehmen wir an.«

»Nun, Moment, Sir! Ich versuche, jemanden aufzutreiben.«

Nach vielen Minuten vernahmen sie eine andere Stimme, die sagte: »Wo sind Sie?«

»Am Bahnhof von Southsand.«

»Warum zum Teufel habt ihr nicht den Bus mit den anderen genommen?«

»Wir sind grade erst gekommen.«

»Dann kommen Sie aber zu spät! Der Bus ist schon wieder weg. Wir haben kein Transportmittel. Dann müssen Sie sehen, wie Sie hierherkommen.«

»Ist es denn weit?«

»Selbstverständlich ist es weit. Sie beeilen sich besser, sonst ist nichts mehr zu essen da. Es ist schon jetzt kaum noch was übrig.«

Es gelang ihnen, ein Taxi aufzutreiben, dann noch ein zweites. Sie zwängten sich alle hinein und fuhren mitsamt Gepäck ihrem neuen Zuhause entgegen. In der Dunkelheit war nichts zu erkennen, bis sie nach etwa zwanzig Minuten mit ihrem Gepäck in einer Halle standen, in der kein einziges Möbelstück war. Der Fußboden musste erst vor kurzem geschrubbt worden sein, denn er war noch feucht und roch nach Desinfektionsmittel. Ein älterer Halberdier, der viele Auszeichnungen für jahrelange gute Führung trug, sagte: »Ich hole Captain McKinney.«

Captain McKinney hatte, als er herangeschlendert kam, den Mund noch voll Essen.

»Da sind Sie also«, sagte er kauend. »Bei Ihren Marschbefehlen scheint es drunter und drüber gegangen zu sein. Sie trifft aber wohl keine Schuld. Es ist sowieso alles ein heilloses Durcheinander. Ich bin diensthabender Lagerkommandant. Dass ich herkommen sollte, habe ich erst heute Morgen um neun erfahren. Folglich können Sie sich vorstellen, wie gut ich über alles Bescheid weiß. Haben Sie schon zu Abend gegessen? Nicht? Dann kommen Sie besser mit und essen erst mal was.«

»Kann man sich hier irgendwo waschen?«

»Dort drinnen. Aber es gibt keine Seife, und das Wasser ist kalt.«

Sie folgten ihm ungewaschen durch die Tür, durch die er gekommen war, um sie zu begrüßen, und standen in einem Essraum, den sie noch zur Genüge und darüber hinaus kennenlernen sollten, aber auf den ersten Blick zeichnete er sich nur durch seine Leere aus. Auf zwei behelfsmäßigen Tischen standen Emailleteller und -becher sowie das graue Besteck, das man ihnen bei einem ihrer Rundgänge in einem Kasino der Kaserne gezeigt hatte. Töpfe mit Margarine standen herum, geschnittenes Brot, große, bläulich angelaufene Kartoffeln und eine Art fad schmeckendes Huhn in Aspik, an das Guy sich noch aus seinen Internatstagen während des Ersten Weltkriegs zu erinnern meinte. Auf einem Seitentisch stand in einer Lache Tee ein Teekocher. Die Soße hatte einzig von den Roten Beeten etwas Farbe mitbekommen.

»Ist das nicht ein hinreißendes Quartier?«, fragte Frank de Souza.

Aber weder der Essraum noch die Portionen waren es, die Guys Aufmerksamkeit erregten, sondern vielmehr eine Gruppe von sonderbaren Second Lieutenants, die einen der

Tische besetzt hatten und jetzt starren Blicks und mit vollen Backen kauend aufblickten. Das mussten die Leute vom Depot sein, von denen sie schon so viel gehört hatten.

An dem anderen Tisch saß ein halbes Dutzend bekannter Gestalten aus der Kaserne.

»Am besten setzen Sie sich vorerst hierhin«, sagte Captain McKinney. »Ein paar von euch sind noch unterwegs. Wo ihr im Einzelnen hinkommt, sehen wir morgen früh.« Dann erhob er die Stimme und wandte sich an alle im Raum.

»Ich verzieh mich jetzt«, sagte er. »Ich hoffe, Sie haben alles, was Sie brauchen. Falls nicht, müssen Sie vorerst so auskommen. Die Schlafräume sind oben. Es ist nichts zugeteilt worden, machen Sie das unter sich aus. Unten wird um Mitternacht das Licht gelöscht, Wecken um sieben. Appell morgen früh um Viertel nach acht. Bis zwölf können Sie kommen und gehen, wie es Ihnen beliebt. Es gibt hier sechs Burschen für die Offiziere, aber die haben den ganzen Tag über geschuftet und geschrubbt. Ich wäre Ihnen daher sehr verbunden, wenn Sie ihnen ein wenig Ruhe gönnen. Es bringt Sie auch nicht um, wenn Sie Ihr Gepäck mal selbst raufschleppen. Zu einer Bar haben wir es bis jetzt noch nicht gebracht. Die nächste Kneipe ist eine halbe Meile weiter unten an der Straße. Die heißt The Grand und ist für Offiziere offen. Die andere Kneipe, die etwas näher liegt, ist für alle anderen Dienstgrade. Das wär's. Gute Nacht.«

»Da kommen mir doch Erinnerungen an einen Kurs in Mannschaftsführung, den ich vor noch gar nicht so langer Zeit besucht habe …«, sagte de Souza. »»Wenn Sie ein Lager oder ein neues Quartier beziehen, vergessen Sie nicht, dass die Leute unter Ihrem Kommando an erster, zweiter und dritter Stelle stehen. Sie selbst kommen ganz zuletzt. Ein Offizier der Halberdiers isst nicht, bis nicht alle Mahlzeiten ausgegeben sind. Ein Offizier der Halberdiers schläft nicht, ehe sich nicht der letzte seiner Leute zur Ruhe gebettet hat.‹ Ging das nicht so ähnlich?« Er nahm eine Gabel zur Hand und bog sie launisch so lange, bis sie zerbrach. »Ich geh jetzt ins Grand, mal sehen, ob es da nicht was zu essen gibt.«

Er ging als Erster. Bald nach ihm erhob sich die Depot-Gruppe und löste ihre Tafel auf. Einer von ihnen zögerte und überlegte, ob es nicht angebracht sei, ein paar Worte an die Neuankömmlinge zu richten, doch inzwischen waren alle Köpfe derer, die sich von der Kaserne kannten, über die Teller geneigt. Die Gelegenheit ging ungenutzt vorüber.

»Freundliche Mistkerle – finden Sie nicht auch?«, sagte Sarum-Smith.

Das Essen dauerte nicht lange. Bald waren wieder alle in der Halle bei ihrem Gepäck.

»Lassen Sie mich Ihres raufbringen, Onkel«, sagte Leonard, woraufhin Guy ihm dankbar seinen Kleidersack überließ und hinter ihm her nach oben humpelte.

Die Türen um das Treppenhaus herum waren verschlossen. Eine Kreideinschrift auf der Tapete mit Pfeil deutete auf eine mit grünem Stoff bezogene Tür: ›Offiziers-Quartiere‹. Eine Stufe tiefer: nackte Glühbirnen, ein Streifen Linoleum und links und rechts offene Türen. Diejenigen, die zuerst gekommen waren, hatten sich bereits eingerichtet, doch großen Vorteil hatten sie dadurch nicht gerade gehabt. Die Räume sahen alle gleich aus, waren alle einheitlich ausgestattet. In jedem gab es sechs Betten, einen Stoß Wolldecken und Strohsäcke.

»Besser nicht ausgerechnet in einem Zimmer mit Trimmer und Sarum-Smith«, sagte Leonard. »Wie wär's mit diesem hier, Onkel? Suchen Sie sich aus, wo Sie schlafen wollen.«

Guy wählte ein Eckbett, und Leonard ließ mit Schwung den Kleidersack darauf fallen.

»Ich schaue nur mal schnell zu den anderen rüber«, sagte er. »Halten Sie so lange die Stellung.«

Andere Second Lieutenants steckten den Kopf zur Tür herein. »Noch was frei, Onkel?«

»Noch für drei Mann. Ich halte ein Bett für Apthorpe frei.«

»Wir sind aber zu viert. Versuchen wir's woanders.«

Er hörte ihre Stimmen im Raum nebenan. »Warum erst auspacken? Wenn wir uns vor der Sperrstunde ein Glas genehmigen wollen, müssen wir uns beeilen.«

Voll beladen kehrte Leonard zurück.

»Ich dachte, ich halte besser ein Bett für Apthorpe frei.«

»Gut. Unsere Onkel sollen schließlich nicht auseinandergerissen werden. Das wird sicher sehr gemütlich hier. Ich weiß allerdings nicht, wie lange ich hierbleibe. Daisy kommt nach, sobald ich eine Wohnung für uns finde. Ich habe gehört, Verheiratete dürfen auswärts schlafen.«

Drei fröhliche junge Männer brachten ihr Gepäck herein und besetzten die übrigen Betten.

»Kommen Sie mit in die Kneipe, Leonard?«

»Wie steht's mit Ihnen, Onkel?«

»Nein, gehen Sie nur!«

Bald war Guy in seinem neuen Quartier ganz allein. Er begann auszupacken. Es gab weder Spinde noch Hosenspanner. Also hängte er seinen Mantel an einen Haken an der Wand und legte Haarbürsten und Waschsachen sowie seine Bücher auf die Fensterbank. Dann holte er sein Laken hervor, machte sein Bett und stopfte eine zusammengerollte Wolldecke in den Kopfkissenbezug. Alles andere ließ er unausgepackt. Dann machte er sich, auf seinen Stock gestützt, zu einem Rundgang durch das leere Haus auf.

Die Räume, in denen sie untergebracht waren, hatten früher offensichtlich als Schlafräume der Knaben gedient. Alle waren nach einer Schlacht aus dem Ersten Weltkrieg benannt worden. Er ging an Türen mit der Aufschrift: ›Loos‹, ›Wipers‹ (falsch geschrieben) und ›Anzac‹ vorüber. Seiner hieß ›Passchendaele‹. Dann fand er einen kleinen Raum ohne Aufschrift, vielleicht der eines Lehrers; zumindest enthielt er ein einzelnes, noch nicht besetztes Bett sowie eine Kommode. Das roch nach Luxus. Guys Stimmung besserte sich merklich. ›Jeder verdammte Narr macht es sich gemütlich‹, dachte er. Ein alter Soldat ›ging auf Erkundungsgang‹, ›schätzte die Lage ein‹ und ›passte sein Handeln den Gegebenheiten an‹. Er begann, seinen Kleidersack über das Linoleum zu ziehen. Doch dann fiel ihm ein, dass Leonard ihn extra heraufgetragen hatte. Er erinnerte sich, dass er sich als erster ein Bett hatte aussuchen dürfen. Wenn er jetzt auszog, war das eine Absage an die Gemeinschaft mit den Jüngeren. Dadurch sonderte er sich wieder ab; bereits in der Kaserne hatte er zu sehr eine Sonderstellung eingenommen und nicht so ganz richtig zu den Kameraden dazugehört. Also machte er die Tür zum Einzelzimmer wieder zu und schleifte seinen Kleidersack zurück nach Passchendaele.

Dann setzte er seinen Rundgang fort. Das Haus war völlig ausgeräumt worden, vermutlich schon während der Sommerferien. Er fand ein Schwarzes Brett, an dem noch die Liste mit den Cricket-Mannschaften hing. Hinter etlichen verschlossenen Türen mussten die Privaträume des Internatsleiters liegen. Das hier war ganz offensichtlich das Lehrerzimmer: leere Eichenregale, Brandflecke von Zigaretten auf dem Kaminsims, ein kaputter Papierkorb. ›Andere Dienstgrade‹ stand mit Kreide auf einer Tür, die in den Küchenbereich führte, wo ein Radio lief. In der Eingangshalle hatte man eine Tischplatte auf dem Kaminsims abgestellt. Genau in der Mitte war von oben nach unten mit Kreide ein Strich gezogen. Links las er: ›Ständige Dienstanweisungen‹, rechts: ›Täglich wechselnde Befehle‹. Unter ›Ständige Dienstanweisungen‹ standen gedruckte Vorschriften für die Verdunkelung und den Gasschutz, getippte alphabetische Namenslisten sowie ein Blatt mit der Überschrift ›Tagesablauf‹: *Wecken 0700. Frühstück 0730. Appell und Befehlsausgabe 0830. Mittagessen 1300. Appell und Befehlsausgabe 1415. Tee 1700. Abendessen 1930. Sofern keine gegenteiligen Befehle vorliegen, haben die Herren Offiziere ab 1700 Ausgang.* Täglich wechselnde Befehle gab es noch keine. Guy lehnte sich gegen uralte Heizungsrohre und stellte zu seiner Verwunderung fest, dass sie heiß waren. Wirklich Wärme auszustrahlen schienen sie jedoch nicht: In einem Meter Entfernung war von irgendwelcher Wärme schon nichts mehr zu spüren. Er konnte sich lebhaft vorstellen, wie eine Schar kleiner Jungen versuchte, einen Platz darauf zu ergattern – Jungen mit engen Hosen, Polypen und Frostbeulen; vielleicht war es aber auch ein Privileg, hier zu sitzen, das nur den Präfekten und ältesten Schülern zustand. Er sah die Schule in ihrer ganzen Trostlosigkeit vor sich; offensichtlich handelte es sich weder um ein fortschrittliches noch um ein sehr rentables Unternehmen. Die Aushilfslehrer, nahm er an, wechselten oft, kamen mit großen Sprüchen an und reisten unter Gepolter wieder ab. Wahrscheinlich zahlte die Hälfte der Jungen heimlichen Abmachungen zufolge nicht das volle Schulgeld, keiner von ihnen bekam je ein Stipendium, wechselte auf ein angeseheneres Internat über und ließ sich auch später bei irgendwelchen Klassentreffen nie wieder blicken, falls überhaupt welche stattfanden. Und allesamt dachten sie in späteren Jahren nur voller Abscheu und Scham an diese Schule zurück. Der Geschichtsunterricht sollte in patriotischem Geist abgehalten werden, worüber sich die jungen Lehrkräfte dann lustig machten. Es gab auch kein Schul-Lied im Kut-al-Imara House. All das erschnüffelte Guy in der Luft des verlassenen Internats.

Nun, dachte er, er war nicht um seiner eigenen Bequemlichkeit willen in die Army eingetreten. Auf eine harte Anfangszeit war er gefasst gewesen. Das Leben in der Kaserne war ein Überbleibsel nach langen Jahren des Friedens gewesen, etwas Erlesenes und Behütetes, das so gar nichts mit dem zu tun hatte, was er vorgehabt hatte. Damit war es aus und vorbei; jetzt war Krieg.

Und trotzdem war er an diesem dunklen Abend niedergeschlagen. Der Bezug dieses Hauses war ein Mikrokosmos dieser neuen Welt, die zu verteidigen er sich verpflichtet hatte. Etwas ganz und gar Wertloses, eine jämmerliche Parodie auf die Zivilisation war daraus vertrieben worden; er und seine Kameraden waren eingezogen und hatten die neue Welt mitgebracht; jene Welt, die jetzt überall um ihn herum Gestalt annahm, sie war von Stacheldraht eingezäunt, und es roch nach Karbol.

Sein Knie schmerzte an diesem Abend mehr als sonst. Bekümmert humpelte er zurück ins Passchendaele, zog sich aus und breitete seine Kleider auf dem Fußende des Bettes aus. Dann legte er sich hin und ließ die nackte Glühbirne über seinen Augen brennen. Er schlief rasch ein, wurde jedoch bald darauf durch die fröhliche Heimkehr seiner Kameraden wieder geweckt.

6

Die Leute vom Depot hatten nichts Anstößiges. Was aber durch sie unangenehm auffiel, war, dass sie einem selbst furchtbar ähnlich waren. Sie hatten ihre eigenen ›Onkels‹, einen jovialen, untersetzten Lehrer namens ›Tubby‹ Blake und einen Gummipflanzer von der malayischen Halbinsel namens Roderick. Es war, als ob sie, die Leute aus der Kaserne, bei ihrer Versetzung um eine Ecke gebogen und dort mit einem Spiegel zusammengestoßen wären, in dem sie ihr eigenes Ebenbild erblickten. Guy kam es vor, als hätte sich überhaupt nichts geändert, außer dass jetzt doppelt so viele junge Offiziere im Kut-al-Imara House herumliefen als zuvor in der Kaserne. Durch die Verdoppelung büßten sie etwas ein und wurden gleichsam karikiert, und der gesamte hierarchische Aufbau der Army litt darunter, dass hier so viele Männer völlig gleichen Ranges aufeinandertrafen. Die älteren Offiziere, die ihre Ausbildung vornehmen sollten, lebten in eigenen, abgetrennten Quartieren, erschienen mehr oder weniger pünktlich zum Dienst, gingen gemächlich von einer Klasse zur nächsten und kehrten pünktlich wieder nach Hause zurück. Oft kam es vor, dass ein Ausbildungs-Sergeant sagte: »Nun mal los! Nicht so müde! Ein Offizier kommt«, und dabei völlig vergaß, welchen Rang diejenigen innehatten, die er ausbildete. Die Burschen und die Unteroffiziere, die nicht unmittelbar an ihrer Ausbildung beteiligt waren, unterstanden dem Kommando des Quartiermeister-Sergeanten. Die Second-Lieutenants waren nicht verantwortlich für sie, besaßen aber auch keine Befehlsgewalt über sie.

Die äußeren Umstände besserten sich ein wenig. Erste primitive Möbel wurden geliefert: Ein Kasinokomitee wurde gebildet, dem auch Guy angehörte, das Essen wurde besser, die Bar bestückt. Ein Antrag, einen Radioapparat zu mieten, wurde heftig diskutiert, wurde aber doch abgelehnt, weil sich die Älteren mit denen verbündeten, die immer knapp bei Kasse waren. Aus Regimentsbeständen erhielten sie leihweise Zielscheiben zum Pfeilwerfen sowie einen Tischtennistisch, doch das Haus lag nach Dienstschluss trotz dieser Annehmlichkeiten meistens wie ausgestorben da. Southsand wartete mit einem Tanzlokal, einem Kino und einigen Hotels auf, und hier rollte der Rubel. Jeder Offiziersanwärter erhielt nach seiner Rückkehr vom Urlaub eine Nachricht über Soldnachzahlungen und ganz unerwartete zusätzliche Zahlungen. Alle bis auf Sarum-Smith beglichen ihre Schulden bei Guy. Sarum-

Smith sagte: »Wenn es Ihnen nichts ausmacht, Onkel, warte ich mit der Rückzahlung der paar Pfund noch, die Sie mir geliehen haben. Es macht doch für Sie keinen Unterschied?«

Guy kam es vor, als würde die Anrede ›Onkel‹ jetzt mit einem seltsamen Unterton ausgesprochen. Was zuvor im Grunde ein Ausdruck der Hochachtung gewesen war, ›jener Ehrerbietung, die die Jugend dem Alter schuldet‹, klang jetzt fast schon spöttisch. Die jungen Offiziersanwärter waren in Southsand wesentlich sorgloser und ungezwungener als zuvor. Sie freundeten sich mit Mädchen aus der Stadt an, tranken in entsprechend eingerichteten, mit Palmen verzierten lauschigen Bars und Kneipen und hatten nicht mehr das Gefühl, in ihrer Freizeit unter Aufsicht zu stehen. In der Kaserne war Guy das Bindeglied zwischen ihnen und ihren Vorgesetzten gewesen. Hier war er ein lahmer alter Knacker, der sich weder beim Dienst besonders hervortat, noch ihre Freuden teilte. Er hatte in ihren Augen immer am Rand der Lächerlichkeit gestanden. Jetzt halfen sein steifes Knie und sein Krückstock ihm darüber hinweg.

Er wurde vom Appell und vom Sport befreit. Allein humpelte er hinter ihnen zum Unterricht in die Turnhalle, wenn sie als geschlossene Abteilung hinmarschierten, und allein humpelte er hinterher auch wieder zurück. Sie hatten Kampfanzüge bekommen, die sie jetzt beim Unterricht trugen. Abends zogen sie ihre normale Uniform an, wenn sie es wollten, es gab dazu keine festen Vorschriften. Ausgehuniformen standen nicht mehr zur Debatte. Im Unterricht beschäftigte man sich mit Kleinfeuerwaffen, und zwar vormittags und nachmittags. Sklavisch wurde beim Unterricht das *Handbuch* Seite um Seite durchgeackert; es war so geschrieben, dass auch noch der dümmste aller Rekruten es begreifen konnte.

»Gentlemen, stellen Sie sich einfach vor, Sie spielten Fußball. Das täten einige von Ihnen ohnehin lieber, stimmt's? Sie sind Rechtsaußen. Der Wind weht Ihnen übers Spielfeld direkt ins Gesicht. So weit alles klar! Sie schießen einen Eckball. Klar? Zielen Sie dann direkt aufs Tor? Kann mir das nicht irgendjemand sagen? Mr. Trimmer! Zielen Sie dann direkt aufs Tor?«

»Ja, das täte ich, Sergeant.«

»Ach so? Wie denken die anderen darüber?«

»Nein, Sergeant.«

»Nein, Sergeant.«

»Nein, Sergeant.«

»Aha. Also nicht, stimmt's? Na gut, wohin zielen Sie dann?«

»Ich würde versuchen, den Ball abzuspielen.«

»Das ist nicht die Antwort, die ich hören möchte. Nehmen Sie doch mal an, Sie *wollen* aufs Tor schießen – schießen Sie dann direkt darauf?«

»Jawohl.«

»Nein.«

»Nein, Sergeant.«

»Aber wohin zielen Sie *dann*? Hören Sie mal, spielt denn hier keiner Fußball? Sie halten ein wenig vom Tor weg, oder?«

»Jawohl, Sergeant.«

»Warum? Können Sie sich das denn nicht denken? Sie zielen ein wenig vom Tor weg, *weil der Wind* den Ball dann ins Tor trägt, stimmt's?«

Guy war an der Reihe, legte an und hielt des Windes wegen nicht ganz aufs Ziel zu. Später legte er sich unter Schmerzen auf den Turnhallenboden und zielte mit einem leichten MG genau auf Sarum-Smiths Auge, während Sarum-Smith ihn durch eine Zielscheibe hindurch anstarrte und erklärte, alle seine Schüsse gingen vorbei.

Es hatte sich herumgesprochen, dass Guy einmal einen Löwen erlegt hatte. Die Unteroffiziere griffen das Thema auf.

»Träumen Sie von Großwild, Mr. Crouchback?«, hänselten sie ihn, wenn er nicht bei der Sache war, und gaben ihren Schießbefehl: »Vor uns ein Dornbusch. Es ist vier Uhr, wir stehen im gelben Feld. In der Ecke ein Löwe. Auf diesen Löwen – zwei Runden Feuer.«

Guys Position als Mitglied des Kasinokomitees war alles andere als würdevoll, im Gegenteil, von Würde konnte keine Rede sein, da er sich ständig recht erbitterte Beschwerden anhören musste. »Onkel, warum sind die Mixed Pickles so schlecht?« – »Onkel, warum ist der Whisky hier nicht billiger als im Grand Hotel?« – »Warum haben wir eigentlich die *Times* abonniert? Außer Ihnen liest die doch kein Aas.« Im Zuge der vielen kleinen Grabenkämpfe im Kasernenleben hatten sich winzige Körnchen Neid angesammelt, die sich jetzt bemerkbar machten.

In der ganzen ersten Woche fühlte Guy sich zunehmend einsam und wurde immer niedergeschlagener. Als am achten Tag die Nachricht durchkam, Apthorpe werde zu ihnen stoßen, hellte sich seine Stimmung etwas auf, und er konnte die ganze Unterrichtsstunde ›Entfernungsschätzen‹ gut durchhalten.

»… warum schätzen wir die Entfernung eigentlich? Damit wir die Entfernung zum Ziel richtig beurteilen, stimmt's? Genaues Erfassen der Entfernung ermöglicht wirkungsvolleres Feuer und spart Munition. Stimmt's? Auf 200 Meter Entfernung kann man alle Einzelheiten des Körpers noch genau unterscheiden. Bei 300 Metern ist das Gesicht verschwommen. Bei 400 sieht man überhaupt keins mehr. Bei 600 ist der Kopf nur noch ein Punkt, und der Körper ist nur ein Strich. Irgendwelche Fragen …?«

Als er von der Turnhalle zum Haus zurückhumpelte, wiederholte Guy für sich: »Bei 600 Metern ist der Kopf ein Punkt; 400 Meter: kein Gesicht« – freilich nicht, um sich das fest einzuprägen, sondern gleichsam als eine bedeutungslose Melodie. Ehe er das Haus erreichte, sagte er: »400 Meter: der Kopf ist ein Gesicht, 600: ein Punkt.« Es war der schlimmste Nachmittag, seit er zur Army gekommen war.

Dann stieß er auf Apthorpe, der in der Halle saß.

»Wie schön, Sie wiederzusehen«, sagte Guy aufrichtig. »Alles wieder in Ordnung?«

»Nein, nein, ganz und gar nicht. Aber man hat mich bedingt diensttauglich geschrieben.«

»Wieder Betschuana-Bauchgrimmen?«

»Da gibt's nichts zu lachen, mein Lieber. Ich hatte da ein ziemlich hässliches Erlebnis. Im Badezimmer, als ich gerade splitterfasernackt war.«

»Erzählen Sie!«

»Wollte ich ja gerade, aber Sie scheinen das nur komisch zu finden. Na, ich wohnte bei meiner Tante in Peterborough. Ich hatte nicht wirklich etwas zu tun und wollte nicht ganz aus der Form kommen, also beschloss ich, ein paar der vorgeschriebenen Freiübungen zu machen. Jedenfalls rutschte ich gleich am ersten Morgen furchtbar aus und schlug der Länge nach hin. Ich kann Ihnen sagen, das hat wehgetan wie Hölle!«

»Wo denn, Apthorpe?«

»Am Knie. Ich dachte schon, ich hätte es gebrochen. Und es hat gedauert, ehe ich einen Feldarzt fand! Meine Tante wollte mich unbedingt zu ihrem Hausarzt schicken, doch ich bestand darauf, mich an die Dienstvorschrift zu halten. Und als ich einen hatte, nahm er die Sache sehr ernst. Steckte mich ins Lazarett. Was übrigens außerordentlich interessant war. Sie waren wahrscheinlich noch nie in einem Lazarett, nicht wahr, Crouchback?«

»Bis jetzt noch nicht.«

»Das lohnt sich durchaus. Man sollte sämtliche Zweige der

Army mal kennenlernen. Neben mir lag ein Pionier – mit Magengeschwür.«

»Apthorpe, da ist etwas, das ich Sie fragen muss …«

»Ich war auch über Weihnachten da. Die Mädchen von der Truppenbetreuung haben Weihnachtslieder gesungen …«

»Apthorpe – humpeln Sie?«

»Nun, was erwarten Sie denn? Eine solche Sache renkt sich auch bei allerbester Behandlung nicht von einem Tag auf den anderen ein.«

»Ich humple auch.«

»Das tut mir sehr leid. Aber ich wollte Ihnen von der Weihnachtsfeier auf der Station erzählen. Der Stabsarzt machte Punsch …«

»Sind Sie sich eigentlich darüber im Klaren, was für einen dämlichen Eindruck wir beide machen werden – ich meine, wenn wir *beide* humpeln!?«

»Nein.«

»Wie ein Zwillingspaar?«

»Ehrlich, altes Haus, ich glaube, das ist denn doch ein bisschen weit hergeholt.«

Doch als er und Apthorpe an der Tür zum Essraum erschienen und beide sich auf einen Stock stützten, drehten sich viele Köpfe zu ihnen um, dann wurde Gelächter laut, zuletzt klatschte man an allen Tischen.

»Ach, Crouchback – haben Sie beide das vorher abgesprochen?«

»Nein, das scheint ganz spontan passiert zu sein.«

»Also ich finde jedenfalls, das ist ziemlich schlechter Geschmack.«

Sie füllten ihre Becher an der Teemaschine und suchten sich einen Platz.

»Das ist nicht der erste Tee, den ich in diesem Raum trinke«, sagte Apthorpe.

»Wie das?«

»Als ich in Staplehurst war, haben wir oft gegen Kut-al-Imara gespielt. Ich war zwar kein Kricket-Ass, aber die letzten beiden Sommer habe ich doch für die Erste Elf im Tor gestanden.«

Guy fand ein heimliches Vergnügen an den Dingen, die er nach und nach aus Apthorpes Privatleben erfuhr. Das geschah nicht allzu oft. Die Tante in Peterborough war eine neue Figur, und jetzt Staplehurst.

»Ist das Ihr erstes Internat gewesen?«

»Ja, ein ziemlich auffälliges Gebäude am anderen Ende der Stadt, Sie haben es bestimmt schon gesehen. Eigentlich müssten Sie schon davon gehört haben. Staplehurst ist ziemlich berühmt. Meine Tante war High-Church-Anhängerin«, fügte er noch hinzu, als sei das dazu angetan, den guten Ruf von Staplehurst zu bestätigen.

»Ihre Tante in Peterborough?«

»Nein, nein, selbstverständlich nicht«, erklärte Apthorpe gereizt. »Meine Tante in Tunbridge Wells. Meine Tante in Peterborough hat für so etwas überhaupt nichts übrig.«

»War es ein gutes Internat?«

»Staplehurst? Eines der besten – etwas ganz Besonderes. Zumindest zu meiner Zeit.«

»Ich meinte Kut-al-Imara.«

»Für uns war das die Schule der Habenichtse. Für gewöhnlich schlugen sie uns, aber ihnen ging Kricket auch über alles. Sonst waren wir ihnen in Staplehurst haushoch überlegen.«

Leonard gesellte sich zu ihnen.

»Wir haben ein Bett für Sie in unserem Zimmer freigehalten, Onkel.«

»Das ist zwar furchtbar nett von Ihnen, aber ehrlich gesagt, habe ich einen Haufen Zeug mitgebracht. Ich habe mich ein wenig umgesehen, ehe Sie hochkamen, und ein leeres Zimmer gefunden. Da ziehe ich jetzt allein ein. Ich muss nachts auch ein bisschen lesen können, nehme ich an, um Sie wieder einzuholen. Der Pionier, den ich im Lazarett kennengelernt habe, hat mir einen Haufen sehr interessanter Bücher geliehen, eher vertraulicher Art. Sachen, die man an der Front nicht im Schützengraben herumliegen lassen darf, weil sie dem Feind in die Hände fallen könnten.«

»Das hört sich nach Ausbildungsbestimmungen an.«

»Richtig!«

»Aber die sind doch an uns alle ausgegeben worden.«

»Nun, dann können es nicht dieselben sein. Ich habe meine von diesem Pionier. Er hatte Magengeschwüre, hat sie an mich weitergegeben.«

»Dies hier etwa?«, fragte Leonard und zog aus der Tasche seines Kampfanzuges ein Exemplar der Januarausgabe der Ausbildungsbestimmungen, die alle Offiziersanwärter bekommen hatten.

»So auf Anhieb kann ich das nicht sagen«, erklärte Apthorpe. »Aber egal – eigentlich sollte ich nicht darüber reden.«

So wurde Apthorpes gesamte Ausrüstung – eine riesige Ansammlung von ameisensicheren Kistchen, wasserdichten Beuteln, merkwürdig geformten Blechkoffern mit seinen Initialen darauf und Lederkoffern mit Messingschnallen und Riemen weggeschlossen, und keiner bekam sie zu sehen.

Guy hatte sie in der Kaserne oft genug gesehen, ohne dass sie seine Neugierde sonderlich geweckt hätten. Damals, in den Tagen gegenseitigen Vertrauens – vor der Essenseinladung des Captain-Commandant –, hätte er sich erkundigen können und hätte die Geheimnisse, die sie enthielten, bestimmt erfahren. Jetzt wusste er nur aus einer früheren Andeutung, dass sich unter diesem Sammelsurium ein höchst seltener und geheimnisvoller Gegenstand befand, den Apthorpe seine ›Donnerkiste‹ nannte.

An diesem Abend ging Guy zum ersten Mal in der Stadt aus. Er und Apthorpe mieteten sich einen Wagen, fuhren von einem Hotel zum anderen, trafen überall auf Korpskameraden, die tranken und auf der Suche nach größerer Ungestörtheit weiterzogen.

»Mir scheint, viele von den jungen Herren sind während meiner Abwesenheit ziemlich hochmütig geworden«, sagte Apthorpe.

Sie suchten vor allem ein Hotel, das Royal Court, in dem Apthorpes Tanten immer abgestiegen waren, wenn sie ihn im Internat besuchen kamen.

»Keins von diesen schicken Hotels – aber alles sehr nett. Das kennen nur ganz wenige.«

An diesem Abend kannte es aber offensichtlich überhaupt niemand. Nachdem schließlich alle Bars geschlossen hatten, sagte Guy: »Warum fahren wir nicht mal nach Staplehurst?«

»Da ist jetzt sowieso kein Mensch mehr auf, mein Lieber. Ferien. Außerdem ist es schon ein bisschen spät.«

»Ich meine, könnten wir nicht einfach mal hinfahren und es uns ansehen?«

»Keine schlechte Idee. Fahrer – nach Staplehurst.«

»Staplehurst Grove oder Staplehurst Drive?«

»Staplehurst House.«

»Nun, ich kenne Staplehurst Grove und auch Staplehurst Drive. Ich fahre erst mal dahin, einverstanden? Ist es ein Privathaus?«

»Ich weiß nicht, was Sie meinen, Fahrer.«

»Ist es ein privates Hotel?«

»Es ist ein Privatinternat.«

Der Mond schien hell, und vom Meer wehte ein kalter

Wind herüber. Sie fuhren am Exerzierplatz vorbei und dann in die Außenbezirke der Stadt.

»Es sieht alles so verändert aus«, sagte Apthorpe. »An all dies hier erinnere ich mich überhaupt nicht.«

»Das hier ist Staplehurst Grove, Sir. Zum Drive geht es links um die Ecke.«

»Hier ungefähr hat es gestanden«, sagte Apthorpe. »Irgendwas muss damit passiert sein.«

Sie stiegen im Mondlicht aus in den bitterkalten Nordwind. Rings um sie standen kleine Villen mit geschlossenen Fensterläden. Hier, zu ihren Füßen und jenseits der schön geschnittenen Hecken, lagen die Sportplätze, auf denen Apthorpe Torwart gewesen war. Irgendwo dort unten zwischen diesen Gärten und Garagen hatten vielleicht Teile jenes Heiligtums überlebt, in dem der saubere Apthorpe im Chorhemd die Kerzen entzündet hatte.

»Vandalen«, erklärte Apthorpe grimmig.

Dann stiegen die beiden Humpler wieder ins Auto und fuhren niedergeschlagen und vom Alkohol leicht umnebelt zurück nach Kut-al-Imara.

7

Am nächsten Morgen hatte Apthorpe einen kleinen Anfall von Betschuana-Bauchgrimmen, stand aber trotzdem auf. Guy war als Erster unten; der Durst hatte ihn hinuntergetrieben. Es war ein grauer, unangenehmer Morgen, es sah nach Schnee aus. Er erblickte einen der älteren Offiziere vor dem Schwarzen Brett, wo auf einem großen Blatt Papier mit roter Kreide stand: LESEN SIE DIES, ES BETRIFFT SIE!

»Na, da haben wir ja noch mal Schwein gehabt«, sagte er. »Heute steht Mudshore auf dem Programm, Abfahrt um acht.

Lassen Sie sich Marschverpflegung mitgeben und sagen Sie Ihren Kameraden Bescheid.«

Guy stieg die Treppe hinauf, steckte bei jedem Schlafraum den Kopf zur Tür hinein und sagte: »Heute steht Mudshore auf dem Programm. Bus fährt in zwanzig Minuten.«

»Wer ist denn Mudshore?«

»Keine Ahnung.«

Er ging noch einmal zum Schwarzen Brett zurück und erfuhr, dass Mudshore ein zehn Meilen weit entfernter Schießstand sei.

Damit begann der bisher traurigste Tag in Kut-al-Imara.

Beim Schießstand Mudshore handelte es sich um einen Streifen Brachland an der See, in regelmäßigen Abständen von langen Erdwällen durchzogen, das in einer gesichtslosen natürlichen Böschung endete. Er war mit Draht umzäunt, und überall waren Warnschilder aufgestellt. Am Rand des ersten Erdwalls stand eine kleine Blechbaracke: der eigentliche Schießstand, von dem aus gefeuert wurde. Als sie ankamen, war ein Soldat in Hemdsärmeln an der Tür gerade dabei, sich zu rasieren; ein zweiter hockte neben einem Kanonenofen, und ein dritter knöpfte sich – unrasiert, wie er war – im Herbeieilen rasch den Waffenrock zu.

Der Major, der das Kommando über ihre Einheit hatte, ging hin, um nachzusehen, was da los war. Sie hörten, wie seine anfangs wütende Stimme sich immer mehr beruhigte, bis er am Schluss sagte: »In Ordnung, Sergeant. Es ist ganz offensichtlich nicht Ihre Schuld. Machen Sie weiter. Ich versuche inzwischen, zum Hauptquartier durchzukommen.«

Damit kehrte er zu seinen Leuten zurück.

»Es scheint ein Missverständnis vorzuliegen. Die letzte Order, die die Aufsicht vom Schießstand erhalten hat, lautete, dass das Übungsschießen für heute abgesagt sei. Sie erwarten Schnee. Ich werde jetzt mal sehen, was sich machen lässt. Da wir nun schon einmal hier sind, ist es vielleicht eine gute Gelegenheit, das Verhalten auf einem Schießstand zu üben.«

Eine geschlagene Stunde lang, während der Himmel sich bleigrau überzog, lernten und übten sie die umständlichen Verhaltensmaßnahmen und Sicherheitsvorkehrungen, die in diesem Stadium des Zweiten Weltkriegs für den Umgang mit scharfer Munition vorgesehen waren. Dann trat der Major aus der Blechbaracke heraus, wo er telefoniert hatte. »Alles in Ordnung. Sie erwarten für die nächsten zwei Stunden noch keinen Schnee. Wir können also weitermachen. Unsere Invaliden können sich nützlich machen und die Scheiben bedienen.«

Guy und Apthorpe legten die fünfhundert Meter über das Riedgras zurück und nahmen ihre Posten in dem gemauerten Graben unterhalb der Ziele ein. Ein Corporal und zwei vom Einsatzkommando des Royal Army Ordnance Corps stießen zu ihnen. Nach umständlicher Telefoniererei wurden die roten Wimpel aufgezogen, und endlich begann das Schießen. Guy warf einen Blick auf die Uhr, ehe der erste Schuss fiel. Es war zehn vor elf. Um halb eins waren vierzehn Zielscheiben durchlöchert, und es kam Nachricht zu warten, bis sie abgelöst würden. Zwei vom Depot kamen, und Guy und Apthorpe waren erlöst.

»Die anderen sind ziemlich wütend. Sie behaupten, Sie zeigten zu langsam an«, erklärte einer von ihnen. »Und ich hätte auch gern meine Zielscheibe gesehen. Ich bin fest überzeugt, mein dritter Schuss war ein Treffer. Er muss durch dasselbe Loch durchgegangen sein wie der zweite. Ich hatte eine ganz ruhige Hand.«

»Es ist sowieso ausgefranst.«

Guy humpelte davon, und als er seitlich aus dem Graben hervorkam, empfingen ihn lautes Geschrei und Herumgefuchtel mit den Armen. Er kümmerte sich nicht darum und humpelte weiter, bis er in Hörweite war. Dann hörte er die

Stimme des Majors: »Sind Sie denn von allen guten Geistern verlassen, Mann? Wollen Sie Selbstmord begehen? Sehen Sie denn nicht, dass der rote Wimpel oben ist?«

Guy warf einen Blick zurück und sah, dass das stimmte. Im Schießunterstand selbst war kein Mensch. Sie saßen alle windgeschützt hinter der Baracke und aßen ihre Brote. Er bahnte sich seinen Weg zwischen den Erdwällen.

»In Deckung, verdammt noch mal! Und jetzt achten Sie auf den Wimpel!«

Er warf sich zu Boden, schaute hin und sah endlich, wie der Wimpel eingeholt wurde. »In Ordnung. Jetzt können Sie rauskommen.«

Als er vor dem Major stand, sagte er: »Tut mir leid, Sir. Unsere Ablösung war gerade eingetroffen, und man hatte uns gesagt, es würde nicht geschossen.«

»Genau so kommt es zu den tödlichen Unfällen! Der Wimpel, und ausschließlich der Wimpel ist es, nach dem man sich richten muss! Alle mal herhören! Sie haben eben ein klassisches Beispiel für falsches Verhalten auf einem Schießstand erlebt. Schreiben Sie sich das hinter die Ohren.«

Apthorpe kam erst jetzt aus der Deckung hervor und ging langsam und beschwerlich auf sie zu. Als er den Unterstand erreicht hatte, sagte Guy: »Haben *Sie* den verdammten Wimpel gesehen?«

»Selbstverständlich. Danach hält man doch zuerst Ausschau. Das ist Regel Nummer eins. Außerdem hat mir der Corporal dahinten einen Tipp gegeben. Diesen Streich spielen sie mit Vorliebe denen, die zum ersten Mal am Schießstand sind. Einfach nur, um deutlich zu machen, wie wichtig die Vorschriften am Schießstand sind.«

»Na, den Tipp hätten Sie mir aber ruhig auch verraten können.«

»Das wäre doch genau falsch, altes Haus. Damit wäre ja der

ganze Zweck der Übung hinfällig. Wie sollte man denn was lernen, wenn jeder jeden Tipp weitergeben würde! Verstehen Sie das nicht?«

Sie aßen ihre mitgebrachten Brote. Es war bitterkalt. »Könnten wir nicht mit dem Schießen weitermachen, Sir? Alle sind bereit.«

»Eigentlich schon, aber wir müssen an die Leute denken. Sie brauchen nun mal ihre Pause.«

Endlich ging das Übungsschießen weiter.

»Wir kommen mit der Zeit nicht hin«, sagte der Major. »Von jetzt an nur noch fünf Schuss pro Mann.«

Aber nicht das Schießen beanspruchte so viel Zeit, sondern vielmehr die endlosen Erklärungen, der Drill am Abschuss, die Gewehrinspektion. Es begann bereits zu dunkeln, als Guy an die Reihe kam. Er und Apthorpe nahmen am letzten Kommando teil und humpelten dann jeder für sich zum Abschuss. Als er dalag und vor dem Laden noch einmal sein Gewehr inspiziert hatte, machte Guy die entmutigende Feststellung, dass die Zielscheibe völlig verschwand, sobald er versuchte, Kimme und Korn in Übereinstimmung zu bringen. Er ließ das Gewehr sinken und blickte mit beiden Augen hin. Da war durchaus erkennbar ein weißes Quadrat. Er schloss ein Auge, und das Quadrat wurde unscharf, verschwamm. Er hob das Gewehr wieder an die Schulter, und sofort war vorn nichts mehr zu erkennen – alles dunkel.

Er lud durch und feuerte seine fünf vorgeschriebenen Schüsse ab. Nach dem ersten ging der Anzeiger in die Höhe.

»Gut gemacht, Crouchback. Weiter so!«

Nach dem zweiten zeigte die Flagge ein ›nicht getroffen‹ an. Nach dem dritten ebenso.

»Nanu, Crouchback, was ist denn los?«

Der vierte Schuss saß hoch darüber. Nach dem fünften wieder die Flagge.

Dann eine Durchsage am Telefon. »Berichtigung auf Bahn zwei. Der erste Schuss wurde fälschlich als Volltreffer angezeigt. Die Scheibe war runtergeweht worden. Der erste Schuss ging vorbei.«

Apthorpe, der neben ihm lag, hatte ein sehr schönes Ergebnis erzielt. Der Major nahm Guy beiseite und sagte mit ernster Stimme: »Das war aber alles andere als eine gute Leistung, Crouchback. Was ist denn bloß schiefgelaufen?«

»Ich weiß nicht, Sir. Die Sicht war sehr schlecht.«

»Das war sie aber für alle anderen doch auch. Sie werden hart arbeiten müssen, um besser zu schießen. Das war heute eine sehr schlechte Leistung.«

Dann begann das rituelle Zählen der Munition und das Einsammeln der Patronenhülsen. »Jetzt sofort Lauf reinigen! Und sobald Sie entlassen sind, Waffenreinigung.«

Es begann zu schneien. Ehe sie ihren Platz im Bus eingenommen hatten und langsam nach Hause rumpelten, war es schon dunkel.

»Na, der Löwe hatte wohl ausgesprochenes Pech, was, Onkel?«, sagte Trimmer. Doch niemand von den durchgefrorenen Zuhörern lachte.

Selbst Kut-al-Imara House kam ihnen hinterher warm und heimelig vor. Guy drückte sich gegen die heißen Heizungsrohre in der Halle, bis sich die Leute im Treppenhaus allmählich verliefen. Eine Kasinoordonnanz kam vorüber, und Guy bestellte ein Glas Rum. Langsam spürte er, wie das Blut wieder in Bewegung und wieder Leben in Hände und Füße kam.

»Hallo, Crouchback – schon fertig mit dem Gewehrreinigen?«

Es war der Major.

»Noch nicht, Sir. Ich habe bloß gewartet, bis nicht mehr so ein Gedrängel auf der Treppe herrscht.«

»Warten ist aber befehlswidrig. Wie lauteten die Befehle? Gewehr reinigen, *sobald Sie entlassen sind.* Von Warten, bis Sie ein paar Gläser intus haben, war keine Rede!«

Auch der Major war völlig durchgefroren und hatte einen nicht minder scheußlichen Tag hinter sich. Außerdem musste er noch fast einen Kilometer zu Fuß gehen, ehe er sein Quartier erreichte, und zu Hause, das fiel ihm jetzt ein, hatte die Köchin frei, und er hatte seiner Frau versprochen, sie zum Essen in eines der Hotels auszuführen.

»Das war keiner Ihrer guten Tage, Crouchback. Sie sind vielleicht nicht gerade ein Meisterschütze, aber Sie könnten zumindest Ihre Waffe für einen anderen sauber halten«, sagte er; dann trat er hinaus in den Schnee und hatte nach hundert Schritten die ganze Angelegenheit bereits wieder vollkommen vergessen.

Trimmer hatte auf der Treppe gestanden und gehört, was gesprochen worden war.

»Hallo, Onkel – habe ich richtig gehört, hat man Ihnen einen Rüffel erteilt?«

»Sie haben richtig gehört.«

»Ziemlicher Wetterumschlag für unseren blauäugigen Jungen, was?«

Das schlug Funken in Guys düsterem Gemüt; die Zündschnur brannte. »Scheren Sie sich zum Teufel«, sagte er.

»Na, na, Onkel. Sind wir heute Abend nicht ein bisschen überempfindlich?«

Explosion.

»Sie verdammtes, halbgares Würstchen! Sie sind ja noch nicht mal trocken hinter den Ohren!«, rief er. »Noch so eine unverschämte Bemerkung, und ich hau Ihnen eine runter.«

Keine gut gewählten Worte. Ob mit lahmem Bein oder gesund, Guy war niemand, der anderen körperliche Furcht einjagen konnte. Ein Wutausbruch ist jedoch immer alarmierend und lässt an die unvorhersehbaren Keilereien in der Kindheit denken. Außerdem war Guy in diesem Augenblick mit einem starken Stock bewaffnet, den er unwillkürlich ein wenig hob. Vor einem Kriegsgericht hätte man ihm einen Strick daraus drehen können oder es lassen können. Trimmer verstand die Geste jedenfalls als Drohung.

»Jetzt beruhigen Sie sich doch! Das war nicht böse gemeint.«

Zorn besitzt eine eigene Triebkraft, er schießt meistens weit übers Ziel hinaus. Jedenfalls trug er Guy in eine rotglühende Sphäre, die ihm ansonsten fremd war.

»Gott soll Ihre stinkende kleine Seele verrotten lassen. Ich hab Ihnen doch gesagt, Sie sollen den Mund halten, oder?«

Er vollführte mit dem Stock eine entschiedene, wohlbedachte Gebärde und trat einen Schritt vor. Trimmer entfloh. Zwei schnelle Sprünge, und er war hinter einer Ecke verschwunden und murmelte: »… versteht kein bisschen Spaß …«

Sehr langsam flaute Guys Zorn ab und legte sich; seine Selbstzufriedenheit sank womöglich noch langsamer zu Boden, aber auch damit war er irgendwann auf dem allgemeinen Niveau.

Genau solche hochdramatischen Szenen, überlegte er, waren wohl im Kut-al-Imara House Jahr für Jahr aufs Neue durchgespielt worden. Würmer entpuppten sich plötzlich als gefährliche Pythons; fiese kleine Jungen hänselten andere und wurden verscheucht. Nur: Die großen Jungen von der vierten Klasse aufwärts brauchten jedenfalls keinen Rum, um sich Mut anzutrinken.

Ertönten aus diesem Grund die Hörner über den Kasernenhof, sangen die Geigen über der Essenstafel der ›Copper Heels‹? War das der Triumph, für den Roger de Waybroke das Kreuz auf sich genommen hatte, damit er darüber jubeln konnte, einen Trimmer davongejagt zu haben? Voller Scham und Sorgen stellte Guy sich als Letzter in die Schlange, um sich heißes Wasser zu holen, und lehnte sich auf seine beschmutzte Waffe.

8

Die nächste Woche brachte etwas Trost.

Zunächst heilte Guys Knie aus. Es war von Tag zu Tag kräftiger geworden, doch er hatte sich das Humpeln bereits angewöhnt. Zuletzt hatte der Schmerz von der elastischen Binde hergerührt. Jetzt, wo Apthorpe ihn in der Rolle des Doppelgängers verfolgte, ließ er Bandage und Stock beiseite und stellte fest, dass er sich normal bewegen konnte. Damit schloss er sich seiner Einheit wieder mit demselben Stolz an wie an seinem zweiten Tag in der Kaserne.

Gleichzeitig nahm der Schnurrbart, den er sich seit einigen Wochen hatte wachsen lassen, plötzlich Gestalt an – genauso unverhofft wie bei einem Kind, das plötzlich schwimmen kann; gestern noch war es ein wirres Durcheinander von Haaren gewesen, doch heute war es ein schöner, stattlicher Bart. Er ging zum Barbier in der Stadt, der ihn schnitt, bürstete und mit einer Brennschere bearbeitete. Als ein Verwandelter erhob Guy sich aus dem Sessel. Beim Verlassen des Barbiersalons entdeckte er auf der gegenüberliegenden Straßenseite einen Optiker, in dessen Schaufenster ein riesiger Augapfel aus Porzellan lag unter einem Schild mit folgender Inschrift: GRATIS UNTERSUCHUNG, ALLE ARTEN AUGENGLÄSER WERDEN HIER IN KÜRZESTER ZEIT ANGEPASST. Das vereinzelte Sehorgan, die Wahl des ausgefallenen Wortes ›Augengläser‹ anstelle von Brille, das fremde Gesicht, das ihn soeben im Spiegel des Barbiers angeblickt hatte, sowie die Erinnerung an deutsche Ulanen in zahllosen amerikanischen Filmen ließen ihn die Straße überqueren.

»Ich hatte an ein Monokel gedacht«, sagte er durchaus zutreffend.

»Sehr wohl, Sir. Nur ein einfaches Glas, um des flotten Aussehens willen, oder leiden Sie unter einer Sehschwäche?«

»Ich brauche es zum Schießen. Ich kann das Ziel nicht erkennen.«

»Oh, du meine Güte – das geht selbstverständlich nicht, nicht wahr, Sir?«

»Können Sie das in Ordnung bringen?«

»Das müssen wir, das müssen wir, nicht wahr, Sir?«

Eine Viertelstunde später trat Guy wieder auf die Straße. Für fünfzehn Shilling hatte er ein starkes, in gewalztes Gold gefasstes Einglas erstanden. Er nahm es aus seinem Kunstlederetui hervor, blieb vor einem Schaufenster stehen und klemmte es ins rechte Auge. Es fiel tatsächlich nicht herunter. Langsam entspannte er die Gesichtsmuskeln und hörte auf, die Augen zusammenzukneifen. Das Monokel blieb, wo es sitzen sollte. Der Mann, den er sah, hatte etwas Zynisches im Blick; er war jeder Zoll ein preußischer Junker. Guy ging noch einmal zum Optiker zurück. »Ich glaube, ich sollte mir noch zwei oder drei von diesen Gläsern zulegen, falls mal eines kaputtgeht.«

»Tut mir leid, aber dies ist das Einzige in dieser speziellen Stärke, das wir gerade auf Lager haben.«

»Macht nichts. Geben Sie mir welche von der nächsten Stärke.«

»Aber Sir, das Auge ist ein äußerst empfindliches Organ. Damit sollten Sie kein Schindluder treiben. Das da hat die Stärke, die wir aufgrund der Messungen für Sie herausgefunden haben. Und ich kann es nicht mit meiner Berufsehre vereinbaren, Ihnen ein anderes zu empfehlen.«

»Trotzdem.«

»Nun, Sir, ich habe Ihnen meine Bedenken geäußert. Der Wissenschaftler bedauert, doch der Geschäftsmann gibt nach.«

Monokel und Bart ließen ihn in der Gunst der Kameraden steigen. Keinem von ihnen war es gelungen, sich binnen so kurzer Zeit so grundlegend zu verwandeln. Außerdem half ihm das Monokel beim Schießen.

Ein paar Tage, nachdem er es gekauft hatte, fuhren sie noch einmal zum Schießstand Mudshore hinaus, um ihre Maschinengewehre auszuprobieren. Mit Hilfe des Einglases erkannte Guy im Schnee deutlich einen dicken Fleck und traf ihn jedes Mal, nicht besonders meisterhaft, aber zumindest genauso gut wie die anderen in seiner Gruppe.

Er versuchte erst gar nicht, das Monokel ständig zu tragen, klemmte es aber ziemlich oft ein und gewann eine Menge Prestige dadurch, dass er seinen Ausbilder, den Sergeant, unsicher machte.

Außerdem stieg sein Prestige, weil die anderen erneut von Armut überkommen wurden. Die Bars mit lauschigen Palmenecken und die Tanzlokale waren teuer, und die erste Geldflut, die sich über sie alle ergossen hatte, verebbte rasch. Die jungen Offiziere fingen an, die Tage bis zum Monatsende zu zählen, und spekulierten darüber, ob sie jetzt, wo ihre Existenz im Büro des Zahlmeisters einmal registriert war, auch in Zukunft auf regelmäßige Einnahmen zählen könnten. Einer nach dem anderen kamen Guys frühere Kunden wieder bei ihm an; ein oder zwei neue fühlten schüchtern vor. Er half allen – bis auf Sarum-Smith (der sich mit seiner Anfrage nur einen eiskalten Blick durchs Monokel einhandelte). Wenn man auch nicht sagen konnte, dass er sich von den Halberdiers jene ›Ehrerbietung, die die Jugend dem Alter schuldet‹, für zwei oder drei Pfund erkaufte, so zeigten sich ihm seine

Schuldner doch mit größerer Höflichkeit, und – um diese Haltung noch zu verstärken – einer sagte zum anderen: »Der alte Onkel Crouchback ist doch ein wirklich großzügiger und gutmütiger Kerl.«

Durch die Entdeckung zweier Zufluchtsstätten gestaltete sich sein Leben auch sonst angenehmer. Bei der ersten handelte es sich um das kleine Restaurant Garibaldi unten am Hafen, wo Guy Genueser Küche und ein herzliches Willkommen fand. Der Besitzer war ein Freizeitspion. Dieser Guiseppe Pelecci – dick und kinderreich – begrüßte Guy bei seinem ersten Besuch als mögliche Informationsquelle, die ihm zur Abwechslung mal etwas anderes bieten konnte als die eintönige und magere Liste von Verschiffungen, aus der bisher sein einziger Beitrag zum größeren Wissen seines Vaterlands bestand. Doch als er feststellte, dass Guy Italienisch sprach, wich sein Patriotismus schlichtem Heimweh. Er war nicht weit von Santa Dulcina zur Welt gekommen und kannte das Castello Crouchback. Die beiden wurden mehr als Patron und *padrone* und mehr als Spitzel und Ausgehorchter. Zum ersten Mal in seinem Leben empfand Guy sich als *simpatico* und machte es sich zur Gewohnheit, die meisten Abende im Garibaldi zu speisen.

Bei der zweiten Zufluchtsstätte handelte es sich um die ›Southsand and Mudshore Yacht Squadron‹, einen kleinen Yachtclub.

Guy fand diesen ihm sehr sympathischen Rückzugsort auf eine Weise, die an sich schon Freude machte, denn daraus ergaben sich einige weitere Tatsachen zu der unvollständigen Geschichte von Apthorpes Jugend.

Es hieße die Wahrheit entstellen, würde man behaupten, dass Guy Apthorpe der Lüge verdächtigte. Seine Versuche, sich eine gewisse Würde zu verleihen – die Stiefel aus Tümmlerhaut, seine Tante aus Tunbridge Wells, die der High

Church angehörte, ein Freund, der sich gut mit Gorillas verstand –, waren nicht gerade das, was ein Hochstapler erfinden würde, um Eindruck zu machen. Gleichwohl hatte Apthorpe etwas, das man nicht ganz durchschaute. Im Gegensatz zu den typischen Figuren, die an der Ausbildung teilnahmen, verlor Apthorpe zunehmend an Substanz und Schärfe, je näher man ihm kam. Guy schätzte jedes Stückchen an Apthorpe wie Gold, doch bei genauerem Hinsehen schien es sich aufzulösen wie das Gold im Märchen. Nur sofern Apthorpe sich selbst treu blieb, wirkte sein Zauber. Jede handfeste Brücke zwischen Apthorpes Universum, das dem Reich der Träumerei anzugehören schien, und der Welt gewöhnlicher Erfahrungen war erfreulich. Und einen solchen Weg fand Guy am Sonntag nach seinem Fiasko auf dem Schießstand Mudshore, am Beginn jener Woche, die so triumphal mit hochgezwirbeltem Schnurrbart und Monokel endete.

Guy ging allein zur Messe. Die Kirche war alt wie die meisten Gebäude in Southsand, bedrückend verschönert durch die Nachlasse vieler Witwen. Beim Verlassen der Kirche näherte sich am Ausgang Guy jener adrette alte Herr, der zuvor den Teller für die Kollekte hatte herumgehen lassen.

»Ich glaube, ich habe Sie bereits vorige Woche hier gesehen, nicht wahr? Mein Name ist Goodall, Ambrose Goodall. Letzten Sonntag habe ich Sie nicht angesprochen, da ich nicht wusste, wie lange Sie hierblieben. Jetzt höre ich, Sie sind für länger im Kut-al-Imara House; dürfen wir Sie daher in der St. Augustins-Kirche willkommen heißen?«

»Ich heiße Crouchback.«

»Ein großer Name, wenn Sie gestatten; womöglich einer der Crouchbacks aus Broome?«

»Mein Vater hat Broome vor einigen Jahren aufgegeben.«

»Gewiss, ich weiß. Sehr traurig. Ich schreibe gerade eine bescheidene kleine Studie über den englischen Katholizismus in bösen Zeiten, und da können Sie sich vorstellen, dass Broome mir eine ganze Menge bedeutet. Ich selbst bin Konvertit. Trotzdem glaube ich, mit Fug und Recht behaupten zu können, ich bin fast genauso lange Katholik wie Sie. Für gewöhnlich mache ich nach der Messe einen kleinen Spaziergang am Hafen entlang. Falls Sie zurückgehen – würden Sie mir gestatten, Sie ein kurzes Stück zu begleiten?«

»Tut mir leid, ich habe schon ein Taxi bestellt.«

»Oh, schade! Ich könnte Sie auch nicht bewegen, kurz im Yachtclub vorbeizuschauen? – Er liegt auf Ihrem Weg.«

»Ich glaube nicht, dass ich mit hineinkommen kann, aber vielleicht gestatten Sie, dass ich Sie dort absetze.«

»Sehr freundlich. Es ist ja wirklich ziemlich scheußlich heute Morgen.«

Während der Fahrt fuhr Mr. Goodall fort: »Ich würde Ihnen den Aufenthalt hier gern so angenehm wie möglich machen. Und ich würde mich auch gern über Broome unterhalten. Letzten Sommer bin ich hingefahren. Alles in allem halten die Schwestern es recht gut in Schuss. Vielleicht könnte ich Ihnen Southsand zeigen. Es gibt ein paar recht interessante Dinge. Und ich kenne mich hier sehr gut aus. Früher war ich Lehrer in Staplehurst House, wissen Sie, und dann habe ich mich hier richtig niedergelassen.«

»Sie waren in Staplehurst House?«

»Nicht besonders lange. Wissen Sie, als ich zum Katholizismus übertrat, musste ich gehen. An jedem anderen Internat hätte das keine Rolle gespielt, aber Staplehurst orientierte sich in jeder Hinsicht an der High Church, und deshalb waren sie in dieser Beziehung ganz besonders empfindlich.«

»Ich würde furchtbar gern mehr über Staplehurst erfahren.«

»Ach wirklich, Mr. Crouchback? Wirklich? Viel gibt's da

eigentlich nicht zu erzählen. Vor etwa zehn Jahren wurde das Internat geschlossen.«

»Erinnern Sie sich vielleicht zufällig an einen Jungen namens Apthorpe in Staplehurst?«

»Apthorpe? Ach, da sind wir ja schon beim Club. Kann ich Sie wirklich nicht bewegen, auf einen Sprung mit hineinzukommen?«

»Wäre das denn möglich? Es ist noch früher, als ich dachte.«

Die ›Southsand and Mudshore Yacht Squadron‹ war in einer soliden Villa unten am Hafen untergebracht. Vom Fahnenmast im Vorgarten flatterten der Union Jack sowie eine kleine Signalfahne. Auf den Treppen standen zwei Kanonenrohre aus Messing. Mr. Goodall führte Guy zu einem Sessel vor dem Spiegelglasfenster und läutete.

»Sherry, bitte, Steward.«

»Es muss schon über zwanzig Jahre her sein, dass Apthorpe von Staplehurst abgegangen ist.«

»Das wäre allerdings genau die Zeit, in der ich dort war. Der Name klingt mir irgendwie vertraut. Falls es Sie wirklich interessiert, könnte ich nachschlagen. Ich habe alle alten Jahresberichte aufbewahrt.«

»Er ist bei uns im Kut-al-Imara.«

»Dann werde ich auf jeden Fall nachsehen. Katholik ist er nicht?«

»Nein, aber er hat eine Tante, die bei der High Church ist.«

»Ja, das kann ich mir denken. Das war bei den meisten unserer Jungen so. Allerdings sind viele später katholisch geworden. Ich versuche, in Kontakt mit ihnen zu bleiben, aber die Gemeindearbeit beansprucht viel Zeit, besonders jetzt, wo Kanonikus Geoghan nicht mehr so rüstig ist wie früher. Und dann habe ich ja auch noch meine Arbeit. Am Anfang war es ziemlich schwierig, aber jetzt ist es besser geworden. Nachhilfeunterricht, Vorträge in Klöstern. Vielleicht haben

Sie schon mal eine meiner Besprechungen im *Tablet* gelesen. Für gewöhnlich schicken sie mir alles, was irgendwie mit der Heraldik zusammenhängt.«

»Ich bin überzeugt, Apthorpe würde Sie gern wiedersehen.«

»Meinen Sie? Nach all der Zeit? Aber dann muss ich erst nachschlagen, was ich über ihn finde. Warum bringen Sie ihn nicht mal mit zum Tee hierher? Meine Zimmer sind für Gäste nicht sonderlich geeignet, aber ich würde mich sehr freuen, ihn hier begrüßen zu dürfen.«

Ein paar Tage später wurde ein Treffen verabredet. Guy und Apthorpe beschränkten sich hauptsächlich auf die Dinge, die im Zusammenhang mit Staplehurst standen.

»Ich habe im Jahresbericht zwei Angaben über Ihre Mitwirkung beim Fußball gefunden. Ich habe sie herausgeschrieben. Besonders lobend fällt das, fürchte ich, nicht aus. Die erste Notiz stammt vom November 1915. *Da Brinkmann ausfiel, stand Apthorpe in Vertretung im Tor, war jedoch oft nicht in der Lage, die harten gegnerischen Bälle zu halten.* Das Spiel war 8:0 ausgegangen. Dann, im Februar 1915: *Des grassierenden Mumps wegen konnten wir nur eine schwache Mannschaft auf die Beine stellen, um gegen St. Olaf anzutreten. Torwart Apthorpe war dem überlegenen Gegner leider nicht gewachsen.* Im Sommer 1916 stehen Sie in der Liste derer, die abgingen. Welches College Sie danach besuchten, wird nicht angegeben.«

»Nein, Sir. Als es gedruckt wurde, war alles noch sehr unsicher.«

»War er denn je in Ihrer Klasse?«

»Waren Sie das, Apthorpe?«

»Eigentlich nicht. Wir hatten bei Ihnen Kirchengeschichte.«

»Richtig. Kirchengeschichte habe ich in allen Klassen unterrichtet. Offen gestanden geht meine Konversion darauf zurück. Sonst habe ich nur die Stipendiaten unterrichtet. Und zu denen haben Sie nie gehört, nicht wahr?«

»Nein«, sagte Apthorpe. »Darüber herrschte ziemliche Uneinigkeit. Meine Tante wollte unbedingt, dass ich nach Dartmouth gehe. Aber irgendwie habe ich das Gespräch mit dem Admiral wohl gründlich vermasselt.«

»Ich war schon immer der Meinung, dass kleine Jungen dadurch vollkommen überfordert sind und das Ganze Glückssache ist. Viele sehr gute Kandidaten fallen einfach durch, weil sie zu aufgeregt sind.«

»Daran hat es nicht gelegen. Wir haben uns irgendwie einfach nicht verstanden.«

»Aber wohin sind Sie denn nun nach Ihrer Entlassung gegangen?«

»Ich habe wohl ziemlich viel gewechselt«, sagte Apthorpe.

Sie nahmen ihren Tee in den tiefen Ledersesseln vor dem Kamin. Schließlich sagte Mr. Goodall: »Ich habe mir überlegt – vielleicht möchte einer von Ihnen gern vorübergehend Mitglied des Clubs werden, solange Sie hier stationiert sind. Hier ist es ja sehr behaglich, meine ich. Sie brauchen nicht unbedingt Yachtbesitzer zu sein. Wir legen nur ganz allgemein Wert auf Interesse am Segelsport. Für gewöhnlich trifft man hier immer sechs oder acht sehr nette Leute. Außerdem können Sie hier zu Abend speisen, Sie müssen nur dem Steward einen Tag vorher Bescheid sagen.«

»Ich würde das sehr gern tun«, sagte Guy.

»Es spricht sehr viel dafür«, erklärte Apthorpe.

»Dann gestatten Sie, dass ich Sie dem Flottenadmiral vorstelle. Ich habe ihn gerade hereinkommen sehen. Sir Lionel Gore, seines Zeichens Mediziner, jetzt aber im Ruhestand. Auf seine Weise ein sehr guter Mann.«

Sie wurden vorgestellt. Sir Lionel redete über das Royal Corps of Halberdiers und trug sie dann eigenhändig in das Kandidatenbuch ein; die Spalte für die Namen ihrer Yachten blieb frei.

»Sie hören noch vom Schriftführer. Im Moment bin ich das selbst. Ich stelle Ihre Mitgliedskarten aus und hänge Ihre Namen am Schwarzen Brett aus. Mitglieder auf Zeit zahlen zehn Shilling pro Monat. Ich meine, das ist heutzutage nicht besonders viel.«

So traten Guy und Apthorpe in den Yachtclub ein, und Apthorpe sagte: »Vielen Dank, Admiral«, als ihm sein Mitgliedsausweis überreicht wurde.

Als sie gingen, war es dunkel und frierend kalt. Apthorpe konnte sein Bein noch nicht wieder ganz so gebrauchen wie früher und wollte daher unbedingt ein Taxi nehmen.

Auf der Heimfahrt sagte er: »Ich glaube, das ist eine gute Sache für uns, Crouchback. Ich würde vorschlagen, dass wir das für uns behalten. In letzter Zeit habe ich öfter darüber nachgedacht, dass es vielleicht nicht schaden könnte, wenn wir uns bei unseren jungen Freunden ein bisschen rar machen. Wenn man so eng zusammenlebt, wird es leicht allzu vertraulich. Das könnte später unangenehm werden, wenn wir eine Kompanie kommandieren und sie einem als Zugführer unterstellt sind.«

»Ich bekomme bestimmt nie eine Kompanie. Dazu bin ich in letzter Zeit viel zu oft unangenehm aufgefallen.«

»Nun, für *mich* ist es jedenfalls unangenehm. Selbstverständlich, mein Lieber, ich habe nichts dagegen, mit Ihnen auf vertrautem Fuß zu stehen, weil ich weiß, dass Sie das niemals ausnützen würden. Außerdem – wer weiß –, vielleicht werden Sie mal Stellvertretender Kompaniechef, und das bedeutet, dass man mindestens Captain wird.«

Später meinte er: »Komisch, dass der alte Goodall einen

solchen Narren an Ihnen gefressen hat«, und noch später, als sie schon wieder im Kut-al-Imara House waren und mit einem Glas Wermut und Gin in der Hand in der Vorhalle saßen, brach er das lange Schweigen und sagte: »Ich habe nie behauptet, besonders gut beim Fußball gewesen zu sein.«

»Nein. Sie haben gesagt, Sie hätten sich nie besonders viel daraus gemacht.«

»Richtig. Ehrlich gestanden bin ich in Staplehurst auch nie ein besonders bemerkenswerter Schüler gewesen. Sonderbar aus heutiger Sicht, aber es könnte sein, dass ich damals nur einer von vielen war. Manche sind eben Spätentwickler.«

An den meisten der folgenden Abende gingen Guy und Apthorpe in den Yachtclub. Apthorpe wurde als vierter Mann im Kartenzimmer willkommen geheißen, während Guy es sich mit Freuden vor dem Kaminfeuer bequem machte und dort – umgeben von Seekarten, Wimpeln, Kompassgehäusen, Schiffsmodellen und anderem nautischen Krimskrams – las.

9

Den ganzen Januar über war es sehr kalt. In der ersten Woche des neuen Jahres setzte ein wahrer Exodus aus den Schlafräumen des Kut-al-Imara ein. Zunächst erhielten die Verheirateten die Erlaubnis, außerhalb zu schlafen; da die Ausbilder jedoch zumeist unverheiratet und nicht sonderlich bequem untergebracht waren, wurde diese Erlaubnis auf alle ausgedehnt, die es sich leisten konnten oder sonst eine Möglichkeit fanden, außerhalb zu schlafen. Guy quartierte sich im Grand Hotel ein, das sehr günstig zwischen dem Kut-al-Imara und dem Club gelegen war. Es handelte sich um ein großes Hotel für Sommergäste, jetzt, im Kriegswinter, stand es jedoch fast leer. Deshalb bekam er gute Zimmer für einen sehr günstigen Preis. Apthorpe wurde Untermieter bei Sir Lionel Gore. Gegen Ende des Monats schlief nicht einmal mehr die Hälfte der Männer im Kut-al-Imara House. Man sprach von ›Externen‹ und ›Internen‹. Der Busverkehr richtete sich nicht nach dem Dienstplan, er war insgesamt nicht besonders pünktlich, außerdem hatten viele ›Externe‹ Zimmer, die weit von Kut-al-Imara und den Bushaltestellen entfernt lagen. Ein Wetterumschlag war nicht zu erwarten. Selbst der kurze Weg zur Bushaltestelle war bei den vereisten glatten Straßen sehr mühselig. Daher kamen häufig Offiziere zu spät zum Morgenappell, konnten aber hinreichende Entschuldigungen vorbringen. Die Turnhalle war nicht geheizt, und es wurde zunehmend unangenehm, sich dort stundenlang aufzuhalten. Aus all diesen Gründen wurde die Dienstzeit verkürzt. Sie begann um neun und endete um vier. Da es keinen Hornisten gab, läutete Sarum-Smith eines Tages als Streich fünf Minuten zu früh zum Ende. Major McKinney empfand es als hilfreiche Neuerung und gab Befehl, das fortan immer so zu halten. Der Lehrplan folgte den Lehrbüchern, Lektion um Lektion und Übung um Übung – und der Grundschulbetrieb lebte wieder auf, ganz so, wie es früher hier gewesen war. Sie sollten bis Ostern bleiben – ein ganzes Semester.

Die erste Februarwoche ließ die Flüsse in diesem Jahr nicht anschwellen. Alles war hartgefroren und wie abgestorben. Manchmal drang gegen Mittag schwach ein wenig Sonne durch, doch häufiger war der Himmel trüb und bedeckt, dunkler als über den verschneiten Niederungen im Landesinneren, bleigrau und lichtlos überm Horizont am Meer. Die Lorbeersträucher um Kut-al-Imara starrten von Eis, die Zufahrt war voller verschneiter Wagenspuren.

Am Aschermittwoch stand Guy früh auf und ging zur Messe.

Er hatte das Aschenkreuz noch auf der Stirn, als er frühstückte. Dann ging er zu Fuß hinauf zum Kut-al-Imara, wo eine jungenhafte Aufregung herrschte.

»Haben Sie schon gehört, Onkel? Der Brigadegeneral ist gekommen.«

»Er war schon gestern Abend hier. Ich kam in die Halle, und da stand er, ganz in Rot, und studierte mit grimmigem Blick die Aushänge am Schwarzen Brett. Ich hab mich gleich durch die Seitentür verdrückt, und alle anderen natürlich auch. Ich fürchte, das bedeutet nichts Gutes.«

Die Schulglocke läutete. Apthorpe nahm wieder am allgemeinen Dienst teil und schloss sich den anderen an.

»Der Brigadegeneral ist gekommen.«

»Hab ich schon gehört.«

»Wird auch höchste Zeit, wenn du mich fragst. Hier gibt es eine ganze Menge aufzuräumen – bei den Ausbildern angefangen.«

Sie marschierten in die Turnhalle hinüber und teilten sich dort in die üblichen vier Unterrichtsgruppen auf. Alle wurden auf die gleiche harte Weise in die Geheimnisse der Sperrfeuer eingeführt.

»Ausrüstung«, sagte der Colour Sergeant, der die Ausbildung ihrer Gruppe leitete. »Gewehr, Ersatzlauf, Zielscheiben, Magazine, Tragetasche, Dreifuß, Kimme, Korn und Zielscheinwerfer. Richtig?«

»Richtig, Sergeant.«

»Richtig, ja? Einer der Herren anderer Meinung? Wo ist das Korn? Wo der Zielscheinwerfer? Haben wir nicht. Nehmen wir also mal an, dieses Stück Kreide hier ist das Korn und Scheinwerfer. Einverstanden?«

Alle halbe Stunde konnten sie sich zehn Minuten die Füße

vertreten. Während der zweiten dieser eiskalten Pausen kam eine Warnung. »Pfeifen aus! Es kommen Offiziere. Einheit, stillgestanden!«

»Weitermachen, Sergeants«, dröhnte eine Stimme, die den meisten nicht bekannt war. »Instruktionen sollten nie unterbrochen werden. Sehen Sie nicht mich an, meine Herren, sondern das Gewehr.«

Ritchie-Hook war da. Er trug die Uniform eines Brigadiers. In seinem Gefolge waren der Offizier, der den Kurs leitete, sowie sein Stellvertreter. Der Brigadier ging von Gruppe zu Gruppe. Fetzen von dem, was er sagte, drangen bis in die Ecke, in der Guys Gruppe übte. Das meiste klang ziemlich wütend. Schließlich trat er zu ihnen.

»Erster Schritt: bereitmachen.«

Zwei junge Offiziere warfen sich auf den Boden und meldeten: »Magazine und Ersatzlauf in Ordnung.«

»Feuern!«

Der Brigadier sah zu. Schließlich sagte er: »Beide aufstehen! Ganze Abteilung – rührt euch! Und jetzt sagen Sie mir mal, wozu ein Sperrfeuer dient.«

Apthorpe erklärte: »Um dem Feind Gelände streitig zu machen, indem verschiedene eroberte Zonen befeuert werden.«

»Das klingt, als hätten Sie aufgehört, dem Feind Süßigkeiten zu füttern. Ich möchte nichts von ›Gelände streitig machen‹ hören, sondern davon, wie man den Feind schlägt! Merken Sie sich, Gentlemen: Jede Schussbahn dient nur dazu, den Feind zu schlagen. Jetzt Sie, Schütze! Sie haben eben das Kreidezeichen auf dem Boden dahinten anvisiert. Glauben Sie, Sie haben's getroffen?«

»Jawohl, Sir.«

»Sehen Sie noch mal hin.«

Sarum-Smith legte sich erneut nieder und überprüfte sorgfältig seine Zieleinstellung.

»Jawohl, Sir.«

»Auch bei Abendlicht – um achtzehn Uhr?«

»Aber diese Entfernung wurde uns angegeben, Sir.«

»Verdammt noch mal, Mann, was hat es für einen Sinn, um achtzehn Uhr ein Kreidezeichen anzuvisieren, das nur zehn Schritt entfernt ist?«

»Das ist die festgelegte Entfernung, Sir.«

»Festgelegt auf was?«

»Die Kreidemarkierung, Sir.«

»Kann ihm jemand helfen?«

»Zielvorrichtung und Zielscheinwerfer stehen nicht zur Verfügung, Sir.«

»Was zum Teufel hat das damit zu tun?«

»Deshalb benutzen wir eine Kreidemarkierung, Sir.«

»Hören Sie mal, meine jungen Freunde! Sie sind jetzt sechs Wochen an Kleinfeuerwaffen ausgebildet worden. Kann mir denn nicht einer erklären, wozu ein Sperrfeuer da ist?«

»Um ihn zu schlagen, Sir«, meinte de Souza.

»Um wen zu schlagen?«

»Den Feind, falls vorhanden, Sir. Sonst die Kreidemarkierung.«

»Nicht zu fassen«, erklärte der Brigadier verblüfft. Seinen Stab im Gefolge rauschte er hinaus.

»Jetzt haben Sie mich aber schön blamiert«, sagte ihr Ausbilder.

Nach wenigen Minuten erreichte sie die Nachricht, der Brigadier wünsche um zwölf Uhr alle im Kasino zu sehen.

»Rüffel rundum«, sagte Sarum-Smith. »Ich würde mich nicht wundern, wenn er auch den alten Hasen ganz schön einheizt.«

So schien es in der Tat zu sein, den finsteren und betretenen Mienen zu urteilen, mit denen sie ihren jüngeren Kameraden im Esssaal des Internats gegenübersaßen. Es war bereits fürs

Mittagessen gedeckt, und von irgendwoher wehte der Duft von gekochtem Rosenkohl herüber. Schweigend wie in einem klösterlichen Refektorium saßen sie da. Der Brigadier erhob sich. *Cesare armato, con un occhio grifagno.* Als wolle er ein Gebet sprechen, sagte er: »Meine Herren – Rauchen verboten!«

Niemand war auf die Idee gekommen, es zu tun.

»Aber Sie brauchen nicht in Habachtstellung dazusitzen«, fügte er hinzu, denn alle saßen sie stumm und steif da wie Ölgötzen. Sie bemühten sich um eine etwas lockerere Haltung, doch niemand fühlte sich wohl in seiner Haut. Trimmer stützte sich mit dem Ellbogen auf den Tisch und klapperte mit dem Besteck.

»Es ist noch nicht Essenszeit«, sagte der Brigadier.

Guy erinnerte sich an die Anekdoten von den ›sechs Stockschlägen‹. Es hätte ihn nicht im mindesten überrascht, wenn der Brigadier einen Rohrstock hervorgezogen und Trimmer zu sich gerufen hätte, damit er sich seine Prügel abholte. Bis jetzt war kein spezieller Vorwurf erhoben worden, keiner (bis auf Trimmer) war gerügt worden. Trotzdem fühlten sich alle von dem einen wild funkelnden Auge bedroht und blickten ihrerseits schuldbewusst drein.

Die Geister unzähliger Schüler schienen den Saal zu füllen und ihn zu beherrschen. Wie oft musste unter diesen mit Stuck verzierten bemalten Balken in dem gleichen Rosenkohlmief wie nun geflüstert worden sein: »Der Direx hat eine Scheißlaune« – »Worum geht's denn diesmal wieder?« – »Warum ausgerechnet ich?«

Die Worte aus der Liturgie des Tages klangen beängstigend in Guys Gemüt nach: *Memento, homo, quia pulvis est, et in pulverem reverteris.*

Dann begann der Brigadekommandeur, ihnen die Leviten zu lesen: »Gentlemen, mir scheint, Sie könnten alle eine Woche Urlaub brauchen«, und sein graues Gesicht verzog sich zu einem Lächeln, das noch erschreckender war als sein finsterer Blick. »Einige von Ihnen sollten sich vielleicht gar nicht erst die Mühe machen, überhaupt wiederzukommen. Sie werden später in Kenntnis gesetzt werden – und zwar über das, was man lächerlicherweise den ›Dienstweg‹ nennt.«

Das war eine meisterhafte Eröffnung. Der Brigadier geriet nicht ins Zetern und hatte offenbar auch nur wenig von einem Leuteschinder an sich. Es machte ihm lediglich Spaß, Leute zu überraschen. Um sich dieses Vergnügen zu leisten, musste er häufig Zuflucht zur Gewalt nehmen, manchmal jemanden sehr kränken. Aber diese Begleiterscheinungen waren es nicht, die ihm Vergnügen bereiteten. Einzig und allein das Überraschungsmoment war ihm wichtig. Er wusste, als er an diesem Mittag seine Zuhörer anfunkelte, dass er diesmal einen triumphalen Sieg errungen hatte. Er fuhr fort:

»Ich kann nur sagen, dass es mir leidtut, nicht vorher hergekommen zu sein. Aber eine neue Brigade aufzustellen erfordert mehr Arbeit, als Sie sich vorstellen können. Um diese Dinge habe ich mich gekümmert, soweit sie Sie betreffen. Man hat mir berichtet, dass die Unterkunft noch nicht ganz fertig war, als Sie ankamen, aber Offiziere von den Halberdiers müssen lernen, sich um sich selbst zu kümmern. Als ich gestern Abend herkam, dachte ich mir, du machst mal einen freundlichen Besuch. Ich habe erwartet, dass Sie sich alle hier glücklich eingelebt hätten. Ich traf um sieben Uhr ein. Nicht ein Einziger von Ihnen war da. Selbstverständlich gibt es keine Dienstvorschrift, die besagt, Sie müssen an ganz bestimmten Tagen hier zu Abend essen. Folglich nahm ich an, dass Sie alle ausgegangen wären, um etwas zu feiern. Als ich mich bei der Zivilverwaltung erkundigte, erfuhr ich, dass gestern jedoch keineswegs ein Ausnahmefall war. Der Mann kannte nicht einen einzigen Namen der Mitglieder des Kasinokomitees.

Und deshalb meine ich, kann man nicht gerade sagen, dies hier sei ein ›glückliches Schiff‹, wie es bei der Marine heißt.

Heute Morgen habe ich mir nun Ihre Arbeit angesehen. Ziemlich bescheiden, muss ich sagen – und falls einer der jungen Offiziere nicht weiß, was das heißt: verdammt schlecht. Ich behaupte nicht, dass das allein Ihre Schuld ist. Es liegt, soweit ich weiß, kein Verstoß gegen die Dienstvorschriften vor. Aber ein richtiger Offizier zeichnet sich nicht nur dadurch aus, dass er nicht gegen die Dienstvorschriften verstößt.

Im Übrigen, Gentlemen, sind Sie noch keine richtigen Offiziere. Ihre augenblicklich noch nicht ganz eindeutige Stellung hat Vorteile – und zwar sowohl für Sie als auch für mich. Keiner von Ihnen ist bis jetzt im Besitz eines regulären Offizierspatents von Seiner Majestät. Sie sind nur auf Probe hier. Ich könnte viele von Ihnen morgen nach Hause schicken, ohne irgendjemandem eine Erklärung schuldig zu sein.

Und bilden Sie sich nur nicht ein, es wäre besonders klug von Ihnen, sich über die Hintertreppe ein Patent zu verschaffen! Ein Tritt von mir in Ihren Hintern, und Sie fliegen diese Treppe Hals über Kopf wieder runter – wenn Sie sich nicht zusammenreißen.

Beim Angriff gilt folgende Regel: nie eine Niederlage noch schlimmer machen, als sie schon ist. Genauer gesagt bedeutet das: Wenn Sie sehen, dass ein paar Dummköpfe in die Bredouille kommen, dann mischen Sie sich nicht ein! Am besten helfen Sie ihnen, indem Sie unablässig weiter versuchen, den Feind zu treffen, wo es ihm am meisten wehtut.

Dieses Ausbildungslager stellt für mich eine Art Niederlage dar. Ich werde das nicht noch unterstützen. Nächste Woche um dieselbe Zeit fangen wir noch einmal von vorne an. Und den Befehl übernehme ich!«

Der Brigadier blieb nicht bis zum Mittagessen. Er kletterte auf sein Motorrad und brauste mit ohrenbetäubendem Geknatter über festgefrorenen Radspuren davon. Major McKinney und die anderen Offiziere von Kut-al-Imara setzten sich hinters Steuer ihrer bequemen Privatwagen. Die Offiziersanwärter blieben zurück. So sonderbar es war, aber es herrschte eine fast ausgelassene Stimmung – und zwar nicht wegen der Aussicht auf Urlaub (das warf für viele eher Probleme auf), sondern weil alle oder fast alle während der vergangenen Wochen unglücklich gewesen waren. Alle, oder fast alle, waren sie tapfere, nüchterne, gewissenhafte junge Männer, die in der Erwartung zur Army gekommen waren, härter zu arbeiten als in Friedenszeiten. Vom Korpsstolz hatten sie sich übertölpeln, sie hatten sich dicke Rosinen in den Kopf setzen lassen. In Kut-al-Imara – Kut dem Bitteren – hatten sie sich betrogen gefühlt – allein gelassen in Tanzlokalen und hinter Spielautomaten.

»Ziemlich harte Worte, finde ich«, sagte Apthorpe. »Er hätte deutlicher darauf hinweisen können, dass es gewisse Ausnahmen gibt.«

»Sie glauben doch nicht, dass er Sie gemeint hat, als er sagte, einige von uns brauchten gar nicht erst wiederzukommen.«

»Wohl kaum, mein Lieber«, sagte Apthorpe und fügte noch hinzu: »Ich glaube, unter den gegebenen Umständen werde ich heute hier im Kasino zu Abend essen.«

Guy ging allein ins Garibaldi, wo er Mr. Pelecci, einem im tiefsten Herzen abergläubischen Katholiken, der jedoch wie die meisten Städter nicht viel von Askese hielt, nur mit Mühe erklären konnte, dass er an diesem Abend kein Fleisch wolle. Aschermittwoch war etwas für Mrs. Pelecci. Mr. Pelecci schlug sich den Bauch für den Heiligen Joseph voll und fastete für niemanden.

Doch an diesem Abend fühlte sich Guy wie ein Löwe, der sich den Bauch an Ritchie-Hooks Beute vollschlug.

10

Vielleicht glaubte der Brigadier, dadurch, dass er den gesamten Kurs auf Urlaub schickte, nicht nur den Weg für sein eigenes Vorgehen frei zu machen, sondern seinen harten Worten auch etwas an Schärfe zu nehmen. Die ›Internen‹ reisten fröhlich ab, die ›Externen‹ dagegen sahen sich genötigt, irgendwelche Arrangements in Southsand zu treffen. Viele hatten sich finanziell übernommen und ihre Frauen hergeholt. Sie hatten nur die Aussicht, fünf Tage lang in ihren Wohnungen herumzulungern und nichts zu tun. Guy fand es nicht sonderlich attraktiv, sein Hotelzimmer in Southsand gegen eines in London einzutauschen, für das er nur mehr Geld ausgeben musste. Er beschloss zu bleiben.

Am zweiten Abend war er mit Mr. Goodall zum Essen im Garibaldi verabredet. Hinterher gingen sie in den Yachtclub und saßen bei geschlossenen Fensterläden allein unter den vielen Trophäen im Tagesraum. Beide freuten sich, als die Abendnachrichten sendeten, dass der deutsche Frachter *Altmark* versenkt worden sei, doch bald war Mr. Goodall wieder bei seinem Lieblingsthema. Er war vom Wein etwas beflügelt und in seiner Unterhaltung etwas lockerer als sonst.

Er erzählte davon, wie vor rund fünfzig Jahren eine altehrwürdige katholische Familie (von der männlichen Seite her) ausgestorben war.

»... Ich glaube, sie waren auch mit Ihrer Familie verwandt. Der Fall war höchst merkwürdig. Der letzte Erbe heiratete eine Frau, die aus einer Familie stammte – der Name soll hier unerwähnt bleiben –, die in den letzten Generationen leider ziemlich wenig Stabilität bewiesen hatte. Sie hatten zwei Töchter, und dann brannte die Unselige mit einem Nachbarn durch. Das erregte damals unglaubliches Aufsehen. Immerhin waren Scheidungen noch nicht gang und gäbe. Aber wie dem auch sei – sie *wurden* geschieden, und die Frau heiratete wieder. Ich hoffe, Sie verzeihen mir, wenn ich Ihnen seinen Namen nicht nenne. Zehn Jahre später traf Ihr entfernter Verwandter dann im Ausland seine geschiedene Frau wieder, allein. Es kam zu einer Art erneuten Annäherung, doch sie kehrte schließlich zu ihrem zweiten Mann zurück und bekam nach neun Monaten prompt einen Sohn, der in Wahrheit von Ihrem Verwandten stammte. Dem Gesetz nach gehörte er jedoch dem sogenannten Ehemann, der ihn auch als solchen anerkannte. Dieser Junge lebt und ist in den Augen Gottes der rechtmäßige Erbe des Wappens seines Vaters.«

Guy interessierte sich weniger für das Wappen als für die Moral von der Geschicht.

»Wollen Sie damit sagen, dass der erste Ehemann theologisch gesehen keine Sünde beging, als er mit seiner früheren Frau ins Bett ging?«

»Ganz gewiss nicht. Sie, die Unselige, war selbstverständlich in jeder Hinsicht schuldig und büßt jetzt ohne Zweifel für ihre Sünden. Aber dem Mann ist nicht das Geringste vorzuwerfen. Auf diese Weise wird unter einem anderen und völlig uninteressanten Namen eine große Familie weitergeführt. Ja, es geht noch weiter: Der Sohn heiratete nämlich eine Katholikin, und somit wächst *sein* Sohn wieder ganz im Schoß der Kirche auf. Sie können es drehen und wenden, wie Sie wollen – ich sehe hier die Vorsehung walten.«

»Mr. Goodall«, konnte Guy sich nicht verkneifen zu fragen, »glauben Sie im Ernst, die göttliche Vorsehung befasst sich mit dem Weiterbestand des anglo-katholischen Adels?«

»Aber selbstverständlich. Und mit den Sperlingen auch, so wird es uns gelehrt. Ich fürchte nur, die Genealogie ist ein Steckenpferd, das ich nur allzu gern reite, wenn ich Gelegenheit dazu finde. Ich glaube, Ihre Gastfreundschaft hat dafür gesorgt, dass meine Zunge mit mir durchgeht.«

»Keineswegs, Mr. Goodall. Keineswegs. Noch etwas Portwein?«

»Nein danke, nicht mehr.« Mr. Goodall machte einen ziemlich niedergeschlagenen Eindruck. »Ich muss jetzt gehen.«

»Sind Sie sich in dieser Sache, die Sie da angesprochen haben, ganz sicher? Dass der Mann mit seiner früheren Frau keine Sünde beging?«

»Absolut sicher, warum? Überlegen Sie doch selbst! Was für eine Sünde sollte das denn sein?«

Lange zerbrach Guy sich den Kopf über diesen Pseudo-ehebruch, der ohne Sünde und glückverheißend begangen worden war. Der Gedanke war ihm auch am nächsten Morgen beim Aufwachen noch nicht aus dem Sinn. Er nahm den Frühzug nach London.

Der Name Crouchback, der für Mr. Goodall einen so erlauchten Klang hatte, nützte im Claridge's überhaupt nichts. Guy wurde höflich mitgeteilt, man habe kein Zimmer für ihn. Er fragte nach Mrs. Troy und erfuhr, sie habe Anweisungen hinterlassen, sie nicht zu stören. Verärgert ging er zu Bellamy's hinüber und erzählte an der Bar, die sich ab halb zwölf allmählich zu füllen begann, von seinem Missgeschick.

»Wen hast du denn gefragt?«, fragte Tommy Blackhouse.

»Na, den Mann am Empfang natürlich.«

»Das ist schon mal schlecht. Wenn man Schwierigkeiten hat, sollte man sich immer an eine höhere Instanz wenden. Da klappt's eigentlich immer. Ich wohne selbst im Moment im Claridge's und gehe gleich wieder rüber. Möchtest du, dass ich das für dich in Ordnung bringe?«

Eine halbe Stunde später kam ein Anruf vom Hotel, und man sagte ihm, man habe ein Zimmer für ihn. Er ging wieder hin und wurde am Empfang freundlichst begrüßt. »Wir waren Major Blackhouse so dankbar, als er uns sagte, wo wir

Sie erreichen können. Kaum hatten Sie das Hotel verlassen, kam hier eine Absage, aber wir hatten keine Adresse von Ihnen.« Der Empfangschef nahm einen Schlüssel vom Schlüsselbord und begleitete Guy zum Aufzug. »Wir schätzen uns glücklich, Ihnen eine reizende kleine Suite anbieten zu können.«

»Ich hatte aber nur an ein Schlafzimmer gedacht.«

»Zu diesem gehört ein reizender kleiner Salon, Sir. Ich bin überzeugt, Sie werden die größere Ruhe genießen.«

Sie erreichten das besagte Stockwerk. Türen von Zimmern wurden aufgerissen, die in jeder Beziehung zu erkennen gaben, dass sie teuer waren. Guy erinnerte sich an den Zweck seines Aufenthalts und dachte dann an die Gesetze der Schicklichkeit, die in bestimmten Hotels regieren; ein Salon stellte eine Art Anstandsdame dar.

»Ja«, sagte er, »ich glaube, es gefällt mir.«

Nachdem der Empfangschef ihn verlassen hatte, verlangte er am Telefon nach Mrs. Troy.

»Guy? *Guy!* Wo bist du?«

»Hier im Hotel.«

»Ach, Liebling, wie *gemein* von dir, mich das nicht vorher wissen zu lassen.«

»Aber ich lasse es dich doch wissen. Ich bin eben erst angekommen.«

»Ich meine, im Voraus. Bleibst du denn wenigstens länger?«

»Zwei Tage.«

»Wie *gemein*!«

»Wann sehe ich dich?«

»Hm, das ist gar nicht so einfach. Du hättest es mich vorher wissen lassen sollen. Ich muss eigentlich gleich fort. Komm jetzt. Nummer 650.«

Es war auf demselben Stock, kein Dutzend Zimmer ent-

fernt und um zwei Ecken herum. Die Tür stand sperrangel-
weit offen.

»Komm herein. Ich muss nur noch rasch mein Make-up
beenden.«

Er ging durch den Salon – auch ein Anstandswauwau?,
fragte er sich. Die Schlafzimmertür stand offen, das Bett war
ungemacht, und überall lagen Kleidungsstücke, Handtücher
und Zeitungen verstreut. Virginia saß an einem Toilettentisch,
der mit Puder bestäubt war und voller Wattebäusche und zer-
knüllter Papierservietten lag. Tommy Blackhouse kam seelen-
ruhig lächelnd aus dem Badezimmer.

»Hallo, Guy«, sagte er, »ich wusste ja gar nicht, dass du in
London bist.«

»Mix uns allen einen Drink«, sagte Virginia zu ihm. »Ich
bin gleich bei euch.«

Guy und Tommy gingen hinüber in den Salon, wo Tommy
eine Zitrone schälte und Eis in einen Cocktail-Shaker schau-
felte.

»Haben sie dich gut untergebracht?«

»Ja. Und ich bin dir sehr dankbar.«

»Keine Ursache! Übrigens – Virginia sagst du besser
nicht«, Guy bemerkte, dass er die Schlafzimmertür hinter
sich zugemacht hatte, »dass ich bei Bellamy's war. Ich habe
ihr erzählt, ich käme direkt von einer Besprechung, aber wie
du weißt, bin ich auf dem Heimweg noch auf einen Sprung
hineingegangen. Auf andere Frauen ist sie nie eifersüchtig –
Bellamy's aber hasst sie. Als wir noch verheiratet waren, hat
sie mal zu mir gesagt: ›Am liebsten würde ich den ganzen Laden in Flammen aufgehen lassen!‹ Und das meinte sie durchaus ernst. Bist du länger hier?«

»Nur für zwei Nächte.«

»Ich fahre morgen schon nach Aldershot zurück. Ich bin
neulich im Kriegsministerium eurem Brigadier in die Arme

gelaufen. Was meinst du, was die dort für einen Schiss vor ihm haben! ›Einäugiges Ungeheuer‹ nennen sie ihn. Ist der eigentlich noch ganz richtig im Kopf?«

»Doch, das glaube ich schon.«

»Ich war ja auch der Meinung. Aber im Kriegsministerium behaupten sie, er sei vollkommen wahnsinnig.«

Bald darauf tauchte Virginia schmuck wie ein Halberdier aus dem schlampigen Durcheinander ihres Schlafzimmers auf.

»Hoffentlich hast du sie nicht zu stark gemacht, Tommy. Du weißt, wie sehr ich starke Cocktails hasse. Guy, *dein Bart*!«

»Gefällt er dir nicht?«

»Er ist abscheulich!«

»Ich muss schon sagen«, erklärte Tommy, »einen kleinen Schreck hat er mir auch eingejagt.«

»Bei den Halberdiers wird er sehr bewundert. Sieht es so vielleicht besser aus?«, fragte er und setzte das Monokel auf.

»Ich glaube, schon«, meinte Virginia. »Vorher sah es ganz einfach gewöhnlich aus. Und jetzt lustig.«

»Und ich hatte gedacht, beides zusammen verliehe mir ein verwegen-militärisches Aussehen.«

»Da irrst du«, sagte Tommy. »Und bei solchen Dingen kannst du dich auf mein Wort verlassen.«

»Und für Frauen nicht attraktiv?«

»Nein«, erklärte Virginia. »Jedenfalls nicht für hübsche Frauen.«

»Verdammt!«

»Wir müssen gehen«, sagte Tommy. »Trink aus!«

»Ach du liebe Güte«, sagte Virginia. »War das ein kurzes Wiedersehen! Kriege ich dich noch mal zu sehen? Morgen früh bin ich diese Last hier los! Könnten wir nicht am Abend was zusammen unternehmen?«

»Geht es nicht schon früher?«

»Wie stellst du dir das vor, mit diesem Klotz am Bein? Morgen Abend.«

Damit verschwanden sie.

Guy kehrte zu Bellamy's zurück, als wäre es der Southsand Yachtclub. Er wusch sich die Hände und betrachtete sich im Spiegel über dem Waschtisch genauso ausdauernd wie Virginia sich im Spiegel ihres Toilettentischs. Der Schnurrbart war blond und hatte einen leichten Stich ins Rötliche; jedenfalls war er viel heller als das Haar auf seinem Kopf. Er war streng symmetrisch gekämmt, ging in der Mitte mit leichtem Schwung auseinander und war an den Mundwinkeln leicht hochgezwirbelt. Er setzte das Monokel auf. Wie, fragte er sich selbst, würde er einen anderen derart geschniegelten Mann einschätzen? Er hatte schon viele Schnurrbärte und ähnliche Monokel bei heimlichen Homosexuellen gesehen, bei Angebern, die ihre Herkunft aber wegen ihrer Aussprache nicht verleugnen konnten, und bei Amerikanern, die sich bemühten, auszusehen wie Europäer. Gewiss, er hatte sie auch bei seinen Korpskameraden gesehen, bei den Halberdiers im Kasino, aber bei Leuten mit Gesichtern, die kein Wässerchen trüben konnten, und die über jeden Verdacht erhaben waren. Schließlich war seine ganze Uniform eine Verkleidung, überlegte er, sein ganzer neuer Beruf eigentlich eine Maskerade.

Ian Kilbannock, in seiner Air-Force-Uniform ein Hochstapler par excellence, trat hinter ihn und sagte: »Haben Sie heute Abend schon etwas vor? Ich versuche, ein paar Leute bei mir zum Cocktail zusammenzutrommeln. Haben Sie Lust?«

»Ja, vielleicht. Warum?«

»Weil ich mich bei meinem Air Marshal beliebt machen will. Er lernt gern Leute kennen.«

»Nun, mit mir ist nicht groß Staat zu machen.«

»Das braucht er ja nicht zu merken. Er lernt einfach gern

neue Leute kennen. Ich wäre Ihnen schrecklich dankbar, wenn Sie es einrichten könnten.«

»Na, was anderes habe ich jedenfalls nicht vor.«

»Nun, dann kommen Sie doch! Einige von den anderen Leuten sind bestimmt nicht so schrecklich wie der Air Marshal.«

Später beobachtete Guy oben in der Café-Stube, wie Kilbannock von einem Tisch zum anderen ging und seine Gäste zusammentrommelte.

»Sagen Sie mal, was soll das Ganze eigentlich, Ian?«

»Das habe ich Ihnen doch schon gesagt! Ich habe den Marshal für die Mitgliedschaft in diesem Club vorgeschlagen.«

»Und sie wollen ihn nicht reinlassen?«

»Ich hoffe, nicht.«

»Aber ich dachte, das sei alles klar?«

»So leicht ist das nun auch wieder nicht, Guy. Auf seine Weise ist der Marshal gerissen und mit allen Wassern gewaschen. Jedenfalls verschenkt er nichts, wenn er nicht etwas Gleichwertiges dafür bekommt. Er besteht darauf, ein paar Mitglieder kennenzulernen, damit sie seinen Aufnahmeantrag unterstützen. Wenn er nur wüsste, dass seine Chancen am besten stünden, wenn er niemanden kennenlernt! Das Ganze ist also für eine gute Sache!«

An diesem Nachmittag ließ Guy sich den Schnurrbart abnehmen. Der Barbier brachte seine professionelle Bewunderung für den kräftigen Bartwuchs zum Ausdruck und ging nur widerstrebend ans Werk – wie viele Freizeitgärtner, die diesen Herbst ihren gepflegten Rasen umgegraben und Blumenrabatten in Gemüsebeete verwandelt hatten. Nachdem alles vorbei war, betrachtete Guy sich noch einmal im Spiegel und erkannte den alten Bekannten, dem er auf lange Sicht eben doch nicht aus dem Weg gehen konnte, jenen unsympathischen Reisegefährten, der ihn nun mal durchs Leben geleitete. Seine nackte Oberlippe freilich kam ihm seltsam bloß vor.

Später ging er auf Ian Kilbannocks Party. Virginia war mit Tommy ebenfalls dort. Keiner von beiden bemerkte die Verwandlung, bis er sie selbst darauf aufmerksam machte.

»Ich habe ja gewusst, dass er nicht echt war«, erklärte Virginia.

Der Air Marshal war der Mittelpunkt der Party, jedenfalls in der Hinsicht, dass ihm jeder Einzelne vorgestellt wurde und sich alle sofort wieder zurückzogen. Er war wie das Einflugloch eines Bienenstocks: ein Fleck der Leere, vor dem ein ständiges schwirrendes Kommen und Gehen herrschte. Der Marshal war untersetzt, hatte nicht ganz die Größe, um einen echten Londoner Polizisten abzugeben, mit freundlichem, heiterem Wesen und unruhigen kleinen Augen.

Als Guy gehen wollte, stieß er an der Tür mit Ian und dem Air Marshal zusammen.

»Mein Wagen ist da. Kann ich Sie irgendwo hinbringen?«

Es hatte wieder angefangen zu schneien, und es war dunkel wie im Grab.

»Das ist sehr freundlich von Ihnen, Sir. Ich wollte in die St. James' Street.«

»Steigen Sie ein!«

»Ich komme auch mit, wenn Sie gestatten«, sagte Ian, was überraschte, denn immerhin hatte er noch Gäste oben.

Als sie Bellamy's erreichten, sagte Ian: »Haben Sie nicht Lust, auf ein letztes Glas mit hineinzukommen, Sir?«

»Keine schlechte Idee.«

Zu dritt gingen sie in die Bar.

»Übrigens, Guy«, sagte Ian, »Air Marshal Beech überlegt, ob er nicht ebenfalls beitreten soll. Parsons, haben Sie das Buch mit den Anwärtern da?«

Das Buch wurde gebracht. Sanft drückte Ian Kilbannock Guy seinen Füllfederhalter in die Hand. Er unterschrieb.

»Ich bin sicher, Sie werden es hier sehr amüsant finden, Sir.«

»Daran zweifle ich nicht«, sagte der Air Marshal. »Schon in Friedenszeiten habe ich oft mit dem Gedanken gespielt, aber damals war ich nicht oft genug in London, als dass es sich gelohnt hätte. Jetzt brauche ich einen kleinen Platz, wohin ich mich zurückziehen und entspannen kann.«

Es war Valentinstag.

Die Zeitungen waren noch voll vom Zwischenfall mit der *Altmark*, die jetzt ›Höllenschiff‹ genannt wurde. Es gab lange Berichte über die unwürdige Behandlung und die Unannehmlichkeiten der Gefangenen – Berichte, die offiziell darauf abzielten, Empörung bei einer Öffentlichkeit hervorzurufen, die Gleichgültigkeit bewahrte angesichts der verplombten Viehwaggons, die von Polen und der Ostsee nach Osten und nach Westen rollten und noch Jahre hindurch rollen sollten und ihre unschuldige Fracht ihrem furchtbaren, unbekannten Schicksal entgegentrugen. Und Guy, dem davon gleichfalls nichts bekannt war, dachte den ganzen langen Wintertag darüber nach, wie wohl das Treffen mit seiner Frau ausgehen würde. Am Spätnachmittag, als es schon dunkel war, rief er in ihrem Zimmer an.

»Wie sehen deine Pläne für den Abend aus?«

»Ach, gut! Gibt es denn Pläne? Das hatte ich ganz vergessen. Tommy ist gerade eben erst weg, und ich hatte eigentlich mit einem einsamen, frühen Abend gerechnet, Dinner im Bett mit dem Kreuzworträtsel. Aber wenn ich was vorhätte, wäre mir das *viel* lieber. Soll ich zu dir rüberkommen? Hier sieht es ziemlich traurig aus.« So betrat sie gleich darauf seinen teuren Anstandssalon, und Guy bestellte Cocktails.

»Nicht so gemütlich wie meiner«, sagte sie und sah sich in dem reich ausgestatteten kleinen Zimmer um.

Guy setzte sich neben sie aufs Sofa. Er legte den Arm auf die Rückenlehne, rückte ein wenig näher und legte ihr dann die Hand auf die Schulter.

»Was ist denn los?«, fragte sie ehrlich überrascht.

»Ich wollte dich nur küssen.«

»Wie komisch, so anzufangen. So verschütte ich noch meinen Drink! Warte!« Sorgsam stellte sie ihr Glas auf dem Tischchen neben sich ab, packte ihn bei den Ohren und drückte ihm auf jede Wange einen saftigen Kuss.

»Ist es das, was du möchtest?«

»Da komm ich mir wie ein französischer General bei einer Ordensverleihung vor«, sagte er und küsste sie auf die Lippen. »*Das* möchte ich.«

»Guy, bist du betrunken?«

»Nein.«

»Du bist den ganzen Tag in diesem abscheulichen Bellamy's gewesen! Gib's zu!«

»Ja.«

»Dann bist du selbstverständlich betrunken.«

»Nein. Ich habe nur Sehnsucht nach dir. Was dagegen?«

»Niemand hat was dagegen, begehrt zu werden. Aber es kommt ziemlich unerwartet.«

Das Telefon klingelte.

»Verdammt«, sagte Guy.

Der Apparat stand auf dem Schreibtisch. Guy erhob sich vom Sofa und nahm den Hörer ab. Eine vertraute Stimme begrüßte ihn.

»Hallo, altes Haus. Hier ist Apthorpe. Ich dachte, ich ruf Sie eben mal an. Hallo, hallo. Sie sind doch Crouchback, oder?«

»Was wollen Sie?«

»Nichts Besonderes. Ich dachte, eine Abwechslung von Southsand täte mal ganz gut, also bin ich schnell nach London gefahren. Ihre Adresse habe ich aus dem Urlaubsbuch. Haben Sie heute Abend was vor?«

»Ja.«

»Sie meinen, Sie sind verabredet?«

»Ja.«

»Könnte ich nicht irgendwo dazustoßen?«

»Nein.«

»Na schön, Crouchback. Tut mir leid, dass ich Sie gestört habe.« Beleidigt: »Ich merke sehr wohl, wenn ich nicht erwünscht bin.«

»Eine seltene Gabe.«

»Ich verstehe Sie nicht ganz, altes Haus.«

»Macht nichts. Wir sehen uns morgen.«

»Scheint nicht viel los zu sein in der Stadt.«

»Ich würde hingehen und mir einen genehmigen.«

»Das tue ich bestimmt. Nehmen Sie's mir nicht übel, wenn ich jetzt auflege.«

»Wer war das denn?«, fragte Virginia. »Warum warst du so gemein zu ihm?«

»Ach, nur ein Korpskamerad. Ich wollte einfach nicht, dass er hier aufkreuzt.«

»Irgendein schreckliches Mitglied von Bellamy's?«

»Oh nein, alles andere als das!«

»Vielleicht wäre es sehr lustig mit ihm gewesen.«

»Nein.«

Virginia hatte sich mittlerweile auf einen Sessel gesetzt.

»Worüber sprachen wir gerade?«

»Ich habe dich gerade umworben.«

»Richtig. Lass uns von was anderem reden.«

»Für mich *ist* das mal was anderes.«

»Darling, ich hab mich doch noch kaum von Tommy erholen können. Zwei Verflossene an einem Tag, das ist wirklich ein bisschen zu viel.«

Guy setzte sich hin und starrte sie an.

»Virginia, hast du mich eigentlich jemals geliebt?«

»Aber selbstverständlich, Darling. Weißt du das denn nicht mehr? Mach doch nicht so ein finsteres Gesicht. Wir haben eine wunderbare Zeit miteinander verbracht, findest du nicht? Nie ein böses Wort. Ganz im Gegensatz zu Mr. Troy.«

Sie redeten von alten Zeiten. Zuerst über Kenia. Über die Bungalows, die ihr Zuhause gewesen waren, aus rohen Stämmen gebaut, mit runden Steinschloten und offenen englischen Kaminen, eingerichtet mit Hochzeitsgeschenken und guten alten Stücken aus den Speichern von Broome; über die Farm, die für europäische Begriffe so riesig, für Ostafrika aber so bescheiden war, über die ausgefahrenen Sandwege, den Ford-Lastwagen und die Pferde; über die weißgekleideten Diener und ihre nackten Kinder, die sich draußen im Staub um die Küche tummelten; über die Familien der Eingeborenen, die ständig unterwegs vom Reservat zur Farm und zurück waren, die vorbeikamen und um Medikamente bettelten; über den alten Löwen, den Guy zwischen den Maisfeldern erlegt hatte. Über das abendliche Schwimmen im See, die Dinnerpartys in luftiger Kleidung mit ihren Nachbarn, die Rennwoche in Nairobi und all die damals aktuellen, inzwischen längst vergessenen Skandale im Muthaiga-Club, Streitereien, Ehebrüche, Gift, Bankrott, Falschspielerei. Über Leute, die durchgedreht waren, Selbstmord begangen, sich sogar duelliert hatten – die ganze Restaurationsszene, dargestellt von Bauern, zweieinhalbtausend Meter über dem dampfenden Wasserspiegel unten an der Küste.

»Ach Gott, hat das damals einen Spaß gemacht«, sagte Virginia. »Ich glaube, nichts hat mir seitdem so viel Spaß gemacht. Wie einem solche Dinge einfach passieren!«

Im Februar des Jahres 1940 brannte in den Kaminen exklusiver Hotels noch ein Kohlenfeuer. Virginia und Guy saßen im Schimmer der Glut da, und ihre Unterhaltung wandte sich zarteren Dingen zu, ihren ersten Verabredungen, ihrer Verlobungszeit, Virginias erstem Besuch in Broome, der Trauung in der Hauskapelle, ihren Flitterwochen in Santa Dulcina. Virginia saß auf dem Boden, hatte den Kopf gegen das Sofa gelehnt und strich Guy übers Bein. Zuletzt ließ Guy sich neben sie gleiten. Ihre Augen waren geweitet und verrieten Verlangen.

»Dumm von mir, dass ich gesagt habe, du bist betrunken«, sagte sie, und als hätte sie gehört, wie er innerlich darüber frohlockte: »Es hat gar keinen Sinn, irgendwas zu planen«, um dann noch hinzuzufügen: »Solche Dinge passieren einem einfach.«

Was dann passierte, war das schrille Klingeln des Telefons.

»Lass es klingeln«, sagte sie.

Es klingelte sechs Mal. Dann sagte Guy: »Verdammt, ich muss doch drangehen.«

Wieder hörte er die Stimme von Apthorpe.

»Ich habe Ihren Rat befolgt, altes Haus; ich hab mir einen hinter die Binde gegossen. Oder vielmehr mehr als nur einen.«

»Gut. *Continuez, mon cher.* Aber um Gottes willen, stören Sie mich nicht.«

»Ich hab ein paar interessante Leute getroffen. Ich dachte, vielleicht hätten Sie Lust, sich uns anzuschließen.«

»Nein.«

»Immer noch beschäftigt?«

»Sehr sogar.«

»Schade. Ich bin sicher, die Leute würden Ihnen gefallen. Sind bei der Flak.«

»Nun, amüsieren Sie sich gut mit ihnen. Aber rechnen Sie bitte nicht mit mir.«

»Soll ich später noch mal anrufen, um zu sehen, ob Sie inzwischen Ihre Leute losgeworden sind?«

»Nein.«

»Wir könnten uns doch alle treffen.«

»Nein.«

»Na, auf jeden Fall entgeht Ihnen ein sehr interessantes Palaver.«

»Gute Nacht.«

»Gute Nacht, altes Haus.«

»Tut mir leid«, sagte Guy, als er sich vom Telefon abwandte.

»Wenn du schon da drüben stehst, könntest du auch gleich noch was zu trinken bestellen«, sagte Virginia.

Sie stand auf und strich sich den Rock glatt wegen des Etagenkellners.

Sie saßen einander am Kamin gegenüber, voneinander entfremdet und unruhig. Es dauerte ziemlich lange, bis die Cocktails kamen. Virginia sagte: »Wie wär's mit was zu essen?«

»Jetzt?«

»Es ist immerhin halb neun.«

»Hier?«

»Wenn du möchtest.«

Er ließ die Karte kommen, und sie bestellten. Über eine halbe Stunde lang kamen und gingen die Kellner, wurden Servierwagen mit einem Eiskübel und einer Wärmeplatte hineingerollt; endlich kam das Essen. Plötzlich wirkte der Salon öffentlicher als das Restaurant unten. Die ganze intime Kamin-Atmosphäre hatte sich verflüchtigt. Virginia sagte: »Und was machen wir hinterher?«

»Ich könnte mir schon was vorstellen.«

»Ach, wirklich?«

Ihre Augen blickten durchdringend und humorvoll; die schimmernde Erwartung und das Einverständnis von einer Stunde zuvor waren wie weggeblasen. Endlich rollte der Kellner seine Sachen hinaus; die Stühle, auf denen sie während des Essens gesessen hatten, standen wieder an der Wand. Der Salon sah genauso aus, wie als er ihn zuerst betreten hatte: kostbar eingerichtet und unbewohnt. Selbst das Feuer, das neu aufgeschüttet war und dunklen Rauch entwickelte, sah aus, als sei es gerade erst entzündet worden. Virginia stand an den Kamin gelehnt da und entließ den gekräuselten Rauch ihrer Zigarette durch ihre Finger. Guy trat neben sie, und sie rückte ein ganz kleines bisschen beiseite.

»Kann man denn nicht mal ein wenig verdauen?«, sagte sie.

Virginia vertrug Wein nicht besonders gut. Sie hatte ihm beim Abendessen reichlich zugesprochen und war leicht beschwipst, was, wie er wusste, von einem Augenblick auf den anderen dazu führen konnte, dass sie ausgesprochen kratzbürstig wurde. Das geschah auch diesmal.

»So lange, wie du willst«, sagte Guy.

»Das will ich hoffen. Du hältst viel zu viel für selbstverständlich.«

»Das ist ein wirklich schrecklicher Ausdruck«, sagte Guy. »Nur Huren sagen so etwas.«

»Hältst du mich im Grunde nicht für eine?«

»Bist du nicht im Grunde eine?«

Sie waren beide entsetzt über das, was geschehen war, und starrten einander wortlos an. Dann sagte Guy: »Virginia, du weißt, dass ich das nicht so gemeint habe. Es tut mir leid, ich muss den Verstand verloren haben. Bitte, verzeih mir. Bitte, vergiss es.«

»Geh und setz dich«, sagte Virginia. »Und jetzt erklär mir mal genau, *was* du gemeint hast.«

»Überhaupt nichts habe ich gemeint.«

»Du hattest einen freien Abend und dachtest, du könntest mich schön und mühelos aufs Kreuz legen. Das hast du doch gemeint, oder?«

»Nein. Ehrlich gesagt habe ich schon die ganze Zeit an dich gedacht, seit wir uns nach Weihnachten wiedergesehen haben. Deshalb bin ich hergekommen. Bitte, glaub mir, Virginia.«

»Und was verstehst du schon von Nutten und vom Aufs-Kreuz-Legen? Wenn meine Erinnerung mich nicht trügt, warst du bei unseren Flitterwochen nicht gerade sehr erfahren. Das war keine sonderlich hinreißende Leistung, wenn ich mich recht erinnere.«

Das moralische Gleichgewicht war nachhaltig erschüttert, und jetzt senkte sich eine Waagschale. Virginia war zu weit gegangen, hatte sich selbst ins Unrecht gesetzt. Wieder breitete sich Schweigen aus, ehe sie dann sagte: »Ich hatte mich geirrt, als ich annahm, die Army hätte dir gutgetan. Was für Fehler du früher auch gehabt hast, ein Flegel warst du jedenfalls nie. Du bist schlimmer als Augustus heute.«

»Du vergisst, dass ich Augustus nicht kenne.«

»Nun, dann lass dir gesagt sein, dass er geradezu ordinär ist.«

Ein winziges Licht glomm in der Dunkelheit auf, ein Stecknadelkopf in jeder Träne, die ihr in die Augen stieg und über die Wangen rollte.

»Nimm zurück, dass ich so schlecht bin wie Augustus.«

»Da ist kein großer Unterschied. Aber er war fetter. Das gebe ich gern zu.«

»Virginia, um Gottes willen, streiten wir uns doch nicht! Es ist meine letzte Chance für sehr lange Zeit, dich zu sehen.«

»Da haben wir's wieder. Ein Krieger zurück vom Kampf. ›Ich such mir mein Vergnügen da, wo ich es finde.‹«

»Du weißt, dass ich das nicht gemeint habe.«

»Vielleicht.«

Guy saß wieder neben ihr, schloss sie in die Arme. »Hören wir jetzt auf, gemein zueinander zu sein?«

Sie sah ihn an, zwar nicht liebevoll, aber immerhin nicht mehr wütend; wieder durchdringend und humorvoll.

»Geh rüber und setz dich wieder«, sagte sie und gab ihm einen freundlichen Kuss. »Ich bin noch nicht mit dir fertig. Vielleicht sehe ich tatsächlich aus wie eine, die leicht rumzukriegen ist. Das scheinen jedenfalls viele zu denken. Wahrscheinlich sollte ich mich nicht beklagen. Aber dich kann ich nicht verstehen, Guy, überhaupt nicht. Du hast doch nie was für flüchtige Affären übriggehabt. Irgendwie kann ich nicht glauben, dass das plötzlich anders geworden sein soll.«

»Das ist es auch nicht. Ich habe mich nicht geändert.«

»Früher warst du immer so streng und fromm. Das hat mir eigentlich immer an dir gefallen. Was ist denn aus alldem geworden?«

»Das bin ich immer noch. Mehr denn je sogar. Ich habe dir das gesagt, als wir uns neulich wiedersahen.«

»Was würden aber deine Priester dazu sagen, wie du dich heute Abend aufgeführt hast? Dich in einem Hotel an eine mehrfach geschiedene Frau ranzumachen?«

»Dagegen hätten sie nichts einzuwenden. Du bist ja schließlich meine Frau.«

»Ach, Unsinn!«

»Du hast mich gefragt, was die Priester dazu sagen würden. Und die würden sagen: ›Nur so weiter!‹«

Das winzige Licht, das aufgeglommen und in der Dunkelheit immer heller geworden war, ging aus wie auf Befehl eines Luftschutzwarts.

»Aber das ist ja entsetzlich«, sagte Virginia.

Diesmal war Guy derjenige, der überrascht war.

»Was ist entsetzlich?«, fragte er.

»Das ist ganz und gar widerwärtig. Das ist ja schlimmer als alles, was Augustus oder Mr. Troy sich jemals erträumen können. Kannst du das denn nicht verstehen, du Ferkel?«

»Nein«, sagte Guy in aller Unschuld und mit größter Aufrichtigkeit. »Nein, das verstehe ich nicht.«

»Da ist es mir schon weit lieber, wenn man mich für ein Flittchen hält. Da wär's mir lieber, mir würde jemand fünf Pfund dafür bieten, irgendwas Lächerliches in hochhackigen Schuhen zu machen oder jemanden mit einem Zaumzeug fürs Schaukelpferd auf allen vieren durchs Zimmer zu scheuchen oder irgendwas anderes, worüber sie in Büchern schreiben.« Die Tränen des Zorns und der Demütigung flossen jetzt ungehemmt. »Ich dachte, du hättest dich wieder in mich verguckt und wolltest ein bisschen Spaß um alter Zeiten willen. Ich hab mir eingebildet, du hättest mich ausgewählt – und bei Gott, das hast du! Weil ich die einzige Frau auf der ganzen weiten Welt bin, mit der deine Priester dich ins Bett gehen lassen. Das ist das Einzige, was für dich attraktiv an mir ist! Du widerliches, eingebildetes, aufgeblasenes, sexloses und verrücktes Schwein!«

Noch in seiner Erniedrigung wurde Guy an seinen Streit mit Trimmer erinnert.

Sie wandte sich zum Gehen. Guy saß wie erstarrt da. Auf das Schweigen, das ihre schneidende Stimme hinterlassen hatte, folgte ein noch durchdringenderer Ton. Als sie mit der Hand auf der Klinke an der Tür stand, blieb sie instinktiv stehen. Zum dritten Mal an diesem Abend klingelte das Telefon.

»Hören Sie, Crouchback, ich sitze ein bisschen in der Klemme. Ich habe gerade jemanden unter Arrest gestellt.«

»So was sollte man sich zehnmal überlegen.«

»Einen Zivilisten.«

»Das können Sie doch gar nicht.«

»Das behauptet der Arretierte auch, Crouchback. Ich hoffe, Sie stellen sich nicht auf seine Seite.«

»Virginia – geh jetzt nicht!«

»Was war das? Ich versteh Sie nicht, altes Haus. Hier ist Apthorpe. Haben Sie eben gesagt: ›Geht nicht‹?«

Virginia ging. Apthorpe blieb.

»Haben Sie was gesagt, oder war da jemand in der Leitung? Hören Sie, es handelt sich um eine ernste Sache. Ich habe dummerweise mein Exerzierreglement nicht bei mir. Deshalb bitte ich ja gerade Sie um Hilfe. Bin ich verpflichtet, rauszugehen und ein paar Leute herbeizurufen, um den Gefangenen auf der Straße zu bewachen? Das ist bei der Verdunkelung gar nicht so leicht, altes Haus. Oder kann ich den Burschen einfach der Polizei übergeben? ... Hallo, Crouchback, hören Sie mich überhaupt? Sie scheinen nicht zu begreifen, dass dies hier kein Privatgespräch ist. Ich rufe Sie in meiner Eigenschaft als Offizier der Streitkräfte Seiner Majestät an ...«

Guy legte auf und gab vom Apparat auf seinem Nachttisch aus Anweisung, an diesem Abend keine Gespräche mehr zu ihm durchzustellen, es sei denn, sie kämen von Zimmer Nr. 650.

Dann ging er zu Bett und lag die halbe Nacht wach und voller Unruhe da. Aber das Telefon störte ihn nicht noch einmal.

Als er Apthorpe am nächsten Tag auf dem Bahnhof traf, sagte er: »Na, haben Sie sich gestern Abend aus der Affäre ziehen können?«

»Was für eine Affäre, altes Haus?«

»Sie haben mich angerufen – erinnern Sie sich nicht mehr?«

»Habe ich das? Ach ja, es ging um irgendeine Frage im Militärgesetz. Ich dachte, Sie könnten mir da vielleicht helfen.«

»Haben Sie Ihr Problem denn gelöst?«

»Ich bin umgefallen, altes Haus, einfach aus den Latschen gekippt.«

Schließlich sagte er: »Ich möchte ja nicht persönlich werden, aber können Sie mir sagen, was mit Ihrem Bart passiert ist?«

»Der ist ab.«

»Richtig, das meine ich ja.«

»Ich hab ihn mir abrasieren lassen.«

»Wirklich? Wie schade. Er stand Ihnen nämlich, Crouchback. Stand Ihnen ausgesprochen gut.«

III

Apthorpe Furibundus

I

Ihre Befehle lauteten, sich am 15. Februar um 1800 wieder in Kut-al-Imara zu melden.

Guy reiste durch die vertraute graue Landschaft zurück. Der Frost war vorbei, der Boden aufgeweicht und feucht. Guy fuhr durch die dunklen Straßen von Southsand, wo vor den Fenstern die Verdunkelungsvorhänge heruntergezogen wurden. Das war keine Heimkehr. Er kam sich vor wie eine streunende Katze, die verletzt war und sich von den Hausdächern zurückschleicht, um in einer dunklen Ecke zwischen Mülltonnen ihre Wunden zu lecken.

Southsand hatte etwas Tröstliches. Hotel und Yachtclub würden ihm Geborgenheit bieten, dachte er, Guiseppe Pelecci ihn speisen und umschmeicheln, Mr. Goodall ihn innerlich aufrichten. Der Nebel vom Meer und der schmelzende Schnee würden ihn verbergen. Das Mysterium um Apthorpe würde ihn nicht loslassen und ihn sanft forttragen in die Gärten der Phantasie.

In seiner Schwermut hatte Guy Ritchie-Hooks Sieben-Tage-Plan längst vergessen.

Später in seiner militärischen Laufbahn, nachdem ihm aufgegangen war, wie riesig diese uniformierte und ordenbehängte Bürokratie war, die es einem Mann gestattete, einem anderen das Bajonett in den Bauch zu rammen, hatte auch er etwas von der unermesslichen zerstörerischen Kraft verspürt und lernte die Umsicht und die Schnelligkeit schätzen, mit welcher der Brigadier vorging. Jetzt ging er in seiner Unschuld einfach davon aus, dass jemand, der einen hohen Rang bekleidete, einfach sagte, was er wollte, seine Befehle erteilte, und damit genug. Doch auch so schon war er bass erstaunt, denn innerhalb dieser sieben Tage war Kut-al-Imara vollkommen umgekrempelt worden, äußerlich wie innerlich.

Nicht mehr da waren Major McKinney und die bisherigen Ausbildungsleiter sowie die zivilen Lieferanten. Nicht mehr da war auch Trimmer. In einer Bekanntmachung am Schwarzen Brett hieß es unter der Überschrift ›Stärke, Verringerung der‹, sein temporärer Dienst sei beendet. Mit ihm gingen auch noch zwei andere Missetäter und ein junger Mann von der Depot-Gruppe, dessen Name Guy nicht bekannt war, und das nicht ohne Grund; denn der Betreffende war, ohne beurlaubt worden zu sein, dem ganzen Kurs in Southsand ferngeblieben. Stattdessen war jetzt eine Gruppe altgedienter Offiziere in Kut-al-Imara, darunter Major Tickeridge. Sie saßen am hinteren Ende des Kasinos hinter dem Brigadier, als er sich um sechs Uhr am ersten Abend erhob, um sie vorzustellen.

Einen Moment lang bedachte er seine Zuhörer mit einem eindringlichen Blick aus seinem einen Auge. Dann sagte er: »Gentlemen, das sind die Offiziere, die Sie beim Einsatz kommandieren werden.«

Bei diesen Worten fiel alle Scham von Guy ab, und Stolz floss in ihn zurück. Für den Moment war er nicht mehr der einsame und völlig belanglose Mann, auf den es überhaupt nicht ankam – der Schwächling, Gehörnte und Tugendbold, als den er sich seit seiner Jugend so oft gesehen hatte. Er war wieder eins mit dem Korps, mit den ruhmreichen Taten, der Vergangenheit und mit den großen Chancen, die noch kommen sollten. Von Kopf bis Fuß spürte er geradezu ein körperliches Kribbeln, als wäre er mit galvanischer Spannung geladen.

Der Rest der Ansprache war der neuen Organisationsform und der neuen Führung gewidmet. Die Brigade hatte bereits embryonale Formen angenommen. Die Offiziersanwärter wurden aufgeteilt in drei Kampftruppen von je zwölf Mann, die einem Major und einem Captain unterstellt waren, die später ihr Kommandeur beziehungsweise ihr Stellvertretender Kommandeur sein würden. Alle hatten in Kut-al-Imara House zu wohnen. Verheiratete bekamen nur für Samstag und Sonntag die Erlaubnis, außerhalb zu schlafen. Mindestens viermal die Woche hatten sie im Kasino zu essen.

»Das ist alles, Gentlemen. Wir sehen uns zum Abendessen.«

Als sie das Kasino verließen, stellten sie fest, dass die Tischplatte über dem Kamin in der Halle während ihrer Abwesenheit mit schreibmaschinengetippten Blättern bedeckt worden war. Als er sich mühevoll durch die offiziellen Abkürzungen hindurchbuchstabierte, fand Guy heraus, dass er dem Zweiten Bataillon unter Major Tickeridge und jenem Captain Sanders zugeteilt worden war, mit dem Apthorpe einst im Regen Golf gespielt hatte. Zu seiner Gruppe gehörten außerdem Apthorpe, Sarum-Smith, de Souza, Leonard und sieben andere Kameraden, mit denen er schon in der Kaserne gewesen war. Er war wieder zurück in ›Passchendaele‹, genau wie Apthorpe.

Nach und nach erfuhr er auch noch von weiteren Veränderungen. Die bisher abgeschlossenen Räume im Haus wurden geöffnet. Auf einer Tür prangte ein Schild mit der Aufschrift: ›Brigade-Hauptquartier‹. Darin arbeiteten ein Brigademajor und zwei Schreiber. Das ehemalige Arbeitszimmer des Internatsleiters beherbergte drei Ordonnanzen. Außerdem gab es einen regulären Quartiermeister mit Schreibstube und Schreiber, drei Sergeant-Majors vom Regiment, Halberdier-Köche, neue und jüngere Halberdier-Burschen, drei Lastwagen, einen Humber Snipe, drei Motorräder, Fahrer und einen Trompeter. Der Tagesablauf bestand aus ständigen Appellen, Übungen und Unterricht, die sich ununterbrochen von acht Uhr morgens bis sechs Uhr abends aneinanderreihten. ›Diskussionen‹ sollten jeweils am Freitag und am Montag nach dem Dinner stattfinden. Zweimal die Woche waren Nachtübungen vorgesehen.

»Ich weiß nicht, wie Daisy das aufnimmt«, sagte Leonard.

Wie Guy später erfahren sollte, nahm sie es sehr übel auf und kehrte zu ihren Eltern zurück.

Die meisten jungen Offiziersanwärter waren beunruhigt. Apthorpe, der im Zug erwähnt hatte, er hätte einen leichten Anfall von Betschuana-Bauchgrimmen, sah noch bekümmerter drein als die anderen.

»Es geht um meine Sachen«, sagte er.

»Warum lassen Sie sie nicht in Ihrer Unterkunft?«

»Beim Admiral? Das könnte ziemlich peinlich werden, altes Haus, falls wir Hals über Kopf versetzt werden. Am besten ist es wohl, ich rede mal mit dem Quartiermeister.«

Und später: »Wissen Sie was, der Quartiermeister hat mir kein bisschen geholfen. Sagte, er hätte zu tun. Schien zu denken, ich redete von überflüssiger Kleidung, deutete sogar an, ich müsste sowieso die Hälfte davon abtreten, wenn wir in Zelten wohnten. Er ist eben nichts weiter als einer dieser Etappenhengste, keine Ahnung vom Dienst. Das habe ich ihm auch gesagt, und da erzählte er mir, er hätte in Hongkong gedient. Hongkong – ich bitte Sie! Das ist so ziemlich das Gemütlichste, was man sich im ganzen Empire vorstellen kann! Auch das hab ich ihm gesagt.«

»Warum ist Ihnen das denn eigentlich so furchtbar wichtig, Apthorpe?«

»Mein Lieber, es hat mich Jahre gekostet, das alles zusammenzutragen.«

»Ja, aber worum handelt es sich denn eigentlich?«

»Das, altes Haus, lässt sich nicht so ohne weiteres erklären.«

Alle aßen sie an diesem ersten Tag im Kasino zu Abend.

Um halb elf sagte der Brigadier: »So, meine Herren, Zeit, zu Bett zu gehen. Ich muss noch arbeiten. Bis jetzt haben Sie noch kein Ausbildungsprogramm.«

Er führte seine Mannschaft in ein Zimmer, auf dem ›Brigade-Hauptquartier‹ stand. Erst um zwei Uhr hörte Guy, wie sie zu Bett gingen.

Das Ausbildungsprogramm hielt sich an kein Lehrbuch. Taktik, wie Brigadier Ritchie-Hook sie verstand, war die Kunst des Zuschlagens. Verteidigung wurde nur oberflächlich behandelt und galt eigentlich nur als Periode, um sich zwischen zwei blutigen Angriffen zu sammeln. Rückzug wurde überhaupt nie erwähnt. Das Einzige, das etwas galt, waren Angriff und Überraschung. Sie verbrachten lange, neblige Tage mit Karten und Feldstechern im umliegenden Gelände. Manchmal standen sie am Strand und trieben imaginäre Verteidiger in die Berge zurück, manchmal trieben sie imaginäre Verteidiger von den Bergen zurück ins Meer. Sie schlossen Dörfer in den Niederungen ein und schlugen deren imaginäre feindliche Einwohner. Manchmal kämpften sie mit ihren imaginären Gegnern nur um das Recht, die Hauptstraßen zu benutzen – und schlugen sie dann in die Flucht.

Guy stellte fest, dass er für diese Art der Kriegsführung offenbar gut geeignet war. Er verstand sich aufs Kartenlesen und hatte einen guten Blick fürs Gelände. Wo Städter wie Sarum-Smith nur verständnislos um sich schauten, konnte Guy immer noch ›nicht einsehbares Gelände‹ oder ›geschützte Angriffswege‹ entdecken. Manchmal arbeiteten sie allein, manchmal in Gruppen; Guys Antworten erwiesen sich immer als identisch mit den ›Stabslösungen‹. Wenn man sie nachts einfach irgendwo mit dem Auftrag auslud, sich nur mit dem Kompass nach Kut-al-Imara durchzuschlagen, war Guy für gewöhnlich einer der Ersten, die dort eintrafen. Auf dem Land aufgewachsen zu sein, hatte große Vorteile. Aber auch bei den ›Diskussionen‹ machte er sich gut. Dabei handelte es sich um theoretische Auseinandersetzungen über anspruchsvollere Methoden, den Gegner zu schlagen. Das Thema wurde im Voraus bekanntgegeben, damit man sich mit der Materie vertraut und darüber Gedanken machte. Gegen Abend waren die meisten schon müde, und wenn Apthorpe gekonnt mit seinen technischen Ausdrücken um sich warf, fiel das zumeist nicht mehr auf fruchtbaren Boden. Guy hingegen drückte sich klar und deutlich aus. Er stellte fest, dass er wieder positiv auf sich aufmerksam machte.

Das Tauwetter wich klarer, kalter Witterung. Sie fuhren wieder hinaus zum Schießplatz Mudshore, doch diesmal unter dem Kommando des Brigadiers. In dieser Zeit gab es noch keine speziellen ›Ausbildungslehren‹. Mit der Feierlichkeit von Salutschüssen bei einem Begräbnis feuerte man fünf Runden mit scharfer Munition ab, aber wenn der Brigadier dabei war, verlief es ganz anders. Das Pfeifen scharfer Munition berauschte ihn und ließ ihn geradezu übermütig werden.

Er ging in den Deckungsgraben und kümmerte sich um das Schießen auf unvorhergesehen auftauchende Ziele. Die Anzeiger hielten ihre Pappkameraden an unvorhersehbaren Punkten hoch, die dann Salven von Maschinengewehrfeuer auf sich zogen. Der Brigadier wurde dessen bald überdrüssig, setzte seine Mütze auf seinen Stock, rannte im Graben hin und her, hob und senkte sie wieder, winkte damit und versprach demjenigen einen Gold-Sovereign, der den Hut treffen würde. Keiner traf. Wütend ließ er den Kopf über die Deckung hinauffahren und schrie: »Nun mal los, ihr jungen Scheißer, erschießt mich!« Das machte er eine Zeitlang, lief, lachte, ging in Deckung und sprang, bis er ausgepumpt, aber unverwundet war.

Damals war Munition knapp. Fünf Runden pro Mann und Nase waren beim Übungsschießen üblich. Brigadier Ritchie-Hook ließ alle Maschinengewehre gleichzeitig und über lange Strecken hindurch losballern, so dass ihre Läufe heiß wurden, ausgewechselt und in Eimer mit kaltem Wasser geworfen werden mussten, während er seine jungen Offiziere auf allen vieren vor den Zielen und nur wenige Zentimeter unterhalb des Kugelregens anführte.

2

Die Zeitungen waren voll von finnischen Triumphen. Geisterhafte Truppen auf Skiern glitten, wie Guy beim raschen Überfliegen sah, durch sonnenlose arktische Wälder und nahmen sich die unbeweglicheren sowjetischen Verbände vor, die in festen Formationen und mit Stalin-Porträts vorgestoßen waren und erwartet hatten, jubelnd von der finnischen Bevölkerung empfangen zu werden. Dabei waren sie schlecht ausgerüstet, hungrig und wussten nicht so recht, gegen wen sie eigentlich kämpften und warum. Englische Einheiten, die nur durch ein paar diplomatische Komplikationen aufgehalten waren, standen im Begriff, ihnen zu Hilfe zu eilen. Die Macht der Russen hatte sich als Illusion erwiesen. Mannerheim nahm im Herzen der Engländer jenen Platz ein, den 1914 König Albert der Belgier innegehabt hatte. Dann sah es plötzlich ziemlich überraschend so aus, als seien die Finnen geschlagen worden.

Kein Mensch in Kut-al-Imara schien von dieser Katastrophe sehr betroffen. Für Guy erhärtete diese Nachricht den scheußlichen Verdacht, den er versucht hatte zu ignorieren. Seit er bei den Halberdiers war, versuchte er, erfolgreich zu unterdrücken, dass er in einen Krieg verwickelt war, bei dem Mut und die gerechte Sache überhaupt keine Rolle spielten.

Apthorpe sagte: »Ich habe ganz andere Sorgen«, und Guy wusste sofort, dass es etwas mit einer neuen Entwicklung in dem aufgeheizten persönlichen Drama zu tun haben musste, das sich in diesem Frühjahr vor dem Hintergrund der Ausbildungsmethoden von Ritchie-Hook abspielte; in der Tat spitzte sich die Tragödie nur wegen dieser Methoden zu und erreichte ihren Höhepunkt.

Dieses Abenteuer hatte am ersten Sonntag unter dem neuen Regime begonnen.

Die Unterrichtsräume waren an diesem Nachmittag fast ausgestorben; alle waren entweder oben und schliefen oder waren in der Stadt. Guy las unten im Saal seine Wochenzeitungen und sah durch das Spiegelglasfenster, wie draußen ein Taxi vorfuhr, aus dem Apthorpe entstieg, der mit Hilfe des Fahrers einen großen viereckigen Gegenstand schleppte und ihn im Windfang abstellte. Guy ging hinaus, um seine Hilfe anzubieten.

»Nicht nötig, vielen Dank«, sagte Apthorpe eher steif. »Ich ziehe nur gerade meine Ausrüstung um.«

»Wo soll es denn hingehen?«

»Das weiß ich noch nicht ganz. Aber ich komme schon zurecht, danke.«

Guy kehrte in die Halle zurück, stellte sich ans Fenster und schaute müßig hinaus. Es war zu spät, um noch zu lesen, und der Bursche hatte die Verdunkelungsrollos noch nicht heruntergelassen. Nach einer Weile sah Guy Apthorpe in der Dämmerung aus der Vordertür heraustreten und verstohlen im Gebüsch umherschleichen. Fasziniert blieb er stehen, bis er ihn zehn Minuten später zurückkehren sah. Der Windfang vorn führte direkt in den Saal. Apthorpe kam rückwärts herein und schleppte seine geheimnisvolle Kiste.

»Soll ich nicht doch mit anfassen?«

»Nein, wirklich nicht. Vielen Dank.«

Unter der Treppe stand ein mächtiger Schrank, in dem Apthorpe mühevoll das Ding verstaute. Dann zog er Handschuhe, Mütze und Mantel aus, trat, als sei überhaupt nichts Besonderes, zum Feuer und sagte: »Der Admiral lässt Sie grüßen. Er sagt, er vermisst Sie im Club.«

»Sind Sie da gewesen?«

»Nicht richtig. Ich bin nur dem alten Herrn in die Arme gelaufen, als ich was abholen wollte.«

»Dieses Ding da?«

»Ehrlich gestanden, ja.«

»Ist es etwas sehr Privates, Apthorpe?«

»Jedenfalls etwas, das nicht von allgemeinem Interesse ist, altes Haus. Überhaupt keinem.«

In diesem Augenblick kam die Kasinoordonnanz herein, um die Verdunkelung herunterzulassen. Apthorpe sagte: »Smethers?«

»Sir?«

»Sie heißen doch Smethers, nicht wahr?«

»Nein, Sir. Crock.«

»Nun, macht nichts. Was ich Sie fragen wollte – was ist eigentlich mit den Büros im rückwärtigen Teil des Hauses?«

»Sir?«

»Ich brauche irgendeinen kleinen Schuppen oder Abstellraum; ein Geräteschuppen würde es auch tun, oder eine Waschküche, egal, was. Gibt es hier dergleichen?«

»Brauchen Sie das bloß für kurze Zeit, Sir?«

»Nein, nein, nein. Für die Dauer unseres Aufenthalts.«

»Dann kann ich Ihnen nicht helfen, Sir. Das ist Sache des Quartiermeisters.«

»Ich wollte ja bloß mal fragen.« Und nachdem der Mann wieder gegangen war: »Dummer Kerl! Ich dachte immer, er heißt Smethers.«

Guy wandte sich wieder seinen Wochenzeitungen zu. Apthorpe setzte sich ihm gegenüber und betrachtete seine Stiefel. Dann stand er auf, ging hinüber zum Schrank, warf einen Blick hinein, machte ihn wieder zu und kehrte auf seinen Stuhl zurück.

»Ich glaube, ich kann es vielleicht dort *aufbewahren*, aber ihn dort *benutzen*, das geht wohl doch nicht.«

»Wirklich nicht?«

»Na, wie denn!«

Es entstand eine Pause, in der Guy einen Artikel über die Unwegsamkeit der Mikkeli-Sümpfe las. (Es waren noch die stolzen Tage vor dem Fall Finnlands.) Dann sagte Apthorpe:

»Ich dachte, ich könnte vielleicht im Gebüsch ein Versteck dafür finden, aber das ist wesentlich leichter einzusehen, als ich es mir vorgestellt hatte.«

Guy sagte nichts und blätterte eine Seite des *Tablet* um. Es war klar, dass Apthorpe ihn in sein Geheimnis einweihen wollte und das gleich tun würde.

»Es hat keinen Sinn, zum Quartiermeister zu gehen. *Der* hätte bestimmt kein Verständnis dafür. Das lässt sich niemandem so leicht erklären.«

Dann, nach einer weiteren Pause, sagte er: »Also, wenn Sie es unbedingt wissen müssen – es handelt sich um meine Donnerkiste.«

Das übertraf alle Erwartungen. Guy hatte eher an Verpflegung, Medikamente oder Handfeuerwaffen gedacht; bestenfalls an ganz außerordentlich exotisches Schuhzeug.

»Darf ich sie mal sehen?«, fragte er ehrerbietig.

»Warum nicht«, sagte Apthorpe. »Ich glaube sogar, sie könnte Sie interessieren; sie ist sehr hübsch, so etwas wird heutzutage überhaupt nicht mehr hergestellt. Zu teuer, vermute ich.«

Er ging zum Schrank und zog seinen Schatz – eine messingbeschlagene Eichenkiste – hervor.

»Es ist wirklich ein wunderschön gearbeitetes Stück.«

Er machte den Deckel auf, und zum Vorschein kam eine Vorrichtung aus massivem gegossenem Messing und bemalter Keramik edwardianischer Handwerkskunst. Auf der Innenseite des Deckels prangte eine Plakette mit der eingestanzten Inschrift: ›Conolly's chemisches Closett‹.

»Wie finden Sie das?«, fragte Apthorpe.

Guy war sich nicht sicher, wie er dieses Wunderwerk der Hygiene loben sollte.

»Offenbar hat es jemand sehr sorgsam gepflegt«, sagte er.

Anscheinend hatte er das Richtige gesagt.

»Ich habe es von einem Richter beim Hohen Gerichtshof in dem Jahr erhalten, in dem die Regierungsgebäude in Karonga an die Kanalisation angeschlossen wurden. Hab ihm fünf Pfund dafür gegeben. Ich glaube, heute würde man so was nicht mal mehr für zwanzig Pfund bekommen. So solide Handwerksarbeit gibt es heute gar nicht mehr.«

»Sie müssen sehr stolz darauf sein.«

»Das bin ich.«

»Ich verstehe nur nicht ganz, was Sie hier damit anfangen wollen.«

»Wirklich nicht, altes Haus? Wirklich nicht?« Ein merkwürdig feierlicher und illusorischer Gesichtsausdruck verdrängte den unschuldigen Besitzerstolz von Apthorpes Gesicht. »Haben Sie jemals von einem höchst unangenehmen Leiden namens ›Tripper‹ gehört, Crouchback?«

Guy war wie vom Donner gerührt.

»Ich muss schon sagen, das ist ja entsetzlich! Tut mir leid. Ich hatte ja keine Ahnung. Ich nehme an, den haben Sie sich neulich in London geholt, als Sie blau waren. Haben Sie sich denn auch ordentlich untersuchen und behandeln lassen? Müssten Sie sich nicht krankmelden?«

»Nein, nein, nein – *ich* doch nicht.«

»Ja, aber wer dann?«

»Sarum-Smith zum Beispiel.«

»Woher wissen Sie das?«

»*Wissen* tue ich es nicht. Ich habe Sarum-Smith nur als Beispiel genannt. Der ist doch genau einer von diesen jungen Trotteln, die sich einen holen könnten. Jeder könnte das. Ich habe nicht die Absicht, irgendein Risiko einzugehen.«

Er klappte seine Kiste zu und schob sie wieder in den Schrank unter der Treppe. Diese Anstrengung schien ihn zu ärgern.

»Im Übrigen«, sagte er, »die Art und Weise, wie Sie gerade von mir gesprochen haben, hat mir ganz und gar nicht gefallen, mein Lieber: mich zu verdächtigen, den Tripper zu haben! Das ist eine ernste Sache, wissen Sie.«

»Tut mir leid. Aber unter den gegebenen Umständen war das doch ein verzeihlicher Irrtum.«

»Für mich nicht, mein Lieber, und ich weiß nicht recht, was Sie unter den ›gegebenen Umständen‹ verstehen. Ich betrinke mich *nie*. Ich meine, das hätte Ihnen doch schon auffallen müssen. Vielleicht bin ich gelegentlich, wenn es sich ergibt, beschwipst, aber nie *betrunken*. Nichts läge mir ferner. In der Beziehung habe ich viel zu viel erlebt.«

Kaum dass der Morgen graute, war Apthorpe wieder auf den Beinen, er erkundete die Nebengebäude und hatte vor dem Frühstück einen leeren Schuppen entdeckt, in dem die Internatsschüler früher wohl Sportgeräte aufbewahrten. Dort stellte er mit Hilfe von Halberdier Crock sein chemisches

Closett unter, dorthin zog er sich in den folgenden ruhigen Tagen oft zurück, um seine Notdurft zu verrichten. Zwei Tage nach dem Fall Finnlands begannen seine Schwierigkeiten.

Als sie von einer Geländeübung in den Niederungen zurückkamen und Guy sich nach einem späten Mittagessen ein wenig ausruhen wollte, wurde er von Apthorpe gestört. Sein Kamerad machte ein unheilvolles Gesicht.

»Crouchback, kann ich Sie mal kurz sprechen?«

»Bitte.«

»Unter vier Augen, wenn Sie nichts dagegen haben.«

»Doch. Aber um was geht's?«

Apthorpe sah sich im Vorraum um. Alle schienen beschäftigt.

»Sie haben meine Donnerkiste benutzt.«

»Nein, habe ich nicht.«

»Aber irgendjemand hat das getan.«

»Ich jedenfalls nicht.«

»Aber sonst weiß niemand davon.«

»Und was ist mit Halberdier Crock?«

»Der würde das doch nicht wagen!«

»Ich aber auch nicht, mein Lieber.«

»Ist das Ihr letztes Wort?«

»Ja.«

»Nun gut. In Zukunft werde ich besser aufpassen.«

»Das würde ich an Ihrer Stelle auch tun.«

»Damit ist nicht zu spaßen, wissen Sie. Das ist, schlicht gesagt, Missbrauch. Die Chemikalien sind alles andere als billig.«

»Wie viel kostet denn eine Sitzung?«

»Ach, es geht ja nicht ums Geld, sondern ums Prinzip.«

»Und die Ansteckungsgefahr?«

»Genau.«

Zwei Tage lang bezog Apthorpe in den Büschen in der Nähe des Geräteschuppens Posten und stand jede freie Minute Wache. Am dritten Tag nahm er Guy beiseite und sagte: »Crouchback, ich muss mich bei Ihnen entschuldigen. Nicht Sie sind es, der meine Donnerkiste benützt hat.«

»Das wusste ich.«

»Ja, aber Sie müssen zugeben, dass die Umstände sehr verdächtig waren. Aber egal – ich bin dahintergekommen, wer es ist, und das ist äußerst beunruhigend.«

»Doch nicht Sarum-Smith?«

»Nein. Viel schlimmer. *Der Brigadier.*«

»Soll das heißen, *der* hat den Tripper?«

»Nein. Das ist höchst unwahrscheinlich. Dazu ist er viel zu sehr ein Mann von Welt. Nur stellt sich die Frage, was soll ich jetzt tun?«

»Gar nichts.«

»Es geht ums Prinzip. Selbst wenn er mein Vorgesetzter ist, hat er genauso wenig das Recht, sich auf meine Donnerkiste zu hocken, wie meine Stiefel zu tragen.«

»Nun, ich würde ihm meine Stiefel borgen, wenn er sie wollte.«

»Möglich; aber verzeihen Sie, wenn ich das sage, Sie sind auch nicht sonderlich eigen mit Ihren Stiefeln, stimmt's, altes Haus? Aber trotzdem – meinen Sie wirklich, ich soll mir das protestlos gefallen lassen?«

»Ich fürchte, andernfalls würden Sie sich glorreich blamieren.«

»Darüber muss ich nachdenken. Meinen Sie, ich sollte den Stabsarzt um Rat fragen?«

»Nein.«

»Vielleicht haben Sie recht.«

Am nächsten Tag berichtete Apthorpe: »Es wird immer schlimmer.«

Dass Guy sofort wusste, wovon Apthorpe sprach, bewies, welchen Raum die Donnerkiste in Guys Gedanken eingenommen hatte.

»Noch mehr Eindringlinge?«

»Nein, das nicht. Aber heute Morgen, als ich hinausging, stieß ich auf den Brigadier, der gerade hineinging. Er hat mich sehr komisch angesehen. Ihnen ist gewiss schon aufgefallen, dass er einen gelegentlich äußerst unangenehm anstarren kann. Er schien mir nahezulegen, dass *ich* dort nichts zu suchen hätte.«

»Er ist ein Mann der Tat«, sagte Guy. »Sie brauchen bestimmt nicht lange zu warten, bis Sie wissen, was er vorhat.«

Apthorpe war den ganzen Tag nicht bei der Sache. Er antwortete planlos, als man ihn nach seiner Ansicht zu einer bestimmten Taktik fragte. Seine Lösungen der gestellten Aufgaben waren völlig wirr. Es war ein ganz besonders kalter Tag. In jeder Dienstpause stand er Wache beim Schuppen. Er ließ den Tee aus und kam erst zehn Minuten vor dem abendlichen Unterricht mit roter Nase und blauen Wangen wieder herein.

»Sie holen sich noch was, wenn Sie so weitermachen«, sagte Guy.

»Ich kann nicht weitermachen. Das Schlimmste ist bereits passiert.«

»Was denn?«

»Kommen Sie und sehen Sie selbst. Ich würde es nicht glauben, wenn ich es nicht mit eigenen Augen gesehen hätte.«

Sie gingen in den dämmerigen Abend hinaus.

»Es sind kaum fünf Minuten her. Seit dem Tee hatte ich auf der Lauer gelegen, und es wurde höllisch kalt, deshalb bin ich herumgegangen. Der Brigadier kam direkt an mir vorbei.

Ich grüßte. Er sagte nichts. Und dann tat er es direkt vor meinen Augen. Danach kam er zurück, ich grüßte, und glauben Sie mir: Er hat mich regelrecht angegrinst. Ich sage Ihnen, Crouchback – es war *teuflisch*!«

Sie gelangten zum Schuppen. Guy konnte etwas Großes und Weißes an der Tür hängen sehen. Apthorpe knipste die Taschenlampe an, und Guy erblickte ein säuberlich geschriebenes Schild: ›Zutritt verboten für alle Dienstgrade unter dem Brigadier.‹

»Er hat das sicher eigens von einem seiner Schreibstubenhengste anfertigen lassen«, sagte Apthorpe entsetzt.

»Damit sind Sie ganz schön in Verlegenheit, was?«, sagte Guy.

»Ich werde Abschied nehmen.«

»Ich glaube, das geht im Krieg nicht.«

»Ich kann aber um Versetzung zu einer anderen Einheit bitten.«

»Sie würden mir mehr fehlen, als Sie sich vorstellen können, Apthorpe. Aber in zwei Minuten fängt der Unterricht an. Lassen Sie uns reingehen.«

Der Brigadier selbst gab den Unterricht. Versteckte Sprengladungen, so schien es, wurden für die Patrouille an der Westfront immer wichtiger. Der Brigadier redete von Stolperdrähten, Sprengzündern und Tretminen. In allen Einzelheiten beschrieb er eine mit Sprengladungen beladene Ziege, die er in ein Beduinenlager gejagt hatte. Selten hatte man ihn so begeistert erlebt.

Es war einer der Abende, an denen weder eine Diskussion noch eine Nachtübung anberaumt war, und wer außerhalb essen wollte, konnte das ohne weiteres tun.

»Lassen Sie uns ins Garibaldi gehen«, sagte Apthorpe. »Ich kann es einfach nicht ertragen, an einem Tisch mit diesem Mann zu sitzen. Bitte, seien Sie heute Abend mein Gast.«

Dort, umhüllt vom Dampf der Minestrone bekam sein Gesicht eine etwas gesündere Farbe, und unter dem Einfluss des Barolo wurde aus seiner Verzweiflung Trotz. Pelecci trieb sich ganz in ihrer Nähe herum, als Apthorpe aufzählte, welche Ungerechtigkeiten ihm widerfahren waren. Die Unterhaltung war abstrus. Eine ›Donnerkiste‹, die Erfindung dieses fähigen Offiziers, die ein Vorgesetzter sich widerrechtlich angeeignet hatte – das *musste* eine wertvolle neue Waffe sein.

»Ich glaube nicht«, sagte Apthorpe, »dass es gut wäre, wenn ich beim Armeerat Beschwerde einlegen würde, oder?«

»Nein.«

»Man kann einfach nicht davon ausgehen, dass sie einen solchen Fall wirklich unvoreingenommen beurteilen. Womit ich nicht sagen will, dass sie tatsächlich Vorurteile haben, aber schließlich liegt es in ihrem Interesse, die Autorität zu stützen, wo sie nur irgend können. Und wenn sie in meinem Fall eine Gesetzeslücke fänden …«

»Halten Sie Ihren Fall nicht für ganz eindeutig …?«

»Offen gestanden nicht, altes Haus. Vor einem Ehrengericht sähe die Sache selbstverständlich ganz anders aus. Aber rein juristisch gesehen muss man wohl zugeben, dass der Brigadier durchaus berechtigt ist, am Standort seiner Brigade den Zutritt zu bestimmten Gebäuden oder Zimmern zu verbieten. Außerdem habe ich meine Donnerkiste dort ohne Erlaubnis aufgestellt. Und das sind genau die Dinge, auf die sich ein Militärgericht mit Freuden stürzt.«

»Selbstverständlich«, sagte Guy, »könnte man auch folgendermaßen argumentieren: Da die Donnerkiste bis jetzt noch nicht im Dienstgrad eines Brigadiers steht, befindet sie sich widerrechtlich dort im Schuppen.«

»Richtig, Crouchback. Sie treffen den Nagel auf den Kopf.« Mit offenkundiger Bewunderung sah er ihn über den Tisch hinweg an. »Wissen Sie, das gibt es durchaus: Man kann gewissermaßen zu nahe an einem Problem dran sein. Ich habe die Sache immer wieder von allen Seiten betrachtet und war schon ganz krank vor Sorgen. Ich habe gewusst, dass ich mir von jemandem Rat holen musste; egal, von wem, Hauptsache, er hatte persönlich nichts damit zu tun. Ich bin fest überzeugt, früher oder später wäre ich selbst auf diese Lösung gekommen, aber ich hätte möglicherweise vor lauter Sorgen die halbe Nacht kein Auge zugetan. Ich bin Ihnen wirklich außerordentlich dankbar, altes Haus.«

Es wurde noch mehr aufgetischt und noch mehr Wein gebracht. Guiseppe Pelecci sah jetzt endlich klar. *Thunder Box* – ›Donnerkiste‹ –, so schien es, war der Code-Name eines bedeutenden Politikers, kein Militär, der hier in der Gegend versteckt gehalten wurde. Diese Information würde er genauso weitergeben, wie er sie bekommen hatte; sollten Klügere sich den Kopf darüber zerbrechen, was wirklich dahintersteckte. Er hatte keinen Ehrgeiz, in seinem Beruf eine höhere Stufe zu erklimmen. Mit seinem Restaurant kam er schön über die Runden. Den guten Ruf, in dem es stand, hatte er selbst begründet. Politik langweilte ihn, und vor Kämpfen hatte er Angst. Schließlich war er ursprünglich hergekommen, um dem Militärdienst zu entgehen.

»Und hinterher noch eine besonders schöne Zabaglione, Gentlemen?«

»Ja«, sagte Apthorpe. »Ja, sehr gern. Tischen Sie alles auf, was Sie haben!« Und zu Guy gewandt: »Selbstverständlich sind Sie mein Gast.«

So hatte es Guy von Anfang an verstanden; dass Apthorpe das jetzt nochmals betonte, war wohl ein linkischer Versuch, seiner Dankbarkeit Ausdruck zu verleihen. Tatsächlich stand dahinter jedoch die schlitzohrige Bitte, ihm noch weiter zu helfen.

»Den juristischen Aspekt der Angelegenheit haben wir ja

nun geklärt«, fuhr Apthorpe fort. »Jetzt geht es um die Frage: Was unternehmen wir weiter? Wie kriegen wir die Donnerkiste raus?«

»Genauso, wie Sie sie reinbekommen haben, würde ich meinen.«

»So einfach ist das nicht, altes Haus. Die Sache ist außerordentlich heikel. Halberdier Crock und ich haben sie reingetragen. Wie sollen wir sie jetzt wieder rausbekommen, wo der Zutritt doch verboten ist? Man kann schließlich einem Soldaten nicht den Befehl geben, etwas Gesetzwidriges zu tun. Das dürfen Sie nicht vergessen. Außerdem hätte ich größte Hemmungen, ihn noch einmal zu bitten. Er war bei der ganzen Angelegenheit außerordentlich wenig hilfsbereit.«

»Könnten Sie sie nicht von der Tür aus mit dem Lasso herausziehen?«

»Das halte ich für nicht ungefährlich, mein Lieber. Außerdem befindet sich mein Lasso unter meinen anderen Ausrüstungsgegenständen beim Admiral.«

»Lässt sich das Ding nicht mit einem Magneten herausziehen?«

»Wollen Sie mich auf den Arm nehmen, Crouchback?«

»Es war nur ein Vorschlag.«

»Aber kein besonders praktikabler, wenn Sie gestatten. Nein. Jemand muss rein und sie rausholen.«

»Obwohl der Zutritt verboten ist?«

»Jemand, der es nicht weiß, oder zumindest jemand, von dem der Brigadier nicht weiß, dass er es weiß. Wenn er erwischt würde, könnte er immer behaupten, er hätte den Zettel in der Dunkelheit nicht gesehen.«

»Meinen Sie etwa mich?«

»Nun, Sie sind doch mehr oder weniger genau der Richtige, meinen Sie nicht?«

»Na schön«, sagte Guy. »Ich habe nichts dagegen.«

»Sehr freundlich von Ihnen«, sagte Apthorpe, dem sichtlich ein Stein vom Herzen fiel.

Sie beendeten ihre Mahlzeit. Apthorpe murrte zwar, als er die Rechnung sah, aber bezahlte. Sie kehrten nach Kut-al-Imara zurück. Kein Mensch war zu sehen. Apthorpe stand Schmiere, und Guy gelang es, den Stein des Anstoßes ohne große Mühe ins Freie zu schleppen.

»Und wohin jetzt damit?«

»Ja, das ist die Frage. Was, meinen Sie, ist am besten?«

»Die Latrine?«

»Wirklich, mein Lieber, das ist jetzt nicht der Ort für Scherze.«

»Ich dachte bloß an Chestertons Überlegung: ›Wo versteckt man am besten ein Blatt? – In einem Baum.‹«

»Ich verstehe nicht recht, mein Lieber. Es wäre doch ziemlich peinlich so weit oben in einem Baum. Von jedem Standpunkt aus einsehbar.«

»Nun, jedenfalls bin ich dafür, das Ding nicht allzu weit zu schleppen. Es ist ziemlich schwer.«

»Da war ein Gewächshaus, das ich auf meinen Erkundungsgängen entdeckt habe.«

Dorthin schleppten sie die Kiste. Es waren nur fünfzig Meter. Das Gewächshaus war nicht ganz so geräumig wie der Schuppen, doch Apthorpe meinte, es würde so gehen. Als sie von ihrem Abenteuer zurückkehrten, blieb er mitten auf dem Weg stehen und sagte ungewöhnlich warmherzig: »Was Sie heute Abend für mich getan haben, werde ich Ihnen nie vergessen, Crouchback. Vielen, vielen Dank!«

»Ich danke fürs Abendessen.«

»Dieser Itaker hat wirklich ein bisschen übertrieben, finden Sie nicht?«

Nach ein paar weiteren Schritten sagte Apthorpe: »Hören

Sie, mein Lieber, wenn Sie die Donnerkiste benutzen möchten – ich habe nichts dagegen.«

Es war ein seltener Gefühlsausdruck; geradezu ein historischer Augenblick, wenn Guy ihn nur als solchen erkannt hätte, in dem Apthorpe in ihrer komplizierten Beziehung etwas wie Liebe und Vertrauen am nächsten kam. Er ging, wie das unter Engländern meist der Fall ist, einfach vorüber.

»Sehr freundlich von Ihnen, aber ich bin ganz zufrieden.«

»Wirklich?«

»Ja.«

»Dann ist es in Ordnung«, sagte Apthorpe sichtlich erleichtert. Von Stund an stand Guy ganz hoch in Apthorpes Gunst und wurde zum Mitwächter über die Donnerkiste.

3

Im Rückblick waren die letzten Märzwochen mit nichts anderem als mit dem Schicksal des chemischen Closett erfüllt. Apthorpe vergaß bald, warum er es ursprünglich überhaupt aufgestellt hatte.

Die Angst vor einer Ansteckung plagte ihn nicht mehr. Jetzt stand sein Recht auf Eigentum auf dem Spiel. Als sie am Morgen, nachdem sie das Ding zum ersten Mal versetzt hatten, zum Appell antreten sollten, nahm Apthorpe Guy beiseite. Ihre neue kameradschaftliche Beziehung hatte mit freimütiger Herzlichkeit nichts mehr zu tun – sie waren jetzt zwei Verschwörer. »Sie ist noch da.«

»Gut.«

»Unbenutzt.«

»Fein.«

»Ich meine, mein Lieber, unter diesen Umständen sollte man uns nicht allzu häufig miteinander reden sehen.«

Später, als sie zum Mittagessen ins Kasino gingen, hatte Guy das seltsame Gefühl, dass jemand in der Menge versuchte, seine Hand zu halten. Er blickte sich um und sah Apthorpe, der sich mit abgewandtem Blick angeregt mit Captain Sanders unterhielt. Dann ging ihm auf, dass ihm jemand einen Zettel in die Hand gedrückt hatte.

Bei Tisch suchte Apthorpe sich einen Platz, der möglichst weit von seinem entfernt war. Guy wickelte das zusammengeknüllte Stück Papier auseinander und las: *Das Verbotsschild am Schuppen ist abgenommen worden. Bedingungslose Kapitulation?*

Erst nach dem Tee fühlte Apthorpe sich sicher genug, um mit ihm zu sprechen.

»Ich glaube, wir brauchen uns keine Sorgen mehr zu machen. Der Brigadier hat nachgegeben.«

»Das sieht ihm aber gar nicht ähnlich.«

»Oh, er ist zu allem fähig, das weiß ich wohl! Aber er muss auch auf seinen Ruf achten.«

Guy wollte Apthorpes neue Zuversicht nicht zerstören, bezweifelte jedoch, dass sein Widersacher ähnlich darüber dachte. Am nächsten Tag stellte sich heraus, dass das durchaus nicht der Fall war.

Apthorpe erschien zum Appell (unter der neuen Führung wurde jeden Morgen eine halbe Stunde lang exerziert und Frühsport gemacht), und in seinem Gesicht stand schieres Entsetzen. Er trat neben Guy. Abermals kam es zu einem sonderbaren Herumgefummel an seiner Hand, und wieder hatte Guy eine Nachricht in den Fingern. In der ersten Pause las er sie, während Apthorpe sich ostentativ abwandte. *Muss Sie bei erster Gelegenheit unter vier Augen sprechen. Äußerst bedenkliche Entwicklung.*

Die Gelegenheit ergab sich, als der Vormittag halb vorüber war.

»Der Mann ist wahnsinnig! Wir haben es mit einem gefährlichen Irren zu tun. Ich weiß wirklich nicht, was ich machen soll.«

»Was hat er denn jetzt wieder getan?«

»Um ein Haar hätte er mich umgebracht, das ist alles. Hätte ich nicht meinen Stahlhelm getragen, wäre ich jetzt nicht mehr hier und könnte es Ihnen nicht erzählen. Er traf mich mit einem großen Blumentopf voller Erde und einer abgestorbenen Geranie darin – mitten auf den Kopf! Das hat er heute Morgen angestellt.«

»Hat er damit nach Ihnen geworfen?«

»Er stand oben auf der Tür zum Gewächshaus.«

»Und warum haben Sie Ihren Stahlhelm getragen?«

»Instinkt, Mann! Reiner Selbstschutz!«

»Gestern Abend haben Sie doch aber gerade gesagt, Sie glaubten, die ganze Sache wäre erledigt. Apthorpe, tragen Sie immer Ihren Stahlhelm, wenn Sie auf der Donnerkiste sitzen?«

»Das tut doch nichts zur Sache! Der Punkt ist doch, dass der Mann unzurechnungsfähig ist. Und bei jemandem in seiner Stellung ist das eine sehr ernste Sache! Es könnte doch die Zeit kommen, wo er unser Leben in der Hand hält. Was soll ich bloß tun?«

»Die Kiste woanders hinbringen.«

»Und die Sache nicht melden?«

»Nun, Sie müssen auch an Ihre eigene Würde denken.«

»Sie meinen, andere könnten denken, das sei alles komisch?«

»Mehr als komisch.«

»Verflucht«, sagte Apthorpe, »so habe ich das noch gar nicht gesehen.«

»Ich wünschte, Sie würden mir die Wahrheit über den Stahlhelm sagen.«

»Na ja, wenn Sie es unbedingt wissen müssen: Ich *habe* ihn in letzter Zeit getragen. Vermutlich läuft alles nur auf Heimweh hinaus, mein Lieber. Dieser Stahlhelm fühlt sich an wie ein Tropenhelm, Sie verstehen schon. Damit ist es auf der Donnerkiste gemütlicher.«

»Aber auf dem Weg dahin setzen Sie ihn noch nicht auf?«

»Nein, da trage ich ihn unterm Arm.«

»Und wann setzen Sie ihn auf – ehe Sie die Hosen runterlassen oder erst hinterher? Ich muss das wissen.«

»An der Tür. Und das war heute Morgen mein Glück! Aber so ganz kann ich Sie nicht verstehen – woher dieses plötzliche Interesse?«

»Ich muss mir das Ganze *vorstellen* können, Apthorpe. Wenn wir alt sind, werden Erinnerungen wie diese unser einziger Trost sein.«

»Crouchback, manchmal habe ich das Gefühl, Sie finden das auch ganz spaßig.«

»Aber ich bitte Sie, Apthorpe! Doch das nicht! Glauben Sie, was Sie wollen –, nur bitte das nicht!«

Gleich nach dieser kurzen Versöhnung wurde Apthorpes Argwohn wieder wach. Er hätte gern den Beleidigten gespielt, doch er traute sich nicht. Er hatte es mit einem erbarmungslosen und listigen Feind zu tun und musste sich an Guy klammern, oder er ging unter.

»Ja, und wie machen wir jetzt weiter?«, fragte er.

Am späten Abend schlichen sie zum Gewächshaus hinaus, wo Apthorpe Guy mit seiner Taschenlampe wortlos die Blumentopfscherben sowie die Erde mit der Geranie zeigte, die ihn am Morgen in Angst und Schrecken versetzt hatten. Schweigend hoben er und Guy die Kiste auf und trugen sie schweigend wieder in den Schuppen zurück, wo Apthorpe sie zuvor untergebracht hatte.

Am nächsten Morgen erschien der Brigadier beim Morgenappell.

»In Paragraph 24 der Ausbildungsvorschriften geht es, wie Sie vermutlich wissen, um Geländeübungen und darum, die Beobachtungsgabe zu schärfen und die Kampfkraft zu steigern. Heute werden wir eine solche Geländeübung machen, Gentlemen. Irgendwo auf diesem Gelände ist eine altmodische Feldlatrine versteckt, die zweifellos als wertlos von den ehemaligen Bewohnern zurückgelassen wurde. Sie sieht aus wie eine einfache große Kiste. Einzeln ausschwärmen. Wer sie als Erster findet, meldet sich bei mir! Abmarsch!«

»Diese Dreistigkeit verblüfft mich dann doch«, sagte Apthorpe. »Crouchback, bewachen Sie den Schuppen. Ich werde die Jagd abblasen.«

Apthorpe hatte neue Kräfte getankt. Er war Herr der Lage. Entschlossen marschierte er zum Kohleschuppen und Treibstofflager hinüber, und gleich darauf konnte man in der Tat den Brigadier hinter ihm herstapfen sehen. Auf Umwegen lief Guy zum Geräteschuppen hinüber und trieb sich dort herum. Zweimal näherten sich ihm andere Suchende, und Guy erklärte: »Ich habe gerade nachgesehen. Da ist nichts drin.«

Bald ertönte das Signal zum Sammeln. Dem Brigadier wurde Meldung gemacht, dass nichts gefunden worden sei, er bestieg sein Motorrad und brauste mit finsterer Miene wortlos davon; den ganzen Tag über wurde er nicht mehr gesehen.

»Ein schlechter Verlierer, mein Lieber«, sagte Apthorpe.

Doch am nächsten Tag hing wieder der Zettel mit der Aufschrift ›Zutritt verboten‹ an der Schuppentür.

Wie Guy geahnt hatte, wurden diese verrückten Märztage und -nächte mit ihrem Versteckspiel eine Quelle der Erfrischung für sein Gemüt, doch in der Rückschau verblassten die Einzelheiten von Trick und Gegentrick und wurden zur Legende. Nie wieder sollte er feuchten Lorbeer riechen oder über Tannennadeln gehen, ohne dass die Erinnerung an seine nächtlichen Schleichwege mit Apthorpe lebendig wurde, diese Vormittage des Triumphes oder der Niederlage. Die Reihenfolge der Geschehnisse und ihre Anzahl gerieten in den Hintergrund und gingen unter in neueren, weniger kindlichen Erinnerungen.

Zum Höhepunkt kam es in der Karwoche ganz am Ende des Ausbildungskurses. Der Brigadier war drei Tage lang in London gewesen, um herauszufinden, was als Nächstes mit ihnen geschehen sollte. Die Donnerkiste stand in einer Ecke des Spielfelds, im Freien zwar, aber gut verborgen zwischen einer Ulme und einer riesigen Walze. Dort genoss Apthorpe drei Tage hindurch unbestritten sein Recht auf Eigentum.

Der Brigadier kam erschreckend gutgelaunt zurück. In einem Spielwarenladen hatte er ein paar Scherzartikel erstanden, Gläser, die, wenn man sie an den Mund hob, ihren Inhalt dem Trinker übers Kinn ergossen. Er verteilte sie vorm Abendessen auf den Tischen. Nach dem Dinner wurde noch ausgiebig Bingo gespielt. Nach der letzten Runde sagte er: »Gentlemen, alle bis auf den Brigademajor und ich gehen morgen auf Urlaub. Wir werden uns in einem Zeltlager im Lowland von Schottland wiedersehen, wo Sie die beste Gelegenheit haben werden, das in der Praxis zu erproben, was Sie hier gelernt haben. Die Einzelheiten werden ans Schwarze Brett geheftet, sobald der Brigademajor damit fertig ist. Ganz besonders bitte ich Sie, darauf zu achten, dass die Vorschriften über die Mitnahme von Gepäck und Ausrüstungsgegenständen vom Kriegsministerium beachtet werden. Diese Maßgaben werden strikt kontrolliert. Ich glaube, das ist alles, oder gibt's noch was, Brigademajor? Ach ja, eines noch. Sie alle tragen falsche Rangabzeichen. Von heute Morgen an sind Sie befördert. Stecken Sie sich die neuen Rangabzeichen an, ehe Sie das Lager verlassen.«

An diesem Abend hörte man in den Schlafsälen viel Gesang:

»Morgen, ach, um diese Zeit,
  Bin ich Gott sei Dank schon weit ...«

Leonard improvisierte:

»Kein Trockenüben mehr und kein Appell,
  Die Zeit, ach, sie verging so schnell.«

»Wegen der Gepäckvorschriften werden Sie nicht alle Ihre Sachen mitnehmen können«, sagte Guy zu Apthorpe.
  »Ich weiß, altes Haus. Das macht mir auch große Sorgen.«
  »Und die Donnerkiste auch nicht.«
  »Ich finde schon einen Platz für sie. Irgendwo, wo's ganz sicher ist, eine Krypta oder ein Gewölbe – irgendwas, wo sie bis zum Ende des Krieges auf mich warten kann.«

»Kein Nachtmarsch mehr bei Eis und Schnee.
  Soldatendreck, ich sag ade.«

Die fröhlichen Stimmen drangen bis in den Raum, an dessen Tür stand: ›Brigade-Hauptquartier‹, wo der Brigadier mit seinem Brigademajor bei der Arbeit saß.
  »Da fällt mir noch was ein«, sagte Ritchie-Hook. »Ich hab da draußen noch was zu erledigen.«

Als am nächsten Morgen die ersten Sonnenstrahlen das Fenster von Passschendaele berührten, das nicht verdunkelt worden war, stand Apthorpe auf und durchbohrte mit einer Nagelschere seine Schulterstücke. Dann verwandelte er sich in einen Lieutenant. Er war an diesem Morgen ihrer Abreise die Arglosigkeit selbst. Das Letzte, was er tat, ehe er den Schlafsaal verließ, war eine Gefälligkeit: Er bot Guy an, sich aus einem schönen ledernen Manschettenknopfkasten ein paar Sterne zu leihen, der, wie es sich jetzt herausstellte, nicht nur voll war von diesen Schmuckstücken, sondern auch mit Kronen. Noch ehe Guy fertig mit dem Rasieren war, machte Apthorpe sich, korrekt gekleidet und den Stahlhelm unter dem Arm, auf zu seiner Ecke des Spielfelds.

Das Örtchen war kaum zweihundert Meter entfernt. Keine fünf Minuten später brachte eine Explosion die Scheiben des alten Schulhauses zum Klirren. Eine ganze Reihe von fröhlichen Stimmen aus den Schlafsälen ertönten: »Fliegeralarm!« – »In Deckung!« – »Gas!«

Guy schnallte seinen Leibriemen fest und eilte hinaus; er glaubte, genau zu wissen, wo das Unglück passiert war. Rauchfetzen waren zu sehen. Er lief über den Sportplatz. Zuerst war von Apthorpe nichts zu sehen. Dann erblickte er ihn, wie er an die Ulme gelehnt stand, an seinen Hosenknöpfen herumfummelte und wie benommen zu den Trümmern hinübersah, die um die Walze herum verstreut lagen.

»Sind Sie verletzt?«

»Wer ist da? Crouchback? Ich weiß es nicht. Ich weiß es einfach nicht, altes Haus.«

Von der Donnerkiste war nur noch ein Haufen rauchendes Holz, verbogene Messingröhren und, überall verstreut, rosafarbenes Pulver übriggeblieben – und jede Menge schön bemalter Porzellanscherben.

»Was ist passiert?«

»Ich weiß es nicht, mein Lieber. Ich hatte mich gerade hingesetzt, da gab es einen entsetzlichen Knall, und danach weiß ich nur, dass ich mich auf allen vieren dort drüben im Gras wiederfand.«

»Sind Sie verletzt?«, fragte Guy noch einmal.

»Ein Schock«, sagte Apthorpe. »Ich fühle überhaupt nichts.«

Guy besah sich den Schaden genauer. Nach dem, was er in der letzten Ausbildungsstunde gelernt hatte, konnte er sich sehr wohl zusammenreimen, was geschehen war.

Apthorpe nahm den Stahlhelm ab, setzte die Mütze wieder auf und griff nach seinen Schulterstücken, um sich zu vergewissern, dass die neuen Sterne auch noch da waren. Dann betrachtete er noch einmal, was übrig war von seiner Donnerkiste; *le mot juste,* dachte Guy.

Er schien viel zu benommen, um Trauer zu empfinden.

Guy fand keine Worte des Trostes.

»Am besten, Sie kommen mit und frühstücken erst mal.«

Schweigend gingen sie zurück zum Haus.

Die Augen starr geradeaus gerichtet, ging Apthorpe auf unsicheren Beinen über den nassen Sportplatz hinter ihm her.

Auf den Treppenstufen blieb er noch einmal stehen und sah zurück.

In seiner Stimme lag mehr Tragik als Verbitterung, als er sagte:

»*Geschlagen!*«

4

Guy überlegte, ob er für die Karwoche ins Kloster Downside fahren sollte, entschied sich dann jedoch für Matchet. Das Marine Hotel war immer noch überfüllt, doch spürte man jetzt kaum noch große Geschäftigkeit. Die Verwaltung und die Angestellten hatten sich damit abgefunden, für mehr Geld weniger zu tun als zuvor. In der Halle hing ein Schwarzes Brett. Abgesehen davon, dass die Mitteilungen fast immer mit den Worten begannen: *Wir möchten die Gäste höflichst daran erinnern ... Die Gäste werden höflichst ersucht ... Wir möchten unsere verehrten Gäste höflichst darüber informieren, dass ...,* ähnelten sie deutlich militärischen Befehlen, und jede einzelne Mitteilung enthielt eine Beschneidung bisheriger Annehmlichkeiten.

»Ich finde, mit dem Hotel geht es ziemlich bergab«, erklärte Tickeridge, der jetzt die Rangabzeichen eines Lieutenant-Colonel trug.

»Ich bin überzeugt, sie tun ihr Bestes«, erklärte Mr. Crouchback.

»Die Preise haben sie ja auch erhöht, wie ich festgestellt habe.«

»Ich glaube, sie haben wirklich große Schwierigkeiten.«

Sein Leben lang hatte Mr. Crouchback in der Karwoche auf Wein und Tabak verzichtet, doch auf seinem Tisch stand nach wie vor die Karaffe mit Portwein, und die Tickeridges gesellten sich jeden Abend zu ihm.

Als sie an diesem Gründonnerstagabend vor dem Haupteingang standen und Felix ins Dunkel hinaussprang, sagte Mr. Crouchback: »Ich bin ja so froh, dass du in Tickeridges Bataillon bist. Er ist ein so angenehmer Bursche. Seine Frau und seine Tochter vermissen ihn sehr ... Wie ich von ihm höre, wirst du demnächst eine Kompanie bekommen.«

»Wohl kaum. Wenn ich Glück habe, werde ich Stellvertretender Kompaniechef.«

»Mir hat er aber gesagt, du bekommst deine eigene Kompanie. Er hält große Stücke auf dich. Das freut mich wirklich sehr. Trägst du dein Medaillon?«

»Ja, selbstverständlich.«

»Ich bin sehr stolz, dass du dich so gut machst. Nicht, dass mich das überraschte! Übrigens übernehme ich die Wache am Heiligen-Grab-Altar. Du hast nicht zufällig Lust mitzukommen?«

»Wann denn?«

»Offenbar haben sie Schwierigkeiten, Leute für die frühen Morgenstunden zu finden. Mir ist das egal, und da habe ich gesagt, ich übernehme die Wache von fünf bis sieben.«

»Das ist ein bisschen zu lang für mich. Vielleicht stoße ich für eine halbe Stunde zu dir.«

»Tu das! Der Altar ist in diesem Jahr ganz besonders schön geschmückt.«

Die Dämmerung zog am Karfreitag herauf, als Guy die kleine Kirche betrat, doch innen war es noch Nacht. Die Luft war schwer vom Duft der Blumen und Kerzen. Sein Vater war ganz allein, er kniete sehr aufrecht auf einem Betstuhl vor dem improvisierten Altar und schaute geradeaus ins goldene Licht der Altarkerzen. Er wandte den Kopf, um Guy zuzulächeln, und fuhr dann fort zu beten.

Guy kniete nicht weit von ihm nieder und betete gleichfalls.

Endlich kam der Sakristan und zog die schweren Vorhänge vor den Ostfenstern weg; strahlendes Sonnenlicht machte sie einen Augenblick lang blind für Kerzen und Ziborium.

Genau in diesem Augenblick unterhielt man sich in London über Guy – denn in dem geheimsten aller Hauptquartiere hielt man es für sicherer, zu ungewöhnlicher Stunde zu arbeiten.

»Es sind noch mehr Nachrichten über diese Southsand-Affäre eingegangen, Sir.«

»Geht es um den Professor aus Wales, der was gegen die Royal Air Force hat?«

»Nein, Sir. Sie erinnern sich an den Funkspruch, den wir von L 18 abgefangen haben. Hier ist er: *Zwei Offiziere von den Halberdiers erklärten, der bedeutende Politiker Box besucht Southsand und konferierte mit hohen Militärs.*«

»Darauf habe ich nicht weiter geachtet. Soweit ich weiß, haben wir keinen Verdächtigen namens Box, und in der Nähe von Southsand gibt es auch keine hohen Militärs. Aber natürlich könnte es ein Code-Name sein.«

»Nun, Sir, wir haben uns befehlsgemäß damit befasst und dabei herausgefunden, dass es einen Parlamentsabgeordneten namens Box-Bender gibt, der einen Schwager namens Crouchback bei den Halberdiers hat. Box-Bender wurde nur als Box geboren, sein Vater hatte 1897 den Namen ›Bender‹ an den eigentlichen Familiennamen gehängt.«

»Na, damit scheint sich die Sache doch erledigt zu haben, oder? Warum sollte er nicht seinen Schwager besucht haben?«

»Heimlich, Sir?«

»Liegt gegen diesen Box irgendwas vor? Der Doppelname an sich kann doch wohl noch nicht verdächtig sein, oder?«

»Was Wichtiges nicht, Sir«, erklärte einer der jüngeren Offiziere, der Grace-Groundling-Marchpole hieß, wobei jeder weitere Name für eine klug geschlossene Ehe im Zeitalter des Großgrundbesitzes stand. »Er ist zweimal nach Salzburg gereist, angeblich wegen irgendwelcher Musik-Festspiele. Aber bei diesem Crouchback sieht es anders aus. Bis September vorigen Jahres hat er in Italien gelebt, und es ist bekannt, dass er mit den faschistischen Behörden sehr gut ausgekommen ist. Meinen Sie nicht, wir sollten eine Akte über ihn anlegen?«

»Ja, das wäre vielleicht gar nicht so schlecht.«

»Für beide, Sir?«

»Ja. Und nehmen Sie alles auf, was Sie herausgefunden haben.«

Auch sie zogen die Verdunkelungsrollos hoch und ließen das Licht des frühen Morgens herein.

So gelangten zwei neue Akten in die Kartei ›Streng geheim‹,

die später auf Mikrofilm aufgenommen und vervielfältigt wurde, wodurch sie in ein Dutzend Geheimdienstkarteien der ›Freien Welt‹ einging und Bestandteil der Geheimarchive des Zweiten Weltkriegs wurde.

»Ich habe einen Bruder bei den Halberdiers«, sagte Grace-Groundling-Marchpole beiläufig. »Sie halten nicht viel von ihm.«

5

Seit fast einem halben Jahr hatte das große Versprechen – »Wenn die Brigade erst einmal aufgestellt wird« – in Guys Gedanken und in denen fast all seiner Kameraden eine beachtliche Rolle gespielt; eine ominöse Vorstellung. Keiner wusste genau, was er sich darunter vorzustellen hätte.

Nach dem Osterurlaub sammelten sie sich in Penkirk, einem Tal, rund zwanzig Meilen von Edinburgh entfernt, voller Äcker und kleiner Bauernhöfe. Am Ende des Tals stand ein solides kleines viktorianisches Schloss. Dort versammelten sie sich und wohnten dort in den ersten zwei Tagen. Ihre Anzahl war durch viele unbekannte Offiziere aller Ränge, einen Stabsarzt, einen Feldkaplan und einen streitsüchtigen, hoch dekorierten Veteran, der die Pioniere unter sich hatte, sehr viel größer geworden. Aber immer noch waren es nur Offiziere. Mit den Stellungsbefehlen für die Mannschaften hatte man gewartet, bis ausreichend Unterkünfte bereitstanden.

Die Pioniere hatten ein Lager bauen sollen, doch am festgelegten Tag war davon nichts zu sehen. Sie waren den ganzen Winter über dort gewesen und hatten es sich in den Schlossstallungen gemütlich gemacht. Manchen war der Ort mittlerweile geradezu ans Herz gewachsen, zumal den Reservisten, die Freundschaft mit Leuten aus der Nachbarschaft geschlossen, an ihren Kaminfeuern Geborgenheit gefunden und dafür mit Vorräten aus dem Lager bezahlt hatten. Diese Veteranen sollten das Rückgrat einer Einheit bilden, die ansonsten aus antifaschistischen Cellisten und Händlern mit abstrakter Kunst aus dem Donaubecken bestand.

»Hätte man mir nur eine Horde *Faschisten* zugeteilt«, erklärte ihr Kommandeur, »wäre das Lager innerhalb einer Woche fertig gewesen.«

Aber er murrte nicht. Er hatte sich persönlich in einem recht angenehmen Quartier im drei Meilen entfernten Bahnhofsviertel eingemietet. Er kannte sich in den Geheimnissen der Zahlmeisterei bestens aus und bezog eine Fülle von zusätzlichen kleinen Zuwendungen. Falls ihm der neue Kommandeur gefiel, war er durchaus bereit, auf seinem Posten auch noch bis zum Ende des Sommers auszuharren.

Ein fünfminütiges Gespräch mit Brigadier Ritchie-Hook genügte jedoch, einen raschen Sinneswandel bei ihm herbeizuführen, Schluss zu machen und heimzufahren. Die Veteranen wurden zusammengerufen und bekamen Auftrag, den Antifaschisten Feuer unterm Hintern zu machen. Der Bau des Lagers wurde nun ernsthaft in Angriff genommen, für Ritchie-Hooks Geschmack allerdings immer noch nicht ernsthaft genug. Wie ein zweiter Ruskin befahl er seinen jungen Offizieren, die Schaufel in die Hand zu nehmen und mit anzupacken. Leider hatte er sie gerade am Abend zuvor mit allem impfen lassen, was sich in der Feldapotheke befand. Als er den mangelnden Enthusiasmus bemerkte, versuchte er, den Wettbewerbsgeist zwischen Halberdiers und Pionieren zu schüren. Die Musiker reagierten darauf mit einem Temperamentsausbruch, die Kunsthändler zwar weniger eifrig, aber immerhin noch ernsthaft und gut; die Halberdiers hingegen halfen überhaupt nicht mit, denn die konnten sich kaum bewegen.

Sie legten Entwässerungsgräben an und schleppten Zeltböden (die sperrigste Last, die je von Menschen für Menschen erdacht wurde); sie entluden Lastwagenladungen von Kanonenöfen und Wasserrohren aus Zink; sie jammerten und stolperten, und ein paar von ihnen wurden sogar ohnmächtig. Erst als das Lager fast fertig war, ließ die Wirkung der Impfstoffe allmählich nach.

Die ersten beiden Nächte breiteten sie ihre Wolldecken im Schloss aus und schliefen wahllos irgendwo. Es war Major McKinneys Kut-al-Imara in Neuauflage. Am dritten Tag endlich waren die Offiziere vollzählig, es gab für jedes Bataillon ein eigenes Kasinozelt, einen Wasserhahn und eine Feldküche. Sie zogen aus dem Schloss aus und ins Lager ein. Der Adjutant besorgte eine Kiste Schnaps, und der Quartiermeister improvisierte ein Dinner. Captain Tickeridge schmiss eine Runde nach der anderen und gab schließlich seine obszöne Vorführung des ›Einarmigen Flötisten‹ zum Besten. Das Zweite Bataillon hatte sein Zuhause gefunden und sich eingerichtet.

Guy suchte in der ersten Nacht in dem Zelt, das er mit Apthorpe teilte, tastend den Weg zwischen Zeltschnüren und Heringen. Der Gin hatte ihn schläfrig gemacht, dazu kamen noch körperliche Abgespanntheit und die Viren.

Apthorpe, der schlachtgewohnte Krieger, hatte den Befehlen getrotzt (genau wie die ranghöheren Offiziere auch, wie sich bald herausstellte) und einen beträchtlichen Teil seiner ›Ausrüstung‹ mitgebracht. Er hatte das Kasino schon vor Guy verlassen. Jetzt lag er auf einem hochbeinigen Klappbett unter einem Moskitonetz aus weißem Musselin wie ein großes Baby in seinem Körbchen und studierte das Handbuch des Militärgesetzes. Im Zelt brannte eine starke Sicherheitslampe. Um sein Lager herum verteilt standen Tisch und Stuhl, ein Badezuber, ein Waschständer, alles zusammenklappbar, außerdem Kisten und Koffer. Des Weiteren noch ein sonderbares, galgenähnliches Gestell, an dem seine Uniformen baumelten. Guy war fasziniert von diesem verräucherten, schimmernden Kokon, in den Apthorpe sich eingesponnen hatte.

»Ich habe doch Platz genug für Sie gelassen, oder?«, sagte Apthorpe.

»Ja, einigermaßen.«

Guy hatte nur eine Luftmatratze, eine Sturmlaterne und ein dreibeiniges Waschbecken aus Segeltuch.

»Vielleicht finden Sie es komisch, dass ich unter einem Moskitonetz schlafe.«

»Ich nehme an, jede Vorsichtsmaßnahme hat ihren Sinn.«

»Nein, nein, nein. Es handelt sich nicht um eine *Vorsichtsmaßnahme*. Ich schlafe darunter einfach besser.«

Guy zog sich aus, warf seine Sachen auf seinen Koffer und kroch auf seiner Gummimatratze am Boden zwischen die Wolldecken. Es war empfindlich kalt. Er wühlte in seinem Kleidersack nach einem Paar Wollsocken und dem Kopfschutz, den eine der Damen im Marine Hotel in Matchet für ihn gestrickt hatte. Außerdem breitete er noch seinen Feldmantel über sich.

»Das hier ist selbstverständlich nur eine vorübergehende Lösung«, sagte Apthorpe, »bis die Listen heraus sind. Kompanieführer haben Anspruch auf ein eigenes Zelt. Ich würde mich an Ihrer Stelle mit Leonard zusammentun. Der ist immer noch der beste von den Unteroffizieren. Seine Frau hat vorige Woche ein Kind bekommen. Ich hätte angenommen, dass so etwas einem den Urlaub gründlich vermiesen würde, aber er scheint sich auch noch darüber zu freuen.«

»Ja. Er hat es mir erzählt.«

»Hauptsache, man teilt sein Lager nicht mit jemandem, der dauernd versucht, sich Sachen auszuborgen.«

»Ja.«

»Nun denn, ich werde jetzt schlafen. Wenn Sie in der Nacht aufwachen, passen Sie bitte auf, wo Sie hintreten, ja? Ich habe da ein paar sehr kostbare Sachen rumliegen, für die ich bis jetzt noch keinen rechten Platz gefunden habe.«

Er legte seine Pfeife auf den Tisch und löschte sein Licht. Eingehüllt in sein Netz, umschlossen von Wolken und sanft gewiegt wie Hera in Zeus' Armen, war er bald eingeschlafen.

Guy drehte seine Lampe herunter und lag lange wach; er fror, und sämtliche Glieder taten ihm weh, aber er war nicht unglücklich.

Er dachte über diese merkwürdige Fähigkeit der Army nach, die eigene Ordnung wiederherzustellen. Scheucht man einen Ameisenhaufen auf, herrscht ein paar Minuten lang vollkommenes Chaos. Die Tierchen krabbeln ziellos und aufgeregt durcheinander; dann setzt sich der Instinkt wieder durch. Jeder findet wieder an seinen Platz und weiß, was für eine Aufgabe er zu erfüllen hat. Wie die Ameisen, so die Soldaten.

In den folgenden Jahren sollte er diese Beobachtung immer wieder machen, manchmal in düsteren Situationen, manchmal in einer Atmosphäre angenehmer Häuslichkeit. Männer, die man – was ganz unnatürlich war – von ihren Frauen und Kindern losgerissen hatte, fingen sogleich an, eine Art Ersatzzuhause zu bauen, es anzustreichen und sich einzurichten, Blumenbeete anzulegen und sie mit weißgekalkten Steinen einzufassen und in einsamen Geschützunterständen Kissenbezüge zu sticken.

Aber auch über Apthorpe dachte er nach.

Während des Lageraufbaus war Apthorpe ganz in seinem Element gewesen.

Als er an jenem ersten Abend bei der Impfung an der Reihe war, hatte er darauf bestanden, als Letzter dranzukommen, und hatte dem Stabsarzt dann eine eindrucksvolle Liste aller

Krankheiten heruntergeleiert, die er von Zeit zu Zeit hatte. Er berichtete von den Impfungen, die er bereits über sich hatte ergehen lassen, und welche Wirkung sie bei ihm hatten. Er betonte seine Allergien, so dass der Stabsarzt zuletzt bereit war, ihm nur eine leichte Spritze zu geben, unter der er bestimmt nicht zu leiden hatte.

Daher war er vollauf bei der Sache gewesen, hatte viel mit dem Pionieroffizier zusammengehockt und diesem kluge Ratschläge erteilt, wo man am besten die Feldküche unter Berücksichtigung des vorherrschenden Windes aufbauen sollte, oder ihn auf Fehler in den Spannschnüren für die Zelte hingewiesen.

Er hatte die beiden Tage, in denen sie mit dem Stab der Brigade im Schloss zusammengewohnt hatten, gründlich genutzt, um sich mit allen bekannt zu machen, und eine alte Freundschaft mit einem Cousin des Brigademajors entdeckt. Dabei hatte er einen wirklich guten Eindruck hinterlassen.

Und dennoch, dachte Guy, war etwas nicht ganz richtig mit Apthorpe; irgendetwas stimmte nicht. Nicht, dass er nicht ganz auf dem Posten war, es war einfach nicht recht zu fassen. Etwas in seinem Blick – nein, nicht einmal das, nur eine Andeutung davon. Wie gesagt: Etwas stimmte nicht.

Aus unruhigem Schlaf immer wieder erwachend, grübelte Guy nach bis zum Wecken.

6

Am Nachmittag des vierten Tages wurde das letzte Zelt errichtet. Quer durchs Tal vom Schloss herunter bis zur Hauptstraße zogen sich die Zeltreihen der einzelnen Bataillons-, Küchen-, Vorrats-, Kasino- und Latrinen-Zelte. Vieles fehlte noch, und vieles war auch nur sehr schludrig gemacht, aber immerhin, man konnte einziehen. Am nächsten Tag sollten die Mannschaften eintreffen. Am Abend versammelten sich die Offiziere im Schloss, das bis jetzt Brigade-Hauptquartier gewesen war, und der Brigadier hielt eine Ansprache:

»Gentlemen«, begann er, »morgen werden Sie die Mannschaften kennenlernen, die Sie im Kampf befehligen werden.«

Es war die alte, mächtige Formel, voller Magie. Die zwei Sätze »Die Offiziere, denen Sie unterstellt sind ...« und »die Männer, die Sie anführen werden ...« brachten die neugebackenen Offiziere genau dahin, wo sie meinten hinzugehören: mitten hinein in den Kampf. Für Guy brachte dies sämtlicher Lieder seiner Kindheit zum Klingen.

Der Brigadier fuhr fort. Es war der 1. April, ein Tag, der ihn hätte verleiten können, Scherze zu machen und launische Reden zu führen, aber er war todernst, und diese eine Mal hörte Guy nur mit halbem Ohr hin. Dieser Haufen von Offizieren, von denen er viele nicht kannte, war plötzlich nicht mehr seine Gruppe, in der er zu Hause war. Binnen weniger als achtundvierzig Stunden hatte er das Zweite Bataillon zu seiner neuen, gesegneten Heimat gemacht, und seine Gedanken weilten bei den Männern, die morgen eintreffen sollten.

Die Versammlung wurde aufgelöst, und von diesem Augenblick an trat der Brigadier, der in den letzten Wochen so ausschließlich ihr Leben beherrscht hatte, in den Hintergrund. Er wohnte weiterhin mit seinem Stab im Schloss, er kam und ging, nach London, nach Edinburgh, ins Ausbildungslager, und niemand wusste, warum und wann. Er wurde zur Quelle sehr beunruhigender, sachlicher Befehle. »Der Brigadier sagt, wir müssen Schützengräben ausheben ...« – »Der Brigadier sagt, es darf nie mehr als ein Drittel der Männer das Lager verlassen ...«

»Noch mehr Papierkram vom Brigadier ...« Dazu war Ritchie-Hook mit seinen Narben und seinen Eskapaden geworden: Dieser gewaltige Kriegsmann war unversehens nur noch eine abstrakte Instanz: ›Der Brigadier‹.

Jedes Bataillon bezog sein Quartier. Es brannten zwar vier Ölöfen im Kasinozelt, doch die Abendkälte drang trotzdem ein, als sie auf den Bänken saßen und Colonel Tickeridge die Liste mit den Beförderungen vorlas.

Er las ganz langsam. Zuerst das Hauptquartier; er selbst Stellvertretender Kommandeur, die Adjutanten, alles Berufsoffiziere; Abwehr-, Gas-, Fürsorge-, Transport-, Hilfsadjutant und ganz allgemein »das Mädchen für alles«: Sarum-Smith, Hauptquartierskompanie, also Versorgungseinheit; Kompaniechef: Apthorpe; Stellvertreter: einer der ganz jungen Berufsoffiziere.

Das alles erweckte einiges Interesse. Es gab Gerüchte unter den neugebackenen Reserveoffizieren, dass einer von ihnen befördert werden könnte; keiner, mit Ausnahme von Apthorpe, hatte damit gerechnet, schon so früh eine Kompanie zu bekommen. Nicht einmal Apthorpe selbst hatte sich vorstellen können, dass er zum Vorgesetzten eines Berufsoffiziers gemacht werden würde, und sei dieser auch noch so blutjung.

Aber auch für die Berufsoffiziere war das ein Schock, sie sahen einander misstrauisch an.

Kompanie A hatte einen Berufsoffizier als Kommandeur, und auch sein Stellvertreter war altgedient. Drei von den frisch eingezogenen und im Schnellverfahren ausgebildeten Offizieren wurden zu Zugführern ernannt. Bei Kompanie B war es genauso. In Kompanie C wurde Leonard zum Stellvertretenden Kompaniechef gemacht. Jetzt waren nur noch Guy übrig, zwei weitere junge Kameraden und der dreisteste der jungen Berufsoffiziere namens Hayter.

»Kompanie D«, sagte Colonel Tickeridge. »Kommandeur: Major Erskine, der im Moment aber noch nicht freigestellt werden kann. Er sollte in den nächsten Tagen bei uns eintreffen. Bis dahin wird der Stellvertretende Kommandeur, Hayter, das Kommando führen. Zugführer sind de Souza, Crouchback und Jervis.«

Das war ein bitterer Augenblick. Noch nie zuvor in seinem Leben hatte Guy auf so etwas wie einen sichtbaren Erfolg gewartet. Die sehr wenigen und sehr geringen Auszeichnungen, die ihm zuteil geworden waren, waren alle überraschend gekommen. Doch bei den Halberdiers hatte er das Gefühl gehabt, sich gut zu machen. Wiederholte Andeutungen hatten ihm das bestätigt. Viel hatte er sich weder erhofft noch erwartet, aber immerhin hatte er zumindest mit einer kleinen Beförderung gerechnet, als Zeichen der Anerkennung dafür, dass er bei der Ausbildung Gutes geleistet hatte und dass die gelegentlichen Worte der Anerkennung nicht nur Ausdruck ›jener Ehrerbietung, die die Jugend dem Alter schuldet‹ gewesen wären. Nun, jetzt wusste er es. Er war nicht so schlecht wie Trimmer, nicht ganz so schlecht wie Sarum-Smith, dessen Beförderung verachtenswert war; er war einfach so durchgerutscht, ohne sich besonders auszuzeichnen. Jetzt ging Guy auf, was er längst hätte erkennen müssen, dass Leonard offensichtlich der bessere Mann war. Im Übrigen stand er finanziell schlechter da und war erst vor kurzem Vater geworden. Leonard war auf die Solderhöhung angewiesen, die der Rang eines Captains mit sich bringen würde. Guy hegte keinen Groll; er war ein guter Verlierer – zumindest ein erfahrener. Es machte sich lediglich eine große Niedergeschlagenheit in ihm breit; so mochte es etwa Sir Roger ergangen sein, als er sein Schwert, das einer großen Sache geweiht war, bei einer kleinen, lokalen Auseinandersetzung einsetzen musste, ohne zu wissen, dass ihm das eines Tages den sonderbaren Ehrentitel ›Il Santo Inglese‹ eintragen würde.

Colonel Tickeridge fuhr fort: »Selbstverständlich handelt

es sich bei diesen Ernennungen zunächst um vorläufige Lösungen. Es ist durchaus möglich, dass wir später alles wieder umwerfen müssen. Aber im Moment stellen sie in unseren Augen die beste Lösung dar.«

Sie gingen auseinander. Der Kasinounteroffizier an der Bar hatte alle Hände voll zu tun, um Pink Gin auszuschenken.

»Herzlichen Glückwunsch, Apthorpe«, sagte Guy.

»Vielen Dank, altes Haus. Ich muss gestehen: die Hauptquartierskompanie hätte ich niemals erwartet. Sie ist doppelt so groß wie die anderen, wissen Sie.«

»Ich bin überzeugt, Sie werden das sehr gut schaffen.«

»Ja. Vielleicht sollte ich mich noch ein bisschen hinter den 2 I. C. klemmen.«

»Hinter was, Apthorpe? Ist das eine neue Art von Donnerkiste?«

»Nein, nein, nein. Hinter meinen ›Second in Command‹, meinen Stellvertreter. Man sollte sich jetzt wirklich an die korrekten Dienstbezeichnungen halten. Das sind Dinge, auf die an höherer Stelle geachtet wird. Ich glaube übrigens, es ist einfach Pech, dass Sie nicht besser weggekommen sind. Ich hatte was läuten hören, dass einer von unserer Gruppe 2 I. C. werden würde, und hatte gedacht, Sie wären das.«

»Leonard ist sehr tüchtig.«

»Ja. *Die* wissen das selbstverständlich am besten. Trotzdem finde ich es schade, dass Sie es nicht geworden sind. Falls es Ihnen zu mühsam ist, Ihre Sachen rauszuholen, können Sie heute Nacht noch mein Zelt benutzen.«

»Danke. Das werde ich tun.«

»Aber Sie schaffen sie morgen früh gleich als Erstes weg, nicht wahr, altes Haus?«

Es war so kalt im Kasinozelt, dass beim Abendessen alle ihre Uniformmäntel trugen. Entsprechend den Gepflogenheiten im Korps mussten Apthorpe und Leonard alle anderen freihalten.

Einige seiner Kameraden sagten: »Pech gehabt, Onkel.« Dass Guy nicht befördert worden war, schien ihn mehr *simpatico* gemacht zu haben.

Hayter sagte: »Sie sind Crouchback, nicht wahr? Trinken Sie was mit mir. Es wird höchste Zeit, dass ich meine kleine Herde kennenlerne. Sie werden schon sehen, es ist nicht besonders schwierig, mit mir zusammenzuarbeiten, wenn Sie sich erst mal an mich gewöhnt haben. Was haben Sie in der schönen Friedenszeit gemacht?«

»Nichts.«

»Oh!«

»Wie ist denn Major Erskine?«

»Ein Intellektueller. Aber Sie werden gut mit ihm zurechtkommen, wenn Sie tun, was man Ihnen sagt. Zu Anfang wird er von euch Neuen nicht viel erwarten.«

»Wann treffen denn die Mannschaften morgen ein?«

»Da hat der Brigadier den Mund zu voll genommen. Morgen kommen nur die, die schon lange dabei sind. Auf die frisch Einberufenen werden wir wohl noch ein paar Tage warten müssen.«

Sie tranken zusammen einen Pink Gin und musterten sich ohne großes Zutrauen.

»Wer sind denn de Souza und Jervis? Ich sollte wohl auch mit ihnen mal ein Wort reden.«

Als Guy an diesem Abend zum letzten Mal in Apthorpes Zelt ging, war sein Gastgeber noch wach und lag bei brennender Laterne unter seinem Moskitonetz.

»Crouchback«, sagte er, »da ist noch etwas, über das ich mit Ihnen reden muss. Ich möchte nie wieder ein Wort über das hören, was in Southsand passiert ist. Nie! Verstehen Sie? Sonst muss ich Maßnahmen ergreifen.«

»Welche denn, Apthorpe?«

»Drastische Maßnahmen.«

Ein komischer Kauz. Wirklich ein komischer Kauz!

7

Fast drei Wochen später kam das *Army Training Memorandum No. 31.* heraus. *April 1940.* General Ironside legte es den Kommandeuren mit den Worten ans Herz: *Ich ordne allen Kommandierenden an, dafür zu sorgen, dass jeder der neuen Offiziere hinsichtlich der Fragen, die in Teil I dieses Memorandums aufgeführt werden, gründlich examiniert wird und sie sich nicht eher zufriedengeben, als bis die Antworten zufriedenstellend ausfallen.*

Colonel Tickeridge sagte: »Ihr solltet wirklich mal einen Blick in die Ausbildungsvorschriften von diesem Monat werfen. Aus irgendeinem Grunde scheint das wichtig zu sein.«

Teil I des Memorandums umfasste 143 Fragen.

21. April: In den Neun-Uhr-Nachrichten hieß es, General Paget sei in Lillehammer, und in Norwegen laufe alles gut. Nach den Nachrichten kam Musik. Guy setzte sich so weit wie möglich vom Lautsprecher entfernt zu de Souza in eine Ecke, wo der Geruch von zertretenem Gras und Roastbeef von dem von Paraffin und heißem Eisen überlagert wurde, und vertiefte sich in *Verantwortung für Leben und Tod – die Aufgaben eines Untergruppenführers.*

»Ich muss mich schon fragen … haben *Sie* – von Ihrem Sold – etwa ein altes Autofahrgestell sowie Motorenteile als Anschauungsmaterial für die Ausbildung angeschafft?«

»Nein. Wie viele Leute aus *Ihrem* Zug haben Sie denn als Melder vorgesehen?«

»Keinen.«

Es war wie bei einem Rätselraten.

»Können Sie mir sagen, warum Tarnung, die spät vorgenommen wird, gefährlicher ist als überhaupt keine?«

»Ich nehme an, man könnte an der nassen Farbe kleben bleiben.«

»Sind die Vorrichtungen Ihrer Leute, um nasse Wäsche aufzuhängen, genauso gut wie die der meinigen?«

»Sie könnten gar nicht schlechter sein.«

»Ach, und Onkel, haben Sie schon überprüft, ob die Leute aus Ihrem Zug im Kochgeschirr kochen können?«

»Ja. Das haben wir schon vorige Woche gemacht.«

»Was soll das eigentlich bringen, während der Ausbildungszeit die Nachtübungen erst eine Stunde vor Morgengrauen anzusetzen?«

»Dann können sie immerhin nur eine Stunde dauern.«

Versonnen blätterte Guy die Seiten um. Das alles las sich mehr oder weniger wie eine Zeitungsanzeige für einen Fernkurs in Büroorganisation. ›Wie man die Aufmerksamkeit des Chefs erregt‹ – in fünf Lektionen. ›Warum bin ich nicht befördert worden?‹ … Doch die eine oder andere Frage brachte ihn dazu, über die vergangenen drei Wochen nachzudenken.

Bemühen Sie sich um die Qualifikationen, die es Ihnen ermöglichen, den Posten Ihres direkten Vorgesetzten zu übernehmen?

Guy hatte keine Achtung vor Hayter. Er war überzeugt, dass er die Sache viel besser machen würde als Hayter. Überdies hatte er vor kurzem erfahren, dass, wenn er einen anderen Posten übernahm, es nicht der von Hayter sein würde.

Major Erskine war am selben Tag angekommen wie die Milizsoldaten. Dass er als ›intellektuell‹ galt, war nicht weiter beunruhigend. Diese Charakterisierung beruhte vor allem auf dem Umstand, dass er die Romane von J. B. Priestley las und herumlief wie ein zerstreuter Professor. Zwar war seine Uniform korrekt und sauber, doch schien sie ihm nie zu passen, was allerdings nicht die Schuld des Schneiders sein konnte, sondern daran lag, dass der Major mehrmals am Tag die Gestalt zu wechseln schien. Eben noch war sein Waffenrock zu lang, dann, gleich darauf, viel zu kurz. Seine Taschen waren prall gefüllt. Seine Socken ringelten sich. Er war mehr ein Sappeur als ein Halberdier. Dennoch kamen er und Guy gut miteinander aus. Major Erskine war nicht besonders gesprächig, doch wenn er den Mund aufmachte, dann umkompliziert und freimütig.

Eines Abends, als Hayter noch hochnäsiger war als sonst, gingen Major Erskine und Guy gemeinsam von den Schlafzelten hinüber zum Kasinozelt.

»Dieser Jungspund schreit nach einem Tritt in den Hintern«, sagte Major Erskine. »Ich glaube, das übernehme ich dann mal! Tut ihm bestimmt gut, und mir ist es ein Vergnügen.«

»Ja, das verstehe ich.«

Dann sagte Major Erskine: »Eigentlich sollte ich nicht in diesem Ton über einen Vorgesetzten mit Ihnen reden. Hat Ihnen eigentlich mal jemand gesagt, warum Sie nur Zugführer geworden sind, Onkel?«

»Nein. Das fand ich aber auch gar nicht nötig.«

»Man hätte es trotzdem tun müssen. Denn Sie waren eigentlich als Kompaniechef vorgesehen. Dann sagte der Brigadier, er möchte nicht, dass jemand eine *Front*kompanie befehligt, der nicht zuvor einen Zug geführt hatte. Ich verstehe schon, was er meint. Bei der Hauptquartierskompanie ist das was anderes. Onkel Apthorpe wird dort bleiben, bis er Deputy Assistant Quartermaster-General oder was ähnlich Lasches wird. Keiner von den jungen Offizieren, die so hoch anfangen, wird jemals eine Schützenkompanie befehligen. Sie hingegen wohl noch, bevor wir richtig eingesetzt werden – es sei denn, Sie machen irgendwelche sensationellen Dummheiten. Ich dachte, ich sollte Ihnen das sagen, falls Sie allzu enttäuscht gewesen sein sollten.«

»Das war ich ehrlich gesagt.«

»Ja, das hatte ich mir gedacht.«

Wer hat das Sagen in Ihrem Zug – Sie oder Ihr Sergeant?

Guys Sergeant hieß Soames. Guy führte den Zug, aber die Zusammenarbeit war nicht reibungslos. Sergeant Soames trug seinen Schnauzbart wie ein Gangster. Vieles an ihm erinnerte Guy an Trimmer.

Wie viele Ihrer Leute haben Sie bei sich für besondere Aufgaben ausgewählt?

Einen – Sergeant Soames. Guy hatte ihn nicht nur für besondere Aufgaben ausgewählt. Vor einigen Tagen hatte er ein Stück Papier in der Kompanieschreibstube bei Major Erskine abgegeben, auf dem Sergeant Soames' Name, seine Dienstnummer und sein Werdegang aufgezeichnet waren.

Major Erskine hatte gesagt: »Ja, das kann ich Ihnen nicht verdenken. Ich habe heute Morgen Hayter als jemanden gemeldet, der für eine Sonderausbildung im Bereich der Air Liaison geeignet wäre – was immer das auch sein mag. Ich vermute, das bedeutet, dass er in einem Jahr Colonel ist. Jetzt wollen Sie Soames zum Offizier machen, bloß weil schwer mit ihm auszukommen ist. Die Army wird ja ein lustiger Haufen werden, wenn alle Trottel die Treppe rauffallen.«

»Aber Soames würde nicht zu uns zurückkommen, wenn er sein Offizierspatent kriegt.«

Wie viele Ihrer Leute kennen Sie beim Namen, und was wissen Sie über ihren Charakter?

Guy kannte alle Namen. Die Schwierigkeit bestand darin, jedem Einzelnen einen bestimmten Namen zuzuordnen. Jeder hatte drei Gesichter: eine unmenschliche und recht feindselige

Maske, wenn sie Habachtstellung einnahmen; ein lebhaftes, höchst wandlungsfähiges Gesicht wie ein Clown, manchmal wütend und manchmal auch bekümmert, wenn er die Männer außerhalb des Dienstes sah und sie etwa bei der Marketenderei einkauften oder sich zwischen den Zelten stritten; und drittens ein zurückhaltendes, doch im Ganzen wohlwollend-freundliches Grinsen, das sie aufsetzten, wenn er sie in den Pausen und außerhalb der Dienstzeit persönlich ansprach. Die meisten Engländer der besseren Kreise glaubten damals, sie verstünden es, die Zuneigung der unteren Klassen zu gewinnen. Guy verfiel dieser Illusion nicht, glaubte allerdings, dass er bei seinen dreißig Mann durchaus beliebt war. Doch im Grunde war es ihm nicht besonders wichtig. Er mochte sie und wünschte sich, dass es ihnen gut erging. Und er kam gut mit ihnen zurecht, soweit er sich in ihren Kreisen auskannte. Er war durchaus bereit, sich notwendigerweise für sie zu opfern – sich auf eine Granate werfen, ihnen den letzten Schluck Wasser überlassen –, all diese Dinge. Aber er nahm sie nicht als Individuen wahr, genauso wenig wie seine Mitoffiziere; er zog Major Erskine dem jungen Jervis vor, mit dem er jetzt das Zelt teilte. De Souza gegenüber hatte er Hochachtung, hegte ihm gegenüber aber auch einen leichten Argwohn. Seinem Zug, seiner Kompanie und dem Bataillon, überhaupt allen Halberdiers, brachte er ein herzlicheres Gefühl entgegen als allen anderen Menschen außerhalb seiner Familie. Das war nicht viel, aber es war etwas, wofür er Gott dankbar sein musste.

Gleich zu Beginn seines bunt zusammengesetzten Katechismus stand die Frage, die unabdingbare Voraussetzung dafür, dass er mit diesen nicht selbst gewählten Gefährten überhaupt zusammen war.

Wofür kämpfen wir?

Schamvoll wurde in den Ausbildungsvorschriften erwähnt, dass viele einfache Soldaten in dieser Frage höchst verschwommene Vorstellungen hätten. Ob Box-Bender eine klare Antwort darauf geben konnte?, fragte Guy sich. Oder Ritchie-Hook? Hatte er eine Ahnung, wozu dieses ganze ›Zuschlagen‹ eigentlich da sei? Oder General Ironside selbst?

Guy glaubte, etwas von dem zu wissen, was den Mächtigen verborgen war.

England hatte den Krieg erklärt, um die Unabhängigkeit Polens zu verteidigen. Mittlerweile war Polen verschwunden, und die beiden stärksten Nationen der Welt sorgten dafür, dass das auch in Zukunft so blieb. Jetzt stand General Paget in Lillehammer, und es wurde verkündet, dass er gut vorankomme. Guy hingegen wusste, dass es alles andere als gut stand. Sie hatten hier in Penkirk keine gut informierten Freunde und auch keinen Zugang zu Geheimunterlagen, doch der Ostwind hatte ihnen den Geruch des Untergangs aus Norwegen herübergetragen.

Darüber sann Guy nach, als er in dieser Nacht in seinem Zelt lag. Er hielt Gervases Medaillon umklammert, als er sein Nachtgebet sprach. Und kurz bevor er einschlief, kam ihm ein tröstlicher Gedanke. So unangenehm es für die Skandinavier auch sein mochte, die Deutschen dazuhaben, für die Halberdiers war das sehr gut. Für die Halberdiers war bei gefährlichen Angriffsunternehmen eine besondere Rolle vorgesehen, doch bis letzten Monat schien sehr wenig Gelegenheit dafür. Jetzt war eine ganze lange Küste vorhanden, um ›zuzuschlagen‹.

8

An dem Tag, als Mr. Churchill Premierminister wurde, wurde Apthorpe zum Captain befördert.

Der Adjutant hatte ihm das vorher zugetragen, und sein Bursche drückte sich in der Nähe der Schreibstube herum. Als aus dem Ordonnanzzimmer zum ersten Mal gemeldet wurde, dass Bataillonsbefehle kämen – also noch ehe die vervielfältigten Schriftstücke mit den Beförderungen überhaupt gebracht, geschweige denn verteilt worden waren –, prangten bereits die neuen Sterne auf Apthorpes Schulterstücken. Der Rest des Vormittags verging in feierlicher Verzückung. Er schlenderte zum Wagenpark hinüber, stattete dem Stabsarzt einen Besuch ab, um sich nach einem Stärkungsmittel zu erkundigen, von dem er meinte, es zu brauchen, überraschte den Quartiermeister beim Teetrinken, doch kein Mensch schien seine neuen Rangabzeichen zu bemerken. Also übte er sich in Geduld.

Gegen Mittag hörte man, wie die einzelnen Kompanien aus dem Gelände ins Lager zurückmarschierten und dort entlassen wurden. Mit heiterer Gelassenheit wartete Apthorpe im Kasinozelt auf seine Kameraden.

»Ah, Crouchback, darf ich Sie auf einen Drink einladen?«

Guy war überrascht, denn in den letzten paar Wochen hatte Apthorpe kaum noch das Wort an ihn gerichtet.

»Ach, sehr nett von Ihnen. Ich bin heute Morgen meilenweit marschiert. Könnte ich ein Bier haben?«

»Und Sie, Jervis? De Souza?«

Das war noch verwunderlicher, denn in ihrer gesamten Ausbildungszeit hatte Apthorpe noch nie ein Wort mit Jervis oder de Souza gesprochen.

»Hayter, alter Knabe – was möchten Sie?«

Hayter sagte: »Was ist denn? Hat jemand Geburtstag?«

»Soviel ich weiß, ist es bei den Halberdiers üblich, bei solchen Gelegenheiten einen auszugeben.«

»Bei was für Gelegenheiten?«

Ein Glück, dass er ausgerechnet bei Hayter gelandet war. Hayter hielt nichts von Reserveoffizieren, war aber selbst immer noch Lieutenant.

»Mein Gott«, sagte Hayter. »Sie wollen doch nicht etwa behaupten, dass man Sie zum Captain gemacht hat?«

»Mit Wirkung vom 1. April«, erklärte Apthorpe würdevoll.

»Na, das Datum passt ja. Trotzdem – ich lass mir gern einen Pink Gin von Ihnen spendieren.«

Es gab Augenblicke, genauso auch in der Turnhalle, wo Apthorpe alle Lächerlichkeit ablegte. Dies war einer davon.

»Schenken Sie den jungen Offizieren ein, was sie möchten, Crock«, sagte er und wandte sich hoheitsvoll an alle, die neu dazukamen. »Kommen Sie, Adjutant! Die Drinks gehen auf meine Rechnung. Ich hoffe, Sie schließen sich uns an, Colonel.«

Das Kasinozelt füllte sich zum Mittagessen. Apthorpe zog die Spendierhosen wieder aus. Bis auf Hayter nahm ihm keiner seine Beförderung übel.

Dass Großbritannien einen neuen Premierminister bekam, erregte womöglich noch weniger Interesse. Politik galt bei den Halberdiers als wenig soldatisch. Über den Sturz von Mr. Hore-Belisha hatte es einige Freude und hitzige Gespräche gegeben, doch seither hatte Guy nicht einmal gehört, dass der Name eines Politikers erwähnt worden wäre. Einige von Mr. Churchills Reden waren am Empfangsgerät des Kasinos übertragen worden. Guy hatte sie eher peinlich überheblich empfunden, und auf die meisten waren unmittelbar hinterher irgendwelche Hiobsbotschaften gefolgt, gleichsam wie eine Gottesstrafe aus Kiplings *Schlusschoral*.

Guy wusste von Mr. Churchill nur, dass er Berufspolitiker, Zionist und Befürworter der Volksfront in Europa war, jemand, der mit den Zeitungsverlegern und Lloyd George auf gutem Fuß stand. Man fragte ihn:

»Onkel, was ist das eigentlich für einer, dieser Winston Churchill?«

»Er ist auch nicht anders als Hore-Belisha, nur dass seine Hüte aus irgendeinem Grund als komisch gelten.«

»Nun, sie brauchten wohl irgendeinen, der den Karren nach dem Fiasko in Norwegen wieder aus dem Dreck zieht.«

»Ja.«

»Schlimmer als der andere kann er auch nicht sein?«

»Höchstens besser.«

Major Erskine lehnte sich über den Tisch.

»Churchill ist so ungefähr der Einzige, der uns davor bewahren kann, den Krieg zu verlieren«, sagte er.

Zum allerersten Mal hörte Guy von einem Halberdier, dass etwas anderes als ein vollständiger Sieg auch nur möglich sei. Zwar hatten sie wohl vor kurzem einen Vortrag von einem Offizier gehört, der mit großem Freimut über das schlampige Beladen der Schiffe, die verheerende Wirkung der Stuka-Angriffe, die Aktivitäten der organisierten Verräter und so weiter gesprochen hatte. Er hatte sogar auf die mangelhafte Kampftauglichkeit der britischen Truppen angespielt. Aber er hatte nur wenig Eindruck gemacht. Halberdiers gingen ohnehin stets davon aus, dass der ›Generalstab‹ und ›alles, was mit Quartiermeisterei zu tun hat‹ völlig nutzlos seien, alle anderen Regimenter kaum den Namen Soldaten verdienten und man sich auf Ausländer sowieso nie verlassen könne. Kein Wunder, dass alles schlecht lief, solange die Halberdiers nicht dabei waren. Kein Mensch dachte daran, dass man den Krieg auch verlieren könnte.

Da war Apthorpes Beförderung von ungleich größerem Interesse.

Brigadier Ritchie-Hook konnte sich hinter seinen viktorianischen Befestigungsanlagen verschanzen und seine Persönlichkeit verbergen. Nicht so Apthorpe. An jenem Nachmittag kam Guy zufällig auf dem Exerzierplatz an ihm vorbei und fühlte sich, einem schuljungenhaften Scherzbedürfnis nachgebend, bemüßigt, ihn betont zackig zu grüßen. Apthorpe erwiderte den Gruß mit bitterernster Miene. Er war nach der Trinkerei am Vormittag nicht ganz sicher auf den Beinen, sein Gesicht war merkwürdig feierlich, aber der Vorfall ging fröhlich vorüber.

Später am Abend, kurz vor der Dämmerung, trafen sie sich wieder. Apthorpe hatte offensichtlich der Flasche auch weiterhin zugesprochen und befand sich jetzt in einem Zustand, den er als ›beschwipst‹ bezeichnete – was man an seinem besonders unnatürlichen Benehmen erkannte. Als er näher kam, sah Guy voller Verblüffung, wie er sich in allen Einzelheiten an die verschiedenen Phasen des Grüßens hielt, die ihnen auf dem Kasernenhof eingebleut worden waren, wenn sie an einem Vorgesetzten vorübergingen. Er klemmte den Stock unter den Arm, schwenkte die Rechte übertrieben zackig und hielt die glasigen Augen starr geradeaus gerichtet. Guy ging mit einem jovialen »'n Abend, Captain« an ihm vorüber und bemerkte zu spät, dass Apthorpes Hand im Vorstadium des Grüßens bereits schulterhoch stand. Die Hand senkte sich, die Augen richteten sich auf ein Ziel jenseits des Tals, Apthorpe ging weiter und stolperte über einen Nachttopf.

Irgendwie hatte sich die Erinnerung an Guys ersten Gruß unauslöschlich in Apthorpes Gehirn festgesetzt; sie überdauerte sogar den fröhlichen Abend. Als er am nächsten Tag wieder nüchtern war, schien er innerlich leicht durcheinander, doch erfüllt von einer neuen fixen Idee.

Vor dem Morgenappell sagte er zu Guy: »Übrigens, altes Haus, ich wäre Ihnen sehr verbunden, wenn Sie mich grüßten, wenn wir im Lager aneinander vorübergehen.«

»Wozu, um alles in der Welt?«

»Nun, ich grüße doch auch Major Trench!«

»Selbstverständlich tun Sie das.«

»Der Unterschied zwischen ihm und mir ist auch kein anderer als der zwischen Ihnen und mir, falls Sie verstehen, was ich meine.«

»Mein Lieber, das ist uns doch gleich zu Anfang haarklein auseinandergesetzt worden, wen wir zu grüßen haben und wann.«

»Gewiss, aber verstehen Sie denn nicht, dass ich eine Ausnahme bilde? Den Gepflogenheiten des Korps zufolge kann ich doch nicht *Sie* zuerst grüßen. Vor noch gar nicht langer Zeit sind wir alle mit den gleichen Chancen angetreten. Ich habe nun zufälligerweise Fortschritte gemacht und muss deshalb mehr auf meiner Autorität bestehen als einer der altgedienten Offiziere. Bitte, Crouchback – grüßen *Sie mich!* Ich bitte Sie als Freund.«

»Tut mir leid, Apthorpe. Das kann ich nicht. Das käme mir einfach idiotisch vor.«

»Nun, Sie könnten es aber zumindest den anderen sagen.«

»Ist das wirklich Ihr Ernst? Haben Sie sich das genau überlegt?«

»Über nichts anderes habe ich mir so sehr den Kopf zerbrochen.«

»Na gut, Apthorpe. Dann werde ich's den anderen sagen.«

»Ich kann es ihnen selbstverständlich nicht befehlen. Sagen Sie einfach, es sei mein Wunsch.«

Apthorpes ›Wunsch‹ sprach sich in Windeseile herum, und ein paar Tage war es für ihn wie ein Spießrutenlauf. Schon auf viele Meter Entfernung sah man ihn völlig verkrampft und sich verlegen auf etwas vorbereitend, von dem er nicht wusste, ob es kam oder nicht. Manchmal grüßten ihn seine ihm unterstellten ehemaligen Kameraden übertrieben korrekt, manchmal schlenderten sie an ihm vorüber, als wäre er Luft, und manchmal tippten sie nur beiläufig an die Mütze und sagten: »Hallo, Onkel.«

Die grausamste Technik entwickelte de Souza. Sobald er

Apthorpe sah, klemmte er seinen Stock unter den linken Arm und marschierte mit festen Schritten, gestrafften Schultern und allergrößter Hochachtung im Blick auf Apthorpe zu. Dann, wenn er nur noch zwei Schritte von ihm entfernt war, entspannte er sich unversehens, schlug nachlässig mit dem Stock ein Unkraut um oder kniete sich gelegentlich sogar hin, starrte immer noch gleichsam voller Verehrung zum Captain hinauf und machte sich an seinen Schnürsenkeln zu schaffen.

»Wissen Sie, Sie treiben den armen Kerl noch in den Wahnsinn«, sagte Guy zu ihm.

»Ich glaube, das werde ich auch tun, Onkel; ich denke wirklich, das werde ich tun.«

Der ganze Spaß hatte dann ein Ende, als Colonel Tickeridge Guy eines Tages in den Ordonnanzraum rufen ließ.

»Nehmen Sie Platz, Guy. Ich möchte außerdienstlich mal ein Wort mit Ihnen reden. Dieser Apthorpe macht mir zunehmend Sorgen. Sagen Sie mal ganz offen – ist der eigentlich ganz richtig im Kopf?«

»Er hat seine Eigenheiten, Colonel. Ich glaube aber nicht, dass er irgendetwas Gefährliches tun wird.«

»Hoffentlich behalten Sie damit recht. Ich bekomme von allen Seiten die merkwürdigsten Berichte über ihn.«

»Er hatte einen höchst unangenehmen Unfall an dem Morgen, als wir Southsand verließen.«

»Ja, davon habe ich gehört. Aber das kann doch unmöglich seinen Kopf verwirrt haben? Lassen Sie mich Ihnen erzählen, was er zuletzt angestellt hat. Er ist gerade eben gekommen und hat mich in aller Form ersucht, Befehl zu geben, dass die jüngeren Offiziere ihn zu grüßen hätten. Das ist doch nicht mehr normal, das müssen Sie zugeben.«

»Nein, Colonel.«

»Entweder das, sagt er, oder ich solle Befehl geben, dass sie ihn *nicht* grüßen. Und das ist auch wieder nicht normal. Was ist denn passiert?«

»Nun, ich denke, man hat ihn ein bisschen hochgenommen.«

»Das würde ich, verdammt noch mal, aber auch sagen – und das geht dann doch zu weit! Bitte, verbreiten Sie unter der Hand, dass die Geschichte aufzuhören hat. Wer weiß, Sie könnten schneller in der gleichen Lage sein, als Sie ahnen. Dann werden Sie feststellen, dass Sie genug um die Ohren haben, um auch noch von einer Bande junger Heißsporne auf den Arm genommen zu werden.«

Dies geschah – obwohl die Nachricht Penkirk erst einige Zeit später erreichte – an jenem Tag, an dem die Deutschen die Maas überschritten.

9

Guy gab die Anweisung des Colonels im Kasino weiter, und die Angelegenheit, die de Souza feinsinnig als ›Staatsaffäre – oder wie man einen Captain zu grüßen hat‹ bezeichnete, fand ein jähes Ende. Doch Apthorpe legte auch in anderer Hinsicht auffallend abnormes Verhalten an den Tag.

Da war die Sache mit dem Schloss. Apthorpe machte es sich vom ersten Tag seiner Beförderung an, als er noch Lieutenant war, zur Regel, dort ohne einleuchtenden Grund mindestens zwei- oder dreimal die Woche zu erscheinen – und zwar immer gerade gegen elf Uhr, wenn in den verschiedenen Vorzimmern und Diensträumen Tee getrunken wurde. Apthorpe gesellte sich zum Staff Captain und seinen Kameraden, die ihn in der Annahme, er hätte dienstlich hier zu tun, einluden und mit ihm plauderten. Auf diese Weise erfuhr er jede Menge Klatsch und konnte den Adjutanten häufig mit Wissen über Angelegenheiten von minderer Wichtigkeit überraschen. Wenn die Teestunde vorüber war und die Offiziere sich wieder an ihren Schreibtisch setzten, pflegte Apthorpe den Kopf zur Tür des Dienststellenleiters hineinzustecken und zu fragen: »Irgendwas Besonderes heute für den Stab des Zweiten Bataillons?« Nach dem dritten dieser Besuche erstattete Sergeant Clerk dem Brigademajor Meldung darüber und fragte an, ob diese Erkundigungen überhaupt gestattet seien. Als Folge erging ein Befehl, laut dem sämtliche Offiziere aufgefordert wurden, ausschließlich in dienstlichen Angelegenheiten ins Brigade-Hauptquartier zu kommen.

Als dieser Befehl angeschlagen wurde, sagte Apthorpe zum Adjutanten: »Das bedeutet doch nichts anderes, als dass sie zu mir kommen müssen, um sich Erlaubnis zu holen, oder?«

»Warum um alles auf der Welt denn bei *Ihnen*?«

»Nun, schließlich bin *ich* Oberhaupt der Hauptquartierskompanie hier, oder etwa nicht?«

»Apthorpe, sind Sie betrunken?«

»Wie kommen Sie darauf?«

»Dann kommen Sie mal mit zum Bataillonskommandeur. Der kann Ihnen das besser erklären als ich.«

»Ja, das wäre vielleicht gar nicht schlecht.«

Es kam nicht oft vor, dass Colonel Tickeridge aus der Haut fuhr. Aber an diesem Morgen hörte das ganze Lager sein Gebrüll aus dem Ordonnanzzimmer. Apthorpe kam jedoch so gleichmütig und unbetroffen heraus, als wäre nichts geschehen.

»Mein Gott, Onkel, ist der aber in die Luft gegangen. Wir konnten es noch bis auf den Exerzierplatz hören. Was war denn eigentlich los?«

»Ach, nichts weiter, nur ein bisschen Bürokram.«

Seit dem Verlust seiner Donnerkiste war Apthorpe nicht mehr zu schocken.

Das Ungeheuerlichste jedoch, das er sich leistete, war der Ein-Mann-Krieg, den er mit dem Royal Corps of Signals führte. Diese Kampagne war es, was ihn während der gesamten ohnehin nicht leichten Zeit in Penkirk am meisten beschäftigte, und er ging aus ihr mit allen militärischen Ehren hervor.

Das Ganze begann mit einem Missverständnis.

Beim eingehenden Studium der Dienstvorschriften im grellen Licht seiner Sicherheitslampe kam Apthorpe zu dem Schluss, dass die Signalgeber des Bataillons aus verwaltungstechnischen Gründen unter seinem Kommando stünden.

Diese Überzeugung nahm in Apthorpes Geist übergroße Dimension an. Für ihn war es klar, dass er an genau diesem Punkt nicht nur in den Kampf eingriff, sondern ihn sogar bestimmte. An jenem schicksalhaften 1. April gab es zehn von diesen Meldern, Leute, die sich freiwillig für einen Dienst gemeldet hatten, den sie für besonders leicht hielten; diese Leute waren nicht besonders gut ausgebildet und mit nichts weiter ausgerüstet als mit Signalflaggen. Nun verstand Apthorpe sich auf einige recht ausgefallene Dinge, so beherrschte er unter anderem das Morsen. Folglich widmete er diesen Männern etliche Tage lang seine besondere Aufmerksamkeit und verbrachte so manche frostige Stunde, um mit ihnen Flaggensignale zu üben.

Dann traf, beladen mit Funk- und Telegraphenausrüstung, eine Gruppe von Brigademeldern ein, die ihrem eigenen Offizier unterstanden. Diese Leute gehörten zum Royal Corps of Signals. Der Zufall wollte es, dass ihnen ihr Quartier ausgerechnet neben dem des Zweiten Bataillons zugewiesen wurde. Der Offizier wurde eingeladen, das Kasino des Bataillons mitzubenutzen, statt jedes Mal zum Schloss hinaufzusteigen, das immerhin eine ganze Meile entfernt war. Ihr Versorgungsoffizier erhielt Befehl, sich die Rationen für seine Leute vom

Quartiermeister des Zweiten Bataillons geben zu lassen. Auf diese Weise ergab es sich rein zufällig, dass die Angehörigen des Royal Corps of Signals eng mit dem Bataillon zusammenlebten.

Bis auf Apthorpe war die Situation für alle völlig klar. Apthorpe jedoch bildete sich ein, die Leute stünden unter seinem ganz persönlichen Befehl. Er war damals noch Lieutenant. Der Chef der Melder war auch nur Lieutenant, wenn auch sehr viel jünger als Apthorpe – und er sah noch jünger aus, als er in Wirklichkeit war. Er hieß Dunn. Bereits als er zum ersten Mal im Kasino auftauchte, nahm Apthorpe ihn unter seine Fittiche und stellte ihn überall höflich und herablassend als ›meinen neuesten Subalternen‹ vor. Dunn wusste nicht so recht, wie er darauf reagieren sollte, doch da er bei dieser Gelegenheit so manches Glas spendiert bekam und überdies nicht gerade zu den Schnelldenkern zählte, ließ er es gutmütig über sich ergehen.

Am nächsten Morgen schickte Apthorpe eine Ordonnanz ins Quartier der Brigademelder.

»Mr. Apthorpe lässt Grüße bestellen und fragt, ob Mr. Dunn so freundlich sein würde zu melden, wann das Quartier fertig zur Inspektion ist?«

Als Dunn diese Nachricht erhielt, fragte er: »Was für eine Inspektion? Wird der Brigadier erwartet? Davon hat mir niemand etwas gesagt!«

»Nein, Sir. Soweit ich weiß, will Mr. Apthorpe das Quartier inspizieren.« Mochte Dunn auch nicht zu den Schnellsten gehören – aber das war dann doch zu viel für ihn.

»Bestellen Sie Mr. Apthorpe, wenn ich fertig bin mit der Inspektion meines Quartiers, wäre ich durchaus bereit, Mr. Apthorpes Gehirn zu inspizieren.«

Der Halberdier, ein normaler Soldat, zeigte keinerlei Regung. »Könnte ich diese Botschaft bitte schriftlich haben, Sir?«

»Nein. Wenn ich's mir recht überlege, möchte ich mit seinem Adjutanten sprechen.«

Der erste Zusammenstoß wurde noch leichtgenommen und inoffiziell beendet.

»Seien Sie doch kein Esel, Onkel!«

»Aber, Adjutant, Sie gehören zu meiner Einheit. *Melder*!«

»Die Bataillonsmelder, Onkel. Aber nicht die Brigademelder!« Er redete mit Apthorpe, wie dieser nach seiner Meinung mit Boys in Afrika geredet hatte: »Nix kapieren? Diese Jungs hier Royal-Corps-of-Signals-Jungs. Ihre Jungs Halberdier-Jungs. Zum Teufel, wollen Sie, dass ich Ihnen die Dienstausweise aufmale?«

Doch der Adjutant hatte sich die Sache in seiner Eile zu leicht gemacht, denn *de facto* unterstanden die Bataillonsmelder, die sonst in jeder Beziehung Halberdiers waren, was die Ausbildung betraf, dem Offizier, der die Brigademelder befehligte. Diese Tatsache konnte und wollte Apthorpe einfach nicht in den Kopf – jedenfalls begriff er das nie. Jedes Mal, wenn Dunn eine Übung ansetzte, ließ sich Apthorpe für seine Melder irgendwelche Lagerdienste einfallen. Er ging sogar noch weiter. Er ließ seine Halberdiers antreten und erklärte ihnen, sie hätten von niemandem Befehle entgegenzunehmen außer von ihm. Die Angelegenheit wurde zu einem offiziellen Problem.

Zusätzlich verstärkt wurde Apthorpes Fall, der an sich nicht haltbar war, noch durch die Tatsache, dass Dunn überall unbeliebt war. Sobald er sich im Ordonnanzzimmer des Zweiten Bataillons blicken ließ, erklärte der Adjutant ihm eiskalt, er sei in ihrem Kasino nur Gast, und offiziell gehöre er ins Schloss. Falls es irgendwelche Beschwerden gegen seine Gastgeber gebe, solle er sich an den Brigademajor wenden. Woraufhin Dunn zum Schloss hinaufging, wo ihm vom Brigademajor gesagt wurde, er solle die Sache mit Colonel

Tickeridge vernünftig regeln. Colonel Tickeridge erklärte Apthorpe entsprechend, seine Männer hätten zusammen mit den Brigademeldern Dienst zu tun, woraufhin Apthorpe sie samt und sonders ›aus dringenden Familiengründen‹ auf Urlaub schickte. Das veranlasste wiederum Dunn, der nun alle Schwerfälligkeit abstreifte, im Schloss vorzusprechen. Der Brigadier war gerade wieder einmal auf einer seiner Fahrten nach London. Der Brigademajor war der meistbeschäftigte Mann in ganz Schottland und erklärte, er werde die Angelegenheit bei der nächsten Sitzung der Bataillonskommandeure zur Sprache bringen.

Apthorpe entzog Dunn mittlerweile jegliche Freundschaft und weigerte sich sogar, überhaupt mit ihm zu sprechen. Ihr Streit an höherer Stelle griff bald auch auf ihre Untergebenen über. Es kam zu harten Worten zwischen den Angehörigen der Versorgungskompanie und den Meldern. Dunn erhob Dienstbeschwerde gegen sechs Halberdiers wegen widrigen Verhaltens. Im Ordonnanzzimmer machte man sich die Solidarität der vielen Halberdiers zunutze, die jederzeit bereit waren, falsche Aussagen zu machen, wenn es darum ging, die Korpsehre zu schützen, bis Colonel Tickeridge die ganze Angelegenheit abwies.

Bis hierhin war es ein normaler Streit gewesen, wie er unter Offizieren häufiger vorkommt, und unterschied sich von anderen Fällen nur darin, dass Apthorpe eigentlich gar keinen ›Fall‹ hatte. Mitten in dieser Zeit bekam er seine Beförderung zum Captain. In Apthorpes Leben entsprach dieses Ereignis dem Besuch Alexanders des Großen in der Oase Siwa. Es kam einer Erleuchtung gleich, die sämtliche Farben und Formen um ihn herum veränderte. Bösewichter wie de Souza lauerten in den schwarzen Schatten, doch ein strahlender Pfad führte hinauf zum Sieg über Dunn.

Einen Tag nach seiner Beförderung machte er sich auf, die

Zelte der Melder zu inspizieren. Dort fand Dunn ihn und war einen Augenblick wie vor den Kopf gestoßen von dem, was er sah.

Es ging um ein altes Steckenpferd von Apthorpe: Stiefel. Er hatte ein Paar gefunden, das dringend zum Schuster musste, und da stand er nun inmitten eines neugierigen Kreises von Meldern und zerlegte mit einem Taschenmesser sorgfältig einen der Stiefel.

»Abgesehen von der Qualität des Leders«, sagte er gerade, »ist dieser Stiefel eine Schande für die Army. Sehen Sie sich mal die Stepparbeiten an! Und sehen Sie, wie diese Lasche hier befestigt ist! Und sehen Sie sich die Form der Ösen an. Ein gut gearbeiteter Stiefel hingegen …« Damit hob er seinen Fuß und stellte ihn so, dass ihn alle bewundern konnten, auf einen zufällig dastehenden Gasdetektor.

»Was zum Teufel machen Sie da?«, fragte Dunn.

»Mr. Dunn, ich glaube, Sie vergessen, dass Sie mit einem Vorgesetzten reden!«

»Was haben Sie hier in meinem Quartier zu suchen?«

»Ich erhärte gerade meinen Verdacht, dass Ihre Stiefel einmal überprüft werden müssen.«

Dunn erkannte in diesem Augenblick, dass er geschlagen war. Eigentlich war der ganzen Sache nichts anderes angemessen als ein Ausbruch körperlicher Gewalt, und das konnte Furchtbares nach sich ziehen.

»Darüber können wir später reden. Im Augenblick sollten meine Leute beim Appell sein.«

»Sie dürfen Ihrem Sergeant keine Vorwürfe machen. Er hat mich mehr als einmal darauf aufmerksam gemacht. Ich war es, der sie davon abgehalten hat.«

Die beiden Offiziere gingen auseinander; Dunn eilte ins Schloss, wo er dem Brigademajor seinen Fall darlegte, Apthorpe jedoch ging wesentlich weiter. Er setzte sich hin und forderte Dunn schriftlich zu einem Gerichtskampf heraus; er solle sich, mit einem Spiegeltelegraphen bewaffnet, vor den Leuten mit ihm treffen und einen Morsewettstreit mit ihm austragen.

Der Brigadier befand sich im Schloss. Er war mit dem Nachtzug gerade aus London zurückgekehrt und wegen der Nachrichten aus Frankreich sehr, sehr aufgewühlt.

Der Brigademajor sagte: »Tut mir leid, aber ich habe ein ernsthaftes Disziplinarproblem für Sie, Sir. Wahrscheinlich kommen wir um ein Offizierskriegsgericht nicht herum.«

»Ja«, sagte der Brigadier, »ja.« Er starrte zum Fenster hinaus. In Gedanken war er weit weg, immer noch damit beschäftigt, das Unbegreifliche zu begreifen, von dem er in London erfahren hatte.

»Ein Offizier des Zweiten Bataillons«, fuhr der Brigademajor deutlich lauter fort, »wird beschuldigt, ins Quartier der Brigademelder eingedrungen zu sein und vorsätzlich die Stiefel der Männer zerstückelt zu haben.«

»Ja«, sagte der Brigadier. »Besoffen?«

»Nüchtern, Sir.«

»Irgendeine Entschuldigung?«

»Er fand, die handwerkliche Qualität der Arbeit lasse zu wünschen übrig, Sir.«

»Ja.«

Der Brigadier starrte zum Fenster hinaus. Der Brigademajor fasste den bisherigen Verlauf des Feldzugs Dunn-Apthorpe zusammen. Zuletzt sagte der Brigadier:

»Waren die Stiefel noch gut genug, um damit wegzulaufen?«

»Danach habe ich mich nicht erkundigt. Aber das lässt sich ja ohne Zweifel feststellen.«

»Wenn sie gut genug waren, um damit wegzulaufen, sind sie auch für unsere Army gut genug. Verdammt noch mal, wenn sie keine Stiefel gehabt hätten, hätten sie sich dem Feind vielleicht gestellt. Das ist, wie Sie sagen, eine sehr ernste Sache.«

»Soll ich weitermachen und eine Kriegsgerichtsverhandlung einberufen, Sir?«

»Nein. Für so was haben wir keine Zeit. Sind Sie sich eigentlich darüber im Klaren, dass unsere Army und die Franzmänner auf der Flucht sind, alles hinter sich lassen und die Hälfte von ihnen noch nicht einmal einen einzigen Schuss abgefeuert hat? Bringen Sie diese jungen Streithähne dazu, zusammenzuarbeiten. Setzen Sie eine Brigadeübung für die Melder an. Wollen wir doch mal sehen, ob sie mit ihren Geräten klarkommen – ob sie nun Stiefel anhaben oder nicht. Das ist doch das Einzige, worauf es ankommt.«

Zwei Tage später, nach fieberhaften Vorbereitungen im Schloss und in den Ordonnanzräumen, marschierte die Halberdier-Brigade hinaus in das tropfnasse Gelände der Midlothians.

Dieser Tag prägte sich in Guys Erinnerung als der sinnloseste ein, den er bisher bei der Army erlebt hatte. Sein Zug lag auf einer regengepeitschten Hügelkuppe und tat buchstäblich gar nichts. Sie lagen ziemlich nahe bei einem der Melderposten der Brigade, von dem von morgens bis Mitternacht ein monotoner, geradezu liturgisch anmutender, beschwörender Singsang ertönte: »… Hallo, Nan, hallo, Nan. Bestätigen!! Ende. Hallo, Nan, hallo, Nan. Hören Sie mich? Over. Hallo, King, hallo, King. Hören Sie mich? Over. Hallo, Nan. Hallo, King. Nichts verstanden. Over. Hallo, Able, hallo, Able. Ich höre Sie mit Stärke eins, Störung fünf. Over. Hallo, alle Stationen: Able, Baker, Charlie, Dog, Easy, Fox. Hören Sie mich? Over …« Den ganzen eiskalten Vormittag stieg dieses Gebet zu den naserümpfenden Göttern auf.

Die Männer rollten sich in ihre Gasschutzumhänge ein und verzehrten ihre durchweichten Rationen. Endlich tauchte außerordentlich langsam ein Melder aus dem Dunst auf. Der Zug überschüttete ihn mit Hohn. Er näherte sich dem Meldeposten der Funkstation und holte aus der Tiefe seiner Uniform ein feuchtes Stück Papier hervor, das der Corporal Guy brachte. *able dog gemeinsam,* hieß es dort, *machen sie funkstation dicht. stop. befehle werden per melder überbracht, stop. bitte bestätigen.*

Weitere zwei Stunden vergingen. Dann zockelte wieder ein ›Melder‹ mit einer Nachricht für Guy den Hügel herauf. *von stellvertr. batallionskommandeur an führer von zug 2: übung beendet. vorrücken bis straßenkreuzung 643202.* Guy sah keinerlei Veranlassung, den Meldern der nahegelegenen Funkstation Bescheid zu geben. Er ließ seinen Zug antreten, marschierte davon und ließ die Melder einfach zurück.

»Nun«, sagte Colonel Tickeridge im Kasino, »ich habe meinen Bericht über den heutigen Unsinn geschrieben. Ich habe empfohlen, die Brigademelder abzuziehen und erst einmal richtig auszubilden.«

Das Ganze galt allgemein als persönlicher Erfolg Apthorpes. In den letzten beiden Tagen nach Beendigung der Farce hatte man sich allgemein Mühe gegeben, nett zu ihm zu sein. An diesem Abend wurde er von allen Seiten eingeladen. Am nächsten Morgen trafen zwei requirierte Zivilbusse ein und hielten neben den Quartieren des Zweiten Bataillons. Die Melder stiegen ein und fuhren davon.

»Endlich hat die Brigade mal bewiesen, dass sie auch schnell handeln kann«, erklärte de Souza.

Die Halberdiers beglückwünschten sich zu diesem Triumph.

Dabei war der Abzug der Melder am Tag zuvor im fernen London angeordnet worden, als sie in Penkirk gerade im Regen ihre Antennen aufrichteten, es hatte mit der Tatsache, dass ihre Geräte nicht funktionierten, überhaupt nichts zu tun.

Hätten sie das gewusst, hätten die Halberdiers noch mehr frohlockt. Denn jetzt begann für sie endlich der Krieg.

Es war Freitag – Zahltag. Jeden Freitag nach dem Antreten zum Soldempfang unterrichtete Major Erskine seine Kompanie in einem Vortrag darüber, was sich in der letzten Woche an der Front abgespielt hatte. In letzter Zeit war viel von ›Einbrüchen‹ und ›Frontbegradigung‹ der Alliierten die Rede gewesen, von ›Panzerdurchbrüchen und Ausschwärmen‹, von ›Zangenbewegungen‹ und ›Widerstandsnestern‹. Was er ihnen darlegte, war deutlich und sehr ernst, doch die meisten Männer waren in Gedanken bereits beim Wochenendurlaub, der nach diesem Vortrag begann.

An diesem Freitag war es anders. Eine Stunde, nachdem die Meldereinheit abgerückt war, wurde allen der Urlaub gestrichen, und Major Erskine hatte sehr aufmerksame, grollende Zuhörer. Er sagte:

»Es tut mir leid, dass Ihr Urlaub gestrichen wurde. Doch dieser Befehl trifft nicht nur uns hier. Für sämtliche Streitkräfte Seiner Majestät wurde der Urlaub gestrichen. Heute Morgen sind, wie Sie wissen, die Brigademelder abgezogen worden. Heute Nachmittag verlieren wir auch noch sämtliche motorisierten Einheiten und Transportmöglichkeiten. Und zwar aus folgendem Grund: Wir sind, wie Sie gleichfalls wissen, weder vollständig ausgerüstet noch vorschriftsmäßig ausgebildet. Sämtliche Spezialisten und alles Material werden dringend in Frankreich gebraucht. Vielleicht können Sie sich jetzt eine Vorstellung davon machen, wie ernst die Lage auf dem Kontinent ist.«

Er fuhr fort, wie üblich von ›Einbrüchen‹ und ›Frontbegradigungen‹ sowie von ›Panzerdurchbrüchen‹ zu reden. Zum ersten Mal schienen die Soldaten zu spüren, dass diese Dinge auch ihr Leben ernstlich berührten.

An diesem Abend machte ein Gerücht die Runde, das über

die Schreibstube durchsickerte; die ganze Brigade solle sehr bald auf die Orkneys verlegt werden. Es war bekannt, dass der Brigadier aus London zurück war und rings um das Schloss Wagen vom Schottischen Oberkommando parkten.

Am nächsten Morgen begrüßte Guys Bursche seinen Vorgesetzten mit den Worten: »Es sieht so aus, als ob ich Sie bald nicht mehr wecken werde, Sir.«

Halberdier Glass war Berufssoldat. Die meisten Rekruten hatten sich nicht freiwillig für den Posten des Offiziersburschen gemeldet und meinten, deswegen seien sie ›nicht Soldat geworden, verdammt noch mal‹. Alte Hasen hingegen wussten, dass untergeordnete Tätigkeiten vielerlei Annehmlichkeiten und Privilegien brachten, und rissen sich daher um sie. Halberdier Glass war ein mürrischer Mann, der es liebte, seinen Vorgesetzten mit schlechten Nachrichten zu wecken. »Zwei aus unserem Zug haben ihren Urlaub überzogen.« – »Major Trench hat gestern Abend die Unterkünfte inspiziert und sich furchtbar über das Brot in den Spülbecken aufgeregt.« – »Corporal Hill hat sich unten bei der Brücke erschossen; seine Leiche wird gerade gebracht.« Dinge, die Guy den Tagesbeginn vermiesen sollten. Doch diese Nachricht heute war ernster.

»Was soll das heißen, Glass?«

»So jedenfalls geht das Gerücht, Sir. Jackson hat's gestern Abend im Kasino aufgeschnappt.«

»Was denn?«

»Dass alle Berufssoldaten sich bereithalten sollen zum Abrücken, Sir. Von der Miliz ist nichts weiter bekannt.«

Als Guy das Kasinozelt betrat, redeten alle über dieses Gerücht. Guy fragte Major Erskine: »Ist da was dran, Sir?«

Major Erskine antwortete: »Sie werden das noch früh genug erfahren. Der Kommandeur will, dass alle Offiziere um acht Uhr dreißig hier sind.«

Die Mannschaften mussten unter dem Befehl der Sergeants Sport treiben und Arbeitsdienste leisten, die Offiziere hingegen versammelten sich pünktlich. Jedes Halberdier-Bataillon bekam in diesem Augenblick von seinem Kommandeur die schlechte Nachricht zu hören, und das machte jeder auf seine Weise. Major Tickeridge sagte:

»Was ich Ihnen zu sagen habe, ist für die meisten von Ihnen nicht angenehm. In einer Stunde werde ich es den Mannschaften eröffnen. Es Ihnen zu sagen, fällt mir umso schwerer, als ich persönlich eigentlich froh darüber bin. Ich hatte gehofft, wir würden gemeinsam in den Kampf ziehen. Darauf haben wir uns schließlich vorbereitet. Und ich meine, wir hätten uns gut präsentiert. Allerdings wissen Sie genauso gut wie ich, dass wir im Grunde noch nicht fertig ausgebildet sind. In Frankreich stehen die Dinge ziemlich schlecht – schlechter, als den meisten von Ihnen klar ist. Dort werden voll ausgebildete Verstärkungen gebraucht, um einen entscheidenden Gegenangriff zu starten. Man hat daher beschlossen, ein Bataillon von altgedienten Halberdiers hinzuschicken, und zwar sofort. Wer uns führen wird, können Sie sich vermutlich denken. Der Brigadier ist zwei Tage lang in London gewesen und hat die entscheidenden Stellen überredet, ihm zu gestatten, eine Stufe hinabzusteigen und selbst ein Bataillon zu befehligen. Ich bin stolz darauf zu sagen, dass er mich gebeten hat, gleichfalls einen Rang zurückzutreten und als Stellvertretender Bataillonskommandeur zu ihm zu stoßen. Wir nehmen die meisten Berufsoffiziere und anderen altgedienten Soldaten mit. Diejenigen von Ihnen, die zurückbleiben, wollen selbstverständlich wissen, was aus ihnen werden soll. So leid es mir tut, aber diese Frage kann ich Ihnen im Augenblick nicht beantworten. Selbstverständlich sind Sie sich darüber im Klaren, dass Sie enorm geschwächt sein werden, insbesondere, was die Unteroffiziere angeht. Des Weiteren werden

Sie verstehen, dass die Brigade keine Sondereinheit mehr sein wird. Sie können aber sicher sein, dass der Captain-Commandant alles in seiner Macht Stehende tun wird, um dafür zu sorgen, dass Sie weiterhin als Halberdier-Einheit gelten und nicht allzu viel herumgeschoben werden. Aber in einer Zeit nationaler Gefahr kann man nicht einmal auf so etwas wie Korpstradition Rücksicht nehmen. Ich hoffe, dass wir eines Tages alle wieder zusammenkommen werden. Aber rechnen Sie nicht damit, und seien Sie nicht bitter, wenn Sie feststellen, dass man Sie anderswo zugeteilt hat. Stellen Sie umso mehr Ihren Halberdier-Geist unter Beweis, wo Sie auch sind. Ihre Pflicht gilt jetzt wie immer vor allem Ihren Leuten. Lassen Sie nicht zu, dass ihre Kampfmoral sinkt. Sorgen Sie dafür, dass Fußball gespielt wird. Organisieren Sie Konzerte und Gemeinschaftsabende. Sämtliche Ränge haben bis auf Weiteres Ausgangssperre und bleiben im Lager.«

Niedergeschlagen verließen sie das Zelt und traten hinaus in den strahlenden Sonnenschein.

Apthorpes Kommentar war: »Das liegt an den kleinen Rädchen im großen Räderwerk, altes Haus. Das haben wir nur diesen Meldern zu verdanken.«

Später trat das Bataillon zum Appell an. Colonel (mittlerweile wieder Major) Tickeridge hielt mehr oder weniger die gleiche Ansprache wie vor den Offizieren, doch gelang es diesem einfachen Mann, bei der versammelten Mannschaft einen etwas anderen Eindruck hervorzurufen. Bald würden sie alle wieder zusammentreffen, schien er zu sagen: Das Expeditionsbataillon sei nur eine Vorauseinheit. Wenn es darum ging, den Feind endgültig zu schlagen, wären sie alle wieder vereint.

Unter diesen veränderten Verhältnissen bekam Guy endlich seine Kompanie.

Überall herrschte Chaos. Ständig hatten sie Befehl, auf weitere Befehle zu warten. Diejenigen Soldaten, die nach

Frankreich sollten, unterzogen sich beim Stabsarzt noch einer letzten Untersuchung. Altehrwürdige Gestalten kamen gleichsam aus ihrem Versteck gekrochen, wurden für dienstuntauglich erklärt und zurückgeschickt. Die frisch Einberufenen spielten Fußball und sangen unter der Leitung des Feldgeistlichen: *We'll hang out the washing on the Siegfried Line.*

Vermutlich damit es nicht zu Verwechslungen kam, wurden die beiden zurückbleibenden Bataillone X und Y genannt. Guy saß in dem Zelt, das zu den Unterkünften von Bataillon X gehörte, und seine rechte Hand war ein Sergeantmajor mit Senkfüßen. Den ganzen Nachmittag über wurden Bitten um Wochenendurlaub aus dringenden Familiengründen an ihn herangetragen, von Männern, die weder er noch sein beeinträchtigter Vertreter je zuvor gesehen hatten. »Meine Frau ist schwanger, Sir.« – »Mein Bruder hat zwei Tage Sonderurlaub, ehe es nach Frankreich geht, Sir.« – »Zu Hause gibt es Schwierigkeiten, Sir.« – »Meine Mutter ist evakuiert worden, Sir.«

»Wir wissen nichts von ihnen, Sir«, sagte der Sergeant Major. »Wenn Sie sich von einem breitschlagen lassen, kommen Sie nur in Teufels Küche.«

So schwer es ihm fiel – Guy schlug allen den Urlaub ab.

Zum ersten Mal lernte er jene militärische Situation kennen, die ›heilloses Durcheinander‹ genannt wird.

Erst nachdem zum Zapfenstreich geblasen worden war, kam für das neu gebildete Bataillon der Befehl zum Ausrücken.

Am nächsten Morgen in aller Herrgottsfrühe traten nach dem Wecken die Bataillone X und Y an, um das Bataillon der Altgedienten zu verabschieden. Dann wurde zum Frühstück gerufen, und sie verteilten sich. Zuletzt kam eine ganze Flotte von Bussen das Tal heraufgekrochen. Das Bataillon stieg ein. Der Rest der Brigade brachte, als sie davonfuhren, ein Hoch auf sie aus und kehrte dann in ein halbverlassenes Lager zurück; sie wussten nicht, was sie den ganzen Tag über anfangen sollten.

Das Chaos blieb, die Stimmung besserte sich nicht. Guys Kommandeur im Bataillon X war ein Major, den er nicht kannte. In dieser Zeit der Wunder wurde Apthorpe zum Stellvertretenden Kommandeur von Bataillon Y ernannt, und Sarum-Smith wurde sein Adjutant.

Vor ihnen gähnte das Wochenende.

Sonntagmorgens kam in Penkirk ein Priester aus der Stadt und las im Schloss die Messe. Auch an diesem Sonntagmorgen kam er trotz des allgemeinen heillosen Durcheinanders, und eine Dreiviertelstunde herrschte Frieden.

Als Guy zurückkam, wurde er gefragt: »Sie haben nicht zufällig irgendwelche Befehle vom Schloss mitgebracht?«

»Kein Wort. Alles schien totenstill.«

»Ich glaube fast, die haben uns völlig vergessen. Das Beste wäre, alle Mann auf einen längeren Urlaub zu schicken.«

Die Kompanieschreibstube wurde wie auch alle anderen Schreibstuben mit Urlaubsanträgen überschwemmt. Jenes Überbleibsel, das mangels einer besseren Bezeichnung immer noch ›Brigade-Hauptquartier‹ genannt wurde, wartete immer noch auf Befehle.

Überall tauchten Gerüchte auf: Sie sollten zurück in die Kaserne oder ins Depot; sie sollten auseinandergerissen und in Ausbildungslager der Infanterie geschickt werden; sie sollten zusammen mit einem Highland-Regiment eine neue Brigade bilden und zum Schutz von Hafenanlagen eingesetzt werden; sie sollten zu Flak-Einheiten umgebildet werden. Die Männer kickten Fußbälle herum und spielten Mundharmonika. Nicht zum ersten Mal jagte ihre ungeheure Geduld Guy einen heiligen Schrecken ein.

Halberdier Glass, dem es entgegen seiner Prognose gelungen war, bei Guy zu bleiben, trug ihm den ganzen Tag über immer wieder solche Gerüchte zu.

Endlich, spät am Abend, trafen neue Befehle ein.

Und die waren absurd.

In der Gegend von Penkirk werde eine feindliche Landung von Fallschirmjägern erwartet. Das erfordere eine allgemeine Ausgangssperre. In jedem Bataillon hatte eine Kompanie Gewehr bei Fuß zu stehen, um den Angriff zurückzuschlagen. Die Leute hatten in ihren Uniformen zu schlafen, das Gewehr mit gefüllten Magazinen neben sich; in der Abenddämmerung und im Morgengrauen sowie einmal mitten in der Nacht mussten sie antreten. Die Wachen wurden verdoppelt. Ein Trupp sollte unablässig die unmittelbare Umgebung des Lagers abkämmen. Andere Truppen mussten innerhalb eines Umkreises von fünf Meilen Tag und Nacht jeden Verkehr stoppen und die Personalausweise der Zivilisten kontrollieren. Sämtliche Offiziere hatten zu jeder Stunde geladene Revolver, Gasmasken, Stahlhelme und Geländekarten bei sich zu tragen.

»*Ich* habe diese Befehle nicht erhalten«, erklärte der unbekannte Major und lieferte damit zum ersten – ja überhaupt zum einzigen Mal einen Hinweis, wes Geistes Kind er war. »Ich lasse sie mir morgen früh mit dem Tee bringen. Wenn die Deutschen heute Nacht landen, haben sie von Bataillon X keinerlei Widerstand zu erwarten. Das, glaube ich, nennt man den ›Nelson-Trick‹!«

Der Montag ging mit der Verteidigung von Penkirk vorüber; zwei Viehtreiber wurden festgenommen. Da sie mit ausgeprägtem schottischem Akzent sprachen, gerieten sie in Verdacht, Deutsch miteinander geredet zu haben.

Es herrschte prachtvolles Fallschirmwetter. Der Sturm hatte sich völlig gelegt, und das Tal badete in frühsommerlichen Temperaturen. Montagnacht war Guys Kompanie mit der Sonderwache an der Reihe. Auf einem Hügel über dem Lager hatte er eine kleine Einheit postiert, die er gegen Mitternacht inspizierte. Später saß er mit den Männern, die dort biwakierten, zusammen und sah zu den Sternen hinauf. Das Bataillon mit den Kameraden war vermutlich schon in Frankreich, überlegte er; vielleicht kämpften sie bereits. Halberdier Glass wusste aus sicherer Quelle, dass sie in Boulogne seien. Plötzlich ertönte unten der Klang von Hörnern und Trillerpfeifen. Im Eiltempo kehrte der Zug ins Lager zurück, das plötzlich einem Ameisenhaufen glich. Apthorpe hatte deutlich gesehen, wie ein paar Felder weiter ein Fallschirm gelandet war. Sämtliche Patrouillen, Feldposten und diensthabende Kompanien traten in Aktion. Aufs Geratewohl wurden zwei, drei Runden abgefeuert.

»Als Erstes vergraben sie ihre Fallschirme«, sagte Apthorpe. »Halten Sie Ausschau nach frisch umgegrabenem Boden!«

Die ganze Nacht über trampelten sie jungen Weizen nieder; dann wurden sie abgelöst. Aus einem Lager in der Nachbarschaft waren inzwischen etliche Busladungen von Soldaten mit Kilts eingetroffen. Das waren erfahrene Männer, die Apthorpes Aussagen höchst skeptisch gegenüberstanden. Ein empörter Bauer verbrachte den größten Teil des Vormittags im Schloss, um sich über den angerichteten Schaden zu beklagen.

Am Mittwoch traf ein Befehl zum Abrücken ein. Die Bataillone X und Y sollten sich fertig machen, in zwei Stunden gehe es los. Am späten Abend trafen wieder Busse ein. ›Nicht verzehrte Teile der Tagesration‹ sollten sie nicht behindern. Halberdier Glass berichtete, auch der halbe Stab werde verlegt.

»Nach Island«, sagte er. »Dorthin sollen wir. Ich hab's direkt aus dem Schloss.«

Guy fragte seinen Kommandeur, wohin sie kämen.

»In die Nähe von Aldershot. Was uns dort erwartet, weiß ich nicht. Was meinen Sie dazu?«

»Nicht viel.«

»Auf jeden Fall klingt es nicht nach einer typischen Halberdier-Garnison, oder? Für meine Begriffe hört sich das nach einem Ausbildungslager der Infanterie an. Aber ich nehme an, darunter können Sie sich auch nicht viel vorstellen, oder?«

»Nicht sonderlich viel.«

»Für meine Begriffe ist das die Hölle auf Erden. Sie und Ihre Kameraden müssen sich verdammt verschaukelt vorkommen. Sie sind bei den Halberdiers gewesen! Und jetzt steckt man Sie vermutlich in irgendeine namenlose Infanterieeinheit. Aber Sie sind nur sechs Monate bei uns gewesen. Sehen Sie mich an! Der liebe Himmel mag wissen, wann ich wieder zurückkomme zum Korps – und dabei ist das mein ganzes Leben. Alle, mit denen ich einst eingetreten bin, sind jetzt in Boulogne. Wissen Sie, warum ich hier zurückbleiben muss? Eine negative Beurteilung – in meinem zweiten Jahr als Unteroffizier. Das ist die Army, wie sie leibt und lebt. Eine einzige schlechte Beurteilung verfolgt Sie Ihr Leben lang!«

»Dann stimmt es also, dass das Bataillon in Boulogne ist, Sir?«, fragte Guy, der nicht noch weiter ins Vertrauen gezogen werden wollte.

»Sicher. Nach allem, was ich höre, sind sie in grauenhafte Kämpfe verwickelt.«

Sie wurden nach Edinburgh gefahren und in einen Zug ohne Beleuchtung verfrachtet. Guy teilte ein Abteil mit einem jungen Lieutenant, den er kaum kannte. Fast auf der Stelle übermannte ihn nach den Aufregungen der letzten Tage die Müdigkeit. Er schlief lange und tief und erwachte erst, als ein neuer strahlender Tag durch die Ritzen der Verdunkelung hereinkroch. Er schob das Rollo hoch. Sie standen immer noch auf dem Bahnhof von Edinburgh.

Es gab kein Wasser im Zug, und die Türen waren verschlossen. Trotzdem tauchte Halberdier Glass geheimnisvollerweise mit einer Flasche Rasierwasser und einer Tasse Tee auf. Er nahm Guys Koppel und fing an, es draußen auf dem Gang auf Hochglanz zu bringen. Endlich setzte sich der Zug in Bewegung, und sie rollten langsam gen Süden. In Crewe hatte der Zug eine Stunde Aufenthalt. Kleine Männer mit Armbinden und Listen in der Hand gingen die Bahnsteige auf und ab. Dann bekam jedes Abteil eine Kanne mit warmem Kakao, ein paar Büchsen Rindfleisch und einige Pakete mit geschnittenem Brot.

Die Fahrt ging weiter. Guy hörte trotz des Rollens der Räder Mundharmonikaspiel und Gesinge. Er hatte nichts zu lesen. Der junge Offizier ihm gegenüber pfiff, wenn er wach war, doch die meiste Zeit schlief er. Wieder ein Aufenthalt. Noch eine Nacht. Noch ein Morgengrauen. Jetzt rollten sie durch ein Gebiet mit roten Backsteinhäusern und sorgsam gepflegten kleinen Gärten. Ein roter Londoner Omnibus rollte vorüber.

»Das hier ist Woking«, sagte sein Kamerad.

Bald hielt der Zug.

»Brookwood«, sagte der junge Lieutenant, der sich hier offenbar auskannte.

Auf dem Bahnsteig stand ein Offizier der Bahnpolizei mit Listen in der Hand. Der Kommandeur von Bataillon X, der geradezu nach Anonymität roch, kam den Bahnsteig herunter, linste durch jedes der beschlagenen Fenster und suchte seine Offiziere zusammen.

»Crouchback«, sagte er. »Wir steigen hier aus. Bitte auf dem Bahnhofsgelände kompanieweise antreten. Einen Zug abkommandieren, um Verpflegung zu besorgen. Stellen Sie die Vollzähligkeit fest und inspizieren Sie Ihre Leute. Selbstverständlich können sie sich nicht rasieren, aber sorgen Sie dafür, dass sie ansonsten anständig aussehen. Bis zum Lager müssen wir zwei Meilen marschieren.«

Irgendwie mauserten sich die verlotterten, halbverschlafenen Gestalten wieder zu Halberdiers. Keiner schien abhandengekommen. Jeder hatte sein Gewehr. Die Kleidersäcke wurden herausgeworfen.

Bataillon X marschierte als Erstes ab. Guy war an der Spitze seiner Kompanie und folgte der vorangehenden Kompanie durch Vorortstraßen und die köstliche Morgenluft. Endlich gelangten sie an ein großes Tor, und der vertraute Geruch von Kanonenöfen stieg ihnen in die Nase. Wie der Kompaniechef vor ihm ließ auch er seine Leute strammstehen und hörte das Kommando: »Die Augen – links!« Er kam an die Reihe. Er gab gleichfalls das Kommando, grüßte und sah einen Halberdier, der mit aufgepflanztem Bajonett vorm Tor Wache stand. Er gab das Kommando: »Kompanie C – Augen, gerade-*aus*!«

Etwa hundert marschierende Männer weiter vorne hörte er das Kommando:

»Kompanie C – Augen rechts!«

Was denn jetzt schon wieder?, dachte er.

»Kompanie C – Augen rechts!«

Er drehte den Kopf nach rechts und starrte geradewegs in ein einzelnes, funkelndes Auge.

Ritchie-Hook!

Jemand war abgestellt worden, das Bataillon auf den Exerzierplatz zu führen. Sie bildeten kompanieweise Marschkolonnen. Gewehre bei Fuß, rührt euch! Brigadier Ritchie-Hook stand neben dem Major.

»Ich freue mich, Sie alle wiederzusehen!«, rief er mit dröhnender Stimme. »Wahrscheinlich möchten Sie frühstücken, aber erst mal wird sich gesäubert. Sie alle bleiben im Lager. In zwei Stunden brechen wir nach Frankreich auf.«

Der Major grüßte stramm, machte eine Kehrtwendung, um

sich dem Bataillon zu stellen, das er erst seit so kurzer Zeit befehligte.

»Fürs Erste ist das hier unser Bataillonsquartier. Ich nehme allerdings an, nicht für lange. Man wird Ihnen zeigen, wo Sie sich waschen können. Bataillon, stillgestanden! Schultert das Gewehr! Offiziere, vortreten!«

Guy trat aus dem Glied heraus, grüßte und verließ den Exerzierplatz. Das Bataillon wurde entlassen. Er hörte, wie die Sergeants alle möglichen Befehle gaben. Er war wie benommen. Dem Major mit dem blauen Fleck erging es nicht anders.

»Was bedeutet das alles, Sir?«

»Ich weiß nur, was der Brigadier gesagt hat, als wir einmarschierten. Offenbar wird die alte Brigade wieder aufgestellt. Tagelang hat er sich im Kriegsministerium dafür eingesetzt, dass die Brigade erhalten bleibt. Und wie gewöhnlich hat er gewonnen. Mehr gibt es nicht zu sagen.«

»Bedeutet das denn, dass es in Frankreich jetzt besser steht?«

»Nein. Dort ist es mittlerweile so viel schlimmer, dass sich der Brigadier nolens volens damit abfinden muss, uns als voll ausgebildete und einsatzbereite Truppe zu akzeptieren.«

»Dann meinen Sie, dass wir auch nach Frankreich kommen?«

»Ich an Ihrer Stelle würde mich da nicht zu früh freuen. Das andere Bataillon war schon an Bord und musste wieder aussteigen. Ich spür's in den Knochen, dass es wohl noch dauern wird, bis wir nach Frankreich kommen. Da ist nämlich eine ganze Menge passiert, während wir in Schottland Fallschirmjäger gejagt haben. Unter anderem haben die Deutschen offenbar gestern Boulogne eingenommen.«

IV

Apthorpe Immolatus

I

Neun Wochen lang nichts als ein ›heilloses Durcheinander‹ – abwechselnd Chaos und Ordnung.

Die Halberdiers waren weit vom Kampf entfernt – aus den Augen, aus dem Sinn. Aber sehr empfindliche Nerven spannten sich von der Front bis zu ihnen, wo die alliierten Streitkräfte auseinanderfielen, jeder neue Schock machte sich selbst in den äußersten Extremitäten noch schmerzhaft bemerkbar. Das Chaos wurde von außen hereingetragen, durch unvermittelte, unverständliche Befehle, die dann irgendwann wieder zurückgenommen wurden. Die Ordnung wuchs von innen heraus, während Kompanien, Bataillone und Brigaden sich auf die neue, unvorhersehbare Aufgabe vorbereiteten. Sie waren in jenen Wochen so sehr damit beschäftigt, sich erst einmal ein Zuhause zu schaffen, Dinge auszubessern, sich neu zu formieren und zu improvisieren, dass der große Sturm, der die Welt erschütterte, nahezu unbemerkt über sie hinwegging, bis das Herunterbrechen eines Astes die verborgenen Wurzeln des Baumes wieder erzittern ließ.

Zunächst hieß die Aufgabe Calais. Diesmal wurde aus ihrem Ziel kein Geheimnis gemacht. Karten dieser *terra incognita* wurden ausgegeben, und so studierte Guy die Namen der Straßen und der Zufahrtswege sowie der Umgebung einer Stadt, durch die er ungezählte Male hindurchgekommen war – wobei er sich jedes Mal in der Gare Maritime zum Aperitif niederließ und vom Fenster des Speisewagens aus müßig die vorübergleitenden Dächer der Stadt betrachtet hatte. Die windige Stadt von Mary Tudor und Beau Brummell sowie der *Bürger* von Rodin. Die am häufigsten von Reisenden betretene und doch unbekannte Stadt auf dem europäischen Kontinent. Dort sollte er vielleicht sein Leben lassen. Für das Studium der Karten und um sich Gedanken zu machen, blieb nur nachts Zeit. Die Tage vergingen in unablässiger, emsiger Geschäftigkeit. Bei der Verlegung von Penkirk hierher war viel verlorengegangen, zum Beispiel Panzerabwehrwaffen und Zielscheiben – Sachen, mit denen kein Mensch etwas anfangen oder sie verbergen konnte; zu den Dingen, die abgeschrieben werden mussten, gehörte auch Hayter, der zu einem Fortbildungskursus zur Air Liaison geschickt worden war und sich nie wieder bei den Halberdiers blicken ließ. Auch eine ganze Reihe Berufsoffiziere war frontdienstuntauglich geschrieben worden, sie kehrten in die Kaserne oder ins Ausbildungsdepot zurück. So kam es, dass Guy zwar wieder im Zweiten Bataillon war, aber trotzdem Kompaniechef blieb.

Mit einer ›Übernahme‹ unter normalen Bedingungen hatte das Ganze nichts zu tun. Als Ritchie-Hook davon gesprochen hatte, dass die Brigade binnen zwei Stunden bereit zu sein hätte, war er wahrhaftig übers Ziel hinausgeschossen. Erst nach zwei Tagen konnte die Einheit ihre Routinepflichten in diesem Gebiet übernehmen. Diese erwiesen sich als ziemlich anstrengend, denn genauso wie in Penkirk erwartete man auch in Aldershot stündlich die Landung von Fallschirmjägern. Fast die ganze Zeit über herrschte erhöhte Alarmbereitschaft. Dabei mussten erst die Leute wieder zusammengetrommelt werden. Desertiert war keiner, aber die meisten wussten nicht, wohin sie gehörten.

»Sie wissen nicht, zu welchem Bataillon Sie gehören?«

»Zuerst war es das eine, dann das andere, Sir.«

»Nun, welches denn zuerst?«

»Das kann ich nicht sagen, Sir.«

»Wissen Sie denn, unter wessen Befehl es stand?«

»Aber klar doch: Company Sergeant Major Rawkes.«

Doch nur die wenigsten der neuen Rekruten kannten die Namen ihrer Offiziere.

Als sie angekommen waren, hatte Rawkes gesagt: »Ich bin Company Sergeant Major Rawkes. Prägen Sie sich gut ein, wie ich aussehe, damit Sie mich wiedererkennen. Ich bin hier, um Ihnen zu helfen, solange Sie sich richtig benehmen. Oder falls nicht, Ihnen das Leben zur Hölle zu machen. Sie haben die Wahl.«

Daran erinnerten sie sich. Rawkes hatte die Urlaubsliste aufgestellt und die Aufgaben verteilt. Leute, die noch nicht im Kampf gewesen waren, konnten Offiziere so schwer unterscheiden wie Chinesen. Nur ganz wenige, ob nun neue Rekruten oder Berufssoldaten, hatten irgendwelche Beziehungen, die über ihre Kompanie hinausgingen. Sie kannten des ›Earl of Essex' Honourable Company of Free Halberdiers‹ und waren stolz darauf, ›Copper Heels‹ und ›Applejacks‹ genannt zu werden. Doch die Brigade war etwas, von dessen verzwicktem Aufbau sie kaum eine Ahnung hatten. Sie begriffen nicht, woher die Angriffe kamen; sie saßen auf dem allerletzten Waggon eines Zuges, der endlos herumrangiert wurde. Auf dem Kontinent ging ein Königreich verloren, und irgendwo in heimatlichen Gefilden stellte ein Halberdier fest, dass eine Urlaubssperre über ihn verhängt wurde und er das Material für eine neuerliche Verlegung bereitzumachen hatte.

Guy hatte in seiner Kompanie D keinen Stellvertreter und keinen Zugführer, dafür standen ihm Sergeant Major Rawkes und Quartermaster Sergeant Yorke zur Seite, beide ältere und erfahrene Männer, die vor allem durch nichts aus der Ruhe zu bringen waren. Bei zehn Mann wussten sie nicht, wo sie eigentlich hingehörten; einer war verlorengegangen.

»Machen Sie nur weiter, Sergeant Major!« – »Machen Sie nur weiter, Colour Sergeant!« Und sie machten weiter.

Guy schwirrte der Kopf, gleichzeitig fühlte er sich auch geborgen, als wäre er das Opfer eines Verkehrsunfalls, das in einem Bett döst, aber kaum weiß, wie es dorthin gekommen ist. Anstelle von Medikamenten und Weintrauben brachte man ihm in regelmäßigen Abständen irgendwelche Papiere, die unterschrieben werden mussten. Ein großer Zeigefinger mit einem Nagel, so kräftig wie der eines großen Zehs, deutete auf eine Stelle, wo er seine Unterschrift hinsetzen sollte. Er kam sich vor wie ein minderjähriger König, der im Schatten eines von aller Welt geachteten Staatsoberhaupts lebte. Und kam sich wie ein Betrüger vor, als er schließlich am Mittag des zweiten Tages meldete, Kompanie D sei vollständig und alles in Ordnung.

»Gute Arbeit, Onkel«, sagte Colonel Tickeridge. »Sie sind der Erste, von dem ich diese Meldung erhalte.«

»Eigentlich haben meine beiden Sergeants die ganze Arbeit geleistet, Sir.«

»Das versteht sich doch von selbst. Das brauchen Sie mir nicht zu sagen. Wenn aber was schiefgeht, müssen Sie alles auf Ihre Kappe nehmen, ob es nun Ihre Schuld ist oder nicht. Nehmen Sie daher gelegentlichen Balsam im selben Geiste hin.«

Zunächst hatte Guy Hemmungen, den beiden Zugführern, die noch vor wenigen Tagen seine Kameraden gewesen waren, Befehle zu erteilen. Doch diese nahmen sie völlig korrekt entgegen. Nur, wenn er fragte: »Noch irgendwelche Fragen?«, sagte de Souza bisweilen in quengeligem Ton: »Ich verstehe den *Sinn* der Befehle nicht ganz. Wonach suchen wir denn eigentlich, wenn wir Zivilautos anhalten und die Leute nach ihren Personalausweisen fragen?«

»Nach Angehörigen der Fünften Kolonne, nehme ich an.«

»Ja, meinen Sie etwa, die hätten keine Personalausweise? Die musste man sich doch voriges Jahr holen! Ich habe versucht, meinen abzulehnen, doch der Polizeibeamte hat ihn mir praktisch aufgedrängt.«

Oder: »Könnten Sie mir vielleicht erklären, warum wir sowohl eine Feldwache und noch zusätzlich einen Fallschirmjäger-Abwehr-Zug brauchen? Ich meine, wenn ich Fallschirmjäger wäre und sähe, dass die ganze Heide unter mir brennt, dann würde ich verdammt noch mal woanders abspringen.«

»Verflucht, ich habe mir diese Befehle doch nicht ausgedacht – ich gebe sie bloß weiter.«

»Weiß ich ja. Ich wollte nur mal wissen, ob Sie irgendeinen Sinn darin sehen. Ich jedenfalls nicht.«

Ob jedoch Befehle für de Souza einen Sinn ergaben oder nicht – man konnte sich darauf verlassen, dass er sie ausführte. Ja, es schien ihm geradezu ein diebisches Vergnügen zu bereiten, etwas, das er für unsinnig hielt, buchstabengetreu auszuführen. Der andere Offizier hingegen, Jervis, musste ständig kontrolliert werden.

Die Sonne brannte vom Himmel und ließ das Gras verdorren, bis der Boden glatt war wie eine Tanzfläche und im umliegenden Gebüsch kleine Feuer ausbrachen. Der normale Dienst wurde wieder aufgenommen. Am vierten Abend, nachdem Guy das Kommando übernommen hatte, marschierte er mit seiner Kompanie bei Einbruch der Dunkelheit ins Übungsgelände hinaus, wo man alles völlig unpassend mit fiktiven Ortsnamen in Erinnerungen an einen längst verstorbenen Forschungsreisenden aus Zentralafrika benannt hatte – »dem Herzen von Apthorpe-Land«, wie de Souza es ausdrückte. Sie übten ›Kompanie im Angriff‹, verbissen sich ineinander, entwirrten sich mühevoll wieder und biwakierten unter dem Sternenhimmel. Es war eine laue Nacht, und es duftete nach trockenem Stechginster. Guy machte bei den Wachtposten die Runde und lag dann lange wach. Die Morgendämmerung kam rasch und hüllte vorübergehend selbst diese trostlose Landschaft in einen Mantel der Schönheit. Sie traten an und marschierten zurück ins Lager. Nach dieser schlaflosen Nacht fühlte Guy sich etwas benommen und marschierte neben de Souza an der Spitze seiner Einheit. Hinter ihnen erklangen die Lieder: *Roll out the barrel* und *There are rats, rats, rats as big as cats in the quartermaster's store* sowie *We'll hang out the washing on the Siegfried line.*

»Irgendwie passt das nicht mehr so ganz«, sagte Guy.

»Wissen Sie, woran mich das immer erinnert, Onkel? An ein Bild aus dem vorigen Krieg, das ich in irgendeiner Kunstausstellung gesehen habe: Stacheldraht, über dem ein Gefallener hängt – wie eine Vogelscheuche. Kein besonders gutes Bild. Von wem, weiß ich nicht mehr. War jemand, der ein zweiter Goya sein wollte.«

»Ich glaube nicht, dass die Leute es wirklich mögen. Sie hören es bei Konzerten der Truppenbetreuung und haben es sich einfach angeeignet. Ich nehme aber an, wenn der Krieg länger dauert, kommen auch ein paar gute Lieder auf, wie letztes Mal.«

»Das wage ich zu bezweifeln«, erklärte de Souza. »Wahrscheinlich gibt's irgendwo im Propagandaministerium eine Abteilung für Kriegsmusik. Den Liedern aus dem Ersten Weltkrieg fehlt es deutlich an den Eigenschaften, die die Kampfesmoral heben, wie man heute so schön sagt. *We're here because we're here, because we're here, because we're here* und *Take me back to dear old Blighty* oder *Nobody knows how bored we are and nobody seems to care.* Mit so was wäre man heutzutage an höherer Stelle bestimmt nicht einverstanden. Dieser Krieg hat im Dunkeln angefangen und wird im Schweigen enden.«

»Sagen Sie das eigentlich alles nur, um mich zu deprimieren, Frank?«

»Nein, Onkel, bloß um mich selbst ein bisschen aufzuheitern.«

Als sie das Lager erreichten, deutete alles auf eine neuerliche Ausweitung des ›heillosen Durcheinanders‹.

»Bitte melden Sie sich sofort im Ordonnanzraum, Sir.«

Als Guy eintrat, packten der Bataillonsschreiber und Sarum-Smith gerade die Akten zusammen. Der telefonierende Adjutant bedeutete ihm durch Handzeichen, zu Colonel Tickeridge hinüberzugehen.

»Was zum Teufel denken Sie sich dabei, Ihre Leute zu einer Nachtübung zu führen, ohne Verbindung mit dem Hauptquartier zu halten? Sind Sie sich darüber im Klaren, dass die gesamte Brigade hätte aufbrechen können und Sie das Lager bei Ihrer Rückkehr leer gefunden hätten, wenn das Einsatzkommando nicht wieder alles durcheinandergebracht hätte? Und es wäre Ihnen ganz recht geschehen. Wissen Sie denn nicht, dass alle Ausbildungsvorhaben mit detaillierten Kartenangaben an den Adjutanten geschickt werden müssen?«

Genau das hatte Guy getan. Sanders war nicht da gewesen, er hatte die Unterlagen Sarum-Smith gegeben. Er sagte nichts.

»Nichts zu sagen?«

»Tut mir leid, Sir.«

»Dann sorgen Sie jetzt dafür, dass Kompanie D Punkt zwölf abmarschbereit ist.«

»Jawohl, Sir. Dürfen wir wissen, wohin es geht?«

»Wir schiffen bei Pembroke Dock ein.«

»Um nach Calais überzusetzen, Sir?«

»Das ist ungefähr die dümmste Frage, die ich jemals gehört habe. Hören Sie denn nicht mal Nachrichten?«

»Weder gestern Abend noch heute Morgen, Sir.«

»Calais haben wir aufgegeben. Jetzt aber zurück zu Ihrer Kompanie, und machen Sie den Leuten Beine.«

»Jawohl, Sir.«

Als er zu seinen Leuten zurückkehrte, fiel ihm ein, dass Tony Box-Benders Regiment in Calais gestanden hatte, als er zuletzt von ihm gehört hatte.

2

Zwei Wochen lang bekam die Halberdier-Brigade überhaupt keine Post. Als Guy endlich Neuigkeiten von Tony bekam, geschah das durch zwei Briefe von seinem Vater, die dieser im Abstand von zehn Tagen geschrieben hatte.

Marine Hotel, Matchet, 2. Juni

Mein lieber Guy.

Ich weiß nicht, wo Du bist, und nehme an, dass Du es mir nicht sagen darfst, doch hoffe ich, dass dieser Brief Dich erreicht, wo immer Du bist – und Dich wissen lässt, dass Du immer in meinen Gedanken bist und ich Deiner im Gebet gedenke.

Vielleicht hast Du gehört, dass Tony in Calais war und keiner von seiner Einheit zurückgekommen ist. Er gilt als vermisst. Angela ist fest entschlossen zu glauben, dass er in Kriegsgefangenschaft geraten ist. Doch ich meine, Du und ich, wir kennen ihn und sein Regiment gut genug, als dass wir uns je vorstellen könnten, sie hätten sich ergeben.

Er war immer ein guter und glücklicher Junge, und ich könnte mir keinen besseren Tod für irgendeinen Menschen vorstellen, den ich liebe. Das ist der bona mors, *um den wir beten.*

Wenn Du diesen Brief erhältst, dann schreibe bitte gleich an Angela.
Dein Dich liebender Vater,
G. Crouchback

Marine Hotel, Matchet, 12. Juni

Mein lieber Guy.
Ich weiß, dass Du mir geschrieben hättest, wenn es Dir möglich gewesen wäre.
Hast Du das Neueste von Tony gehört? Er ist in Kriegsgefangenschaft geraten, und Angela ist heilfroh, dass er überhaupt noch am Leben ist. Was den Jungen betrifft, so ist es Gottes Wille, aber wirklich glücklich kann ich darüber nicht sein. Alles deutet auf einen langen Krieg hin – auf einen längeren womöglich als den vorigen. Es ist eine furchtbare Erfahrung für jemanden in Tonys Alter, jahrelang zum Nichtstun verurteilt und von seiner Familie abgeschnitten zu sein – so vielen Versuchungen ausgesetzt.
Es ist nicht die Schuld seiner Einheit, dass sie sich ergeben haben. Sie erhielten den Befehl dazu von höherer Stelle.
Nun, jetzt ist unser Land ganz auf sich allein gestellt, und ich finde, das ist gut für uns. Ein Engländer ist immer dann am besten, wenn er mit dem Rücken zur Wand steht; wir haben in der Vergangenheit nur allzu oft Streit mit unseren Verbündeten gehabt, und ich glaube, das war unsere eigene Schuld.
Und letzten Dienstag war Ivos Todestag; Du kannst Dir vorstellen, wie sehr er in meinen Gedanken gegenwärtig war.
Ganz unnütz bin ich noch nicht. Eine Grundschule (katholisch) ist von der Ostküste hierher verlegt worden. Vielleicht habe ich Dir davon erzählt. Der reizende Direktor und seine Frau haben während des Umzugs hier gewohnt. Sie leiden

sehr unter Lehrermangel und haben mich zu meiner größten Verwunderung und Freude gefragt, ob ich nicht eine Klasse übernehmen könnte. Die Jungen sind sehr gut, und ich bekomme sogar ein Gehalt! Was mir ganz gelegen kommt, denn sie haben die Preise im Hotel erhöht. Es war sehr interessant, mein eingerostetes Griechisch wieder aufzupolieren.
Dein Dich liebender Vater
G. Crouchback

Beide Briefe trafen an dem Tag ein, als die Deutschen in Paris einmarschierten. Guy und seine Kompanie waren mittlerweile in einem Hotel in einem Seebad in Cornwall einquartiert worden.

Seit sie Aldershot vor achtzehn Tagen verlassen hatten, war sehr viel geschehen. Für diejenigen, die den Lauf der Ereignisse verfolgten und sich Gedanken über die Zukunft machten, schienen die Grundfesten der Welt zu erzittern. Für die Halberdiers bedeutete es eine Unannehmlichkeit nach der anderen. Am Morgen ihrer Abfahrt kam vom Bezirkskommando eine dringende Anweisung, die Mannschaften auf schlechte Nachrichten vorzubereiten. Allein dass sie nach Wales verlegt wurden, war schon schlimm genug. Sie schifften sich auf drei bunt zusammengewürfelten Handelsschiffen ein und spannten ihre Hängematten in den dämmerigen Laderäumen auf. Es gab nur Schiffszwieback. Während der warmen Nacht lagen sie an Deck herum, wo sie gerade ein Plätzchen fanden. Die Schiffe fuhren mit voller Kraft voraus, und jeder Kontakt mit dem Land war verboten.

Colonel Tickeridge sagte: »Ich hab keine Ahnung, wohin es geht. Ich habe mich mit einem Stabsoffizier unterhalten, und der schien überrascht, dass wir überhaupt hier sind.«

Am nächsten Morgen gingen sie wieder von Bord und

sahen, wie die drei Schiffe leer davondampften. Die Brigade wurde aufgeteilt, und die verschiedenen Bataillone nahmen in den benachbarten Marktflecken Quartier, in Geschäften und Lagerhäusern, die seit der Weltwirtschaftskrise vor neun Jahren leer standen. Die Einheiten und Untereinheiten fingen an, sich häuslich einzurichten, Dienst zu tun und Cricket zu spielen.

Dann nahm die Brigade abermals am Hafen Aufstellung, schiffte sich auf denselben, jetzt noch schäbiger aussehenden Schiffen ein, denn inzwischen hatten sie eine völlig auseinandergebrochene Armee von Dünkirchen aus über den Kanal geschafft. Auf einem hatte sich eine holländische Geschützmannschaft ohne Geschütz versteckt, denen es irgendwo in Dünkirchen gelungen sein musste, sich an Bord zu schmuggeln. In England schien niemand Verwendung für sie zu haben. So waren sie an Bord geblieben: traurig, schwerfällig und sehr höflich.

Die Schiffe erinnerten an ein Elendsviertel. Guy hatte alle Hände voll zu tun, seine Ausrüstung und seine Leute zusammenzuhalten. Jede Kompanie ging jeweils für eine Stunde an Land, um Sport zu treiben. Den Rest des Tages hockten sie auf ihren Kleidersäcken herum. Von irgendwo weit her erschien ein Stabsoffizier und brachte eine Proklamation, die sämtlichen Mannschaften verlesen werden musste; darin hieß es, die britische Air Force sei in Dünkirchen nicht untätig gewesen; alles andere sei Feindpropaganda. Wenn man keine britischen Flugzeuge gesehen hätte, dann nur deshalb, weil sie damit beschäftigt gewesen seien, die Nachschublinien des Feindes zu stören. Die Halberdiers interessierten sich mehr für das Gerücht, eine deutsche Armee sei in der irischen Grafschaft Limerick gelandet, und ihre Aufgabe sei es, sie von dort wieder zu vertreiben.

»Sollten wir diesem Gerücht nicht entgegentreten, Sir?«

»Nein«, sagte Colonel Tickeridge. »Es stimmt ja. Nicht, dass die Deutschen bereits dort sind. Aber unser Auftrag lautet, ihnen dort entgegenzutreten, falls sie landen.«

»Nur wir allein?«

»Nur wir allein«, sagte Colonel Tickeridge. »Ich wüsste jedenfalls von niemandem sonst – bis auf unsere holländischen Freunde natürlich.«

Die Befehle lauteten, innerhalb von zwei Stunden abfahrbereit zu sein. Nach zwei Tagen wurden die Befehle etwas gelockert, damit die Mannschaften in kleineren Gruppen Gelegenheit hatten, an Land Sport zu treiben und sich zu entspannen. Allerdings mussten sie stets in Sichtweite der Schiffsmasten bleiben, an denen Flaggen hochgezogen würden, um sie zurückzurufen, falls der Befehl zum Auslaufen kam.

Colonel Tickeridge hielt in der Messe eine Offiziersbesprechung ab und erklärte ihnen, was genau sie in Limerick zu tun hätten. Man erwartete, dass die Deutschen mit vollmotorisierten Einheiten und unter starker Unterstützung aus der Luft sowie einiger Hilfe von den Iren landen würden. Die Halberdier-Brigade sollte sie so lange aufhalten wie möglich. »Und was dieses ›so lange wie möglich‹ bedeutet«, sagte Colonel Tickeridge, »darüber können Sie genauso rätseln wie ich.«

Mit einer Karte von Limerick unterm Arm und diesen bedrückenden Informationen im Kopf kehrte Guy zu seinen Leuten zurück.

»Sir, Halberdier Shanks bittet um Urlaub«, sagte Rawkes.

»Aber er muss doch wissen, dass es keinen Zweck hat.«

»Eine dringende Familienangelegenheit, Sir.«

»Worum geht's denn genau, Sergeant Major?«

»Das will er nicht sagen. Er besteht auf seinem Recht, den Kompaniechef unter vier Augen zu sprechen, Sir.«

»Na schön. Er ist ein guter Mann, nicht wahr?«

»Einer der besten, Sir. Das heißt, von den Rekruten.«

Halberdier Shanks wurde hereingeführt. Guy kannte ihn gut, ein stattlicher, fähiger und williger Mann.

»Nun, Shanks, worum geht's denn?«

»Bitte, Sir, es geht um das Turnier. Ich muss morgen Abend in Blackpool sein. Das habe ich versprochen. Mein Mädchen wird es mir niemals verzeihen, wenn ich nicht da bin.«

»Was für ein Turnier denn, Shanks?«

»Im langsamen Walzer, Sir. Wir haben jetzt drei Jahre lang trainiert. Vergangenes Jahr haben wir uns in Salford den ersten Preis geholt. Und in Blackpool werden wir das wieder schaffen, Sir, das weiß ich ganz genau. In zwei Tagen bin ich wieder zurück, Sir – Sie können sich drauf verlassen.«

»Shanks, sind Sie sich darüber im Klaren, dass Frankreich gefallen ist? Und dass die Wahrscheinlichkeit groß ist, dass die Deutschen auf den Britischen Inseln landen? Dass sämtliche Eisenbahnpläne auf den Inseln durcheinandergeraten sind wegen der Männer, die aus Dünkirchen gerettet werden konnten? Dass unsere Brigade innerhalb von zwei Stunden abmarsch- und einsatzbereit zu sein hat? Wissen Sie das?«

»Ja, das weiß ich, Sir.«

»Wie können Sie dann mit einem solchen Antrag zu mir kommen?«

»Aber Sir – wir haben drei Jahre lang trainiert. Und haben uns vergangenes Jahr in Salford den ersten Preis geholt. Ich kann doch jetzt nicht aufgeben, Sir.«

»Das Gesuch ist abgelehnt, Sergeant Major.«

Wie üblich hatte Colour Sergeant Major Rawkes in Sichtweite gewartet, falls derjenige, der um ein Gespräch unter vier Augen bat, versuchen sollte, seinem Vorgesetzten gegenüber tätlich zu werden. Jetzt übernahm er.

»Gesuch abgelehnt! Kehrtmachen! Im Laufschritt, marsch!«

Guy konnte sich nur fragen. War dies hier der ›Geist von Dünkirchen‹, von dem so viel die Rede war? Das musste er wohl sein, dachte er.

Die ›Tage im Bauch des Schiffes‹, wie de Souza sie nannte, waren zwar nicht sehr viele, doch sie bildeten einen eigenständigen Abschnitt in Guys Leben bei den Halberdiers; zum allerersten Mal ertrug er wirkliche Unbequemlichkeiten, scheußliches Essen, Verantwortung in der unangenehmsten Form, Klaustrophobie, und all das war sehr niederdrückend. Dennoch lastete auf ihm nicht das Gefühl einer nationalen Katastrophe. Das Steigen und Fallen der Gezeiten im Hafen, die größere oder kleinere Zahl derer, die täglich krank waren, die Männer, die zum Dienst an Deck oder an Land abkommandiert waren, die mehr oder minder spürbaren Anzeichen eines allgemeinen Stimmungsverfalls – damit hatte er sich jeden Tag herumzuschlagen. Sarum-Smith war zum ›Unterhaltungsoffizier‹ ernannt worden und organisierte ein Konzert, bei dem drei höhere Reserveoffiziere einen sonderbaren Mummenschanz aufführten, der bei den Halberdiers Tradition hatte und der, wie de Souza erklärte, entfernt an irgendein Volksbrauchtum erinnere. Dabei ging es um einen rituellen Dialog zwischen ›Trottel‹, ›Schwarzem Schaf‹ und ›Tunichtgut‹.

Er organisierte ein Streitgespräch über die Frage: ›Jeder Mann, der unter dreißig heiratet, ist ein Dummkopf‹, das sich zu einer Serie von Selbstdarstellungen auswuchs. »Ich kann nur sagen, dass mein Vater mit zweiundzwanzig geheiratet hat und ich nie eine glücklichere, harmonischere Familie oder eine bessere Mutter erlebt habe, als ich sie gehabt habe.«

Er organisierte Boxkämpfe.

Apthorpe wurde gebeten, einen Vortrag über Afrika zu

halten. Er entschied sich stattdessen für ein völlig unerwartetes Thema: »Die Jurisdiktion des schottischen Lyon King of Arms, also des Kron-Wappenherolds, verglichen mit der des Garter King of Arms, des höchsten englischen Waffenkönigs.«

»Aber Onkel, glauben Sie, das interessiert die Männer?«

»Vielleicht nicht alle. Aber diejenigen, die es interessiert, werden fasziniert sein.«

»Ich glaube, sie würden etwas über Elefanten oder Kannibalen bei weitem vorziehen.«

»Entweder oder, Sarum-Smith.«

Sarum-Smith sagte lieber nein.

Guy hielt einen Vortrag über die Kunst des Weinkelterns und hatte damit einen überraschenden Erfolg. Die Männer saugten jede Information über technische Themen nur so in sich auf.

Aber auch Leute, die nicht zum Bataillon gehörten, kamen zu Wort. Ein sonderbarer alter Captain, wie ein Kakadu in die schillernde Uniform eines irischen Kavallerieregiments gekleidet, das es längst nicht mehr gab, erklärte, er sei Geheimschrift-Fachmann, und hielt, worüber man sehr froh war, einen Vortrag über ›Das Leben bei Hofe in Sankt Petersburg‹.

Dunn und seine Leute tauchten wieder auf. Sie waren tatsächlich bis Frankreich gelangt und hatten, ohne ein einziges Mal ihr Eisenbahnabteil zu verlassen, eine von größten Unsicherheitsfaktoren bestimmte Fahrt hinter den zusammenbrechenden Frontlinien von Boulogne bis Bordeaux gemacht. Dieses Erlebnis, eine Fahrt unter Kanonendonner und einmal unter Beschuss, als ein fahriger englischer Flieger über sie hinwegdonnerte, trug merklich zu Dunns Selbstvertrauen bei. Sarum-Smith versuchte, ihn zu bewegen, einen Vortrag ›Was der Kampf einen lehrt‹ zu halten, doch Dunn erklärte, er habe die Fahrt damit zugebracht, unter dem Vorsitz des ranghöchsten Offiziers im Zug ein Ermittlungsverfahren abzuhalten, um den Fall des zerstückelten Stiefels zu ergründen. Man war zu dem Urteil gelangt, dass es sich um einen Akt vorsätzlicher Zerstörung gehandelt habe, doch da er jede Verbindung mit dem Offizier verloren habe, der das Verfahren geleitet hatte, sei er sich nicht sicher, wohin er das Untersuchungsergebnis schicken sollte. Er wälzte das *Handbuch der Militärgesetzgebung* und versuchte, sich zu einem Entschluss durchzuringen.

Eine unheimliche Kiste mit der für jedermann lesbaren Aufschrift ›Chemische Waffe (Offensiv)‹ wurde auf dem Quai abgestellt und blieb dort für alle sichtbar stehen.

Guy bekam einen Stellvertreter, einen nicht besonders hellen jungen Berufsoffizier namens Brent, sowie einen dritten Sergeant. So vergingen die Tage. Plötzlich wurden sie in Alarmbereitschaft versetzt und dann wiederum verlegt. Sie verließen das Schiff. Die holländischen Kanoniere winkten ihnen zum Abschied nach, als ihr Zug mit ihnen ins Unbekannte hineindampfte. Die Karten der Grafschaft Limerick wurden wieder eingesammelt. Zehn Stunden lang rollten sie quietschend dahin, hielten häufig auf irgendwelchen Rangiergleisen, und es kam zu vielen Wortgefechten mit Bahnbeamten. Es war Nacht, als sie den Zug verließen, eine prachtvolle, mondhelle, duftende Nacht; sie biwakierten in einem Wald in der Nähe eines Parks, in dem sämtliche Wege mit phosphoreszierendem Reisig schimmerten. Dann wurden sie in Busse verladen und entlang der rauschenden Küste verteilt. Dort erreichte Guy die Nachricht über seinen Neffen Tony.

Er hatte zwei Meilen Steilküste gegen die Invasion zu verteidigen. Als de Souza den Küstenabschnitt sah, den er mit seinem Zug verteidigen sollte, sagte er: »Aber Onkel, das ist doch hirnverbrannt! Die Deutschen sind geisteskrank, aber so blöd sind sie nun auch wieder nicht. Hier landen die doch bestimmt nicht!«

»Sie könnten aber Agenten an Land setzen. Oder vielleicht kommt eines ihrer Landungsfahrzeuge vom Kurs ab und treibt hier an.«

»Ich glaube, man hat uns hierhergesteckt, weil man davon ausgeht, dass wir für die in Frage kommenden Strände noch nicht genug ausgebildet sind.«

Nach zwei Tagen traf ein Inspekteur im Generalsrang mit Stabsoffizieren und einem schmollenden Ritchie-Hook ein, insgesamt waren es drei Kraftwagen. Guy zeigte ihnen seine Schützenlöcher, von denen aus man jeden Badeweg von und zum Strand im Auge hatte. Der General wandte sich um und starrte landeinwärts.

»Kein besonderes Schussfeld«, sagte er.

»Nein, Sir. Wir erwarten den Feind aber auch von der anderen Seite.«

»Verteidigen muss man sich nach allen Richtungen.«

»Meinen Sie nicht, dazu besteht hier ziemlich wenig Ursache?«, sagte Ritchie-Hook. »Sie kontrollieren einen Uferstreifen für ein ganzes Bataillon.«

»Fallschirmjäger«, sagte der General, »das sind die reinsten Teufel. Nun, denken Sie an mich. Die Stellungen sind bis zum letzten Mann und bis zum letzten Schuss zu halten.«

»Jawohl, Sir«, sagte Guy.

»Sind Ihre Leute sich darüber im Klaren?«

»Jawohl, Sir.«

»Und vergessen Sie eines nicht – sagen Sie nie: *falls* der Feind landet, sondern: *wenn* er landet. Er wird landen, und zwar hier, noch diesen Monat, kapiert?«

»Jawohl, Sir.«

»Na schön. Ich denke, wir haben alles gesehen.«

»Gestatten Sie, dass ich noch etwas sage?«, fragte ein junger Stabsoffizier.

»Nur zu, der Herr von der Abwehr.«

»Der Fünften Kolonne«, erklärte der Offizier des Geheimdienstes, »gilt unsere besondere Sorge. Sie wissen, was sie auf dem Kontinent angerichtet haben. Hier werden sie das Gleiche versuchen. Jeder sollte Ihnen verdächtig erscheinen – der Pfarrer, der Dorfkrämer, der Bauer, dessen Familie schon seit hundert Jahren hier ansässig ist, alle, bei denen Sie es am allerwenigsten für wahrscheinlich halten. Achten Sie darauf, ob nachts Signale gegeben werden – Licht- oder Funksignale. Und hier noch etwas, das nur für Ihre Ohren bestimmt ist! Das sollte unterhalb des Rangs des Zugkommandeurs nicht bekannt werden. Wir wissen zufälligerweise, dass die Telegraphenpfähle markiert worden sind, um die Invasionstruppe zusammenzuführen. Mit kleinen Metallzahlen. Ich habe sie selbst gesehen. Nehmen Sie sie ab, falls Sie auf welche stoßen, und melden Sie es beim Hauptquartier.«

»Sehr wohl, Sir.«

Die drei Kraftwagen brausten davon. Guy war gerade bei de Souzas Zug gewesen, als die ermutigenden abschließenden Worte gesprochen worden waren. Hier verlief die Straße hart am Rand der Steilküste. Brent und er gingen zu Fuß zur Position des nächsten Zugs. Auf dem Weg dorthin zählten sie ein Dutzend Telegraphenmasten, von denen jeder mit einer Metallnummer gekennzeichnet war.

»Alle Telegraphenmasten sind gekennzeichnet«, sagte Brent, »von der Post.«

»Sind Sie sicher?«

»Ganz sicher.«

Leute von der örtlichen Zivilverteidigung halfen, das Gelände nachts zu patrouillieren, und meldeten häufig Lichtsignale von Angehörigen der Fünften Kolonne. Eine Geschichte klang so glaubhaft, dass Guy eine Nacht zusammen mit Halberdier Glass bis an die Zähne bewaffnet im Sand einer kleinen Bucht zubrachte; dort sollte in der Dunkelheit häufig ein Boot anlegen. Der einzige Zwischenfall war ein einzelnes, grelles Aufblitzen, welches sekundenlang die gesamte Küste erhellte. Guy erinnerte sich hinterher, dass er in der Stille, die gleich darauf einsetzte, törichterweise sagte: »Da sind sie! Sie kommen!« Dann vernahm man aus der Ferne das dumpfe Grollen und Nachzittern einer Explosion.

»Eine Landmine«, erklärte Glass. »Vermutlich in Plymouth.«

Bei dieser Nachtwache dachte Guy häufig an Tony, der nun drei, vier, vielleicht sogar fünf Jahre seines jungen Lebens praktisch streichen musste, so wie er acht Jahre aus dem seinen hatte streichen müssen.

Eines Abends, als sich von der See her dichter Nebel herüberwälzte, kam die Meldung, der Feind greife mit Arsendämpfen an. Das stammte von Apthorpe, der vorübergehend im Hauptquartier Dienst hatte. Guy unternahm nichts. Eine Stunde später wurde der Alarm abgeblasen. Und zwar von Colonel Tickeridge, der wieder zurück auf seinem Posten war.

3

Wieder Rattern und Rumpeln, Prellbock an Prellbock den Zug entlang.

Die Brigade sammelte sich und bezog Zelte in Brook Park. Für den Lageraufbau war jetzt ›Streuung‹ die große Mode. Statt der schnurgerade ausgerichteten Zeltreihen, die Penkirk etwas von der Anmut viktorianischer Farbdrucke verliehen hatten, herrschte jetzt das zufällige Durcheinander von Zelten, die die Schatten einzelner Eichen im Park suchten oder sich zur Tarnung in das junge Gehölz hineinduckten. Besonders tabu war es, ausgefahrene Wege und Trampelpfade entstehen zu lassen. Sonderwachen wurden aufgestellt, die die Männer anschrien, wenn sie sich über den Rasen dem Hauptquartier näherten; sie wurden dazu angehalten, durch die Büsche zu kriechen.

Im Laufe der ersten beiden Tage in Brook Park mussten die Halberdiers kompanieweise antreten, und sie erhielten Tropenhelme und schlecht sitzende Khakiuniformen. Einige sahen darin wirklich lächerlich aus. Diese Uniformen wurden weggepackt und nie wieder erwähnt. Neugier erregten sie kaum. In den letzten Monaten waren die Halberdiers häufig und sinnlos von einer Stunde auf die andere verlegt worden, man hatte sie abwechselnd mit den verschiedensten Ausrüstungsgegenständen versehen und sie ihnen wieder abgenommen, so dass man sich, was den zukünftigen Zweck dieser Ausrüstungen betraf, nicht mehr in irgendwelchen Mutmaßungen erging.

»Ich nehme an, wir werden Somaliland zurückerobern« (das kurz zuvor Hals über Kopf aufgegeben worden war), sagte de Souza.

»Das gehört ganz einfach zur Grundausbildung eines Halberdiers«, sagte Brent.

Immerhin gab es einen Höhepunkt in der ganzen Zeit, den de Souza ›Leonards Schmachten‹ nannte.

Während der Verteidigung der Küsten Cornwalls hatten die Angehörigen des Zweiten Bataillons nur wenig voneinander zu sehen bekommen. Jetzt war man wieder beisammen, und Guy fand, dass sich mit Leonard eine traurige Verwandlung vollzog. Mrs. Leonard war mit ihrem Baby ganz in die Nähe gezogen, und er war hin- und hergerissen zwischen seiner Treue zum Korps und der Liebe zu seiner Frau. Inzwischen wurde auch eine beachtliche Anzahl an Bomben geworfen. Für Mitte September war die Landung der Deutschen mit einiger Sicherheit vorausgesagt. Als Leonard mit seiner Kompanie an die Küste verlegt wurde, reiste auch Mrs. Leonard an und mietete sich im Dorfgasthaus ein.

Sie bat Guy zum Abendessen und erklärte ihm, was sie von der ganzen Sache hielt.

»Für Sie ist das alles schön und gut«, sagte sie. »Sie sind ein alter Junggeselle. Sie würden sich vermutlich in Indien mit eingeborenen Dienern und allem, was Sie sich zu essen wünschen, recht wohl fühlen. Aber was soll aus mir werden, frage ich Sie?«

»Ich würde sagen, für Sie gibt es wenig Hoffnung, nach Indien zu gehen«, sagte Guy.

»Aber wozu dann dieser Tropenhelm, den Jim bekommen hat?«, fragte Mrs. Leonard. »So was trägt man doch in Indien, oder? Erzählen Sie mir nicht, man hat ihm den und die sechs Paar kurze Hosen gegeben, um es hier im Winter zu tragen.«

»Diese Dinge gehören nun einmal zur Grundausrüstung eines jeden Halberdiers«, sagte Guy.

»Das glauben Sie doch selbst nicht.«

»Nein«, erklärte Guy wahrheitsgemäß. »Offen gestanden nicht.«

»Na also!«, rief Mrs. Leonard triumphierend.

»Daisy will einfach nicht begreifen, womit eine Soldatenfrau sich nun mal abfinden muss«, sagte Leonard. Offenbar hatte er dieses Argument schon oft vorgebracht.

»Ich habe schließlich keinen Soldaten geheiratet«, sagte Mrs. Leonard. »Hätte ich gewusst, dass du Soldat werden würdest, hätte ich gleich einen von der Royal Air Force genommen. *Deren* Frauen haben nichts auszustehen, und was noch mehr zählt: Das sind die Leute, die den Krieg gewinnen. Das sagen sie doch jeden Tag im Radio, oder? Und im Übrigen geht es ja nicht nur um mich, wir haben ja auch noch ein Baby.«

»Ich glaube nicht, dass Sie im Fall einer Invasion erwarten dürfen, dass Jim abkommandiert wird, um Ihr Baby zu beschützen.«

»Immerhin wäre er aber in meiner Nähe und würde nicht baden, sich unter Palmen sonnen und Ukulele spielen.«

»Ich glaube auch nicht, dass das zu seinen Pflichten gehören würde, wenn wir wirklich nach Übersee kämen.«

»Ach, nun kommen Sie schon!«, sagte Mrs. Leonard. »Ich habe Sie um Hilfe gebeten. Sie stehen doch gut mit denen ganz oben.«

»Es gibt viele Männer mit Frauen, die kleine Babys haben.«

»Aber nicht *mein* Baby.«

»Daisy, du willst einfach keine Vernunft annehmen. Sorgen Sie doch mal dafür, Onkel.«

»Es ist doch nicht so, dass die ganze Army nach Übersee geht. Warum muss ausgerechnet Jim mit?«

»Ich nehme an, Sie könnten sich für den Kasernendienst bewerben«, sagte Guy zuletzt. »Es muss da doch eine ganze Menge Leute geben, die ganz versessen darauf sind mitzukommen.«

»Da können Sie Gift drauf nehmen«, sagte Mrs. Leonard. »Das ist doch nichts weiter als Evakuierung, wenn man euch Tausende von Meilen vom Krieg wegschickt, mit Trägern und Sahib und Jodhpur?«

Es war ein trauriges kleines Abendessen. Als Leonard zusammen mit Guy ins Lager zurückging, sagte er: »Wie mich das bedrückt! Ich kann Daisy in diesem Zustand einfach nicht alleinlassen. Stimmt es denn nicht, dass manche Frauen kurz nach der Geburt eines Kindes durchdrehen?«

»Davon habe ich auch schon gehört.«

»Vielleicht ist das bei Daisy so.«

Vorläufig wurden die Tropenhelme beiseitegelegt, man verbrachte lange, heiße Tage damit, Brook House von allen möglichen Seiten aus einzunehmen.

Ein paar Tage später traf Leonard Guy und sagte düster: »Ich bin heute Morgen zum Colonel gegangen und hab mit ihm geredet.«

»Ja.«

»Über das, was Daisy immer sagt.«

»Ja.«

»Er hatte sehr viel Verständnis dafür.«

»Er ist ein sehr verständnisvoller Mann.«

»Er wird vorschlagen, dass ich ins Ausbildungsdepot versetzt werde. Es wird wohl ein wenig dauern, meint er, aber das Gesuch wird wohl durchkommen.«

»Hoffentlich fällt Ihrer Frau da ein Stein vom Herzen.«

»Onkel, finden Sie nicht, dass ich mich ziemlich jämmerlich benehme?«

»Das geht mich nichts an.«

»Also ja! Na ja, ich finde es selbst ja auch.«

Aber er brauchte sich nicht lange damit zu plagen, wie sehr er sich seines Entschlusses wegen zu schämen hätte oder nicht. In dieser Nacht traf eine Vorankündigung ein, und alle wurden vor dem Einschiffen achtundvierzig Stunden auf Urlaub geschickt.

4

Guy fuhr für einen Tag nach Matchet. Die Schulen hatten Sommerferien. Er fand seinen Vater mit dem blassblau gebundenen Band *Xenophon* beschäftigt, er bereitete sich auf das nächste Schuljahr vor.

»Unbesehen kann ich kein Wort lesen«, sagte Mr. Crouchback fast frohlockend. »Ich wette, die kleinen Quälgeister kommen mir auf die Schliche. Das ist ihnen letztes Schuljahr immer wieder gelungen, aber sie haben es mich kaum merken lassen.«

Guy fuhr schon einen Tag früher zurück, um sicherzugehen, dass alle Vorbereitungen für seine Kompanie abgeschlossen waren. Als er in der Abenddämmerung durch das nahezu verlassene Lager ging, traf er den Brigadier.

»Crouchback«, er blinzelte ihn an. »Immer noch kein Captain?«

»Nein, Sir.«

»Aber immerhin haben Sie jetzt Ihre Kompanie.«

Sie gingen ein Stück gemeinsam.

»Sie haben das beste Kommando, das es gibt«, sagte der Brigadier. »Es geht nichts darüber, eine Kompanie im Kampf anzuführen. Das ist fast so gut, wie etwas auf eigene Faust zu unternehmen. Alles andere ist bloß Papierkram und Telefoniererei.« Unter den Bäumen im schwindenden Licht war er kaum zu erkennen. »Eine große Sache ist das nicht, was da auf uns zukommt. Wohin es geht, soll ich Ihnen eigentlich nicht sagen – drum tu ich's. Der Ort heißt Dakar. Habe selbst nie davon gehört, bis sie anfingen, mir hochgeheime Berichte zuzuschicken, in denen es vor allem um Erdnüsse geht. Eine französische Stadt in Westafrika. Vermutlich nichts weiter als Boulevards und Bordelle, so wie ich die französischen Kolonien kenne. Wir sind Verstärkung. Eigentlich noch schlimmer – Verstärkung für die Verstärkung. Vor uns kommt noch die Marineinfanterie hin, verdammt noch mal! Ist aber sowieso alles Quatsch. Bilden sich ein, sie könnten ohne Widerstand landen. Rundet aber immerhin die Ausbildung ab. Tut mir leid, dass ich es Ihnen erzählt habe. Wenn das rauskommt, werde ich vors Kriegsgericht gestellt. Und dafür werde ich langsam zu alt.«

Unvermittelt drehte er sich um und verschwand zwischen den Bäumen.

Am nächsten Morgen erhielten sie Befehl, sich in Richtung Liverpool in Bewegung zu setzen. Leonard blieb wegen ›schwebender Versetzung‹ bei der Nachhut zurück. Niemand außer Guy und dem Captain wusste, warum. Die meisten glaubten, er sei krank. Er hatte schon seit einiger Zeit wie ein Gespenst ausgesehen.

Guy empfand es keineswegs als Schande, dass Leonard in der Etappe zurückblieb. Während sich der Zug ruckartig Liverpool näherte, hatte er vielmehr den Eindruck, als wären sie es, die Leonard im Stich ließen. Ihr Ziel war nicht das von amerikanischen Filmen geprägte Honolulu-Algier-Quetta, wie es Mrs. Leonard im Kopf herumspukte, sondern eine warme, farbenprächtige, hübsch angelegte Stadt, fernab von Bomben und Gas, Hungersnot und drohender Besetzung durch den Feind; sehr fern von dem Konzentrationslager, zu dem ganz Europa plötzlich geworden war.

Chaos in Liverpool. Quais und Schiffe lagen in absoluter Dunkelheit. Nicht weit entfernt fielen Bomben. Mit der Verladung beauftragte Offiziere gingen mit abgeblendeten Taschenlampen Namenslisten durch. Guy und seine Kompanie erhielten erst Befehl, an Bord eines Schiffes zu gehen, mussten es dann wieder verlassen und standen eine ganze Stunde lang am Pier. Es wurde Entwarnung gegeben, hier und da schimmerten ein paar Lampen auf. Offiziere, die im unterirdischen Luftschutzbunker verschwunden waren, tauchten wieder auf und machten weiter. Im Morgengrauen stiegen sie endlich an Bord und fanden ihr richtiges Quartier. Guy sorgte dafür, dass alle untergebracht waren, und machte sich dann auf die Suche nach seiner Kabine.

Diese befand sich auf dem Erste-Klasse-Oberdeck des

Schiffes; nichts darin war verändert worden, seit sie in Friedenszeiten wohlhabende Touristen beherbergt hatte. Es handelte sich um ein gechartertes Schiff mit einer Handelsmarinebesatzung. Früh waren die Stewarts aus Goa in ihren frisch gebügelten weißen und roten Uniformen auf den Beinen. Schweigend gingen sie ihrer Arbeit nach, stellten in den Aufenthaltsräumen die Aschenbecher in Reih und Glied und zogen die Vorhänge auf, um das Tageslicht hereinzulassen. Sie ließen sich durch nichts aus der Ruhe bringen. Von U-Booten und Torpedos hatte ihnen kein Mensch erzählt.

Aber nicht alle bewahrten ihre Seelenruhe. Als Guy auf der Suche nach seiner Kabine um eine Ecke bog, stellte er fest, dass Halberdier Glass und ein Goanese von sehr vornehmem Aussehen einen kampflustigen Tanz miteinander aufführten, der sie immer wieder zu seiner Kabinentür hinein- und hinausführte. Der Steward aus Goa war ein dünner, älterer Mann mit einem prachtvollen weißen Bart, der über die ganze Breite seines tränenfeuchten, nussbraunen Gesichtes ging.

»Ich habe diesen schwarzen Halunken auf frischer Tat ertappt, Sir, wie er sich an Ihren Sachen zu schaffen gemacht hat.«

»Bitte Sir, ich bin der Stewart. Ich kenne diesen rüpelhaften Soldaten nicht.«

»Ist schon in Ordnung, Glass. Er tut doch nur seine Pflicht. Aber jetzt raus mit Ihnen beiden. Ich möchte mich hinlegen.«

»Sie werden doch wohl nicht zulassen, dass dieser Eingeborene Ihre Kabine durchschnüffelt, Sir?«

»Ich bin kein Eingeborener, Sir. Ich bin christlicher Portugiese. Christliche Mama, christlicher Papa, sechs christliche Kinder, Sir.«

Er nestelte an seiner gestärkten Uniformjacke herum und brachte ein goldenes Medaillon zum Vorschein, das durch das jahrelange Leben auf schlingernden, stampfenden Schiffen auf der unbehaarten Brust abgenutzt und dünn geworden war.

Unversehens ging Guys Herz für ihn auf. Das hier war ein Glaubensbruder. Alles in ihm drängte danach, ihm sein eigenes Medaillon zu zeigen – Gervases Souvenir aus Lourdes. Andere Männer hätten das gewiss getan, bessere Männer als er, die vielleicht ›Dito!‹ gerufen hätten, was dem schmollenden Halberdier ein herzhaftes Lachen entlockt und Frieden zwischen den beiden hergestellt hätte.

Doch Guy, der all dies eigentlich tun wollte, suchte in seiner Tasche nach ein paar Half-Crowns und sagte: »Hier! Lässt sich die Sache dadurch aus der Welt schaffen?«

»Oh ja, Sir, vielen Dank! Alles in Ordnung, Sir!«, womit der Goanese sich umdrehte, seines Weges ging und sich ein wenig freute – jedoch nicht als ein gleichwertiger Mitmensch, mit dem man sich ausgesöhnt hatte, sondern nur wie ein Bediensteter, der unerwartet ein viel zu hohes Trinkgeld bekommen hatte.

An diesem Morgen durften die Männer einmal richtig ausschlafen. Um elf ließ Guy seine Kompanie an Deck antreten. Ein ungewöhnlich reichhaltiges Frühstück – das normale Dritte-Klasse-Frühstück der Schifffahrtslinie – ließ alle Unannehmlichkeiten der Nacht vergessen. Sie waren guter Laune. Er übergab sie ihren Zugführern, damit Vorräte und Ausrüstung überprüft würden, und machte sich auf zu einem Erkundungsgang. Das Zweite Bataillon war besser gefahren als die anderen, die wie die Heringe auf dem neben ihnen liegenden Schiff zusammengedrängt waren. Sie hatten das Schiff für sich – bis auf das Brigade-Hauptquartier ein buntes Gemisch von Fremden, Verbindungsoffizieren des Freien Frankreichs, Kanonieren der Marineinfanterie, einem Sonderkommando der Navy, Feldgeistlichen, einem Fachmann für Tropenhygiene und andere. An der Tür eines kleinen Rauchsalons hing ein Schild mit der Aufschrift: PLANUNGSSTAB. ZUTRITT VER-BOTEN!

Weiter draußen auf dem Wasser konnte man die riesigen, unförmigen und farblosen Umrisse eines Flugzeugträgers erkennen. Jeder Kontakt mit dem Land war verboten. An den Gangways standen Wachen. Unten auf dem Pier patrouillierte die Militärpolizei. Doch das Ziel ihrer Expedition blieb nicht mehr lang geheim, denn gegen Mittag schwenkte ein Air-Force-Angehöriger sorglos ein Paket mit der Aufschrift: ›Geheim! Nur an Offiziere zu übergeben!‹, ging so achtlos damit um, dass es auseinanderfiel, als er sich seiner Barkasse näherte. Und so wirbelte eine leichte Brise Tausende von blauen, weißen und roten Blättern durch die Luft, auf denen der Slogan gedruckt war:

FRANÇAIS DE DAKAR!
Joignez-vous à nous pour délivrer la France!
GENERAL DE GAULLE

Niemand außer einem der Geistlichen, der noch nicht lange beim Militär war, erwartete ernsthaft, dass mit all diesen Vorbereitungen irgendetwas gewonnen wäre. Die Halberdiers hatte man in den vergangenen Wochen zu viel herumgestoßen, sie immer wieder aufgerüttelt, und dann waren sie immer wieder enttäuscht worden. Sie fanden sich mit den Befehlen, Gegenbefehlen und Pannen ab; dies gehörte längst zu ihrem normalen täglichen Leben. Landurlaub wurde bewilligt, dann wieder verboten; Briefzensur wurde verordnet, dann wieder aufgehoben; das Schiff legte ab, eine Ankertrosse verhedderte sich, woraufhin das Schiff wieder anlegte; die Vorräte wurden ein- und ausgeladen und in ›taktischer Reihenfolge‹ wieder eingeladen. Und dann, eines Nachmittags, legten sie ganz plötzlich doch ab. Die letzte Zeitung, die an Bord gelangte, berichtete von verstärkten Luftangriffen. De Souza nannte ihren Transport das ›Flüchtlingsschiff‹.

Keiner schien recht zu glauben, dass sie nicht doch wieder umkehren würden, doch sie dampften in den Atlantik hinaus, bis sie zum vereinbarten Sammelpunkt gelangten, wo der gesamte graue Umkreis des Wassers von Schiffen aller Art wimmelte, vom Flugzeugträger und dem Schlachtschiff Barham bis hinab zu einem kleinen Frachter namens Belgravia, von dem es hieß, er habe Champagner und Badesalze sowie andere Luxusartikel für die Garnison von Dakar an Bord. Dann änderte der gesamte Geleitzug seinen Kurs und fuhr gen Süden. Zerstörer flitzten um sie herum wie Schäferhunde, gelegentlich glitt ein Flugzeug im Tiefflug über sie dahin, und die mutige kleine Belgravia mühte sich schlingernd in ihrem Kielwasser ab, nicht zurückzubleiben.

Zweimal täglich übten sie, auf ›Gefechtsposten‹ zu gehen. Wo sie auch waren, immer und überall trugen sie ›Mae-West‹-Schwimmwesten. Doch entsprach die allgemeine Stimmung mehr und mehr der glatten See und den goanesischen Stewards, die auf den teppichbedeckten Gängen ihre melodischen Gongs ertönen ließen. Alles war friedlich, und als der Kreuzer Fiji, der ein oder zwei Meilen vorausfuhr, vor aller Augen torpediert wurde und die Marinekommandos mit ihren Unterwasserbomben aktiv wurden, störte das ihre Sonntagnachmittagsruhe kaum.

Dunn war mit seinen Meldern wieder an Bord, und zwar zusammen mit dem Brigade-Hauptquartier, doch Apthorpe übersah sie, ja, war sich ihrer Anwesenheit möglicherweise nicht einmal bewusst, so sehr war er in Gespräche mit dem Spezialisten für Tropenkrankheiten vertieft. Die Männer machten Gymnastik und boxten, lauschten Vorträgen über Dakar und General de Gaulle, die Malaria und die Notwendigkeit, sich von Eingeborenenfrauen fernzuhalten. Sie lagen auf dem Vorderdeck herum, und abends organisierten die Feldgeistlichen Konzerte für sie.

Nur Brigadier Ritchie-Hook war unglücklich. Seine Brigade spielte eine untergeordnete Rolle und war von anderen abhängig. Allgemein wurde angenommen, dass den Freien Französischen Streitkräften, den FFL, ein herzlicher Empfang durch die flaggengeschmückte Stadt zuteil werden würde. Höchstens vom Schlachtschiff Richelieu erwartete man sich einigen Widerstand. Damit würden jedoch die Royal Marines sowie eine unbekannte Einheit fertigwerden, die ›das Kommando‹ genannt wurde. Die Halberdiers würden möglicherweise nicht einmal an Land gehen; und wenn doch, dann höchstens, um ›aufzuräumen‹ und die Marineinfanteristen bei der Wache abzulösen. Von ›Zuschlagen‹ konnte keine Rede sein. In seiner Enttäuschung stritt der Brigadier sich mit dem Kapitän des Schiffes herum, der ihn zuletzt von der Brücke wies. Einsam tigerte er übers Deck, wobei er bisweilen eine Waffe mit sich herumtrug, die aussah wie ein Messer zum Heckenstutzen, die sich offenbar im letzten Krieg als sehr nützlich erwiesen hatte.

Zuletzt wurde die Hitze drückend, die Luft stand und war feucht. Es hing ein eigenartiger Geruch in der Luft, der bald als der von Erdnüssen identifiziert wurde. Von der nahen, jedoch unsichtbaren Küste wurde er herübergetragen. Dann ging die Nachricht um, sie hätten ihr Ziel erreicht. Die FFL, so hieß es, verhandelten mit ihren versklavten Landsleuten. Irgendwo im Dunst konnte man Gewehrfeuer hören. Daraufhin dampfte der Geleitzug aus dem Schussbereich ab, zog sich aber dichter zusammen. Barkassen fuhren zwischen den verschiedenen Schiffen hin und her. Auf dem Flaggschiff wurde eine Besprechung abgehalten, von der der Brigadier mit grinsendem Gesicht zurückkehrte. Er wandte sich an das Bataillon und sagte ihnen, dass sie morgen unerlaubt landen würden; dann begab er sich an Bord der Schiffe seiner anderen Bataillone und verkündete auch ihnen die aufregende Neuigkeit. Karten wurden ausgegeben. Die Offiziere waren die ganze Nacht über auf, studierten Strände und Gelände und unterhielten sich über die erste und die zweite Angriffswelle. In der Nacht fuhren die Schiffe näher an die Küste heran, und im Morgengrauen konnte man jenseits der dunstigen Wasserfläche eine afrikanische Küstenlinie erkennen. Das Bataillon stand gefechtsbereit an den Bombenabwurfbasen, die Taschen waren prall gefüllt mit Munition und Reserveverpflegung. Stunden vergingen. Vor ihnen ertönte schweres Geschützfeuer, und das Gerücht ging um, die Barham habe etwas abbekommen. Ein kleines Flugzeug der Unfreien Franzosen schoss mit dröhnendem Propeller aus den Wolken und ließ ganz in ihrer Nähe eine Bombe fallen. Der Brigadier war wieder auf der Brücke und offenbar in bestem Einvernehmen mit dem Kapitän. Wieder dampfte der Geleitzug außerhalb der Reichweite der Geschütze, und bei Sonnenuntergang wurde eine neue Besprechung abgehalten. Wutschnaubend kam der Brigadier zurück und rief seine Offiziere zusammen.

»Gentlemen, es ist alles abgeblasen worden. Wir warten hier nur noch auf die Bestätigung des Kriegsministeriums, dass wir uns zurückziehen sollen. Tut mir leid. Erklären Sie das Ihren Leuten und sagen Sie ihnen, sie sollen den Mut nicht sinken lassen.«

Zu diesem Befehl bestand wenig Anlass. Ganz überraschend bemächtigte sich eine ausgelassene Freude der Schiffsbesatzung. Jeder hatte doch ein wenig mehr Angst gehabt, als er angesichts des Landeangriffs gezeigt hatte. Die Soldaten der Mitteldecks und die Offiziere des Kasinos ›tanzten und tollten umher‹.

Kurz nach dem Abendessen wurde Guy in den kleinen Rauchsalon gerufen, an dessen Tür ›Zutritt verboten‹ stand.

Der Brigadier, der Captain und Colonel Tickeridge grinsten ihn mit fröhlichen und verschmitzten Gesichtern an. Der Brigadier sagte: »Wir werden uns ganz inoffiziell einen kleinen Spaß erlauben. Haben Sie Interesse mitzumachen?«

Die Frage kam für Guy so unerwartet, dass er gar nicht erst den Versuch machte zu erraten, worum es ging, sondern einfach sagte: »Jawohl, Sir.«

»Wir haben das Los zwischen den einzelnen Kompanien entscheiden lassen. Die Ihre hat gewonnen. Können Sie ein Dutzend gute Männer für einen Spähtrupp zusammenbringen?«

»Jawohl, Sir.«

»Und einen Offizier, der das Ganze leitet?«

»Könnte ich das selbst übernehmen, Sir?«, wandte er sich an Colonel Tickeridge.

»Jawohl. Und jetzt gehen Sie und sagen Sie den Männern, sie sollen sich in einer Stunde bereithalten. Sagen Sie ihnen, es handele sich um einen Sondereinsatz. Dann kommen Sie mit Ihrer Karte zurück und holen sich Ihren Einsatzbefehl.«

Als Guy zurückkehrte, fand er die Verschwörer in bester Laune.

»Ich habe eine kleine Meinungsverschiedenheit mit dem Einsatzleiter gehabt«, sagte Ritchie-Hook. »Die Informationen von den Geheimdiensten der Navy und der Army weisen gewisse Unterschiede hinsichtlich Strand A auf. Haben Sie Strand A?«

»Jawohl, Sir.«

»Dem letzten Plan zufolge wurde beschlossen, Strand A nicht zu berücksichtigen. Irgendein Idiot hat gemeldet, er sei mit Stolperdrähten überzogen und eigne sich nicht zur Landung. Ich hingegen bin der Meinung, dass er ganz und gar ungeschützt ist. Warum, will ich Ihnen jetzt nicht ausein-andersetzen. Aber Sie sehen ja selbst: Wenn wir an Strand A an Land gehen, können wir die Franzmänner umgehen und ihre Stellungen von hinten aufrollen. Sie hatten irgendwelche blöden Fotos und behaupteten, Drähte darauf erkennen zu können. Deswegen haben sie Schiss gekriegt. Ich konnte kei-nen Draht entdecken. Der Einsatzleiter sagte daraufhin ein paar sehr beleidigende Dinge von wegen, dass zwei Augen besser sähen als eines, das durch ein Stereoskop schaut. Die Diskussion wurde ein wenig hitzig. Die Operation ist abge-blasen worden, und jetzt stehen wir alle ein bisschen dämlich da. Mir geht es nur darum, dem Einsatzleiter die Richtigkeit meiner Überzeugung zu beweisen. Deshalb schicke ich einen Spähtrupp an Land, um das festzustellen.«

»Jawohl, Sir.«

»Na schön – das ist der Zweck des Unternehmens. Wenn Sie feststellen, dass der Strand doch befestigt ist oder man auf Sie schießt, kommen Sie so schnell wie möglich zurück, und wir verlieren kein weiteres Wort darüber. Ist der Strand jedoch, wovon ich fest überzeugt bin, frei, könnten Sie viel-leicht ein kleines Souvenir mitbringen, das ich dann dem Ein-satzleiter schicken möchte. Er ist ein äußerst misstrauischer Bursche. Irgendwas, wodurch er sich dumm vorkommt – eine Kokosnuss oder Ähnliches. Wir können zwar keines der Lan-dungsboote benutzen, aber unser Kapitän hier ist alles andere als ein Spielverderber und stellt uns eines seiner Beiboote zur Verfügung. Na schön, ich lege mich jetzt hin und erwarte, morgen früh Ihre Meldung zu hören. Die taktischen Einzel-heiten besprechen Sie mit Ihrem Kommandeur.«

Ritchie-Hook ließ sie allein. Der Kapitän erklärte ihnen die Lage des Beibootes und die Ausfallspforte.

»Noch irgendwelche Fragen?«, fragte Colonel Tickeridge.

»Nein, Sir«, sagte Guy. »Mir scheint alles klar zu sein.«

Zwei Stunden später nahm Guys Spähtrupp Aufstellung in jenem Laderaum, von dem aus sich die Ausfallspforte öffnete. Die Männer hatten Schuhe mit Gummisohlen, kurze Hosen und weite Hemden, weder Helme noch Gasmasken. Ihre gesamte Ausrüstung trugen sie am Gürtel. Jeder hatte ein paar Handgranaten und sein Gewehr, bis auf die beiden, die das leichte Maschinengewehr trugen, das an der ersten möglichen Stelle aufgebaut werden und bereit sein sollte, ihren Rückzug zu decken, falls sie auf Widerstand stießen. Alle hatten sie sich das Gesicht geschwärzt. Guy wies sie genau ein. Der Sergeant sollte das Beiboot als Erster betreten und es erst verlassen, wenn alle anderen an Land waren. Guy sollte als Erster an Land gehen, seine Leute neben ihm ausschwärmen. Guy hatte eine Taschenlampe, die mit rosa Seidenpapier abgeblendet war und die er ab und zu aufleuchten lassen wollte, um die Richtung anzugeben. Falls Drähte gespannt waren, dann oberhalb des Hochwasserstands. Sie hatten vor, weit genug ins Inland vorzurücken, um festzustellen, ob Drähte da waren oder nicht. Der Erste, der auf Draht stieß, sollte das augenblicklich melden. Dann wollten sie herausfinden, wie weit die Verdrahtung ging. Ein einziger Pfiff aus seiner Trillerpfeife bedeutete: Rückzug zum Boot … und so weiter.

»Vergessen Sie nicht«, schloss er, »wir machen bloß einen Erkundungsgang. Wir wollen nicht versuchen, Afrika zu erobern. Geschossen wird nur, wenn es gilt, unseren Rückzug zu decken.«

Schließlich hörten sie die Winsch über ihren Köpfen und wussten, dass ihr Boot zu Wasser gelassen wurde.

»Draußen ist eine Eisenleiter. Bis zum Wasser sind es etwa zwei Meter. Achten Sie darauf, dass der Mann vor Ihnen im Boot ist, ehe Sie hinuntersteigen. Alles klar?«

Sämtliche Lichter im Laderaum wurden gelöscht, ehe die Ausfallspforte von einem Matrosen geöffnet wurde. Ein etwas helleres Quadrat war zu sehen, und feuchte Meeresluft drang herein.

»Alles fertig unten?«

»Aye, aye, Sir.«

»Dann los, Sergeant!«

Einer nach dem anderen kletterten die Männer aus der Dunkelheit hinunter in die hellere Nacht. Guy folgte als Letzter und setzte sich an den Bug. Es war kaum Platz genug, sich hinzukauern. Guy erlag der klassischen Täuschung, dass ein Unbekannter unter ihnen sei. Mit lautem Ruck schloss sich die Ausfallspforte über ihnen. Eine Stimme über ihnen fragte: »Noch was für die *Lerche*?« Lerche – genau das richtige Wort, dachte Guy. Sie stießen ab. Unter großem Getöse, wie es ihnen schien, sprang der Motor an, und das Beiboot glitt sanft hinweg in Richtung Strand A.

Die Fahrt dauerte eine knappe Stunde, denn der Strand lag nördlich der Stadt; falls man ihn besetzt hätte, hätte man im Süden landen können. Ölgestank, Tropennacht, verkrampft zusammengeduckte Leiber, das unregelmäßige Aufklatschen des Bugs auf kleine Wellen. Schließlich sagte der Mann am Ruder: »Wir müssten jetzt da sein, Sir.«

Er drosselte den Motor. Die Küstenlinie war klar zu erkennen, sie lag ganz nahe vor ihnen. Die geübteren Augen der Matrosen suchten und fanden die breite Einfahrt zur Bucht. Daraufhin wurde der Motor ganz abgestellt. Lautlos ließen sie sich vom Motorenschub an Land treiben. Dann lief das Boot auf Sand. Die Hände auf dem Dollbord, stand Guy bereit. Er sprang über Bord und stand bis zur Brust in hohem, lauwarmem Wasser. Er ging direkt geradeaus, aus dem hüfthohen, kniehohen Wasser heraus, auf trockenen Sand. Ihn erfüllte das erhebendste Gefühl, das er jemals hatte: Zum ersten Mal stand er auf feindlichem Boden. Er knipste seine Taschenlampe an, um den anderen die Richtung anzuzeigen, und hörte hinter sich ein Plantschen; das Boot trieb wieder hinaus, und die letzten Männer mussten ein paar Züge schwimmen, ehe sie Boden unter den Füßen hatten. Er sah schattenhafte Gestalten neben sich auftauchen und sich links und rechts von ihm verteilen. Er gab zwei Lichtsignale: vorwärts, und sah, wie die beiden Soldaten mit dem leichten MG sich seitwärts schlugen, um eine günstige Position zu suchen und es aufzubauen. Der Spähtrupp arbeitete sich voran die sanfte Böschung hinauf. Zuerst harter, feuchter Sand, dann weicher, trockener Sand, zuletzt langes, hartes und scharfes Gras. Leise arbeiteten sie sich vorwärts. Unversehens ragten Palmen vor ihnen auf. Das Erste, wogegen er mit dem Fuß stieß, war eine heruntergefallene Kokosnuss. Er hob sie auf und reichte sie Halberdier Glass, der links neben ihm stand.

»Bringen Sie die zurück ins Boot und warten Sie dort auf uns!«, flüsterte er.

Halberdier Glass hatte zu Beginn dieser Mission Respekt und einen ungewohnten Eifer bewiesen.

»Wieso ich, Sir? Das ist eine Nuss! Zurück zum Boot?«

»Ja, reden Sie jetzt nicht lange; machen Sie schon!«

Da wusste er, dass es ihn überhaupt nicht mehr interessierte, ob Glass Respekt vor ihm hatte oder nicht.

Das Zweite, wogegen er stieß, war ein Draht, der locker zwischen zwei Palmstämmen gespannt war. Er gab drei Signale mit seiner Taschenlampe: »Vorsicht! Stolperdraht!«

Er hörte, wie die Leute links und rechts neben ihm stolperten und wie ihn im Flüsterton Meldungen erreichten: »Stolperdraht links!« – »Stolperdraht rechts!«

Mit einem schwachen Lichtstrahl vor sich tastete er mit Händen und Füßen weiter und entdeckte einen niedrig und ziemlich nachlässig gespannten dünnen Stolperdraht. Plötzlich fiel ihm eine dunkle Gestalt auf, die vier Schritt von ihm entfernt über den Draht hinweg vorwärtsstürmte.

»Halt, Mann! Bleiben Sie stehen!«, rief er.

Die Gestalt stürmte weiter, hatte den Draht überwunden und preschte jetzt geräuschvoll durch Sträucher, Gras und Dorngestrüpp.

»Zurück, Sie Wahnsinniger!«, rief Guy.

Der Mann war nicht mehr zu sehen, wohl aber zu hören. Guy blies auf seiner Trillerpfeife. Gehorsam machten seine Leute kehrt und liefen die Böschung hinunter zurück zum Strand. Guy blieb, wo er war, und wartete auf den Missetäter. Er hatte gehört, dass Leute, die Amok liefen, bisweilen durch die automatische Reaktion auf einen Befehl wieder zur Vernunft gekommen waren.

»Sie da vorne«, rief er laut, als wäre er auf dem Kasernenhof. »Ganze Abteilung, kehrt! Im Laufschritt, marsch marsch!«

Die einzige Antwort, die er, ganz aus der Nähe, links von sich vernahm, war eine Kampfansage: »Halte-là! Qui vive?« Dann die Explosion einer Handgranate. Auf einmal wurde von allen Seiten gefeuert, den gesamten Strand entlang. Natürlich nichts Überwältigendes, nur ein paar Kugeln, die zwischen den Palmen hindurchpfiffen. Sofort eröffnete sein eigenes MG das Feuer mit drei Explosionen, die erschreckend nah bei ihm einschlugen. Guy erschien es ziemlich wahrscheinlich, dass er hier getötet werden würde. Er sprach für sich die Worte, denen durch die Bezeichnung ›Buße‹ Würde verliehen wird. Worte, die ihm so vertraut waren, dass er sie im Traum aussprach, wenn er aus großer Höhe hinunterzufallen glaubte. Gleichzeitig dachte er jedoch auch: Was für eine sinnlose Art zu sterben.

Er rannte zurück zum Strand. Das Boot war da, zwei Mann, die im Wasser standen, hielten es fest. Was von ihrem Spähtrupp übrig war, stand in der Nähe.

»Einsteigen!«, befahl Guy.

Er selbst lief zu den MG-Schützen hinüber und rief sie zurück.

Weiter oben wurde von den Franzosen immer noch wild durcheinandergeschossen.

»Alle vollzählig da, Sir«, meldete der Sergeant.

»Nein, da oben läuft noch jemand von uns rum.«

»Nein, Sir, ich habe abgezählt. Wir sind vollzählig. Springen Sie rein, Sir. Wir machen besser, dass wir fortkommen, solange es noch geht.«

»Warten Sie noch einen Moment. Ich muss noch mal nachsehen.«

Der Maat, der das Kommando über das Boot hatte, sagte: »Mein Befehl lautet abzulegen, sobald die Operation beendet ist, oder früher, wenn ich der Meinung bin, dass das Boot großer Gefahr ausgesetzt ist.«

»Sie haben uns ja noch gar nicht gesehen. Sie schießen doch nur wild durcheinander. Geben Sie mir zwei Minuten.«

Guy wusste, dass sich Männer in der Aufregung ihres ersten Gefechts leicht etwas einbilden. Es wäre allzu praktisch, jetzt davon auszugehen, dass er sich die dunkle Gestalt, die da vor ihm verschwunden war, nur eingebildet hatte. Trotzdem lief er noch einmal den Strand hinauf und sah, wie der Vermisste auf ihn zukroch.

Zorn wallte in ihm auf, und seine ersten Worte waren: »Ich bringe Sie wegen dieser Sache vors Kriegsgericht!«, und dann: »Sind Sie verwundet?«

»Selbstverständlich«, sagte die kriechende Gestalt. »Helfen Sie mir!« Das war keine deutsche Küstenverteidigung mit Suchscheinwerfern und automatischen Waffen; trotzdem war offenbar Verstärkung geholt worden, und die Schüsse fielen dichter. In seiner Eile und seinem Zorn fiel Guy der sonderbare Ton des Mannes nicht auf. Er riss ihn hoch, er war nicht schwer, er wankte mit ihm zum Boot hinunter. Unter seinem freien Arm hielt der Mann etwas an sich gepresst. Erst, als man sie beide an Bord gehievt hatte und das Boot davonraste, kümmerte er sich wieder um den Verwundeten. Er knipste die Taschenlampe an, und ein einzelnes Auge blitzte ihn an.

»Strecken Sie mein Bein gerade«, sagte Brigadier Ritchie-Hook. »Und jemand soll mir sein Verbandszeug geben. Schlimm ist es nicht, aber es tut verdammt weh und blutet zu sehr. Und passen Sie auf die Kokosnuss auf!«

Dann wandte Ritchie-Hook sich seiner Wunde zu, aber erst, nachdem er Guy den tropfnassen, kraushaarigen Kopf eines Negers auf den Schoß gelegt hatte.

Und Guy war so erschöpft, dass er mit der Trophäe auf dem Schoß einschlief. Als sie das Schiff erreichten, schlief der gesamte Spähtrupp. Nur Ritchie-Hook stöhnte und fluchte manchmal in seinem Halb-Koma.

6

»Wünschen Sie Ihre Nuss jetzt zu essen oder später, Sir?« Halberdier Glass schaute neben Guys Bett auf ihn herab.

»Wie spät ist es?«

»Genau elf, Sir – wie Sie angeordnet haben.«

»Und wo sind wir?«

»Wir fahren, Sir, im Geleitzug, aber *nicht* in Richtung Heimat. Der Colonel möchte Sie sprechen, sobald Sie bereit sind.«

»Lassen Sie die Nuss hier. Die behalte ich als Andenken.«

Guy fühlte sich immer noch zerschlagen. Beim Rasieren rekapitulierte er noch einmal die Ereignisse der vergangenen Nacht.

Sehr erfrischt war er aufgewacht, als sie unter der hochragenden Schiffswand schwankten; den Negerkopf hielt er fest in beiden Händen.

»Wir haben einen Verwundeten an Bord. Können Sie ein Tau runterlassen, um ihn hochzuhieven?«

Oben dauerte es ziemlich lange, bis schließlich aus der geöffneten Ausfallspforte ein Scheinwerfer herunterleuchtete.

»Ich bin der Schiffsarzt. Würden Sie raufkommen und mir Platz machen?«

Guy kletterte hinauf in den Laderaum, der Arzt kletterte hinunter. Er und zwei Assistenten hatten eine besondere Vorrichtung für solche Fälle, eine Art Wiege, die hinuntergelassen wurde. Der Brigadier wurde darauf festgeschnallt und dann vorsichtig hochgezogen.

»Bringen Sie ihn gleich auf die Krankenstation und machen Sie ihn bereit. Noch jemand verwundet?«

»Das ist der Einzige.«

»Niemand hat mich darauf vorbereitet, dass es Verwundete geben könnte. Ein Glück, dass wir heute Morgen schon alles fertig hatten. Niemand hat mir gesagt, dass heute Nacht überhaupt etwas passieren könnte«, brummte der Arzt, als von den schwerbeladenen Assistenten nichts mehr zu sehen und zu hören war.

Die Männer kamen an Bord.

»Sie haben sich alle prachtvoll geschlagen«, sagte Guy. »Wegtreten jetzt. Wir reden morgen darüber. Vielen Dank, Matrosen! Gute Nacht.«

Er weckte Colonel Tickeridge, um Meldung zu erstatten.

»Erkundung erfolgreich. Eine Kokosnuss.« Mit diesen Worten stellte er den Negerkopf neben Colonel Tickeridges Aschenbecher auf den Bettrand.

Langsam kam Colonel Tickeridge zu sich.

»Um Gottes willen, was ist denn das?«

»Französische Kolonial-Infanterie, Sir. Keine Erkennungsmarke.«

»Um Himmels willen, nehmen Sie den weg! Darüber reden wir morgen früh. Alle wieder heil und gesund an Bord?«

»Meine Leute ja, Sir. Nur einen überzähligen Verletzten. Muss liegen, Sir. Man hat ihn ins Krankenlager gebracht.«

»Und was zum Teufel verstehen Sie unter ›überzählig‹?«

»Den Brigadier, Sir.«

»*Was?*«

Guy hatte angenommen, Colonel Tickeridge sei in das Geheimnis eingeweiht gewesen und habe selbst die Hand dabei im Spiel gehabt, um ihn zum Narren zu halten. Jetzt entspannte er sich ein wenig.

»Wussten Sie denn nicht, dass er mitwollte, Sir?«

»Selbstverständlich nicht.«

»Er muss sich im Laderaum versteckt haben und sich im Schutz der Dunkelheit unter die anderen gemischt haben, Sir. Mit geschwärztem Gesicht.«

»Der alte Teufel! Ist er schwer verletzt?«

»Am Bein.«

»Das hört sich nicht allzu schlimm an.« Colonel Tickeridge, der mittlerweile hellwach war, gluckste, doch dann wurde er ernst. »Wer weiß, was dabei noch herauskommt! Wir reden morgen darüber. Gehen Sie zu Bett!«

»Und was mache ich hiermit?«

»Den werfen Sie um Gottes willen über Bord.«

»Sehr wohl, Sir. Gute Nacht.«

Guy packte den Kopf fest bei den Haaren und ging den ungelüfteten Gang hinunter. Dabei begegnete ihm der goanesische Nachtsteward, dem er den Kopf hinhielt. Der Mann kreischte auf und rannte davon. Guy spürte, wie Übermut in ihm aufwallte. Apthorpes Kabine? Nein. Er versuchte, die Tür zum Kommandoraum zu öffnen. Sie war nicht verriegelt und unbewacht. Sämtliche Karten und vertraulichen Akten waren weggeschlossen. Er setzte den Kopf auf ein Fach mit der Aufschrift ›Eingehende Post‹, das dem Brigadier gehörte, spürte plötzlich, wie ihm die Müdigkeit in die Glieder schoss, und wandte sich seiner eigenen Kabine zu. Dort warf er sein blutbeflecktes Hemd auf den Boden, wusch sich die blutige Brust und die Hände und verfiel in einen tiefen Schlaf.

»Wie geht's dem Brigadier, Colonel?«, fragte Guy, als er sich im Ordonnanzraum meldete.

»Der ist quickfidel. Ist noch nicht lange vom Chloroform weg. Er fragt dauernd nach seiner Kokosnuss.«

»Die hab ich auf seinem Schreibtisch liegenlassen.«

»Dann bringen Sie sie ihm besser. Er möchte Sie sehen. Nach dem, was er erzählt, scheinen Sie das gestern Nacht recht gut gemacht zu haben. Es war eben Pech im Glück.« So hatte Guy sich die Glückwünsche nicht ganz vorgestellt. »Setzen Sie sich, Onkel – noch stehen Sie nicht unter Anklage.«

Schweigend saß Guy da, während Colonel Tickeridge auf dem Teppich hin und her ging.

»So eine Chance, auf sich aufmerksam zu machen, kriegt man nur ein- oder zweimal im Leben. Manche kriegen sie nie. Sie haben sie gestern gehabt und Ihre Sache tadellos gemacht. Es wäre nur recht und billig, wenn ich Sie jetzt für einen Orden vorschlagen würde. Stattdessen sitzen wir in einer verdammten Klemme. Ich hab keine Ahnung, welcher Teufel uns gestern Abend geritten hat. Wir können die Sache nicht mal mit Stillschweigen übergehen. Wäre nur das Bataillon beteiligt, hätten wir das versuchen können, aber das Schiff ist gesteckt voll mit allen möglichen Leuten, und so geht das einfach nicht. Wenn der Brigadier nicht Kugelfang gespielt hätte, hätten wir Sie verantwortlich machen können. ›Übereifriger junger Offizier … milder Verweis‹, Sie wissen

305

schon. Jetzt aber muss ein ärztlicher Bericht gemacht werden, und es kommt zu einer Untersuchung. In seinem Alter kann man sich so etwas einfach nicht mehr leisten und ungeschoren davonkommen. Hätte ich gewusst, was er vorhat, hätte ich nie mitgemacht. Zumindest bin ich heute Morgen dieser Meinung. Und auch der Kapitän des Schiffs steckt mit im Schlamassel! Und auch Sie kommen nicht gut weg. Selbstverständlich haben Sie nur Befehle ausgeführt. Was die rechtliche Seite betrifft, sind Sie aus dem Schneider. Trotzdem bleibt ein Makel zurück. Für den Rest Ihres Lebens wird jedes Mal, wenn Ihr Name fällt, irgendwer sagen: ›War das nicht der Kerl, der sich 1940 in Dakar diese Sache geleistet hat?‹ Nicht, dass Ihnen das groß schaden könnte. Schließlich werden Sie nicht Ihr Leben lang beim Korps bleiben, und dann wird Ihr Name nicht mehr fallen, nicht wahr? Kommen Sie, bringen wir dem Brigadier seinen Negerkopf!«

Sie fanden ihn auf der Krankenstation, allein in der Offiziersabteilung, seine frisch gereinigte Machete neben ihm.

»Es war kein sauberer Schlag«, sagte er. »Der dumme Kerl hat mich zuerst gesehen, und mir blieb nichts anderes übrig, als ihm eine Handgranate vor die Füße zu werfen, dann nach seinem Kopf zu suchen und den möglichst säuberlich vom Rumpf zu trennen. Nun, Crouchback, wie gefällt Ihnen das, einen Brigadier unter Ihrem Kommando zu haben?«

»Ich fand ihn höchst aufsässig, Sir.«

»Das Ganze war zwar ein Kinderspiel, aber für jemanden, der so was das erste Mal gemacht hat, haben Sie sich ganz gut geschlagen. Irre ich mich, oder habe ich gehört, wie Sie mir irgendwann mit dem Kriegsgericht gedroht haben?«

»Jawohl, Sir.«

»Das sollten Sie nie tun, Crouchback, vor allem im Feld nicht, es sei denn, Sie haben eine Gefangeneneskorte bereitstehen. Ich kannte mal einen vielversprechenden jungen

Offizier, der bloß wegen solcher Drohungen mit einer Lee-Enfield erschossen worden ist. Wo ist meine Kokosnuss?« Guy reichte ihm den eingewickelten Kopf. »Meine Herren – eine regelrechte Schönheit, finden Sie nicht? Sehen Sie sich mal diese prachtvollen weißen Zähne an! Hab noch nie bessere gesehen. Den kriegt der Einsatzleiter nicht! Da mache ich einen Schrumpfkopf draus und lege ihn in Spiritus ein. Hab ich gleich was zu tun, wenn ich hier flachliege.«

Nachdem sie hinausgegangen waren, fragte Guy: »Weiß er eigentlich von dem, was Sie mir erzählt haben, Colonel? Ich meine, dass er noch ordentlich Ärger kriegen wird?«

»Selbstverständlich weiß er das. Aber er hatte schon mehr Ärger am Hals als je sonst jemand in der Army.«

»Und Sie glauben, er kommt auch diesmal wieder damit durch?«

Colonel Tickeridge antwortete traurig und feierlich:

»Er ist kein Jungspund mehr. Einem *enfant terrible* oder einem Nationalhelden kann keiner was anhaben. Aber der Brigadier ist weder das eine noch das andere. Für ihn ist es das Ende – zumindest glaubt er das selbst, und er muss es schließlich wissen.«

Der Konvoi dampfte die Küste entlang und begann, sich dann aufzulösen. Erst drehte ein Schiff ab, dann ein anderes. Die Kriegsschiffe fuhren einem neuen Sammelpunkt entgegen – abgesehen von den Schiffen, die beschädigt worden waren und zu den Trockendocks von Simonstown hinuntertuckerten. Die FFL setzten ihre Befreiungsaktion andernorts fort, und die treue kleine Belgravia begleitete sie. Die beiden Schiffe mit der Brigade an Bord legten in einem Hafen unter britischer Regierung an. Seit dem nächtlichen Einsatz in Dakar hielt eine seltene Vorsicht jeden davon ab, Guy auszufragen. Alle wussten, dass etwas passiert war, was nicht ganz in Ordnung war, taten aber so, als seien sie nicht neugierig. Das war, wie er von seinem Sergeant erfuhr, im Kasino der Sergeants nicht anders als auf dem Deck der Mannschaften. Der Brigadier wurde an Land und in ein Lazarett gebracht. Die Brigade verfiel in die alte Routine und hielt sich einsatzbereit.

Drei Wochen später warteten sie immer noch auf Einsatzbefehle. Die Schiffe, die sie hergebracht hatten, waren wieder ausgelaufen, und sie waren immer noch im Lager an Land. Bis Westafrika war der Befehl der ›Streuung‹ noch nicht vorgedrungen. Die Zelte standen in Reih und Glied auf einer sandigen Ebene, einige Meilen außerhalb der Stadt, aber nur wenige Schritte vom Meer entfernt. Der Facharzt für Tropenkrankheiten war mit dem Flugzeug abgereist, und seine strengen und unangenehmen Sicherheitsvorkehrungen gerieten bald in Vergessenheit. Manche Offiziere bekamen Erlaubnis, im Inland ein paar Tage Urlaub zu machen, und Apthorpe war einer der Ersten, die von dieser Möglichkeit Gebrauch machten. In die Stadt durften weder Offiziere noch Mannschaften. Es hatte aber auch niemand Lust, dorthin zu gehen.

Aus England hörte man in den Radionachrichten fast ausschließlich von Bombenangriffen. Einige der Männer machten sich größte Sorgen. Die meisten trösteten sich mit einem Gerücht, das jeder Grundlage entbehrte, gleichwohl in der ganzen Welt kursierte: Die Deutschen hätten tatsächlich eine Landung versucht und seien zurückgeschlagen worden, der ganze Kanal sei voll von verkohlten Leichen von Deutschen. Die Männer traten zum Appell an, marschierten, badeten, bauten einen Schießstand und waren sich über ihre Zukunft völlig im Unklaren. Manche glaubten, sie sollten den Rest des Krieges hierbleiben, sich fit halten, die Moral hochhalten und auf dem neuen Schießstand üben. Andere erklärten, sie würden nach Libyen verlegt auf der anderen Seite des Kaps. Wieder andere vermuteten, ihr Auftrag wäre es, einer Besetzung der Azoren durch die Deutschen zuvorzukommen.

Nach drei Wochen landete ein Flugzeug, das Post mitbrachte. Die meisten Briefe waren abgeschickt worden, ehe das Expeditionskorps überhaupt in See gestochen war; aber es befand sich auch ein neuerer Postsack mit offiziellen Schreiben darunter. Leonard war immer noch Angehöriger des Zweiten Bataillons, seine Versetzung stand noch aus. Jetzt hieß es, er sei tot, bei einem Bombenangriff umgekommen, als er in South London auf Ausgang war. Außerdem befand sich eine Einberufung für Guy in der Post. Seine Anwesenheit bei einer Untersuchung der Vorkommnisse am Strand von Dakar sei erforderlich. Diese Untersuchung sollte in England stattfinden, sobald Ritchie-Hook transportfähig sei.

Zudem war ein neuer Brigadier mitgekommen. Am Tag seiner Ankunft bestellte er Guy zu sich. Es handelte sich um einen jüngeren, ziemlich korpulenten, von Natur aus jovialen Mann mit dickem Schnauzbart, dem unter den gegebenen Umständen ganz offensichtlich nicht sonderlich wohl in seiner Haut war. Guy hatte ihn noch nie zuvor gesehen, hätte ihn aber sofort als Halberdier erkannt, auch ohne einen Blick auf seine Korpsknöpfe.

»Sind Sie Captain Crouchback?«

»Lieutenant, Sir.«

»Ach, hier werden Sie als Captain geführt. Darum muss ich mich kümmern. Vielleicht ist Ihre Beförderung durchgekommen, nachdem Sie England verlassen haben. Aber das spielt jetzt auch keine Rolle mehr. Es handelte sich ja ohnehin nur um einen vorübergehend verliehenen Dienstgrad, solange Sie Kompaniechef waren. Ich fürchte, vorläufig muss ich Ihnen dieses Kommando entziehen.«

»Heißt das, ich stehe unter Arrest, Sir?«

»Guter Gott, nein! Zumindest nicht richtig. Ich will damit

nur sagen, es handelt sich nur um ein Ermittlungsverfahren, nicht um ein Kriegsgerichtsverfahren. Der Einsatzleiter hat wegen der ganzen Angelegenheit viel Wind gemacht, und die Navy war auch ziemlich verschnupft, aber die machen sowieso, was sie wollen. Ich persönlich meine, Sie sind aus dem Schneider – das aber ganz inoffiziell, bitte! Soweit ich die Sache durchschaue, haben Sie ja nur Ihre Befehle ausgeführt. Sie gehören vorläufig hier zu meinem Stab und werden mit allgemeinen Aufgaben betraut. Wir werden dafür sorgen, dass Sie wegkommen, sobald Ben – der Brigadier, meine ich – transportfähig ist. Ich versuche, dafür zu sorgen, dass ein Flugboot bereitgestellt wird. Halten Sie sich einfach zur Verfügung, bis Sie gebraucht werden.«

Guy hielt sich zur Verfügung. Er war Captain gewesen, ohne es zu wissen, und jetzt war er wieder schlichter Lieutenant.

»Das bedeutet immerhin sechs oder sieben Pfund mehr Sold«, sagte der Staff Captain. »Das dürfte bald klargehen. Wenn Sie aber knapp bei Kasse sind, würde ich es auf meine Kappe nehmen, sie Ihnen jetzt schon auszuzahlen.«

»Vielen Dank«, sagte Guy. »Aber ich komme schon zurecht.«

»Viele Möglichkeiten zum Geldausgeben haben Sie hier ja ohnehin nicht. Sie können sich drauf verlassen, dass Sie die Nachzahlung irgendwo und irgendwann bekommen. Soldzahlungen erfolgen genauso zuverlässig wie Rückzahlungen bei der Einkommensteuer.«

Das Bataillon wollte ihm ein ›Abschiedsessen‹ geben, doch Tickeridge unterband das.

»In ein, zwei Tagen gehören Sie sowieso wieder zu uns«, erklärte er.

»Wirklich?«, fragte Guy, als sie allein waren.

»Nun, eine Wette würde ich nicht darauf abschließen.«

In der Zwischenzeit erhielten sie von und über Apthorpe eine Reihe verwirrender Nachrichten.

Meldungen aus dem Landesinneren, die telefonisch von einem eingeborenen Telefonisten, der kaum lesen und schreiben konnte, an den anderen weitergegeben wurden. Die erste lautete: *Captain Apthorpe ser Leid zurück. Ersucht Urlaubsverlängerung.*

Zwei Tage später erhielten sie eine lange und völlig unverständliche Nachricht an den Oberstabsarzt mit der Bitte um eine Anzahl von Medikamenten. Danach traf die Bitte ein, der Facharzt für Tropenmedizin (der bereits vor einiger Zeit abgeflogen war) möge sofort zu ihm kommen. Dann Schweigen. Zuletzt, ein oder zwei Tage vor dem Eintreffen der Post, erschien Apthorpe selbst.

Er lag in eine Hängematte eingewickelt, die von zwei Trägern an einem Pfahl getragen wurde, und sah aus wie ein Holzschnitt aus einem Buch über Afrikaforscher. Die Träger setzten ihn auf der Treppe zum Krankenhaus ab und stritten augenblicklich mit ihm über das ›Taschengeld‹, wobei sie sehr laut in Mende redeten und Apthorpe mit schwacher Stimme in Suaheli. Unter Protest wurde er hineingetragen: »Sie verstehen mich ganz genau. Sie tun nur so, als ob sie's nicht verstehen. Suaheli spricht man in ganz Afrika.«

Tagelang blieben die Träger da wie die Aasgeier, stritten um ihr ›Taschengeld‹ und staunten über das bunte ›großstädtische‹ Leben, das an ihnen vorüberzog.

Alle im Offizierskasino der Brigade waren sehr freundlich zu Guy, sogar Dunn, der froh war über die Gesellschaft von jemandem, der in noch größeren Schwierigkeiten steckte als er.

»Erzählen Sie doch mal, altes Haus! Stimmt es, dass Sie losgezogen sind und auf eigene Faust einen Kampf vom Zaun gebrochen haben?«

»Ich darf nicht darüber reden. Die Angelegenheit ist *sub judice*.«

»Genau wie die Geschichte mit dem Stiefel. Haben Sie schon das Neueste gehört? Dieser wahnsinnige Apthorpe hat sich im Lazarett verkrochen und glaubt, dort ist er sicher. Ich bin fest überzeugt, er simuliert nur.«

»Das glaube ich nicht. Er sah ziemlich krank aus, als er von seinem Urlaub im Landesinneren zurückkam.«

»Aber er ist doch an dieses Klima gewöhnt! Und wir schnappen ihn uns, sobald er aus dem Krankenhaus raus ist. Ich würde sagen, der steckt schlimmer in der Patsche als Sie.«

Apthorpes Name weckte zarte Erinnerungen an Guys erste Tage in der Kaserne. Er holte sich vom Brigademajor die Erlaubnis, Apthorpe zu besuchen.

»Nehmen Sie nur das Auto, Onkel.« Alle wollten besonders nett zu ihm sein. »Und bringen Sie ihm eine Flasche Whisky mit. Das regle ich mit dem Kasinovorstand.« (Hier in Afrika stand ihnen nur eine Flasche im Monat zu.)

»Aber ist das denn im Krankenhaus erlaubt?«

»Nein, durchaus nicht, Onkel. Das Risiko müssen Sie schon eingehen. Aber das tut jeder. Es lohnt sich doch gar nicht, jemanden im Krankenhaus zu besuchen, ohne eine Flasche mitzubringen. Aber sagen Sie bitte nicht, dass ich Ihnen das gesagt habe. Wenn Sie erwischt werden, tragen Sie selbst die Verantwortung.«

Guy fuhr die Lateritstraße hinauf, vorüber an syrischen Geschäften und an den Geiern, und ihm fiel nichts weiter auf als die gemächlich dahinschlendernden Eingeborenen, die ihm den Weg versperrten; später sollten ein paar gedruckte Seiten die Szene vor seinen Augen erstehen lassen und sich ihm für immer ins Gedächtnis einprägen. Acht Jahre später sollten die Leute zu ihm sagen: »Sie waren doch während des

Krieges da. Ist es wirklich so gewesen?« Woraufhin er zu antworten pflegte: »Ja. So *muss* es gewesen sein.«

Außerhalb der Stadt führte eine steile Straße zu dem breit angelegten, schmutzigweißen Krankenhaus hinauf, wo es kein Radio gab, das die Patienten nervös machte, keine Geschäftigkeit; Fächer schwangen hin und her, die Fenster waren geschlossen, die Vorhänge gegen die Sonnenhitze geschlossen.

Er fand Apthorpe allein in seinem Zimmer, im Bett neben dem Fenster. Als Guy eintrat, lag er da und starrte, die Hände leer auf der Bettdecke, den weißen Vorhang an. Aber gleich fing er an, sich eine Pfeife zu stopfen und sie anzuzünden.

»Ich wollte mal sehen, wie es Ihnen geht!«

»Zum Kotzen, altes Haus, zum Kotzen.«

»Man scheint Sie hier kaum zu beschäftigen.«

»Denen ist immer noch nicht aufgegangen, wie krank ich bin. Ständig bringen sie mir Puzzles und Romane von Ian Hay. Irgendeine dämliche Frau, die Gattin eines indischen Händlers, hat mir angeboten, mir Häkeln beizubringen. Da frage ich Sie, altes Haus, ist das nicht die Höhe?«

Guy holte die Flasche hervor, die er in der Tasche seines Buschhemdes verborgen hatte.

»Ich dachte, vielleicht hätten Sie gern ein wenig Whisky.«

»Sehr liebenswürdig. Ja, hätte ich wirklich gern. Sehr gern sogar. Die bringen einem bei Sonnenuntergang nur ein winziges Glas voll, und das reicht einfach nicht. Ab und zu möchte man durchaus etwas mehr haben. Das habe ich ihnen auch sehr deutlich gesagt, aber da lachen sie bloß. Sie haben mich von Anfang an falsch behandelt. Ich verstehe mehr von Medizin als jeder Einzelne von diesen jungen Dummköpfen. Ein Wunder, dass ich noch nicht abgekratzt bin. Aber das ist meine Zähigkeit! Es braucht seine Zeit, einen alten Buschmann umzubringen, aber sie werden's schon noch schaffen. Die laugen einen aus! Sie untergraben den Lebenswillen, und dann – Schluss! Dagegen ist kein Kraut gewachsen. Ich hab das schon x-mal gesehen.«

»Wo soll ich den Whisky hintun?«

»Irgendwohin, wo ich drankomme. Im Bett wird er zwar scheußlich warm werden, aber ich denke, es ist doch das beste Versteck.«

»Wie wär's denn mit dem Spind?«

»Da schnüffeln sie regelmäßig nach. Dafür sind sie beim Bettenmachen ziemlich lax. Vor der Arztvisite ziehen sie nur die Decke straff. Stecken Sie sie am Fußende rein – seien Sie ein guter Junge.«

Die Matratze war mit einem dünnen Laken bespannt, und die Bettdecke bestand aus ebenso dünner Baumwolle. Guy erblickte Apthorpes gewaltige Füße, diesmal ohne ihre ›Tümmler-Treter‹; sie schälten sich vom Fieber. Er versuchte, Apthorpes Interesse an dem neuen Brigadier und seiner eigenen nicht ganz eindeutigen Stellung zu wecken, doch Apthorpe sagte nur: »Ja, ja, ja, ja. Für mich ist das eine ganz andere Welt, altes Haus.«

Er paffte seine Pfeife, ließ sie ausgehen, versuchte, sie mit schwacher Hand auf den Tisch neben seinem Bett zu legen, aber ließ sie fallen, was auf dem nackten Fußboden in der großen Stille ringsum einen Heidenlärm verursachte. Guy bückte sich, um sie aufzuheben, doch Apthorpe sagte: »Lassen Sie sie nur liegen, altes Haus. Ich will sie eigentlich gar nicht. Ich wollte im Grunde nur ein bisschen gesellig sein.«

Als Guy aufblickte, sah er Tränen auf Apthorpes farblosen Wangen.

»Soll ich lieber gehen?«

»Nein, nein. Es geht mir gleich besser. Haben Sie einen Korkenzieher mitgebracht? Sehr fürsorglich! Ich glaube, ein kleiner Schluck würde mir guttun.«

Guy machte die Flasche auf, goss ein wenig ins Glas, verkorkte die Flasche und verstaute sie wieder unter der Bettdecke.

»Würden Sie das Glas ausspülen, altes Haus, ja, seien Sie so lieb! Ich hatte sehr gehofft, dass Sie kommen würden – Sie besonders. Denn da ist etwas, was mir Sorgen macht.«

»Doch nicht die Sache mit dem Stiefel des Melders?«

»Nein, nein, nein. Glauben Sie etwa, ich gäbe mir die Blöße, mich von so einer kleinen Zecke wie diesem Dunn ärgern zu lassen? Nein, mir liegt etwas auf der Seele.«

Es folgte eine Pause, in der der Whisky offenbar seine wohltuende Wirkung tat. Apthorpe schloss die Augen und lächelte. Schließlich schlug er sie wieder auf und sagte: »Hallo, Crouchback. Sie hier? Was für ein Glück, ich wollte Ihnen nämlich etwas sagen. Erinnern Sie sich noch, dass ich vor langer Zeit, als wir bei den Halberdiers eintraten, meine Tante erwähnt habe?«

»Sie haben zwei Tanten erwähnt.«

»*Richtig.* Und genau das wollte ich Ihnen sagen. Ich habe nur eine.«

»Das tut mir aber leid.« In der letzten Zeit hatte man ständig von Leuten gehört, die bei Bombenangriffen umgekommen waren. »Bei einem Luftangriff? Wie bei Leonard ...«

»Nein, nein, nein; ich meine: Es hat nie mehr als eine gegeben. Die andere habe ich erfunden. Ein kleiner Scherz, wenn Sie so wollen! Jetzt hab ich's Ihnen jedenfalls gesagt.«

Nach einer Pause konnte Guy nicht umhin zu fragen: »Welche haben Sie denn erfunden, die in Peterborough oder die in Tunbrigde Wells?«

»Die in Peterborough, selbstverständlich.«

»Ja und wo haben Sie sich Ihr Knie verletzt?«

»In Tunbridge Wells.« Apthorpe kicherte ob seiner Schläue wie die Kröte aus *Wind in den Weiden.*

»Da haben Sie mich aber schön auf den Arm genommen.«

»Ja. Ein gelungener Witz, nicht wahr? Wie wär's mit noch einem Schluck Whisky?«

»Sind Sie sicher, dass Ihnen das guttut?«

»Mein lieber Crouchback, es ist nicht das erste Mal, dass ich so krank bin – und ich bin immer durchgekommen – einfach, weil ich mich mit Whisky behandelt habe.«

Nach dem zweiten Glas seufzte er glücklich. Es schien ihm wirklich besserzugehen, er fühlte sich stärker.

»Aber da ist noch was, worüber ich mit Ihnen reden wollte: mein Testament.«

»Darüber brauchen Sie sich doch noch lange nicht den Kopf zu zerbrechen.«

»Ich zerbreche ihn mir aber *jetzt* darüber. Und zwar sehr gründlich. Ich hab ja nicht viel. Mein Vater hat mir nur ein paar tausend in Aktien hinterlassen, die natürlich an meine Tante gehen. Das Geld stammt schließlich aus der Familie, und an die soll es auch wieder zurückgehen. An die in Tunbridge Wells, nicht an die«, sagte er verschmitzt, »an die Dame in Peterborough. Aber da ist noch was.«

Guy dachte: Sollte dieser undurchschaubare Mensch ein Geheimnis haben – eine Geliebte? Vielleicht gar ein paar kleine dunkelhäutige Apthorpes?

»Hören Sie, Apthorpe, erzählen Sie mir nichts von Ihren privaten Angelegenheiten. Es könnte Ihnen später äußerst peinlich sein, falls Sie das jetzt tun. In ein, zwei Wochen sind Sie ohnehin wieder auf den Beinen.«

Apthorpe überlegte.

»Ich bin zwar zäh«, gab er zu, »und es gehört schon einiges dazu, mich umzubringen. Aber das Ganze ist eine Frage des Lebenswillens. Ich muss einfach alles in Ordnung bringen, für den Fall, dass sie mich kleinkriegen. Das macht mir ja gerade so viele Sorgen.«

»Na schön. Worum geht's denn?«

»Es geht um meine Ausrüstung«, sagte Apthorpe. »Ich möchte nicht, dass sie meiner Tante in die Hand fällt. Einiges ist beim Admiral in Southsand abgestellt und der Rest in dem Nest in Cornwall, wo wir unser letztes Lager hatten. Ich habe es Leonard anvertraut, ein Auge darauf zu haben. Ich fand ihn immer vertrauenswürdig.«

Guy überlegte – sollte er Apthorpe über Leonard reinen Wein einschenken? Besser erst später. Vermutlich hatte Leonard Apthorpes Sachen in dem Gasthof untergestellt, als er nach London gefahren war. Irgendwann konnte man sie sicher aufspüren. Es war nicht der richtige Zeitpunkt, Apthorpe noch mehr Sorgen zu bereiten.

»Denn wenn meine Tante sie bekäme, weiß ich genau, was sie damit tun würde. Sie würde das alles irgendwelchen Pfadfindern von der High Church übergeben, um die sie sich kümmert. Und mir ist der Gedanke unerträglich, dass Pfadfinder von der High Church mit meinen Sachen Schindluder treiben.«

»Das verstehe ich, das wäre höchst unpassend.«

»Richtig. Erinnern Sie sich noch an Chatty Corner?«

»Sehr deutlich.«

»Ich möchte, dass er alles bekommt. Das habe ich in meinem Testament nicht erwähnt, weil ich dachte, damit würde ich die Gefühle meiner Tante verletzen. Ich glaube nicht mal, dass sie von der Existenz dieser Sachen weiß. Jetzt möchte ich, dass Sie die Sachen zusammentragen und sie Chatty Corner übergeben. Ich weiß zwar nicht, ob das rein rechtlich so ohne weiteres geht, aber vermutlich lässt es sich machen. Aber falls sie jemals Wind davon bekäme, ist meine Tante die Letzte, die wegen so etwas vor Gericht geht. Sie werden das doch für mich tun, nicht wahr, altes Haus?«

»Na schön – ich werd's versuchen.«

»Dann kann ich glücklich sterben – falls es überhaupt

einen Menschen gibt, der glücklich stirbt. Glauben Sie, so was gibt's?«

»In der Schule haben wir immer wieder um einen glücklichen Tod gebetet. Aber, um Gottes willen, denken Sie doch nicht darüber nach, dass Sie *jetzt* sterben könnten.«

»Ich bin dem Tod jetzt näher«, sagte Apthorpe auf einmal geradezu hochmütig, »als Sie es in der Schule je waren.«

Sie hörten ein Geräusch an der Tür, und eine Schwester kam mit einem Tablett herein.

»Ach! Besuch! Sie sind der Erste, der jemals hier war. Ich muss sagen, Sie scheinen ihn ziemlich aufgemuntert zu haben. Wir waren nämlich schon ganz schön tief im Keller, nicht wahr?«, sagte sie, an Apthorpe gewandt.

»Sehen Sie, altes Haus – sie machen einen fertig. Jedenfalls vielen Dank, dass Sie gekommen sind. Auf Wiedersehen.«

»Ich rieche da etwas, das ich nicht riechen dürfte«, sagte die Schwester.

»Nur ein kleiner Schluck Whisky, den ich zufällig in meinem Flachmann dabeihatte, Schwester«, antwortete Guy.

»Nun, lassen Sie das bloß den Doktor nicht hören. Whisky ist das *Allerschlimmste*! Eigentlich müsste ich das dem Oberarzt melden, wirklich.«

»Ist der Arzt denn zu sprechen?«, fragte Guy. »Ich würde mich gern mit ihm unterhalten.«

»Zweite Tür links. Aber ich würde an Ihrer Stelle nicht hingehen. Er ist übler Laune.«

Guy fand einen mürrischen, nicht sonderlich intelligenten Mann seines Alters.

»Apthorpe? Ja. Sie sind im selben Regiment, verstehe. Die ›Applejacks‹, nicht wahr?«

»Geht es ihm wirklich so schlecht, Doktor?«

»Selbstverständlich. Sonst wäre er schließlich nicht hier.«

»Er hat dauernd vom Sterben geredet.«

»Mir gegenüber auch, außer wenn er nicht ganz bei sich ist. Dann scheint er irgendwie Angst vor einer Bombe am Hintern zu haben. Hat er in dieser Richtung irgendetwas erlebt, wissen Sie das?«

»Das kann man wohl behaupten.«

»Na, dann weiß ich wenigstens, woher das kommt. Komischer Kauz, irgendwie verdreht. Verdrängt Dinge, die dann irgendwo unvermittelt wieder auftauchen. Aber ich sollte nicht zu sehr in die Einzelheiten gehen. Gemütskrankheiten sind ein Steckenpferd von mir, verstehen Sie.«

»Was ich wissen wollte – ist er in akuter Gefahr?«

»Nun, das kann man vielleicht so nicht sagen. Ich möchte niemandem unnötig Angst machen oder in die Verzweiflung treiben. So was kann sich Wochen hinziehen, und gerade dann, wenn man glaubt, man hat so jemanden durchbekommen, kratzt er ab, wissen Sie. Apthorpe hat den Nachteil, dass er länger in diesem gottverlassenen Land gelebt hat. Sie, die Sie frisch aus England kommen, haben noch Widerstandskraft. Aber Leute, die lange hier gelebt haben, stecken voll von allen möglichen Infektionen. Und dann vergiften sie sich ja noch zusätzlich mit Whisky. Da gehen sie ein wie Primeln. Trotzdem tun wir selbstverständlich unser Möglichstes für Apthorpe. Glücklicherweise sind wir im Moment grade unterbelegt und können uns intensiv um ihn kümmern.«

»Vielen Dank, Sir.«

Der Stabsarzt hatte zwar den Rang eines Colonels, doch wurde er außerhalb seines eigenen Stabs nur selten ›Sir‹ genannt. »Möchten Sie ein Glas Whisky?«, fragte er daher dankbar.

»Vielen Dank, aber ich glaube, ich muss jetzt gehen.«

»Wenn der Weg Sie mal wieder vorbeiführt – schauen Sie jederzeit vorbei.«

»Übrigens, Sir, wie geht es unserm Brigadier Ritchie-Hook?«

»Der wird in den allernächsten Tagen entlassen. Unter uns gesagt, er ist ein ziemlich schwieriger Patient. Er hat einen meiner jüngeren Kollegen dazu gebracht, den Kopf eines Negers für ihn in Spiritus einzulegen. Höchst ungewöhnlich.«

»Und hat es mit dem Konservieren geklappt?«

»Ich denke, schon. Jedenfalls steht das Ding auf seinem Nachttisch und grinst ihn an.«

7

Am nächsten Tag landete bei Morgengrauen ein Flugboot in Freetown.

»Das ist für Sie«, sagte Colonel Tickeridge. »Wie es heißt, ist der Brigadier morgen transportfähig.«

Aber es gab noch eine Neuigkeit an diesem Morgen. Apthorpe lag im Koma.

»Sie glauben nicht, dass er durchkommt«, sagte Colonel Tickeridge. »Der arme alte Onkel. Trotzdem: Es gibt Schlimmeres, als so zu sterben; außerdem hat er keine Frau oder Kinder und so.«

»Nur eine Tante«, sagte Guy.

»Zwei Tanten, meine ich, hat er mir gesagt.«

Guy belehrte ihn nicht eines Besseren. Jeder im Brigadehauptquartier erinnerte sich gut an Apthorpe. Er war dort eine Lachnummer gewesen. Jetzt herrschte im Kasino allerdings gedrückte Stimmung – nicht so sehr wegen Apthorpe als wegen des Gedankens an den Tod, so nahe und unerwartet.

»Wir werden ihn mit allen militärischen Ehren begraben.«

»Das würde ihm bestimmt gefallen.«

»Eine gute Gelegenheit, in der Stadt mal zu zeigen, dass wir da sind.«

Dunn jammerte wegen seines Stiefels.

»Jetzt weiß ich wirklich nicht, wie ich das ausgleichen soll«, sagte er. »Irgendwie kommt es mir ziemlich unheimlich vor, mich an Angehörige zu wenden.«

»Wie viel kostet er denn?«

»Neun Shilling.«

»Das übernehme ich.«

»Ich muss schon sagen, das ist sehr kameradschaftlich von Ihnen. Aber auf diese Weise herrscht jedenfalls Ordnung in meiner Buchführung.«

Der neue Brigadier begab sich am Vormittag ins Lazarett, um Ritchie-Hook über seinen unmittelbar bevorstehenden Abflug zu informieren. Zum Mittagessen war er wieder zurück.

»Apthorpe ist tot«, sagte er wortkarg. »Nach dem Essen muss ich mit Ihnen reden, Crouchback.«

Guy nahm an, es ginge um seine bevorstehende Abreise, und betrat völlig arglos das Arbeitszimmer des Brigadiers. Sowohl der Brigadier als auch der Brigademajor waren da; der eine blickte ihn wütend an, der andere starrte auf seine Schreibtischplatte.

»Sie haben gehört, dass Apthorpe tot ist?«

»Jawohl, Sir.«

»Man hat eine leere Whiskyflasche in seinem Bett gefunden. Klingelt da bei Ihnen irgendwas?«

Schweigend stand Guy da – eher entgeistert als beschämt.

»Ich habe gefragt, ob bei Ihnen da irgendwas klingelt?«

»Jawohl, Sir. Ich habe ihm die Flasche gestern Nachmittag gebracht.«

»Und Sie wussten, dass Sie damit gegen die Vorschriften verstießen?«

»Jawohl, Sir.«

»Irgendwelche Entschuldigungen?«

»Nein, Sir, nur dass ich wusste, er mochte ihn gern, und ich mir nicht darüber im Klaren war, dass er schädlich für ihn sein könnte. Und natürlich auch nicht, dass er sie auf einmal austrinken würde.«

»Der arme Kerl war doch schon halb im Delirium. Wie alt sind Sie eigentlich, Crouchback?«

»Sechsunddreißig, Sir.«

»Richtig. Deshalb ist ja alles so hoffnungslos. Wenn Sie noch ein junger Spund von einundzwanzig wären, hätte ich es noch verstanden. Verdammt noch mal, Mann, Sie sind nur ein Jahr jünger als ich.«

Guy stand regungslos da und sagte nichts. Er war gespannt, wie der Brigadier mit der Situation umgehen würde.

»Der Oberstabsarzt weiß Bescheid. Und die meisten von seinen Leuten vermutlich auch. Sie können sich vorstellen, wie ihm zumute ist. Ich habe den halben Vormittag gebraucht, ehe ich ihn einigermaßen zur Vernunft gebracht hatte. Jawohl, ich habe Sie da rausgekriegt, aber verstehen Sie mich recht – das habe ich nur für das Korps getan. Für mich haben Sie ein zu schweres Vergehen auf sich geladen, als dass ich formlos darüber hinweggehen könnte. Mir blieb ja nur die Wahl zwischen Vertuschung und Kriegsgericht. Nichts würde mir persönlich mehr Befriedigung verschaffen als zu sehen, dass Sie aus der Army rausgeworfen werden. Aber wir haben schon eine nicht ganz astreine Sache an den Hacken kleben – in die Sie zufälligerweise auch verwickelt sind. Ich habe dem Arzt klargemacht, dass wir keinerlei Beweise haben. Sie waren zwar der Einzige, der den armen Apthorpe besucht hat, aber es waren ja noch genug Pfleger und eingeborenes Personal da, die allesamt im Lazarett ein und aus gehen, und die *könnten* ihm das Zeugs immerhin verkauft haben.« (Er sprach, als ob es sich beim Whisky, dem er persönlich regelmäßig, wenn auch in Maßen zusprach, um irgendein fürchterliches Gesöff handelte, das Guy selbst zusammengebraut hatte.) »Nichts ist schlimmer als ein Kriegsgericht, das ein vorschnelles Urteil spricht. Außerdem habe ich ihm klargemacht, wie sehr der Name des armen Apthorpe dadurch in den Dreck gezogen würde. Denn dabei wäre ja alles rausgekommen. Ich nehme an, er war wohl ein Quartalssäufer, hatte aber zwei Tanten, die große Stücke auf ihn hielten. Es wäre doch ziemlich niederschmetternd, wenn sie plötzlich die Wahrheit erführen. Jedenfalls kriegte ich den Arzt so weit, dass er sich meiner Ansicht angeschlossen hat. Aber danken Sie nicht mir, und vergessen Sie nicht: Ich möchte Sie hier nie wieder sehen. Ich werde dafür sorgen, dass Sie sofort, nachdem man in England mit Ihnen fertig ist, aus der Brigade versetzt werden. Ich kann für Sie nur hoffen, dass Sie sich gründlich schämen. Sie können abtreten.«

Guy schämte sich nicht, als er die Schreibstube verließ. Er war erschüttert, als wäre er Zeuge eines schweren Verkehrsunfalls, mit dem er persönlich nichts zu tun hatte. Seine Hände zitterten, aber es waren die Nerven und nicht sein schlechtes Gewissen, das ihm zu schaffen machte; Scham war ihm vertraut; dieses zitternde, hoffnungslose Katastrophengefühl jedoch war etwas ganz anderes; es würde vorübergehen und keinerlei Spuren hinterlassen.

Schwitzend und reglos stand er im Vorraum; irgendwann bemerkte er, dass jemand neben ihm stand.

»Wie ich sehe, sind Sie nicht beschäftigt.«

Er drehte sich um und erblickte Dunn. »Nein.«

»Vielleicht nehmen Sie es mir dann nicht übel, wenn ich Sie jetzt darauf anspreche. Heute Morgen waren Sie so freundlich, sich zu erbieten, die Angelegenheit mit dem Stiefel in Ordnung zu bringen.«

»Ja, selbstverständlich. Ich werde sogar noch mehr tun als

das, Dunn; Sie bekommen von mir eine Kokosnuss. Glass passt gerade auf sie auf.«

Dunn machte ein verständnisloses, fragendes Gesicht. »Aber Kokosnüsse sind hier nicht knapp«, sagte er. »Es geht um neun Shilling, die Apthorpe mir schuldet.«

»Es handelt sich aber um eine ganz besondere Nuss. Eine Kampftrophäe, an der ich alles Interesse verloren habe. Und was den Stiefel angeht – ich hab jetzt kein Kleingeld bei mir. Erinnern Sie mich morgen noch mal daran.«

»Aber morgen sind Sie doch schon nicht mehr hier, oder?«

»Richtig. Hätte ich beinahe vergessen.«

Als er die Hände aus der Tasche nahm, zitterten sie weniger, als er befürchtet hatte. Er zählte neun Shilling ab.

»Ich werde eine Quittung in Apthorpes Namen ausstellen – falls es Ihnen nichts ausmacht«.

»Ich brauche keine Quittung.«

»Aber ich muss meine Bücher in Ordnung halten.«

Dunn ging, um seine Bücher in Ordnung zu bringen. Guy blieb stehen. Nach einer Weile kam der Brigademajor aus der Schreibstube.

»Mir tut die Sache furchtbar leid«, sagte er.

»Es war aber auch verdammt töricht von mir, es zu tun, das begreife ich jetzt.«

»Ich habe Ihnen ja gesagt, die Verantwortung liegt ganz bei Ihnen.«

»Selbstverständlich, selbstverständlich.«

»Ich wüsste nicht, was ich hätte sagen können.«

»Selbstverständlich nicht. Nichts.«

Sie holten Ritchie-Hook noch vor Apthorpe aus dem Lazarett. Guy musste eine halbe Stunde am Quai warten. Das Wasserflugzeug lag draußen, von kleinen Booten umschwärmt, die Früchte und Nüsse verkauften.

Halberdier Glass war in trüber Stimmung. Ritchie-Hooks Bursche fuhr mit seinem Herrn zurück nach England. Glass hingegen sollte zurückbleiben.

Colonel Tickeridge war zum Quai heruntergekommen.

Er sagte: »Ich habe offenbar kein Glück mit den Offizieren, die ich zur Beförderung vorschlage. Erst Leonard, dann Apthorpe.«

»Und jetzt auch noch ich, Sir.«

»Und jetzt auch noch Sie.«

»Da kommen sie.«

Ein Krankenwagen fuhr herbei; der Wagen des Brigadier folgte ihm. Ritchie-Hooks eingegipstes Bein wirkte gewaltig, als hätte er Elefantiasis. Der Brigademajor ergriff seinen Arm und führte ihn an den Rand des Quais.

»Keine Gefangeneneskorte?«, sagte Ritchie-Hook. »Morgen, Tickeridge, Morgen, Crouchback. Was höre ich da – Sie haben einen meiner Offiziere vergiftet? Die verdammten Schwestern waren nicht zu halten und haben gestern den ganzen Tag davon geredet. Na, jetzt springen Sie mal rein. Jüngere Offiziere immer als Erste an Bord, und die Letzten, die das Schiff verlassen.«

Guy sprang hinein und setzte sich so weit von allen weg wie möglich. Schließlich hievten sie Ritchie-Hook herunter. Noch ehe das Boot das Flugzeug erreicht hatte, hupte der Brigadewagen sich seinen Weg durch die lethargische schwarze Menge; es war schon fast Zeit für die Parade zur Beerdigung.

Das Wasserflugzeug war ein Postflugzeug. Die hintere Hälfte war vollgestopft mit Postsäcken, auf denen Ritchie-Hooks Halberdier-Bursche es sich zum Schlafen bequem machte. Guy erinnerte sich daran, wie unendlich langweilig es gewesen war, diese Briefe in die Heimat zu zensieren. Hier und da stieß man mal auf jemanden, der aufgrund irgendeiner Besonderheit keine richtige Schulbildung genossen hatte. Diese Leute schrieben rein nach Gehör und direkt aus dem Herzen. Alle anderen reihten ein Klischee an das andere, die, wie Guy vermutete, Gefühle oder Bedürfnisse vermitteln sollten. Die älteren Soldaten schrieben SWALK auf den Umschlag, was *sealed with a loving kiss* bedeuten sollte. Jetzt dienten all diese Botschaften Ritchie-Hooks Burschen als Lagerstatt.

Das Wasserflugzeug schraubte sich in weiten Kreisen über das grüne Land hinauf und flog dann über die Stadt hinweg. Schon jetzt wurde es wesentlich kühler.

Die Hitze, dachte Guy, ist schuld an all den falschen Gefühlen, die mich in den letzten vierundzwanzig Stunden bestürmt haben. In England machte sich jetzt der Winter eindeutig bemerkbar, in dem von Bränden verheerten und zerbombten Land fielen zwischen Bomben auch die Blätter; nachts wurden halbbekleidete Menschen aus den Trümmern geborgen, ihre Lieblingstiere fest im Arm – in England würde alles ganz anders aussehen.

Noch einmal zog das Wasserflugzeug eine Schleife über White Man's Grave – den Kontinent, der »Grab des weißen Mannes« genannt wurde –, dann flog es auf den Ozean hinaus und trug die beiden Männer fort, die Apthorpe auf dem Gewissen hatten.

Das Grab des weißen Mannes. Der europäische Friedhof lag in der Nähe des Lazaretts, was sehr praktisch war. Ein halbes Jahr ständigen Verlegtwerdens und dauernden Wartens hatte der makellosen Ausgeglichenheit des Paradeschritts der Halberdiers nichts anhaben können. Das Zweite Bataillon war augenblicklich zum Antreten zusammengerufen worden, nachdem die Nachricht von Apthorpes Tod eingetroffen war. Der Sergeant-Major des Regiments hatte unter der sengenden Sonne seine Befehle gebrüllt, und die Stiefel waren die glühend heiße Straße auf- und abmarschiert. Die Sargträger wurden der Größe nach ausgesucht. An diesem Morgen verlief alles ohne Zwischenfall. Die Hörner bliesen *Last Post* ohne Missklang, und das Salut wurde abgefeuert wie ein einziger Schuss.

Als Gelegenheit, sich in der Stadt bemerkbar zu machen, war die Beerdigung jedoch kein Erfolg. Die Eingeborenen waren *aficionados* von Beerdigungen. Sie hätten gern mehr Spontaneität, mehr offenkundigen Schmerz gesehen. Doch eine Drill-Parade war etwas, das die Kolonie nie zuvor erlebt hatte. Der flaggenbedeckte Sarg wurde in vollendetem Gleichmaß hinabgelassen, die drei Schaufeln Erde hinuntergeworfen. Zwei Halberdiers fielen in Ohnmacht. Sie kippten flach und steif und wurden einfach liegengelassen.

Als alles vorüber war, erklärte der Sarum-Smith aufrichtig betroffen: »Es war wie die Beerdigung von Sir John Moore in La Coruña.«

»Sind Sie sicher, dass Sie nicht doch die des Herzogs von Wellington in der St Paul's Cathedral meinen?«, sagte de Souza.

»Vielleicht.«

Colonel Tickeridge fragte den Adjutanten: »Was meinen Sie, sollen wir den Hut rumgehen lassen, um für einen Grabstein oder so etwas zu sammeln?«

»Ich nehme an, das werden seine Verwandten in England übernehmen wollen.«

»Sind die denn wohlhabend?«

»Sehr sogar, glaube ich. Und in der High Church. Die wollen vermutlich was Ausgefallenes.«

»Dass aber auch beide Onkel an ein und demselben Tag abtreten!«

»Komisch. Darüber habe ich auch gerade nachgedacht.«

V

Apthorpe Placatus

I

Der Himmel über London flammte prächtig in Ocker-
tönen, als ob ein Dutzend Tropensonnen gleichzeitig
am Horizont untergingen; überall tasteten sich die Finger
der Scheinwerfer vor, fanden zusammen, verharrten an einer
Stelle, um dann unversehens wieder auseinanderzurücken.
Hier und da trieben dunkle Wolken und ballten sich zusammen, ab und zu blitzte es sekundenlang auf, und die heitere
Feuersglut erstarrte. Überall funkelten Geschosse wie Christ-
baumkerzen.

»Wie ein Turner!«, rief Guy Crouchback hingerissen; für
ihn waren diese Köstlichkeiten etwas völlig Neues.

»Doch wohl eher John Martin, oder?«, sagte Ian Kilbannock.

»Nein«, erklärte Guy entschieden. Wenn es um Kunst ging,
ließ er sich von diesem ehemaligen Journalisten nichts sagen.
»Kein Martin. Dazu hängt der Himmel viel zu niedrig. Das
Ausmaß ist nicht babylonisch.«

Sie standen oben an der St James's Street. Weiter unten, etwa in der Mitte der Straße, brannte der Turtle's Club lichterloh. Von Picadilly bis zum Buckingham-Palast verzerrte der
Widerschein des Feuers die zusammengewürfelten Fassaden.

»Aber es ist zu laut, um hier darüber zu streiten.«

In den umliegenden Parks hämmerten Maschinengewehre.
In Richtung Victoria Station fiel krachend eine Reihe von
Bomben.

Auf dem Bürgersteig gegenüber von Turtle's lenkte eine Gruppe von experimentellen Schriftstellern in Feuerwehruniformen einen schwachen Wasserstrahl zischend in den Salon.

Guy musste unwillkürlich an den Karsamstag in Downside denken, an frühe, windige Märzmorgen seiner Knabenzeit. Die Tore am unvollendeten Chor der Abtei waren weit aufgerissen, das halbe Internat hustete. An der Kohlenpfanne der Priester mit dem Weihwasserwedel, der paradoxerweise Feuer mit Wasser weihte.

»Ein toller Club war es nie«, sagte Ian. »Mein Vater war dort Mitglied.« Er zündete seine Zigarre wieder an, und sofort rief eine Stimme unter ihnen: »Machen Sie das Licht aus!«

»Ein irrsinniger Vorschlag!«, sagte Ian.

Sie schauten über das Geländer und erkannten unter ihnen einen Helm mit der Aufschrift A. R. P., für *Air Raid Protection* – Luftschutz.

»Gehen Sie doch in Deckung!«, sagte die Stimme.

Ein immer schriller werdendes Kreischen ertönte, wie es schien, direkt über ihnen; ein Aufschlag folgte, der Pflastersteine unter ihren Füßen hob. Ein ungeheures, weißglühendes Aufflammen etwas nördlich von Picadilly, ein pfingstlicher Wind. Die letzten Fensterscheiben über ihnen zersprangen und verstreuten sich in tödlichen Splittern über der Straße.

»Ich glaube, er hat recht. Wir sollten das wirklich den Zivilisten überlassen.«

Der Halberdier und der Air-Force-Soldat strebten eilig auf die Treppe von Bellamy's zu. Als sie die Tür erreichten, wurde das Dröhnen der Motoren über ihnen leiser und verstummte ganz. Nur das Knistern der Flammen von Turtle's störte die mitternächtliche Stille.

»Äußerst belebend«, sagte Guy.

»Für Sie ist das was Neues. Das Schlimme ist, dass das Nacht für Nacht so geht. Es kann sogar ziemlich gefährlich werden, wenn die ganzen Krankenwagen und Feuerwehrautos durch die Gegend rasen. Hätte ich nur auch Ferien in Afrika machen können! Aber mein schrecklicher Air Marshal will mich nicht weglassen. Er scheint einen Narren an mir gefressen zu haben.«

»Kein Grund, sich Vorwürfe zu machen. Zu erwarten war das nicht.«

»Nein, wirklich nicht!«

In der Vorhalle wurden sie von Hiob, dem Nachtportier übertrieben salbungsvoll begrüßt. Er hatte sich an die Flasche gehalten. Schließlich stand er auf einsamem und gefährlichem Posten, war rings von Spiegelglas umgeben. Zu diesem Zeitpunkt nahm es ihm niemand übel, dass er sich Entspannung verschaffte. An diesem Abend spielte er – grotesk übertrieben – die bühnenreife Rolle eines Butlers.

»Guten Abend, Sir. Gestatten Sie, dass ich Sie in England willkommen heiße; schön, dass Sie wieder daheim und in Sicherheit sind. Guten Abend, Mylord. Air Marshal Beech befindet sich im Billardzimmer.«

»Auch das noch!«

»Ich hielt es für richtig, Sie davon zu unterrichten.«

»Und *ob* das richtig war!«

»Draußen im Rinnstein fließen Whisky und Brandy.«

»Nein, Hiob.«

»Hat man mir aber gesagt – und zwar Colonel Blackhouse. Das ganze Spirituosenlager von Turtle's rinnt die Straße hinab.«

»Wir haben nichts davon gesehen.«

»Dann, Mylord, können wir sicher davon ausgehen, dass die Feuerwehr sie ausgetrunken hat.«

Guy und Ian betraten die größere Halle.

»Dann ist es also Ihrem Air Marshal doch gelungen, Mitglied zu werden.«

»Ja, eine unschöne Angelegenheit. Während der Schlacht um England, wie die Presse es nannte, wurde eine Wahlversammlung abgehalten. Zu dem Zeitpunkt war die Air Force ganz gut angesehen.«

»Nun, das ist für Sie schlimmer als für mich.«

»Aber mein Lieber, es ist *ein Alptraum für alle*!«

Die Fenster des Spielzimmers waren kaputt gegangen, und die Bridgespieler drängten mit den Ergebniszetteln in der Hand in die Halle. Wenn schon nicht im Rinnstein draußen – hier flossen Whisky und Brandy in Strömen.

»Hallo, Guy – lange nicht gesehen.«

»Ich bin erst seit heute Nachmittag aus Afrika zurück.«

»Schlechte Zeiten hier, ich wäre dort geblieben.«

»Ich bin im Misskredit nach Hause gekommen.«

»Im letzten Krieg haben wir Leute nach Afrika *geschickt*, wenn sie in Misskredit gefallen waren. Was möchten Sie trinken?«

Guy erklärte die Umstände, unter denen er zurückbeordert worden war.

Weitere Clubmitglieder kamen von draußen herein.

»Alles ruhig draußen.«

»Hiob hat mir erzählt, draußen wimmelt es von betrunkenen Feuerwehrleuten.«

»Hiob ist ja selbst betrunken.«

»Ja, das ist er schon die ganze Woche jeden Abend. Kann man ihm nicht verdenken.«

»Zwei Gläser Wein, Parsons.«

»Ein paar von den Dienern sollten aber wenigstens zeitweilig nüchtern sein.«

»Im Moment liegt einer unter dem Billardtisch.«

»Einer von den Dienern?«

»Keiner, den ich zuvor gesehen hätte.«

»Whisky, bitte, Parsons.«

»Na, hoffentlich müssen wir nicht die Leute von Turtle's bei uns aufnehmen.«

»Sie kommen manchmal hierher, wenn dort Großreinemachen ist. Schüchterne kleine Leute. Die machen keine Schwierigkeiten.«

»Drei Whisky-Soda, Parsons, bitte.«

»Habt ihr schon gehört, was sich Guy in Dakar geleistet hat? Erzählen Sie es ihnen, Guy. Das ist eine tolle Geschichte.«

Guy musste seine tolle Geschichte an diesem Abend x-mal erzählen.

Zuletzt erschien sein Schwager. Arthur Box-Bender kam in Hemdsärmeln aus dem Billardzimmer, in Begleitung eines weiteren Parlamentsmitglieds, einem grauenhaften Menschen, mit dem er dick befreundet war, namens Elderberry.

»Wissen Sie, warum ich meinen letzten Stoß verpatzt habe? Ich bin auf jemanden getreten.«

»Auf wen denn?«

»Niemand, den ich kenne. Er lag unterm Tisch, und ich bin ihm auf die Hand gestiegen.«

»Das ist ja unerhört! Ohnmächtig?«

»Er sagte: ›Verdammt!‹«

»Das glaube ich nicht. Parsons, liegt jemand unter dem Billardtisch?«

»Jawohl, Sir, ein neues Mitglied.«

»Was macht er da?«

»Wie er behauptet, führt er irgendwelche Befehle aus, Sir.«

Zwei oder drei Bridgespieler gingen hinüber, um sich das Ganze anzusehen.

»Parsons, was hat es mit dem ganzen Gerede auf sich, dass draußen der Schnaps fließt?«

»Ich bin selbst nicht draußen gewesen, Sir. Aber viele der Herren haben davon erzählt.«

Der Erkundungstrupp kehrte aus dem Billardzimmer zurück und erstattete Bericht.

»Es stimmt wirklich. Da liegt jemand unter dem Tisch.«

»Ich erinnere mich, dass der arme alte Binkie Cavanagh da manchmal hockte.«

»Aber Binkie war verrückt.«

»Na ja, ich würde sagen, das ist der da drin auch.«

»Hallo, Guy«, sagte Box-Bender. »Ich dachte, du bist in Afrika.«

Guy erzählte ihm seine Geschichte.

»Wie entsetzlich unangenehm«, sagte Box-Bender.

Tommy Blackhouse gesellte sich zu ihnen.

»Tommy, was soll das eigentlich heißen? Du hast Hiob erzählt, draußen fließen Whisky und Brandy?«

»Das hat *er mir* erzählt! Bin gerade mal raus, um nachzusehen: kein Tropfen weit und breit!«

»Bist du schon im Billardzimmer gewesen?«

»Nein.«

»Dann geh mal rüber und sieh nach. Es lohnt sich.«

Guy ging mit Tommy Blackhouse hinüber. Das Billardzimmer war überfüllt, doch kein Mensch spielte. Im Schatten unter dem Tisch kauerte eine Gestalt.

»Alles in Ordnung mit Ihnen da unten?«, fragte Tommy freundlich. »Möchten Sie einen Drink oder sonst was?«

»Alles in Ordnung, danke. Ich halte mich nur an die Vorschriften. Bei einem Luftangriff ist es Pflicht eines jeden Offiziers und Gemeinen, sofern sie nicht gerade Dienst tun, sich in den nächstgelegenen Schutz zu begeben, was immer das auch sein mag. Als ranghöchster Offizier im Haus sehe ich es als meine Pflicht, mit gutem Beispiel voranzugehen.«

»Aber da unten haben wir nicht alle Platz, oder?«

»Sie sollten unter der Treppe Schutz suchen – oder im Keller.«

Die Gestalt entpuppte sich sodann als Air Marshal Beech. Tommy war Berufssoldat und hatte noch eine Karriere vor sich. Daher war es bei ihm reiner Instinkt, höheren Offizieren aller Abteilungen gegenüber betont zuvorkommend zu sein.

»Nun, ich denke, es ist jetzt ziemlich vorbei.«

»Von Entwarnung habe ich aber noch nichts gehört.«

Noch während er sprach, ertönte die Sirene, und die kräftige graue Gestalt kroch unter dem Tisch hervor und stand auf.

»Guten Abend.«

»Ah, Crouchback, nicht wahr? Wir haben uns bei Lady Kilbannock gesehen.«

Der Air Marshal streckte sich und klopfte sich den Staub von den Knien.

»Ich brauche mein Auto. Seien Sie doch so gut und rufen Sie einfach beim Air-Force-Hauptquartier an, damit die einen Fahrer schicken.«

Guy läutete.

»Parsons, sagen Sie Hiob, Air Marshal Beech wünscht seinen Wagen.«

»Sehr wohl, Sir.«

Die kleinen Äuglein des Air Marshal blickten argwöhnisch. Er wollte etwas sagen, besann sich dann eines Besseren, und brachte es nur zu einem »Danke!«.

»Du konntest noch nie besonders gut mit Leuten aus anderen Schichten umgehen, nicht wahr, Guy?«

»O Gott – hab ich mich dem armen Kerl gegenüber schlecht benommen?«

»Zumindest wird er dich in Zukunft nicht mehr als einen Freund betrachten.«

»Ich hoffe, das hat er auch bisher nicht getan.«

»Ach, so übel ist er nun auch wieder nicht. Im Augenblick leistet er eine ganze Menge nützlicher Arbeit.«

»Ich kann mir nicht vorstellen, dass er mir jemals nützen könnte.«

»Der Krieg wird sich noch lange hinziehen, Guy. Möglicherweise ist man auf alle Freunde angewiesen, die man kriegen kann. Tut mir leid, diese Sache in Dakar. Die Akte ist mir gestern rein zufällig auf den Schreibtisch gekommen. Aber ich glaube nicht, dass viel dabei herauskommt. Allerdings standen ein paar verdammt blöde Anmerkungen darauf. Du solltest dafür sorgen, dass die Sache sofort nach ganz oben kommt, ehe zu viele Leute ihren Senf dazugeben.«

»Und wie, um alles auf der Welt, soll ich das anstellen?«

»Rede darüber.«

»Habe ich ja.«

»Dann rede weiter darüber. Alle Wände haben Ohren.«

Dann fragte Guy: »Ist mit Virginia alles in Ordnung?«

»Soweit ich weiß. Aus dem Claridge's ist sie ausgezogen. Jemand hat mir erzählt, sie hat London verlassen. Die Bombenangriffe haben ihr wohl nicht zugesagt.«

Der Art, wie Tommy sprach, meinte Guy entnehmen zu können, dass es um Virginia vielleicht doch nicht so gut stand.

»Du bist ein großes Tier geworden, Tommy.«

»Ach, ich treib mich bloß mit Leuten aus dem Innenministerium herum. Übrigens liegt da was recht Attraktives in der Luft, über das ich noch nicht reden kann. In ein, zwei Tagen weiß ich Genaueres. Vielleicht könnte ich dich da unterbringen. Hast du dich schon bei deinem Korps gemeldet?«

»Mache ich morgen. Ich bin ja erst heute Nachmittag gelandet.«

»Nun, dann pass bloß auf – sonst gerätst du unversehens unter die allgemeine Paketpost. Ich an deiner Stelle würde mich möglichst viel hier aufhalten. Hier ergattert man heutzutage die interessanteren Posten. Also, falls dir was an einem interessanteren Posten liegt.«

»Selbstverständlich.«

»Nun, dann bleib in der Nähe.«

Sie kehrten in die Halle zurück. Nach der Entwarnung hatte sie sich ziemlich geleert. Air Marshal Beech stand vor dem Kamin und unterhielt sich mit den beiden Parlamentsmitgliedern.

»... die kleineren Unterhausabgeordneten wie Sie, Elderberry, können heutzutage eine ganze Menge ausrichten, falls Sie wirklich wollen. Setzen Sie die Ministerien unter Druck. Lassen Sie nicht nach ...«

Wie in einer Komödie auf der Bühne steckte Ian Kilbannock den Kopf vorsichtig hinter der Toilettentür hervor, wo er sich vor seinem Chef verborgen hatte. Hektisch, aber zu spät, zog er ihn zurück.

»Ian. Sie sind genau der Mann, den ich brauche. Machen Sie, dass Sie ins Hauptquartier kommen, sagen Sie dem General, er soll gleich feststellen, was heute Abend passiert ist, und rufen Sie mich dann zu Hause an.«

»Über den Luftangriff, Sir? Ich glaube, er ist vorbei. Sie haben Turtle's getroffen.«

»Nein, nein. Sie wissen schon, was ich meine. Wegen der Sache, über die ich gestern mit Air Marshal Dime gesprochen habe.«

»Ich war nicht dabei, als Sie mit ihm sprachen, Sir. Sie haben mich hinausgeschickt.«

»Sie sollten aber dafür sorgen, dass Sie im Bilde bleiben ...«

Der Tadel blieb im Ungefähren, denn in diesem Augenblick tauchte im Saal Hiobs seltsam beleuchtete Gestalt auf. Einem persönlichen Impuls und seinem Sinn für hochdramatische Auftritte folgend, hatte Hiob sich eines der sechsarmigen Leuchter im Gästezimmer bemächtigt, den er mit steifem Arm in die Höhe hob, so dass sechs kleine Wachsströme auf seine Livree spritzten. Alle in der großen Halle verstummten und beobachteten gebannt, wie diese phantastische Gestalt sich auf den Air Marshal zubewegte. Einen Schritt vor ihm blieb er stehen und verneigte sich. Wachs tropfte auf den Teppich.

»Sir«, verkündete er mit volltönender Stimme, »Ihr Wagen wartet auf Sie.« Dann drehte er sich um und kehrte mit der Sicherheit eines Schlafwandlers dorthin zurück, woher er gekommen war.

Das Schweigen hielt einen Augenblick an. »Wirklich«, begann der Air Marshal, »dieser Mann …«, doch seine Worte gingen im Gelächter unter. Elderberry war seinem Benehmen nach ein ernsthafter Mann, doch angesichts dieses Scherzes amüsierte er sich über die Maßen. Seit er auf seine Hand getreten war und dadurch eine Billardkugel verfehlt hatte, war er auf den Air Marshal Beech wütend. Elderberry gluckste vor Vergnügen.

»Der gute alte Hiob!«

»Wirklich einer der Besten.«

»Dem Himmel sei Dank, dass ich lange genug geblieben bin, um das mitzuerleben.«

»Was wäre Bellamy's ohne ihn?«

»Darauf müssen wir trinken! Parsons, fragen Sie, was die Herren trinken möchten.«

Der Air Marshal blickte von einem grinsenden Gesicht zum anderen. Nicht einmal Box-Bender vermochte ein Schmunzeln zu unterdrücken. Ian Kilbannock schüttelte sich vor Lachen. Der Air Marshal erhob sich.

»Muss jemand in meine Richtung, so dass ich ihn mitnehmen kann?«

Niemand wollte in seine Richtung.

Als die Türen, die in den letzten zwei Jahrhunderten Granden und Falschspieler, Duellanten und Staatsmänner willkommen geheißen hatten, sich hinter Air Marshal Beech schlossen, fragte er sich nicht zum ersten Mal im Verlauf seiner kurzen Mitgliedschaft, ob Bellamy's wirklich so sagenhaft sei, wie es immer hieß.

Er ließ sich auf den Rücksitz seines Automobils sinken; die Sirenen heulten auf. Wieder Alarm.

»Nach Hause«, befahl er, »ich denke, wir könnten es gerade noch schaffen.«

2

Es fielen schon wieder Bomben, als Guy sein Hotel erreichte, allerdings weiter weg, irgendwo im Osten über den Hafenanlagen. Er schlief unruhig, und als ihn die Entwarnung endlich weckte, kämpfte die aufgehende Sonne mit dem Widerschein der Brände um den Himmel, die im Lauf der Nacht entstanden waren.

Er sollte sich am Vormittag in der Kaserne melden und machte sich genauso unsicher dorthin auf wie an seinem allerersten Tag.

Die Züge vom Bahnhof Charing Cross fuhren nahezu fahrplanmäßig. Alle Plätze waren besetzt. Er stellte seinen großen Reisekoffer auf den Gang, die Aktentasche daneben und schuf sich so zugleich Sitzgelegenheit und eine Verteidigungsstellung.

In den meisten Abteilen sah man die Abzeichen von Halberdiers; nach der Ankunft am Ziel wollten alle zur Kaserne. Die Männer hievten ihre Kleidersäcke auf einen Lastwagen und kletterten dann selbst hinauf. Eine Handvoll junger Offiziere zwängte sich in zwei Taxis. Das dritte Taxi, das noch da war, nahm Guy für sich allein. Als er an der Wachstube vorüberkam, hatte er den flüchtigen und unbestimmten Eindruck, dass irgendetwas mit der Wache nicht stimmte. Er fuhr zum Offiziershaus. Kein Mensch war zu sehen. Die beiden anderen Taxis fuhren weiter in Richtung der neuen Unterkünfte. Guy ließ sein Gepäck im Vorraum und überquerte den Platz, um in die Verwaltung hinüberzugehen. Ein mit Eimern bewaffneter Trupp kam auf ihn zu. Ihre Gesichter schienen wie durch die Hand der Circe in Tiergesichter verwandelt. Ein gedämpftes Kommando: »Augen – rechts!«

Zehn Schweinsgesichter wie von Hieronymus Bosch richteten sich ruckartig auf ihn. Guy sagte: »Bitte, Augen geradeaus, Korporal!«

Er betrat das Adjutantenzimmer, nahm Haltung an und grüßte. Zwei hässliche Stirnen voller Leinstoff, Gummi und Talkum hoben sich von der Schreibtischplatte. Wie unter einer ganzen Lage von Bettdecken vernahm er eine Stimme: »Wo ist Ihre Gasmaske?«

»Bei meinem anderen Gepäck, Sir, im Offiziershaus.«

»Gehen Sie hin und setzen Sie sie auf.«

Guy salutierte, machte kehrt und marschierte davon. Er setzte die Gasmaske auf und sorgte vor dem Spiegel dafür, dass seine Mütze gerade saß. Hier hatte er vor kaum einem Jahr die Kappe seiner Ausgehuniform zurechtgerückt, seinen hohen blauen Kragen aufgestellt und in ein hoffnungsvolles, entschlossenes Gesicht geblickt. Er starrte auf seinen unförmigen Rüssel und kehrte dann zum Adjutanten zurück. Auf dem Platz war eine Kompanie angetreten – normale, rosige, junge Gesichter. Der Adjutant und der Sergeant-Major im Ordonnanzzimmer saßen da und hatten ihre Masken abgenommen.

»Nehmen Sie das Ding ab«, sagte der Adjutant. »Es ist schon nach elf.«

Guy nahm die Gasmaske ab und ließ sie vorschriftsmäßig vor seiner Brust zum Trocknen herunterhängen.

»Haben Sie den Dauerbefehl noch nicht gelesen?«

»Nein, Sir.«

»Warum, zum Teufel, nicht?«

»Ich möchte mich von Übersee zurückmelden, Sir.«

»Dann vergessen Sie in Zukunft nicht, dass jeden Mittwoch sämtliche Angehörigen der Streitkräfte Ihrer Majestät von zehn bis elf Uhr Gasmasken zu tragen haben. Das ist ein Dauerbefehl.«

»Jawohl, Sir.«

»So, nun sagen Sie mal, wer Sie sind und was Sie wollen.«

»Lieutenant Crouchback, Sir. Zweites Bataillon der Royal-Halberdier-Brigade.«

»Unsinn – das Zweite Bataillon ist in Übersee.«

»Ich bin gestern gelandet, Sir.«

Und dann, nach der Maskerade mit den Gasmasken, kamen langsam alte Erinnerungen in ihm hoch.

»Wir kennen uns.«

Es handelte sich um den namenlosen Major, der jetzt wieder zum Captain zurückgestuft worden war; er war in Penkirk plötzlich aufgetaucht und drei Tage später in Brookwood wieder spurlos verschwunden.

»Sie waren mein Kompaniechef, Sir, während des heillosen Durcheinanders.«

»Aber natürlich. Tut mir furchtbar leid, dass ich Sie nicht erkannt habe. Aber es hat seither so manches andere heillose Durcheinander gegeben, so viele Männer unter meinem Kommando. Wieso sind Sie hier? Sollten Sie nicht in Freetown sein?«

»Haben Sie mich denn nicht erwartet?«

»Nicht, dass ich wüsste. Vermutlich sind Ihre Unterlagen ins Ausbildungslager gegangen. Oder rauf nach Penkirk zum Fünften Bataillon. Oder runter nach Brook Park zum Sechsten. Oder ans Innenministerium. In den vergangenen zwei Monaten haben wir uns enorm ausgebreitet. Da kommt man mit den Unterlagen einfach nicht nach. Ich bin jedenfalls hier gelandet. Machen Sie weiter, Sergeant-Major. Ich bin im Offiziershaus, falls Sie mich brauchen. Kommen Sie mit, Crouchback!«

Er und Guy gingen in den Vorraum. Das war nicht mehr der Raum, den Guy kannte und in dem er sich an jenem Gästeabend das Knie ausgerenkt hatte. Ein dunkles Rechteck überm Kamin ließ die Stelle erkennen, wo die Schiffsglocke der holländischen Fregatte, das Banner des Stammes der Afridi aus Afghanistan, das vergoldete Götterbild aus Burma, die Kürasse aus napoleonischer Zeit, die Aschanti-Trommel, der Liebesbecher aus Barbados und die Muskete Tipu Sultan gehangen hatte – alles war verschwunden.

Der Adjutant bemerkte, dass Guys Blicke voller Bedauern umherschweiften.

»Ziemlich scheußlich, was? Seit den Bombenangriffen ist alles unterirdisch in Sicherheit gebracht worden.« Und dann, aus der schwärzesten Tiefe seiner Niedergeschlagenheit: »Auch ich habe einen Stern wieder verloren.«

»Das habe ich gesehen. Pech!«

»Ich habe schon damit gerechnet«, sagte der Adjutant. »Normalerweise wäre ich erst in zwei Jahren wieder mit einer Beförderung dran gewesen. Ich hatte gedacht, der Krieg könnte die Angelegenheit ein wenig beschleunigen, so war es jedenfalls bei vielen anderen. Für mich ein oder zwei Monate lang zwar auch, aber es war nicht von Dauer.«

Es brannte kein Feuer.

»Es ist kalt hier«, sagte Guy.

»Ja. Die Kamine werden erst abends angemacht. Und Drinks gibt's vorher auch nicht.«

»Ich nehme an, das ist überall so.«

»Eben *nicht*!«, erklärte der Adjutant erbost. »Andere Regimenter schaffen es doch auch, noch ganz anständig zu leben.

Der Captain-Commandant hat sich vollkommen verändert. Sparmaßnahmen sind angesagt. Und man kann Gift drauf nehmen, dass das Korps alles immer ganz besonders gründlich macht. Wir schlafen jetzt zu viert in einem Zimmer, und die Kasinobeiträge sind halbiert worden. Wir leben praktisch von unseren Rationen – wie die wilden Tiere«, fügte er kläglich, aber nicht ganz überzeugend hinzu. »Ich würde an Ihrer Stelle nicht lange hierbleiben. Aber warum sind Sie eigentlich hier?«

»Ich bin mit dem Brigadier zurückgekommen.« Das erschien ihm im Moment die bequemste Erklärung. »Sie wissen doch, dass er wieder zurück ist?«

»Das höre ich zum ersten Mal.«

»Aber Sie wissen, dass er verwundet worden ist, oder?«

»Nein. Wir scheinen hier überhaupt nichts zu erfahren. Vielleicht haben sie unsere Adresse verloren. Das Korps kam mit seiner Größe doch wunderbar zurecht. Diese Ausdehnung ist an allem schuld. Mir haben sie meinen Burschen weggenommen – acht Jahre lang habe ich ihn gehabt! Und jetzt muss ich mir einen mit dem Regimentsarzt teilen. So weit ist es mit uns gekommen! Sie haben sogar die Kapelle aufgelöst.«

»Es ist zu kalt, um hier zu sitzen«, sagte Guy.

»In meinem Büro habe ich zwar einen Ofen, aber dafür klingelt den ganzen Tag das Telefon. Entscheiden Sie.«

»Was soll ich jetzt tun?«

»Mein lieber Mann – was mich angeht, sind Sie noch in Afrika. Ich würde Sie ja auf Urlaub schicken, aber Sie werden nicht bei uns geführt. Wollen Sie mit dem Captain-Commandant sprechen? Das ließe sich einrichten.«

»Er hat sich verändert, sagen Sie?«

»Entsetzlich!«

»Dann sehe ich keinen Grund, ihn zu belästigen.«

»Was dann?«

Hoffnungslos sahen sie sich über dem kalten Kaminrost hinweg an.

»Sie müssen doch einen Marschbefehl gehabt haben.«

»Nein. Man hat mich verfrachtet wie ein Paket. Der Brigadier hat mich am Flughafen stehen lassen und gesagt, ich würde von ihm hören.«

Der Adjutant hatte sein mageres offizielles Repertoire erschöpft.

»So etwas wäre in Friedenszeiten unmöglich gewesen«, sagte er.

»Damit haben Sie sicher recht.«

Guy merkte, dass dieser unbekannte Soldat alle Entschlossenheit aufbot, um zu einem verzweifelten Entschluss zu kommen. Endlich sagte er: »Na schön, ich gehe das Risiko ein. Gegen ein paar Tage Urlaub hätten Sie wohl nichts, nehme ich an, oder?«

»Ich habe versprochen, etwas für Apthorpe zu erledigen – erinnern Sie sich noch an ihn?«

»Aber gewiss. Sehr gut sogar«, sagte er, erfreut, wieder festen Boden unter den Füßen zu haben. »Apthorpe. Ein Offizier, der es irgendwie zum Stellvertretenden Bataillonskommandeur gebracht hat. Ich habe ihn für nicht ganz richtig im Kopf gehalten.«

»Er ist tot. Ich habe versprochen, seine Sachen zusammenzutragen und sie seinem Erben zu übergeben. Das könnte ich in den nächsten paar Tagen tun.«

»Ausgezeichnet! Damit schlagen wir zwei Fliegen mit einer Klappe. Wir können es Urlaub aus dringenden familiären Gründen oder Fronturlaub nennen, je nachdem. Bleiben Sie zum Mittagessen im Kasino? Kann ich Ihnen nicht empfehlen.«

»Lieber nicht«, sagte Guy.

»Wenn Sie noch ein bisschen warten, fährt vielleicht ein Auto runter zum Bahnhof. Vor noch nicht mal zwei Monaten hätte ich Befehl geben können, dass es auf Sie wartet. Aber das ist alles vorbei.«

»Ich nehme mir ein Taxi.«

»Sie wissen, wo das Telefon ist? Vergessen Sie nicht, die Gebühr hinzulegen. Ich glaube, ich gehe besser zurück in die Schreibstube. Sie haben recht, es ist zu kalt hier.«

Guy trieb sich noch ein wenig herum. Er betrat das Kasino unter der Galerie, auf der vor noch nicht allzu langer Zeit, *The Roast Beef of Old England* erklungen war. Die Porträts an den Wänden waren verschwunden, das Silber von den Anrichten. Jetzt unterschied das Kasino kaum etwas vom Speiseraum in Kut-al-Imara. Eine Helferin der Army kam pfeifend aus der Küchentür; sie sah Guy, ließ sich aber beim Pfeifen nicht im Geringsten stören und fuhr mit einem Wischlappen über die blanken Tische.

Aus dem Billardzimmer war das Klicken von Billardkugeln zu hören. Der Spieler stieß zu, verpatzte aber eine Karambolage, die an sich nicht schwierig gewesen wäre. Er richtete sich auf und drehte sich um.

»Warten Sie den Stoß ab«, sagte er mit ernster, aber väterlicher Miene, die jeder Beleidigung die Spitze nahm.

Er hatte den Rock abgelegt, und seine Hosenträger prangten in den Farben der Halberdiers. Der Waffenrock mit den roten Kragenspiegeln hing an der Wand. Guy erkannte in ihm einen betagten Colonel, der sich schon vor einem Jahr im Kasino herumgetrieben hatte. »Wie wär's mit einem Spielchen?« und »In der Zeitung wieder nichts Neues« – das waren die Sätze, die er immer wiederholte.

»Tut mir sehr leid, Sir«, sagte Guy.

»Das lenkt einen ab, verstehen Sie«, sagte der Colonel. »Wie wär's mit einem Spielchen?«

»Ich wollte gerade gehen.«

»Alle sind hier immer gerade am Gehen«, sagte der Colonel.

Er schlurfte hinüber zu seiner Kugel und studierte seine Position. Für Guy sah es nach einem hoffnungslosen Fall aus.

Der Colonel stieß sehr kräftig zu. Alle drei Kugeln spritzten auseinander, prallten von der Bande ab und stießen abermals klickend zusammen, bis die rote immer langsamer auf die Ecke zurollte, kurz vor dem Loch innezuhalten schien, dann jedoch unversehens nochmals Schwung bekam, weiterrollte und hineinfiel.

»Offen gestanden«, sagte der Colonel, »das war mehr Glück als Verstand.«

Guy ging leise hinaus und schloss sanft die Tür. Als er durch die verglaste Öffnung zurückblickte, beobachtete er den nächsten Stoß. Der Colonel setzte die rote Kugel zurück auf ihren Platz, fasste die ungünstigen Positionen ins Auge, um dann mit plumpem Finger und Daumen die Kugel zehn Zentimeter weiter nach links zu verschieben. Guy überließ ihn seiner einsamen Mogelei. Wie hatten ihn die altgedienten Offiziere noch genannt? Ochse? Winzling? Nilpferd? Der Spitzname war ihm entfallen.

In gedrückter Stimmung ging er zum Telefon und rief ein Taxi.

Und so machte Guy sich zu einer weiteren Etappe seiner Pilgerfahrt auf, die ihren Ausgang vom Grab Sir Rogers genommen hatte. Heute wie damals verlangte auch sie einen Akt der *pietas*. Ein Geist musste besänftigt werden. Es galt, Apthorpes Ausrüstung zusammenzusammeln und sie zu übergeben, erst dann stand es Guy frei, seinem Geschick im Dienst Seiner Majestät zu folgen. Dieser Weg führte ihn die nächsten paar Tage zurück nach Southsand und Cornwall.

Chatty Corner, der Mann der Wälder, musste irgendwo im unwegsamen England des Zweiten Weltkriegs zu finden sein.

Im Vorraum hielt er sich noch etwas auf und blätterte im Gästebuch zurück zum Datum des Gästeabends im letzten Dezember. Dort, unmittelbar unter dem Namen von Tony Box-Bender, fand er ›James Pendennis Corner‹. Doch die Spalte, in der seine Adresse oder sein Regiment hätte stehen sollen, war leer.

3

In der letzten Unterrichtsstunde der Grundschule ›Unsere Liebe Frau vom Sieg‹, die vorübergehend in Matchet untergebracht war, wurden in der Klasse von Mr. Crouchback Auszüge aus Livius gelesen. Die Verdunkelungsvorhänge waren zugezogen. Leise zischte die Gasheizung. Der übliche Geruch nach Kreide und Tinte. Die fünfte Klasse war müde nach dem Fußballplatz und hungrig auf den Nachmittagstee. Noch zwanzig Minuten, und man würde bei Absätzen anlangen, auf die sie noch nicht vorbereitet waren.

»Bitte, Sir, es stimmt doch, oder, dass der Selige Gervase Crouchback ein Vorfahre von Ihnen ist, oder?«

»Vorfahre wohl kaum, Greswold. Er war nämlich Priester. Sein Bruder, von dem ich abstamme, hat sich nicht ganz so tapfer geschlagen, fürchte ich.«

»Aber Anglikaner ist er nicht geworden, Sir?«

»Nein, aber er – und sein Sohn nach ihm – haben nicht aufgemuckt.«

»Erzählen Sie uns, wie der Selige Gervase gefangen wurde, Sir!«

»Das habe ich euch doch bestimmt schon mal erzählt.«

»An dem Tag haben aber viele von uns gefehlt, Sir, und ich

habe auch nie recht begriffen, was eigentlich geschehen ist. Der Hausmeister hat ihn verraten, nicht wahr?«

»Nein, durchaus nicht. Challoner hat eine Abschrift der St-Omer's-Annalen falsch verstanden, und dieser Fehler ist von allen anderen übernommen worden. Unsere Leute waren alle treu. Nein, es war ein Spitzel aus Exeter, der nach Broome kam und so tat, als sei er katholisch, und um Unterkunft bat.«

Zufrieden lehnte sich die fünfte Klasse zurück. Jetzt war der alte Croucher ganz in seinem Element – kein Livius mehr.

»Pater Gervase wohnte im Nordturm des Vorhofes. Man muss Broome kennen, um zu begreifen, wie es passierte. Es gibt zwischen Haus und Hauptstraße nämlich nur einen Vorhof. Jedes bedeutende Haus steht an einer Straße, an einem Fluss oder einem Berg. Merkt euch das. Nur Jagdhütten gehören in einen Park. Nach der Reformation fingen die reichen Leute an, sich von ihren Leuten zurückzuziehen und sich zu verbergen …«

Es war nicht schwierig, den alten Croucher zum Erzählen zu bringen. Der ältere Greswold, dessen Großvater er gekannt hatte, verstand sich vorzüglich darauf. Zwanzig Minuten vergingen.

»… Als er das zweite Mal vom Rat verhört wurde, war er so geschwächt, dass sie ihm einen Hocker hinstellten mussten, auf den er sich setzen durfte.«

»Bitte, Sir, es hat geläutet.«

»Himmel, da hab ich mich wieder mal ablenken lassen und eure Zeit vertan. Du solltest mich davon abhalten, Greswold. Nun, wir machen morgen weiter, wo wir heute aufgehört haben. Ich erwarte, dass ihr eine lange Passage gründlich vorbereitet.«

»Vielen Dank, Sir, guten Abend. Es war richtig spannend, das mit dem Seligen Gervase …«

»Guten Abend, Sir!«

Die Jungen liefen auseinander. Mr. Crouchback knöpfte seinen Gehrock zu, schlang die Gasmaske um die Schulter, hielt die Taschenlampe in der Hand und schritt in Richtung Meer, das im Dunkeln lag.

Das Marine Hotel, seit nunmehr neun Jahren Mr. Crouchbacks Zuhause, war voll belegt wie im Hochsommer. Jeder Stuhl im Aufenthaltsraum war für einen bestimmten Gast reserviert. Romane und Strickzeug wurden zurückgelassen, um zu bekunden, dass der Besitzer ein Anrecht auf diesen Platz hätte, wenn er einmal in den Nebel hinausging.

Mr. Crouchback ging schnurstracks in seine eigenen Zimmer hinauf, doch als er am Treppenabsatz Miss Vavasour begegnete, blieb er stehen und drückte sich in die Ecke, um sie vorbeizulassen.

»Guten Abend, Miss Vavasour.«

»Ach, Mr. Crouchback, ich habe auf Sie gewartet. Dürfte ich Sie wohl einen Augenblick sprechen?«

»Selbstverständlich, Miss Vavasour.«

»Es geht um etwas, das heute passiert ist.« Sie sprach im Flüsterton. »Ich möchte nicht, dass Mr. Cuthbert mich hört.«

»Wie geheimnisvoll! Ich habe aber bestimmt keine Geheimnisse vor den Cuthberts.«

»Aber *sie* vor *Ihnen*. Da ist eine Verschwörung, Mr. Crouchback, von der Sie wissen müssen.«

Miss Vavasour hatte kehrtgemacht und ging jetzt auf Mr. Crouchbacks Wohnzimmer zu. Er machte die Tür auf und trat zurück, um sie einzulassen. Ein strenger Hundegeruch stieg ihnen in die Nase.

»So ein angenehmer, männlicher Duft«, sagte Miss Vavasour.

Felix, sein Golden Retriever, stand auf, um Mr. Crouchback zu begrüßen; er stellte sich auf die Hinterläufe und legte die Vorderpfoten auf die Brust seines Herrn.

»*Platz*, Felix, *Platz*! Hoffentlich ist er draußen gewesen.«

»Mrs. Tickeridge und Jenifer haben heute Nachmittag einen langen Spaziergang mit ihm gemacht.«

»Bezaubernde Leute. Setzen Sie sich, ich möchte bloß eben diese lächerliche Gasmaske ablegen.«

Mr. Crouchback begab sich in sein Schlafzimmer, hängte Mantel und Tornister auf, betrachtete sein altes Gesicht im Spiegel und kehrte zu Miss Vavasour zurück.

»Nun, was hat es mit dieser Verschwörung auf sich?«

»Sie wollen Sie rauswerfen«, sagte Miss Vavasour.

Mr. Crouchback blickte sich in dem schäbigen kleinen Raum um, der angefüllt war mit seinen Möbeln, seinen Büchern und seinen Fotografien. »Das halte ich kaum für möglich«, sagte er. »So etwas würden die Cuthberts nie tun – nach all den vielen Jahren. Das müssen Sie missverstanden haben. Außerdem können sie es gar nicht.«

»Doch, sie es können, Mr. Crouchback. Es gibt da ein neues Gesetz. Heute war ein Offizier hier – zumindest war er gekleidet wie ein Offizier –, ein schrecklicher Mensch. Er hat sämtliche Zimmer gezählt und sich die Gästeliste zeigen lassen. Er wolle das ganze Hotel übernehmen, sagte er. Mr. Cuthbert erklärte, einige von uns seien Dauergäste, und die anderen seien ausgebombte Frauen von Frontsoldaten. Dann sagte der sogenannte Offizier: ›Wer ist dieser Mann, der zwei Zimmer hat?‹ Er sagte: ›Er arbeitet in der Stadt. Er ist Lehrer.‹ Wie kann er es wagen, *Sie* nur als Lehrer zu bezeichnen, Mr. Crouchback!«

»Nun, das bin ich aber doch auch, oder?«

»Fast wäre ich ihnen an Ort und Stelle über den Mund gefahren, um ihnen zu sagen, *wer Sie sind*, aber eigentlich ging mich das alles ja nichts an. Ich glaube, sie haben nicht mal gemerkt, dass ich alles mitbekam. Aber ich habe innerlich *gekocht*! Dann fragte dieser Offizier: ›Grundschule oder Oberschule?‹, und Mr. Cuthbert sagte: ›An einer Privatschule‹, woraufhin der Offizier in Lachen ausbrach und sagte: ›Keine Priorität!‹ Daraufhin konnte ich nicht mehr an mich halten, stand auf, funkelte sie alle an und verließ wortlos den Raum.«

»Das war das Klügste, was Sie tun konnten.«

»Aber diese Impertinenz!«

»Ich bin überzeugt, das hat nichts zu sagen! Heutzutage kommen alle möglichen Leute und stellen irgendwelche Fragen. Ich nehme an, das lässt sich nicht vermeiden. Verlassen Sie sich darauf, das war reine Routine. Die Cuthberts würden so etwas nie tun. Niemals! Nach all den Jahren!«

»Sie sind zu vertrauensselig, Mr. Crouchback. Sie behandeln jeden, als ob er ein Gentleman wäre. Und das war dieser Offizier ganz bestimmt *nicht*.«

»Es war sehr freundlich von Ihnen, mich zu warnen, Miss Vavasour.«

»Ich koche innerlich noch immer, wenn ich nur dran denke.«

Nachdem Miss Vavasour gegangen war, zog Mr. Crouchback Stiefel und Socken aus, legte den Kragen ab und zog auch noch das Hemd aus. Dann stand er vor dem Waschständer und wusch sich in Hose und Unterhemd gründlich mit kaltem Wasser. Er zog ein frisches Hemd an, gönnte sich einen frischen Kragen und frische Socken, abgetragene Halbschuhe und einen schäbigen Anzug aus dem gleichen Stoff wie derjenige, den er tagsüber getragen hatte. Er bürstete sich das Haar. Und die ganze Zeit über dachte er an andere Dinge als an Miss Vavasours Enthüllungen. Seit er sich hier in Matchet niedergelassen hatte, hatte sie ihm ihre galante Zuneigung bewiesen. Seine Tochter Angela machte recht unpassende Witze darüber. In den sechs Jahren, die er sie kannte, hatte er kaum auf das geachtet, was Miss Vavasour sagte. Jetzt verbannte er die Cuthbert-Verschwörung aus seinen Gedanken und beschäftigte sich mit zwei Problemen, die ihn mit der Vormittagspost erreicht hatten. Er war ein Mann von eingefleischten Gewohnheiten und festen Meinungen. Zweifel waren ihm fremd. An diesem Morgen war er zwischen Messe und Schulbeginn mit zwei Dingen konfrontiert worden, die aus einer unbekannten Welt zu ihm gekommen waren.

Das Auffälligere von beiden war das Päckchen; ziemlich groß und schmutzig durch die vielen Hände, die es untersucht hatten. Es war mit amerikanischen Briefmarken, Zollerklärungen vollgeklebt und übersät mit den Stempeln diverser Zensoren.

Der Ausdruck ›Ein Paket aus Amerika‹ fand gerade erst einen Platz im Vokabular Englands. Hier handelte es sich offenkundig um eine dieser Neuerungen. Seine drei Enkelinnen von Box-Bender waren vorsichtshalber nach Neuengland geschickt worden. Zweifellos kam das Paket von ihnen. ›Wie freundlich! Was für eine ausgefallene Idee‹, hatte er gedacht und es in sein Zimmer hinaufgetragen, um es sich später genauer anzusehen.

Jetzt zerschnitt er mit der Nagelschere die Schnur und stellte einen Gegenstand nach dem anderen auf den Tisch.

Als Erstes holte er sechs Büchsen Pulitzer's Soup hervor. Sie trugen unterschiedliche, mit köstlichen Bezeichnungen bedruckte Etiketten, doch Suppen waren eines der wenigen Dinge, die es im Marine Hotel immer noch reichlich gab. Außerdem war Mr. Crouchback der festen Überzeugung, dass alle Konserven aus scheußlichen Zutaten bestanden. ›Dumme Mädels! Nun, vielleicht kommen sie uns später noch einmal zugute‹, dachte er. Als Nächstes holte er ein in Zellophan gewickeltes Päckchen Backpflaumen hervor, und dann eine kleine Büchse mit der Aufschrift: ›Brisko. A Must in every

Home‹; wozu es dienen sollte, war nicht zu erkennen. Seife? Hochkonzentrierter Alkohol? Rattengift? Schuhwichse? Da musste er Mrs. Tickeridge fragen. Des Weiteren kam eine etwas größere Dose mit der Aufschrift ›Yumcrunch‹ zum Vorschein. Das musste etwas Essbares sein, denn das Etikett zeigte ein pummeliges und offensichtlich völlig falsch ernährtes kleines Mädchen, das mit einem Löffel herumfuchtelte und ganz wild auf das Zeugs zu sein schien. Das Letzte und Allermerkwürdigste war eine Flasche mit etwas, das aussah wie wässrige, künstliche Perlen, ›Cocktail-Onions‹ stand darauf. War es möglich, dass diese findigen Leute im fernen Amerika, die seine Enkelinnen so großzügig (und, wie er meinte: unnötigerweise) bei sich aufgenommen hatten, alkoholhaltige Zwiebeln züchteten? Es schien ihnen darum zu gehen, sämtliche Naturprodukte abzuwandeln.

Mr. Crouchbacks Hochstimmung sank; er betrachtete sein Geschenk einigermaßen verdrossen. Wo in dieser ganzen exotischen Fülle war etwas für Felix? Offenbar hatte er die Wahl zwischen Brisko und Yumcrunch.

Er schüttelte die Büchse mit Yumcrunch. Es rasselte leise darin. Zerbrochene Kekse? Felix stand auf und hob die weiche Schnauze zu ihm.

»Yumcrunch?«, sagte Mr. Crouchback verführerisch. Felix' Schwanz klopfte auf den Teppich.

Doch dann schlich sich ein Verdacht in Mr. Crouchbacks Zufriedenheit: Angenommen, es handelte sich um diese Neuheit, genannt Fertigfutter, von der er gehört hatte. Futter, dem man alles Wasser entzogen hatte, und das, sofern man es nicht vorher richtig zubereitete, im Magen aufquoll und zu einem qualvollen Tod führen konnte?

»Nein, Felix«, sagte er. »Kein Yumcrunch. Da muss ich mich erst bei Mrs. Tickeridge erkundigen.« Gleichzeitig beschloss er, sich auch wegen seines anderen Problems an diese

Dame zu wenden: wegen Tony Box-Benders merkwürdiger Postkarte und Angela Box-Benders merkwürdigem Brief.

Die Postkarte hatte dem Brief beigelegen. Er hatte beide mit in die Schule genommen und sie im Lauf des Tages mehrmals wiedergelesen. Der Brief lautete folgendermaßen:

Lower Chipping Manor, bei Tretbury

Liebster Papa,
endlich ein Lebenszeichen von Tony. Nichts Persönliches von dem armen Jungen, aber welche Freude zu wissen, dass er lebt! Bis heute Morgen habe ich nicht gewusst, wie besorgt ich gewesen war. Schließlich war es denkbar, dass der Mann, der entfliehen konnte und uns schrieb, dass er Tony in der Kolonne der Kriegsgefangenen hatte, sich auch irren konnte. Jetzt wissen wir es sicher.
Er scheint zu glauben, wir könnten ihm ohne weiteres schicken, was er braucht, aber Arthur ist der Sache nachgegangen und sagt nein, so läuft das nicht. Arthur behauptet, er könne sich nicht an irgendwelche neutralen Botschaften wenden, und ich solle auch nicht nach Amerika schreiben. Es dürfen nur reguläre Rotkreuzpäckchen geschickt werden, und die scheinen sie ohnehin zu bekommen, egal, ob wir dafür bezahlen oder nicht. Arthur sagt, diese Pakete wurden nach wissenschaftlichen Gesichtspunkten zusammengestellt, damit sie genau die richtige Kalorienzahl enthalten und damit es in der Gefangenschaft keine Unterschiede zwischen Arm und Reich gibt. Ich muss zugeben, damit hat er in gewisser Weise recht.
Den Mädels scheint es in Amerika großartig zu gefallen.
Was macht die Schule?

In Liebe, Deine Angela

Auf der Karte von Tony stand Folgendes:

Durfte nicht früher schreiben. Sind jetzt im Dauerlager unter-
gebracht, viele von unseren Jungs. Kann Daddy veranlassen,
dass mir durch neutrale Konsulate Päckchen geschickt werden?
Das ist äußerst wichtig; viele sagen, so geht es am schnellsten
und am sichersten. Schickt bitte Zigaretten, Schokolade, Si-
rup, Kakao, Fisch und Fleisch in Dosen (aller Art). Glukose D.
Hartkekse (Schiffszwieback), Käse, Sahnebonbons, Kondens-
milch, Kamelhaar-Schlafsack, Luftkissen, Handschuhe, Haar-
bürste. Vielleicht könnten die Schwestern in Amerika helfen?
Außerdem Boulestin's Kochbuch. Und Trumper's Eucris. Und
Wollhausschuhe.

Es war noch ein weiterer Brief unter Mr. Crouchbacks Post
gewesen, der ihn zwar betrübte, jedoch kein Problem aufwarf.
Sein Weinhändler hatte geschrieben, um ihn darüber zu informieren, ihre Kellereien seien durch Bombenangriffe teilweise
zerstört worden. Ihre langjährigen Kunden hofften sie zwar
weiterhin, wenn auch in vermindertem Umfang beliefern zu
können, doch spezielle Bestellungen könnten sie leider nicht
mehr ausführen. Sie würden monatlich Pakete zusammenstellen, je nachdem, was gerade verfügbar sei. Beim Bahnversand
komme es leider immer häufiger zu Diebstählen und Fla-
schenbruch. Die geehrten Kunden würden höflichst ersucht,
alle Verluste umgehend zu melden.

Pakete, dachte Mr. Crouchback. Heute schien aber auch alles irgendwie mit Paketen zusammenzuhängen.

Wie es seit vielen Jahren seine Gepflogenheit war, ging
Mr. Crouchback nach dem Dinner in den Gästeraum zu
Mrs. Tickeridge. Die Unterhaltung begann wie stets mit dem
nachmittäglichen Spaziergang von Felix. Dann:

»Guy ist wieder da. Ich hoffe, er kommt uns bald besuchen. Ich weiß nicht, was er genau vorhat. Es geht um irgendwas Geheimes, nehme ich an. Er ist mit dem Brigadier zurückgeflogen – dem Mann, den Sie ›Ben‹ nennen.«

Mrs. Tickeridge hatte gerade an diesem Tag einen Brief von ihrem Mann erhalten und einigen Andeutungen darin entnommen, dass sich Brigadier Ritchie-Hook wieder einmal einen seiner Streiche geleistet habe. Gedrillt in Fragen der Korpsehre, wechselte sie das Thema.

»Und Ihr Enkel?«

»Darüber wollte ich gerade mit Ihnen sprechen, Mrs. Tickeridge. Meine Tochter hat diese Postkarte mitgeschickt. Dürfte ich sie Ihnen wohl zeigen – und den Brief auch? Werden Sie daraus schlau?«

Mrs. Tickeridge nahm Brief und Karte und las beides. Zuletzt sagte sie: »Ich glaube nicht, dass ich von Trumper's Eucris je gehört habe.«

»Nein, nein, das ist es nicht, worüber ich mir den Kopf zerbreche. Das ist ein Haarwasser. Habe ich früher selbst benutzt. Aber finden Sie es nicht merkwürdig, dass er mit seiner allerersten Postkarte nach Hause ausschließlich um Dinge für sich selbst bittet? Das ist sonst gar nicht seine Art.«

»Ich nehme an, er hat schlichtweg Hunger, der arme Junge.«

»Doch wohl kaum? Kriegsgefangene haben ein Anrecht auf eine volle Soldatenration. Ich weiß, dass es darüber eine internationale Übereinkunft gibt. Meinen Sie nicht, das ist ein Code? ›Glukose D‹? Wer hat jemals was von Glukose D gehört? Ich bin überzeugt, er hat das Zeug noch nie gesehen. Jemand muss ihn darauf angesetzt haben. Man sollte doch meinen, dass ein Junge, der zum ersten Mal an seine Mutter schreibt, von der er weiß, dass sie in größter Sorge ist und auf Nachricht von ihm wartet, Besseres zu schreiben hat als ausgerechnet ›Glukose D‹?«

»Vielleicht hungert er *wirklich*.«

»Selbst wenn – dann muss er trotzdem Rücksicht auf die Gefühle seiner Mutter nehmen. Sie haben ihren Brief gelesen?«

»Ja.«

»Ich bin überzeugt, sie ist auf einer ganz falschen Fährte. Mein Schwiegersohn ist im Unterhaus und ist dort selbstverständlich unter dem Einfluss von sehr merkwürdigen Ansichten.«

»Nein, das haben sie auch im Radio gesagt.«

»*Im Radio!*«, sagte Mr. Crouchback und legte so viel Verachtung in dieses Wort, wie ihm nur irgend möglich war. »Das Radio! Das sind genau die Dinge, mit denen die heutzutage arbeiten! Ich finde, so etwas darf man nicht einmal denken! Warum sollten wir denen, die wir lieben, nicht schicken, was wir wollen – und sei es auch Glukose D?«

»Ich meine, im Krieg ist es nur fair, wenn man alles miteinander teilt.«

»Warum? Im Krieg doch noch weniger als sonst! Aber vielleicht haben Sie recht – möglich, dass Tony wirklich hungert. Wenn er Glukose D haben will – warum kann ich ihm die dann nicht schicken? Wieso kann mein Schwiegersohn nicht irgendwelche Ausländer einspannen, um zu helfen? Ich kenne da einen Schweizer, der früher Jahr für Jahr nach Broome gekommen ist. Der würde Tony bestimmt gern helfen. Warum auch nicht? Ich verstehe das nicht.«

Mrs. Tickeridge sah, wie der sanftmütige und verstörte alte Mann sie ernsthaft anblickte und sich von ihr eine Antwort erhoffte, die sie ihm nicht geben konnte. Er fuhr fort:

»Schließlich bedeutet *jedes* Geschenk doch, dass man jemandem etwas zukommen lassen möchte, das ein anderer nicht hat. Selbst wenn es sich nur um ein Sahnekännchen bei einer Hochzeit handelt. Ich würde mich nicht wundern, wenn die

Regierung uns demnächst verbieten würde, für andere zu beten!« Traurig dachte Mr. Crouchback über diese Möglichkeit nach und fügte dann noch hinzu: »Nicht, dass irgendjemand wirklich ein Sahnekännchen *braucht*. Aber Tony scheint auf diese Dinge angewiesen zu sein, um die er bittet. Irgendwas ist da faul! Ich bin nicht besonders gut darin, Dinge zu erklären – aber ich weiß einfach, *dass da von Grund auf was faul ist*.«

Mrs. Tickeridge stopfte Jenifers Strickjacke. Schweigend ließ sie die Nadel hin- und herfahren. Auch sie war nicht besonders gut darin, Dinge zu erklären. Schließlich brachte Mr. Crouchback noch einmal eines der verwirrenden Dinge zur Sprache.

»Und was ist Brisko?«

»Brisko?«

»Und Yumcrunch? Beides steht oben in meinem Zimmer, und ich weiß um alles in der Welt nicht, was ich damit anfangen soll. Es ist was Amerikanisches.«

»Ich weiß genau, was Sie meinen. Ich habe Anzeigen in Illustrierten darüber gesehen. Yumcrunch ist etwas, das sie statt Haferbrei zum Frühstück essen.«

»Ob Felix das verträgt? Bekommt er keine Blähungen davon?«

»Er würde es sicher furchtbar gern fressen. Und das andere benutzen sie anstelle von Fett zum Braten.«

»Also zu schwer für einen Hund?«

»Ich fürchte, ja. Aber Mrs. Cuthbert wird sich bestimmt freuen, wenn Sie es ihr für die Küche spendieren.«

»Sie wissen aber auch alles.«

»Bis auf Trumpers – was war's doch noch?«

Schließlich verabschiedete Mr. Crouchback sich und ließ Felix in die Dunkelheit hinaus. Er brachte die Dose Brisko mit herunter und trug sie zur Besitzerin des Hotels in ihr Wohnzimmer mit der Aufschrift ›Privat‹ an der Tür.

»Mrs. Cuthbert, dies hier hat man mir aus Amerika geschickt. Es handelt sich um Bratfett. Mrs. Tickeridge meint, Sie könnten es in der Küche vielleicht gut gebrauchen.«

Sie nahm die Büchse und bedankte sich etwas verlegen.

»Mein Mann wollte mit Ihnen sprechen.«

»Ich stehe zur Verfügung.«

»Alles wird immer schwieriger«, sagte sie. »Ich hole meinen Mann.«

Mr. Crouchback stand da und wartete. Schließlich kehrte Mrs. Cuthbert ohne ihren Mann zurück.

»Er sagt, ich solle doch mit Ihnen reden. Ich weiß nicht recht, wie ich anfangen soll. Es ist nur wegen des Krieges und den vielen Einschränkungen – und wegen dem Offizier, der heute hier war. Er ist der Kommandeur, der für die Einquartierung zuständig ist. Sie können mir glauben, Mr. Crouchback, es hat nichts mit Ihnen persönlich zu tun. Ich meine, wir haben doch immer alles getan, um es Ihnen recht zu machen, haben alle möglichen Ausnahmen für Sie gemacht, nichts für das Hundefutter berechnet und ermöglicht, dass Sie sich Ihren eigenen Wein bestellen konnten. Manche von den Gästen haben mehr als einmal darauf hingewiesen, dass Sie besonders bevorzugt behandelt werden.«

»Ich habe mich nie beklagt«, erklärte Mr. Crouchback. »Ich bin überzeugt, dass Sie unter den gegebenen Umständen alles tun, was Ihnen möglich ist.«

»Ja, das ist es«, sagte Mrs. Cuthbert. »Die Umstände.«

»Ich glaube, ich weiß, was Sie mir sagen wollen, Mrs. Cuthbert. Aber Sie müssen sich überhaupt keine Sorgen machen, falls Sie fürchten, dass ich Sie jetzt, wo Sie schwere Zeiten durchmachen müssen, verlasse, nachdem ich so viele Jahre so angenehm bei Ihnen gelebt habe. Ich weiß, dass Sie beide Ihr Möglichstes tun, und ich bin Ihnen von Herzen dankbar dafür.«

»Vielen Dank, Sir. Das war es zwar nicht ganz, was ich … Ich glaube, es ist doch besser, wenn mein Mann mit Ihnen redet.«

»Er ist mir jederzeit willkommen. Nur im Moment nicht. Ich muss nämlich Felix zu Bett bringen. Gute Nacht. Hoffentlich können Sie das Fett gebrauchen.«

»Gute Nacht, Sir, und vielen Dank, Sir.«

Miss Vavasour fing ihn auf der Treppe ab.

»Ach, Mr. Crouchback, ich habe zufällig gesehen, wie Sie zu Mrs. Cuthbert gegangen sind. Ist alles in Ordnung?«

»Ja, ich denke schon. Ich habe Mrs. Cuthbert eine Büchse Bratfett gebracht.«

»Aber von dem, was ich Ihnen erzählt habe, haben sie nichts erwähnt?«

»Die Cuthberts scheinen sich Sorgen darüber zu machen, dass der Service nicht mehr ganz so ist wie früher. Aber ich glaube, in der Hinsicht habe ich sie beruhigen können. Sie machen beide schwere Zeiten durch – das tun wir ja alle. Gute Nacht, Miss Vavasour.«

4

Mittlerweile hatten sich die Gespräche im Bellamy's höheren Dingen zugewandt. An diesem Morgen hatte eine quicklebendige, geschäftige Persönlichkeit in einem weichen Bett in einem tiefen Bunker gelegen und innerhalb weniger Minuten die Tagesarbeit eines umkämpften Weltreichs verteilt.

»Bitte informieren Sie mich heute auf einer halben Seite, warum Brigadier Ritchie-Hook vom Kommando seiner Brigade entbunden wurde.«

Und fast auf die Minute genau vierundzwanzig Stunden

später, als Mr. Crouchbacks Klasse gerade dabei war, die vernachlässigte Passage von Livius zu übersetzen, ging vom selben Kissenberg folgender Ukas hinaus:

Premierminister an Kriegsminister.
Ich habe Anweisung gegeben, dass kein Truppenkommandeur wegen mangelnder Verschwiegenheit bei Maßnahmen, die sich gegen den Feind richten sollten, strafrechtlich verfolgt wird. Diese Anweisung ist im Fall des ehemaligen Brigadiers Ritchie-Hook, jetzt wieder Colonel beim Royal Corps of Halberdiers, aufs Gröbste und Ärgerlichste missachtet worden. Bitte um Bestätigung, dass für diesen tapferen und listenreichen Offizier eine passende Stellung gefunden wird, sobald er wieder felddiensttauglich ist.

Telefone und Schreibmaschinen sorgten dafür, dass dieser Trompetenstoß bis in die letzte Ecke des Empire gehört wurde. Bedeutende Leute riefen weniger bedeutende Leute an und diese wiederum Leute, die praktisch gar nichts zu melden hatten. Irgendwo auf dem Weg die offizielle Rangleiter hinunter tauchte auch Guys Name auf, denn Ritchie-Hook hatte in seinem Krankenzimmer im Millbank Hospital den Gefährten seiner Verfehlung keineswegs vergessen. Unterlagen mit dem Vermerk: ›Sofort bearbeiten!‹ wanderten von der eingehenden Post weiter in die ausgehende Post, bis sie schließlich beim Adjutanten der Halberdier-Kaserne gleichsam Meeresspiegelhöhe erreichten.

»Sergeant-Major, haben wir die Urlaubsadresse von Mr. Crouchback?«

»Marine Hotel, Matchet, Sir.«

»Dann stellen Sie bitte einen Marschbefehl für ihn aus; er soll sich umgehend beim H. O. O. H. Q. melden.«

»Soll ich ihm die Adresse geben, Sir?«

»Das geht wohl kaum. Die steht auf der Liste der streng geheimen Adressen.«

»Sir!«

Zehn Minuten später meinte der Adjutant: »Wenn wir die Adresse nicht angeben – wie soll Mr. Crouchback dann wissen, wo er sich melden soll?«

»Sir!«

»Wir könnten es an H. O. O. H. Q. zurückdelegieren.«

»Sir!«

»Es steht aber ›Sofort bearbeiten!‹ drauf.«

»Sir!«

Diese beiden Männer, die praktisch überhaupt nichts zu melden hatten, saßen einander in stiller Verzweiflung gegenüber.

»Der richtige Dienstweg, Sir, wäre es meines Erachtens, wenn wir einen Offizier als Boten hinschickten.«

»Können wir denn jemanden erübrigen?«

»Einen haben wir, Sir.«

»Colonel Trotter?«

»Sir!«

›Jumbo‹ Trotter war, wie sein Spitzname schon verriet, ein ebenso schwergewichtiger wie gutmütiger Mensch. 1936 war er im Rang eines Full Colonel in den Ruhestand getreten, hatte sich jedoch binnen einer Stunde nach der Kriegserklärung in der Kaserne gemeldet und sich seither nicht mehr von dort wegbewegt. Niemand hatte ihn einberufen. Aber es kam auch niemandem in den Sinn, seine Anwesenheit in der Kaserne in Frage zu stellen. Sein Alter und sein Rang machten ihn für irgendwelche Kasernendienste untauglich. Er döste über Zeitungen, schleppte sich schnaufend um den Billardtisch herum, strahlte an den Gästeabenden angesichts des Gerangels seiner jüngeren Kameraden und nahm regelmäßig am Kirchgang teil. Gelegentlich äußerte er den Wunsch, den Deutschen gewaltig was auf den Deckel zu geben, doch meistens schlief er. Er war es, den Guy im Billardraum gestört hatte, als er das letzte Mal in der Kaserne gewesen war.

Ein- oder zweimal die Woche war der Captain-Commandant in seiner neuen Rolle als Zuchtmeister drauf und dran, ein Wort mit Jumbo zu reden, doch daraus wurde nie was. Er hatte seinerzeit in Flandern unter Jumbo Dienst getan und gelernt, ihn wegen seiner Gelassenheit zu bewundern, die er noch unter den gefährlichsten Umständen bewahrte. Er gab daher bereitwillig sein Einverständnis, dass der alte Knabe auf die Reise geschickt wurde, und überließ es ihm selbst, wie er das organisieren wollte.

Bis Matchet waren es rund zweihundertfünfzig Kilometer. Jumbos persönliche Habseligkeiten ließen sich leicht in einem schwarzgelackten Metallkoffer für die Uniformen sowie einer schweinsledernen Reisetasche unterbringen – mit Ausnahme seines Bettzeugs. Man soll nie ohne sein Bettzeug und die nächste Mahlzeit verreisen; das sei eine seiner ehernen Regeln, erklärte Jumbo. Alles in allem hatte sein Bursche, der recht betagte Halberdier Burns, ganz schön zu schleppen an seinem Gepäck. Es sei alles in allem viel zu viel, um den Zug zu nehmen, erklärte er dem Offizier, dem der Wagenpark unterstand. Außerdem sei es jedermanns Pflicht, möglichst nicht mit der Bahn zu fahren, das habe er im Radio gehört. Die Züge brauche man für die Truppenverschiebungen. Der Transportoffizier war ein noch sehr unerfahrener, zugänglicher junger Soldat, und Jumbo bekam sein Auto.

Folglich stand das Auto in dieser Zeit zunehmender Zwangsmaßnahmen am nächsten Morgen in aller Herrgottsfrühe vor der Treppe zum Offiziershaus. Das Gepäck war hinten aufgeschnallt, Fahrer und Bursche standen neben dem Wagenschlag. Gegen die Morgenkühle bis zum Hals zugeknöpft, trat Jumbo schließlich heraus, rauchte seine erste

Pfeife nach dem Frühstück und trug unterm Arm die einzige Ausgabe der *Times*, die im Vorraum auslag. Die Männer nahmen Haltung an und salutierten. Jumbo bedachte sie mit einem wohlwollenden Lächeln und hob die mit einem pelzgefütterten Handschuh bewehrte Rechte bis zum oberen Rand seiner roten Uniformmütze. Er besprach sich anhand der Karte kurz mit dem Fahrer, befahl, einen kurzen Umweg zu fahren, damit er zum Mittagessen in einem befreundeten Kasino einkehren könne, und machte es sich dann auf dem Rücksitz bequem. Burns stopfte das Reiseplaid fest und sprang auf den Sitz neben dem Fahrer. Jumbo überflog rasch die Todesanzeigen in der Zeitung, dann gab er den Befehl zur Abfahrt.

Der Adjutant, der diesen Vorgang vom Fenster seines Arbeitszimmers aus verfolgte, sagte plötzlich: »Sergeant-Major, hätten wir nicht Mr. Crouchback hierherholen und ihm die Adresse selbst geben können?«

»Sir!«

»Aber jetzt ist es zu spät. Befehl, Gegenbefehl, Durcheinander, nicht wahr?«

»Sir!«

Das Auto rollte über den Kies zur Wache. In den Jahren vor dem totalen Krieg hätte es ebenso gut einen älteren Magnaten von einem Londoner Stadthaus zu einem langen Wochenende auf einen Landsitz in einer der Grafschaften um London herum befördern können. Mrs. Tickeridge kannte Colonel Trotter von früher. Sie stieß auf ihn, wie er in der Halle des Marine Hotel vor sich hin döste, als sie und Jenifer von ihrem Spaziergang mit Felix zurückkehrten. Er schlug die Augen über den schweren Tränensäcken auf und nahm ihre Anwesenheit ohne Überraschung zur Kenntnis.

»Hallo, Vi. Hallo, Krabbe. Schön, Sie wieder mal zu sehen.«

Er machte Anstalten, sich umständlich aus seinem Sessel zu erheben.

»Bleiben Sie sitzen, Jumbo. Was, um alles in der Welt, machen Sie denn hier?«

»Ich warte auf meinen Tee. Hier scheint ja alles halb zu schlafen; Tee sei gestrichen – lachhaft! Musste meinen Burschen Burns in die Küche schicken, damit er mir welchen brüht. Irgendein Koch – ein Zivilist – scheint Einwände erhoben zu haben. Habe ich aber gleich geregelt. Gab auch Einwände wegen meiner Unterbringung von der Frau im Büro. Sagte, sie wären voll belegt. Habe ich gleichfalls geregelt. Habe mein Bett im Badezimmer aufgeschlagen und auch gleich meine Sachen zurechtlegen lassen. Davon schien die Frau auch nicht sonderlich erbaut. Armseliges Wesen. Musste sie erst dran erinnern, dass wir im Krieg sind.«

»Ach, Jumbo, wir alle zusammen haben doch sowieso nur zwei Badezimmer.«

»Bleibe ja nicht lange. Müssen heutzutage alle ein bisschen zurückstecken. Burns und der Fahrer finden schon was in der Stadt. Man kann sich immer drauf verlassen, dass ein alter Halberdier es versteht, irgendwo unterzukommen. Burns braucht sich nicht mit einem Feldbett im Badezimmer zu begnügen.«

In diesem Augenblick erschien Burns mit einem vollbeladenen Tablett und setzte es neben dem Colonel ab.

»Jumbo, welch herrlicher Tee! So was kriegt man sonst nirgends mehr! Frischer gebutterter Toast, Sandwiches, ein Ei und Kirschkuchen!«

»Hatte Hunger! Habe Burns gesagt, er soll mal was organisieren.«

»Die arme Mrs. Cuthbert! Wir Ärmsten! Das bedeutet für uns: die ganze Woche keine Butter mehr!«

»Ich suche jemanden namens Crouchback. Die Frau im Büro sagte, er sei unterwegs. Bekannt?«

»Er ist ein reizender alter Herr!«

»Nein. Ein junger Halberdier-Offizier!«

»Ach, das ist sein Sohn Guy. Was wollen Sie von ihm? Ihn doch nicht etwa unter Arrest stellen?«

»Himmel, nein!«

Hinterlist sprühte plötzlich aus seinem Blick. Er hatte keine Ahnung, was in dem versiegelten Umschlag steckte, den er unter all den Ordensspangen in seiner Brusttasche verwahrte.

»Keine Rede davon. Nur ein freundschaftlicher Besuch.«

Felix hatte Jumbo die Schnauze aufs Knie gelegt und die Augen hingebungsvoll auf ihn gerichtet. Jumbo schnitt eine Ecke vom Toast ab, tunkte sie in die Konfitüre und steckte sie in das sanfte Hundemaul.

»Bring ihn weg, Jenifer, sei doch so gut, sonst frisst er mir meine ganze Teemahlzeit weg.«

Schließlich verfiel Jumbo wieder ins Dösen.

Er erwachte, als Stimmen neben ihm erklangen. Die Frau aus dem Büro, das armselige Wesen, unterhielt sich mit einem korpulenten Major in sehr aufrechter Haltung mit den Abzeichen des Royal Army Service Corps.

»Ich habe es ihm vorsichtig angedeutet«, sagte die Frau gerade, »und mein Mann hat es ihm quasi direkt gesagt. Aber er scheint nicht zu begreifen.«

»Er wird es schon begreifen, wenn er seine Möbel draußen vor der Tür findet. Wenn er es nicht von selbst räumt, mache ich von meinen Befugnissen Gebrauch.«

»Aber eigentlich ist das doch nicht richtig!«

»Sie sollten dankbar sein, Mrs. Cuthbert. Ich hätte auch das ganze Hotel beschlagnahmen können – und das hätte ich auch getan, wenn Mr. Cuthbert nicht so ehrlich gewesen wäre. Stattdessen habe ich die Pension *Monte Rosa* räumen lassen. Und die Leute dort mussten sich auch nach was anderem umsehen, oder?«

»Nun, die Verantwortung liegt bei Ihnen. Es wird ihn schrecklich mitnehmen, den armen alten Herrn!«

Jumbo fasste den Mann genau ins Auge und rief dann plötzlich mit Donnerstimme: »Grigshawe.«

Die Reaktion ließ nicht auf sich warten. Der Major fuhr herum, stampfte mit einem Fuß auf, nahm Habachtstellung ein und brüllte: »Sir!«

»Das darf doch nicht wahr sein, Grigshawe – Sie sind es wirklich. War mir nicht ganz sicher. Freut mich sehr, Sie wiederzusehen. Kommen Sie, schlagen Sie ein!«

»Sie sehen sehr gut aus, Sir!«

»Und Sie sind rasch befördert worden, was?«

»Nur vorübergehend, Sir.«

»Haben uns gefehlt, nachdem Sie sich weggemeldet hatten. Hätten die Halberdiers nicht verlassen sollen.«

»Hätte ich auch niemals getan, wenn da nicht meine Gattin gewesen wäre; außerdem war auch noch kein Krieg.«

»Und was machen Sie jetzt?«

»Ich bin Quartiermacher, Sir! Lasse hier grade ein kleines Zimmer räumen.«

»Vorzüglich! Weiter so! Weiter so!«

»Bin praktisch schon fertig, Sir.« Er nahm wieder Haltung an, nickte Mrs. Cuthbert zu und ging; dennoch sollte es diesen Nachmittag keine Ruhe mehr für Jumbo geben. Kaum hatte Mrs. Cuthbert den Raum verlassen, als in einem Sessel in der Nähe eine ältere Dame den Kopf wandte und sich räusperte. Jumbo ließ seine Augen traurig auf ihr ruhen.

»Verzeihen Sie«, sagte sie, »ich habe eben zufällig Ihre Unterhaltung mitgehört, das ließ sich ja gar nicht vermeiden. Sie kennen diesen Offizier?«

»Was, Grigshawe? Einer der besten Drill-Sergeants, die wir im Korps hatten. Verstand sich vorzüglich darauf, aus erstklassigen Offiziersanwärtern zweitklassige Offiziere zu machen.«

»Das ist ja entsetzlich! Und ich war mir schon beinahe sicher, dass er ein Verbrecher sein muss, der hier in Uniform auftritt – ein Erpresser oder Einbrecher oder so etwas. Das war unsere letzte Hoffnung.«

Jumbo interessierte sich nur mäßig für die Angelegenheiten anderer. Jetzt kam es ihm etwas sonderbar vor, dass diese nett aussehende Dame so viel Wert drauf legen sollte, in Grigshawe einen Hochstapler zu sehen. Gelegentlich war Jumbo bei seinem gemächlichen Gang durchs Leben auf Dinge gestoßen, die ihn verwirrten und die er zu ignorieren gelernt hatte. Jetzt meinte er nur: »Kenne ihn seit zwanzig Jahren«, und wollte sich gerade anschicken, seinen Sessel zu verlassen, um ein bisschen frische Luft zu schnappen, als Miss Vavasour sagte: »Wissen Sie, er versucht, Mr. Crouchback sein Wohnzimmer wegzunehmen.«

Der Name Crouchback ließ Jumbo innehalten. Ehe er weitergehen konnte, hatte Miss Vavasour schon begonnen, ihre Geschichte zu erzählen.

Sie sprach mit Nachdruck, gleichwohl jedoch mit einer gewissen Hinterlist. Im Marine Hotel war der Zorn auf den Quartiermacher bald der Angst gewichen. Er kam, und niemand wusste, woher, war mit unbekannten Machtbefugnissen ausgestattet, bösartig, unberechenbar und durch nichts zu beschwichtigen. Miss Vavasour hätte sich genussvoll auf jeden deutschen Fallschirmjäger gestürzt und mit Schürhaken oder Brotmesser kurzen Prozess mit ihm gemacht. Grigshawe war eine Projektion der Gestapo. Seit nunmehr vierzehn Tagen hatten die Dauergäste in einem Zustand geflüsterter Erregung gelebt. Mr. Crouchback ging unbeirrbar seinen Pflichten nach und weigerte sich gelassen, sich von ihrer Angst anstecken zu lassen. Er war das Sinnbild ihrer Sicherheit. Wenn er fiel – welche Hoffnung blieb ihnen dann? Und dass er fallen sollte, so schien es, war jetzt beschlossene Sache.

Ungeduldig hörte Jumbo zu. Schließlich war er nicht deswegen den ganzen Tag über in hochgeheimer Mission mit dem Auto unterwegs gewesen. Es war ihm eine Freude, wieder im Dienste Seiner Majestät unterwegs zu sein. In letzter Zeit hatte es in den Zeitungen zahlreiche Witze über selbstsüchtige alte Frauen in sicheren Hotels gegeben. Oft hatte er darüber in sich hineingekichert. Schon stand er im Begriff, Miss Vavasour daran zu erinnern, dass sich England schließlich im Kriege befinde, als Mr. Crouchback selbst erschien. Er kam mit einem Stapel unkorrigierter Hefte von der Schule. Plötzlich nahm der Abend eine ganz andere Wendung, er wurde wieder zu etwas, worauf er sich freuen konnte.

Mrs. Vavasour stellte sie einander vor. Jumbo, sonst nicht gerade einer der Schnellsten, erkannte auf Anhieb den ›guten Typ‹, nicht nur den Vater eines Halberdiers, sondern einen Mann, der selbst ohne weiteres Halberdier hätte sein können.

Mr. Crouchback erklärte, Guy sei in Southsand, das viele Meilen weit entfernt liege, und sammle dort die Habseligkeiten eines Kameraden ein, der im Dienst Seiner Majestät gefallen sei. Unerwartet gute Nachrichten, denn Jumbo sah Tage, vielleicht Wochen angenehmer Abenteuer vor sich. Er hatte nichts dagegen einzuwenden, seine Fahrt zu den Seebädern auf unbestimmte Zeit auszudehnen.

»Nein, nein, rufen Sie ihn nicht an. Ich werde morgen persönlich hinfahren.«

Woraufhin Mr. Crouchback sich unversehens lebhaft für Jumbos Wohlergehen interessierte. Es komme gar nicht in Frage, dass er im Badezimmer übernachte. Mr. Crouchbacks Wohnzimmer stehe ihm zur Verfügung. Sodann schenkte Mr. Crouchback ihm exzellenten Sherry ein und später, beim Abendessen, Burgunder und Portwein. Er erwähnte nicht, dass es sich um die letzte Flasche seines kleinen Vorrats handelte, den er wohl nie wieder aufzufüllen hoffen durfte.

Sie streiften das aktuelle Geschehen und stellten fest, dass sie in ihrer Meinung sehr übereinstimmten. Jumbo erwähnte, dass er in den vergangenen Jahren eine bescheidene Sammlung von altem Silber zusammengetragen hatte. Mr. Crouchback kannte sich bei diesem Thema gut aus. Sie sprachen vom Angeln und der Fasanenjagd, aber nicht, um sich zu übertrumpfen, sondern in fröhlichem Einvernehmen.

Später gesellte Mrs. Tickeridge sich zu ihnen, und sie klatschten über die Halberdiers. Dann lösten sie gemeinsam zwei Drittel eines Kreuzworträtsels. Genauso hatte Jumbo sich einen angenehm Abend immer vorgestellt. Über Grigshawe und dessen Behelligungen verlor niemand ein Wort, und am Schluss war es Jumbo, der die Angelegenheit zur Sprache brachte.

»Es tut mir leid zu hören, dass Sie Schwierigkeiten mit Ihrem Zimmer hier haben.«

»Ach, eigentlich nicht. Ich habe diesen Major Grigshawe, von dem sie alle hier reden, selbst noch nie gesehen. Er muss die Cuthberts ganz schön durcheinandergebracht haben, und Sie wissen ja, wie schnell sich Gerüchte verbreiten und wie gern man in einem kleinen Nest wie diesem übertreibt. Die arme Miss Vavasour scheint der Meinung zu sein, dass wir alle auf die Straße gesetzt werden. Ich selber glaube kein Wort davon.«

»Ich kenne Grigshawe seit zwanzig Jahren. Muss schon sagen, seine Stellung ist ihm ein wenig zu Kopf gestiegen. Werde morgen früh mal ein Wörtchen mit ihm reden.«

»Aber bitte nicht *meinetwegen*. Allerdings wäre es sehr freundlich von Ihnen, wenn Sie Miss Vavasour beruhigen könnten.«

»Ist doch ganz einfach, wenn er sich an die Army-Gepflogenheiten hält. Braucht doch nichts weiter zu tun, als Meldung zu erstatten, dass das Zimmer am genannten Datum von einem höheren Offizier belegt gewesen ist. Sie werden fortan keinerlei Scherereien mehr mit Grigshawe haben, da können Sie sicher sein.«

»Er hat mir überhaupt keine Scherereien gemacht, glauben Sie mir. Er scheint nur mit den Cuthberts ein wenig barsch gewesen zu sein. Vermutlich dachte er, er tut nur seine Pflicht.«

»Ich werde ihm zeigen, was seine Pflicht ist.«

Mr. Crouchback hatte das Hotel bereits verlassen, als Jumbo am nächsten Morgen herunterkam, doch er vergaß sein Versprechen nicht. Ehe er in aller Gemächlichkeit davonfuhr, redete er ein paar Worte mit Major Grigshawe.

Zwei Tage später saßen Mr. und Mrs. Cuthbert in ihrem privaten Wohnzimmer. Major Grigshawe hatte sie gerade eben verlassen und ihnen versichert, ihre Pensionsgäste würden nicht behelligt werden. Diese Nachricht war ihnen keineswegs willkommen.

»Wir hätten das Zimmer vom alten Crouchback für acht Guineen die Woche vermieten können«, sagte Mr. Cuthbert.

»Wir könnten jedes Zimmer im ganzen Haus für den doppelten Preis vermieten.«

»Das mit den Dauergästen war ja vor dem Krieg alles schön und gut. Das hat uns in den Wintermonaten gut über die Runden gebracht.«

»Aber jetzt ist Krieg. Ich nehme an, wir können die Preise wieder einmal erhöhen.«

»Wir sollten reinen Tisch machen und von nun an Gäste immer nur für höchstens eine Woche nehmen. Darin liegt das große Geschäft. Man darf die Leute nicht zur Ruhe kommen lassen. Sollen sie sich Sorgen machen, wo sie als Nächstes unterkommen. Manche von den Ausgebombten sind dankbar für das kleinste bisschen. Grigshawe hat uns im Stich gelassen, so sieht es nämlich aus.«

»Komisch, dass er plötzlich verzichtet, wo alles so gut zu laufen schien.«

»Man kann sich auf die Army nicht verlassen – zumindest nicht beim Geschäft.«

»Es steckt bestimmt der alte Crouchback dahinter. Ich weiß nicht, wie, aber er hat es geschafft. Er ist ein gerissener alter Vogel, wenn du mich fragst. Tut immer so, als könnte er kein Wässerchen trüben. ›Ich habe ja volles Verständnis für Ihre Schwierigkeiten, Mrs. Cuthbert.‹ – ›Ich bin so dankbar für alles, was Sie für mich tun, Mrs. Cuthbert.‹«

»Er hat bessere Tage gesehen, das wissen wir alle. Leute wie er haben irgendetwas an sich. Sie erwarten schon von vornherein, dass alles glatt für sie läuft, und irgendwie läuft auch alles glatt für sie. Ich möchte verdammt noch mal wissen, wie sie das machen.«

Es klopfte an der Tür, und Mr. Crouchback trat ein. Sein Haar war windzerzaust, seine Augen waren feucht, denn er hatte draußen im Dunkeln gesessen.

»Guten Abend. Bitte, behalten Sie doch Platz, Mr. Cuthbert. Ich wollte Ihnen bloß mitteilen, wozu ich mich gerade eben entschlossen habe. Vor etwa einer Woche haben Sie mir gesagt, jemand benötige mein Zimmer. Sie haben die Angelegenheit vielleicht schon vergessen, ich aber nicht. Nun, ich habe mir die Sache überlegt und meine, es ist ziemlich egoistisch, wenn ich in einer solchen Zeit *beide* Zimmer für mich allein behalte. Mein Enkel ist im Gefangenenlager, Leute aus der Stadt haben kein Dach mehr über dem Kopf, und die Gäste aus der Pension Monte Rosa hat man hinausgeworfen, sie wissen nicht, wohin. Da geht es einfach nicht, dass ein alter Mann wie ich so viel Platz beansprucht. Ich habe in der Schule nachgefragt; ich könnte dort meine paar Möbel unterstellen. Deshalb möchte ich eine Woche im Voraus kündigen und Ihnen sagen, dass ich in Zukunft mein Wohnzimmer nicht mehr brauchen werde – das heißt, in der allernächsten Zukunft nicht. Nach dem Krieg würde ich es mit Freuden wieder übernehmen. Ich hoffe, das macht Ihnen keine Unannehmlichkeiten. Und selbstverständlich bleibe ich gern darin wohnen, bis Sie einen passenden Mieter gefunden haben.«

»Ach, das wird nicht schwierig sein. Ich bin Ihnen ausgesprochen dankbar, Mr. Crouchback.«

»Dann ist das geklärt. Ich wünsche Ihnen beiden eine gute Nacht.«

»Wenn man vom Teufel spricht …«, sagte Mrs. Cuthbert, nachdem Mr. Crouchback wieder gegangen war. »Was sagst du dazu?«

»Vielleicht wird es ihm zu teuer.«

»Dem doch nicht! Der ist wesentlich wohlhabender, als du dir vorstellst. Was der allein verschenkt! Ich weiß das, weil ich manchmal sein Zimmer gemacht habe. Dankesbriefe von überallher.«

»Stille Wasser sind tief. Ich habe ihn nie verstanden, jedenfalls nicht richtig. Irgendwie scheint sein Kopf anders zu funktionieren als meiner und deiner.«

5

THE TIMES, 2. November 1940
  Persönliches

Im Frühstückszimmer des Grand Hotel in Southsand suchte Guy nach der Anzeige, die er aufgegeben hatte, und schließlich fand er sie: *CORNER, James Pendennis, bekannt als ›Chatty‹ Corner, früher Betschuanaland oder ähnliche Kolonie. Bitte sich zu melden unter Box 108. Sie werden etwas für Sie sehr Vorteilhaftes erfahren.*

Die Grammatik ließ, wie er bedauernd feststellte, zu wünschen übrig, doch dafür war der Inhalt auch noch für den Letzten so deutlich wie die Posaunen des Jüngsten Gerichts. Die Anzeige klang irgendwie verzweifelt, als käme sie aus der Schlucht von Roncesvalles, denn er hatte sein Möglichstes getan, um Apthorpes Sachen zusammenzubringen, und jetzt konnte er nur warten.

Es war der sechzehnte Tag, seitdem er die Kaserne verlassen hatte, sein elfter in Southsand. Die ersten Phasen seiner Ermittlungen waren nicht schwierig gewesen. Brook Park, wo Apthorpe sich auch noch der allerletzten Dinge entledigt hatte, die er als lebensnotwendig betrachtete, war immer noch in der Hand der Halberdiers. Was dort untergestellt und zurückgelassen worden war, war unangetastet geblieben, und es war leicht, an die Dinge heranzukommen. Ein umgänglicher Quartiermeister war bereit, sich von allem zu trennen, wofür er eine unterschriebene Quittung ›in dreifacher Ausfertigung‹ erhielt. Guy unterschrieb. Im fremden Kasino war er mit brüderlicher Herzlichkeit empfangen worden, und auch mit großer Neugier, denn er war der erste Halberdier, der Nachrichten aus Dakar brachte. Sie überredeten ihn sogar dazu, einen Vortrag zu halten über das Thema: ›Lehren, die aus einer unerlaubten Landung zu ziehen sind‹. Was die Verwundung von Ritchie-Hook betraf, so ließ er sich kein Wort entlocken. Man stellte ihm einen Wagen zur Verfügung, und er durfte mit allen Ehren weiterfahren.

Im Yachtclub in Southsand war der Admiral nur allzu bereit, Apthorpes Dinge herauszugeben, die ihm nur im Wege waren. Apthorpe hatte in seiner kleinen Schlafkammer alles zurückgelassen, was man in kargen Zeiten als überflüssig betrachten konnte. Es bedurfte dreier Taxifahrten, um sie fortzuschaffen. Der Admiral half eigenhändig, die Sachen hinunterzubringen und zu verstauen. Nachdem das geschafft war und der Hotelportier alles in den Keller gebracht hatte, fragte der Admiral: »Bleiben Sie länger hier?«, und Guy war gezwungen gewesen zuzugeben: »Ich weiß es nicht.«

Und er wusste es immer noch nicht. Plötzlich war er ganz allein. Der lebens- und energiespendende Draht zwischen ihm und der Army war gerissen. Er war so unbeweglich wie Apthorpes Ausrüstung. In letzter Zeit war eine ganze Reihe von unergründlichen und unverständlichen Erlassen ergangen, die den Güterverkehr weitgehend unterbanden. Guy wandte sich hilfesuchend an die Bahnpolizei, erhielt jedoch einen abschlägigen Bescheid.

»Nichts zu machen, mein Lieber. Lesen Sie die Vorschriften. Offiziere, die auf Urlaub gehen oder vom Urlaub zurückkommen, dürfen nicht mehr als einen Tornister und einen Koffer mitnehmen. Für das ganze Zeug brauchen Sie eine Sondergenehmigung.«

Guy schickte ein Telegramm an den Adjutanten in der Kaserne, erhielt jedoch nach zwei Tagen nur die Antwort: ›Urlaubsverlängerung genehmigt‹.

Da saß er nun; alle Bewegung stockte, und aus dem Herbst wurde ein kalter Winter. Stürme hämmerten gegen die Doppelfenster des Hotels, und große Wellen ergossen sich über Panzersperren und den Stacheldraht auf der Promenade.

Es schien, als sei es ihm bestimmt, auf alle Ewigkeit hierzubleiben und Wache zu stehen vor einem Haufen tropischer Geräte – wie jener russische Wachtposten, von der man ihm einst erzählte, ein Gardist, der bis zur Revolution Tag für Tag im Park von Zarskoje Selo an der Stelle Wache gestanden hatte, wo Katharina die Große einst eine wilde Blume vor dem Gepflücktwerden hatte beschützen wollen.

Southsand war zwar noch nicht angegriffen worden, galt aber gleichwohl als gefährdet und hatte keine Flüchtlinge aus den Städten angezogen, die die anderen Seebäder überschwemmten. Es war dort genauso wie vor neun Monaten: ein weitgezogener, menschenleerer, windiger und schäbiger Ort. Nur eine einzige Veränderung gab es: Das Garibaldi war geschlossen. Mr. Pelecci, so erfuhr er, war an dem Tag, als Italien in den Krieg eintrat, ›fortgebracht worden‹ auf ein Schiff, das nach Kanada auslaufen sollte, und mitten auf dem Atlantik ertrunken – der einzige Spion inmitten unzähliger Unschuldiger. Guy stattete Mr. Goodall einen Besuch ab und fand ihn erfüllt von der festen Überzeugung, dass im christlichen Europa ein Aufstand unmittelbar bevorstehe. Unter der Führung von Priestern und Landedelleuten würden, hinter geweihten Bannern und den Reliquien von Heiligen, Polen, Ungarn, Österreicher, Bayern, Italiener und kühne kleine Scharen aus den katholischen Kantonen der Schweiz aufbrechen, um die Zeit zu erlösen. Selbst ein paar Franzosen, das gestand Mr. Goodall zu, würden möglicherweise an diesem Pilgerzug der Gnade teilnehmen; nur für Guy konnte er keinen Platz darin versprechen.

Die Tage vergingen. Guy neigte von jeher dazu zu verzagen, er war jetzt überzeugt, dass sein kurzes Abenteuer vorüber sei. Er hatte seine Pistole. Vielleicht gelang es ihm doch noch, einen Schuss auf einen landenden SA-Mann abzufeuern und danach unerkannt, dafür aber sanft und anständig zu sterben. Wahrscheinlicher jedoch war es, dass er noch jahrelang im Yachtclub herumsaß und schließlich aus dem Radio erfuhr, dass der Krieg gewonnen sei. Da er außerdem von jeher dazu neigte, sich sein Schicksal besonders phantasievoll auszumalen, sah Guy sich bereits eine Einsiedelei mit Apthorpes Zelt errichten und seine Tage auf den Hügeln über Southsand beenden, sah sich mühevoll all die Fertigkeiten von Chatty Corner erwerben und einmal die Woche von Mr. Goodall besucht werden – eine sanftere Version des Schicksals des wahnsinnigen Ivo, der in den Slums von North West London verhungert war.

Es war Allerseelen. Guy ging zu Fuß in die Kirche, um für die Seelen seiner Brüder zu beten – insbesondere für die von Ivo; Gervase war ihm in diesem Jahr sehr fern, vielleicht bereits im Paradies, in Gesellschaft anderer guter Soldaten. Mr. Goodall kam unverdrossen unzählige Male herein, kniete nieder, erhob sich wieder und ging wieder hinaus. Er war unermüdlich damit beschäftigt, durch den *Toties-Quoties-Ablass* eine Seele nach der anderen aus dem Fegefeuer zu befreien.

»Bis jetzt achtundzwanzig«, sagte er. »Ich versuche aber immer, es auf fünfzig zu bringen.«

Die Flügel freigekaufter Seelen umrauschten Mr. Goodall, Guy dagegen war, als er die Kirche verließ, wieder allein in einer trostlosen Welt.

Jumbo traf nach dem Mittagessen ein und fand Guy, wie er im Wintergarten zum zweiten Mal *Vice versa* las. Guy erkannte ihn sofort und sprang auf.

»Setzen Sie sich, mein Lieber. Ich habe gerade Freundschaft mit Ihrem Vater geschlossen.« Er knöpfte seinen Mantel auf und holte den Brief aus der Brusttasche.

»Etwas Wichtiges für Sie«, sagte er. »Ich weiß nicht, was Ihnen bevorsteht, und werde auch nicht fragen. Ich spiele nur den Boten. Am besten ist es wohl, Sie nehmen den Brief mit hinauf in Ihr Zimmer, lesen ihn und verbrennen ihn gleich. Die Asche sollten Sie zerkrümeln. Aber vermutlich wissen Sie in Ihrem Job diese Dinge besser als ich.«

Guy tat, was Jumbo gesagt hatte. Es handelte sich um einen Umschlag mit der Aufschrift: ›Durch einen Offizier persönlich zu übergeben‹, in dem ein zweiter Umschlag steckte mit der Aufschrift ›Streng geheim‹. Diesem entnahm er einen einfachen Zettel, auf dem getippt stand:

An Lt. Crouchback, G., Royal Corps of Halberdiers.
Oben Genannter hat sich umgehend zu melden in Apart-
ment 211, Marchmaine House, St. James, S. W.1.
Captain-Commandant, Royal Corps of Halberdiers.

Unter der letzten Zeile ein unleserlicher Krakel. Selbst in der innersten Tiefe militärischer Geheimhaltung bewahrte der Adjutant weiterhin seine Anonymität.

Die Asche brauchte nicht zerkrümelt zu werden; sie fiel wie Staub von Guys Fingern.

Er kehrte zu Jumbo zurück.

»Ich habe nur Befehl erhalten, mich in London zu melden.«

»Morgen reicht wohl, nehme ich an?«

»›Umgehend‹ stand da.«

»Wir könnten doch nicht vor der Dunkelheit dort sein. Sobald die Sirene losgeht, packt dort jeder seine Sachen. Kann Sie morgen früh hinbringen.«

»Das ist sehr freundlich von Ihnen, Sir.«

»Ist mir ein Vergnügen. Schaue sowieso gern mal vorbei, um zu hören, wie's mit dem Krieg steht. Platz genug für Sie. Viel Gepäck?«

»Ungefähr eine Tonne, Sir.«

»Himmel, wirklich? Sehen wir uns das mal an.«

Gemeinsam begutachteten sie die Sachen im Keller und standen schweigend vor einem Riesenberg von Metallkoffern, Ledertaschen, Überseekoffern mit Messingbeschlägen, unförmigen Segeltuchsäcken, Taschen aus Büffelleder. Jumbo stand ehrfürchtig davor. Er war selbst sehr darauf bedacht, auf Reisen gegen alles gewappnet zu sein – doch das hier überstieg alles, was er für möglich gehalten hätte.

»Na, eher zwei Tonnen als eine«, sagte er schließlich. »Sie *müssen* ja einen ganz bestimmten Auftrag haben, oder? Tja, das muss organisiert werden. Wo ist das Bezirkskommando?«

»Tut mir leid, aber ich weiß es nicht, Sir.«

Ein solches Eingeständnis hätte jedem anderen jungen Offizier einen gewaltigen Rüffel von Jumbo eingetragen; Guy hingegen blieb für ihn eingehüllt in eine Aura von Geheimhaltung und von Wichtigkeit.

»Einsamer Wolf, was?«, sagte er. »Da häng ich mich wohl am besten gleich an die Strippe.« Er telefonierte und berichtete schließlich, dass morgen früh ein Lastwagen vorbeikommen werde.

»Die Welt ist ein Dorf«, sagte er. »Der Mann, mit dem ich beim Bezirkskommando sprach, war tatsächlich jemand, den ich gut kannte. Früherer Untergebener, versteht sich. Jemand aus dem alten Stab von Hamilton-Brand in Gibraltar. Sagte, ich würde mal bei ihm vorbeischauen. Wahrscheinlich werden wir zusammen essen. Sehen uns also morgen früh. Hat keinen Zweck, zu früh loszufahren. Habe ihnen gesagt, sie sollen Ihre Sachen bis zehn aufgeladen haben. Einverstanden?«

»Jawohl, Sir.«

»Schwein gehabt, dass ich den Mann beim Bezirkskommando kannte. Brauchte ihm gar nicht erst was von Ihnen und Ihrem Auftrag zu erzählen. Sagte einfach: ›Stillschweigen bewahren‹, und er hat sofort kapiert.«

Alles ging glatt. Am nächsten Tag fuhren sie, mit dem Laster hinter sich, nach London und waren Punkt eins vor der Tür des Herzogs von York.

»Hat gar keinen Zweck, jetzt raufzugehen«, erklärte Jumbo. »Ist bestimmt nicht da. Können hier zu Mittag essen. Muss auch dafür sorgen, dass die Leute was zwischen die Zähne kriegen. Einziges Problem: Wo bringen wir Ihre Sachen unter?«

In diesem Augenblick erschien ein Generalmajor auf der Treppe, der offensichtlich gerade in den Club wollte. Guy grüßte. Jumbo fasste ihn an beiden Ellbogen.

»Beano.«

»Jumbo! Was treibt Sie denn hierher?«

»Suchen ein Mittagessen.«

»Dann Beeilung. Um eins ist praktisch nichts Anständiges mehr auf dem Tisch. Diese jungen Mitglieder sind verdammt gefräßig.«

»Können Sie mir eine Wache besorgen, Beano?«

»Unmöglich, altes Haus. Sie wissen ja nicht, wie's heutzutage im Ministerium aussieht. Man findet nicht mal einen Burschen.«

»Habe aber jede Menge hochgeheimer Sachen hier.«

»Ich sag Ihnen was«, erklärte Beano nach einigem Nachdenken. »Hinter dem Ministerium ist ein Parkplatz nur für den Generalstabschef. Aber der ist heute nicht da. Ich würde die Sachen dort abstellen. Dann rührt keiner was an. Sagen Sie, es handelt sich um die persönlichen Sachen vom Chef des Generalstabs. Ihr Fahrer bekommt von mir einen Passierschein. Dann können er und Ihr anderer Mann da in der Kantine essen.«

»Sehr nett von Ihnen, Beano.«

»Gern geschehen, Jumbo.«

Guy begleitete die beiden Herren in den Club und wurde im Kielwasser von so viel geballter Marine- und Armeemacht in den Speisesaal hineingespült. Bei Bellamy's verkehrte eine Reihe höherer Offiziere, hier jedoch strahlte jeder im Glanz seiner roten Aufschläge, goldenen Tressen und Orden – und keiner machte einen Hehl aus seinem Hunger. Schüchtern trat Guy vom Mitteltisch zurück, wo sie sich ums Essen schlugen, als wären sie auf einem Jagdball.

»Auf in den Kampf ums Essen«, sagte Beano. »Jeder für sich selbst!«

Guy ergatterte das letzte Hühnerbein, das ihm jedoch ein Konteradmiral schamlos vom Teller angelte. Schließlich kam er seinem Rang entsprechend lediglich mit Rinderpastete und Roter Beete zurück an den Tisch.

»Wollen Sie wirklich nicht mehr essen?«, erkundigte sich Jumbo besorgt. »Sieht mir nicht danach aus, als könnte man davon satt werden.«

Er selbst hatte eine Steakpastete vor sich stehen.

Das ganze Essen über erzählte Beano von seiner Bombe, die ihn vor ein, zwei Tagen nur knapp verfehlt hatte.

»Ich hab gleich die Nase in den Dreck gedrückt, alter Junge, und als ich wieder aufstand, war ich über und über mit Gipsstaub bedeckt. Noch mal mit blauem Auge davongekommen.«

Endlich standen sie vom Tisch auf.

»Zurück in die Tretmühle«, sagte Beano.

»Ich warte hier«, sagte Jumbo. »Ich werde Sie nicht im Stich lassen, bis ich nicht meinen Auftrag erfüllt habe.«

Auf den Stufen zum Club scherte Guy aus dem Hauptstrom der Mitglieder aus, die alle nach Whitehall strebten, und ging die fünfhundert Meter bis zu Marchmain House, wo er sich melden sollte – einem Wohnblock gleich bei der St James's Street –, zu Fuß.

Das *Hazardous Offensive Operations Headquarter,* kurz H. O. O. H. Q. genannt – Hauptquartier für die Sondereinsatzkommandos für besonders gefährliche Angriffsunternehmen – war ein groteskes Produkt des totalen Krieges und weitete sich später über fünf Morgen teuersten Londoner Grund und Boden aus. Es umfasste einfache höhere Stabsoffiziere aller Waffengattungen mit seinen Fachleuten, Scharlatanen, Spinnern und jedem arbeitslosen Mitglied der Britischen Kommunistischen Partei. Das H. O. O. H. Q. war zu diesem Zeitpunkt noch in drei Wohnungen eines als luxuriös geltenden modernen Mietshauses untergebracht.

Als Guy sich dort meldete, sah er sich einem Major seines Alters gegenüber mit einer Auszeichnung für besondere Dienste, einem Militärkreuz und einem leichten Stottern. Das Gespräch dauerte keine fünf Minuten.

»Crouchback, Crouchback, Crouchback, Crouchback«, sagte er und drehte einen Stapel Papier auf seinem Schreibtisch um. »Sergeant, was wissen wir über Mr. Crouchback?«

Der Sergeant war eine Frau und nicht mehr ganz jung.

»Liegt im Ritchie-Hook-Ordner«, sagte sie. »Zuletzt hat General Whale ihn gehabt.«

»Ach, holen Sie ihn mir doch bitte, seien Sie so gut.«

»Ich werde mich hüten!«

»Na ja, spielt auch keine Rolle. Jetzt fällt mir alles wieder ein. Man hat Sie uns zusammen mit Ihrem ehemaligen Brigadier für ›Sonderaufgaben‹ aufs Auge gedrückt. Worin bestehen Ihre Sonderaufgaben?«

»Das weiß ich nicht, Sir.«

»Und auch sonst niemand. Man hat Sie von allerhöchster Stelle zu uns geschickt. Wissen Sie, was es mit den ›Kommandos‹ auf sich hat?«

»Nicht genau.«

»Eigentlich sollten Sie überhaupt nichts darüber wissen. Sie sollen streng geheim gehalten werden, aber nach den Berichten, die wir von Mugg erhalten, ist es den Leuten dort bereits gelungen, ziemlich aufzufallen. Ich habe einen Brief von jemandem bekommen, dessen Unterschrift ich nicht lesen konnte, und er beschwerte sich darüber, dass man mit MGs Jagd auf sein Rotwild mache. Ich kann mir nicht vorstellen, wie die überhaupt nahe genug herankommen. Wenn's stimmt, pirschen sie sich bemerkenswert gut an. Aber egal – dort sollen Sie jedenfalls hin – zu Ausbildungszwecken vorübergehend ans Kommando X abkommandiert, auf der Insel Mugg. Klar?«

»Jawohl, Sir.«

»Sergeant Trenchard wird Ihnen Ihren Marschbefehl ausstellen. Haben Sie einen Burschen dabei?«

»Im Augenblick«, sagte Guy, »habe ich einen Dienstwagen, einen Drei-Tonnen-Laster, einen Fahrer vom Royal Army Service Corps, einen Burschen von den Halberdiers und einen Full Colonel.«

»Ah«, machte der Major, der sich rasch in die Tradition des H. O. O. H. Q. eingefügt hatte, sich von nichts und von niemandem überraschen zu lassen. »Dann dürfte ja wohl alles in Ordnung sein. Melden Sie sich also bei Colonel Blackhouse in Mugg.«

»Tommy Blackhouse?«

»Ein Freund von Ihnen?«

»Ja. Er hat meine Frau geheiratet.«

»Wirklich? Was Sie nicht sagen. Ich dachte, er wäre Junggeselle.«

»Ist er inzwischen auch wieder.«

»Ja, hatte ich also recht. Ich war zusammen mit ihm auf dem Stabscollege. Guter Bursche. Hat auch noch ein paar andere gute Männer unter seinem Kommando. Freut mich, dass er ein Freund von Ihnen ist.«

Guy salutierte, vollführte eine Kehrtwendung und ging ein klein wenig verdattert hinaus. Es war das klassische Muster des Lebens bei der Army, wie er es kannte: erst das Vakuum, dann der Krampf, und plötzlich ging alles Hals über Kopf – und das alles in einer Atmosphäre eigentümlicher, unpersönlicher, kaum noch menschlicher Heiterkeit.

Jumbo saß im Tageszimmer und schlief, als Guy zurückkam.

»Zu Pferd, zu Pferd«, sagte er, als er ganz wach war und sich darüber klarwurde, was für einen weiten Weg sie noch vor sich hatten. »Wir sollten sehen, dass wir aus London raus sind, ehe die Bomben fallen. Alles, wodurch Beano Lunte riechen könnte, sollten wir vermeiden. Außerdem müssen wir an Ihre Ausrüstung denken.«

Der Lastwagen war, als sie ihn erreichten, befördert worden. Eine übereifrige Wache hatte ihn mit gedruckten Zetteln – ›Chef des Generalstabs‹ – bepflastert.

»Soll ich die abmachen, ehe wir losfahren, Sir?«

»Aber nicht doch! Schaden können die nicht – höchstens von Nutzen sein.«

»Soll ich uns auch welche für unsere Wagen besorgen, Sir?«

Jumbo hielt inne. Sein Einsatz hatte ihn ziemlich leichtsinnig gemacht, und er fühlte sich, als atmete er wieder die Luft seiner Jugend, als er sich – ein junger Lieutenant, der noch keine Verantwortung trug – so manchen Streich erlaubt hatte.

»Warum nicht?«, sagte er.

Doch dann besann er sich eines Besseren. Vernunft gewann wieder die Oberhand. Er schöpfte aus der reichen Quelle seiner militärischen Erfahrungen, er wusste mit nahezu tödlicher Sicherheit, wie weit er gehen durfte.

»Nein«, sagte er bedauernd, »das geht nicht.«

Sie fuhren aus der geschwächten Stadt hinaus. In St Albans schalteten sie die kleinen abgeblendeten Scheinwerfer ein, und unverzüglich heulten die ersten Sirenen um sie herum.

»Hat keinen Sinn, heute Abend noch weiterzufahren«, sagte Jumbo. »Ich weiß einen Ort, wo wir übernachten können, ungefähr fünfzig Kilometer nördlich.«

6

Die Insel Mugg hat keine Lieder und Legenden. Vielleicht liegt das daran, dass man, wann immer man nach einem passenden Reim auf Mugg sucht, nur auf Unsinniges stößt. Die Insel wurde von jenen romantischen frühviktorianischen Damen, die den Balladenschatz, das Sagengut und die Tracht des schottischen Hochlands so ungemein bereicherten, einfach nicht zur Kenntnis genommen. Es gibt einen Grundherrn, eine Fischereiflotte, ein Hotel (kurz vor dem Ersten Weltkrieg in der vergeblichen Hoffnung gebaut, Touristen anzulocken) und sonst nichts. Die Insel liegt inmitten von anderen Aufwerfungen mit einsilbigen Namen. In den Gewässern um Mugg gibt es kaum klares Wetter, doch bei gewissen seltenen Gelegenheiten hat man das Eiland – von der Insel Rum aus gesehen – als doppelhöckrig beschrieben. Für die Kleinbauern der Insel Muck war es immer nur eine einzelne, verschwommene Aufwölbung am Horizont. Und von der Insel Eigg aus ist Mugg noch niemals gesichtet worden.

Zweimal die Woche verkehrt zwischen Mugg und dem schottischen Hafen Inverness ein Dampfer. Passagiere, die tollkühn genug sind, während der Überfahrt an Deck zu bleiben, können beobachten, wie die Insel allmählich Gestalt annimmt. Zunächst sehen sie zwei steile Berge, später können sie die Burg erkennen, einen Granitbau aus dem Jahr 1860 – unzerstör- und unbewohnbar außer von einem schottischen Gutsherrn –, den Quai, Häuser und Klippen, alles aus Granit, sowie den immer noch neu wirkenden Ziegelbau des Hotels.

Guy und seine Entourage trafen ein paar Stunden vor der Abfahrt des Dampfers in dem kleinen Hafen ein. Der Himmel war bedeckt, und es wehte ein starker Wind. Jumbo traf spontan eine Entscheidung.

»Ich werde hierbleiben«, sagte er. »Kann nicht zulassen, dass unsere Sachen auch nur im Geringsten gefährdet werden. Sie fahren voraus und melden sich beim Kommandeur. Ich komme nach, sobald das Wetter aufklart.«

So machte Guy sich allein auf, das Kommando X zu finden.

Als die leicht exotisch anmutende Bezeichnung ›Kommando‹ schließlich in die Presse gelangte, erweiterte sie rasch ihre Bedeutung; das ging so weit, dass man selbst einen Pfarrer auf einem Motorrad als ›Kommando‹ bezeichnete. Im Jahr 1940 verstand man unter einem Kommando jedoch eine militärische Einheit etwa von der Stärke eines Bataillons, in der Freiwillige für Sondereinsätze zusammengefasst waren. Die Männer behielten ihre Regimentsfarben bei; keine Divisionsabzeichen, keine grünen Mützen, nichts, womit man in Kneipen hätte angeben können. Es handelte sich um eine Geheimtruppe, deren einziges Privileg darin bestand, selbst für Unterkunft und Verpflegung sorgen zu müssen. Geprägt wurde jedes Kommando von seinem Kommandeur.

Tommy Blackhouse hatte erklärt: »Man muss sich auf einen langen Krieg gefasst machen. Hauptsache, man verbringt ihn im Kreis von Freunden.«

Tommys Freunde bevölkerten seine eigene weite Welt. Einige waren Berufssoldaten, andere hatten, weil Eltern oder Vormünder das wünschten, ein oder zwei Jahre bei der *Brigade of Guards* gedient, ehe sie sich anderen Berufen oder dem Müßiggang zuwandten. Auf diese griff er zurück, nachdem seine geduldig erwartete Ernennung durchgekommen war. Die Mitglieder von Bellamy's eilten zu ihm. Seine Zugführer schickte er auf eine Werbetour zu ihren Regimentern. So wurde das Kommando – für einige zu früh – aufgestellt und nach Mugg geschickt, wo die Ausbildung stattfinden sollte. Dort kam nun auch Guy an. Vom Quai aus schickte man ihn zum Hotel.

Es war drei Uhr nachmittags, und es war leer, bis auf einen Captain vom Royal Horse Guard Regiment, der mit einem Turban aus Verbandszeug auf einem Sofa ausgestreckt lag, die Füße in schmalen goldbestickten und mit seinem Monogramm versehenen Samtpantoffeln. Er kraulte einen weißen Pekinesen, neben ihm stand ein Glas mit weißem Schnaps.

Das Sofa war mit einem Orientteppich bedeckt. Der Tisch, auf dem das Glas und die Flasche standen, war achteckig mit Einlegearbeiten aus Perlmutt. Das gesamte Bild war das eines auf seiner Ottomane ruhenden Prinzen aus dem Vorderen Orient aus den ersten Jahren des Jahrhunderts.

Bei Guys Eintritt blickte er nicht auf.

Guy erkannte in ihm Ivor Claire, einen bekannten jungen Turnierreiter, Besitzer eines klugen und bildschönen Pferdes namens Thimble. Guy hatte beide in Rom beim Concorso Ippico bewundert. Claire hatte mit einem Gesicht wie ein konzentrierter Pianist leicht vorgebeugt im Sattel gesessen, sein Pferd hatte die Hufe präzise auf dem gelbbraunen Geläuf aufgesetzt, mühelos, unbeirrt und ohne Zögern die Hürden genommen und rasch und fehlerlos die Runde beendet – das alles in Totenstille, bis am Ende frenetischer Beifall losdonnerte. Außerdem kannte Guy ihn als Mitglied im Bellamy's. Claire hätte Guy kennen müssen, denn in den apathischen Tagen des vergangenen Jahres hatten sie einander oft am Tisch gegenübergesessen oder in derselben Gruppe an der Bar gestanden.

»Guten Tag«, sagte Guy.

Claire blickte auf, sagte »Guten Abend« und wischte seinem Hund das Gesicht mit einem seidenen Taschentuch ab. »Der Schnee tut Fredas Augen gar nicht gut. Wahrscheinlich suchen Sie Colonel Tommy. Der ist draußen beim Klettern.« Dann, nach einer Pause, höflich: »Haben Sie die Zeitung von letzter Woche schon gelesen?«

Er hielt die *Rum, Muck, Mugg and Eigg Times* hoch.

Guy ließ den Blick über die ausgestopften Hirschköpfe an den Wänden, die Treppe aus Räuchereiche sowie über den riesigen Teppich im Muster des hiesigen Jagd-Tartans schweifen.

»Ich glaube, ich habe Sie häufiger bei Bellamy's gesehen.«

»Wie man sich hier danach sehnt!«

»Mein Name ist Crouchback.«

»Ah.« Claire erweckte ganz den Eindruck, als hätte er es sehr schlau angestellt, diese Information aus Guy herauszulocken, als hätte er zu Anfang einer Schachpartie einen klugen Zug gemacht, aus dem sich später unweigerlich ein Schachmatt ergeben würde. »Ich an Ihrer Stelle würde mir einen Kümmel genehmigen. Wir haben eine ganze Kiste Wolfschmidt ausgegraben. Sie brauchen da drüben auf einem Stück Papier bloß einen Strich zu machen.«

Auf dem großen Tisch waren Gläser, Flaschen sowie eine Namensliste, auf der jeder seine Drinks abhakte.

»Ich bin zur Ausbildung hier«, erklärte Guy.

»Das hier ist eine Todesfalle.«

»Haben Sie eine Ahnung, wo ich untergebracht werden soll?«

»Colonel Tommy wohnt hier, wie die meisten von uns. Aber im Augenblick ist alles besetzt. Leute, die erst vor kurzem angekommen sind, wohnen, glaube ich, unten im Haus der Küstenwacht. Hätten Sie was dagegen, wenn wir uns nicht unterhalten? Ich bin neulich morgens aus fünfzehn Metern aufs Eis gestürzt.«

Guy vertiefte sich in die Ausgabe der *Rum, Muck, Mugg and Eigg Times* der letzten Woche, während Claire an Fredas Augenbrauen zupfte.

Bald traten wie in einer altmodischen, gut gebauten Komödie nacheinander neue Figuren auf, von links: als Erster ein Stabsarzt.

»Ist der Dampfer schon eingelaufen?«, fragte er, ohne sich an einen von beiden direkt zu wenden.

Claire schloss die Augen, und Guy antwortete: »Ich bin erst vor wenigen Minuten angelandet.«

»Dann muss ich den Hafenmeister anrufen und sagen, dass er ihn noch zurückhält. Anstruther-Kerr ist abgestürzt. Sie bringen ihn runter, so rasch es geht.«

Claire riss die Augen auf.

»Armer Angus! Tot?«

»Sicher nicht. Aber ich muss ihn sofort zum Festland rüberbringen lassen.«

»Das ist *die* Chance für Sie«, Claire wandte sich an Guy. »Angus hat ein Zimmer hier gehabt.«

Der Arzt ging zum Telefon, Guy hinaus zum Empfang.

Die Verwalterin sagte: »Armer Sir Angus! Und das auch noch als Schotte! Er sollte es eigentlich besser wissen, als in seinem Alter noch in den Bergen herumzuklettern!«

Als Guy wieder zurückkam, stolperte ein gewaltiger Grenadier-Captain wie in einer Komödie in die Eingangshalle. Er trug einen durchnässten Drillichanzug und stand schwer atmend da.

»Gott sei Dank!«, sagte er. »Hab's grade noch geschafft. Angus' Absturz hat die reinste Massenflucht in Gang gesetzt. Ich war schon halb die Klippen rauf, als wir davon hörten und zusahen, dass wir so schnell wie möglich wieder runterrutschten.«

Der Stabsarzt kehrte zurück.

»Sie halten den Dampfer noch eine Viertelstunde zurück. Sie behaupten, dass sie in der Dunkelheit nicht aus dem Hafen rausfinden.«

»Hm«, sagte der atemlose Captain. »Ich mache mich mal auf die Socken und nehme mir Angus' Zimmer.«

»Zu spät, Bertie«, sagte Claire. »Das ist schon weg.«

»Unmöglich!« Dann bemerkte er Guy. »Oh«, machte er. »Verdammt!«

Die Leute mit der Trage kamen, und eine unter Mänteln im Dämmerzustand liegende Gestalt wurde sanft auf dem

Tartan-Teppich abgesetzt; die Träger gingen, um seine Sachen zusammenzupacken.

Noch ein atemloser Offizier traf ein.

»O Gott, Bertie«, sagte er, als er den Grenadier erblickte. »Hast du sein Zimmer bekommen?«

»Nein, habe ich nicht, Eddie. Du solltest draußen bei deinem Zug sein!«

»Ich dachte, ich sollte besser kommen und alles für Angus vorbereiten.«

»Machen Sie nicht solchen Krach«, sagte der Arzt. »Sehen Sie denn nicht, dass wir einen Kranken hier haben?«

»Zwei Kranke«, sagte Claire.

»Ist er nicht tot?«

»Angeblich nicht.«

»*Mir* hat man gesagt, schon.«

»Vielleicht gestehen Sie mir zu, dass ich das besser weiß«, sagte der Arzt.

Gleichsam, als wollte sie den Streit beenden, sagte eine gedämpfte Stimme von der Tragbahre: »Es juckt, Eddie. Es juckt wie verrückt am ganzen Körper.«

»Das ist das Kribbeln«, sagte der Arzt. »Das kommt bei Morphium häufig vor.«

»Das ist ja äußerst seltsam«, sagte Claire und zeigte zum ersten Mal so etwas wie Interesse. »Meine Tante nimmt das Zeugs in rauhen Mengen. Ob's die wohl auch dauernd juckt?«

»Na ja, wenn du's nicht willst, Bertie«, sagte Eddie, »geh ich schnell und lasse das Zimmer für mich selbst herrichten.«

»Zu spät. Es ist schon weg.«

Ungläubig blickte Eddie sich um, nahm Guy zum ersten Mal wahr und sagte genau wie Bertie: »Verdammt!«

Guy wurde klar, dass es klug wäre, seinen Anspruch auch deutlich zu bekunden. Er trug Koffer und Tasche nach oben, und noch ehe Anstruther-Kerrs Haarbürsten vom Frisiertisch verschwunden waren, lagen seine bereits darauf. Er packte aus, wartete, bis die Krankenträger fertig waren, folgte ihnen dann hinaus und schloss die Tür hinter sich ab.

Noch weitere durchnässte und schneebedeckte Offiziere waren unterdessen dazugekommen, darunter auch Tommy Blackhouse. Niemand nahm Notiz von Guy, bis auf Tommy, der sagte:

»Hallo, Guy – wie um alles in der Welt kommst du denn hierher?«

Es bestand kaum ein merklicher Unterschied zwischen dem Tommy, den Guy seit zwölf Jahren kannte, und dem Tommy, der jetzt hier Kommandeur war und Guy dazu brachte zu sagen: »Ich habe Befehl, mich bei Ihnen zu melden, Colonel!«

»Tja, das ist das Erste, was ich davon höre. Ich habe Ausschau nach dir gehalten, als wir das Kommando aufstellten, aber dieser Trottel von Hiob meinte, du wärst irgendwo unten in Cornwall. Aber wir verlieren so rasch so viele Leute, dass für jeden Platz ist. Bertie, haben wir irgendwelchen Papierkram über diesen Applejack – Guy Crouchback?«

»Vielleicht ist was im letzten Postsack, Colonel. Den hab ich noch nicht aufgemacht.«

»Dann tun Sie das, um Gottes willen!«

Er wandte sich wieder an Guy. »Hast du eine Ahnung, was du hier sollst?«

»Abkommandiert zur Ausbildung.«

»Als Ausbilder oder als Auszubildender?«

»Oh, als Auszubildender.«

»Gott sei Dank! Der Letzte, den das H. O. O. H. Q. uns geschickt hat, sollte uns ausbilden. Da fällt mir ein, Bertie, Kong muss weg!«

»Jawohl, Colonel.«

»Können Sie ihn nicht noch auf dem Dampfer unterbringen, mit dem Angus fährt?«

»Zu spät.«

»Auf dieser vermaledeiten Insel scheint immer alles zu spät zu sein. Halten Sie ihn jedenfalls von meinen Leuten fern, bis wir irgendwas finden, wo wir ihn verstecken können. Wir sehen uns später, Guy – und richte dich hier ein. *Sehr* erfreulich, dass du hier bist. Kommen Sie, Bertie. Wir müssen den Postsack öffnen und ein paar Funksprüche ausschicken.«

Die Männer in ihren Drillichanzügen, auf denen der Schnee schmolz, füllten ihre Gläser.

Guy sagte zu Eddie: »Gehe ich recht in der Annahme, dass Bertie der Adjutant ist?«

»In gewisser Weise.«

»Und wer ist Kong?«

»Schwer zu sagen. Aussehen tut er wie ein Gorilla. Sie haben ihn irgendwo im H.O.O.H.Q. eingefangen und ihn hierhergeschickt, damit er uns das Klettern beibringt. Wir nennen ihn King Kong.«

Schließlich kam auch der Stabsarzt wieder herein.

Alle mit Ausnahme von Guy, der den Unglücklichen zu wenig kannte, um nachzufragen, erkundigten sich nach Angus.

»Es geht ihm ganz gut.«

»Und jucken tut's ihn nicht mehr?«, fragte Claire.

»Es geht ihm den Umständen entsprechend. Ich habe veranlasst, dass er drüben sofort ins Lazarett kommt.«

»Ach, wenn dem so ist, Doc, würden Sie sich dann einmal einen von meinen Leuten ansehen, Cramp, der heute gestürzt ist?«

»Und ich wäre froh, wenn Sie auch mal nach Corporal Blake sehen würden – den Burschen, den Sie gestern zusammengeflickt haben.«

»Die sehe ich mir morgen beim Krankenappell an.«

»Blake scheint mir aber nicht gehen zu können. Nein,

kommen Sie, Doc – ich spendier Ihnen ein Glas. Gefällt mir ganz und gar nicht, wie er aussieht.«

»Und der Kavallerist Eyre«, sagte ein anderer Offizier. »Der ist entweder blau oder im Delirium. Er ist gestern auf den Kopf gefallen.«

»Vermutlich blau«, sagte Claire.

Voller Widerwillen sah der Arzt ihn an. »Na schön! Dann müssen Sie mir ihre Quartiere zeigen.«

Bald waren Guy und Claire wieder allein.

»Mich freut, dass Sie Bertie und den anderen das Zimmer vor der Nase weggeschnappt haben«, sagte Claire. »Selbstverständlich können Sie nicht erwarten, dass Sie sich damit besonders beliebt machen. Aber vielleicht bleiben Sie ja auch nicht so lange hier.« Er schloss die Augen, und eine Weile war es still.

Zuletzt trat ein Mann im Kilt und in der Uniformjacke eines Highland-Regiments ein. Er trug einen langen Schäferstab in der Hand und sagte mit einer Stimme, die mehr nach Manchester als nach Glencoe klang: »Tut mir leid, das mit Angus.«

Claire sah ihn an. »Welcher Angus?«, fragte er mit einem verächtlichen Ton, der fast schon etwas Bösartiges hatte.

»Kerr, selbstverständlich.«

»Sie sprechen von Captain Sir Angus Anstruther-Kerr?«

»Von wem denn wohl sonst?«

»Darüber wollte ich nicht spekulieren.«

»Na, und wie geht's ihm?«

»Wie es heißt, ganz gut. Und wenn das stimmt, ist das seit Wochen zum ersten Mal der Fall.«

Guy hatte den Neuangekommenen während dieses Wortwechsels mit zunehmender Verblüffung betrachtet. Schließlich sagte er:

»Trimmer.«

Der Angesprochene fuhr samt Schottenmütze, Felltasche, Stab und allem anderen herum.

»Nein, ist das die Möglichkeit – mein alter Onkel!«

Claire sagte zu Guy: »Sind Sie wirklich verwandt mit diesem Mann?«

»Nein.«

»Seit wir ihn hier haben, kennen wir ihn unter dem Namen McTavish.«

»Trimmer ist eine Art Spitzname«, erklärte Trimmer.

»Sonderbar. Ich erinnere mich, dass Sie mich kürzlich gebeten haben, Sie Ali zu nennen.«

»Das ist auch ein Spitzname – eine Kurzform von Alistair.«

»Das dachte ich mir. Ich will Sie nicht fragen, was Trimmer bedeutet. Von Trimblestown kommt es wohl kaum. Nun, ich werde Sie beiden alten Freunde besser allein lassen. Wiedersehen, *Trimmer*.«

»Bis später, Ivor«, sagte Trimmer unverfroren.

Als sie allein waren, sagte Trimmer:

»Machen Sie sich nichts aus dem alten Ivor. Er und ich sind dicke Freunde und frotzeln uns nur gern gegenseitig. Haben Sie sein Military Cross gesehen? Wissen Sie, warum er es bekommen hat? Weil er in Dünkirchen drei Angehörige der Territorialarmee erschossen hat, die sein Schiff versenken wollten. Toller Kerl, der alte Ivor. Wie wär's, wenn Sie mir einen Drink spendieren, Onkel? Deswegen bin ich nämlich hergekommen.«

»Warum nennt man Sie hier McTavish?«

»Das ist eine lange Geschichte. Meine Mutter war eine McTavish. Es gibt viele, die unter angenommenen Namen leben, wissen Sie. Nachdem ich von den Halberdiers weg bin, wollte ich nicht rumhängen und lange darauf warten müssen, dass ich eingezogen werde. Meine Firma wurde ausgebombt, und ich wusste nicht recht, was anfangen. Also fuhr ich nach

Glasgow und meldete mich freiwillig – da hat keiner groß nachgefragt. McTavish schien der richtige Name dafür zu sein. Die Kadettenanstalt hatte ich schnell hinter mir. Nichts von den großen Zeremonien und dem pompösen Getue wie bei den Halberdiers. Ich kann mich heute noch vor Lachen ausschütten, wenn ich an die Gästeabende denke, an die Umstandskrämerei mit dem Schnupftabak und allem Kram. Und jetzt bin ich bei den Schotten.« Er hatte sich bereits einen Whisky eingeschenkt. »Sie auch einen? Ich mach für uns beide einen Strich bei Angus. Kein schlechtes System, das sie hier haben. Ich schaue oft mal rein, und wenn grade keiner da ist, mach ich einen Strich hinter irgendeinem Namen. Natürlich nur bei solchen, die mich kennen und die mir sowieso einen spendieren würden. Wie bei Angus, der auch Schotte ist.«

»Sie können einen Strich hinter meinen Namen machen«, sagte Guy. »Ich gehöre hierher.«

»Schön für Sie, Onkel. Prost! Ich hab auch schon mal dran gedacht, mich fürs Kommando zu melden, aber im Moment geht's mir eigentlich bestens. Der Rest meines Bataillons ist in Island. Wir hatten eine tolle Abschiedsparty, und dabei hab ich mir das Handgelenk verstaucht. Deshalb haben sie mich mit anderem Gesocks zurückgelassen. Und jetzt sind wir zur Verteidigung hierhergeschickt worden.«

»Pech gehabt.«

»Ich glaube, viel entgehen tut mir auf Island nicht. Was ich noch sagen wollte, apropos tolle Partys, wissen Sie noch, wie Sie sich an dem Gästeabend bei den Halberdiers das Knie ausgerenkt haben?«

»Ich erinnere mich!«

»Hm, der Bursche, den sie King Kong nennen, war auch da.«

»Chatty Corner?«

»Den Namen hab ich nie gehört. Einer, der voll war wie eine Strandhaubitze.«

»Dies ist genau der, nach dem ich suche.«

»Über Geschmack lässt sich streiten. Hier steht er in dem Ruf, ein Leuteschinder zu sein. Er wohnt gleich um die Ecke meiner Batterie. Ganz miese Unterkunft, drin gewesen bin ich allerdings noch nicht. Ich bring Sie hin, wenn Sie wollen.«

Draußen herrschte beißende Kälte, es dunkelte bereits. Hinter der Anlegestelle im Schatten der Klippen lag ein mit Eis überzogener Steinpfad. Guy beneidete Trimmer um seinen Schäferstab. Sie kamen nur langsam voran, und es dauerte lange, ehe sie die Landspitze erreichten.

Trimmer machte ihn auf die Dinge aufmerksam, die man hier gesehen haben musste.

»Da drüben ist Angus abgestürzt.«

Sie blieben stehen, gingen dann langsam weiter und umrundeten die Landzunge, wo ihnen ein schneidender Wind entgegenschlug.

»Das ist mein Geschütz«, sagte Trimmer.

Durch tränenverschleierte Augen erkannte Guy etwas, das mit Persenning bedeckt war und auf die See hinauszeigte.

»Geborgen von einem bewaffneten Frachter, der hier in Küstennähe versenkt wurde. Und zwanzig Schuss Munition haben wir auch noch.«

»Das sehe ich mir ein andermal an.«

»Im Augenblick steckt eine der zwanzig Granaten vorn im Verschlussblock fest, geht nicht rein und auch nicht raus. Wir haben schon alles Mögliche versucht. Aber meine Leute sind nicht von der Artillerie. Warum sollten sie auch?«

Zuletzt gelangten sie zu ein paar Hütten mit schwach golden erleuchteten Fenstern.

»Hier wohnen die Einheimischen. Es ist unmöglich, ihnen die Verdunkelung begreiflich zu machen. Ich habe Mugg schon dazu gebracht, ihnen das einzubleuen. Nützt aber nichts.«

»Mugg?«

»So nennt er sich selbst. Ein verkalkter alter Bock, aber hier auf der Insel ist er der Herrgott persönlich. Er wohnt in der Burg.«

Endlich gelangten sie zu einem einsamen, hoch gelegenen Gebäude. Die wenigen schmalen Fenster lagen in völliger Dunkelheit. Keine Ritze, durch die Licht hindurchgeschienen hätte.

»Das nennt man die alte Burg. Hier wohnt der Gutsverwalter, und Kong hat sich bei ihm einquartiert. Wenn Sie nichts dagegen haben, werde ich Sie hier verlassen. Kong und ich können nicht besonders miteinander, und der Verwalter macht dauernd nur Witze darüber, dass ich Schotte sein will.«

Sie verabschiedeten sich mit freundschaftlichen Worten, die wie ihr Atem in der Kälte verdampften, und Guy näherte sich dem abweisenden Gebäude allein – *Edelknabe Roland nähert sich dem dunklen Turm,* ging es ihm durch den Sinn.

Guy klopfte und klingelte. Ein Lichtschimmer, Schritte näherten sich, ein Schlüssel wurde gedreht, und die Tür ging mit vorgelegter Kette eine Handbreit auf. Eine weibliche Stimme fragte ihn, was er wolle, die Bedeutung so klar, die einzelnen Worte jedoch so unverständlich wie Hundegebell. Mit fester Stimme erwiderte Guy: »Captain James Pendennis Corner.«

»Den Captain?«

»Corner«, sagte Guy.

Die Tür ging zu.

Guy duckte sich in seinen Mantel. Der Wind wehte stärker, übertönte die Geräusche des Schlüssels und der Kette drinnen, so dass er, als die Tür unversehens aufging, beinah in die beleuchtete Halle hineinstolperte. Er blieb stehen, bis über ihm eine Tür aufging, ein goldenes Licht die Halle erleuchtete und eine steinerne Wendeltreppe sichtbar wurde, die unmittelbar vor ihm hinaufführte. Das Gemäuer war zweifellos mittelalterlich, doch die Szene hätte zu einem Bühnenbild von Gordon Craig für ein Stück von Maeterlinck gepasst.

»Wer zum Teufel ist denn da?«, vernahm er eine tiefe Stimme von drinnen.

Guy stieg genauso vorsichtig hinauf wie zuvor auf dem Pfad draußen. Die Granitstufen waren glatter und härter als das Eis. Während er näher kam, zog sich die Frauengestalt in die Schatten zurück.

»Treten Sie nur ein, wer Sie auch sein mögen«, sagte die Stimme drinnen.

Guy trat ein.

So betrat Guy Chatty Corners Höhle.

Es war ein nervenaufreibender Tag gewesen, und nun, an seinem Höhepunkt, war Guy dermaßen hin- und hergerissen zwischen Wahrheit und Phantasie, dass er darauf gefasst gewesen war, ein *Tableau* aus einem Museum für Völkerkunde vorzufinden, irgendeinen zotteligen Urmenschen mit gewaltig vorspringendem Kinn, wie die Wissenschaftler ihn sich vorstellten, der gerade dabei war, zwischen Wänden, die mit Picasso-Imitationen vollgekritzelt waren, und einem Haufen abgenagter Knochen eine Speerspitze aus Feuerstein zu schärfen. Zwar sah er sich einem massigen, stark behaarten Mann gegenüber, doch einem Menschen, der nach dem gleichen Bild geformt war wie er selbst und dem es offensichtlich gar nicht gutging. Er war in Army-Wolldecken gehüllt, hatte die Füße in einem dampfenden Eimer mit Senf und Wasser stecken und saß auf einem ganz gewöhnlichen Stuhl mit gerader Rückenlehne vor dem Kamin. Eine Whiskyflasche stand in Reichweite, und ein Kessel mit Wasser hing an der Hängevorrichtung über dem Feuer.

»Chatty«, sagte Guy. Tränen der Rührung traten ihm in die Augen (seine Tränendrüsen waren bereits durch den Wind ordentlich gereizt worden). »Chatty, sind Sie es wirklich?«

Chatty starrte unter zusammengezogenen Augenbrauen hervor, nieste und trank einen Schluck heißen Whisky. Seine Erinnerung an den Abend bei den Halberdiers war offensichtlich längst nicht so lebendig wie die von Guy.

»So haben sie mich in Afrika genannt«, sagte er schließlich. »Hier heiße ich ›Kong‹ – keine Ahnung, warum.«

Er starrte geradeaus, nippte am Glas und nieste. »Aber warum sie mich in Afrika Chatty genannt haben, ist mir genauso ein Rätsel. Ich heiße nämlich James Pendennis mit Vornamen.«

»Ich weiß. Ich habe eine Anzeige für Sie in der *Times* aufgegeben.«

»In der *Rum, Muck, Mugg and Eigg Times*?«

»Nein, in der Londoner *Times*.«

»Tja, was sollte das nützen? Ich kann nicht behaupten, dass ich die *Rum, Muck, Mugg and Eigg Times* häufig lese«, fügte er gerechtigkeitshalber hinzu. »Ich lese überhaupt nicht besonders viel.«

Guy begriff, dass er zur Sache kommen musste, wenn die Unterhaltung weitergehen sollte.

»Apthorpe«, sagte er daher.

»Ja«, sagte Chatty. »Das ist ein richtiger Zeitungsnarr. Was der mir nicht alles schon erzählt hat – Sie würden's nicht glauben! Dieser Apthorpe! Sie kennen ihn?«

»Er ist tot.«

»Nein, nein, ich habe noch vor nicht einem Jahr mit ihm in seinem Kasino gegessen. Ich fürchte, ich habe mich an dem Abend etwas volllaufen lassen. Apthorpe hing nämlich ein bisschen an der Flasche.«

»Ja, das weiß ich. Und jetzt ist er tot.«

»Das tut mir aber schrecklich leid.« Er nieste, trank und sann schweigend über diese Neuigkeit nach. »Ein Mann, der über alles Bescheid wusste. Und alterslos. Dabei war er um Jahre jünger als ich. Woran ist er denn gestorben?«

»Ich nehme an, man könnte es Betschuana-Bauchgrimmen nennen.«

»Das ist was Scheußliches! Dass jemand dran gestorben ist, habe ich allerdings noch nie gehört. Er war auch sehr wohlhabend.«

»Nicht *sehr* wohlhabend, würde ich meinen.«

»Privatvermögen. *Jeder,* der auch nur *ein bisschen* Privatvermögen besitzt, ist sehr wohlhabend. Das ist es, weshalb ich es nie weiter gebracht habe. Pfarrerssohn. Kein Privatvermögen.«

Es war wie das Spiel, das Guy in seiner Jugend immer gespielt hatte, wenn er in irgendwelchen Landhäusern zu Besuch gewesen war – bei dem es darum ging, irgendeinen bestimmten Satz völlig natürlich in die Unterhaltung einfließen zu lassen. Mit folgender Bemerkung verschaffte Guy sich dazu die Gelegenheit.

»Alles Geld, das er hatte, hinterließ er seiner Tante.«

»Er hat oft von seinen Tanten gesprochen. Eine lebte …«

»Aber«, fuhr Guy ungerührt fort, »seine ganze Tropenausrüstung hat er Ihnen vererbt. Ich habe sie hierhergebracht – bis nach Inverness jedenfalls –, um sie Ihnen zu übergeben.«

Chatty schenkte sich wieder nach. »Sehr anständig von ihm«, sagte er. »Und anständig von Ihnen.«

»Es ist eine ganze Menge.«

»Ja. Er hat nie genug kriegen können. Jedes Mal, wenn ich ihn besuchte, pflegte er sie mir zu zeigen. Er war die Gastfreundschaft in Person, Apthorpe. Hat mich immer bei sich aufgenommen, wenn ich aus dem Busch kam, wissen Sie. Dann haben wir im Club miteinander getrunken, und danach zeigte er mir seine Neuerwerbungen. So war es immer.«

»Aber war er denn nicht auch draußen im Busch?«

»Apthorpe? Nein, der musste sich ja in der Stadt um seinen Job kümmern. Ab und zu hab ich ihn für ein, zwei Tage mit rausgenommen zum Jagen – als Dank für seine Gastfreundschaft, wissen Sie. Aber er war so ein hoffnungsloser Schütze und immer im Weg, der Ärmste. Und um eine etwas längere Reise zu machen, hatte er nie lange genug Urlaub. In den Tabakfabriken nehmen sie sie ganz schön ran.«

Chatty nieste.

»Ein entsetzliches Loch, um einen Mann wie mich hinzuschicken«, fuhr er fort. »Bei Kriegsbeginn meldete ich mich als Tropenfachmann, woraufhin man mir die Leitung einer Schule für Dschungelkriegsführung übertrug. Nach Dünkirchen wurde sie aufgelöst, und irgendwie muss mein Name auf einer Liste für Bergsteiger gelandet sein. Dabei bin ich mein Lebtag nicht aus dem Busch rausgekommen. Ich habe keine Ahnung von den Bergen, ganz zu schweigen vom Eis. Kein Wunder, dass so viele verunglücken.«

»Wegen Ihrer Ausrüstung«, sagte Guy fest.

»Ach, da machen Sie sich nur keine Sorgen. Hier brauche ich davon bestimmt nichts. Irgendwann sehe ich's mir mal an. Nebenan wohnt ein ganz fürchterlicher Mann namens McTavish, der fährt ab und zu mal aufs Festland rüber. Irgendwann fahr ich mal mit ihm hin.«

»Chatty, Sie verstehen nicht ganz. Ich habe rechtliche Verpflichtungen. Ich *muss* Ihnen Ihr Erbe übergeben.«

»Mein Lieber, ich werde Sie bestimmt nicht gerichtlich belangen.«

»Chatty?«, fragte Guy. »Könnten Sie eines für mich tun? Würden Sie dies hier unterschreiben?«

»Ohne die Sachen gesehen zu haben?«

»Ohne sie gesehen zu haben – und zwar in dreifacher Ausfertigung.«

»Ich verstehe nicht viel von rechtlichen Dingen.«

Guy legte das Durchschlagpapier zwischen die Blätter seines Feldnotizbuches und schrieb: ›Hiermit bestätige ich, Apthorpes Ausrüstung ausgehändigt bekommen zu haben. 7. November 1940.‹

»Hier bitte unterschreiben.«

Chatty las den Text, dabei wendete er den Kopf erst auf die eine, dann auf die andere Seite. Bis zum letzten Augenblick befürchtete Guy, dass er sich weigern würde. Doch dann schrieb er mit großen, ungelenken Buchstaben: ›J. P. Corner.‹

Plötzlich legte sich der Wind. Es war ein gesegneter Augenblick. Schweigend erhob Guy sich und nahm wie bei einem Ritus das Buch wieder in Empfang. Apthorpes Geist konnte ruhen.

Guy stieg die Wendeltreppe hinunter und machte die Tür hinter sich zu. Es war kalt, aber der Wind hatte alle Feindseligkeit verloren. Ruhig kehrte Guy zurück ins Hotel, das voll belegt war von den Angehörigen des Kommandos.

Tommy begrüßte ihn.

»Guy, ich habe schlechte Nachrichten. Du musst heute auswärts essen, und zwar in der Burg. Der alte Knabe hat mir mit seinen Beschwerden so in den Ohren gelegen, dass ich Angus hingeschickt habe, um Frieden zu stiften. Den Gutsherrn kriegte er zwar nicht zu sehen, aber immerhin stellte sich heraus, dass er eine Art Cousin x-ten Grades war, und folglich habe ich am nächsten Tag eine förmliche Einladung bekommen, gemeinsam mit Angus dort zu Abend zu essen. Jetzt kann ich nicht mehr absagen. Und sonst will keiner mit. Du bist meine letzte Hoffnung – sei also so gut, und zieh dich schnell um. In fünf Minuten fahren wir.«

In seinem Zimmer versteckte Guy abergläubisch jede Kopie von Chattys Empfangsbestätigung an einer anderen Stelle.

7

Der Wohnsitz von Colonel Hector Campbell of Mugg wurde allgemein die ›Neue Burg‹ genannt, um ihn von dem alten und wesentlich malerischeren Bau, in dem der Verwalter und Chatty Corner wohnten, zu unterscheiden. Die Campbells of Mugg waren nie reich gewesen, doch irgendwann in der Mitte des 19. Jahrhunderts hatten die damaligen Muggs durch eine Heirat oder den Verkauf irgendwelcher Ländereien auf dem Festland, wo auf sumpfigem Gelände eine Stadt gebaut wurde, durch eine Hinterlassenschaft von ausgewanderten Verwandten in Kanada oder Australien, durch einen Vermögenszuwachs, wie er unter dem Landadel damals häufiger vorkam, Geld in die Hand bekommen und angefangen, neu zu bauen. Das Vermögen war dahingeschmolzen, doch die Burg stand. Äußerlich hatte sie etwas Deutsches – mehr Bismarck als Wagner. Sie war nicht übertrieben groß, aber so gebaut, dass sie allen Angriffen, außer vielleicht den modernsten Waffen, standhalten konnte. Innen war alles aus Zirbelkiefer, und die Innendekoration war mehr vom Tierpräparator als von Bildhauern oder Malern geprägt.

Noch ehe Guy und Tommy aus dem Wagen gestiegen waren, schwenkten die Doppeltore der Neuen Burg auf. Ein großgewachsener junger Butler in Kilt und mit Bart schien irgendwelche Willkommensworte zu sprechen, doch sie gingen in einem Sturm von Musik unter. Ein Dudelsackpfeifer stand neben ihm, älter und kleiner als er und noch malerischer gekleidet – ein untersetzter, rotbärtiger Mann. Wäre es zu einem Kampf zwischen den beiden gekommen, hätte jeder auf den Dudelsackpfeifer gesetzt, der im Übrigen der Vater des Butlers war. Die vier marschierten voran und hinauf zum großen Saal.

Von den Deckenbalken hing ein Leuchter herab, der aus immer kleiner werdenden blankgeputzten Messingreifen bestand. Ein Dutzend der zahllosen Glühbirnen brannte und ließ undeutlich einen großen runden Tisch erkennen. Um den Kamin herum, dessen Wappenschmuck im Torfqualm kaum zu erkennen war, wurde die Strenge der übrigen Möbel durch eine Gruppe verschossener chintzbezogener Lehnstühle aufgelockert. Überall sonst waren nur Granit, Räucherkiefer, Schottenstoff, sowie Sitzmöbel aus Hirschgeweihen. Sechs Hunde, darunter zwei große Jagdhunde und ein Spitz, der nahezu überhaupt kein Fell mehr hatte, gaben im umgekehrten Verhältnis zu ihrer Größe Laut. Über allem war aus der Tiefe der Qualmwolke eine Stimme zu hören:

»Still, ihr Höllenbrut! Platz, Hercules. Zurück, Jason! Still, Sir.«

Im Halbdunkel heftige Bewegung, Gewinsel, Tritte, Schnauben, Geknurre. Dann beherrschte der Dudelsack wieder das Feld. Es war außerordentlich kalt in der Halle, und Guy musste sich wegen des Torf-Rauchs abermals die Augen reiben. Schließlich wurde auch der Pfeifer zum Schweigen gebracht, und in der erstaunlichen Stille traten eine alte Dame und ein betagter Gentleman aus dem Qualm hervor. Colonel Campbell war herausgeputzt mit Hirschhorn und Bergkristall. Über dem Kilt trug er ein samtenes Wams, dazu einen hohen steifen Kragen und einen schwarzen Querbinder. Mrs. Campbell trug nichts, was in Erinnerung blieb.

Die Hunde duckten sich links und rechts von ihnen und krochen im gleichen gemessenen Gang voran wie sie – schweigend, aber bedrohlich. Das Schicksal, das ihm bevorstand, hatte Guy klar vor Augen: Entweder erblindete er auf den Lehnsesseln vom Rauch, fror etwas weiter weg zu Tode oder wurde von den Hunden dort, wo er stand, zerrissen. Tommy, ganz Soldat, erfasste die Situation mit einem Blick und handelte entsprechend. Er trat auf den vordersten Jagdhund zu, packte ihn bei der Schnauze und fing an, ihm den Kopf auf eine Weise zu drehen, die der Hund als beruhigend zu empfinden schien. Der mächtige Schwanz begann hin- und herzuwedeln. Die verstummten Hunde ließen die Lefzen über die Fänge herunter und krochen heran, um erst Tommys und dann Guys Hosen zu beschnüffeln. Dann sagte Tommy:

»Es tut mir schrecklich leid, dass wir Ihnen nicht früher haben Nachricht geben können. Angus Anstruther-Kerr hatte heute einen Unfall beim Bergsteigen. Und da ich nicht mit einem Mann zu wenig erscheinen wollte, habe ich stattdessen Mr. Crouchback mitgebracht.«

Guy waren bereits die gewaltigen Entfernungen aufgefallen, die zwischen den wenigen Gedecken auf dem Tisch lagen. Er hielt die Erklärung für seine Anwesenheit angesichts des Lebensstils des Grundherren für weniger als angemessen. Liebenswürdig ergriff Mrs. Campbell seine Hand.

»Mugg wird enttäuscht sein. Für uns hier oben bedeutet die Familie mehr als für Sie unten im Süden. Er ist übrigens etwas schwerhörig.«

Mugg jedoch hielt mittlerweile fest seine Hand.

»Ich habe Ihren Vater nie gekannt«, sagte er. »Aber ich kannte seinen Onkel, Kerr of Gellioch, ehe sein Vater Jean Anstruther of Glenaldy heiratete. Sie sehen weder dem einen noch dem anderen ähnlich. Glenaldy war ein stattlicher Mann, obwohl er schon alt war, als ich ihn kennenlernte. Ein Jammer, dass er keinen Sohn hatte, um Gellioch weiterzugeben.«

»Das hier ist Mr. Crouchback, mein Lieber.«

»Mag sein, mag sein. Ich erinnere mich nicht mehr. Wo bleibt das Essen?«

»Katie ist noch nicht da.«

»Isst sie denn heute unten?«

»Das weißt du doch. Wir haben darüber gesprochen. Katie ist Muggs Großnichte aus Edinburgh, die hier bei uns zu Besuch ist.«

»Zu Besuch? Sie ist doch schon seit drei Jahren da.«

»Sie hat zu viel für ihre Examen gearbeitet«, sagte Mrs. Campbell.

»Wir werden nicht auf sie warten«, sagte Mugg.

Als sie am runden Tisch Platz genommen hatten, gähnte der Abgrund, den Katie hatte ausfüllen sollen, zwischen Guy und seinem Gastgeber. Tommy hatte mit Mrs. Campbell ein Gespräch über Gezeiten und Strände auf der Insel angefangen. Der Gutsherr blickte zu Guy hinüber, kam zu dem Schluss, dass die Entfernung zwischen ihnen nicht zu überbrücken sei, und planschte infolgedessen zufrieden in seiner Suppe herum.

Schließlich sah er wieder auf und sagte:

»Haben Sie Schießwolle?«

»Leider nicht.«

»Halberdier?«

»Ja.«

Er deutete mit dem Kopf Richtung Tommy.

»Coldstreamer Guards?«

»Ja.«

»Gleiche Einheit?«

»Ja.«

»Außerordentlich!«

»Wir sind ein ziemlich bunt zusammengewürfelter Haufen.«

»Ich selbst war natürlich beim Argyll. Alles andere als bunt zusammengewürfelt. Gegen Ende des letzten Krieges haben sie versucht, verschiedene Regimenter zusammenzutun – hat aber nie funktioniert.«

Fisch wurde aufgetragen. Colonel Campbell aß schweigend und kämpfte mit ein paar Gräten. Er vergrub seinen Kopf in der Serviette, holte sein Gebiss heraus und war schließlich wieder präsentabel.

»Mugg hat in letzter Zeit Schwierigkeiten mit dem Fisch«, kommentierte Mrs. Campbell währenddessen.

Der Hausherr sah Tommy jetzt durchdringend an und sagte:

»Habe vorgestern aber ein paar Sappeure gesehen.«

»Das müssen welche von uns sein.«

»Haben die denn keine Schießwolle?«

»Doch, ich glaube schon. Sie haben eine ganze Menge Material mit der Aufschrift ›Gefährlich‹.«

Jetzt fasste der Gutsherr Guy sehr streng ins Auge.

»Meinen Sie nicht, es wäre ehrlicher gewesen, das von vornherein zuzugeben?«

Tommy und Mrs. Campbell hörten auf, über Anlegestellen zu reden, und lauschten.

»Als ich Sie fragte, ob Sie Schießwolle hätten – meinten Sie da, ich wollte wissen, ob Sie jetzt welche bei sich tragen? Ich wollte wissen, ob Sie irgendwelche Schießbaumwolle mit auf meine Insel gebracht haben.«

»Ich hoffe, Sie haben sich nicht über irgendwelchen Missbrauch zu beschweren, Sir?«, unterbrach Tommy.

»Oder Dynamit?«, fuhr der Gutsherr unbeirrt fort. »Jede Art von Sprengstoff würde genügen.«

In diesem Augenblick machte der Dudelsackpfeifer jede Unterhaltung unmöglich. Ihm folgte der Butler, der eine gewaltige Hirschlende auftrug, um sie vor dem Gastgeber auf den Tisch zu stellen. Das Gedudel hörte nicht auf. Colonel

Campbell schnitt und hackte auf der Keule herum. Der Butler machte mit einem Tablett mit Johannisbeergelee und ungeschälten Pellkartoffeln die Runde. Erst als der Lärm verstummte und ein voller Teller vor ihm stand, bemerkte Guy, dass eine junge Dame sich unauffällig auf den Stuhl neben ihn gesetzt hatte. So gut es ging, verbeugte er sich in dem bizarren Rahmen aus Hirschgeweih, aus dem die Rückenlehne seines Stuhls bestand. Freimütig erwiderte sie sein Lächeln.

Sie war zehn bis zwölf Jahre jünger als er, wie er schätzte. Entweder hatte sie Sommersprossen, was zu dieser Jahreszeit und hier oben im Norden unwahrscheinlich war, oder aber sie hatte sich mit Torfwasser bespritzt und sich hinterher nicht gewaschen, was jedoch angesichts der Sorgfalt, die sie sonst auf ihre Toilette verwendet hatte, noch unwahrscheinlicher erschien. Vielleicht ein vererbter Makel, dachte Guy, der in Mugg von einem galanten Abenteuer Zeugnis ablegte, das ein seefahrender Vorfahre vor langer Zeit auf den Gewürzinseln erlebt hatte. Über den braunen Flecken hatte sie dick Rouge aufgetragen, die kurzen schwarzen Locken waren mit einem Band mit Schottenmuster gebunden, von dem Guy angenommen hatte, dass es eigentlich nur für Touristen hergestellt wurde. Sie trug ein Kleid, in dem sie in diesem Saal außerordentlich frieren musste. Ihre Züge waren ebenmäßig wie Marmor, ihre Augen groß, strahlend und verrückt.

»Sie sind nicht ganz wohlauf, oder?«, bemerkte sie unvermittelt mit triumphierendem Unterton.

»Das hier ist Mr. Crouchback, meine Liebe«, sagte Mrs. Campbell und sah die Großnichte ihres Mannes stirnrunzelnd an. »Miss Carmichael. Sie kommt aus Edinburgh.«

»Eine echte Schottin«, sagte Miss Carmichael.

»Aber natürlich, Kate. Das wissen wir doch alle.«

»Ihre Großmutter war eine Campbell«, sagte der Grundherr in schwermütigem Ton, »die Schwester meiner Mutter.«

»Meine Mutter war eine Meiklejohn und deren Mutter eine Dundas.«

»Kein Mensch zweifelt daran, dass du eine waschechte Schottin bist, Katie«, sagte ihre Großtante. »Iss jetzt!«

Während dieses Austausches genealogischer Informationen hatte Guy überlegt, warum Miss Carmichael ihn zuvor so herausfordernd nach seinem Befinden gefragt hatte. Zwar hatte er sich – dessen war er sich wohl bewusst – in der vorhergehenden Unterhaltung nicht besonders hervorgetan; doch man hätte schon ein Meister sein müssen, um nirgends anzuecken. Und außerdem – woher wusste dieses schreckliche Mädchen das überhaupt? Hatte sie ihre Sommersprossen in den Qualmschwaden verborgen gehabt, oder – was wahrscheinlicher war – besaß sie die Gabe des Hellsehens, die in dieser Gegend recht häufig vorkommen sollte, beim siebenten Kind eines siebenten Kindes? Guy hatte einen schweren Tag hinter sich. Er war durchgefroren, konnte des Torfqualms wegen kaum atmen und hatte nicht genug zu essen bekommen. In endloser Prozession zogen sie vor seinem geistigen Auge vorüber: die Carmichaels, Campbells, Meiklejohns, Dundases – in Siebenerreihen, manche mit Schottenrock und Schottenmütze, andere in der nüchternen und derben Kleidung der Zünfte Edinburghs, alle tot.

Er behalf sich mit dem Wein, der im Gegensatz zu Suppe und Fisch ausgezeichnet war. ›Wohlauf sein‹ war ein Ausdruck aus dem Kinderzimmer und bedeutete auch: viel essen. Bis jetzt hatten Instinkt und Erfahrung ihn gleichermaßen von der Hirschkeule abgehalten. Doch nun, wo man ihm ganz offen Vorhaltungen deshalb gemacht hatte, steckte er einen faserigen, ekligen Bissen in den Mund und fing verzweifelt an zu kauen. Miss Carmichael wandte sich ihm wieder zu.

»Sechs Schiffe vorige Woche«, sagte sie. »Berlin kriegen wir nicht rein, deshalb müssen wir nach unserem Radio gehen. In Wirklichkeit sind es vermutlich wesentlich mehr, zehn, zwanzig, dreißig, vierzig …«

Ihr Großonkel schnitt ihr das Wort ab und sagte zu Tommy: »Dazu sind die Sappeure, also diese Pioniere, doch da, nicht wahr? Um Sachen in die Luft zu sprengen.«

»In Gibraltar haben sie die anglikanische Kathedrale gebaut«, sagte Guy, um mehr wohlauf zu sein, obwohl die Worte kaum verständlich waren, da der Hirschbraten sich der Einverleibung widersetzte.

»Nein«, sagte der Gutsherr. »Ich war dort bei einer Hochzeit. Sie haben sie nicht gesprengt. Zumindest nicht bei der Hochzeit. Aber immerhin Felsen.« (Eindringlich sah er Tommy an.) »Felsen könnten sie sprengen, genauso leicht, wie Sie und ich ein Wespennest ausräuchern.«

»Ich würde möglichst weit weg bleiben, wenn sie es versuchten«, sagte Tommy.

»Ich habe meinen Leuten immer gesagt, je näher man an den Explosionsherd herangeht, desto sicherer ist es.«

»Ich fürchte, so wird das heute von offizieller Seite aus nicht gesehen.«

Miss Carmichael hatte aufgehört zu zählen und sagte:

»Ach, wissen Sie, wir sind längst über die Bonnie-Prince-Charlie-Phase hinaus. Edinburgh ist heute das Herz Schottlands.«

»Eine hinreißende Stadt«, sagte Guy.

»Dort *brodelt* es.«

»Wirklich?«

»Ganz enorm! Es wird Zeit, dass ich zurückkehre. Aber ich darf selbstverständlich nicht darüber reden.«

Sie entnahm ihrem Täschchen einen goldenen Bleistift, schrieb etwas aufs Tischtuch, das sie währenddessen mit ihrem Ellbogen bedeckte. »Sehen Sie!«

Guy las: ›POLLITISCHE GEFANGNE‹, und fragte ehrlich interessiert:

»Haben Sie Ihr Examen in Edinburgh *bestanden*, Miss Carmichael?«

»Ach wo! Dazu war ich viel zu sehr mit wichtigen Dingen beschäftigt.«

Sie begann, die Schrift auf dem Tischtuch energisch mit Brotkrumen auszuradieren, nahm dann, was verwirrend war, plötzlich Partymanieren an und sagte:

»Wie mir die Musik fehlt! Nach Edinburgh kommen nämlich alle großen Meister, wissen Sie.«

Während sie geschrieben hatte, war es Guy gelungen, das zähe Stück Fleisch aus seinem Mund auf den Teller zurückzubefördern. Er nahm einen Schluck Rotwein und sagte deutlich:

»Ich frage mich, ob Sie an der Universität wohl einen Freund von mir kennengelernt haben – Peter Ellis. Er lehrt Ägyptologie oder so etwas Ähnliches. Als ich ihn kannte, brodelte es gewaltig in ihm.«

»Aber zu unserer Gruppe gehörte er nicht.«

Der Gutsherr hatte seinen Teller geleert und war bereit, wieder zum Thema Sprengstoff zurückzukehren.

»Die brauchen Übung«, schnarrte er und unterbrach dadurch seine Frau und Guy, die sich gerade über U-Boote unterhielten.

»Das brauchen wir wohl alle«, sagte Tommy.

»Ich werde ihnen zeigen, wo sie üben können. Das Hotel *gehört mir* selbstverständlich«, fügte er hinzu, ohne dass das im Zusammenhang mit dem Vorhergesagten zu stehen schien.

»Meinen Sie, es stört die Aussicht? Da kann ich Ihnen nur zustimmen.«

»Mit dem Hotel stimmt nur eines nicht. Wissen Sie, was?«

»Die Heizung?«

»Es rentiert sich nicht. Und wissen Sie, warum? Weil kein Badestrand da ist. Schicken Sie Ihre Pioniere nur zu mir, und ich zeige ihnen genau die richtige Stelle, wo sie das Sprengen üben können. Man braucht nur ein paar Tonnen Felsgestein wegzusprengen, und auf was stoßen Sie? Sand. Zu meines Vaters Zeit war da Sand. Auch auf der Feldvermessungskarte ist Sand angegeben – und auf der Admiralitätskarte auch. Aber ein Teil der Klippe ist runtergekommen, das muss also nur wieder gehoben werden.«

Der Gutsherr machte eine schaufelnde Bewegung, als baute er eine Sandburg.

Als der Pudding aufgetragen wurde, gab es die Neun-Uhr-Nachrichten. Ein Radioapparat wurde in die Mitte des Tisches gestellt, und der Butler bemühte sich, den Sender richtig einzustellen.

»Lügen«, sagte Miss Carmichael. »Lauter Lügen.«

Es kam zu einem kurzen Wortwechsel zwischen dem Hausherrn und dem Butler, wie Schotten ihn ihren englischen Gästen mit Vorliebe bieten; in dessen Verlauf zeigte jeder von beiden Lehenstreue, Unabhängigkeit, reine, ungezähmte Wut sowie Unwissenheit angesichts moderner Technik.

Zwar kamen Töne aus dem Apparat, doch nichts, was Guy als menschliche Sprache hätte erkennen können.

»Lügen«, wiederholte Miss Carmichael. »Lauter Lügen!«

Schließlich wurde der Apparat weggetragen und an seine Stelle eine Schale mit Äpfeln gesetzt.

»Was über Khartum, nicht wahr?«, sagte Tommy.

»Bald haben wir es wieder eingenommen«, erklärte Miss Carmichael.

»Aber wir haben es doch nie verloren«, sagte Guy.

»Kitchener mit seinen Repetiergeschützen hat es verloren«, sagte Miss Carmichael.

»Mugg hat unter Kitchener gedient«, sagte Mrs. Campbell.

»Der Kerl hatte etwas an sich, das mir nie gefallen hat. Irgendwas war faul an dem, falls Sie verstehen, was ich meine.«

»Es ist furchtbar«, erklärte Miss Carmichael, »mit anzusehen, wie unsere besten Männer weggeholt werden, Generation um Generation, um für die Engländer die Kastanien aus dem Feuer zu holen. Aber ein Ende ist abzusehen. Wenn die Deutschen in Schottland landen, werden Männer aus allen Richtungen zusammenströmen und sie begrüßen, und die Universitätsprofessoren werden die Städte einnehmen. Merken Sie sich das – und lassen Sie sich an diesem Tag nicht auf schottischem Boden erwischen.«

»Katie, geh zu Bett«, sagte Colonel Campbell.

»Bin ich zu weit gegangen?«

»Das bist du.«

»Darf ich ein paar Äpfel mitnehmen?«

»Zwei.«

Sie nahm sie und stand von ihrem Platz auf.

»Gute Nacht alle miteinander«, sagte sie keck.

»Es waren diese Examen«, sagte Mrs. Campbell. »Viel zu schwer für ein Mädchen. Ich überlasse Sie jetzt Ihrem Portwein.« Sie folgte Miss Carmichael hinaus, vielleicht, um sie zu schelten, vielleicht aber auch, um sie zu beruhigen.

Colonel Campbell trank gewöhnlich keinen Portwein. Die Gläser waren extrem klein, aber man brauchte nicht das siebente Kind eines siebenten Kindes zu sein, um zu erkennen, dass der Wein schon seit geraumer Zeit in der Karaffe stand. Zwei Wespen schwammen obendrauf. Eine rutschte dem Hausherrn, als er sich das erste Glas einschenkte, mit hinein. Er hielt sie sich vor die Augen und betrachtete sie voller Stolz.

»Die war schon drin, als der Krieg begann«, sagte er feierlich. »Und ich hatte gehofft, dass sie immer noch drin sein würde, wenn wir auf unseren Sieg anstoßen. Denn Portwein, wissen Sie, dient mehr der Zeremonie als dem Genuss. Gentlemen – auf Seine Majestät, den König!«

Sie schluckten den ekligen Wein, und gleich darauf sagte Mugg:

»Campbell, die Karaffe.«

Schwere Kelche aus geschliffenem Bleikristall wurden vor die drei Herren gestellt, außerdem ein kitschiger kleiner Porzellankrug sowie eine prächtige Karaffe mit einer nahezu farblosen, ganz leicht trüben Flüssigkeit darin.

»Whisky«, verkündete Mugg voller Genugtuung. »Ich möchte einen Toast ausbringen. Auf das Coldstream-Regiment, die Halberdiers *und* die Sappeure.«

Eine Stunde oder vielleicht sogar noch länger saßen sie am Tisch. Das Gespräch drehte sich um militärische Dinge und verlief so harmonisch, wie es zwischen einem Veteranen und Anfängern des Jahres 1940 nur eben möglich war. Alle paar Minuten wandte sich die Unterhaltung wieder dem Thema Sprengstoff zu. Zuletzt gesellte sich Mrs. Campbell wieder zu ihnen. Sie erhoben sich, und sie sagte:

»Ach du liebe Güte, wie rasch so ein Abend doch vergeht. Ich habe ja kaum etwas von Ihnen gehabt. Aber ich nehme an, Sie müssen morgens immer in aller Herrgottsfrühe aus den Federn.«

Mugg setzte den Stöpsel auf die Whiskykaraffe.

Noch ehe Guy oder Tommy etwas sagen konnten, war der Dudelsackpfeifer wieder da. Sie verabschiedeten sich förmlich und folgten ihm dann bis zur Vordertür. Als sie in ihr Auto stiegen, sahen sie, wie an einem der oberen Fenster heftig eine Sturmlaterne geschwenkt wurde, Tommy salutierte, und der Dudelsackpfeifer machte kehrt und trötete den Korridor hinab. Die großen Türflügel schlossen sich. Die Laterne wurde weiter geschwenkt, und in die Stille hinein ertönte dann der laute und freundliche Ruf: »Heil Hitler!«

Tommy und Guy sprachen den ganzen Heimweg über kein einziges Wort. Vielmehr lachten sie, erst leise, dann immer lauter. Ihr Fahrer berichtete später, so habe er den Colonel noch nie erlebt, und was den Copper Heel betreffe, so habe der sich ›förmlich ausgeschüttet‹. Dann fügte er noch hinzu, wie man ihn unten bewirtet habe, das sei ›auch ganz anständig‹ gewesen.

Tommy und Guy waren in der Tat berauscht – freilich nicht nur und auch nicht hauptsächlich von dem, was sie getrunken hatten. Was sie innerlich erhob und ihnen den Kopf schwindlig machte, das war jener heilige Wind, der einst so freizügig über die ganze junge Welt hinweggeweht war. Ihre Ohren waren voll vom Klang der Zimbeln und Flöten. Die düstere Insel Mugg war erfüllt von duftendem Wind, wurde augenblicklich emporgehoben und hinweggetragen und unter den Sternen der Ägäis wieder abgesetzt.

Männer, die gemeinsam Gefahr und Entbehrung durchgestanden haben, trennen sich häufig und vergessen einander, wenn die schwere Zeit vorüber ist. Männer, die dieselbe Frau geliebt haben, sind Blutsbrüder selbst in ihrer Feindschaft; wenn sie zusammen lachen, so wie Tommy und Guy in dieser Nacht lachten, ja, sich ausschütteten vor Lachen, dann besiegeln sie ihre Freundschaft auf einer kostbareren und erhabeneren Ebene als andere Menschen.

Als sie das Hotel erreichten, sagte Tommy:

»Gott sei Dank warst du dabei, Guy.«

Sie stiegen von der schwindelnden Höhe der Einbildungskraft herab in eine ungewöhnliche, jedoch zutiefst prosaische Szene.

Der Raum war zu einer Spielhölle geworden. Gleich nach der Ankunft des Kommandos hatte Ivor Claire den Schreiner von Mugg, einen verbissenen Kalvinisten, der das Kartenspiel verachtete, unter dem Vorwand, es handle sich um etwas Kriegswichtiges, beauftragt, einen Baccara-Schlitten anzufertigen. Jetzt saß er am großen Tisch, dessen Platte mit Kreide säuberlich in Felder aufgeteilt war, und gab die Bank. An anderen Tischen wurde gepokert, und zwei Paare spielten Backgammon. Tommy und Guy steuerten auf den Tisch mit den Flaschen zu.

»Zwanzig Pfund in der Bank.«

Ohne sich umzudrehen, rief Tommy ›Banco‹, schenkte sein Glas voll und trat dann an den großen Tisch.

Bertie fragte Guy vom Pokertisch aus:

»Haben Sie Lust mitzuspielen? Halbe Krone Einsatz und jeweils fünf Shilling Erhöhung.«

Doch Guy hatte, wenn auch nur schwach, noch den Widerhall von Zimbeln und Flöten im Ohr, schüttelte den Kopf und stieg wie in Trance hinauf in sein Zimmer, wo er traumlos schlief.

»Voll«, sagte Bertie. »Voll wie eine Strandhaubitze.«

»Na, dann viel Glück.«

Am nächsten Morgen beim Frühstück erzählte man Guy: »Ivor hat gestern Abend über hundertfünfzig Pfund kassiert.«

»Als ich noch da war, spielten sie aber nicht um hohe Einsätze.«

»Sobald Colonel Tommy da ist, kriegt alles immer automatisch größere Dimensionen.«

Um die Frühstückszeit war es draußen dunkel. Die Heizung war noch nicht angestellt, und der neu entzündete Torf schickte einen feinen Rauchfaden ins Speisezimmer. Es war bitterkalt.

Bedient wurden sie von Zivilistinnen. Bald trat eine von ihnen an Guy heran.

»Lieutenant Crouchback?«

»Ja.«

»Draußen steht ein Soldat und fragt nach Ihnen.«

Guy ging zur Tür und fand den Fahrer, der sie gestern Abend zur Burg gebracht hatte. Der Gruß des Mannes war ziemlich dreist.

»Die hier habe ich im Wagen gefunden, Sir. Ich weiß nicht, ob sie Ihnen oder dem Colonel gehören.«

Damit reichte er Guy ein Bündel bedruckter Blätter. Guy studierte das oberste und las in großen Lettern:

AUFRUF AN SCHOTTLAND

ENGLANDS GEFAHR IST SCHOTTLANDS HOFFNUNG

WARUM HITLER GEWINNEN MUSS

Das konnte nur Katie gewesen sein.

»Haben Sie so etwas schon mal gesehen?«

»Aber ja, Sir. Sämtliche Unterkünfte sind voll davon.«

»Vielen Dank«, sagte Guy. »Ich werde mich drum kümmern.«

Der Fahrer salutierte. Guy wollte sich umdrehen, rutschte aber auf den glatt gefrorenen Stufen aus und ließ die Blätter fallen, wobei der dünne Wollfaden zerriss, der sie zusammenhielt. Guy konnte sich vor einem Sturz nur retten, indem er sich am Fahrer festhielt. Ein Windstoß kam, gerade als er sich an ihn klammerte, fegte die verräterischen Blätter fort und wirbelte sie hinaus in die Dunkelheit.

»Vielen Dank«, sagte Guy noch einmal und ging dann vorsichtiger wieder hinein.

Das Ordonnanzzimmer befand sich im ersten Stock – es handelte sich um zwei ineinander übergehende Schlafzimmer. Die Dämmerung war endlich angebrochen, als Guy offiziell bei seinem Kommandeur Bericht erstattete.

Bertie, der gewaltige Grenadier, von dem Eddie gesagt hatte, ›in gewisser Weise‹ sei er der Adjutant, stand im vorderen Raum.

»Oh, hallo. Wollen Sie Colonel Tommy sprechen? Kommen Sie rein.«

Wie man es ihm bei den Halberdiers beigebracht hatte, salutierte Guy, trat dann vor Tommys Schreibtisch und blieb dort in Habachtstellung stehen, bis Tommy sagte: »Guten Morgen, Guy. Das war ein überraschend lustiger Abend gestern«, und dann an Bertie gewandt: »Haben Sie irgendwas über diesen Soldaten hier gefunden, Bertie?«

»Jawohl, Colonel.«

Tommy ließ sich die Unterlagen von seinem Adjutanten reichen.

»Wo waren die denn?«

»Auf meinem Schreibtisch, Colonel.«

Sorgfältig las Tommy den Brief. »Haben Sie das Aktenzeichen CP Schrägstrich RX gesehen? Das ist, wenn ich mich nicht irre, dasselbe wie auf dem Brief, mit dem sie Kong hergeschickt haben. Sieht aus, als ob das H.O.O.H.Q. mit der Ablage durcheinandergekommen wäre. Wir jedenfalls lassen unseren Papierkram griffbereit auf dem Schreibtisch liegen.« Er schob das Papier ins Drahtgestell.

»Tja, Guy, leider gehörst du nun doch nicht zu uns. Du bist vielmehr persönliches Eigentum von Colonel Ritchie-Hook von den Royal Halberdiers, und sollst nur so lange bleiben, bis er wieder diensttauglich ist. Tut mir leid. Du hättest so gut Ians Aufgabenbereich übernehmen können. Aber es wäre nicht fair den Männern gegenüber, wenn die Führung dauernd wechselt. Wir müssen uns um einen richtigen Ersatz für Ian kümmern. Das Problem ist nur – was machen wir so lange mit dir?«

In den dreizehn Jahren, die Guy Tommy kannte, hatte er nur wenige Stunden in seiner Gesellschaft verbracht, und trotzdem verband sie eine ganz besondere Beziehung. Kennengelernt hatte er ihn ursprünglich als einen netten Freund seiner Frau; dann, als sie ihn vorübergehend zu ihrem Geliebten machte, war er eine Art Urgewalt gewesen, die Guys Welt rücksichtslos in Stücke zerschlagen hatte; später war er, wie Guy ohne Verbitterung dachte, eine seltsam unangenehme Erinnerung, jemand, dem er aus dem Weg gehen musste, um nicht in Verlegenheit zu geraten. Tommy hatte durch sein Abenteuer genauso viel verloren wie er. Dann ging der Krieg los und fügte, wie es schien, die verstreuten Teile des Puzzles der Vergangenheit wieder richtig zusammen. Bei Bellamy's waren er und Tommy wieder gute Bekannte, wie sie es früher auch gewesen waren. Gestern Abend waren sie Freunde gewesen. Heute waren sie wieder Vorgesetzter und Untergebener.

»Besteht denn keine Möglichkeit, dass die Halberdiers mich zu euch abkommandieren?«

»Nach diesen Unterlagen hier zu urteilen, nicht. Außerdem – bist du nicht ein bisschen über das Alter hinaus? Oder meinst du, du könntest diese Klippen raufklettern?«

»Ich könnte es versuchen.«

»Versuchen kann es jeder. Deshalb fehlen mir heute fünf Offiziere. Meinst du, du könntest den Papierkram hier besser in den Griff kriegen als Bertie?«

»Das könnte er ganz bestimmt, Colonel«, sagte Bertie.

Traurig ließ Tommy den Blick auf beiden ruhen. »Was ich brauche, ist ein Verwaltungsbeamter. Ein älterer Mann mit vielen Beziehungen, der auch mit dem Stab gut auskommt. Bertie ist nicht der Richtige dafür, und ich fürchte, du auch nicht.«

Plötzlich fiel Guy Jumbo ein.

»Ich glaube, ich habe genau den Richtigen, Colonel«, sagte er und beschrieb Jumbo ausführlich.

Als er fertig war, sagte Tommy: »Bertie, fahren Sie rüber und holen Sie ihn her. Leute wie er treten zu Hunderten in die Home Guard ein – holen Sie ihn, ehe sie ihn uns wegschnappen. Zwar wird er rangmäßig ein wenig zurückstecken müssen. Aber wenn er wirklich so ist, wie du ihn beschreibst, weiß er bestimmt, wie er das deichselt. Er kann sich doch zur Navy versetzen lassen und dann als Angehöriger der Royal Navy Volunteer Reserve zu uns stoßen. Himmeldonnerwetter, Bertie, warum stehen Sie da immer noch rum?«

»Ich weiß nicht, wie ich ihn herholen soll, Colonel.«

»Schön, gehen Sie raus und übernehmen Sie Ians Truppe. Guy, du bist Stellvertreter Adjutant. Fahr rüber und hol deinen Mann her! Steh nicht rum und halt Maulaffen feil wie Bertie. Geh zum Hafenmeister, besorg dir ein Rettungsboot, irgendwas! Nun setz dich schon in Bewegung!«

»Ich habe da auch noch einen Drei-Tonnen-Laster – soll ich den auch mitbringen?«

»Aber klar doch! – Nein, warte!«

Guy erkannte den Blick des Berufssoldaten – genau so hatte sich Jumbos Gesicht vor ein paar Tagen verdunkelt. Der Dämon der Vorsicht, der die Erfolgreichen leitet, flüsterte ihm zu: »Geh nicht zu weit! Mit einem Laster kommst du nicht durch.«

»Nein«, sagte er. »Lass den Laster und bring uns nur den Navy-Anwärter.«

VI
Glückliche Krieger

I

Weder Charakter noch Erziehung hatten Trimmer zum Einsiedlerleben bestimmt. Schon seit langer Zeit hatte er sich nun unauffällig verhalten und nichts getan, was die Aufmerksamkeit seiner Vorgesetzten auf ihn hätte lenken können. Auch über den Zustand seines Geschützes hatte er kein Wort verlauten lassen. Bis jetzt hatte es keinerlei Beschwerden gegeben. Seine kleine Einheit war so weit zufrieden. Nur Trimmer murrte innerlich jeden Tag mehr, je größer sein Bedürfnis nach weiblicher Gesellschaft wurde. Geld hatte er, denn zu den Spielabenden im Hotel war er nicht zugelassen, so dass er auch kein Geld verlieren konnte. Er hatte Anspruch auf Urlaub, und den nahm er schließlich. Er war auf der Suche nach dem, was er selbst ›die hellen Lichter‹ nannte.

Glasgow im November 1940 war nicht gerade eine *ville de lumière*. Nebel und Menschenmassen verliehen der Verdunkelung zusätzlich eine ganz besondere Düsternis. Als Trimmer am Nachmittag ankam, ging er vom Zug aus direkt ins Bahnhofshotel. Auch dort Nebel und Menschenmengen. Überall in der großen Halle und auf den Korridoren stand Gepäck, und Soldaten auf der Durchreise drückten sich herum. Der Empfang war von einer dichten, sich ständig verändernden Menschentraube umlagert. Jeder erhielt von dem Mädchen hinter dem Tisch die gleiche Antwort: »Nur reservierte Zimmer. Wenn Sie nach acht noch einmal wiederkommen, könnte es sein, dass einige Reservierungen rückgängig gemacht worden sind.«

Trimmer drängelte sich nach vorn, widmete dem Mädchen einen anzüglichen Blick und sagte: »Nicht mal 'ne winzige Kammer für 'nen richtigen schottischen Jungen?«

»Kommen Sie nach acht noch einmal. Vielleicht sind bis dahin ein paar Reservierungen rückgängig gemacht worden.«

Trimmer zwinkerte ihr zu, und sie schien darauf eingehen zu wollen, doch das Gedränge anderer verzweifelter Männer ohne Dach über dem Kopf machte jeden weiteren Flirt unmöglich.

Die Schottenmütze verwegen auf dem Kopf, den Schäferstock in der Hand und die Majorskronen (die er auf der Toilette des Zuges gegen seine Lieutenantssterne eingetauscht hatte), auf den Achselstücken, schlenderte Trimmer durchs Erdgeschoß. Überall nur Soldaten, und jede der wenigen Frauen war der Mittelpunkt irgendeines fröhlichen Kreises oder saß bedrückt mit ihrem Mann im Abschiedsschmerz gefangen da. Hier und da hämmerte eine hoffnungsvollere Gesellschaft auf den Tisch und rief fordernd: »Wo bleibt die Bedienung!«

Aber Trimmer ließ sich davon nicht niederdrücken. Nach den vielen Wochen auf Mugg fand er das alles recht lustig, und die Erfahrung hatte ihn gelehrt, dass jeder Mann, der wirklich eine Frau will, am Ende auch eine findet.

Eitel wie ein Straßenköter zwischen Mülltonnen ging er weiter: wedelnder Schwanz, gespitzte Ohren und schnuppernde Nase. Gelegentlich machte er den Versuch, sich einer der fröhlichen Gruppen anzuschließen, doch ohne Erfolg. Zuletzt stand er vor ein paar Treppenstufen mit der Aufschrift: ›CHATEAU de MADRID. Restaurant de première ordre‹.

Trimmer war bereits ein- oder zweimal in diesem Hotel gewesen, doch bis in den exklusiven Teil war er noch nie vorgestoßen. Er holte sich sein Vergnügen dort, wo er es fand, am liebsten jedoch inmitten einer Menge Menschen. Heute sollte das anders sein. Er schlenderte den läuferbelegten Gang hinunter und wurde am Fuß der Treppe sofort vom Oberkellner begrüßt.

»*Bonsoir, Monsieur.* Monsieur haben einen Tisch bestellt?«

»Ich bin auf der Suche nach einem Freund.«

»Wie viele Gäste erwarten Monsieur?«

»Nur einen, falls überhaupt. Ich setze mich so lange hierher und werde ein Glas trinken.«

»*Pardon, Monsieur.* Es ist nicht gestattet, hier unten alkoholische Getränke zu servieren – außer an diejenigen, die speisen. Oben allerdings ...«

Die beiden Männer sahen einander an – ein Gauner den anderen. Sie waren beide gut herumgekommen. Keiner ließ sich vom anderen einwickeln. Einen Augenblick lang war Trimmer versucht zu sagen: »Ach komm schon! Wo hast du dir deine französische Aussprache zugelegt? An der Mile End Road oder in Manchester?«

Und der Kellner war versucht zu sagen: »Dieses Lokal hier ist nicht ganz deine Kragenweite, Kumpel. Zieh Leine!«

Was Trimmer dann jedoch schließlich sagte, war: »Sobald meine Freundin auftaucht, werde ich hier auch essen. Sie könnten mir schon mal die Speisekarte bringen, während ich meinen Cocktail trinke.«

Und der Oberkellner sagte: »*Toute suite, Monsieur.*«

Ein anderer Kellner nahm Trimmer die Schottenmütze und den Stab ab.

Er nahm in der Cocktailbar Platz. Die war noch kitschiger ausgeschmückt als die marmor- und mahagonigetäfelten Säle darüber. Alles hätte den Sommer über neu gestrichen und neu gepolstert werden müssen, doch war der Krieg dazwischengekommen. Die Bar hatte etwas von einer Modezeitschrift, die einst steif und glänzend, mittlerweile jedoch durch zu viele Hände gegangen war. Trimmer machte das nichts aus. Seine Bekanntschaft mit Modezeitschriften beschränkte sich auf alte, zerlesene Hefte.

Trimmer sah sich um und bemerkte, dass nur ein Platz besetzt war. Hinten in der Ecke saß, wonach er suchte: eine einsame Frau. Sie blickte nicht auf, und Trimmer musterte sie unverfroren. Eine Frau, die mit allem Putz ausgestattet war, jedoch nicht versuchte, Aufmerksamkeit auf sich zu lenken. Sie saß still da, betrachtete das halbleere Glas vor sich auf dem Tisch und bemerkte weder Trimmers verwegen bloße Knie noch seine schwingende Felltasche. Sie musste Anfang dreißig sein, schätzte Trimmer. Ihre Kleidung – und damit kannte Trimmer sich aus – war ganz anders als die der Glasgower Damenwelt. Das Kleid stammte aus der Hand eines *grand couturier* und war noch keine zwei Jahre alt. Zwar war sie nicht ganz Trimmers Typ, doch an diesem Abend war er bereit, sich auf alles einzulassen. Einen Korb zu bekommen, daran war er gewöhnt.

Ein geübteres Auge hätte vielleicht erkannt, dass sie ein wenig zu gut in diese Umgebung passte – zu dem leeren Aquarium, das früher von innen beleuchtet und voller schillernder Fische gewesen war, zu den weißen Kordeln an den dunkelroten Samtportieren, die jetzt verstaubt wirkten; zu den weißen Seepferdchen aus Stuck, die nicht mehr ganz so lustig wirkten wie einst – die einsame Frau hob sich nicht sonderlich von alldem ab. Sie saß eingehüllt in einen leichten Dunstschleier da, der wie die Ausdünstung von Unglück oder Krankheit, vielleicht aber auch nur großer Müdigkeit wirkte. Sie trank ihr Glas leer und sah dann an Trimmer vorbei zu dem Barmann hinüber, der sagte: »Bin gleich da, Madame«, und Gin in seinen Shaker goss.

Als Trimmer ihr Gesicht sah, kam es ihm seltsam bekannt

vor; ein Gesicht, das er irgendwo schon einmal gesehen hatte, vielleicht in einer dieser abgegriffenen Modezeitschriften.

»Ich bringe es rüber«, sagte er zu dem Barmann und nahm flink das Tablett mit dem neuen Cocktail darauf.

»Entschuldigen Sie, Sir, *bitte*.«

Trimmer ließ es nicht los. Der Barmann überließ ihm das Tablett. Trimmer trug den Cocktail hinüber in die Ecke.

»Ihr Cocktail, Madame«, sagte er keck.

Die Frau nahm das Glas, sagte: »Vielen Dank«, und sah an ihm vorbei. Dann fiel Trimmer ihr Name ein.

»Haben Sie mich vergessen, Mrs. Troy?«

Langsam und ohne Interesse sah sie ihn an.

»Kennen wir uns?«

»Selbstverständlich. Von der *Aquitania*.«

»Tut mir leid«, sagte sie, »aber ich erinnere mich nicht. Man lernt so viele Menschen kennen.«

»Gestatten Sie, dass ich mich zu Ihnen setze?«

»Ich wollte gerade gehen.«

»Sie brauchen wirklich eine neue Dauerwelle«, sagte Trimmer, um dann im Tonfall eines *maître d'hotel* hinzuzufügen: »Madames Frisur ist *un peu fatiguée, n'est-ce pas*? Das liegt an der Seeluft.«

Plötzlich leuchtete so etwas wie Interesse, Ungläubigkeit und Freude in ihrem Gesicht auf.

»Gustave! Das können doch unmöglich Sie sein?«

»Erinnern Sie sich, wie ich morgens immer in Ihre Kabine kam? Sobald ich Ihren Namen auf der Passagierliste las, strich ich alle anderen Termine für halb zwölf. Die alten Schachteln haben es mit Zehn-Dollar-Trinkgeldern versucht, doch halb zwölf habe ich immer freigehalten, falls Sie mich brauchten.«

»Gustave, wie entsetzlich von mir! Wie habe ich Sie nur vergessen können? Setzen Sie sich. Sie müssen zugeben, dass Sie sich sehr verändert haben.«

»Sie aber nicht«, sagte Trimmer. »Wissen Sie noch, wie ich Ihnen oft den Nacken massiert habe? Sie sagten, danach wäre der Kater immer verflogen.«

»So war's ja auch.«

Sie ließen angenehme Erinnerungen an den Atlantik wach werden.

»Ach, guter Gustave, wie mir alles wieder lebendig vor Augen steht! Ich habe die *Aquitania* immer geliebt!«

»Ist Mr. Troy auch hier?«

»Er ist in Amerika.«

»Allein hier?«

»Ich habe jemanden an die Bahn gebracht.«

»Freund oder Freundin!«

»Sie sind schon immer furchtbar frech.«

»Aber Sie haben auch nie Geheimnisse vor mir gehabt.«

»Es ist kein großes Geheimnis. Jemand von der Navy. Ich kannte ihn noch nicht lange, aber er hat mir gefallen. Und er musste so plötzlich weg. Heutzutage müssen alle immer Hals über Kopf weg und sagen einem nicht, wohin.«

»Mich hätten Sie eine ganze Woche, wenn Sie hierblieben.«

»Ich habe keine Pläne.«

»Ich auch nicht. Wollen Sie hier zu Abend essen?«

»Es ist aber schrecklich teuer.«

»Selbstverständlich lade ich Sie ein.«

»Mein lieber Gustave, ich kann unmöglich zulassen, dass Sie ihr Geld für mich ausgeben. Ich hatte gerade überlegt, ob ich es mir leisten kann, Sie zum Abendessen einzuladen. Aber ich glaube, es geht nicht.«

»Knapp bei Kasse?«

»Sehr. Warum, weiß ich eigentlich nicht. Es hat irgendwas mit Mr. Troy, dem Krieg, den Auslandsinvestitionen und der Devisenausfuhr zu tun. Jedenfalls nimmt mein Bankier in London es plötzlich sehr genau.«

Trimmer war sowohl schockiert als auch leicht belustigt von dieser Nachricht.

Die Barriere zwischen Friseur und Erster-Klasse-Passagierin war plötzlich verschwunden. Es war wichtig, die neue Beziehung auf der richtigen Ebene beginnen zu lassen – und zwar auf keiner zu hohen. Die Vorstellung, häufiger im *Château de Madrid* den Gastgeber spielen zu müssen, behagte ihm ganz und gar nicht.

»Trotzdem, wie wär's wenigstens mit noch einem Drink hier, Virginia?«

Virginia lebte unter Leuten, die sich wahllos mit Vornamen anredeten. Was sie aufmerken ließ, war der Umstand, dass sich Trimmer seine Verlegenheit anmerken ließ, als er sie so vertraulich anredete.

»Virginia?«, sagte sie spöttisch.

»Und ich bin übrigens Major McTavish. Meine Freunde nennen mich Ali oder Trimmer.«

»Dann wissen sie also, dass Sie Friseur sind?«

»Nein, ehrlich gesagt, nicht. Der Name Trimmer hat mit Haare-Trimmen nichts zu tun. Nicht, dass ich mich deswegen schäme. Ich hatte meinen Spaß auf der *Aquitania*, das kann ich Ihnen sagen – mit den Passagieren. Sie wären überrascht, wenn ich Ihnen einige der Namen verraten würde. Viele aus Ihrem Bekanntenkreis.«

»Erzählen Sie, Trimmer.«

Eine halbe Stunde lang lauschte sie wie gebannt seinen Enthüllungen, von denen einige durchaus etwas Wahrheit enthielten. Restaurant und Foyer füllten sich mit gesetzten älteren Zivilisten, Fliegern mit Glasgower Mädchen und einem Admiral mit Frau und Tochter. Der Oberkellner näherte sich Trimmer zum dritten Mal mit der Speisekarte.

»Na, wie steht's, Trimmer?«

»Mir wär's lieber, Sie würden Ali zu mir sagen.«

»Nein, für mich sind Sie Trimmer, egal, was«, erklärte Virginia.

»Wie wär's, wenn jeder für sich bezahlte – wo wir doch im gleichen Boot sitzen?«

»Durchaus einverstanden.«

»Morgen finden wir vielleicht was Billigeres.«

Bei dem Wort ›morgen‹ hob Virginia die Augenbrauen, sagte aber nichts. Stattdessen nahm sie die Speisekarte und bestellte, ohne sich vom Kellner beraten zu lassen, ein sättigendes, aber nicht teures Essen. »*Et pour commencer,* ein paar Austern? Etwas *saumon fumé?*«

»Nein«, erklärte sie entschieden.

»Reizen mich auch nicht besonders«, sagte Trimmer.

»Mich schon. Aber heute Abend gibt's mal keine. Man soll die Speisekarte immer von rechts nach links lesen.«

»Ich verstehe nicht ganz.«

»Macht nichts. Ich nehme an, es wird eine ganze Menge geben, bei dem wir uns nicht so ganz verstehen.«

Virginia war wieder ganz sie selbst und sah auch so aus, als sie das Restaurant betraten; sie riecht förmlich nach Oberschicht, dachte Trimmer bei sich selbst. Und außerdem saß ihr der Schalk im Nacken, und auch das sah man ihr an.

Beim Essen trug Trimmer ein wenig dick auf, was seine militärische Bedeutung betraf.

»Wie bezaubernd«, rief Virginia. »Ganz allein auf einer Insel!«

»Es sind schon noch ein paar andere Truppen zur Ausbildung dort«, gab er zu, »aber ich habe nicht viel mit ihnen zu tun. Mir untersteht die Verteidigung.«

»Ach, lassen wir doch diesen elenden Krieg«, sagte Virginia. »Erzählen Sie weiter von der *Aquitania.*«

Sie war keine Frau, die groß Erinnerungen nachhing oder sich in Spekulationen über die Zukunft erging. Manchmal vergingen Wochen, ohne dass sie auch nur einen einzigen Gedanken an die letzten fünfzehn Jahre ihres Lebens verschwendete: an die Verführung durch einen Freund ihres Vaters, der sie in Paris besucht, sie mit Wohlgefallen betrachtet, ausgeführt und hinterher in sein Bett gezogen hatte; an ihre Ehe mit Guy, das Castello Crouchback und die endlosen dunstverhangenen Terrassen des Rift Valley; an ihre Ehe mit Tommy, die Londoner Hotels, schnellen Wagen, Pferderennen, an die bedrohliche Möglichkeit, mit ihm nach Indien abgeschoben zu werden; an den dicken Augustus, der sein Scheckbuch immer griffbereit hatte; an Mr. Troy und seine Vorliebe für ›Prominente‹. Nichts von alledem war für sie, wie Mr. Troy es ausgedrückt hätte, ›von irgendwelcher Bedeutung‹. Das galt auch für das Alter oder den Tod. Nur die Gegenwart zählte für Virginia, die allernächsten fünf Minuten. Doch jetzt, hier, in dieser verdunkelten und nebelig trüben Stadt, in diesem hell erleuchteten kleinen Raum, umgeben von Fremden, während draußen Dunkelheit herrschte, meilenweite Dunkelheit mit Millionen von Fremden, alle blind und taub und alles andere als prominent, hier, während die Sirenen aufheulten und die Bomben fielen und die Flak im Hafen losballerte – hier und jetzt war Virginia erfreut, das wohlgeordnete, unbeschwerte Leben an Bord eines Luxusdampfers noch einmal zu durchleben, es gleichsam durch ein umgedrehtes Fernglas zu betrachten. Und den getreuen Gustave, der seine besten Termine für sie freigehalten hatte, mit seinem falschen Französisch und seinen schmerzbeschwichtigenden, knetenden Fingern im Nacken und auf den Schultern und ganz oben am Hinterkopf, der sich unversehens in einen Major mit nackten Knien und Cockney-Akzent verwandelte und einen ulkigen neuen Namen angenommen hatte, schickte an diesem bedrückenden Abend der Himmel, um sie zurückzuführen zu den Tagen voller Sonne, spritzender Gischt und springender Delphine.

Im gleichen Augenblick war Colonel Grace-Groundling-Marchpole, der gerade vor kurzem zum Leiter der allergeheimsten aller geheimen Abteilungen ernannt worden war, dabei, die letzte Meldung der Spionageabwehr abzuheften:

Crouchback, Guy, Lieutenant der Reserve beim Royal Corps of Halberdiers, mit nicht genau umrissenem Aufgabenbereich abkommandiert nach Mugg zum Kommando X des H. O. O. H. Q. *hat bei Dunkelheit subversives Material verteilt. Flugblatt liegt bei.*

Er warf einen Blick auf das Flugblatt *Warum Hitler gewinnen muss.*

»Ja, das kennen wir bereits. Davon sind im Raum Edinburgh zehn Exemplare gefunden worden. Das ist das erste von den Inseln. Außerordentlich interessant. Damit haben wir eine Verbindung zwischen dem Fall Box und den schottischen Nationalisten – und einen direkten Weg von Salzburg nach Mugg. Was wir jetzt brauchen, ist nur die Verbindung zwischen der Universität Cardiff und Santa Dulcina. Die wird sich mit der Zeit noch herausschälen, da zweifle ich keinen Augenblick.«

Colonel Marchpoles Abteilung war so geheim, dass sie nur mit dem Kriegskabinett und den Stabschefs der verschiedenen Waffengattungen in Verbindung stand. Colonel Marchpole behielt seine Information für sich, bis er danach gefragt wurde. Bis heute war das nicht der Fall gewesen, und er freute sich darüber, dass man ihn in Ruhe ließ. Eine vorzeitige Untersuchung seiner Akten konnte seine eigenen, nicht genau bestimmten Pläne zunichtemachen. Irgendwo in den letzten Windungen seines Gehirns gab es einen Plan. Wenn man ihm Zeit ließ und er genug vertrauliches Material zusammenbekam, würde es ihm bestimmt gelingen, die ganze zerstrittene

Welt in ein einziges Netzwerk der Verschwörung zu verknüpfen, in dem es keine Widersacher mehr gab, sondern nur Millionen von Männern, die für dasselbe Ziel arbeiteten und einander völlig unbekannt waren. Und dann würde es keinen Krieg mehr geben.

Dicker Dickens'scher Nebel hüllte die Stadt Glasgow ein. Tag und Nacht waren die Straßen voll von sich langsam vorwärtsschiebenden beleuchteten Straßenbahnen, Lastwagen und hustend dahineilenden Menschen. Seemöwen tauchten auf, um gleich darauf wieder in der Höhe zu verschwinden. Das Kreischen, Quietschen und Hupen von Automobilen übertönte das Tuten der Nebelhörner ferner Schiffe. Ab und zu heulten über allem die Sirenen auf. Das Hotel war immer überbelegt. In den Stunden, in denen kein Alkohol ausgeschenkt wurde, dösten Soldaten und Seeleute in den Foyers. Sobald die Bars aufmachten, erwachten auch sie und verlangten mit klagender Stimme nach etwas zu trinken. Das Durcheinander am Empfang nahm nie ab. Oben brannten tagsüber gelbe Lampen vor weißlichen Spitzengardinen, die die gelbbraune Dunkelheit draußen hielten, und nachts verbargen sie die schwarzen Verdunkelungsrollos. Das war die Szene, in der sich Trimmers Idyll abspielte.

Es endete jäh am vierten Tag.

Gegen Mittag hatte er sich in die düstere Halle hinuntergewagt, um für den Abend Theaterkarten zu besorgen. Einer der Bittsteller, die den Empfang belagerten, löste sich aus der Gruppe und stieß ihn an.

»Tut mir leid. Verzeihung! Ach, hallo, McTavish. Was machen Sie denn hier?«

Es war der Stellvertretende Kommandeur seines Bataillons, ein Mann, den Trimmer in Island wähnte.

»Ich habe Urlaub, Sir.«

»Was für ein Glück, dass ich Ihnen in die Arme laufe. Ich suche nach Leuten, um sie mit in den Norden raufzunehmen. Bin gerade heute Morgen in Greenock gelandet.«

Der Major fasste ihn genauer ins Auge und starrte seine Rangabzeichen an.

»Zum Teufel, was für eine Uniform tragen Sie?«, fragte er.

Trimmer war geistesgegenwärtig genug.

»Bin vor kurzem befördert worden, Sir. Ich bin nicht mehr bei Ihrem Regiment. Ich bin bei einer Sondereinheit.«

»Das höre ich zum ersten Mal!«

»Ich bin schon vor einiger Zeit zu den Kommandos versetzt worden.«

»Und von wem?«

»Vom H. O. O. H. Q.«

Der Major machte ein zweifelndes Gesicht.

»Und wo liegen Ihre Leute?«

»Auf der Insel Mugg.«

»Und wo sind Sie, wenn Sie keinen Urlaub haben?«

»Auch auf der Insel Mugg, Sir. Aber im Moment habe ich mit den Leuten nichts zu tun. Ich glaube, sie erwarten einen Offizier, der jeden Tag das Kommando übernehmen soll. Ich gehöre zur Einheit von Colonel Blackhouse.«

»Na, wird wohl seine Richtigkeit haben. Wann ist Ihr Urlaub zu Ende?«

»Leider heute Nachmittag, Sir.«

»Hoffentlich haben Sie's genossen.«

»Das kann man wohl sagen, vielen Dank.«

»Es ist alles sehr sonderbar«, sagte der Major. »Herzlichen Glückwunsch übrigens zu Ihrer schnellen Beförderung.«

Trimmer wandte sich zum Gehen. Doch der Major rief ihn noch einmal zurück. Trimmer brach der kalte Schweiß aus.

»Wird Ihr Zimmer hier im Hotel dann bald frei? Ist es schon an jemand anderen vergeben?«

»Ich fürchte, das ist es.«

»Verdammt!«

Trimmer bahnte sich den Weg zum Hotelportier. Statt nach Theaterkarten erkundigte er sich nach einem Zug und einem Schiff.

»Nach Mugg? Jawohl, Sir. Das könnten Sie vielleicht gerade noch schaffen. Der Zug fährt um Viertel vor eins.«

Virginia saß am Frisiertisch. Trimmer nahm ihr seine Haarbürste aus der Hand und steckte sie am Waschtisch in seinen Kulturbeutel.

»Was machst du denn da? Hast du die Karten bekommen?«

»Tut mir leid, aber es ist vorbei. Bin mit sofortiger Wirkung wieder zu meiner Einheit zurückberufen worden, meine Liebe. Kann ich jetzt nicht erklären. Du weißt ja, es ist Krieg.«

»O Gott«, sagte sie. »Noch einer!«

Langsam zog sie ihren Morgenmantel aus und kehrte ins Bett zurück.

»Bringst du mich denn nicht zum Bahnhof?«

»Nicht um alles in der Welt, Trimmer.«

»Und was wirst du machen?«

»Ich komme schon zurecht. Ich leg mich wieder schlafen. Wiedersehen.«

Und so kehrte Trimmer nach Mugg zurück. Er hatte seinen Urlaub mehr genossen, als er zu hoffen gewagt hatte, nur hatte er sich damit ein Problem eingehandelt, für das es seiner Meinung nach nur eine Lösung gab – und die gefiel ihm ganz und gar nicht.

Während Trimmer in Glasgow Urlaub machte, war Tommy Blackhouse nach London gerufen worden. In seiner Abwesenheit befiel das Kommando eine gewisse Laxheit. In den wenigen Tagesstunden marschierten die Männer in unbewohntes

Gelände hinaus und verschossen ihre Munition auf die verschneiten Hügel und die dunkle See. Einer von ihnen erlegte eine Robbe. Es wurde nicht mehr so viel Karten gespielt, und abends war der Saal bevölkert von schweigenden Gestalten, die Romane lasen – *Keine Orchideen für Miss Blandish,* Caryl Brahms und *Die Kartause von Parma.*

Jumbo Trotter brachte Ordnung in die Papiere im Ordonnanzzimmer und richtete eine richtige Ablage sowie Karteikästen ein. Er hatte sich fürs Erste in einen Captain der Home Guard verwandelt, dessen Versetzung zur Royal Navy Volunteer Reserve nur noch eine Frage der Zeit war. Am Vormittag nach Trimmers Rückkehr saßen Jumbo und Guy im Ordonnanzraum. Beide trugen ihre Feldmäntel und Handschuhe. Jumbo hatte außerdem auch noch einen Kopfschützer übergezogen. Er hatte gerade in einem Buch von Caryl Brahms gelesen und konnte nichts damit anfangen.

Schließlich sagte er:

»Haben Sie den Brief vom Gutsherrn schon gesehen?«

»Ja.«

»Scheint zu glauben, der Colonel hätte ihm irgendwelche Sprengstoffe versprochen. Klingt aber nicht sehr wahrscheinlich.«

»Ich war dabei. Der Colonel hat ihm nichts versprochen.«

»Ich selbst hätte auch nichts gegen eine kleine Explosion.«

Er las weiter.

Nach ein paar Minuten klappte Guy *Keine Orchideen für Miss Blandish* zu. »Unlesbar«, erklärte er.

»Anderen scheint es zu gefallen. Claire hat mir dieses Buch hier ans Herz gelegt. Kann überhaupt nichts damit anfangen. Soll das so was wie eine Satire sein?«

Guy blätterte die Papiere durch, die im Drahtkorb mit der Aufschrift ›Unerledigt‹ lagen.

»Was ist eigentlich mit Dr. Glendening-Rees?«, fragte er.

»Ich kann mir nicht vorstellen, dass Colonel Tommy sich sehr für ihn interessieren könnte.«

Jumbo nahm den Brief und las ihn durch.

»Kann nichts tun, ehe er nicht zurückkommt. Und auch danach nicht viel. Das hier klingt für mich wie ein Befehl. Das H. O. O. H. Q. scheint sich in den Kopf gesetzt zu haben, uns die größten Spinner im ganzen Land auf den Hals zu schicken. Erst Chatty Corner, jetzt diesen Dr. Glendening-Rees. ›Eine Koryphäe auf dem Gebiet der Ernährungswissenschaft‹ … ›origineller und möglicherweise sehr nützlicher Vorschlag in Bezug auf Noternährung im Felde‹ … ›geben Sie ihm jede Möglichkeit, die Verhältnisse unter Kampfbedingungen zu studieren‹. Können wir den nicht abwimmeln?«

»Er scheint schon unterwegs hierher zu sein. Zumindest bringt er ein bisschen Leben in die Bude.«

Den ganzen Morgen über hatte bereits ein handschriftlich adressierter Brief auf dem Schreibtisch gelegen, der so gar nicht nach etwas Offiziellem aussah. Der Umschlag war blassviolett und aus sehr dünnem Papier.

»Glauben Sie, er ist privat?«

»Er ist an den ›Kommandeur des Kommando X‹ gerichtet, nicht namentlich an den Colonel. Wir machen ihn besser auf.«

Der Brief stammte von Trimmer.

»McTavish ersucht um eine Unterredung mit Colonel Tommy.«

»Der Bursche, der bei den Halberdiers abgehauen ist? Was will er denn?«

»Offenbar dem Kommando beitreten. Er scheint plötzlich ganz erpicht darauf zu sein.«

»Selbstverständlich«, erklärte Jumbo nachsichtig, »gibt es viele, die zwar *unseren* Anforderungen nicht ganz entsprechen, aber trotzdem ganz brauchbare Burschen sind. Wenn Sie mich fragen, haben wir hier sowieso schon einige Leute, die sich im Korps niemals halten könnten. Vielleicht durchaus brauchbar – entsprechen bloß nicht ganz den Anforderungen des Korps.« Traurig sah Jumbo vor sich hin und dachte über den nicht ganz zufriedenstellenden Leistungsstand von Kommando X nach.

»Sie wissen doch«, sagte er, »dass jetzt auch die Unteroffiziere mit Feldstechern ausgestattet worden sind, oder?«

»Ja.«

»Ich finde das überflüssig. Und ich sage Ihnen noch was. Wir haben hier einen – Claires Stellvertretenden Sergeant-Major – einen komischen Vogel mit rosa Augen – ich glaube, sie reden ihn mit Corporal-Major an. Neulich hörte ich zufällig, wie er von seinem Feldstecher als Opernglas sprach. Nun, ich muss schon sagen …« Er hielt inne, um diese Ungeheuerlichkeit auf Guy wirken zu lassen, und wandte sich dann wieder dem ursprünglichen Thema zu.

»Ich nehme an, dieser McTavish war bei seinem eigenen Regiment kein großer Erfolg. Sergeant Bane hat von seinem Sergeanten gehört, dass sie ihn an dem Tag, bevor sie nach Island ausliefen, aus dem Fenster geworfen haben. Oder in eine Pferdetränke? Jedenfalls haben sie ihn ein wenig verhauen. Als ich Soldat wurde, war so was noch gang und gäbe. Bis zum Hals in Tinte tauchen und ähnliche Scherze. Hatte aber keinen Sinn. Machte schlechte Burschen noch schlechter.«

»Colonel Tommy kommt heute Abend zurück. Er wird schon wissen, was zu tun ist.«

Tommy Blackhouse kehrte zur erwarteten Zeit zurück. Er rief die Gruppenführer sofort zu einer Besprechung zusammen und sagte:

»Die Dinge geraten jetzt in Bewegung. Morgen oder übermorgen kommt ein Schiff, um uns abzuholen. Bereiten Sie alles vor, um jederzeit an Bord gehen zu können. Es ist mit A. L. C.s ausgerüstet. Was ist das eigentlich, Eddie?«

»Keine Ahnung, Colonel.«

»Angriffslandungsboote. Es handelt sich um die allererste Baureihe. Möglich, dass Sie bei Ihrem Abenteuer in Dakar ein paar von den Dingern gesehen haben, Guy. Wir fangen sofort mit umfassenden Übungen für die Landungen an. Das H.O.O. schickt Beobachter, folglich sollten wir uns ein bisschen anstrengen. Geben Sie bis hinunter zu den Corporals Karten aus. Einzelheiten werden morgen bekanntgegeben.

Mit Ersatzleuten habe ich nicht so viel Glück gehabt. Freiwillige scheinen sich nicht mehr so eifrig zu melden wie noch vor sechs Wochen. Immerhin hat das H.O.O. versprochen, dass wir wieder auf reguläre Stärke aufgestockt werden. Das ist alles. Guy, dich brauche ich noch.«

Nachdem die Gruppenführer gegangen waren, sagte Tommy:

»Guy, hast du dir eigentlich jemals überlegt, wieso wir hier sind?«

»Nein, das kann ich nicht sagen.«

»Ich fürchte, das hat überhaupt niemand getan. Diese Insel ist jedenfalls nicht nur ausgewählt worden, weil es hier so übel ist. Wenn du dich jemals mit den *Navigationsanweisungen der Admiralität* befasst hättest, wäre dir vielleicht aufgefallen, dass es noch eine andere Insel mit zwei Bergen, steilen Schieferküsten und Klippen gibt. Dort scheint allerdings ein bisschen mehr Sonne als hier. Der Name tut im Moment nichts zur Sache. Jedenfalls geht es bei unseren Übungen hier nicht nur um Sandkastenaufgaben wie ›Nordland‹ gegen ›Südland‹. Was wir hier machen, ist eigentlich die Generalprobe für eine ganz bestimmte Operation. Es kann nichts schaden, wenn du das weiter verbreitest. Wir haben schon viel zu lange nur gespielt. Was passiert während meiner Abwesenheit?«

»McTavish will dich unbedingt sprechen. Er will zu unserem Kommando stoßen.«

»Der falsche Hochländer, dessen Geschütz Ladehemmung hat?«

»Jawohl, Colonel.«

»Na schön. Er soll morgen kommen.«

»Er taugt nicht viel, weißt du.«

»Ich kann jeden gebrauchen, der wirklich will.«

»Wollen tut er schon. Ich weiß nur nicht recht, warum.«

Ivor Claire traf während des ›heillosen Durcheinanders‹ umfangreiche Vorbereitungen, um seinen Pekinesen Freda sicher in die Obhut seiner Mutter zurückzuschicken.

2

Das versprochene Schiff kam weder am nächsten noch am übernächsten, noch an einem der folgenden Tage; die Nächte wurden immer länger, als wollte es überhaupt nie mehr Tag werden. Häufig ließ sich die Sonne gar nicht blicken, und freudloses Zwielicht lag über der Insel. Die Fischer saßen daheim am Torffeuer, und die Straßen der kleinen Ortschaft waren mittags ebenso leer wie um Mitternacht. Ein- oder zweimal hob sich der Nebel, die Bergkuppen wurden sichtbar, und ein kaltes Funkeln über dem Horizont erzeugte lange Schatten auf dem Schnee. Niemand hielt nach dem Schiff Ausschau. Offiziere wie Mannschaften begannen, sich nach ihren alten Regimentern zurückzusehnen.

Es sollte ein Schlafmittel für Soldaten geben, dachte Guy, um sie so lange ruhen zu lassen, bis sie gebraucht wurden. Sie sollten hinter Dornengestrüpp schlafen wie Dornröschen oder aber wie Zinnsoldaten in ihren Schachteln im Schrank des Kinderzimmers. Doch der ständige Kreislauf von Aufregung und Enttäuschung führte dazu, dass die ganze Farbe der Zinnsoldaten abblätterte und das Blei darunter sichtbar wurde.

Jetzt, wo Jumbo das Regiment im Ordonnanzraum übernommen hatte, war Guy zu einer Art Stellvertretendem Kommandeur geworden. Tommy hielt ihn auf Trab. Innerhalb der Einheit erwarb er sich ein gewisses Ansehen als jemand, der einem etwas über den Weihnachtsurlaub sagen konnte oder bei den kleinen Reibereien unter den Gruppenführern als Vermittler diente. Dass er älter war, spielte keine Rolle angesichts von Jumbos hohem Alter. Ein paar der Gruppenführer waren außerdem auch schon Mitte dreißig. Keiner nannte ihn Onkel. Ja, er gehörte eigentlich überhaupt nicht zur Familie, sondern galt vielmehr als Gast. Er kannte mittlerweile den Namen der Insel im Mittelmeer, die sie einnehmen sollten, doch würde er in der betreffenden Nacht nicht dabei sein. Für ihn hatte all dies hier nichts Erhebendes mehr wie noch vor einem Jahr, als Brigadier Ritchie-Hooks Worte ›Dies sind die Männer, die Sie im Kampf anführen werden!‹ ihn noch beflügelt hatten. Was seine Arbeit betraf, so hatte er nur noch mit Offizieren zu tun, und das ist bekanntermaßen immer eine schädliche Art des Kriegshandwerks. Zur Entspannung suchte er sich die am wenigsten wohlhabenden Männer im Kasino und spielte um kleine Einsätze Poker mit ihnen. Er war nur wenig besser gestellt als sie und spielte leidlich gut Karten. Jedes Mal, wenn einer an seinem Tisch übermütig wurde, riet Guy ihm, sich am Spiel um das große Geld am anderen Tisch zu beteiligen. Nach einer Nacht mit den Reichen kehrte er denn unweigerlich geknickt und vorsichtig wieder zurück. Auf diese Weise verdiente sich Guy regelmäßig fünf oder sechs Pfund die Woche dazu.

Der Angriff auf die Insel wurde geübt, zunächst tagsüber. Die Gruppen marschierten einzeln zum Strand hinunter, um sich von dort weiter ins Landesinnere vorzukämpfen, und zwar zu Zielen, die auf Mugg nichts weiter als Punkte auf der Karte waren, auf der Mittelmeerinsel jedoch Geschützstellungen und Signalposten. Guy fungierte als Verbindungsoffizier, Beobachter und Schiedsrichter. Alles lief glatt.

Sie versuchten es in einer pechschwarzen Nacht. Tommy und Guy standen in der Nähe der alten Burg bei ihrem Wagen. Der Sergeant Major schoss eine Leuchtrakete ab, die den Beginn der Übung signalisierte. Berties Gruppe stolperte durch den Schimmer der abgeblendeten Autoscheinwerfer und verschwand geräuschvoll im Dunkel. Ein Zivilbus fuhr an ihnen vorbei. Alles war ruhig. Tommy und Guy saßen im Wagen und warteten, während die in Wolldecken eingehüllten Melder am Wegrand hockten wie Beduinen. Bis zur Einnahme der strategisch wichtigen Ziele wurde Funkstille gewahrt.

»Wir könnten genauso gut zu Bett gehen«, sagte Tommy. »Frühestens in zwei Stunden kann etwas passieren, und wir können sowieso nichts dazutun.«

Doch schon zwanzig Minuten nach Beginn der Übung glomm etwas am Himmel auf.

»Das Licht von Verey, Sir«, meldete der Sergeant-Major.

»Kann nicht sein.«

Ein zweiter winziger Lichtpunkt glomm aus derselben Richtung auf. Guy sah auf der Karte nach.

»Sieht aus wie Gruppe D.«

»Verdammt, die haben's doch am allerweitesten. Die hab ich rausgeschickt, damit Ivor zur Abwechslung auch mal etwas zu tun hat.«

Von den Meldern kam leises Gebrummel, und bald darauf verkündete einer von ihnen:

»Gruppe D in Position, Sir.«

»Reichen Sie mir das verdammte Ding mal rüber«, sagte Tommy und nahm das Gerät. »Kommandeur an Gruppe D. Wo sind Sie? Over ... Ich kann Sie nicht verstehen. Sprechen

Sie lauter. Over ... Colonel Blackhouse hier. Geben Sie mir Captain Claire. Over ... Ivor, wo sind Sie? ... Das können Sie doch nicht ... Verdammt. Ende.« Er wandte sich an Guy. »Das Einzige, was ich verstehe, ist die Bitte um Rückkehr. Fahr hin und sieh nach, was da los ist, Guy.«

Auf der Insel gab es zwei Möglichkeiten, den strategischen Punkt zu erreichen, den Gruppe D besetzen sollte. Ihr Auftrag lautete, vier Meilen über sumpfiges Gelände zu einer Stelle vorzudringen, zu der man auf der Küstenstraße zwölf Meilen brauchte. Bei einer künftigen Operation führte diese Straße durch ein belebtes Dorf mit einer großen Garnison. Guy nahm mit dem Wagen diese Route. Den letzten Rest, wo der Weg von der Straße abging, legte er zu Fuß zurück.

Ein Wachtposten rief ihn an.

Aus der Nähe ertönte Claires Stimme. »Hallo? Wer da?«

»Colonel Tommy hat mich geschickt.«

»Herzlich willkommen. Wir frieren uns hier zu Tode. Position besetzt und Verteidigung aufgebaut. Ich glaube, das war Zweck der Übung.«

Die Truppe hatte sich vergleichsweise komfortabel in einem Schafpferch eingerichtet.

»Wie, zum Teufel, sind Sie denn hergekommen, Ivor?«

»Ich habe einen Bus gemietet. Meinetwegen sagen Sie: ›beschlagnahmtes Fahrzeug‹. Kann ich die Gruppe jetzt zurückführen und entlassen? Sie frieren.«

»Nicht so sehr wie die meisten anderen.«

»Für ihr Wohlergehen zu sorgen, sehe ich als meine oberste Pflicht. Nun, können wir jetzt abziehen?«

»Ich nehme an, ja. Colonel Tommy wird aber wohl noch ein Wörtchen mit Ihnen darüber reden wollen.«

»Ich erwarte, dass er mich beglückwünscht.«

»Herzlichen Glückwunsch meinerseits, Ivor. Ich habe nur keine Ahnung, was die anderen dazu sagen werden.«

Alle anderen Gruppen verfranzten sich in dieser Nacht. Nach drei Stunden befahl Tommy, die Leuchtraketen abzuschießen, die das Ende der Übung verkündeten, und bis zum Tagesanbruch tauchten immer wieder Gruppen aus dem Dunkeln auf – müde und abgekämpft, völlig durchnässt und verzagt wie Versprengte auf dem Rückzug von Moskau.

»Ivor werde ich mir gleich morgen früh vorknöpfen«, erklärte Tommy grimmig, als er und Guy sich endlich verabschiedeten.

Aber Claires Fall war unlösbar. Die Kommandos waren ausdrücklich für Sondereinsätze ausgebildet, und angehalten, jeden taktischen Vorteil auszunutzen. Und bei diesem Einsatz – so Claire – würde wahrscheinlich irgendwo ein alter Bus herumliegen.

»Aber bei dem echten Einsatz führt die Straße durch ein Gebiet, das von einem Bataillon leichter Infanterie besetzt ist.«

»Davon stand nichts in den Befehlen, Colonel.«

Tommy saß eine Weile schweigend da. Zuletzt sagte er dann: »Na schön, Ivor – Sie haben gewonnen.«

»Vielen Dank, Colonel.«

Diese Episode trug sehr zu Claires Beliebtheit bei seinen eigenen Leuten bei. Alle anderen Gruppen des Kommandos waren außerordentlich erbost darüber. Innerhalb der Mannschaften führte es zu Streit, bei den Offizieren zu einer spürbaren Kälte. Und auf diese Weise kamen Claire und Guy einander unerwartet nahe. Claire brauchte jemanden, mit dem er sich unterhalten konnte, und durch seine plötzliche Unbeliebtheit war die Auswahl sehr klein geworden. Außerdem hatte er voller Hochachtung verfolgt, wie Guy seine Pokerrunde führte. Und was Guy betraf, so hatte er von Anfang an eine entfernte Verwandtschaft mit diesem Mann, der sich von allen anderen unterschied, gespürt, eine gewisse Distanziertheit, die sich nur unterschiedlich manifestierte – ein gewisser schwermütiger Sinn für Humor; jeder auf seine Weise betrachtete das Leben *sub specie aeternitatis;* und so wurden sie unter vielen Vorbehalten Freunde, genau wie Guy und Apthorpe Freunde geworden waren.

Der Einzige, der in Erwartung des Schiffes ständig vor Nervosität zitterte, war Trimmer. Die Nemesis in Gestalt einer großen Blamage schien sehr nahe zu sein. War er mit unbekanntem Ziel erst mal auf hoher See, oder besser, torpediert und an neutraler Küste an Land geworfen – wäre für Trimmer alles in Ordnung. Bis dahin lief er Gefahr, dass der Stellvertretende Kommandeur seines Bataillons Nachforschungen hinsichtlich seines Ranges und seiner Stellung angestellt hatte, und dass irgendetwas, das zwischen dem schottischen Hauptquartier und dem Büro des Adjutant-General in London langsam von einer Dienststelle zur anderen weitergereicht wurde, ihn jeden Augenblick ins Verderben stürzte.

Außerdem lief er Gefahr, dass seine Einheit unruhig wurde, doch das Problem löste er dadurch, dass er sie allesamt vierzehn Tage auf Urlaub schickte. Die Männer sahen ihn voller Zweifel an. Trimmer hingegen war die Zuversicht in Person. Er trennte sämtliche Reisebefugnisse aus seinem Formularheft und gab jedem, was er brauchte. Seinem Sergeant-Major drückte er außerdem noch fünf Pfund in die Hand.

»Wo melden wir uns vom Urlaub zurück, Sir?«

Trimmer überlegte. Dann kam ihm ein rettender Gedanke.

»In Indien«, sagte er. »Melden Sie sich beim Vierten Bataillon.«

»Sir?«

»Klimatisch wird es nach Mugg eine große Umstellung sein. Ich überlasse die Abteilung Ihrer Verantwortung, Sergeant-Major. Genießen Sie Ihren Urlaub. Und dann melden

Sie sich bei der Stelle für Überseetransport. Die werden schon ein Schiff für Sie finden.«

»Was, ohne Marschbefehl, Sir?«

»Aber Sie wissen doch, dass ich nicht mehr Ihr Kommandeur bin. Ich bin versetzt worden. Ich kann sowieso keine Marschbefehle mehr unterschreiben.«

»Sollten wir uns nicht besser beim Hauptquartier des Regiments zurückmelden, Sir?«

»Vielleicht wäre das genau genommen besser. Aber ich würde mich vorher ein bisschen im Hafen umsehen. Wir müssen versuchen, den Papierkrieg so weit wie möglich einzudämmen.«

»In welchem Hafen, Sir?«

Das war leicht. »In Portsmouth«, sagte Trimmer entschieden.

»Ich brauche aber etwas Schriftliches, Sir.«

»Ich habe Ihnen doch gerade erklärt, dass ich nicht mehr in der Lage bin, Ihnen irgendeinen Befehl zu geben. Ich weiß nur, dass das Vierte Bataillon Sie in Indien haben will. Ich habe unseren Stellvertretenden Kommandeur in Glasgow gesprochen, und er hat mir die Befehle mündlich erteilt.« Er sah in seiner Brieftasche nach und holte widerstrebend zwei weitere Pfundnoten hervor. »Das ist alles, was ich habe«, sagte er.

»Sehr wohl, Sir«, sagte der Sergeant-Major.

Er war weder der beste noch der klügste aller Soldaten, aber es war etwas in seinem Blick, das Trimmer befürchten ließ, dass seine sieben Pfund verschwendet waren. Dieser Mann würde sich an dem Tag, da sein Urlaub zu Ende ging, schnurstracks zum Standort seiner Einheit begeben wie eine Brieftaube, die ihren heimatlichen Schlag anflog.

Guy oblag es, für Trimmer eine Beschäftigung zu finden. Für Tommy war es angesichts der erhebenden Aussicht auf die unmittelbar bevorstehende Einschiffung leicht gewesen,

Trimmer in seiner Einheit aufzunehmen. Ihn jetzt jedoch bei den enttäuschten Gruppenführern unterzubringen, war etwas ganz anderes.

Das Schlimme war, dass drei von den vier Gruppen, die unterbesetzt waren, aus Freiwilligen der Household Brigade bestanden. Ihre leitenden Offiziere erklärten, es sei unmöglich für Gardeangehörige, unter einem Offizier aus einem Linienregiment zu dienen, und dem musste Tommy, der selbst ein Coldstreamer war, zustimmen. Zwar gab es eine aus Schotten bestehende Gruppe, zu der Trimmer ohne weiteres gepasst hätte, doch diese wiederum brauchte keine Offiziere, da ausgerechnet sie vollzählig war. Eine Truppe, die sich aus Angehörigen der Rifle Brigade und dem 60. Regiment zusammensetzte, brauchte zwar einen Offizier, doch kam bei ihnen die Feindseligkeit, die unter der Oberfläche zwischen ihnen und den Foot Guards schwelte, offen zum Ausbruch. Wieso sollte ein Gewehrschütze Trimmer akzeptieren, wenn den Gardisten das nicht zugemutet werden konnte? Tommy war es nicht in den Sinn gekommen, dass man ihn in dieser Angelegenheit persönliche Voreingenommenheit vorwerfen könnte; er war ja nur dem gefolgt, was er als die natürliche Ordnung der Dinge betrachtete. Seinen eigenen vorübergehenden Dienst in einem Linienregiment betrachtete er als eine Art Nachsitzen, an das er kaum je dachte. Zum ersten und letzten Mal in seiner Laufbahn hatte er sich einen winzigen militärischen Schnitzer geleistet.

»Wenn Sie McTavish nicht wollen, kann ich Ihnen Duncan geben. Der gehört zur Highland Light Infantry. Verdammt noch mal, die Ausbildung bei einem Regiment der Leichten Infanterie unterscheidet sich doch nicht großartig von der bei einem anderen, oder?«

Aber Duncan – das ging einfach nicht. Genauso wenig wollte der Führer der schottischen Gruppe ihn freigeben.

Jahrhunderte der Militärgeschichte und der Pulverdampf von unzähligen Schlachtfeldern verdunkelten die Angelegenheit.

Guy und Jumbo, beide Halberdiers, die über solche kleinlichen Reibereien erhaben waren, lösten das Problem.

In etwas unklarer Form gab es nämlich noch eine Art sechste Truppe, die ›Spezialisten‹. Sie setzte sich aus Angehörigen der Marines zusammen, die sich auf Boote, Taue und Strände verstanden, aus zwei Dolmetschern, einem Feldpolizisten, MG-Schützen und einer Sprengmannschaft. Die Gruppe unterstand einem Offizier der Indian Cavalry, der wegen seiner Erfahrung im Gebirgskrieg ausgewählt worden war. Dieser Offizier, Major Graves, spielte schon seit den Tagen vor Guys Landung auf Mugg den Achilles. Er hatte Chatty Corners Ankunft als persönliche Beleidigung gegenüber seinen eigenen schwer erworbenen Fähigkeiten aufgefasst. Zwar hatte er nicht offen protestiert, doch sann er seither auf Rache. Seine düstere Stimmung wurde nur durch die Unfälle aufgehellt, zu denen es unter Chatty Corner gekommen war; einer der Ersten war ein Unteroffizier der Sappeure gewesen, dem die Sprengmannschaft unterstanden hatte.

Guy hatte eine gewisse Zuneigung zu diesem verdrossenen, rotblonden kleinen Mann gefasst, dessen Herz dem schottischen Hochland gehörte, und er hatte ihn mehr als einmal an seinen Pokertisch gelockt. Jetzt, in der Zeit der Krise, fand er ihn in seiner Schreibstube, wo er gerade Patiencen legte.

»Haben Sie eigentlich jemals McTavish kennengelernt, der gerade zu uns gestoßen ist?«

»Nein.«

»Sie brauchen doch noch einen Offizier, nicht wahr?«

»Ich brauche verdammt viele Dinge.«

»Colonel Tommy möchte McTavish zu Ihnen schicken.«

»Worauf ist er spezialisiert?«

»Nun, auf nichts Bestimmtes, glaube ich.«

»Ein Spezialist in ungefähr allem?«

»Er scheint ein ziemlich anpassungsfähiger Mann zu sein. Er könnte sich ganz allgemein nützlich machen, meint Colonel Tommy.«

»Er kann die Sappeure übernehmen, wenn er will.«

»Halten Sie das für gut?«

»Ich halte es für verdammt bescheuert. Ich hatte ja einen fähigen Mann, aber dann schickte der Kommandeur diesen Menschenaffen mit dem Befehl, ihm den Hals zu brechen. Seither habe ich von den Sappeuren so gut wie nichts mehr gesehen. Ich habe keine Ahnung, was die machen. Sie hängen mir auch zum Hals raus. McTavish kann sie haben.«

Also setzte Trimmer zum ersten Mal den Fuß auf den Pfad zum Ruhm und hatte keine Ahnung, wohin er ihn führen sollte.

An diesem Nachmittag verließ Tommy die Insel erneut, er war wieder nach London gerufen worden.

Ein paar Tage später sagte Jumbo zu Guy: »Beschäftigt?«

»Nein.«

»Wäre keine schlechte Idee, wenn Sie bei der Burg einen Besuch abstatten würden. Colonel Campbell hat wieder geschrieben. Man sollte immer Kontakt mit der Zivilbevölkerung halten.«

Guy traf den Gutsherrn gut gelaunt in weichen Filzpantoffeln zu Hause an. Sie saßen in dem runden Turmzimmer, das angefüllt war mit Karten und Sportwaffen. Eine Weile erging er sich in Betrachtungen über »einen Offizier! ... Keine Spur schottisch, versteht sich ... Nichts gegen Offiziere, die aus dem Mannschaftsstand hervorgegangen sind, nur, dass sie sich immer haargenau an die Vorschriften halten ... Nichts gegen englische Regimenter. Kommen nur ein bisschen schwer in Gang, das ist alles ... Selbstverständlich müssen heutzutage alle möglichen Leute ein Offizierspatent bekommen … War im letzten Krieg genauso … Lernte ihn gleich zu Anfang kennen, als er auf die Insel kam … Habe nicht viel von ihm gehalten … Hatte ja keine Ahnung, dass er einer von den Ihren war … Kein schlechter Kerl, wenn man ihn besser kennt …« Bis Guy irgendwann aufging, dass er von Trimmer redete.

»Habe ihn gestern nach dem Mittagessen raufgebeten.«

Um zur Sache zu kommen, sagte Guy: »McTavish hat jetzt die Sprengmannschaft unter sich.«

»*Eben!*«

Mugg stand auf und kramte unter seinem Schreibtisch herum. Schließlich brachte er ein paar Stiefel zum Vorschein.

»Sie wissen ja, worüber wir neulich Abend geredet haben. Ich möchte, dass Sie mal mitkommen und es sich selber ansehen.«

Er zog die Stiefel an, legte ein Inverness-Cape um und wählte aus einem ganzen Haufen von Ruten, Angeln und anderen großen Stangen einen langen Stock aus. Gemeinsam trat er mit Guy in den Wind hinaus und ging mit ihm bis zum Steilufer, das etwa eine Meile vom Haus entfernt war. Von dort aus überblickte man einen rauhen Küstenstreifen, der mit Felsbrocken übersät war und von Brechern überspült wurde.

»Da«, sagte Mugg. »Der Badestrand. McTavish sagt, man brauche viel Zeit dazu.«

»Ich bin zwar kein Fachmann, aber da würde ich ihm recht geben.«

»Wir haben hier ein Sprichwort: ›Was runtergegangen ist, muss auch wieder rauf.‹«

»In England haben wir ein ähnliches – nur geht es andersherum.«

»Das ist aber *durchaus* nicht dasselbe«, sagte Mugg streng.

Sie blickten auf den gewaltigen Steinhaufen hinab.

»Ganz schön runtergekommen«, erklärte Mugg.

»Wie man sieht.«

Ein sonderbarer Ausdruck zeigte sich auf dem wetter-gegerbten Gesicht des Gutsherrn, eine Art von Mona-Lisa-Lächeln unter dem Schnauzbart.

»Ich hab's abgesprengt«, sagte der Gutsherr zuletzt.

»Sie, Sir?«

»Ich habe früher viel gesprengt«, sagte er. »Kommen Sie hier rüber.« Sie gingen eine Viertelmeile zurück in Richtung Burg und schauten ins Inselinnere.

»Dort drüben«, sagte der Gutsherr. »Es ist im Schnee schwer zu erkennen. Dort, wo die Senke ist. Oben am Rand sehen Sie Distelköpfe. Sie würden niemals glauben, dass da mal ein Pferdestall gestanden hat, oder?«

»Nein, Sir.«

»Ein Stall für zehn Pferde, eine Wagenremise und Sattel-kammern?«

»Nein.«

»Aber so war es. Schon nicht mehr sicher, das Ganze, die ganzen Holzbalken verrottet, und die Hälfte der Ziegel fehlte. Konnte es mir nicht leisten, es reparieren zu lassen, und es gab auch keinen Grund. Pferde hatte ich sowieso nicht. Tja, und da flog's in die Luft! Den Knall haben sie noch in Muck drü-ben gehört. Ein hinreißender Anblick. Große Granitbrocken fielen platschend ins Meer, alle Rinder und Schafe auf der In-sel rannten in wilder Flucht auseinander. Das war am 15. Juni 1923. Ich glaube, kein Mensch auf der Insel hat diesen Tag jemals vergessen. Ich jedenfalls nicht.« Der Gutsherr seufzte auf. »Und jetzt hab ich keine einzige Sprengkapsel mehr auf der Insel. Ich will Ihnen zeigen, was ich habe.«

Er führte Guy zu einer kleinen Hütte in einem Krater, die bis jetzt nicht zu sehen gewesen war. Die Hütte war massiv und aus Granitstein.

»Wir haben sie aus Teilen des Stalls gebaut, die aus irgendeinem Grund nicht mit in die Luft geflogen sind. Der Rest der Steine wurde beim Straßenbau verwendet. Ich habe sie an die Regierung verkauft. Das war bisher meine einzige Sprengung, die mir Geld eingebracht hat. Nach allen Abzügen, die Arbeit am Munitionslager inbegriffen, blieben mir etwa noch achtzehn Pfund. Das hier ist das Munitionslager.«

Der Schnee, der sich an den Wänden der Hütte zu Schneewehen aufgetürmt hatte, war teilweise weggeschaufelt worden, so dass ein kleiner Pfad zur Tür frei blieb.

»Man weiß nie, wann man mal ein bisschen Schießwolle braucht, nicht wahr? Ich zeige das hier nicht vielen Leuten. Letzten Sommer kam eine Art Inspektor vom Festland rüber. Erklärte, man hätte ihm berichtet, ich würde irgendwo Sprengstoff lagern. Ich habe ihm ein paar Schachteln mit Munition gezeigt. Mein Verwalter steht mit fast allen auf der Insel auf Kriegsfuß, und um es ihm heimzuzahlen, zeigen die Leute auf der Insel uns manchmal an. Lassen Sie mich vorangehen.«

Der Gutsherr holte einen Schlüssel aus der Tasche und öffnete die Tür. Die Hütte bestand aus einem einzigen unbeleuchteten Raum. Mugg zündete einen Kerzenstummel an und hielt ihn mit dem Stolz eines Weinliebhabers, der die verborgenen Schätze seines Kellers präsentiert, in die Höhe. Das Ganze hatte wegen einer Reihe von steinernen Wandnischen tatsächlich große Ähnlichkeit mit einem Weinkeller – jedoch einem völlig ausgeräumten Weinkeller.

»Hier hatte ich meine Sprenggelatine aufbewahrt – von hier bis dort«, sagte der Gutsherr. »Jetzt ist da nur noch Schießwolle. Wie Sie sehen, habe ich davon noch eine ganze Menge. Das hier ist alles, was mir noch an Nitroglyzerin geblieben ist. Ich habe seit fünfzehn Jahren nichts davon benutzt. Vielleicht ist es inzwischen kaputt. Irgendwann bald werde ich mal ein wenig davon ausprobieren … Hier ist alles leer, sehen Sie. Im

Grunde ist alles, was noch da ist, nicht sonderlich viel wert. Man muss immer für Nachschub sorgen, verstehen Sie, sonst steht man eines Tages ohne da. Woran es mir am meisten fehlt, sind Zündschnüre und Sprengkapseln ... Ach nein, das nenne ich aber mal Glück.« Er stellte die Kerze ab, so dass riesige Schatten den Raum erfüllten. »Fangen Sie!«

Aus der dunkelsten Ecke warf er etwas in die Finsternis, in der Guy stand. Es flog einen Moment lang durchs Kerzenlicht, traf Guy an der Brust und fiel zu Boden.

»Das ist Dynamit«, sagte der Gutsherr. »Hatte keine Ahnung, dass da noch was war. Werfen Sie's zurück, seien Sie so gut.«

Guy suchte tastend herum und fand schließlich einen feuchten, in Papier eingewickelten Zylinder. Vorsichtig hielt er ihn in die Höhe.

»Da brauchen Sie keine Angst zu haben – es passiert nichts. Bei Dynamit besteht nur ein Tausendstel Chance, dass mal was losgeht. Das ist was anderes als das Zeugs, mit dem ich es früher zu tun hatte.«

Sie wandten sich zur Tür. Guy brach in der Kälte der Schweiß aus. Endlich standen sie draußen zwischen den Schneewällen. Die Tür wurde zugeschlossen.

»Nun«, sagte der Gutsherr. »Jetzt haben Sie mal gesehen, was für eine Armut hier herrscht. Jetzt verstehen Sie sicher, warum ich um Hilfe bitte. Und jetzt lassen Sie mich Ihnen noch ein paar Dinge zeigen, die gemacht werden müssen.«

Zwei Stunden wanderten sie umher, besahen sich Halden von Felsbrocken, verfallene Häuser, verstopfte Abflüsse. Baumstümpfe und Wasserläufe, die eingedämmt werden mussten.

»Es ist mir nicht gelungen, den Offizier, der aus der Mannschaft aufgestiegen ist, wirklich dafür zu interessieren. Ich glaube, der hat nie in seinem Leben einen Fisch an der Angel gehabt.«

Der Gutsherr hatte für jedes Problem eine Lösung, die mit allen möglichen Sprengstoffen erreicht werden konnte.

Als sie sich trennten, schien der Gutsherr ein Dankeschön zu erwarten, wie ein Onkel, der seinen kleinen Neffen durchs Wachsfigurenkabinett von Madame Tussaud's geführt und sich Mühe gegeben hat, den Rundgang amüsant zu gestalten.

»Vielen Dank«, sagte Guy.

»Freut mich, dass es Ihnen gefallen hat. Ich erwarte, von Ihrem Colonel zu hören.«

Sie standen vor den Toren der Burg.

»Ach, eines noch«, sagte Mugg. »Meine Nichte, die Sie neulich kennengelernt haben, die weiß nichts von dem Munitionslager. Es geht sie auch nichts an, sie ist ja nur zu Besuch hier.« Er hielt inne, sah Guy mit seinen schönen blauen, nichtssagenden Augen an und fügte dann hinzu: »Außerdem könnte sie es in die Luft jagen, verstehen Sie.«

Aber das waren noch nicht alle Wunder, mit denen die Insel aufwarten konnte.

Als Guy zum Hotel zurückkehrte, blieb er stehen und beobachtete einen Mann, der mit einer schweren Last auf dem Rücken am Rand des Meeres stand, sich an den Felsen bückte und mit beiden Händen an ihnen herumklaubte. Als er Guy entdeckte, richtete er sich auf und kam mit einem triefenden Haufen Seetang in der Hand auf ihn zu – ein großgewachsener, wilder Mann, ohne Hut, mit einem grob zusammengenähten Lederanzug bekleidet. Sein grauer Bart wehte im Wind wie bei einem Barockpropheten, das bisschen Haut, das zu sehen war, wirkte genauso wettergegerbt und ledrig wie seine Hose; er trug ein goldgefasstes Pincenez und sprach im Tonfall der Bewohner von Mugg, aber drückte sich sehr gewählt aus.

»Spreche ich vielleicht mit Colonel Blackhouse?«

»Nein«, sagte Guy. »Keineswegs. Colonel Blackhouse ist in London.«

»Er erwartet mich. Ich bin heute Morgen angekommen. Die Reise hat länger gedauert als angenommen. Ich bin mit meinem Fahrrad nach Norden gefahren und in ziemlich schlechtes Wetter geraten. Ich wollte mir nur mein Mittagessen zusammensuchen, ehe ich mich vorstellte. Darf ich Ihnen etwas davon anbieten?«

Er hielt Guy den Seetang hin.

»Danke nein«, sagte Guy. »Ich bin grade auf dem Weg ins Hotel. Sie müssen Dr. Glendening-Rees sein!«

»Wer sonst?« Er stopfte sich den Mund mit Tang voll, fing glücklich an zu kauen und betrachtete Guy dabei mit väterlichem Interesse. »Mittagessen im Hotel?«, fragte er. »Auf dem Schlachtfeld werden Sie keine Hotels finden, wissen Sie.«

»Nein, wohl kaum.«

»Pökelfleisch«, sagte der Doktor. »Zwieback, bitterer Tee, der viel zu lange gezogen hat. Gift! Ich habe den ersten Krieg mitgemacht. Hat mir meinen Magen fast fürs Leben ruiniert. Deswegen habe ich mich überhaupt diesem Thema zugewandt.« Er griff in die Tasche und holte eine Handvoll großer Schnecken hervor. »Probieren Sie die mal. Habe sie gerade eben gefangen. Schmecken genauso gut wie Austern und sind längst nicht so gefährlich. Alles, was der Mensch sich nur wünschen kann, finden Sie hier«, sagte er und ließ den Blick liebevoll über den trostlosen Küstenstrich schweifen. »Ein erlesenes Mahl! Ich garantiere Ihnen, Ihre Männer werden es vermissen, wenn sie ins Landesinnere ziehen. Dort wird es ihnen nicht ganz so leicht gemacht, besonders nicht zu dieser Jahreszeit. Über der Erde ist fast so gut wie nichts zu sehen. Man muss danach graben und wissen, wonach man sucht. Vor allem muss man einen *sechsten Sinn* für diese Dinge entwickeln. Die jungen Wurzeln des Heidekrauts zum Beispiel sind mit ein wenig Öl und Salz ausgezeichnet; aber gerät einem auch nur ein klein wenig von der Wurzel des Myrtenstrauchs darunter, wird das Ganze ungenießbar. Aber ich bezweifle nicht, dass wir ihnen das beibringen können.«

Gierig saugte er an den Schnecken.

»Ich gehöre zum Stab. Wir haben gehört, dass Sie kommen. Der Colonel wird sehr bedauern, dass er nun nicht da ist.«

»Ich kann auch ohne ihn anfangen. Einen detaillierten Plan habe ich bereits ausgearbeitet. Aber jetzt will ich Sie nicht länger aufhalten. Gehen Sie nur in Ihr Hotel und essen Sie zu Mittag. Ich bleibe noch ein wenig hier. Eines der Dinge, die man lernen muss, ist, langsam zu kauen und sich vernünftig zu ernähren. Wo finde ich jemanden, der für mich zuständig ist?«

»Im Hotel, fürchte ich.« Das war offensichtlich nicht das richtige Wort für Dr. Glendening-Rees.

»In Gallipoli gab es keine Hotels.«

Etwa zwei Stunden später, nachdem er sein natürliches und vernünftiges Mittagessen beendet hatte, saß Dr. Glendening-Rees Jumbo und Guy in der Schreibstube des Kommandos gegenüber.

»Was ich von Ihnen brauche, ist eine Gruppe von Leuten, denen ich zeigen kann, worum es geht. Ein halbes Dutzend Männer genügt vorläufig. Stellen Sie sie wahllos zusammen. Ich möchte weder die stärksten noch die jüngsten, noch die kräftigsten – einfach einen guten Durchschnitt. Wir werden fünf Tage draußen bleiben. Das Wichtigste ist, dass sie vorher gründlich durchsucht werden. Mein letztes Experiment scheiterte an mangelnder Disziplin. Die Männer hatten überall Nahrungsmittel versteckt. Und der Offizier, dem sie unterstellt waren, hatte sogar eine Flasche Whisky bei sich. Infolgedessen war die gesamte Ernährung unausgeglichen, und statt nach und nach Gefallen an natürlicher Nahrung zu finden, brachen sie nachts aus dem Lager aus, schlachteten ein Schaf und mussten sich allesamt schrecklich übergeben. Das Einzige, was sie vielleicht zusätzlich haben sollten, ist ein wenig Olivenöl und Gerstenzucker. Aber das behalte ich und teile es aus, falls ich feststelle, dass wir nicht genügend Wurzeln finden. Nach Ablauf der fünf Tage schlage ich vor, dass wir ein kleines Tauziehen zwischen meiner Gruppe und sechs Mann abhalten, die auf herkömmliche Weise ernährt wurden. Ich garantiere Ihnen, dass meine Männer dabei nicht schlecht abschneiden werden.«

»Ja«, sagte Jumbo. »Das dürfte hochinteressant sein. Schade, dass der Kommandeur nicht hier ist.«

»Er wird ja zweifellos wieder hier sein, um das Tauziehen mitzuerleben. Ich habe mir die Karte von Mugg angesehen. Die Insel ist für unsere Zwecke geradezu ideal. An der Westküste gibt es ein ziemlich großes Gelände, das praktisch unbewohnt zu sein scheint. Folglich geraten die Leute auch nicht in Versuchung, bei Bauern zu klauen. Eier zum Beispiel – und gerade die wären tödlich für das gesamte Konzept. Ich habe einen umfassenden Plan für sie ausgearbeitet – Marschieren, Leibesübungen, Eingraben. Sie kommen in den unschätzbaren Genuss eines Biwaks im Schnee. Nichts könnte gemütlicher sein, man muss nur wissen, wie man es richtig macht.«

»Nun«, meinte Jumbo. »Das Beste ist wohl, einfach abzuwarten. Der Kommandeur ist morgen oder übermorgen wieder da.«

»Aber ich habe meine Befehle direkt vom H. O. O. Und die lauten, unverzüglich zu beginnen. Hat man Sie davon nicht in Kenntnis gesetzt?«

»Wir haben einen Zettel bekommen, auf dem stand, dass Sie kommen würden.«

»Dieses Schreiben, nicht wahr?« Der Arzt zog von seiner

haarigen Brust einen Durchschlag jenes Briefes hervor, der hier im Ablagekorb für Laufendes lag. »Berichtigen Sie mich, wenn ich mich irre, aber ich sehe darin einen direkten Befehl an Sie, mir für meine Forschungsarbeit jede erdenkliche Unterstützung zu gewähren.«

»Ja«, gab Jumbo zu. »So könnte man es sehen. Warum gehen Sie nicht raus und machen selbst einen Erkundungsgang? Bin nie drüben an der Westküste gewesen. Die Karte könnte veraltet sein, wissen Sie, das kommt immer wieder vor. Vermutlich ist das ganze Gelände mittlerweile bebaut. Warum nehmen Sie sich nicht ein paar Tage und verschaffen sich selbst einen Eindruck?«

Jumbo war vollgestopft mit unnatürlicher und unvernünftiger Nahrung. Er war müde und kein Partner für jemanden, der seinen ganzen Überschwang aus Meersalzen und anderen Nährstoffen zog.

»So verstehe ich weder meinen noch Ihren Befehl«, erklärte der Wissenschaftler.

Hilfesuchend sah Jumbo Guy an. »Ich kann mir keinen der Gruppenführer vorstellen, der bei dieser Sache mitspielt.«

»Bis auf Major Graves.«

»Richtig – das ist zweifellos ein Fall für die Spezialisten.«

»Für Trimmer und die Sappeure.«

»Geben die einen guten Durchschnitt ab?«

»Ja, Dr. Glendening-Rees. Ich glaube, das wäre eine höchst zutreffende Beschreibung.«

Major Graves schien es ein inniges Vergnügen zu bereiten, diese Anweisungen weiterzugeben.

»Von morgen an stehen Sie nicht mehr unter meinem Kommando. Ihre Gruppe meldet sich in voller Marschausrüstung bei einem zivilen Wissenschaftler, dessen Befehl Sie bis auf weiteres unterstellt sind. Sie werden im Freien von Heidekraut und Seetang leben. Mehr kann ich Ihnen dazu nicht sagen. Das H. O. O. hat gesprochen.«

»Ich gehe davon aus, dass ich persönlich nicht mitzugehen brauche, Sir?«

»Aber ja doch, McTavish. Das ist eine schöne Aufgabe für Sie, genau auf Sie zugeschnitten. Sie haben darauf zu achten, dass Ihre Leute nichts zu essen bekommen, und selbstverständlich haben Sie mit gutem Beispiel voranzugehen.«

»Warum ausgerechnet wir, Sir?«

»Warum, McTavish? Weil wir weder die Guards noch die Green Jackets sind, deshalb! Weil wir ein zusammengewürfelter Haufen sind, McTavish. Das ist auch der Grund, warum auch *Sie* hier sind.«

Also führte Trimmer seine Gruppe ohne ein ermutigendes Wort ins Unbekannte.

3

»Das Schiff kommt Ihnen doch bestimmt bekannt vor, oder?«, sagte Ivor Claire.

Guy fasste die Yacht durch seinen Feldstecher ins Auge.

»Cleopatra«, las er.

»Julia Stitch«, sagte Claire. »Das ist zu gut, um wahr zu sein.«

Auch Guy erinnerte sich an das Schiff. Vor noch gar nicht allzu vielen Sommern hatte die Yacht in Santa Dulcina festgemacht. Im Castello war es Tradition, der sich Guy auch widerstrebend gebeugt hatte, auf englischen Yachten einen Besuch abzustatten. Er speiste an Bord. Am nächsten Tag waren die Segler, sechs an der Zahl, hinaufgestiegen, um mit ihm zu Mittag zu essen – ein leichtes, mehr symbolisches Mahl, das die sechs überschwenglich priesen.

Ein Riesentopf Spaghetti war eilig gekocht, einige magere Hühner zerlegt und verschmort, ein paar schlaffe Salatköpfe mit Öl getränkt und mit kleingeschnittenem Knoblauch bestreut worden. Eine deprimierende Mahlzeit, die nicht einmal Mrs. Stitchs Schönheit und Fröhlichkeit hatten beleben können. Guy erzählte die romantische Geschichte des ›Castello Crauccibac‹, und der *vino scelto* hatte angefangen, seine einschläfernde Wirkung zu tun. Die Unterhaltung schleppte sich dahin. Als sie ziemlich trübsinnig in der Loggia saßen und Josefina und Bianca die Fleischteller abräumten, erhob sich über ihnen der Alarmschrei: »*C'è scappata la mucca!*« Dieses Drama spielte sich in Santa Dulcina immer wieder ab: Die Kuh, mehr Bergwerkspony als Minotaurus, war aus ihrem Keller unter dem Bauernhaus ausgebrochen.

Josefina und Bianca nahmen den Ruf auf: »*Accidente! – Porca miseria! C'è scappata la mucca!*«, ließen fallen, was sie gerade in Händen hatten, und kletterten hastig über die Brüstung.

»*C'è scappata la mucca*«, rief Mrs. Stitch und folgte ihnen Hals über Kopf.

Das völlig verwirrte Tier preschte durch die Rebstöcke und stürzte von einer niedrigen Terrasse auf die nächste. Mrs. Stitch hatte sie als Erste eingeholt. Mrs. Stitch war es auch, die sie am Halfter zu fassen bekam und sie mit beschwichtigenden Worten zurück in ihren unterirdischen Stall führte.

»Ich war mal an Bord«, sagte Guy.

»Ich habe einen Segeltörn auf ihr mitgemacht. Drei Wochen, und es war unglaublich unbequem. Was man in Friedenszeiten so alles gemacht hat!«

»Mir erschien es wie ein Leben in Saus und Braus.«

»Aber nicht die Junggesellenkabinen, Guy. Julia ist ganz in der alten Tradition aufgewachsen, Junggesellen das Leben schwerzumachen. Es hätte jeden Augenblick eine Meuterei ausbrechen können. Sie warf einen aus dem Kasino wie jemand von der Marinepolizei, der eine Razzia im Rotlichtviertel macht. Und doch gibt es niemanden auf der ganzen weiten Welt, den ich im Augenblick lieber sähe!« In all den Wochen, die sie sich jetzt kannten, hatte Guy Claire noch nie so begeistert erlebt. »Lassen Sie uns zum Quai runtergehen.«

»Ob sie wohl weiß, dass Sie hier sind?«

»Bei Julia können Sie sich drauf verlassen, dass sie immer mit ihren Freunden in Verbindung bleibt.«

»Schade, dass ich kein Freund von ihr bin!«

»Jeder ist Julias Freund.«

Doch als die Cleopatra anlegte, ging ein eisiger Schauer durch die beiden Beobachter.

»O Gott«, entfuhr es Claire. *»Uniformen!«*

Ein halbes Dutzend männlicher Gestalten war an der Reling. Tommy Blackhouse stand neben einem Marineoffizier, dessen Ärmel viele goldene Litzen aufwies. Da waren General Whale, Brigadier Ritchie-Hook, und, völlig aus dem Rahmen gefallen, auch Ian Kilbannock. Keine Spur von Mrs. Stitch.

Die Neuankömmlinge sahen grün im Gesicht aus, selbst der Admiral. Guy und Claire nahmen Habachtstellung ein. Der Admiral hob eine matte Hand. Ritchie-Hook bleckte die Zähne. Dann gingen alle Offiziere, als hätten sie es vorher verabredet, hinunter auf der Suche nach der Ruhe, die ihnen auf ihrer Überfahrt versagt geblieben war. Die rücksichtslos gesteuerte Cleopatra hatte Rache genommen. Sie war für freundlichere Gewässer gebaut worden.

Tommy Blackhouse und Ian Kilbannock kamen an Land. Tommys Bursche, nur noch das graugesichtige Gespenst eines Guardsman, folgte ihnen mit dem Gepäck.

»Ist Jumbo in der Schreibstube?«

»Jawohl, Colonel.«

»Wir müssen die Übung für morgen Abend absagen.«

»Soll ich mitkommen?«

»Wir müssen Abschied nehmen, Guy. Jetzt übernimmt Ihr Brigadier Sie. *Unser* Brigadier. Nur, damit Sie es wissen, wir sind jetzt Teil der Hook-Force, die Brigadier Ritchie-Hook kommandiert. Warum sind Sie nicht bei Ihrer Truppe, Ivor?«

»Wir exerzieren heute abteilungsweise«, sagte Claire.

»Nun, dann können Sie kommen, und mir helfen, die Befehle für morgen auszugeben.«

Ian sagte: »Ich finde, Tommy hätte sich ruhig darum kümmern können, dass mein Koffer versorgt wird. Die RAF versteht nichts von Burschen.«

»Was haben Sie denn mit Ihrem Air Marshal gemacht?«

»Hab ihn kleingekriegt«, sagte Ian. »Am Ende hab ich ihn doch noch kleingekriegt. Sämtliche Symptome von Verfolgungswahn. Er hat mich ziehen lassen – wie der Pharao und Moses, wenn Sie die Anspielung richtig verstehen. Ich musste zwar nicht seinen Erstgeborenen erschlagen, aber ich habe ihn dazu gebracht, dass er vor sozialen Minderwertigkeitskomplexen lauter Beulen und Pusteln gekriegt hat, ein schauderhafter Anblick. Und deshalb bin ich jetzt beim H. O. O., was gar nicht mal so schlecht passt. Haben Sie jemanden, den Sie schicken könnten, um meine Sachen abzuholen?«

»Nein.«

»Vielleicht ist es Ihnen noch nicht aufgefallen, dass ich befördert worden bin.« Er wies seine Ärmelstreifen vor.

»Ich fürchte, ich weiß nicht, was das zu bedeuten hat.«

»Aber Sie können doch bestimmt zählen, oder? Ich erwarte nicht, dass alle Welt die Rangbezeichnungen bei der Air Force kennt, aber immerhin können Sie ja wohl sehen, dass eins mehr von den Dingern dran ist. Er sieht auch neuer aus als die anderen. Soweit ich weiß, entspricht das etwa dem Rang eines Majors. Also ist es ungeheuerlich, wenn ich mein Gepäck selbst schleppen soll.«

»Ihr Gepäck brauchen Sie gar nicht. Sie können ohnehin nirgendwo auf der Insel schlafen. Was machen Sie hier überhaupt?«

»An Bord hätte eine Besprechung stattfinden sollen – hochgeheime Einsatzplanung. Die Seekrankheit ist dazwischengekommen. Blöd, wie ich war«, sagte Ian, »bin ich eigentlich nur wegen der Fahrt mitgekommen. Ich dachte, das wäre mal eine hübsche Abwechslung nach den vielen Bombennächten. Aber Gott steh mir bei! Ich habe kein Auge zugemacht und keinen Bissen runtergekriegt. Ich hatte eine scheußliche Kabine, direkt über den Schrauben.«

»Die Junggesellenkabine?«

»Sklavenquartier, würde ich sagen. Ich musste sie mit Tommy teilen. Und den hatte es ganz scheußlich gepackt. Im Übrigen glaube ich, könnte ich jetzt was zu essen vertragen.«

Guy nahm ihn mit ins Hotel. Es fand sich etwas zu essen, und während Ian aß, erklärte er, was es mit seiner Beförderung auf sich habe.

»Als wäre der Posten extra für mich geschaffen worden. Ja, ich glaube sogar, man *hat* ihn für mich geschaffen – auf inständiges Bitten von Air Marshal Beech hin. Ich bin der Verbindungsoffizier zur Presse.«

»Sie sind doch hoffentlich nicht gekommen, um über *uns* zu schreiben?«

»Um Gottes willen, nein. Ihr seid immer noch ein tiefes Geheimnis. Alles beim H. O. O. ist hochgeheim. Folglich brauche ich nichts weiter zu tun, als von Zeit zu Zeit mit den amerikanischen Journalisten einen Drink im Savoy zu nehmen und mich zu weigern, irgendwelche Informationen herauszugeben. Ich erzähle ihnen, dass ich selbst Zeitungsmann bin und weiß, wie ihnen zumute ist. Sie behaupten, ich bin ein Pfundskerl. Und das bin ich, verdammt noch mal!«

»Sind Sie das wirklich, Ian?«

»Sie haben mich noch nie mit meinen Kollegen, den Herren Journalisten, erlebt. Denen zeige ich die demokratische Seite meines Wesens – nicht das, was Air Marshal Beech zu sehen bekommen hat.«

Guy hatte an diesem Morgen nichts zu tun. Er sah Ian beim Essen, Trinken und Rauchen zu. Die Illusion von Wohlbehagen stellte sich wieder ein, und Ian wurde vertraulich.

»Es läuft heute noch ein Schiff für Sie ein.«

»Das haben wir schon mal gehört.«

»Mein lieber Mann, ich *weiß* es. Die Hook-Force fährt im nächsten Geleitzug mit. Die anderen drei Kommandos sind bereits an Bord ihrer Schiffe. Sie werden eine ganz schöne Streitmacht sein, wenn Sie unterwegs nicht versenkt werden.« Von Vertraulichkeit ging er zu Indiskretion über. »Ihre ganze Übung steht nur auf dem Papier – sie soll gar nicht stattfinden. Tommy weiß das selbstverständlich nicht, aber in dem Augenblick, wo Sie alle sicher an Bord sind, geht's auf und davon.«

»Es wurde da von einer Insel gesprochen.«

»Operation Flaschenhals? Die wurde schon vor Wochen abgeblasen. Seither hat es eine Operation Treibsand und eine Operation Mausefalle gegeben. Beide sind längst abgeblasen. Worum es jetzt geht, das ist natürlich die Operation Dachs.«

»Und worum geht es dabei?«

»Wenn Sie es nicht wissen, darf ich es Ihnen auch nicht sagen.«

»Dazu ist es jetzt zu spät.«

»Nun, offen gestanden – um dasselbe wie bei Treibsand, nur unter einem anderen Namen.«

»Und all das haben sie Ihnen beim H. O. O. erzählt, Ian?«

»Man hört so dies und das. Als Journalist lernt man, zwei und zwei zusammenzuzählen.«

Wie an jedem der vorangegangenen Nachmittage kam das Schiff auch an diesem Tag nicht. Tommy arbeitete seine Befehle für die Übung aus und übergab sie den Gruppenführern; die Gruppenführer wiederum gaben sie an ihre Stellvertreter weiter. Die Cleopatra bewahrte ihre eigenen Geheimnisse, was Fronturlaub und Planung betraf. Gegen Abend füllte sich das Hotel. Kommando X war immer fröhlicher, wenn Tommy zugegen war. Die meisten im Kasino waren alte Bekannte von Ian. Sie begrüßten ihn überschwenglich, erst nach Mitternacht bat er um Hilfe beim Rückweg zur Yacht. Guy führte ihn.

»Ein wunderbarer Abend«, sagte er. »Und wunderbare Kameraden.« Wenn er getrunken hatte, sprach er immer schleppend und in einer höheren Stimmlage. »Genau wie bei Bellamy's – nur ohne Bomben. Wie recht Sie hatten, Guy, sich dieser Einheit hier anzuschließen. Ich habe die anderen Kommandos besucht und kennengelernt. Das sind ganz andere Kaliber. Am liebsten würde ich ein Stück über euch alle schreiben. Aber das ginge ja doch nicht.«

»Nein, das ginge nicht. Wirklich nicht.«

»Verstehen Sie mich nicht falsch«, die Nachtluft erforderte von Ian jeden Rest an Selbstbeherrschung, »ich spreche nicht von der Geheimhaltung. Im Moment herrscht im Informationsministerium ziemliche Aufregung, weil manche dafür sind, den Schleier des Geheimnisses über euch zu lüften. Man braucht dringend Helden, um die Moral der Zivilbevölkerung zu stärken. Bald werden in den Zeitungen große Artikel über die Kommandos erscheinen, passen Sie nur auf. Aber nicht über Ihre Einheit, Guy. Prächtige Burschen, selbstverständlich, und auch Helden – stammen nur aus der falschen Zeit. Wie aus dem vorigen Krieg, Guy. Mit Rupert Brookes Sonetten war das aus und vorbei.«

»Sie finden uns poetisch?«

»Nein«, erklärte Ian, blieb stehen, wandte sich um und fasste Guy in der Dunkelheit ins Auge. »Nein, nicht poetisch, sondern englische Oberschicht. Durch und durch Oberschicht. Sie sind die Blüte der Nation. Das können Sie nicht leugnen, und das *wollen* Sie auch gar nicht.«

Unter den verschiedenen Stadien der Trunkenheit, die man jahrhundertelang mit sehr geistreichen Bezeichnungen belegt hat, verdient die Kategorie ›hellsichtige Trunkenheit‹ einen Ehrenplatz.

»Der Krieg, den wir heute führen, ist ein Krieg des Volkes«, sagte Ian hellsichtig, »und das Volk will weder von Poesie noch von der Blüte der Nation etwas wissen. Blüten stinken. Die Oberschicht steht auf der Geheimliste. Wir brauchen unsere Helden aus dem Volk fürs Volk, durch, mit und vom Volk.«

Die frostige Luft von Mugg vollendete ihr tückisches Werk. Ian stimmte den Choral an:

Wann wirst das Volk du retten,
O Gott der Gnade, wann?
Das Volk, O Herr, das Volk!
Nicht Throne und Kronen, sondern Menschen!

Er verfiel in Laufschritt, und atemlos diese Zeilen in lautem, wenig melodiösem Singsang wiederholend, erreichte er die Gangway.

Furchtbar erklang die Stimme Ritchie-Hooks aus der Dunkelheit: »Hören Sie auf, diesen Höllenlärm zu veranstalten, wer immer Sie sein mögen, und gehen Sie zu Bett!«

Guy verließ Ian und sah, wie er sich hinter irgendwelchen Kisten auf dem Quai versteckte und einen passenden Moment abwartete, um sich an Bord zu schleichen.

Am nächsten Tag, bei Morgengrauen, tauchte zu Guys Überraschung aus dem Nebel der Mythen der Truppentransporter auf und lag jenseits der Hafeneinfahrt fest vor Anker.

»Guy, falls der Brigadier Sie gerade nicht braucht, könnten Sie sich bei mir nützlich machen. Jumbo und ich müssen die Einschiffungspapiere in Ordnung bringen. Sie könnten an Bord gehen und mit der Navy die Frage der Unterbringung klären. Es wird eine Heidenarbeit sein, alles an Bord zu schaffen. Ich hoffe bei Gott, sie geben uns noch einen Tag bis zur Übung.«

»Laut Ian ist diese Übung längst abgeblasen worden.«

»Ach, Unsinn! Sie haben doch das halbe H. O. O. H. Q. als Beobachter hergeschickt.«

»Ian behauptet, das sei nur ein Vorwand.«

»Ian weiß ja nicht, wovon er spricht.«

»Da ist noch die Gruppe von McTavish draußen, von der ich Ihnen erzählt habe«, sagte Jumbo.

»Rufen Sie sie zurück.«

»Wir stehen nicht mit ihnen in Verbindung.«

»Verdammt. Wo sind sie denn?«

»Keine Ahnung. Sie sollten übermorgen wieder zurück sein.«

»Dann machen sie eben die Übung nicht mit, fertig.«

Es war nicht das erste Mal, dass Guy die Einschiffung von Truppen miterlebte. Er hatte mit den Halberdiers in Liverpool schon einmal mitgemacht. Bei diesem Schiff handelte es sich nicht um einen gecharterten Dampfer; die Besatzung waren Matrosen von der Navy. Gewissenhaft inspizierte Guy das Mannschaftsdeck und die Kabinen. Nach zwei Stunden sagte er: »Es ist einfach nicht genug Platz, Sir.«

»Es muss aber genug Platz sein«, sagte der Erste Offizier. »Wir sind nach Army-Vorgaben ausgerüstet, ein Infanteriebataillon zu transportieren. Mehr weiß ich auch nicht.«

»Wir sind aber kein normales Bataillon.«

»Das ist Ihre Sache«, erklärte der Erste Offizier.

Guy ging wieder an Land und erstattete Meldung. Er fand Jumbo allein.

»Nun, Sie und der Brigadier und was da sonst noch an Angehörigen des H. O. O. mitgekommen ist, gehen besser an Bord eines anderen Schiffes«, sagte Jumbo. »Ich glaube, ohne den Brigadier reisen alle glücklicher.«

»Damit ist aber das Problem der Sergeants nicht gelöst. Können sie denn nicht ein Mal mit den Mannschaften untergebracht werden?«

»Unmöglich! Wir haben mit den Sergeants schon Scherereien genug. Die Grenadiers sind bereits bei Colonel Tommy vorstellig geworden. Sämtliche Unteroffiziere tragen drei Kolbenringe und erheben Anspruch auf ein eigenes Kasino. Daraufhin kamen die Greenjacks und verlangten, dass dann auch die Corporals unter sich bleiben müssen. Übrigens, ich hoffe, Sie haben eine anständige Kabine für mich reserviert?«

»Sie teilen eine mit Major Graves und dem Arzt.«

»Ich hatte mir aber wirklich was Besseres erwartet, ganz ehrlich!«

Beim Mittagessen fühlte Guy sich von allen Seiten angegriffen.

»Sie müssen sich darüber im Klaren sein«, erklärte Bertie mit ungewohnter Schärfe, »dass meine Männer sehr groß sind. Sie brauchen Platz.«

»Mein Bursche muss eine Kabine neben mir bekommen«, sagte Eddie. »Ich kann schließlich nicht jedes Mal, wenn ich was brauche, zum Mannschaftsdeck runterbrüllen.«

»Aber Guy, wir können unmöglich mit den Coldstreamers zusammen schlafen.«

»Ich übernehme keine Verantwortung für die schweren

MGS, Crouchback, wenn ich nicht einen abschließbaren Raum für sie bekomme«, sagte Major Graves. »Und was soll das heißen, ich soll mit dem Doktor eine Kabine teilen? Das ist doch eine Zumutung!«

»Ich kann unmöglich das Krankenrevier mit dem Schiffsarzt teilen«, sagte der Arzt. »Ich habe Anrecht auf einen eigenen Raum.«

»Ich habe nicht den Eindruck, dass Sie *irgendetwas* für uns getan haben.«

»Die brauchen einfach eine Julia Stitch, um für Ordnung zu sorgen«, sagte Claire mitfühlend.

Tommy Blackhouse bereitete sich in der Zwischenzeit auf ein unangenehmes Gespräch vor, das er nicht länger hinausschieben konnte. Wie die meisten Soldaten versuchte Tommy, Unangenehmes möglichst zu delegieren. Jetzt war ihm klar, dass er und nur er allein Jumbo die schlechte Nachricht überbringen musste.

»Jumbo«, sagte er daher, als sie allein im Ordonnanzzimmer waren, »Sie brauchen sich gar nicht die Mühe zu machen, heute Abend mit an Bord zu kommen. Wir brauchen Sie eigentlich gar nicht für die Übung, und es ist ja noch viel hier, das aufgearbeitet werden muss.«

»Alles in der Schreibstube ist auf den neuesten Stand gebracht, Colonel.«

»Aber das Schiff ist voll bis obenhin. Sie haben es bestimmt bequemer an Land.«

»Ich möchte mich aber für die Fahrt einrichten.«

»Das Problem ist nur, dass an Bord kein Platz für Sie ist, Jumbo.«

»Crouchback hat eine Koje für mich gefunden. Es wird zwar eng werden, aber wir kommen schon zurecht.«

»Verstehen Sie, Sie gehören nicht eigentlich zum Stab.«

»Nicht zum Stab des Kommandos?«

»Sie kennen doch unseren Aufbau. Keine Verwaltungsoffiziere. Die gelten als überzählig.«

»Was das betrifft«, sagte Jumbo, »bereitet es, glaube ich, weiter keine Schwierigkeiten, mich zu einem regulären Stabsoffizier zu machen.«

»Es ist nicht nur das, fürchte ich. Selbstverständlich möchte ich Sie mitnehmen. Ich weiß gar nicht, was ich ohne Sie machen soll. Aber der Brigadier hat ausdrücklich Befehl gegeben, nur Männer mitzunehmen, die auch im Kampf einsatzfähig sind.«

»Ben Ritchie-Hook? Den kenne ich seit über zwanzig Jahren.«

»Das ist es ja gerade. Der Brigadier meint, über das Alter unserer Unternehmung seien Sie nun doch ein wenig hinaus.«

»Das meint Ben?«

»Ich fürchte, ja. Allerdings würde ich sagen, dass Sie, falls wir im Mittleren Osten eine ständige Kommandantur einrichten, später nachkommen und zu uns stoßen könnten.«

Jumbo war ein Halberdier, von den frühesten Mannesjahren darauf gedrillt, Befehle zu erteilen und entgegenzunehmen. Es traf ihn schwer, aber er gestattete sich keinerlei persönliche Gefühle.

Da saß er zwischen den leeren Postkörben, das alte Herz bar jeder Hoffnung. »Sie meinen also nicht, dass es helfen könnte, wenn ich Ben Ritchie-Hook aufsuche?«

»Doch«, sagte Tommy eifrig. »Das würde ich tun. Sie haben viel Zeit. Er wird mindestens noch drei Wochen in London bleiben. Sie bringen ihn per Flugzeug zu uns nach Ägypten. Vielleicht schaffen Sie es, ihn zu bewegen, Sie mitzunehmen.«

»Nicht, wenn er mich nicht will. Ich habe noch nie erlebt, dass Ben etwas getan hätte, das er nicht wollte. Sie nehmen Crouchback mit?«

»Er wird Verbindungsoffizier der Brigade.«

»Ich bin froh, dass Sie dann zumindest *einen* Halberdier dabeihaben.«

»Ich weiß nicht, wann wir auslaufen. Sie bleiben bis dahin?«

»Selbstverständlich.«

Beide waren erleichtert, als Major Graves kam, um sich über das Material der Sappeure zu beschweren. Keinem seiner Gruppe sei zuzutrauen, dass er mit Sprengstoffen umgehen könne. Ob es ein Sprengstofflager an Bord gäbe?«

»Ach, lassen Sie das Zeugs hier, bis die Sappeure zurückkommen.«

»Unbewacht?«

»Was soll schon passieren?«

»Sehr wohl, Sir.«

Nachdem Major Graves gegangen war, vertiefte Tommy sich noch einmal in seine Pläne für die Übung. In das Geheimnis, dass sie überflüssig waren, sollte er nicht eingeweiht werden, ehe sie alle eingeschifft waren. Dann erst kamen die höheren Offiziere von der Cleopatra an Bord des Truppentransporters, und es wurde ihm eröffnet, dass keine Übung mehr stattfinden werde. Urlaub vorm Auslaufen gäbe es nicht. Auch keine letzten Abschiedsbriefe. Das Schiff werde auf hoher See auf andere Transporter treffen, die unter Eskorte ebenfalls Kommandos an Bord hätten.

»Wir wurden schanghait, zum Teufel«, sagte Claire.

Jumbo konnte nicht wissen, dass man auch Tommy im Unklaren gelassen hatte. Für sein altes Ehrgefühl war dies die letzte aller Enttäuschungen. Vom vereisten Quai aus blickte er dem Truppentransporter und der Yacht nach, wie sie lautlos aufs offene Meer hinausglitten; dann kehrte er schweren Herzens ins Hotel zurück. Sein Ausflug war vorüber.

Auf seiner verlassenen Insel schlich Mugg sich hinaus, um die zurückgelassenen Vorräte der Sappeure zu plündern. Die Sappeure selbst, ausgezehrt und unrasiert, schleppten kurz darauf Dr. Glendening-Rees auf einer behelfsmäßigen Tragbahre zurück.

Die große Explosion, bei der Mugg und seine Nichte umkamen, führte man auf Feindeinwirkung zurück.

4

Die ›Hook-Force‹ machte einen großen Umweg über den Atlantik, der sie in diesen Zeiten nach Kapstadt führte, wo sie mit großen Ehren empfangen wurden.

»Ich muss schon sagen«, erklärte Ivor Claire, »die Einheimischen sind ausnehmend freundlich.«

Er und Guy saßen bei Sonnenuntergang in der Hotelbar. Ohne Verdunkelungsrollos schien das Licht hinaus in die Dämmerung und vermischte sich dort mit dem Scheinwerferlicht von Wagen, die vorüberfuhren oder auf dem Kiesplatz wendeten, und mit dem Licht, das aus den hell erleuchteten Schaufenstern gegenüber fiel. Kapstadt, am äußersten Ende zweier ›dunkler‹ Kontinente gelegen, war eine *ville lumière,* wie Trimmer sie in Glasgow vergeblich gesucht hatte.

»Drei einlaufende Schiffe und für jedes einzelne ein Empfangskomitee. Für jeden etwas.«

»Das liegt zum Teil daran, dass sie die Buren ärgern wollen, zum Teil wollen sie aber auch die Soldaten vor irgendwelchen Dummheiten bewahren. Vermutlich hatten sie mit dem letzten Transporter ziemlich viel Ärger.«

»Zum Teil ist es aber auch reine Gutmütigkeit.«

»Oh ja, das auch, ohne Zweifel. Ich habe mir damit Zeit gelassen, an Land zu gehen, aber es waren immer noch ein paar freundliche Kapstädter da. Eine attraktive Frau kam zu mir und sagte: ›Gibt es irgendetwas Besonderes, das Sie gern tun oder sehen würden?‹, und ich sagte: ›Pferde.‹ Ich habe die letzten sechs Wochen kaum an etwas anderes gedacht als an Pferde – und natürlich an Freda, wie Sie sich vorstellen können. – ›Das dürfte schwierig werden‹, sagte sie. ›Können Sie denn überhaupt reiten?‹ Daraufhin stellte ich klar, dass ich bei der Kavallerie bin. ›Aber sind Sie denn heutzutage nicht alle motorisiert?‹ Ich sagte, ich glaubte, ich könnte mich trotzdem auf einem Pferd halten, woraufhin sie meinte: ›Da gibt es einen Mr. Soundso, aber der ist ziemlich eigen. Ich werde sehen, was sich machen lässt.‹ Folglich setzte sie sich mit Mr. Soundso in Verbindung, und wie's der Zufall wollte, hatte der mich auf Thimble in Dublin den Sieg holen sehen und wollte mich gar nicht mehr gehen lassen. Er hatte wirklich einen sehr ordentlichen Stall irgendwo weiter unten an der Küste. Ich konnte mir ein Pferd aussuchen, und so sind wir den ganzen Vormittag über ausgeritten. Nach dem Mittagessen setzte ich mich auf einen Springer, den er trainiert. Jetzt komme ich mir wie neugeboren vor und fühle mich wie ein besserer Mensch. Und was haben Sie erlebt?«

»Eddie, Bertie und ich gingen in den Zoo. Wir haben die Strauße verfolgt und versucht, sie dazu zu bringen, die Köpfe in den Sand zu stecken; aber sie wollten nicht. Eddie kletterte ins Gehege und scheuchte sie durch die Gegend, während ein schwarzer Wärter ihn vom Gitter aus anflehte, wieder rauszukommen. Bertie sagte, ein Strauß könne mit einem Tritt drei Pferde auf einmal umlegen. Danach bin ich ins Museum gegangen. Sie haben zwei bemerkenswerte Noel Patons.«

»Von Kunst verstehe ich nichts.«

»Noel Paton auch nicht. Das ist ja das Schöne an ihm.«

Bertie und Eddie kamen auf unsicheren Beinen mit rosigen, lächelnden Gesichtern in die Bar.

»Wir haben den ganzen Nachmittag über Weinproben gemacht.«

»Eddie ist blau.«

»Wir sind beide voll wie die Haubitzen.«

»Eigentlich sollten wir mit ein paar Frauen tanzen gehen, aber wir sind zu blau.«

»Warum legen Sie sich nicht 'ne Weile hin?«, schlug Claire vor.

»Genau das hatte ich auch vor. Deshalb hab ich auch Eddie hergebracht – zum Baden.«

»Gehe vielleicht unter«, sagte Eddie.

»Reizende junge Frauen«, sagte Bertie. »Männer weg im Krieg. Muss unbedingt wieder nüchtern werden.«

»Das Beste wäre schlafen.«

»Schlafen, Badewanne, und dann zum Tanzen mit den Frauen. Ich suche uns Zimmer.«

»Es ist schon sonderbar«, sagte Ivor Claire, »jetzt, wo ich darf, reizt es mich nicht im geringsten, mich zu betrinken. Auf dem Schiff bin ich kaum eine Minute nüchtern gewesen.«

»Machen wir einen Spaziergang.«

Sie schlenderten in die Stadt hinaus.

»Angeblich heißt einer oder mehrere von diesen absurden Sternen ›Kreuz des Südens‹«, sagte Claire und schaute hinauf in die warme und funkelnde Nacht.

Alles hier war hell erleuchtet. Waren, die weder schön noch nützlich waren, leuchteten verlockend in den Schaufenstern. Die Straßen waren voll von den Männern der Hook-Force. Taxis mit Soldaten fuhren langsam vorbei und waren außerdem voll beladen mit den Erzeugnissen der Farmen und Gärten: Körbe voller Orangen und Trauben, so saftig wie aus dem Gelobten Land.

»Kapstadt scheint jedem von uns auf die eine oder andere Weise gegeben zu haben, was er wollte.«

»Ali Babas Wunderlampe.«

»Das hatten wir auch nötig. Wohin jetzt?«

»In den Club?«

»Zu kumpelhaft. Zurück ins Hotel.«

Doch als sie dort anlangten, sagte Claire: »Zu viele Soldaten.«

»Vielleicht haben sie einen Garten.«

Es gab einen. Guy und Claire setzten sich in Korbsessel und schauten auf einen leeren, aber beleuchteten Tennisplatz. Claire steckte sich eine Zigarette an. Er rauchte selten, doch wenn, dann bewusst und mit Genuss.

»Was für eine Fahrt!«, sagte er. »Jetzt ist sie beinah vorbei. Wie man sich gelegentlich nach einem Torpedo gesehnt hat! Ich habe oft nachts an Deck gestanden und mir vorgestellt, wie einer mit wunderschöner Schaumspur auf uns zurauscht – Peng – und dann all die Köpfe um mich herum, wie sie zum dritten Mal wieder auftauchten. Ich selbst, der einzige Überlebende, werde sanft auf irgendeine nahegelegene Insel getragen.«

»Wunschdenken! In Wirklichkeit wird man in offene Boote gequetscht, trinkt vor Durst Seewasser und wird davon verrückt.«

»Was für eine Reise!«, wiederholte Claire. »Man erklärt uns, und wir erklären es wiederum unseren Leuten, dass wir Ägypten halten müssen, um den Suezkanal zu schützen. Und um den Suezkanal zu erreichen, fahren wir fast bis Kanada und Trinidad. Und wenn wir endlich ankommen, stellen wir fest, dass der Krieg schon vorbei ist. Nach dem Burschen, mit dem ich zu Mittag gegessen habe, können sie gar nicht schnell genug Käfige bauen für die ganzen italienischen Gefangenen, die dort landen. Vermutlich werden wir zum Wachdienst für die Gefangenen eingeteilt.«

Man schrieb Februar 1941. Englische Panzer kreuzten noch weit westlich von Bengasi; Bankiers, die als Angehörige der amerikanischen Militärregierung galten, speisten abends im Mohamed Ali Club in Kairo, und Rommel, den noch kein Mensch kannte, schlug damals gerade sein erstes Hauptquartier in Afrika auf.

»Die Sergeants haben sich furchtbar aufgeführt.«

»Alle erfolgreichen Meutereien sind von Unteroffizieren angeführt worden.«

»Ich würde mich nicht wundern, wenn Corporal-Major Ludovic sich als Kommunist entpuppt.«

»Der ist ganz in Ordnung«, nahm Claire automatisch seinen Untergebenen in Schutz.

»Er hat schreckliche Augen.«

»Sie sind nur farblos, das ist alles.«

»Warum trägt er den ganzen Tag Hauspantoffeln?«

»Er sagt, wegen seiner Füße.«

»Und glauben Sie ihm das?«

»Selbstverständlich.«

»Der Mann ist für mich ein Geheimnis. Ist er überhaupt jemals einfacher Soldat gewesen?«

»Ich nehme es doch an.«

»Er sieht aus wie ein unlauterer Kammerdiener.«

»Ja, vielleicht war er das mal. Er hing in der Kaserne von Knightsbridge herum, und kein Mensch wusste, was von ihm zu halten war. Er meldete sich gleich zu Kriegsbeginn als Reservist und behauptete, den Rang eines Corporal of Horse innezuhaben. Sein Name stand auch wirklich auf der Musterrolle, doch schien kein Mensch irgendwas von ihm zu wissen, und infolgedessen haben sie ihn gern an mich abgegeben, als das Kommando aufgestellt wurde.«

»Er stand als die *éminence grise* hinter der Beschwerde, dass die Kapitänsrunden die Heiligkeit der Sergeantsmesse verletzten.«

»Das tun sie ja auch. Ich frage mich«, sagte Claire und wechselte behutsam das Thema, »wie die anderen Kommandos mit den Leuten von der Navy zurechtkommen?«

»Ganz gut, soweit ich weiß. Sie haben ihre Offiziere bewogen, sich an die gleichen Schnapsrationen zu halten wie die Navy.«

»Ich wette, das verstößt gegen das *Königliche Exerzierreglement*.« Dann fügte Ivor noch hinzu: »Es würde mich wundern, wenn ich Ludovic nach unserer Landung in Ägypten nicht irgendwie loswerden könnte.«

Schweigend saßen sie eine Weile da. Dann sagte Guy:

»Es wird kalt. Gehen wir rein und vergessen einen Abend lang mal das Schiff.«

In der Bar trafen sie Eddie und Bertie.

»Jetzt sind wir wieder ziemlich nüchtern«, sagte Eddie.

»Deshalb genehmigen wir uns schnell noch einen, ehe wir uns mit den Mädchen treffen. Guten Abend, Colonel!«

Tommy war hinter ihnen eingetreten.

»Ich war mir sicher, dass ich ein paar von meinen Offizieren hier finde«, sagte er.

»Einen Drink, Colonel?«

»Ja, gern. Ich habe einen schrecklichen Tag hinter mir in Simonstown und habe recht schlimme Nachrichten erhalten.«

»Vermutlich«, sagte Claire, »sollen wir kehrtmachen und wieder zurückdampfen, oder?«

»Das nicht gerade, sondern von unserem Brigadier und dem Brigademajor. Ihr Flugzeug ist vorige Woche von Brazzaville abgeflogen, und seither hat man nichts mehr von ihnen gehört. Könnte sein, dass die Hook-Force sich einen anderen Namen zulegen muss.«

»Der taucht bestimmt wieder auf«, sagte Guy.

»Dann muss er sich aber beeilen, wenn er unser Unternehmen leiten will.«

»Und wer hat jetzt den Befehl?«

»Wie es scheint, im Augenblick ich.«

»Ali Baba und die Wunderlampe«, sagte Claire.

»Wie bitte?«

»Nichts.«

Später am Abend kehrten Guy, Tommy und Claire an Bord des Schiffes zurück. Eddie und Bertie drehten Runden auf dem Deck. »Wir laufen uns nüchtern«, erklärten sie. Sie hatten eine Flasche in der Hand und erfrischten sich nach jeder zweiten Runde mit einem Schluck.

»Sehen Sie«, sagte Eddie. »Die *mussten* wir einfach kaufen. Die Marke heißt *Kommando*.«

»Das ist Brandy«, sagte Bertie. »Ziemlich scheußliches Zeug. Was meinen Sie, Colonel – ob wir die Flasche dem Pavian auf dem Dach raufschicken?« (So nannten die Soldaten den Kapitän des Schiffes.)

»Nein.«

»Sonst fällt mir nichts weiter ein, als sie über Bord zu werden, ehe wir vollends krank davon werden.«

»Ja, das würde ich tun.«

»Wäre das kein Mangel an Korpsgeist? Er heißt immerhin *Kommando*.«

Eddie ließ die Flasche über die Reling fallen, lehnte sich dann darüber und blickte ihr nach.

»Ich glaube, ich muss mich trotzdem übergeben«, sagte er.

Später lag Guy wach in der winzigen Kabine, die er mit zwei tief schlafenden Kameraden teilte. Er konnte noch nicht wegen Ritchie-Hook trauern. Dieser wilde Halberdier, dessen war er gewiss, ›schlug‹ sich auch jetzt durch den Dschungel, und zwar auf direktem Weg zum Feind. Guy dachte mit tiefer Zuneigung über das Kommando X nach. Die Blüte der Nation, hatte Ian Kilbannock es ironisch genannt. Ganz so unrecht hatte er damit nicht. Eddie und Bertie zeichnete eine heroische Einfalt aus. Ivor Claire dagegen war ganz anders: geistreich, zurückhaltend, unverbesserlich. Guy erinnerte sich an Claire, wie er ihn im römischen Frühling im hellen Nachmittagslicht vor dem Hintergrund der Zypressen der Villa Borghese zum ersten Mal gesehen hatte, als er sein Pferd fehlerlos über die Hürden führte, konzentriert wie eine betende Nonne. Ivor Claire, dachte Guy, stellte so etwas wie die Blüte von ihnen allen dar. Er war durch und durch Brite und verkörperte England in seinem tiefsten Wesen. Er war der Mann, mit dem Hitler nicht gerechnet hatte.

VII
Offiziere und Gentlemen

I

General Major Whale war zum Leiter der Landstreit-kräfte innerhalb des H. O. O. ernannt worden. In zahllosen Aktennotizen wurde er unter dieser Bezeichnung geführt, und seine alten Freunde nannten ihn *Sprat* – Sprotte. Am Karsamstag des Jahres 1941 erhielt er Befehl, an der wöchentlichen Lagebesprechung des Stellvertretenden Generalstabschefs im Kriegsministerium teilzunehmen. Voller böser Vorahnungen ging er hin. Er war nicht umfassend über die katastrophalen Ereignisse im Mittleren Osten informiert, wusste aber immerhin, dass die Dinge dort alles andere als gut standen. Bengasi war in der Woche zuvor gefallen. Es schien immer noch nicht klar zu sein, wo die auf dem Rückzug befindlichen Truppen eine neue Frontlinie aufzubauen gedachten. Am Gründonnerstag waren die australischen Truppen in Griechenland an der offenen Flanke angegriffen worden. Man wusste nicht, wo die auf dem Rückzug befindlichen Truppen eine neue Frontlinie aufbauen würden. Palmsonntag war Belgrad bombardiert worden. Doch diese Dinge waren nicht Sprats größte Sorge an diesem Vormittag. Der Grund, weshalb Sprats Anwesenheit bei der Lagebesprechung des Stellvertretenden Generalstabschefs erforderlich war, lautete: ›Die Zukunft der Spezialeinheiten im Vereinigten Königreich‹.

Die Männer, die um den Tisch saßen, hatten großen Einfluss im militärischen Bereich, hinter ihren Posten verbarg sich eine große Machtfülle. Es handelte sich nicht um die üblichen typisch englischen, grauhaarigen, konfusen Veteranen, sondern um hagere Männer in mittleren Jahren, die sich bewusst fit hielten. Männer auf dem Weg nach oben, eine Versammlung von Geschworenen für einen Todeskandidaten, dachte Sprat und begrüßte sie forsch. Der Lieutenant-General auf seinem Sessel sagte:

»Bitte, Sprat, seien Sie doch so gut, und sagen Sie uns noch einmal, wie stark Ihre Einheit aktuell ist, ja?«

»Nun, Sir, da *waren* einerseits die Halberdiers.«

»Seit voriger Woche gehören die nicht mehr dazu.«

»Und die Hook-Force.«

»Jawohl, die Hook-Force. Was waren die letzten Nachrichten von ihnen?« Damit wandte er sich an seinen Major-General, der sich links von ihm in eine Wolke von Pfeifenrauch hüllte.

»Niemand im Nahen Osten scheint irgendeine Verwendung für sie zu haben. Und die Operation Dachs wurde selbstverständlich abgeblasen.«

»Selbstverständlich.«

»Selbstverständlich.«

»Selbstverständlich.«

»Dafür können sie wohl kaum was, Sir«, sagte Sprat. »Zuerst haben sie ihren Kommandeur verloren. Dann ihr Angriffsschiff. Der Kanal wurde geschlossen, als sie Suez erreichten, wie Sie sich gewiss erinnern. Daraufhin wurden sie in der Kanalzone in behelfsmäßige Lager eingewiesen. Als dann der Kanal wieder geöffnet wurde, brauchte man die Schiffe, um die Australier nach Griechenland zu bringen. Sie sind per Eisenbahn nach Alexandria weitergefahren.«

»Ja, Sprat, das wissen wir. Selbstverständlich können sie nichts dafür. Ich will ja auch nichts weiter sagen, als dass sie nicht gerade ihrem militärischen Gewicht entsprechend eingesetzt werden.«

»Ich würde sogar meinen, Sir«, erklärte ein listiger Brigadier, »dass wir bald hören werden, sie seien aufgelöst und als Verstärkung auf die verschiedenen anderen Verbände verteilt worden.«

»Richtig. Auf jeden Fall gehören sie jetzt zur Nahost-Armee. Worauf ich hinauswill, ist Folgendes: Über wie viele Landstreitkräfte verfügen Sie im Augenblick hier im Vereinigten Königreich?«

»Nun, Sir, wie Sie wissen, wurde die Rekrutierung eingestellt, nachdem die Hook-Force ausgelaufen war. Das bedeutet, dass wir im Moment äußerst schwach sind.«

»Ja?«

Hände zeichneten Männchen auf die Notizblätter vor ihnen.

»Im Moment, Sir, habe ich einen Offizier und zwölf Mann, von denen vier Mann mit Erfrierungen im Lazarett liegen und aller Wahrscheinlichkeit nach in nächster Zeit noch nicht diensttauglich sein werden.«

»Richtig. Ich wollte das nur von Ihnen bestätigt haben.«

Draußen in der Kathedrale, deren Türme man von den Fenstern des Kriegsministeriums aus gut sehen konnte, im Feindesland ebenso wie bei den Verbündeten, brannten die frisch angezündeten Osterlichter. Hier jedoch kam Sprat alles kalt und dunkel vor. Die Henker der verschiedenen Abteilungen umzingelten ihn, um ihm den Todesstoß zu versetzen. Der Vertreter der Abwehrplanung malte eine Reihe von kleinen Galgen auf das weiße Papier vor ihm.

»Offen gestanden, Sir, ich glaube, die Abwehrplanung versteht nicht recht, welche Aufgaben die Kommandos haben, die nicht auch irgendwelche andere Einheiten oder die Royal Marines übernehmen könnten. Der Abwehrplanung gefällt das Freiwilligensystem nicht. Jeder kämpfende Soldat sollte im Grunde imstande sein, jede ihm übertragene Aufgabe zu übernehmen, und sei sie noch so gefährlich.«

»Richtig.«

Die Stabsoffiziere sagten einer nach dem anderen, was sie dazu meinten.

»... ich kann nur sagen, Sir, dass die Abkommandierung von einzelnen Leuten für unsere Abteilung nicht leicht zu verkraften ist ...«

»... So, wie wir es sehen, werden die Kommandos entweder zu einer Eliteeinheit, wodurch sie die anderen Waffengattungen empfindlich schwächen würden, oder sie werden zu einer Art Fremdenlegion von Außenseitern, und in diesem Fall ist es kaum wahrscheinlich, dass sie einen besonderen Beitrag zu den allgemeinen Kriegsanstrengungen leisten ...«

»Nichts gegen Ihre Leute, Sprat. Ausgezeichnetes Rohmaterial, ohne Zweifel. Aber ich meine, Sie müssen zugeben, dass das Experiment, die Kasernendisziplin zu lockern, schiefgegangen ist. Diese Explosion auf Mugg ...«

»Falls Sie gestatten: Ich glaube, ich kann erklären ...«

»Ja, ja, ohne Zweifel. Das tut jedoch nichts zur Sache. Tut mir leid, dass ich es zur Sprache gebracht habe ...«

»Wenn wir noch einmal Freiwillige rekrutieren könnten, bin ich mir sicher, dass das Ergebnis ...«

»Genau das wollen die Home Forces aber *nicht*.«

»Das Propagandaministerium ...«, begann Sprat verzweifelt und äußerst ungeschickt. Die Männchen malenden Hände hörten auf zu kritzeln. Man hielt allgemein kurz den Atem an, dann wurde er scharf ausgestoßen, wobei beträchtliche Rauchwolken freigesetzt wurden. »Das Propagandaministerium«, erklärte Sprat trotzig, »hat allergrößtes Interesse bekundet. Man wartet dort nur auf eine erfolgreiche Operation, um die ganze Geschichte der Presse zu übergeben. Die Stimmung in der Zivilbevölkerung« – er geriet ins Stocken – »die öffentliche Meinung in Amerika ...«

»Das kümmert uns hier selbstverständlich nicht«, erklärte der Vorsitzende.

Am Schluss wurde eine Aktennotiz an den Stellvertretenden Generalstabschef verfasst. Darin wurde empfohlen, hinsichtlich der Sondereinsatzkommandos keine neuen Schritte zu unternehmen.

Sprat kehrte in sein Büro zurück. Überall auf der ganzen Welt war – ohne dass Sprat es vernommen hätte – das *Exsultet* gesungen worden. Es fand kein Echo in Sprats hohlem Herzen. Er rief seinen Planungsstab sowie seinen Verbindungsoffizier für die Presse zu sich.

»Sie sind darauf aus, uns aufzulösen«, berichtete er kurz und bündig. Er brauchte den Namen des Gegners nicht zu nennen. Keiner dachte dabei an die Deutschen.

»Da gibt es nur eines. Wir müssen unverzüglich eine Operation starten und die Presse informieren. Was haben wir, das für einen ziemlich mittelmäßigen Offizier und acht Mann geeignet wäre?«

Die Planer beim H. O. O. waren fleißig gewesen. In ihren Stahlschränken ruhten in unterschiedlichen Stadien der Ausarbeitung, unter einer Reihe von Codenamen, Pläne für Angriffe auf nahezu jeden Fußbreit Boden der unendlich langen Küste des Feindes.

Pause.

»Da wäre zum Beispiel die Operation Popgun, Sir.«

»Popgun? Popgun? Das stammt doch von Ihnen, nicht wahr, Charles?«

»Es schien sich nur kein Mensch dafür zu interessieren. Ich habe immer gemeint, es hätte Potential.«

»Helfen Sie meinem Gedächtnis auf die Sprünge.«

Popgun war der am wenigsten ehrgeizige von allen Plänen. Es ging dabei um eine winzige, unbewohnte Insel in der Nähe von Jersey, auf der ein längst ausrangierter Leuchtturm stand oder stehen sollte. Irgendjemand von der Navy hatte bei der müßigen Betrachtung einer Seekarte gemeint, falls der Feind auch auf Tricks verfallen sollte, wie die Royal Dublin Fusilliers – dann könne diese Insel mit ihrer Ruine genau die richtige Ausgangsbasis für derlei Unternehmen sein. Charles frischte Sprats Gedächtnis mit den Einzelheiten auf.

»Jawohl, bereiten Sie alles für Popgun vor. Ian, Sie geht das am meisten an. Sie tun gut daran, sich sofort mit McTavish in Verbindung zu setzen. Sie werden ihn begleiten.«

»Wo ist er denn überhaupt?«, erkundigte sich Ian Kilbannock.

»Er muss irgendwo sein. Irgendwer weiß es bestimmt. Sie und Charles machen sich auf die Suche nach ihm. Ich besorge inzwischen ein Unterseeboot.«

Während die ersten Klänge der Osterglocken über die Christenheit erschallten, rief der Muezzin seine Gläubigen vom gesichtslosen weißen Minarett hinter dem Stacheldrahtzaun herab zum Gebet: Im Süden, Westen und Norden warfen sich die Gläubigen in Richtung Mekka auf die Knie und beteten. In den überfüllten Dünen von Sidi Bishr fand seine Stimme keinerlei Beachtung.

Guy, der bereits wach war, erhob sich von seinem Feldbett und rief nach Rasierwasser. Er war diensttuender Offizier der Brigade, und seine Dienststunden neben dem Telefon näherten sich bereits dem Ende. In der Nacht hatte es eine Fliegeralarm-Warnung gegeben. Das Hauptquartier in Kairo hatte sich in Schweigen gehüllt.

Die Brigade, die immer noch Hook-Force hieß, war in einer Reihe von Hütten in der Mitte eines Zeltlagers untergebracht. Tommy Blackhouse war Stellvertretender Kommandeur und bekleidete im Augenblick den Rang eines Full Colonel. Am dritten Tag ihres Aufenthalts in Ägypten war er mit roten Biesen und einer Reihe von Stabsoffizieren aus Kairo zurückgekehrt. Der Auffälligste unter ihnen war ein kleiner, glatzköpfiger junger Mann namens Hound. Er war der Brigademajor. Weder bei den Halberdiers noch beim Kommando hatte Guy einen Soldaten erlebt wie Major Hound, doch auch Major Hound hatte noch nie eine Einheit wie die Hook-Force erlebt.

Die Offizierslaufbahn hatte er eingeschlagen, weil er nicht schlau genug war, um seinen Weg in der Verwaltung zu machen. In Sandhurst herrschte 1925 allgemein die Überzeugung vor, dass die britische Armee nie wieder in einen Krieg in Europa verwickelt werden würde. Der junge Hound hatte eine gewisse Begabung für die Schreibtischarbeiten bewiesen, und seine mangelnden Leistungen in der Reitbahn wurden aufgewogen durch Preise, die er sich in Bisley holte. Später, im Laufe des Krieges, befand er sich, als die Hook-Force führerlos in Suez eintraf, unter den Stabsoffizieren, die ohne bestimmte Aufgabe in Kairo herumhingen. Als er jetzt zu ihnen stieß, machte er keinen Hehl aus seiner Abneigung gegen die dort herrschenden Regelwidrigkeiten. Sie hatten keine Autos, keine Köche, dafür aber viel zu viele Offiziere und Sergeants, sie trugen eine Vielfalt von Uniformen und hielten sich an unzählige einander widersprechende Regimentsgepflogenheiten. Sie hatten merkwürdige Waffen wie Dolche, Wurfschlingen und Maschinenpistolen. Man hätte sie für einen ausnehmend disziplinlosen Haufen halten können, wären da nicht noch fünfzig Freie Spanier gewesen, die es aus Syrien hierher verschlagen hatte und die unerklärlicherweise unter ihr Kommando gestellt worden waren. Angesichts *deren* Anarchie fielen alle anderen Unregelmäßigkeiten nicht weiter auf. Die Lagerpolizei scheuchte ständig Frauen auf, die sich in die Unterkünfte der Spanier geschlichen hatten. Eines Morgens gruben sie die Leiche eines ägyptischen Taxifahrers mit durchschnittener Kehle aus, die gleich hinter der Lagergrenze oberflächlich im Wüstensand verscharrt worden war.

Als Major Hound Kairo verließ, hatte man ihm gesagt: »Privatarmeen haben hier nichts zu suchen. Wir müssen diese Burschen zu einer ganz regulären Infanteriebrigade ummodeln, egal, wer sie sein mögen.«

Später wurde empfohlen, die Hook-Force aufzulösen und die anderen Einheiten mit ihnen zu verstärken. Dann kam aus London der Befehl, vorerst noch abzuwarten, da eine Entscheidung über das weitere Schicksal aller Sondereinheiten des H.O.O. unmittelbar bevorstehe. Major Hound machte sich seinen eigenen Reim auf diese Dinge, von denen er freilich nicht auf offiziellem Dienstweg erfuhr, sondern bei seinen häufigen Besuchen in Kairoer Turf Clubs und Shepheard's Hotels, wo er sich mit Kumpanen aus dem Hauptquartier unterhielt. Er erwähnte die mangelnde Disziplin im Lager, doch auch das nur inoffiziell. Und so blieb die Hook-Force in Sidi Bishr, aus Langeweile wurde Zuchtlosigkeit, es wurde täglich schlimmer und verstärkte den Argwohn des Kairoer Hauptquartiers immer mehr.

Guy blieb Verbindungsoffizier. Fünf bebrillte Männer, die beim Kommando ausgesondert worden waren, wurden ihm als seine Einheit unterstellt. Wenn es darum ging, diese Männer zu beschäftigen, führte er einen verbissenen Privatkrieg mit dem Brigademajor. Seit kurzem hatte er sie an Unteroffiziere von den Meldern abgetreten, die für ihre weitere Ausbildung sorgen sollten.

Das Frühstück wurde ihm auf den Tisch in seiner Schreibstube gestellt: eine Art Pastete aus Pökelfleisch mit Sand darin, dass es zwischen den Zähnen knirschte, sowie Tee, der nach Chlor schmeckte. Um acht Uhr erschienen seine Schreiber, um Viertel nach acht Corporal-Major Ludovic, den Ivor Claire mit Erfolg an das Hauptquartier abgegeben hatte. Er schaute sich mit seinen blassen Augen in der Hütte um, bemerkte Guy, salutierte auf eine Art, die mehr etwas Klerikales als etwas Militärisches hatte, und schob dann mit gewichtiger Miene Papiere von einem Ablagekorb in den anderen. Ganz anders der Brigademajor, der um zwanzig nach acht äußerst forsch eintrat.

»Morgen, Crouchback«, sagte Major Hound. »Vom Kairoer Hauptquartier nichts Neues? Dann können wir davon ausgehen, dass es bei der letzten Anweisung bleibt. Die Einheiten können hinaus ins Land. Wie steht's mit Ihrer Truppe? Sie haben ja wohl Ihren Kurs in Signalisieren beendet, oder? Was, schlagen Sie vor, sollen sie heute machen?«

»Sie machen Sport unter Sergeant Smiley.«

»Und hinterher?«

»Infanteriegrundausbildung«, improvisierte Guy, »unter meinem Befehl.«

»Gut, bringen Sie sie mal ein bisschen auf Zack.«

Um neun traf Tommy ein.

»Neue Scherereien mit Kommando X«, sagte Major Hound.

»Verdammt.«

»Graves ist auf dem Weg hierher. Er will Sie sprechen.«

»Verflucht. Guy, hast du immer noch die Unterlagen für ›Dachs‹?«

»Jawohl, Colonel.«

»Schick sie zurück ans Hauptquartier. Wir brauchen sie nicht mehr.«

»Sie brauchen nicht hier zu sein, wenn Major Graves kommt«, sagte der Brigademajor zu Guy. »Das Beste ist, Sie machen weiter mit Ihrer Grundausbildung.«

Guy machte sich auf die Suche nach seiner Truppe. Als er

näher kam, ließ Sergeant Smiley sie hastig antreten. Sechs Zigaretten glommen zu ihren Füßen im Sand.

»Lassen Sie sie in einer Viertelstunde mit Gewehr und Ausbildungsvorschriften antreten, draußen vor der Brigadeschreibstube«, befahl Guy. Eine ganze Stunde lang ließ er sie im pulverigen Sand exerzieren. Alles, was er auf dem Exerzierplatz in der Kaserne gelernt hatte, fiel ihm wieder ein. Er stand neben dem Fenster des Brigademajors, riss den Mund weit auf und brüllte wie ein Halberdier. In der Hütte klagte Major Graves sein Leid über Ungerechtigkeit und Vernachlässigung. Corporal-Major Ludovic tippte sein Tagebuch.

Der Mensch ist, was er hasst, schrieb er. *Gestern war ich Blackhouse. Heute bin ich Crouchback. Bin ich morgen etwa Hound, Grundgütiger?*

»... die Ungeraden im vordersten Glied packen mit der Linken die Karabiner der Geraden, legen die Mündungen kreuzweise übereinander, so dass die Magazine nach außen zeigen, und nehmen gleichzeitig die Riemenbügel beider Karabiner zwischen Daumen und Zeigefinger ...«

Er hielt inne, denn irgendwas stimmte hier nicht.

»In unserem Fall«, fuhr er fort und verfiel unwillkürlich parodistisch in den Tonfall seines alten Sergeants, »gibt es keine Nummer zwei, also infolgedessen im hintersten Glied auch keine Geraden. Deshalb gilt für diese Übung, dass Nummer drei eine Gerade ist ...«

Er beendete seine Ausführungen zum Pyramidenbau.

»Abteilung – baut Pyramiden! Hören Sie sich die Anweisung noch einmal an. Die Ungeraden im vordersten Glied – das sind Sie, Nummer eins – packen die Karabiner der Geraden im hintersten Glied – das sind Sie, Nummer drei ...«

Der Brigademajor steckte den Kopf zum Fenster heraus.

»Ach, Crouchback, könnten Sie mit Ihren Leuten wohl ein bisschen weiter weggehen?«

Guy drehte sich auf den Hacken herum und salutierte.

»Sir!«

Er drehte sich wieder um.

»Die Abteilung zieht sich jetzt zurück. Ganze Abteilung, kehrt! Im Laufschritt, marsch, marsch! Befehl zurück. Ganze Abteilung, kehrt!« Sie waren jetzt etwa fünfzig Meter von ihm entfernt, doch seine Stimme trug weit.

»Ich wiederhole noch einmal die Anweisungen des Exerzierreglements: Die Ungeraden im vordersten Glied packen mit der Linken die Karabiner der Geraden, legen die Mündungen kreuzweise …«

Hinter ihren beschlagenen Brillengläsern ging den Männern auf, dass diese Vorführung nicht nur ausschließlich gegeben wurde, um sie zu piesacken. Sergeant Smiley unterstützte Guy mit dröhnender Stimme. Nach einer halben Stunde befahl Guy: »Rührt euch!« Tommy Blackhouse rief ihn zu sich.

»Außerordentlich beeindruckend, Guy«, sagte er. »Erstklassig. Aber ich muss dich bitten, deine Leute jetzt zu entlassen. Ich habe was für dich zu tun. Fahr in die Stadt, such Ivor auf und finde heraus, wann er zurückkommt.«

Claire hatte seit vierzehn Tagen keinen Dienst mehr getan. Er hatte eine Abteilung angeführt, die mit Zelthämmern arabische Marodeure verfolgt hatte, war über ein Spannseil gestolpert und hatte sich das Knie verrenkt. Da er sich nicht gern von den Militärärzten behandeln lassen wollte, hatte er sich in einer Privatklinik eingemietet.

Guy ging zum Fuhrpark und fand einen Lastwagen, der in die Stadt wollte, um Verpflegung zu holen. Die Straße ging am Rand des Meeres entlang. Der Wind trieb Flugsand auf. Am Strand boten Zivilisten ihre haarige Brust der Sonne dar und spielten unter viel Geschrei Handball. Army-Laster folgten einander dicht auf dicht, und nur gelegentlich fuhr dazwischen eine neue, fest verschlossene Limousine mit rotlippigen, in schwarze Seide tief verhüllten Damen.

»Setzen Sie mich vor dem Cecil ab«, sagte Guy, denn er hatte noch anderes in Alexandria zu tun, außer Ivor Claire zu suchen. Er wollte seinen österlichen Pflichten Genüge tun und zog es vor, das in einer Kirche in der Stadt zu tun anstatt im Lager. Ohne sich dessen bewusst zu sein, hatte er bereits jetzt angefangen, sich dort, wo es um wirklich Wesentliches ging, von der Army zu distanzieren.

Alexandria, uraltes Spargelbeet theologischer Spitzfindigkeiten, ist heute nur noch recht dürftig mit Kirchen ausgestattet. In einer Seitenstraße fand Guy, was er suchte, ein großes, unauffälliges Gebäude, das offenbar an eine Schule oder ein Krankenhaus angeschlossen war. Er trat in tiefes Dämmerlicht ein.

Ein fetter junger Mann in Shorts und Unterhemd fegte mit schlaffen Bewegungen den Mittelgang. Guy näherte sich ihm und sprach ihn auf Französisch an, doch er schien ihn nicht zu hören. Eine bärtige Gestalt mit Kutte rauschte vorüber, hinein in die Dunkelheit. Guy folgte ihr und sagte verlegen:

»*Excusez-moi, mon père. Y-a-t-il un prêtre qui parle anglais ou italien?*«

Der Priester blieb nicht stehen.

»*Français*«, sagte er.

»*Je veux me confesser, en français, si c'est nécessaire. Mais je préfère beaucoup anglais ou italien, si c'est possible.*«

»*Anglais*«, sagte der hektische Priester. »*Par-là.*«

Er bog unversehens in die Sakristei ab und zeigte im Gehen auf eine noch düsterer daliegende Kapelle. Khaki-Strümpfe und Army-Stiefel ragten aus dem Beichtstuhl heraus. Guy kniete nieder und wartete. Er wusste, was er zu sagen hatte. Das Gemurmel im Schatten schien sich über Gebühr in die Länge zu ziehen. Endlich kam ein junger Soldat hervor, und

Guy nahm seinen Platz ein. Durch das Gitter war gerade eben noch ein bärtiges Gesicht zu sehen, eine gutturale Stimme segnete ihn. Guy beichtete und schwieg dann. Die dunkle Gestalt schien die Belanglosigkeiten, die Guy zu beichten gehabt hatte, schulterzuckend abzutun.

»Haben Sie einen Rosenkranz dabei? Beten Sie drei Gesätze.«

»Danke, Pater, und beten Sie für mich.« Guy wollte gehen, doch der Priester fuhr fort:

»Sind Sie auf Urlaub hier?«

»Nein, Pater.«

»Sind Sie schon lange hier?«

»Ein paar Wochen.«

»Kommen Sie aus der Wüste?«

»Nein, Pater.«

»Dann kommen Sie direkt aus England? Sind Sie zusammen mit den neuen Panzern gekommen?«

Plötzlich wurde Guy argwöhnisch. Er war von allen Sünden losgesprochen. Der Priester stand nicht mehr unter dem Beichtgeheimnis. Das Gitter war zwischen ihnen. Guy kniete immer noch – dabei hatten sie nichts mehr miteinander zu schaffen. Jetzt waren sie Mensch und Mensch in einem Land, das im Krieg war.

»Wann gehen Sie in die Wüste?«

»Warum fragen Sie?«

»Um Ihnen zu helfen. Es gibt manchmal Sonderdispens. Wenn Sie gleich in den Kampf ziehen, kann ich Ihnen die Kommunion erteilen.«

»Das tue ich nicht.«

Guy stand auf und verließ die Kirche. Bettler umschwärmten ihn. Er ging ein paar Schritte in Richtung der Hauptstraße, wo die Straßenbahnen fuhren, dann kehrte er um. Der Junge mit dem Besen war verschwunden. Der Beichtstuhl war leer. Er klopfte an die geöffnete Tür der Sakristei. Niemand kam. Er trat ein und fand zwar einen sauberen Fliesenboden, Schränke und ein Waschbecken vor, doch keinen Priester. Abermals verließ er die Kirche und stand unentschlossen unter den Bettlern. Der Übergang vom bußfertigen Sünder zum Offizier, der Nachforschungen anstellte, war radikal. Wörtlich konnte er sich an das Gespräch zwar nicht mehr erinnern. Aber die Fragen waren zudringlich gewesen – waren sie deshalb aber auch verdächtig? Konnte er den Priester identifizieren? Konnte er, wenn er einen Zeugen finden musste, den jungen Soldaten wiedererkennen?

Zwei Palmen auf einem Hof trennten die Kirche vom Priesterhaus. Guy klingelte, und gleich öffnete der fette Junge und gewährte einen Blick in einen hohen weißen Korridor.

»Ich wüsste gern den Namen eines Ihrer Patres.«

»Die Patres haben sich im Augenblick zur Ruhe begeben. Sie haben heute Morgen lange Feierlichkeiten hinter sich gebracht.«

»Ich möchte ihn ja gar nicht stören – nur seinen Namen wüsste ich gern. Er spricht Englisch und hat mir noch vor zwei Minuten in der Kirche die Beichte abgenommen.«

»Vor drei Uhr keine Beichte mehr. Die Patres ruhen.«

»Ich war bei diesem Pater zur Beichte und möchte jetzt wissen, wie er heißt. Er spricht Englisch.«

»Ich spreche Englisch. Ich weiß nicht, welchen Pater Sie wollen.«

»Ich möchte wissen, wie er heißt.«

»Sie müssen bitte um drei Uhr wiederkommen, wenn die Patres ihre Ruhe beendet haben.«

Guy wendete sich ab. Die Bettler hefteten sich an seine Fersen. Er trat auf die geschäftige Straße hinaus, und die Dunkelheit Ägyptens senkte sich mitten im blendenden Sonnenschein über ihn. Vielleicht hatte er sich das alles nur eingebildet, und wenn nicht: Was sollte es nützen, der Sache nachzugehen? Es gab Priester in Frankreich, die für die Alliierten arbeiteten. Warum sollte nicht ein Priester, der in Ägypten im Exil lebte, für seine eigene Seite seinen bescheidenen Beitrag leisten? In Ägypten wimmelte es nur so von Spionen. Jede Truppenverschiebung konnte von Millionen offener Augen verfolgt werden. Die britischen Schlachtpläne mussten aus zahlreichen Quellen in allen Einzelheiten bekannt sein. Was konnte dieser Priester schon erreichen, außer vielleicht, dass seine Gemeinde ein wenig besser behandelt wurde, wenn Rommel Alexandria einnahm? Wenn er tatsächlich Meldung erstattete – was würde anderes dabei herauskommen, als dass es den Angehörigen der Streitkräfte Seiner Majestät untersagt wurde, zivile Kirchen zu besuchen?

Ivor Claires Privatklinik lag am Stadtpark. Guy ging so verzagt durch die Straßen, dass die Schlepper, die es auf ihn abgesehen hatten, ihn unbelästigt ziehen ließen.

Er fand Claire im Rollstuhl auf seinem Balkon.

»*Viel* besser«, sagte er auf Guys Nachfrage. »Sie sind alle sehr zufrieden mit mir. Vielleicht kann ich nächste Woche schon zum Rennen nach Kairo.«

»Colonel Tommy wird allmählich unruhig.«

»Wer wird das nicht in Sidi Bishr? Aber schließlich weiß er, wo ich zu finden bin, wenn er mich braucht.«

»Er scheint Sie gerade jetzt bei sich haben zu wollen.«

»Ach, ich glaube, ich nütze ihm nicht viel, bis ich wieder ganz auf den Beinen bin, wissen Sie. Meine Leute sind in guten Händen. Als Tommy so nett war, mich von Corporal-Major Ludovic zu befreien, hatten alle meine Ängste und Befürchtungen ein Ende. Aber wir müssen in Verbindung bleiben. Ich darf unmöglich zulassen, dass Sie mir einen McTavish aufs Auge drücken.«

»Seitdem Sie fort sind, sind wir zweimal in Alarmbereitschaft versetzt worden, aber es ist nichts dabei herausgekommen. Einmal mussten wir uns drei Tage lang innerhalb von zwei Stunden abmarschbereit halten.«

»Ich weiß. Alles Unsinn. Wenn wirklich was auf uns zukommt, erfahre ich das von Julia Stitch früher als Tommy. Sie ist eine wunderbare Fundgrube der Indiskretion. Wissen Sie eigentlich, dass sie hier ist?«

»Die Hälfte der Offiziere vom Kommando X verbringt ihre Abende bei ihr.«

»Warum Sie denn nicht?«

»Ach, sie erinnert sich bestimmt nicht an mich.«

»Mein lieber Guy, sie vergisst nie jemanden. Algies Aufgabe scheint es zu sein, irgendwie auf den König aufzupassen. Sie sind fabelhaft untergebracht. Ich habe schon überlegt, ob ich mich nicht bei ihnen einquartieren sollte, aber man kann sich einfach nicht darauf verlassen, dass Julia einem Kranken auch alles gibt, was er braucht. Dazu herrscht in ihrem Haus ein viel zu großes Kommen und Gehen – Generäle und Zivilisten. Meistens kommt Julia am Vormittag vorbei und berichtet mir den neuesten Klatsch.«

Danach berichtete Guy von dem Zwischenfall am Morgen in der Kirche.

»Sie haben aber nicht viel in der Hand, um jemanden richtig anzuzeigen«, sagte Claire. »Nicht einmal einen Geistlichen.«

»Sollte ich überhaupt etwas unternehmen?«

»Fragen Sie Tommy. Es könnte auch ein großes Kaliber sein, wissen Sie. In diesem Land ist jeder ein Spion.«

»Genau das habe ich auch gedacht.«

»Ich bin zum Beispiel überzeugt, dass die Schwestern hier Spione sind. Sie gehen mit den Vichy-Franzosen von dem Schiff aus, das im Hafen liegt. Was gibt's denn Neues aus Sidi Bishr zu berichten?«

»Nichts Gutes. Es wird von Tag zu Tag schlimmer. Kommando B steht kurz vor der Meuterei. Prentice hat Ausgangssperre über sie verhängt, bis es jeder schafft, in voller Marschausrüstung mindestens hundert Meter zu schwimmen. Sie legen ihn bestimmt um, wenn sie zum Einsatz kommen, Major Graves bildet sich immer noch ein, dass ihm der Befehl über Kommando X zustünde.«

»Er muss von Sinnen sein, wenn er sich das wünscht.«

»Ja. Tony hat's gar nicht leicht. Die Grenadiers liegen alle mit verdorbenem Magen flach. Fünf Coldstreamer haben eine Eingabe gemacht, wieder zu ihrem alten Regiment zurückversetzt zu werden. Und Corporal-Major Ludovic steht im Verdacht, Gedichte zu schreiben.«

»Das ist mehr als wahrscheinlich.«

»Unsere katalanischen Flüchtlinge machen sogar Tommy Kopfschmerzen. Ein arabischer Kasinoangestellter ist mit einem Teil der Apothekenvorräte auf und davon. Es laufen vier Kriegsgerichtsverfahren, und zehn Mann treiben sich irgendwo herum. Nur Gott weiß, wie viele Waffen geklaut worden sind. Der N. A. A. F.-Laden ist zweimal ausgeraubt worden. Jemand hat versucht, das Lagerkino in Brand zu stecken, und vom Brigadier haben wir nichts gehört.«

»Das jedenfalls ist mal eine gute Nachricht.«

»Nicht für mich, Ivor.«

Ein schriller Pfiff wie von einem Gassenjungen unten unterbrach sie.

»Julia«, sagte Claire.

»Dann gehe ich wohl besser.«

»Aber nein!«

Gleich darauf war Mrs. Algernon Stitch bei ihnen. Sie trug ein Leinenkleid und einen mexikanischen Sombrero, ein vollbeladener Einkaufskorb hing ihr über dem weißen Arm. Sie senkte die riesige Strohscheibe ihres Hutes über Claire und gab ihm einen Kuss auf die Stirn.

»Warum sind deine Krankenschwestern eigentlich so garstig, Ivor?«

»Politik. Sie behaupten alle, sie hätten einen Bruder in Oran verloren. Du erinnerst dich noch an Guy?«

Sie wandte ihre Augen – tiefblaue, dichte, bewegliche Ozeane – Guy zu, betrachtete ihn und verkündete dann laut und mit ausgeprägtem Genueser Akzent:

»*C'è scappata la mucca!*«

»Sehen Sie«, sagte Ivor, als führe er ein Kunststück vor, das er Freda beigebracht hatte, »ich habe Ihnen ja gesagt, dass sie sich an Sie erinnert.«

»Warum hat mir kein Mensch gesagt, dass Sie hier sind? Wollen Sie zum Mittagessen mitkommen?«

»Nun, ich weiß nicht recht. Es ist schrecklich nett von Ihnen …«

»Gut. Kommst du auch mit, Ivor?«

»Kommen noch mehr?«

»Ich weiß nicht, wer.«

»Vielleicht bleibe ich besser, wo ich bin.«

Über den Balkon hinweg spähte Mrs. Stitch hinunter auf die Parkanlagen. »Forster behauptet, sie wären es wert, ›gründlich erforscht‹ zu werden«, sagte sie. »Aber das verschieben wir auf einen anderen Tag.« Und zu Guy gewandt: »Haben Sie einen *Reiseführer*?«

»Ich wollte schon längst einen haben. Es ist nur sehr schwer aufzutreiben.«

»Gerade ist eine Neuauflage herausgekommen. Hier, nehmen Sie mein Exemplar. Ich kann jederzeit ein neues bekommen.« Damit holte sie ein Exemplar von E. M. Forsters *Alexandria* aus dem Einkaufskorb.

»Das habe ich nicht gewusst. In dem Fall kann ich mir ja selbst einen kaufen. Trotzdem, vielen Dank.«

»Nehmen Sie's doch, Dummkopf!«, sagte sie.

»Ja, dann tausend Dank. Ich kenne sein *Pharos und Pharillon*.«

»Selbstverständlich. Aber sein Reiseführer ist gleichfalls überragend.«

»Hast du mir irgendwas mitgebracht, Julia?«

»Heute nicht. Es sei denn, du hättest gern etwas türkischen Honig.«

»Ja, bitte.«

»Hier. Ich bin übrigens noch nicht fertig mit dem Einkaufen. Deshalb muss ich auch gleich wieder gehen.« Zu Guy: »Kommen Sie!«

»Das war aber kein langer Besuch.«

»Du solltest mit zum Essen kommen, wenn du eingeladen wirst.«

»Hm, trotzdem, vielen Dank für die Süßigkeiten.«

»Ich komme ja wieder.«

Sie führte Guy hinunter und hinaus. Am Wagenschlag des kleinen Cabrios versuchte er, um sie herumzugehen, wurde jedoch entschieden zurückgepfiffen.

»Andere Seite! Springen Sie rein!«

Und es ging los. Sie schoss zwischen Kamelen, Straßenbahnen, Taxis und Panzern hindurch die Rue Sultan hinunter, nahm am Nebi Daniel eine scharfe Linkskurve, hielt unversehens mitten auf einer Kreuzung an und sagte: »Sehen Sie nur. Die Soma. Zu Kleopatras Zeiten verliefen die Straßen vom Mondtor zum Sonnentor und vom Binnenhafen zum Seehafen, den ganzen Weg mit Kolonnaden. Weißer Marmor und grünseidene Sonnensegel. Vielleicht wissen Sie das ja schon.«

»Nein, habe ich nicht gewusst.«

Sie stand im Auto auf und deutete mit dem Zeigefinger: »Alexanders Grab«, sagte sie. »Irgendwo dort unter dieser Ungeheuerlichkeit.«

Autohupen wetteiferten mit den Trillerpfeifen von Polizisten und lauten Stimmen, die in einem halben Dutzend Sprachen durcheinanderschrien. Ein uniformierter Ägypter, der mit einer kleinen Trompete bewaffnet war, führte einen rituellen Zornestanz vor ihr auf, und der ritterliche Fahrer eines Krankenwagens der Army hielt neben ihr.

»Motor abgesoffen, Lady?«

Zwei Fremdenführer versuchten, bei ihnen zuzusteigen.

»Ich zeigen Moschee. Ich zeigen alle Moschee.«

»Forster schreibt, der Marmor sei so hell gewesen, dass man um Mitternacht noch eine Nadel hätte einfädeln können. Wozu denn eigentlich diese ganze Aufregung hier? Wir haben doch so viel Zeit, wie wir wollen. Hier isst vor zwei sowieso kein Mensch zu Mittag.«

Mrs. Stitch, so kam es Guy vor, war nicht darauf angewiesen, sich von ihm unterhalten zu lassen. Schweigend saß er da und fühlte sich völlig von ihr vereinnahmt.

»Ich war noch nie zuvor in Ägypten gewesen. Es war eine große Enttäuschung. Ich schaffe es einfach nicht, diese Leute zu mögen«, sagte sie traurig und strafte mit ihren großen Augen den Pöbel um sie herum ab. »Bis auf den König – und dass ich ihn gern mag, hat mit Politik nichts zu tun. Nun, wir müssen weiter. Ich muss noch ein Paar Schuhe kaufen.«

Sie setzte sich wieder, hupte und ließ den kleinen Wagen rücksichtslos voranschießen.

Bald bog sie in eine Seitengasse ein, vor der ein Schild stand: ›Zutritt für alle Angehörigen der Streitkräfte Seiner Majestät verboten.‹

»Hier sind neulich zwei Australier tot aufgefunden worden«, erklärte Guy.

Mrs. Stitch interessierte sich für alles Mögliche, aber immer nur eins nach dem anderen. Heute Vormittag war das die Geschichte Alexandrias.

»Hypatia«, sagte sie, als sie in die Gasse einbog. »Von ihr muss ich Ihnen was Merkwürdiges erzählen. Ich bin mit der Vorstellung groß geworden, sie sei mit Austernschalen umgebracht worden, Sie nicht auch? Forster behauptet, es seien Fliesenscherben gewesen.«

»Sind Sie sicher, dass wir durch diese Straße durchkommen?«

»Sicher nicht, nein. Ich bin noch nie zuvor hier gewesen. Jemand hat mir was von einem kleinen Mann erzählt.«

Die Gasse verengte sich noch weiter, bis die beiden Kotflügel des Autos gegen die Hauswände schrammten.

»Das letzte Stück müssen wir laufen«, sagte Mrs. Stitch, kletterte über die Windschutzscheibe und rutschte über die heiße Kühlerhaube nach vorn.

Sie fanden den Laden, was Guy durchaus nicht erwartet hatte. Der ›kleine Mann‹ war enorm dick, sein Gesäß quoll über den Schemel hinweg, auf dem er vor seiner Ladentür saß und seine Wasserpfeife rauchte. Zuvorkommend erhob er sich, und unversehens saß Mrs. Stitch auf dem Platz, den er frei gemacht hatte.

»Heißer Hintern«, sagte sie.

Schuhe in allen Formen und Farben hingen an Schnüren um sie herum. Als Mrs. Stitch nicht fand, was sie suchte, nahm sie Block und Bleistift aus ihrem Korb und zeichnete es auf, während der Ladenbesitzer strahlte und ihr seinen Atem in den Nacken blies. Er verneigte sich, nickte und brachte schließlich ein Paar karmesinroter Pantoffeln zum Vorschein, die mit ihren hochgebogenen Spitzen zugleich hübsch und lustig waren.

»Haargenau richtig«, sagte Mrs. Stitch. »Hab's doch gleich gewusst.«

Sie schlüpfte aus den weißen Lederschuhen und steckte sie in die Tasche. Ihre Zehennägel waren rosig und glänzend poliert. Sie zog die Pantoffeln an, bezahlte und verabschiedete sich. Guy blieb an ihrer Seite. Nach drei Schritten blieb sie stehen, stützte sich leicht und duftend auf ihn und zog die anderen Schuhe wieder an.

»Die taugen nicht für die Straße«, sagte sie.

Als sie ihren kleinen Wagen wieder erreichten, war er von einer Horde Kinder besetzt, die laut auf die Hupe drückten.

»Können Sie fahren?«, fragte Mrs. Stitch.

»Nicht besonders gut.«

»Kommen Sie hier rückwärts wieder raus?«

Guy blickte von dem kleinen Wagen in die von Menschen wimmelnde Häuserschlucht.

»Nein«, sagte er.

»Ich auch nicht. Dann müssen wir jemanden herschicken, der ihn abholt. Algie hat es sowieso nicht gern, wenn ich selbst fahre. Wie spät ist es denn?«

»Viertel vor zwei.«

»Verflixt. Dann müssen wir ein Taxi nehmen. Eine Fahrt mit der Straßenbahn wäre zwar vermutlich lustiger, aber das machen wir ein andermal.«

Die für die Stitches bereitgestellte Villa lag hinter Ramleh und hinter Sidi Bishr inmitten von Zirbelkiefern und Bougainvillea. Nur die weißgekleideten Berberdiener mit der roten Schärpe um den Leib waren hier afrikanisch. Alles andere roch nach den Alpes-Maritimes. Die kleine, bunt zusammengewürfelte Gesellschaft versammelte sich auf der Veranda. Algernon Stitch hielt sich im Hintergrund. Mrs. Stitch kamen gerade zwei einheimische Millionärinnen, Schwestern, entgegen, die mit den schmeichelhaftesten Bemerkungen um sie herumschlichen.

»*Ah, chère madame, ce que vous avez l'air star, aujourd'hui.*

»Lady Stiietch, Lady Stiietch, Ihr Hut! *Je crois bien que vous n'avez pas trouvé cela en Egypte.*«

»*Chère madame, quel drôle de panier.* Ich finde ihn originell.«

»Lady Stiietch, Ihre Schuhe!«

»Für fünf Piaster, im Basar«, sagte Mrs. Stitch (sie hatte sie im Taxi wieder angezogen) und führte Guy weiter.

»*Ça, madame, c'est génial.*«

»Algie, erinnerst du dich noch an die unterirdische Kuh?«

Algernon Stitch bedachte Guy mit einem wohlwollenden Blick, der jedoch keinerlei Wiedererkennen verriet. Wenn seine Frau jemanden vorstellte, beschränkte sie sich mit Vorliebe auf Andeutungen, statt klar zu sagen, um wen es sich handelte. »Hallo«, sagte er. »Freut mich sehr, Sie wiederzusehen. Sie kennen den Oberbefehlshaber, nehme ich an.«

Die reichen Schwestern sahen einander an, wussten jedoch nicht, was das zu bedeuten hatte. Wer war dieser Offizier von unbestimmbarem Rang? *Son amant, sans doute.* Und wie hatte ihre Gastgeberin ihn bezeichnet? Als *la vache souterraine? Ou la vache au métro?* Das musste dann ein neuer, schicker Euphemismus sein. Den mussten sie sich unbedingt merken und anderswo wirkungsvoll einsetzen »… Meine Liebe, ich glaube, ihr Chauffeur ist ihre unterirdische Kuh …« Das roch ja förmlich nach der großen weiten Welt.

Außer dem Oberbefehlshaber waren noch ein Maharadscha in der Uniform eines Rotkreuzoffiziers, ein englisches Kabinettsmitglied auf Reisen und ein weltgewandter Pascha mit von der Partie. Mrs. Stitch, die sich nie sklavisch an die Etikette hielt, wies Guy den Platz zu ihrer Rechten zu, unterhielt sich jedoch hinterher ganz allgemein mit jedermann. Sie brachte ein Thema auf.

»Mahmoud Pascha, erklären Sie uns Cavafy.«

Mahmoud Pascha, der aus Monte Carlo und Biarritz vertrieben worden war, erwiderte mit größter Gelassenheit:

»Solche Fragen zu beantworten, überlasse ich lieber Ihrer Exzellenz.«

»Wer ist Cavafy? Was ist er?« Diese Frage stellte ein dunkles Auge der Schwestern dem anderen, denn beide saßen sie links und rechts von ihrem Gastgeber. Doch ihre kleinen, leuchtend roten Zungen hielten sie im Zaum.

Der Minister auf Reisen hatte, wie sich herausstellte, die gesammelten Werke im griechischen Original gelesen. Weitschweifig ließ er sich darüber aus. Die Dame rechts von Guy sagte:

»Sprechen Sie vielleicht von Konstantinos Kavafis?«, und sprach den Namen ganz anders aus als Mrs. Stitch. »Er steht heute in Alexandria nicht mehr in besonders hohem Ansehen. Er gehört der Vergangenheit an, wissen Sie.«

Der Oberbefehlshaber war niedergedrückt und hatte allen Grund dazu. Alles geriet außer Kontrolle, alles lief schief. Er aß schweigend. Schließlich sagte er:

»Ich werde Ihnen das beste Gedicht aufsagen, das je in Alexandria geschrieben wurde.«

»Rezitieren«, forderte Mrs. Stitch.

»›Man nannte mir, Herakleitos, Deinen Tod …‹«

»Das finde ich so sympathisch«, sagte die griechische Dame. »Dass alle Ihre Männer, die öffentliche Ämter bekleiden, so viel Sinn für Poesie haben. Dabei sind sie nicht einmal Sozialisten, nicht wahr?«

»Still«, sagte Mrs. Stitch.

»›… Denn der Tod nimmt alles, nur sie vermag er nicht zu nehmen.‹«

»Sehr hübsch rezitiert«, erklärte Mrs. Stitch.

»Ich kann es auf Griechisch«, sagte der Minister aus London.

»Heutzutage Griechin zu sein«, sagte die Dame neben Guy, »bedeutet zu trauern. Mein Vaterland wird gemordet.

Ich komme hierher, weil ich unsere Gastgeberin liebe. Aber Partys liebe ich im Moment nicht. Mein Herz ist bei meinem Volk in meiner Heimat. Mein Sohn ist dort, meine beiden Brüder, mein Neffe. Mein Mann ist zu alt. Er hat das Kartenspielen aufgegeben und ich die Zigaretten. Viel ist das nicht. Aber mehr können wir nicht tun. Es ist – wie würden Sie sagen: emblematisch?«

»Symbolisch.«

»Es ist symbolisch. Es hilft meinem Vaterland nicht. Es hilft uns *hier* ein wenig.« Mit diesen Worten legte sie die juwelenbesetzte Hand aufs Herz.

Der Oberbefehlshaber hörte schweigend zu. Auch sein Herz war bei den Pässen Thessaliens.

Der Maharadscha sprach vom Rennen. Er habe nächste Woche zwei Pferde in Kairo laufen.

Schließlich wurde die Tafel aufgehoben. Der Oberbefehlshaber ging zu Guy auf die Veranda hinüber.

»Zweite Halberdier?«

»Nein, Sir. Im Moment Hook-Force.«

»Ach ja. Schlimme Sache, das mit Ihrem Brigadier. Ich fürchte, Sie und Ihre Kameraden wurden etwas übergangen. Das Problem ist der Schiffstransport. Es ist immer das Gleiche. Nun, eigentlich sollte ich schon unterwegs nach Kairo sein. Wohin wollen Sie?«

»Nach Sidi Bishr.«

»Das liegt auf meinem Weg. Wollen Sie mitfahren?«

Der Adjutant wurde auf dem Beifahrersitz untergebracht. Guy nahm auf dem Rücksitz neben dem Oberbefehlshaber Platz. Sehr schnell erreichten sie das Lagertor. Guy wollte aussteigen.

»Ich fahre Sie rein«, sagte der Oberbefehlshaber.

An diesem Tag hatten die katalanischen Flüchtlinge Wachdienst. Mit finsteren, unrasierten Gesichtern drängten sie sich um den großen Wagen des Oberbefehlshabers. Sie steckten Maschinenpistolen durchs offene Fenster. Dann, nachdem sie sich überzeugt hatten, dass es sich um vorübergehende Verbündete handelte, traten sie zurück, machten das Tor auf und salutierten mit der geballten Faust.

Der Brigademajor saß im Schatten seines Zeltes auf einem Liegestuhl und rauchte, als er die Flagge am vorüberfahrenden Wagen erkannte. Er sprang zu seinem Spiegel, bückte sich, um hineinzublicken, riss sich zusammen, setzte sich den Tropenhelm wie eine Krone aufs Haupt, bewaffnete sich mit seinem Stock und verfiel in Laufschritt, als er sich dem Sandplatz näherte, auf dem Guy an diesem Morgen seine Leute hatte exerzieren lassen. Der schwere Wagen fuhr bereits weiter. Seinen Alexandria-Führer in der Hand, kam Guy auf ihn zu.

»Ach, wieder da, Crouchback? Einen Augenblick lang dachte ich schon, es sei der Wagen des Oberbefehlshabers.«

»War es auch.«

»Und was wollte er hier?«

»Er hat mich nur ein Stück mitgenommen.«

»Dem Fahrer ist es nicht erlaubt, mit der Fahne des Oberbefehlshabers zu fahren, wenn er nicht drinsitzt. Das sollten Sie wissen.«

»Er *war* drin.«

Eindringlich sah Hound Guy an.

»Sie wollen mich doch nicht auf den Arm nehmen, Crouchback, oder?«

»Das würde ich nie wagen. Der Oberbefehlshaber bat mich, ihn beim Colonel zu entschuldigen. Er wäre gern geblieben, aber er musste unbedingt weiter nach Kairo.«

»Wer schiebt heute Wache?«

»Die Spanier.«

»O Gott – sind die denn vorschriftsmäßig angetreten?«

»Nein.«

»O Gott!«

Hound stand unter großer Spannung; Stolz und Neugier lagen im Widerstreit miteinander. Die Neugierde siegte.

»Was hat er gesagt?«

»Er hat Gedichte deklamiert.«

»Sonst nichts?«

»Wir haben uns über das Problem des Truppentransports auf dem Seeweg unterhalten«, sagte Guy. »Das bereitet ihm große Sorgen.« Der Brigademajor wandte sich ab. »Übrigens«, fügte Guy noch hinzu, »ich glaube, ich habe heute Morgen einen feindlichen Agenten in der Kirche entdeckt.«

»Außerordentlich amüsant«, sagte Hound über die Schulter hinweg.

Karsamstag in Matchet; Mr. Crouchback unterbrach sein Fasten. Wie immer hatte er in dieser Zeit auf Wein und Tabak verzichtet. In den vorangegangenen Wochen waren zwei Kisten von seinem Weinhändler eingetroffen; sie waren bei der Bahnfahrt ziemlich ausgeräubert worden, doch ein paar Flaschen waren heil angekommen. Nach dem Mittagessen genehmigte Mr. Crouchback sich ein Glas Burgunder. Burgunder hatte ihm sein Weinhändler geschickt, er hätte ihn nicht selbst bestellt, trotzdem nahm er die Sendung dankbar an. Nach dem Essen stopfte er sich eine Pfeife. Jetzt, wo er kein Wohnzimmer mehr hatte, war er gezwungen, unten zu rauchen. Der Nachmittag schien warm genug, um draußen zu sitzen. Auf einer geschützten Bank oberhalb des Strandes steckte er sich die erste Osterpfeife an und dachte an das neu entzündete Licht.

Durchgangslager Nr. 6, Bezirk London, war nur dem Namen nach ein Lager. Ursprünglich war es ein großes, etwas altmodisches, aber durchaus respektables Hotel gewesen. Es strahlte immer noch eine gewisse Wohligkeit aus. Bis jetzt hatte noch keine Bombe die Fenster zerspringen lassen. Hierher schickte der Transportdienst überzählige Militäreinheiten. Hier wurde gelegentlich ein Feldgeistlicher unter strengem Arrest gehalten. Auf dieser grünen Weide hatten Trimmer und seine Abteilung sich vorläufig häuslich niedergelassen. Und hier leistete Kerstie Kilbannock ihren Kriegsdienst ab.

Kerstie war Ian eine gute Frau: ansehnlich, treu, stets gut gelaunt und sparsam. Alle hübschen Gegenstände in ihrem Hause waren Gelegenheitskäufe gewesen. Ihre Kleider waren klug ausgesucht. So manches Mal war sie in Verdacht geraten, dass sie den Rosé, den sie zum Mittagessen reichte, selbst aus den Resten des Rot- und des Weißweins zusammenmischte, der vom Abendessen übriggeblieben war; schwerere Vorwürfe wurden gegen sie jedoch nicht erhoben. Sie war in jeder Hinsicht das genaue Gegenteil ihrer Freundin Virginia Troy.

Als Ian Soldat wurde, fiel sein Einkommen um 1500 Pfund, doch Kerstie beklagte sich nicht. Sie verfrachtete ihre Söhne und schickte sie zu ihrer Großmutter aufs Land und nahm zwei Freundinnen, Brenda und Zita, in ihrem Hause als Untermieter auf. Gelegentlich brachte sie sie mit in die Kantine des Durchgangslagers Nr. 6, wo sie nichts zu bezahlen brauchten. Kerstie selbst wurde bezahlt für ihre Arbeit, nicht reichlich, aber es genügte. Die Bezahlung spielte eine untergeordnete Rolle, denn da sie nur in Overalls herumlief, umsonst essen konnte, den ganzen Tag über arbeitete und abends hundemüde war, gab sie keinen Penny aus. Als Virginia Troy, die sie zufällig bei einem Luftangriff im Dorchester Hotel kennengelernt hatte, ihr gestand, dass sie knapp bei Kasse sei und kein Dach überm Kopf habe, obgleich sie noch Wolken früheren Reichtums und männlicher Ergebenheit hinter sich herzog, nahm Kerstie auch sie in ihrem Haus an der Eaton Terrace auf: »Darling, verraten Sie Brenda und Zita ja kein Sterbenswörtchen davon, dass Sie nichts bezahlen!« Und sie brachte sie in ihrer Kantine unter – »Kein Wort davon, Darling, dass man Sie bezahlt.«

Jetzt, da diese beiden Damen, die so eine erlesene Erziehung genossen hatten, als Kellnerinnen arbeiteten, kicherten und klatschten sie über ihre Kundschaft wie richtige Kellnerinnen. Noch ehe sie zu arbeiten begann, wurde Virginia in ein paar ihrer vielen Witze eingeweiht. Hauptzielscheibe dieser Scherze war ein Offizier, auch, weil er schon so lange hier war. Sie nannten ihn ›Scottie‹. Scotties vielfältige Schrecklichkeit erfüllte sie mit Entzücken.

»Warten Sie nur, bis Sie ihn zu sehen kriegen. Warten Sie ab!«

Virginia wartete eine Woche. Alle Damen zogen die Kantine der ›höheren Ränge‹ vor, weil dort ganz allgemein bessere Manieren herrschten. Es war Ostermontag, eine Woche, nachdem Virginia dort angefangen hatte, als sie mit Kerstie zum ersten Mal eine Schicht in der Offiziersbar übernahm.

»Da kommt unser Scottie«, sagte Kerstie. Neugierig und wissenden Blicks schlenderte Trimmer durch den Raum auf sie zu. Er war sich bewusst, dass sein Erscheinen immer Spannung sowie kaum unterdrücktes Lachen erzeugte, was er seinem Charme zuschrieb.

»Guten Abend, meine Schönen«, sagte er auf seine heitere, ungezwungene Art. »Wie wär's mit einem Päckchen Player's unterm Ladentisch?«, doch als er Virginia erblickte, verstummte er plötzlich. Das verschlug ihm die Sprache, darauf war er an diesem Abend aller Abende nicht vorbereitet.

Heiter und ungezwungen, neugierig und wissend, so hatte sich Trimmer gegeben, doch das war alles nur Fassade. Denn an diesem Nachmittag hatte die Schildkröte des totalen Krieges ihn nun doch endlich eingeholt. Er war telefonisch benachrichtigt worden, dass er sich am nächsten Tag zu einer bestimmten Zeit in einem bestimmten Zimmer im H. O. O. H. Q. einfinden solle. Das konnte nichts Gutes bedeuten. In die Bar gekommen war er, um sich ein wenig anzuregen und mit ›les girls‹ zu schäkern. Und jetzt, in den Wechseljahren seines Lebens, an diesem unwahrscheinlichsten aller Orte, traf er auf ein Omen, das außerhalb jeder alltäglichen Berechenbarkeit lag. In den Tagen des Nichtstuns hatte er sehr viel über seine Eskapade mit Virginia in Glasgow nachgedacht. Soweit Trimmer zu so einer Auffassung überhaupt fähig war, stellte sie so etwas wie eine geheiligte Erinnerung dar. Jetzt wünschte er, Virginia wäre allein. Wünschte, er trüge seinen Kilt. Das hier war nicht das Zusammentreffen zweier Liebender, wie er es sich für das Ende seiner Reise manchmal ausgemalt hatte.

In diesem Augenblick des Schweigens und der Ungewissheit bedachte Virginia ihn mit einem langen, reservierten und warnenden Blick.

»Guten Abend, Trimmer«, sagte sie.

»Sie kennen sich?«, fragte Kerstie.

»Oh ja. Sehr gut sogar. Schon seit vor dem Krieg«, sagte Virginia. »Wie außerordentlich merkwürdig.«

»So merkwürdig nun auch wieder nicht, oder, Trimmer?«

Virginia war zwar, sofern dies einem Menschen überhaupt möglich ist, unfähig, Scham zu empfinden, besaß dafür aber ein untrügliches Gefühl für das, was sich schickte. Allein, weit weg, in Nebel gehüllt waren im Glasgower November gewisse Dinge ganz natürlich gewesen, die im Londoner Frühling und in der Gesellschaft von Kerstie, Brenda und Zita nicht sein durften.

Trimmer gewann seine Selbstbeherrschung zurück und hielt sich strikt an die Spielregeln. »Ich habe Mrs. Troy auf der *Aquitania* immer die Haare gemacht«, sagte er.

»Wirklich? Ich bin auch einmal auf der *Aquitania* nach drüben gefahren, aber ich erinnere mich nicht an Sie.«

»Ich war damals sehr darauf bedacht, welche Kundinnen ich bediente und welche nicht.«

»Da hast du dein Fett weg, Kerstie«, sagte Virginia. »Zu mir war er immer wie ein Engel. Damals nannte er sich Gustave. Eigentlich heißt er Trimmer.«

»Das finde ich aber wirklich süß. Hier sind Ihre Zigaretten, Trimmer.«

»Danke. Auch eine?«

»Nicht im Dienst.«

»Nun, wir sehen uns noch.«

Ohne sie eines weiteren Blicks zu würdigen, schlenderte er hinaus; er war zwar wie vor den Kopf geschlagen, doch ließ er sich nicht das Geringste anmerken. Hätte er doch seinen Kilt angehabt.

»Ich muss schon sagen«, erklärte Kerstie, »damit ist unser Witz aber kein Witz mehr. Ich meine, es hat überhaupt nichts Lustiges mehr, dass er so ist, wie er ist, wenn man weiß, was er ist – oder? –, falls du verstehst, was ich meine.«

»Ich verstehe genau, was du meinst.«

»Eigentlich ist es dann alles sehr reizend von ihm.«

»Ja.«

»Das muss ich unbedingt Brenda und Zita erzählen! Dagegen hat er doch bestimmt nichts, oder? Ich meine, er wird doch jetzt nicht aus unserem Leben verschwinden, wo wir sein Geheimnis kennen?«

»Trimmer nicht«, sagte Virginia.

Am nächsten Morgen um zehn Uhr sah General Whale Trimmer traurig an und sagte:

»McTavish, wie sieht es mit Ihrer Bereitschaft aus?«

»Wie meinen Sie das, Sir?«

»Ist Ihre Abteilung vollständig, und sind Sie bereit, sich augenblicklich in Marsch zu setzen?«

»Ja, Sir, ich denke schon.«

»Sie denken schon?«, sagte der Generalstabsoffizier II. Grades, der G.S.O. II (Planung). »Wann haben Sie sie zuletzt inspiziert?«

»Nun, eine regelrechte Inspektion haben wir eigentlich noch nie durchgeführt.«

»Lassen wir das, Charles«, unterbrach ihn General Whale. »Ich glaube, damit brauchen wir uns im Moment nicht zu befassen. McTavish, ich habe gute Nachrichten für Sie. Behalten Sie das für sich. Ich schicke Sie auf ein kleines Sonderunternehmen.«

»Jetzt, Sir? Heute noch?«

»Die Navy muss nur noch ein U-Boot bereitstellen, aber allzu lange werden Sie nicht warten müssen, hoffe ich. Fahren Sie heute Abend noch nach Portsmouth. Stellen Sie eine Liste der Sprengstoffe zusammen, die Sie brauchen, und sprechen Sie das dort mit dem Materiallager ab. Ihren Leuten sagen Sie, es handelt sich um eine Routineübung. Alles klar?«

»Jawohl, Sir. Ich denke, schon, Sir.«

»Gut. Dann gehen Sie jetzt mit Major Albright rüber ins Planungszimmer, wo er Sie ins Bild setzen wird. Kilbannock wird Sie begleiten, aber ausschließlich als Beobachter, verstehen Sie. Das Unternehmen läuft unter Ihrem Kommando. Verstanden?«

»Ja, ich denke schon, Sir. Vielen Dank!«

»Nun, falls wir uns nicht wiedersehen: Hals- und Beinbruch!«

Nachdem Trimmer dem G.S.O.II. (Planung) gefolgt war und mit Ian Kilbannock das Zimmer verlassen hatte, sagte General Whale zu seinem Adjutanten: »Nun, er hat es recht gelassen aufgenommen.«

»Ich würde sagen, er hatte auch kaum Möglichkeit, was dagegen zu sagen.«

»Richtig. Aber das hat McTavish schließlich nicht gewusst.«

Trimmer blieb, während er ›ins Bild gesetzt wurde‹, ganz ruhig. Es kam nicht von ungefähr, überlegte Ian Kilbannock, während er den Ausführungen des G.S.O.II. (Planung) lauschte, dass der Gebrauch der Redewendung ›jemanden ins Bild setzen‹, genau zu einer Zeit Mode geworden war, in der alle Maler in der Welt endlich alle Klarheit und Deutlichkeit hatten fahren lassen. Der G.S.O.II (Planung) hatte ein kleines Plastikmodell des Ziels der Operation Popgun vor sich sowie Luftaufnahmen und Abschriften von Lotsenanweisungen. Er sprach von Gezeiten und Strömungen, Mondphasen, Sprengladungen, Zündschnüren und Sprengkapseln. Er stellte einen Marschbefehl aus. Mit den korrekten Abkürzungen nannte er jene Navy-Dienststelle, bei der die Mannschaft der Operation Popgun sich melden sollen, gab die Abfahrtszeit des Zuges nach Portsmouth an und die Adresse, wo sie übernachten sollten. Eindringlich schärfte er Trimmer ein, wie wichtig die ›Geheimhaltung‹ des Unternehmens sei, und Trimmer hörte ihm offenen Mundes, doch nicht eingeschüchtert zu, wie in einem Traum. Ihm war, als forderte man ihn auf, in der Oper einen Solopart zu singen oder beim Derby den Favoriten zu reiten. Jede Versetzung vom Durchgangslager Nr. 6 war eine Verschlechterung, doch er war an diesem Morgen bereits mit der festen Überzeugung hergekommen, dass es mit den paradiesischen Zuständen nun vorbei sei. Er hatte bestenfalls erwartet, man würde ihn in den Nahen Osten schicken, damit er wieder zur Hook-Force stoße, schlimmstenfalls, dass man ihn zu seinem Regiment nach Island schicken würde.

Popgun kam ihm daher eher wie ein Jux vor.

Nachdem die Besprechung vorüber war, sagte Ian: »Die Presse möchte bestimmt etwas über Ihre Herkunft und so weiter erfahren, sobald diese Geschichte freigegeben wird. Können Sie sich nicht etwas möglichst Farbenprächtiges ausdenken?«

»Ich weiß nicht. Vielleicht.«

»Nun, setzen wir uns doch heute Abend zusammen. Kommen Sie vor Ihrer Abfahrt in mein Haus, und wir trinken ein Glas zusammen. Jetzt haben Sie vermutlich eine Menge zu tun.«

»Ja, das habe ich wohl.«

»Sie haben doch hoffentlich Ihre Abteilung immer noch beisammen, oder?«

»Nicht ganz. Ich meine, sie müssen hier irgendwo sein.«

»Nun, da machen Sie sich besser auf die Socken und suchen sie, was?«

»Ja, das sollte ich wohl«, sagte Trimmer düster.

Es war der Tag, an dem die Damen im Haus an der Eaton Terrace immer freihatten. Kerstie hatte für eine Aushilfe gesorgt, so dass sie alle zusammen freihatten. Sie schliefen lange, aßen in irgendwelchen Hotels zu Mittag, erledigten ihre Einkäufe und gingen abends mit Männern aus. Um halb sieben waren sie alle zu Hause. Alles war verdunkelt, das Feuer im Kamin brannte. Fliegeralarm hatte es heute noch nicht gegeben. Brenda und Zita waren noch im Morgenrock. Zita hatte sich die Haare aufgedreht und den Kopf mit einem Handtuch umwickelt. Brenda lackte Kerstie die Fußnägel. Virginia war noch in ihrem Zimmer. Da trat Ian ein.

»Haben wir irgendwas zu essen?«, fragte er. »Ich habe jemanden mitgebracht, mit dem ich reden muss, und er darf um halb neun seinen Zug nicht verpassen.«

»So, so, so«, sagte Trimmer, der hinter ihm eintrat. »Was für eine Überraschung für alle Beteiligten.«

»Captain McTavish«, sagte Ian, »vom Kommando X.«

»Oh, wir kennen ihn doch.«

»Wirklich? Sie kennen sich?«

»Blicken Sie auf zu einem Helden«, sagte Trimmer. »Gerade auf dem Weg in den Tod oder zum Ruhm. Sehe ich es richtig, dass eine von euch Hübschen mit diesem edlen Spross des Britischen Empire verheiratet ist?«

»Ja«, sagte Kerstie. »Ich.«

»Was hat das alles zu bedeuten?«, fragte Ian verwirrt.

»Wir sind nur alte Freunde, die sich unverhofft wiedersehen.«

»Es ist nichts zu essen da«, sagte Kerstie, »höchstens ein ganz besonders widerwärtig aussehender Fisch. Brenda und Zita gehen aus, und Virginia sagt, sie möchte nichts. Wir haben nur noch ein wenig Gin.«

»Dann lebt Mrs. Troy auch hier?«, fragte Trimmer.

»Oh ja. Wir alle vier. Ich werde sie rufen.«

Kerstie ging an die Tür und rief: »Virginia, schau mal, wer da ist.«

»Irgendwas will hier gerade nicht in meinen Kopf«, sagte Ian.

»Macht nichts, Darling. Gib Trimmer ein Glas Gin.«

»Trimmer?«

»So nennen wir ihn.«

»Ich glaube, ich bleibe lieber doch nicht«, sagte Trimmer, plötzlich ganz unsicher bei dem Gedanken an Virginias Nähe.

»Ach, Unsinn«, sagte Ian. »Ich muss Sie eine ganze Menge fragen. Vielleicht bleibt uns dazu in Portsmouth keine Zeit.«

»Was um alles in der Welt willst du denn mit Trimmer in Portsmouth?«

»Ach, nichts Besonderes.«

»Wirklich, die sind heute aber sonderbar.«

Dann gesellte sich Virginia zu ihnen, eingehüllt in ein Badetuch.

»Was ist denn?«, sagte sie. »Gäste? Ach, Sie schon wieder? Sie kommen ziemlich rum, nicht wahr?«

»Ich bin gerade am Gehen«, sagte Trimmer.

»Virginia, warum bist du nicht ein bisschen netter zu ihm? Er ist auf dem Weg zum Tod oder zum Ruhm, sagt er.«

»Das war doch nur ein Witz«, sagte Trimmer.

»Natürlich«, sagte Virginia.

»*Virginia!*«, sagte Kerstie.

»Ich kann auch in der Kantine einen Happen essen«, sagte Trimmer. »Ich sollte sowieso hin, um sicherzugehen, dass mich keiner meiner Leute im Stich lässt.«

Ian kam zu dem Schluss, dass er vor einem Geheimnis stand, das er genau wie so viele andere, ob Krieg oder Frieden, nicht ergründen konnte.

»Na schön«, sagte er. »Wenn Sie unbedingt müssen. Dann treffen wir uns morgen am Hafen. Ich fürchte nur, hier bekommen Sie kein Taxi.«

»Es ist ja nicht weit.«

So entschwand Trimmer draußen im Dunkeln, und die Sirenen stimmten ihr Klagelied an.

»Nun, ich muss schon sagen«, erklärte Ian, als er zu ihnen zurückkehrte. »Das war alles sehr peinlich. Was habt ihr denn bloß alle?«

»Er ist ein Freund von uns. Aber wir haben ihn nicht hier erwartet. Das ist alles.«

»Ihr wart nicht gerade sehr einladend.«

»Er kennt unsere Art schon.«

»Ich geb's auf«, sagte Ian. »Wie wär's mit diesem schrecklichen Fisch?«

Doch später, als Kerstie und er allein in ihrem Zimmer waren, packte sie aus.

»… und was noch toller ist«, schloss sie, »wenn du mich fragst, da stimmt irgendwas nicht zwischen ihm und Virginia.«

»Was meinst du – stimmt nicht zwischen ihnen?«

»Aber Darling, was soll schon sein, wenn zwischen Virginia und irgendwem was nicht stimmt?«

»Oh, aber das ist unmöglich!«

»Wenn du meinst, Darling.«

»Virginia und McTavish?«

»Ja und? Ist dir nicht auch aufgefallen, dass zwischen ihnen irgendwas nicht stimmt?«

»Irgendwas stimmte nicht – aber bei euch allen, wie mir schien.«

Nach einer Pause sagte Kerstie: »Waren die Bomben eben nicht ziemlich nahe?«

»Nein, das glaube ich nicht.«

»Wollen wir runtergehen?«

»Wenn du meinst, du schläfst dann besser?«

Sie trugen ihr Bettzeug hinunter in die Souterrainküche, wo an den Wänden eiserne Bettgestelle aufgestellt waren. Brenda, Zita und Virginia schliefen dort bereits.

»Es ist wichtig, dass er Friseur gewesen ist. Das ist eine großartige Geschichte.«

»Darling, du willst doch nicht etwa über unseren Trimmer schreiben?«

»Vielleicht doch«, sagte Ian. »Man kann nie wissen. Vielleicht doch.«

Im Lager von Sidi Bishr, in der Schreibstube der Brigade, sagte Tommy Blackhouse:

»Guy, was höre ich da – du lässt dich mit Spionen ein?«

»Wie bitte?«, fragte Guy.

»Ich habe einen vertraulichen Bericht vom Geheimdienst bekommen. Sie haben einen Verdächtigen, einen elsässischen Priester, den sie beschatten. Und sie haben dich als einen seiner Kontakte identifiziert.«

»Der fette Junge mit dem Besen?«, sagte Guy.

»Nein, nein, ein katholischer Priester.«

»Ich meine, war es ein fetter Junge mit einem Besen, der mich gemeldet hat?«

»In der Regel legen sie kein Porträt von ihren Informanten bei.«

»Es stimmt, Samstag bin ich in Alexandria zur Beichte gegangen. Das gehört zu den Dingen, die wir Katholiken ab und zu tun müssen.«

»Das ist mir bekannt. Aber in diesem Bericht heißt es, du wärest zum Haus gegangen, in dem er lebt, und hättest versucht, ihn aus der Schule rauszuholen.«

»Ja, das stimmt.«

»Komisch! Wieso denn?«

»Weil er meiner Meinung nach ein Spion war.«

»Ja, das war er.«

»Das dachte ich eben.«

»Hör mal zu, Guy – das könnte eine ernste Sache sein. Warum, zum Teufel, hast du das denn nicht gemeldet?«

»Habe ich ja sofort getan!«

»Wem?«

»Dem Brigademajor.«

Major Hound, der an einem Tisch in der Nähe saß und sich

die Hände rieb, als er sah, wie Guy abgekanzelt wurde, fuhr bei dieser Bemerkung zusammen.

»Ich habe keine Meldung erhalten«, sagte er.

»Aber ich habe es gemeldet«, sagte Guy. »Erinnern Sie sich denn nicht mehr?«

»Nein, ganz bestimmt nicht.«

»Ich habe es Ihnen doch selbst gesagt.«

»Wenn, dann wäre sicherlich eine Aktennotiz in meinen Unterlagen. Ich habe heute Morgen, ehe Sie kamen, alles noch einmal durchgesehen.«

»An dem Tag, an dem der Oberbefehlshaber mich in seinem Wagen mitgenommen hat.«

»Ach«, sagte Hound betroffen. »Das? Und ich dachte, Sie wollten mich auf die Schippe nehmen!«

»Um alles in der Welt«, sagte Tommy. »Hat Guy nun Meldung gemacht oder nicht?«

»Ich glaube, er hat was gesagt«, erklärte Major Hound. »Aber nicht auf dem regulären Dienstweg.«

»Und Sie haben nichts unternommen?«

»Nein. Es war ja keine offizielle Meldung.«

»Nun, dann setzen Sie sich besser hin und schreiben einen offiziellen Bericht an diese Scherzkekse – und lassen Guy draußen.«

»Zu Befehl, Colonel.«

Und so schrieb Major Hound im geschliffensten Stabs-College-Englisch, Captain Crouchback sei vernommen worden, und der Stellvertretende Kommandeur der Hook-Force sei überzeugt, dass von Seiten dieses Offiziers keinerlei Verletzung der Sicherheitsbestimmungen begangen worden sei. Dieser Brief wurde zusammen mit der eigentlichen Meldung vervielfältigt und verteilt und gelangte auf diese Weise in zahllose Stahlschränke. Irgendwann erreichte er auch Colonel Grace-Groundling-Marchpole in London.

»Legen wir das unter ›Crouchback‹ ab?«

»Ja, und gleichzeitig auch unter ›Box-Bender‹ und unter ›Mugg‹. Da passt eines zum anderen«, sagte er sanft und in heimlicher Freude über die Harmonie, die einer Welt zugrunde lag, in der weniger scharfsichtige Geister nur Chaos zu entdecken vermochten.

4

Trimmer und seine Abteilung lagen lange in Portsmouth. Die Navy war gastfreundlich und nicht neugierig, und ließ sich nicht hetzen. Ian pendelte nach Lust und Laune zwischen Portsmouth und London hin und her. Die Damen in seinem Haus konnten sich vor lauter Fragen gar nicht beruhigen – Trimmer war zum Thema Nr. 1 bei ihnen geworden.

»Ihr werdet davon erfahren, wenn es so weit ist«, sagte Ian und fachte ihr Interesse durch diese Bemerkung umso mehr an.

Trimmers Sergeant verstand ein bisschen was vom Sprengen. Auf einem eingezäunten Gelände in den Bergen machte er eine erfolgreiche kleine Versuchssprengung. Das Experiment wurde einen oder zwei Tage später im Beisein des G.S.O. II (Planung) vom H.O.O.H.Q. wiederholt, wobei sich einer der Männer verletzte und nicht mehr einsatzfähig war. Eines Tages wurde die Popgun-Force auf ein Unterseeboot verfrachtet, und Trimmer erklärte seinen Leuten, worum es bei ihrer Operation ging. Eine Stunde später wurden sie wieder an Land gesetzt, da Berichte von neuen Minengürteln im Kanal eingegangen waren. Von dieser Zeit an standen sie praktisch unter Arrest in der Navy-Kaserne. Trimmers Bursche, ein Mann, der schon lange als aufrührerisches Element gegolten hatte, nahm die Gelegenheit wahr, um zu desertieren. Diese Nachricht wurde beim H. O. O. H. Q. schlecht aufgenommen.

»Genau genommen, Sir«, erklärte der G. S. O. II (Planung), »sollte Popgun abgeblasen werden. Die Geheimhaltung ist nicht mehr gewährleistet.«

»Es ist nicht der richtige Zeitpunkt, etwas genau zu nehmen«, sagte der D. L. F., der Leiter der Landstreitkräfte des H. O. O. »… Geheimhaltung …«

»Richtig, Sir. Ich meine nur, dass McTavish ziemlich dumm dasteht, wenn er feststellt, dass der Feind ihn bereits erwartet.«

»Für meine Begriffe steht er auch jetzt schon ziemlich dumm da.«

»Jawohl, Sir. Ziemlich.«

So begab sich die Popgun-Force – das heißt, Trimmer, sein Sergeant, fünf Mann und Ian – wieder an Bord des U-Bootes. Selbst jetzt, mit einem Mann weniger, schienen sie immer noch zu viele zu sein.

Sie legten gegen Mittag ab. Das Schiff tauchte, und augenblicklich hörte jedes Gefühl für Bewegung, ja, überhaupt das Gefühl, auf See zu sein, auf. Wie bei einer Fahrt mit der U-Bahn, dachte Ian, wenn man in einem Tunnel steckenbleibt.

Ihn und Trimmer hatte man aufgefordert, es sich in einer unbequemen kleinen Kammer bequem zu machen, die Offiziersmesse genannt wurde. Der Sergeant hielt sich in der Mannschaftsmesse auf. Die Männer hatte zwischen den Torpedos Platz gefunden.

»Wir werden erst nach Einbruch der Dunkelheit wieder auftauchen können«, sagte der Captain. »Vermutlich wird es Ihnen bis dahin ziemlich eng hier vorkommen.«

Nach dem Mittagessen verteilte der Dritte Offizier ein Mittel gegen Kohlendioxyd-Vergiftung.

»Ich an Ihrer Stelle würde versuchen, etwas zu schlafen«, sagte er.

Ian und Trimmer legten sich auf den harten, gepolsterten Sitzen hin und schliefen.

Beide erwachten mit Kopfschmerzen, als die Schiffsoffiziere sich zum Abendessen versammelten.

»In etwa einer Stunde müssten wir bei Ihrer Insel sein«, sagte der Kapitän.

Nach dem Essen kehrten die Seeleute zurück in den Kontroll- und den Maschinenraum. Ian trank. Trimmer verfasste einen Brief. Das Schreiben fiel ihm ohnehin nicht leicht, und dieser Brief war besonders schwer:

Ich lasse diesen Brief zurück, damit er an Dich geschickt wird, falls ich nicht zurückkomme. Weißt Du, es war eben doch kein Witz, als ich sagte, es gehe um den Tod oder Ruhm. Ich möchte, dass Du weißt, dass ich bis zuletzt an Dich gedacht habe. Seit wir uns wiedergesehen haben, wusste ich, dass ich endlich die Richtige gefunden hatte. Es war gut, solange es dauerte ...

Er schrieb drei Seiten seines Meldeblocks voll. Nach einiger Überlegung unterschrieb er mit ›Gustave‹, las den Brief noch einmal und beschwor, während er das tat, das Bild von Virginia herauf, wie er sie am Nachmittag seiner Flucht aus Glasgow gesehen und wie er sie dann in London wiedergetroffen hatte; nicht so sehr das Bild von Virginia, wie er sie gesehen hatte, sondern vielmehr so, wie offenbar sie ihn gesehen hatte. Hinterher las er den Brief unter dem Eindruck ihrer verächtlich blickenden Augen noch einmal durch, und jenes kleine bisschen Weisheit, das tief in Trimmer verborgen lag, gewann die Oberhand. Es ging einfach nicht – nicht bei Virginia. Er faltete die Seiten zusammen, zerriss sie und ließ die Fetzen auf den Stahlboden flattern.

»Ich glaube, ich könnte einen Schluck vertragen«, sagte er zu Ian.

»Nein, nein. Später. Sie haben eine verantwortungsvolle Aufgabe vor sich.«

Die Zeit verging im Schneckentempo. Endlich dann eine plötzliche Belebung. »Was ist das?«

»Frischluft.«

Gleich darauf kam der Kapitän herein und sagte: »Nun, dies ist der Zeitpunkt, an dem wir angekommen sein müssten.«

»Soll ich gehen und meine Leute wecken?«

»Nein, lassen Sie sie. Ich bezweifle, dass Sie heute Nacht landen können.«

»Und warum um alles in der Welt nicht?«, fragte Ian.

»Es sieht so aus, als hätte ich Ihre verdammte Insel verpasst.«

Damit verließ er sie.

»Was, zum Teufel, hat er jetzt vor?«, rief Trimmer. »Wir können doch jetzt nicht mehr zurück. Sie werden alle desertieren, wenn sie versuchen, uns wieder in der Kaserne einzusperren.«

Der ›Dritte‹ kam in die Offiziersmesse.

»Was ist los?«, fragte Ian.

»Nebel.«

»Aber mit den ganzen technischen Geräten werden Sie doch wohl noch eine kleine Insel finden können?«

»Man sollte es meinen. Vielleicht finden wir sie ja auch noch. Weit weg können wir nicht sein.«

Das U-Boot war aufgetaucht und die Einstiegsluke offen. Die Nacht war nach besten meteorologischen Voraussetzungen ausgewählt worden. Die kleine menschenleere Insel hätte im hellen Licht des Halbmonds daliegen müssen. Nur war an diesem Abend vom Mond nichts zu sehen – keine Sterne, nur Nebel.

Eine halbe Stunde verging. Das Schiff schien in dem ruhigen Gewässer nur zu schleichen. Der Kapitän kehrte in die Offiziersmesse zurück.

»Tut mir leid, aber es sieht so aus, als müssten wir's aufgeben. Selbstverständlich besteht die Möglichkeit, dass der Nebel sich genauso schnell wieder hebt, wie er gekommen ist. Uns bleibt ja immer noch etwas Zeit.«

Ian goss sich das Glas voll. Bald fing er an zu gähnen. Als er dann wieder zu sich kam, war der Kapitän wieder da.

»Okay«, sagte er. »Wir haben Glück. Alles ist klar wie bei Tag, und Ihre Insel liegt direkt vor uns. Ich würde sagen, Ihnen bleiben anderthalb Stunden für Ihre Aufgabe.«

Trimmer und Ian wurden wach.

Matrosen schleppten vier kleine Schlauchboote aufs nächtliche Deck und pumpten sie mit Pressluft auf. Die Sprengstoffe wurden heruntergelassen. Die Mannschaft der Popgun-Force saß zu zweit in den Booten, die sanft an der Bordwand auf und ab wogten. In etwa hundert Meter Entfernung lagen niedrige Felsen vor ihnen. Die Popgun-Force paddelte an Land.

Die Befehle waren bis in die Einzelheiten durchgesprochen und unmissverständlich. Zwei Mann – die Strandgruppe – sollten bei den Booten bleiben. Der Sergeant sollte den Sprengstoff an Land schaffen und warten, während Trimmer und Ian einen Erkundungsgang zum Leuchtturm machten, der auf dem höchsten Punkt der Insel, etwa eine halbe Meile vom Ufer entfernt, aufragen musste. Die ganze Zeit über würden sie alle in Sichtweite ihrer Signallampen operieren.

Als Ian ein wenig unbeholfen über die breite Außenwulst des Schlauchboots kletterte und knietief im Wasser stand, in dem sanft der äußerste Rand eines Tangfeldes wogte, spürte er wohltuend die Wirkung des Whiskys in seinen Eingeweiden. Er war kein Mensch, der schnell Zuneigung zu anderen fasste.

Bis jetzt hatte er Trimmer nicht sonderlich gemocht. Auch hatte ihn die künstliche Wichtigkeit gestört, die ihn an der Eaton Terrace umgeben hatte. Doch jetzt spürte er, dass ihn so etwas wie Waffenbrüderschaft mit ihm verband.

»Oben bleiben, altes Haus«, sagte er laut und jovial, denn Trimmer war der Länge nach ins Wasser gefallen.

Er half ihm beim Aufstehen. Hand in Hand betraten er und Trimmer feindlichen Boden. Popgun-Force hatte auf dem Strand Fuß gefasst.

»Einverstanden, wenn wir weiterrauchen, Sir?«, fragte der Sergeant.

»Ich glaub schon«, sagte Trimmer. »Ich sehe eigentlich keinen Grund, warum nicht. Würde mir selbst gern eine anzünden.«

Kleine Flammen sprühten am Strand auf.

»Tja, Sergeant, dann mal weiter nach Plan.«

Die Klippen stellten kein Problem dar. Sie waren an etlichen Stellen auseinandergebrochen, und grasbewachsene Böschungen führten zwischen ihnen hinauf. Trimmer und Ian stiegen forsch höher.

»Eigentlich müssten wir den Turm am Horizont sehen«, klagte Trimmer. »Aber es sieht alles wesentlich flacher aus als auf dem Modell.«

»›Flach wie Norfolk, flach wie ein Brett‹«, erklärte Ian mit Bühnenstimme.

»Was um alles in der Welt meinen Sie?«

»Tut mir leid, ich habe bloß aus meinem Lieblingsstück zitiert.«

»Was hat denn das damit zu tun?«

»Wohl gar nichts.«

»Ich hab ja nichts gegen ein bisschen Spaß. Aber das hier ist blutiger Ernst.«

»Nicht für mich, Trimmer.«

»Sie sind betrunken.«

»Noch nicht. Aber ich schätze, ehe die Nacht vorbei ist, bin ich's. Ich dachte, ich bringe sicherheitshalber mal eine Flasche mit an Land.«

»Hm, dann hätt ich auch gern einen Schluck.«

»Noch nicht, altes Haus. Ich denke nur an Sie. Noch nicht.«

Er stand im trügerischen Mondlicht da und trank weiter. Trimmer schaute sich ängstlich um. Die leisen Laute der Operation Popgun, das Wispern der Brandung, das Murmeln der Sprengmannschaft und der schwere Atem der beiden Offiziere bei ihrem Aufstieg wurden auf schreckliche Weise von einer durchdringenden und nicht allzu weit entfernten, fremden Stimme unterbrochen. Die beiden Offiziere blieben wie angewurzelt stehen.

»Um Gottes willen«, sagte Trimmer. »Was ist das? Hörte sich an wie ein Hund.«

»Vielleicht ein Fuchs.«

»Bellen Füchse denn so?«

»Glaube ich nicht.«

»Ein Hund kann es nicht sein.«

»Ein Wolf?«

»Jetzt versuchen Sie bloß nicht, Witze zu machen.«

»Sind Sie allergisch gegen Hunde? Ich hatte eine Tante …«

»Wo keine Menschen sind, gibt es auch keine Hunde.«

»Oh, verstehe, was Sie meinen. Wenn ich darüber nachdenke, habe ich wohl irgendwo gelesen, dass die Gestapo Bluthunde einsetzt.«

»Das gefällt mir ganz und gar nicht«, sagte Trimmer. »Was zum Teufel machen wir jetzt?«

»Das Kommando führen Sie, altes Haus. Ich an Ihrer Stelle würde einfach weiter vordringen.«

»Wirklich?«

»Ganz bestimmt.«

»Aber Sie sind betrunken.«

»Richtig. Und wenn ich an Ihrer Stelle wäre, würde ich mich jetzt auch betrinken.«

»O mein Gott, wenn ich nur wüsste, was wir tun sollen.«

»Weitermachen, altes Haus. Ist schon wieder alles ruhig. Vielleicht haben wir uns das alles bloß eingebildet.«

»Meinen Sie?«

»Nehmen wir einfach an, dass es so ist. Vorwärts!«

Trimmer zog die Pistole und ging weiter. Sie erreichten den Kamm der grasbewachsenen Böschung und erkannten eine halbe Meile seitlich von ihnen etwas Dunkles, das sich schwarz von der silbrigen Landschaft abhob.

»Da haben Sie Ihren Turm«, sagte Ian.

»Für meine Begriffe sieht es aber nicht wie ein Turm aus.«

»›Das Mondlicht kann arg trügerisch sein, Amanda‹«, sagte Ian mit einer Noel-Coward-Stimme. »Vorwärts!«

Vorsichtig gingen sie weiter. Plötzlich fing der Hund wieder an zu bellen, und Trimmer feuerte aus Schreck seine Pistole ab. Die Kugel schlug zwar bereits wenige Schritte vor ihnen in die Grasnarbe ein, aber der Knall war ohrenbetäubend. Beide Offiziere warfen sich mit dem Gesicht zu Boden.

»Warum, um alles in der Welt, haben Sie das getan?«, fragte Ian.

»Glauben Sie etwa, das war Absicht?«

In dem Gebäude vor ihnen ging ein Licht an. Ian und Trimmer lagen auf dem Bauch. Auch im Untergeschoss war nun Licht. Eine Tür ging auf, eine große Frau stand deutlich sichtbar auf der Schwelle, in der einen Hand eine Lampe, in der anderen ein Gewehr. Der Hund bellte wie verrückt. Eine Kette rasselte.

»Mein Gott, sie lässt ihn los«, sagte Trimmer. »Ich hau ab!«

Er erhob sich und rannte zurück, Ian folgte ihm auf den Fersen.

Sie gerieten an einen Drahtzaun, kletterten hastig hinüber und rannten ein steiles Ufer hinab.

»*Sales Boches!*«, brüllte die Frau und feuerte beide Läufe in ihre Richtung ab. Trimmer ging zu Boden.

»Was ist geschehen?«, fragte Ian, als er bei dem Stöhnenden anlangte. »Sie kann Sie doch unmöglich getroffen haben.«

»Ich bin über etwas gestolpert.«

Ian stand schwer atmend da. Der Hund schien sie nicht zu verfolgen. Ian sah sich um.

»Ich kann Ihnen sagen, worüber Sie gestolpert sind. Über ein Gleis. Das hier ist eine Eisenbahnstrecke.«

»Eine Bahnstrecke?« Trimmer setzte sich auf. »Bei Gott, Sie haben recht.«

»Und soll ich Ihnen noch was sagen? Da, wo wir eigentlich sein sollten, gibt es keine Eisenbahn.«

»O Gott«, sagte Trimmer. »Wo sind wir bloß?«

»Ich glaube fast, wir befinden uns auf dem französischen Festland. Irgendwo in der Gegend von Cherbourg, würde ich sagen.«

»Haben Sie die Flasche noch?«

»Selbstverständlich.«

»Geben Sie sie mir.«

»Immer mit der Ruhe, altes Haus. Einer von uns sollte nüchtern bleiben, und zwar nicht ich.«

»Ich glaube, ich hab mir was gebrochen.«

»Nun, ich würde hier nicht lange sitzen bleiben. Ein Zug kommt.«

Durch die Schienen kündigte sich das Rattern eines sich nähernden Zuges an. Ian half Trimmer auf. Der stöhnte, humpelte ein paar Schritte und sank dann wieder zu Boden. Gleich darauf kamen Lichter und Funken einer Lokomotive in Sicht, und wenige Augenblicke später rollte langsam ein Güterzug vorüber. Ian und Trimmer drückten das Gesicht an den verrußten Bahndamm. Erst, als der Zug nicht mehr zu sehen und fast auch nicht mehr zu hören war, wagten sie wieder zu sprechen. Ian sagte: »Wissen Sie, dass seit unserer Landung erst sechzehn Minuten vergangen sind?«

»Das sind sechzehn verdammte Minuten zu viel.«

»Wir haben reichlich Zeit, an den Strand zurückzukommen. Nur keine Aufregung. Ich glaube, wir machen besser einen kleinen Umweg. Der Anblick der Alten mit der Flinte hat mir gar nicht gefallen.«

Trimmer erhob sich und stützte sich auf Ian.

»Vielleicht habe ich mir doch nichts gebrochen.«

»Selbstverständlich nicht.«

»Warum ›selbstverständlich‹? Es wäre doch durchaus möglich gewesen. Das war schon ein höllischer Sturz.«

»Hören Sie, Trimmer, wir haben keine Zeit, uns zu streiten. Ich bin heilfroh, dass Sie unverletzt sind. Jetzt schreiten Sie mal aus, vielleicht sind wir dann gleich zu Hause.«

»Mir tut alles weh, es schmerzt wie die Hölle.«

»Ja, das verstehe ich. Das geht schnell vorbei. Verdammt noch mal, man könnte meinen, *Sie* wären betrunken und nicht ich.«

Sie brauchten fünfundzwanzig Minuten, bis sie die Schlauchboote erreichten. Trimmers gebeutelter Körper schien sich zu erholen, je weiter sie gingen. Gegen Ende ihres Marsches schritt er wieder rasch und kräftig aus; was ihm zu schaffen machte, war die Kälte. Er klapperte mit den Zähnen, und nur sein ausgeprägtes Pflichtgefühl hinderte Ian daran, ihm vom Whisky anzubieten. Sie kamen an die Stelle, wo sie die Sprengmannschaft zurückgelassen hatten, fanden sie jedoch verlassen.

»Ich nehme an, sie haben Reißaus genommen, als sie meinen Schuss hörten«, sagte Trimmer. »Kann ich ihnen nicht verdenken.«

Als sie zum Wasser kamen, fanden sie alle vier Schlauchboote mit ihren Wachen vor. Doch von den anderen keine Spur.

»Sie sind weiter landeinwärts gegangen, Sir, nachdem der Zug vorüberkam.«

»*Landeinwärts?*«

»Jawohl, Sir.«

»Oh!« Trimmer zog Ian beiseite und fragte ängstlich: »Und was machen wir jetzt?«

»Uns hinsetzen und warten.«

»Meinen Sie nicht, wir könnten zurück aufs Schiff und überlassen es ihnen selbst, uns zu folgen?«

»Nein.«

»Nein. Geht wohl nicht. Verdammt! Es ist schon scheußlich kalt hier.«

Alle zwei Minuten sah Trimmer auf die Uhr; er zitterte und nieste.

»Laut Einsatzbefehl sollen wir um ein Uhr wieder zurück sein.«

»Wir haben noch massig Zeit.«

»Verflucht!«

Der Mond ging unter. Bis zur Morgendämmerung war es noch weit.

Irgendwann sagte Trimmer: »Null Uhr zweiundfünfzig. Ich bin ein einziger Eisklumpen. Was denkt sich der Sergeant eigentlich dabei, auf eigene Faust loszuziehen? Er hatte Befehl, auf Befehl zu warten. Er hat es sich selbst zuzuschreiben, wenn er zurückbleibt.«

»Geben Sie ihm bis ein Uhr Zeit!«

»Ich wette, die Alte hat Alarm geschlagen! Wahrscheinlich hat man sie gefangen genommen. Vermutlich wartet in diesem Augenblick schon eine Meute von Gestapoleuten auf uns – mit Bluthunden … null Uhr neunundfünfzig.«

Er nieste. Ian genehmigte sich einen Schluck.

»Da, mein lieber Watson – wenn ich mich nicht irre, kommen da unsere Klienten – ihre oder unsere Leute.«

Leise näherten sich Schritte. Eine abgeblendete Taschenlampe blinkte das Signal.

»Dann nichts wie los«, sagte Trimmer und begrüßte seine zurückkehrenden Leute gar nicht erst.

Ein Blitz, und hinter ihnen, weiter landeinwärts, kam es zu einer Explosion.

»O Gott«, sagte Trimmer, »zu spät!«

Er wankte aufs Boot zu.

»Was war das denn?«, fragte Ian den Sergeant.

»Schießwolle, Sir. Als wir den Zug vorüberfahren sahen und vom Captain nichts hörten, bin ich selbst rauf und hab die Sprengladung angebracht. Steigt ein, Jungs, aber leise.«

»Fabelhaft«, sagte Ian. »Heroisch!«

»Ach, das würde ich nicht sagen, Sir. Ich dachte nur, wir könnten den Jerries auch gleich mal zeigen, dass wir hier waren.«

»In ein oder zwei Tagen«, sagte Ian, »werden Sie, McTavish, und Ihre Leute aufwachen und feststellen, dass Sie Helden sind. Möchten Sie einen Schluck Whisky?«

»Verbindlichsten Dank, Sir.«

»Um Gottes willen, nun macht schon!«, rief Trimmer vom Boot aus.

»Ich komm ja schon. Seien Sie nicht verzagt, Master Trimmer, sondern ein Mann. Mit Gottes Hilfe haben wir heute eine Flamme in England entzündet, die wohl nie mehr verlöschen wird!«

Kurz vor dem Morgengrauen wurde ein Funkspruch abgegeben, in dem der Erfolg ihres Unternehmens kurz gemeldet wurde. Das U-Boot tauchte, und der Kapitän setzte in seiner Kabine einen Bericht über den Anteil der Navy an diesem

Unternehmen auf. In der Offiziersmesse half Ian Trimmer bei dem Gegenstück für die Army. Doch Begeisterung kommt unter Wasser nur schlecht auf. Immerhin waren alle zufrieden.

Major Albright, G. S. O. II (Planung) beim H. O. O. H. Q., war zur Begrüßung erschienen, als sie in Portsmouth an Land gingen. Er war überschwenglich, ja, fast ehrerbietig.

»Was kann ich für Sie tun? Sagen Sie's nur!«

»Na ja«, sagte Trimmer, »wie wär's mit einem kurzen Urlaub? Von Portsmouth haben die Jungs ziemlich die Nase voll.«

»Sie müssen aber unbedingt nach London.«

»*Ich* hab da nichts dagegen.«

»General Whale möchte mit Ihnen sprechen. Selbstverständlich möchte er alles von Ihnen selbst erfahren.«

»Ach, wissen Sie, eigentlich kann das Kilbannock viel besser.«

»Ja«, sagte Ian. »Das überlassen Sie besser mir.«

Und später am Abend berichtete er alles, von dem er meinte, dass der General es wissen müsse.

»Verdammt gute Leistung. Genau, was wir gebraucht haben. Verdammt gut gemacht«, sagte der General. »Wir müssen den Sergeant für die Military Medal vorschlagen. Und auch McTavish müsste ausgezeichnet werden. Vielleicht nicht gerade mit dem Distinguished Service Order, aber auf jeden Fall mit dem Military Cross.«

»Mich wollen Sie nicht vielleicht auch für etwas vorschlagen, Sir?«

»Nein. Das Einzige, was ich von Ihnen erwarte, ist, dass Sie McTavish eine ehrenvolle öffentliche Erwähnung verschaffen. Am besten, Sie schreiben es jetzt gleich. Morgen können Sie es dann an die Presse weitergeben.«

In der Fleet Street hatte Ian für strenge Herren schon viel Schwierigeres geschafft. Dagegen war das hier ein Kinder-

spiel. Nach zehn Minuten kehrte er mit einem maschinengeschriebenen Bericht zu General Whale zurück.

»Ich habe nicht dick aufgetragen, Sir, wegen der ehrenhaf-
ten Erwähnung. Habe mich strikt an die Tatsachen gehalten.«

»Selbstverständlich.«

»Wenn wir das der Presse übergeben, können wir es vielleicht noch ein bisschen ausschmücken, meine ich.«

»Gewiss.«

General Whale las:

*Ein von Captain McTavish ausgebildeter und auch von ihm
geführter Spähtrupp ist gestern an der Küste des besetzten
Frankreich gelandet. Nach geglückter Landung war er nicht
im Geringsten um seine eigene Sicherheit besorgt, und diese
Einstellung übertrug sich auch auf seine Leute. Als er allein
auf Erkundung auszog, geriet er unter kleinkalibrigen Beschuss. Das Feuer wurde erwidert und der feindliche Posten
zum Schweigen gebracht. Captain McTavish stieß weiter ins
Landesinnere vor und stellte fest, wo die Eisenbahnstrecke
verlief. Es konnte beobachtet werden, dass strategisches Material in großen Mengen transportiert wurde. Ein Gleisabschnitt
wurde mit Erfolg unterbrochen, die Kriegsanstrengungen des
Feindes dadurch empfindlich behindert. Obwohl Captain
McTavish im Verlauf der Kampfhandlungen verletzt wurde,
konnte sich seine ganze Einheit ohne Verluste und genau nach
Zeitplan wieder einschiffen. Im Verlauf der letzten Phase des
Unternehmens behielt er einen beispielhaft kühlen Kopf.*

»Ja«, sagte General Whale. »Das müsste gehen.«

5

»Nicht aus«, sagte Crouchback.

Der kleine Schlagmann am anderen Ende rieb sich das Knie. Greswold, der schnelle Werfer und Kapitän der Mannschaft von ›Unsere Liebe Frau vom Sieg‹ sah den Schiedsrichter verzweifelt an.

»Ach, Sir!«

»Tut mir leid. Aber ich hab grade mal nicht hingeguckt. Und im Zweifelsfall muss ich doch zugunsten der anderen Mannschaft entscheiden!«

Er trug den Sweater des schnellen Werfers und hatte die Ärmel vor dem Hals verknotet, während ihm der Rumpfteil über die schmalen Schultern hing, und war froh über Schutz vor dem kalten Abendwind.

Greswold ging zurück und warf den Ball im Gehen wütend von einer Hand in die andere. Er nahm einen langen Anlauf, wurde ziemlich schnell, und Mr. Crouchback konnte die Position seines Fußes nicht erkennen, als er den Ball mit dem Schlagholz traf. Er schien jedoch deutlich übertreten zu haben. Er wollte schon ein »Ungültig« verkünden, doch ehe er den Mund aufmachen konnte, war das Törchen unten. Diesmal war der kleine Bursche zweifelsfrei aus. Ja, seine ganze Mannschaft war ›aus‹, und das erste Spiel dieses Schuljahrs war gewonnen. Die Mannschaft von ›Unsere Liebe Frau vom Sieg‹ kehrte in den Umkleideraum zurück, drängte sich um Greswold und klopfte ihm auf den Rücken.

»Er war auch schon beim ersten Mal aus«, sagte der Schläger am Tor.

»Ach, ich weiß nicht; Croucher hat das anders gesehen.«

»Croucher hat einem Flugzeug hinterhergeschaut.«

»Egal – wie steht's denn?«

Mr. Crouchback kehrte mit Mrs. Tickeridge, die mit Jenifer

und Felix gekommen war, um sich das Spiel anzusehen, ins Marine Hotel zurück. Sie nahmen den Weg am Strand entlang, und Jenifer warf für Felix Stöckchen ins Wasser. Mr. Crouchback fragte:

»Haben Sie heute Morgen die Zeitung gelesen?«

»Sie meinen, von diesem Überfall auf die französische Eisenbahnstrecke?«

»Ja. Was für ein fabelhafter Bursche dieser Captain McTavish sein muss. Haben Sie gelesen, dass er früher Friseur war?«

»Ja.«

»Das ist so ermutigend. Deshalb werden wir die Deutschen schlagen. Das war im ersten Krieg genauso. Wir haben eben Gott sei Dank keine Junkerschicht wie in Deutschland. Wenn England sie braucht, kommen die richtigen Männer eben doch nach vorn. Dieser junge Bursche, der auf einem Luxusdampfer den Damen die Haare legt und sich mit einem französischen Namen schmückt – niemand hat ahnen können, was in ihm steckt! Möglicherweise hätte er nie Gelegenheit, das unter Beweis zu stellen. Legt Kamm und Schere einfach beiseite und vollführt die tollkühnsten Husarenstücke der Kriegsgeschichte. Das wäre in keinem anderen Land möglich, Mrs. Tickeridge.«

»Und auf dem Foto hat er nicht sehr attraktiv ausgesehen, fanden Sie nicht auch?«

»Er sieht genauso aus wie das, was er ist – ein Friseurgehilfe. Das ist aller Ehren wert. Ich vermute, dass er ziemlich schüchtern ist. Tapfere Männer sind das oft. Mein Sohn hat ihn nie erwähnt, dabei müssen sie in Schottland lange zusammen gewesen sein. Da oben hat er sich vermutlich weit ab vom Schuss gewähnt. Nun, er hat es ihnen gezeigt!«

Als sie das Hotel erreichten, sagte Miss Vavasour:

»Ach, Mr. Crouchback. Ich habe auf Sie gewartet, um Sie

etwas zu fragen. Haben Sie wohl etwas dagegen, wenn ich aus der Zeitung etwas ausschneide, wenn Sie sie ganz gelesen haben?«

»Aber selbstverständlich nicht. Durchaus nicht. Es ist mir ein Vergnügen.«

»Es geht um das Foto von Captain McTavish. Ich habe noch einen kleinen Rahmen, in den es genau hineinpasst.«

»Und einen Rahmen hat er verdient«, sagte Mr. Crouchback.

In Sidi Bishr erfuhren sie von der Operation Popgun zunächst durch die Nachrichten der BBC und später in Form eines Glückwunschtelegramms an den Stab des Oberbefehlshabenden.

»Das gebe ich wohl besser an das Kommando X weiter, oder?«, sagte Major Hound.

»Selbstverständlich. An alle Einheiten. Lassen Sie's beim Appell vorlesen.«

»Auch den Spaniern?«

»Denen ganz besonders. Die geben doch immer mit den ganzen Klöstern an, die sie in ihrem Bürgerkrieg in die Luft gesprengt haben! Da können wir ihnen mal zeigen, dass wir das auch können. Lassen Sie's von diesem Dickwanst von Dolmetscher übersetzen.«

»Kennen Sie diesen McTavish, Colonel?«

»Aber gewiss doch. Ich habe ihn ja als Freiwilligen angenommen, als ich noch Kommando X anführte. Weißt du noch, Guy?«

»In der Tat.«

»Du und Jumbo Trotter, ihr habt versucht, ihn mir madig zu machen. Weißt du noch? Ich wünschte, ich hätte noch ein paar mehr Offiziere wie McTavish hier draußen. Zu gern hätte ich das Gesicht vom alten Jumbo Trotter gesehen, als er das las!«

Jumbo hatte tatsächlich gestrahlt. Im Vorraum der Halber-dier-Kaserne hatte er vor versammelter Mannschaft ausge-rufen:

»Armer alter Ben Ritchie-Hook. Menschenkenntnis gleich null. Ein erstklassiger Kämpfer, aber bei manchem war er ein-fach blind. Wenn er es erst mal auf jemanden abgesehen hatte, war nicht mehr mit ihm zu reden. Er hat diesen McTavish aus dem Korps geworfen, wissen Sie. Der Mann war gezwungen, im Unteroffiziersrang bei einem Highland-Regiment einzu-treten! *Ich* hab gleich gesehen, war für ein Pfundskerl das ist. Kein Friedenssoldat, das nicht – aber das war Ben selbst ja auch nicht. Wenn Sie mich fragen: Die beiden waren aus dem-selben Holz geschnitzt. Deshalb konnten Sie sich vermutlich auch nicht riechen. So was passiert oft! Hab ich schon mehr als einmal erlebt.«

Die Damen im Haus an der Eaton Terrace fragten:
»Was sagt ihr jetzt zu Scottie?«
»Ja, was?«
»Waren wir gemein zu ihm?«
»Nicht sehr.«
»Jedenfalls nicht oft.«
»Ich hatte ja immer eine kleine Schwäche für ihn.«
»Ob wir ihn mal einladen, rüberzukommen?«
»Meinst du, er würde kommen?«
»Wir können's ja mal versuchen.«
»Es würde uns nur recht geschehen, wenn er uns ver-achtete.«
»Ich verachte eher mich selbst.«
»Virginia, du hast noch gar nichts gesagt. Sollen wir versu-chen, Scottie zu fassen?«
»Trimmer? Macht, was ihr wollt, meine Lieben, nur mich lasst aus dem Spiel.«

»Virginia, möchtest du es denn nicht wiedergutmachen?«

»Nein, möchte ich nicht«, erklärte Virginia und ging.

Betr.: *Capt. McTavish, Träger des Military Cross. Weitere Verwendung von.*

»Wirklich«, sagte der Vorsitzende, »ich weiß nicht, warum unser Komitee sich damit befassen soll.«

»Aktennotiz vom Kriegsministerium, Sir.«

»Unerhört! Ich dachte, die hätten Wichtigeres zu tun. Worum geht's denn?«

»Nun, Sir, Sie erinnern sich an McTavish?«

»Selbstverständlich.«

»Aber Sie haben die neueste Ausgabe vom *Daily Beast* noch nicht gelesen?«

»Selbstverständlich nicht.«

»Wie Sie wissen, Sir, hatte Lord Copper immer was gegen Berufsoffiziere – Universitäts-Schlips und dieser ganze Unsinn.«

»Ich nicht«, sagte der General und stopfte sich die Pfeife. »Ich seh mir dieses Revolverblatt nie an.«

»Jedenfalls haben sie die Story ausgegraben, dass McTavish den Krieg als Offiziersanwärter bei den Halberdiers begann, und dass man ihn abgewiesen hat. Angeblich, weil er Friseur war.«

»Nicht verkehrt.«

»Nein, Sir, nur stehen sämtliche Halberdiers, die mit ihm zu tun hatten, im Nahen Osten. Wir haben um einen Bericht gebeten, aber das braucht seine Zeit, und wenn es sich, wie ich vermute, um eine negative Beurteilung handelt, können wir sie schlecht benutzen.«

»Viel Aufregung um gar nichts.«

»Richtig, Sir. Nur wird McTavish im *Daily Beast* als Beispiel angeführt. Sie schreiben, die Army würde wegen Snobismus ihre besten potentiellen Anführer verlieren. Sie kennen das doch.«

»Tue ich nicht«, sagte der General.

»Ein Labour-Abgeordneter hat eine Anfrage über ihn eingebracht.«

»O Gott, wirklich? Das ist allerdings schlimm.«

»Und deshalb möchte der Minister von uns die Bestätigung, dass McTavish seinen Verdiensten entsprechend eingesetzt worden ist.«

»Nun, das sollte wohl nicht allzu schwierig sein. Vorige Woche wurde beschlossen, drei neue Kommandos aufzustellen. Kann er nicht eins von denen bekommen?«

»Ich glaube nicht, dass er dafür ganz die richtigen Voraussetzungen mitbringt.«

»Also wirklich, Sprat, ich dachte, er wäre genau die Art von jungem Offizier, die Sie gern fördern. *Sie* finden doch wohl nichts daran, dass er Friseur war, oder?«

»Selbstverständlich nicht, Sir.«

»Letzte Woche haben Sie ihn über den grünen Klee gelobt. Geben Sie Anweisung, dass ein passender Posten für ihn in Ihrer Einheit gefunden wird.«

»Zu Befehl, Sir.«

»Und mit ›passend‹ meine ich nicht, dass er gleich Ihr Adjutant wird.«

»Gott bewahre«, hauchte Sprat.

»Damit meine ich irgendetwas, das die Labour-Fritzen im Unterhaus zufriedenstellt und ihnen beweist, dass wir sehr wohl gute Leute einsetzen, sofern wir sie finden.«

»Zu Befehl, Sir.«

Der Kommandeur der Landstreitkräfte des h. o. o. h. q. kehrte, wie immer, wenn er von einer Besprechung im Kriegsministerium zurückkam, völlig geknickt in sein Büro zurück. Er ließ Ian Kilbannock kommen.

»Sie sind weit übers Ziel hinausgeschossen«, sagte er.

Ian wusste, was er meinte.

»Trimmer?«

»Trimmer. McTavish – wie immer er heißen mag. Jetzt sind auch noch die Politiker hellhörig geworden und interessieren sich für ihn. Jetzt haben wir ihn bis zum Ende des Krieges am Hals.«

»Darüber habe ich schon eingehend nachgedacht.«

»Wie nett von Ihnen.«

»Wissen Sie«, sagte Ian, der sich, seit er und sein General quasi Komplizen in dunklen Machenschaften geworden waren, im Büro zunehmend eines vertraulichen Tons befleißigte, »mit Ihrem Sarkasmus holen Sie bestimmt nicht das Beste aus Ihren Untergebenen heraus. Ich habe über Trimmer nachgedacht, und dabei ist mir etwas aufgegangen. Er hat Sex-Appeal.«

»Quatsch!«

»Der Beweis dafür wurde mir in meinem unmittelbaren Umkreis geliefert – insbesondere nach seinem Ausflug nach Frankreich. Ich habe das Informationsministerium, die Versorgung, die Flugzeugindustrie und das Foreign Office auf ihn aufmerksam gemacht. Sie suchen einen Helden, und zwar genau einen von Trimmers Zuschnitt, um der Stimmung in der Zivilbevölkerung Auftrieb zu geben und die angloamerikanische Freundschaft zu stärken. Sie können ihm jeden Rang geben, den Sie wollen, ihn überallhin abkommandieren.«

Major-General Whale schwieg.

»Das ist eine Idee«, sagte er schließlich.

»Es ist besonders wichtig, ihn von London wegzuschicken. Er hängt in letzter Zeit ständig in meinem Haus rum.«

6

Das Tagebuch des Corporal-Major Ludovic enthielt nicht nur *Pensées*, sondern auch beschreibende Passagen, die spätere Rezensenten sehr loben sollten.

Major Hound hat eine Glatze, und seine Kopfhaut und sein Gesicht glänzen. Früh am Morgen nach dem Rasieren ist es ein matter Glanz. Nach einer Stunde fängt er an zu schwitzen, und alles überzieht sich mit einem fettigen Schimmer. Die Hände von Major Hound schwitzen, noch ehe es sein Gesicht tut. Ganz oben ist sein Schädel immer trocken. Der Schweiß beginnt etwa fünf Zentimeter oberhalb seiner Brauen und greift niemals auf die Kopfhaut über. Benutzt er eine Zigarettenspitze, um Finger und Zähne von Nikotinflecken sauber zu halten, oder damit ihm der Rauch nicht in die Augen steigt? Er befiehlt den Burschen häufig, die Aschenbecher zu leeren. Captain Crouchback verachtet Major Hound, doch Colonel Blackhouse findet ihn brauchbar. Ich selbst merke kaum, dass Major Hound überhaupt da ist. Um diese Beobachtungen niederschreiben zu können, muss ich mich bemühen, sehr intensiv an ihn zu denken.

Die Schlappe in Griechenland wurde geheim gehalten, bis die Überreste der Army in Alexandria eintrafen. Sie wurden zusammengefasst und zwecks Reorganisation und Neuausrüstung verteilt. *Wir leben*, schrieb Corporal-Major Ludovic, *in einem Zeitalter der Säuberungen und Vertreibungen. Sich ganz leer zu machen, lautet die Aufgabe des Menschen heute. Es gilt, die verhasste Leere zu kultivieren. Die Erde gehört dem Herrn, folglich auch die Leere.*

Jede verfügbare Einheit in der gesamten Gegend wurde nach Westen in die Kyrenaika geworfen. Die Verbände der

Hook-Force waren die einzigen Kampftruppen in Alexandria. Sie stellten fest, dass sie als Einzige die Stadt verteidigten.

Guy verbrachte lange Stunden in der Bibliothek des Clubs über gebundenen Jahrgängen von *Country Life*. Gelegentlich traf er sich mit seinen alten Kameraden vom Kommando X im Cecil Hotel oder in der Union Bar. Kommando X hatte sich gar nicht erst die Mühe gemacht, ein Offizierskasino einzurichten. Es wurde dafür gesorgt, dass stets Schüsseln mit hartgekochten Eiern, Orangen und Sardinen im Zelt bereitstanden; sie brüllten ihre stets im Laufschritt eilenden und kichernden Berber-Diener an, nach Tee oder Gin, warfen Zigarettenkippen und Streichhölzer, Korken, Apfelsinenschalen und leere Blechbüchsen einfach auf den Boden.

»Man kommt sich vor wie am Lido«, erklärte Ivor Claire, als er voller Abscheu den von Unrat starrenden Boden des Zeltes betrachtete.

Ein halbes Dutzend wohlhabender griechischer Familien öffnete ihnen ihre Häuser, und dann war da noch Mrs. Stitch. Guy wiederholte seinen Besuch bei ihr zwar nicht, aber ihr Name war in aller Munde. Das Kommando X empfand ihre Anwesenheit wie das Wirken einer wohlwollenden aufgeweckten Gottheit, ihre eigene Beschützerin. Solange Mrs. Stitch da war, konnte es mit ihnen nicht ganz und gar den Bach runtergehen.

So vergingen die Tage, bis in der dritten Maiwoche der Krieg auch Major Hound erfasste.

Dieses Ereignis kündigte sich durch die üblichen Fanfarenstöße von vorsorglichen Befehlen und Gegenbefehlen an, doch noch ehe der erste Ton erklang, hatte Mrs. Stitch es Ivor Claire erzählt und dieser wiederum Guy.

»Wie ich höre, brechen wir jeden Augenblick nach Kreta auf«, sagte Guy zu Major Hound.

»Unsinn.«

»Nun, warten Sie's ab«, sagte Guy.

Major Hound tat, als sei er an seinem Schreibtisch beschäftigt. Dann lehnte er sich zurück und steckte eine Zigarette in seine Zigarettenspitze.

»Woher haben Sie dieses Gerücht?«

»Vom Kommando X.«

»Bisher sind beide Angriffe auf Kreta abgeschlagen worden«, sagte Major Hound. »Wir haben die Lage fest in der Hand. Das *weiß* ich.«

»Gut«, sagte Guy.

Es folgte nochmals eine Pause, in der Major Hound so tat, als würde er in den Akten lesen. Dann:

»Ihnen ist vermutlich noch nicht der Gedanke gekommen, dass unsere wichtigste Aufgabe in der Verteidigung von Alexandria besteht, oder?«

»Wenn ich richtig verstanden habe, besteht unsere wichtigste Aufgabe im Augenblick darin, Kreta zu halten.«

»Dort liegen im Moment mehr Truppen, als sie versorgen können.«

»Nun, dann habe ich wohl unrecht.«

»Selbstverständlich haben Sie unrecht. Sie sollten es wirklich besser wissen und nichts auf Gerüchte geben.«

Wieder eine Pause; das war die Geisterstunde, die Corporal-Major Ludovic so genau beobachtet hatte und in der der trockene Glanz auf dem Gesicht des Majors fettig wurde.

»Außerdem«, sagte er, »ist unsere Brigade für Verteidigungsaufgaben nicht ausgerüstet.«

»Und wie sollen wir dann Alexandria verteidigen?«

»Das wäre ein Notfall.«

»Vielleicht ist Kreta auch ein Notfall.«

»Ich streite mich nicht mit Ihnen, Crouchback, sondern stelle fest.«

Neuerliches Schweigen. Dann:

»Warum leert dieser Bursche eigentlich nicht die Aschenbecher? Was wissen Sie über die Situation beim Schiffstransport, Crouchback?«

»Nichts.«

»Eben! Also, nur zu Ihrer Information: Wir sind nicht in der Lage, Kreta zu verstärken, selbst wenn wir wollten.«

»Ich verstehe.«

Wieder Pause. Major Hound war an diesem Tag nicht entspannt, und so griff er auf seine alte Methode zurück und ging zum Angriff über.

»Womit beschäftigt sich übrigens Ihre Gruppe heute Morgen?«

»Mit dem Ziehen von dünnen roten Linien. Unsere Kreta-Karte ist direkt von der griechischen Ausgabe kopiert, und deshalb lass ich ein Plannetz von einem halben Zoll für unseren eigenen Gebrauch darüberziehen.«

»Karten von Kreta? Wer hat denn Befehl gegeben, Karten von Kreta zu zeichnen?«

»Ich habe sie gestern persönlich aus Ras el-Tin geholt.«

»Wie kommen Sie dazu? Genau auf diese Weise entstehen Gerüchte.«

Schließlich trat Tommy herein. Guy und Major Hound standen auf.

»Noch nichts aus Kairo?«, fragte er.

»Die Post ist noch in der Registratur, Colonel. Nichts von Wichtigkeit dabei.«

»Im Hauptquartier fängt niemand vor zehn an zu arbeiten. In ein paar Minuten werden sämtliche Leitungen summen. Geben Sie vorsorglich einen Befehl an die Einheiten, sich bereitzuhalten. Ich nehme an, Sie wissen, dass wir fortgehen?«

»Zurück in die Kanalzone, um uns neu zu formieren?«

»Himmel, nein! Wo bleibt bloß dieser Staff Captain? Wir müssen einen Verschiffungsplan ausarbeiten. Bei Madame

Kapriski habe ich gestern Abend den Kommandeur des Zerstörerverbands getroffen. Er wartet schon auf uns. Guy, such Karten von Kreta zusammen, damit wir sie bis runter zu den Abteilungsführern verteilen können.«

»Alles schon vorbereitet, Colonel«, sagte der Brigademajor.

»Gut gemacht!«

Um viertel nach zehn begann das Oberkommando in Kairo die telefonische Übermittlung widersprüchlicher Befehle, eine Litanei, die den ganzen Tag über andauerte. Major Hound lauschte, notierte und gab Befehle mit der Geschwindigkeit eines Börsenmaklers weiter.

»Jawohl, Sir. Zu Befehl, Sir! Verstanden. Alle sind informiert«, meldete er nach Kairo. »Nun mal ein bisschen dalli«, sagte er zu den Einheiten.

Doch dieser Anschein von Eifer konnte Ludovic nicht täuschen.

Bei Major Hound hapert es merkwürdig an der Todes-Sehnsucht, notierte er in sein Tagebuch.

Es war Major Hounds erste operative Truppenverschiffung – für Guy die dritte. Abgestumpft verfolgte er die Geschehnisse: anfangs voller Ernst, dann wütend, dann verbittert über das, was sich zwischen dem Brigademajor, dem Staff Captain und dem Transportleiter abspielte, wie sich die Reihen von mit Gepäck beladenen Soldaten zum Deck hinaufschleppten und wieder herunterschoben, wie die Matrosen sich ihren Weg zwischen dem Kriegsgerät bahnten. Guy kannte das alles zur Genüge und hielt sich möglichst fern. Er sprach mit einem Kanonier von der Schiffsflak, der sagte:

»Keine Luftunterstützung. Die Air Force hat in Kreta eingepackt. Wenn wir die Insel nicht nachts im Schutz der Dunkelheit anlaufen und wieder auslaufen, haben wir keine

Chance durchzukommen. Ihre Leute werden verdammt viel schneller von Bord gehen müssen, als sie hier an Bord gehen.«

Ein Minenkreuzer sowie zwei Zerstörer lagen für die Hook-Force bereit; alle trugen sie die Narben der Evakuierung aus Griechenland. Das Schiff, auf dem der Brigadestab unterkommen sollte, war am meisten mitgenommen.

»Der Kahn müsste für einen Monat ins Dock«, sagte der Mann von der Schiffsflak. »Wir können von Glück sagen, wenn er die Überfahrt schafft, von Feindangriffen ganz zu schweigen.«

In der Dämmerung liefen sie aus. An Bord des Zerstörers, auf dem auch das Hauptquartier mitfuhr, befanden sich außerdem drei Gruppen vom Kommando X. Die Männer lagen überall auf dem Mannschaftsdeck herum, die Offiziere in der Offiziersmesse. Tommy Blackhouse war auf die Brücke hinaufgebeten worden. Es herrschte eine Ruhe besonderer Art.

»Crouchback«, sagte Major Hound, »ist Ihnen schon aufgefallen, dass Ludovic Tagebuch führt?«

»Nein.«

»Laut den Vorschriften ist es verboten, ein privates Tagebuch mit an die Front zu nehmen.«

»Ja.«

»Nun, dann sagen Sie ihm das besser. Er schreibt etwas Inoffizielles, da bin ich ziemlich sicher.«

Um acht deckte der Malteser Steward den Tisch zum Abendessen und stellte eine Schale mit Rosen in die Mitte. Der Kapitän blieb auf der Brücke. Der Erste Offizier entschuldigte sich wegen der Unterkunft.

»Auf Gastfreundschaft dieses Ausmaßes sind wir nicht eingestellt«, sagte er. »Es reicht hinten und vorn nicht, fürchte ich.«

Die Soldaten holten ihre Becher, Feldflaschen, Messer und

Gabeln hervor. Die Kasinoordonnanzen halfen dem Steward. Das Abendessen war vorzüglich.

»Kein Grund zur Beunruhigung bis zum Morgengrauen«, sagte der Erste Offizier fröhlich, als er wieder nach oben ging.

Der Kapitän hatte seine Kabine Tommy, Major Hound sowie dem Stellvertretenden Kommandeur von Kommando B zur Verfügung gestellt. Koffer und Bettzeug hatten sie im Lager zurückgelassen. Die Offiziere richteten sich in der Offiziersmesse auf Stühlen und Bänken sowie auf dem Boden ein Lager her. Bald waren alle eingeschlafen.

Guy wachte beim Morgengrauen auf und ging nach oben, um an Deck frische Luft zu schnappen. Ein wunderbarer Morgen, nachdem er die ganze Nacht über kaum hatte atmen können. Die See war glatt, es waren weder andere Schiffe noch Land in Sicht. Der Zerstörer lief, wie es schien, ziemlich langsam in ein schimmerndes Nichts hinein. Guy stieß auf den Mann von der Schiffsflak.

»Ist das die Gegend, wo unsere Schwierigkeiten beginnen?«, fragte er.

»Nein, nicht hier.« Und als Guy verwundert schien, fügte er noch hinzu: »Fällt Ihnen nicht irgendwas an der Sonne auf?«

Guy schaute hin. Sie stand bereits ein gutes Stück über dem Horizont, links voraus, kühl und strahlend.

»Nein«, sagte er.

»Steht sie denn da, wo Sie sie erwarten würden?«

»Oh«, sagte Guy. »Ich verstehe, was Sie meinen. Sie müsste auf der anderen Seite stehen.«

»Richtig. In einer Stunde sind wir wieder in Alexandria. Maschinenschaden.«

»Das kann ja heiter werden!«

»Wie ich Ihnen gesagt habe: Der Kahn hätte längst überholt werden müssen. In der Ägäis hat es ihn bös erwischt. Aber mir passt das gut. Ich habe das ganze Jahr noch keinen Landurlaub gehabt.«

Beim Frühstück stierte Tommy schweigend vor sich hin; nicht so Major Hound, der keinen Hehl daraus machte, dass er sich freute. Er steckte das Mundstück seiner Schwimmweste in den Mund und vollführte eine Pantomime des Dudelsackpfeifens.

»Es ist wirklich ein Schlamassel«, sagte Tommy zu Guy. »Aber es besteht Aussicht, dass in Alexandria ein neuer Zerstörer für uns bereitliegt.«

Major Hound wandte sich an Guy.

»Haben Sie mit Ludovic über diese Geschichte gesprochen, Crouchback?«

»Noch nicht.«

»Der Zeitpunkt ist vielleicht günstig.«

Sie konnten bereits Land sehen, als Guy Corporal-Major Ludovic fand.

»Mir ist zu Ohren gekommen, dass Sie ein Tagebuch schreiben«, sagte er.

Ludovic bedachte Guy mit einem Blick seiner rosagrauen Augen und brachte ihn ganz durcheinander.

»So würde ich es kaum nennen, Sir.«

»Sie wissen doch, dass alles Schriftliche, was dem Feind möglicherweise in die Hände fallen könnte, der Zensur unterliegt.«

»Dessen bin ich mir immer bewusst gewesen, Sir.«

»Dann muss ich Sie leider bitten, mir zu zeigen, um was es sich handelt.«

»Zu Befehl, Sir.« Er holte seinen Meldeblock aus der Tasche seiner Shorts. »Die Schreibmaschine habe ich im Lager zurückgelassen, Sir – zusammen mit der übrigen Büroeinrichtung. Ich weiß nicht, ob Sie das lesen können.«

Guy las:

»*Captain Crouchback besitzt Schwerkraft. Er ist die Blei-*
kugel, die im luftleeren Raum nicht schneller fällt als eine
Feder.«

»Das ist alles, was Sie geschrieben haben?«

»Alles, was ich geschrieben habe, seit wir das Lager verlassen haben, Sir.«

»So so. Nun, ich denke, das gefährdet unsere Sicherheit in
keiner Weise. Ich frage mich bloß, wie *ich* das verstehen soll.«

»Es war nicht für Ihre Augen bestimmt, Sir.«

»Ich persönlich habe übrigens diese Theorie mit der Feder
im luftleeren Raum nie geglaubt.«

»Nein, Sir. Es hört sich völlig unlogisch an. Ich habe es hier
nur bildlich gemeint.«

Als das Schiff festmachte, gingen Tommy und Major
Hound an Land. Hohe Stabsoffiziere von Navy und Army
erwarteten sie am Quai und begaben sich mit ihnen in eines
der Büros am Hafen, um zu konferieren. Die Soldaten hingen
über der Reling, spuckten ins Wasser und fluchten.

»Zurück nach Sidi Bishr«, sagten sie.

Schon bald kehrten Tommy und Hound zurück an Bord –
Tommy durchaus fröhlich.

»Sie haben schon einen anderen Zerstörer für uns bereit-
liegen. Auf Kreta haben sie im Moment alles unter Kontrolle.
Die Navy hat sämtliche Landungen zurückschlagen können
und alle Landeschiffe versenkt. Der Feind hält nur zwei kleine
Kessel besetzt, aber die Neuseeländer halten sie in Schach. Für
den Gegenangriff werden Nacht für Nacht Verstärkungen gebracht. Der Brigadier vom Stab in Kairo sagt, die Sache ist so
gut wie gelaufen. Wir haben eine hübsche Aufgabe übertragen
bekommen – wir sollen Verbindungslinien auf dem griechischen Festland zerstören.«

Tommy glaubte das alles. Genau wie Major Hound. Nichts

in seiner gesamten Ausbildung und seiner bisherigen Erfahrung hatte ihn zum Skeptiker werden lassen. Trotzdem bewahrte er weiterhin seine finstere Miene.

Der Schiffswechsel ging rasch vonstatten. Leise vor sich hin fluchend und beladen wie die Ameisen kamen die Männer eine Gangway herunter und gingen die andere wieder hinauf. Die Quartiere, die sie bezogen, unterschieden sich praktisch in nichts von denen, die sie soeben verlassen hatten. Die Seeleute brachten die gleichen Begrüßungsworte und die gleichen Entschuldigungen vor, und bei Sonnenuntergang war alles erledigt.

»Um Mitternacht laufen wir aus«, sagte Tommy. »Sie wollen den Karso-Kanal nicht vor dem Sonnenuntergang morgen Abend erreichen. Also kein Grund, warum wir nicht an Land essen sollten.«

Er und Guy gingen in die Union Bar. Auf die Idee, Major Hound zu fragen, ob er sich ihnen anschließen wolle, kamen sie nicht. Das Restaurant schien trotz des berüchtigten Truppenmangels genauso voll wie immer. Sie aßen Hummer-Pilaf und ein wunderbares Wachtelgericht, mit Muskatellertrauben gekocht.

»Vielleicht ist es auf lange Zeit unsere letzte anständige Mahlzeit«, bemerkte Tommy. »Der Brigadegeneral hat von irgendwem gehört, dass frische Lebensmittel knapp sind auf Kreta.«

Sie verzehrten jeder sechs von den kleinen Vögeln und tranken eine Flasche Champagner. Danach aßen sie grüne Artischocken und tranken noch eine Flasche.

»In ein oder zwei Tagen werden wir vermutlich mit Wehmut an dieses Essen zurückdenken«, sagte Tommy und ließ die Augen liebevoll auf den Artischockenblättern ruhen, die sich auf ihren Tellern häuften, »und wünschen, wir wären wieder hier.«

»Vermutlich nicht«, sagte Guy und wusch sich die Butter von den Fingern.

»Ja, vermutlich nicht. Nicht um alle Wachteln in ganz Ägypten.«

Sie waren bester Stimmung, als sie zu den unbeleuchteten Hafenanlagen zurückfuhren, fanden ihr Schiff und schliefen bereits, als sie ausliefen.

Major Hound erwachte durch das Auf- und Abwogen seiner Koje, das Klappern von Geschirr und das Rutschen und Gepolter von Vorräten. Ihm brach der Schweiß aus, er schluckte und zitterte. Er lag flach auf dem Rücken, verkrallte sich in die Wolldecke, starrte offenen Auges in die Dunkelheit hinaus und war von unsäglicher Traurigkeit erfüllt. So fand ihn sein Bursche vor, als dieser um sieben Uhr mit einem Becher Tee in der einen, einem Becher Rasierwasser in der anderen und einem fröhlichen Gruß eintrat. Major Hound blieb steif liegen. Sein Bursche machte sich daran, seine Stiefel zu putzen, die noch vom gestrigen Morgen glänzten.

»Machen Sie das doch um Gottes willen draußen«, sagte Major Hound.

»Es ist schwer, eine Stelle zu finden, wo man sich bewegen kann, Sir.«

»Dann lassen Sie es.«

»Zu Befehl, Sir.«

Vorsichtig stützte Major Hound sich auf einen Ellbogen und trank seinen Tee. Sofort kehrte die Übelkeit, gegen die er die ganzen frühen Morgenstunden angekämpft hatte, zurück. Er erreichte das Waschbecken und blieb, die Stirn auf dem harten Rand, geschlagene zehn Minuten vornübergebeugt stehen. Nach einiger Zeit drehte er den Wasserhahn auf, trocknete sich die Augen und kehrte schwer atmend ins Bett zurück, allerdings nicht ohne einen kurzen Blick in den

Spiegel zu werfen. Der Anblick jagte ihm noch mehr Schrecken ein.

Regen und Gischt peitschten den ganzen Tag über das Deck, so dass die Männer unten blieben. Das kleine Schiff schlingerte auf der langgestreckten und hohen Dünung.

»Diese Wolken sind ein Gottesgeschenk«, sagte der Kapitän. »Hier ganz in der Nähe hat es die Juno erwischt.«

Guy litt nur selten unter der Seekrankheit, doch hatte er am Abend zuvor eine ganze Menge Wein getrunken, und der setzte ihm jetzt zusammen mit dem Geschaukel des Schiffes ganz schön zu. Nicht so Tommy Blackhouse, der sich besonders gutgelaunt mal auf der Brücke, mal in der Offiziersmesse und mal auf den Mannschaftsdecks zeigte, und auch nicht Corporal-Major Ludovic, der sich am frühen Nachmittag in der Unteroffiziersmesse Respekt verschaffte, als er sich mit einem Reise-Nagelnecessaire hinsetzte, um sich für sämtliche Beschwernisse, die vor ihnen liegen mochten, die Zehennägel zu schneiden.

Trägheit bemächtigte sich der Soldaten.

Eine Stunde später stürzte Tommy Blackhouse. Er war auf dem Weg zurück von der Brücke, als das Schiff in ein erstaunlich tiefes Wellental rutschte; Tommy glitt mit seinen genagelten Stiefeln auf dem eisernen Niedergang aus und fiel auf das Stahldeck mit einem Getöse, das noch in der Offiziersmesse deutlich zu hören war. Dann hörte man ihn rufen, und nach einer Minute verkündete der Erste Offizier:

»Ihr Colonel hat sich verletzt. Kann mal jemand kommen und helfen?«

Die beiden Gruppenführer von Kommando B schleppten ihn in die Krankenstation, wo der Schiffsarzt ihm eine Morphiumspritze gab. Er hatte sich das Bein gebrochen.

Von da an wanderte Guy ständig zwischen der hingestreckten Gestalt des Brigademajors und des Stellvertretenden Kommandeurs hin und her. Einer sah so übel aus wie der andere.

»Das hat uns gerade noch gefehlt«, war Major Hounds augenblickliche Reaktion auf diese Neuigkeit. »Jetzt hat es keinen Sinn, dass der Brigadestab überhaupt an Land geht.«

Tommy Blackhouse diktierte unter Schmerzen und leicht benommen Befehle. »Verbindungsoffiziere der Hook-Force und der Crete-Force werden Sie erwarten. Gleich nach der Landung wird unter dem Staff Captain sofort ein Stabsquartier aufgeschlagen und Telefonverbindung mit den Einheiten hergestellt ... Der Staff Captain wird sofort mit dem Stellvertretenden Quartermaster-General Verbindung aufnehmen und sich um die Versorgung kümmern ... Das Hauptquartier an der Front unter dem Brigademajor und dem Verbindungsoffizier meldet sich umgehend bei Lieutenant-Colonel Prentice von Kommando B und übergibt ihm schriftliche Befehle vom Oberkommando Naher Osten, in denen die Aufgaben der Hook-Force umrissen sind ... Lieutenant-Colonel Prentice meldet sich umgehend beim Kommandeur der Crete-Force und legt diese Befehle vor ... Seine Hauptaufgabe ist zu verhindern, dass die Kommandoeinheiten der Infanteriebrigaden mit der Crete-Force zusammengefasst werden ... Der Stellvertretende Kommandeur der Hook-Force wird unter dem Oberbefehl des Kommandeurs der Crete-Force augenblicklich Operation neu starten ...«

Er wiederholte sich oft, döste vor sich hin, wachte auf, ließ Guy wieder kommen und wiederholte seine Befehle erneut.

Das Meer beruhigte sich, als das Schiff die Ostspitze von Kreta umrundete und an der Nordküste entlangdampfte. Als sie in die Souda-Bucht einliefen, war es ziemlich glatt. Eine schmale Mondsichel ging unter. Das erste Anzeichen menschlicher Aktivitäten war ein brennender Tanker, der vor dem Hafen lag und ihn hell erleuchtete. Der Zerstörer ging vor Anker, Major Hound fasste neuen Mut und stieg zur Brücke hinauf. Guy blieb bei Tommy. Die Offiziere von Kommando B befahlen ihren Leuten, sich zum Landgang bereitzumachen. Der Staff Captain und Corporal-Major Ludovic besprachen sich. Tommy wurde unruhig.

»Was passiert denn? Die Navy hat doch nur zwei Stunden, um wieder umzukehren. In dem Augenblick, wo wir vor Anker gingen, hätte doch sofort ein Leichter längsseits kommen müssen.« Gleich darauf ertönte ein Signal vom Meer. »Da ist er … Geh und sieh nach, Guy.«

Guy trat auf das dunkle Deck hinaus. Es war gedrängt voll mit wartenden Mannschaften, ihrem Gepäck, Kriegsmaterial, Motorrädern und Meldegerät. Ein kleines Ruderboot lag längsseits, und eine einzelne Gestalt kam an Bord. Guy kehrte zu Tommy zurück, um ihm Meldung zu machen.

»Geh rauf zum Kapitän und erkundige dich, was los ist«, sagte er.

Guy fand den Kapitän in seiner Kabine zusammen mit Major Hound und einem ausgemergelten, unrasierten und zitternden Lieutenant-Commander, der unter einem Navy-Mantel nur weiße Shorts trug.

»Ich habe Befehl, Kreta zu verlassen, und bei Gott, ich werde Kreta verlassen«, sagte der Seemann gerade. »Ich habe meine Befehle erst heute Morgen erhalten. Eigentlich hätte ich schon gestern Nacht gehen sollen. Ich habe den ganzen Tag am Quai gewartet. Meine ganze Ausrüstung musste ich zurücklassen. Ich habe nichts weiter als das, was ich am Leib trage.«

»Ja«, sagte der Kapitän. »Das sehen wir. Was wir wissen möchten, ist, ob ein Leichter für uns kommt.«

»Das glaube ich nicht. Der Hafen ist ein einziges Trümmerfeld. Ich haue ab. Ich habe Befehl, mich abzusetzen – schrift-lich!« Er redete mit leiser, monotoner Stimme. »Eine Tasse Tee würde mir guttun.«

»War denn kein Einschiffungsoffizier am Quai?«, fragte Major Hound.

»Nein, das glaube ich nicht. Ich habe dieses Boot gefunden und bin hergerudert. Ich habe Befehl, Kreta zu verlassen.«

»Es sieht so aus, als ob wir keine Funkverbindung bekä-men«, sagte der Kapitän.

»Das ist ein einziger Trümmerhaufen«, sagte der Mann aus Kreta.

»Ich warte noch zwei Stunden. Und dann laufe ich aus«, sagte der Kapitän.

»Von mir aus können Sie gar nicht früh genug auslaufen.« Dann wandte er sich an Major Hound und sagte beschwö-rend: »Sie müssen die Losung kennen, wissen Sie. Wenn Sie die nicht kennen, kommen Sie nirgends durch. Manche von den Wachen schießen sofort, wenn sie jemanden sehen, der die Losung nicht kennt.«

»Ja, und wie lautet sie?«

»Die wechselt jeden Abend.«

»Richtig, aber wie lautet sie?«

»*Ich* kenn sie! *Die* kann ich Ihnen sagen. Ich kenne sie so gut wie meinen Namen!«

»Ja, und wie lautet sie?«

Der Seemann bekam große Augen, Verzweiflung leuchtete darin auf. »Tut mir leid«, sagte er. »Sie ist mir in diesem Au-genblick entfallen.«

Guy und Major Hound gingen hinaus.

»Sieht wieder mal nach falschem Alarm aus«, sagte der Major immer noch gutgelaunt.

Guy ging hin, um Tommy zu berichten.

»Allmächtiger Himmel«, sagte er. »Himmelherrgott, verdammt noch mal. Was ist denn bloß in die gefahren? Schlafen die alle?«

»Daran liegt es, glaube ich, nicht«, sagte Guy.

Eine Dreiviertelstunde später ging es wie ein Lauffeuer durchs Schiff: »Er kommt.«

Guy ging an Deck, und richtig, ein großer dunkler Schatten näherte sich auf dem Wasser. Die Männer um ihn herum fingen schon an, ihr Gepäck aufzunehmen. Die Seeleute hatten bereits ein Tau hinuntergeworfen. Die Männer drängten sich an der Reling. Eine Stimme von unten rief:

»Zweihundert transportfähige Verwundete kommen an Bord.«

Major Hound rief: »Wer ist da? Ist da jemand von der Transportleitung?«

Niemand antwortete ihm.

»Ich muss unbedingt den Kapitän sprechen«, sagte Major Hound. »Dieses Landefahrzeug muss zurück, die zweihundert Verwundeten ausladen, wieder zurückkommen und erst uns an Land bringen. Danach können die Verwundeten an Bord kommen. So sollte es gemacht werden.«

Kein Mensch kümmerte sich um ihn. Sehr langsam tauchten nach und nach bärtige Gestalten mit Verbänden seitlich am Schiff auf.

»Zurück!«, rief Major Hound. »Sie können unmöglich an Bord kommen, solange wir noch hier sind.«

»Bitte die Reisenden erst aussteigen lassen!«, rief ein Witzbold in der Dunkelheit.

Die erschöpften Männer kletterten mühselig an Deck und bahnten sich eine Gasse durch die wartenden Soldaten. Irgendjemand in der Dunkelheit rief: »Verdammt noch mal, nehmt doch dieses Gerät hier weg!«, und dieser Ruf wurde aufgegriffen: »Alles Gerät über Bord schmeißen! Alles Gerät über Bord!«

»Was, um alles in der Welt, machen die da?«, rief Major Hound. »Aufhören! Aufhören!«

Die drei Truppen von Kommando B hielten Disziplin. Die Versorgungseinheit stand auf der anderen Seite des Schiffes. Die Melder fingen an, ihre Funkgeräte über Bord zu werfen. Ein Motorrad folgte.

Guy fand den Offizier, der das Landefahrzeug befehligte.

»Eine Viertelstunde, nachdem der letzte Verwundete an Bord ist, lege ich ab. Ich muss mich beeilen«, sagte der Seemann. »Drüben wartet noch eine Ladung. Zweihundert Verwundete und ein griechischer General. Dann versenke ich das Boot und komme selbst an Bord, und dann: Lebewohl, Kreta!«

»Was ist denn eigentlich los?«, fragte Guy.

»Es ist alles aus und vorbei. Alle machen, dass sie wegkommen.«

Guy ging wieder nach unten, um seinem Kommandeur eine letzte Meldung zu erstatten.

»Du hast doch immer wieder sagenhaftes Glück, Tommy«, sagte er ohne Bitterkeit.

Die Krankenstation war jetzt völlig überfüllt. Zwei Stabsärzte und der Schiffsarzt kümmerten sich um dringende Fälle. Während Guy neben Tommys Koje stand, erschien ein riesiger blutüberströmter und völlig verdreckter, gespenstisch aussehender Australier an der Tür. Er grinste wie der leibhaftige Tod und sagte: »Gott sei Dank haben wir unsere Navy!«, dann sank er langsam zu Boden und fiel augenblicklich in ein tödliches Koma. Guy trat über ihn hinweg und kämpfte sich gegen die herunterkommenden Verwundeten nach oben durch. Allem Anschein nach befanden sich auch viele Unverletzte darunter, doch sie sahen alle abgerissen und unrasiert aus, mit eingefallenen Gesichtern.

»Zu welcher Einheit gehören Sie?«, fragte er einen von ihnen.

»Verwaltung, Sir«, sagte der Mann.

Kurz darauf kletterten die Angehörigen der Hook-Force, ohne dass ein Befehl gegeben worden wäre, die Strickleiter hinunter in das Landefahrzeug.

Der Mond war untergegangen. Nur der eine Meile entfernte, brennende Tanker sorgte für etwas Licht.

»Major Hound«, rief Guy. »Major Hound!«

Eine leise Stimme neben ihm sagte: »Der Major ist schon an Bord. Ich habe ihn gesehen. Er kam mit mir – Corporal-Major Ludovic.«

Das Landefahrzeug tuckerte zum Quai hinüber, der dermaßen von Bomben zerrissen war, dass er wie Naturfels aussah. Noch ehe sie an Land gehen konnten, kletterten Verwundete und Nichtverwundete an Bord.

»Zurück, ihr Kerle!«, schrie der Kapitän. »Legt wieder ab!« Matrosen stießen das Landefahrzeug von der Hafenmauer ab. »Ich schieße jeden nieder, der an Bord kommt, bis ich Befehl dazu gebe. Zurück, ihr alle! Runter vom Quai!«

Der abgerissene Haufen begann, zögernd wieder in die Dunkelheit zurückzuweichen. »So, und jetzt, ihr Affen, macht, dass ihr an Land kommt.«

Er legte wieder an, und endlich konnten sie an Land gehen. Dieses Ereignis, das für Guy und Major Hound und alle anderen so wichtig war, wurde in der offiziellen Berichterstattung später folgendermaßen beschrieben:

Weitere Ermutigung erfuhr die schwerbedrängte Garnison auf Kreta um Mitternacht des 26. Mai, als H. S. M. Plangent (unter dem Kommando von Lieutenant-Commander Blake Blakiston) den Stab der Hook-Force sowie den Rest von Kommando B in Souda an Land setzte und vierhundert Verwundete ohne Zwischenfall an Bord nehmen konnte.

Der Kapitän des Landefahrzeugs rief: »Mehr kann ich nicht aufnehmen! Zurück, der Rest! Und ablegen!«

Eine Menge enttäuschter Männer hockte zwischen den aufgerissenen Quaianlagen. Das vollbeladene Fahrzeug legte ab und fuhr zum Zerstörer hinüber. Die frisch Gelandeten suchten sich ihren Weg durch die Wartenden und traten an.

»Suchen Sie die Verbindungsoffiziere«, sagte Major Hound. »Sie müssen hier irgendwo sein.«

Guy rief: »Jemand von der Hook-Force hier?«

Ein Bündel Bandagen stöhnte: »Oh, halt's Maul!«

Dann lösten sich zwei Gestalten aus der Menge und entpuppten sich als Gruppenführer vom Kommando B.

»Ah«, sagte Major Hound. »Endlich! Ich hatte mich schon gewundert. Kommen Sie von Colonel Prentice?«

»Na ja, nicht direkt«, sagte einer der Offiziere. Er sprach mit dem gleichen teilnahmslosen Unterton wie der flüchtende Seemann in Mantel und Shorts – ein Ton, wie ihn Guy in den folgenden Tagen immer wieder hören sollte. Es war die Stimme der Niederlage. »Er ist nämlich tot, wissen Sie.«

»Tot?«, entfuhr es Major Hound wütend, als setzte man ihn offiziell vom Ableben einer Tante in Kenntnis, von der er jeden Grund hatte anzunehmen, sie erfreue sich bester Gesundheit. »Das kann doch gar nicht sein. Wir haben doch noch vorgestern Verbindung gehabt.«

»Er ist gefallen. Viele vom Kommando sind gefallen.«

»Darüber hätte man uns informieren müssen. Wer führt jetzt das Kommando?«

»Ich glaube, ich.«

»Und was machen Sie hier?«

»Wir hörten, es käme ein Schiff, um uns wegzubringen. Aber anscheinend haben wir uns geirrt.«

»Sie haben *gehört*? Wer hat Ihnen Befehl gegeben, sich einzuschiffen?«

»Wir haben schon seit vierundzwanzig Stunden keinen Befehl mehr bekommen.«

»Hören Sie«, sagte der Stellvertretende Kommandeur von Kommando B. »Sollten wir nicht irgendwo hingehen, wo Sie uns ins Bild setzen können?«

»Da drüben ist ein Büro. Darin haben wir uns aufgehalten, seit das Bombardement vorbei ist.«

Er, Guy und Major Hound sowie der Stellvertretende Kommandeur von Kommando B mühten sich zwischen Bombentrichtern und aufgerissenen Pflastersteinen hindurch bis zu einer Hütte mit der Aufschrift ›Hafenkommando‹. Guy legte seine Kartentasche auf den Tisch und richtete den Strahl seiner Taschenlampe darauf.

»Wir haben sechzig Mann und vier Offiziere, mich mitgezählt. Möglich, dass andere sich verfranzt haben. Das ist alles, was ich habe zusammenbringen können. Sie stehen unten am Hafen. Auf den Straßen kommt man nicht voran. Ich habe noch ein paar Lastwagen. Jeder klaut jeden fahrbaren Untersatz, den er kriegen kann. Aber unsere werden bewacht und sind so weit sicher. Der gesamte Verkehr verläuft in Richtung Süden nach Sfakia.«

»Ich glaube, das Beste ist, Sie berichten uns erst mal, was passiert ist.«

»Viel weiß ich nicht. Es geht alles drunter und drüber. Sie zogen gleich los, als wir gestern Abend ankamen – das heißt, die, die noch übrig waren. Die Front verlief an der 42. Straße, wie es hieß. Wir wurden dem Befehl von Kommando A unterstellt und gingen gleich bei Morgengrauen zum Gegenangriff über. Dabei ist Prentice gefallen. Wir stießen bis zum Flugplatz vor. Dort entdeckten wir, dass die Spanier, von denen wir angenommen hatten, dass sie unsere Flanke deckten, nicht da waren. Und auch von den Leuten, die kommen und uns ablösen sollten, war nichts zu sehen. So saßen wir über eine Stunde da und wurden von allen Seiten beschossen. Danach machten wir uns wieder auf und verloren den Kontakt mit Kommando A. Die Stukas vernichteten die meisten unserer Transportmittel. Wir lagen den ganzen Tag über auf den Feldern, während sie über uns ihre Sturzangriffe flogen. Nach Einbruch der Dunkelheit haben wir uns dann bis hierher durchgeschlagen, und da sind wir jetzt.«

»Ich verstehe«, sagte Major Hound, »verstehe.«

Er betrachtete das Problem in seinem benommenen Kopf von allen Seiten, ohne indes zu einer Stabslösung zu kommen. Schließlich sagte er:

»Ich nehme an, Sie wissen, wo das Hauptquartier der Crete-Force ist?«

»Das könnte überall sein. Ursprünglich war es in einem Kloster, ein wenig abseits von der Straße.«

»Und die anderen Kommandos?«

»C hat mit uns zusammen den Gegenangriff gestartet. Ich nehme an, dass sie irgendwo in der Nähe des Hauptquartiers liegen. Von X habe ich seit unserer Landung nichts mehr gesehen. Die wurden mit einem Auftrag in eine ganz andere Richtung losgeschickt.«

Major Hounds gute Gewohnheiten gewannen die Oberhand. Er vertiefte sich in die Karte.

»Das hier«, sagte er und deutete blindlings auf die Umgebung von Souda, »ist der Sammelpunkt. Dort sollten wir zu den anderen stoßen. Hier ist das Brigade-Hauptquartier. Ich werde mich jetzt zur Crete-Force begeben. Der Kommandierende General muss sofort die Befehle vom Oberkommando in Kairo vorgelegt bekommen. Ich brauche jemanden, der mich hinführt. Die Gruppenführer melden sich um neun Uhr im Stabshauptquartier. Stehen Sie mit A, C und X telefonisch in Verbindung?«

»Nein.«

»Dann lassen Sie diese Befehle per Melder überbringen. Noch Fragen?«

Der Stellvertretende Kommandeur von Kommando X schien etwas sagen zu wollen. Doch dann ließ er die Schultern sacken, drehte sich um und ging hinaus.

»Haben Sie diese Befehle festgehalten, Crouchback?«

»Ja. Glauben Sie, sie werden ausgeführt?«

»Davon gehe ich aus. Zumindest sind sie gegeben worden. Mehr kann man nicht tun.«

Major Hound schickte alles, was von ihnen noch geblieben war, zu den auf den Karten festgelegten Treffpunkten in den Bergen. Dann kletterte er zusammen mit Guy und ihren Burschen in den Drei-Tonnen-Laster, und sie fuhren davon. Ein Führer von Kommando B saß vorne neben dem Fahrer.

Nachdem sie das Hafengelände hinter sich gelassen hatten, bogen sie auf die Hauptstraße ein, die bei Canea begann. Sie fuhren ohne Scheinwerfer. Der Himmel war wolkenlos und sternenklar. Sie konnten ziemlich weit sehen, und die ganze Fahrt über bemerkten sie nur Gruppen von ungeordnet dahinziehenden Soldaten, dazwischen immer wieder Fahrzeuge aller Art, die – gleichfalls ohne Licht – nur im Schritttempo vorwärtskamen. Manche der Soldaten marschierten in kurzen Dreierreihen mit voller Ausrüstung, einige waren verwundet und stützten sich gegenseitig, andere trugen keine Waffen bei sich. Der Laster fuhr gegen den Strom an und musste sich den Weg bahnen. Ab und zu rief ihnen jemand etwas zu. Einer sagte: »Falsche Richtung, Kumpel!« Doch die meisten sahen nicht einmal auf. Manche stießen gegen den Kühler oder streiften die Kotflügel. Etliche Meilen hindurch änderte sich daran nichts. Dann bogen sie in einen Feldweg ein, und ein Wachtposten hielt sie an. Der Fahrer hob die Kühlerhaube hoch und machte sich mit der Taschenlampe am Motor zu schaffen.

»Machen Sie die Lampe aus«, sagte der Wachtposten.

»Was machen Sie denn da überhaupt?«, fragte Major Hound.

»Ich montier den Verteiler aus. Ich möchte nicht, dass uns dieser Laster geklaut wird.«

Der Führer brachte sie zu einem friedlichen Weinberg. Wieder wurden sie aufgehalten und erreichten schließlich ein paar dunkle Gebäude. Guy warf einen Blick auf die Uhr. Halb drei.

Die Burschen setzten sich draußen nieder. Guy und Major Hound schoben die Wolldecken beiseite, mit denen die Tür verhängt war, und betraten ein aus zwei Räumen bestehendes Bauernhaus. Drinnen eine Sturmlaterne und Karten auf einem Tisch. Zwei Männer schliefen im Sitzen; den Kopf hatten sie zwischen die Arme auf den Tisch gelegt. Major Hound grüßte. Einer der Männer hob den Kopf.

»Ja?«

»Brigadestab der Hook-Force meldet sich zur Stelle, Sir – mit Befehlen vom Oberkommandierenden in Kairo.«

»Was? Wer?« Der Brigadegeneral machte ein verdattertes Gesicht, offensichtlich völlig übermüdet. »Der Kommandeur darf nicht gestört werden. Wir brechen in einer Stunde auf. Lassen Sie einfach hier, was Sie mitgebracht haben. Ich kümmere mich darum.«

Langsam richtete sich die andere Gestalt auf.

»Haben Sie Hook-Force gesagt? Der Oberkommandierende hat den ganzen Tag über auf eine Meldung von Ihnen gewartet.«

»Ich muss ihn dringend sprechen.«

»Selbstverständlich. Aber jetzt nicht. Er ist nicht imstande, irgendjemanden zu sehen. Es ist sein erster Schlaf seit achtundvierzig Stunden, und wir müssen vor Morgengrauen ein anderes Hauptquartier beziehen. Ist Colonel Blackhouse bei Ihnen?«

Major Hound erklärte die Situation, um den Brigadegeneral und den anderen Stabsoffizier ins Bild zu setzen. Guy war völlig klar, dass beide nichts begriffen. Für Major Hound genügte es, die Worte auszusprechen – selbst wenn sie in ein Nichts völliger Übermüdung fielen.

»… liegen in Canea … Angriffe auf feindliche Linien in enger Zusammenarbeit mit der Navy …«

»Ja«, sagte der Brigadegeneral. »Vielen Dank. Lassen Sie es hier. Ich leg's dem Kommandierenden General vor. Sagen Sie Colonel Blackhouse, er soll sich um acht melden.«

Er zeigte auf die Karte, auf der der neue Standort des Hauptquartiers mit Kreide gekennzeichnet war. Glücklicherweise lag er, wie Guy bemerkte, nicht weit von der Stelle entfernt, die Major Hound für sie selbst ausgesucht hatte, auf den Hängen bei der Straße, wo sie ins Inselinnere zu den Bergen und zur Südküste abbog.

Sie kehrten zu ihrem Lastwagen zurück und fuhren auf der Hauptstraße, diesmal mit dem Strom. Ein neuseeländischer Offizier hielt sie an und fragte: »Können Sie ein paar Verwundete mitnehmen?«

»Wohin wollen sie denn?«

»Egal, wohin.«

»Wir fahren aber nur fünf Kilometer.«

»Das ist immerhin etwas.«

Die Verwundeten kletterten herein und halfen einem nach dem anderen herauf, bis die Ladefläche voll war.

»Danke«, sagte der Neuseeländer.

»Wohin wollen Sie selbst?«

»Nach Sfakia, falls ich das schaffe.«

Bald darauf gelangten sie auf einen Straßenabschnitt, auf dem die zu Gehenden offenbar angewiesen worden waren, sich am Straßenrand zu halten, und sie hatten freie Fahrt. Sie ratterten mit annehmbarer Geschwindigkeit dahin, und die

Verwundeten stöhnten häufig auf, wenn sie zu sehr durchgerüttelt wurden.

Sie erreichten die Erhebung, auf der Major Hound sein Stabsquartier vorgesehen hatte. Alles war dort in Ordnung. Ein Melder und ein Führer standen am Straßenrand Wache. Als sie anhielten, drängten sich gleich Versprengte um sie, und einer rief: »Noch Platz für einen Kameraden?«

»Aussteigen. Raus mit allen!«, rief Major Hound.

Ohne ein Wort der Klage kletterten die Verwundeten hinunter und reihten sich humpelnd in die langsam sich vorwärtsschiebende Kolonne ein.

Der Laster wurde ein wenig abseits der Straße zwischen Felsen und Bäumen abgestellt, der Verteiler wieder ausmontiert und das Tarnnetz vorschriftsmäßig über den Laster gespannt.

Corporal-Major Ludovic tauchte im Zwielicht auf.

»Alles in Ordnung, Corporal-Major?«

»Jawohl, Sir.«

»Alle Offiziere des Stabes hier?«

»Sie sind mit einem Lastwagen auf die Suche nach Verpflegung gegangen.«

»Gut. Alles in Verteidigungsbereitschaft?«

»Jawohl, Sir.«

»Nun, dann, glaube ich, lege ich mich noch etwas aufs Ohr. In etwa einer Stunde wird es hell. Dann werden wir besser erkennen, was für eine Stellung wir hier haben.«

Welche sonderbaren Gezeiten sich um ihn herum auch hoben und senkten, Major Hound schwamm in seiner Selbstgerechtigkeit immer oben – wie Noah in seiner Arche. Nur schlafen konnte er nicht.

Wenige hundert Meter weiter, auf der Straße, die in die Berge hineinführte, taumelten die schweigenden Menschen weiter, die unbeleuchteten Autos ratterten vorbei.

Seit sie an Bord gegangen waren, hatte Hound nichts mehr gegessen. Sein erster Gedanke, als bei Morgengrauen der Stab um ihn herum zu neuem Leben erwachte, galt daher dem Essen.

»Es wird Zeit, Tee zu kochen, Corporal-Major.«

»Die Leute, die Verpflegung besorgen wollten, sind noch nicht wieder zurück, Sir.«

»Kein Tee?«

»Kein Tee, Sir. Kein Wasser – nur, was wir in unseren Feldflaschen haben. Man hat mir wegen der feindlichen Flugzeuge geraten, kein Feuer anzuzünden.«

Major Hounds zweiter Gedanke galt seinem Äußeren. Er machte seinen Tornister auf, stellte einen Spiegel auf, verteilte eine klebrige Masse aus einer Tube auf seinem Gesicht und fing an, sich zu rasieren.

»Crouchback, sind Sie schon wach?«

»Ja.«

»Wir müssen heute Morgen eine Besprechung abhalten.«

»Ja.«

»Sie sollten sich ein bisschen herrichten. Haben Sie Rasiercreme?«

»Ich benutze nie welche.«

»Ich kann Ihnen etwas von meiner leihen. Viel brauchen Sie nicht.«

»Vielen Dank, aber ich warte lieber auf heißes Wasser. Nach allem, was ich gestern Abend gesehen habe, hält man hier auf der Insel nicht viel vom Rasieren.«

Major Hound wischte Gesicht und Rasiermesser ab und reichte beides zusammen mit dem Handtuch seinem Burschen. Dann beobachtete er durch den Feldstecher die überfüllte Straße.

»Was ist bloß aus den anderen geworden?«

»Als wir gestern Abend warteten, Sir«, sagte Corporal-Major Ludovic, »hatte ich Gelegenheit, mich mit einem australischen Sergeant zu unterhalten. Offenbar ist es in den letzten beiden Tagen häufiger vorgekommen, dass Männer einfach Offiziere erschossen und sich ihrer Autos bemächtigt haben. Unter uns gesagt, er schlug mir vor, er und ich sollten das Gleiche tun, Sir.«

»Reden Sie doch keinen Unsinn, Corporal-Major.«

»Ich habe mich natürlich nicht darauf eingelassen, Sir, mit Verachtung.« Major Hound fasste Ludovic fest ins Auge, erhob sich dann und schlenderte langsam auf die aufgehende Sonne zu.

»Crouchback«, rief er. »Würden Sie wohl einen Augenblick rüberkommen?«

Guy ging zu ihm und stieg hinter ihm den kleinen weißen Ziegenpfad hoch, bis sie außer Hörweite waren und der Major sagte:

»Kommt Ihnen Ludovic nicht komisch vor?«

»Schon immer.«

»War das eben eigentlich als Unverschämtheit gemeint?«

»Ich glaube eher, er wollte witzig sein.«

»Was machen wir bloß, wenn er ganz durchdreht?«

»Weiß ich auch nicht.«

Schweigend standen sie in einer kleinen Gruppe von ausladenden Pinien und blickten auf die Prozession unten hinunter. Die Reihen hatten sich gelichtet, es war nicht mehr der dichte Block wie während der Dunkelheit. Zu zweit oder in kleinen Grüppchen bewegten die Leute sich vorwärts. Nur ein einziger Lastwagen war zu sehen, der langsam die ansteigende Straße zu ihnen herauffuhr.

Ziemlich überstürzt, als hätte er die Frage schon oft geprobt, sagte Hound: »Übrigens, haben Sie was dagegen, wenn ich Sie Guy nenne?«

»Nein, eigentlich nicht.«

»Meine Freunde nennen mich für gewöhnlich Fido.«

»Philo?«

»Fido.«

»Ach so. Ich verstehe.«

Pause.

»Mir will die Lage ganz und gar nicht gefallen, Guy.«

»Mir auch nicht, Fido.«

»Und was noch schlimmer ist: Ich bin wahnsinnig hungrig.«

»Ich auch.«

»Sie halten es doch auch nicht für möglich, dass sie den Staff Captain umgebracht haben und mit unserem Laster abgehauen sind, oder?«

»Nein.«

Noch während sie leise und vertraulich miteinander sprachen, drang vom strahlenden Himmel das anfangs schwache, dann zunehmend lauter werdende Dröhnen eines Flugzeugs zu ihnen. Gleich darauf ertönte in ihrer Nähe immer lauter und klagender ein kaum mehr menschlicher Laut, der unten auf der staubigen Straße von Mann zu Mann weitergegeben wurde: »Flugzeuge! Deckung! Deckung! Flugzeuge! In Deckung gehen!«

Im Handumdrehen wandelte sich das Bild. Die Männer sprangen von der Straße, warfen sich mit dem Gesicht zuerst auf den Boden und verschwanden vollständig zwischen den Felsen und dem Gestrüpp.

Der Staub senkte sich. Der Laster fuhr direkt unter den Pinien in Deckung, wo Guy und Fido standen, und hielt erst an, als es nicht mehr weiterging. Ein Dutzend Männer kletterte heraus und ging zwischen den taktisch verstreuten Teilen des Stabsquartiers der Hook-Force in Deckung.

»Das geht nicht«, sagte Fido.

Er lief auf sie zu.

»Hören Sie, Männer, das hier ist ein Brigade-Hauptquartier.«

»Flugzeug!«, riefen sie. »Gehen Sie in Deckung!«

Das kleine, gemächlich dahinfliegende Aufklärungsflugzeug, erst ein silberner Punkt, wurde allmählich zu einer erkennbaren Maschine. Langsam flog es über die Straße hinweg, wurde kleiner, wendete, wurde wieder größer, wandte seine Aufmerksamkeit dem Lastwagen zu, feuerte eine Salve, die etwa zwanzig Schritt danebenging, kreiste, gewann an Höhe und verschwand in Richtung Meer im stillen Quattrocento-Himmel.

Guy und Fido hatten sich, als die Kugeln einschlugen, zu Boden geworfen. Jetzt standen sie wieder auf und grinsten sich an wie zwei demütige Komplizen.

»Sie machen besser, dass Sie weiterkommen«, sagte Fido zu den Männern aus dem Lastwagen.

Keiner von ihnen antwortete.

»Wem untersteht diese Gruppe?«, fragte Fido. »Ihnen, Sergeant?«

Der Angesprochene sagte mürrisch: »Nicht direkt, Sir.«

»Dann übernehmen Sie das Kommando und fahren weiter.«

»Man kann nicht weiterfahren – nicht tagsüber. Überall sind andauernd Jerries. Wir machen das jetzt schon seit einer Woche mit.«

Jetzt tauchten rings um sie zwischen den Büschen überall Köpfe auf, doch keiner machte Anstalten, zur Straße zu gehen. Der Sergeant nahm den Tornister herunter und holte eine Dose Zwieback und eine Büchse Rindfleisch heraus. Die Fleischdose öffnete er gewaltsam mit seinem Bajonett, dann teilte er das Fleisch sorgfältig auf.

Fido sah zu und schmachtete. Weder Guy noch der abgerissene Sergeant noch Fido selbst, dem vor lauter Hunger und zu wenig Schlaf schon schwindlig war, noch sonst jemand auf dem duftenden Hang konnte ahnen, dass dies der Augenblick der Versuchung war. Fido musste sich entscheiden. Hinter ihm lag ein Leben makellosen beruflichen Aufstiegs und vor ihm der sprichwörtliche Scheideweg: der steile Pfad der Pflicht und der Abgrund des Hungers. Es war die erste große Versuchung in Fidos Leben. Er gab ihr nach.

»Ach, Sergeant«, sagte er in völlig verändertem Tonfall, »haben Sie davon was übrig?«

»Nein, übrig nichts. Es ist unsere letzte Dose.«

Dann sprach einer der anderen Männer, auch sehr sanft:

»Sie haben nicht zufällig was zu rauchen bei sich, Sir?«

Fido kramte suchend in seinen Taschen, machte das Zigarettenetui auf und zählte.

»Ein paar könnte ich schon entbehren«, sagte er.

»Geben Sie uns vier, dann können Sie mein Fleisch kriegen. Ich habe ein komisches Gefühl im Magen.«

»Und zwei Zwieback.«

»Nein, Zwieback kann ich essen. Nur das Fleisch hab ich nie gemocht.«

»Ein Zwieback.«

»Fünf Zigaretten.«

Der Handel war besiegelt. Fido nahm den Preis für seine Schande in Empfang: den kleinen Klumpen bröckeligen und fettigen Fleischs und einen Zwieback. Er sah Guy nicht an und entfernte sich ein wenig, um zu essen. Das dauerte kaum eine Minute. Dann kehrte er in die Mitte seiner Gruppe zurück und saß schweigend mit seiner Karte und seiner verlorenen Seele da.

Die ›taktische Streuung‹ des Stabs der Hook-Force, völlig verändert durch die desertierte Verpflegungsgruppe und das Hinzukommen einer Reihe von fremden Elementen, wirkte sehr zufällig. Die ›Rundum-Verteidigung‹ bestand aus vier Meldern, die mit ihren Karabinern in den vier Himmelsrichtungen Posten bezogen hatten. Von ihnen bewacht, ruhten zwischen Gestrüpp und Felsen kleine Gruppen von Männern. Der Brigademajor saß allein in der Mitte, Guy ein wenig abseits. Die Wärme der frühmorgendlichen Sonne tat ihnen allen wohl.

Guys Bursche näherte sich mit einem Blechnapf voll kalter gekochter Bohnen, Zwieback und Marmelade.

»Wunderbar. Wo haben Sie das denn her?«

»Unsere Abteilung, Sir. Wir haben gestern Abend auf dem Quai ein bisschen was organisiert.«

Guy setzte sich zu seinen Männern, die vorsichtig kauten, damit keiner der nicht zu ihnen gehörenden Schreiber und Melder sie dabei sah. Sie begrüßten ihn fröhlich. Es war ihr Picknick, und er war ihr Gast; es war nicht seine Sache, diensteifrig zu befehlen, dass sie ihre private Beute verteilen sollten.

»Ich sehe im Augenblick keine Geheimdienstaufgaben«, sagte er. »Das Beste, was wir tun können, wäre, einen kleinen Erkundungsgang nach Wasser zu machen. Irgendwo in diesen Schluchten muss doch eine Quelle sein.«

Der Sergeant verteilte Zigaretten.

»Gehen Sie sparsam mit denen um«, sagte Guy. »Die lassen sich unter Umständen gut gegen was anderes eintauschen.«

»Ich habe bei der Navy zehn Dosen abgestaubt, Sir.«

Guy schickte zwei Mann auf Wassersuche. Dann zeichnete er mit einem Kreuz ihren Standort auf der Karte ein und notierte auf seinem Schreibblock: *28. 6. 41. Vorgeschobenes Brigade-Hauptquartier um fünf Uhr früh an Feldweg westlich Straße 345208 aufgeschlagen. 6 Uhr 10 feindliches Aufklärungsflugzeug.* Ihm ging auf, dass er sich an diesem Morgen der Unsicherheit ziemlich genau so verhielt, wie es von einem

Halberdier erwartet wurde. Er wünschte, Colonel Tickeridge wäre da und könnte ihn sehen, und noch während er diesem launischen Einfall nachhing, tauchte Colonel Tickeridge tatsächlich auf.

Zuerst war er nicht direkt erkennbar, sondern nur ein kleiner Punkt auf der Straße, aus dem beim Näherkommen zwei Punkte wurden. Nach den Angaben im *Handbuch für Kleinfeuerwaffen* waren Köpfe auf sechshundert Schritt Entfernung Punkte, die Körper Striche; auf dreihundert Schritt Entfernung waren die Gesichter verschwommen erkennbar; erst auf zweihundert Schritt Entfernung waren sämtliche Körperteile deutlich zu unterscheiden; der mächtige Schnurrbart seines ehemaligen Kommandeurs war unverwechselbar.

»Hallo«, rief Guy und eilte zur Straße hinunter. »Colonel Tickeridge, Sir. Hallo.«

Die beiden Halberdiers blieben stehen. Sie waren glattrasiert wie Fido, die Ausrüstung vorschriftsmäßig angelegt, genau so, wie sie während der Bataillonsübungen in Penkirk aufgetreten waren.

»Onkel! Nein, ich seh wohl nicht recht! Was machen Sie denn hier? Sie gehören doch nicht etwa zum Hauptquartier der Crete-Force?«

Sie hatten keine Zeit für gemeinsame Erinnerungen. Sie tauschten vielmehr wichtige militärische Informationen aus. Die Zweite Halberdier-Brigade war, ohne einen Schuss abgefeuert zu haben, aus Griechenland herausgekommen, hatte zwischen Retino und Suda in Unterkünften gelegen und auf Befehle gewartet. Endlich war Colonel Tickeridge ins Hauptquartier beordert worden. Er hatte nicht die geringste Ahnung, wie die Schlacht stand. Er wusste noch nicht einmal vom Verschwinden von Ben Ritchie-Hook.

So tief in seine Schande gesunken, dass er es ertragen hätte, dabei zuzusehen, wie ein jüngerer Offizier sich mit einem höheren Offizier unterhielt, ohne sich einzumischen, war Fido noch nicht. Umständlich raffte er sich auf und salutierte.

»Sie suchen nach dem Hauptquartier, Sir. Das müsste auf der anderen Seite des Berghangs liegen. Ich werde mich um acht selber dort melden.«

»Ich soll mich gleichfalls um acht melden, aber ich gehe jetzt schon, solange noch alles ruhig ist. Die Deutschen arbeiten nach einem genauen Zeitplan. Punkt acht fangen sie an, Bomben zu werfen. Zum Mittagessen machen sie Pause, dann machen sie weiter bis Sonnenuntergang. Davon weichen sie nie ab. Was macht denn der Kommandierende General hier in dieser Abgeschiedenheit? Und wer sind diese erschreckend aussehenden Leute, die hier überall herumliegen? Was ist eigentlich los?«

»Sie sagen, es geht nur noch um *sauve qui peut*, rette sich, wer kann«, sagte Fido.

»Den Ausdruck kenne ich nicht«, erklärte Colonel Tickeridge.

Es war zwanzig nach sieben.

»Ich muss weiter. Sie treffen zwar nicht mal zufällig was mit ihren verdammten Bomben, aber nervös machen sie mich trotzdem.«

»Wir kommen mit«, sagte Fido.

Außer ihnen war kein Mensch auf den Straßen. Die Männer, die die ganze Nacht über marschiert waren, lagen zwischen den Büschen, spürten die Sonne und mehr als die Sonne die Dornen, atmeten die würzige Luft, waren hungrig, durstig und verdreckt und warteten darauf, dass der lange, gefährliche Tag in eine weitere Nacht voller Mühsal und Marschiererei überging.

Pünktlich um acht tauchten am Himmel die Flugzeuge auf. Die Stabsbesprechung beim Kommandierenden General fing gerade an. Ein Dutzend Offiziere hockte um ihn herum in einer Art Unterstand aus Wolldecken, Zweigen und Tarn-netzen. Diejenigen, die in der vergangenen Woche schwere Bombenangriffe erlebt hatten, zogen den Kopf zwischen die Schultern, sobald sich eine Maschine näherte, und schienen für alles andere taub zu sein. Bomben oder Granaten schlugen jedoch nicht in ihrer Nähe ein.

»Gentlemen, ich bedauere, Ihnen mitteilen zu müssen«, sagte der Kommandierende General, »dass entschieden wor-den ist, die Insel zu räumen.« Dann gab er ihnen einen kurzen Überblick über die Lage ... »Diese und jene Brigade haben die ganze Wucht des Angriffs aushalten müssen und große Verluste erlitten ... Ich habe sie daher von der Front abge-zogen und befohlen, dass sie sich an bestimmten Orten an der Südküste zur Einschiffung einfinden.« Das also war der Grund für das marschierende Lumpenpack in der vorigen Nacht, dachte Guy; das sind die abgekämpften Männer mit den wunden Füßen, die in den Büschen lagern ... »Ich habe sie aus dem Kampf gezogen ...«

Der General ging zu Einzelheiten über, die die Nachhut betrafen. Die Hook-Force und die Zweite Halberdier-Brigade waren anscheinend die einzigen kampffähigen Einheiten. Der General zeigte Linien auf, die gehalten werden mussten.

»Bedeutet das Kampf bis zum letzten Mann und bis zum letzten Schuss?«, fragte Colonel Tickeridge unbeschwert.

»Nein, nein. Es handelt sich um einen planmäßigen Rück-zug ...« Soundso sollte sich durch diesen und jenen Ort zu-rückziehen ... Diese Brücke und jene sollten nach der letzten Einheit gesprengt werden.

»Mir scheint, ich habe niemanden an den Flanken«, sagte Colonel Tickeridge zuletzt.

»Da brauchen Sie sich keine Sorgen zu machen. Die Deut-schen gehen nie abseits der Straßen vor.«

Schließlich sagte er: »Wir müssen uns damit abfinden, dass

die Verwaltung bis zu einem gewissen Grade zusammengebrochen ist ... An verschiedenen Stellen der Straße werden
Lager mit Munition und Verpflegung aufgebaut ... Es steht
zu hoffen, dass heute Nacht weiteres Material angeflogen
wird ... Man wird hier und da improvisieren müssen ... Ich
werde mein Hauptquartier nach Imbros verlegen ... Der
Verkehr zum augenblicklichen Hauptquartier sollte auf ein
Minimum beschränkt bleiben. Sie werden uns einzeln verlassen und vermeiden, dass Pfade entstehen ...«

Gegen neun Uhr waren Guy und Fido wieder dort, wo sie
hergekommen waren. Zweimal mussten sie auf dem Rückweg
in Deckung gehen, und ein Flugzeug raste flach über ihre
Köpfe hinweg. Ein- oder zweimal, als sie mitten auf der Straße
gingen, rief man ihnen aus den Büschen heraus zu: »Runter
mit euch!«, aber meistens hatten sie das Gefühl, durch ein
menschenleeres Land zu ziehen. Nachdem sie ihr Stabsquartier wieder erreicht hatten, machte Fido sich daran, die Befehle des Generals festzuhalten. Dann sagte er:

»Guy, meinen Sie, die Gruppenführer kommen zur Besprechung?«

»Nein.«

»Selbst schuld, wenn sie es nicht tun.« Hoffnungslos, doch
mit kühnem Ausdruck blickte er um sich. »Kein Mensch unterwegs. Ich glaube, Sie nehmen sich am besten den Laster
und überbringen die Befehle persönlich.«

»Wohin denn?«

»Hierhin«, sagte der Brigademajor und deutete auf die mit
Kreide angekreuzten Punkte auf der Karte, »und hier und
hier. Oder irgendwohin«, sagte er, nackte Verzweiflung in den
Augen.

»Corporal-Major, wo ist unser Fahrer?«

Der Fahrer war nicht aufzufinden. Niemand erinnerte
sich, ihn heute schon gesehen zu haben. Er gehörte nicht zum

Kommando, sondern war von der Transportabteilung auf diese Insel der Desillusionierung abkommandiert worden.

»Was zum Teufel kann denn bloß mit ihm passiert sein, Corporal-Major?«

»Ich glaube, Sir, als er feststellte, dass er mit dem Laster nicht weg konnte, hat er es vorgezogen, sich zu Fuß zu entfernen. Als ich ihn zum ersten Mal sah, Sir, hatte ich den Eindruck, dass er mit dem Herzen nicht beim Kampf war. Deshalb fürchtete ich, wir könnten womöglich noch einen Lastwagen verlieren, und habe den Verteiler ausgebaut.«

»Sehr weitblickend, Corporal-Major.«

»Jedes Transportmittel hier, Sir, ist nach Ansicht des Australiers, den ich erwähnt habe, kostbar wie Goldstaub.«

Ein Stuka näherte sich, entdeckte den abgestellten Lastwagen der Hinzugekommenen, setzte zum Sturzflug an und klinkte drei Bomben aus, die auf der anderen Seite der Straße zwischen den unsichtbaren Versprengten niedergingen. Danach verlor es das Interesse und verschwand laut dröhnend im Westen. Guy, Fido und Ludovic standen wieder auf.

»Ich muss das Stabsquartier verlegen«, sagte Fido. »Sie sehen den verdammten Laster immer wieder.«

»Warum nicht den Laster weiter wegfahren?«, schlug Guy vor.

Ohne auf einen Befehl zu warten, stieg Ludovic in das Fahrzeug, ließ den Motor an, lenkte ihn rückwärts hinaus auf die Straße und fuhr ihn eine halbe Meile fort. Als er mit zwei Kanistern Benzin zu Fuß wieder zurückkam, tauchte ein weiterer Stuka auf, setzte zum Sturzflug auf den Laster an, hatte etwas mehr Glück als sein Vorgänger und brachte den Lastwagen zum Kippen.

»Da ist er hinüber, unser verdammter fahrbarer Untersatz«, sagte Ludovic zu dem Sergeant der Versprengten. Er verfügte über die Sprachbegabung eines Kammerdieners und redete jetzt saftig wie ein Plebejer daher. Dem Brigademajor wandte er sich wieder ganz in der früheren süßlichen Gestelztheit zu. »Sir, dürfte ich vorschlagen, dass ich mir ein paar Leute nehme und mich mit Captain Crouchback aufmache? Vielleicht treiben wir irgendwo etwas Verpflegung auf.«

»Corporal-Major«, sagte Guy, »Sie haben mich doch nicht zufällig im Verdacht, dass ich allein mit dem Laster abhauen könnte?«

»Aber nicht doch, Sir«, sagte Ludovic geziert und zurückhaltend.

Fido sagte: »Nein. Ja. Gut. Tun Sie, was Sie für richtig halten – nur tun Sie's auch, um Gottes willen.«

Ein Mann aus Guys Einheit meldete sich freiwillig zum Fahren, und bald brachen sie auf, er im Fahrerhaus, Ludovic und zwei Mann hinten. Es ging die Straße hinunter, die sie auch in der Dunkelheit genommen hatten.

Land wie Meer schienen leergefegt; nur am Himmel war pulsierendes Leben. Aber im Augenblick hatte der Feind alles Interesse an Lastwagen verloren. Die Flugzeuge flogen nicht mehr wahllos hin und her, sondern verfolgten etwa eine Meile weiter in den Hügeln südlich des Hafens einen detaillierten Plan. Sie hielten sich genau an ihren Kurs, kamen in Abständen von fünf Minuten vom Meer herangeflogen, vollführten ihren Sturzflug, klinkten ihre Bomben aus, schossen Maschinengewehrsalven, kreisen, Sturzflug, bombardieren, je drei Runden auf derselben Strecke, und flogen dann wieder aufs Meer hinaus und zurück zu ihren Ausgangsbasen auf dem Festland. Während sie ihrem Ritual folgten, konnte Guy mit seinem Lastwagen ungestört seiner Aufgabe nachgehen.

Zertrampelte Gärten, teilweise zerstörte und verlassene Landhäuser gingen über in verwüstete Terrassen an der Straße; dann, im Gebiet hinter Souda, kamen wieder Landhäuser.

»Halten Sie mal einen Augenblick«, sagte Guy. »Hier in der Nähe muss Kommando X liegen.«

Er studierte die Karte und hielt nach auffälligen Punkten in der Umgebung Ausschau. Links, zwischen Olivenbäumen, war eine Kuppelkirche zu sehen; einige der Bäume waren verkohlt und zersplittert, die meisten jedoch standen voll und gelassen da wie die in den Olivenhainen von Santa Dulcina.

»Hier muss es sein. Gehen Sie irgendwo mit dem Laster in Deckung und warten Sie.«

Er stieg aus und ging allein in den Hain hinein. Er war, wie er feststellte, von Schützengräben durchzogen, und die Gräben wiederum waren voll von Menschen. Zusammengekauert und halb schlafend hockten sie da, und nur wenige hoben den Kopf, als Guy bei ihnen Erkundigungen einzog. Der eine oder andere fuhr ihn in dem teilnahmslosen Ton der Crete-Force an: »Runter, um Gottes willen! Können Sie denn nicht in Deckung gehen?« Es waren Buchhalter und Krankenwärter und Bodenpersonal vom Flugplatz – Leute, die zwar verwundet waren, aber gehen konnten, Leute von Versorgungseinheiten, Melder, versprengte Infanterieabteilungen, Panzerbesatzungen ohne Panzer und Kanoniere ohne Geschütze und ein paar Leichen. Niemand vom Kommando X.

Guy kehrte zu seinem Lastwagen zurück.

»Fahren Sie langsam weiter. Schauen Sie nach hinten. Sie haben bestimmt eine Wache an der Straße aufgestellt.«

Plötzlich tauchte ein Motorradfahrer vor ihnen auf und hielt an. Er trug eine graue Uniform und einen Stahlhelm. Durch seine Autobrille starrte er Guy mit leeren jungen Augen an, wendete dann hastig und fuhr zurück.

»Donnerwetter«, sagte Guy zu seinem Fahrer, »was, meinen Sie, war das denn?«

»Sah aus wie ein Jerry, Sir.«

»Wir sind zu weit gefahren. Kehren wir um!«

Ohne dass man sie davon abhielt, wendeten sie und fuhren zurück.

Nach einem Kilometer sagte Guy: »Ich hätte auf den Mann schießen müssen.«

»Dazu hat er uns kaum Zeit gelassen, Sir.«

»Er hätte auf uns schießen müssen.«

»Ich nehme an, er war genauso überrascht wie wir. Ich hätte nie gedacht, jemals einen Deutschen von so nah zu sehen.«

Ludovic hatte den Motorradfahrer nicht sehen können. Und das war in gewisser Weise ein Glück.

»Die Leute, die von ihren Einheiten abgekommen sind, scheinen bei dieser Schlacht *vor* der Front herzugehen«, sagte Guy.

Sie fuhren zurück nach Suda und hielten am Hafen bei einem Lagerhaus. Der größte Teil war heruntergebrannt, aber hinten im Hof stand ein Stapel Treibstoffkanister, und zwei griechische Soldaten bewachten einen kleinen Haufen Vorräte.

Sie begrüßten ihre unsicheren Verbündeten herzlich. Unter den Vorräten befand sich Wein, und viele leere Flaschen lagen umher.

»Steigen Sie ein«, sagte Guy.

Ludovic untersuchte die Vorräte. Da waren Heuballen, Säcke mit Reis, Makkaroni, Zucker und Kaffee, ein paar getrocknete, aber übelriechende Fische, riesige klassische Ölamphoren, keine Army-Bestände, sondern Überreste eines Privatunternehmens. Er wählte einen Käse, zwei Schachteln mit Eiswaffeln und einen Karton mit Sardinen. Für diese Dinge und den Wein brauchte man kein Feuer zu machen.

Langsam fuhren sie zurück. Die Flugzeuge dröhnten immer noch ihren unsichtbaren Zielen in den Bergen entgegen. Die griechischen Soldaten schliefen ein.

Die Sonne stand hoch und war heiß, und als Guys Laster

den Punkt erreichte, wo die Straße ins Inland abbog, hörte das Dröhnen der Flugzeuge über ihnen auf. Das letzte Flugzeug wurde kleiner und verschwand, und Stille legte sich über das Land, die sogar im klappernden Fahrerhaus noch zu spüren war. Plötzlich tauchten überall am Straßenrand Gestalten auf, die sich reckten und sich in Bewegung setzten. Mittagspause.

»Die scheinen zu uns zu gehören«, sagte der Fahrer und zeigte auf zwei Soldaten mit einem Panzerabwehrgeschütz, die am Straßenrand standen.

Endlich waren sie auf die Hook-Force gestoßen; sie hockten in Splittergräben auf einem Weinberg, und in ihrer Mitte hatten viele Versprengte Zuflucht gesucht. Die Olivenbäume waren alt, knorrig und unregelmäßig und voll von winzigen grünen Früchten, die gerade anfingen, Gestalt anzunehmen. Die Kommandeure hockten zusammen im Schatten einer Wagenremise, die Führer der Kommandos A, C und X und der Major vom Kommando B, der vom Zerstörer aus am Abend zuvor an Land gegangen war.

Guy trat näher und salutierte.

»Guten Morgen, Sir! Guten Morgen, Sir! Guten Morgen, Tony.«

Seit Tommys Beförderung stand Kommando X unter dem Befehl eines Coldstreamers namens Tony Luxmore, ein ernster, kalter junger Mann, der ständig Glück beim Kartenspiel hatte. Er grüßte wütend zurück.

»Wo zum Teufel sind Sie gewesen? Wir haben uns gerade zum Brigade-Hauptquartier hochgekämpft und wieder zurück und haben nach Ihnen gesucht.«

»Nach *mir* gesucht, Tony?«

»Wegen der Einsatzbefehle. Was ist denn bloß in Ihren Brigademajor gefahren? Wir haben ihn aus dem Schlaf gerissen, aber es war nichts Vernünftiges aus ihm rauszukriegen. Er hat immer nur wiederholt, alles wäre vorbereitet. Die Befehle würden persönlich von einem Offizier überbracht.«

»Er hat Hunger.«

»Wer nicht?«

»Er hat kein Auge zugemacht.«

»Wer hat das schon?«

»Und er hatte sehr unter der Überfahrt gelitten. Aber wie dem auch sei, hier sind Ihre Befehle.«

Tony Luxmore nahm die bleistiftgeschriebenen Blätter, und während er und die anderen Kommandeure sie studierten, füllte Guy seine Feldflasche am Brunnen. Zwar blühten Zistrosen und Jasmin zwischen den Gebäuden des Bauernhofes, doch ein säuerlicher Geruch hing in der Luft – die strenge Ausdünstung der verdreckten Männer.

»Die ergeben überhaupt keinen Sinn«, erklärte der Kommandeur von Kommando A.

Guy versuchte, sie über den planmäßigen Rückzug aufzuklären. Bei der Hook-Force, so erfuhr er, hatte man heute Vormittag eine Neueinteilung vorgenommen. Nur das Kommando X war auf voller Kampfstärke. Die Befehle wurden abgeändert. Guy machte sich Notizen in sein Taschenbuch und kreuzte sich Dinge auf seiner Karte an; es erfüllte ihn mit einer gewissen Genugtuung, sich peinlich genau an die Dienstvorschriften zu halten. Dann verließ er, selber erschöpft, die abgekämpften Männer und kehrte zu dem zurück, was von seinem eigenen Stab geblieben war. Dort legte er sich zum Schlafen hin. Ludovic schlief, nur Fido hielt die erschrockenen Augen weiterhin offen.

Lange schliefen sie nicht, denn Punkt zwei Uhr ertönte am Himmel wieder das Dröhnen von Motoren, und auf dem Hang wurde der klagende Ruf wiederholt: »Flugzeuge! In Deckung! In Deckung!«

Plötzlich kam Leben in Major Hound.

»Alles, was aus Metall ist, muss zugedeckt werden! Stecken Sie Ihre Karten weg! Schützen Sie Ihre Knie! Schützen Sie Ihr Gesicht! Nicht zum Himmel aufblicken!«

Die Stukas flogen in Formation über sie hinweg. Für den Nachmittag hatten sie sich einen anderen Flächenplan vorgenommen. Nur wenig unterhalb des Hauptquartiers der Hook-Force lag eine fruchtbare, mit Mais bepflanzte Senke, wie man sie zwischen mediterranen Hügeln des Öfteren unvermutet findet. Diesen grünen Fleck hatten sich die Flieger als Orientierungspunkt ausgesucht. Jede Maschine hielt genau darauf zu, flog ziemlich niedrig darüber hinweg, schwenkte dann etwa zwei Kilometer von der Straße entfernt nach Osten ab, warf ihre Bomben ab, gab die drei Feuerstöße ab, machte dann kehrt und flog wieder aufs Meer hinaus. Es handelte sich um genau dieselbe Art von Operation, wie Guy sie auf der anderen Seite der Straße heute Vormittag beobachtet hatte. Eine Welle nach der anderen donnerte über sie hinweg.

»Worauf, um alles in der Welt, haben sie es bloß abgesehen?«, fragte Guy.

»Halten Sie doch um Himmels willen den Mund!«, sagte Fido.

»Sie können uns doch unmöglich hören.«

»Ach, seien Sie still!«

»Fido, wenn wir ein Maschinengewehr auf einen Dreifuß montierten, könnten wir sie nicht verfehlen.«

»Keine Bewegung!«, sagte Fido. »Ich verbiete Ihnen, sich zu bewegen.«

»Ich kann Ihnen sagen, was sie machen. Sie bomben einen Weg frei, damit ihre Infanterie uns an der Flanke angreifen kann.«

»Ach, seien Sie doch endlich still!«

Alle waren wach, rührten sich nicht, waren wie benommen und gebannt von diesem eintönigen, mechanischen Manöver.

Stunde um Stunde fielen die Bomben. Für die zusammen-
gekauerten und stumpf vor sich hin brütenden Männer war
es, als würde es nie ein Ende nehmen. Dann hörte es jäh auf.
Das Dröhnen des letzten Flugzeugs schwand, Stille senkte
sich hernieder, und es kam Leben in die Landschaft. Überall
schnürten Soldaten sich die Stiefel zu und sammelten an Ausrüstung ein, was ihnen noch geblieben war. Die Versprengten, die im Bereich des Stabsquartiers gelegen hatten, kehrten
schweigend zurück zur Straße. Fido hob den Filter seiner
Gasmaske.

»Ich hab's mir überlegt«, sagte er. »Ohne Hauptquartier im
Rücken hängen wir hier einfach in der Luft.«

»Einen Brigadekommandeur haben wir ja auch nicht mehr.
Aber ich begreife nicht, warum sie so viel Wert auf ein vorgeschobenes Hauptquartier legen.«

»Ich auch nicht«, sagte Fido.

Er war völlig verzagt. Jetzt war er vogelfrei.

Guy entfernte sich von ihm und fand eine Stelle, an der
es nicht so viele Dornen gab. Er blickte in den Himmel. Die
Sonne war noch nicht untergegangen, doch der Mond stand
deutlich erkennbar über ihnen, ein schöner, klarer weißer
Pinselstrich am Rand der schattenhaften Mondscheibe. Guy
war sich bewusst, dass sich um ihn herum etwas regte, doch
dann schlief er ein.

Als er wieder erwachte, hatte der Mond eine beträchtliche
Strecke zwischen den Sternen zurückgelegt. Fido kratzte und
beschnüffelte ihn.

»Ach, Guy, wie spät ist es eigentlich?«

»Um Gottes willen, Fido, haben Sie denn keine Uhr?«

»Ich muss vergessen haben, sie aufzuziehen.«

»Halb zehn.«

»Ach, erst? Ich dachte, es wäre schon später.«

»Nein, ist es nicht. Was dagegen, wenn ich weiterschlafe?«

»Ludovic ist mit dem Lastwagen verschwunden.«

»Dann hat es doch erst recht keinen Sinn, mich aufzuwecken.«

»Und was noch schlimmer ist: Er hat meinen Burschen mitgenommen.«

Guy schlief wieder ein, jedoch nur für kurze Zeit, wie es schien. Fido scharrte abermals neben ihm.

»Ach, Guy, wie spät ist es?«

»Haben Sie Ihre Uhr denn nicht gestellt, als ich es Ihnen das letzte Mal gesagt habe?«

»Irgendwie muss ich's vergessen haben. Sie tickt zwar, aber sie zeigt auf Viertel nach sieben.«

»Nun, es ist Viertel nach zehn.«

»Ludovic ist noch nicht wieder zurück.«

Guy drehte sich um und schlief weiter, aber nicht mehr ganz so tief. Immer wieder wachte er auf und wälzte sich auf die andere Seite. Gelegentlich vernahmen seine Ohren das Gerumpel eines Lastwagens auf der Straße. Später hörte er in einiger Entfernung Gewehrfeuer, und ein Motorrad hielt; dann ein lauter, erregter Wortwechsel. Er sah auf die Uhr – gerade mal Mitternacht. Er brauchte noch mehr Schlaf, doch Fido stand neben ihm und brüllte: »Brigade-Hauptquartier auf der Straße antreten. Aber sofort und alle, die da sind!«

»Was, um alles in der Welt, ist denn los?«

»Bleiben Sie mir mit Fragen vom Hals! Machen Sie lieber, dass Sie hochkommen!«

Das Hauptquartier der Hook-Force bestand jetzt nur noch aus acht Mann. Fido sah sie im fahlen Sternenlicht an.

»Wo sind denn die anderen?«

»Die sind mit dem Corporal-Major weg, Sir.«

»Die sehen wir bestimmt nicht wieder«, sagte Fido bitter. »Vorwärts!«

Sie gingen jedoch nicht vorwärts, sondern zurück – eine

lange Strecke zurück, und Fido an der Spitze schlug auf der holprigen Straße eine schnelle Gangart an. Anfangs war Guy noch viel zu benommen, um mehr zu tun, als Schritt zu halten. Nach etwa einer Meile jedoch fing er an zu sprechen.

»Was, um alles in der Welt, ist denn passiert?«

»Der Feind. Überall um uns herum. Sie rücken von beiden Flanken auf der Straße vor.«

»Und woher wissen Sie das?«

»Weiter unten greifen die Kommandos sie an.«

Guy stellte keine weiteren Fragen. Er brauchte allen Atem für den Marsch. Der Schlaf hatte ihn nicht erquickt. Die letzten vierundzwanzig Stunden hatten sie alle erschöpft und geschwächt, und Guy war zehn Jahre älter als die meisten Männer. Fido nahm alle Kraft zusammen und starrte unentwegt voran in den schutzlosen Sternenschimmer. Die schmale Mondsichel war untergegangen. Ihr Tempo entsprach nicht einmal einem normalen Marschtempo, und trotzdem waren sie schneller als alles, was sich sonst auf der Straße vorwärtsbewegte. Sie kamen an gespenstisch humpelnden Paaren und den Geistern früherer Truppeneinheiten vorüber, die sich langsam in derselben blinden Flucht vorwärtsschleppten. Bauern mit Eseln blieben hinter ihnen zurück. Nachdem laut Guys Uhr eine Stunde vergangen war, sagte er: »Und wo wollen wir haltmachen, Fido?«

»Hier noch nicht. Wir müssen vor Tagesanbruch so weit wie möglich kommen.«

Sie gingen durch ein verlassenes Dorf.

»Wie wär's hier?«

»Nein. Zu auffälliges Ziel. Wir müssen weiter!«

Ihre Leute fielen hinter ihnen zurück.

»Ich muss mich zehn Minuten ausruhen«, sagte Guy. »Geben Sie den Männern Gelegenheit, uns wieder einzuholen.«

»Hier nicht. Es gibt nirgends Deckung.«

Die Straße war hier lediglich eine Kerbe an der Flanke des Berges; über ihnen ragte die Felswand, und neben ihnen ging es in die Tiefe.

»Wenn wir erst mal haltmachen, kommen wir heute Nacht bestimmt nicht weiter.«

»Da ist zwar was Wahres dran, Fido, aber trotzdem: immer mit der Ruhe!«

Doch davon wollte Fido nichts wissen. Er führte sie durch ein weiteres verlassenes Dorf, ein wenig langsamer vielleicht, aber mit unverminderter Kraft. Dann wuchsen Bäume neben der Straße, und dahinter war freies Land zu erahnen. Es war fast vier.

»Um Gottes willen, lassen Sie uns hier haltmachen, Fido.«

»Uns bleibt immer noch eine gute Stunde bis Sonnenaufgang. Wir müssen weitergehen, solange wir noch können.«

»Ich kann aber nicht mehr. Ich bleibe mit meiner Gruppe hier.«

Fido widersprach nicht weiter. Unvermittelt bog er von der Straße ab und setzte sich in eine Art Obstgarten. Guy wartete am Straßenrand, und einer nach dem anderen kamen die Männer. »Wir schlagen hier unser Stabsquartier auf«, sagte er spöttisch.

Stolpernden Schrittes kamen die Männer von den Straßen, kletterten über die Mauer und sprangen in den Obstgarten.

Guy warf sich auf den Boden und verfiel in einen unruhigen Schlaf.

Fido konnte erst einschlafen, als der Morgen bereits graute. In einem völlig hoffnungslosen Traum gefangen, saß er brütend da und hielt seine Knie umfasst. Er dachte über den offenen Verrat von Ludovic nach, über den vermuteten Verrat des Staff Captain und des Verbindungsoffiziers und über Formulierungen für eine Anklageschrift fürs Kriegsgerichtsverfahren. Er dachte darüber nach, ob ein solches Kriegsgericht überhaupt jemals zusammengerufen würde und ob er selbst jemals zur Verfügung stehen könnte, um dort seine Zeugenaussagen zu machen, und befand seine Überlegungen für wertlos. Endlich ging die Sonne auf, die mittlerweile gelichteten Reihen der Fliehenden suchten Deckung, und Fido schlief ein. Als er erwachte, bot sich ihm ein merkwürdiges Bild. Auf der Straße wimmelte es von stark behaarten Männern – die nicht nur unrasiert waren, sondern schwarzgelockte Vollbärte trugen. Sie waren etwa in Bataillonsstärke und schwenkten eine ganze Reihe von Fahnen, Hemden und Tüchern, die sie an Stöcken festgebunden hatten; einige von ihnen trugen ganze Bettlaken wie einen Betthimmel über ihren Köpfen. Sie waren bunt gekleidet. Guy Crouchback unterhielt sich in einer fremden Sprache mit ihrem Anführer.

Fido reckte den Kopf über die Mauer und rief: »Guy, Guy. Was sind das für Leute?«

Guy ließ sich jedoch nicht stören, er redete weiter, kam dann aber bald zurück und lächelte.

»Es sind italienische Gefangene«, erklärte er. »Kein sonderlich glücklicher Haufen. Sie haben sich vor Wochen an der albanischen Grenze den Griechen ergeben. Seither sind sie von einem Platz zum anderen geschickt worden und mussten ständig marschieren, bis es ihnen gelang, sich in die Masse der Fliehenden einzureihen und hierherzukommen. Jetzt hat man ihnen gesagt, sie sollen sich doch den Deutschen anschließen, und sie sind empört darüber, dass wir sie nicht mit nach Ägypten mitnehmen wollen. Ihr Anführer ist ein ausgesprochen leidenschaftlicher Doktor, der behauptet, es widerspreche den internationalen Abkommen, unverwundete Kriegsgefangene schon vor Beendigung der Kriegshandlungen freizulassen. Außerdem ist er überzeugt, dass die Australier sie umbringen würden, wenn sie ihnen in die Hände fielen. Er verlangt eine bewaffnete Eskorte.«

Fido fand das überhaupt nicht lustig und sagte nur:

»Ich kenne keine internationale Übereinkunft, die das vorschreiben würde.«

Nach ein oder zwei Jahren Krieg nahm das Wort ›Befreiung‹ eine hässliche Bedeutung an. Jetzt machte Guy zum ersten Mal mit dem modernen Gebrauch des Wortes Bekanntschaft.

Die Italiener schlurften niedergeschlagen weiter und waren immer noch in Sicht, als sich das erste Flugzeug des Tages zu ihnen absenkte. Einige blieben stehen und schwenkten ihre weißen Fahnen, andere sprengten auseinander und zerstreuten sich. Das waren die Klügeren. Die Deutschen feuerten mit MGs auf sie; einige fielen, die Übrigen stoben auseinander und suchten Deckung, als die Flieger zurückkehrten und nochmals feuerten.

»Wenn sie anfangen, Aufmerksamkeit zu erregen, bringen die Australier sie auf jeden Fall um«, sagte Guy.

Dann flogen die Deutschen auf der Suche nach lohnenderen Zielen weiter. Der Arzt kam auf die Straße zurück und untersuchte die Gefallenen. Er rief nach Hilfe, zwei Italiener und ein Engländer eilten zu ihm. Gemeinsam trugen sie die Verwundeten und Sterbenden in den Schatten. Die weißen Flaggen lagen unbeachtet im Staub.

Guy setzte sich neben Fido.

»Wir haben gestern eine lange Strecke geschafft.«

»Vielleicht fünfzehn Kilometer. Ich sollte den Kommandierenden General aufsuchen und ihm Meldung erstatten.«

»Meldung über was? Meinen Sie nicht, es wäre besser, wir erfahren endlich, was wirklich geschieht?«

»Wie soll das gehen?«

»Ich kann losziehen und das feststellen.«

»Ja. Haben Sie Ihre ganze Ration gestern aufgegessen? Ich schon.«

»Ich auch. Und was schlimmer ist: Ich habe Durst.«

»Vielleicht gibt es in dem verlassenen Dorf was, durch das wir durchgekommen sind – Eier oder Ähnliches. Ich glaube, einmal habe ich einen Hahn krähen hören. Warum nehmen Sie sich nicht ein paar Mann und schicken sie zurück mit allem, was Sie finden?«

»Ich möchte lieber allein gehen.«

Fido schaffte es nicht, einer Gruppe zu befehlen, sich auf Essenssuche zu begeben.

Als Guy ihn verließ, hatte Fido Befehl über einen Schreiber, drei Melder und die Leute von der Verbindungsgruppe. Offenbar hatte man für diese zersplitterte und schlafende Gruppe keine normale taktische Verwendung. Fido sah sich um. Nicht weit von ihnen entfernt senkte das Gelände sich und wurde zu einer Schlucht mit einem Teich mit trübem Wasser darin. Zwei oder drei Männer – nicht von seiner Gruppe – badeten ihre Füße darin. Fido gesellte sich zu ihnen und planschte in dem nachtkühlen Wasser.

»Ich würde das nicht trinken«, sagte er zu einem der Männer neben ihm.

»Bleibt mir aber nichts anderes übrig, Kamerad. Habe meine Feldflasche gestern weggeworfen, als sie leer war. Wie weit ist es denn jetzt noch?«

»Bis nach Sfakia? Höchstens noch dreißig Kilometer, denke ich.«

»Das geht ja noch.«

»Aber wir müssen noch ein ziemliches Stück den Berg rauf.«

Sorgsam betrachtete der Mann seine Stiefel.

»Sie werden es wohl noch aushalten«, sagte er. »Und wenn sie es aushalten, kann ich es auch.«

Fido ließ seine Füße trocknen. Er warf seine Socken weg und zog ein frisches Paar an, das er in seinem Gepäck mitführte. Dann untersuchte er seine Stiefel; alles in Ordnung; die hielten bestimmt noch wochenlang. Ob es aber Fido auch so lange aushalten würde? Ihm war schwindelig, und er fühlte sich wie gelähmt. Jede Bewegung musste vorher überlegt werden, kostete Entschlusskraft und war anstrengend. Er sah sich um und erblickte ganz in der Nähe ein unterirdisches Wasserrohr, das unter der Straße hindurchführte und bei Regen offenbar das Wasser eines Baches führte, von dem dieser Tümpel der letzte Rest war. Jetzt war es groß, sauber und trocken und sah sehr einladend aus. Die Stiefel in der Hand, ging Fido auf sauberen Socken hin. Am Ende der Röhre erblickte er in der Ferne das köstlich gerahmte Bild eines grünen und graubraunen Tals; zwischen ihm und diesem Bild war alles dunkel und leer. Fido kroch hinein. Er schob sich bis in die Mitte vor, bis beide hell leuchtenden Bilder gleich weit entfernt waren. Er entledigte sich seines Gepäcks und legte es neben sich. Die Wölbung der Röhre fand er ausgesprochen bequem für seinen schmerzenden Rücken. Wie ein gehetzter Fuchs, oder ein Air Marshal unter einem Billardtisch, rollte er sich in Erstarrung zusammen.

Durch nichts ließ er sich stören. Die Deutschen waren an diesem Tag damit beschäftigt, Verstärkungen zu landen und Jagd auf Rettungsschiffe zu machen. Es wurden keine Bomben geworfen und keine Schüsse abgefeuert. Alles, was von der Hook-Force noch übrig war, rollte über ihn hinweg, doch Fido hörte es nicht. Kein Laut drang bis in seinen Fuchsbau herunter. In dem tiefen Schweigen, das ihn umgab, quälten ihn nur zwei Dinge: Hunger und Befehle. Er war auf beides angewiesen – sonst würde er zugrunde gehen. Der Tag zog sich in die Länge. Gegen Abend überfiel ihn eine unerträgliche Unruhe; in der Hoffnung, seinen Hunger zu beschwichtigen, zündete er sich die letzte Zigarette an, rauchte langsam und saugte gierig den Rauch in sich hinein, bis er sich die Finger verbrannte. Dann nahm er einen letzten, tiefen Zug, und dabei reizte der Rauch irgendeinen Nerv seines Zwerchfells, und er bekam Schluckauf. Die Anfälle quälten ihn in seiner ohnehin verkrampften Lage; er versuchte, sich ganz auszustrecken, kroch aber schließlich ins Freie. Trotz seiner Erregung bewegte er sich nur mühselig und merkwürdig wie im Zeitlupentempo. So kletterte er bis zur Straße hinauf und setzte sich daneben auf die Mauer. Wieder waren Männer unterwegs und schleppten sich an ihm vorüber. Manche hatten den Blick auf die staubige Straße gerichtet, andere auf die Berge vor ihnen. Es war jener Augenblick des Abends, da der verschwommene Strich der Mondsichel klar hervortrat und leuchtete. Fido nahm von alldem nichts wahr. Jeder Schluckauf überraschte ihn aufs Neue, doch war er auch gleich wieder vergessen; zwischen den einzelnen Stößen war sein Geist wie benommen und leer, sein Blick benebelt und verschleiert; außerdem hatte er ein ständiges leises Schrillen im Ohr wie von fernen Grillen.

Zuletzt drang die Außenwelt wieder auf ihn ein. Ein Auto näherte sich. Es rollte langsam voran, und als Fido auf die Straße hinaustrat und winkte, blieb es stehen. Es handelte sich um einen kleinen verbeulten Sportwagen, früher zweifellos der Stolz eines reichen jungen Kreters. Auf dem Rücksitz lag, von einem knienden Burschen gestützt wie die gruselige Parodie einer Sterbeszene in der Oper, verschmutzt und blutüberströmt ein neuseeländischer Offizier. Hinter dem Steuer saß ein junger Offizier. Beide sahen ausgemergelt aus. Der Brigadier schlug die Augen auf und sagte:

»Fahr weiter! Können nicht anhalten.«

»Ich muss ins Hauptquartier«, sagte Fido.

»Kein Platz. Meinen Brigademajor hat es schlimm erwischt. Muss unbedingt zum Verbandsplatz mit ihm.«

»Ich bin Brigademajor. Von der Hook-Force. Habe eine dringende Meldung für den Kommandierenden General.«

Der Brigadier zwinkerte, schielte und riss sich zusammen, um wieder klar zu denken.

»Hook-Force«, sagte er. »Hook-Force. Sie suchen die Nachhut?«

»Jawohl, Sir. Ich weiß, dass der Kommandierende General unbedingt auf meine Meldung wartet.«

»Das ist was anderes«, sagte der Brigadier. »Damit haben Sie wohl Vorrang. Steigen Sie aus, Giles. Tut mir leid, aber Sie müssen zu Fuß weiter.«

Der ausgemergelte junge Offizier sagte kein Wort. Er sah verzweifelt aus. Er kletterte hinaus, und der Brigadier setzte sich ans Steuer. Der junge Offizier lehnte sich gegen die warme Mauer und sah dem Wagen nach, der langsam auf die Berge zufuhr.

Eine Zeitlang sprach niemand ein Wort – bis auf den Verwundeten, der im Delirium wirr redete. Die Strapazen hatten den Brigadier in einen Zustand versetzt, der an Senilität grenzte. Schlafähnliche Zustände wechselten mit Augenblicken großer Qual. Eine winzige Stelle in seinem Geist blieb noch lebendig, und mit deren Hilfe steuerte, bremste und schaltete er. Die Straße verlief im Zickzack, und es wurde immer dunkler.

Fido, der sich fühlte wie im Bett zwischen dem Öffnen der Tür und dem Aufreißen der Vorhänge, erinnerte sich an den alptraumhaften Nachtmarsch des Vortags, und er maß jeden mühselig zurückgelegten Kilometer an den Blasen seiner Füße, an Schweiß und Hunger, Durst und bleierner Müdigkeit. Jetzt fuhr er, ohne sich anstrengen zu müssen, in die richtige Richtung, an den abgerissenen Soldaten vorüber, die an ihm vorübergezogen waren, als er auf der Mauer gesessen hatte. Jede Minute meldete sich sein Schluckauf.

Plötzlich fuhr der Brigadier ihn an: »Schluss jetzt!«

»Sir?«

»Wie soll ich fahren, wenn Sie dauernd dieses höllische Geräusch neben mir machen?«

»Tut mir leid, Sir.«

Der Brigademajor wiederholte dauernd: »Die Einheiten sind noch nicht zurück. Warum sind sie noch nicht wieder zurück?«

Der Brigadier schwieg wieder. Sein Geist schien sich zu öffnen und zu schließen wie das Maul eines Goldfischs. Schließlich sagte er:

»Verdammte Nachhut! Uns haben sie praktisch mit runtergelassenen Hosen erwischt. Wir hatten noch nicht mal gefrühstückt, da wurden wir plötzlich mit Mörsern beschossen. Und dabei hat es Charlie erwischt. Wo war denn unsere verdammte Nachhut? Was ist überhaupt los?«

Fido riss sich aus seiner glücklichen Trance und sagte, was ihm als Erstes in den Sinn kam.

»Die Lage ist unklar.« Er stieß auf und fuhr dann fort. »Umzingelt. Infiltriert. Patrouillengang. Sondierung. Kräftemäßige Überlegenheit. Überraschungselement. Geordneter Rückzug.«

Der Brigadier hörte nicht zu.

»Ach«, sagte er, »das ist es also zusammengefasst.«

Drei Kilometer im Traumland. Dann: »Was genau haben Sie dem Kommandierenden General eigentlich zu melden?«

»Lagebericht«, sagte Fido einfach. »Jede Stunde zur vollen Stunde; Befehl«, fuhr er fort. »Zum Befehlsempfang. Information. Ziele. *Strategie*!«, schrie er plötzlich.

»Richtig«, sagte der Brigadier, »sehr richtig. Sehr richtig!«

Er hing schwerfällig über dem Steuerrad und starrte ins Dunkel hinaus. Es ging steil bergauf, neben ihnen der Abgrund und Gruppen von sich mühsam voranschleppenden Männern. Der Brigadier stand im Schutz der besonderen Immunität des Schlafwandlers.

Fido hatte den Eindruck, als sei der Augenblick des Unbehagens vorbei, doch als der Brigadier doch den Mund wieder aufmachte, klang es ausgesprochen bösartig:

»Raus mit Ihnen, Mistkerl!«, sagte er.

»Sir?«

»Was bilden Sie sich eigentlich ein, wer Sie sind – einfach Giles' Platz einzunehmen? Giles ist sechs von Ihrem Kaliber wert! Raus mit Ihnen, Sie laufen zu Fuß weiter, Schweinehund!«

»Ich, Sir?«

»Sie sind ein Schweinehund, oder?«

»Nein, Sir.«

Plötzlich war Fidos Schluckauf vorüber.

»Ach!« Der Brigadier schien durch diese Antwort völlig aus dem Konzept gebracht. »Mein Fehler. Tut mir leid. Sie machen trotzdem besser, dass Sie rauskommen und zu Fuß weitergehen – Schweinehund!«

Er blieb jedoch nicht stehen und fing an, zwischen den Zähnen zu pfeifen. Fido döste. So erreichten sie die Passhöhe, wo sie unversehens ins Bewusstsein zurückgerissen wurden. Sie waren mit etwas Großem, Schwarzem und Dickem zusammengestoßen.

»Was zur Hölle …?«, sagte der Brigadier.

Sie waren nicht schnell genug gefahren, um großen Schaden anzurichten. Die Hupe ging jedenfalls, und der Brigadier ließ ihren schrillen Ton durch die Nacht erschallen.

»Ach, seid doch still«, kam schwacher Protest aus dem Dunkel.

»Warum, zum Teufel, haben die angehalten? Los, sagen Sie ihnen, dass sie weiterfahren sollen!«

Fido stieg aus und tastete sich um das Hindernis herum. Es handelte sich um einen leeren Lastwagen. Davor stand ein weiterer und davor noch einer. Fido tastete sich weiter vor und war unversehens einer von etlichen sich abmühenden Männern, die von der Straße heruntergingen und mühselig in die Felsen hineinkletterten. Er erkannte, dass die Felswand auf der einen Seite heruntergebrochen, auf der anderen Seite die Straße selbst in die Tiefe gestürzt war, da war nur noch ein schwindelerregend steiler Hang aus aufgetürmten Felsbrocken. Dahinter ging die Straße weiter bergab. Ein Offizier rollte Steine über den Abgrund hinunter und rief: »Ich brauche Männer, die mit anpacken. Wir müssen das hier freikriegen. Ich brauche Freiwillige!«

Niemand beachtete ihn.

Fido blieb stehen und fragte: »Was ist denn los? War das eine Bombe?«

»Nein, Sappeure. Haben ohne Befehl die Straße gesprengt und sind dann fort. Die bringe ich vors Kriegsgericht, und wenn es das Letzte ist, was ich in meinem Leben tue. Und wenn ich den ganzen verdammten Krieg im Gefängnis sitze. Ich werde rausfinden, wie sie heißen. Fassen Sie doch mal mit an, um Gottes willen!«

»Das schaffen Sie nie«, sagte Fido.

»Ich muss es schaffen! Immerhin müssen noch fünftausend Mann hier durch!«

»Ich werde das melden«, sagte Fido. »Ich bin auf dem Weg ins Hauptquartier. Ich werde dafür sorgen, dass der General persönlich davon erfährt.«

»Besser, Sie bleiben hier und packen mit an.«

»Muss aber weiter«, sagte Fido.

Er überwand die Sprengstelle und schaffte es, die Straße bis in die Ebene hinunterzukommen, die sich bis ans Meer erstreckte, und während er weiterging, vergaß er den aufgeregten, einsamen Straßenbauer, den zornerfüllten Brigadier aus Neuseeland und den sterbenden Major. Sein Geist rollte sich gleichsam zusammen und schlief, während ihn der Schwung seines Körpers von einem fühllosen Fuß auf den anderen weitertrug, immer weiter hinunter bis ans Meer.

Das Hauptquartier der Crete-Force bestand aus einer Reihe von Höhlen. Fido fand sie kurz nach Mitternacht. Hier herrschten Ordnung und soldatische Zucht. Ein Wachtposten rief ihn an, und nachdem er sich seine Geschichte angehört hatte, sagte er ihm, wohin er zu gehen hätte. Fido blieb auf dem Ziegenpfad stehen wie ein Betrunkener, der sich zusammennimmt, ehe er sich in Gesellschaft nüchterner Menschen begibt. Jetzt, wo alle Mühsal hinter ihm lag und er es geschafft hatte, ging ihm auf, dass er weder etwas zu melden noch zu fragen hatte; er hatte nicht den geringsten Anlass, überhaupt hier zu sein. Er war seinem Instinkt gefolgt, hatte die Fährte seines Herrn gesucht und ihn gefunden. Nur brachte er nicht einmal eine Ratte im Maul mit. Er war kein guter Hund, einer, der auf eigene Faust herumgestreunt war und sich in etwas Hässlichem gewälzt hatte. Es drängte ihn, mit dem Schwanz zu wedeln und die strafende Hand zu lecken.

Doch das hatte keinen Zweck. Allmählich füllte sich Fidos schlafender Geist wieder mit menschlichem Leben – genau wie das kretische Bergland, wenn das letzte Flugzeug verstummt war.

Vor den Höhleneingängen waren lockere Steine zu Mauern aufgetürmt worden, man hatte Rahmen mit gespannten Wolldecken davorgelehnt. Er spähte in den ersten hinein und fand eine Abteilung von Meldern, die um eine Sturmlaterne und um ein Empfangsgerät herumsaßen und sich vergeblich bemühten, Kairo zu bekommen. In der nächsten Höhle herrschte Dunkelheit. Fido knipste seine Taschenlampe an, erkannte ein halbes Dutzend Schlafender, dahinter einen Felsvorsprung und darauf eine Konservenbüchse von vertrautem Aussehen. Behutsam und, wie es ihm schien, sehr mutig, stieg

Fido hinüber und stahl sechs Kekse – mehr waren nicht darin. Genussvoll verspeiste er sie im Sternenlicht und wischte sich die Krümel von den Lippen. Dann trat er beim Kommandierenden General ein.

Die Decke der Höhle war zu niedrig, als dass sie Fido gestattet hätte, Habachtstellung einzunehmen. Er stieß sich schmerzhaft den Kopf, bückte sich daraufhin und salutierte vor dem Staub zu seinen Füßen.

Die Häuptlinge des geschlagenen Stammes hockten auf den Fersen wie die Schimpansen im Zoo. Der Oberhäuptling schien Fido zu erkennen.

»Kommen Sie rein«, sagte er. »Läuft alles gut?«

»Jawohl, Sir«, sagte Fido verzweifelt.

»Funktioniert das mit den Kontrollpunkten? Wird alles entsprechend der Dringlichkeit abgewickelt, wie vorgesehen?«

»Ich komme von der Hook-Force, Sir.«

»Ach, und ich dachte, Sie kämen von der Küste unten. Ich warte auf einen Bericht von der Küste.«

Der Brigadier vom Generalstab sagte: »Vor drei Stunden haben wir einen Lagebericht von den Halberdiers bekommen. Wie Sie wissen, halten sie die Stellung beim Babali Inn. Vor Morgengrauen werden sie sich durch Ihre Linien zurückziehen. Sind Ihre Leute alle in Stellung?«

»Jawohl, Sir«, log Fido.

»Gut. Die Navy hat heute Nacht Verpflegung angelandet. Die Sachen werden auf den Zufahrtsstraßen nach Sfakia abgeladen. Der Stellvertretende Quartiermeister wird Ihnen Berechtigungsscheine geben, gegen deren Vorlage Sie sich was abholen können. Es müsste eigentlich genügend vorhanden sein, damit Sie durchhalten, bis die Deutschen die Aufgabe übernehmen, Sie zu verpflegen.«

»Aber werden wir denn nicht von hier fortgebracht, Sir?«

»Nein«, erklärte der General. »Nein, tut mir leid, aber das ist leider nicht möglich. Jemand muss zurückbleiben und den letzten Rückzug decken. Hook-Force waren die Letzten, die hergekommen sind, und folglich werden sie auch die Letzten sein, die die Insel wieder verlassen, so leid es mir tut.«

Einer vom Stab sagte: »Sind Sie ausreichend mit Geld ausgestattet?«

»Sir?«

»Einige von Ihnen könnten es vielleicht schaffen, sich in kleineren Gruppen auf eigene Faust bis nach Alexandria durchzuschlagen. Kaufen Sie Boote an der Küste auf. *Caiques* heißen die. Aber dazu brauchen Sie Drachmen.« Er machte einen Koffer auf und gab den Blick frei auf etwas, das aussah wie die Beute eines Banküberfalls. »Nehmen Sie sich!«

Fido nahm sich zwei dicke Bündel von Tausend-Drachmen-Scheinen. »Und nicht vergessen«, fuhr der Stabsoffizier fort, »wo immer der Feind sein Haupt erhebt – ihm immer eins auf die verdammte Schnauze geben.«

»Zu Befehl, Sir.«

»Sind Sie sicher, dass Sie genug Drachmen haben?«

»Doch, ich denke, schon, Sir.«

»Nun dann, viel Glück!«

»Viel Glück, viel Glück, viel Glück!«, kam es echogleich von den Häuptlingen, als Fido zu seinen Zehenspitzen salutierte und sich ins Freie zurücktastete.

Als er an dem Wachtposten am Eingang vorüberging, verließ er damit auch eine Welt der Ordnung und der soldatischen Zucht, er befand sich in der Wildnis, ganz auf sich allein gestellt. Irgendwo, nicht weit von hier, zu Fuß zu erreichen, lagen das Meer und die Navy. Er brauchte nur immer bergab zu gehen. Die Batterie seiner Taschenlampe wurde zusehends schwächer, so dass er immer nur gelegentlich auf den Pfad vor sich leuchtete, was jedoch jedes Mal einen ärger-

lichen Protest aus dem umliegenden Gebüsch zur Folge hatte.
»Mach das verdammte Licht aus!«

Er eilte weiter und immer weiter.

»Mach das verdammte Licht aus!«

Plötzlich wurde ganz in seiner Nähe ein Gewehrschuss abgefeuert. Er hörte den Knall und das Pfeifen der Kugel, das Echo schwirrte in den Felsen in seinem Rücken hin und her. Er ließ die Taschenlampe fallen und verfiel in einen müden Trab. Er kam vom Pfad ab und stolperte von Fels zu Fels, bis er auf etwas trat, das glatt, rund und fest schien und sich im Sternenschimmer als ein Baum entpuppte, in dessen Geäst er gelandet war und der zwanzig Fuß unter ihm wuchs. Seine Drachmen-Scheine flatterten zwischen die Blätter, als er sanft von Zweig zu Zweig rutschte, und als er den Boden erreichte, rollte er weiter und immer weiter hinab. Er wurde von Büschen gestreichelt und schließlich sanft durch einen solchen zum Stillstand gebracht, als wäre er von einem wohlgesonnenen Zephirwind aus den Sagen des Klassischen Altertums hierhergetragen worden. Er landete auf einer weichen, dunklen, duftenden leeren Stelle, wo nichts weiter zu vernehmen war als die Musik rinnenden Wassers. Dort endete sein Abstieg vorläufig. Außer Sichtweite und außer Hörweite stießen die vollbesetzten Boote vom Strand ab; die Kriegsschiffe dampften davon, und Fido schlief.

Ginster und Thymian, Majoran, Fingerhut und Myrte wuchsen rings um Fidos moosbewachsenes Lager, und ihr würziger Geruch überlagerte, als die Sonne über dem zerklüfteten Abgrund aufstieg, den sauren Schweiß seiner Angst.

Die Quelle war eingefasst, geweiht und verchristlicht worden. Das Wasser floss plätschernd und glitzernd durch zwei von Menschenhand geschaffene Becken hindurch, über einen Bogen hinweg, der aus dem natürlichen Felsen herausgehauen worden war. Über dem Bogen lugte, auf einer kleinen Plattform, gerade eben noch sichtbar, der verblasste und abgeblätterte Kopf eines Heiligen hervor.

Fido wachte in diesem arkadischen Tal auf und erblickte neben sich eine düster auf ihn herniederblickende Gestalt, die geradewegs einer wilden Volkssage entsprungen zu sein schien. Seine Haltung hatte etwas Patriarchalisches, sein Aufzug – in Fidos Augen – etwas Traumhaftes: Ziegenfelljacke, blutrote Schärpe, in der allerlei antike Waffen steckten, Hosen im Stil Abdul des Verdammten, Ledergamaschen und nackte Füße. In der Hand trug er einen gebogenen Stab.

»Guten Morgen«, sagte Fido. »Ich bin Engländer, ein Verbündeter. Ich kämpfe gegen die Deutschen. Ich habe Hunger.«

Der Kreter antwortete nicht. Stattdessen stieß er mit seinem Hirtenstab zu, gabelte Fidos Bündel auf und zog es zu sich.

»He, Sie da! Was erlauben Sie sich!«

Der alte Mann nahm Fidos Habseligkeiten, untersuchte sie und ließ sie eins nach dem anderen in seiner eigenen Tasche verschwinden, sogar den Rasierapparat und die Tube mit Rasiercreme. Dann drehte er die Tasche um und schüttelte sie, wollte sie schon wegwerfen, besann sich dann jedoch eines Besseren und hängte sie sich um den kräftigen Hals.

Fido sah gebannt zu. Dann rief er: »Hören Sie auf, verdammt noch mal! Geben Sie mir meine Sachen zurück!«

Der alte Mann bedachte ihn mit einem Blick, als wäre er ein störrischer Enkelsohn. Fido zog die Pistole.

»Geben Sie die Sachen wieder her, oder ich schieße!«, rief er wütend.

Der Kreter betrachtete die Waffe mit neuerlichem Interesse, nickte und trat einen Schritt vor.

»Stehenbleiben«, rief Fido, »oder ich schieße.«

Aber sein Finger lag klamm und kraftlos auf dem Abzug. Der alte Mann beugte sich vor. Fido rührte sich nicht. Die schwielige Hand berührte die seine und lockerte vorsichtig seinen Griff an der Waffe. Der alte Mann betrachtete die Pistole einen Augenblick lang, nickte und steckte sie dann neben seine Dolche in die rote Schärpe. Er drehte sich um und stieg selbstsicher den Hügel hinauf.

Fido weinte.

Er lag den ganzen Morgen über da, alle Kraft und der Wille weiterzugehen waren von ihm abgefallen. Gegen Mittag kroch er zur Quelle und steckte den Kopf unter den Wasserstrahl. Dabei wurde ihm erschreckend bewusst, welcher Hunger in ihm nagte. Gestern Abend war die Rede davon gewesen, dass unten am Strand Vorräte abgeladen werden sollten. Der Bach musste zum Meer führen, zum Strand, zu den Verpflegungsstellen. Irgendwo musste er noch den Berechtigungsschein vom Stellvertretenden Quartiermeister haben. Nicht einmal jetzt, in seiner äußersten Not, verlor er den Glauben an offizielle Formulare. Im Papierkram lag das Heil. Er raffte sich auf und setzte, völlig erschlagen, seinen Weg fort.

Bald verengte sich der Pfad, er führte in eine Schlucht hinein, und der Weg war teilweise vom Wasser überspült. Langsam bewegte er sich vorwärts, zwischendurch ruhte er sich häufig an der Felswand aus. In die Stille einer dieser Ruhepausen drang ein Laut, der ihm durch Mark und Bein ging. Jemand näherte sich. Es gab keine Fluchtmöglichkeit, weder nach links noch nach rechts; die Felswand führte steil nach oben. Es blieb ihm nur kehrtzumachen, oder stehenzubleiben und zu warten, was das Schicksal ihm brachte. Fido blieb stehen. Die Schritte kamen sehr nah. Fido konnte nicht mehr warten. Er rannte vorwärts, um dem zu begegnen, was auf ihn zukam, warf die Hände hoch und schrie: »Ich ergebe mich! Ich bin unbewaffnet. Ich kämpfe nicht. Nicht schießen!«

Er schloss die Augen. Dann sagte eine Stimme: »Major Hound, Sir! Sie sind nicht ganz bei sich! Trinken Sie einen Schluck von dem hier.«

Fido sackte zusammen. Dumpf war er sich seines eisigen Gesäßes und seines brennend heißen Kopfes bewusst. Ihm war, als hocke er im Bach, während über ihm das Gespenst von Corporal-Major Ludovic aufragte, das ihm eine Flasche hinhielt. Herber, lauwarmer Wein rann ihm durch die Kehle und tropfte ihm auf Kinn und Brust. Er verschluckte sich, keuchte und blubberte ein wenig, doch dann kam er weiter zu sich, während Ludovic an der gegenüberliegenden Wand immer deutlichere Umrisse annahm und ihn beobachtete.

»Ein glückliches Zusammentreffen, wenn Sie gestatten, dass ich das sage, Sir. Schaffen Sie noch anderthalb Kilometer? Das Mittagessen ist bereit.«

Mittagessen! Fido wühlte in den Taschen seines Busch-hemds. Vierzig- oder fünfzigtausend Drachmen flatterten zwischen seinen zitternden Händen. Dann fand er, was er suchte: den Berechtigungsschein des Stellvertretenden Quartiermeisters.

»Mittagessen«, bestätigte er.

Ludovic sah sich den Schein an, glättete ihn und steckte ihn weg. Die Banknoten sammelte er ein. Dann streckte er die Hand aus und half Fido beim Aufstehen, machte kehrt und ging voran.

Bald weitete sich die Schlucht und öffnete sich zu einer kleinen bewirtschafteten Ebene, die sich zwischen den immer weiter zurückweichenden Felsen bis ans Meer erstreckte. Ludovic folgte nicht mehr dem Pfad, entfernte sich vielmehr immer mehr vom Bach und ging am Felsvorsprung entlang. Es war ein beschwerlicher Weg, Fido blieb immer wieder zurück und stolperte, bis er nach einer halben Stunde flüsterte: »Corporal-Major. Warten Sie auf mich. Ich kann nicht mehr«, aber so schwach, dass die Worte im Geräusch seiner dahinstolpernden Füße untergingen. Ludovic ging weiter. Fido stand mit hängendem Kopf und geschlossenen Augen da. Und in diesem Augenblick der Verlassenheit, in dem er nicht einmal zu einem Gebet mehr fähig war, wurde ihm Hilfe gewährt. Eine ganz feine, köstliche Witterung machte sich in der Leere bemerkbar. Er hob die Nase und schnupperte wie ein Hund. Klar wie Rolands Horn rief ein neuer Ton ihn zum Leben zurück. Unverkennbar und verlockend wurde über dem zarten Duft der bienenumsummten Wildblüten und zerriebenen Blätter ein kräftiger neuer Geruch zu ihm herangetragen – die brausenden Orgelklänge einer Küche. Fido ließ sich davon durchdringen, berauschen und vorwärtstragen. Er stürzte voran, er überholte Ludovic, eilte wortlos an ihm vorüber, folgte nur seiner Nase, rannte gegen Felsbrocken und eilte um sie herum, er sprang über tückisches Geröll, wobei der Geruch bei jedem übermenschliche Kraft kostenden Schritt stärker wurde – bis er zuletzt in eine an der Klippenwand gelegene große Höhle gelangte und in ein kühles Halbdämmer hineinstolperte, wo inmitten von Dampf und Holzrauch eine schattenhafte Gruppe von Männern um einen eisernen Kessel herumsaß: Darin brodelten Hühnchen, Hasen und Zicklein, Schweine, Pfefferschoten und Gurken, Knoblauch, Reis und Brotrinden, geriebener Käse, stark riechende Wurzeln und große saftige Knollen, gebündelte Gemüse, Meeressalz und viel Rotwein und Olivenöl.

Fido hatte weder Messer noch Gabel, Löffel oder Kochgeschirr. Er blickte sich in der Runde um und entdeckte jemanden, der haargenau so aussah wie sein Bursche und gerade dabei war reinzuschaufeln. Er packte zu. Der Mann hielt fest.

»He, was soll das?«

Fido zerrte, der Mann zerrte zurück, beider Daumen im heißen Fett. Dann war von hinten Ludovic kameradschaftlich und überredend zu hören: »Gib's ihm schon, Syd. Wer Augen im Kopf hat, sieht doch, dass der Major völlig durcheinander ist. Wir können doch nicht zulassen, dass er krank wird, jetzt, wo wir ihn gefunden haben, oder?«

So bemächtigte Fido sich des Essgeschirrs und schlang wortlos in sich hinein.

Die Höhle war geräumig. Vom bescheidenen Eingang aus verbreiterte sie sich zu einem großen Raum, von dem verschiedene dunkle Gänge abzweigten; von irgendwoher aus dem Inneren drang das Geräusch rinnenden Wassers. Die Höhle bot genügend Platz für drei Frauen, einige Haustiere und über fünfzig Männer, die meisten davon Spanier.

Diesen Streunern war es gelungen, einen neuen Anfang zu machen. Sie waren vertraut mit allen Seiten einer Niederlage, kannten sich in allerlei Kriegslisten aus und wussten böse Zeichen wohl zu deuten. Noch ehe ihr Leichter gelandet war, hatten sie den Geruch von Unglück in der Nase, und zwölf Stunden, ehe die heillose Flucht begann, hatten sie ihre Wanderschaft aufgenommen, waren durch Dörfer gekommen, in die der Krieg noch nicht eingefallen war, und hatten mit geübten Händen geplündert. Ihnen gehörte der Kessel samt reichhaltigem Inhalt, ihnen gehörten die Frauen, die Messingbettstelle und anderes Mobiliar, das ihrer Zufluchtsstätte die Atmosphäre behaglicher Häuslichkeit verlieh. Aber gleichzeitig waren sie Erben einer Tradition der Gastfreundschaft. Hatten sie auch andere Eindringlinge davongejagt, ihre alten Kameraden der Hook-Force, denen sie bei der Nahrungssuche glücklicherweise begegnet waren, hatten sie lächelnd mit geballten Fäusten begrüßt und sie mit dem Ausdruck proletarischer Solidarität willkommen geheißen.

Ihre Waffen hatten sie zwar behalten, sämtliche Überbleibsel ihrer britischen Uniformen jedoch gegen eine Vielfalt von kretischen Kopfbedeckungen, Schals und Jacken eingetauscht.

Als Fido beim Essen eine Pause machte und um sich blickte, hielt er sie für einheimische Räuber, aber gleichzeitig kamen sie ihm merkwürdig bekannt vor. In Sidi Bishr war er nicht gerade beliebt bei ihnen gewesen. Hätte er sich als Vorgesetzter aufgespielt oder etwas Begehrenswertes bei sich gehabt – sie hätten kurzen Prozess mit ihm gemacht. Aber bettelarm und nur mit dem, was er am Leib hatte, war er ihr Gast und gehörte zu ihnen. Wohlwollend sahen sie ihm zu.

Zuletzt sagte Ludovic: »Im Augenblick sollten Sie besser nicht weiteressen, Sir.« Er drehte eine Zigarette und reichte sie Fido. »Für mich ist es schon immer ein großes Geheimnis gewesen, wie es kommt, dass nach dem Essen die Lebensgeister sofort wieder erwachen, Sir. Will man den Wissenschaftlern glauben, muss erst ein paar Stunden lang verdaut werden, ehe der Körper irgendwelche Nährstoffe aufnimmt.«

Diese Überlegung interessierte Fido jedoch nicht im Geringsten. Gesättigt und gestärkt verfiel er sogleich wieder in seine Berufsgewohnheiten.

»Mir ist nicht ganz klar, Corporal-Major, wie Sie hierherkommen?«

»Ich nehme an, so ziemlich auf die gleiche Weise wie Sie, Sir.«

»Ich hatte erwartet, dass Sie sich im Stabsquartier zurückmeldeten.«

»Da, Sir, haben wir uns beide verrechnet. Ich glaubte, ich würde um diese Zeit längst wieder sicher in Ägypten sein, stieß dabei jedoch auf Schwierigkeiten. Ich traf auf allen Zufahrtswegen zur Küste auf Kontrollposten. Nur geschlossene Einheiten durften passieren. Gestern Nacht in der Dunkelheit herrschte ein heilloses Durcheinander, wie es im Buche steht. Mannschaften, die nach Offizieren suchten, und Offiziere, die nach Mannschaften suchten. Das war der Grund, warum ich mich so besonders freute, als ich vorhin auf Sie stieß. Ich war gerade auf der Suche nach einem Offizier ohne Einheit. Dabei hatte ich kaum gehofft, ausgerechnet auf Sie zu stoßen, Sir. Mit Ihrer Hilfe kommen wir vielleicht ungehindert raus, würde ich meinen. Ich habe alle Mann für heute Abend zum Antreten bereitstehen – allerdings ein recht bunt zusammengewürfelter Haufen, wie ich fürchte, Sir, Männer aller Waffengattungen. Nicht gerade das, was wir von Knightsbridge oder Windsor gewohnt sind. Aber im Schutze der Dunkelheit kommen wir schon durch. Die Spanier haben beschlossen, lieber hierzubleiben.«

»Was Sie da vorschlagen, ist im höchsten Maße regelwidrig, Corporal-Major.«

Ludovic bedachte ihn mit einem sanften Blick.

»Kommen Sie, Major Hound. Könnten wir das nicht mal beiseitelassen? Ganz unter uns, Sir. Heute Abend, wenn wir an Bord gehen, und später, wenn wir zurückkommen nach Alexandria – dann wird es durchaus alles sehr wohl seine Richtigkeit haben und gegen keinerlei Vorschriften verstoßen; aber im Augenblick, so wie wir hier sind, und nach allem, was geschehen ist, Sir, meinen Sie nicht, es wäre passender, wenn Sie« – und auf einmal wandelte sich seine Stimme vom einschmeichelnden Tonfall zum pöbelhaften – »wenn Sie Ihre gottverdammte Schnauze halten?«

Plötzlich und ohne jeden ersichtlichen Grund kam Leben in eine große Fledermauskolonie hoch oben an der Höhlendecke; sie flogen im Kreis herum, stießen im Rauch des offenen Feuers schrille Töne aus, schlugen flatternd mit den Flügeln, prallten gegeneinander, hängten sich dann im Unsichtbaren kopfüber wieder an die Decke und kamen zur Ruhe.

Guy war zwar erschöpft, hungrig und durstig, aber war die letzten Tage besser gefahren als Fido und verglichen mit ihm nicht nur guten Mutes, sondern geradezu überschäumend vor Zuversicht, als er allein dahinging, endlich erlöst von der Bürde menschlicher Gesellschaft. Er hatte sich in diese wonnige Freiheit begeben, als er am gestrigen Vormittag in den Splittergräben und unter den Olivenbäumen das Kommando X gefunden hatte, und jetzt schwelgte er darin.

Bald konnte man das Ende der Straße nicht mehr sehen. Er lief um einen Felsvorsprung herum – die Stelle, wo Fido keine Deckung gefunden hatte –, dort stieß er auf einen versprengten Trupp der Infanterie, der rasch auf ihn zukam, an der Spitze ein blässlicher junger Offizier.

»Haben Sie irgendeine Einheit von der Hook-Force gesehen?«

»Noch nie gehört.«

Der atemlose junge Offizier blieb stehen, seine Leute holten ihn ein und bildeten eine Marschformation. Sie hatten alle noch ihre Waffen und ihre Ausrüstung.

»Oder die Halberdiers?«

»Abgeschnitten. Umzingelt. Waffen gestreckt.«

»Sind Sie sicher?«

»Sicher? Um der Liebe Christi willen, es wimmelt doch nur so von Fallschirmjägern. Gerade eben, als wir um die Ecke dahinten kamen, wurden wir beschossen. Sie können die Straße nicht rauf. Auf der anderen Seite des Tals steht ein Maschinengewehr.«

»Wo genau?«

»Ganz ehrlich, so genau habe ich nicht hingesehen.«

»Gefallene?«

»Ich habe nicht gewartet, um nachzusehen. Ich muss weiter. An Ihrer Stelle würde ich nicht auf dieser Straße weitergehen, wenn Ihnen Ihr Leben lieb ist.«

Der Trupp zog weiter. Guy sah die leere, ungeschützte Straße entlang und studierte seine Karte. Es führte ein Pfad über den Berg, der drei Kilometer weiter bei einem Dorf wieder auf diese Straße stieß. Guy glaubte zwar nicht recht an das Maschinengewehr, entschied sich aber trotzdem für die Abkürzung und kletterte mühselig mit schmerzenden Gliedern in die Höhe, bis er oben auf dem Felsvorsprung stand. Er konnte das gesamte leere, stille Tal überblicken. Nichts rührte sich außer den Bienen. Als stünde er an einem Ferientag in seiner einsamen Knabenzeit auf den Hügelkuppen hinter Santa Dulcina.

Dann machte er sich auf zum Abstieg in das Dorf. Manche Türen und Fenster der Hütten waren verbarrikadiert, andere rücksichtslos eingetreten. Zunächst stieß er auf niemanden. Vor der Kirche mit den Marmorstufen stand ein Brunnen. Durstig trat er näher, stellte dann aber fest, dass nur ein kurzes Seil locker an der bronzenen Winde hing. Der Eimer fehlte, und als Guy sich hinüberbeugte, sah er tief unten einen rasierspiegelgroßen Lichtkreis und darin wie zum Spott sein eigenes Ebenbild, dunkel und winzig.

Er trat in ein offenstehendes Haus und fand einen irdenen Krug. Er entfernte den Stöpsel aus Stroh und hörte und spürte, wie es darin summte. Er drehte den Krug um und stellte fest, dass er voll von Bienen und einem Rest Honig war. Als er sich dann in der Dämmerung umblickte, erkannte er eine alte Frau, die ihn anstarrte. Er lächelte, hielt seine leere Wasserflasche vor sich und machte die Gebärde des Trinkens. Immer noch starrte sie in seine Richtung, vollkommen blind. Er suchte im Geist nach den Resten seines Griechischs und versuchte es mit: »Hudor. Hydro. Dipsa.« Immer noch starrte sie, völlig taub und völlig allein. Guy kehrte ins Sonnenlicht zurück. Dort näherte sich ihm ein junges Mädchen mit geröteten Wangen, barfuß und in Tränen aufgelöst, trat unbefangen auf ihn zu und packte ihn am Ärmel. Auch ihr zeigte er seine leere Flasche, doch sie schüttelte den Kopf, stieß kleine unverständliche Laute aus und zog ihn in einen kleinen Hof am Rand des Dorfes, in dem einst Vieh gestanden hatte. Der Hof war jetzt leer bis auf ein zweites, ähnliches Mädchen, eine Schwester vielleicht, und einen jungen englischen Soldaten, der regungslos auf einer Tragbahre lag. Hilflos wiesen die Mädchen auf diese Gestalt. Guy konnte nichts für sie tun. Der junge Mann war tot, obwohl er völlig unverletzt schien. Er lag da, als wollte er sich ausruhen.

Die wenigen Leichen, denen Guy bislang auf Kreta begegnet war, hatten ganz verkrümmt dagelegen. Dieser Soldat jedoch ruhte wie auf einem Grabstein – wie Sir Roger in seinem dämmerigen Schrein in Santa Dulcina. Nur die Schmeißfliegen an seinen Lippen und Augen ließen erkennen, dass es sich um menschliches Fleisch und nicht um Marmor handelte. Warum lag er hier? Wer mochten diese Mädchen sein? Hatten erschöpfte Sanitäter ihn ihrer Obhut anvertraut, und sie hatten zugesehen, wie er gestorben war? Hatten sie ihm die Augen zugedrückt und ihm die Hände über der Brust gefaltet? Guy sollte das niemals erfahren. Es war eines der unzähligen ungeklärten Dinge des Krieges. Im Augenblick jedoch standen die drei, die nicht wussten, wie sie sich verständigen sollten, steif und stumm neben dem Leichnam wie Gestalten einer in Stein gehauenen Grablegung.

Tote zu begraben ist ein Gebot der Barmherzigkeit. Doch es gab kein Gerät, um den steinigen Boden aufzugraben. Später würde vielleicht der Feind die Insel nach Leichen von Gefallenen absuchen und diesen jungen Mann zusammen mit anderen in ein Massengrab werfen, und seine Familie würde nichts von ihm hören und monatelang warten und hoffen, Jahr um Jahr. Guy erinnerte sich an eine Vorschrift, die er im Laufe seiner militärischen Ausbildung mitbekommen hatte: »Der Offizier, der eine Gruppe befehligt, die Tote begräbt, ist verantwortlich dafür, die roten Erkennungsmarken einzusammeln und sie dem Staatsarchiv der Verwaltung zuzuschicken.

Die grüne Blechmarke verbleibt beim Toten. Und im Zweifelsfalle, Gentlemen, erinnern Sie sich daran, dass Grün die Farbe der Verwesung ist.«

Guy kniete nieder und nahm die Metallmarke von der kalten Brust. Er las eine Zahl, einen Namen, die Konfession: römisch-katholisch. »Möge seine Seele und die Seelen aller dahingeschiedenen Gläubigen in Frieden und in der Gnade Gottes ruhen.«

Guy erhob sich. Die Schmeißfliegen kehrten auf das friedvolle junge Gesicht zurück. Guy salutierte und ging weiter.

Die Landschaft weitete sich, und bald stieß Guy auf ein anderes Dorf, das ihm, als er in der Dunkelheit neben Fido Schritt zu halten versucht hatte, kaum aufgefallen war. Jetzt stellte er fest, dass es sich um eine größere Ortschaft handelte. Straßen und Pfade liefen auf dem Marktplatz zusammen, hinter den Häusern gab es große Scheunen, und auf einem freien Platz stand eine Kirche mit einem Kuppeldach. Die Kirchentür war weit offen. Von den ursprünglichen Einwohnern war keine Spur zu sehen; stattdessen standen englische Soldaten an den Türen – Halberdiers –, und an der Straßenkreuzung saß Sarum-Smith und schmauchte eine Pfeife.

»Hallo, Onkel. Der Kommandeur hat schon erzählt, dass Sie in der Gegend sind.«

»Ich bin froh, dass ich Sie finde. Weiter oben an der Straße traf ich einen furchtbar aufgeregten Offizier, der behauptete, Sie wären alle in Gefangenschaft geraten.«

»Den Eindruck machen wir aber nicht, was? Gestern Abend, da steckten wir zwar im Dreck, aber es war halb so schlimm.«

Seit Guy ihn in Westafrika zuletzt gesehen hatte, war Sarum-Smith gereift. Er war kein besonders attraktiver Mann, aber unbezweifelbar ein Mann. »Der Kommandeur geht mit seinem Adjutanten die Kompanien ab. Den Stellvertretenden

Kommandeur finden Sie dort drüben im Bataillons-Hauptquartier.«

Guy ging zu dem Bauernhaus neben der Kirche, das man ihm gezeigt hatte. Hier herrschte Ordnung. Eine Tafel wies zur Regimentsstube, eine andere zum Bataillonskommando. Guy ging am Sergeant-Major des Regiments und den Schreibstubengehilfen vorbei und fand in einem der Hinterzimmer des Hauses Major Erskine. Eine Army-Wolldecke war über einen Küchentisch gebreitet – es sah nicht anders aus als im Ordonnanzzimmer in Penkirk.

Guy salutierte.

»Hallo, Onkel, eine Rasur könnte Ihnen nicht schaden!«

»Erst mal könnte mir ein Frühstück nicht schaden, Sir.«

»Sobald der Kommandeur zurück ist, gibt's Mittagessen. Haben Sie neue Befehle für uns?«

»Nein, Sir.«

»Irgendwelche Informationen?«

»Keine, Sir.«

»Was hat man denn im Hauptquartier eigentlich vor?«

»Das funktioniert im Augenblick alles nicht so recht. Eigentlich bin ich gekommen, um mir Informationen von *Ihnen* zu holen.«

»Wir wissen nichts.«

Er setzte Guy ins Bild. Die Kommandos hatten im Laufe der Nacht zwei Kompanien verloren. Ein feindlicher Stoßtrupp war vormittags von der Flanke auf sie gestoßen und hatte sich in aller Eile wieder zurückgezogen. Die Kommandos sollten bald hier durchkommen und Stellung in Imbros beziehen. Da sie motorisiert waren, sollten sie eigentlich keine Schwierigkeiten haben, sich abzusetzen. Das Zweite Halberdier-Bataillon sollte seine momentane Stellung bis Mitternacht halten und sich dann hinter der Hook-Force bis zum Küstenbereich zurückziehen. »Danach liegt alles bei der

Navy. So lauten die Befehle, wie ich sie verstanden habe. Ob alles klappt, weiß ich natürlich nicht.«

Ein Halberdier brachte Guy eine Tasse Tee.

»Crock«, sagte Guy, »ich hoffe, Sie erinnern sich noch an mich.«

»Sir.«

»Ziemlicher Unterschied zu unserem letzten Treffen.«

»Sir«, sagte Crock.

»Im Moment greift der Feind noch nicht mit großer Stärke an«, fuhr Major Erskine fort. »Sie schicken nur Stoßtrupps aus. Und sobald die auf Widerstand stoßen, dringen sie nicht weiter vor, sondern versuchen, uns zu umgehen. Alles ganz einfach. Wir könnten sie eine Ewigkeit aufhalten, wenn nur diese verdammten Nachschubfritzen ihren Job machen würden. Wovor laufen wir denn davon? Das ist nicht das Soldatenhandwerk, wie ich es gelernt habe.«

Ein Fahrzeug hielt draußen, und Guy erkannte Colonel Tickeridges herrische Stimme. Er ging hinaus und stieß auf den Colonel und den Adjutanten, die gerade das Ausladen von drei Verwundeten aus einem Lastwagen überwachten. Zwei von ihnen konnten sich noch mit Mühe aufrecht halten, der Dritte lag auf einer Tragbahre. Als dieser Mann an ihm vorübergetragen wurde, wandte er Guy sein bleiches Gesicht zu, und Guy erkannte Shanks aus seiner ehemaligen Kompanie. Der Mann lag unter einer Wolldecke. Seine Wunde war noch frisch, doch er litt noch nicht unter großen Schmerzen, sondern lächelte recht fröhlich.

»Shanks«, sagte Guy. »Was haben Sie denn gemacht?«

»Muss eine Mörsergranate gewesen sein, Sir. Hat uns alle überrascht, explodierte mitten im Graben. Aber ich hab noch Glück gehabt. Der Kamerad neben mir hat die volle Ladung abgekriegt.«

Guy erinnerte sich, dass Halberdier Shanks sich beim Turnier mit dem langsamen Walzer immer den ersten Preis geholt hatte. In den Tagen von Dünkirchen hatte er um Urlaub aus dringenden Familiengründen ersucht, um in Blackpool an einem Turnier teilzunehmen.

»Ich komme und sehe nach Ihnen, wenn der Arzt Sie verbunden hat.«

»Vielen Dank, Sir. Nett, dass Sie wieder bei uns sind.«

Die beiden anderen Männer waren zum Truppenverbandsplatz gehumpelt. Sie mussten wohl auch bei Kompanie D gewesen sein, nahm Guy an. An sie erinnerte er sich nicht mehr, nur an Halberdier Shanks, wegen des langsamen Walzers.

»Na, Onkel, dann kommen Sie mal mit und erzählen Sie mir, was ich für Sie tun kann.«

»Ich wollte eigentlich gern wissen, ob ich was für *Sie* tun könnte, Colonel.«

»Aber natürlich, gewiss doch. Sie tischen dem Bataillon ein schönes heißes Abendessen auf, bereiten mir ein Bad, sorgen für Artillerieunterstützung und ein paar Geschwader Jagdflieger, ich glaube, mehr brauchen wir heute Morgen nicht.« Colonel Tickeridge war ausgesprochen gutgelaunt. Als er sein Stabsquartier betrat, rief er: »Hallo, alle miteinander! Lassen Sie die Tänzerinnen kommen. Wo ist Halberdier Gold?«

»Schon da, Sir.«

Halberdier Gold war ein alter Freund, seit er an jenem Abend in Matchet Guys Gepäck vom Bahnhof geholt hatte, noch ehe jemand auf den Gedanken gekommen war, dass Guy dem Korps beitreten könnte. Sein Mund verzog sich zu einem breiten Lächeln.

»Guten Morgen, Sir! Willkommen zurück beim Bataillon.«

»Vino«, rief Colonel Tickeridge. »Wein für unsere erlauchten Gäste vom übergeordneten Stab.«

Das war im Ton größter Jovialität gesagt, ließ Guy jedoch

nach der warmherzigeren Begrüßung durch die einfachen Soldaten leicht frösteln.

Gold stellte zu Zwieback und Pökelfleisch einen Krug Wein auf den Tisch. Während sie aßen und tranken, berichtete Colonel Tickeridge Major Erskine:

»An der linken Flanke gab's einige Aufregung. De Souzas Einheit hat ziemlich was abgekriegt. Ein Glück, dass wir den Laster dabeihatten, um die Verwundeten zurückzubringen. Wir haben bloß gewartet, um zu sehen, wie eines unser MGs die Mörserstellung aushob. Dann sind wir direkt nach Hause gefahren. Ich habe da draußen ein paar nette Freundschaften geschlossen – eine Kompanie von Neuseeländern, die rangerollt kamen und fragten, ob sie sich nicht bitte unseren Kämpfen anschließen könnten? Erstklassige Burschen.«

Dies schien Guy der richtige Augenblick, um das zu sagen, was ihm vorgeschwebt hatte, seit er Shanks wiedergesehen hatte.

»Genau das hatte ich eigentlich auch vor, Colonel«, sagte er. »Haben Sie nicht einen Zug, den ich übernehmen könnte?«

Wohlwollend sah Colonel Tickeridge ihn an. »Nein, Onkel, selbstverständlich habe ich keinen.«

»Aber später vielleicht, wenn Sie Ausfälle haben?«

»Mein lieber Onkel, Sie sind mir nicht unterstellt. Sie können doch nicht mitten in einer Schlacht um Versetzung bitten. So geht's in der Army nicht zu, das wissen Sie auch. Sie gehören zur Hook-Force.«

»Aber Colonel, diese Neuseeländer …«

»Tut mir leid, Onkel. Nichts zu machen.«

Und das, Guy wusste es von früher, war endgültig.

Colonel Tickeridge setzte Major Erskine die Probleme der Nachhut im Detail auseinander. Sarum-Smith kam herein und verkündete, die Kommandos kämen durchs Dorf, und Guy folgte ihm hinaus, sah jedoch nichts weiter als eine Staubwolke und den letzten Laster der Hook-Force von hinten, der in Richtung Süden verschwand. Es kam zu etwas Beschuss durch Gewehre und leichte Maschinengewehre, und gelegentlich hörte man einen Kilometer weiter nördlich, wo die Halberdiers ihre Stellungen hielten, auch einen Mörser. Isoliert stand Guy zwischen seinen Freunden.

Noch wenige Stunden zuvor hatte er angesichts seiner Einsamkeit frohlockt. Jetzt hatte das Blatt sich gewendet. Er war ein Gast von einem übergeordneten Stab, ein Angehöriger der Hook-Force, ohne Platz oder Funktion, ein Zuschauer. Und wieder befiel ihn das alte Gefühl der Vereinsamung, aus dem er sich herauszureißen versucht hatte, das er von Zeit zu Zeit meinte, überwunden zu haben. Sein Herz wurde ihm schwer. Ihm war zumute, als sitze ein Organ seines Körpers nicht an der richtigen Stelle, als versinke es, falle taumelnd wie eine Feder in einem luftleeren Raum. Philoktetes, der wegen des Geruchs einer Wunde von seinen Gefährten ausgesetzt wurde. Philoktetes ohne seinen Bogen. Sir Roger ohne sein Schwert.

Bald drang Colonel Tickeridge unbekümmert in seine Verzagtheit ein.

»Nett, Sie mal wieder gesehen zu haben, Onkel. Ich nehme an, Sie möchten zurück zu Ihren eigenen Leuten. Da müssen Sie aber leider zu Fuß gehen. Der Adjutant und ich müssen wieder hinaus.«

»Kann ich mitkommen?«

Colonel Tickeridge zögerte, doch dann sagte er: »Je mehr, umso besser.«

Unterwegs erkundigte er sich nach Matchet. »Ihr Stabsoffiziere habt's doch gut. Wir haben keine Post bekommen, seit wir nach Griechenland sind.«

Das Zweite Halberdier-Bataillon und die Neuseeländer lagen auf der anderen Seite der Straße; ihre Flanken wurden durch die steilen Felsen gedeckt, die das Tal seitlich begrenzten. Kompanie D war am äußersten rechten Ende an einem Bach verteilt. Um zu ihnen zu gelangen, mussten sie über freies Gelände. Als Colonel Tickeridge und seine Leute aus der Deckung kamen, wurden sie von einem Feuerstoß begrüßt.

»Hoppla«, sagte er, »die Jerries sind aber wesentlich weiter gekommen, als sie heute Morgen noch waren.«

Sie suchten Schutz hinter ein paar Felsen und arbeiteten sich vorsichtig und auf Umwegen weiter voran. Als sie endlich in den Graben springen konnten, stießen sie auf Sergeant-Major Rawkes.

»Sie haben einen zweiten Mörser geholt.«

»Können Sie genau sagen, wo er steht?«

»Sie machen dauernd Stellungswechsel. Und im Moment gehen sie auch sparsam mit ihrer Munition um, aber die Reichweite ist da.«

Colonel Tickeridge richtete sich auf und suchte das vor ihm liegende Gelände mit dem Feldstecher ab. Eine Granate explodierte zehn Schritt hinter ihnen. Alle duckten sich, und ein Hagel von Steinen und Granatsplittern ging über ihren Köpfen nieder.

»Einen Gegenangriff können wir uns nicht leisten«, sagte Colonel Tickeridge. »Wir müssen etwas Gelände aufgeben.«

Während der Ausbildung hatte Guy sich oft gefragt, ob die Übungen in Penkirk überhaupt etwas mit wirklichen Kriegsgeschehen zu tun hätten. Hier war es tatsächlich so. Das hier war nicht das Jüngste Gericht, keine Flut von Uniformen, kein Zusammenprall von motorisierten Ungeheuern; es handelte sich um das konventionelle ›Bataillon in Verteidigungsstellung‹, dem nur leichtbewaffnete, nicht minder ausgepumpte kleine feindliche Einheiten gegenüberstanden. Ritchie-Hook hatte ihnen die Kunst des Rückzugs nur dürftig nahegelegt, doch was sich jetzt vollzog, spielte sich genau nach Plan ab. Während Colonel Tickeridge seine Befehle erteilte, schlich sich Guy weiter am Bachufer entlang. Er fand de Souza mit seinem deutlich zusammengeschmolzenen Zug. Er trug einen malerischen Verband um den Kopf, das bleiche Gesicht darunter blickte ihn ernst an.

»Ein Stück von meinem Ohr ist futsch«, sagte er. »Weh tut's nicht, aber ich bin trotzdem froh, wenn dieser Tag endlich vorbei ist.«

»Sie sollen sich um Mitternacht zurückziehen, wie ich höre.«

»Zurückziehen ist gut. Das klingt, als ginge eine alte Jungfer zu Bett.«

»Sie sind bestimmt schon vor mir in Alexandria«, sagte Guy. »Die Hook-Force kommt als Letzte an die Reihe, sie soll den Abzug decken. Ich habe nicht den Eindruck, als wollten die Deutschen angreifen.«

»Wissen Sie, was ich glaube, Onkel? Ich glaube, sie wollen uns in aller Ruhe zu unseren Schiffen kommen lassen. Dann können sie uns ganz gemütlich aus der Luft versenken. Das ist viel sauberer.«

Eine Granate schlug dicht vor ihnen ein und explodierte.

»Ich wünschte, ich könnte den verdammten Mörser erkennen«, sagte de Souza.

Dann kam ein Melder und sagte, er solle sich im Stabsquartier einfinden. Guy ging mit ihm und stieß so wieder zu Colonel Tickeridge.

Es dauerte nicht lange, den Rückzug an den Flanken in Stellung zu bringen. Guy beobachtete, wie das Bataillon sich in seiner neuen Position justierte. Alles vollzog sich vorschriftsmäßig. Colonel Tickeridge gab seine Befehle für den Einbruch der Dunkelheit und den endgültigen Rückzug. Guy notierte sich Zeiten und Marschrichtungen, bei denen die Halberdiers und die Neuseeländer durch die Linien der Hook-Force kommen sollten. Dann verabschiedete er sich.

»Falls Sie auf irgendwelche Seemänner stoßen«, sagte Colonel Tickeridge, »sagen Sie ihnen, sie sollen auf uns warten.«

Zum dritten Mal folgte Guy der Straße in Richtung Süden. Die Nacht brach herein. Die Straße füllte sich wieder mit Soldaten. Guy fand die Reste seines Stabs dort, wo er ihn verlassen hatte. Sie schlossen sich dem Hauptstrom an und zogen hinaus in die Dunkelheit. Sie marschierten die ganze Nacht, ein schweigender Teil der langen Prozession von sich schwerfällig vorwärtsbewegenden, stolpernden Männern.

Noch ein Tag und noch eine Nacht.

7

»Tag und Nacht«, sang Trimmer gefühlvoll, »denk ich an dich, nur dich. Nur du allein im Mond- und Sonnenschein ...«

»Hören Sie«, sagte Ian Kilbannock streng, »Sie kommen mit ins Savoy und treffen die amerikanische Presse.«

»In meines Zimmers Einsamkeit denk ich an dich.«

»*Trimmer!*«

»Die hab ich doch schon getroffen.«

»Aber nicht diese. Diesmal geht es um Scab Dunz, Bum Schlum und Joe Mulligan. Das sind tolle Burschen – Scab, Bum und Joe. Was sie schreiben, erscheint praktisch in sämtlichen amerikanischen Zeitungen. Trimmer, wenn Sie jetzt nicht mit diesem Gesinge aufhören, werde ich vorschlagen, dass Sie zu Ihrem Regiment nach Island zurückgeschickt werden. Bum und Scab sind selbstverständlich Antifaschisten. Joe hat so seine Zweifel. Er ist ein Ire aus Boston und hat nicht besonders viel für uns Engländer übrig.«

»Die Presse hängt mir zum Hals heraus. Haben Sie gelesen, wie der *Daily Beast* mich genannt hat? – ›Den Dämonen-Friseur‹.«

»Das haben die sich ausgedacht – nicht wir. Ich wünschte, es wäre mir eingefallen.«

»Jedenfalls bin ich zum Mittagessen mit Virginia verabredet.«

»Das bringe ich für Sie in Ordnung.«

»Na ja, ganz fest verabredet ist es eigentlich nicht.«

»Überlassen Sie das mir.«

Ian griff zum Telefonhörer, und Trimmer sang weiter.

»Ach, wie's tief in mir rumoret, die Sehnsucht quält mich immerfort.«

»Virginia? Ian hier. Colonel Trimmer bedauert, dass er heute nicht mit Ihnen speisen kann, Madame.«

»Der Dämonen-Friseur? Mir fällt im Traum nicht ein, mit ihm zu Mittag zu essen. Ian, unternehmen Sie doch mal was, bitte, ja? Für eine alte Freundin. Bringen Sie doch Ihrem Helden bei, dass er mich anödet.«

»Finden Sie das nett?«

»Es gibt doch Dutzende von Mädchen, die liebend gern mit ihm ausgehen wollen. Warum muss ausgerechnet ich es sein?«

»Er sagt, er hört in seinem Inneren eine Stimme, die immer wieder sagt: du, du, du, du!«

»Sagen Sie ihm, er soll sich zum Teufel scheren, Ian – seien Sie so nett!«

Ian legte auf.

»Sie sagt, Sie sollen sich zum Teufel scheren«, berichtete er.

»Oh?«

»Warum schlagen Sie sich Virginia nicht mal aus dem Kopf? Da ist für Sie nichts zu holen.«

»Doch das ist es, *war* es zumindest. Sie kann mich nicht

plötzlich am ausgestreckten Arm verhungern lassen. In Glasgow ...«

»Trimmer, Sie kennen mich inzwischen gut genug, um zu wissen, dass ich der Letzte auf der Welt bin, dem Sie irgendetwas anvertrauen sollten – vor allem in Sache Liebe. Sie müssen Virginia und diese ganzen Londoner Frauen, mit denen Sie in der letzten Zeit ausgegangen sind, einfach vergessen! Ich hab was Fabelhaftes für Sie in petto. Ich werde Sie durch die Fabriken schleifen. Sie sollen die Produktion ankurbeln. Gespräche während der Mittagspause. Tanz in den Kantinen. Wir werden alle möglichen köstlichen Mädchen für Sie finden. Trimmer, Sie haben eine phantastische Zeit vor sich, in den Midlands, im Norden, weit weg von London. Aber zuerst müssen Sie gegenüber Scab und Bum und Joe Ihren Beitrag für die angloamerikanischen Beziehungen leisten. Schließlich haben wir Krieg!«

Im Stabswagen, der sie ins Savoy brachte, versuchte er, Trimmer ins Bild zu setzen.

»Sie werden feststellen, dass Joe nicht sonderlich an militärischen Unternehmungen interessiert ist – Gott sei Dank, wie ich sagen muss. Das Misstrauen gegen die ›Rotröcke‹ hat er mit der Muttermilch eingesogen; er sieht in uns nichts weiter als feudale und koloniale Unterdrücker, was Sie, wie ich sagen kann, ganz und gar nicht sind, Trimmer. Wir müssen ihnen das neue England verkaufen, das in der Esse des Krieges geschmiedet wird. Verdammt, Trimmer, Sie hören mir ja gar nicht zu.«

Das tat er auch nicht. Eine Stimme in seinem Inneren wiederholte verloren: »Du, du, du.«

Wie Ludovic war auch Ian Kilbannock sehr sprachbegabt. Redete er mit seinen Freunden, redete er in einer Sprache; mit Trimmer und General Whale in einer anderen, und Bum, Scab und Joe gegenüber bediente er sich einer dritten.

»Hiya, boys«, rief er, als sie eintraten. »Seht mal, was die Katze da angeschleppt hat.«

Nicht Sparsamkeit war es, die diese drei fetten und unordentlichen Männer bewog, so eng zusammenzuwohnen, denn ihre Spesenkonten waren unbegrenzt. Es geschah auch nicht, wie bisweilen in der Vergangenheit, aus Gründen beruflicher Rivalität. Denn in dieser Stadt der Kommuniqués und der Zensur gab es keine Scoops, und man brauchte infolgedessen auch die Konkurrenten nicht zu beachten. Das beruhte schlicht und einfach auf dem Wunsch nach Geselligkeit, ihrem gemeinsamen Leben im Exil, es entsprach ihrem nervlichen Zustand. Mäßiges Essen, viel Alkohol und der ständige Fliegeralarm nachts – all das hatte sie verwandelt oder vielmehr jenen Verfallsprozess beträchtlich beschleunigt, der den drei weithin gefürchteten Spitzenreportern, die vor über einem Jahr frohgemut in England gelandet waren, kaum anzumerken gewesen war. Sie hatten eingehend über den Fall von Addis Abeba, Barcelona, Wien und Prag berichtet. Jetzt waren sie hier, um über den Fall von London zu berichten, und irgendwie war die Geschichte schal geworden. Sie mussten Entbehrungen erleiden und waren Gefahren ausgesetzt, die sie als Junge und Mann großspurig tagelang ausgehalten hatten, die aber jetzt, da sie unbegrenzt und weitverbreitet zu sein schienen, lästig wurden.

Ihr Zimmer ging auf die Themse hinaus, doch die Fensterscheiben waren kreuz und quer mit Klebestreifen überklebt. Nur wenige Sonnenstrahlen drangen herein. Drinnen brannte die Lampe. Es standen drei Schreibmaschinen da, drei Schiffskoffer, drei Betten, Berge von Papier und Kleidungsstücken, unzählige Zigarettenkippen, schmutzige Gläser, saubere Gläser, leere Flaschen und volle Flaschen. Aus drei fahlen Gesichtern blickten Trimmer drei blutunterlaufene Augenpaare an.

»Bum, Scab, Joe – das ist der Mann, an dem Sie so brennend interessiert waren.«

»Tatsächlich?«, fragte Joe.

»Colonel McTavish, freut mich, Sie kennenzulernen«, sagte Bum.

»Colonel McTavish, freut mich, Sie kennenzulernen«, sagte Scab.

»Hey«, sagte Joe. »Wer ist das nun eigentlich? McTavish? Trimmer?«

»Darüber streitet man sich höheren Orts noch«, sagte Ian. »Ich sage Ihnen noch genau Bescheid, ehe Sie Ihre Geschichte freigeben.«

»Was für eine Geschichte?«, fragte Joe unheilvoll.

Scab kam zu Hilfe. »Kümmern Sie sich nicht um Joe, Colonel. Lassen Sie mich Ihnen einen Drink machen.«

»Joe geht's heute Morgen nicht besonders«, sagte Bum.

»Ich hab nur gefragt, wie er nun eigentlich heißt und um was für eine Story es geht. Wieso bedeutet das, dass es mir heute nicht besonders geht?«

»Wie wär's, wenn wir alle was trinken?«, fragte Bum.

Trinken, vor allem harte Sachen, gehörte nicht zu Trimmers vielen Schwächen. Whisky am Vormittag gefiel ihm gar nicht. Er wies das angebotene Glas zurück.

»Was ist denn los mit dem Kerl?«, fragte Joe.

»Das kommt von der strengen Ausbildung«, sagte Ian.

»Ach so? Na ja, bin bloß ein verdammter Zeitungsmann und habe keine Ausbildung. Wenn jemand nicht mit mir trinken will, trink ich eben allein.«

Scab war der höflichste des Trios.

»Ich kann mir schon denken, wo Sie jetzt im Augenblick am liebsten wären, Colonel«, sagte er.

»Ja«, sagte Trimmer. »In Glasgow, im Bahnhofshotel, im Nebel.«

»Nein, Sir. Wo Sie jetzt am liebsten wären, das ist Kreta. Ihr Briten legt da im Moment einen fabelhaften Kampf hin. Haben Sie gestern den Boss im Radio gehört? Es kann keine Rede davon sein, Kreta zu räumen, hat er gesagt. Der Angriff ist aufgehalten worden. Die Verteidigung wird verstärkt. Man steht an einem Wendepunkt. Der Rückzug ist beendet.«

»Ganz unsere Meinung«, sagte Bum großmütig, »ganz und gar. Ich behaupte nicht, dass es nicht Zeiten gegeben hat, wo ich euch Tommys gehasst hab wie sonst was. Abessinien, Spanien, München – aber das ist alles vorbei, Colonel. Was gäbe ich nicht drum, jetzt auf Kreta zu sein. Dort werden die Meldungen heute gemacht.«

»Vielleicht erinnern Sie sich«, sagte Ian, »dass Sie mich gebeten haben, Colonel McTavish zum Mittagessen mitzubringen. Sie waren der Meinung, er könnte eine Story wert sein.«

»Stimmt. Das haben wir getan, nicht wahr? Aber wie wär's erst mal mit noch einem Drink, selbst wenn der Colonel nicht mithalten kann.«

Sie tranken und rauchten. Die Hände, mit denen sie sich ihre Zigaretten anzündeten, zitterten mit jedem Glas weniger, ihr jovialer Ton wurde zunehmend gefühliger.

»Sie gefallen mir, Ian, obwohl Sie ein Lord sind. Was kann jemand schon dafür, wenn er ein Lord ist! Sie sind in Ordnung, Ian, Sie gefallen mir.«

»Vielen Dank, Bum.«

»Und der Colonel gefällt mir auch. Viel reden tut er nicht, und trinken überhaupt nicht, und trotzdem gefällt er mir. Ein ganz normaler Typ.«

Selbst Joe ließ sich herab zu sagen: »Wer behauptet, der Colonel ist nicht in Ordnung, dem schlag ich die Zähne ein.«

»Jeder sagt, der Colonel ist in Ordnung, Joe.«

»Da tun sie aber auch gut dran.«

Die Zeit fürs Mittagessen verstrich.

»Hier in dieser Gegend kriegt man sowieso nichts zu essen«, sagte Joe.

»Ich persönlich hab im Moment auch gar keinen Hunger«, sagte Bum.

»Essen? Ich könnte, kann's aber auch lassen«, sagte Scab.

»Nun hören Sie mal, Leute«, sagte Ian. »Colonel McTavish ist ein beschäftigter Mann. Er ist hier, um Ihnen Ihre Story zu liefern. Wie wär's, wenn Sie ihm jetzt ein paar Fragen stellen – egal, welche?«

»Na schön«, sagte Joe. »Was haben Sie sonst noch so getrieben, Colonel? Der Überfall mit Ihrem Spähtrupp hat einen guten Artikel abgegeben. Haben sich unsere Leute drüben die Finger nach abgeleckt. Sie haben Orden bekommen. Sie sind zum Colonel befördert worden. Und? Wo sind Sie sonst noch gewesen? Erzählen Sie uns mal, was Sie diese Woche und die Woche *davor* gemacht haben. Wie kommt es, dass Sie nicht in Kreta sind?«

»Ich hatte gerade Urlaub«, sagte Trimmer.

»Na, das ist ja eine tolle Story!«

»Aber da habt ihr doch schon mal einen Aufhänger, Freunde«, sagte Ian. »Unser Colonel ist so etwas wie ein Omen – der neue Offizier, wie er aus der alten bornierten britischen Armee hervorgeht!«

»Woher soll ich wissen, dass er nicht borniert ist?«

»Joe, weshalb so misstrauisch?«, sagte Scab. »Jeder mit Augen im Kopf sieht doch, dass er *nicht* borniert ist.«

»Er sieht nicht so *aus*«, gab Joe zu, »aber woher soll ich wissen, dass er es *nicht doch ist*? Sind Sie verbohrt?«

»Nein«, erklärte Trimmer.

»Das wollte ich nur wissen«, sagte Joe.

»Du hast ihn gefragt, und er hat dir eine klare Antwort gegeben«, sagte Bum.

»Jetzt weiß ich's – und?«

Nach einer Weile überkam Scab im Tabakrauch und Whiskyhauch großer Ernst.

»Sie sind nicht borniert, Colonel, und ich will Ihnen sagen, warum. Sie hatten einen Vorteil, den diese Schnösel mit gestärkter Hemdbrust nicht hatten. Sie haben gearbeitet, Colonel. Und wo haben Sie gearbeitet? Auf einem Ozeandampfer. Und für wen haben Sie gearbeitet? Für die amerikanische Weiblichkeit? Habe ich recht oder habe ich recht? Da passt doch eines zum anderen. Daraus mach ich was ganz Großes. Die beiläufigen persönlichen Kontakte sind es, aus denen internationale Bündnissysteme entstehen. Der Friseursalon als Schule der Demokratie! Sie müssen auf diesem Ozeandampfer ein paar nette Kontakte gehabt haben, Colonel.«

»Ich hatte die erste Wahl«, sagte Trimmer.

»Erzählen Sie ihnen von Ihren amerikanischen Freundinnen«, sagte Ian.

Ein sanfter rosiger Schimmer beruflichen Interesses glomm in den Augen der Journalisten auf, während Trimmer im Gegensatz dazu in Trance verfiel.

»Da war Mrs. Troy«, begann er.

»Ich glaube, das ist nicht ganz das, was unsere Freunde hier interessiert«, sagte Ian.

»Natürlich nicht auf jeder Reise, aber zwei- oder dreimal im Jahr. 1938 sogar viermal – in der Zeit, in der unsere Stammkundschaft wegen der kritischen Lage in Europa zu Hause blieb. Das konnte *sie* nicht abhalten«, sinnierte Trimmer. »Ich habe immer auf der Passagierliste nachgesehen, ob ihr Name draufstand. Noch ehe sie ausgedruckt war, bin ich heimlich ins Büro und habe einen Blick draufgeworfen. Sie hatte so was an sich – Sie wissen schon, was ich meine – wie Musik. Wenn sie einen Kater hatte, war ich der Einzige, der ihr helfen konnte. Ich hätte etwas an mir, sagte sie – die Art, wie ich ihr den Nacken massierte.«

»Aber Sie müssen doch auch andere, typischere Amerikanerinnen kennengelernt haben, oder?«

»Sie ist keine typische Amerikanerin. Sie ist ja überhaupt nur deshalb Amerikanerin, weil sie einen Amerikaner geheiratet hat, mit dem sie im Übrigen nichts anfangen konnte. Sie ist etwas ganz Besonderes.«

»Sie interessieren sich nicht für Mrs. Troy«, sagte Ian. »Erzählen Sie ihnen doch von den anderen.«

»Ach, das waren meistens alte Schachteln«, sagte Trimmer. »Mrs. Stuyvesant Ogiander. Und natürlich waren da auch ein paar sehr elegante darunter, die Astors, die Vanderbilts, Cuttings, Whitneys – sie alle kamen zu mir, aber keine war so wie Mrs. Troy.«

»Ich hatte für meine Leser eigentlich an etwas Hausbackenes gedacht, Colonel.«

Trimmer hatte seinen Stolz. Er wachte aus seiner Träumerei auf und war etwas pikiert.

»Mit den Hausbackenen hab ich mich nie abgegeben«, sagte er.

»Himmelherrgott«, rief Joe triumphierend. »Was hab ich gesagt? Er ist doch ein bornierter Snob.«

Woraufhin Ian von seiner Phase der angloamerikanischen Freundschaft Abschied nahm. Wenige Minuten später stand er zusammen mit Trimmer auf der Straße und hielt vergeblich nach einem Taxi Ausschau. Das war der Augenblick, in dem Guy in Babali Hani völlig verzweifelte. Auch ihre Aussichten waren nicht besonders rosig. Die üblichen Londoner Menschenmengen schoben sich an ihnen vorüber. Männer in vielen verschiedenen schmutziggelben Uniformen, Frauen in der merkwürdigen Mode des Jahrzehnts – in Hosen und mit Turban, und mit Zigarette, die ihnen an der Unterlippe klebte oder aus müden Gesichtern im Mundwinkel hing; allesamt überfüttert von Tee und Woolton-Pasteten, eine wie die andere die Gasmaske vor der Brust, die unter ihrem wenig anmutigen Gang hin- und herschaukelte.

»Das war keine Glanzleistung«, rügte Ian Trimmer.

»Ich habe Hunger.«

»Um diese Uhrzeit finden Sie nirgends was zu essen. Ich gehe nach Hause.«

»Soll ich mitkommen?«

»Nein.«

»Ist Virginia da?«

»Das glaube ich kaum.«

»Sie war aber da, als Sie anriefen.«

»Aber sie war gerade im Begriff wegzugehen.«

»Ich habe sie eine ganze Woche nicht gesehen. Ihren Job im Durchgangslager hat sie aufgegeben. Ich hab mich bei den anderen Mädchen erkundigt. Wo sie arbeitet, wollen sie mir nicht sagen.«

Traurig sah Ian seinen Protegé an. Es lag ihm auf der Zunge, ihm gut zuzureden, ihn an die Köstlichkeiten zu erinnern, die in der Rüstungsindustrie seiner harrten, doch Trimmer erwiderte seinen Blick mit so betrübter Miene, dass er nur sagte: »Nun ja, ich gehe zurück zum H. O. O. Sie hören von mir.« Er wandte sich um und ging in Richtung Trafalgar Square.

Trimmer folgte ihm bis zur U-Bahn, bog dann wortlos ab und stieg mit einem traurigen kleinen Lied im Herzen hinunter zum Bahnsteig mit den vielen Feldbetten an der Seite, wo er lange wartete, bis ein überfüllter Zug kam.

Das H. O. O. im Marchmain House, das durch die neu entfachte Begeisterung für die Sondereinsatzkommandos wieder zum Leben erweckt worden war, vergrößerte sich ständig. Es wurden neue Wohnungen gemietet, und neue Gesichter kamen hinzu. Und hier, in Ians Büro, hatte Virginia Zuflucht gesucht.

»Haben Sie den Dämon abgeschüttelt?«, fragte sie.

»Er ist einfach nur dahingeschmolzen und hat dabei furchtbar vor sich hin gesummt. Virginia, ich muss ernsthaft mit Ihnen über Trimmer reden. Das weitere Schicksal unserer ganzen Dienststelle steht auf dem Spiel. Sind Sie sich eigentlich darüber im Klaren, dass er bislang unser einziger Beitrag zu den Kriegsanstrengungen ist? Ich habe noch nie einen Menschen erlebt, der sich durch den Erfolg so verwandelt hat wie er. Was hatte er vor einem Monat noch für einen Schwung! Mit diesem Akzent, diesem Lächeln und dieser Tolle schien er geradezu dafür gemacht, eine große nationale Gestalt zu werden. Und nun sehen Sie ihn sich heute an! Ich bezweifle, dass er den Sommer über noch durchhält. Ich habe schon Air Marshal Beech vor meinen Augen zusammenklappen sehen. Ich kenne die Symptome! Das darf nicht noch einmal passieren! Ich mache mir sonst einen schlechten Namen in der Army, und diesmal wäre es überhaupt nicht meine Schuld. Wie das Opfer schon gesagt hat, *nur du, du, du bist schuld*. Muss ich Sie jetzt daran erinnern, dass Sie in Tränen aufgelöst zu mir gekommen sind und mir mein Leben zu Hause zur Hölle gemacht haben, bis ich Ihnen diesen Job verschafft habe? Dafür erwarte ich jetzt jedenfalls ein klein wenig Loyalität.«

»Aber, Ian, warum denken Sie wohl, wollte ich aus der Kantine weg? Doch nur wegen Trimmer!«

»Ich dachte, Sie hätten genug von Brenda und Zita.«

»Doch nur, weil ständig dieser Trimmer bei ihnen war.«

»Ach so«, sagte Ian. »Aha!« Er spielte mit den Dingen auf seinem Schreibtisch herum. »Was bedeutet das alles mit Glasgow?«

»Ach, *das*«, sagte sie. »Das war nichts. Nur ein bisschen Spaß. Das war was ganz anderes als das, was jetzt los ist.«

»Und jetzt bildet das arme Schwein sich ein, er liebt Sie!«

»Ja, es ist wirklich unanständig!«

8

Am 31. Mai saß Guy in einer Höhle oberhalb der Küste von Sfakia, wo sich bald der letzte Rücktransport einschiffen sollte. Nach seiner Uhr war es noch nicht zehn, aber ihm erschien es wie die tiefste Nacht. Nichts rührte sich im Mondlicht. In der überfüllten Schlucht unter ihm hatte das Zweite Halberdier-Bataillon kompanieweise Aufstellung genommen, jeder Mann marschbereit ausgerüstet, und wartete auf die Schiffe. Die Hook-Force hatte oben auf dem Kamm Stellung bezogen und hielt die Vorpostenlinie gegen einen Feind, der seit Sonnenuntergang nichts mehr von sich hatte hören lassen. Guy hatte seine Abteilung am Spätnachmittag hergeführt. Sie waren die ganze Nacht und den größten Teil des Vortages unterwegs gewesen, zum Pass hinaufgezogen, dann hinunter nach Imbros und die Schlucht hinab bis zu der Stelle, wo sie jetzt standen. Sie sackten auf der Stelle zusammen und schliefen. Guy suchte und fand das Oberkommando der Crete-Force und trug von dort die letzten grausamen Befehle zur Hook-Force.

Er döste, wachte immer wieder sekundenlang auf, konnte aber kaum denken.

Draußen hörte man Schritte. Guy hatte sich nicht die Mühe gemacht, einen Wachtposten aufzustellen. Ivor Claires Zug lag ein paar hundert Meter weiter. Guy trat an den Eingang der Höhle, sah eine vertraute Gestalt und vernahm eine vertraute Stimme. »Guy? Ivor.«

Ivor trat ein und setzte sich neben ihn.

So saßen sie zusammen, redeten, von langen Pausen unterbrochen, im teilnahmslosen Tonfall grenzenloser Erschöpfung.

»Das Ganze ist eine verdammt üble Sache, Guy.«

»Morgen ist alles vorbei.«

»Fängt doch erst an. Sind Sie sicher, dass Tony die Sache nicht doch genau falsch herum anpackt? Ich war in Dünkirchen dabei, wissen Sie. Da hat sich kein Mensch um irgendwelche Vorrangigkeiten gekümmert! Und hinterher hat auch kein Mensch danach gefragt. Es ergibt doch einfach keinen Sinn, die Kampftruppen zurückzulassen und die schäbigen Überreste abzutransportieren. Tony ist völlig am Ende. Ich wette, er bringt alle seine Befehle durcheinander.«

»Ich hab sie vom Kommandierenden General alle schriftlich. Kapitulation bei Morgengrauen. Die Leute sollen es bloß noch nicht wissen.«

»Die wissen's aber trotzdem.«

»Der General fliegt heute Nacht in einem Wasserflugzeug weg.«

»Bleibt also nicht auf dem sinkenden Schiff.«

»Napoleon ist nach Moskau auch nicht bei seiner Armee geblieben.«

Schließlich sagte Ivor: »Was *macht* man bloß in einem Gefangenenlager?«

»Ich stelle mir vor, man hört sich ein grauenhaftes Konzert nach dem anderen an – jahrelang vielleicht. Ich habe einen Neffen, der bei Calais in Gefangenschaft geraten ist. Meinen Sie, man kann sich verlegen lassen, wo man gerne hin möchte?«

»Ich schätze schon. Normalerweise kann man das.«

Wieder eine Pause.

»Es hätte doch für den Kommandierenden General keinen Sinn, hier rumzusitzen und sich gefangen nehmen zu lassen.«

»Überhaupt keinen. Es hat aber auch für keinen von uns Sinn.«

Wieder eine Pause.

»Arme Freda«, sagte Ivor. »Arme Freda. Sie wird ein alter Hund sein, wenn ich sie wiedersehe.«

Guy nickte kurz ein. Dann sagte Ivor: »Guy, was würden Sie tun, wenn Sie zu einem Duell herausgefordert würden?«

»Lachen.«

»Ja, selbstverständlich.«

»Wie kommen Sie jetzt darauf?«

»Ich dachte über die Ehre nach. So etwas wandelt sich, nicht wahr? Ich meine, vor hundertfünfzig Jahren hätten wir antreten müssen, wenn man uns herausgefordert hätte. Heute lachen wir darüber. Vor etwa hundert Jahren muss das eine ziemlich komische Frage gewesen sein.«

»Ja. Die Moraltheologen haben es nie geschafft, dem Duellieren ein Ende zu bereiten; dazu musste erst die Demokratie her.«

»Und im nächsten Krieg, wenn wir völlig demokratisch sind, wird es für Offiziere vielleicht als ehrenvoll gelten, ihre Leute im Stich zu lassen. Da wird es im *Königlichen Exerzierreglement* vorgeschrieben sein, einen Stab weiterbestehen zu lassen, damit neue Leute ausgebildet werden, die dann die Stelle der Gefangenen einnehmen.«

»Vielleicht würden die Männer es aber gar nicht gern sehen, wenn sie von Deserteuren ausgebildet würden.«

»Meinen Sie nicht, in einer wirklich modernen Armee würde man ihnen umso größere Achtung entgegenbringen, wenn sie einmal geflohen sind? Ich fürchte, wir befinden uns einfach in einer ziemlich komischen Lage – wie jemand, der vor hundert Jahren zu einem Duell herausgefordert wurde.«

Guy konnte ihn im Mondlicht deutlich erkennen, sein ernstes Gesicht, ausgemergelt zwar, aber ruhig und gesammelt, genau wie er es das erste Mal im Park der Villa Borghese gesehen hatte. Ivor stand auf und sagte: »Nun, der Pfad der Pflicht ist steinig«, und damit ging er hinaus.

Und Guy schlief ein.

Er träumte unablässig, und zwar höchst prosaisch. Die

ganze Nacht, in der er in der Höhle lag, marschierte er, schrieb Befehle, gab sie weiter, zeichnete Dinge in seine Karte ein, marschierte weiter, während der Mond unterging und die Schiffe in die Bucht einliefen, die Boote zwischen ihnen und dem Strand hin- und herfuhren, die Schiffe davondampften und die Hook-Force sowie fünf- oder sechstausend andere hinter sich zurückließen. In Guys Träumen mischten sich keinerlei exotische Fremde unter die Schatten der Crete-Force, keine Absurdität schlich sich ein, von Flucht war keine Rede. Alles war so wie noch am Tag zuvor, und als er bei Tagesanbruch erwachte, war er wieder in dieser Halbwelt. Schlafen und Wachen waren wie zwei Flugplätze, ein genau gleicher Anblick, und doch lagen Welten dazwischen. Er sah sich selbst schemenhaft in weiter Ferne. Erschöpfung war alles, was blieb.

»Es heißt, die Schiffe hätten Verpflegung am Strand zurückgelassen«, sagte sein Sergeant.

»Dann sollten wir wohl noch eine tüchtige Mahlzeit zu uns nehmen, ehe wir in die Gefangenschaft gehen.«

»Es stimmt also, was sie sagen, dass keine weiteren Schiffe mehr kommen?«

»Ja, es stimmt, Sergeant.«

»Und dass wir uns ergeben sollen?«

»Ja, das stimmt.«

»Ich finde das nicht richtig.«

Die goldene Morgendämmerung ging über in ein wolkenloses Blau. Guy führte seine Leute den holperigen Pfad hinunter zum Hafen. Auf dem Quai lagen alle möglichen Ausrüstungsgegenstände herum, die Verwüstungen der Bombenangriffe waren überall zu sehen. Inmitten des Schrotts und der Ruinen stand ein Berg Lebensmittel, Pökelfleisch und Zwieback, und die Soldaten waren dabei, sich in aller Ruhe mit Verpflegung einzudecken. Der Sergeant drängte sich zwischen ihnen hindurch und reichte ein halbes Dutzend Büchsen weiter. An der Mauer eines zerstörten Gebäudes lief ein Wasserhahn. Guy und seine Leute füllten ihre Feldflaschen, tranken viel, füllten sie von neuem und drehten dann den Hahn zu. Danach frühstückten sie. Die kleine Stadt war verbrannt, zerstört und von den Einwohnern verlassen. Das Gespenst der Armee war überall. Manche waren völlig apathisch und sogar zu kaputt, um zu essen, andere zerschlugen ihre Gewehre an den Steinen und genossen verbissen und voller Genugtuung die symbolische Vernichtung ihrer Waffen. Ein Offizier trampelte auf seinem Feldstecher herum, ein Motorrad stand in Flammen, eine kleine Gruppe unter dem Kommando eines Captains der Sappeure machte sich an einem recht heruntergekommenen Fischerboot zu schaffen, das auf den Strand gezogen auf der Seite lag. Ein Mann saß auf der Hafenmauer, nahm methodisch seine Maschinenpistole auseinander und warf die einzelnen Teile in den Uferschlick. Ein besonders kleiner Mann ging von Gruppe zu Gruppe und wiederholte immer wieder: »Ich und mich ergeben? Kommt überhaupt nicht in Frage. Ich geh in die Berge. Wer kommt mit mir?«, wie ein Priester, der eine dem Untergang geweihte Gemeinde anhielt, dem Zorn zu entfliehen, der da über sie kommen sollte.

»Stimmt das eigentlich, Sir?«, fragte der Sergeant.

»Unsere Befehle lauten, uns zu ergeben«, sagte Guy. »Falls wir uns verstecken, müssten die Kreter für uns sorgen. Und wenn die Deutschen uns entdeckten, würden wir nur als Kriegsgefangene weggeführt, unsere Freunde aber erschossen werden.«

»So gesehen, scheint es nicht recht zu sein, Sir.«

Nichts schien recht an diesem Vormittag, nichts schien wirklich.

»Ich nehme an, eine Gruppe von höheren Offizieren ist bereits vorausgegangen, um den Richtigen zu finden, dem wir uns ergeben können.«

Eine Stunde verging.

Der kleine Mann stopfte sich seinen Tornister mit Verpflegung voll, hängte sich drei Feldflaschen um den Hals, tauschte sein Gewehr gegen eine Pistole, die ein australischer Kanonier gerade wegwerfen wollte, schritt mit seiner Last rüstig aus und war ihren Blicken bald entschwunden. Draußen, jenseits der Hafeneinfahrt, lag das Meer ruhig schimmernd da. Fliegen summten und ließen sich nieder. Guy hatte seine Uniform nicht vom Leib bekommen, seit er den Zerstörer verlassen hatte. Er erklärte: »Ich sag Ihnen, was ich tun werde, Sergeant. Ich werde jetzt ein Bad nehmen.«

»Doch nicht etwa *da drin*, Sir?«

»Nein. Aber dort hinter der Landspitze ist bestimmt sauberes Wasser.«

Der Sergeant und zwei Männer begleiteten ihn. Befehle wurden an diesem Tage keine gegeben. Sie fanden eine Lücke in dem felsigen Sporn, der das Hafenbecken einschloss, zwängten sich hindurch und gelangten an eine kleine Bucht – felsiges Küstenvorland und tiefes klares Wasser. Guy zog sich aus, tauchte und schwamm hinaus, von einer plötzlichen Euphorie gepackt. Er drehte sich auf den Rücken und ließ sich treiben, die Augen der Sonne wegen geschlossen, die Ohren vom Wasser gegen jeden Laut versiegelt, nahm er nichts anderes mehr wahr als körperliches Wohlbehagen, alleine und glücklich. Er drehte sich um, schwamm, ließ sich wieder auf dem Rücken treiben, schwamm abermals. Dann hielt er auf das Ufer zu, und zwar auf das gegenüberliegende. Hier zogen sich die Felsen bis ins tiefe Wasser. Er griff nach vorn, fand eine Felsplatte, an der er sich festhalten konnte, sie war bereits von der Sonne erwärmt. Er zog sich hinauf, ruhte genüsslich auf seinen Unterarmen und ließ die Beine bis zum

Knie im Wasser baumeln, hielt dann jedoch inne, denn er war schwächer als noch vor einer Woche, hob den Kopf und starrte direkt in die Augen eines Mannes, der über ihm auf der schwarzen Felsplatte saß und auf ihn heruntersah. Für einen Angehörigen der Crete-Force war er merkwürdig sauber und gepflegt; im strahlenden Sonnenschein hatten seine Augen die Farbe von Austern.

»Kann ich Ihnen behilflich sein, Sir?«, fragte Corporal-Major Ludovic. Er trat einen Schritt vor und zog Guy aus dem Wasser. »Eine Zigarette, Sir?«

Er reichte ihm eine schöne, reich mit Bildern geschmückte Schachtel griechischer Zigaretten und riss ein Streichholz an. Nackt und nass, wie er war, setzte Guy sich neben ihn und rauchte.

»Wo um alles in der Welt sind Sie denn gewesen, Corporal-Major?«

»Auf meinem Posten, Sir. Beim Stab hinter der Front.«

»Und ich dachte, Sie wären desertiert.«

»Wirklich, Sir? Vielleicht haben wir uns da beide einer Fehleinschätzung schuldig gemacht.«

»Haben Sie Major Hound gesehen?«

»Müssen wir uns damit befassen, Sir? Meinen Sie nicht, für Fragen dieser Art ist es noch zu früh oder vielmehr zu spät?«

»Was machen Sie hier?«

»Offen gestanden, Sir, habe ich mir überlegt, ob ich mich nicht ertränken soll. Ich bin kein guter Schwimmer, und das Meer ist sehr einladend. Soviel ich weiß, verstehen Sie doch was von Theologie, Sir. Ich habe einige von Ihren Büchern gesehen. Würden die Moralphilosophen es für Selbstmord halten, wenn man einfach aufs Meer hinausschwimmt, Sir, in der abstrusen Hoffnung, Ägypten zu erreichen? Mir persönlich wurde die Gnade des Glaubens nie geschenkt, aber theologische Spekulationen haben mich schon immer gereizt.«

»Sie tun besser daran, sich den Resten des Hauptquartiers anzuschließen.«

»Sprechen Sie jetzt als Offizier, Sir, oder als Theologe?«

»Weder als das eine noch das andere«, sagte Guy.

Er stand auf.

»Wenn Sie die Zigarette nicht zu Ende rauchen wollen, dürfte ich sie dann zurückhaben?« Sorgfältig schnippte Corporal-Major Ludovic die Glut ab und steckte den Rest wieder in die Schachtel. »Goldstaub«, sagte er und verfiel damit wieder in die Kasernenhofsprache. »Ich komme mit, Sir.«

Guy tauchte und schwamm zurück. Als er sich wieder angezogen hatte, war auch Corporal-Major Ludovic unter ihnen.

Ludovic war jetzt angekleidet und trug, wie Guy bemerkte, die Streifen eines Majors auf den Schulterklappen.

»Sie sind im Feld befördert worden?«, fragte Guy.

»Dies ist nicht der Tag für die strikte Einhaltung der Etikette«, erklärte Ludovic.

Ohne weiterzusprechen, schlenderten sie zurück nach Sfakia. Die Menge der Soldaten war noch größer geworden und wuchs weiter, da unregelmäßige Haufen aus ihren Verstecken in den Bergen herunter an die Küste kamen. Von dem Berg an Verpflegung blieb nichts übrig. Soldaten saßen mit dem Rücken an den Wänden zerstörter Häuser und aßen. Das allgemeine Interesse richtete sich jetzt auf die Gruppe, die sich am Fischerboot zu schaffen gemacht hatte und dabei war, es zu Wasser zu bringen. Der Captain der Sappeure dirigierte sie mit kräftigerer Stimme, als Guy sie seit Tagen vernommen hatte.

»Vorsicht … Alle zusammen, jetzt, hau-ruck … immer weiter … nur nicht stehenbleiben …« Die Männer waren geschwächt, doch das Boot rutschte immer weiter. Der Strand war ziemlich steil und glitschig vom Tang. »… So, jetzt noch mal alle zusammen … es schwimmt … loslassen. Mein Gott, es schwimmt.«

Guy drängte sich durch die Menge nach vorn.

»Die sind wahnsinnig«, sagte ein Mann neben ihm. »Die haben nicht die geringste Chance!«

Das Boot schwamm. Drei Mann standen bis zur Hüfte im Wasser und hielten es fest. Der Captain und der Rest seiner Mannschaft kletterten an Bord, schöpften Wasser aus und warfen den Motor an. Guy beobachtete sie.

»Sonst noch jemand?«, rief der Sappeur.

Guy watete zu ihm ins Wasser.

»Wie stehen Ihre Chancen?«, fragte er.

»Eins zu zehn, würde ich meinen, dass uns jemand auffischt und an Bord nimmt. Eins zu fünf, dass wir es allein schaffen. Wir sind nicht gerade gut ausgerüstet. Wollen Sie mit?«

Guy stellte keine Berechnung an. Nichts an diesem Vormittag war messbar. Er war sich nur der weiten See bewusst, die ihn willkommen hieß, der Erleichterung, einen anderen zu finden, der die Dinge in die Hand nahm.

»Ja. Ich muss nur noch mit meinen Leuten sprechen.«

Der Motor stieß eine kleine Wolke öligen Rauchs aus, und eine Serie von knatternden Fehlzündungen folgte.

»Sagen Sie ihnen, sie sollen sich entscheiden. Wir fahren los, sobald das Ding richtig läuft.«

Guy sagte zu seiner Einheit: »Die Chancen stehen eins zu fünf, dass sie es schaffen. Ich gehe mit. Entscheiden Sie selbst!«

Die Leute aus seiner Gruppe schüttelten den Kopf.

»Wie steht es mit Ihnen, Corporal-Major? Sie können sicher sein, dass kein Moraltheologe das einen Selbstmord nennen würde.«

Corporal-Major Ludovic richtete seine blassen Augen aufs Meer hinaus und sagte nichts.

Der Sappeur rief: »Das Freiheitsboot legt ab! Noch jemand, der mitwill?«

»Ich komme«, rief Guy.

Er war bereits an der Bordwand, als er bemerkte, dass Ludovic dicht hinter ihm war. Der Motor lief und überdeckte das Geräusch, das Ludovic gehört hatte. Gemeinsam kletterten sie an Bord. Einer aus der Menge der Zurückgebliebenen rief: »Mast- und Schotbruch, Kumpels!«, was von ein paar anderen aufgegriffen wurde; sie konnten jedoch das Motorengeräusch nicht übertönen.

Der Sappeur stand am Ruder. Sie tuckerten recht schnell übers Wasser, heraus aus dem Öl und den schwimmenden Abfällen. Als sie zurückblickten, sahen sie, dass die Menge am Strand die Gesichter himmelwärts gerichtet hatte.

»Stukas«, sagte der Sappeur.

»Jetzt ist ohnehin alles vorbei. Ich nehme an, die wollen bloß einen Blick auf ihre Beute werfen.«

Die Männer am Ufer schienen auch dieser Meinung zu sein. Nur wenige gingen in Deckung. Das Spiel war vorüber, die Tore aus der Erde gezogen. Dann fielen die Bomben.

»Diese Schweine!«, sagte der Sappeur.

Vom Boot aus sahen sie die Verwüstung, die die Bomben anrichteten. Eine der Maschinen über ihnen setzte zum Sturzflug an, feuerte mit den Maschinengewehren auf sie, schoss vorbei und drehte ab. Nichts weiter geschah, um sie zu verfolgen. Guy sah weitere Bomben auf dem mittlerweile verlassenen Hafenquai explodieren. Seine letzten Gedanken galten Kommando X, Bertie und Eddie, vor allem aber Ivor Claire, die auf ihren Posten darauf warteten, gefangen genommen zu werden. In diesem Augenblick gab es im Boot nichts zu tun. Sie konnten nur still im Sonnenschein und der frischen Brise dasitzen.

So segelten sie aus dem Bild hinaus.

9

Schweigen war alles. Reife war alles. Das Schweigen schwoll üppig gleich einer reifenden Feige, während der etwas launische Nordwest, der einst Helena und Menelaos an diesem Gestade festgehalten, säuselnd durch das Lazarett strich.

Das Schweigen gehörte Guy ganz allein, war ausschließlich sein Werk. Außengeräusche gab es in Fülle: ein Radio weiter unten im Korridor, ein anderes im Haus gegenüber, das ständige leise Klirren von Rollwagen, Schritten, Stimmen. Wie an jedem der vorhergehenden Tage kamen Menschen zu Guy ins Zimmer und sprachen mit ihm. Er hörte und verstand sie, war jedoch genauso wenig geneigt, ihnen zu antworten, wie sich in einen Dialog von Schauspielern auf der Bühne einzumischen. Die Sperrsitze, die Bühnenrampe und die Vorderbühne mit dem Vorhang lagen zwischen ihm und all diesen Leuten. Wie ein Forschungsreisender lag er in seinem beleuchteten Zelt, während draußen in der Dunkelheit die Kannibalen sich drängten und herüberspähten.

In Guys Kindheit hatte es eine stumme Frau namens Mrs. Barnet gegeben. Seine Mutter hatte ihn oft zu ihr mitgenommen. Sie lag in dem einzigen Dachzimmer der kleinen Kate, in der es nach Paraffin, Geranien und Mrs. Barnet roch. Ihre Nichte, in Guys Augen bereits eine hochbetagte Frau, stand neben ihr und antwortete auf die Nachfragen seiner Mutter. Seine Mutter saß auf dem einzigen Stuhl am Bett, während Guy neben ihr stand und sie alle betrachtete, sie und die kleinen Heiligenstatuen aus Gips, die überall um Mrs. Barnets Bett herum aufgestellt waren. Die Nichte war es, die sich, wenn sie wieder gingen, für die Vorräte bedankte, die Guys Mutter mitgebracht hatte: »Tantchen freut sich so über Ihre Besuche, Madame.«

Die alte Frau sagte nie ein Wort. Die Hände auf der Bettdecke, lag sie da und starrte hinauf zu der von der Lampe verrußten Tapete an der Decke, die dort, wo das Licht hinkam, den Glanz eines Musters erkennen ließ wie die gestärkte Tischdecke auf dem Tisch im Speisezimmer bei Guy daheim. Ihr Kopf bewegte sich nicht, doch ihre Augen folgten jeder Bewegung im Raum. Ihre Hände drehten und zuckten unablässig, jedoch nur ganz leicht. Die Treppe war erschreckend steil und wurde oben wie unten von einer dünnen, gemaserten Tür verschlossen. Die alte Nichte folgte ihnen hinunter ins Wohnzimmer und auf die Dorfstraße hinaus und bedankte sich für ihren Besuch.

»Mummy, warum besuchen wir Mrs. Barnet?«

»Oh, das müssen wir. So liegt sie schon immer, seit ich nach Broome gekommen bin.«

»Aber kennt sie uns denn, Mummy?«

»Ich bin überzeugt, dass sie uns vermissen würde, wenn wir nicht kämen.«

Sein Bruder Ivo war auch stumm gewesen, erinnerte Guy sich. Bevor er davongelaufen war, hatte er manchmal den ganzen Tag auf der langen Galerie gesessen und nichts getan, hatte völlig in sich gekehrt bei Tisch gesessen, während die anderen sich unterhielten, hellwach und völlig stumm.

Auch im Kinderzimmer hatte Guy selbst Zeiten des Schweigens durchgemacht. »Du hast wohl deine Zunge verschluckt, was?«, pflegte die Kinderschwester dann zu fragen. Und in ähnlichem Ton hatte sich auch seine Schwester an ihn gewandt, wenn sie vier- oder fünfmal am Tag mit der fröhlich aufreizenden Frage ins Zimmer gekommen war: »Hast du uns heute wieder nichts zu sagen?«

Der lahme Husar, der bei Sonnenuntergang das Tablett mit dem Whisky-Soda brachte, verlor schneller die Geduld. Anfangs hatte er versucht, freundlich zu sein. »Tommy Blackhouse liegt nur zwei Türen weiter und erkundigt sich nach

Ihnen. Ich kenne Tommy seit Jahren. Ich wünschte, ich hätte bei seiner Einheit sein können. Verdammt übel, dass sie alle in Gefangenschaft geraten sind … Ich hab mir mein kleines Wehwehchen in Tobruk geholt …«, und so weiter. Doch als Guy immer beharrlich schwieg, gab er es auf und stand von jetzt an gleichfalls schweigend mit seinem Tablett voller Gläser da und wartete, während Guy trank.

Einmal war der Kaplan gekommen.

»Sie sind hier auf meiner Liste als katholisch aufgeführt, stimmt das?«

Guy gab keine Antwort.

»Habe zu meinem Bedauern gehört, dass es Ihnen gar nicht gutgeht. Brauchen Sie irgendwas? Kann ich etwas für Sie tun? Ich bin ja immer in der Nähe. Sie brauchen nur nach mir zu fragen.« Immer noch gab Guy keine Antwort. »Ich lasse Ihnen das hier«, sagte der Priester und drückte ihm einen Rosenkranz in die Hand, und das hatte eine gewisse Bedeutung für Guys Gedanken, denn Beten war das Letzte, woran er sich erinnerte. Alle hatten sie gebetet in diesen furchtbaren Tagen im Boot. Manche hatten Gott einen Handel vorgeschlagen: »Bring mich hier raus, lieber Gott, und ich fang ein anderes Leben an. Ganz sicher!« Andere wiederholten Verse von Chorälen, an die sie sich noch aus ihrer Kindheit erinnerten. Alle – bis auf Ludovic, der ohne Gott am Steuer gesessen hatte.

Es hatte einen klaren Augenblick der Offenbarung zwischen zwei Leeren gegeben, als Guy entdeckte, dass er nicht, wie er angenommen hatte, Gervases Medaillon in der Hand hielt, sondern die rote Erkennungsmarke eines unbekannten Soldaten, wobei er sich lächerlicherweise sagen hörte: »Heiliger Roger of Waybroke, beschütze uns in den Tagen des Kampfes und behüte uns vor dem Bösen …«

Danach war alles Schweigen.

Guy hatte die Hände auf dem Baumwolltuch liegen und ließ seine Erlebnisse noch einmal vor seinem geistigen Auge vorüberziehen.

Gab es so etwas wie Erfahrung ohne Erinnerung? Konnte es eine Erinnerung geben, wenn Wirklichkeit und Phantasie ununterscheidbar durcheinandergingen? Die Zeit war nur bruchstückhaft, allerdings dehnbar, sie setzte sich aus Minuten zusammen, die wie Tage schienen, oder aus Tagen wie flüchtige Minuten! Er konnte reden, wenn er wollte. Doch dieses Geheimnis musste er vor ihnen bewahren. Wenn er erst wieder redete, kehrte er in ihre Welt zurück – dann wäre er wieder im Bilde.

Es hatte einen Nachmittag gegeben im Boot – in den ersten Tagen der Angst und Berechnung, in denen sie alle *God save the King* gesungen hatten. Und zwar aus Dankbarkeit. Denn ein Flugzeug mit den Hoheitszeichen der RAF war vom Himmel gekommen, hatte den Kurs gewechselt und war über ihren Köpfen zweimal gekreist. Sie hatten alle gewinkt, und die Maschine war nach Süden in Richtung Afrika weitergebraust. Die Rettung schien so greifbar nahe. Der Sappeur hatte Wachen eingeteilt; den ganzen folgenden Tag hatten sie nach dem Schiff Ausschau gehalten, das schon unterwegs sein musste und nie kam. In der folgenden Nacht verloren sie alle die Hoffnung, und bald wichen die Qualen der Entbehrung der Trägheit. Der Sappeur, der bisher immer so forsch und geschäftig war, verfiel ins Dösen. Der Treibstoff war zu Ende, und sie hatten ein Segel gehisst. Viel zu tun gab es nicht. Manchmal hing es schlaff hernieder, manchmal blähte es sich in einer Brise. Die Männer hatten halb bewusstlos herumgelegen, vor sich hin gebrabbelt und geschnarcht. Plötzlich hatte der Sappeur aufgeregt geschrien: »Ich weiß, was Sie vorhaben.« Keiner kümmerte sich um ihn. Woraufhin er sich an Ludovic wandte und schrie: »Sie haben gedacht, ich schlafe, aber ich habe Sie gehört. Ich habe alles gehört.«

Blass und schweigend hatte Ludovic ihn angesehen. Mit verbissener Wut hatte der Sappeur gesagt:

»Merken Sie sich eines. Wenn ich sterbe, sterben Sie auch.«

Dann ließ er den Kopf erschöpft auf die blasenübersäten Knie sinken.

Guy hatte zwischen Dösen und Wachen gebetet.

Später – an diesem Tag? am nächsten? dem übernächsten? – kam der Sappeur zu Guy gekrochen und flüsterte: »Bitte, geben Sie mir Ihre Pistole.«

»Warum?«

»Ich habe meine weggeworfen, bevor ich dieses Boot fand. Ich bin der Kapitän hier. Ich bin der Einzige, der ein Recht auf Waffen hat.«

»Unsinn.«

»Stecken Sie da auch mit drin?«

»Ich weiß nicht, wovon Sie reden.«

»Nein, wohl nicht, Sie haben geschlafen. Aber ich habe sie gehört, als Sie schliefen. Ich weiß, was sie vorhaben, was *er* vorhat«, sagte er und deutete mit dem Kopf in Richtung Ludovic. »Und verstehen Sie, deshalb *muss* ich Ihre Pistole haben, *bitte*!«

Guy blickte in die irren Augen und zog die Pistole aus dem Halfter. »Wenn Sie wieder einschlafen, wird *er* sie sich holen. Das hat er vor. Ich bin der Einzige, der wach bleiben kann. Ich muss einfach wach bleiben. Wenn ich einschlafe, hat *er* uns alle in der Hand.« Flehentlich blickten die wahnsinnigen Augen ihn an. »Und verstehen Sie, deshalb muss ich die Pistole haben.«

Guy sagte: »Das ist der beste Ort für sie«, und ließ die Waffe über die Bordwand fallen.

»Oh, Sie Trottel! Wie kann man nur so dumm sein! Jetzt hat er uns alle in der Hand.«

»Legen Sie sich wieder hin«, sagte Guy. »Seien Sie still. Sonst werden Sie noch krank.«

»Einer gegen alle«, sagte der Sappeur. »Ganz allein.«

Und in dieser Nacht, zwischen Monduntergang und Sonnenaufgang, verschwand er. Bei Morgengrauen hing das Segel schlaff. Nirgendwo am Horizont ein fester Punkt, der ihnen verraten hätte, ob sie sich bewegten oder mit der Strömung trieben – und vom Sappeur keine Spur.

Was war sonst noch real? Die Käfer. Zuerst waren sie eine Überraschung. In Guys Vorstellung war es auf hoher See immer ganz besonders sauber. Doch das alte Holz des Bootes war voll von Käfern. Nachts schwärmten sie überallhin aus, zwickten und stanken. Tagsüber krabbelten sie an die Körperstellen, die nicht der Sonne preisgegeben waren, suchten Zuflucht in Kniekehlen, am Hinterkopf, unter dem Kinn. Die waren real. Aber wie war das mit den Walen? Eine monderhellte Stunde stand ganz besonders klar in Guys Vorstellung: Er war davon aufgewacht, dass das ganze Wasser um ihn herum in einem einzigen, tiefen und vollen Ton sang, und hatte ringsum die riesigen Fleischberge aus dem Wasser herausragen, sich heben und senken und sich suhlen sehen. War das Wirklichkeit gewesen? War der Nebel Wirklichkeit, der sich gesenkt und sie eingehüllt hatte und dann genauso schnell wieder verschwunden war? Und die Schildkröten? War es in dieser mondhellen Nacht gewesen oder in einer anderen? Jedenfalls hatte Guy, nachdem der Mond untergegangen war, beobachtet, wie sich die stille Wasserfläche mit Myriaden von Katzenaugen füllte. Es war immer noch etwas Kraft in der Batterie seiner Taschenlampe, mit der Guy äußerst sparsam umgegangen war. Er richtete den fahlen Lichtstrahl aufs Meer und erkannte, dass die gesamte Wasseroberfläche mit den Rückenpanzern von Schildkröten bedeckt war, die sanft gegeneinanderstießen und ihn aus unzähligen alterslosen Eidechsenaugen anstarrten, so weit der Lichtschein reichte.

Guy sann immer noch über diese zweifelhaften Episoden nach, während er langsam wieder zu Kräften kam, als stiege der Saft frühlingshaft in einen trockenen Zweig. Sie hatten ihm alle Pflege angedeihen lassen. Anfangs, während er noch vom Morphium benommen gewesen war, hatten sie einen Behälter mit einer Salzlösung über ihm aufgehängt, ein Gummischlauch verband ihn mit seiner Armvene, wie ein Gärtner es macht, wenn er seine Pflanzen für eine Blumenschau kräftigen will. Seine schreckliche Zunge war wieder abgeschwollen, war wieder rot und feucht geworden, als die belebende Flüssigkeit ihn durchdrang. Sie hatten ihn eingeölt wie einen Kricketschläger, und seine gealterte, verschrumpelte Haut war wieder glatt geworden. Sehr bald hatten auch seine tief in den Höhlen liegenden Augen, die ihn wild aus dem Rasierspiegel angestarrt hatten, ihren gewöhnlichen melancholischen Ausdruck wieder angenommen. Die wilden Bilder in seinem Kopf waren unregelmäßigem Schlaf und einem ruhigeren Bewusstsein gewichen.

In den ersten Tagen hatte er dankbar die duftenden Becher mit Malzgetränken sowie den lauwarmen Reisschleim getrunken. Der Appetit war hinter seinen körperlichen Fortschritten zurückgeblieben. Sie hatten ihn auf eine ›leichte Diät‹ gesetzt – gekochten Fisch und Sago –, doch er rührte nichts an. Daraufhin hatten sie ihm Dosenhering, Pökelfleisch und große gekochte Kartoffeln gegeben, blau und gelb, und Käse.

»Und wie isst er?«, erkundigte sich der Stabsarzt jedes Mal.

»Nicht besonders«, berichtete die Schwester.

Guy war ein Ärgernis für diesen untersetzten, freundlichen und kurzatmigen Offizier, und das tat ihm leid.

Der Colonel versuchte es auf alle möglichen Arten, an Guy

heranzukommen, vom herrischen: »Nun kommen Sie schon, Crouchback! Jetzt reißen Sie sich mal zusammen!«, bis zum geradezu beflissenen: »Was Sie brauchen, ist ein Genesungsurlaub. Sie könnten überallhin – wie wär's mit Palästina? Sie müssen mithelfen, sich hochpäppeln. Sie brauchen sich nur ein bisschen Mühe geben.« Der Colonel schickte einen Psychiater zu ihm, den Guy mit seinem hartnäckigen Schweigen ganz unsicher machte. Zuletzt sagte der Colonel: »Crouchback, ich muss Ihnen sagen, dass Ihre Unterlagen eingetroffen sind. Ihre vorübergehende Beförderung endet mit dem Tag der Kapitulation von Kreta. Vom Ersten dieses Monats an werden Sie wieder Lieutenant. Begreifen Sie denn nicht, Mann«, rief er völlig außer sich, »Sie *verlieren Geld,* wenn Sie hier so rumliegen?«

In diesem Ausbruch lag wirkliche Dringlichkeit. Guy hätte ihn gern beruhigt, aber mittlerweile wusste er einfach nicht mehr, wie er das anfangen sollte, kannte den Kniff nicht mehr, genauso wie einmal bei einem seiner Besuche in England vorm Krieg. Er war sehr abgespannt gewesen und hatte festgestellt, dass er nicht imstande war, sich seine Fliege zu binden. Er hatte sämtliche Bewegungen ausgeführt, von denen er meinte, dass sie ihm zur Gewohnheit geworden waren, doch jedes Mal war der Knoten entweder wieder aufgegangen, oder die Fliege hatte senkrecht gestanden. Geschlagene zehn Minuten hatte er vor seinem Spiegel gekämpft, ehe er um Hilfe geklingelt hatte. Am nächsten Abend wie an allen folgenden Abenden war ihm die kleine Geschicklichkeitsübung wieder mühelos gelungen. Ähnlich erging es ihm jetzt: Bewegt von dem eindringlichen Ernst des Stabsarztes, wollte er sprechen – aber konnte es nicht.

Der Stabsarzt vertiefte sich in die Fieberkurven, auf denen Guys normale Temperatur, sein regelmäßiger Puls und die völlig normalen Körperfunktionen aufgezeichnet waren.

Der Stabsarzt reichte die Akten einer Schwester in einem roten Kittel, die sie weitergab an eine Schwester in einem gestreiften Kittel, und die Prozession ließ ihn allein.

Draußen vor der Tür unterhielten sie sich eindringlich, aber auch widerstrebend darüber, ob man Guy in eine Beobachtungsabteilung verlegen sollte.

Verrückt oder gesund, Guy war jedenfalls kein geeignetes Objekt für einen Beobachter. Mit den Händen auf der Baumwolldecke lag er wie einst Mrs. Barnet da und rührte sich kaum.

Zur Erlösung kam es dann auch nicht durch offizielle Kanäle. Eines Morgens rief plötzlich eine frische neue Stimme Guy unwiderstehlich zur Ordnung.

»*C'è scappato il capitano.*«

Mrs. Stitch stand an seiner Tür, ein strahlender Gegensatz zu den gestärkten und behaubten Schwestern, die Guys einzige Besucherinnen gewesen waren. Mühelos und ohne zu überlegen, erwiderte Guy: »*No capitano oggi, signora, tenente.*«

Sie trat näher, setzte sich auf sein Bett und stürzte sich unverzüglich in die Geschichte über eine Uhr, die der König von Ägypten ihr verehrt hatte; dass Algie Stitch daran gezweifelt hatte, ob sie sie annehmen könne, wohingegen der Botschafter überhaupt keine Bedenken gehabt und eine Schwester des Oberkommandierenden erklärt hatte: »Ich kann mir nicht helfen, mir *gefällt* der König.« Und sie holte die Uhr aus ihrer Handtasche hervor – diesmal kein Henkelkorb, sondern etwas Schickes, Neues aus New York – und zog sie auf, um ihm die kleinen Kunststücke vorzuführen, die die Uhr vollführen konnte. Es handelte sich um einen schwergewichtigen, überwältigend abscheulichen Mechanismus aus dem Zweiten Kaiserreich, strotzend vor Juwelen, emailliert und mit Cupidi geschmückt, die zur vollen Stunde schwerfällig eine Gavotte tanzten. Guy antwortete völlig mühelos.

Schließlich sagte Mrs. Stitch: »Ich habe gerade mit Tommy Blackhouse gesprochen. Er liegt weiter unten auf demselben Korridor; man hat ihm sein Bein zur Decke hochgebunden. Ich wollte ihn ja mit nach Hause nehmen, aber sie sagen, er darf sich nicht bewegen. Er lässt Ihnen alles Mögliche ausrichten. Er möchte, dass Sie ihm helfen, die Briefe an die nächsten Angehörigen der Leute von seinem Kommando zu schreiben. Das war ja eine furchtbare Sache.«

»Ja, Tommy kann von Glück sagen, dass er heil rausgekommen ist.«

»Eddie und Bertie – alles Freunde.«

»Und Ivor.«

Guy hatte in seinen Tagen des Schweigens immer wieder lange an Ivor gedacht, diesen jungen Prinzen Athens, den man im kretischen Labyrinth geopfert hatte.

»Ach, Ivor geht's gut«, sagte Mrs. Stitch. »Ging ihm nie besser. Er hat die ganze Zeit über bei mir gewohnt.«

»*Ihm geht es gut?* Wie denn? Im gleichen Boot wie ich?«

»Nun, vielleicht nicht ganz so wie Sie. Auf etwas komfortablere Weise. Da kann man sich bei Ivor immer drauf verlassen.«

Wie die Salzlösung, die durch den Gummischlauch tropfenweise in seinen durchstochenen Arm gelangt war, durchströmte ihn diese Nachricht von Ivor heilend und belebend.

»Das ist ja wunderbar!«, sagte er. »Das ist wirklich herrlich! Was Besseres hat gar nicht passieren können.«

»Nun, *ich* finde das selbstverständlich auch«, sagte Mrs. Stitch. »Ich bin immer auf Ivors Seite.«

Guy fiel an ihrem Ton nichts auf. Er war viel zu froh bei dem Gedanken, dass es seinem Freund gelungen war zu fliehen.

»Treibt er sich hier herum? Sagen Sie ihm, er soll kommen und mich besuchen.«

»Nein, er ist nicht hier. Er ist gerade gestern nach Indien abgereist.«

»Wieso denn nach Indien?«

»Man hat ihn angefordert. Der Vizekönig ist so etwas wie ein Vetter von ihm. Der wollte ihn unbedingt haben.«

»Ich kann mir nicht vorstellen, dass Ivor etwas täte, das er selbst nicht will.«

»Ich glaube schon, dass er hinwollte – schließlich ist Indien das einzige Land in der Welt, wo es noch viele Pferde gibt.«

In diesem Augenblick brachte die Schwester das Tablett.

»So etwas gibt man Ihnen hier zu essen? Das sieht ja abscheulich aus.«

»Ist es auch.«

Mrs. Stitch nahm einen Löffel und kostete vom Mittagessen.

»Das können Sie nicht essen.«

»Nicht besonders gern. Erzählen Sie mir von Ivor. Wann ist er denn rausgekommen?«

»Vor über einer Woche. Zusammen mit allen anderen.«

»Was für anderen? Sind denn welche von der Hook-Force rausgekommen?«

»Ich glaube schon. Tommy erzählte mir, ein paar Melder und ein Staff Captain.«

»Und das Kommando X?«

»Nein. Ich glaube, davon waren keine dabei.«

»Aber das verstehe ich alles nicht. Was hat Ivor denn gemacht?«

»Das ist eine lange Geschichte. Darauf kann ich mich jetzt nicht einlassen.« Sie ließ ihre Uhr melodisch läuten, und die Cupidi tanzten. »Ich komme wieder. Großartig, Sie so gesund und munter wiederzusehen. Man hat mir was ganz anderes von Ihnen erzählt.«

»Ich war am letzten Abend auf Kreta mit Ivor zusammen.«

»Wirklich, Guy?«

»Wir haben ein langes, nicht sehr erhebendes Gespräch über die Kapitulation geführt. Ich kann nicht verstehen, was danach geschehen ist.«

»Ich denke, es war alles ein ziemliches Chaos, oder?«

»Ja.«

»Und alle sind viel zu kaputt und zu hungrig, um sich an irgendwas zu erinnern.«

»Mehr oder weniger alle.«

»Keiner kann was Sinnvolles darüber sagen.«

»Nicht viele, jedenfalls.«

»Keiner hat Grund, besonders stolz auf sich zu sein.«

»Nein, wohl kaum.«

»Genau das sage ich ja schon die ganze Zeit«, erklärte Mrs. Stitch triumphierend. »Ganz offensichtlich *gab* es am Schluss doch keine Befehle mehr.«

Es war Guys erste Unterhaltung, seit er wieder zu sich gekommen war. Ihm war ein wenig schwindlig, trotzdem merkte er, dass hier der Versuch unternommen wurde, ihn – um es gelinde auszudrücken – zu etwas zu überreden.

»Doch gab es Befehle«, sagte er daher, »und zwar ganz eindeutige.«

»Wirklich, Guy? Sind Sie sich da ganz sicher?«

»Vollkommen sicher.«

Mrs. Stitch schien es plötzlich gar nicht mehr so eilig zu haben zu gehen. Sie saß mit der lustigen Uhr in der Hand ganz still da. »Guy«, sagte sie, »ich muss es Ihnen wohl sagen: Im Moment treiben sich hier eine Menge gemeine Leute herum, die kein gutes Haar an Ivor lassen. Wenn Sie sich an diese Befehle erinnern – es stand doch wohl nichts darin, das den Eindruck erwecken könnte, Ivor hätte zurückbleiben und sich in Gefangenschaft begeben sollen, oder?«

»Doch.«

»Ach … Aber wahrscheinlich erinnern Sie sich nicht so gut daran?«

»Ich habe es schriftlich.«

Ihre strahlenden Augen schweiften durch den kleinen Raum und blieben an dem Spind hängen, in dem Guys Sachen aufbewahrt waren.

»Da drin?«

»Vermutlich. Ich habe nicht nachgesehen.«

»Dann sind sie vermutlich widerrufen worden.«

»Ich wüsste nicht, von wem. Der General war ja schon fort.«

»Folgendes ist passiert«, sagte Julia, als ob sie in einem Klassenzimmer ein Gedicht aufsagte. »Die Hook-Force bekam vom Strand Befehl, sich augenblicklich einzuschiffen. Ivor wurde runtergeschickt, um nachzusehen, ob das seine Richtigkeit hatte. Er traf den Navy-Offizier, der das Ganze leitete und der ihm sagte, man hätte Führer zurückgeschickt und die Hook-Force sei bereits unterwegs. Sein Schiff sei am Ablegen. Ein anderes sollte noch für die Hook-Force zurückbleiben. Er befahl ihm, sofort einzusteigen. Bis Ivor Alexandria erreichte, glaubte er, die Hook-Force befinde sich auf dem anderen Kreuzer. Als er feststellte, dass dem nicht so war, saß er ziemlich in der Klemme. Genau das ist passiert. Es ist doch völlig klar, dass niemand Ivor einen Vorwurf machen kann, oder?«

»Hat er es so erzählt?«

»Es ist unsere Geschichte.«

»Warum hat er sich dann nach Indien abgesetzt?«

»Das war meine Idee. Mir schien das die einfachste Lösung. Irgendwo musste er ja hin. Tommys Kommando existiert nicht mehr. Ivors Regiment ist nicht hier. Er konnte schließlich nicht den Rest des Kriegs im Mohamed Ali Club verbringen, finde ich. Dass man ihn überall sah, brachte die Leute zum Tratschen. Selbstverständlich«, fügte sie hinzu, »gab es keinen Grund anzunehmen, dass irgendein Angehöriger der Hook-Force noch vor Kriegsende auftauchen würde. Was wollen Sie mit Ihren Unterlagen machen?«

»Ich nehme an, irgendwer wird sie sehen wollen.«

»Tommy nicht.«

Damit hatte sie recht. Nachdem sie weg war, ging Guy den Korridor hinunter zu Tommys Zimmer. Auf dem Weg dorthin kam er an der Schwester vorüber.

»Ich wollte mich gerade mit Colonel Blackhouse unterhalten.«

»*Unterhalten?*«, sagte sie. »*Unterhalten?* Na, dass *Sie* Besuch hatten, sieht ja ein Blinder.«

Tommy lag da, das Gipsbein hing an einer Zugvorrichtung. Erfreut begrüßte er Guy.

»Man sollte dich für ein Military Cross oder irgendwas anderes vorschlagen«, sagte er. »Das Blöde ist nur, dass wir uns in Kreta nicht gerade mit Ruhm bekleckert haben. Und Orden vergeben sie nun mal lieber an Sieger.«

»Ich hatte mal ein Medaillon, das früher meinem Bruder gehörte. Ich habe es von meinem Vater.« Er steckte die Hand unter die Pyjamajacke und tastete die Stelle ab, wo es früher immer war. »Es scheint verlorengegangen zu sein.«

Tommy sagte: »Das waren bestimmt die Leute vom Sanitätskorps«, um sich dann praktischeren Dingen zuzuwenden. »Hast du jemals den Befehl über das Boot gehabt?«

»Nein. Da war ein Sappeur, der zu Beginn alles übernahm. Nachdem wir ihn verloren hatten, sind wir wohl mehr oder weniger getrieben.«

»Und was ist aus Hound geworden?«

»Keine Ahnung. Das kann dir nur Ludovic erzählen.«

»Soweit ich weiß, hat Ludovic es gut überstanden.«

»Wirklich?«

»Sehr gut sogar. Er war es, der dich in Sidi Barani an Land getragen hat, weißt du.«

»Nein, das wusste ich nicht.«

»Er muss kräftig wie ein Pferd sein. Er war auch nur zwei Tage im Lazarett. Ich habe vorgeschlagen, ihn zum Offizier zu machen. Ich kann zwar nicht behaupten, dass ich den Burschen besonders gern gemocht hätte, aber da habe ich mich offenbar geirrt, wie üblich. Die Schwestern haben mir erzählt, du hättest den Verstand verloren, Guy. Mir kommst du aber ganz normal vor.«

»Julia Stitch hat mich heute Morgen besucht.«

»Ja, das sagte sie mir beim Gehen. Sie will versuchen, dich in ihr Haus zu holen.«

»Sie hat mir von Ivor erzählt.«

»Ja. Hat sie mir gesagt.« Die professionelle Vorsicht, die Guy bei Tommy so gut kannte, legte sich jetzt wie eine Wolke über seinen offenen und freundlichen Gesichtsausdruck. »Ivor war ganz groß in Form. Sie wollten nicht erlauben, dass er dich besuchen kommt. Er wollte dich unbedingt zu deiner Flucht beglückwünschen. Schade, dass er so schnell wegmusste.«

»Hat er dir erzählt, wie er selbst rausgekommen ist?«

»Eine Version davon.«

»Und du hast sie nicht geglaubt?«

»Mein lieber Guy, wofür hältst du mich? Kein Mensch glaubt es, und Julia am allerwenigsten.«

»Und du hast nicht vor, deswegen irgendwas zu unternehmen?«

»*Ich?* Das hat Gott sei Dank mit mir nichts zu tun. Meine Stellung ist im Moment die eines Majors, der nach der Entlassung aus dem Lazarett auf eine neue Aufgabe wartet. Julia hat dafür gesorgt, dass er aus dem Weg ist. Und dafür hat sie ganz schön geschuftet, das kann ich dir sagen. Das Beste ist jetzt, den Mund zu halten und Gras über die ganze Sache wachsen zu lassen. Die Angelegenheit ist viel zu heikel, als dass irgendjemand etwas *unternehmen* wollte. Er könnte wegen Desertierung vor dem Feind vors Kriegsgericht gestellt werden. Nicht auszudenken, wie furchtbar das wäre! Für so etwas hat man im letzten Krieg Männer an die Wand gestellt. Selbstverständlich wird kein Mensch irgendwas *unternehmen*. Übrigens kann Ivor von Glück sagen, dass wir deinen Brigadier Ritchie-Hook nicht bei uns haben. *Der* würde es sonst bestimmt tun.«

Guy erwähnte die Unterlagen in seinem Spind nicht. Stattdessen sprachen sie von der Zukunft.

»Was den Nahen Osten betrifft, so scheint man hier mit den Kommandos nichts im Sinn zu haben«, sagte Tommy. »Wir haben beide Glück. Jedenfalls kann man uns nicht rumschicken. Es gibt ja hier draußen Bataillone unserer eigenen Regimenter. Du gehst doch wohl wieder zu den Halberdiers zurück, nehme ich an, oder?«

»Hoffentlich. Nichts, was ich lieber täte.«

An diesem Nachmittag wurde Guy zu Mrs. Stitch transportiert. Das Lazarett brachte ihn in einem Krankenwagen hin. Sie bestanden sogar darauf, ihn auf einer Bahre hinauszutragen, doch zuvor ging er noch von Zimmer zu Zimmer, um sich zu verabschieden.

»Sie werden dort ein Leben in Saus und Braus führen«, sagte der Stabsarzt, als er seine Entlassungspapiere unterschrieb. »Gibt doch nichts Besseres, als sich in heimischer Gemütlichkeit ein wenig verwöhnen zu lassen – dann kommen Sie rasch wieder auf die Beine.«

»Es geht doch nichts über Beziehungen!«, sagte die Schwester.

»Sie hat versucht, auch mich zu entführen«, sagte Tommy.

»Ich habe Julia furchtbar gern, aber man muss schon kerngesund sein, um es bei ihr auszuhalten.«

Guy hatte diese Warnung schon von Ivors Lippen gehört, sie jedoch in den Wind geschlagen. Dass er sie jetzt auch von dem wesentlich robusteren Tommy hörte, ließ ihn nun doch zögern; doch jetzt war es zu spät. Die Krankenträger standen unerbittlich neben ihm. Und so war er nach einer halben Stunde in Mrs. Stitchs luxuriöser Residenz.

Julias Großeltern hatten im Dienst von Königin Victoria gestanden, und das Hofleben hatte einen Lebensstandard geprägt, der noch über eine Generation weiterwirkte. Mrs. Stitch war mit der Überzeugung aufgewachsen, dass ein sorgloses und bequemes Leben allgemein üblich sei. Sie genoss Üppigkeit, ja, innerhalb recht unberechenbarer Grenzen, sogar den Überfluss – niemand, der Gast an ihrem Tische war, konnte je ganz sicher sein, welcher Gang eines dem Anschein nach klassischen Dinners sich – was recht peinlich sein konnte – als letzter erwies. Sie liebte die Abwechslung und die Überraschung, knackige Salatfrische und Altehrwürdiges, mochte es jedoch gar nicht, wenn männliche Gäste verweichlicht wurden.

Das merkte man bereits, als sie die Krankenträger mit Guy in das für ihn vorbereitete Zimmer führte. In die Tiefe ging es, weit unter Bodenhöhe. Mrs. Stitch tanzte leichtfüßig von einer Küchenschabe zur anderen über den Betonboden und zerquetschte allein auf dem Weg zum Fenster sechs Stück. Das Fenster, das sie aufriss, ging auf den Küchenhof hinaus. Auf Augenhöhe sah man die nackten Füße der berberischen Dienerschaft vorübergehen. Eine Magd hockte in der Nähe und rupfte eine Gans, deren Federn vom Nordwest davongewirbelt wurden und auch zu ihnen herunterschwebten.

»Da«, sagte sie. »Bezaubernd. Was könnte man mehr wollen? Ich weiß – Blumen!« Damit war sie verschwunden, und als sie zurückkam, war sie mit Nachthyazinthen beladen. »Hier«, sagte sie und stellte sie ins Waschbecken. »Wenn Sie sich waschen wollen, benutzen Sie Algies Klo.« Mit uneingeschränktem Vergnügen betrachtete sie den Raum. »Alles Ihres!«, sagte sie. »Kommen Sie rauf zu uns, wenn Ihnen danach ist.« Damit war sie weg. Gleich darauf war sie wieder da. »Mögen Sie Katzen? Hier sind ein paar. Die sorgen dafür, dass nicht zu viele Schaben herumlaufen.« Sie warf zwei tigerähnliche Tiere hinein und schloss die Tür. Die Katzen streckten sich und kletterten verächtlich zum Fenster wieder hinaus. Guy saß auf dem Bett und fand, dass heute alles ein wenig zu viel für ihn gewesen war. Er trug immer noch seinen Pyjama und einen Morgenrock, was der richtige Aufzug für diesen Umzug gewesen zu sein schien. Jetzt kamen die Krankenträger mit seinem Gepäck zurück.

»Können wir Ihnen noch mit Ihren Sachen behilflich sein, Sir? Es scheint allerdings nichts da zu sein, wo man etwas verstauen könnte, oder?«

Kein Schrank, keine Schublade, nur ein Haken an der Wand. Einer der Männer hängte seine Uniform daran; sie salutierten und gingen.

Guys Ausrüstung war ihm vom Lager ins Lazarett nachgeschickt – und dabei, wie es sich herausstellte, ziemlich ausgeräubert worden. Außerdem war da noch ein Bündel mit den gewaschenen Fetzen, die er auf Kreta getragen hatte, sowie ein säuberliches Päckchen mit den Dingen, die man in seinen Taschen und in seinem Tornister gefunden hatte. Neben der roten Erkennungsmarke lag die Quittung, die er von Chatty Corner bekommen hatte, außerdem das Taschenbuch, in dem er Kriegstagebuch geführt hatte. Das Gummiband drum herum war verschwunden. Der Einband hatte Blasen geworfen, war schlaff geworden und voller Fettflecke und Knicke. Einige Seiten waren zusammengeklebt. Sorgfältig löste Guy sie mit einem Rasiermesser voneinander. Es war alles da. Auf dem fleckigen karierten Papier konnte er verfolgen, wie seine Handschrift mit wachsender Erschöpfung schlechter geworden war. Je schwächer er geworden war, desto größer und plumper seine Schrift. Die letzte Eintragung war ein Riesenkrakel, der über eine ganze Seite ging; dort hatte er berichtet, wie das Flugzeug über dem Boot aufgetaucht war. Das war sein Beitrag zur Geschichte, möglicherweise Beweismaterial in einem berüchtigten Prozess.

Guy streckte sich auf dem Bett aus. Er war körperlich viel zu mitgenommen, als dass er sich auf die moralischen Probleme hätte konzentrieren können. Für Julia Stitch gab es kein Problem. Ein alter Freund saß in der Klemme. Da musste man doch helfen. Tommy ließ sich wie immer von dem Grundsatz leiten: niemals Staub aufwirbeln, es sei denn, für Positives oder zumindest überwiegend Vorteilhaftes. Im Feld hätte Tommy, wenn Ivor oder irgendwer sonst sie in Gefahr gebracht hätte, keinerlei Bedenken gehabt, ihn persönlich zu erschießen. Das hier war etwas ganz anderes. Nichts war in Gefahr außer dem guten Ruf eines Mannes. Ivor hatte niemandem wehgetan außer sich selbst. Jetzt war er aus dem Weg und seine Einheit vorläufig auch – zumindest bis zum Ende des Krieges. Was den Kriegsgewinn betraf, spielte es keine Rolle, was sie im Gefangenenlager sagten.

Guy kannte sich nicht aus mit diesen simplen Verhaltensregeln. Er hegte keine alte Liebe zu Ivor, nicht die geringste Zuneigung für den Mann, der sein Freund gewesen war und sich als Enttäuschung erwiesen hatte. Er hegte insgeheim den Verdacht, dass der ganze Krieg in nichts anderem bestand, als Schwierigkeiten zu machen – ohne große Hoffnung auf einen Vorteil. Warum lag er hier in Mrs. Stitchs Kellergeschoss, warum waren Eddie und Bertie im Gefangenenlager, warum lag der junge Soldat immer noch unbestattet in einem verlassenen kretischen Dorf, wenn nicht um der Gerechtigkeit willen?

Er lag da und sann über all dies nach, bis Mrs. Stitch ihn zum Cocktail rief.

Tage vergingen, und Guy lag auf dem Liegestuhl neben dahinstolzierenden und sich putzenden Pfauen. Gäste kamen und gingen, einzeln und in großen Gruppen, Paschas, Höflinge, Diplomaten, Politiker, Generäle, Admiräle, Untergebene, Griechen, Ägypter, Juden und Franzosen, doch Mrs. Stitch vernachlässigte Guy niemals. Drei- oder viermal am Tag saß sie mit der Injektionsnadel ihres Charmes an seinem Bett.

»Gibt es denn niemanden, von dem Sie möchten, dass ich ihn einlade?«, fragte sie eines Tages, als sie das Abendessen plante.

»Doch, es gibt jemanden. Colonel Tickeridge. Wie ich gehört habe, ist er im Lager in Mariout. Sie kennen ihn vermutlich nicht, aber er gefällt Ihnen bestimmt.«

»Ich werde ihn für Sie finden.«

Das war früh am Morgen des 22. Juni – ein Tag der Apokalypse für die ganze Welt, für zahllose Generationen, und auch für Guy, eine weitere unsterbliche Seele, ein genesender Lieutenant der Halberdiers.

Algernon Stitch brachte die Neuigkeit vom deutschen Einmarsch in Russland mit, als er zum Mittagessen nach Hause kam. Nur Mrs. Stitch und Guy und zwei Sekretärinnen waren da.

»Warum hat dieser Idiot das denn nicht gleich am Anfang machen können«, fragte Algernon Stitch, »statt uns vorher in den ganzen Schlamassel reinzuziehen?«

»Ist das eine gute Sache?« Mrs. Stitch stellte diese Frage, arglos wie in der Schule.

»Wenn ich das wüsste! Die Fachleute sagen, die Russen

hätten keine Chance. Dafür aber haben sie vieles, was die Deutschen vermutlich gut gebrauchen können.«

»Was wird Winston dazu sagen?«

»Der wird unsere neuen Verbündeten selbstverständlich freudig willkommen heißen. Was bleibt ihm anderes übrig?«

»Es ist schön, immerhin einen Verbündeten zu haben«, sagte Mrs. Stitch.

Beim Essen wurde über nichts anderes gesprochen – über den Molotow-Pakt, die Teilung Polens, die Annexion des Baltikums, über die Rohstoffe in der Ukraine, die Anzahl von Flugzeugen, Divisionen, Lastwagen, Eisenbahnwaggons und Erdöl, Tilsit und Tolstoi, die öffentliche Meinung in Amerika, Japan und den Anti-Komintern-Pakt – Themen, die in diesem Augenblick überall in der Welt lebhaft diskutiert wurden. Guy jedoch blieb stumm.

Mrs. Stitch drückte ihm auf dem Tischtuch kurz die Hand. »Sind Sie heute niedergeschlagen?«

»Schrecklich.«

»Kopf hoch! Ihr Freund kommt zum Abendessen.«

Aber Guy brauchte mehr als Colonel Tickeridge.

An einem ähnlichen wind- und lichtdurchfluteten Mittelmeertag hatte er vor zwei Jahren vom deutsch-russischen Bündnis gelesen; damals hatte es so ausgesehen, als ob ein Jahrzehnt der Schande in Licht und Vernunft enden sollte. Damals hatte der Feind deutlich vor ihnen gestanden, riesig und hassenswert hatte er jede Maske abgestreift – das moderne Zeitalter in Waffen.

Jetzt hatte sich diese Halluzination verflüchtigt, genau wie die Wale und Schildkröten auf der Überfahrt von Kreta. Jetzt war er nach weniger als zwei Jahren der Pilgerschaft in einem Heiligen Land der Illusion wieder zurückgelangt in die alte, nicht so eindeutige Welt, in der Priester Spione waren, beherzte Freunde sich als Verräter entpuppten und sein Vaterland blindlings in die Schande hineinstolperte.

Am Nachmittag dieses Tages trug er sein Notizbuch zu dem Verbrennungsofen im Küchenhof vor seinem Fenster und warf es hinein. Das war ein symbolischer Akt. Er stand da wie der Mann in Sfakia, der seine Maschinenpistole auseinandergenommen und die einzelnen Teile, eines nach dem anderen, in den Hafenschlick geworfen hatte, platsch, platsch, platsch.

Colonel Tickeridge war an diesem Abend glänzender Laune, und unbehelligt von Problemen von Recht und Unrecht. Je mehr Soldaten auf die Deutschen schossen, umso besser, das war doch ganz klar. Ganz übles Regierungssystem in Russland. Das sei letztes Mal genauso gewesen. Und die Russen hätten es abgelöst und ein anderes an seine Stelle gesetzt. Das würde diesmal vermutlich genauso laufen. Diese Dinge setzte er Guy vor dem Essen auseinander. Colonel Tickeridge war zufrieden und höchstens leicht amüsiert. Er war der Meinung, bei einer so großen Essenseinladung müsse wohl etwas gefeiert werden – was, sollte er nie erfahren. Dass ein paar von den anderen Gästen so bedeutende Stellungen bekleideten, schüchterte ihn ein wenig ein, vor allem die Generäle. Seine Tischdamen links und rechts von ihm fand er nicht besonders anziehend. Auch konnte er nicht folgen, wenn sie unversehens ins Französische verfielen. Aber er langte kräftig zu. Sehr anständig von Onkel Crouchback, ihm diese Einladung verschafft zu haben. Und später am Abend, als er mit Guy unter den Palmen saß, gesellte sich Mrs. Stitch zu ihnen.

»Haben Sie Ihre Pistolen?«, zitierte sie. »Haben Sie Ihre scharf geschliffenen Äxte? Halberdiers! Ach, Halberdiers!«

»Wie bitte?«, fragte Colonel Tickeridge. »Verzeihung. Aber da komme ich nicht ganz mit.«

»Worüber haben Sie sich unterhalten?«

»Ich habe meine Zukunft geregelt«, sagte Guy. »Sehr zufriedenstellend. Der Colonel nimmt mich wieder bei sich auf.«

»Wir haben drüben eine ganze Menge guter Leute verloren, wissen Sie. Im Moment sind wir damit beschäftigt, uns neu zu formieren. Habe keine große Lust, mir den Ersatz aus dem großen Topf zu holen, wenn es sich irgend vermeiden lässt. Bin froh, wenn einer vom alten Haufen wieder zu uns stößt. Hoffentlich schnappt der Brigadier ihn uns nicht einfach wieder weg.«

»Der Brigadier?«, fragte Mrs. Stitch höflich und unbestimmt. »Wen meinen Sie?«

»Ben Ritchie-Hook. Sie haben bestimmt schon von ihm gehört.«

Plötzlich war Mrs. Stitch ganz bei der Sache. »Ich glaube, ich habe von ihm gehört. Ist er nicht tot? Ich dachte, dadurch wäre Tommy Blackhouse an das Kommando von was weiß ich genau gekommen?«

»Er war vermisst gemeldet. Aber tot war er nicht. Weit gefehlt! Irgendwann ist er als Anführer eines Haufens von Indern und Arabern im westlichen Abessinien aufgetaucht. Selbstverständlich wollte er mit ihnen weiterziehen, aber die Machthaber dort ließen das nicht zu. Man hat ihn herausgehauen und nach Khartum gebracht. Er soll noch diese Woche in Kairo eintreffen. Wir haben das auch gerade eben erst erfahren. Nur gute Nachrichten den ganzen Tag, nicht wahr?«

»Ist er nicht ein Leuteschinder?«

»Ach, das würde ich eigentlich nicht sagen. Er gerät nur überall in Schwierigkeiten.«

»Tommy hat ihn neulich erwähnt, als er über – nun ja, über irgendetwas redete. Steht er nicht im Ruf eines Unruhestifters?«

»Nur bei denen, die es nötig haben«, sagte Colonel Tickeridge.

»Ich glaube, ich weiß, was Sie meinen«, sagte Guy.

»Da war im letzten Krieg jemand, der ihn im Stich gelassen hat«, sagte Colonel Tickeridge. »Keiner von uns, versteht sich. Ben war damals nur ein kleiner Kompaniechef, und dieser Betreffende gehörte zu seinem Stab. Ben wurde unmittelbar darauf verwundet und lag monatelang im Lazarett. Als er wieder rauskam, war dieser Mann in eine ganz andere Einheit abkommandiert worden. Aber Ben hat nie von ihm abgelassen. Er verfolgte ihn unablässig und brachte ihn zur Strecke. Das ist der Großwildjäger in ihm.«

»Ich verstehe, ich verstehe«, sagte Mrs. Stitch. »Und eigentlich ist er die ganze Zeit über Kommandeur von Tommys Einheit gewesen?«

»Auf dem Papier, ja.«

»Und wann soll er eintreffen?«

»Soweit ich weiß, noch vor Ende der Woche.«

»Ich verstehe. Nun, jetzt muss ich aber gehen und Algie helfen.«

Als Guy und Mrs. Stitch zwei Tage später bei Orangensaft, Melone, Kaffee und Croissants in der Sonne saßen, wurde der frühmorgendliche Frieden plötzlich durch ein Motorrad gestört, das den duftenden Garten in eine Wolke von fettigen Auspuffgasen einhüllte. Ein Meldefahrer überbrachte einen Brief. Es handelte sich um einen Marschbefehl, laut dem sich Guy im Durchgangslager in Suez einzufinden hatte, um umgehend ins Vereinigte Königreich zurückzukehren. Ausgestellt worden war der Befehl von der Transportabteilung des Bezirkskommandos. Über den Frühstückstisch reichte er ihn Mrs. Stitch hinüber.

»Oje«, sagte sie, »Sie werden uns fehlen.«

»Aber ich verstehe das nicht. Ich sollte doch Ende der Woche zu einer Generaluntersuchung. Dabei wäre ich bestimmt diensttauglich geschrieben worden und hätte zu meinem Bataillon zurückkehren können.«

»Wollen Sie denn nicht in die Heimat zurückkehren?«

»Selbstverständlich nicht.«

»Alle anderen scheinen nichts lieber zu wollen.«

»Da muss irgendein Fehler vorliegen. Dürfte ich mir wohl für eine halbe Stunde Ihren Wagen ausleihen, um die Sache in Ordnung zu bringen?«

»Tun Sie das, wenn Sie meinen, es lohnt sich.«

Guy fuhr ins Bezirkskommando und fand auch den Major, der den Marschbefehl ausgestellt und den Brief unterschrieben hatte. Guy erklärte: »… Generaluntersuchung am Samstag … der Kommandeur vom Zweiten Halberdier-Bataillon hat darum gebeten, dass ich dorthin versetzt werde … Ritchie-Hook ist auf dem Weg …«

»Ja«, sagte der Major. »Es sieht so aus, als ob da etwas schiefgelaufen wäre. Den größten Teil des Tages verbringe ich damit, mich mit Leuten rumzuschlagen, die *unbedingt* nach Hause wollen: Ausgebombte Häuser, untreue Ehefrauen, dem Wahnsinn verfallene Eltern … die kommen mit allem und jedem. Es sollte eigentlich nicht schwerfallen, jemanden *hier*zuhalten. Ich weiß nur nicht genau«, sagte er und blätterte in einem Aktenordner, »von wo dieser Befehl ursprünglich kommt. Offiziell sind Sie einfach auf Genesungsurlaub. Scheint vom Oberkommando in Kairo auszugehen. Was haben denn die damit zu tun? Es scheint ihnen übrigens nicht daran gelegen zu sein, Sie morgen schon daheim in England zu haben. Sie sind für die allerlangsamste aller Routen vorgesehen. Auf der Canary Castle. Die liegt im Moment in Suez und wird entladen. Ein schrecklicher alter Kahn. Auf dem Rückweg soll er in Durban ins Trockendock. Sie werden wochenlang unterwegs sein. Haben Sie sich irgendwas zuschulden kommen lassen, was in Ihren Papieren steht?«

»Nicht, dass ich wüsste.«

»Oder haben Sie Tb oder so was?«

»Nein.«

»Nun, dann kann es nichts sein, was sich nicht ausbügeln lässt. Rufen Sie mich heute Nachmittag wieder an.« Er gab Guy die Durchwahlnummer seines Apparates.

Julia war noch zu Hause, als er zurückkam.

»Alles in Ordnung?«

»Ich denke, ja.«

»Gut. Zum Mittagessen kommt heute niemand. Möchten Sie, dass ich Sie in der Union Bar absetze?«

Am Spätnachmittag kam Guy endlich zu diesem Major durch, dessen Apparat ständig besetzt gewesen war.

»Ich habe Ihretwegen nachgefragt, Crouchback. Ich kann da nichts machen, fürchte ich. Dieser Befehl kam von ganz oben.«

»Aber warum?«

»Das ist etwas, worüber Sie vermutlich mehr wissen als ich.«

»Nun, aber ich kann doch zumindest so lange warten, bis mein Brigadier eintrifft, nicht wahr? Der kann bestimmt was für mich tun.«

»Tut mir leid, altes Haus. Aber Ihre Befehle lauten, sich morgen früh um sieben nach Suez zu begeben. Melden Sie sich um Viertel nach sechs hier. Ich selbst werde zwar nicht da sein, aber es ist bestimmt jemand da. Hoffentlich haben Sie eine angenehme Reise. Die alte Canary liegt schön ruhig im Wasser. Wahrscheinlich ist ein Haufen italienischer Gefangener an Bord.«

An diesem Abend wurde eine große Party gegeben. Fast die ganze griechische königliche Familie war da. Für Guy war es ungewöhnlich schwierig, ein Wort mit Mrs. Stitch allein zu reden. Als es ihm schließlich gelang, sagte er: »Julia, Sie schaffen doch alles. Könnten Sie das für mich in Ordnung bringen?«

»Oh nein, Guy, beim Militär mische ich mich nie ein. Das würde Algie gar nicht gern sehen.«

Als Guy später an diesem Abend packte, fand er die rote Erkennungsmarke, die er von Kreta mitgebracht hatte. Er wusste nicht, was der richtige Dienstweg war, wohin er sie schicken und an wen er sie adressieren sollte. Schließlich schrieb er auf ein Blatt von Mrs. Stitchs dickem Papier: *Stammt von einem britischen Gefallenen auf Kreta. Genaue Lage des Grabes unbekannt,* faltete den Bogen ohne Unterschrift zusammen und adressierte den Umschlag ans Oberkommando Naher Osten. Irgendwann, nahm er an, würde sie schon in die richtigen Hände gelangen.

Doch am nächsten Morgen, als Mrs. Stitch sich bereits angekleidet hatte, um sich von ihm zu verabschieden, fiel ihm eine befriedigendere Möglichkeit ein, seine Schuld zu begleichen.

»Julia«, sagte er, »meinen Sie, Algie könnte einen von seinen Mitarbeitern bitten, diese Sache hier für mich zu erledigen?«

»Selbstverständlich. Worum geht es denn?«

»Nur eine kleine Sache, die mit Kreta zu tun hat und die ich noch erledigen muss. Ich weiß nur nicht, an wen genau ich sie schicken muss. Algies Sekretärin weiß das bestimmt.«

Mrs. Stitch nahm den Umschlag, las die Adresse und gab Guy einen liebevollen Kuss.

Als er davonfuhr, winkte sie ihm mit dem Umschlag nach. Dann kehrte sie ins Haus zurück und ließ ihn in einen Papierkorb fallen. Ihre Augen waren eine einzige unendliche See, voll von fliegenden Galeeren.

VIII

Das Staatsschwert

I

»Guten Abend, Hiob.«

»Guten Abend, Sir. Freut mich, dass Sie wieder da sind.«

»Wirkt alles ziemlich ruhig hier.«

»Ach, das würde ich nicht sagen, Sir.«

»Ich meine, keine Luftangriffe mehr.«

»Oh nein, Sir. Das ist jetzt vorüber. Hitler braucht alles, was er hat, für die Russen.«

»Ist Mr. Box-Bender schon eingetroffen?«

»Jawohl, Sir. Er ist drinnen.«

»Hallo, Guy. Wieder da?«

»Hallo, Guy, wo sind Sie gewesen?«

»Ach, Guy, sind Sie mit Tommy unterwegs gewesen? Schrecklich, das mit Eddie und Bertie.«

»Pech. Tony Luxmore ist gefangen genommen.«

»Immerhin sind Sie noch weggekommen.«

»Und Tommy?«

»Und Ivor?«

»Ich habe mich schrecklich gefreut, als ich hörte, dass mit Ivor alles in Ordnung ist.«

»Haben Sie Algie und Julia gesehen?«

»Ach, da bist du ja, Guy«, sagte Box-Bender. »Ich habe schon auf dich gewartet. Lass uns gleich nach oben gehen und essen, wenn du nichts dagegen hast. Ich muss wieder zurück ins Unterhaus. Außerdem schnappen sie einem heutzutage alles vor der Nase weg, wenn man nicht aufpasst.«

Guy und sein Schwager kämpften sich nach oben zum Kaffeeraum durch. Unter den Kronleuchtern teilten Kellnerinnen das magere Abendessen aus. Es war kurz nach halb acht, trotzdem waren die meisten Tische schon besetzt. Guy und Box-Bender mussten sich mit einem Tisch in der Mitte des Raumes begnügen.

»Hoffentlich können wir den für uns allein behalten. Da ist etwas, worüber ich unbedingt mit dir reden wollte. Ich würde dir die Suppe empfehlen. Das andere ist aus Eipulver gemacht. Gute Heimreise gehabt?«

»Acht Wochen.«

»*Acht Wochen!* Hast du irgendwas mit zurückgebracht?«

»Ich hatte ein paar Orangen. Aber die sind auf der Reise schlecht geworden.«

»Oh. Sieh nicht hin. Elderberry sucht irgendwo einen Platz … Hallo, Elderberry, wollen Sie sich zu uns setzen?«

Elderberry nahm an ihrem Tisch Platz.

»Haben Sie schon die Ergebnisse der ›Panzer-für-Russland-Woche‹ gehört?«

»Ja«, sagte Box-Bender.

»Eine fabelhafte Idee von Max.«

»Ich hätte liebend gern zugesehen, wie Harold Macmillan beim Absingen von *Rote Fahne* Haltung annahm.«

»Ich hab's in der Wochenschau gesehen. Und auch, wie Mrs. Maisky die Stalin-Büste enthüllte.«

»Na, auf jeden Fall hat es geklappt«, sagte Box-Bender. »Die Produktion konnte um zwanzig Prozent gesteigert werden. Zwanzig Prozent – dabei hieß es vorher, sie hätten längst alle Möglichkeiten ausgeschöpft.«

»Und der Streik in Glasgow. Das ›Hilfe für Russland‹-Programm hat den beendet.«

»Schreibt der *Express*.«

»Panzer für Russland?«, erkundigte Guy sich. »Tut mir

leid, aber das ist alles neu für mich. In der Wüste brauchen sie unbedingt Panzer.«

»Kriegen sie ja auch, keine Sorge«, sagte Box-Bender. »Aber natürlich sind die Arbeiter besonders erpicht darauf, Russland zu helfen. Sie sind nun mal in dem Geist erzogen worden. Schadet doch auch nichts, wenn sie einen Topf roter Farbe nehmen und überall Hammer und Sichel und ›Guter alter Onkel Josef‹ draufpinseln. Das blättert mit der Zeit sowieso wieder ab. Die Panzer gehen dorthin, wo sie am dringendsten gebraucht werden. Da können Sie Gift drauf nehmen.«

»Ich allerdings bin eindeutig für die Russen«, sagte Elderberry. »Wir mussten in den vergangenen paar Wochen unsere Meinung ziemlich drastisch ändern. Die Russen liefern einen phantastischen Kampf.«

»Ein Jammer, dass sie sich immer weiter zurückziehen.«

»Um die Deutschen reinzuziehen, Guy, um sie weit nach Russland reinzuholen.«

Weder das Essen noch Elderberry verlockten dazu, das Dinner in die Länge zu ziehen.

»Hör mal«, sagte Box-Bender energisch, als er und Guy in einer Ecke des Billardzimmers allein waren. »Ich habe nicht viel Zeit. Aber das hier wollte ich dir zeigen.« Er nahm einen maschinengeschriebenen Bogen Papier aus seinem Notizbuch und reichte ihn Guy. »Was hältst du davon?«

Guy las:

Der geistliche Kampf des Franz von Sales.
Christus als Mönchsideal von Abt Marmion.
Geistliche Briefe von Don John Chapman.
Die Praxis der Gegenwart Gottes von Lawrence.

»Ich glaube, es müsste ›Dom John Chapman‹ heißen, nicht ›Don John‹«, sagte er.

»Ja, ja, gut möglich. Meine Sekretärin hat das abgetippt. Aber was hältst du davon?«

»Höchst erbaulich. Ich kann nicht behaupten, dass ich viel davon selbst gelesen hätte. Hast du vor, Mönch zu werden, Arthur?«

Die Wirkung dieses kleinen Scherzes war erstaunlich.

»*Genau*«, sagte Box-Bender. »Genau das habe ich erwartet, dass du es sagen würdest. Andere Leute haben das übrigens auch gesagt, als ich ihnen die Liste zeigte.«

»Aber was ist das für eine Liste?«

»Das sind die Bücher, um die Tony aus der Gefangenschaft *bittet. Jetzt.* Was sagst du dazu?«

Guy zögerte. »Das sieht ihm eigentlich nicht ähnlich.«

»Soll ich dir mal sagen, was ich glaube? *Religiöser Wahn.* Es liegt doch auf der Hand, dass der arme Junge den Verstand verliert.«

»Warum ›Wahn‹, Arthur? Es gibt eine ganze Menge völlig normaler Leute, die solche Bücher lesen.«

»Aber nicht Tony. Nicht in seinem Alter. Und außerdem, du weißt ja – wir dürfen Ivo nicht vergessen.«

Da war es raus, zum Auslüften, das Skelett aus Box-Benders Schrank. Box-Bender dachte an jedem Tag seines arbeitsamen, erfolgreichen Lebens an Ivo.

Spannungen legen sich bei Bellamy's rasch.

»Stört es Sie, wenn ich noch einmal zu Ihnen stoße?«, sagte Elderberry und gesellte sich mit einer Tasse Kaffee wieder zu ihnen. »Man findet nirgends sonst Platz.« Bald darauf erblickte Guy Ian Kilbannock und nahm die Gelegenheit wahr, den beiden zu entfliehen.

»Was soll das eigentlich alles mit Ivor Claire?«, fragte er.

»Keine Ahnung. Ich bin acht Wochen lang mit dem Schiff

unterwegs gewesen. Das Letzte, was ich von ihm hörte, war, dass er in Indien sei.«

»Alle behaupten, er hätte auf Kreta Reißaus genommen.«

»Das haben wir ja alle.«

»Es wird behauptet, Ivor sei am allerschnellsten gelaufen. Ich dachte, Sie wüssten es vielleicht.«

»Tut mir leid, aber ich weiß es nicht. Wie geht's beim H. O. O. H. Q.?«

»Wir platzen aus allen Nähten. Sie würden es nicht wiedererkennen. Wir sind sogar in neue Büros umgezogen. Sehen Sie sich die hier mal an.«

Er zeigte ihm die Ringe an seiner Manschette.

»Scheinen mehr geworden zu sein.«

»Und das geht immer weiter. Ich habe jetzt meinen eigenen Mitarbeiterstab – zu dem zufälligerweise auch Virginia gehört. Sie wird entzückt sein zu hören, dass Sie wieder da sind. Sie redet ständig von Ihnen. Im Moment ist sie mit Trimmer unterwegs.«

»Trimmer?«

»Ach, Sie erinnern sich bestimmt an ihn – McTavish. Er nennt sich jetzt offiziell Trimmer. Monatelang konnten sie sich nicht entscheiden. Zum Schluss ging die Sache zum Minister, und er fand, es gäbe schon zu viele schottische Helden. Und außerdem ist Trimmer natürlich so unschottisch, wie man nur sein kann. Aber er macht seine Sache fabelhaft. Vergangene Woche waren wir fast ein wenig beleidigt. Da machte eine sowjetische Heckenschützin bei uns die Runde und holte sich den ganzen Applaus. Deshalb habe ich die arme Virginia losgeschickt, damit sie unserem Bürschchen ein bisschen Auftrieb gibt. Er hat ziemlich geschmachtet, aber jetzt läuft wieder alles – bis auf Virginia, natürlich. Die hat es ganz krank gemacht, dass sie gehen musste – Scunthorpe, Hull, Huddersfield, Halifax …«

Am nächsten Tag meldete Guy sich in der Halberdier-Kaserne. Sein alter Bekannter saß immer noch in der Schreibstube – jetzt endlich jedoch wieder als Major.

»Wieder da«, sagte er. »So was kommt heute selten vor. Sie kommen ausgerechnet, wo der Urlaub abgeschafft wird, ha, ha.« Er war jetzt, wo er wieder Major war, wesentlich freundlicher. »Alles in Ordnung, diesmal. Wir erwarten Sie schon seit Wochen. Ich nehme an, Sie möchten Urlaub haben?«

»Ach«, sagte Guy, »eigentlich eher nicht. Ich habe seit Ende Juni auf einem Schiff gehockt. Ich kann mich genauso gut wieder an die Arbeit machen.«

»Der Captain-Commandant meinte, Sie sollten noch einmal vierzehn Tage auf den Kasernenhof, um sich wieder auf Vordermann zu bringen.«

»Ich habe nichts dagegen.«

»Sind Sie sicher? Ich fand das ein bisschen hart – für einen zurückgekehrten Helden und so. Aber der Captain-Commandant sagt, Leute, die von der Front heimkehren, haben alles wieder vergessen. Ich bringe Sie wohl besser noch heute Morgen zu ihm. Haben Sie keine Handschuhe?«

»Nein.«

»Vermutlich finden wir ein Paar im Offiziershaus.«

Sie fanden die Handschuhe. Und sie fanden Jumbo.

»Ich habe über Ihre Flucht gelesen«, sagte er. »Es hat in der Zeitung gestanden.«

Er sprach mit einem sanften, aber jovialen Vorwurf in der Stimme. Es gehörte sich nicht für einen Halberdier-Offizier, dass sein Name in der Zeitung erwähnt wurde, doch Guys Taten waren ja ausgesprochen löblich gewesen.

Zur Mittagsstunde wurde Guy – behandschuht – beim Captain-Commandant vorgelassen. Colonel Green war älter geworden. »Mr. Crouchback meldet sich aus dem Nahen Osten zurück, Sir«, sagte der Adjutant.

Colonel Green sah von seinem Schreibtisch auf und zwinkerte.

»Ich erinnere mich an Sie«, sagte er. »Sie gehörten doch zu der ersten Gruppe von Offiziersanwärtern. Ich erinnere mich sehr wohl an Sie. Apthorpe, nicht wahr?«

»Crouchback«, sagte der Adjutant, diesmal etwas lauter, und drückte dem Captain-Commandant die Unterlagen in die Hand.

»Ja, ja, selbstverständlich ...« Er überflog die Personalakte und erinnerte sich dabei an die guten Dinge, die er von Guy gehört hatte ... »Crouchback. Naher Osten ... Pech, dass Sie nicht draußen bleiben und wieder zum Zweiten Bataillon stoßen konnten. Sie wollten ja, ich weiß. Und auch Ihr Brigadier. Alles Feiglinge, diese Mediziner. Trotzdem, man muss tun, was sie sagen. Ich habe hier ihren Bericht. Darin wird behauptet, Sie könnten von Glück sagen, dass Sie überhaupt noch am Leben sind ... Klimawechsel wichtig ... nun, Sie sehen aber jetzt wieder so aus, als ob Sie ganz gut auf den Beinen wären.«

»Jawohl, Sir. Ich bin wieder ganz gesund.«

»Gut. Ausgezeichnet. Wir werden uns häufiger sehen, hoffe ich ...«

Noch am Nachmittag desselben Tages exerzierte Guy auf dem Kasernenhof zusammen mit einem gemischten Zug aus Rekruten und Offizieren, deren Ausbildung Halberdier Colour Sergeant Oldenshaw oblag.

»... Ich lese die Dienstvorschrift noch einmal vor: Die Ungeraden im vordersten Glied packen mit der Linken die Karabiner der Geraden, legen die Mündungen kreuzweise übereinander – kapiert? –, so dass die Magazine nach außen weisen – kapiert? –, und nehmen gleichzeitig die Riemenbügel beider Karabiner zwischen Daumen und Zeigefinger – kapiert? ...«

Kapiert, Halberdier Colour Sergeant Oldenshaw. Kapiert.

Zwei Jahre lang, also ein Zwanzigstel seines bisherigen Lebens, blieb Guy bei seinem Regiment. Er wurde kurzatmig, so dass er bei Übungen im Gelände schnell erschöpft war und die Geduld verlor. Er lernte mehr über das Wesen der Army, so dass er befördert und Stellvertretender Kommandeur eines Ausbildungsbataillons wurde. Das erste Bataillon, sein Bataillon, stand unter der Führung von Ritchie-Hook und schlug die Deutschen in der nordafrikanischen Wüste. Verstärkungstruppen wurden zu ihm geschickt, doch Guy gehörte nicht zu ihnen. Bis auf vier Mann war die gesamte Hook-Force in Kreta in Kriegsgefangenschaft geraten. In England hatte er keine Kampfgefährten außer Tommy Blackhouse, der zurückkehrte, um nochmals ein Sondereinsatzkommando aufzubauen. Sie trafen sich bei Bellamy's, und Tommy bot ihm einen Posten in seinem Stab an, doch der Schatten von Ivor Claire lag dunkel und lang über den Kommandos, und Guy erklärte, er sei zufrieden, weiter bei den Halberdiers zu dienen.

Eine Zweite Brigade wurde aufgestellt, und Guy folgte ihrem Schicksal bei der Ausbildung, was häufige Verlegungen von Penkirk in Schottland nach Brook Park in Cornwall zur Folge hatte. Die Streitkräfte auf den Britischen Inseln hatten nicht mehr unter dem Durcheinander von Befehlen und Gegenbefehlen zu leiden, wie das während der ersten beiden Kriegsjahre der Fall gewesen war. Dieses Schicksal wurde jetzt den Einheiten im Fernen Osten zuteil. In Europa lag die Initiative inzwischen bei den Alliierten. Die Truppen wurden mühevoll zusammengestellt, ausgerüstet und ausgebildet.

Im August 1943 bekam Guy dann jenen Schlag zu spüren, der seinerzeit Jumbo auf Mugg in tiefster Seele getroffen hatte: »Tut mir leid, Onkel, aber wir werden Sie nicht mitnehmen, wenn wir nach Übersee gehen. Sie waren bei der Ausbildung von unschätzbarem Wert. Ich weiß gar nicht, was ich ohne Sie gemacht hätte. Aber ich kann es nicht riskieren, jemanden in Ihrem Alter mit an die Front zu nehmen.«

»Bin ich denn so viel älter als Sie, Colonel?«

»Viel wohl nicht, aber ich bin schon mein Leben lang dabei. Wenn es mich trifft, muss der Stellvertretende Kommandeur das Heft übernehmen. Das Risiko kann ich nicht eingehen.«

»Ich kann rangmäßig gern zurückstecken. Könnte ich denn nicht eine Kompanie oder einen Zug übernehmen?«

»Nun nehmen Sie doch Vernunft an, Onkel. Nichts zu machen. Das ist ein Befehl von der Brigade.«

Beim neuen Brigadier, der erst vor kurzem von der Achten Armee zu ihnen gekommen war, handelte es sich um jenen Mann, dessen Stab Guy in Westafrika kurz angehört hatte, als Apthorpe gestorben war. Bei der Gelegenheit hatte der Brigadier gesagt: »Ich möchte Sie nie wieder sehen!« Seither hatte er lange und hart gekämpft und sich eine Auszeichnung für besondere Dienste erworben, doch hatte er im ganzen Kriegsgetümmel Guy nicht vergessen. Apthorpe, dieser Bruder-Onkel und Geist, von dem Guy geglaubt hatte, ihn auf der Insel Mugg der ewigen Ruhe überantwortet zu haben, marschierte immer noch in seinen Tümmler-Stiefeln umher und ließ ihn nicht in Ruhe: Der geschlagene Herr der Donnerkiste spielte noch immer mit seinem Dschungelzauber. Wenn ein Halberdier sagte: »Nichts zu machen«, war das endgültig.

»Selbstverständlich brauchen wir Sie für die Einschiffung. Und sobald wir abgedampft sind, nehmen Sie sich ein paar Tage Urlaub. Danach sind Sie alt genug, um sich selbst etwas zu suchen. Selbstverständlich kann man immer ›Kasernendienst‹ tun, aber vielleicht melden Sie sich auch im Kriegsministerium bei der Stelle für unbeschäftigte Offiziere. Für Leute in Ihrer Position gibt es Aufgaben genug.«

Guy nahm sich Urlaub und weilte in Matchet, als Italien kapitulierte. Die Nachricht von der Flucht des italienischen Königs kam an demselben Tag, als seine Brigade in Salerno landete. Sie gab Guy vorübergehend Auftrieb.

»Das sieht ganz nach dem Ende der Piemonteser Vereinnahmung aus«, sagte er zu seinem Vater. »Was für ein Fehler die Lateran-Verträge doch waren! Damals schienen sie ein Meisterstück zu sein – wie lange ist das her? Fünfzehn Jahre? Was sind fünfzehn Jahre in der Geschichte Roms? Wie viel besser wäre es gewesen, wenn der Papst ausgeharrt hätte und dann vorgetreten wäre, um zu sagen: »Was war das alles? Risorgimento? Garibaldi? Cavour? Das Haus Savoyen? Mussolini? Nichts weiter als ein paar Rowdys von außerhalb, die ein wenig Ärger verursacht haben. Wenn man sich's recht überlegt – war da nicht ein kleiner armer Junge, den sie König von Rom nannten? Das müsste der Papst heute sagen können!«

Mr. Crouchback bedachte seinen Sohn mit einem traurigen Blick. »Mein lieber Junge«, sagte er, »du redest wirklich einen Haufen Unsinn, weißt du? So ist die Kirche ganz und gar nicht. Dazu ist sie einfach nicht *da*!«

Sie spazierten das Steilufer entlang und kehrten gegen Abend zusammen mit Mr. Crouchbacks Retriever, der langsam alt wurde und nicht mehr umhertollte wie einst, sondern müde hinter ihnen hertrottete, ins Marine Hotel zurück. Mr. Crouchback war ebenfalls gealtert, er beschäftigte sich zum ersten Mal mit seiner eigenen Gesundheit und war besorgt. Sie verfielen in Schweigen, Guy, weil der Vorwurf seines Vaters ihn verwirrte, und Mr. Crouchback anscheinend deshalb, weil er immer noch über die Frage nachdachte, die er aufgeworfen hatte. Denn als er schließlich sprach, sagte er: »Natürlich ist es verständlich, wenn ein Soldat sich über einen Sieg freut.«

»Ich glaube nicht, dass es mir im Augenblick um den Sieg geht«, sagte Guy.

»Dann hast du auch kein Recht, Soldat zu sein.«

»Oh, aber ich möchte im Krieg bleiben. Ich würde gern richtig kämpfen. Aber es scheint im Augenblick keine Rolle zu spielen, wer gewinnt. Als wir Finnland den Krieg erklärten ...«

Er sprach den Satz nicht zu Ende, und sein Vater sagte: »Solche Art von Fragen geziemt sich für einen Soldaten nicht.«

Als das Hotel vor ihnen auftauchte, fügte er hinzu: »Ich nehme an, ich rede schon wie ein Schulmeister. Verzeih mir! Wir sollten uns nicht streiten. Ich habe mich oft über den armen Ivo aufgeregt, und über Angela. In dem Jahr, da sie in die Gesellschaft eingeführt wurde, war sie schon ziemlich anstrengend. Aber auf dich, glaube ich, bin ich nie wütend gewesen.«

Matchet hatte sich in den vergangenen beiden Jahren verändert. Jene Army-Einheit, um derentwillen man das Monte Rosa beschlagnahmt hatte, war so rasch wieder verschwunden, wie sie gekommen war, und seither stand die Pension leer. Die leeren Fenster und teppichlosen Fußböden waren ein Symbol für die kurze Beliebtheit, deren sich die kleine Stadt erfreut hatte. Die Ausgebombten waren in ihre Häuser zurückgekehrt. Mrs. Tickeridge war in eine Wohnung gezogen, die näher bei Jenifers Internat lag. Die Tage, da die Cuthberts jedes Zimmer hätten doppelt vermieten können, waren vorüber, widerstrebend fanden sie sich bereit, wieder freundlich zu ihren Gästen zu sein. Zwar stimmte es nicht buchstäblich, wie Miss Vavasour behauptete, dass sie ›auf die Knie fielen‹, um ihre Gäste zum Bleiben zu bewegen, doch immerhin boten sie Mr. Crouchback sein altes Wohnzimmer zum alten Preis wieder an.

»Nein, vielen Dank«, hatte dieser gesagt. »Sie werden sich erinnern, dass ich versprochen habe, es *nach* dem Krieg wieder zu übernehmen, und sofern sich die Dinge bis dahin nicht wesentlich verschlechtern, werde ich das auch tun. Bis dahin sind meine paar Sachen ausgelagert, und ich habe wirklich keine Lust, sie wieder hervorzuholen.«

»Ach, wir würden es Ihnen auch gern einrichten, Mr. Crouchback.«

»Es wäre nicht das Gleiche. Ich fühle mich so, wie es ist, sehr wohl.«

Seine ehemalige Miete ging inzwischen wöchentlich an einen arbeitslosen Priester.

Die Cuthberts waren froh, Eltern aufnehmen zu können, die ihre Söhne in ›Unsere Liebe Frau vom Sieg‹ besuchten, und fürchteten, dass diese, falls sie etwas gegen Mr. Crouchback unternahmen, aufhören würden, bei ihnen abzusteigen.

Guy fuhr am nächsten Morgen ab und meldete sich in der Halberdier-Kaserne. Er hatte keine große Lust, Urlaub zu machen.

Drei Tage später erhielt er einen Brief von seinem Vater:

Marine Hotel, Matchet
20. September 1943

Mein lieber Guy,
ich bin nicht sonderlich glücklich über unser Gespräch an Deinem letzten Abend hier. Ich habe entweder zu viel oder zu wenig gesagt. Jetzt muss ich einiges erklären.
Selbstverständlich hatte in den 1870er- und 1880er-Jahren jeder anständige römische Bürger etwas gegen die Piemonteser, genau wie jeder anständige Franzose heute die Deutschen hasst. Man hatte Rom schließlich besetzt. Und selbstverständ-

lich sind auch die meisten Römer, die wir kennen, dabei geblieben und waren beleidigt. Aber das ist nicht die Kirche. Der mystische Leib Christi nimmt keine theatralische Haltung an und ist nur auf seine Würde bedacht. Leiden und Ungerechtigkeit akzeptiert er. Beim ersten Anzeichen von Reue ist er bereit zu vergeben.

Als Du von den Lateran-Verträgen sprachst, hast Du dabei auch bedacht, wie viele Seelen als Folge davon möglicherweise versöhnt wurden und in Frieden haben sterben können? Wie viele Kinder sind aufgrund dieser Verträge im Glauben erzogen worden, die sonst in Unwissenheit gelebt hätten? Aber Quantität tut nichts zur Sache. Wenn nur eine einzige Seele gerettet werden konnte, rechtfertigt das jeden Verlust an ›Gesicht‹.

Ich schreibe dies, weil ich mir Deinetwegen Sorgen mache, und ich glaube, dass ich vielleicht nicht mehr sehr lange zu leben habe. Ich bin gestern beim Arzt gewesen, und der scheint zu glauben, dass ich etwas ziemlich Schlimmes habe.

Wie gesagt, ich mache mir Sorgen um Dich. Du schienst so aufzuleben, als Du seinerzeit in die Army eingetreten bist. Ich weiß, Du bist verletzt, dass man Dich in England zurückgelassen hat. Aber Du darfst Dich nicht in einen Schmollwinkel zurückziehen.

Es war nicht gut für Dich, allein und im Ausland zu leben. Hast Du jemals darüber nachgedacht, was Du nach dem Krieg anfangen willst? Da ist das Haus in Broome, das im Dorf ›das kleine Gutshaus‹ genannt wird – durchaus unzutreffend. In sämtlichen Dokumenten heißt es einfach das ›kleine Haus‹. Irgendwo wirst Du ja wohl leben müssen, und ich bezweifle, dass Du ins Castello zurückkehren möchtest, selbst wenn es überlebt, was sehr unwahrscheinlich ist, wo doch in Italien alles zerbombt wird.

Du siehst, ich denke im Augenblick viel über den Tod nach.

*Aber das entspricht durchaus meinem Alter und meinem Zu-
stand.*

Dein Dich stets liebender Vater,
G. Crouchback

3

Als die Hook-Force ohne ihn in See stach, ließ Jumbo Trotter alle Hoffnung auf aktiven Kriegseinsatz fahren. Er wurde
Kommandant des Durchgangslagers Nr. 6, Bezirk London,
ein Posten, der Gutmütigkeit, Nüchternheit und wenig mehr
erforderte als Freunde mit Einfluss – und all das besaß Jumbo
reichlich. Er hegte keinen Groll mehr gegen Ben Ritchie-
Hook und fand sich damit ab, auf einem Abstellgleis zu stehen. Die Befürchtung, dass ihm ein ähnliches Schicksal zuteil
werden könnte, überschattete Guys Stimmung.

Jumbo fuhr oft in die Halberdier-Kaserne, um zu sehen,
was los war. Dort traf er Ende September auf Guy, der dort
als Luftschutzoffizier und Assistent des Adjutanten untröst-
lich seinen Dienst tat.

»Werden Sie beim Captain-Commandant vorstellig«, riet
Jumbo ihm. »Sagen Sie, es könnte sich jeden Tag etwas für
Sie ergeben, was Ihre Anwesenheit in London unbedingt erforderlich macht. Lassen Sie sich im Kriegsministerium bei
der Abteilung für ›unbeschäftigte‹ Offiziere registrieren. Sie
können so lange in meinem kleinen Reich wohnen, ich kann
es Ihnen ganz gemütlich machen.«

So siedelte Guy in Jumbos kleines Reich über – kleines
Gutshaus? kleines Haus? – Durchgangslager Nr. 6, Bezirk
London, und bekam ein paar Tage lang Einblick in die Tiefen
der militärischen Unterwelt. Es gab einen Warteraum in einer

weiter außerhalb gelegenen Dependance des Kriegsministeriums, in dem sich jeden Tag Offiziere jeden Alters versammelten, deren Regiment oder Korps keine Verwendung für sie hatte.

Eine ›Richtlinie zum Arbeitspotential‹ war von allerhöchster Stelle erlassen worden, derzufolge jeder im Lande sofort für kriegswichtige Aufgaben eingestellt werden sollte. Guy führte ein Gespräch mit einem beinamputierten Major, der sagte: »Sie scheinen sich doch sehr ordentlich geschlagen zu haben. Ich verstehe nicht, warum man Sie hierhergeschickt hat. Sie sind der erste Halberdier auf meinem Schreibtisch. Was haben Sie denn angestellt?«

Er vertiefte sich in Guys Personalakte, in der alles stand, was er in den vergangenen vier Jahren gemacht hatte.

»Mein Alter«, sagte Guy.

»Neununddreißig, gehen stark auf die vierzig zu. Ja, das ist für Ihren Rang alt. Sie sind jetzt selbstverständlich wieder Captain. Tja, das Einzige, was ich Ihnen im Moment bieten kann, wäre eine Sicherheitsaufgabe in Aden und ein Posten als Fürsorgemitarbeiter in einem zivilen Krankenhaus. Aber ich nehme an, keine von beiden Aufgaben reizt Sie sonderlich.«

»Nein.«

»Tja, schauen Sie mal wieder vorbei. Vielleicht finde ich was Besseres für Sie. Nur sucht man bei mir nicht gerade die guten Leute. Halten Sie draußen Augen und Ohren offen und sehen Sie zu, was sich Ihnen bietet.«

Und in der Tat, an einem Abend im Oktober nach seinem dritten Besuch bei dem beinamputierten Major (der ihm mit unverhohlener Ironie einen Verwaltungsposten in Wales an einer Schule für die Auswertung von Luftaufnahmen anbot) traf er wieder einmal Tommy Blackhouse bei Bellamy's. Er hatte Befehl, sich bereitzuhalten, um in Kürze nach Italien aufzubrechen, um die Landung bei Anzio noch einmal zu proben, und verriet mit keinem Wort, was er vorhatte. Er sagte nur: »Ich wünschte, du hättest dich entschließen können, mit mir mitzukommen, Guy.«

»Ist es jetzt zu spät?«

»Viel zu spät.«

Guy erklärte sein Dilemma.

»Das ist ja furchtbar.«

»Der Mann vom Kriegsministerium war sehr freundlich.«

»Mag sein, aber du wirst merken, dass er bald ungeduldig wird. Wegen der Arbeitskräfte sind sie ziemlich in Panik. Die stecken dich unversehens in was ganz Furchtbares. Ich wünschte, ich könnte dir helfen.«

Später an diesem Abend sagte er: »Mir ist da was eingefallen, was als Notbehelf vielleicht ganz annehmbar wäre. Ich habe einen Verbindungsoffizier beim H. O. O. H. Q. Nur der Himmel weiß, was er dort treibt. Aber wie dem auch sei, ich wollte ihn ohnehin woanders haben. Da sind ein paar kleinere Gruppen, die mir unterstehen, die eigentlich zu den Sondereinsatzkommandos gehören. Du könntest für mich Verbindung mit ihnen halten, wenn du willst.«

Als Jumbo davon hörte, sagte er: »Genau genommen sind Sie ja nicht mehr ›im Übergang‹.«

»Hoffentlich doch.«

»Nun, bleiben Sie, solange Sie wollen. Wir finden schon eine Möglichkeit, dass Sie weiterhin bei uns geführt werden. Der Bezirk London macht nie große Schwierigkeiten. Sind alles Börsenmakler und Weinhändler von den Foot Guards. Mit denen ist immer leicht auszukommen.«

Aber nicht darum hatte er sich an jenem hoffnungsvollen Morgen vor vier Jahren dem Schwert von Roger of Waybroke verschrieben.

Von all den vielen Statuen, die die Seitenschiffe von Westminster Abbey bevölkern, steht nur eine einzige Figur – ein Seemann – in kriegerischer Haltung da. Die Männer des Mittelalters haben ihre Schwerter in der Scheide stecken und die Hände zum Gebet gefaltet; die Männer des Zeitalters der Vernunft tragen die Toga. Nur ein Captain Montagu hat – in der nach seinem Tode von Flaxman gearbeiteten Statue – den Griff seines Schwertes fest gepackt. Da es so viele bedeutendere Kunstwerke zu schützen galt, hatte das Kapitel ihn den ganzen Krieg über frei von Sandsäcken stehen und über das tiefer gelegene Schiff hinwegblicken lassen, wie er am Tag des Sieges und des Todes in den Gewässern von Ushant den Blick über die Schiffe des aufrührerischen Frankreich hatte schweifen lassen.

Seinen Namen kennen nur wenige, und sein überlebensgroßes Standbild, beleibt für sein Alter, hat nur selten die Neugier der Touristen auf sich gezogen. Nicht sein Schwert, sondern ein anderes zog am Freitag, den 29. Oktober 1943, die Kolonne von Viererreihen in seinen Bann. Die Kolonne kam von Millbank und rückte durch die Great College Street unter einer angeschlagenen Ziegelmauer langsam vor. An diese Mauer hatte im letzten Frühling im Schutz der Dunkelheit ein eifernder, arthritischer Kommunist die Worte gepinselt: ZWEITE FRONT JETZT. Die Kolonne kam langsam vorwärts, bis sie die Tür unter dem zertrümmerten und zerbombten Westfenster erreichte. Die Bewohner Englands waren das Schlangestehen längst gewohnt; manche hatten sich angestellt, ohne zu wissen, worum es überhaupt ging – vielleicht weil sie auf Zigaretten oder Schuhe hofften –, doch die meisten standen andächtig da. Nur wenige Worte wurden auf der Straße gewechselt, gelacht wurde nicht.

Der Tag war bedeckt, neblig-trüb und still. Wintermäntel sah man noch keine. Jeder trug eine Gasmaske vor der

Brust – die, wie die Experten einräumten, nichts mehr gegen die Gasarten nützten, welche der Feind möglicherweise einsetzen würde, aber sie war immer noch das Wahrzeichen eines Volkes in Waffen. Frauen überwogen; hier und da trugen Soldaten – Briten, Amerikaner, Polen, Holländer, Franzosen – mit einem gewissen Stolz ihre Uniform zur Schau. Die Zivilisten waren schäbig gekleidet und machten einen heruntergekommenen Eindruck.

Einige – es war Mittagszeit – kauten an Woolton-Pasteten, andere sogen an Zigaretten, die sie aus den Stummeln in den Essenskantinen gedreht hatten. Die Bombenangriffe hatten vorläufig aufgehört, doch die Kleidung für den Luftschutzbunker war immer noch die Nationaltracht der Engländer. Als sie den Eingang der Abbey erreichten, die viele von ihnen zum ersten Mal in ihrem Leben betraten, verstummten sie alle, als näherten sie sich einer feierlich aufgebahrten Leiche.

Das Schwert, wegen dem sie gekommen waren, stand aufrecht zwischen zwei Kerzen auf einem altarähnlichen Tisch. Links und rechts bewachten es Polizisten. Im Auftrag des Königs war es als Geschenk an ›das Volk von Stalingrad mit dem stählernen Herzen‹ geschaffen worden. Ein Achtzigjähriger, der schon für fünf Souveräne Zeremonienschwerter gearbeitet hatte, hatte sich von seinem Bett erhoben und es geschmiedet. Silber, Gold, Bergkristall und Emaille schmückten es. In diesem Jahr der Sten-Maschinenpistole stellte es eine bemerkenswerte Waffe dar, die zunächst in der Goldsmith's Hall und hinterher im Victoria and Albert Museum als hervorragendes handwerkliches Meisterwerk ausgestellt worden war. Nur wenige trösteten sich mit diesem Beweis, dass die alten Handwerkskünste trotz aller schlampigen Arbeit der Gegenwart noch weiterlebten. Doch nicht deswegen bewegte es die Herzen der Menschen. Jeden Tag verkündete der Rundfunk große russische Siege, wohingegen der britische Vormarsch in

Italien mehr oder weniger zum Stillstand kam. Die Menschen waren erfüllt von Dankbarkeit für ihre fernen Verbündeten und verehrten das Schwert als Symbol ihrer eigenen großmütigen und spontanen Gefühle.

Die Zeitungen sowie das Propagandaministerium ließen sich anstecken. Die *Times* ›verfiel‹ sogar ins Dichten:

> *Ich sah das Schwert von Stalingrad*
> *Und neigte das Haupt, so sehr strahlte es.*
> *Machtvoll und doch wortlos flüsternd,*
> *Sprach sein Geist zu meinem Geiste:*
> *O Sterblicher, erkenne …*
> *Ich bin das Leben Stalingrads.*
> *Du und mein Volk*
> *Sollt euch in mir vereinen.*
> *Die Ungeborenen kommenden Geschlechts*
> *sollen triumphieren in meines strahlenden Lichts,*
> *wenn meine Geschichte wird gesungen.*

Der Klatschkolumnist des *Daily Express* machte den Vorschlag, das Schwert im ganzen Königreich herumzuschicken. Cardiff, Birmingham, Sheffield, Manchester, Glasgow und Edinburgh ließen ihm in ihren Kunsthallen und Rathäusern weltliche Ehren angedeihen. Jetzt, da es von seiner Rundreise zurückgekehrt war und in unmittelbarer Nähe der Kapelle von St. Edward, dem Bekenner, und der Krönungsstätte der englischen Könige zur Verehrung aufgestellt wurde, erfuhr es seine Apotheose.

Guy Crouchback fuhr auf dem Weg zum Mittagessen an der Schlange der Andächtigen vorüber. Ungerührt von der allgemeinen Begeisterung für die Heldentaten von Joe Stalin, der jetzt, wie Guy und Apthorpe, ein Anrecht auf die Bezeichnung ›Onkel‹ hatte, war er nicht in Versuchung, sich ihrer frommen Verehrung anzuschließen. Für ihn hatte der 29. Oktober 1943 eine andere, weniger erhebende Bedeutung. Es war sein vierzigster Geburtstag, und um ihn zu feiern, hatte er Jumbo Trotter zum Essen eingeladen.

Dank Jumbos Büro konnte Guy jetzt entspannt hinter einem Fahrer sitzen, statt den Bus nehmen zu müssen. Nach vier Kriegsjahren bewahrte Jumbo immer noch seine Immunität gegenüber Aufwandsbeschränkungen. Genau wie Ruben. Inmitten einer hungernden Welt gab es in diesem kleinen Fischrestaurant je nach Saison immer noch Colchester-Austern, schottischen Lachs, Hummer, Krabben und Möweneier, allesamt erlesene Dinge, die ausdrücklich von dem Gesetz ausgenommen waren, das den Preis eines Hotelessens auf fünf Shilling beschränkte. Oft gab es sogar Kaviar, und nur Ruben wusste, über welche diplomatischen Kanäle er an den herankam. Am ungewöhnlichsten war es jedoch, dass manchmal sogar französischer Käse auf den Tisch kam, den unerschrockene Fallschirmjäger gesammelt und mit Hilfe von Unterseebooten nach England geschafft hatten. Es gab eine Fülle von guten Weinen zu enormen Preisen, und das in einer Zeit, da die Keller der Hotels leer waren und Weinhändler ausschließlich für ihre ältesten Kunden magere monatliche Sendungen verschickten. Ruben erfreute sich seit einigen Jahren einer kleinen, aber erlesenen Kundschaft, welche diese Dinge zu schätzen und zu bezahlen wusste. Früher hatte Ruben auch Bellamy's beliefert, und für die Mitglieder dieses Clubs standen in seinem kleinen Lokal immer Tische zur Verfügung. Freilich verkehrte bei ihm auch eine zunehmend größer werdende, weniger erlauchte Kundschaft von merkwürdig aussehenden Männern, die den Besitzer mit ›Mr.‹ Ruben ansprachen und dicke Bündel von Banknoten in ihren Gesäßtaschen bei sich trugen. Dieses Restaurant strahlte wie eine einsame Kerze in einer dunklen und hässlichen Welt. Kerstie Kilbannock, die unbekömmliche Experimente mit Puddingpulver und Gewürzen gemacht hatte, hatte ihn einmal gefragt: »Ach, Ruben, bitte, sagen Sie mir doch, worin liegt das Geheimnis Ihrer Mayonnaise?«, und hatte die gewichtig vorgebrachte Antwort erhalten: »Das ist ganz einfach, Mylady: frische Eier und Olivenöl.«

Guy geleitete Jumbo an einen Ecktisch. Er hatte seit seiner Rückkehr aus Ägypten nur wenig Zeit in London verbracht und konnte es sich auch nur selten leisten zu schlemmen, doch Ruben bewahrte vertrauten Gesichtern und vertrauten Namen die Treue.

»Was für ein Unterschied zum Kasino«, erklärte Jumbo, nachdem er die Gäste in Augenschein genommen hatte. »Ein *gewaltiger* Unterschied«, fügte er noch hinzu, als er die Speisekarte studierte. Sie verzehrten große Mengen Austern. Als sie sich übersatt erhoben, wurde der Tisch sofort von einem Paar eingenommen, das gerade hereingekommen war: Kerstie Kilbannock und ein amerikanischer Soldat. Als spielte man ›Reise nach Jerusalem‹, saß sie auf Jumbos noch warmem Stuhl, ehe dieser seine Mütze vom Haken genommen hatte.

»Guy, wie geht es Ihnen?«

»Wie man sich mit vierzig so fühlt.«

»Wir haben im Dorchester zu Mittag gegessen und sind noch so hungrig, dass wir noch auf einen Sprung hierhergekommen sind, um uns den Magen zu füllen. Sie kennen den Lootenant?«

»Aber gewiss doch, wie geht's, Loot?«

Alle Welt kannte Lieutenant Padfield, selbst Guy, der sonst nur so wenige Menschen kannte. Loot war ein Symbol der ›Großen Allianz‹. London war voll von amerikanischen Soldaten, großgewachsenen, schlaksigen, freundlichen, heimwehkranken jungen Männern, die ständig nach einer Sitzgelegenheit Ausschau zu halten schienen. Im Sommer hatten sie die Parks gefüllt und auf den Bürgersteigen um die einst vornehmen Patrizierhäuser herumgesessen, die man ihnen zugewiesen hatte. Um sie zu trösten, schwärmten aus den Slums und von der anderen Seite der Brücken Scharen von glanzlosen, hässlichen, halbwüchsigen Mädchen, ihre Tanten und ihre Mütter aus, wie man sie auf den Plätzen von Mayfair und Belgravia nie zuvor gesehen hatte. Diese umfingen sie leidenschaftlich und vor aller Augen während der Verdunkelungszeit genauso wie zur Mittagsstunde, und sie belohnten sie dafür mit Kaugummi, Rasierklingen und anderen Seltenheiten aus den PX-Läden. Lieutenant Padfield jedoch war ein ganz anderes Kaliber, und zwar nicht so sehr wegen seines Äußeren, denn auch er war fahl, auch er war schlaksig und zog das Sitzen dem Stehen vor. Aber er litt durchaus nicht an Heimweh. Saß er nicht auf einem Stuhl oder Sessel, musste er offenbar ständig auf den Beinen sein, denn er war allgegenwärtig. Er war fünfundzwanzig Jahre alt und zum ersten Mal in England. Er hatte zur vorgeschobenen Versorgungsbasis der amerikanischen Army gehört, und es gab keinen Winkel der immer noch außerordentlich hochkomplizierten britischen Gesellschaft, in dem er sich nicht auskannte.

Kennengelernt hatte Guy ihn, als er bei einem Urlaub widerstrebend seinem Onkel Peregrine einen Besuch abgestattet hatte. Das war in den ersten Tagen von Loots Aufenthalt in England gewesen.

»... hat eine Empfehlung von jemandem, der früher oft auf Cowes war. Möchte sich meine Miniaturen ansehen ...«

Als Guy in derselben Woche von seinem Schwager Arthur Box-Bender zum Abendessen ins Unterhaus eingeladen worden war, hieß es: »Man hat uns gesagt, wir sollten uns dieser Amerikaner ein wenig annehmen. Verständlich, dass sie sich fürs Unterhaus interessieren. Komm doch mit und sei ein wenig behilflich.« Dabei ging es um sechs junge amerikanische Offiziere, unter ihnen auch Loot.

Sehr bald galt er nicht mehr als Angehöriger der amerikanischen Streitkräfte in England, denen man sich erkenntlich zeigen sollte. Zwei oder drei Witwen aus dem Zeitalter der Gastfreundlichkeit hatten überlebt und versuchten weiterhin – freilich weniger üppige – Gesellschaften zu geben. Der Lieutenant fehlte auf keiner ihrer kleinen Partys. Zwei oder drei jung verheiratete Frauen erhoben Anspruch darauf, ihre Rolle als Gastgeberinnen zu übernehmen. Der Loot kannte sie alle. Man sah ihn in jeder Bildergalerie, jeder Buchhandlung, jedem Club und jedem Hotel. Er war auch zu Gast in jeder unzugänglichen Burg in Schottland, saß am Krankenbett eines jeden alten Künstlers und Politikers und besuchte die Garderobe jeder führenden Schauspielerin und jeden Gemeinschaftsraum jeder Universität. Seine Dankbarkeit seinem Gastgeber und seiner Gastgeberin gegenüber brachte er nicht durch die Waren der PX-Läden zum Ausdruck, sondern durch Veröffentlichungen von Sylvia Beach und Skizzen von Fuseli.

Sooft Guy sich die Haare schneiden ließ, schien Loot jedes Mal auf dem Nebenstuhl zu sitzen. Einer der wenigen Orte, wo er niemals gesehen wurde, war das H. O. O. H. Q., denn er bekleidete keine erkennbare militärische Stellung. In Friedenszeiten war er der jüngste Kompagnon einer bedeutenden Bostoner Anwaltsfirma gewesen, und es hieß, Loot sei immer noch auf juristischem Gebiet tätig. Aber entweder hielt die amerikanische Army sich besonders streng ans Gesetz, oder sie verfügte im Übermaß an Rechtsanwälten. Nie hatte man davon gehört, dass Loot bei einer Kriegsgerichtsverhandlung dabei gewesen wäre.

Jetzt sagte er: »Ich war gestern in Broome.«

»In Broome? Sie meinen, unser Broome? Was um alles in der Welt hat Sie denn dorthin verschlagen?«

»Sally Sackville-Strutt hat eine Tochter dort im Internat. Wir sind hingefahren, um bei ihrem Hockey-Spiel zuzusehen, sie ist nämlich Mannschaftskapitän von ›Crouchback‹. Sie wussten doch, dass das Internat in zwei Häuser aufgeteilt ist, ›Crouchback‹ und die ›Heilige Familie‹?«

»Man hat mir von dieser peinlichen Auszeichnung berichtet.«

»›Crouchback‹ hat gewonnen. Sehen wir uns heute Abend bei den Glenobans?«

»Nein.«

»Haben Sie sich schon das Schwert von Stalingrad angesehen? Ich war am Anfang dort, als es in der Goldsmith's Hall ausgestellt wurde. Ich finde, das ist eine bezaubernde Geste von Ihrem König, nur eines daran hat mir niemand erklären können: Das Wappen auf der Scheide steht auf dem Kopf, wenn es am Wehrgehänge getragen wird.«

»Ich glaube kaum, dass Stalin es am Bandelier tragen wird.«

»Wohl kaum. Nur hat es mich doch verwundert, dass Ihr Heroldamt das hat durchgehen lassen. Wir sehen uns irgendwo.«

›Irgendwo‹ traf den Nagel auf den Kopf.

»Ziemlich unverfroren von diesem jungen Amerikaner, das Schwert zu bekritteln«, sagte Jumbo, als sie das Restaurant verließen. »Und was noch viel schlimmer ist – *er* hat den Fehler gar nicht entdeckt. Schon vor Wochen hat ein Leserbrief in der *Times* darüber gestanden. Ich setze Sie vor Ihrer Dienststelle ab. Kann doch unmöglich zulassen, dass Sie an Ihrem Geburtstag öffentliche Verkehrsmittel benutzen. Bei mir steht heute Nachmittag nichts Besonderes an. Das war die beste Mahlzeit, die ich in den letzten drei Jahren zu mir genommen habe. Vielleicht mache ich ein kleines Nickerchen.«

Im Herbst 1943 war das Hazardous Offensive Operations Headquarters – das H. O. O. H. Q. – nicht mehr mit der kleinen Dienststelle zu vergleichen, bei der Guy im Winter 1940 vorgesprochen hatte. Die ursprünglichen drei Wohnungen bildeten zwar nach wie vor einen Teil ihrer Büroräume – und zwar einen wichtigen Teil, denn sie beherbergten Ian Kilbannocks Pressedienst –, aber zusätzlich gehörten noch zahllose Villen von Hendon bis Clapham dazu, in denen kleine Gruppen von Fachleuten in ungestörter Ruhe ihren Forschungsaufgaben nachgingen. Sie entwickelten kräftigende Medikamente, unsichtbare Landkarten, lautlose Sprengstoffe und andere trickreiche Basteleien, die jedes Schuljungenherz höherschlagen ließen. In einer Seitenstraße der Edgware Road war sogar ein Suaheli-sprechender Zauberer untergebracht worden, der den Auftrag hatte, Nazi-Anführer zu verhexen.

»Wissen Sie, Charles, manchmal glaube ich, dieser schwarze Bursche ist ein Scharlatan«, erklärte General Whale einmal in einem vertrauensseligen Augenblick gegenüber Major Albright. »Er lässt sich die unmöglichsten Dinge kommen. Andererseits wissen wir ja, wie abergläubisch Hitler ist, und es liegen ausreichend Beweise vor, dass seine Flüche bei Abergläubischen manchmal wirken.«

Selbst Dr. Glendening-Rees, vollständig genesen von den auf Mugg erlittenen Entbehrungen, stand einer Gruppe von Lebensmitteltechnikern in Upper Norwood vor, deren ›Versuchskaninchen‹ – ausgemergelte Kriegsdienstverweigerer – von Zeit zu Zeit in Krankenhäuser eingeliefert werden mussten. Doch die eigentliche Leitung all dieser Aktivitäten residierte in dem venezianisch-gotischen Backsteinbau des Royal Victorian Institute, einem nobel geplanten, doch nur wenig besuchten Museum in Brompton. Die wenigen wertvollen Exponate des Museums waren der Bomben wegen ausgelagert worden. Dinge, die sich nicht so leicht transportieren ließen, hatte man dem Risiko ausgesetzt, von den Bomben vernichtet zu werden, und sie standen nach wie vor in dem Labyrinth von Sperrholzwänden, mit denen man die Säle unterteilt hatte.

Der Raum, den man dem Verbindungsbüro des H. O. O. H. Q. zugewiesen hatte – also Guys Abteilung –, war zwar größer als die meisten anderen, doch blieb ihm darin nur wenig Platz, da er ihn mit der Gipsnachbildung eines Riesensauriers teilen musste, unter dessen Flanken sein behelfsmäßiger Schreibtisch von der Tür aus kaum zu sehen war. In seinen ersten paar Tagen dort hatte Guy noch eine zum Kriegsdienst eingezogene Sekretärin zur Verfügung gestanden, doch war sie ihm von einem neu eingestellten Rationalisierungsfachmann weggenommen worden. Guy murrte deswegen nicht weiter, doch um die Zeit auszufüllen, führte er eine Kontroverse über dieses Thema. Tommy hatte gesagt, er wisse gar nicht, wozu dieses Verbindungsbüro überhaupt da sei; Guy ebenso wenig.

Ein Captain von den Marines spähte um den riesigen Fleischfresser herum und reichte ihm eine Akte mit der Aufschrift: *Operation Hoopla. Streng geheim! Nur persönlich weiterzugeben.*

»Würden Sie das bitte durchsehen und dann an ›Beaches‹ weitergeben?«

»Ich dachte, Hoopla sei längst gestrichen.«

»Nur verschoben«, sagte der Captain. »Die Einheit, die wir eigens dafür ausgebildet haben, wurde nach Burma geschickt. Aber wir arbeiten trotzdem weiter daran.«

Ziel der Operation Hoopla war der Angriff auf eine Reihe von gigantischen bombensicheren U-Boot-Lagern in der Bretagne. Das Kriegskabinett hatte zwingend verlangt, dass unverzüglich etwas gegen diese Festungen unternommen werden müsse. »Wenn die Air Force die Boote nicht zerstören kann«, hatte General Whale gemeint, »dann können wir zumindest die Besatzungen vernichten.« Zwölf Mann sollten dieses Massaker verrichten, nach der Landung mit einem bretonischen Fischkutter.

Die letzte Aktennotiz in Sachen Hoopla lautete folgendermaßen:

In Anbetracht des Geheimdienstberichtes C/806/R. T./12., demzufolge das besetzte Frankreich mit Ersatztreibstoff für Kraftwagen beliefert wird, der den Auspuffgasen einen deutlich erkennbaren Geruch verleiht, wird empfohlen, durch die betreffende Abteilung Muster dieses Treibstoffs besorgen zu lassen, ihn zu analysieren, herzustellen und für den Betrieb des Hilfsmotors des Fischkutters an die Hoopla-Force bereitzustellen.

Jemand vor Guy hatte den Zusatz hinzugefügt: *Könnte dem Normalbenzin nicht eine Substanz beigemischt werden, die für den erkennbaren Geruch des Ersatztreibstoffs sorgt?*

Ein anderer – ein Admiral – hatte hinzugefügt: *Es wurde beschlossen, den Hilfsmotor (siehe beigefügte Aktennotiz) nur bei starkem Gegenwind zu benutzen. Ich betrachte die Gefahr der Geruchserkennung unter diesen Umständen als sehr gering.*

Guy schrieb wesentlich bescheidener: *Gelesen und für richtig befunden, Captain Guy Crouchback,* und zwängte sich dann an dem Riesensaurier vorbei, um die Akte weiterzugeben.

›Beaches‹ war die Bezeichnung für eine recht lustige Abteilung. In dem Dienstzimmer waren eine frühviktorianische Lokomotive, sechs Navy-Angehörige und eine Sammlung von Seekarten untergebracht. Das Wiederauftauchen von Hoopla wurde hier mit ironischem Beifall begrüßt. General Whale war seines eher liebevollen Spitznamens Sprat vor einiger Zeit verlustig gegangen und hieß jetzt in den unteren und umso aktiveren Rängen seiner Dienststelle ›Brides-in-the-bath‹, – und zwar deshalb, weil sämtliche Unternehmen, die seine Billigung fanden, stets den Tod aller daran Beteiligten zu erfordern schienen.

Neben Beaches hausten im sogenannten ›Studio‹ drei Sergeants der Royal Air Force. Hier wurden nach Luftaufnahmen kleine Modelle von Küstenabschnitten rekonstruiert – Hunderte von Küstenkilometern des von den Deutschen besetzten Europas. Das Studio war vollgestopft mit allen möglichen Werkzeugen und ausgefallenen Materialien: Hölzer, Metalle, Pasten, Klebstoffe, Pigmente, Federn, Fasern, Gipsarten und Öle, von denen viele sehr stark dufteten. Hier herrschte ein auf etwas antiquierte, volkstümliche Weise egalitärer Ton und erinnerte entfernt an den der Schüler von William Morris. Zwei der Sergeants waren tüchtige Handwerker; einer, der wesentlich jünger war als die anderen, trug eine Fülle von blonden Locken, die bei der Army längst der Schere zum Opfer gefallen wären. Er wurde ›Susie‹ genannt und bekannte sich wie seine Vorgänger in der Arts-and-Craft-Bewegung zum Kommunismus.

In ihrer großzügig bemessenen Freizeit bauten diese einfallsreichen Männer ein Modell des Royal Victorian Institute. Guy nahm jede Gelegenheit wahr, sie zu besuchen und ihre Arbeit zu bewundern, die täglich an Vollkommenheit zunahm. Dort blieb er auch jetzt.

»Haben Sie sich schon das Stalingrad-Schwert angesehen?«, erkundigte sich Susie. »Schönes Stück. Ich meine nur, ein paar Maschinengewehre wären passender gewesen.«

Er sprach mit einem großen, graugekleideten Dandy in Zivil, der lässig neben ihm stand und ein Monokel an einem schwarzen Band herumwirbeln ließ. Das war Sir Ralph Brompton, der Diplomatische Berater des H. O. O. H. Q., der eher einer Operette entsprungen zu sein schien als dem Zeitalter des totalen Krieges.

»Aber es gewährt dem Volk die Möglichkeit, sich selbst auszudrücken«, erklärte Sir Ralph.

Er war Botschafter im Ruhestand, der im Rahmen seiner selbstauferlegten Aufgabe der ›politischen Indoktrination‹ täglich einmal die Runde durch das Gebäude machte. Ein alter Herr mit einer Mission, aber ohne Hektik.

Er hatte Guy einen Besuch abgestattet, jedoch bereits nach wenigen Worten festgestellt, dass er in ihm keinen verständnisvollen Mitstreiter hatte. Er machte auch jetzt keinen Hehl daraus, dass er sich darüber ärgerte, bei einer Unterhaltung mit Susie ertappt zu werden.

»Ich habe nur reingeschaut«, sagte er, halb zu Guy, halb zum Senior-Sergeant, »um festzustellen, ob Sie regelmäßig die *Auslandsnachrichten im Überblick* bekommen.

»Das weiß ich nicht«, sagte der Dienststellenleiter. »Kriegen wir die, Sam?« Er ließ den Blick über die vollbeladenen Werktische gleiten. »Man lässt uns mit dem Papierkram hier ziemlich in Ruhe.«

»Aber Sie *sollten* sie haben«, sagte Sir Ralph, »mir liegt viel daran, dass *alle* Diensgrade sie bekommen. Mit der letzten Ausgabe hat man sich besonders viel Mühe gegeben. Manchmal muss man allerdings zwischen den Zeilen lesen. Ich hätte das Nachsehen, wenn ich alles aussprechen würde, was Schwarz auf Weiß gesagt werden müsste. Es müssen immer noch viele Vorurteile ausgeräumt werden – nicht bei den maßgeblichen hohen Posten, versteht sich, und auch nicht im Volk, sondern *in der Mitte*«, sagte er, betrachtete Guy durch sein Monokel und sah ihn ohne Animosität gleichsam mit dem Rücken zur Wand vor einem Erschießungskommando stehen. »In meinem absurden Beruf gewöhnt man sich ein gewisses Maß an professioneller Diskretion an. Nach dem Krieg wird das nicht mehr nötig sein. Doch bis dahin muss ich mich mit Andeutungen begnügen. Die wichtigsten Punkte kann ich Ihnen aufzählen: Tito ist unser Freund, nicht Michailovic. Wir setzen wieder mal auf falsche Pferde in Malaya. Und auch in China. Chiang ist ein Kollaborateur. Dafür liegen uns Beweise vor. Der einzige echte Widerstand kommt aus den Nordprovinzen – deren Truppen von Russen ausgebildet und mit russischen Waffen ausgerüstet sind. Das sind die Leute, die die Japsen rauswerfen werden. All das finden Sie in den *Auslandsnachrichten* – Sie müssen sie nur aufmerksam lesen. Ich werde Ihnen eine Ausgabe besorgen. Vergessen Sie heute Abend nicht, Susie. Ich kann leider selbst nicht da sein, aber ich verlasse mich auf Sie.«

Das Monokel schwenkend, trollte er sich.

»Was hast du denn mit diesem alten Knacker vor?«, fragte Sam.

»Parteiversammlung«, sagte Susie.

»Ich weiß während der Verdunkelung was Besseres, als Versammlungen zu besuchen.«

»Der alte Knacker offenbar auch«, sagte der dritte Sergeant.

»Trotz allem, was er so von sich gibt, ist er im Grunde ein Bourgeois«, gab Susie zu. Während er sprach, konzentrierte er sich auf seine kleine Drehbank, auf der er mit hinreißender Präzision winzige Säulen drehte.

»Das haben Sie ja bald fertig«, sagte Guy zum Dienststellenleiter.

»Ja, wenn da nicht die ständigen Unterbrechungen wären. Man weiß nie, wann sie kommen und neue Küstenabschnitte haben wollen. Küstenabschnitte machen nicht halb so viel Spaß wie das.«

»Wir hätten letzten Sommer dort landen sollen«, sagte Susie. »Das hatten sie uns versprochen.«

»Ich hab nichts versprochen«, sagte Sam, der damit beschäftigt war, mit einer Laubsäge kleine Wegeplatten aus Mahagoni auszusägen.

Guy verließ diese glücklichen, fleißigen Männer und blieb vor dem Arbeitszimmer von Mr. Oates stehen, dem Rationalisierungsfachmann, der ein Zivilist war.

Eigentlich konnte man von niemanden beim H. O. O. H. Q. behaupten, er ›gehöre nicht hierher‹, doch Mr. Oates machte trotz seines unauffälligen Äußeren (oder vielleicht gerade deswegen) einen sehr exzentrischen Eindruck. Er war ein korpulenter, schweigsamer kleiner Mann, und ausgerechnet er, unter all seinen bunt zusammengewürfelten Kollegen, pochte auf Geheimhaltung. Von den anderen schufteten manche stupide vor sich hin und gaben Unterlagen von einer Stelle zur anderen weiter; manche schoben eine ruhige Kugel, wieder andere schmiedeten Pläne, noch andere versteckten ihre Sachen, und andere nörgelten an allem herum, und allesamt waren sie ziemlich lasch. Mr. Oates jedoch glaubte, auf seine Weise dazu beizutragen, den Krieg zu gewinnen. Er war ein durch und durch friedfertiger Mensch, und sein Weg schien klar vorgezeichnet.

»Schon irgendein Ergebnis wegen meines Gesuchs, mir meine Sekretärin zurückzugeben?«

»Negativ«, sagte Mr. Oates.

»Kilbannock hat drei Sekretärinnen.«

»Nicht mehr. Zwei habe ich ihm weggenommen. Da gibt es noch eine dritte, Mrs. Troy, doch die scheint vornehmlich Außendienst zu machen. Ihre Stellung scheint nicht ganz unseren Dienstnormen zu entsprechen. Das werde ich bei der nächsten Personalsitzung zur Sprache bringen.«

Seit Guys letztem Besuch hatte Mr. Oates' Büroeinrichtung eine auffällige Bereicherung erfahren; es handelte sich um einen recht komplizierten, ultramodernen Apparat, der in krassem Gegensatz zu allem stand, was sonst an Auffälligem in diesem Museum zu sehen war.

»Was haben Sie denn da?«

Mr. Oates verzog sein Gesicht zu einem kleinen Grinsen der Befriedigung.

»Ah, Sie legen Ihren Finger auf meine schwache Stelle. Man könnte es meine Lieblingsidee nennen. Etwas völlig Neues. Das Ding ist gerade aus Amerika eingeflogen worden. 560 Arbeitsstunden waren nötig, um es zu installieren. Die Mechaniker kamen ebenfalls aus Amerika. Es gibt im ganzen Land kein zweites.«

»Aber was ist es?«

»Ein elektronischer Personal-Selektor.«

»Haben wir denn elektronisches Personal?«

»Der Apparat ist für alles gerüstet. Nehmen wir zum Beispiel an, wir suchten einen Lieutenant-Colonel, der ein Langstreckenschwimmer ist, ausgebildeter Volljurist und Erfahrungen mit der Versorgung in tropischen Ländern besitzt. Jetzt brauchen wir nicht mehr sämtliche Personalakten durchzusehen, sondern ich drücke nur noch auf diese Knöpfe, eins, zwei, drei, vier, und …« Im Inneren des Geräts ertönte ein surrendes Geräusch, es machte rasch ein paarmal nacheinander *klick* wie bei einem elektrischen Wahrsager auf dem Jahrmarkt, und der Apparat stieß eine Karte aus. »Sie sehen: völlig leer – das bedeutet: gibt es nicht.«

»Ich glaube, das hätte ich Ihnen auch sagen können.«

»Ja, ich wollte es ja nur mal an einem weit hergeholten Beispiel demonstrieren. Aber hier zum Beispiel« – er nahm einen Zettel von einer Ablage – »haben wir eine echte Anfrage. Gesucht wird ein Offizier für eine ganz bestimmte Aufgabe. Unter vierzig, abgeschlossenes Studium, soll in Italien gelebt und Erfahrungen mit der Ausbildung von Kommandos haben – eins, zwei, drei, vier, fünf« – sssrr, klick, klick, klick, klick, klick. »Da haben wir's. Nun, ist das aber ein Zufall!«

Die Karte, die er in der Hand hielt, trug den Namen: Captain Crouchback, G., R. C. H., abgest. bei H. O. O. H. Q.

Guy verzichtete darauf, den Apparat hinsichtlich seines Alters zu korrigieren, noch, was das Ausmaß seiner Kommandoausbildung betraf.

»Ich scheine der Einzige zu sein.«

»Ja. Ich weiß nicht, was die Aufgabe ist, aber selbstverständlich werde ich Ihren Namen sofort weitergeben.«

4

Siebenunddreißig Jahre alt, eins fünfundachtzig groß, aufrechte Haltung, kräftig, schwerer, als er im Mittleren Osten gewesen war, aber auch blasser und mit einer Andeutung von Hängebäckchen. In Uniform mit einem gepflegten Offizierskoppel mit Schulterriemen, Spange der Military Medal (für Unteroffiziere) und Rangabzeichen eines Majors beim Geheimdienst; auffällig, falls überhaupt, dann nur wegen seiner graurosa Iris der Augen. Der Mann, der bei der Hook-Force als Corporal-Major Ludovic bekannt gewesen war, blieb nachdenklich vor dem Gitter von St Margaret's, Westminster, stehen.

Hier hatten er und andere von seinem Regiment vor zwölf Jahren und ein paar Monaten in der Uniform der King's Guard bei der Hochzeit eines ihrer Offiziere Spalier gestanden. Damals war Ludovic Corporal. Die Menschenmenge war enorm gewesen, weniger geordnet und unbeschwerter als diejenigen, die jetzt schlurfend weiter vorrückten, denn die Braut war eine elegante Schönheit gewesen, und den Namen des Bräutigams kannte man von Plakatwänden und den Etiketten von Bierflaschen.

Sie hatten den Mittelgang entlang Aufstellung genommen, und während die Heiratsurkunden unterschrieben wurden, hatten sie sich rasch den Weg entlang formiert, der vom Kir-

694

chenportal bis zum Auto führte. Ihre prachtvollen Uniformen hatten Ausrufe der Bewunderung hervorgerufen. Als die Orgel die ersten Klänge des Hochzeitsmarsches ertönen ließ, hatten sie ihre Degen gezogen und in einer Haltung erhoben, für die es in keinem Exerzierreglement einen Namen gibt, und ein Spalier für das frischgetraute Paar gebildet. Die Braut hatte nach links und rechts gelächelt, einem jeden von ihnen in die Augen geschaut und ihnen so gedankt. Der Bräutigam hatte, mit dem Zylinder in der Hand, namentlich alle begrüßt, die er von seiner Schwadron her kannte. Zwei kleine Knirpse hatten die Schleppe der Braut getragen; sie selbst waren unter enormen Kosten in Miniaturausgaben ebenjener Uniform gekleidet gewesen, die Ludovic getragen hatte. Dann kamen die Brautjungfern, pummeliger und schlichter als die Braut, dafür aber mittsommerlich erblüht. Dann hatten sie ihre Degen zum Gruß gesenkt. Angehörige der königlichen Familie, gleichfalls lächelnd, waren zwischen ihnen hindurchgeschritten, danach die Eltern und dahinter ein langer Zug von Gästen – und, kaum zu sehen unter den vielen Helmen hinter ihnen und um sie herum, die Reporter und Fotografen sowie eine jubelnde, lachende Schar von Londonern.

Nach dieser Hochzeit war Sir Ralph Brompton im Garten hinter einem Haus am St James's Square (das inzwischen Bomben zum Opfer gefallen war) zum ersten Mal an Ludovic herangetreten. Die Angehörigen der königlichen Familie hatten im Ballsaal im ersten Stock gesessen, wo das jung vermählte Paar seine Gäste empfing. Vom Balkon des Ballsaals hatte eine provisorische hölzerne Treppe zum Zelt geführt (denn es galt die Regel, dass kein Mitglied der königlichen Familie sich in einem Raum aufhalten dürfe, der keinen zweiten Ausgang hatte), und die Gäste stiegen, nachdem sie ihre Glückwünsche dargebracht hatten, nach unten und verließen diese ruhige kleine Oase der Pflicht, um sich unter dem Segeltuch ausgelasseneren Feierlichkeiten hinzugeben. Als sie sich später über diese Frage unterhielten, wie sie es oft taten, konnten weder Sir Ralph noch Ludovic erklären, was den jungen Corporal von seinen Kameraden so unterschieden hatte, außer vielleicht, dass er ein wenig abseits von ihnen gestanden hatte. Er mochte kein Bier, und es wurden große Krüge eines Spezialgebräus ausgeschenkt, vom Vater des Bräutigams eigens für diese Gelegenheit hergestellt, und der Ehrengarde ebenso aufgenötigt wie den Pächtern, den Werkmeistern und alten Bediensteten, die sich in ihrer eigene Ecke des großen Zeltes drängten. Sir Ralph, so groß wie die Soldaten und in seinem grauen Frack und mit Krawatte mindestens so elegant, hatte sich zu der weniger steifen, plebejischen Gruppe gesellt und gesagt: »Mit dem Bier sind Sie viel besser beraten. Champagner ist Gift.« Damit hatte er eine Bekanntschaft geschlossen, die sich noch reichlich entwickeln sollte.

Sir Ralph hatte damals vorübergehend im Außenministerium gearbeitet. Als der Zeitpunkt für ihn gekommen war, ins Ausland zu gehen, hatte er dafür gesorgt, dass Ludovic aus dem Regiment ausschied, wo sein Fortgang bedauert wurde. Ludovic war kürzlich mit sehr jungen Jahren zum Corporal of Horse befördert worden. Danach hatten fünf Jahre im Ausland in Sir Ralphs Gefolge begonnen, als ›Kammerdiener‹ in der Botschaft und als ›Sekretär‹, wenn sie während der Urlaubszeit gemeinsam reisten. Behutsam hatte Sir Ralph sich der Bildung seines Protegés angenommen, hatte ihm Bücher über Psychologie geliehen, die er verschlang, und über marxistische Wirtschaftstheorie, die ihn langweilten. Er hatte ihm Konzert- und Opernkarten geschenkt und ihn, wenn sie auf Urlaub waren, durch Kunstgalerien und Kathedralen geführt.

Die Ehe, bei deren Schließung sie sich kennenlernten, war nicht von langer Dauer gewesen. Es kam zu einer ungewöhnlich frühen Scheidung. Ludovic stellte als der, der er jetzt war, das einzige Ergebnis dieser Verbindung dar.

Es war fünf Uhr. Um halb sechs musste die Abbey für die Nacht geschlossen werden. Schon begann die Polizei, die Leute am Ende der Schlange heimzuschicken, und sagte: »Sie kommen heute nicht mehr rein. Kommen Sie morgen wieder – frühzeitig«, und die Leute verschwanden gehorsam in der Dämmerung, um sich anderen Schlangen anzuschließen.

Major Ludovic ging geradewegs auf den Eingang der Abbey zu, bedachte den Polizisten mit einem Blick aus seinen austernfarbenen Augen und hob die behandschuhte Hand, um einen Gruß zu erwidern, der gar nicht gegeben worden war.

»Hallo, Moment, Sir, wohin wollen Sie?«

»Das – hm – Geschenk des Königs an die – hm – Russen. Es soll hier ausgestellt sein.«

»Da müssen Sie warten, bis Sie an der Reihe sind. Andere sind noch vor Ihnen, Sir.«

Ludovic verfügte über seine zwei Stimmen. Erst hatte er es als Offizier versucht, jetzt nahm er Zuflucht zum Kasernenhofton: »Schon in Ordnung, Kamerad. Ich tue hier genauso Dienst wie Sie«, und der verwirrte Mann trat einen Schritt zurück und ließ ihn durch.

Im Inneren der Abbey schien es bereits Nacht zu sein. Die Fenster ließen kein Licht herein. Die beiden Kerzen wiesen den Leuten den Weg. Jeweils zwanzig wurden eingelassen, und sobald sie drinnen waren, lösten sich die Viererreihen auf, um sich dem Schwert gleichsam im Gänsemarsch zu nähern. Sie kannten keinen förmlichen Akt der Verehrung. Sie blieben stehen, schauten, atmeten vernehmlich und gingen weiter. Ludovic war der größte von allen. Über ihre Köpfe hinweg konnte er die leuchtende Schneide erkennen. Er hielt

die Mütze und den Stock auf dem Rücken und spähte aufmerksam hinüber. Was ihn herführte, war ein ganz besonderes Interesse, doch als er an das Schwert herankam und
versuchte stehenzubleiben, wurde er schweigend weiterge-
schoben – nicht grob vorwärtsgedrängelt, sondern wortlos
gezwungen, sich innerhalb dieser leeren Blicke und schweigend drängenden Prozession zu bewegen, die ihr Recht auf
einen angemessenen Anteil an allem geltend machte, was die
Waffe ihrer Meinung nach symbolisierte.

Ihm blieb keine Zeit, sich mit den Einzelheiten zu befassen. Er warf nur einen Blick auf die scharfe Schneide, das
unaufdringliche Ornament, die weit prächtiger geschmückte
Scheide, und dann war er bereits vorbei und draußen. Es hatte
keine fünf Minuten gedauert, bis er wieder allein im dichter
werdenden Nebel stand.

Ludovic hatte sich um halb sechs mit Sir Ralph verabredet.
Ihr Verhältnis gestaltete sich nicht mehr so zwanglos wie früher, doch ließ Ludovic den Kontakt nicht abreißen. In seiner
veränderten Situation und höheren Position ging es ihm nicht
mehr um Geld, doch war ihre alte Beziehung auch in anderer
Hinsicht von Nutzen. Jedes Mal, wenn er nach London kam,
ließ er es Sir Ralph wissen, und sie tranken Tee miteinander.
Zum Abendessen hatte Sir Ralph andere Gefährten.

Sie trafen sich in ihrem alten Versteck. Früher hatte Sir
Ralph ein Haus an der Hanover Terrace gehabt, und sein
Schlupfwinkel in der Ebury Street – ein paar Zimmer über
einem Laden, die etwas von einer luxuriösen ›Studentenbude‹
hatten – war ein Geheimnis, in das kaum fünfzig Menschen
eingeweiht waren. Jetzt waren diese Zimmer sein Zuhause. Er
hatte alle kleineren Möbel hierhergebracht, trotzdem kannten kaum mehr Menschen als früher den Weg dorthin – eher
weniger.

Ludovic ging die Victoria Street hinunter, überquerte den

gesichtslosen Platz an dessen Ende und erreichte die vertraute Haustür im selben Augenblick wie sein Gastgeber. Sir Ralph schloss die Tür auf und trat einen Schritt zurück, um Ludovic einzulassen. An treuer Dienerschaft hatte es ihm nie gemangelt. »Mrs. Embury«, rief er, »Mrs. Embury«, und seine Haushälterin erschien oben auf dem mittleren Treppenabsatz. Sie kannte Ludovic von früher.

»Tee«, sagte Sir Ralph und reichte ihr ein kleines Paket. »Lapsang Souchong – ein halbes Pfund. Auf Gott weiß was für Märkten im Fernen Osten erstanden. Echter Tee. Ich habe einen Freund in unserem Hauptquartier, der mir von Zeit zu Zeit etwas zukommen lässt. Wir müssen sparsam damit umgehen, Mrs. Embury, aber ich meine, für den ›Major‹ sollten wir ihn aufbrühen.«

Sie gingen nach oben und nahmen im Wohnzimmer Platz.

»Zweifellos möchtest du wissen, was ich von deinen *Pensées* halte.«

»Mich interessiert, was Everard Spruce davon hält.«

»Ja, gewiss, diese kleine Zurechtweisung habe ich verdient. Nun, du darfst guten Mutes sein – Everard ist *entzückt* von ihnen und möchte sie im *Survival* veröffentlichen. Er hat nichts dagegen, sie anonym erscheinen zu lassen. Das Einzige, was ihm nicht zusagt, ist der Titel.«

»*Pensées*«, sagte Ludovic. »Weißt du, wie sie unser Abzeichen nennen?« Er zeigte auf das Blattmuster an den Aufschlägen seines Waffenrocks. »Ein warmes Brüderchen sitzt auf seinen Lorbeeren.«

»Ja, ja, ich weiß. Sehr gut. Dieses Bonmot habe ich schon gehört. Everard findet ihn etwas antiquiert. Er schlägt vor: *Im Vorübergehen notiert* oder so etwas Ähnliches.«

»Ich glaube nicht, dass das eine Rolle spielt.«

»Nein. Aber er ist ausgesprochen interessiert an dir. Möchte dich kennenlernen. Deshalb habe ich für alle Fälle eine Einladung für dich für heute Abend angenommen. Ich werde dich leider nicht vorstellen können. Aber du wirst erwartet. Ich gebe dir die Adresse. Ich bekomme hier einen anderen Besucher.«

»Curly?«

»Im Hauptquartier nennen sie ihn ›Susie‹. Nein, nicht Susie. Er ist ein lieber Kerl und ein strammes Parteimitglied, nur ein wenig zu ernst für die lange dunkle Nacht. Ich schicke ihn auf eine Versammlung. Nein, ich erwarte einen sehr intelligenten jungen Amerikaner namens Padfield – einen Offizier, genau wie du.«

Mrs. Embury brachte den Tee, und das kleine Zimmer mit den viel zu vielen Möbeln durchzog ein angenehmer Duft.

»Leider kann ich dir nichts zu essen anbieten.«

»Ich komme doch nicht nach London, um zu essen«, sagte Ludovic. »In meinem Quartier sind wir in der Beziehung recht gut versorgt.« Er hatte seine ›Offiziersstimme‹ Sir Ralph abgelauscht, benutzte sie jedoch nur selten, wenn sie allein waren. »Mrs. Embury ist neuerdings nicht besonders freundlich.«

»Das liegt an deinem hohen Rang. Sie weiß nicht, was sie davon halten soll. Und du, was hast du so gemacht?«

»Ich war, ehe ich hierherkam, in der Westminster Abbey – um mir das Schwert anzusehen.«

»Wie alle anderen fängst auch du an, die Leistungen der Sowjets anzuerkennen. Früher hattest du für meine ›roten‹ Sympathien nicht viel übrig. Einmal haben wir uns fast darüber gestritten, weißt du noch? Es ging um Spanien.«

»Im Nahen Osten waren Spanier – schlicht und einfach Schweinehunde.« Ludovic hielt inne, ihm fiel ein, dass er sich fest vorgenommen hatte zu vergessen. »Aber das hatte mit Politik nichts zu tun. Das Schwert ist Gegenstand eines literarischen Preisausschreibens, das diese Woche in *Time and Tide* läuft – es geht um ein Sonett. Ich dachte, wenn ich es mir ansehe, kommen mir vielleicht ein paar brauchbare Ideen.«

»Ach, mein Lieber, davon erzählst du Everard Spruce besser nichts. Ich fürchte, über literarische Preisausschreiben in *Time and Tide* würde er nur die Nase rümpfen.«

»Mir macht das Schreiben einfach Spaß«, sagte Ludovic. »Und zwar über verschiedene Dinge auf unterschiedliche Weise. Daran ist doch wohl nichts auszusetzen, oder?«

»Nein, wirklich nicht. Das ist der literarische Instinkt. Aber erzähl Everard nichts davon. Ist dir denn etwas eingefallen?«

»Nichts, was sich für ein Sonett verwenden ließe. Aber es hat mich zum Nachdenken gebracht – über die Bedeutung des Wortes ›Schwert‹.«

»Das hatten sie als Thema für die literarische Fingerübung wohl kaum im Sinn, meine ich. Da geht es wohl eher um Gedanken zu Panzern, Bombern und der Volksarmee, die die Nazis vor sich hertreibt.«

»Ich dachte an *mein* Schwert«, sagte Ludovic eigensinnig. »Genau genommen, glaube ich, ist es wohl ein Säbel. *Wir* haben sie ›Schwerter‹ genannt – ›Parade-Schwerter‹. Nachdem ich das Regiment verlassen hatte, habe ich sie nie wiedergesehen. Als wir jetzt erneut eingezogen wurden, hat man sie uns nicht mehr ausgehändigt. So ein Schwert zu pflegen, war gar nicht so einfach. Ab und zu sammelte der Waffenmeister sie ein und polierte sie mit Leder, aber normalerweise nahm man *Bluebell* und *Sidol* dazu. Es durfte kein einziger Fleck darauf sein. Da zeigte es sich, wer ein guter Offizier war und wer nicht. An Regentagen gab er nicht den Befehl: ›Schwerter – steckt ein!‹, sondern befahl: ›Absitzen – mit gezogenem Schwert!‹ Dann packte man es in der Mitte der Scheide mit der Linken und übergab es an die Rechte. Auf diese Weise geriet kein Wasser in die Scheide. Manche Offiziere vergaßen das, die guten aber nicht.«

»Ja, ja, sehr malerisch«, sagte Sir Ralph. »Hat allerdings mit Stalingrad nicht viel zu tun.«

Nur ein außergewöhnlich scharfsinniger Leser von Ludovics Aphorismen merkte, dass ihr Autor im Grunde seines Herzens – oder vielmehr in einer verkümmerten Ecke seines Geistes – früher einmal ein Romantiker gewesen war. Die meisten derer, die sich im Frühjahr 1940 freiwillig zu den Kommandos meldeten, hatten dafür noch andere Motive als den Wunsch, ihrem Vaterland zu dienen. Einige wenige suchten lediglich Erlösung von der Routine in ihren Regimentern; eine ganze Reihe wollte schneidig vor Frauen glänzen. Andere hatten bis dahin ein ganz besonders verweichlichtes Leben geführt und fühlten sich bemüßigt, ihre Ehre in den Augen ihrer Jugendidole wiederherzustellen – seien sie nun legendär, historisch oder auch nur eingebildet. Nichts in Ludovics Arbeit, die bald veröffentlicht werden sollte, ließ erkennen, wie er sich selbst gesehen hatte. In seiner frühen Schulzeit hatte er nur wenige ritterliche Vorbilder kennengelernt. Und dass er ursprünglich einmal bei der Garde eingetreten war, die dem König so nahe war und so farbenprächtige Uniformen trug, hatte ganz gewiss nichts mit Vertrautheit oder Liebe zum Pferd zu tun. Ludovic war ein Städter. Der Stallgeruch weckte in ihm keine Erinnerungen an Land oder Jagd. In seinen Jahren mit Sir Ralph hatte er ein verzärteltes Leben geführt. Falls irgendetwas in ihm danach drängte, dafür zu sühnen, und er sich dessen bewusst war, dann kam es nicht zum Ausdruck. Trotzdem hatte er sich bei der ersten Gelegenheit zu den Sondereinsatzkommandos gemeldet. Die meisten seiner Kameraden, die ja gleichfalls Freiwillige waren, hatten jetzt ausgiebig Gelegenheit, sich in Gefangenenlagern über ihre Motive klarzuwerden und jede Illusion abzustreifen. Auch Ludovic hatte das getan, aber natürlich in Freiheit. Doch seine Desillusionierung (falls er je Illusionen gehabt hatte) war dem Debakel auf Kreta bereits vorangegangen. Es hatte eine Woche in den Bergen, zwei Tage in einer Höhle und eine Nacht in einem offenen Boot gegeben während jenes Unternehmens, das ihm die Military Medal sowie seine Beförderung zum Offizier eingetragen hatte, von denen er nie sprach. Wurde er nach seiner Rückkehr nach Afrika gefragt, erklärte er, dass er sich an so gut wie gar nichts mehr erinnere – ein durchaus bekanntes Phänomen nach so außergewöhnlichen Strapazen, wie verständnisvolle Ärzte ihm versicherten.

Die letzten beiden Jahre waren für ihn genauso ereignislos verlaufen wie für Guy.

Nach seiner raschen Entlassung aus dem Lazarett war er nach England versetzt worden, wo er einen Offizierslehrgang mitmachte. Er hatte der Kommission gegenüber, die ihn befragt hatte, keinerlei Vorliebe für irgendeine Waffengattung zum Ausdruck gebracht. Technische Neigung hatte er keine. Man hatte ihn ins Intelligence Corps gesteckt, das damals gerade umorganisiert und ausgebaut wurde. Er hatte an Kursen teilgenommen, gelernt, Luftaufnahmen zu interpretieren, feindliche Uniformen zu erkennen und Einsatzbefehle zu formulieren, Karten zu lesen und Einsatzberichte vom Feld zusammenzutragen und auszuwerten – alles Dinge, die ein Offizier können musste. Am Ende seiner ursprünglichen Ausbildung, noch in Friedenszeiten, hatte er bei dem Auswahlkomitee den Eindruck erweckt, er sei der ›Typ eines Verwaltungsmenschen‹, und so fand man einen Posten für ihn, weit von der Front und weit von den geheimnisvollen Abteilungen entfernt, von deren Existenz man im Unterrichtsraum kaum je etwas erfuhr: ein Posten in einer geheimen Dienststelle, in der Ludovic freilich nie in irgendwelche Geheimnisse eingeweiht wurde. Er wurde Kommandeur einer kleinen Schule, in der Männer und manchmal auch Frauen aller Altersstufen und Nationen, Soldaten und Zivilisten und darunter offensichtlich viele mit angenommenem Namen auf einem benachbarten Flugplatz im Fallschirmspringen ausgebildet wurden.

Hier wurde jede romantische Vorstellung, die Ludovic jemals von sich selbst gehabt haben mochte, verunstaltet.

In seiner Einsamkeit fand er nicht nur Trost, sondern eine berauschende Erregung durch die Kunst des Schreibens. Je weiter er sich von der menschlichen Gesellschaft entfernte und je weniger er menschlicher Sprache lauschte, desto mehr beschäftigten ihn Worte, geschriebene und gedruckte. Bei den Büchern, die er las, handelte es sich um Bücher über Wörter. Obwohl er unversöhnt war, behelligten ihn im Schlaf nie die ungeheuerlichen Erinnerungen, die, wie man hätte erwarten können, im Dunkeln auf ihn lauerten. Er träumte von Wörtern, wachte auf und wiederholte sie, gleichsam, als lerne er Vokabeln einer fremden Sprache. Ludovic war süchtig geworden nach diesem schweren Rauschmittel – der englischen Sprache.

Nicht mühevoll, sondern vielmehr schwelgend überarbeitete Ludovic seine Notizbücher, strich, schrieb dazu, feilte und polierte. Oft schlug er Dinge in Fowlers *Modern English Usage* nach und verschmähte auch den *Roget* nicht. Er schrieb mit seiner kleinen Schrift viele der linierten Bogen voll, die die Army lieferte, schrieb und schrieb um; er erzählte niemandem, was er vorhatte, bis endlich fünfzig große Seiten voll waren, die er an Sir Ralph schickte, den er nicht nach seiner Meinung fragte. Vielmehr bat er ihn, einen Verleger für ihn zu finden.

Im kleinen Maßstab war es ein goldenes Zeitalter für den Buchhandel. Alles verkaufte sich, einzig die Papierzuteilung entschied darüber, wie populär ein Schriftsteller wurde. Aber die Verleger hatten Verpflichtungen alten Autoren gegenüber und schielten mit einem Auge auf die Zukunft. Ludovics *Pensées* weckten keine Hoffnung auf eine Reihe von Bestsellerromanen. Die bekannten Verlage hielten mehr nach Vielversprechendem denn nach Vollkommenheit Ausschau. Daher schickte Sir Ralph das Manuskript an Everard Spruce, den Gründer und Herausgeber von *Survival*. Er war ein Mann, der keinerlei Ehrgeiz für die Zukunft hegte und trotz des Titels seiner Monatsschrift davon überzeugt war, dass die Menschheit im Chaos untergehen würde.

Der Krieg hatte Spruce, der in den Vorkriegsjahren nicht gerade zu den geschätztesten im Kreis jüngerer sozialistischer Schriftsteller gehört hatte, in unbestreitbare Höhen getragen. Diejenigen unter seinen Freunden, die nicht nach Irland oder Amerika geflohen waren, waren zur Feuerwehr gegangen. Spruce dagegen hatte sich im Gegensatz dazu selbständig gemacht und in jener Zeit, da alles drunter und drüber gegangen war und Guy bei Bellamy's seine erfolglosen Bewerbungsschreiben verfasst hatte, die Geburt einer Zeitschrift verkündet, die ›dem Überleben der Werte‹ gewidmet war. Das Propagandaministerium gewährte ihm seine Absicherung, sein Mitarbeiterstab wurde vom Militärdienst freigestellt, Papier wurde ihm großzügig zugeteilt, und die Zeitschrift wurde in hoher Stückzahl in jene Länder exportiert, die britische Schiffe noch anlaufen konnten. Man warf die Zeitschrift sogar vom Flugzeug aus in Ländern unter deutscher Besatzung ab, wo sie von Nazi-Gegnern mit Hilfe von Wörterbüchern geduldig übersetzt wurde. Ein Unterhausabgeordneter, der sich im Parlament darüber beschwerte, dass die Beiträge der Zeitschrift, sofern er sie überhaupt verstehe, im Ton pessimistisch seien und mit den Kriegsanstrengungen im Grunde nichts zu tun hätten, musste sich von dem Minister ausführlich darüber aufklären lassen, dass freier Ausdruck in den Künsten einer der Grundzüge der Demokratie sei. »Ich persönlich hege keinerlei Zweifel«, sagte er, »und darin werde ich durch viele Berichte bestärkt, dass es unsere Verbündeten und Freunde in der Welt außerordentlich ermutigt, etwas zu sehen, das in unserem Land unter den augenblicklichen außergewöhnlichen Umständen fast einzigartig dasteht, nämlich das Überleben« (Gelächter) »einer Zeitschrift, die völlig unabhängig und ohne jede offizielle Einflussnahme weiterbesteht.«

Spruce wohnte in einem vornehmen Haus am Cheyne Walk, um das sich insgesamt vier Sekretärinnen kümmerten. Dort solle er sich einfinden, erfuhr Ludovic von Sir Ralph. Er ging zu Fuß durch die unbeleuchteten Straßen und roch im dichter werdenden Nebel den Fluss.

Völlig unerfahren im Umgang mit Literaten war er nicht. Eine ganze Reihe von ihnen waren ständige Gäste in der Ebury Street gewesen. An den Küsten des Mittelmeers hatte er in Straßencafés mit ihnen gesessen, auch wenn er damals immer nur ein Anhängsel von Sir Ralph gewesen war, jemand, den man manchmal übersah, manchmal mit Bedacht in die Unterhaltung mit einbezog und häufig mit unverhohlener Neugier betrachtete – ihn jedoch niemals als einen möglichen Kollegen erkannte. Heute begab sich Ludovic zum ersten Mal von sich aus in ihre Mitte. Er war überhaupt nicht nervös, sondern sich stolz seines veränderten Status bewusst, der ihm weit mehr Befriedigung verlieh als jeder militärische Rang.

Spruce war Mitte dreißig. Früher hatte er ein proletarisches, jugendliches Aussehen kultiviert – ohne Erfolg. Heute sah er, vielleicht ohne es zu wollen, älter aus, als er in Wirklichkeit war, er präsentierte sich in der nachlässigen Eleganz eines Oxford- oder Cambridge-Professors. An diesem Abend trug er schwere Seide, ein breitgestreiftes Hemd und eine Künstlerschleife zu nichtssagenden Hosen. Seine Sekretärinnen waren ähnlich gekleidet wie er, nur freilich in Kleidern aus einfacherem Material; sie trugen die Haare lang, so dass sie bisweilen ihr ganzes Gesicht verhüllten, auf eine Weise, wie sie fünfzehn Jahre später von den Zeitungen der King's

Road zugeschrieben wurde. Eine ging barfuß, als wollte sie ihre dienende Stellung unterstreichen. Manchmal wurden sie ›Spruces verschleierte Damen‹ genannt. Sie schenkten ihm ihre ganze Hingabe, genau wie ihre Butter-, Fleisch- und Zuckerrationen.

Eine von ihnen öffnete Ludovic jetzt die Tür und sagte, ohne ihn nach seinem Namen zu fragen, hinter dem dichten Vorhang ihrer Haare hervor: »Kommen Sie schnell rein. Unsere Verdunkelung ist nicht besonders gut. Sie sind alle oben.«

Im Wohnzimmer im ersten Stock war eine Party im Gang.

»Welcher ist Mr. Spruce?«

»Kennen Sie ihn nicht? Der da drüben, der sich gerade mit der ›Smarten‹ unterhält.«

Ludovic sah sich in dem Raum um, in dem unter den rund zwanzig Anwesenden die Frauen in der Überzahl waren; keine von ihnen wirkte jedoch besonders schick, doch der Gastgeber gab sich selbst zu erkennen, als er mit einem fragenden Blick auf Ludovic zukam.

»Ich bin Ludovic«, sagte Ludovic. »Ralph Brompton sagte, Sie erwarteten mich.«

»Ja, selbstverständlich. Gehen Sie nicht weg, ehe wir nicht Gelegenheit hatten, uns zu unterhalten. Bitte, entschuldigen Sie, dass so viele hier sind. Das Propagandaministerium hat mir zwei antifaschistische Neutrale aufs Auge gedrückt. Man hat mich gebeten, ein paar interessante Leute zusammenzubringen. Das ist heutzutage gar nicht so einfach. Sprechen Sie Türkisch oder Portugiesisch?«

»Nein.«

»Das ist schade. Sie sind beide Professoren für englische Literatur, sprechen aber nicht gerade fließend. Kommen Sie und unterhalten Sie sich mit Lady Perdita.«

Er geleitete Ludovic zu der Dame, bei der er zuvor gestanden hatte. Sie trug die Uniform eines Luftschutzwartes und hatte Rußflecken im Gesicht. ›Smart‹, so ging Ludovic auf, bezog sich wohl mehr auf die gesellschaftliche Stellung in diesem Milieu als auf schicke Kleidung.

»Ich war bei Ihrer Hochzeit«, sagte Ludovic.

»Das kann doch nicht sein. Niemand war dabei.«

»Bei Ihrer ersten Hochzeit.«

»Ach so, ja, natürlich, bei der war ja die halbe Welt dabei.«

»Ich habe meinen Degen über Sie gehalten, als Sie aus der Kirche herauskamen.«

»Das ist schon eine Ewigkeit her«, sagte Lady Perdita. »Damals gab es schließlich noch Degen.«

Die barfüßige Sekretärin näherte sich mit einem Krug und einem Glas.

»Möchten Sie einen Drink?«

»Was gibt's denn?«

»Wir haben nichts anderes«, sagte sie. »Ich habe ihn gemixt. Zur Hälfte südafrikanischer Sherry und die andere Hälfte etwas, das sich ›Olde Falstaffe Gin‹ nennt.«

»Ich glaube, lieber nicht, vielen Dank«, sagte Ludovic.

»Snob«, sagte Lady Perdita. »Schenken Sie mir noch was nach, Frankie, seien Sie so gut.«

»Es reicht aber kaum für alle.«

»Dann bekomme ich eben seinen Teil.«

Ihr Gastgeber unterbrach sie. »Perdita, ich möchte Sie mit Dr. Jago aus Coimbra bekanntmachen. Er spricht ein wenig Französisch.«

Ludovic blieb der Sekretärin überlassen, die ihre Augen auch weiterhin verbarg. Zu ihren nackten Zehennägeln sagte sie: »Einen Vorteil hat so eine Party immer – sie heizt den Raum. Wer sind Sie?«, fragte sie.

»Ludovic. Mr. Spruce hat etwas angenommen, was ich für den *Survival* geschrieben habe.«

»Aber natürlich«, sagte sie. »Jetzt weiß ich Bescheid. Ich habe Ihr Manuskript auch gelesen. Everard ist außerordentlich beeindruckt davon. Er sagte, es sei, als ob Logan Persall Smith Kafka geschrieben hätte. Kennen Sie Logan?«

»Nur, was er geschrieben hat.«

»Dann müssen Sie ihn unbedingt kennenlernen. Er ist heute Abend nicht hier. Er geht nämlich zurzeit nicht aus. Ich muss schon sagen, was für eine Befreiung, mal einen richtigen Schriftsteller kennenzulernen statt all diese neunmalklugen Intellektuellen, mit denen Everard seine Zeit vergeudet« (dies mit einem Blick von ihren Füßen hinüber zu dem weiblichen Luftschutzwart). »Hören Sie, ich habe *doch* etwas Whisky. Allerdings nur eine Flasche, deshalb müssen wir sparsam damit umgehen. Kommen Sie mit nach nebenan, dann schenke ich Ihnen ein Glas ein.«

»Nebenan« – das war die Redaktion, kleiner und spartanisch, ja, geradezu kärglich eingerichtet. Alte Ausgaben von *Survival* lagen stapelweise auf dem nackten Fußboden, und auf dem einfachen Tisch Manuskripte und Fotos. Ein schwarzes Tuch war mit Stecknadeln vor dem Fenster festgesteckt. Hier war es, von wo aus die vier Sekretärinnen, wenn sie nicht gerade mit häuslichen Arbeiten wie Kochen, Nähen und Schlangestehen beschäftigt waren, jenes kulturelle Leuchtfeuer mit Nachschub versorgten, das von Island bis Adelaide Licht ins Dunkel brachte. Hier beantwortete das Mädchen, das des Schreibmaschinenschreibens mächtig war, die Briefe von Spruces zahllosen ›Verehrerinnen‹. Das Mädchen, das sich in der Rechtschreibung auskannte, las Korrektur. Auch schienen sie hier zu schlafen, denn es standen Schlafcouchen da, die nur mit einer Wolldecke bedeckt waren, und irgendwo lag ein großer Kamm, dem viele Zähne fehlten.

Das Mädchen ging zum Schrank und brachte eine Flasche zum Vorschein. Viele merkwürdige Getränke in der Art von

›Olde Falstaffe‹ gab es damals. Dies hier war jedoch keines davon.

»Noch nicht geöffnet«, sagte sie.

Ludovic machte sich nichts aus starken alkoholischen Getränken, und Whisky war in seiner wohlausgestatteten Dienststelle keine Rarität. Dennoch nahm er das angebotene Glas mit einer Feierlichkeit entgegen, die schon an Andacht grenzte. Das hier war nicht einfach ein heimlicher Genuss. Frankie führte ihn in die okkulte Gesellschaft von Logan und Kafka ein. Er würde in den nächsten Tagen schon dazu kommen herauszufinden, wer Kafka war. Jetzt trank er das Glas leer und schluckte das hochgeschätzte Destillat fast ohne Widerwillen.

»Mir scheint, das haben Sie jetzt gebraucht«, sagte Frankie. »Ich wage nicht, Ihnen noch einen anzubieten – wir müssen erst abwarten, wer sonst noch kommt.«

»Genau das habe ich gebraucht«, sagte Ludovic; »das war alles, was ich mir wünschte.« Er unterdrückte den Drang aufzustoßen.

5

Das Haus der Kilbannocks an der Eaton Terrace hatte keinen direkten Bombenschaden abbekommen. Keine einzige Fensterscheibe war zersprungen, kein Kamin heruntergefallen. Trotzdem: Vier Jahre Krieg waren nicht spurlos an den einst so heiteren Innenräumen vorübergegangen. Kerstie tat, was sie konnte, aber die Wandfarbe, die Tapeten, die Möbelstoffe und Teppiche sahen fleckig und schäbig aus. Dabei hatten sich die Kilbannocks tatsächlich von der relativen Armut des Jahres 1939 erholt. Kerstie nahm keine Untermieter mehr auf. Sie bediente jetzt auch nicht mehr in der Kantine des Durchgangslagers, sondern hatte eine gutbezahlte Stellung als Chiffrierbeamtin angenommen. Ians Gehalt stieg mit der Zahl seiner Kolbenringe am Ärmel, und eine Tante hatte ihnen ein bescheidenes Vermögen hinterlassen. Abgesehen davon gab es in dieser Zeit nichts, was zu irgendwelchen Extravaganzen hätte verleiten können. Kerstie hatte sich Ians Gesellschaftsanzug zu einem durchaus tragbaren Kostüm umarbeiten lassen. Die Kinder waren immer noch der Obhut ihrer Großmutter in Schottland anvertraut und kamen nur gelegentlich nach London.

An diesem Oktoberabend erwarteten sie Virginia Troy, früher eine enge Freundin, jetzt nur noch ein seltener Gast.

»Du gehst besser zu Bellamy's oder sonst wohin«, sagte Kerstie. »Am Telefon hatte ich den Eindruck, dass Virginia mir ihr Herz ausschütten will.«

»Trimmer?«

»Nehme ich an.«

»Ich überlege, ob ich ihn nicht nach Amerika verfrachte.«

»Das wäre das Beste, was du tun könntest.«

»Wir haben hier in England so ziemlich alles aus ihm rausgeholt, was man mit ihm machen kann. Der Film ist abgedreht. Die BBC möchte die Sonntagabend-Sendung *Die Stimme Trimmers* nicht weiterführen.«

»Das kann ich ihnen nicht verdenken.«

»Damals schien es eine gute Idee. Nur ist die Sendung irgendwie nicht angekommen. Trimmer sollte man nicht nur hören, man muss ihn auch sehen. Außerdem gibt es heute eine Menge Konkurrenz auf dem Gebiet des Heldentums, und zwar mit wesentlich größerer Berechtigung.«

»Glaubst du, die Amerikaner schlucken das?«

»Er wird zumindest mal was Neues sein. Die haben es satt, immer nur von Kampffliegern zu hören. Und bist du dir eigentlich im Klaren darüber, dass es Trimmer war, dem der

König die Idee mit dem Schwert von Stalingrad verdankt? Nicht direkt, versteht sich. In Trimmers großer Landungsszene ließ ich ihn mit einem ›Kommando-Dolch‹ herumfuchteln. Ich glaube, du hast solche Dinger noch nicht einmal gesehen. Das war schon sehr früh eine Idee von ›Brides-in-the-Bath‹. Es wurden ein paar hundert ausgegeben. Wie ich mit Bestimmtheit weiß, ist im Kampf kein Einziger zur Verwendung gekommen. Ein Polizist in Glasgow hat sich eine scheußliche Wunde damit geholt. Die meisten sind an Nutten verschenkt worden. Aber es waren wunderschön gearbeitete kleine Dinger. Nun, du weißt ja, was für ein Auge der König für Ausrüstungsdetails hat. Der Trimmer-Film wurde ihm im Voraus gezeigt, er entdeckte den Dolch sofort und ließ sich einen schicken. Der König brütete eine Zeitlang darüber, und was dabei herauskam, war das Ding in der Westminster Abbey. Schon ein merkwürdiges Ding zeitgenössischer Geschichte.«

»Gehst du zu Bellamy's?«

»Everard Spruce hat uns zu einer Party eingeladen. Vielleicht schaue ich mal vorbei.«

Die Hausklingel schellte durch das kleine Haus.

»Virginia, nehme ich an.«

Ian machte ihr auf. Ihre Begrüßungsküsse waren kühl und abweisend, dann ging sie nach oben.

»Ich dachte, du wolltest ihn wegschicken«, sagte sie zu Kerstie.

»Hab ich ja auch. Geh schon, Ian, wir haben eine Menge zu besprechen.«

»Muss ich Sie daran erinnern, dass ich Ihr direkter Vorgesetzter bin?«

»O Gott, hat *der* Witz einen Bart!«

»Wie ich sehe, haben Sie Gepäck mitgebracht.«

»Ja. Kann ich ein paar Tage bei euch bleiben, Kerstie?«

»Ja, für ein paar Tage.«

»Bis Trimmer außer Landes ist. Er sagt, er hat Befehl, sich für einen Einsatz bereitzuhalten – irgendwohin, wohin er mich Gott sei Dank nicht mitnehmen kann.«

»Und ich hatte immer gehofft«, sagte Ian, »dass Sie ihn mit der Zeit wirklich mögen würden.«

»Das habe ich zwei Jahre lang getan.«

»Ja, Sie sind verdammt gut gewesen. Sie verdienen einen Urlaub. Nun, ich muss jetzt gehen. Wahrscheinlich wird es heute ziemlich spät.«

Keine der beiden Frauen bekundete angesichts dieser Eröffnung Bedauern. Ian ging nach unten und trat hinaus in die Dunkelheit.

»Es ist nichts zu trinken im Haus«, sagte Kerstie. »Wir könnten irgendwohin gehen.«

»Kaffee?«

»Ja, das lässt sich machen.«

»Dann lass uns zu Hause bleiben.«

»Aber was Rechtes zu essen habe ich auch nicht. Nur ein bisschen Fisch.«

»Keinen Fisch, nein danke.«

»Ich muss schon sagen, Virginia, dir scheint es gar nicht gutzugehen.«

»Kann man wohl sagen. Was ist denn hier eigentlich los? Früher war London voll von Freunden. Heute scheine ich keinen Menschen mehr zu kennen. Weißt du, dass ich, seit mein Bruder gefallen ist, keinen einzigen lebenden Verwandten mehr habe?«

»O Gott, das tut mir aber leid. Das habe ich nicht gewusst! Ich habe nicht mal gewusst, dass du überhaupt einen Bruder hattest.«

»Er hieß Tim – fünf Jahre jünger als ich. Wir haben nie recht miteinander gekonnt. Er ist vor drei Jahren gefallen. Du hast doch einen ganzen Clan von Kindern, Eltern und Cousinen, Kerstie. Du kannst dir nicht vorstellen, wie es ist, ganz allein zu sein. Ich habe noch eine Stiefmutter in der Schweiz. Aber die hat nie viel von mir gehalten, und jetzt könnte ich sowieso nicht zu ihr reisen. Ich habe Angst, Kerstie.«

»Erzähl schon!«

Virginia war noch nie jemand gewesen, dem man Geheimnisse aus der Nase ziehen musste.

»Es geht um Geld«, sagte sie. »Ich habe nie gewusst, was es heißt, *kein* Geld zu haben. Das ist schon ein sehr merkwürdiges Gefühl. Tim hat sein ganzes Geld testamentarisch irgendeinem Mädchen hinterlassen. Und von Papa habe ich sowieso nichts bekommen. Er hat immer gedacht, ich wäre wohlversorgt.«

»Bestimmt wird doch Troy irgendwas ausspucken müssen. Amerikaner sind groß, wenn es um Alimente geht.«

»Das hatte ich auch gedacht. Mein Bankier und mein Anwalt haben das auch gesagt. Zuerst dachten sie, es wäre bloß irgendein Problem mit der Devisenkontrolle. Sie schrieben ihm einen Haufen Briefe, zuerst höflich, dann deutlicher, und schließlich drohten sie. Zuletzt, vor etwa sechs Monaten, engagierten sie einen Anwalt in New York, um gerichtlich gegen ihn vorzugehen. Und das war ein Schlag ins Wasser. Mr. Troy hat sich von mir scheiden lassen.«

»Das kann er doch gar nicht, oder?«

»Hat er aber. Alles besiegelt und verbrieft. Offenbar hat er mich von einem Detektiv überwachen lassen und hat eidesstattliche Versicherungen.«

»Wie kann man nur!«

»Passt aber genau zu Mr. Troy. Ich hätte es mir denken können, als er so gar nichts mehr von sich hören ließ. Wir haben die Unterlagen angefordert, falls es irgendeine Möglichkeit gibt, gegen das Urteil anzugehen. Aber das ist sehr unwahrscheinlich. Schließlich kann man nicht behaupten, dass ich Mr. Troy die ganze Zeit über treu gewesen wäre.«

»Das konnte er ja auch nicht erwarten.«

»Tja, jedenfalls gibt's jetzt nicht nur keine Alimente, sondern ich habe auch noch mein Konto überzogen und eine riesige Anwaltsrechnung zu bezahlen. Ich habe das Einzige getan, was mir übrigblieb, und meinen Schmuck verkauft. Diese Widerlinge haben mir höchstens die Hälfte von dem gegeben, was das Zeug ursprünglich gekostet hat, weil sie behaupteten, im Augenblick kaufe kein Mensch.«

»Genau das Gleiche haben sie auch zu Brenda gesagt.«

»Und dann passierte heute Morgen etwas sehr Merkwürdiges. Eines von den Schmuckstücken, das ich verkauft habe, war ein Paar Ohrclips, die Augustus mir mal geschenkt hatte. Ich hatte sie schon ganz vergessen, bis sie in einer alten Handtasche wieder auftauchten. Schlimmer noch: Ich hatte auch vergessen, dass ich sie, als ich sie vor ein paar Jahren vermisste, bei der Versicherung gemeldet habe, die mir den Schaden ersetzt hat. Offenbar habe ich mich damit strafbar gemacht. Sie haben sich verdammt anständig verhalten und wollen auch nicht zur Polizei oder so gehen, aber ich muss das Geld zurückzahlen – 250 Pfund. Das hört sich nicht nach viel an, nur habe ich sie nicht. Folglich bin ich heute Nachmittag rumgegangen, um meine Pelze zu verkaufen. Sie behaupten, auch Pelze kaufe im Augenblick niemand. Dabei würde ich meinen, Pelze sind genau das, was jeder braucht, wo doch der Winter kommt und keine Kohlen da sind.«

»Ich habe dich immer um deine Pelze beneidet«, sagte Kerstie.

»Für 250 gehören sie dir.«

»Was ist denn das beste Angebot, das du bekommen hast?«

»Ob du's glaubst oder nicht: 75 Pfund.«

»Ich habe im Augenblick zufällig ein bisschen Geld auf der Bank«, sagte Kerstie nachdenklich. »Ich könnte wohl etwas höher gehen als das.«

»Ich brauche aber dreimal so viel.«

»Du musst doch noch ein paar andere Dinge haben!«

»Alles, was ich auf der Welt besitze, steht unten in eurem Flur.«

»Sehen wir es doch mal durch, Virginia. Du hast doch immer so viele Dinge gehabt. Ich bin überzeugt, es findet sich etwas. Da ist zum Beispiel dieses bezaubernde Zigarettenetui, das du jetzt benutzt.«

»Das ist aber ziemlich verbeult.«

»Aber früher war es mal wunderschön.«

»Mr. Troy, Cannes, 1936.«

»Ich bin sicher, wir finden genug, um 250 Pfund zusammenzubringen.«

»Ach Kerstie – wenn ich dich nicht hätte!«

So breiteten die beiden Frauen, die einst beide zur selben Zeit in die Gesellschaft eingeführt worden waren und so grundverschiedene Leben geführt hatten – die eine verschwenderisch, die andere umsichtig und sparsam –, Virginias Habseligkeiten auf dem durchgesessenen Sofa aus und brachten den ganzen Abend damit zu, wie die Zigeunerinnen die wenigen Habseligkeiten, die von einem Jahrzehnt begehrter Weiblichkeit zurückgeblieben waren, zu untersuchen und zu schätzen. Am Ende ging jede auf ihre Weise getröstet und zufrieden mit dem Handel zu Bett.

6

Guy kam sich vor, als hätte er ein Geburtstagsgeschenk bekommen, das erste seit wie vielen Jahren? Die Karte, die der Elektronische Personal-Selektor ausgespuckt und auf der sein Name gestanden hatte, war wie ein Fingerzeig des Himmels. Er kam sich vor, als hätte er in der Lotterie oder beim Pferderennen gewonnen, und das verschaffte ihm ein Hochgefühl, wie er es während seiner ersten Tage bei den Halberdiers gehabt hatte, oder in den ersten Augenblicken, als er in Dakar den Fuß auf feindlichen Boden gesetzt hatte. Ein Gefühl der Befreiung wie in dem Augenblick, als er Chatty Corner Apthorpes Erbe übergeben oder im Lazarett in Alexandria sein langes Schweigen gebrochen hatte. Das waren denkwürdige Augenblicke in seinem Soldatenleben gewesen, und all diese Dinge hatten sich innerhalb der ersten beiden Jahre ereignet. In letzter Zeit hatte er damit schon gar nicht mehr gerechnet. Jetzt war wieder Hoffnung da. Es gab immer noch einen Platz für ihn außerhalb der sinnlosen Routine im H. O. O. H. Q.

Er hatte um sechs Dienstschluss, und einer Eingebung des Augenblicks folgend tat er im Durchgangslager etwas, das er in letzter Zeit selten getan hatte: Er zog seine blaue Ausgehuniform an. Dann ging er zum U-Bahnhof, wo die Flüchtlinge sich bereits ihr Lager für die Nacht herrichteten, fuhr bis zum Bahnhof Green Park und ging durch die Arkaden des Ritz zur St James's Street und zu Bellamy's hinüber. Alle paar Schritte lehnten amerikanische Soldaten an den Hauswänden und knutschten mit ihren Mädchen herum, in der Vorhalle des Clubs begrüßte ihn aber eine andere Art von amerikanischen Soldaten.

»Guten Abend, Loot.«

»Gehen Sie zu der Party von Everard Spruce?«

»Bin nicht eingeladen. Ich kenne ihn eigentlich kaum. Ich dachte, man erwartet Sie bei den Glenobans.«

»Da gehe ich später hin. Zuerst esse ich mit Ralph Brompton zu Abend. Allerdings hatte ich vor, unterwegs auf einen Sprung bei Spruce reinzuschauen.«

Er wandte sich an dem Tisch gegenüber von Hiobs Platz wieder dem Briefeschreiben zu. Guy hatte noch nie zuvor gesehen, dass jemand diesen Tisch benutzt hätte.

In der hinteren Halle traf er Arthur Box-Bender.

»Bin grad vom Unterhaus rüber, um mir rasch einen zu genehmigen. An der Ostfront geht es lustig zu.«

»Lustig?«

»Warte, bis du die Neun-Uhr-Nachrichten hörst. Da wirst du dich wundern. Onkel Joe macht ihnen ganz schön Beine, und ich könnte mir was Schöneres vorstellen, als bei ihm in die Gefangenschaft zu geraten.«

Eine naheliegende Gedankenverbindung veranlasste Guy zu fragen: »Habt ihr von Tony gehört?«

Box-Benders Gesicht verdunkelte sich. »Ja, vorige Woche. Er hält immer noch an dieser blödsinnigen Idee fest, Mönch zu werden. Er wird schon wieder vernünftig, sobald er ins normale Leben zurückkommt, da bin ich sicher, aber es ist schon beunruhigend. Angela scheint nicht so furchtbar viel dagegen zu haben. Die macht sich mehr Sorgen um deinen Vater.«

»Ich auch.«

»Im Augenblick ist sie in Matchet. Wie du weißt, hat er in der Schule aufgehört, und das ist immerhin schon mal was. Er hätte das in seinem Alter gar nicht erst anfangen sollen. Du weißt ja, er hat dieses Blutgerinnsel, und das könnte jeden Augenblick gefährlich werden.«

»Ich weiß. Ich war vorigen Monat bei ihm. Damals schien er noch ganz gut auf den Beinen, aber inzwischen hat er mir geschrieben.«

»Man kann nichts dagegen tun«, sagte Box-Bender. »Angela meinte, sie sollte in der Nähe sein, falls was passiert.«

Guy ging weiter zur Bar, wo er hörte, wie Kilbannock sich mit einem älteren Grenadier unterhielt.

»… Sie wissen ja, was für ein Auge der König für die Details der Ausrüstung hat«, sagte er gerade. »Er hat sich einen von diesen Dolchen kommen lassen. Auf diese Weise kam er ins Nachdenken über Degen, Säbel und Schwerter …«

»Das Schwert war ein großer Erfolg.«

»Ja, ich bilde mir ein, ein wenig dazu beigetragen zu haben. 'n Abend Guy. Wer, meinst du, hat mich gerade aus meinem eigenen Haus rausgeworfen? – Virginia.«

»Wie geht es ihr?«

»… auf Grundeis. Ich habe sie nur eine Sekunde lang gesehen, aber sie war eindeutig am Tiefpunkt. Ich hatte schon vorher hier und da von ihren Affären gehört.«

»Ich gebe dir einen aus«, sagte Guy. »Ich habe Geburtstag. Zwei Gläser Wein, Parsons.«

Guy erzählte nichts von dem Personal-Selektor, doch der Gedanke daran erwärmte ihn, auch als sie über ganz andere Dinge redeten. Als ihre Gläser leer waren, sagte der Grenadier: »Hat nicht jemand gesagt, er hätte Geburtstag? Drei Gläser Wein, Parsons.«

Als Ian an der Reihe gewesen wäre, eine Runde zu schmeißen, sagte er: »Sie haben die Preise erhöht. Zehn Shilling das Glas Champagner, und er ist noch nicht mal besonders gut. Warum kommt ihr nicht mit zu Everard Spruce und trinkt umsonst?«

»Hat er denn Champagner?«

»Bestimmt! Er wird stark subventioniert, und heute hat er zwei erlauchte Gäste, denen er was bieten muss. Ist doch ganz angenehm, zur Abwechslung mal nur von Zivilisten umgeben zu sein. Liest du sein Blatt?«

»Nein.«

»Ich auch nicht. Man hält aber große Stücke davon. Winston liest es.«

»Das glaube ich dir nicht.«

»Nun, vielleicht nicht persönlich. Aber ich weiß zufällig, dass sein Büro eine Ausgabe bekommt.«

»Ich kenne Spruce kaum. Loot geht auch hin.«

»Dann kann jeder hin. Und der erwischt bestimmt ein Taxi. Bei Amerikanern halten die immer an.«

Lieutenant Padfield war noch am Briefeschreiben, es ging ihm nicht so einfach von der Hand. In seiner Jugend hatte er getippt, in seinen frühen Mannesjahren hatte er diktiert. Ian schickte ihn in Richtung Piccadilly, und richtig, nach einer Viertelstunde kam er mit einem Taxi wieder.

»Schön, dass Sie doch mitkommen«, sagte er. »Ich dachte, Sie kennen Spruce gar nicht.«

»Ich hab's mir anders überlegt.«

»*Survival* ist ein sehr bedeutsames Sprachrohr.«

»Für was, Loot?«

»Für das Überleben von Werten.«

»Meinen Sie, ich brauche in der Beziehung Nachhilfeunterricht?«

»Verzeihen Sie.«

»Aber Sie glauben, ich müsste diese Zeitschrift lesen?«

»Sie werden feststellen, dass sie sehr bedeutsam ist.«

Es war kurz vor acht, als sie im Cheyne Walk eintrafen. Manche, vor allem die neutralen Gäste, hatten genug von Frankies Cocktail und hatten sich bereits verabschiedet.

»Eigentlich ist die Party schon vorbei«, sagte eine der Sekretärinnen (nicht Frankie). Sie trug Espadrilles, und die Mähne, hinter der ihre Stimme erklang, war schwarz. »Ich glaube, Everard will noch ausgehen.«

Lieutenant Padfield war dabei, dem Taxifahrer zu viel zu

bezahlen, denn obwohl er nun schon so lange hier lebte, kam er immer noch nicht mit dem englischen Geld zurecht, und der Chauffeur hatte es darauf angelegt, ihn noch mehr zu verwirren. Als er diese gemurmelten Worte hörte, sagte er: »Ach, ist es schon so spät? Ich sollte noch in die Ebury Street. Wenn Sie nichts dagegen haben, nehme ich das Taxi und fahre gleich weiter.«

Guy und Ian hatten nichts dagegen. Der Lieutenant hatte seinen Zweck erfüllt und sie hergebracht.

Durch seine Abfahrt in ihrer Entschlossenheit noch bestärkt, sagte die Sekretärin, die Coney hieß: »Ich glaube, es ist auch nichts mehr zu trinken da.«

»Mir hat man Champagner versprochen«, sagte Guy.

»Champagner«, sagte Coney bestürzt. Sie kannte keine dieser beiden uniformierten Gestalten, die dort im dunklen Nebel vor ihr aufragten, wusste jedoch, dass Spruce in der Tat ein paar Flaschen Champagner beiseitegelegt hatte. »Ich weiß nichts von Champagner.«

»Nun, wir gehen rauf und sehen mal nach«, sagte Ian.

Coney führte sie nach oben.

Wenn auch schon zusammengeschrumpft, war die Party doch noch groß genug, um eine Wand zwischen den Eintretenden und der hintersten Ecke zu bilden, in der Ludovic saß. Seit zwei Minuten erfreute er sich dessen, weshalb er hergekommen war: der Aufmerksamkeit seines Gastgebers.

»Ist die Reihenfolge zufällig oder entspricht sie einem Plan?«, fragte Spruce gerade.

»Sie entspricht einem genauen Plan.«

»Der wird aber nicht sofort deutlich. Es gibt mehr oder weniger allgemeine Aphorismen, und dann die genauen Beobachtungen – die ich, wenn ich das sagen darf, übrigens außerordentlich treffend und sehr komisch fand. Übrigens habe ich mich gefragt: Könnten wir da gerichtlich belangt werden?

Und daneben sind mir noch zwei poetische Grundthemen immer wieder aufgefallen. Das Motiv vom ertrunkenen Seemann etwa – ein Anklang an *Das wüste Land*? Haben Sie bewusst an Eliot gedacht?«

»Nicht an Eliot«, sagte Ludovic. »Ich glaube jedenfalls nicht, dass er Eliot hieß.«

»Sehr interessant. Und dann das Höhlen-Bildnis. Sie müssen eine Menge Freud gelesen haben.«

»Nicht besonders viel. Die Höhle hatte nichts Psychologisches.«

»Außerordentlich interessant – ein spontaner Ausbruch des Unbewussten.«

In diesem Augenblick kam Coney durch die Menge und trat neben Spruce.

»Everard, da sind zwei Männer in Uniform und fragen nach Champagner.«

»Mein Gott – doch nicht etwa die Polizei?«

»Einer könnte von der Polizei sein. Er trägt so eine komische blaue Uniform. Aber der andere ist von der RAF. Ich habe sie noch nie gesehen. Sie hatten noch einen Amerikaner dabei, aber der ist gleich weitergefahren.«

»Wie merkwürdig! Du hast ihnen doch hoffentlich keinen Champagner gegeben?«

»Aber nein, Everard.«

»Ich geh wohl besser rüber und sehe nach, wer sie sind.«

An der Tür war Ian mit der ›Smarten‹ zusammengestoßen und hatte sie herzlich auf jede der verrußten Wangen geküsst.

»Zu trinken gibt's hier nichts mehr«, sagte sie, »und ich muss jetzt zu meinem Posten als Luftschutzwart. Warum kommt ihr beiden nicht mit? Es ist gleich um die Ecke, und wir haben immer eine Flasche da.«

Spruce begrüßte sie.

»Tut mir leid, wir sind ein bisschen spät. Ich habe Guy mit-gebracht. Sie erinnern sich an ihn?«

»Ja, ja, ich glaube. Irgendwoher«, sagte Spruce. »Hier ist schon alles vorbei. Ich habe gerade ein paar Worte mit einem hochinteressanten Schriftsteller von der ›Neuen Generation‹ gewechselt. Wir freuen uns immer besonders über Beiträge von Soldaten. Das gehört zu unserer Politik.«

Die Schar der Gäste öffnete sich und gab den Blick auf Ludovic frei, dessen Appetit auf Anerkennung zwar geweckt, aber noch lange nicht befriedigt war, weshalb er jetzt grollend hinter Spruce hersah.

»Ludovic!«, entfuhr es Guy.

»Das ist der Mann, von dem ich gesprochen habe. Kennen Sie ihn?«

»Er hat mir das Leben gerettet«, sagte Guy.

»Wie merkwürdig.«

»Ich hatte noch nie Gelegenheit, mich bei ihm zu be-danken.«

»Nun, dann holen Sie's schleunigst nach. Aber entführen Sie ihn mir nicht. Wir haben uns gerade faszinierend mitein-ander unterhalten.«

»Ich glaube, ich begleite Per«, sagte Ian.

»Ja, tun Sie das.«

Die Lücke hatte sich wieder geschlossen. Guy ging hin-durch und streckte Ludovic die Hand entgegen, der seine austernfarbenen Augen voller Entsetzen weit aufriss. Schlaff ergriff er die Hand und wandte den Blick ab.

»Ludovic, Sie erinnern sich doch an mich, oder?«

»Hier hätte ich Sie nie erwartet.«

»Hook-Force, Kreta.«

»Oh ja, ich erinnere mich.«

»Ich habe immer gehofft, Ihnen irgendwann zu begegnen. Es gibt so viel zu sagen. Man hat mir berichtet, Sie hätten mir das Leben gerettet.« Ludovic hob stumm die Hand und zeigte auf seine Military Medal. Es sah aus, als schlüge er sich reuevoll gegen die Brust. »Sie scheinen nicht besonders erfreut, mich zu sehen.«

»Das ist der Schock«, sagte Ludovic und sprach mit seiner Kasernenhofstimme. »Ausgerechnet Ihnen so unverhofft bei Mr. Spruce zu begegnen. Ausgerechnet Ihnen, und ausgerechnet hier.«

Guy setzte sich auf den Platz, auf dem eben noch Spruce gesessen hatte. »Meine Erinnerung ist nur ausgesprochen vage, was die letzten Tage auf Kreta und dann auf dem Kutter betrifft.«

»Am besten denkt man nicht mehr dran«, sagte Ludovic. »Es gibt Dinge, die vergisst man besser.«

»Meinen Sie nicht, Sie übertreiben die Bescheidenheit des Helden ein wenig? Außerdem bin ich neugierig. Was ist aus Major Hound geworden?«

»Soviel ich weiß, wurde er vermisst gemeldet.«

»Nicht in Gefangenschaft geraten?«

»Verzeihen Sie, Mr. – Captain Crouchback, aber ich arbeite nicht in der Personalabteilung.«

»Und der Sappeur, dem es gelungen ist, den Kutter anzuwerfen. Ich war furchtbar krank – und er auch, er war im Delirium.«

»Sie waren auch im Delirium.«

»Ja. Haben Sie den Sappeur auch gerettet?«

»Soviel ich weiß, gilt er als auf See verschollen.«

»Hören Sie«, sagte Guy, »gehen wir noch irgendwohin essen?«

Es war, als ob Banquo plötzlich zum Gastgeber geworden wäre. »Nein«, sagte Ludovic. »Nein«, und ohne ein Wort der Entschuldigung oder des Abschieds zu Guy, Spruce oder Frankie machte er, dass er zur Tür kam, lief die Treppe hinunter, sprang zur Haustür und dann hinaus in die schützende Nacht.

»Was um alles in der Welt ist denn in den gefahren?«, fragte Spruce. »Betrunken kann er nicht gewesen sein. Was haben Sie zu ihm gesagt?«

»Nichts. Ich habe ihn nur nach alten Zeiten gefragt.«

»Kannten Sie ihn gut?«

»Eigentlich nicht. Wir haben ihn immer für einen Sonderling gehalten.«

»Hat aber Talent«, sagte Spruce. »Möglicherweise sogar eine Spur von Genie. Wie dumm, dass er so verschwindet. Nun, die Party ist vorbei. Könnt ihr Mädchen wohl die Gäste rauswerfen und hinterher aufräumen? Ich muss jetzt gehen.«

Guy verbrachte die restlichen Stunden seines vierzigsten Geburtstages bei Bellamy's und trank, bis er ein wenig beschwipst war. Als er in sein Zimmer im Durchgangslager zurückkehrte, waren seine Gedanken weniger bei der Vergangenheit als vielmehr bei der Zukunft.

Bei Bellamy's ungehört, verkündeten die Sirenen um elf eine Fliegerwarnung und noch vor Mitternacht Entwarnung.

Ungehört auch in der Westminster Abbey, wo das Schwert von Stalingrad unbewacht dastand. Die Türen waren verschlossen, alle Lichter gelöscht. Am nächsten Tag würde sich erneut die Schlange auf der Straße bilden und die Verehrung weitergehen.

Ludovic war im literarischen Preisausschreiben von *Time and Tide* kein Erfolg beschieden. Sein Sonett kam nicht einmal in die engere Auswahl. Er vertiefte sich in das Gedicht des Gewinners:

... Hier liegt das Schwert. Erlesen ist die Arbeit
Köstlich das Symbol. Wer begriff schon,
Wie nah das Böse, und das Gute, wie gefürchtet,
Wer schmäht die Kleider, die die Engel tragen?

Er konnte nicht hinter den Sinn kommen und verglich sein eigenes klar verständliches Werk damit:

Stele meiner Vergangenheit, in welche eingemeißelt steht
Um was es ging in jenem langen Scheiden des Eisens
In dem verloren war der Stern, der mich geleitet,
Nach dem ich gesegelt bin. Ausgelöscht!
Nicht Mast noch Tau, nicht Bug noch Heck noch Kiel
Überlebt mein Wrack ...

Vielleicht, so sann er, passten die Zeilen nicht ganz zum Anlass. Er hatte es versäumt, die allgemeine Volksstimmung widerzuspiegeln. Es war zu persönlich für *Time and Tide*. Er würde es an *Survival* schicken.

IX
Fin de ligne

I

Virginia Troy war noch keine zehn Tage in ihrem Haus, als Ian Kilbannock anfing zu fragen: »Wann geht sie wieder?«

»Mir macht es nichts aus, dass sie hier ist«, sagte Kerstie. »Sie kostet uns nicht viel.«

»Aber sie trägt auch nichts zum Haushalt bei.«

»Ich kann Virginia unmöglich darum bitten. Sie war wahnsinnig anständig zu uns, als sie noch reich war.«

»Das ist aber schon lange her. Ich habe Trimmer nach Amerika verfrachten lassen. Ich begreife nicht, warum sie immer noch bei uns bleiben muss. Die anderen haben doch auch Miete gezahlt.«

»Ich kann es ihr ja mal vorschlagen.«

»Tu das so bald wie möglich.«

Doch als Virginia an diesem Abend nach Hause kam, hatte sie Neuigkeiten zu erzählen, die jeden anderen Gedanken in Kersties Kopf verdrängten.

»Ich bin gerade bei meinem Anwalt gewesen«, sagte Virginia. »Sie haben jetzt die Durchschläge von dem Beweismaterial, das Mr. Troy bei der Scheidung vorgelegt hat. Was meinst du wohl, wer es zusammengetragen hat?«

»Wer?«

»Dreimal darfst du raten.«

»Mir fällt beim besten Willen niemand ein.«

»Dieser Widerling Loot.«

»Das ist nicht möglich.«

»Offenbar ist er Teilhaber der Anwaltsfirma, die für Mr. Troy arbeitet. In seiner Freizeit erledigt er immer noch dies und das für sie.«

»Nachdem wir alle so nett zu ihm gewesen sind! Wirst du das überall rumerzählen?«

»Ich weiß nicht.«

»Die Leute müssten gewarnt werden.«

»Das haben wir nun davon, dass wir ihn mit so offenen Armen aufgenommen haben. Mir ist es sowieso immer kalt über den Rücken gelaufen, wenn ich ihn gesehen habe.«

»So etwas«, erklärte Kerstie, »raubt einem doch den Glauben an die Menschheit.«

»Ach, Loot ist doch kein Mensch!«

»Nein, vermutlich nicht.«

»Immerhin was anderes als Trimmer.«

»Würdest du denn Trimmer als Menschen bezeichnen?«

Damit waren sie wieder bei ihrem alten Problem, das sie in dieser oder anderer Form in den letzten drei Jahren ausgiebig besprochen hatten.

»Fehlt er dir denn gar nicht?«

»Ich bin immer noch erleichtert! In den letzten vier Tagen bin ich jeden Morgen aufgewacht und habe mir gesagt: Trimmer ist weg!«

Nachdem sie sich etwa eine halbe Stunde unterhalten hatten, sagte Kerstie: »Ich nehme an, du siehst dich jetzt nach was anderem zum Wohnen um.«

»Nein – es sei denn, du willst mich los sein.«

»Selbstverständlich nicht, Darling, nur Ian ...«

Doch Virginia hörte gar nicht zu. Sie fiel ihr vielmehr ins Wort und sagte: »Hast du einen Hausarzt?«

»Wir gehen immer zu einem älteren Mann in der Sloane Street. Er heißt Puttock. Mit den Kindern ist er sehr gut.«

»Ich habe noch nie einen Arzt gehabt«, sagte Virginia, »jedenfalls keinen, den ich *meinen* Arzt nennen würde. Das kommt, wenn man so viel herumzieht und so gesund ist. Ich war ein paarmal bei irgendwem in Newport, damit er mir Rezepte für Schlaftabletten unterschrieb, und in Venedig war ein ziemlich widerlicher Engländer, der mich wieder zusammengeflickt hat, als ich im Palazzo Corombona die Treppe runtergefallen bin. Aber eigentlich habe ich mich immer auf die Apotheker verlassen. In Monte Carlo gibt es einen wahren Zauberer. Man sucht ihn auf, erzählt ihm, wo's einem wehtut, und dann gibt er einem ein Pülverchen, und die Schmerzen hören sofort auf. Vielleicht gehe ich doch mal zu deinem Arzt in der Sloane Street.«

»Du bist doch hoffentlich nicht krank?«

»Nein. Ich habe bloß das Gefühl, ich brauche mal einen *check-up*, wie Mr. Troy es nennt, eine Generalüberholung.«

»Im H. O. O. H. Q. haben sie eine fabelhafte Krankenstation. Alle möglichen Apparate, und bezahlen brauchst du keinen Penny. General Whale geht jeden Nachmittag hin und holt sich Höhensonne. Der Chef dort heißt Sir Soundso und war in Friedenszeiten eine Koryphäe.«

»Ich denke, ich gehe doch lieber zu deinem Arzt. Ist er teuer?«

»Eine Guinee pro Besuch, denke ich.«

»Das könnte ich mir gerade noch leisten.«

»Virginia, da wir gerade von Geld reden: Du erinnerst dich doch, dass Brenda und Zita Miete bezahlt haben, als sie hier wohnten?«

»Ja, selbstverständlich. Es ist furchtbar nett von dir, mich ganz umsonst aufzunehmen.«

»Ich freue mich ja, dass du hier bist. Es ist nur Ian – gerade heute hat er gesagt, vielleicht würdest du dich wohler fühlen, wenn du eine kleine Miete bezahlst …«

»Ich könnte mich gar nicht wohler fühlen, Darling, und außerdem kann ich es mir gar nicht leisten. Überrede ihn, Kerstie. Erklär ihm, dass ich bankrott bin.«

»Oh, das weiß er selbstverständlich.«

»*Wirklich* pleite. Das ist es, was kein Mensch begreift. Ich würde selbst mit Ian reden, wenn du das für richtig hältst.«

»Ich will's *versuchen*.«

2

Die Geschwindigkeit, mit der man bei der Army versetzt wurde, war noch längst nicht an das Tempo angepasst, mit dem der Elektronische Personal-Selektor arbeitete. Es dauerte eine Woche, ehe Guy Bescheid erhielt, jemand würde seiner Dienste bedürfen. Dann lag ein Brief in seiner Post, der namentlich an ihn adressiert war. Er enthielt eine Aufforderung, sich bei einem Offizier zu melden, der sich als ›Generalbeauftragter für die Befreiung Italiens‹ bezeichnete. Es überraschte ihn nicht, dass dieser Mann im selben Gebäude untergebracht war wie er selbst, und als er hinging, traf er auf einen unscheinbaren Lieutenant-Colonel, dem er ab und zu begegnet war und mit dem er gelegentlich sogar an der Bar der Kantine ein paar Worte gewechselt hatte.

Der ›Befreier‹ ließ durch nichts erkennen, dass er Guy kannte. Stattdessen sagte er: »*Entrate e s'accomodi.*«

Die Laute, die er da ausstieß, klangen so merkwürdig, dass Guy ganz verwirrt war und im ersten Moment nicht wusste, in welcher Sprache man ihn angesprochen hatte.

»Kommen Sie und nehmen Sie Platz«, sagte der Colonel auf Englisch. »Ich dachte, Sie sprechen Italienisch.«

»Tue ich.«

»Sieht aber so aus, als müssten Sie's ein wenig aufpolieren. Sagen Sie mal was auf Italienisch.«

Schnell und mit leicht übertriebenem Genueser Akzent sagte er: »*Sono più abituato al dialetto genovese, ma di solito posso capire e farmi capire dappertutto in Italia fuori Sicilia.*«

Der Colonel bekam nur das allerletzte Wort mit und fragte verzweifelt und ein wenig albern: »*Siciliano lei?*«

»*Ah, no, no, no.*« Guy gab durch eine lebhafte italienische Geste zu verstehen, dass dem keineswegs so sei. »*Ho visitato la Sicilia, poi ho abitato per un bel pezzo sulla costa ligure. Ho viaggiato in quasi ogni parte d'Italia.*«

Der Colonel nahm Zuflucht zu seiner Muttersprache. »Das klingt echt. Sie würden uns nämlich nicht viel nützen, wenn Sie nur Sizilianisch sprächen. Sie sollen im Norden arbeiten, in Venetien vermutlich.«

»*Lì per me tutto andrà liscio*«, sagte Guy.

»Ja«, sagte der Colonel, »ja, verstehe. Aber reden wir Englisch miteinander. Die Aufgabe, an die wir denken, unterliegt selbstverständlich der Geheimhaltung. Wie Sie vermutlich wissen, ist unser Vormarsch in Italien im Augenblick ins Stocken geraten. Wir erwarten vor dem Frühling dort kaum Bewegung. Die Deutschen haben den Rest Italiens fest in der Hand. Ein paar der Itaker scheinen auf unserer Seite zu sein – nennen sich *partigiani*, stehen aber offenbar ziemlich links. Dagegen ist natürlich nichts zu sagen. Fragen Sie Sir Ralph Brompton. Wir wollen verschiedene kleine Gruppen einschleusen, um das Hauptquartier auf dem Laufenden zu halten, was sie vorhaben; möglicherweise könnten wir dann auch Ausrüstung und Material in bestimmten Gegenden abwerfen. Bei diesen kleinen Gruppen kommt es hauptsächlich auf einen Funker und einen Verbindungsoffizier an. Wie ich sehe, haben Sie eine Kommandoausbildung hinter sich. Hat dazu auch Fallschirmspringen gehört?«

»Nein, Sir.«

»Nun, dann machen Sie wohl besser einen Lehrgang mit. Ich nehme an, dagegen haben Sie nichts, oder?«

»Nicht im Geringsten.«

»Sie sind schon ein bisschen alt, aber Sie werden sich wundern, wie alt manche unserer Leute sind. Vielleicht brauchen Sie auch gar nicht mit dem Fallschirm abzuspringen. Wir haben da verschiedene Methoden, um unsere Leute einzuschleusen. Besitzen Sie irgendwelche Erfahrungen mit kleinen Booten?«

Guy dachte an sein kleines Segelboot, das er früher einmal in Santa Dulcina gehabt hatte, an seinen fröhlichen Ausflug in Dakar und an die gespenstische Überfahrt von Kreta nach Alexandria und antwortet wahrheitsgemäß: »Jawohl, Sir.«

»Gut. Das könnte sehr nützlich sein. Sie hören bald wieder von uns. Vorläufig steht das ganze Unternehmen aber auf der Geheimliste. Sie sind Mitglied bei Bellamy's, nicht wahr? Dort bekommt man so manches Gerücht zu hören. Sagen Sie also bitte nichts.«

»Zu Befehl, Sir.«

»*Arriverderci*, eh?«

Guy salutierte und verließ das Zimmer.

Als er ins Durchgangslager zurückkehrte, fand er dort ein Telegramm seiner Schwester Angela vor, in dem ihm mitgeteilt wurde, sein Vater sei in Matchet plötzlich und friedlich entschlafen.

3

Auf sämtlichen Bahnhöfen des Königreiches prangte die eindringliche Forderung: IST DIESE REISE WIRKLICH NOTWENDIG?

Guy und sein Schwager nahmen am Morgen der Beerdigung den überfüllten Frühzug von Paddington.

Guy trug eine schwarze Trauerbinde am Ärmel seines Waffenrocks, und Box-Bender eine schwarze Krawatte zu dunklem Anzug sowie eine Melone.

»Wie du siehst, trage ich keinen Zylinder«, sagte Box-Bender. »Ich finde, das passt heutzutage nicht mehr. Viele Leute werden wohl nicht da sein. Peregrine ist schon vorgestern hingefahren. Er wird sich um alles gekümmert haben. Hast du Sandwiches mitgenommen?«

»Nein.«

»Ich weiß nicht, wo wir was zu Mittag bekommen. Man kann schließlich nicht erwarten, dass das Kloster alles für uns tut. Hoffentlich haben Angela und Peregrine im Gasthaus was bestellt.«

Es war noch nicht ganz hell, als sie aus dem arg mitgenommenen und notdürftig wiederhergerichteten Bahnhof Paddington hinausdampften. Der Gang war überfüllt von Matrosen, die zurückfuhren nach Plymouth. Die kleinen Lampen über den Sitzen waren herausgeschraubt worden. Es war schwierig, in den dünnen Zeitungen zu lesen, die sie mitgebracht hatten.

»Ich habe immer große Hochachtung vor deinem Vater gehabt«, sagte Box-Bender. Dann schlief er ein. Guy behielt während der ganzen dreistündigen Fahrt nach Taunton die Augen offen.

Onkel Peregrine hatte dafür gesorgt, dass eine Art Straßenbahnwaggon an den Bummelzug angehängt wurde. Darin saßen Miss Vavasour, der Pfarrer von Matchet und der Direktor des Internats ›Unsere Liebe Frau vom Sieg‹. Es waren noch viele andere erschienen, mehr oder weniger in Trauerkleidung, von denen Guy wusste, dass er sie eigentlich namentlich kennen müsste, es aber nicht tat. Sie begrüßten ihn mit leise gemurmelten Beileidsworten, und wenn sie merkten, dass es notwendig war, nannten sie ihm ihren Namen – Tresham, Bigod, Englefield, Arundell, Hornyold, Plessington, Jerningham und Dacre –, alles Namen von Familien, die katholisch geblieben waren – und alle entfernte Verwandte von ihm. Ihre Reise war wirklich notwendig.

Ohne dass er es hörte, erklärte Miss Vavasour seufzend über Guy: »*Fin de ligne.*«

Der Beginn des Requiems war für zwölf Uhr festgesetzt worden. Der Bummelzug sollte um halb zwölf in Broome eintreffen und war fast pünktlich.

4

Dem kleinen Dorf mangelte es nicht an Stätten der Andacht.

In schweren Zeiten der Glaubensunterdrückung wurde die Messe regelmäßig im Herrenhaus gelesen – über die Jahre wurde eine lange Reihe von Priestern beschäftigt, die nach außen hin als Hauslehrer fungierten. Die kleine Hauskapelle wurde als Ziel von gelegentlichen Pilgerfahrten zu Ehren des Seligen Gervase Crouchback weiter aufrechterhalten.

Vom kleinen Bahnhof aus ist die katholische Dorfkirche zu sehen. Guys Urgroßvater hatte diesen gotisch wirkenden Bau Anfang der 1860er-Jahre am Anfang der Dorfstraße errichten lassen. Am anderen Ende stand die mittelalterliche Kirche, deren Schiff und Kanzel von den Anglikanern benutzt wird, das nördliche Querschiff aber sowie der angrenzende Friedhof waren Eigentum des Gutsherrn. In diesem kleinen Friedhof hatte man das Grab für Mr. Crouchback ausgehoben, und in diesem Querschiff sollte später unter den dichtgedrängten Standbildern und Grabplatten seiner Ahnen eine Gedenktafel zu seinen Ehren errichtet werden.

Nach dem *Emancipation Act* – dem Gesetz für die freie

Religionsausübung – hatte man eine Mauer hochgezogen, um dieses Querschiff vom Rest der Kirche abzutrennen, das eine Generation lang der katholischen Gemeinde als Gotteshaus gedient hatte. Doch die Statuen ließen den Andächtigen nur wenig Raum. Das war der Grund, weshalb Guys Urgroßvater die Kirche gebaut hatte (welche die Crouchbacks auf althergebrachte Weise immer noch als ›Kapelle‹ bezeichneten) und die Gemeinde mit einem angemessenen Einkommen ausgestattet hatte. Der überwiegende Teil der Einwohner von Broome ist katholisch und stellt eine isolierte Gemeinde dar, wie sie in vielen Teilen Lancashires und auf den abseits gelegenen schottischen Inseln häufiger anzutreffen ist, im Westen Englands jedoch nur sehr selten. Die anglikanische Gemeinde ist schon seit langem mit zwei benachbarten Gemeinden zusammengelegt worden und wird von einem Geistlichen betreut, der einmal im Monat mit seinem Fahrrad hinüberfährt und den Gottesdienst abhält, sofern sich genügend Gläubige einfinden. Das frühere Pfarrhaus ist in Wohnungen aufgeteilt worden, die vermietet werden.

Broome Hall erhebt sich hinter eisernen Toren, die Zufahrt ist praktisch eine Verlängerung der Dorfstraße. Mr. Crouchback pflegte häufig, wenn auch nicht ganz zu Recht, darauf hinzuweisen, dass jedes ›gute Haus‹, worunter er verstand, dass seine Anfänge bis ins Mittelalter zurückreichten, an einer Straße, einem Fluss oder einem Berghang liege. Broome Hall hatte bis ins 18. Jahrhundert hinein an der Hauptstraße nach Exeter gelegen, bis ein Nachbar, der sich um einen Sitz im Unterhaus bemühte, Erlaubnis bekam, diese Straße durch seinen eigenen Grundbesitz hindurchzuführen, und fortan einen einträglichen Straßenzoll erheben konnte. Das alte Wegerecht führt noch an den Mauern von Broome Hall vorbei, doch wird sie nur wenig befahren. Es ist ein Feldweg, der fast unbemerkt von der Autostraße abzweigt, sich zur Dorfstraße verbreitert, eine halbe Meile zu einem Kiesweg für Pferdefuhrwerke wird und sich dann zwischen den Hecken verengt, die trotz gründlichen jährlichen Auslichtens und Beschneidens weiter zuwuchern.

Als das Kloster nach Broome kam, brachte dieses seinen eigenen Hausgeistlichen mit, und eine der langgestreckten, holzgetäfelten Galerien wurde zu einer Kapelle umgebaut. Weder die Nonnen noch die Mädchen, die sie unterrichteten, erschienen in der Gemeindekirche, außer zu besonderen Gelegenheiten, und Mr. Crouchbacks Beerdigung war eine solche. Sie hatten den Verstorbenen am Vorabend in Empfang genommen, nachdem er von Matchet hierher überführt worden war, und hatten heute Morgen die Bahre geschmückt und das Totenamt gesungen. Der Kaplan sollte beim Requiem assistieren.

Angela Box-Bender stand auf dem Bahnsteig, als der Zug einfuhr. Sie wirkte ernst und von Trauer erfüllt.

»Ach, sag mal, Angie«, fragte ihr Mann sie, »wie lange wird diese Sache denn dauern?«

»Nicht länger als eine Stunde. Pater Geoghegan wollte eine Lobrede auf ihn halten, doch das hat Onkel Peregrine unterbunden.«

»Meinst du, ich kann irgendwo was zu essen bekommen? Ich habe die Wohnung um sechs verlassen.«

»Du wirst im Pfarrhaus erwartet. Ich nehme an, dort wird man dir etwas anbieten.«

»Sie erwarten doch nicht, dass ich mich irgendwie an den Feierlichkeiten beteilige, oder? Ich meine, dass ich was tragen müsste oder so? Ich kenne mich da doch nicht aus.«

»Nein«, sagte Angela. »Diesmal erwartet niemand etwas von dir.«

Das kleine Wohnzimmer im Pfarrhaus war sehr voll. Neben dem Hausherrn, Onkel Peregrine und dem Hauskaplan des Klosters hatten sich noch vier andere Priester eingefunden. Einer von ihnen war durch das Rot seiner Litzen als Monsignore zu erkennen.

»Seine Exzellenz, der hochwürdige Herr Bischof, konnte leider nicht kommen. Er hat mich geschickt, um ihn zu vertreten und Ihnen sein herzlichstes Beileid auszudrücken.«

Außerdem war noch ein Laie da, den Guy als den Anwalt seines Vaters aus Taunton erkannte.

Pater Geoghegan fastete gerade, entledigte sich seiner Gastgeberpflichten jedoch dadurch, dass er Whisky und Kuchen reichen ließ. Onkel Peregrine zog Guy in eine Ecke. Sein einfältiges altes Greisengesicht trug den Ausdruck von nichtssagender Feierlichkeit.

»Der Totenschild mit dem Wappen«, sagte er. »Das hat einige Schwierigkeiten gemacht. Man kriegt heutzutage überhaupt nichts mehr angefertigt. Wappenmaler gibt es keine mehr. In der Sakristei steht zwar eine ganze Sammlung von alten Totenschildern herum, aber keines ist in einem besonders guten Zustand. Da war das von deinem Großvater, doch da war auch noch das Wrothman-Wappen drauf, also konnte man es nicht nehmen. Dann hatte ich Glück und stöberte eines auf, das wohl für Ivo gemacht worden ist. Ziemlich grobe Arbeit – vermutlich von einem Handwerker hier. Ich war ja nicht in England, als er starb, der arme Junge. Aber wie dem auch sei, es handelt sich nur um das nackte Wappen, ohne die Vierteilung. Doch unter den gegebenen Umständen ist das immer noch das Beste. Du hast doch nichts dagegen, dass ich es habe aufstellen lassen?«

»Nein, Onkel Peregrine. Ich bin sicher, du hast genau das Richtige getan.«

»Ich gehe jetzt wohl besser mal rüber. Die Trauergäste trudeln allmählich ein. Irgendjemand muss ihnen ja sagen, wo sie sich hinsetzen sollen.«

Der Pfarrer von Matchet sagte: »Ich glaube nicht, dass Ihr Herr Vater lange im Fegefeuer verbleibt.«

Und der Anwalt sagte: »Wir sollten hinterher noch ein Wort miteinander reden.«

»Doch keine Verlesung des Testaments?«

»Nein, das gibt es nur noch in viktorianischen Romanen. Aber über ein paar Sachen müssten wir irgendwann mal reden, und Sie wissen ja, wie schwierig es in diesen Zeiten ist, sich zusammenzusetzen.«

Arthur Box-Bender versuchte, sich beim Gemeindepfarrer einzuschmeicheln: »… gehöre zwar selbst nicht Ihrer Konfession an, aber ich muss schon sagen, Ihr Kardinal Hinsley hat seine Sache im Radio wirklich großartig gemacht. Es wurde deutlich, dass er sich zuerst als Engländer sieht und dann als Christ. Das ist mehr, als man von dem ein oder anderen *unserer* Bischöfe behaupten könnte.«

Angela sagte: »Ich habe mich um die Briefe gekümmert, so gut es ging. Ich habe hunderte bekommen.«

»Ich auch.«

»Unglaublich, diese vielen Menschen, von denen man noch nie etwas gehört hat und die eng mit Papa befreundet waren. Ich habe gestern Nacht im Kloster geschlafen, fahre aber heute noch zurück nach Hause. Die Nonnen haben sich sehr ordentlich verhalten. Die Ehrwürdige Mutter möchte, dass wir alle hinterher zum Kaffee zu ihr kommen. Da sind so viele Leute, mit denen wir sprechen müssen. Ich hatte ja keine Ahnung, dass so viele kommen würden.«

Sie trafen zu Fuß, per Auto und in offenen Pferdekutschen ein. Vom Fenster des Pfarrhauses aus beobachteten Guy und Angela sie.

Angela sagte: »Ich nehme Felix zu mir. Im Augenblick passen sie im Gasthaus auf ihn auf.« Dann zogen die Priester sich zurück, um ihre liturgischen Gewänder anzulegen, und Onkel Peregrine kam, um die wichtigsten Trauergäste abzuholen.

»Betstühle«, sagte er, »stehen rechts vorn.«

Sie gingen durch den kleinen schmalen Garten und traten unter der diamantförmigen Gedenktafel ein, die ein Hausschreiner für den armen geistesgestörten Ivo geschnitzt hatte. Zobel und Silberkreuz hatten keine allzu übertriebenen Anforderungen an sein handwerkliches Können gestellt. Es handelte sich nicht um ein Ornament zur Verschönerung eines Kutschenschlags, sondern um etwas in der englischen Heraldik höchst Seltenes – ein Gerät, das im Kampf getragen worden war. Die Augen auf die Bahre und die großen ungebleichten Kerzen gerichtet, die neben dem Sarg brannten, gingen sie den Gang hinunter. Der Duft von Bienenwachs und Chrysanthemen, zu dem sich später noch der von Weihrauch gesellen sollte, lastete schwer in der nebeligen Luft.

Die Kirche war großzügig entworfen worden, als die Familie Crouchback ihre Blütezeit erlebte und die Bekehrung Englands mehr als nur ein wirklichkeitsfernes, frommes Unterfangen schien. Gervase und Hermione hatten sie gebaut, dieselben, die auch Santa Dulcina gekauft hatten. Die Kirche war zur Beerdigung von Mr. Crouchback so voll wie sonst nur zur Mitternachtsmesse an Weihnachten. Als das Gut in den landwirtschaftlich wenig ertragreichen Jahren Stück um Stück zerteilt wurde, waren die einzelnen Höfe zu günstigen Bedingungen an die Pächter verkauft worden. Einige hatten seither zwar den Besitzer gewechselt, doch drei Bankreihen waren angefüllt mit Bauern in schwarzen Anzügen aus feinem Tuch. Das Dorf war fast vollzählig erschienen, dazu kamen noch viele Nachbarn. Der Lordleutnant der Grafschaft saß in der vordersten Reihe links neben dem Abgesandten des Malteserordens. Lieutenant Padfield saß neben dem anglikanischen Geistlichen, dem Familienanwalt und dem Direktor von ›Unsere Liebe Frau vom Sieg‹. Der Nonnenchor stand auf der Orgelempore. Diejenigen Geistlichen, die nicht die Messe abhielten, saßen seitlich im Chor. Onkel Peregrine hatte dafür gesorgt, dass jeder auf dem richtigen Platz war.

Box-Bender ließ Angela und Guy nicht aus den Augen, denn er wollte jeden liturgischen Fauxpas vermeiden. Er kniete zusammen mit ihnen, setzte sich mit ihnen, kniete, setzte sich wieder hin und erhob sich, als die drei schwarzgekleideten Priester aus der Sakristei herauskamen, und kniete sich wieder hin, vergaß aber, sich zu bekreuzigen. Er war kein Heuchler. Dies war nicht seine erste Messe. Er wollte alles tun, was man von ihm forderte. Der Lordleutnant des Königs auf der anderen Seite des Ganges war ebenso unerfahren, bekundete aber denselben guten Willen wie er.

Zuerst herrschte Schweigen; vom Confiteor war nichts zu hören, nicht einmal in der vordersten Reihe. Gerade noch rechtzeitig sah Box-Bender, wie seine Angehörigen bei der Absolution das Kreuz schlugen. Diesmal war er nicht aufgeflogen. Dann stimmten die Nonnen das *Kyrie* an.

Guy folgte dem vertrauten Ritus und war in Gedanken ganz bei seinem Vater.

»*In memoria aeterna erit justus: ab auditione mala non timebit.*« Der erste Teil traf in jeder Beziehung zu. Sein Vater war wirklich ein ›Gerechter‹ gewesen; nicht überragend klug und keineswegs unparteiisch, wohl aber gerecht im Sinne des Psalmisten – oder zumindest in dem Sinne, wie die späteren Kommentatoren ihn verstanden. Nicht zum ersten Mal in seinem Leben dachte Guy darüber nach, was wohl die ›auditio mala‹ sei, die nicht zu fürchten sei. Sein Messbuch übersetzte es reichlich sinnlos mit ›schlechtes Gehör‹. Bedeutete das schlicht, dass die Ohren der Toten vor dem Streit in der Welt verschlossen waren? Oder bedeutete es, dass bösartiges

Gerede ihnen nichts mehr anhaben konnte? Nur wenige Menschen, dachte Guy, hatten je schlecht über seinen Vater geredet. Vielleicht bedeutete es aber auch ›schlechte Nachricht‹. Sein Vater hatte, wie die meisten anderen Menschen, schlechte Nachrichten zu erdulden gehabt, vielleicht sogar noch mehr als sie, aber niemals voller Angst.

»Nicht lange im Fegefeuer«, hatte sein Beichtvater über Mr. Crouchback gesagt. Die Nonnen sangen das *Dies Irae* und brachten inbrünstig die Abbitte vor dem göttlichen Zorn vor. Guy wusste, dass sein Vater mit einstimmte:

Ingemisco, tamquam reus:
Culpa rubet vultus meus
Supplicanti parce, Deus.

Das wäre sein Gebet, denn er hatte schon immer ganz deutlich den Unterschied gesehen zwischen der Güte der wahrhaft unschuldigen Menschen und der blendenden und unaussprechlichen Güte Gottes. »Quantität tut nichts zur Sache«, hatte sein Vater geschrieben. Als vernunftbegabter Mann, der durchaus nachdachte, hatte Mr. Crouchback gewusst, dass er ehrenhaft, mildtätig und gläubig gewesen war; ein Mann, der nach allen Lehren und Geboten seines Glaubens zuversichtlich hatte hoffen können, erlöst zu werden. Als Betender hatte er sich als vollkommen unwürdig jeder göttlichen Kenntnisnahme empfunden. Für Guy war sein Vater der beste, der einzige vollkommen gute Mensch, den er je gekannt hatte.

Wer von all den vielen Menschen, die sich in der Kirche drängten, überlegte sich Guy, war nur aus Höflichkeit erschienen, wie viele, um darum zu beten, dass ein ewiges Licht auf Mr. Crouchback fallen möge? ›Nun‹, dachte er, ›die Gnade Gottes liegt in der Aufmerksamkeit‹, darin, dass Arthur Box-Bender aus den Augenwinkeln darauf achtete, ja das richtige zu tun, im Verhalten des Prälaten, der mit der Kerze in der Hand im Chorraum saß und seinen Bischof vertrat, auch in der Gegenwart von Lieutenant Padfield, der – der Himmel weiß, wie er das schaffte – wirklich allüberall zu sein schien. »Quantität tut nichts zur Sache.«

Die Versuchung für Guy, der er nach Kräften widerstand, lag darin, über seinen persönlichen Verlust nachzusinnen und die zahllosen Gelegenheiten zu bedauern, bei denen er seinen Vater enttäuscht hatte. Deswegen war er nicht hier. Diesen selbstsüchtigen Gedanken nachzuhängen, dazu gab es in den vielen Jahren, die noch vor ihm lagen, reichlich Gelegenheit. Jetzt, *praesente cadavere*, war er nur einer der Begleiter, die seinem Vater das Geleit zum Gericht und zum Himmel gaben.

Der Altar wurde beweihräuchert. Der Priester sang: »... *Tuis enim fidelibus, Domine, vita mutatur non tollitur* ...« ›Verwandelt, aber nicht vernichtet‹, überlegte Guy. Das war ein gewaltiger Übergang für den alten Mann, der mit Felix am Steilufer von Matchet spazieren gegangen war – ein gewaltiger Übergang selbst für den Mann, der nach der täglichen Kommunion so versunken im Gebet verharrt war – dieser Übergang zu den ›ewigen Wohnungen, die ihm im Himmel bereitet sind‹.

Der Priester blätterte im Missale von der Präfation zum kanonischen Teil. In dem Schweigen, das dem Klingeln der Altarschelle folgte, dankte Guy Gott für seinen Vater, und dann wanderten seine Gedanken zu seinem eigenen Tod, dem er auf der Überfahrt von Kreta nach Alexandria so nahe gewesen war und dem er auch bei der Mission, die ihm von dem unauffälligen Colonel vorgeschlagen worden war, wieder nahe kommen konnte.

»Ich mache mir Sorgen um Dich«, hatte sein Vater ihm geschrieben. Natürlich war das nicht der letzte Brief von ihm

gewesen, denn Guy und er hatten seither noch einige Neuigkeiten ausgetauscht; *auditiones malae* über den sich ver-
schlechternden Gesundheitszustand seines Vaters und seine
eigene andauernde Frustration. Guy jedoch betrachtete ihn
als Schlusspunkt ihrer recht zurückhaltenden Korrespondenz
aus über dreißig Jahren. Sein Vater hatte sich Sorgen gemacht,
nicht wegen etwas, das mit seinem Weiterkommen in der Welt
zu tun hatte, sondern wegen seiner offenkundigen Apathie.
Vielleicht sorgte er sich auch jetzt noch in diesem geheimnisvollen Durchgangslager, das er auf dem Weg zur Ruhe und
zum Licht durchschreiten musste. Guy betete mehr zu als für
seinen Vater. Seit vielen Jahren war die Anweisung aus dem
Garten der Seele, »Stelle dich in die Gegenwart Gottes!«,
für Guy zunehmend ein reiner Höflichkeitsakt geworden,
wie etwa das Eintragen im Gästebuch einer Botschaft oder
einem Regierungssitz. Er meldete sich bei Gott zum Dienst:
›Ich bitte um nichts. Ich bin hier, falls Du mich brauchst. Ich
glaube nicht, dass ich zu etwas nutze sein kann, aber wenn es
etwas gibt, was ich tun kann, lass es mich wissen!‹ – und dabei
hatte er es bewenden lassen.

›Ich bitte dich um nichts‹ – das war der tödliche Kern seiner Apathie. Sein Vater hatte versucht, ihm das klarzumachen,
versuchte es noch immer. Diese Leere war nun schon seit Jahren in ihm, selbst in jener begeisterten, geschäftigen Zeit bei
den Halberdiers. Begeisterung und Tätigkeit allein genügten
nicht. Gott verlangte mehr als das. Er hatte allen Menschen
befohlen zu *bitten.*

In den äußersten Nischen von Guys Gewissen ruhte der
Glaube, dass irgendwie, irgendwo irgendetwas von ihm verlangt werden würde, dass er aufmerksam darauf lauschen
musste, wann der Ruf an ihn erklang. Auch diejenigen verrichteten einen Dienst, die nur dastanden und warteten. Er
sah sich selbst als einen der Arbeiter der Parabel, die auf dem

Marktplatz saßen und warteten, dass man sie anstellte, und die erst sehr spät am Tag in den Weinberg gerufen wurden. Ihr Lohn war genauso hoch wie der für diejenigen, die sich den ganzen Tag seit Morgengrauen abgeplagt hatten. Eines Tages bekam er bestimmt Gelegenheit, einen kleinen Dienst beizutragen, den nur er erbringen konnte, für den er geschaffen worden war. Auch er musste einen Zweck im göttlichen Plan erfüllen. Quantität tat nichts zur Sache. Wichtig war allein, die Chance zu erkennen, wenn sie sich bot. Vielleicht machte sein Vater ihm in diesem Augenblick schon den Weg frei. »Zeige mir, was ich tun soll, und hilf mir dann, es zu tun«, betete er.

Arthur Box-Bender besuchte nicht zum ersten Mal eine Messe. Nach der letzten Lesung aus dem Evangelium, als der Priester vom Altar trat, warf er einen Blick auf die Uhr und griff nach seiner Melone. Doch als der Priester in einem anderen Gewand wieder erschien und nur wenige Schritte vor ihm stand, legte er den Hut verstohlen wieder auf seinen Platz. Die Vergebung der Sünden wurde gesungen, dann schritten Priester und Diakon um den Sarg herum, besprengten ihn erst mit Weihwasser und beweihräucherten ihn dann. Der schwarze Prozessionsmantel streifte seinen nahezu schwarzen Anzug. Ein Tropfen Wasser landete auf seiner linken Wange. Er mochte ihn nicht wegwischen.

Das Sargtuch wurde abgenommen, der Sarg den Mittelgang hinuntergetragen. Angela, Onkel Peregrine und Guy schlossen sich an und führten den Zug der Leidtragenden an. Bescheiden reihte sich Box-Bender hinter dem Lordleutnant ein. Die Nonnen sangen die Antiphon und gingen dann geordnet eine hinter der anderen hinaus in ihr Kloster. Der Zug bewegte sich die Dorfstraße hinab, von der neuen Kirche zur alten, und das Schweigen wurde nur unterbrochen durch die Schritte der Pferde, das Knarren des Geschirrs und das

Quietschen der sich drehenden Räder des Bauernwagens, der den Sarg trug. Der Verwalter hatte das alte Pferd am Halfter gefasst und führte es.

Es war immer noch Tag. Einzeln und paarweise ließen die Bäume ihre Blätter fallen; sie drehten und wendeten sich im Niederschweben, wie ihre braune Gestalt es vorgab, und landeten dann unter den Zweigen, an denen sie einst gewachsen waren. Einen Augenblick lang dachte Guy an Ludovics Notizbuch, an die ›Feder im Vakuum‹, mit der er verglichen worden war, und dann, im Gegensatz dazu, an Novembertage, an denen er und seine Mutter ausgelassen versucht hatten, Blätter in der Allee aufzufangen. Jedes, das sie fingen, bedeutete in seiner glücklichen Kindheit: einen glücklichen Tag? eine glückliche Woche? einen glücklichen Monat? Was nur? Einzig seinem Vater war es vergönnt gewesen, die Verwandlung dieses fröhlichen kleinen Jungen in einen einsamen Captain der Halberdiers mitzuerleben, der jetzt seinem Sarg folgte.

Die Dorfbewohner, denen ihre Arbeit es nicht gestattet hatte, in die Kirche zu gehen, traten jetzt auf die kopfsteingepflasterten Gehwege hinaus und sahen zu, wie der Wagen vorüberrollte. Viele, die in die Kirche gekommen waren, lösten sich jetzt aus dem Zug und gingen ihren Geschäften nach. Es war ohnehin nicht viel Platz auf dem kleinen Friedhof.

Die Nonnen hatten die Wände des Grabes mit Moos, Immergrün und Chrysanthemen geschmückt, was entfernt an Weihnachtsschmuck erinnerte. Die Männer des Bestattungsunternehmens ließen den Sarg hinunter; Weihwasser, Weihrauch, die wenigen Gebete, das stille *Paternoster,* das *Benedictus*, wieder Weihwasser, das *De profundis.* Guy, Angela und Onkel Peregrine traten vor, nahmen einer nach dem anderen den Weihwasserwedel und besprengten den Sarg. Dann war alles vorüber.

Die Gruppe am Grab wandte sich zum Gehen und unterhielt sich, als sie den Kirchhof hinter sich ließ, in gedämpftem Ton. Angela begrüßte diejenigen, die sie am Vormittag nicht gesehen hatte. Onkel Peregrine wählte aus, wer noch auf einen Kaffee mit ins Haus kommen sollte. Auf der Straße begegnete Guy Lieutenant Padfield.

»Nett, dass Sie gekommen sind«, sagte er.

»Es ist eine sehr bedeutsame Begebenheit«, sagte der Lieutenant. Bedeutsam in welcher Beziehung?, fragte sich Guy. Der Lieutenant fügte noch hinzu: »Ich komme mit ins Haus. Die Ehrwürdige Mutter hat mich eingeladen.«

Wann? Wieso? Warum?, fragte Guy sich, sagte jedoch nichts außer: »Sie kennen den Weg?«

»Selbstverständlich.«

Der Lordleutnant blieb ein wenig zurück, verweilte noch auf dem öffentlichen anglikanischen Friedhof, Box-Bender stand neben ihm. Jetzt sagte er: »Ich möchte Ihrer Frau und Ihrem Neffen keine Umstände machen. Seien Sie bitte so freundlich, ihnen mein Mitgefühl auszudrücken«, um dann, als Box-Bender ihn ans Auto brachte, noch hinzuzufügen: »Ich hatte große Hochachtung vor Ihrem Schwiegervater. In den letzten zehn Jahren habe ich zwar nicht mehr viel von ihm gesehen, aber das hat wohl kaum jemand. Er hat in der Grafschaft großes Ansehen genossen.«

Der Zug der Trauernden ging die Dorfstraße entlang zurück. Gegenüber der katholischen Kirche und dem Pfarrhaus stand als letztes Gebäude vor dem Tor das ›kleine Haus‹. Hinter der Stuckfassade und der Veranda verbarg sich ein wesentlich älteres Gebäude. Es war in den Pachtvertrag für das Kloster nicht mit eingeschlossen. Früher hatte es verschiedenen Zwecken gedient, oft wurde es als Witwensitz genutzt. Jetzt wohnte der Verwalter darin. Die Rollläden waren hinter den Fenstern heruntergezogen worden – wegen des vorüberziehenden Sargs. Es war ein ruhiges Haus, die Straße davor war praktisch eine Sackgasse, und nach hinten öffnete es sich auf den Park. Hier, so hatte sein Vater vorgeschlagen, sollte Guy seine Tage beenden.

Die Klosterschule war durchaus wohlhabend, und der Park war gepflegt, selbst jetzt, in einer Zeit, da Buchsbäume und Eiben nicht mehr geschnitten und Rasenflächen umgepflügt wurden, um Gemüse darauf anzubauen.

Der Torturm bewacht in Broome den Vorhof. Dahinter erstrecken sich zwei viereckige Höfe, mittelalterlich der Anlage nach, doch der Ausstattung nach karolingisch wie in einer Universität. Und wie die meisten Universitäten weist Broome auch einen gotischen Flügel auf. Den hatten Gervase und Hermione angebaut mit Hilfe desselben Architekten, der auch die Kirche entworfen hatte. Am Haupteingang stand die Ehrwürdige Mutter in einem Kreis von Nonnen. An den oberen Fenstern und in dem Turm, in dem der Selige Gervase Crouchback gefangen genommen worden war, tauchten Mädchenköpfe auf, manche engelhaft, andere grotesk wie die Konsolenfiguren in der alten Kirche, die alle unerlaubt hinunterspähten.

Im 18. Jahrhundert hatte die Great Hall eine Stuckdecke bekommen. Gervase und Hermione hatten sie entfernen lassen, und so waren die hohen Balken wieder freigelegt worden. In Guys Kindheit hatten über der eichenen Vertäfelung Waffen aus aller Herren Länder gehangen, in einer symmetrischen Anordnung von blitzenden Schwertern und Gewehrläufen. All das war mit dem übrigen Mobiliar verkauft worden. Stattdessen hingen dort jetzt ein paar große fromme Bilder, wie sie bisweilen Klöstern vermacht werden, glatte deutsche Gemälde aus dem 19. Jahrhundert mit frommen Szenen, die sich mit düsteren Szenen haarsträubenden Märtyrertums abwechselten, wie sie aus südlicheren, barockeren Gefilden übernommen worden waren. Oberhalb des Podiums, wo die

Holzvertäfelung bis unter die Decke ging, hatten einst die Familienporträts gehangen. Heute prangte dort eine Filmleinwand. In einer Ecke waren runde Metallstühle übereinandergestapelt, daneben standen die Pfosten eines Federballspiels. Dieser Saal war das Spielzimmer des Klosters. Hier tanzten die Mädchen an den Winterabenden zu Radiomusik, hier wurden zärtliche, vereinnahmende Freundschaften geschlossen und wieder gelöst; hier fand im Sommer das jährliche Konzert statt und außerdem ein Kostümspiel, für das bewusst ein unschuldiges Thema für viele Mitwirkende ausgewählt und mit Ausdauer einstudiert wurde.

Die Nonnen hatten lange Tische aufgebaut und darauf einen Imbiss vorbereitet, der so reichhaltig war, wie er es in diesen kargen Zeiten nur sein konnte. Was an Speisen fehlte, wurde wettgemacht durch den Einfallsreichtum der Dekoration. Kuchen, die aus Eipulver und gestrecktem Mehl gebacken worden waren, zierten Nüsse und Backobst, Dinge, die von den monatlichen Sendungen des Schwesternhauses in den Vereinigten Staaten übriggeblieben waren – diese Geschenksendungen, die so viele karge Tische dieser Zeit bereicherten. Scheiben von amerikanischem Corned Beef waren zu Kleeblättern zurechtgeschnitten worden. Die Vertrauensschülerinnen in ihren blauen Schulkleidern trugen Kannen mit Kaffee herein, der schon im Voraus mit Sacharin gesüßt worden war. Box-Bender überlegte, ob es wohl gestattet sei zu rauchen, entschied sich dann aber, es zu unterlassen.

Zusammen mit Onkel Peregrine, der ihm stets aus der Verlegenheit half, wenn er die Betreffenden nicht kannte, machte Guy die Runde bei den Trauergästen. Die meisten fragten ihn, was er denn mache, und er entgegnete stets: »Ich warte gerade auf Versetzung.« Viele erinnerten ihn an Begebenheiten aus seiner Kindheit, die er längst vergessen hatte. Ein paar zeigten sich verwundert, dass er nicht mehr in Kenia war. Eine

Verwandte erkundigte sich nach seiner Frau, um sich dann, nachdem sie gemerkt hatte, dass sie ins Fettnäpfchen getreten war, noch weiter zu verstricken, indem sie sagte: »Wie dumm von mir. Ich dachte doch einen Augenblick, du wärst Angelas Mann.«

»Sie steht dort drüben und er dort.«

»Selbstverständlich, wie dumm von mir! Natürlich jetzt erinnere ich mich. Du bist Ivo, nicht wahr?«

»Diese Verwechslung ist doch durchaus nicht ungewöhnlich«, sagte Guy.

Schließlich war er allein mit dem Anwalt.

»Vielleicht könnten wir ein paar Worte unter vier Augen sprechen?«

»Gehen wir nach draußen.«

Sie standen im Vorhof beisammen. Die Köpfe an den Fenstern waren verschwunden, die Mädchen waren wieder zusammengerufen und in ihre Klassenzimmer geschickt worden.

»Es dauert immer eine Weile, ein Testament zu vollstrecken und alles zu klären, aber Ihr Herr Vater hat seine Angelegenheiten wohlgeordnet hinterlassen. Er hat es vorgezogen, sehr ruhig und unauffällig zu leben, aber er war alles andere als knapp bei Kasse, das wissen Sie ja. Als er sein Erbe antrat, war das Gut sehr groß. In schlechten Zeiten hat er einiges verkauft, doch hat er sehr klug investiert und sein Kapital nie angerührt. Den größten Teil seines Einkommens hat er verschenkt, und das ist es, worüber ich mit Ihnen sprechen wollte. Er ist eine ganze Reihe von Verpflichtungen eingegangen, manche gegenüber Institutionen, manche gegenüber Einzelpersonen. Die enden selbstverständlich mit seinem Tod. Das investierte Vermögen gehört zur Hälfte Ihnen und Ihrer Schwester, solange Sie leben, danach fällt es an ihre Kinder und, selbstverständlich, an die Ihren, sofern Sie welche haben sollten. Es werden zwar Erbschaftssteuern bezahlt werden müssen, doch es bleibt immer noch eine beträchtliche Summe. Jetzt geht es um die Frage der Zahlungsverpflichtungen, die Ihr Vater vertraglich eingegangen ist. Möchten Sie und Ihre Schwester, dass die weiterlaufen? In manchen Fällen könnte es die Betreffenden wirklich in Not stürzen, wenn die Zahlungen aufhörten. Er hat eine Reihe von monatlichen Zuwendungen an Einzelpersonen gezahlt, die, wie ich glaube, völlig von ihm abhängig waren.«

»Wie es mit den Institutionen ist, weiß ich nicht«, sagte Guy. »Aber ich bin sicher, meine Schwester wird ebenfalls einverstanden sein, die Zahlungen an die Einzelpersonen fortzusetzen.«

»Richtig. Ich werde mich auch an sie wenden müssen.«

»Um wie viel geht es denn?«

»Was die Einzelpersonen betrifft, sind es nicht mehr als zweitausend. Und natürlich sind viele der Nutznießer schon sehr betagt, und es ist unwahrscheinlich, dass sie noch viele Jahre lang unterstützt werden müssen. Ich nehme an, Sie möchten die Möbel in Matchet abstoßen.«

»Nein«, sagte Guy. »Ich möchte alles, was in Matchet ist, behalten.«

Onkel Peregrine kam die Stufen herab.

»Du solltest hineingehen und dich von der Ehrwürdigen Mutter verabschieden. Es ist Zeit aufzubrechen. Der Zug fährt in zwanzig Minuten. Leider habe ich für die Rückfahrt keinen Eisenbahnwagen reservieren können.«

Auf dem Weg zum Bahnhof kam Miss Vavasour zu Guy. »Ach«, sagte sie, »ich weiß nicht, ob Sie es für unverschämt halten – aber ich hätte furchtbar gern ein Andenken an Ihren Vater, irgendetwas Kleines. Meinen Sie, Sie könnten etwas entbehren?«

»Selbstverständlich, Miss Vavasour. Ich hätte selbst daran

denken sollen. Was hätten Sie denn gern? Mein Vater hatte nur wenige persönliche Dinge, wissen Sie.«

»Ich habe mich gefragt, falls niemand sonst sie haben möchte, oder falls Sie selbst Wert drauf legen … wenn nicht – meinen Sie, ich könnte seine alte Tabakdose haben?«

»Selbstverständlich. Aber gibt es denn da nichts Persönlicheres? Eines seiner Bücher? Einen Spazierstock?«

»Die Tabakdose hätte ich furchtbar gern, falls das nicht zu viel verlangt ist. Für mich ist sie etwas besonders Persönliches! Vielleicht halten Sie mich für töricht.«

»Bitte, nehmen Sie sie natürlich, wenn Sie sie gerne möchten.«

»Ach, vielen Dank. Ich kann Ihnen nicht sagen, wie dankbar ich Ihnen bin. Ich nehme nicht an, dass ich noch viel länger in Matchet bleiben werde. Die Cuthberts sind recht rücksichtslos. Ohne Ihren Vater ist das Hotel nicht mehr das, was es war, und die Tabakdose wird mich daran erinnern – der Geruch, wissen Sie.«

Box-Bender kehrte nicht nach London zurück. Er verfügte über eine Benzin-Sonderzuteilung vom Parlament, die Angela für die Fahrt nach Broome verbraucht hatte. So fuhren sie und er und der Hund Felix zurück in ihr Haus in den Cotswolds.

Später am Abend sagte er: »Alle hatten große Hochachtung vor deinem Vater.«

»Ja, das war das Leitmotiv des Tages, nicht wahr?«

»Hast du mit dem Anwalt gesprochen?«

»Ja.«

»Ich auch. Hast du denn gewusst, dass dein Vater so wohlhabend war? Selbstverständlich ist das dein Geld, Angie, aber es kommt uns sehr zustatten. Da war die Rede von einigen Pensionen. Du weißt ja, dass du nicht verpflichtet bist, sie weiterzuzahlen.«

»Das nehme ich an. Aber Guy und ich werden es tun.«

»Überleg's dir gut, man kann nicht sicher sein, dass sie in jedem Fall verdient sind. Das sollte man sich schon mal ansehen. Immerhin war dein Vater sehr leichtgläubig. Unsere Ausgaben steigen von Jahr zu Jahr. Wenn die Mädchen aus Amerika zurückkommen, müssen wir auf alle möglichen Rechnungen gefasst sein. Bei Guy ist das was anderes. Er hat für niemanden zu sorgen außer für sich selbst. Und außerdem hatte er ja schon seinen Anteil bekommen, als er nach Kenia ging. Er hatte eigentlich gar kein Recht, noch mehr zu erwarten.«

»Guy und ich werden die Pensionen weiterbezahlen.«

»Wie du willst, Angie. Es geht mich ja nichts an. Ich dachte nur, ich sollte es erwähnen. Sie werden ja ohnehin eines Tages überflüssig.«

5

Als Virginia Dr. Puttock zum zweiten Mal aufsuchte, empfing er sie sehr herzlich.

»Mrs. Troy, ich freue mich, Ihnen sagen zu können, dass der Befund positiv ausgefallen ist.«

»Soll das heißen, dass ich wirklich ein Baby bekomme?«

»Ohne jeden Zweifel. Diese neuen Tests sind todsicher.«

»Aber das ist ja entsetzlich!«

»Meine liebe Mrs. Troy, Sie können mir glauben, Sie brauchen sich überhaupt keine Sorgen zu machen. Sie sind dreiunddreißig. Selbstverständlich ist es im Allgemeinen ratsam, mit dem Kinderkriegen etwas früher anzufangen, aber Ihr allgemeiner Gesundheitszustand ist ausgezeichnet. Ich sehe keinen Grund, warum es irgendwelche Schwierigkeiten geben sollte. Machen Sie ganz einfach weiter wie bisher und kommen Sie in drei Wochen wieder, damit ich nachsehen kann, ob alles in Ordnung ist.«

»Aber es geht ganz und gar nicht. Ich kann dieses Baby unmöglich bekommen.«

»Was meinen Sie mit unmöglich? Ich nehme doch an, Sie hatten zum entsprechenden Zeitpunkt ehelichen Verkehr.«

»Ehelich?«, sagte Virginia. »Das kommt von Ehe, oder?«

»Ja, selbstverständlich.«

»Nun, ich habe meinen Mann schon seit vier Jahren nicht mehr gesehen.«

»Ach so, ich verstehe. Nun, das ist eher ein juristisches als ein medizinisches Problem. Oder sollten wir sagen, ein gesellschaftliches? Das kommt heute in den besten Familien vor. Die Männer draußen im Feld oder in Kriegsgefangenschaft – Sie kennen das ja. Die Konventionen sind nicht mehr so streng wie früher – heute ist ein uneheliches Kind nicht mehr mit einem Makel behaftet. Ich nehme an, Sie kennen den Vater?«

»Ja, natürlich kenne ich den. Er ist gerade nach Amerika abgereist.«

»So so, verstehe, das kompliziert die Sache selbstverständlich, aber Sie werden sehen, es wird sich alles zum Besten wenden. Trotz allem geht bei der Mutterschaftshilfe alles glatt. Manche Leute finden sogar, der nächsten Generation wird ein völlig unangemessener Anteil von Aufmerksamkeit zuteil.«

»Dr. Puttock, Sie *müssen* etwas dagegen unternehmen.«

»*Ich?* Ich glaube, ich verstehe nicht recht«, erklärte Dr. Puttock eisig. »Und jetzt fürchte ich, muss ich mich meinen anderen Patienten widmen. Wir Zivilärzte haben alle Hände voll zu tun, wissen Sie. Bitte geben Sie meine besten Empfehlungen an Lady Kilbannock weiter.«

Virginia hatte das Auf und Ab im häuslichen Leben mit bemerkenswerter Fassung hingenommen. Wie sehr sie das Leben anderer auch durcheinandergewirbelt hatte, an ihrem eigenen Platz in ihrer kleinen, aber durchaus sehr abwechslungsreichen Welt hatten immer Kühle, Licht und Frieden geherrscht. Diesen Platz hatte sie selber gefunden; gelassen hatte sie Abschied genommen von ihrer ungeordneten Kindheit und sie aus ihren Gedanken verbannt. Von dem Tag ihrer Heirat mit Guy an bis zu ihrer Trennung von Mr. Troy und noch ein Jahr danach hatte sie eine *douceur de vivre* erreicht, die ihrer Zeit fremd war. Nach nichts zu suchen, sich zu nehmen, was sich ihr bot, und es ohne Gewissensbisse zu genießen. Aber seit ihrem Zusammentreffen mit Trimmer im nebligen Glasgow waren kalte Schatten auf sie gefallen, die von Tag zu Tag dunkler geworden waren. ›Es liegt alles an diesem verdammten Krieg‹, dachte sie, als sie die Stufen zur Sloane Street hinunterstieg. ›Was wollen die eigentlich damit erreichen?‹, fragte sie sich, als sie die vorüberziehenden Uniformen und Gasmasken betrachtete. ›Wozu soll das alles gut sein?‹

Sie kehrte zurück an ihren Arbeitsplatz in Ian Kilbannocks Dienststelle und rief Kerstie im Dechiffrierraum an.

»Ich muss dich sprechen. Wie wäre es mit dem Mittagessen?«

»Ich bin mit jemandem verabredet.«

»Dann lass ihn sitzen, Kerstie. Ich stecke in der Klemme!«

»Oh, Virginia, nicht schon wieder!«

»Es ist doch das erste Mal. Du weißt doch, was die Leute meinen, wenn sie sagen, ›in der Klemme‹?«

»Doch nicht *das*, Virginia.«

»Doch, genau das.«

»Nun, das ist etwas anderes! Na schön, sag ich ihm also ab. Treffen wir uns um eins im Club.«

Der Offiziersclub des H. O. O. H. Q. wirkte düsterer als die Kantine im Durchgangslager Nr. 6. Er war ursprünglich für andere Zwecke vorgesehen. Die Wände waren bedeckt mit

Porzellanbüsten von viktorianischen Rationalisten mit Backenbärten, Hüten und Umhängen. Frauen und Töchter von Stabsangehörigen bedienten unter der Oberaufsicht der Gattin von General Whale, die den Dienst so einteilte, dass die Jungen und Schönen in der Küche und in der Vorratskammer verschwanden. Mrs. Whale bediente unter anderem den Hahn der Kaffeemaschine. Jedes Mal, wenn eine dieser unter Verschluss gehaltenen Schönen hinter der Bar auftauchte, ließ Mrs. Whale eine Dampfwolke aufsteigen, die die Betreffende vollkommen verhüllte. Mrs. Whale hatte sich dagegen gewehrt, dass auch weiblichen Angestellten der Zugang zum Club gewährt wurde, war jedoch überstimmt worden. Sie machte es ihnen allerdings so unangenehm wie möglich und sagte oft in vorwurfsvollem Ton zu ihnen: »Sie können hier nicht rumsitzen wie in einem Kaffeehaus. Sie nehmen den Männern nur den Platz weg, und *die* haben schließlich zu arbeiten.«

Genau das sagte sie, als Virginia gerade Kerstie ihre Situation auseinandersetzte.

»Aber Mrs. Whale, wir sind doch eben erst gekommen.«

»Sie haben reichlich Zeit gehabt zu essen. Hier ist Ihre Rechnung.«

Der undefinierbare Colonel, der dabei war, Italien zu befreien, suchte in der Tat nach einem Platz. Dankbar setzte er sich auf Virginias Stuhl.

»Die alte Hexe würde ich gern im eigenen Saft schmoren lassen«, sagte Virginia im Hinausgehen.

Sie fanden draußen eine dunkle Ecke, und hier beschrieb sie ihren Besuch bei Dr. Puttock. Am Ende sagte Kerstie: »Mach dir keine Sorgen, Darling. Ich werde hingehen und selbst ein Wort mit ihm reden. Er hat einen Narren an mir gefressen.«

»Geh bald!«

»Heute Abend auf dem Heimweg. Ich berichte dir, was er gesagt hat.«

Virginia war bereits an der Eaton Terrace, als Kerstie zurückkam. Sie trug das Kleid, das sie den ganzen Tag über angehabt hatte, und saß immer noch da, wo sie sich nach dem Heimkommen hingesetzt hatte. Sie tat nichts, wartete nur.

»Nun?«, sagte sie, »wie ist es gelaufen?«

»Besser, wir genehmigen uns ein Glas.«

»Schlechte Nachrichten?«

»Es war alles ziemlich beunruhigend. Gin?«

»Was hat er gesagt, Kerstie? Macht er es?«

»*Er* nicht. Hat sich ziemlich aufgeplustert. So hab ich ihn noch nie erlebt. Zuerst war er höchst entgegenkommend, bis ich ihm sagte, weshalb ich gekommen sei. Redete von Berufsethos, sagte, was ich von ihm verlange, sei ein schweres Verbrechen und fragte mich, ob ich auch zu meinem Bankier gehen und ihn bitten würde, für mich Geld zu unterschlagen. Ich sagte, ja, wenn ich auch nur die geringste Chance sähe, dass er es tun würde. Das besänftigte ihn ein bisschen. Ich erklärte ihm, wie es um dich steht und dass du pleite bist. Dann sagte er: ›Das ist nicht gerade eine billige Operation.‹ Damit hatte er sich im Grunde natürlich schon verraten. Ich sagte: ›Jetzt seien Sie doch bitte nicht so! Sie wissen genau, dass es Ärzte gibt, die so etwas machen‹, und er sagte: ›Man hat schon von so was gehört – für gewöhnlich vor Gericht.‹ Und ich sagte: ›Ich wette, Sie kennen ein oder zwei, die nicht erwischt worden sind. So was passiert doch jeden Tag. Es ist nur so, dass Virginia und ich noch nie in die Verlegenheit gekommen sind, uns danach erkundigen zu müssen.‹ Dann seifte ich ihn ein, sagte ihm, wie wunderbar er sich immer um mich gekümmert hätte, als ich meine Babys bekam. Das ging vielleicht ein bisschen an der Sache vorbei, aber es besänftigte ihn immerhin, und so fiel ihm zuletzt dann plötzlich doch der Name von jemandem ein, der helfen könnte, und als Freund der Familie – nicht als Arzt – könne er mir den Namen nennen.

Selbstverständlich ist er immer nur ein Arzt für uns gewesen, niemals ein Freund der Familie. Er war nie bei uns, ohne jedes Mal eine Guinee zu kassieren, aber das habe ich natürlich nicht gesagt, sondern stattdessen: ›Ach, kommen Sie schon. Schreiben Sie es auf!‹, und dann, Virginia, hat er mir richtig einen Schock versetzt. Er sagte: ›Nein. *Sie* schreiben es auf!‹, woraufhin ich die Hand ausstreckte, um ein Stück Papier von seinem Schreibtisch zu nehmen, und er sagte: ›Moment mal‹, holte eine Schere und schnitt die Adresse oben weg. ›So‹, sagte er, ›jetzt können Sie den Namen und die Adresse aufschreiben. Ich habe schon lange nichts mehr von dem Mann gehört, und ich weiß nicht, ob er noch praktiziert. Und wenn Ihre Freundin zu ihm geht, nimmt sie am besten gleich hundert Pfund in bar mit. Mehr kann ich nicht für Sie tun. Und vergessen Sie nicht: *Ich* mache es nicht. Ich weiß nichts von der ganzen Angelegenheit. Ich habe Ihre Freundin nie gesehen.‹ Weißt du, er hat mich damit so nervös gemacht, dass ich kaum schreiben konnte.«

»Aber du hast den Namen?«

Kerstie holte einen Zettel aus der Handtasche und reichte ihn ihr.

»Brook Street?«, sagte Virginia. »Ich hätte gedacht, es müsste jemand in Paddington oder Soho sein. Keine Telefonnummer. Sehen wir mal im Telefonbuch nach.«

Sie fanden den Namen und die seriöse Adresse, doch als sie wählten, hieß es, die Nummer sei ›nicht zu erreichen‹.

»Ich gehe jetzt gleich hin«, sagte Virginia. »Die hundert Pfund müssen warten. Ich muss ihn mir erst mal ansehen. Du willst nicht zufällig gern mitkommen?«

»Nein.«

»Ach, tu mir doch den Gefallen, Kerstie.«

»Nein. Mir war das bisher schon unheimlich genug.«

Also ging Virginia allein hin. Am Sloane Square war kein

Taxi. Sie fuhr mit der U-Bahn bis zur Bond Street und bahnte sich in der einst stillen und eleganten Brook Street ihren Weg zwischen den amerikanischen Soldaten. Als sie die Stelle erreichte, wo das Haus hätte stehen müssen, stand sie vor einem Bombenkrater, neben dem zu beiden Seiten gezackte Mauerreste und Schutthaufen lagen. Für gewöhnlich waren an solchen ausgebombten Häusern Zettel befestigt, auf denen zu lesen war, wo und unter welcher Adresse man die früheren Bewohner erreichen konnte. Virginia suchte mit ihrer Taschenlampe und erfuhr, dass ein Fotograf und ein Hutsalon anderswo untergekommen waren. Von dem Abtreibungsarzt keine Spur. Vielleicht lag er samt seinen Instrumenten irgendwo unter diesen Trümmern.

Da sie gerade in der Nähe des Claridge's Hotels war, suchte sie alter Gewohnheit folgend in ihrer Verzweiflung dort Zuflucht.

Lieutenant Padfield stand am Kamin direkt vor ihr. Sie machte einen Bogen um ihn und tat so, als hätte sie ihn nicht gesehen. Dann ging sie erschöpft den Gang hinunter, der auf die Davies Street hinausging, überlegte es sich dann aber anders: ›Was soll's! Ich kann doch nicht anfangen, Leute zu schneiden‹, machte kehrt und setzte ein gewinnendes Lächeln auf.

»Loot, ich hab Sie gar nicht erkannt. Man ist ja blind wie ein Bergwerkspony, wenn man von draußen reinkommt. Wollen Sie mir nicht einen Drink spendieren?«

»Genau das hatte ich vor. Aber ich muss gleich weg – zu Ruby ins Dorchester.«

»Wohnt sie jetzt dort? Ich bin früher immer zu ihren Partys am Belgravia Square gegangen.«

»Sie sollten hingehen und sie besuchen. Es kommen nicht mehr so viele Leute zu ihr wie früher. Sie ist ein wirklich bedeutsamer und bezaubernder Mensch. Ihr Gedächtnis ist fabelhaft. Gerade gestern hat sie mir jede Menge über Lord Curzon und Elinor Glyn erzählt.«

»Ich werde Sie nicht aufhalten, aber mir ist nach einem Drink zumute.«

»Anscheinend interessieren sich beide für den Okkultismus.«

»Ja, Loot, ja. Geben Sie mir doch einfach ein Glas.«

»Ich persönlich habe mich nie sonderlich dafür interessiert – für den Okkultismus, meine ich. Mein Interesse gilt den lebendigen Menschen. Ich meine, ich interessiere mich mehr für die Ruby, die sich erinnert, als für das, woran sie sich erinnert. Neulich war ich bei einem katholischen Requiem in Somerset County. Die Lebenden dort waren es, die ich so bedeutsam fand. Und es waren sehr viele dort. Es war Mr. Gervase Crouchbacks Beerdigung in Broome.«

»Ich habe gelesen, dass er gestorben ist«, sagte Virginia. »Es ist Jahre her, dass ich ihn zuletzt gesehen habe. Damals mochte ich ihn sehr gern.«

»Ein wunderbarer Mensch«, sagte der Lieutenant.

»Sie haben ihn doch bestimmt nicht gekannt, Loot, oder?«

»Persönlich nicht, nein, nur vom Hörensagen. Und er hatte einen sehr, sehr guten Ruf. Ich habe mich gefreut zu hören, dass er so wohlhabend war.«

»Nein, Mr. Crouchback bestimmt nicht, Loot. Das müssen Sie missverstanden haben.«

»Wie ich höre, brachte Grundbesitz hier nach dem Ersten Weltkrieg nichts Nennenswertes ein. Und er brachte nicht nur nichts ein – man verlor auch noch Geld dabei. Als Mr. Crouchback verkaufte, bekam er nicht nur einen anständigen Preis für das Land, er sparte damit auch noch das Geld, das er jedes Jahr hätte ausgeben müssen, um den Betrieb aufrechtzuerhalten. Er ließ das Gut ja nicht verkommen. Da war es ihm lieber, es ganz abzustoßen. Und das hat er dann auch gemacht. Außerdem war da noch so manches Wertvolle im Haus, das er verkaufte. Und am Ende war er ein sehr wohlhabender Mann.«

»Was Sie alles so über alle Welt wissen, Loot!«

»Ja, das hat man mir schon früher gesagt – ich gelte in dieser Beziehung als komisch.«

Virginia war keine Frau, die Dinge ungesagt ließ.

»Ich weiß alles über Ihre Rolle bei meiner Scheidung.«

»Mr. Troy ist ein guter alter Klient meiner Firma«, sagte der Lieutenant. »Persönliches war da nicht im Spiel. Erst kommt das Geschäft und dann die Freundschaft.«

»Dann betrachten Sie mich immer noch als Freundin?«

»Aber gewiss doch.«

»Dann gehen Sie und holen Sie mir ein Taxi.«

Dieses Geschick ließ den Lieutenant niemals im Stich. Als Virginia zur Eaton Terrace zurückfuhr, traten Männer und Frauen vor die schwachen Scheinwerferstrahlen und winkten dem Taxi lebhaft mit Geldscheinen in der Hand. Flüchtig erfüllte sie ein Triumphgefühl darüber, sicher und geborgen im Dunkeln zu sitzen, doch dann ging ihr das ganze Ausmaß ihrer Misere auf, das sie buchstäblich niederdrückte, so dass sie mit dem Kopf beinah bei den Knien kauerte, als sie vor dem Haus vorfuhren, in dem sie wohnte.

Kerstie stand in der Tür.

»Was für ein Glück. Lass das Taxi nicht fort!«, und dann: »Alles in Ordnung?«

»Nein, nichts. Ich hab Loot getroffen.«

»Beim Frauenarzt? Ich hätte gedacht, das wäre einer der wenigen Plätze, wo man ihn vielleicht nicht trifft.«

»Nein, im Claridge's. Er hat keinen Hehl draus gemacht.«

»Und was war mit dem Arzt?«

»Ach, nichts – ausgebombt.«

»Ach du liebe Güte! Ich sag dir was, ich werde gleich morgen früh Mrs. Bristow fragen, die weiß alles.« (Mrs. Bristow war die Reinmachefrau.) »Aber jetzt muss ich weg. Ich gehe zur armen alten Ruby.«

»Du wirst Loot treffen.«

»Dem werd ich's zeigen!«

»Er sagt, wir sind immer noch Freunde. Ich werde wohl schon im Bett sein, wenn du heimkommst.«

»Gute Nacht.«

»Gute Nacht.«

Virginia ging allein in das leere Haus hinein. Ian Kilbannock war schon seit Tagen unterwegs und begleitete eine Gruppe von Journalisten, die einen Lehrgang in Angriffstaktik in Schottland besuchten. Der Tisch im Esszimmer war nicht gedeckt. Virginia ging hinunter in die Speisekammer, fand einen halben Laib Brot, etwas Margarine, ein Eckchen Käseersatz und aß das alles am Küchentisch.

Sie war nicht der Mensch zu klagen. Für sie war jede Veränderung wie ein Beweis für das Leben, obwohl sie das sich selbst nicht so deutlich machte. Eine Meile der Dunkelheit entfernt saß Ruby in ihrem Salon im Hotel und klagte. Die Haut auf der Stirn und um die alten Augen war vom ›Liften‹ gespannt. Sie betrachtete die vier unbedeutenden Leute, die an ihrem kleinen Tisch saßen, und dachte an die glamourösen Gäste, die sie in ihrem Haus am Belgravia Square bewirtet hatte – dreißig Jahre lang, Abend für Abend, die Mächtigen, die Berühmten, die Vielversprechenden, die Schönen. Dreißig Jahre Arbeit, um sich zu beweisen und Eindruck zu machen, und jetzt endete das mit – wie hießen sie noch? Was machten sie? – diese Leute, die in ihren Sesseln neben Heizstrahlern saßen und wovon redeten? »Ruby, erzählen Sie uns von Boni de Castellane.« – »Erzählen Sie von der Marchesa Casati.« – »Erzählen Sie von der Pawlowa.«

Virginia hatte nie versucht, Eindruck bei ihrer Umgebung

zu machen. Auch sie hatte Partys gegeben, sehr erfolgreiche, überall in Europa und in gewissen ausgewählten Gebieten Amerikas. Sie konnte sich nicht an die Namen ihrer Gäste erinnern, viele hatte sie damals überhaupt nicht persönlich gekannt. Als sie ihr schlieriges Brot in der Küche verzehrte, verglich sie ihr augenblickliches Los nicht mit ihrer Vergangenheit. Sie blickte – wie schon im vergangenen Monat – mit Schrecken in die Zukunft.

Am nächsten Morgen kam Kerstie schon früh in Virginias Zimmer.

»Mrs. Bristow ist da«, sagte sie. »Ich höre sie schon rumrumoren. Ich gehe runter und rede mit ihr. Du hältst dich da raus, ja?«

Virginia brauchte neuerdings nicht lange, um sich fertig zu machen. Sie hatte nicht mehr die Qual der Wahl zwischen ihren vielen Kleidern und dem kostspieligen Durcheinander auf ihrem Frisiertisch. Fertig angezogen saß sie auf ihrem Bett, wartete und feilte an einem abgebrochenen Fingernagel herum, bis Kerstie schließlich zu ihr zurückkehrte.

»Na, das hat geklappt.«

»Mrs. Bristow kann mich retten?«

»Ich habe nicht durchblicken lassen, dass es sich um dich handelt. Ich nehme an, sie hat Brenda im Verdacht, und die mochte sie immer besonders gern. Sie war jedenfalls sehr mitfühlend, ganz anders als dieser Dr. Puttock. Sie kennt den richtigen Mann. Mehrere Frauen aus ihrem Kreis sind bei ihm gewesen und sagen, er sei absolut zuverlässig. Und was noch besser ist: Er verlangt nur fünfundzwanzig Pfund. Nur ist er leider Ausländer.«

»Ein Flüchtling?«

»Hm, eher noch fremder. Er ist Schwarzer.«

»Warum sollte mir das was ausmachen?«, fragte Virginia.

»Manchen wäre das nicht gleichgültig. Aber egal – hier sind der Name und die Adresse. Dr. Akonanga, 14 Blight Street. Das ist eine Seitenstraße der Edgware Road.«

»Nicht ganz so vornehm wie Brook Street.«

»Ja und kostet dafür aber auch nur ein Viertel. Mrs. Bristow meint, er hätte wohl kein Telefon. Wichtig sei es, morgens früh zu ihm in die chirurgische Praxis zu gehen. Er ist sehr beliebt in dem Viertel, sagt Mrs. Bristow.«

Eine Stunde später stand Virginia vor der Tür von Nr. 14. In der Blight Street waren keine Bomben gefallen. Hier gab es billige Mietwohnungen und einfache Läden, und eigentlich sollte es von Kindern wimmeln. Doch nun hatte der Rattenfänger der Staatlichen Schulen sie alle in Notunterkünfte und ›Heime‹ auf dem Lande geführt, und nur die älteren und liederlicheren Bewohner waren geblieben. Das Wort ›Chirurgische Praxis‹ stand an etwas geschrieben, das früher einmal ein Schaufenster gewesen war. Eine Frau in Hose und mit einem Turban auf dem Kopf saß rauchend an der Tür.

»Wissen Sie, ob Dr. Akonanga zu Hause ist?«

»Er ist weg.«

»Oh nein!« Virginia durchlitt abermals die Schrecken des Vorabends. Hochfahrend oder groß waren ihre Hoffnungen nie gewesen. Es war alles Schicksal! Nunmehr seit Wochen hatte der Gedanke sie nicht losgelassen, dass es in dieser Welt, die nur zerstörte und abschlachtete, ausgerechnet diesem einen unerwünschten Leben bestimmt sein sollte zu überleben.

»Ist fast schon ein Jahr weg. Die Regierung hat ihn geholt.«

»Soll das heißen, er ist im Gefängnis?«

»Der nicht. Arbeitet an was von ›nationaler Bedeutung‹. Ein richtig Kluger ist das, auch wenn er schwarz ist. Aber diese Schwarzen wissen manchmal Sachen, die diese Gebildeten nich' mehr wissen. Dahin haben sie ihn gebracht.« Sie deutete auf eine Karte am Türpfosten, auf der stand: DR. AKON-

ANGA, *Naturheilkunde und Tiefenpsychologie, hat seine Praxis vorübergehend geschlossen. Pakete und Nachrichten bitte an ...* und dann folgte eine Adresse nur zwei Häuser von dem ausgebombten Haus entfernt, vor dem sie am Abend zuvor in die Dunkelheit hinausgespäht hatte.

»In der Brook Street? Sonderbar.«

»Aufgestiegen in der Welt«, sagte die Frau. »Sag ich ja immer: Da muss erst ein Krieg kommen, damit die Klugen es nach oben schaffen.«

Virginia fand in der Edgware Road ein Taxi und fuhr zur angegebenen Adresse, eine große Privatvilla, in der jetzt eine militärische Dienststelle einquartiert war. Im Eingang saß ein Sergeant.

»Kann ich bitte Ihren Passierschein sehen?«

»Ich suche Dr. Akonanga.«

»Ihren Passierschein, bitte!«

Virginia wies einen Ausweis vom H. O. O. H. Q. vor.

»In Ordnung«, sagte der Sergeant. »Sie können ihn gar nicht verfehlen. Wir wissen immer, wenn der Doktor bei der Arbeit ist. Horchen Sie!«

Hoch über ihnen, am Ende der breiten Treppe, ertönten Klänge, die nur von einer Tomtom-Trommel stammen konnten. Virginia stieg nach oben und dachte dabei ständig an Trimmer, der ihr endlos und unerträglich *Night and Day* vorgesummt hatte. Der Trommelschlag klang in ihren Ohren wie *Du, du, du.* Sie erreichte die Tür, hinter der diese Dschungelrhythmen erklangen. Es schien sinnlos, auch noch anzuklopfen. Sie versuchte, die Klinke herunterzudrücken, fand sie jedoch verschlossen. Es gab eine Glocke mit dem Namen des Doktors darüber. Sie klingelte. Das Trommeln hörte auf. Ein Schlüssel wurde gedreht. Virginia wurde von einem kleinen, lächelnden, adrett angezogenen Schwarzen begrüßt, der nicht mehr gerade jugendlich war. Weiße Härchen waren in seinem spärlichen Bart zu sehen. Er hatte ein zerknittertes Gesicht und etwas Affenhaftes, und wo ihr das Weiß seiner Augen hätte entgegenschimmern sollen, sah sie die Farbe von Trimmers nikotingefärbten Fingern. Ein schwacher Duft von Gewürzen und Verwesung umwehte ihn. Sein lächelnder Mund ließ eine Menge Goldkronen erkennen.

»Guten Morgen. Treten Sie ein. Wie geht es Ihnen? Haben Sie die Skorpione?«

»Nein«, sagte Virginia, »heute Morgen keine Skorpione.«

»Bitte, treten Sie doch ein.«

Sie trat in einen Raum, dessen normale Einrichtung erweitert worden war um einige Handtrommeln, eine leuchtend rote Statue vom Heiligen Herzen Jesu, einen Hahn mit abgeschlagenem Kopf, der aber noch nicht gerupft worden war. Der Hahn war mit Nägeln auf der Tischplatte festgenagelt, die Flügel ausgebreitet wie bei einem Schmetterling. Außerdem sah sie noch verschiedene Menschenknochen, darunter auch einen Totenkopf, eine Kobra aus Messing, offenbar aus Benares, Schalen mit Asche sowie verkorkte Reagenzgläser mit trüben Flüssigkeiten darin. Ein vergrößertes Foto von Winston Churchill blickte finster auf das ganze Durcheinander von Dr. Akonangas Kriegsmaterial herab, doch nahm Virginia nicht alle Einzelheiten in sich auf. Ihre ganze Aufmerksamkeit galt dem Federtier.

»Sie sind nicht vom H. O. O. H. Q.?«, fragte Dr. Akonanga.

»Ja, doch, das bin ich. Woher wissen Sie das?«

»Ich warte schon seit drei Tagen auf Skorpione. Major Albright hat mir versichert, sie würden aus Ägypten eingeflogen. Ich habe ihm klargemacht, dass sie einen wesentlichen Bestandteil meiner wirksamsten Präparate bilden.«

»Heutzutage muss man auf alles warten, nicht wahr? Leider kenne ich Major Albright nicht. Mrs. Bristow schickt mich zu Ihnen.«

»Mrs. Bristow? Ich bin nicht sicher, die Ehre gehabt zu haben ...«

»Ich komme als Privatpatientin«, sagte Virginia. »Sie haben eine Reihe ihrer Freundinnen behandelt – Frauen wie mich«, erklärte sie mit unverbesserlicher Aufrichtigkeit, »die Babys loswerden wollten.«

»Ja, ja. Vielleicht vor langen Jahren, in der guten alten Friedenszeit, wenn man es so nennen möchte. Alles hat sich verändert. Ich stehe jetzt im Dienst der Regierung. General Whale würde es gar nicht gern sehen, wenn ich meine Privatpraxis weiterführen würde. Die Demokratie steht auf dem Spiel!«

Virginia riss ihren Blick vom kopflosen Hahn und dem ungewöhnlichen Durcheinander von Gerätschaften los. Ihr fiel auf, dass sich auch eine Ausgabe von *Keine Orchideen für Miss Blandish* darunter befand.

»Dr. Akonanga«, fragte sie, »was glauben Sie, das Sie tun, das wichtiger wäre als ich?«

»Ich beschere Herrn von Ribbentrop die grauenhaftesten Träume«, sagte Dr. Akonanga stolz und gewichtig.

Welche Träume Herrn von Ribbentrop in dieser Nacht heimsuchten, vermochte Virginia nicht zu sagen. Sie selbst jedenfalls träumte, sie läge ausgestreckt gefesselt auf einem Tisch, ohne Kopf und mit blutigen Federn bedeckt, während eine Stimme in ihrem Leib unablässig wiederholte: »Du, du, du.«

6

Ludovics Fallschirmspringerschule war in einer großen beschlagnahmten Villa in einer immer noch einsamen Gegend von Essex stationiert. Die Bewohner hatten das meiste an Mobiliar zurückgelassen, und Ludovics Räume, früher einmal die Kinderzimmer, waren mit allem ausgestattet, was er brauchte. Er hatte nie die Vorliebe von Sir Ralph und dessen Freunden für Nippes geteilt. Es bestand sogar eine gewisse Ähnlichkeit zwischen seinem Reich und dem Wohnzimmer von Mr. Crouchback in Matchet, nur der Duft nach Tabak und Hund fehlte. Ludovic rauchte nicht und hatte nie einen Hund besessen.

Als er den Posten übernahm, hatte man ihm gesagt: »Es geht Sie nichts an, wer Ihre ›Klienten‹ sind und was sie später machen. Sie haben ausschließlich dafür zu sorgen, dass sie es während der zehn Tage des Lehrgangs bei Ihnen behaglich haben. Ganz nebenbei werden auch Sie es sich gemütlich machen können. Ich kann mir« – nach einem Blick in die Unterlagen – »nach Ihren Erfahrungen im Nahen Osten nicht vorstellen, dass diese Veränderung nicht willkommen sein wird.«

Trotz all der Unterweisung, die Ludovic durch Sir Ralph in den Künsten des Friedens erfahren hatte, verfügte er nicht im Geringsten über Jumbo Trotters Freude an der Behaglichkeit und den Eifer, sie sich zu verschaffen. Er teilte sich einen Burschen mit seinem Staff Captain, Fremantle. Sein Koppel und seine Stiefel waren stets auf Hochglanz poliert. Wie die meisten Kavalleristen hegte er eine geradezu fetischistische Vorliebe für Leder. Seine Einrichtung wurde mit Sonderrationen beliefert, denn bei den Klienten handelte es sich um Männer, die körperlich viel leisten mussten, und die meisten von ihnen litten unter einer nervösen Angst. Ludovic aß reichlich, aber er war überhaupt nicht wählerisch. Sein Leben war ganz dem Geist gewidmet, und in dieser Beziehung bot ihm seine offizielle Tätigkeit nur wenig. Die Verwaltung besorgte der Staff Captain, drei athletische Offiziere hatten die Ausbildung unter sich, und diese drei jungen Männer fürchteten sich vor Ludovic. Sie wussten noch weniger als er, um wen es sich bei den Auszubildenden handelte. Sie kannten nicht einmal die Anfangsbuchstaben der Abteilungen, in denen ihre Schützlinge sonst dienten, und glaubten zu Recht, dass, wenn sie den Marktflecken in der Nähe besuchten, Sicherheitsbeamte in Zivil ihnen etwas zu trinken anbieten und versuchen würden, sie zu Indiskretionen zu verleiten, darüber, woran sie arbeiteten. Am Ende jedes Lehrgangs berichteten sie über die Fähigkeiten ihrer Klienten. Ludovic schrieb ihre Urteile ab und formulierte sie falls nötig um. Dann schickte er sie in gebündelten Briefumschlägen an die jeweiligen Einheiten zurück.

Eines Morgens Ende November machte er sich an diese Arbeit, die eigentlich seine einzige offizielle Beschäftigung darstellte. Die Ausbildungsberichte lagen auf seinem Schreibtisch. *Physische Verfassung okay,* las er. *Aber nervöser Typ. Wurde schlimmer. Musste beim letzten Sprung praktisch rausgestoßen werden. Nicht besonders geeignet. – Seine psychische Verfassung entspricht nicht seiner hervorragenden körperlichen Kondition,* formulierte er. Nachdem er lange seine geliebten Wörterbücher gewälzt hatte, wurde er wieder an seine Pflichten erinnert, als sein Staff Captain mit einem dicken Umschlag mit der Aufschrift ›Geheim‹ darauf eintrat. Hastig schrieb er zu Ende: *Hat es nicht geschafft, fehlerhaftes Verhalten beim Springen zu korrigieren. Kann für den aktiven Dienst nicht empfohlen werden.*

»Vielen Dank, Fremantle«, sagte er. »Sie können die vertraulichen Berichte gleich mitnehmen. Versiegeln Sie sie und geben Sie sie dem Kurier mit. Wie fanden Sie unseren letzten Lehrgang?«

»War nicht besonders fähig.«

»Der Abschaum vom Abschaum des Abschaums?«

»Sir?«

»Ach, nichts.«

Jeder Lehrgang reiste frühmorgens ab, und die Neuen trafen erst zwei Tage später nachmittags ein. Die Zwischenzeit war für die Ausbilder und den Verwalter quasi eine Ruhepause, in der sie, sofern sie bei Kasse waren, nach London fahren konnten. Nur der Chefausbilder, ein Mensch, der nur wenige Vergnügungen kannte, blieb an diesem Tag im Dienst. Er entfernte sich nicht gern länger von seinen Sportgeräten, mit denen das Haus überreichlich ausgestattet war, und ruhte sich gerade nach einer Stunde Arbeit am Trapez im Vorraum aus, als der Staff Captain hereinkam. Dieser mixte sich an der Bar einen Pink Gin, trug das gewissenhaft ins Heft ein und sagte dann nach einer Pause:

»Meinst du nicht, der Alte wird in letzter Zeit ein bisschen komisch?«

»Ich bekomme nicht viel von ihm zu sehen.«

»In letzter Zeit verstehe ich nicht mal die Hälfte von dem, was er sagt.«

»Er hat verdammt was mitgemacht auf seiner Flucht von Kreta. Wochenlang in einem offenen Boot. Da wird jeder komisch.«

»Eben hat er was von Abschaum gebrabbelt.«

»Vielleicht Religionswahn«, sagte der Chefausbilder. »Ich habe keine Probleme mit ihm.«

Oben riss Ludovic den Umschlag auf, entnahm ihm die Liste der »Klienten«, die morgen eintreffen sollten, und überflog sie. Diesmal keine Zivilisten darunter, bemerkte er. Nur eine einzige leichte Befürchtung quälte ihn. Er hatte von seiner frühen Ausbildung noch so viel behalten, dass es ihm nicht angenehm gewesen wäre, einen Offizier von der Household Cavalry unter seinem Befehl zu haben. Bis jetzt war das nicht der Fall gewesen, und auch diesmal war Gott sei Dank keiner darunter. Ein Name jedoch war da, der ein noch schlechteres Omen zu sein schien. Die Liste war alphabetisch geordnet, und an erster Stelle stand: Crouchback, G. Capt. Royal Corps of Halberdiers.

Diesem Mann nach zwei Jahren im selben Monat zweimal zu begegnen, und das ausgerechnet hier, wo er sich am allergeborgensten fühlen sollte, im Elfenbeinturm der literarischen Avantgarde, eingeschlossen in seine eigene, scheinbar uneinnehmbare Stärke – das war eine Katastrophe, die über menschliches Ermessen hinausging. Er hatte genügend Bücher über Psychologie gelesen, um mit dem Begriff ›Trauma‹ vertraut zu sein und zu wissen, dass eine Verletzung ohne sichtbare Narbe noch lange nicht bedeutete, wieder vollständig gesund zu sein. Im Sommer 1941 hatte Ludovic Dinge erlebt, und er selbst hatte Dinge getan, die, wie die alten Griechen glaubten, das Schicksal herausforderten – und nicht nur die alten Griechen: Der größte Teil der Menschheit hatte, ohne miteinander in Verbindung zu stehen und völlig unabhängig voneinander, dieses grausame Bündnis zwischen den Mächten der Finsternis und der Gerechtigkeit entdeckt und verkündet. Wer war Ludovic, fragte Ludovic sich, dass er der geballten Erfahrung der Menschheit seinen mageren modernen Skeptizismus entgegensetzte?

Er schlug sein Wörterbuch auf und las: ›*Verhängnis, Schicksal:* unwiderrufliche Bestimmung (für gewöhnlich widriges Geschick), endgültiges Schicksal, Vernichtung, Zerstörung, Tod.‹ Er sah auch noch in seinem *Roget* nach und fand: ›*Nemesis:* Eumeniden; die Wunde offen halten; *ius talionis;* erbarmungslos, rücksichtslos, unerbittlich, nicht zu beschwichtigen, unbarmherzig.‹ Seine Heiligen Schriften schenkten ihm heute Morgen keinen Trost.

7

Während Ludovic in den Niederungen von Essex über die im Geheimen wirkenden Kräfte der Nemesis nachsann, enthüllte Kerstie im Haus an der Eaton Terrace die Kausalzusammenhänge der Naturordnung und rief Bestürzung hervor.

Ian war von seiner Fahrt durch das schottische Hochland zurückgekehrt. Er hatte die Gruppe von Journalisten, die er begleitet hatte, auf dem Bahnhof von Edinburgh verabschiedet.

Er war heute Morgen wieder in London eingetroffen, hatte jedoch nicht die Absicht, sich vor dem Nachmittag in seiner Dienststelle zurückzumelden. Virginia war dort und half in seinem dezimierten Sekretariat am Telefon aus. Er hatte nach der Nachtfahrt ein Bad genommen, sich rasiert und gefrühstückt, sich eine Zigarre angezündet und freute sich auf einen gemütlichen Vormittag, als Kerstie sich zu ihm gesellte. Die Dechiffrierbeamten hatten keine geregelte Arbeitszeit, sondern arbeiteten je nach Arbeitsaufwand. Kerstie war von der Nachtschicht in der Hoffnung auf ein heißes Bad nach Hause zurückgekehrt und war enttäuscht, als sie feststellte, dass Ian das ganze heiße Wasser aufgebraucht hatte. In ihrem Verdruss überfiel sie ihren Mann sogleich mit der Nachricht von Virginias misslicher Lage.

Ians erste Worte waren: »Guter Gott! In ihrem Alter! Und mit all ihrer Erfahrung!« Und dann: »Nun, hier kann sie es jedenfalls nicht kriegen.«

»Sie ist in einer merkwürdigen Verfassung«, sagte Kerstie. »Sie scheint jeden Mut verloren zu haben. Es muss doch im-

771

mer noch jede Menge Ärzte geben, die bereit sind zu helfen. Leider hat sie nun zweimal Pech gehabt, und jetzt wirft sie die Flinte ins Korn und faselt was von Schicksal.«

Ian nahm einen tiefen Zug von seiner Zigarre, überlegte, warum es in Schottland immer noch alle möglichen Annehmlichkeiten gab, die im Süden längst verschwunden waren, und wandte sich dann Virginia ein wenig freundlicher gesinnt zu. Gerade eben hatte er sich noch als eine Gestalt aus einem Melodrama gesehen, wie er Virginia die Tür wies. Jetzt sagte er:

»Hat sie Loot mal in Erwägung gezogen?«

»Als Arzt?«

»Nein, nein. Als Mann. Sie sollte jemanden heiraten. Das tun viele, bei denen es mit einer Abtreibung nicht klappt.«

»Ich glaube nicht, dass Loot sich was aus Frauen macht.«

»Er umgibt sich aber dauernd mit Frauen. Stimmt aber, er ist nicht der Richtige. Was sie braucht, ist jemand, der gerade nach Burma oder Italien unterwegs ist. Viele heiraten in letzter Minute vor ihrer Verschiffung. Sie braucht das freudige Ereignis ja erst zu gegebener Zeit zu verkünden. Wenn er dann nach Hause kommt – falls er überhaupt zurückkehrt –, wird er wohl nicht gleich nach der Geburtsurkunde fragen, sondern vielmehr stolz wie sonst was sein, dass ihn da ein Kind begrüßt. So was passiert jeden Tag.« Er rauchte schweigend vor dem Gasfeuer, während Kerstie hinaufging, um sich mit kaltem Wasser zu waschen und umzuziehen. Als sie wieder herunterkam, trug sie eines von Virginias Kleidern aus dem Jahre 1939, und er dachte immer noch über Virginia nach.

»Wie wär's denn mit Guy Crouchback?«, fragte er.

»Was soll mit ihm sein?«

»Ich meine, als Ehemann. Der fährt doch, soweit ich weiß, sowieso demnächst nach Italien.«

»Was für ein geschmackloser Gedanke. Ich mag Guy.«

»Ich auch, wir sind ja alte Freunde. Aber er war scharf auf Virginia. Sie hat mir erzählt, dass er ihr Avancen gemacht hat, kurz nachdem er nach London zurückgekehrt war. Bei Bellamy's hab ich gehört, dass er kürzlich eine Menge Geld geerbt hat. Außerdem war er doch ganz früher schon mal mit Virginia verheiratet. Setz ihr doch diesen Floh ins Ohr und lass ihn dort ruhen und sich vermehren. Alles andere erledigt sie schon selbst. Sie muss sich nur sputen.«

»Ian, du widerst mich an!«

»Nun, vielleicht rede besser ich mal ein Wörtchen mit ihr im Büro, als ihr Vorgesetzter. Schließlich muss man sich um das Wohlergehen seiner Untergebenen kümmern!«

»Es gibt Zeiten, in denen ich dich wirklich verabscheue.«

»Ja, das tut Virginia auch. Aber wen würdest du denn sonst für sie vorschlagen? Ich meine, ein Amerikaner wäre überhaupt das Beste. Das Dumme ist nur, bei den vielen Präservativen, die sie überall zurücklassen, sieht es so aus, als ob ihnen der gesunde Fortpflanzungstrieb ziemlich abgeht.«

»Könntest du denn nicht dafür sorgen, dass Trimmer zurückgerufen wird?«

»Und damit die Arbeit von Monaten kaputtmachen? Nicht um alles in der Welt! Außerdem hasst Virginia niemanden mehr als Trimmer. Sie würde ihn nicht heiraten, und wenn er im Kilt und in Begleitung von Dudelsackpfeifern um ihre Hand anhielte. Er hat sich in sie verliebt, vergiss das nicht! Das hat sie doch gerade so krankgemacht. Selbst *mir hat* er dauernd *Night and Day* vorgeträllert – und das galt *ihr*. ›Like the beat, beat, beat of the tom-tom, when the jungle shadows fall.‹ Es war zum Davonlaufen!«

Kerstie saß eingehüllt in eine Wolke aromatischen Rauchs nahe bei Ian vor dem Kamin. Nicht Liebe war es, die sie zu ihm hinzog, sondern die Wärme der bläulichen Flammen.

»Warum gehst du nicht zu Bellamy's«, fragte sie, »und unterhältst dich mit deinen schrecklichen Freunden dort?«

»Ich habe keine Lust, jemandem vom H. O. O. H. Q. in die Arme zu laufen. Offiziell bin ich noch in Schottland.«

»Also ich gehe jetzt schlafen. Ich habe keine Lust mehr zu reden.«

»Wie du willst. Und Kopf hoch«, fügte er noch hinzu. »Wenn sie nicht für eine Entbindungsstation für Offiziersfrauen in Frage kommt – soweit ich weiß, gibt es solche jetzt auch für ledige Mütter. Doch, ganz sicher gibt es die. Trimmer hat während seiner Rundreise durch die Industriebetriebe eine besucht und dort großen Erfolg gehabt.«

»Kannst du dir vorstellen, dass Virginia dort hingeht?«

»Jedenfalls wäre das besser, als hierzubleiben. Weit besser!«

Kerstie schlief nicht lange, doch als sie gegen Mittag nach unten ging, stellte sie fest, dass die Anziehungskraft von Bellamy's stärker gewesen war als Ians Vorsicht. Das Haus war leer bis auf Mrs. Bristow, die ihre morgendliche Arbeit mit einer Tasse Tee krönte und dabei im Radio die Sendung *Musik zur Arbeit* eingeschaltet hatte.

»Er ist gerade eben erst weg, Schätzchen«, sagte sie und bediente sich einer Anrede, die während der Zeit der Bombenangriffe groß in Mode gekommen war. »Ich habe eine Freundin, die sagt, sie kann mir noch eine Adresse von einem Arzt geben, der Ihrer Freundin helfen könnte.«

»Vielen Dank, Mrs. Bristow.«

»Allerdings lebt der auf Canvey Island. Aber was will man machen – man findet heutzutage nicht alles dort, wo man es braucht, nicht wahr, Schätzchen? Nicht, wo wir Krieg haben.«

»Nein, das ist nur allzu wahr!«

»Hm, ich bringe den Namen morgen mit. Bis dann.«

Kerstie hielt Canvey Island nicht gerade für die ideale Zuflucht und wurde in ihrer Meinung bestärkt, als nach ein paar Minuten Virginia vom Büro aus anrief.

»Canvey Island? Wo ist das denn?«

»Irgendwo in der Nähe von Southend, glaube ich.«

»Kommt nicht in Frage.«

»Es ist aber Mrs. Bristows letzte Hoffnung.«

»*Canvey Island.* Aber egal – deswegen rufe ich nicht an. Sag mal, weiß Ian Bescheid über mich?«

»Ich denke, ja.«

»Du hast es ihm erzählt?«

»Hm, ja.«

»Oh, nicht dass ich was dagegen hätte. Aber hör zu, er hat etwas Merkwürdiges getan. Er hat mich zum Mittagessen eingeladen. Kannst du dir das erklären?«

»Nein, wirklich nicht.«

»Nicht, dass er mich nicht schon jeden Tag zu Hause und im Büro oft genug sehen würde! Er sagt, er möchte privat mit mir reden. Meinst du, es geht um meine Schwierigkeiten?«

»Das könnte wohl sein.«

»Nun, ich berichte dir, sobald ich nach Hause komme.«

Kerstie dachte noch einmal über alles nach. Für sie galten Moralvorstellungen, die ihr Mann nicht teilte. Schließlich versuchte sie, Guy anzurufen, doch eine fremde Stimme antwortete ihr aus dem Schatten des Riesensauriers und sagte, Captain Crouchback sei versetzt worden und im Moment nicht erreichbar.

8

Ein Flugzeug, das einen Kilometer entfernt startete und niedrig über die Schornsteine des Hauses hinwegdonnerte, ein für Feindflüge ausrangierter Bomber, den man zu Übungszwecken für Fallschirmspringer umgebaut hatte, riss Ludovic aus seiner Erstarrung. Er erhob sich aus seinem Lehnsessel und notierte am Schreibtisch auf der ersten Seite eines neuen Notizbuches ein *Pensée: Die Strafe für Faulheit ist ein langes Leben.* Dann trat er ans Fenster und blickte abwesend hinaus.

Er hatte sich diese Zimmer ausgesucht, weil sie nicht auf die Plattform und Gerüste vor dem Haus hinausgingen, wo das Fallschirmspringen geübt wurde. Hinter einem halben Morgen Rasenfläche erhob sich das, was die früheren Bewohner der Villa ihr *arboretum* genannt hatten. Für Ludovic waren es schlicht ›die Bäume‹. Einige davon waren Laubbäume, und der Ostwind vom Meer hatte sie ihrer Blätter beraubt; nur Steineichen, Eiben und Nadelbäume standen in sorgsam aufeinander abgestimmtem Muster in Gelbgrün, Gold, Grüngelb und einem Tiefgrün, das im sonnenlosen Mittagslicht fast schwarz wirkte. Ludovic bereitete ihr Anblick keinerlei Freude.

Wo, so fragte er sich, konnte er sich während der nächsten zehn Tage verstecken? Jumbo Trotter hätte ein Dutzend dienstlich völlig korrekter Möglichkeiten aus dem Ärmel gezaubert, um irgendwohin zu fahren. Und hätte alles nichts genützt, dann hätte er sich für einen Auffrischungskurs für höhere Offiziere gemeldet. Ludovic hatte sich nie darum gekümmert, die Nebenwege des militärischen Umgangs zu meistern.

Er ging nach unten, durchquerte die Halle und ging in den Vorraum. Captain Fremantle war dort noch immer mit dem Chefausbilder.

»Setzen Sie sich, setzen Sie sich«, sagte er. Die zwanglosen Umgangsformen des Offiziershauses von Windsor oder vom Depot der Halberdiers waren ihm unbekannt, und selbstverständlich hatte er nie versucht, sie hier einzuführen. »Hier ist die Namensliste der Gruppe, die morgen eintrifft.« Er reichte sie dem Captain, blieb jedoch unschlüssig stehen. »Fremantle«, sagte er, »taucht mein Name eigentlich irgendwo auf?«

»Auftauchen, Sir?«

»Ich meine, kennen die Auszubildenden meinen Namen?«

»Nun, Sir, für gewöhnlich halten Sie doch am ersten Abend eine kleine Ansprache, nicht wahr? Und beginnen mit den Worten: ›Ich bin der Kommandeur. Mein Name ist Ludovic. Sie sollen wissen, dass es Ihnen freisteht, mit allen Sorgen und Nöten zu mir zu kommen.‹«

So war es in der Tat üblich gewesen. Ludovic hatte dies von seinem einfallsreicheren Vorgänger übernommen – genau wie auch die unheilvolle Miene, mit der er diese Willkommensworte stets sprach. Sie hatte sich als höchst enervierend erwiesen: Keiner war jemals mit irgendwelchen Sorgen zu ihm gekommen.

»Ist das so? Sage ich das?«

»Nun, etwas in diesem Sinne jedenfalls, Sir.«

»Wenn ich sie nicht begrüße, können sie dann herausfinden, wer ich bin? Hängt vielleicht irgendwo eine Liste von uns? Erscheint mein Name auf den Befehlen?«

»Ich glaube schon, Sir. Das muss ich allerdings erst überprüfen.«

»Auf jeden Fall möchte ich, dass in Zukunft sämtliche Befehle von Ihnen unterschrieben werden: i. A., der Staff Captain. Und lassen Sie alle Ankündigungen, die unbedingt sein müssen, neu tippen, ohne dass mein Name darauf erscheint. Ist das klar?«

»Jawohl, Sir.«

»Und ich werde auch nicht im Kasino erscheinen. In der nächsten Woche oder so werde ich meine Mahlzeiten oben in meinem Zimmer einnehmen.«

»Zu Befehl, Sir.«

Captain Fremantle betrachtete ihn verwirrt und besorgt.

»Das mag vielleicht merkwürdig klingen, Fremantle, aber es handelt sich um eine Sicherheitsmaßnahme. Sie werden jetzt von oben strenger gehandhabt. Wie Sie wissen, stehen wir mit unserer Basis hier auf der Geheimliste. In letzter Zeit scheint jedoch einiges durchgesickert zu sein. Ich habe heute Morgen Befehle erhalten ›unterzutauchen‹. Sie halten das vielleicht für übertrieben, aber so lauten die Orders nun mal. Ich fange heute damit an. Sagen Sie dem Kasinounteroffizier, er soll mir mein Mittagessen nach oben bringen.«

»Zu Befehl, Sir.«

Er verließ sie, trat durch die hohen Fenstertüren hinaus und ging in Richtung der Bäume.

»Hm«, sagte der Chefausbilder, »was sagst du dazu?«

»Er hat heute Morgen keine Befehle bekommen. Ich habe die Post durchgesehen. Da war nur der Umschlag mit der Aufschrift ›Geheim‹ – und da war die Namensliste drin, die wir immer bekommen.«

»Verfolgungswahn«, sagte der Chefausbilder. »Was anderes kann es gar nicht sein.«

Ludovic ging allein unter den Bäumen spazieren. Die ehemaligen Wege waren knöcheltief mit Laub, Tannenzapfen und Nadeln bedeckt. Seine auf Hochglanz gewienerten Stiefel wurden stumpf. Schließlich kehrte er um, mied die hohen Fenstertüren, betrat die Villa durch einen Seiteneingang und stieg die hintere Treppe hinauf. Auf seinem Tisch standen ein Riesenteller Braten – für einen Zivilisten eine Wochenration –, ein Berg Kartoffeln, kalte dicke Sauce und daneben ein undefinierbarer Pudding. Er ließ seinen Blick auf diesen Dingen ruhen und überlegte, was er tun sollte. Die Klingel funktionierte nicht, aber selbst wenn – die Kasinoordonnanzen waren nicht darauf getrimmt, auf sie zu achten. Es war ihm unerträglich, neben dieser widerwärtigen Fülle zu sitzen und abzuwarten, was daraus wurde. So ging er noch einmal ins Wäldchen. Ab und zu näherte sich ein Flugzeug und setzte zur Landung an oder stieg mit großem Getöse über ihn hinweg in den Himmel. Es fing an zu dämmern, und er spürte, dass die Luft feucht wurde. Als er endlich in sein Zimmer zurückkehrte, waren die Teller verschwunden. Er nahm auf seinem Lehnsessel Platz, und aus der Dämmerung um ihn herum wurde Dunkelheit.

Es klopfte. Er antwortete nicht. Captain Fremantle steckte den Kopf zur Tür herein, und der Lichtschein aus dem Korridor fiel auf Ludovic, der mit leeren Händen dasaß und vor sich hin starrte.

»Oh«, sagte Captain Fremantle. »Verzeihung, Sir. Man hatte mir gesagt, Sie wären ausgegangen. Ist alles in Ordnung, Sir?«

»Alles in bester Ordnung, vielen Dank. Warum sollte etwas mit mir sein? Ich sitze bisweilen gerne da und denke nach. Vielleicht würde das normaler aussehen, wenn ich dabei eine Pfeife rauchte. Meinen Sie, ich sollte mir eine Pfeife anschaffen?«

»Nun, das ist wohl Geschmackssache, Sir.«

»Ja, und mir wäre es sogar außerordentlich unangenehm. Trotzdem werde ich mir eine Pfeife kaufen, wenn Sie das beruhigt.«

Captain Fremantle zog sich zurück. Als er die Tür zumachte, hörte er, wie Ludovic das Licht anknipste. Er kehrte in den Vorraum zurück.

»Der Alte ist vollkommen durchgedreht«, berichtete er.

Es gehörte zu dem sehr dünnen Schleier der Geheimhaltung, der Ludovics Villa einhüllte, dass ihre Lage den Klienten nicht bekannt war. Offiziell hieß die Dienststelle *Spezialaus-*

bildungszentrum Nr. 4. Wer zu einem Lehrgang abkommandiert wurde, erhielt Befehl, sich um fünf Uhr nachmittags bei einem Büro der Transporteinheit in einem Londoner Busbahnhof einzufinden, wo jeder von einem Offizier der Air Force namentlich aufgerufen und dann per Bus nach Essex verfrachtet wurde.

Flüchtlinge aus dem Ausland, die einen Großteil der Klienten dieser Lehrgänge stellten, wurden durch diese Vorsichtsmaßnahme im Dunkeln gelassen und konnten, falls sie gefangen genommen und von der Gestapo gefoltert wurden, nur die unbefriedigende Antwort geben, man hätte sie im Dunkeln zu einem unbekannten Bestimmungsort gebracht. Landeskundige Engländer hingegen hatten kaum Schwierigkeiten herauszufinden, wohin die Reise ging.

Als Guy am Treffpunkt eintraf, fand er dort bereits eine kleine Gruppe von Offizieren vor, die bald auf zwölf Mann anwuchs. Keiner von ihnen bekleidete einen höheren Rang als den eines Captains. Alle waren älter als die hageren, jungen durchtrainierten Angehörigen des Fallschirmspringerregiments, die sie ausbilden sollten. Guy war mit einem Abstand von fünf oder sechs Jahren der älteste von ihnen. Der Letzte, der sich meldete, war ein Halberdier, und Guy erkannte in ihm seinen früheren Untergebenen Frank de Souza.

»Onkel! Was um alles in der Welt machen Sie denn hier? Gehören Sie zum Stab dieser hübschen kleinen Schule, zu der man uns bringen soll?«

»Sicher nicht. Ich nehme genau wie Sie am Lehrgang teil.«

»Ach, das ist das Beste, was ich bisher darüber gehört habe. So schlimm kann es also gar nicht werden, wenn sie auch noch alte Herren wie Sie aufnehmen.«

Sie saßen zusammen hinten im Bus und unterhielten sich die ganze einstündige Fahrt über das, was in der letzten Zeit bei den Halberdiers geschehen war. Colonel Tickeridge war jetzt Brigadier und Ritchie-Hook Major-General. »Für ihn ist das unerträglich, und eine große Hilfe ist er auf dem Posten auch nicht. In seiner Dienststelle findet man ihn nie. Scheucht immer irgendwen rum.« Erskine befehligte jetzt das Zweite Bataillon; bis vor ein paar Wochen hatte de Souza Kompanie D unter sich gehabt, dann hatte er um Versetzung gebeten und angegeben – was bis dato niemand gewusst hatte –, er spreche fließend Serbokroatisch. »Wahrscheinlich nennt man es kampfesmüde«, sagte er. »Ich wollte jedenfalls mal was anderes tun. Vier Jahre immer in derselben Einheit, das ist zu viel für jemanden, der in tiefstem Herzen ein Zivilist ist. Außerdem war es nicht mehr so wie früher. Viel ist vom alten Bataillon nicht übriggeblieben. Deshalb dachte ich, ich könnte mich mit meinem Wissen über Jugoslawien nützlich machen.«

»Was wissen Sie denn über Jugoslawien, Frank?«

»Ich habe mal einen Monat in Dalmatien verbracht – sehr hübsche Gegend, wirklich –, und dabei habe ich aus einem kleinen Lehrbuch für Touristen eine paar Worte gelernt – jedenfalls genug, um diejenigen, bei denen ich mich vorstellen musste, zu überzeugen.«

Guy berichtete von seiner eigenen tristen Geschichte, die in seiner Begegnung mit dem elektronischen Personal-Selektor beim H. O. O. H. Q. gipfelte.

»Sind Sie dort Sir Ralph Brompton über den Weg gelaufen?«

»Kennen Sie ihn, Frank?«

»Oh ja, durchaus. Ehrlich gesagt war er es, der mir von diesem Unternehmen erzählt hat, mit den Partisanen Verbindung aufzunehmen.«

»Als Sie in Italien waren?«

»Nur indirekt. Wir sind alte Freunde.«

»Wie merkwürdig. Ich dachte, alle seine Freunde wären schwul.«

»Keineswegs. Nichts dergleichen, da kann ich Sie beruhigen. Übrigens«, fügte de Souza mit geheimnisvoller Miene hinzu, »ich würde mich nicht wundern, wenn die Hälfte der Leute hier im Bus so oder so mit Ralph Brompton befreundet wäre.«

Als er das sagte, drehte sich ein Mann mit Mütze und Mantel auf dem Sitz vor ihm um, der ganz und gar nicht wie ein Soldat aussah, und blickte de Souza finster an. Dieser sagte plötzlich mit parodistisch veränderter Stimme: »Hallo, Gilpin. Haben Sie in London ein paar schöne Aufführungen gesehen?«

Gilpin grunzte, drehte sich wieder um, und jetzt war es de Souza, der anfing, vom Theater zu erzählen.

Als sie ankamen, wurden sie herzlich begrüßt und rasch in ihre Zimmer eingewiesen.

Guy ging nach oben, de Souza blieb unten. Als Guy wieder hinunterging, hörte er, wie sein Name genannt wurde, und blieb auf der Treppe stehen. De Souza und Gilpin unterhielten sich und glaubten offenbar, unbeobachtet und außer Hörweite zu sein. Gilpin hatte de Souza offensichtlich Vorhaltungen gemacht, und dieser versuchte, sich mit einer für ihn ungewohnten Demut zu entschuldigen.

»Crouchback ist in Ordnung.«

»Mag schon sein. Aber es gab keinen Grund, Bromptons Namen zu erwähnen. Sie müssen sich vorsehen, mit wem Sie reden. Sie können niemandem trauen.«

»Ach, Crouchback kenne ich seit 1939. Wir sind am selben Tag bei den Halberdiers eingetreten.«

»Ja genau, und Franco ist gar kein so schlechter Golfspieler, hat man mir erzählt. Was hat der Name Halberdier damit zu tun? Meinen Sie nicht, Sie haben sich da ein bisschen zu viel Korpsgeist à la Achte Armee zugelegt?«

Die beiden gingen weiter zum Vorraum, wohin Guy ihnen nach einer Weile ein wenig verwirrt folgte.

Am Abend richtete Captain Fremantle eine kleine Begrüßungsansprache an sie:

»Ich bin der Staff Captain. Mein Name ist Fremantle.
Der Kommandeur lässt Ihnen übermitteln, dass Sie keinerlei
Hemmungen haben sollten, sich mit allen Nöten und Sorgen
an mich zu wenden …« Er las die Hausordnung vor und er-
klärte, wie man es hier mit dem Kasino handhabe und welche
Vorschriften zur Sicherheit und Geheimhaltung galten.

Als Nächstes sprach der Chefausbilder und erklärte ihnen
den Kurs: fünf Tage lang Unterricht und Sport, dann die für
die Prüfung notwendigen fünf Absprünge aus einem Flugzeug. Der Zeitpunkt dafür hing weitgehend von den Wet-
terbedingungen ab. Er nannte ihnen ein paar ermutigende
Zahlen zu den äußerst seltenen tödlichen Unfällen beim Fallschirmspringen. »Ab und zu kommt es zu einer ›römischen
Kerze‹. Dann ist allerdings alles aus. Wir hatten ein paar Fälle,
bei denen sich die Männer mit den Leinen verhedderten und
keine gute Landung hinlegten. Im Großen und Ganzen ist
das Fallschirmspringen aber wesentlich weniger gefährlich als
Galopprennen.«

Guy und de Souza teilten sich ein Zimmer. Als sie allein
waren, fragte Guy: »Frank, wer ist Gilpin?«

»Gilpin? Der ist beim Ausbildungskorps. Ich glaube, im
Zivilleben ist er Lehrer. Reichlich ernst.«

»Und was macht er hier?«

»Das Gleiche, wie wir auch, nehme ich an. Er möchte mal
was anderes.«

»Und woher kennen Sie ihn?«

»Ich kenne alle mögliche Leute, Onkel.«

»Einer aus dem Kreis von Sir Ralph?«

»Oh, das glaube ich eigentlich nicht. Meinen Sie?«

Zwei Tage lang wurde die Gruppe erst mal geschmeidig gemacht. Der Sportlehrer nahm Rücksicht auf Guys Alter, wogegen dieser gar nichts einzuwenden hatte.

»Nichts übertreiben! Sie sollten sich am Anfang nicht übernehmen, Sir. Es sieht ja jeder, dass Sie einen Schreibtischjob hatten. Hören Sie auf, sobald Sie merken, dass es Ihnen zu viel wird. Wir bekommen hier alle möglichen Leute. Vorigen Monat hatten wir hier einen, der wog so viel, dass er zwei Fallschirme brauchte.«

Am dritten Tag sprangen sie von einem Podest von nicht ganz zwei Metern Höhe und übten das Abrollen auf dem Gras beim Landen. Am vierten Tag sprangen sie aus drei Metern Höhe, und am Nachmittag von einem Gerüst, das höher war als das Haus, aber diesmal in einem Fallschirmgeschirr an einem Seil, das sich straffte, sie auffing und am Ende des Falls sanft absetzte. Hier wurden sie vom Chefausbilder genau geprüft, ob sie vor dem Absprung zögerten.

»Sie machen das ganz gut, Crouchback«, sagte er. »Nur bei Ihnen hapert's noch ein bisschen, Gilpin.«

Guy litt während dieser Tage an einer leichten Verkrampfung, die ihn ein wenig steif machte, und wurde von einem Sergeant, der nur für diese Zwecke da war, massiert. Nachtflüge vom benachbarten Flugplatz aus unternahmen sie nicht. Guy schlief ausgezeichnet und genoss das Gefühl körperlichen Wohlbehagens. Ihn ärgerte es im Gegensatz zu einigen anderen nicht, dass sie immer noch am Boden arbeiteten.

De Souza zeigte von Anfang an eine gewisse Neugier, was den Kommandeur ihrer kleinen Schule anging. »Der Kommandeur – gibt's den überhaupt? Hat ihn jemand schon mal gesehen? Ich komm mir vor wie in einem altorientalischen Königreich, wo der Wesir Nachrichten von einem unsichtbaren Priester-König überbringt.«

Später sagte er: »Ich habe gesehen, wie Essen die Hintertreppe hinaufgetragen wurde. Er hat sich irgendwo im oberen Stockwerk verkrochen.«

»Vielleicht ist er ein Trinker.«

»Sehr wahrscheinlich. Ich bin auf einem Schiff zurückgekommen, auf dem der Kommandeur der Kavallerie ein wüster Alkoholiker war und sich die ganze Reise über in seiner Kabine eingeschlossen hat.«

Noch später berichtete er: »Nein, Alkohol kann es doch nicht sein. Ich habe gesehen, wie die Teller leer wieder runtergekommen sind. Ein richtiger Säufer kann nicht viel essen. Zumindest unser Kavallerie-Kommandeur konnte das nicht.«

»Vielleicht ist das Essen für die Wache.«

»Das ist es. Er ist entweder ein Säufer oder ein Verrückter, und irgendjemand sitzt Tag und Nacht bei ihm und passt auf, dass er nicht Selbstmord begeht.«

Später sagte er im Vorraum zu einigen Leuten: »Mit dem Kommandeur ist alles in Ordnung. Er wird nur gefangen gehalten. Es hat eine Palastverschwörung gegeben, und sein Stab verscherbelt seine Rationen auf dem Schwarzmarkt. Oder meinen Sie, das ganze Etablissement ist schon von der Gestapo übernommen worden? Wo können Fallschirmjäger am sichersten landen? Auf einem Übungsplatz für Fallschirmspringer. Bis auf den Kommandeur haben sie alle erschossen. Den brauchen sie, damit er den Papierkram unterschreibt. Und mittlerweile kriegen sie Details über alle unsere Männer. Da ist doch dieser Ausbilder, der dauernd mit der Kamera rumfummelt und behauptet, er mache ›Sprungstudien‹, um falsche Haltungen beim Springen zu korrigieren. Was er in Wirklichkeit macht, sind Aufnahmen von uns allen. Die werden auf Mikrofilm aufgenommen und über Portugal nach Deutschland geschmuggelt. Dann hat die Gestapo eine vollständige Porträtgalerie und kann uns aufgreifen, sobald wir unser Gesicht zeigen. Wir sollten ein Rettungskommando aufstellen.« Gilpin schnaubte voller Verachtung über diese Ausgeburten von de Souzas Phantasie und verließ den Raum.

»Ein ernster Bursche«, sagte de Souza mit einem – wie Guy herauszuhören vermeinte – leichten Hauch von Überheblichkeit, »genau, wie ich es Ihnen gesagt habe. Und außerdem ist er natürlich nervös wegen des Sprungs morgen.«

»Bin ich auch.«

»Und ich auch«, erklärten andere aus der Gruppe.

»Das glaube ich Ihnen nicht, Guy«, sagte de Souza.

»Doch«, log Guy, »ich hab ganz verdammten Schiss.«

Eines der Geräte auf dem Vorderrasen war der Rumpf eines Flugzeugs. An den Seiten waren Metallsitze angebracht, und in den Boden hatte man eine Öffnung hineingeschnitten. Es war eine Nachbildung der Maschine, aus der sie springen sollten, und am letzten Übungsnachmittag wurden sie dort vom ›Sprung-Offizier‹ eingewiesen.

Er gab Befehl zum Bereitmachen: »Wir nähern uns dem Zielbereich.« Er nahm den Deckel von der Sprungluke. »Erste Gruppe – fertig machen!«

Zwei der Gruppe setzten sich einander gegenüber und ließen die Beine baumeln. »Nummer 1 – los!« Er ließ den erhobenen Arm herniedersausen.

Der Erste sprang hinunter aufs Gras, und Nummer 3 nahm seinen Platz ein. »Nummer 2 – los!« Und so weiter, den ganzen Nachmittag über, bis sie forsch und ohne nachzudenken hinaussprangen. »Sie brauchen an gar nichts zu denken. Halten Sie die Augen nur auf meine Hand gerichtet. Am Fallschirm befindet sich eine Reißleine, er öffnet sich automatisch. Sobald Sie erst mal draußen sind, brauchen Sie nichts weiter zu tun, als zu versuchen, Ihre Beine zusammenzuhalten und sich beim Landen abzurollen.«

Trotzdem herrschte an diesem Abend eine Atmosphäre ängstlicher Anspannung im Vorraum. De Souza übertrieb seine Witzeleien über den ›Geheim-Kommandeur‹ bis zum Gehtnichtmehr.

»Ich habe ein Gesicht am Fenster gesehen«, berichtete er. »Ein riesiges, schreckliches, totenblasses Gesicht. Es starrte direkt auf mich herab, und dann verschwand es. Offenbar haben die Wächter ihn zurückgerissen. Es war das Gesicht eines Mannes, der sich ganz der Verzweiflung hingegeben hat. Ich vermute, er steht unter Drogen.«

Gilpin sagte: »Was hat es eigentlich mit diesen römischen Kerzen auf sich?«

»So nennt man es, wenn der Fallschirm nicht aufgeht und man runterfällt wie ein Stein.«

»Und wie passiert das?«

»Durch fehlerhaftes Zusammenlegen, glaube ich.«

»Und das Zusammenlegen überlässt man irgendwelchen Mädchen. Man braucht doch nur eine einzige faschistische Agentin am Fließband, und sie könnte Hunderte von Männern in den Tod schicken – Tausende vermutlich. Wie sollte man ihr und ihren römischen Kerzen jemals auf die Spur kommen! Wieso nennt man die Dinger überhaupt römische Kerzen, wenn das kein faschistischer Trick ist? Ich bin genauso wie jeder andere bereit, ein tragbares Risiko einzugehen. Aber der Gedanke, mein Leben irgendeinem Mädchen in einer Packanlage anzuvertrauen, gefällt mir ganz und gar nicht – Flüchtlinge womöglich – warum sollten das keine polnischen oder ukrainischen Agentinnen sein?«

»Sie *haben* Schiss, was, Gilpin?«

»Ich versuche bloß, das Risiko einzuschätzen, das ist alles.«

Einer der jüngeren Klienten sagte: »Wenn diese Scheißer sich einbilden, sie könnten mich in nüchternem Zustand dazu bringen, aus einer fliegenden Maschine rauszuspringen, haben sie sich verrechnet.«

De Souza sagte: »Selbstverständlich ist es möglich, dass

der Kommandeur an der Spitze der ganzen Organisation steht. Er zeigt sich bloß nicht, weil er kein Englisch spricht – nur Ukrainisch. Aber nachts schleicht er sich raus und packt die Fallschirme um, so dass sie nicht aufgehen. Und das dauert Stunden, und deswegen muss er den ganzen Tag schlafen.«

Aber der Witz wurde schal.

»Jetzt hören Sie endlich auf«, schimpfte Gilpin, und alle verfielen in Schweigen. De Souza merkte, dass er seine Zuhörer nicht mehr fesselte.

»Onkel«, sagte er an diesem Abend, »ich glaube, Sie und ich sind die Einzigen, die keinen Schiss haben, und bei mir bin ich mir da gar nicht so sicher.«

Als alle Lichter ausgegangen waren, verließ Ludovic sein Versteck, ging hinüber zu den dunklen Bäumen, atmete für ein paar Minuten tief den Geruch von nassem Laub ein, der jedoch keine schönen Erinnerungen in ihm weckte, kehrte dann in sein Zimmer zurück und schrieb: *Wer ein allzu großes Interesse an der Welt draußen zeigt, dem könnte es passieren, dass er sich eines Tages aus seinem eigenen Haus ausgeschlossen findet.*

Das war kein völlig eigenes *Pensée*. Ludovic war in einem Schülermagazin darauf gestoßen, das Sir Ralph zugeschickt worden war, er hatte es in seinem Papierkorb gefunden. Der Gedanke schien ihm aber den Nagel auf den Kopf zu treffen.

Am nächsten Morgen war es nahezu windstill. Ein Hauch von Sonnenschein lag über dem Land – ideales Sprungwetter.

»Wenn es so bleibt«, sagte der Chefausbilder, als hätte er unerwartet einen ganz besonderen Leckerbissen für sie, »könnten wir am Ende des Kurses vielleicht sogar einen Nachtsprung schaffen.«

Er fuhr schon früh auf das Übungsgelände hinaus, eine

karge, sich meilenweit erstreckende Heidefläche, um sich zu vergewissern, dass das Ziel deutlich gekennzeichnet war, und um die Lautsprecher aufzustellen, über die er seinen Schülern Anweisungen gab, während sie zu ihm herabsanken. Die Gruppe fuhr zum Flugplatz, wo man ihre Ankunft offenbar nicht erwartet hatte.

»So ist das immer«, sagte der Sprung-Offizier. »Sie haben nichts weiter zu tun, als einen Flug für uns vorzubereiten, aber in letzter Minute gibt es immer Schwierigkeiten.«

Das Dutzend Soldaten saß in der Wellblechhütte, in der lauter Jazz dröhnte und in der ein Offizier von der RAF sie ohne große Neugier über einen *Daily Mirror* hinweg musterte. Schließlich ging er nach draußen.

»Gibt es denn keine Möglichkeit, diese Musik abzustellen?«, fragte Guy. Man fand einen Drehknopf. Es folgte eine kurze Stille, dann tauchte hinter der Tür ein blaugrauer Ärmel auf, drehte an dem Apparat, und die Musik setzte noch lauter wieder ein.

Nach einer halben Stunde kehrte der Sprung-Offizier zurück, zusammen mit dem jungen Mann, der den *Daily Mirror* gelesen hatte.

»So, das wäre ausgebügelt«, sagte er. »Alles klar?«

Der RAF-Offizier hatte zu seiner Uniform noch einiges andere angezogen. »Eigentlich müsste die Kiste längst mal überholt werden«, sagte er. »Aber wir werden es wohl schaffen.«

Sie trotteten über das Rollfeld, legten die Fallschirme an, und der Sprung-Offizier kontrollierte sie oberflächlich. Dann gingen sie an Bord. Die Reißleinen wurden an einer Stange über der Ausstiegsluke festgeklinkt. Es war ziemlich dämmerig im Inneren des Flugzeugs. Guy saß neben Gilpin, der vor ihm springen sollte: Nummer 7, und er war in der Reihenfolge, wie sie es geübt hatten, Nummer 8. »Ich wünschte, sie würden jetzt loslegen«, sagte er, doch eine weitere Unterhaltung war unmöglich, da die Motoren aufheulten. Gilpin erbleichte.

Eines der Ziele der Übung war, die Gruppe an Flugbedingungen zu gewöhnen. Sie wurden daher nicht sofort zum Übungsgelände geflogen, sondern auf einem langen Umweg, der sogar aufs Meer hinausführte und dann wieder landeinwärts. Durch die bullaugenähnlichen Fenster konnte man nur wenig erkennen. Die Gurte, mit denen die Fallschirme festgeschnallt waren, erwiesen sich als unbequemer, als es unten gewirkt hatte. Vorgebeugt und verkrampft saßen sie in Zwielicht, Lärm und Benzingeruch da. Endlich machten der Sprung-Offizier und sein Sergeant die Sprungluke auf. »Wir nähern uns dem Zielgebiet«, sagte er. »Fertig machen zum Absprung.«

De Souza war Nummer 1. Sauber fiel er ins Nichts, als die Hand niederging, und Nummer 3 nahm seinen Platz ein.

»Warten Sie«, sagte der Sprung-Offizier. Eine Pause von einer Minute lag zwischen jedem Sprung. Die Maschine wendete und flog das Ziel erneut an. Bald saßen sich Gilpin und Guy gegenüber. Die Landschaft unten drehte sich schwindelerregend. »Nicht hinuntersehen! Schauen Sie auf meine Hand«, sagte der Sprung-Offizier. Gilpin hob die Augen nicht. Der Sprung-Offizier gab den Befehl: »Nummer 7 – los.«

Doch Gilpin saß steif da, seine Füße baumelten über dem Abgrund. Mit den Händen klammerte er sich an den Rand der Luke und stierte hinunter. Der Sprung-Offizier schwieg, bis die Maschine die enge Schleife geflogen hatte. Dann, zu Guy: »Jetzt Sie, Nummer 8. Los!«

Guy sprang. Eine Sekunde lang, als der Luftstrom ihn erfasste, verlor er das Bewusstsein. Dann kam er wieder zu sich, in einer von Lärm, von Gestank und Gerüttel der Maschine gereinigten Atmosphäre. Die dunstige Novembersonne hüllte ihn in ihr goldenes Licht. Seine Einsamkeit war vollkommen.

Ihn erfasste ein Rausch, der dem, was seine erdgebundene Seele als Vorgeschmack des Paradieses begriff, so nahe kam wie nur irgend möglich: *locum refrigerii, lucis et pacis.* Das Flugzeug schien so fern, wie es die sich drehende Erde im Augenblick des Todes sein würde. Als hätte er die einengenden Bande von Fleisch, Muskeln und Nerven abgestreift, fand er sich frei schwebend wieder. Die Fallschirmgurte, die ihn in der engen, dämmrigen und lärmerfüllten Flugzeugkabine gestört hatten, trugen ihn jetzt. Er war ein freier Geist in einem Element, das so frisch war wie am Tag seiner Erschaffung.

Nur allzu rasch war dieser Augenblick der Ekstase vorüber. Er hing nicht regungslos da – er fiel ... schnell. Eine Lautsprecherstimme von unten ermahnte ihn: »Sie pendeln. Regeln Sie das mit den Seilen. Beine zusammenhalten!« Eben noch hatte er den ganzen unermesslichen Himmel als sein Reich empfunden, im nächsten Augenblick raste der Boden auf ihn zu, als stürze er von einem Pferd. Als seine Stiefel den Boden berührten, rollte er sich ab, wie man es ihn gelehrt hatte. Er spürte einen heftigen Schlag gegen sein Knie, als sei er auf einen Stein geprallt. Benommen und atemlos lag er im Riedgras. Dann löste er sich, wie man es ihm ebenfalls beigebracht hatte, von den Fallschirmgurten. Er versuchte aufzustehen, doch ein heftiger Schmerz durchfuhr sein Knie, und er fiel zum zweiten Mal zu Boden. Einer der Ausbilder kam zu ihm. »Das war sehr schön, Nummer 7. Ach, Sie sind das, Crouchback. Irgendwas nicht in Ordnung?«

»Ich glaube, ich habe mir das Knie verletzt«, sagte Guy.

Es war dasselbe Knie, das er sich an jenem Gästeabend in der Halberdier-Kaserne verrenkt hatte.

»Nun, bleiben Sie ruhig sitzen, bis wir mit dem Sprüngen durch sind. Dann kümmern wir uns um Sie.«

Immer wieder brauste das Flugzeug über ihn hinweg und füllte den Himmel mit Fallschirmen. Zuletzt landete ganz in seiner Nähe Gilpin, der seine Angst überwunden hatte. Mit einer Lebhaftigkeit, die man sonst nicht an ihm kannte, kam er mit seiner derben, unsoldatischen Gestalt auf ihn zu.

»Das war gar nicht so schlecht, oder?«, sagte er.

»Bis zu einem gewissen Grade sogar ausgesprochen erfreulich«, sagte Guy.

»Beim ersten Mal hab ich mein Stichwort verpasst«, sagte Gilpin. »Ich weiß nicht, wie das geschehen ist. Es war wie dieser Drill in der Ausbildung. Diese Art von ›instinktivem, bedingungslosem Gehorsam‹ konnte ich noch nie.«

Guy wollte fragen, ob man bei ihm nachgeholfen hatte, damit er durch die Luke fiel, doch er unterließ es. Gilpin war der Letzte der Gruppe, und so würde es nie jemand erfahren außer den Lesern des vertraulichen Berichts über ihn.

»Ich nehme an, wir springen heute Nachmittag noch einmal«, sagte Gilpin. »Ich könnte es sofort wieder tun.«

»Ich auf keinen Fall!«, sagte Guy.

An diesem Abend meldete Captain Fremantle bei Ludovic: »Ein Ausfall, Sir. Crouchback.«

»Crouchback?«, sagte Ludovic vage, als hörte er den Namen zum ersten Mal. »Crouchback?«

»Einer von den Halberdiers, Sir. Wir hatten uns schon gedacht, dass er ein bisschen zu alt für die Sache ist.«

»Ja«, sagte Ludovic. »Einer von diesen Unfällen – wie nennen Sie es noch gleich? – römische Kerzen?«

»Oh nein, nicht so schlimm. Nur eine Verstauchung, glaube ich.« Ludovic ließ sich seine Enttäuschung über diese Nachricht nicht anmerken. »Wir haben ihn ins RAF-Lazarett zum Röntgen gebracht. Die werden ihn vermutlich etwas dabehalten. Werden Sie hinüberfahren, um ihn zu besuchen, Sir?«

»Ich fürchte, das schaffe ich nicht. Ich habe eine Menge zu tun. Rufen Sie an und versuchen Sie rauszukriegen, was die Röntgenaufnahme ergeben hat. Vielleicht besuchen Sie oder einer von den Ausbildern ihn und sehen nach, dass es ihm an nichts fehlt.«

Captain Fremantle wusste genau, wie viel Ludovic zu tun hatte. Sein Vorgänger hatte immer besonderen Wert darauf gelegt, verletzte Klienten zu besuchen und – einige wenige Male – auch an der Beerdigung teilzunehmen.

»Zu Befehl, Sir«, sagte Captain Fremantle.

»Und übrigens: Sie können dem Kasinounteroffizier sagen, dass ich heute Abend unten esse.«

Im Vorraum herrschte an diesem Abend eine gehobene, fast übermütige Stimmung. Die elf überlebenden Mitglieder der Gruppe hatten bei gleichbleibend günstigem Wetter ihren zweiten Sprung hinter sich gebracht. Sie hatten alle Höhenangst abgestreift und waren sich sicher, den Lehrgang in Ehren zu bestehen. Einige räkelten sich auf Sesseln und Sofas, andere standen ungezwungen beisammen und lachten laut und lange. Nicht einmal Gilpin konnte sich der allgemeinen Geselligkeit entziehen. Er sagte: »Ich mache keinen Hehl daraus, dass mir der Blick in die Tiefe beim ersten Mal gar nicht gefallen hat.« Er nahm ein Glas Dosenbier von jenem Sprung-Offizier entgegen, der ihn heute Morgen schmählich ins Freie expediert hatte und ihm absichtlich auf die Finger getreten war, als er sich krampfhaft am Rand der Sprungluke festgeklammert hatte, um dem Luftsog zu widerstehen.

In diese fröhliche Runde trat Ludovic wie der Engel des Todes. Keiner hatte de Souzas Phantasien ernst genommen, doch ihre Wiederholung und Ausschmückung hatte die Gestalt des Kommandeurs mit einer Aura des Geheimnisvollen und Furchterregenden umgeben. Er thronte irgendwo über ihnen, und man sah und hörte nichts von ihm. Ein Eindruck, dem Ludovics Auftreten in keiner Weise widersprach.

Er überragte den größten Mann noch um einen halben Kopf. Damals gab es ohnehin einen deutlich erkennbaren Unterschied zwischen dem Aussehen der glücklichen Soldaten, die fürs Schlachtfeld bestimmt waren, und denen, die ihre Verdauung und Gesundheit durch Schreibtischhockerei gefährdeten. Als er so vor und über diesen hageren, rotgesichtigen jungen Männern stand, erinnerte Ludovics weiche, blasse Gestalt nicht so sehr an den Schreibtisch als vielmehr an das Grab. Schweigen breitete sich aus. »Stellen Sie mich den Herren vor«, sagte Ludovic.

Captain Fremantle führte ihn herum. Ludovic legte seine feuchte Hand in die warmen trockenen Hände der Männer und wiederholte jeden Namen, den Captain Fremantle ihm nannte: »… de Souza … Gilpin …«, als rezitiere er die Titel der Bücher auf einem Regal, die zu lesen er nie die Absicht hatte.

»Darf ich Ihnen einen Drink holen?«, fragte de Souza mutig.

»Nein, nein«, sagte Ludovic aus der Tiefe seines unsichtbaren Sarges heraus. »Auch ich habe meine Ausbildungsvorschriften zu beachten.« Dann ließ er den Blick über die verstummte Runde schweifen. »Einer von Ihnen hat sich verletzt, soviel ich gehört habe. Sie sind jetzt nur noch elf ohne diesen Soundso. Was haben Sie Neues gehört von diesem Captain Soundso, Fremantle?«

»Crouchback, Sir? Nichts Neues, seit wir uns gesehen haben. Er wird erst morgen geröntgt.«

»Halten Sie mich auf dem Laufenden. Ich mache mir Sorgen um Captain Soundso. Bitte, lassen Sie sich bei Ihrer Feier nicht stören, Gentlemen. Von oben klang es sehr ausgelassen. Bitte machen Sie weiter. Ich bin nicht dienstlich hier.«

Doch die jungen Offiziere leerten ihre Gläser und stellten sie beiseite.

»Sie möchten gern wissen«, sagte Ludovic unvermittelt, »wie ich zu meiner Military Medal gekommen bin.«

»Nein, das wollte ich nicht«, sagte Gilpin. »Ich habe mich nur gefragt, was es wohl für ein Orden ist.«

»Es handelt sich um die Tapferkeitsmedaille für Unteroffiziere. Ich habe sie fürs Davonlaufen vor dem Feind bekommen.«

Hätte Ludovics Art auch nur einen Hauch von Fröhlichkeit verraten, die Zuhörer wären nur allzu gern bereit gewesen zu lachen. So jedoch standen sie verlegen da. Ludovic zog eine große Stahluhr aus der Brusttasche unter seinem Orden. »Es ist Zeit zum Abendessen«, sagte er. »Gehen Sie voran, Fremantle.«

Bisher war es hier üblich gewesen, sich innerhalb von einer halben Stunde nach der Ankündigung, das Essen sei fertig, im Kasino einzufinden und Platz zu nehmen, wo es einem gerade gefiel. Heute setzte sich Ludovic an den Kopf des Tisches. Der Chefausbilder nahm am anderen Ende Platz, und man drängelte sich, um in seiner Nähe sitzen zu können. Zuletzt blieb zwei Pechvögeln nichts anderes übrig, als links und rechts von Ludovic Platz zu nehmen.

»Wird in Ihrem Kasino vor dem Essen gebetet?«, fragte Ludovic einen von ihnen.

»Nur an Gästeabenden, Sir.«

»Heute ist kein Gästeabend, eher im Gegenteil. Wir gedenken der Abwesenheit von Captain Soundso. Kennen Sie ein Tischgebet, Fremantle? Kennt irgendjemand ein Tischgebet? Nun, dann essen wir eben ohne Gebet.«

Das Essen an diesem Abend war besonders köstlich. Die lähmende Anwesenheit Ludovics konnte den hungrigen jungen Männern nicht den Appetit verderben. Eine leise Unterhaltung entstand am Ende des Tisches, sie erreichte jedoch aus irgendeinem Grund nicht das obere Ende, wo Ludovic reichlich aß, und dabei mit auffallender Präzision Messer und Gabel handhabe – »wie ein Zahnarzt«, beschrieb es de Souza später, eingebettet in seine selbstgewählte Einsamkeit, die genauso fern und undurchdringlich war wie Guys kurzer Ausflug am Himmel. Als er fertig war, stand er auf und verließ leise, doch schwerfällig und ohne ein Wort den Raum. Doch auch sein Abgang hob die Stimmung nicht sehr. Alle stellten fest, dass sie erschöpft waren, und nach den Neun-Uhr-Nachrichten gingen sie zu Bett. De Souza bedauerte, nicht mit Guy über diese unheimliche Erscheinung reden zu können. Er hatte dem Kommandeur bereits den Spitznamen ›Major Dracula‹ gegeben, und sein Kopf war voller nekrophiler Einzelheiten, die Gilpin sicherlich als *bourgeois* verdammen würde. Unten hielten sich noch die Leute vom Stab auf. Eine nette kleine Runde. Die ehrfürchtige Angst vor Ludovic hatte ihre Gemütlichkeit nie ernsthaft bedroht. Jetzt dachte jeder von ihnen an eine mögliche Versetzung. Vielleicht war das absurd, vielleicht ungeheuerlich, auf jeden Fall jedoch etwas, das sich zutiefst gegen die entspannte Routine des gewohnten Alltags richtete.

»Ich habe keine Ahnung, wie man da rein formal vorgehen sollte«, sagte der Chefausbilder. »Was macht man, wenn der Kommandeur durchdreht? Ich meine, wer meldet das wem?«

»Vielleicht fängt er sich ja wieder.«

»Heute Abend sah das aber schon verdammt übel aus.«

»Was meint ihr – haben unsere Klienten das gemerkt?«

»Die sind doch nicht blind. Schließlich war es diesmal nicht ein Haufen Flüchtlinge.«

»Aber bis jetzt hat er doch noch nichts *getan*!«

»Und was geschieht, wenn er was tut?«

Am nächsten Tag war wieder sehr günstiges Wetter, und sie sprangen nochmals, doch am Abend herrschte keine ausgelassene, heitere Stimmung. Selbst die jüngsten und durchtrainiertesten von ihnen klagten über Schrammen und Prellungen, und alle stellten fest, dass die Vertrautheit mit dem Springen allein nicht den natürlichen Widerstand im Menschen, sich ins Nichts zu stürzen, beseitigte. Ludovic erschien sowohl zum Mittagessen als auch zum Abendessen, was diesmal jedoch keinerlei Eklat zur Folge hatte. Beim Abendessen kannte er nur ein einziges Thema, über das er auch nur mit Captain Fremantle sprach. »Ich glaube, ich schaffe mir einen Hund an.«

»Ja, Sir. Lustig, so ein Tier um sich zu haben.«

»Ich will aber keinen lustigen Hund.«

»Oh Sir, ich verstehe. Einen Wachhund.«

»Keinen Wachhund.« Er machte eine Pause, betrachtete eindringlich den erschrockenen Staff Captain und dann die neugierigen und verstummten Tischgenossen. »Ich brauche etwas zum *Liebhaben*.«

Keiner sagte ein Wort. Man brachte ihm einen für die Jahreszeit eher ungewöhnlichen Appetithappen. Er schluckte ihn hinunter, fast ohne zu kauen. Dann sagte er: »Captain Claire hatte einen Pekinesen.« Und nach einer Pause fügte er hinzu: »Sie kennen Captain Claire selbstverständlich nicht. Der ist gleichfalls aus Kreta rausgekommen – *ohne Orden*.« Noch eine Pause, auf der Uhr waren es nur Sekunden, doch im Kopf seiner Zuhörer Stunden. Dann sagte er: »Ich brauche einen liebevollen Pekinesen.«

Als wäre er der Erörterung eines Themas überdrüssig, das in seinem Geist längst beschlossen war, stand er genauso unvermittelt vom Tisch auf wie am Abend zuvor und marschierte hinaus, und zwar so, als erwartete ihn hinter der eichenen Tür das Tier seiner Wahl, das er auf den Arm nehmen und wegtragen würde in die unheimlichen Schatten, die sein eigentliches Zuhause waren.

Er machte zwar die Tür hinter sich zu, doch hörte man durch die schwere Eichentür, wie er ein Lied sang, das nicht aus seiner eigenen Jugend stammte. Vater oder Onkel mussten es, in Erinnerungen versunken, dem erstaunlichen kleinen Jungen vorgesungen haben, aus dem einmal Ludovic werden sollte:

> *Papa schenkt mir keinen Hund – wau, wau, wau.*
> *Papa schenkt mir keinen Hund – wau, wau.*
> *Ich habe ja ein Kätzchen, ich liebe es sehr, aber*
> *Papa schenkt mir keinen Hund – wau, wau, wau.*

»Vielleicht«, sagte der Chefausbilder zu Captain Fremantle, »wäre es gar nicht so schlecht, bei einem unserer ranghöheren Klienten vorzufühlen und zu hören, was die von unserem Alten halten.«

Am nächsten Tag wehte starker Ostwind. Den ganzen Vormittag über saß der Lehrgang da und wartete auf Wetterberichte, bis der Chefausbilder mittags verkündete, die Übung werde für heute abgeblasen. Captain Fremantle, der im Laufe der letzten sechsunddreißig Stunden angesichts von Ludovics deutlich verschlechtertem Zustand zunehmend nervös geworden war, nutzte die Pause, um dem Vorschlag des Chefausbilders zu folgen.

Seine Wahl fiel auf de Souza.

»Jemand sollte hinfahren und ihn im Lazarett besuchen. Haben Sie Lust, zu Ihrem Korpsbruder mitzukommen? Wir könnten ja außerhalb essen. Ich kenne da ein ganz anständiges Schwarzmarkt-Gasthaus, das gar nicht weit weg ist.«

Sie fuhren ohne Chauffeur in den Wind hinaus. Sobald sie die Villa hinter sich hatten, sagte Captain Fremantle: »Ich weiß selbstverständlich, dass es mir nicht zusteht, über einen höheren Offizier zu reden, aber Sie scheinen mir ein vernünftiger Mann zu sein, und da wollte ich Sie mal ganz inoffiziell und vertraulich fragen, ob Ihnen und Ihren Kameraden an unserem Kommandeur etwas aufgefallen ist.«

»An Major Dracula?«

»An Major Ludovic. Warum nennen Sie ihn so?«

»Ach, das ist nur sein Spitzname in unserer Gruppe. Ich glaube nicht, dass uns irgendwer jemals gesagt hat, wie er wirklich heißt. Er ist zweifellos ungewöhnlich. War er denn schon immer so?«

»Nein. Es hat sich so entwickelt – vor allem in den letzten paar Tagen. Er war nie sonderlich gutmütig und gesellig, lebte immer ziemlich zurückgezogen. Aber da war nie etwas, das man hätte benennen können.«

»Jetzt aber schon?«

»Nun, Sie haben ihn ja die letzten beiden Abende erlebt.«

»Richtig. Aber sehen Sie, ich kannte ihn vorher nicht. Ich hatte so meine Theorie, aber nach dem, was Sie erzählen, habe ich damit falschgelegen.«

»Was hatten Sie denn gedacht?«

»Ich dachte, er sei tot.«

»Ich verstehe Sie nicht recht.«

»Auf Haiti nennt man solche Leute Zombies. Menschen, die man ausgräbt, arbeiten lässt und dann wieder begräbt. Ich dachte, vielleicht sei er auf Kreta oder sonst wo gefallen. Aber damit habe ich wohl nicht Recht.«

Captain Fremantle begann, sich zu fragen, ob er dem richtigen Mann sein Vertrauen geschenkt hatte.

»Ich hätte es nicht erwähnt, wenn ich gewusst hätte, dass Sie sich darüber lustig machen«, sagte er verstimmt.

»Es war ja nur eine Hypothese«, erklärte de Souza leichthin. »Und selbstverständlich beruhte sie nur auf der kurzen

Zeit, die ich ihn beobachten konnte. Die echte Erklärung dafür ist vermutlich höchst prosaisch. Er verliert einfach den Verstand.«

»Sie meinen, er ist ein Fall für einen Psychiater?«

»Oh, das habe ich durchaus nicht gemeint. *Die* sind nie zu irgendwas zu gebrauchen. Ich würde ihm einen Pekinesen besorgen und ihn möglichst versteckt halten; nach meiner Erfahrung sind die verantwortlicheren Posten in der Army weitgehend von nachweisbar Verrückten besetzt. Sie richten auch keinen größeren Schaden an als die Normalen.«

»Wenn Sie das alles ins Lächerliche ziehen wollen ...«, begann Captain Fremantle.

»Ganz bestimmt wird das ein guter Scherz für Guy Crouchback sein«, sagte de Souza. »Und ich könnte mir vorstellen, der braucht was Aufheiterndes. Die Witze bei der RAF machen meistens depressiv.«

Sie erreichten das Lazarett, ein hässliches Gebäude, eher eine Notunterkunft, über der wild eine Flagge der RAF flatterte. Gegen den Wind gestemmt stiegen sie die Betonrampe hinauf und traten ein.

Ein langhaariger Jüngling in RAF-Uniform saß an einem Tisch neben der Tür. Er hatte eine Tasse Tee vor sich stehen, eine Zigarette klebte ihm an der Unterlippe.

»Wir möchten Captain Crouchback besuchen.«

»Wissen Sie, wie Sie ihn finden?«

»Nein. Vielleicht sagen Sie es uns.«

»Ich weiß es nicht, so viel steht fest. Sagten Sie Captain? Wir nehmen hier keine Leute von der Army auf.«

»Er ist gestern eingeliefert worden und sollte geröntgt werden.«

»Dann versuchen Sie's mal auf der Röntgenstation.«

»Und wo ist die?«

»Steht angeschrieben«, sagte der RAF-Mann.

»Sollte man diesem Mann nicht eine Rüge wegen unverschämten Verhaltens erteilen?«, fragte Captain Fremantle.

»Hat überhaupt keinen Sinn«, sagte de Souza. »So was gilt bei der RAF nicht als Vergehen.«

»Da müssen Sie sich doch irren?«

»Ich irre mich nicht, es war ein Witz.«

In diesem Lazarett ging es nicht besonders geschäftig zu, und dies war die ruhigste Stunde des Tages. Die Patienten waren abgefüttert und sollten vermutlich schlafen, die Angestellten waren beim Essen. In dem Zimmer mit der Aufschrift ›Radiologie‹ war niemand. Die beiden Soldaten gingen leere Korridore hinunter, deren Böden mit irgendeiner dunklen, leicht klebrigen Substanz bedeckt waren, die ihre Schritte dämpfen sollte.

»Irgendwer muss hier doch Dienst haben.«

Als sie eine Tür sahen, an der ein Schild hing: ›Keine Besucher‹, machte de Souza sie auf und trat ein. Er fand einen stark fiebernden und offenbar im Delirium liegenden Mann, der sich sofort heftig darüber beklagte, dass sein ganzes Bett von giftigen Insekten wimmelte.

»*Delirium tremens*, vermutlich«, sagte de Souza. »Wenn wir seine Klingel drücken, denken sie vielleicht, es ginge ihm schlechter, und kommen mit Beruhigungsmitteln.«

Er klingelte, und nach einiger Zeit erschien auch ein Pfleger.

»Wir suchen nach einem Offizier von der Army namens Crouchback.«

»Das ist er nicht. Der hier steht auf der Gefahrenliste. Sie kommen besser raus«, und als sie wieder auf dem Korridor standen, sagte er: »So etwas hab ich noch nie erlebt. Irgendein Witzbold in Alexandria hat ihm ein Paket mit der Aufschrift: ›Nur durch Offizier zu übergeben‹ in die Hand gedrückt, das er nach London bringen sollte. Es war voller Skorpione, und sie sind alle entkommen.«

»Welche Gefahren ihr Jungs in den blauen Uniformen für uns auf euch nehmt! Aber wie finden wir Captain Crouchback?«

»Fragen Sie doch mal bei der Verwaltung nach.«

Sie fanden ein Büro mit einem Offizier.

»Crouchback? Nie gehört.«

»Haben Sie denn eine Liste Ihrer Patienten?«

»Selbstverständlich. Was glauben Sie denn?«

»Und da steht kein Crouchback drauf? Er ist gestern eingeliefert worden.«

»Ich hab gestern keinen Dienst gehabt.«

»Könnten wir mit dem Offizier sprechen, der gestern Dienst hatte?«

»Der hat heute frei.«

»Das Ganze hört sich für mich eindeutig nach Entführung an«, sagte de Souza.

»Hören Sie mal, ich weiß, verdammt noch mal, nicht, wer Sie beide sind, oder wie Sie reingekommen sind und was Sie hier machen.«

»Sicherheitsprüfung. Reine Routine«, sagte de Souza. »Wir werden bei der zuständigen Stelle unseren Bericht abgeben.«

Als sie das Lazarett verließen, wehte der Wind so heftig, dass jedes Gespräch unmöglich war, bis sie wieder im Schutz des Wagens waren. Dort sagte Captain Fremantle: »So hätten Sie mit dem Burschen da nicht umspringen sollen. Wir könnten in Teufels Küche kommen.«

»Nicht *wir*, Sie vielleicht. Meine Identität wird sorgfältig geheim gehalten. Jetzt geht's auf den Schwarzmarkt.«

Das Gasthaus bot zwar Schutz vor dem Sturm, jedoch keinerlei Leckerbissen. Von den Hotels in der Gegend unterschied es sich nur dadurch, dass es einen größeren Anteil Rationen erhielt, die Captain Fremantles eigener Quartermaster-Sergeant unter der Hand verkaufte. Trotzdem schmeckte es hier wesentlich besser als unter den düsteren Blicken von Ludovic.

»Schade, dass wir Crouchback nicht zu sehen bekommen haben«, sagte Captain Fremantle schließlich. »Sie müssen ihn verlegt haben.«

»Diese Kerker öffnen und schließen sich im Army-Alltag ständig. Sie meinen nicht, dass er im Auftrag des Kommandeurs entführt wurde? Immerhin hat er ziemlich auf der Abwesenheit von Captain Soundso rumgeritten, nicht wahr? Fast, als weide er sich daran.« Angeregt durch den schweren nordafrikanischen Wein, geriet de Souzas Phantasie in Bewegung wie bei einer Redaktionssitzung von abgehetzten Drehbuchschreibern. »Als wir davon ausgingen, dass er wahnsinnig ist, war das eine viel zu einfache Erklärung für das Verhalten Ihres Kommandeurs. Das Ganze ist eine hochpolitische Sache, Fremantle. Was meinen Sie, wie überrascht ich war, als ich den alten Onkel Crouchback am Busbahnhof in London traf. Es liegt doch auf der Hand, dass der viel zu alt ist, um noch mit Fallschirmen herumzuspringen. Ich hätte gleich Lunte riechen müssen, aber ich dachte natürlich nur an den schlichten, eifrigen Offizier, den ich 1939 kennengelernt hatte. Vier Jahre totaler Krieg können einen Menschen ganz schön verändern. Ich bin ja auch nicht mehr derselbe wie früher. Ich habe ein unwichtiges, aber sehr auffälliges Stück von meinem linken Ohr auf Kreta gelassen. Onkel Crouchback ist vermutlich mit einem ganz bestimmten Auftrag hergeschickt worden. Vielleicht, Major Ludovic zu beobachten, vielleicht ist es aber auch genau umgekehrt, und Ludovic sollte Crouchback beobachten. Einer von beiden ist ein faschistischer Agent, oder sogar beide. Onkel Crouchback hat beim H. O. O. H. Q. gearbeitet, das ist ein berüchtigtes Verschwörernest. Vielleicht hat man unserem Ludovic Geheimbefehle überbringen lassen, ohne jede Erklärung, in denen einfach nur stand ›Oben genannter Offizier ist entbehrlich‹. Neulich Abend hat gerade jemand gesagt, es wäre überhaupt nicht schwer, eine römische Kerze zu bauen. Crouchbacks Nummer innerhalb der Gruppe war bereits bekannt. Zweifellos haben Ludovic und seine Komplizen eine Falle dieser Art arrangiert.«

Auch das schlichte Gemüt des Captain Fremantle war von dem eisenhaltigen, tiefroten Getränk angeregt und erwärmte sich jetzt für diese Vorstellung.

»Tatsächlich war das das Erste«, sagte er, »wonach der Kommandeur fragte, nachdem ich ihm von Crouchbacks Unfall berichtete. ›Eine römische Kerze?‹, als wäre das die natürlichste Sache der Welt.«

»Es hätte ja auch ganz natürlich ausgesehen. Dem Kommandeur sollte der Zeitpunkt der Ermordung unbekannt sein. Es hätte gleich am ersten Nachmittag passieren können – oder gestern. Nur hat Crouchbacks kleiner Unglücksfall ihm das Leben gerettet – vorerst jedenfalls. Jetzt haben sie ihn wieder zu fassen gekriegt, und ich glaube nicht, dass Sie oder ich unseren alten Waffengefährten je wieder zu sehen bekommen.«

Sie spielten die Möglichkeiten der Verschwörung, des Komplotts durch und malten sich den Verrat weiter aus. Captain Fremantle war ein schlichter Mann. Vor dem Krieg hatte er in bescheidener Stellung bei einer Versicherung gearbeitet. Der Posten, den er nunmehr seit drei Jahren bekleidete, hatte ihm Gelegenheit gegeben, manche geheimnisvolle Zusammenhänge zu ahnen. Zu viele sonderbare Gestalten waren für kurze Zeit in seinen beschränkten Gesichtskreis getreten, als dass er sich der Vorstellung einer hochkomplizierten Welt von Lug und Betrug und Gefahr, die jenseits seiner Erfahrung lag, entziehen konnte. Kurz gesagt, er war bereit, alles zu glauben, was man ihm erzählte. Was ihn an de Souza irremachte, war nur, dass er so viele Theorien aufstellte.

Später, auf der Heimfahrt, entwickelte de Souza den Gedanken an ein mögliches weiteres Komplott.

»Denken wir zu sehr in den Begriffen unserer Zeit?«, fragte er. »Im Stil der dreißiger Jahre? Sowohl Onkel Crouchback als auch Ihr Major Dracula sind in den zwanziger Jahren zu Männern herangereift. Vielleicht sollten wir mal nach einem Liebesmotiv suchen. Ihr Kommandeur ist doch ganz offensichtlich stockschwul, und Onkel Crouchbacks Sexualleben war schon immer ein Geheimnis gewesen. Solange wir zusammen waren, war er bestimmt kein Herzensbrecher. Vielleicht handelt es sich einfach um einen altmodischen Fall von Erpressung oder – noch besser – um Eifersucht.«

»Was heißt, noch besser?«, Captain Fremantle war völlig überfordert.

»Weil es insgesamt nicht ganz so unerquicklich ist.«

»Aber woher wollen Sie wissen, dass der Kommandeur irgendwas mit Crouchbacks Verschwinden zu tun hat?«

»Das ist unsere Arbeitshypothese.«

»Ich weiß einfach nicht, ob ich Sie ernst nehmen soll oder nicht.«

»Das wissen Sie allerdings nicht. Aber Sie müssen zugeben, Sie haben unsere kleine Spritztour genossen. Ich habe Ihnen etwas gegeben, worüber Sie nachdenken können.«

Ein ebenso verwirrter wie nachdenklicher Staff Captain kehrte am frühen Nachmittag in seine Dienststelle zurück. Man hatte ihn beauftragt, bei dem auszubildenden Offizier, der am zuverlässigsten wirkte, taktvoll nachzufragen, ob ihm und seinen Kameraden etwas an ihrem Kommandeur aufgefallen sei. Und jetzt war er einem Geheimnis, möglicherweise sogar einem Mord auf der Spur, dessen Motive in der Höhenluft der internationalen Politik oder in den Abgründen naturwidrigen Lasters verborgen waren. Mit solchen Dingen kannte Captain Fremantle sich nicht aus.

Als sie die Villa erreichten, wirkte sie wie ausgestorben. Außer dem Heulen des Windes im Kamin war jedenfalls kein Laut zu hören. Ein Gefreiter vom Royal Army Service Corps hatte Dienst in der Garage. Alle anderen, die sich im Haus aufhielten, hatten nichts zu tun und waren ins Bett gegangen bis auf Major Ludovic, der, wie Captain Fremantle erfuhr, in der Zeit, da sie auf dem Flugplatz gewesen waren, mit dem Auto weggefahren war. Er hatte den Fahrer mitgenommen und wie alle Kommandeure, die sich von ihrem Posten entfernen, erklärt, er sei »zu einer Besprechung« gerufen worden.

»Ich glaube, ich gehe hinauf und lege mich hin«, sagte de Souza. »Vielen Dank für die Fahrt.«

Der Staff Captain sah sich in seinem aufgeräumten Dienstzimmer um, wo seit dem Morgen keine neuen Papiere eingetroffen waren. Dann bettete auch er seinen verwirrten Kopf auf das Kissen. Der afrikanische Wein tat seine sanft einschläfernde Wirkung. Er schlief, bis sein Bursche kam, um die Verdunkelung in seinem Zimmer herunterzuziehen.

»Verzeihung, Sir«, sagte der Mann, als er die Gestalt mit dem zerzausten Haar im Bett liegen sah. »Ich wusste nicht, dass Sie hier sind.«

Langsam kam Captain Fremantle wieder zu sich.

»Wird Zeit, dass ich aufstehe«, sagte er. »Ist der Kommandeur wieder zurück?«

»*Yessir*«, sagte der Mann und grinste.

»Was ist so lustig daran, Ardingly?« Zwischen den beiden herrschte eine Vertraulichkeit und Herzlichkeit, von der Ludovic, der Ardinglys Dienste ebenfalls in Anspruch nahm, vollständig ausgeschlossen war.

»Der Major, Sir. Er macht schon komische Sachen.«

»Komische Sachen?« Unheimliche Erinnerungen wurden in Captain Fremantle wach. »Was für komische Sachen?«

»Er hat sich einen kleinen Hund geholt.«

»Und mit dem macht er komische Sachen?«

»Nicht gerade, was man von einem Major erwartet.«

»Vielleicht sollte ich mir das besser mal ansehen.«

»Vielleicht würden Sie sagen, er verhält sich weibisch«, meinte Ardingly.

Captain Fremantle hatte sich einfach hingelegt, wie er gerade war. Er hatte nur Stiefel, Gamaschen und Uniformrock ausgezogen. Jetzt stand er auf, zog die Uniform wieder an und ging über den Korridor zu Major Ludovics Gemächern. Als er vor der Tür stehen blieb, hörte er drinnen leise schnalzende Laute, wie von einer Bauersfrau beim Hühnerfüttern. Er klopfte und trat ein.

Der Boden von Ludovics Zimmer war bedeckt von Untertassen mit Milch, Bratensauce, Frühstücksfleisch, Zwieback, Woolton-Würstchen und anderen Esswaren. Hier und da war das Fressen rücksichtslos verstreut, nichts schien den Appetit des kleinen Pekinesen-Hündchens gereizt zu haben, das in einem Nest aus zerfetztem Papier unter Ludovics Bett kauerte. Es war ein hübsches Tier, dessen Augen genauso vorstanden wie die von Ludovic. Der kroch auf allen vieren herum und machte die Geräusche, die draußen zu hören gewesen waren. Auf den ersten Blick sah man nichts von ihm als einen khakifarbenen Hosenboden, ähnlich wie Jumbo Trotter am Billardtisch – eine Gestalt aus einem alten Schwank, die sich »zufällig bückte« und zu einem Fußtritt einlud. Als er Fremantle sein Gesicht zuwandte, strahlte es reine Freude aus, nicht die Spur von Verlegenheit oder Ärger über Fremantles Eindringen. Mit dem ganzen Überschwang seines Herzens wollte er, dass alle seine Freude teilten.

»Fremantle«, sagte er, »sehen Sie sich bloß diesen kleinen Drückeberger an. Wollte nichts fressen, egal, was ich ihm anbot. Hab mir schon Sorgen gemacht und gedacht, er wäre krank und ich müsse den Arzt rufen. Dann kehrte ich ihm für einen Augenblick den Rücken zu – und was sehe ich? Er hat doch die ganze letzte Nummer von *Survival* weggeputzt. Was sagen Sie zu solchem Appetit?« Dann verfiel er in einen verzückten und – in Captain Fremantles Ohren – haarsträubenden Tonfall der Vernarrtheit und wandte sich an den jungen Hund: »Was soll denn der Onkel Staff Captain sagen, wenn du diesen schönen Happen nicht frisst, na? Und was soll der nette Onkel Redakteur sagen, wenn du seine kluge Zeitung frisst?«

Gleichzeitig lag Guy keine Meile von Ludovic und seinem Schoßhündchen entfernt im Bett. Es gab, wie de Souza bemerkt hatte, in der Tat Kerker, die sich von Zeit zu Zeit öffneten und Angehörige der Streitkräfte Seiner Majestät verschlangen. Das war Guy zugestoßen. Er trug einen Flanellpyjama, der nicht sein eigener war. Sein Bein steckte in einer Gipshülle und fühlte sich an, als hätte er jedes Eigentumsrecht auf diese Gliedmaße verloren. Er war allein in einer Hütte zurückgeblieben, in der die Musik dermaßen dröhnte, dass vom Wind draußen nichts zu hören war. Es handelte sich um das Krankenlager des Flugplatzes. Hier hatte man ihn mit einem Krankenwagen vom RAF-Lazarett hergebracht. Ein junger Stabsarzt hatte ihm dort gesagt, er bedürfe keiner weiteren Behandlung: »Sie müssen nur liegenbleiben, alter Junge. In ein paar Wochen sehen wir uns das noch mal an und nehmen dann den Gips ab. Sie werden sehen, es wird ganz gemütlich.«

Guy hatte es allerdings überhaupt nicht gemütlich. Außer ihm war niemand sonst im Krankenlager. Der Einzige, der sich um ihn kümmerte, war ein junger Mann, der sich sofort, nachdem die Krankenträger gegangen waren, auf sein Bett setzte und erklärte: »Ich bin ein C. O.«

»Commanding Officer?«, fragte Guy ohne Überraschung.

Bei diesen Leuten hier schien alles möglich zu sein.

»Nein, Conscientious Objector – Kriegsdienstverweigerer.«
Er erklärte ausführlich seine Vorbehalte und musste dabei
die laute Jazzmusik übertönen. Sie waren weder politischer
noch ethischer, sondern okkulter Natur und hatten irgendwas
mit den Ausmaßen der großen Pyramide zu tun.

»Ich hätte Ihnen ein Buch darüber leihen können, nur hat
man mir das geklaut.«

Dieser junge Mann war völlig ohne Arg, aber auch ohne
die Fähigkeit, gefällig zu sein. Guy wollte etwas zum Lesen
von ihm haben. »Neulich war mal einer von der Wohlfahrt
mit Büchern hier. Aber ich nehme an, die hat sich irgendwer
unter den Nagel gerissen. Es waren aber sowieso Bücher, die
kein Mensch lesen würde. Bei der RAF wird nicht viel gelesen.
Wenn sie was interessiert, dann das Radio.«

»Können Sie nicht dieses infernalische Geräusch abstellen?«

»Was für ein Geräusch?«

»Das Radio.«

»Oh nein, das kann ich nicht. Das ist eine ganz eigene Zu-
sammenstellung, die im ganzen Lager zu hören ist. Es ist gar
nicht Radio, sondern größtenteils Platten. Sie werden bald
feststellen, dass Sie es gar nicht mehr hören.«

»Wo sind denn meine Sachen?«

Der Kriegsdienstverweigerer sah sich ziellos in der Hütte
um. »Scheinen nicht hier zu sein, nicht wahr? Vielleicht wurden sie zurückgelassen. Darüber müssen Sie mit Admin reden.«

»Und wer ist Admin?«

»Die Administration, die Verwaltung – jede Woche schaut
einmal einer rein.«

»Hören Sie«, sagte Guy. »Ich muss unbedingt hier raus.
Würden Sie in der Fallschirmspringerschule anrufen und
Captain Fremantle bitten herzukommen?«

»Das kann ich nicht.«

»Warum denn nicht, um alles auf der Welt?«

»Nur Admin ist es gestattet zu telefonieren. Welche Nummer hat diese Schule denn?«

»Das weiß ich nicht.«

»Na, da sehen Sie's.«

»Kann ich diesen Admin sprechen?«

»Ja, wenn er herkommt.«

Einen ganzen zermürbenden Tag lang lag Guy da und starrte die Wellblechdecke an, während die Jazzklänge um ihn herum an- und abschwollen. Oft brachte ihm der Pfleger Tee und Teller mit ungenießbaren Dingen. In der zweiten Nacht fasste er den Entschluss zu fliehen.

Der Wind hatte sich im Laufe der Nacht gelegt. Seine Kameraden, so meinte er, könnten jetzt gerade zu ihrem fünften Absprung starten. Unter Schmerzen und mit enormem Kraftaufwand humpelte er durch das Krankenlager und stützte sich dabei auf die Fußenden der leeren Betten. In einer Ecke stand ein nahezu borstenloser Besen, mit dem der Helfer den Boden kehren sollte. Diesen Besen als Krücke benutzend, gelangte Guy ins Freie. Er erkannte die Gebäude; für jemanden, der beide Beine gebrauchen konnte, war die Entfernung zwischen dem asphaltierten Hof und dem Offizierskasino eine Kleinigkeit. Zum ersten Mal seit seiner unseligen Landung fühlte Guy den starken Schmerz in seinem Knie. In der Kälte des Novembermorgens schwitzend, schaffte er die fünfzig schwierigen Schritte. In der Kaserne der Halberdiers wäre so etwas unmöglich unbemerkt geblieben. Hier jedoch hielt ihn niemand auf, kein Mensch half ihm.

Endlich ließ er sich in einen Lehnsessel gleiten.

Ein oder zwei Piloten gafften ihn an, verhielten sich ansonsten jedoch der Ankunft dieses pyjamabekleideten Invaliden gegenüber ebenso gleichgültig wie damals, als Guy zusam-

men mit seinen Kameraden zum Fallschirmspringen hergekommen war. Das Gedudel der Musik übertönend, schrie er
einen der Leute an: »Ich möchte gern einen Brief schreiben.«

»Nur zu! Stört mich nicht.«

»Gibt es hier so was wie Papier und Bleistift?«

»Sehen Sie was? Ich nicht.«

»Was machen Sie denn, wenn Sie einen Brief schreiben wollen?«

»Mein Alter hat mir beigebracht: ›Niemals was schriftlich
niederlegen.‹«

Die Piloten sperrten Mund und Ohren auf. Einer ging hinaus, ein anderer trat ein.

Guy saß da und wartete – nicht vergebens. Nach einer
Stunde etwa trafen die Fallschirmspringer ein, diesmal unter
dem Kommando von Captain Fremantle.

Der Staff-Captain hatte inzwischen zweimal über Guys
Verschwinden geschlafen. Jetzt stimmte er zwar keiner von
de Souzas Hypothesen zu, doch etwas Geheimnisvolles hatte
diese Sache allemal. Er war keineswegs darauf vorbereitet,
Guy im Pyjama mit einem Besen in der Luft herumfuchteln
zu sehen. Vorsichtig kam er näher.

»Gott sei Dank sind Sie gekommen«, sagte Guy mit einer
Herzlichkeit, an die Captain Fremantle nicht gewöhnt war.

»Ja. Ich muss mit dem Offizier der Flugleitung etwas besprechen.«

»Sie müssen mich hier rausbringen.«

Captain Fremantle hatte über drei Jahre Army-Erfahrung,
und nachdem Guy seine missliche Lage hastig erzählt hatte,
kam Fremantles Stabsentscheidung prompt: »Damit habe ich
nichts zu tun. Nur der Stabsarzt kann Sie entlassen.«

»Es gibt keinen Stabsarzt hier. Nur eine Art Sanitäter.«

»Der genügt nicht. Muss vom Stabsarzt unterschrieben
sein.«

Die elf Klienten waren mürrisch. Ihr Hochgefühl hatte sich mit ihrer Angst gelegt. Dieser letzte Sprung war nur noch eine unangenehme Pflichtübung. De Souza sah Guy und kam zu ihm.

»Es geht Ihnen also gut, Onkel«, sagte er.

Guy hatte als Quelle für seine sprudelnde Phantasie gedient, um einen unangenehmen Tag hinter sich zu bringen. Der Scherz war vorbei. Jetzt wollte de Souza den Lehrgang schnell zu Ende bringen, um nach London zurückzufahren, in die Arme eines wartenden Mädchens.

»Man treibt mich hier zum Wahnsinn, Frank.«

»Ja«, sagte de Souza, »ja, das kann ich mir vorstellen.«

»Der Staff Captain sagt, er kann mich hier nicht rausholen.«

»Das kann er wohl nicht. Ich bin jedenfalls froh, sicher zu sein, dass es Ihnen gutgeht. Sieht so aus, als ob wir gleich abheben.«

»Frank, erinnern Sie sich an Jumbo Trotter in der Kaserne?«

»Kann ich nicht sagen.«

»Der könnte mir helfen. Würden Sie mir den Gefallen tun und ihn sofort anrufen, sobald Sie zurückkommen? Erzählen Sie ihm einfach, was mit mir passiert ist und wo ich bin. Ich kann Ihnen seine Nummer geben.«

»Aber *werde* ich zurückkommen? Das ist die Frage, die mich im Augenblick am allermeisten beschäftigt. Jedes Mal, wenn wir in dieses Flugzeug steigen, setzen wir unser Leben aufs Spiel – vielmehr, wenn wir es verlassen. Vielleicht liege ich in einer halben Stunde bewusstlos neben Ihnen. Vielleicht bin ich aber auch tot. Man hat mir gesagt, man schaufelt sich sein eigenes Grab – genau das waren die Worte des Ausbilders –, falls der Fallschirm nicht aufgeht. Man rammt sich selbst einen Meter tief in den Boden, und sie brauchen nichts weiter zu tun, als ein bisschen Erde auf einen draufzuschaufeln. Diese Aussicht führe ich Gilpin immer wieder vor Augen. Verborgen ruht in reicher Erd' noch reich'rer Staub! In meinem Fall wäre es dann ein Fleckchen Erde, das für immer anglosephardisch bliebe.«

»Frank, würden Sie Jumbo für mich anrufen?«

»Wenn ich mit dem Leben davonkomme, Onkel, ja.«

Guy humpelte zurück in sein Bett.

»War es da draußen nicht ein wenig kalt?«, fragte der Kriegsdienstverweigerer.

»Bitterkalt.«

»Ich hatte mich schon gewundert, wo mein Besen geblieben sein könnte.«

Völlig erschöpft von der Anstrengung lag Guy auf seinem Bett. Sein eingegipstes Bein schmerzte mehr denn je. Schließlich kam der Kriegsdienstverweigerer mit Tee.

»Ich habe ein paar Bücher aus dem Büro des Squadron Leaders«, sagte er und reichte ihm zwei ziemlich zerfledderte Bände mit Bildgeschichten, die wegen ihres eher jugendlichen Humors ›Comics‹ genannt wurden. Was ihren Preis betraf, hätte man sie aber eher Groschenromane nennen sollen, oder Schauerromane, denn die Geschichten, um die es darin ging, waren allesamt haarsträubend.

Ein Flugzeug landete.

»War das das Übungsflugzeug?«, fragte Guy.

»Weiß ich nicht, kann ich nicht sagen.«

»Seien Sie doch so nett, gehen Sie hin und finden Sie das für mich raus. Fragen Sie, ob irgendjemand verletzt worden ist.«

»So was würden sie mir nicht sagen. Außerdem glaube ich nicht, dass sie es wissen. Sie lassen sie bloß abspringen und kommen dann zurück. Die Leichen werden vom Bodenpersonal eingesammelt.«

Guy versenkte sich in den Comic des Majors. Wohin de

Souza ging, auf Schritt und Tritt hinterließ er eine Spur unbegründeter Angst.

Nichts konnte Jumbos Mitgefühl so sehr erregen wie die Nachricht, ein Halberdier sei in die Hände der Air Force gefallen. Wer ihn nur flüchtig kannte, wäre nie auf den Gedanken gekommen, er könne schnell zur Tat schreiten. In Guys Fall wurde aus seiner sonst eher gemächlichen Gangart ein furioser Schweinsgalopp. Nicht nur Jumbo samt Wagen, Bursche und Fahrer, auch der Stabsarzt des Durchgangslagers mit einem Assistenten und ein Krankenwagen samt Besatzung rasten von London nach Essex. Die richtigen Papiere wurden vorgewiesen, Entlassungspapiere ausgefüllt. Guys Kleider aus dem Lazarett und der Rest seines Gepäcks aus der Sprungschule wurden abgeholt und er selbst aus dem Krankenlager des Flugplatzes entlassen. Auf diese Weise war er schon in London in seinem stillen Zimmer, als de Souza, Gilpin und ihre Kameraden in den Bus verfrachtet wurden, der sie nach London zurückbrachte.

Am nächsten Morgen meldete Captain Fremantle sich mit den üblichen vertraulichen Unterlagen beim Kommandeur und stellte fest, dass Ludovics Schreibtisch von allen Papieren leer geräumt war. Der junge Pekinese war im Alleinbesitz dieser eichenen Platte, auf der so viele von Ludovics *Pensées* niedergeschrieben worden waren. Nur gelegentlich reagierte er auf die Versuche, mittels eines Tischtennisballs, eines Stücks Schnur und eines Radiergummis seine Aufmerksamkeit zu erregen.

»Wie wollen Sie ihn denn nennen, Sir?«, fragte Captain Fremantle in dem unterwürfigen Ton, der ihm für gewöhnlich eine Abfuhr eintrug. Heute Nachmittag jedoch wurde er wohlwollender aufgenommen.

»Darüber denke ich sehr viel nach. Captain Claire hat seinen Hund Freda genannt. Dieser Name kommt nicht in Frage, denn mein Hund ist natürlich keine Hündin. Ich kannte mal einen Hund namens Tropper, aber das war ein viel größeres Tier mit einem ganz anderen Wesen.«

Voller Widerwillen blickte er auf den Bericht, der ihm gereicht wurde. »Arbeit«, sagte er. »Routine. Na schön, lassen Sie's da.« Zärtlich trug er das Hündchen in seinen Korb. »Bleib da«, sagte er. »Daddy muss jetzt erst mal dein Happahappa verdienen.«

Captain Fremantle salutierte und zog sich zurück. Ludovic fand die richtigen Vordrucke und machte sich an die Arbeit, die Berichte umzuschreiben.

De Souza okay, las er und übersetzte das mutig in: *Obengenannter Offizier hat den Lehrgang zufriedenstellend absolviert und kann uneingeschränkt für den Fronteinsatz empfohlen werden.*

Über Gilpin schrieb er: *Anfängliche Abneigung gegen das Springen konnte nur mit großer Mühe überwunden werden. Es wird empfohlen, die Festigkeit dieses Offiziers noch weiter zu prüfen, ehe er als frontdiensttauglich erklärt wird.*

Guy ließ er absichtlich bis zuletzt liegen. Der Chefausbilder hatte geschrieben: *Taugt nicht. Zu alt. Geist willig – Fleisch schwach.* Ludovic hielt inne, suchte nach den treffenden Worten für den Satz, den niederzuschreiben er entschlossen war. Als Kind war er mit Bibellektüre gefüttert worden und war mit der Geschichte von Urija, dem Hethiter, und mit der schwerblütigen Diktion der Bibelsprache vertraut, doch obwohl die Versuchung groß war, schaffte er es, auf sämtliche altertümlichen Ausdrücke zu verzichten, als er dieses *Pensée* verfasste: *Ein harmloser Unfall*, schrieb er, *der in keiner Weise auf Unvermögen oder Nachlässigkeit dieses Offiziers zurückzuführen ist, hinderte ihn daran, den Lehrgang zu Ende zu*

führen. Er bewies jedoch eine so außergewöhnliche Befähi-
gung, dass er ohne weitere Ausbildung zum sofortigen Einsatz
vorgeschlagen wird.

Er faltete die Bögen zusammen, schrieb ›Streng geheim!‹ darauf, steckte sie in die Umschläge und ließ seinen Staff Captain kommen.

»Siehst du«, wandte er sich an den Pekinesen. »Daddy ist fertig mit seiner grässlichen Arbeit. Hast du gedacht, er hat dich vergessen? Warst du eifersüchtig auf die ungezogenen Soldaten-Männer?«

Als Captain Fremantle sich meldete, trug Ludovic den kleinen Hund am Herzen, er hatte ihn in seine Uniformjacke gesteckt, so dass nur noch der leuchtend weiße Kopf hervorschaute.

»Ich weiß jetzt, wie ich ihn nenne«, sagte Ludovic. »Für Sie ist das vielleicht ein recht konventioneller Name, doch für mich ist er mit ganz bestimmten Assoziationen verbunden. Er heißt Fido.«

9

Das Durchgangslager war für jemanden, der das Bett hüten musste, nicht gerade der ideale Aufenthaltsort, trotz Jumbos deutlicher Bemühungen, Guy dort eine bevorzugte Stellung einzuräumen. Seit letztem Jahr betrachtete er ihn fast als so etwas wie einen Altersgenossen, jedenfalls nicht mehr als abenteuerlustigen jüngeren Offizier, sondern als gereiften Halberdier, dem man genau wie ihm grausam und ungerechterweise eine wenig heldenhafte Rolle aufgezwungen hatte. Als Ort, den man des Morgens verließ und zu dem man spätabends zurückkehrte, war das Lager durchaus gut gewesen. Aber es war ungeeignet, um dort Tag und Nacht zu verbringen – vor allem nicht solche Nächte, wie Guy sie jetzt durchlitt. Wegen des Klopfens in seinem Knie und dem schweren Gewicht seines Gipsverbands tat er kaum ein Auge zu. Zwei Tage lang war die Befreiung von der Musik sowie der Gesellschaft des Kriegsdienstverweigerers Trost genug. Doch dann überfiel ihn eine unruhige Schwermut. Jumbo bemerkte es.

»Sie sollten mehr Kameraden sehen«, sagte er. »Hier ist es in vieler Hinsicht unbequem. Es geht schließlich nicht an, dass ein Haufen Frauen hier ein und aus geht. Eigentlich sollten Zivilisten überhaupt keinen Zutritt haben. Gibt es denn niemanden, der Sie bei sich aufnehmen könnte? Nichts wäre leichter, als Wohngeld zu beziehen.«

Guy überlegte: Box-Bender? Dort wäre er nicht willkommen. Kerstie Kilbannock? Dort wohnte schon Virginia.

»Nein«, sagte er. »Ich wüsste niemanden.«

»Schade. Wie wär's, wenn ich Ihren Club benachrichtigte? Der Portier dort könnte Ihre Freunde herschicken. Wie geht's dem Knie denn heute?«

Guy hatte sich nicht ernstlich verletzt – irgendetwas hatte geknackt, etwas war verdreht. Im Grunde war es kaum schlimmer als nach dem Gästeabend in der Halberdier-Kaserne, und doch war er behindert, und er hatte Schmerzen. Wade und Fußgelenk waren geschwollen, weil der Verband sie beengte.

»Ich glaube, es würde mir wesentlich bessergehen, wenn dieses Ding da weg wäre«, sagte er.

»Wer hat Ihnen den angelegt?«

»Einer von den RAF-Ärzten.«

»Das kommt gleich weg«, erklärte Jumbo. »Ich schicke Ihnen meinen Mann herauf.«

Gehorsam kam der Stabsarzt, ein Major, der zum Lager abkommandiert war – einer der leichteren Posten in dem sonst strengen Dienst –, mit einer Schere und befreite ihn unter Mühen von dem hinderlichen Verband.

»Ich glaube, es spricht nichts dagegen, den Verband abzunehmen«, sagte er. »Sie hätten mir die Röntgenaufnahmen schicken sollen, was sie natürlich nicht getan haben. Meinen Sie, so ist es für Sie angenehmer?«

»Sehr viel angenehmer.«

»Nun, das ist doch das Wichtigste. Ich meine, eine Bestrahlung könnte ganz nützlich sein. Ich werde jemanden mit einer Lampe vorbeischicken.«

Diese Reinkarnation von Florence Nightingale tauchte jedoch nie auf. Die Schwellung von Wade und Fußgelenk ging leicht zurück, das Knie dagegen schwoll enorm an. Statt unter einem ständigen Schmerz litt Guy jetzt unter häufigen, außerordentlich qualvollen Krämpfen, sobald er sich im Bett bewegte. Doch alles in allem waren sie dem vorherigen Zustand vorzuziehen.

Die erste Folge von Jumbos Anruf bei Bellamy's war der Besuch von Lieutenant Padfield. Er kam am Vormittag, zu einer Zeit, wenn die meisten Männer und Frauen in London arbeiteten, und brachte die neueste Ausgabe von *Survival* sowie ein Staffordshire-Figürchen von Mr. Gladstone. Außerdem hatte er einen schönen Strauß Chrysanthemen dabei, doch die waren nicht für Guy bestimmt.

»Ich bin auf dem Weg ins Dorchester«, erklärte er. »Ruby hatte gestern Abend ausgesprochenes Pech. Einer von unseren Generälen hier in Europa ist ein großer Bewunderer von *Peter Pan*. Ruby lud ihn zum Dinner ein, damit er Sir James Barrie kennenlernen konnte. Außerdem war sie so freundlich, mich dazuzubitten. Ich war überrascht zu hören, dass Barrie noch lebte. Nun, selbstverständlich lebt er nicht mehr. Wir warteten eine ganze Stunde auf ihn, und als sie zuletzt nach dem Essen klingelte, hieß es, der Etagenkellner sei fort und im Übrigen habe es ohnehin eine Bombenwarnung gegeben. ›Das muss es sein – er ist bestimmt in den Luftschutzkeller gegangen‹, sagte sie. ›In seinem Alter – lächerlich!‹ Und so bekamen wir kein Abendessen, was den General sehr verstimmte und Ruby ebenso.«

»Sie führen schon ein kompliziertes Leben, Loot.«

»So etwas passiert einem, wie ich höre, in New York auch dauernd. Alle Privatsekretäre sind in Washington. Also dachte ich, ein paar Blumen …«

»Sie können ihr den Mr. Gladstone auch mitbringen, Loot. Es war lieb von Ihnen gemeint, wissen Sie, aber ich weiß wirklich nicht, wohin damit.«

»Meinen Sie, er würde Ruby Freude machen? Die meisten Sachen, die sie besitzt, sind französisch.«

»Ihr Mann war unter Lord Asquith Minister.«

»Ja, natürlich. Das hatte ich ganz vergessen. Dann ist es was anderes. Jetzt muss ich gehen.« An der Tür blieb er stehen und betrachtete unsicher das Tonfigürchen. »Die Glenobans lassen Ihnen ihr herzlichstes Mitgefühl ausrichten.«

»Ich kenne sie nicht.«

»Und auch Ihr Onkel Peregrine – was für ein interessanter Mann … Wissen Sie, ich glaube, Mr. Gladstone passt doch nicht so recht in Rubys Zimmer.«

»Dann schenken Sie ihn den Glenobans.«

»Sind das Liberale?«

»Würde ich doch annehmen. Viele Schotten sind das.«

Endlich überließ der Lieutenant Guy sich selbst und seiner Lektüre von *Survival*.

Es handelte sich um die Nummer, die der kleine Fido verschlungen hatte. Sie war in Druck gegangen, lange bevor Everard Spruce Ludovics Manuskript bekommen hatte. Gelangweilt blätterte Guy darin herum. Im Vergleich zu dem Comic des Air Force Majors kam die Zeitschrift bei ihm schlecht weg, insbesondere, was die Zeichnungen betraf. Everard Spruce hatte in der Zeit, da er mit den Marxisten geliebäugelt hatte, eine peinliche persönliche Vorliebe für Fragonard entwickelt, den er über Léger stellte. Er verbarg diese Neigung, indem er so tat, als interessiere er sich überhaupt nicht für Graphisches, und steif und fest behauptete – und zu Recht –, er wisse, dass die Arbeiterschaft in ihrer Gleichgültigkeit diesen Dingen gegenüber hinter ihm stehe. »Sehen Sie sich doch mal Russland an«, pflegte er zu sagen. Aber das Propagandaministerium hatte in der Anfangszeit von *Survival* darauf hingewiesen, da Hitler eine deutliche Vorliebe für die gegenständliche Malerei hervorkehre, sei es in England eine patriotische Pflicht, für die kosmopolitische Avantgarde einzutreten. Dem hatte Spruce sich ohne Murren gebeugt, und so brachte *Survival* des Öfteren Kunstbeilagen, für die Frankie und Coney zuständig waren. Eine solche lag dieser Ausgabe bei – zehn Hochglanzseiten voller Schnörkel. Nach der Betrachtung dieser Seiten wandte sich Guy einem Essay des pazifistischen und im Ausland lebenden Parsnip zu, in dem dieser der inneren Verwandtschaft zwischen Kafka und Klee nachspürte. Guy hatte keinen dieser beiden berühmten Namen je gehört.

Sein nächster Besucher war Onkel Peregrine.

Onkel Peregrine hatte wie der Lieutenant sehr viel Muße. In der Annahme, sein Kommen sei Geschenk genug, hatte er nichts weiter mitgebracht. Den Regenschirm und seinen weichen abgetragenen Hut in der Hand, saß er da und sah seinen Neffen vorwurfsvoll an.

»Du solltest besser auf dich aufpassen«, sagte er, »jetzt, wo du das Oberhaupt der Familie bist.«

Er war fünf Jahre jünger als Guys Vater, wirkte jedoch älter; ein unvollkommener und schlecht gepflegter Abguss aus derselben Gussform.

Lieutenant Padfield hatte Peregrine Crouchback ›interessant‹ genannt, ein Urteil, mit dem er allein dastand. Gewiss,

Peregrine war ein Mann mit vielerlei Interessen, er war belesen, in der Welt herumgekommen und bei allerlei abseitigen Themen recht bewandert, dazu ein kenntnisreicher Sammler von Kleinkunst. Ein vornehm gekleideter und herausgeputzter Mann, wenn er am päpstlichen Hof Dienst tat, und trotzdem ein Mensch, dem selbst diejenigen aus dem Wege gingen, die seine Interessen teilten. Er war ein Beispiel jener undefinierbaren Benommenheit, die Guy auch bei sich selbst gelegentlich feststellte; eine schwermütige Verschlossenheit, die sich bei Ivo bis zum Wahnsinn gesteigert hatte und die Arthur Box-Bender zunehmend mit Entsetzen erfüllte, wenn er die Briefe seines Sohnes aus dem Gefangenenlager las.

1915 hatte Onkel Peregrine sich am ersten Tag auf den Dardanellen eine komplizierte Form von Ruhr zugezogen und war für den Rest des Krieges genötigt gewesen, als Adjutant eines Kolonialgouverneurs zu dienen, der wiederholt, wenn auch vergeblich, telegraphisch um seine Ablösung gebeten hatte. In den 1920er-Jahren hatte er im diplomatischen Dienst als Honorarattaché herumgehangen. Nachdem Ralph Brompton als Erster Sekretär an dieselbe Botschaft gekommen war, hatte er versucht, ihn zum Sündenbock für alles zu machen, was im Büro schiefging, jedoch ohne Erfolg. Onkel Peregrines apathischem Selbstwertgefühl hatte kein Versuch, ihn lächerlich zu machen, etwas anhaben können; es war nicht möglich gewesen, aus diesem starren Element auch nur *einen* Funken zu schlagen. Im letzten Jahrzehnt nach der Abwertung des Pfundes hatte Onkel Peregrine sich in London niedergelassen, in einer altmodischen Wohnung in der Nähe der Westminster Abbey, wo er an hohen Feiertagen in den unterschiedlichsten Vasallentrachten assistierte. Vielleicht war er für einen neugierigen Ausländer wie den Lieutenant tatsächlich ein veritabler Gegenstand des Interesses. Außerhalb Englands und in einer anderen Zeit wäre er völlig undenkbar gewesen.

Onkel Peregrine genoss den Krieg geradezu. Als die Bombenangriffe begannen, war er um seine eigene Sicherheit überhaupt nicht besorgt. Er frohlockte innerlich, als sich so viele seiner düsteren Voraussagen hinsichtlich der britischen Außenpolitik bewahrheiteten. In letzter Zeit hatte er sogar eine geeignete Aufgabe gefunden. Im Zuge der ›Aktion Wiederverwertung‹ wurden alle pflichtbewussten Bürger aufgefordert, ihre Bücherschränke zu räumen, damit man aus der Papiermasse Behördenformulare und neue Ausgaben von *Survival* herstellen könne. Viele seltene und wunderschöne Bände gingen verloren, ehe dem Ministerium aufging, dass man besser daran täte, sie zu verkaufen. Daraufhin wurde ein Komitee gebildet, das die angefallenen Büchermengen sichtete. Männer und Frauen, durchweg Sonderlinge, stöberten in den alten Schwarten, wählten aus, was ihrer Meinung nach gerettet werden sollte, setzten Schätzpreise fest und brachten sie auf den Markt. Wie in allen Dingen ging Onkel Peregrine auch hier mit peinlicher Rechtschaffenheit voran. Aber er nutzte das Vorkaufsrecht, das allen Veranstaltern von Wohltätigkeitsbasaren zustand. Jedes Mal, wenn ihm ein Buch gefiel, ging er zu einem Kollegen und überließ es diesem, einen Preis festzusetzen. War dieser im Bereich seiner Möglichkeiten, erwarb er das Werk und trug es nach Hause. Auf diese Weise wuchs seine kleine Bibliothek zwar um nicht mehr als zwanzig Bände an, doch handelte es sich bei jedem einzelnen Fall um eine bibliophile Kostbarkeit. Die Preise entsprachen denen, an welche sich die alten Büchernarren noch aus den mageren Friedensjahren erinnerten.

»Ein junger amerikanischer Protegé von mir hat erzählt, du wärst hier«, fuhr er fort. »Vielleicht erinnerst du dich, ihn bei mir kennengelernt zu haben. Keine besonders komfortable Unterkunft«, fügte er dann noch hinzu, indem er kritisch den Blick durch Guys Zimmer schweifen ließ. »Ich habe übrigens noch nie davon gehört.«

Er erkundigte sich nach Guys Knie und wie es behandelt wurde. Wer denn der Arzt sei? »Major Blenkinsop? Nie gehört. Bist du auch sicher, dass er was von Knien versteht? Hochkomplexe Dinge, diese Knie.« Er erzählte von einer Verletzung, die er sich selbst vor vielen Jahren auf einem Tennisplatz in Bordighera zugezogen hatte. »Der Bursche, der mich behandelte, hatte nicht viel Ahnung von Knien. Es ist nie wieder wirklich gut geworden.«

Er griff nach einer Ausgabe des *Survival*, warf einen Blick auf die Illustrationen und sagte ohne jede Feindseligkeit: »Ah, *modern*«, und ging dann zu Politik und dem Krieg über. »Erschreckende Nachrichten von der Front im Osten. Die Bolschewisten sind schon wieder auf dem Vormarsch. Die Deutschen waren offenbar nicht in der Lage, sie aufzuhalten. Da wär's mir noch lieber, wir hätten die Japaner in Europa – die haben zumindest einen König und eine Art von Religion. Will man den Zeitungen Glauben schenken, *helfen* wir diesen Bolschewisten auch noch. Es ist wirklich eine völlig verrückte Welt!«

Zuletzt sagte er dann: »Ich bin mit einer Einladung gekommen. Warum ziehst du nicht zu mir in meine Wohnung, bis du wieder völlig auf dem Damm bist? Platz habe ich reichlich, und Mrs. Corner ist auch noch da; sie tut ihr Möglichstes mit dem, was sie für die Lebensmittelmarken bekommt. Und der Fahrstuhl funktioniert auch – das ist mehr, als die meisten anderen behaupten können. Außerdem hält ein holländischer Dominikaner eine Reihe von hochinteressanten Vorträgen in der Kathedrale – nicht, dass ich die Dominikaner besonders schätze. Aber dem merkt man an, dass er durchaus nicht mit dem Verlauf des Krieges einverstanden ist. Dir würde es bei mir wesentlich besser gehen als hier. Meistens bin ich abends daheim«, fügte er dann noch hinzu, als wäre das eine unschätzbare Verlockung.

Wie groß Guys Schwermut wirklich war, ließ sich daran er-messen, dass er das Angebot nicht von vornherein ausschlug. Am Ende nahm er es sogar an.

Jumbo sorgte dafür, dass er mit dem Krankenwagen in seine neue Wohnung gefahren wurde. Der Fahrstuhl brachte ihn wie versprochen hinauf in die große, dunkle und mit schweren Möbeln vollgestopfte Wohnung, und Mrs. Corner, die Haushälterin, empfing ihn wie einen in Ehren verwunde-ten Krieger.

Nicht weit von dem Ort, an dem Guy sich befand, ging Colonel Grace-Groundling-Marchpole eine Namensliste durch, die ihm zur Begutachtung vorgelegt wurde.

»Crouchback?«, sagte er. »Haben wir da nicht eine Akte?«

»Ja. Die Box-Bender-Sache.«

»Jetzt fällt es mir wieder ein. *Und* das mit den schottischen Nationalisten.«

»Und mit dem Priester in Alexandria. Seither ist allerdings nicht viel über ihn reingekommen.«

»Richtig. Aber vielleicht hat er den Kontakt mit seinen Vorgesetzten verloren. War doch gut, dass wir ihn damals nicht gleich herbeordert haben. Wenn wir ihn nach Italien schicken, könnte er uns möglicherweise als Köder für das neofaschistische Netz dienen.«

»Es wäre nicht leicht, ihn dort ständig im Auge zu behalten. Die Achte Armee ist nicht sonderlich sicherheitsbewusst.«

»Nein. Es spricht ebenso viel dafür wie dagegen, im Großen und Ganzen aber doch wohl mehr dagegen.«

Er schrieb: ›Dieser Offizier kann nicht für Geheimdienst-aufgaben in Italien empfohlen werden‹, und wandte sich dann dem Namen de Souza zu.

»Langjähriges Mitglied der Kommunistischen Partei«, sagte er. »Aber da droht im Moment keinerlei Gefahr.«

Das Zimmer, in dem Guy sechs Wochen zubringen und eine wichtige Entscheidung fällen sollte, war, solange Onkel Peregrine hier lebte, nur selten bewohnt gewesen. Das Fenster ging auf eine Backsteinwand hinaus. Eingerichtet war es mit Möbeln von der Auflösung von Broome. Guy lag auf einem großen, mit Messingknöpfen verzierten Bett. Hier stattete Major Blenkinsop ihm einen flüchtigen Besuch ab.

»Immer noch ziemlich dick, was? Nun, dagegen hilft nur hochlegen.« Während der ersten Tage in der Wohnung von Onkel Peregrine hatte Guy mehrere Besucher gehabt, darunter Ian Kilbannock. Nach zwanzig Minuten unverbindlichen Geplauders sagte er: »Erinnern Sie sich noch an Ivor Claire?«

»Aber natürlich!«

»Er ist zu den Chindits-Truppe in Burma gestoßen. Erstaunlich, finden Sie nicht?«

Guy dachte an den ersten Eindruck von Ivor im Park der Villa Borghese. »Nein, eigentlich nicht.«

»Die stille Post hat ziemlich lange gebraucht, ehe sie den Fernen Osten erreichte. Aber vielleicht hat er sich in den Kreisen des Vizekönigs auch gelangweilt.«

»Ivor hält nichts von Opfern. Wer tut das schon heutzutage? Aber er hatte immer den Willen zu siegen.«

»Ich kann mir kein größeres Opfer vorstellen, als mit diesen Desperados durch den Dschungel zu streifen, und kann mir nicht vorstellen, was er dort gewinnen möchte.«

»Es hat eine Zeit gegeben, wo ich Ivor ausgesprochen gern hatte.«

»Oh, *mögen* tu ich ihn noch immer. Das tun doch alle, und alle haben sie den kleinen Fauxpas in Kreta vergessen. Deshalb ist es ja gerade so merkwürdig, dass er ausgerechnet *jetzt* loszieht und den Helden spielt.«

Nachdem Ian gegangen war, sann Guy lange über den Widerspruch zwischen Opferbereitschaft und Siegeswillen nach. Irgendwie schien ihm das, wenn auch bis jetzt noch nicht klar erkennbar, einen Bezug zu seiner eigenen Lage zu haben. Wieder las er den Brief seines Vaters, den er stets in seiner Brieftasche bei sich trug: *Der mystische Leib Christi nimmt keine theatralische Haltung an und ist nicht auf seine Würde bedacht. Leiden und Ungerechtigkeit akzeptiert er ... Quantität tut nichts zur Sache.«*

Genau im selben Augenblick wurde in Teheran eine Konferenz abgehalten, in der es um nichts anderes ging als um Quantität.

Am Ende dieser ersten Dezemberwoche machte Mr. Winston Churchill, so überlieferte es die Geschichte, Mr. Roosevelt mit der Sphinx bekannt. Gestärkt durch Versicherungen ihrer militärischen Berater, dass die Deutschen noch in diesem Winter die Waffen strecken würden, gingen die beiden mächtigen alten Herren gemächlich um den Koloss herum und beobachteten wortlos, wie die berühmten Gesichtszüge im abendlichen Schatten verschwammen. Einige Stunden später ging dieselbe Sonne in London unter – nicht so farbenprächtig wie in der Wüste, sondern im Regen verblassend; nicht einmal Straßenlaternen beleuchteten das nasse Pflaster. Um diese Stunde stand Onkel Peregrine mit ähnlich verwundertem Gesicht wie die Anführer der Freien Welt an der Haustür, öffnete und sah die Frau an, die geläutet hatte.

»Ich wollte gerne Guy Crouchback besuchen«, sagte sie.

Der Treppenabsatz war unbeleuchtet, und das Licht in der Diele war nur mehr ein schwacher Schimmer. Onkel Peregrine war ein großer Freund der Verdunkelung und beachtete strikt sämtliche Vorschriften.

»Erwartet er Sie?«

»Nein. Ich habe eben erst erfahren, dass er hier ist. Sie erinnern sich nicht mehr an mich, nicht wahr? Ich bin Virginia.«

»Virginia?«

»Virginia Crouchback, als wir uns kennenlernten.«

»Oh«, sagte er. »*Die* Virginia?« Onkel Peregrine war niemals wirklich aus der Fassung zu bringen, doch bisweilen, wenn er etwas Unerwartetes und Merkwürdiges erfuhr, brauchte er ein wenig, um sich daran zu gewöhnen. »Es ist ein scheußlicher Abend. Hoffentlich sind Sie auf dem Weg nicht nass geworden.«

»Ich habe ein Taxi genommen.«

»Gut. Bitte verzeihen Sie, dass ich Sie nicht gleich erkannt habe. Sind Sie sicher, dass Guy Sie sehen will?«

»Ziemlich sicher.«

Onkel Peregrine schloss die Haustür und sagte: »Ich war bei eurer Hochzeit. Haben wir uns später noch gesehen?«

»Ein- oder zweimal.«

»Ihr seid nach Afrika gegangen. Und dann hat mir jemand erzählt, Sie wären in Amerika. Und jetzt möchten Sie Guy sprechen?«

»Ja, bitte.«

Er führte Virginia ins Wohnzimmer. »Hier ist bestimmt einiges, was Sie interessieren wird«, sagte er, als wolle er ihr eine lange Wartezeit prophezeien. »Das heißt, falls Sie sich für solche Sachen interessieren.«

Er schloss die Tür hinter sich, machte aber auch die von Guys Zimmer zu, ehe er leise meldete: »Da ist eine junge Frau, die behauptet, deine Frau zu sein.«

»Virginia?«

»Das behauptet sie wenigstens.«

»Schön. Schick sie rein!«

»Willst du sie denn wirklich sehen?«

»Sehr gern sogar.«

»Falls es Schwierigkeiten gibt, dann klingle. Mrs. Corner ist zwar nicht da, aber ich werde es schon hören.«

»Was für Schwierigkeiten denn, Onkel Peregrine?«

»Was weiß ich? Du kennst die Frauen doch.«

»Kennst *du* sie denn, Onkel Peregrine?«

Darüber dachte er einen Moment lang nach, dann gestand er: »Nun ja, vielleicht nicht.«

Dann ging er hinaus, brachte Virginia zu Guy und ließ Ehemann und Ehefrau allein.

Virginia hatte sich Mühe mit ihrem Äußeren gemacht. Kerstie war bei einer der Nikolausfeiern der Schule ihrer Söhne, und so hatte Virginia Kleider ausgeborgt, die sie ihr vor noch gar nicht langer Zeit verkauft hatte. Die Schwangerschaft sah man ihr noch nicht an. Guy bemerkte keine der zahlreichen Veränderungen, die mit ihr vorgegangen waren, seit sie sich zum letzten Mal gesehen hatten. Sie trat an sein Bett, gab ihm einen Kuss und sagte: »Darling! Es ist eine Ewigkeit her!«

»Am 14. Februar 1940«, sagte Guy.

»So lange? Woher weißt du das Datum so genau?«

»Weil es ein großer Tag in meinem Leben war, ein schlechter Tag, ein Höhepunkt ... Ich habe immer wieder von dir gehört. Du arbeitest in Ians Dienststelle und wohnst bei ihm und Kerstie.«

»Hast du sonst noch was gehört – irgendwas Abscheuliches?«

»Nur Gerüchte.«

»Über Trimmer?«

»Davon hat Ian erzählt.«

»Es stimmt alles.« Virginia erschauerte. »Was einem so alles passieren kann. Auf jeden Fall ist das jetzt alles vorbei. Für mich war der Krieg bisher scheußlich. Manchmal wünschte ich, ich wäre in Amerika geblieben. Anfangs schien alles so lustig – aber dann ist es doch anders gekommen.«

»Das ist mir auch so ergangen«, sagte Guy. »Vielleicht

nicht genau auf die gleiche Weise wie dir. Aber die letzten beiden Jahre waren so eintönig wie der Frieden.«

»Du hättest doch mal kommen und mich besuchen können.«

»Vielleicht erinnerst du dich, dass ich mich bei unserer letzten Begegnung ziemlich schlecht benommen habe.«

»Ach *das*«, sagte Virginia wegwerfend. »Wenn du wüsstest, wie viele sich mir gegenüber schlecht benommen haben. *Das* ist alles vergessen.«

»Aber nicht von mir.«

»Dummkopf«, sagte Virginia.

Sie zog einen Stuhl heran, zündete sich eine Zigarette an und erkundigte sich fürsorglich nach seiner Verletzung. »Wie mutig«, meinte sie. »Wirklich, du bist mutig, Guy. Mit dem *Fallschirm*! Ich habe schon Angst, wenn ich nur in einem Flugzeug *sitze* – geschweige denn abzuspringen.« Dann sagte sie: »Es hat mir schrecklich leidgetan, das mit deinem Vater.«

»Ja. Ich hatte eigentlich immer erwartet, dass er viel älter werden würde – bis zuletzt.«

»Ich wünschte, ich hätte ihn noch mal wiedergesehen. Aber ich nehme an, das hätte er wohl nicht gewollt.«

»Er ist nie nach London gekommen«, sagte Guy.

Zum ersten Mal blickte Virginia sich in dem Zimmer um. »Warum bist du hier?«, sagte sie. »Ian und Kerstie behaupten, du bist jetzt reich.«

»Noch nicht. Die Anwälte sind immer noch beschäftigt. Aber es sieht so aus, als würde es mir bald ein bisschen besser gehen.«

»Ich bin vollkommen am Ende«, sagte Virginia.

»Das passt gar nicht zu dir.«

»Ach, du wirst feststellen, dass ich in vieler Hinsicht eine andere geworden bin. Was kann ich tun, um dich zu unterhalten? Früher haben wir immer Pikett gespielt.«

»Das habe ich seit Jahren nicht getan, und ich glaube auch nicht, dass Karten im Haus sind.«

»Dann bring ich morgen welche mit – soll ich?«

»Wenn du morgen wiederkommst?«

»Aber ja, selbstverständlich komme ich. Das heißt, wenn du möchtest.«

Noch ehe Guy antworten konnte, ging die Tür auf, und Onkel Peregrine kam herein.

»Ich wollte nur nachsehen, ob auch alles in Ordnung ist«, sagte er.

Was argwöhnte er: Ermordung? Verführung? Er stand da und betrachtete die beiden eindringlich, wie die beiden Staatsmänner die ägyptische Sphinx betrachtet hatten, ohne ein Wort von ihnen zu erwarten. Aber er spürte undeutlich, dass es Probleme gab, die über seinen Horizont hinausgingen. Außerdem wollte er einfach noch einmal einen Blick auf Virginia werfen. An solche Besucher war er nicht gewöhnt, zumal Virginia unheimliche Vorstellungen in ihm auslöste. Wenn er auch weitgereist, belesen und sehr kenntnisreich war – er blieb ein Fremder in dieser Welt. Er hatte nur wenige der Witze verstanden, die Ralph Brompton früher auf seine Kosten gemacht hatte. Virginia war eine Ehebrecherin, eine *femme fatale*, durch die es zum Niedergang des Hauses Crouchback gekommen war – und so sah sie für Onkel Peregrines Begriffe auch aus. Ihm war es nicht gegeben, die kaum wahrnehmbaren, aber unaustilgbaren Zeichen von Erniedrigung und Verzweiflung zu erkennen, die für schärfere Augen deutlich zu sehen waren. In den Minuten, die vergangen waren, seit er Virginia zu Guy geführt hatte, hatte er nicht versucht weiterzulesen. Er hatte am Gasfeuer gestanden und darüber nachgesonnen, was er in den kurzen Augenblicken gesehen hatte. Jetzt war er gekommen, um seinen Eindruck zu bestätigen.

»Leider haben wir keine Cocktails«, sagte er.

»Ach du lieber Gott. Nein, vielen Dank.«

»Aber Guy nimmt manchmal etwas Gin, soviel ich weiß.«

»Der ist alle«, sagte Guy. »Bis zu Jumbos nächstem Besuch.«

Onkel Peregrine war fasziniert. Er brachte es nicht fertig, sich wieder zurückzuziehen. Virginia war es, die Anstalten machte zu gehen.

»Ich muss weiter«, sagte sie, obwohl sie nichts weiter vorhatte. »Aber jetzt weiß ich ja, was du brauchst, und ich werde wiederkommen. Karten und Gin. Du hast doch nichts dagegen, mir das Geld dafür zu geben, oder?«

Onkel Peregrine brachte sie zur Tür, er folgte ihr sogar zum Aufzug und blieb dann auf den dunklen Treppenstufen stehen. Sie blickten in den Regen hinaus.

»Kommen Sie auch zurecht?«, fragte er. »Vielleicht bekommen Sie an der Victoria Station ein Taxi.«

»Ich muss bloß zur Eaton Terrace. Ich gehe zu Fuß.«

»Das ist aber ein langer Weg. Soll ich Sie nach Hause bringen?«

»Seien Sie doch kein Esel«, sagte Virginia und trat hinaus in den Regen. »Bis morgen dann.«

Wie Onkel Peregrine richtig bemerkt hatte, war der Weg weit. Mutig schritt Virginia aus und leuchtete bei den Kreuzungen mit der Taschenlampe. Selbst an diesem scheußlichen Abend stand in jedem Hauseingang ein Paar, das sich umschlungen hielt. Als Virginia das Haus an der Eaton Terrace erreichte, war alles ausgeflogen. Sie hängte den Regenmantel zum Trocknen auf, wusch sich ihre Unterwäsche aus und ging zur Schublade, in der Ian ein paar Schlaftabletten verwahrte. Kerstie brauchte solche Mittel nie. Virginia nahm zwei davon und lag bereits bewusstlos da, als die Sirenen aufheulten, weil etwas weiter weg ein eher unbedeutender Störangriff geflogen wurde.

Am Carlisle Place kehrte Onkel Peregrine zurück in Guys Zimmer.

»Es ist wohl heute nichts Ungewöhnliches«, sagte er, »dass geschiedene Ehepaare freundschaftlich miteinander verkehren?«

»In den Vereinigten Staaten ist das meines Wissens schon lange so.«

»Ja, und sie hat ja auch so lange drüben gelebt, nicht wahr? Daher kommt es wahrscheinlich. Wie heißt sie jetzt mit Nachnamen?«

»Troy, glaube ich. So hieß sie jedenfalls, als wir uns das letzte Mal gesehen haben.«

»Mrs. Troy?«

»Ja.«

»Ulkiger Name. Bist du sicher, dass es nicht doch Troyte heißt? Es gibt Leute in der Nähe von Broome, die Troyte heißen?«

»Nein. Troy, wie *Helen of Troy* – Helena von Troja.«

»Ah«, sagte Onkel Peregrine. »Ja, genau. Wie Helena von Troja. Eine außerordentlich beeindruckende Frau. Was hat sie gemeint, als sie sagte, du solltest ihr das Geld für den Gin und die Karten geben? Ist sie nicht gut situiert?«

»Ganz und gar nicht – im Augenblick.«

»Was für ein Jammer«, sagte Onkel Peregrine. »Darauf würde man nie kommen, nicht wahr?«

Als Virginia am nächsten Abend wiederkam, sprach sie Onkel Peregrine einfach beim Vornamen an. Er warf sich in die Brust, folgte ihr in Guys Zimmer und sah zu, wie sie ihren Korb auspackte und Gin, Angostura und Spielkarten auf den Nachttisch stellte. Er ließ es sich nicht nehmen, ihr das Geld dafür zu geben, und schien an der Abwicklung seine ganz besondere Freude zu haben. Er ging zur Anrichte und brachte Gläser. Er selbst trank weder Gin noch spielte er Pikett, trotzdem blieb er noch eine Weile, so fasziniert war er. Als er die beiden dann endlich allein ließ, sagte Virginia: »Was ist er doch für ein lieber alter Mann. Warum habe ich ihn früher nie kennengelernt?«

Sie kam jeden Tag, blieb manchmal nur eine halbe Stunde, manchmal aber auch zwei Stunden, und verstand es auf diese Weise, bald ein fester Bestandteil von Guys sonst so ereignislosem Alltag zu werden; er freute sich sehr auf ihre Besuche. Sie war wie jede andere Ehefrau, die ihren bettlägerigen Mann besuchte. Nur selten waren sie allein. Onkel Peregrine spielte mit einer fast schon lästigen Schläue die *Duenna*. Am Sonntag kam Virginia schon am Vormittag, während Onkel Peregrine in der Kathedrale war. Sie fragte Guy: »Hast du dir eigentlich schon mal überlegt, was du nach dem Krieg machen willst?«

»Nein. Es ist wohl kaum die richtige Zeit, um Pläne zu machen.«

»Die Leute sagen, die Deutschen werden noch vor dem Frühjahr zusammenbrechen.«

»Das glaube ich nicht. Und selbst wenn – damit fangen die anderen Schwierigkeiten erst an.«

»Ach, Guy, wenn du doch bloß ein bisschen fröhlicher wärest! Es gibt doch immer etwas, worauf man sich freuen kann. Wenn ich mich daran nicht hielte, könnte ich nicht weitermachen. Wie reich wirst du denn eigentlich werden?«

»Mein Vater hinterlässt etwa zweihunderttausend Pfund.«

»Du meine Güte!«

»Die Hälfte fällt an Angela, ein Drittel an die Regierung. Dann müssen wir für die nächsten Jahre noch eine Anzahl von Pensionen weiterzahlen. Ich bekomme die Pacht für Broome, das sind noch mal dreihundert Pfund.«

»Und was bedeutet das alles an Einkommen?«

»Ich nehme an, irgendwann mal etwas über zweitausend im Jahr.«

»Das ist nicht gerade wahnsinnig viel.«

»Nein.«

»Aber besser als ein feuchter Händedruck. Außerdem hattest du ja schon vorher einen Anteil bekommen. Wie steht's denn mit Onkel Peregrine? Der muss doch auch ganz vermögend sein. Meinst du, das erbst du mal?«

»Keine Ahnung. Ich würde meinen, Angelas Kinder.«

»Darüber ist ja noch nicht das letzte Wort gesprochen«, erklärte Virginia.

An diesem Tag gab es zum Mittagessen Fasan. Mrs. Corner, die sich kommentarlos mit Virginias Anwesenheit abgefunden hatte, deckte im Speisezimmer für zwei, und Guy aß unbequem mit einem Tablett im Bett.

Am zehnten Tag kam Onkel Peregrine erst nach sieben zurück. Virginia wollte gerade gehen, als er verschmitzt lächelnd ins Zimmer kam.

»Ich habe dich nicht gesehen«, sagte er.

»Nein. Ich hatte dich schon vermisst.«

»Ich wüsste gern, ob du heute Abend zufällig frei bist? Ich würde mich freuen, irgendwo mit dir hinzugehen.«

»Frei wie ein Vogel«, sagte Virginia. »Wie schön!«

»Wohin würdest du denn gern gehen? Ich kenne mich mit Restaurants nicht besonders aus, fürchte ich. Da ist ein Fischrestaurant, nicht weit von hier, gegenüber der Victoria Station, da gehe ich manchmal hin.«

»Man kann ja immer zu Ruben gehen«, sagte Virginia.

»Ich glaube, das kenne ich nicht.«

»Das kostet dich ein Vermögen«, warnte Guy vom Bett aus.

»*Also wirklich*«, sagte Onkel Peregrine, erschrocken über so schlechte Manieren. »Das ist nichts, worüber ich gern vor meinem Gast sprechen möchte.«

»Selbstverständlich ist es zu teuer«, sagte Virginia. »Da hat

Guy ganz recht. Ich hab bloß überlegt, wo es ein bisschen gemütlich sein könnte.«

»Das Lokal, von dem ich spreche, ist bestimmt ruhig. Und ich habe immer gefunden, dass die Leute dort sehr diskret sind.«

»*Diskret?* Ach du lieber Himmel! Ich glaube, ich bin in meinem Leben noch nirgends gewesen, wo man diskret ist – himmlisch!«

»Und da das peinliche Thema schon mal angeschnitten ist«, fügte Onkel Peregrine mit vorwurfsvollem Blick zu seinem Neffen hinzu, »du kannst dir sicher sein, dass es *nicht* besonders billig ist.«

»Komm schon! Ich kann's kaum erwarten«, sagte Virginia.

Guy sah dem ungleichen Paar nach, als es die Wohnung verließ. Einerseits amüsierte es ihn, andererseits ärgerte er sich. Wenn Virginia heute Abend nichts vorhatte, fand er, dann gehörte sie doch an seine Seite.

Sie gingen zu Fuß durch die feuchte Dunkelheit. Virginia nahm seinen Arm. Als er an Kreuzungen und Straßenecken der altmodischen Sitte folgte, auf die andere Seite überzuwechseln, um die Gefahr, die von vorüberfahrenden Fahrzeugen drohte, ritterlich auf sich zu nehmen, ließ sie es nicht zu. Bald waren sie am Fischladen angekommen und stiegen die Treppe hinauf, die zum Restaurant führte. Für Virginia war das Lokal neu, obgleich es unter Kennern und Leuten, die es gerne anspruchsvoll, aber schlicht hatten, wohlbekannt war. Der lange Raum mit seinen wenigen Tischen lag in einem Schimmer rötlich schimmernder edwardianischer Beleuchtung. Peregrine Crouchback legte seinen alten Mantel und seinen Hut ab, reichte seinen Schirm einem schon recht betagten Kellner und raffte sich dann unter Mühen auf zu sagen: »Du wirst vermutlich – nehme ich an – die Hände waschen wollen und dich frisch machen. Die Damentoilette ist, glaube ich, irgendwo dahinten die Treppe rauf.«

»Nein, vielen Dank«, sagte Virginia, um dann, als ihnen der Tisch gezeigt wurde, hinzuzufügen: »Sag mal, Peregrine, hast du eigentlich je in deinem Leben eine Frau zum Essen ausgeführt?«

»Ja, selbstverständlich.«

»Wen denn, und wann?«

»Ach, das ist schon einige Zeit her.« Onkel Peregrine beließ es im Ungefähren.

Sie bestellten Austern und Steinbutt. Virginia sagte, sie würde gern ein Stout-Bier trinken. Dann begann sie: »Warum hast du nie geheiratet?«

»Ich war der Zweitgeborene. Zweitgeborene Söhne haben zu meiner Zeit nicht geheiratet.«

»Ach, Unsinn! Ich kenne Hunderte, die es trotzdem getan haben.«

»Das galt unter Großgrundbesitzern als ziemlich extravagant, es sei denn, sie fanden eine reiche Erbin. Für sie gab es kein Einkommen. Sie bekamen ein kleines Vermächtnis, aber man erwartete, dass es bei ihrem Tod wieder an die Familie zurückfiel – an ihre Neffen oder andere jüngere Söhne. Selbstverständlich musste es jüngere Söhne geben, falls das Oberhaupt der Familie jung sterben sollte. Dieser Brauch hat sich im vorigen Krieg als sehr nützlich erwiesen. Aber vielleicht sind wir in mancherlei Hinsicht auch eine sehr altmodische Familie.«

»Hast du denn jemals den Wunsch gehabt zu heiraten?«

»Eigentlich nicht.«

Onkel Peregrine störten diese direkten persönlichen Fragen keineswegs. Im Grunde seines Herzens berührten ihn solche Dinge nicht. Soweit er sich erinnern konnte, hatte noch nie jemand ein solches Interesse an ihm gezeigt. Diese Erfahrung genoss er, obgleich Virginia immer noch nicht lockerließ.

»Viele Affären?«

»Guter Gott, nein.«

»Aber du bist doch sicher nicht schwul, oder?«

»Schwul?«

»Du bist nicht homosexuell?«

Nicht einmal das brachte Onkel Peregrine aus der Fassung. Über dieses Thema hatte er kaum jemals einen Mann reden hören – eine Frau nie. Virginias Freimut hatte jedoch in seinen Augen etwas Kindliches, das ihm gefiel.

»Grundgütiger Himmel, nein!«

»Ich hab gewusst, dass du das nicht bist. So was rieche ich. Ich wollte dich bloß ein wenig auf den Arm nehmen.«

»Was das betrifft, hat mich noch nie jemand auf den Arm genommen. Aber ich kannte jemanden im diplomatischen Dienst, der in diesem Ruf stand. Kann aber nichts dran gewesen sein. Zuletzt war er Botschafter. Ein ziemlich eitler Bursche, der sich immer sehr auffällig kleidete. Vermutlich haben die Leute deshalb angefangen zu reden.«

»Peregrine, bist du jemals mit einer Frau im Bett gewesen?«

»Ja«, sagte Onkel Peregrine selbstgefällig. »Zweimal. Aber darüber rede ich normalerweise nicht.«

»Erzähl.«

»Einmal, als ich zwanzig war, und dann noch mal mit fünfundvierzig. Es hat mir nicht besonders viel Spaß gemacht.«

»Erzähl mir von ihnen.«

»Es war dieselbe Frau.«

Selten hatte man Virginia in den letzten Jahren so spontan auflachen hören, obwohl das früher einmal zu ihrem ganz besonderen Charme gehört hatte. Sie lehnte sich zurück und lachte unbekümmert frei heraus, aus reiner Lust und ohne eine Spur von Spott. Ihre Fröhlichkeit hallte durch das stille kleine

Lokal. Wohlwollend und neidisch sah man sich nach ihr um. Sie beugte sich über das Tischtuch, ergriff seine Hand, hielt sie sehr fest und lachte, unfähig zu sprechen, bis sie nicht mehr konnte, aber sie ließ seine knochigen Finger nicht los. Und Onkel Peregrine schmunzelte dazu. Nie zuvor hatte er Erfolg gehabt. Zwar hatte er in jüngeren Jahren Partys besucht, bei denen andere so gelacht hatten, doch er selbst hatte nie mit einstimmen können. Auch jetzt wusste er nicht recht, womit er diesen Erfolg errungen hatte, aber er war hoch befriedigt.

»Ach, Peregrine«, sagte Virginia schließlich strahlend und aufrichtig, »ich liebe dich.«

Er hatte keine Angst, seinen Triumph dadurch zunichte zu machen, dass er sich jetzt weitschweifig darüber ausließ.

»Ich weiß, die meisten Männer haben regelmäßig Liebesaffären«, sagte er. »Manche können gar nicht anders. Sie können einfach nicht ohne Frauen auskommen. Aber es gibt auch andere, viele – und ich vermute, davon hast du nur wenige kennengelernt –, die sich daraus im Grunde nicht viel machen. Nur wissen sie nicht, warum sie es *nicht tun* sollten, und so laufen sie ihr halbes Leben lang Frauen nach, an denen ihnen eigentlich gar nichts liegt. Ich sage dir etwas, das du wahrscheinlich nicht weißt. Es gibt Männer, die zu ihrer Zeit große Schürzenjäger waren, und wenn sie dann in mein Alter kommen und es gar nicht mehr wollen, es auch gar nicht mehr können, was tun sie dann? Statt froh zu sein, endlich Ruhe zu haben, schlucken sie alle möglichen Mittelchen und Pillen, die bei ihnen den *Wunsch* zum Weitermachen wecken sollen! Ich habe Männer in meinem Club über solche Dinge reden hören.«

»Bei Bellamy's?«

»Ja. Ich gehe da nicht oft hin, höchstens, um die Zeitungen zu lesen. Wie rüpelhaft es dort jetzt zugeht! Ich bin als junger Mann aufgenommen worden, und seither zahle ich meinen

Beitrag weiter, warum, weiß ich selbst nicht. Ich kenne dort nicht sehr viele. Nun, jedenfalls hörte ich neulich zwei Männer in meinem Alter von einem Doktor sprechen, der sich besonders gut darauf verstehen solle, dafür zu sorgen, dass sie Frauen *begehrten*. Alle möglichen kostspieligen Behandlungen.«

»Ich kannte einen Mann namens Augustus, der hat genau das getan.«

»Wirklich? Und das hat er dir erzählt? Erstaunlich!«

»Wieso? Was ist daran so anders, als wenn man spazieren geht, um sich Appetit fürs Mittagessen zu holen?«

»Weil es nicht recht ist«, erklärte Onkel Peregrine.

»Du meinst, nicht recht im Sinne deiner Religion?«

»In welchem Sinne sonst sollte etwas recht oder unrecht sein?«, fragte Onkel Peregrine mit der größten Arglosigkeit und fuhr fort, sich weiter über Sexprobleme auszulassen. »Und noch was. Man braucht sich doch bloß die totenbleichen Männer anzusehen, die bei Frauen so großen Erfolg haben. Dann sieht man doch sofort, dass das nicht viel Sinn hat.«

Aber Virginia war nicht mehr bei der Sache. Aus den Schalen ihrer Austern schichtete sie eine kleine Pagode auf ihrem Teller auf. Ohne den Blick zu heben, sagte sie: »Ich denke übrigens ernsthaft darüber nach, katholisch zu werden.«

Ohne Warnung hatte sie das Fallbeil heruntersausen lassen.

»Ach«, sagte er. »Warum?«

»Meinst du nicht, das wäre gut?«

»Das kommt auf deine Gründe an.«

»Ist es denn nicht in jedem Fall eine gute Sache?«

Vorwurfsvoll verteilte der Kellner die Austernschalen wieder auf ihrem Teller, ehe er ihn fortnahm.

»Ist es nicht so?« Sie ließ nicht locker. »Warum bist du plötzlich so schockiert? Ich habe schrecklich viel darüber gehört, dass die katholische Kirche eine Kirche der Sünder ist.«

»Von mir nicht«, sagte Onkel Peregrine.

Der Kellner brachte ihnen den Steinbutt.

»Wenn du natürlich lieber nicht darüber reden möchtest ...«

»Ich bin in dieser Hinsicht nicht recht kompetent«, erklärte der päpstliche geheime Kämmerer und Ritter des Malteserrordens. »Ich persönlich habe größte Schwierigkeiten, Konvertiten überhaupt als Katholiken anzusehen.«

»Ach, sei doch nicht so hochnäsig und abweisend. Wie ist das dann mit Lady Plessington? Die ist doch bestimmt eine Säule in der Kirche, oder?«

»Was die Religion betrifft, ist mir Eloise Plessington nie ganz geheuer gewesen. Außerdem wurde sie wegen ihrer Heirat in die Kirche aufgenommen.«

»Eben!«

»Und du, meine Liebe, eben nicht!«

»Meinst du, es hätte einen Unterschied gemacht – mit Guy und mir, meine ich – wenn ich katholisch geworden wäre?«

Onkel Peregrine war hin- und hergerissen zwischen der theoretischen Anerkennung des Waltens der göttlichen Gnade und seiner distanzierten, aber genauen Beobachtung jener Männer und Frauen, die er gekannt hatte. »Das kann ich wirklich nicht sagen.«

Schweigen legte sich über das Paar. Onkel Peregrine bedauerte die Wendung, die das Gespräch genommen hatte, wohingegen Virginia darüber nachdachte, wie sie noch weiter in diese Richtung vorstoßen könnte. Sie aßen ihren Steinbutt. Der Kaffee kam, noch ehe ihre Teller abgeräumt waren. Damals tat man nichts, um die Gäste zum Verweilen zu ermutigen. Zuletzt sagte Virginia: »Weißt du, ich hatte eigentlich gehofft, dich für einen Plan zu gewinnen. Ich bin es leid, so ein unstetes Leben zu führen. Ich habe daran gedacht, zu meinem Mann zurückzukehren.«

»Zu Troy?«

»Nein, nein, zu Guy. Schließlich ist er doch mein richtiger Mann, nicht wahr? Ich dachte, wenn ich katholisch werde, könnte es helfen. In eurer Kirche zählen Scheidungen doch nicht, wie viele man auch hinter sich haben mag, oder? Ich nehme an, wir müssten zwar auf irgendein Standesamt gehen, um es gesetzlich anerkennen zu lassen, aber in den Augen Gottes sind wir schon verheiratet – das hat er mir mal gesagt.«

»Vor kurzem?«

»Nein, es ist schon etwas länger her.«

»Meinst du, er möchte dich zurückhaben?«

»Ich wette, ich könnte ihn in kurzer Zeit so weit bringen.«

»Hm«, sagte Peregrine, »das ändert alles.« Mit traurigem Blick sah er sie an. »Es war *Guy*, den du die letzten Tage besuchen wolltest, nicht wahr?«

»Selbstverständlich. Was hast du gedacht? ... Ach, Peregrine, hattest du gedacht, ich hätte Absichten bei *dir*?«

»Der Gedanke ist mir durchaus gekommen.«

»Du dachtest, du könntest mit mir zum dritten Mal –?« Sie benutzte einen Ausdruck, den man damals nicht drucken konnte, doch Onkel Peregrine zuckte trotz der zeitlosen Schlüpfrigkeit dieses Wortes nicht zusammen. Er fand es, von ihren Lippen kommend, sogar attraktiv. Sie war jetzt allerbester Laune, der Schalk saß ihr im Nacken, und ums Haar hätte sie wieder einen Lachanfall bekommen.

»So etwa hatte ich mir das vorgestellt.«

»Aber das wäre doch bestimmt unrecht gewesen, oder?«

»Ein großes Unrecht, sogar. Ich habe auch nicht ernstlich daran gedacht. Aber der Gedanke ist mir immer wieder gekommen – selbst beim Büchersortieren. Du hättest in das Zimmer einziehen können, das Guy jetzt hat. Ich glaube nicht, dass Mrs. Corner etwas dagegen einzuwenden gehabt hätte. Schließlich bist du meine Nichte.«

Jetzt erklang wieder Virginias Lachen, der bezauberndste ihrer Reize.

»Liebster Peregrine! Und du hättest dich nicht einer dieser kostspieligen Behandlungen unterziehen müssen, die deine Freunde bei Bellamy's empfohlen haben?«

»Mit dir«, meinte Onkel Peregrine, Kavalier bis in die Haarspitzen, »bin ich ziemlich sicher, wäre das nicht nötig gewesen.«

»Ach, wie bezaubernd von dir! Du denkst doch nicht etwa, ich lache *über* dich?«

»Nein, das glaube ich nicht.«

»Wann immer du's mal versuchen möchtest, lieber Peregrine, du bist durchaus willkommen.«

Jede Lust erstarb in Peregrine Crouchbacks altem traurigen Gesicht.

»Das wäre nicht dasselbe. So ausgedrückt, finde ich die Vorstellung eher peinlich.«

»Ach, mein Lieber, habe ich jetzt alles kaputtgemacht?«

»Ja. Ich hab doch nur damit geliebäugelt. Wie du das sagst, bekommt alles so etwas Handfestes. Ich hab's einfach nur gern gesehen, wenn du in der Wohnung warst, verstehst du? Viel mehr war es nicht.«

»Und ich suche einen Ehemann«, erklärte Virginia. »Und da ist bei dir nichts zu machen?«

»Nein, nein. Das kommt selbstverständlich überhaupt nicht in Frage.«

»Ist es wieder die Religion?«

»Hm, ja.«

»Dann muss es eben doch Guy sein. Verstehst du jetzt, warum ich katholisch werden möchte? Dann kann er doch eigentlich nicht nein sagen, oder?«

»Oh doch, das kann er.«

»Aber du kennst Guy – meinst du nicht, er würde einwilligen?«

»Ich kenne Guy eigentlich nur sehr wenig«, sagte Onkel Peregrine verdrossen.

»Aber du hilfst mir? Falls es zur Sprache kommt, sagst du ihm dann, es sei seine Pflicht?«

»Es ist höchst unwahrscheinlich, dass er mich um Rat fragt.«

»Aber falls doch? Und wenn es darum geht, Angela herumzukriegen?«

»Nein, meine Liebe«, sagte Onkel Peregrine. »Ich will verflucht sein, wenn ich das tue.«

Der Abend war für beide anders verlaufen als geplant. Onkel Peregrine brachte Virginia nach Hause. Als sie sich verabschiedeten, gab sie ihm – zum ersten Mal – einen Kuss. Er lüftete in der Dunkelheit den Hut, bezahlte das Taxi und ging niedergeschlagen nach Hause, wo Guy noch wach war und las.

»Hattet ihr einen schönen Abend?«, fragte er.

»Für heutige Verhältnisse ist es in dem Restaurant immer noch gut. Es hat über zwei Pfund gekostet«, fügte er hinzu, weil er immer noch nicht verwunden hatte, dass Guy ihn für geizig gehalten hatte.

»Ich meine, hat es dir Spaß gemacht?«

»Ja und nein. Vielleicht sogar mehr nein als ja.«

»Ich dachte, Virginia wäre ganz groß in Form.«

»Ja und nein. Mehr ja als nein. Sie hat viel gelacht.«

»Das hört sich doch recht gut an.«

»Ja und nein. Guy, ich muss dich warnen. Diese Frau hat *Absichten*!«

»Bei dir, Onkel Peregrine?«

»Bei dir!«

»Bist du sicher?«

»Sie hat es mir gesagt.«
»Meinst du, es ist recht, dass du es mir weitererzählst?«
»Unter diesen Umständen, ja.«
»Nicht ja und nein?«
»Nur ja.«

10

Sir Ralph Brompton hatte im alten diplomatischen Dienst gelernt, unangenehmen Pflichten aus dem Weg zu gehen und dadurch Macht zu erlangen, dass er sich in Stellungen einschlich, in denen er genau genommen nichts zu suchen hatte. In den weniger straff geführten Organisationen des totalen Krieges war es ihm möglich, von Dienststelle zu Dienststelle zu reisen und von Komitee zu Komitee. Die oberste Leitung des H. O. O. H. Q. war der Meinung, sie müsste überall vertreten sein, wo wichtige Entscheidungen fielen. Da die Leiter selbst in höchsten Kreisen vollauf beschäftigt waren, autorisierten sie Sir Ralph bereitwillig, in der etwas subalternen, aber nicht minder bösartigen Welt ihrer unmittelbaren Untergebenen an ihrer Stelle zuzuhören, zu sprechen und ihnen darüber zu berichten.

Sir Ralphs besonderes Augenmerk galt der Befreiung des besetzten Europas. Wo immer unterhalb der Kabinetts- und Stabschefebene die Zerstückelung der Christenheit auch nur andeutungsweise geplant wurde, war Sir Ralph zu finden.

Eines Vormittags kurz vor Weihnachten kam Sir Ralph in eine Dienststelle, die mit dem H. O. O. H. Q. überhaupt nichts zu tun hatte, um sich ganz informell über das Thema der Verbindung zu Terroristen auf dem Balkan auszutauschen. Der Mann, den er aufsuchte, war ziemlich plötzlich zum Brigadier ernannt worden. Seine Aufgaben waren genauso schwammig definiert wie die von Sir Ralph, sie liefen unter dem Begriff ›Koordinierung‹. Es hatte Zeiten in Sir Ralphs beruflicher Laufbahn gegeben, in denen er gemerkt hatte, dass bestimmte Kollegen und spätere Mitglieder seines Stabs mit Geheimdienstarbeit zu tun hatten. Merkwürdige Männer, die gar keinen Dienst taten, legten Legitimationen vor und benutzten die Diplomatenpost und den Chiffrierraum. Sir Ralph hatte das, was sie taten, bewusst nicht zur Kenntnis genommen. Nun, da man ihn aus dem Ruhestand geholt hatte, schwelgte er mit diebischem Vergnügen in Dingen, die er früher ausgeblendet hatte. Die beiden Männer, die sich an diesem Morgen gegenübersaßen, hatten ihre Stellung auf sehr unterschiedlichen Wegen erreicht, die sich nie gekreuzt hatten. Sir Ralph trug einen leichten Wollanzug mit Fischgrätmuster, den er in Friedenszeiten zu dieser Jahreszeit auf keinen Fall in London getragen hätte. Schwarzglänzende Budapester schimmerten an seinen schmalen Füßen. Er hatte die langen Beine übereinandergeschlagen und rauchte eine türkische Zigarette. Der Brigadier hingegen hatte seine Uniform von der Stange. Die Knöpfe waren matt. Er trug ein Leinenkoppel, und kein Orden zierte seine füllige Brust. Unsicher hielt er die Pfeife zwischen den falschen Zähnen. Die Beziehung zwischen ihnen war zwar unpersönlich, aber eng. Ihre politischen Sympathien waren die gleichen.

»Es ist schon sehr gut, dass die Leitung der Balkan-Befreiung von Kairo hierherverlegt worden ist.«

»Ja, fast das gesamte Personal vom Oberkommando Naher Osten war hoffnungslos mit royalistischen Flüchtlingen durchsetzt. Jetzt können wir die wenigen zuverlässigen Leute einsetzen. Für die anderen finden wir schon eine passende Aufgabe.«

»Island?«

»Island wäre äußerst passend.«

Listen mit Vorschlägen für die Militärmissionen wurden hervorgeholt.

»De Souza hat eine sehr gute Empfehlung von der Fallschirmspringerschule bekommen.«

»Ja. Und Sie meinen nicht, er ist zu schade, um ihn in den Kampf zu schicken? Er könnte uns doch hier sehr nützlich sein.«

»Er kann aber auch draußen von größtem Nutzen sein. Gilpin ist durchgefallen. Wir können ihn hier verwenden, bis wir in Italien ein Hauptquartier eröffnen.«

»Wenn unsere Leute erst mal in Italien sind, wird es schwieriger sein, sie ordentlich zu führen. In vielen Dingen unterstehen sie dann der Army. Auf höchster Ebene werden wir anerkannt, aber weiter unten müssen wir uns erst Vertrauen erwerben. Was wir brauchen, ist die Unterstützung von Regimentssoldaten in den unteren Rängen. Wie ich sehe, ist Captain Crouchbacks Name gestrichen worden. Ich kenne ihn und hätte eigentlich gedacht, dass er genau der Mann ist, den wir brauchen – nicht mehr ganz jung, katholisch, keine politischen Aktivitäten, Halberdier, gute Leistungen und eine hervorragende Beurteilung von der Fallschirmspringerschule.«

»Offenbar stellt er ein Sicherheitsrisiko dar.«

»Warum?«

»Die geben nie irgendwelche Gründe an. Hier heißt es einfach, für den Einsatz in Norditalien nicht geeignet.«

»Frauengeschichten?«, fragte der Brigadier.

»Das bezweifle ich.«

Es entstand eine Pause, Sir Ralph dachte über die Einfältigkeit der Sicherheitsdienste nach. Dann sagte er: »Nur in Norditalien?«

»So steht es hier im Bericht.«

»Dann gibt es also keine Einwände, ihn auf den Balkan zu schicken?«

»Nach diesem Bericht, nein.«

»Ich glaube, de Souza und er geben ein sehr gutes Gespann ab.«

II

Viele Jahre hindurch war das Weihnachtsfest für Peregrine Crouchback und diejenigen, die mit ihm feierten, eine recht trostlose Angelegenheit gewesen. Außer unter religiösen Fanatikern und Lasterhaften gibt es in den niederen Klassen angeblich keine Junggesellen. Peregrine Crouchback war Junggeselle von Natur aus, und das Fest zur Geburt Unseres Herrn war für ihn das am wenigsten angenehme im ganzen Jahr. Onkel Peregrine hatte es sich zur Gewohnheit, ja, fast zu einer Tradition gemacht, Weihnachten bei einer entfernten Cousine seiner Mutter zu verbringen, die noch älter war als er. Sie hieß Scrope-Weld und lebte auf einer Insel der Landwirtschaft inmitten der Industrielandschaft von Staffordshire. Das Haus war groß, die Gastfreundschaft, als er begann, dorthin zu fahren, großzügig. Durch einen ungeliebten Junggesellen in mehr oder minder mittleren Jahren – auch Verwandte, die selbst älter waren als er, nannten ihn damals schon Old Croucher – ließ sich in den zwanziger Jahren niemand deprimieren. Irgendein verlorener Verwandter gehörte in den meisten englischen Häusern zum festen Bestandteil von Weihnachten.

Mr. und Mrs. Scrope-Weld starben, und ihr Sohn und seine Frau traten an ihre Stelle; es gab weniger Dienstboten, weniger Gäste, aber zu Weihnachten kam Onkel Peregrine immer. 1939 wurde der größte Teil des Hauses in ein Kinderheim umgewandelt. Scrope-Weld ging mit seinem Regiment nach Übersee, und seine Frau blieb mit drei Kindern, vier Zimmern und einem Kindermädchen zurück. Trotzdem wurde

Peregrine stets eingeladen, und er nahm die Einladung jedes Mal an. »So etwas darf man einfach nicht aufgeben«, erklärte Mrs. Scrope-Weld. »Man darf den Krieg nicht zum Vorwand nehmen, um ungastlich zu sein.«

So war es 1940, 1941 und 1942 gewesen. Die Kinder ließen sich nicht mehr so leicht beschwichtigen.

»Mummy, müssen wir uns eigentlich jedes Weihnachten von Onkel Peregrine verderben lassen, bis er stirbt?«

»Ja, meine Lieben. Er war mit eurer Großmutter befreundet und sogar entfernt verwandt mit ihr. Wir würden ihn sehr kränken, wenn wir ihn nicht mehr einladen.«

»Er schien dauernd gekränkt zu sein, wenn er hier war.«

»Weihnachten ist oft eine traurige Zeit für alte Leute. Er hat euch alle sehr gern.«

»Mich ganz bestimmt nicht.«

»Und mich auch nicht.«

»Und mich auch nicht.«

»Ob er uns Geld hinterlässt?«

»Francis, das ist eine ganz abscheuliche Frage! Natürlich nicht.«

»Nun, ich wünschte, er würde sich beeilen und bald sterben.«

Jedes Jahr, wenn Peregrine Crouchback am Tag nach dem zweiten Weihnachtsfeiertag wieder abfuhr, dachte er: »Das hätten wir wieder mal hinter uns. Sie wären furchtbar gekränkt, wenn ich nicht käme.«

So war es auch 1943 wieder. Heiligabend gingen sie wie immer gemeinsam in die Christmesse. Am ersten Weihnachtstag statteten sie der Bibliothek, die jetzt zum Gemeinschaftsraum der bezahlten ›Helfer‹ geworden war, einen förmlichen Besuch ab, sprachen über die Stechpalmenzweige, die an den Bücherregalen und zwischen den Bilderrahmen angebracht worden waren, tranken Sherry mit ihnen und zogen sich dann zum festlichen Mittagessen zurück – Truthahnbraten, damals noch ein nahezu ungesetzlicher Vogel, lange gehätschelt und mit rationiertem Futter aufgepäppelt. »Ich habe so ein schlechtes Gewissen, ihn allein zu essen«, sagte Mrs. Scrope-Weld, »aber es würde für die Helfer ja ohnedies nicht reichen, und wir konnten doch unmöglich noch einen zweiten großziehen.« Die Kinder langten kräftig zu. Peregrine und die Kinderfrau kosteten kaum davon. Am Abend gab es den Weihnachtsbaum in der Diele im Treppenhaus für die Evakuierten.

Später machte er mit seiner Gastgeberin einen ausgedehnten Spaziergang im feuchten Wetter. Sie sagte: »Du bist wirklich das Einzige, was von dem Weihnachtsfest, wie ich es kenne, übriggeblieben ist. Es ist zu lieb von dir, dass du immer so treu wiederkommst. Ich weiß, es ist kein bisschen komfortabel hier. Meinst du, die Dinge werden jemals wieder normal werden?«

»Oh nein«, sagte Peregrine Crouchback. »Nie wieder.«

In dieser Zeit waren Guy und Virginia zusammen in London. Virginia sagte: »Gott sei Dank wird beim H. O. O. H. Q. an Weihnachten nichts gemacht. Peregrine ist weg?«

»Er besucht immer dieselben Leute. Hat er dir kein Geschenk dagelassen?«

»Nein. Ich hatte auch überlegt, ob er es wohl tun würde. Vermutlich fiel ihm nichts Passendes ein. Nach unserem Fischessen war er nicht mehr ganz so liebevoll wie zuvor.«

»Er hat mir gesagt, du hättest Absichten.«

»Bei ihm?«

»Bei mir.«

»Ja«, erklärte Virginia. »Habe ich auch. Peregrine hatte Absichten bei mir.«

»Im Ernst?«

»Nicht so richtig. Das Schlimme mit euch Crouchbacks ist, dass ihr überzüchtet und zu keusch seid.«

»Das ist durchaus nicht dasselbe. Denk an Toulouse-Lautrec.«

»Ach, jetzt lass doch, Guy! Du weichst meinen Absichten aus.«

Es war ein Wortgeplänkel wie in einer leichten Boudoir-Komödie, doch beiden schnürte es beinah das Herz zu.

»Als Familie sterbt ihr aus«, fuhr sie fort. »Selbst Angelas Junge will Mönch werden, habe ich gehört. Warum ... ihr Crouchbacks eigentlich so wenig?« Wieder benutzte sie das Wort, das damals unmöglich gedruckt werden konnte, ohne es im Geringsten böse zu meinen.

»Ich weiß nicht, wie das bei den anderen ist. Bei mir liegt es aber vielleicht daran, dass das für mich mit Liebe verbunden sein sollte. Und ich liebe nun mal nicht mehr.«

»Auch mich nicht?«

»Oh nein, Virginia, auch dich nicht. Das muss dir doch inzwischen klargeworden sein.«

»Es ist gar nicht so einfach, das zu erkennen, wo vor gar nicht allzu langer Zeit alle so verrückt nach mir waren. Wie war das denn zum Beispiel mit dir, Guy – an dem Abend im Claridge's?«

»Das war keine Liebe«, sagte Guy. »Ob du es glaubst oder nicht – es waren die Halberdiers.«

»Doch, ich glaube, ich verstehe, was du meinst.«

Sie saß neben seinem Bett und sah ihm ins Gesicht. Zwischen ihnen stand das geflochtene Bett-Tischchen, auf dem sie Pikett gespielt hatten. Jetzt ließ sie ganz leicht, liebkosend und forschend ihre Hand unter die Bettdecke gleiten. Guy drehte sich zur Seite, und der stechende Schmerz durch die instinktive, jähe Bewegung ließ ihn das Gesicht verziehen.

»Nein«, sagte Virginia, »keine Lust.«

»Verzeihung.«

»Das hat kein Mädchen gern, wenn sie ein solches Gesicht zu sehen bekommt.«

»Es war nur mein Knie. Ich habe mich doch schon entschuldigt.« Und es tat ihm wirklich leid, jemanden, den er einst geliebt hatte, so zu demütigen.

Doch Virginia ließ sich nicht so leicht demütigen. Hinter ihren letzten Dürrejahren lag ein großer Vorrat von Erfolgserlebnissen. Fast alle Frauen in England damals glaubten, dass sich mit dem Frieden die normalen Verhältnisse wieder einstellen würden. Mrs. Scrope-Weld in Staffordshire verstand unter normal, dass ihr Mann wieder bei ihr war und sie das Haus wieder für sich allein hätten. Außerdem wünschte sie gewisse einfache Bequemlichkeiten zurück, an die sie von jeher gewöhnt war – nichts Übertriebenes, nur sollten Speisekammer und Keller gefüllt sein; außerdem eine Zofe (natürlich eine, die sich um ihr Schlafzimmer kümmerte und für die ganze Familie stopfte und nähte), einen Butler, einen Kammerdiener (aber einen, der Holz hackte und es hereinbrachte), eine zuverlässige, mittelmäßige Köchin, die ein Küchenmädchen anlernte, damit es später ihre Nachfolge antreten konnte, einfache Hausmädchen zum Aufräumen und Staubwischen; einen Knecht im Stall, zwei Gärtner – lauter Dinge, die sie nie wieder erleben sollte. Für Virginia bedeuteten normale Verhältnisse vor allem Macht und Vergnügen. Vergnügen aber nicht ausschließlich für sie selbst. Ihre Wirkung auf Männer und ihre Fähigkeit, Freude zu bereiten, waren für sie immer noch Bestandteil jener natürlichen Ordnung, die so mutwillig zerstört worden war. Der Krieg, die Truppenversammlung und Bewegung von Millionen von Menschen, von denen manche zuweilen in Gefahr waren, die meisten jedoch nichts Rechtes zu tun hatten und einsam waren, Zerstörungen, Hunger und Verschwendung, verfallende Gebäude, leckgeschlagene Schiffe, sinkende Schiffe, Folterung und Ermordung von Gefangenen – all das waren böse Störungen der ›normalen Verhältnisse‹, in denen Virginias Fähigkeit zu gefallen ihr ermöglichte, Schecks einzulösen, neue Kleider zu tragen, sich das Gesicht mit den gewohnten Cremes zu salben, rasch, bequem und umsorgt überallhin zu reisen, wo sie wollte, wann sie wollte, und sich jeweils den Mann auszusuchen, der ihr gefiel. Die Unterbrechung überschritt jedes vernünftige Maß. Bald würde sich zwar wieder alles einpendeln, aber bis dahin …

»Was hat Peregrine dir von meinen Absichten erzählt?«

»Er hat sich nicht im Einzelnen darüber ausgelassen.«

»Was glaubst du denn, hat er gemeint? Was denkst *du* über mich?«

»Ich glaube, du bist unglücklich, es geht dir nicht gut und du hast niemanden, an dem du im Moment speziell interessiert bist. Zum ersten Mal in deinem Leben hast du Angst vor der Zukunft.«

»Und von all diesen Dingen trifft auf dich nichts zu?«

»Der Unterschied zwischen uns besteht darin, dass ich nur an die Vergangenheit denke.«

Virginia griff den – für sie – wesentlichen Punkt auf. »Aber es gibt auch niemanden, an dem *du* im Moment speziell interessiert bist, nicht wahr?«

»Nein.«

»Und du warst außerordentlich froh, mich in den letzten paar Wochen um dich zu haben, oder? Gib's zu! Wir verstehen uns wie ein glückliches altes Ehepaar, stimmt's?«

»Ja, ich habe deine Besuche genossen.«

»Und ich bin immer noch deine Frau. Daran ist nicht zu rütteln?«

»Nicht im Geringsten.«

»Ich will ja nicht geradezu behaupten, du hättest eine Verpflichtung mir gegenüber«, meinte Virginia.

»Nein, Virginia, das kannst du wohl kaum, nicht wahr?«

»Du hast aber schon mal geglaubt, ich hätte dir gegenüber Verpflichtungen – an jenem Abend im Claridge's. Erinnerst du dich?«

»Das habe ich dir doch schon erklärt. Das lag daran, dass ich Urlaub aus dem Lager hatte, eine neue Uniform trug, ein neues Leben anfing. Das war der Krieg.«

»Nun, ist es nicht der Krieg, der mich heute zu dir geführt hat – mit einem bezaubernden Weihnachtsgeschenk?«

»Das hast du dabei ganz bestimmt nicht gedacht, Virginia.«

Virginia sang ein kleines Lied aus ihrer Kindheit – über eine zerbrochene Puppe. Plötzlich mussten beide lachen. Guy sagte: »Es hat keinen Zweck, Ginny. Es tut mir leid, dass es dir so schlechtgeht. Wie du weißt, stehe ich ein bisschen besser da. Ich bin bereit, dir zu helfen, bis du jemanden findest, der besser zu dir passt.«

»Guy, wie hässlich und bitter du mit mir sprichst. Das ist sonst gar nicht deine Art. Früher hättest du so etwas nie zu mir gesagt.«

»Nicht bitter – nur ein wenig eingeschränkt. Mehr habe ich dir nicht mehr zu bieten.«

Woraufhin Virginia sagte: »Ich brauche aber mehr. Da ist etwas, das ich dir erzählen muss, und bitte glaub mir, dass ich es dir auch erzählt hätte, wenn diese Unterhaltung ganz anders verlaufen wäre. So gut musst du mich immer noch kennen, um zu wissen, dass ich dich nie hereingelegt habe, oder?«

Und dann informierte sie ihn, ohne irgendwelche Beschönigung oder Wehleidigkeit, knapp und bündig darüber, dass sie ein Kind von Trimmer erwarte.

Am Abend des Festes der Unschuldigen Kinder, am 28. Dezember, kehrten Ian und Kerstie Kilbannock aus Schottland

nach London zurück. Ian ging unverzüglich in seine Dienststelle und sie nach Hause, wo Mrs. Bristow eine Zigarette
rauchte und Radio hörte.

»Alles in Ordnung?«

»Mrs. Troy ist weg.«

»Wohin?«

»Das hat sie nicht gesagt. Aber ich würde mich nicht wundern, wenn es für immer wäre. Sie hat gestern Vormittag alles
gepackt und mir ein Pfund gegeben. Man hätte meinen können, entweder, es hätte etwas mehr sein können, oder einfach
nur ein schlichtes Dankeschön nach all der Zeit. Beinahe hätte
ich ihr gesagt, Trinkgelder sind nicht mehr Mode. Ich meine,
schließlich helfen wir uns alle gegenseitig heutzutage, wie es
im Radio heißt. Fünf Pfund wären schon angemessen gewesen, wenn sie ihre Dankbarkeit hätte zeigen wollen. Außerdem habe ich ihr noch geholfen, ihre Sachen runterzutragen.
Nun ja, sie hat viel im Ausland gelebt, nicht wahr? Ach, und
das hier hat sie für Sie zurückgelassen.«

›Das hier‹ war ein Brief:

Meine Liebe,
tut mir leid, dass ich mich nicht von Dir verabschieden kann,
aber ich bin überzeugt, Du bist froh, mich endlich aus dem
Haus zu haben. Was bist Du doch für ein Engel gewesen! Ich
kann Dir und Ian gar nicht genug danken. Wir müssen uns
bald sehen, dann erzähle ich Dir alles. Ich habe ein kleines
Ding für Ian dagelassen – eigentlich ein blödsinniges Ge-
schenk, aber Du weißt ja, wie unmöglich es heutzutage ist,
überhaupt etwas zu finden.
Alles Liebe,
Virginia

»Hat sie sonst noch was hiergelassen, Mrs. Bristow?«

»Nur zwei Bücher. Sie liegen oben auf dem Wohnzimmertisch.«

Oben fand Kerstie Pynes *Horaz*. Kerstie war keine Bibliophile, doch hatte sie die Versteigerungssäle oft genug abgeklappert, um Wertvolles zu erkennen. Wie Mrs. Bristow war sie der Meinung – es hätte mehr, aber es hätte auch weniger sein können. Die eleganten beiden Bände stellten in der Tat Virginias einzigen Besitz dar, den sie noch hatte weggeben können – ein völlig unpassendes und verspätetes Weihnachtsgeschenk von Onkel Peregrine.

Kerstie kehrte in die Küche zurück.

»Hat Mrs. Troy keine Adresse hinterlassen?«

»Weit weg ist sie nicht. Ich habe nicht verstanden, was sie zum Fahrer sagte, aber Bahnhof war es jedenfalls nicht.«

Das Rätsel war bald gelöst. Ian rief an: »Gute Nachrichten«, sagte er. »Wir sind Virginia los.«

»Ich weiß.«

»Und zwar für immer. Sie ist doch eine vernünftige Frau. Ich habe immer gewusst, dass sie nicht verkehrt ist. Sie hat genau das getan, was ich ihr geraten habe: sich einen Mann gesucht.«

»Jemand, den wir kennen?«

»Ja, den naheliegendsten – Guy.«

»Oh, nein!«

»Doch, doch. Sie ist jetzt hier im Büro und hat mir gerade eine offizielle Kündigung überreicht, in der es heißt, dass sie die kriegswichtige Arbeit zugunsten des Hausfrauendaseins aufgibt.«

»Ian, das kann sie Guy nicht antun!«

»Sobald er auch nur humpeln kann, gehen sie aufs Standesamt.«

»Er muss wahnsinnig sein.«

»Das habe ich allerdings schon immer gedacht. Es liegt in der Familie, weißt du. Da war die Sache mit seinem Bruder.«

In Kerstie war eine ganze Menge schottischer Rechtschaffenheit verborgen, hart wie Granit und dicht unter der Oberfläche. Das Leben mit Ian in London hatte ihre Fähigkeit zu moralischer Entrüstung noch nicht ganz verkümmern lassen. Es geschah nicht oft, aber wenn sie etwas schockierte, dann kam es nicht nur zu einem oberflächlichen Erdstoß, sondern zu einem vulkanartigen Ausbruch. Ein paar Minuten, nachdem Ian aufgelegt hatte, saß sie stumm, grimmig und zornfunkelnd da. Dann machte sie sich auf den Weg zum Carlisle Place.

»Oh, guten Morgen, Mylady«, begrüßte Mrs. Corner sie ganz anders als Mrs. Bristow. »Sie wollen selbstverständlich zu Captain Guy. Sie haben die Nachricht schon gehört?«

»Ja.«

»Mich hat das nicht überrascht, Mylady, ganz und gar nicht. Ende gut, alles gut. Es ist im Grunde ja nur natürlich, nicht wahr? Was immer auch vorher zwischen ihnen gewesen sein mag, sie sind schließlich Mann und Frau. Sie ist in das Zimmer unten am Gang eingezogen und gibt ihre Arbeit auf, damit sie Zeit hat, ihn zu pflegen und sich um ihn zu kümmern.«

Während dieses Redeflusses war Kerstie immer weiter auf Guys Zimmer zugegangen.

Sie setzte sich nicht, sondern wartete, bis Mrs. Corner sie allein gelassen hatte.

»Guy«, sagte sie, »ich habe nur ganz wenig Zeit, denn ich muss an die Arbeit. Aber ich musste unbedingt kommen und Sie sprechen. Ich kenne Sie jetzt schon eine Ewigkeit, wenn auch vielleicht nicht besonders gut. Zufällig ist es nur so, dass Sie einer der wenigen Freunde von Ian sind, die ich wirklich mag. Sie meinen vielleicht, es ginge mich nichts an, aber ich muss es Ihnen trotzdem sagen.« Und dann sagte sie, was sie zu sagen hatte.

»Aber liebe Kerstie – dachten Sie denn, ich hätte es nicht gewusst?«

»Virginia hat es Ihnen erzählt?«

»Aber selbstverständlich.«

»Und Sie heiraten sie trotzdem …«

»Nicht trotzdem – darum.«

»Sie sind ein verdammter Narr«, erklärte Kerstie, Wut, Mitleid und fast so etwas wie Liebe in ihrer Stimme. »Sie wollen *ritterlich* sein – und das *Virginia* gegenüber. Begreifen Sie denn nicht, dass die Männer heutzutage nicht mehr ritterlich sind? Ich persönlich glaube ja, dass sie es nie gewesen sind. Sehen Sie in Virginia wirklich eine Jungfrau in Not?«

»Sie ist in Not.«

»Sie ist zäh!«

»Wenn sie einmal *wirklich* verletzt werden, leiden die Zähen vielleicht mehr als die Zarten!«

»Ach, nun tun Sie doch nicht so, Guy! Sie sind vierzig. Begreifen Sie denn nicht, wie lächerlich Sie in den Augen der Menschen dastehen, wenn Sie den fahrenden Ritter spielen? Ian meint, Sie sind wahnsinnig – wortwörtlich. Können Sie mir einen vernünftigen Grund nennen, warum Sie das tun?«

Guy betrachtete Kerstie vom Bett aus. Die Frage, die sie ihm stellte, war ihm nicht neu. Er hatte sie sich selbst gestellt und vor einigen Tagen auch beantwortet. »Fahrende Ritter«, sagte er, »sind früher einst auf der Suche nach edlen Taten ausgezogen. Ich glaube nicht, dass ich in meinem ganzen Leben auch nur ein einziges Mal wirklich selbstlos gehandelt habe. Auf jeden Fall bin ich nicht ausgezogen, um nach einer solchen Gelegenheit zu suchen. Hier wurde mir etwas höchst Unwillkommenes in die Hände gelegt, etwas, das die Amerikaner, soweit ich weiß, als ›über das Maß der Pflicht hinausgehend‹ bezeichnen. Nicht das normale Verhalten eines Offiziers und Gentleman, sondern etwas, worüber sie bei Bellamy's lachen werden.

Selbstverständlich ist Virginia zäh. Irgendwie wäre sie schon durchgekommen. Ich werde sie auch nicht ändern durch das, was ich tue. Das weiß ich doch alles. Aber verstehen Sie, es geht schließlich noch um eine andere ...« – er wollte Seele sagen. Doch ihm ging auf, dass Kerstie wenig damit würde anfangen können, mochte ihre Rechtschaffenheit auch noch so granithart sein – »um ein anderes Leben. Was für ein Leben, meinen Sie, würde einem Kind blühen, das 1944 unerwünscht auf die Welt kommt?«

»Das geht Sie nichts an.«

»Doch geht es mich was an – weil es an mich herangetragen wurde.«

»Mein lieber Guy, die Welt ist voll von unerwünschten Kindern. Die Hälfte aller Europäer hat kein Dach über dem Kopf – Flüchtlinge und Gefangene. Was bedeutet schon ein Kind mehr oder weniger in all diesem Elend?«

»Für all die anderen kann ich nichts tun. Aber hier handelt es sich um einen Fall, wo ich helfen kann. Und zwar im Grunde nur ich allein. Ich war Virginias letzte Zuflucht. Also konnte ich gar nicht anders handeln. *Begreifen* Sie das denn nicht?«

»Selbstverständlich nicht. Ian hat recht. Sie *sind* wahnsinnig.«

Und Kerstie verließ ihn wütender, als sie gekommen war.

Es hat keinen Sinn, es zu erklären, dachte Guy. Hatte nicht mal jemand gesagt: »Alle Unterschiede sind theologische Unterschiede?« Und wieder wandte er sich dem Brief seines Vaters zu: *Quantität tut nichts zu Sache. Wenn nur eine einzige Seele gerettet werden konnte, rechtfertigt das jeden Verlust an ›Gesicht‹.*

X
Die letzte Schlacht

I

Die Dakota flog aufs Meer hinaus und dann wieder landeinwärts. Leben kam in die teilnahmslosen Passagiere –
Briten und Amerikaner –, Männer aller Waffengattungen
und kein einziger höherer Offizier. Sie schnallten sich an den
Metallsitzen fest. Die Reise über Gibraltar und Nordafrika
war ermüdend gewesen und hatte sich wegen unerklärter Ver-
zögerungen in die Länge gezogen. Jetzt war es später Nachmittag, und seit Morgengrauen hatten sie nichts mehr zu essen bekommen. Das hier war eine andere Maschine als die, in
der Guy in England die Reise angetreten hatte. Kein einziger
seiner Mitreisenden in dieser ersten schlaflosen Nacht war
wie er nach Bari weitergereist. Guy duckte sich und spähte
durch das kleine Fenster hinaus: Mandelbaumhaine. Es war
Ende Februar, und die Bäume standen bereits in voller Blüte.
Bald war er auf festem Boden, hatte seinen Kleidersack und
Koffer neben sich und meldete sich beim Transportoffizier.

Sein Marschbefehl lautete, er solle sich umgehend beim
Hauptquartier der Britischen Mission bei der Antifaschistischen Nationalen Befreiungsbewegung (Adria) melden.

Er wurde erwartet. Ein Jeep stand bereit, um ihn in eines
der düsteren Gebäude der Altstadt zu bringen, wo diese Organisation untergebracht war. Nichts erinnerte ihn an das Italien, das er kannte und liebte, an das Land, in dem er seine
Schulferien verbracht hatte, an das Land, in dem er später Zuflucht gesucht hatte vor seiner Schwäche.

Der Empfang bei der Wache war nicht gerade herzlich.

»Ich habe Befehl, mich bei einem Brigadier Cape zu melden.«

»Der ist heute nicht da. Da müssen Sie schon warten und sich beim Sicherheitsoffizier melden. Ron«, sagte er zu einem Kameraden, »sag Captain Gilpin mal, hier ist ein Offizier, der sich beim Brigadier melden soll.«

Ein paar Minuten stand Guy im dunklen Eingang. Das Haus war ein vorfaschistischer Bau und im traditionellen Stil um einen sonnenlosen *cortile* errichtet. Eine breite Treppe aus flachen Steinstufen führte hinein in die Dunkelheit, denn das Glasdach war zersprungen und durch Teerpappe ersetzt worden. »Das Licht müsste jeden Augenblick angehen«, sagte der Posten. »Aber man kann sich nicht darauf verlassen.«

Endlich tauchte Gilpin in der Dämmerung auf.

»Ja?«, sagte er. »Was kann ich für Sie tun?«

»Erinnern Sie sich nicht mehr an mich – die Fallschirmspringerschule – zusammen mit de Souza?«

»De Souza ist draußen im Feld. Was genau wollen Sie?«

Guy zeigte ihm seinen Marschbefehl.

»Noch nie davon gehört.«

»Sie glauben doch wohl nicht, dass er gefälscht ist, oder?«

»Ich hätte einen Durchschlag bekommen müssen. Und *glauben* tue ich gar nichts. Es ist ganz einfach so, dass wir gar nicht vorsichtig genug sein können.« Er drehte den Marschbefehl im Dämmerlicht um und vertiefte sich in die Rückseite. Dann las er ihn noch mal. Er versuchte es mit neuer Stichelei. »Sie haben sich aber Zeit gelassen, um hierherzukommen.«

»Ja, es hat Verspätungen gegeben. Haben Sie das Kommando hier?«

»Ich bin nicht der ranghöchste Offizier hier, falls Sie das meinen. Oben haben wir noch einen Major – einen Halberdier wie Sie selbst.« Er sprach den Namen des Korps auf eine

Weise aus, die deutlich machte, dass er sich ganz und gar nicht mit den Traditionen der Army identifizierte, es hatte fast etwas Verächtliches. »Ich weiß nicht, was er macht. Er ist als G. S. O. II. (Koordinierung) hierher abkommandiert worden. Ich nehme an, in gewisser Weise hat er wohl den Befehl, wenn der Brigadier nicht da ist.«

»Vielleicht sollte ich mich bei ihm melden?«

»Sind das Ihre Sachen?«

»Ja.«

»Die werden Sie hier unten lassen müssen.«

»Haben Sie gedacht, ich wollte sie mit raufschleppen?«

»Behalten Sie's im Auge, Corporal«, sagte Gilpin, nicht etwa, damit nichts fortkam, sondern eher, weil er befürchtete, das Gepäck könnte subversives, möglicherweise hochexplosives Material enthalten.

»Es war durchaus richtig von Ihnen, diesen Mann zur Durchsuchung festzuhalten«, fügte er noch hinzu. »Sie können ihn zum G. S. O. II (Koordinierung) hinaufschicken.« Ohne ein weiteres Wort an Guy ließ er ihn einfach stehen.

Der zweite Posten führte Guy zu einer Tür im Mezzanin. Viereinhalb unbeständige Kriegsjahre hatten Guy daran gewöhnt, auf die unterschiedlichste Weise empfangen zu werden, und auch daran, von Zeit zu Zeit jenem Offizier zu begegnen, dessen Namen er nie erfahren hatte und der ihn jetzt mit ungewohnter Herzlichkeit begrüßte.

»Tja«, sagte er, »unsere Wege kreuzen sich immer wieder, nicht wahr? Ich nehme an, Sie sind überraschter als ich. Ich habe Ihren Namen auf irgendwelchem Papierkram gesehen. Wir erwarten Sie schon seit Wochen.«

»Gilpin aber nicht.«

»Wir versuchen, Gilpin mit so wenig Papierkram wie möglich zu behelligen. Das ist nicht immer leicht.«

In diesem Augenblick glühte die elektrische Birne – als

wäre es ein Symbol – erst langsam auf, erlosch ein paarmal wieder und strahlte dann plötzlich ganz hell.

»Immer noch Major, wie ich sehe«, sagte Guy.

»Verflucht, ja. Da war ich fast ein ganzes Jahr Lieutenant-Colonel, doch dann ist die Brigade umorganisiert worden, und plötzlich schien da kein Platz mehr für mich zu sein. Und so bin ich hierhergekommen.«

Und wieder flackerte die Birne fast symbolisch auf, leuchtete, und gleich darauf erlosch sie ganz. »Das Elektrizitätswerk arbeitet noch nicht wieder richtig«, sagte der Major überflüssigerweise. »Manchmal funktioniert es, manchmal nicht.« Ihre Unterhaltung fand mal im Hellen, mal im Dunklen statt, wie bei einem Sommergewitter.

»Wissen Sie, was Sie hier tun sollen?«

»Nein.«

»Ich hatte auch keine Ahnung, als ich hierher versetzt wurde. Und weiß es immer noch nicht. Ist aber ein ganz annehmbarer Laden hier. Cape wird Ihnen gefallen. Er ist noch nicht lange aus dem Lazarett raus, es hat ihn bei Salerno erwischt. Frontdienstuntauglich. Er wird Ihnen den Laden erklären, wenn er morgen kommt. Er und Joe Cattermole mussten zu einer Besprechung nach Caserta. Joe ist ein komischer Kauz, Professor für irgendwas im Zivilleben, und äußerst musikalisch. Aber er ist ein richtiges Arbeitstier und nimmt *mir* alles ab – und Cape auch. Gilpin ist ein Ekel, das haben Sie ja gerade erlebt. Joe ist der Einzige, der ihn ausstehen kann. Aber Joe kommt auch mit allen klar, sogar mit den Jugos. Furchtbar gutmütiger Bursche, dieser Joe, und immer bereit, einzuspringen und Extraarbeiten zu übernehmen.«

Sie redeten über die Halberdiers, über die Erfolge und Frustrationen von Ritchie-Hook, über Verluste und Verstärkungen, Einberufungen, Umstellungen, Reorganisation, Versetzungen und Gegenversetzungen, die das Gesicht des

Korps veränderten. Das Licht glomm auf, erlosch wieder, flackerte und ging aus, während diese vertrauten Namen aus Guys unschuldigen Jahren in ihrer Unterhaltung fielen. Dann wandte der Major ohne Namen seine Aufmerksamkeit Guys Angelegenheiten zu und bestellte im Offiziershotel ein Zimmer für ihn. Inzwischen war die Sonne untergegangen, und als das Licht dann wieder ausging, saßen sie in völliger Dunkelheit da. Eine Ordonnanz kam und brachte eine Karbidlampe.

»Zeit zum Aufbruch«, sagte der Major. »Ich sorge dafür, dass Sie anständig untergebracht werden. Dann können wir essen gehen.«

»Ich will Sie nur rasch hier eintragen«, sagte der Major beim Eingang zum Club. Guy sah ihm über die Schulter, aber seine Unterschrift war so unleserlich wie eh und je; ja, in der Schrift des Majors versank selbst Guys Name in Anonymität. »Falls Sie länger hier in Bari bleiben, sollten Sie besser Mitglied werden.«

»Aber heißt er nicht Senior Officer's Club?«

»Senior hat hier nichts zu bedeuten. Der Club ist für Leute, die ein anständiges Kasino gewohnt sind. Im Hotel wimmelt es abends von Krankenschwestern. Mit den Frauen ist es schwierig hier«, fuhr er fort, während sie in den Vorraum gingen. Dieses neue und recht exotisch anmutende Gebäude war für das Priesterseminar der Unierten Abessinischen Kirche gebaut worden, das beim Zusammenbruch des Italienisch-Äthiopischen Kaiserreiches nach Rom verlegt worden war. Die Haupträume waren in Anlehnung an ihre heimischen Tukals und Tempel kuppelförmig gewölbt. »Italienerinnen haben hier überhaupt keinen Zutritt. Aber nach allem, was ich gesehen habe, ist die Versuchung auch nicht sonderlich groß. Äußerst reizlos, und außerdem wollen sie sowieso nur

Amerikaner, weil die alles bezahlen und es ihnen egal ist, was sie dafür kriegen. Es gibt zwar ein paar Sekretärinnen und Dechiffriermädchen, aber die sind alle in festen Händen. Ich bin hauptsächlich auf die Army-Helferinnen angewiesen; die kommen hier manchmal auf dem Weg nach Foggia durch. Sie erzählen schon viel Blödsinn über Italien.«

»Die Army-Helferinnen?«

»Nein, ich meine die Leute, die nie hier gewesen sind. *Romantisch* – meine Güte! Da lob ich mir diesen Club hier. Das ist wie ein Kasino zu Hause, finden Sie nicht? Englisches Essen, versteht sich.«

»Kein Wein?«

»Es gibt einen heimischen Rotwein, falls Sie den mögen.«

»Aber doch bestimmt Fisch, oder?«

»Der ist für die Itaker da. Worüber man heilfroh sein kann, nach dem Geruch zu urteilen.«

Die Hochstimmung, die sich Guys bemächtigt hatte, nachdem er nach zwei Jahren Kriegs-England wieder im Ausland war, flackerte und erlosch wie die Glühbirne im Hauptquartier.

Ein Zivilkellner brachte ihnen ihren Pink Gin. Auf Italienisch bat Guy um Oliven. Er antwortete fast wütend auf Englisch: »Keine Oliven«, und brachte ihnen amerikanische Erdnüsse.

Unter der blaugetünchten Kuppeldecke, wo noch vor kurzem dunkelhäutige, bärtige Kleriker ihren Studien nachgegangen waren, ließ Guy den Blick über die unterschiedlichen Uniformen und Auszeichnungen schweifen und sah seine eigene jüngste Vergangenheit ebenso vor sich wie seine wahrscheinliche Zukunft. Er fühlte sich zurückversetzt nach Southsand, ins Durchgangslager, ins Bahnhofshotel von Glasgow, es war die unterste Stufe, auf der er jemals angelangt war: in der Auffangstelle für unbeschäftigte Offiziere.

»Nun mal Kopf hoch!«, sagte Guys Gastgeber. »Was haben Sie denn? Heimweh?«

»Heimweh nach Italien«, sagte Guy.

»Nicht schlecht, nicht schlecht«, sagte der Major, ein wenig verwirrt, gleichzeitig jedoch erfreut darüber, dass jemand überhaupt einen Witz machte.

Sie betraten das ehemalige Refektorium. Hätte Guy Heimweh nach dem Kriegs-London gehabt – hier hätte er Trost gefunden, denn Lieutenant Padfield speiste dort mit drei Briten. Seit Weihnachten hatte man den Lieutenant in London nicht mehr gesehen.

»Guten Abend, Loot. Was machen Sie denn hier?«

»Ich komme später zu Ihnen, wenn ich darf, ja?«

»Kennen Sie den Yankee?«, fragte der Major.

»Ja.«

»Was macht der eigentlich?«

»Das weiß kein Mensch.«

»Er schleicht neuerdings immer um Joe Cattermole herum. Ich habe keine Ahnung, wer ihn heute Abend hergebracht hat. Dienstlich versuchen wir ja, mit den Amis auf freundschaftlichem Fuß zu stehen, aber außerdienstlich ermutigen wir sie nicht. Sie haben auch genug eigene Kasinos.«

»Loot ist so eine Art Gesellschaftslöwe und kommt überall rum.«

»Wie nennen Sie ihn?«

»Loot. So sprechen die Amerikaner *Lieutenant* aus, verstehen Sie.«

»Ach, tun sie das? Hab ich nicht gewusst. Wie komisch.«

Zum Essen gab es, wie Guy ja schon wusste, keine saftigen, duftenden italienischen Speisen; aber seinen *vino* trank er dankbar, wenn es auch nur ein einfacher Landwein war. Wein war in den letzten beiden Monaten in London zu einer immer größeren und immer teureren Seltenheit geworden.

Der Major trank zum Essen gar nichts. Er erzählte Guy in aller Ausführlichkeit von seiner letzten Army-Helferin und von ihrer Vorgängerin. Die Unterschiede fielen nicht ins Gewicht. Schließlich kam Lieutenant Padfield mit einer Kiste Zigarren zu ihnen. »Ich selbst vertrage sie nicht«, sagte er. »Aber sie sollen sehr gut sein. Stammen nicht aus dem PX. Unser Botschafter in Algier hat sie mir geschenkt.«

»Eine Frau ist nur eine Frau, aber eine gute Zigarre, das ist der wahre Genuss«, sagte der Major.

»Wobei mir einfällt«, sagte der Lieutenant, »dass ich Ihnen und Virginia nie gratuliert habe. Ich habe es in der *Times* gelesen, als ich in Algier bei den Stitches war. Das nenne ich mal eine gute Nachricht.«

»Vielen Dank.«

Da der Major von den Halberdiers die Zigarre genommen, das Ende abgebissen und sie angezündet hatte, fühlte er sich verpflichtet zu sagen: »Holen Sie sich doch einen Stuhl. Wir sind einander zwar noch nicht vorgestellt worden, aber ich habe Sie zusammen mit Joe Cattermole gesehen.«

»Ja, er ist der wichtigste Mann hier für meinen Job.«

»Wäre es indiskret zu fragen, um was es sich dabei handelt?«

»Durchaus nicht. Wir versuchen, die Oper wieder in Gang zu bringen, wissen Sie.«

»Nein, das habe ich nicht gewusst.«

»Die Oper ist der sicherste Weg, um das Herz der Italiener zu gewinnen. Mit den Orchestern gibt es kaum Schwierigkeiten. Die Sänger jedoch scheinen alle mit den Deutschen verschwunden zu sein.« Er sprach von den verschiedenen Opernhäusern im besetzten Italien, manche waren von Bomben zerstört, andere hingegen nahezu unbeschädigt davongekommen. Die Oper von Bari war völlig intakt. »Aber ich muss zurück zu meinem Gastgeber«, sagte er und erhob sich.

Der Major zögerte, so ein privates Thema anzuschneiden, wagte es aber dann doch. »Dem, was dieser *Loot* gesagt hat, entnehme ich, dass Sie gerade geheiratet haben?«

»Ja.«

»Was für ein Pech, dann gleich hinterher ins Ausland versetzt zu werden. Ich fürchte, es war nicht gerade taktvoll, dass ich Ihnen Ratschläge über den hiesigen Markt gegeben habe.«

»Ich glaube nicht, dass meine Frau etwas dagegen hätte.«

»Wirklich nicht? Meine schon – und ich bin immerhin schon elf Jahre verheiratet.« Er schwieg, sann über diese lange Zeit ungetrübten Glücks nach und fügte dann hinzu: »Zumindest *glaube* ich, dass sie was dagegen hätte.« Er verfiel wieder in Schweigen. »Es ist lange her, seit ich sie zuletzt gesehen habe. Vermutlich«, schloss er dann mit jener resignierten, allumfassenden Melancholie, die sich für Guy immer mit seiner Person verband, »würde es ihr doch nicht so viel ausmachen.«

Sie kehrten in den Vorraum zurück. Bei dem Gedanken an die Gleichgültigkeit seiner Frau gegenüber seinen Abenteuern mit Army-Helferinnen verdüsterte sich die gute Laune des Majors. Er bestellte Whisky. Dann sagte er: »Übrigens, was meinte dieser Loot, als er vom sichersten Weg zum Herzen der Italiener sprach? Wir haben diese Halunken doch gerade geschlagen, oder? Was sollen die denn zu singen haben! Ich kann nicht glauben, dass die Amerikaner so ahnungslos sind, jetzt noch für Unterhaltung für sie zu sorgen! Wenn Sie mich fragen, ist das nur eine Tarnung für was anderes. Wenn man erst mal aus dem Korps raus ist, stößt man auf lauter zwielichtige Sachen, von denen man nicht mal wusste, dass es sie gibt. In dieser Stadt hier wimmelt es davon.«

In London spielte sich in diesem Augenblick eine traditionelle häusliche Szene ab. Virginia nähte für ihr Baby. Es war ein Überbleibsel aus ihrer Schulzeit, das wenig zu ihrem Erwachsenenleben gepasst hatte, aber sie nähte vorzüglich und mit Begeisterung. So hatte sie in Kenia viele Abende damit verbracht, eine Überdecke fürs Bett zu nähen, die nie fertig geworden war. Onkel Peregrine las ihr aus Trollopes *Kannst du ihr verzeihen?* vor. Schließlich sagte sie: »Ich bin übrigens fertig mit meiner Unterweisung.«

»Unterweisung?«

»Im Glauben. Kanonikus Weld sagt, er sei bereit, mich jetzt jederzeit in den Schoß der Kirche aufzunehmen.«

»Er wird es wohl am besten wissen«, sagte Onkel Peregrine zweifelnd.

»Es ist alles so einfach«, erklärte Virginia. »Ich weiß eigentlich gar nicht, warum diese Romanschreiber so viel Aufhebens darum machen – dass Leute ihren Glauben verlieren können. Für mich ist alles so klar wie der lichte Tag. Ich begreife gar nicht, warum mir das nicht schon früher jemand gesagt hat. Ich meine, es liegt alles so sehr auf der Hand, findest du nicht, wenn man darüber nachdenkt?«

»Für mich schon«, sagte Onkel Peregrine.

»Ich möchte dich bitten, mein Pate zu sein. Was übrigens nicht bedeutet, dass du mir etwas schenken musst – zumindest nichts Teures.« Sie stichelte emsig und zeigte dabei ihre hübschen Hände. »Denn eigentlich warst du es, der mich zur Kirche gebracht hat – weißt du das eigentlich?«

»Ich? Grundgütiger – wieso denn?«

»Ganz einfach, weil du so lieb warst«, erklärte Virginia. »Du hast es doch gern, dass ich hier bin, nicht wahr?«

»Ja, selbstverständlich, meine Liebe.«

»Ich habe es mir übrigens überlegt«, sagte Virginia. »Ich würde das Baby gern hier bekommen.«

»Hier? In der Wohnung?«

»Ja. Macht es dir was aus?«

»Wäre das denn nicht schrecklich unbequem für dich?«

»Für mich nicht. Ich stelle mir das eher ganz gemütlich vor.«

»Gemütlich«, sagte Peregrine entgeistert. »*Gemütlich?*«

»Du kannst auch der Taufpate des Babys werden. Nur, falls es ein Junge wird, möchte ich ihn dann nicht gerade Peregrine nennen, wenn du nichts dagegen hast. Ich glaube, Guy hätte gern, dass er Gervase heißt, und was meinst du?«

3

Und Ludovic schrieb. Seit Mitte Dezember hatte er beständig Tag für Tag dreitausend Wörter geschrieben, insgesamt über hunderttausend Wörter. Seine Art zu schreiben war jetzt eine andere. *Fowler* und *Roget* lagen ungeöffnet neben ihm. Er hatte nicht mehr das Bedürfnis, *le mot juste* zu finden. Alle Wörter waren richtig. In ungeordneter Folge flossen sie ihm aus der Feder. Er hielt niemals inne, schrieb nie etwas um. Er dachte kaum bewusst über das nach, was er tat. Er war besessen, mehr das Werkzeug irgendeiner Macht als er selbst, einer Macht, die ihn drängte – wozu eigentlich? Er stellte nichts in Frage. Er schrieb einfach. Sein Buch wuchs, wie der kleine Trimmer in Virginias Leib, ohne dass sie bewusst etwas dazu beigetragen hätte.

4

Jeder Bewohner von Bari hatte das Ziel, bei der Besatzungsmacht angestellt zu werden. Ganze Familien hatten sich mit all ihren Verzweigungen in den Dienst des Offiziershotels eingeschlichen. Sechs senile Patriarchen stützten sich von morgens bis abends auf die langen Stiele von Mopps und reinigten den Linoleumboden des Vestibüls. Alle hielten sie in ihrer Arbeit inne, als Guy am nächsten Morgen zwischen ihnen hindurchging, um dann rückwärtsgehend wie Krebse seine Spuren wieder zu verwischen.

Er ging in die Dienststelle, in der er am Abend zuvor gewesen war. In der morgendlichen Sonne lag das Gebäude völlig verwandelt da. Früher war ein Springbrunnen im *cortile* gewesen, wie Guy jetzt bemerkte; vielleicht würde er irgendwann einmal wieder plätschern. Offenen Mundes stand ein steinerner Triton da, der letzte arme Nachfahre einst stolzer Ahnen inmitten dorniger Vegetation. Der Wachtposten war in eine Unterhaltung mit einem Meldefahrer vertieft und ließ Guy ohne Fragen hindurch. Auf der Treppe stieß er auf Gilpin.

»Wie sind Sie hereingekommen?«

»Ich bin hierher abkommandiert, wissen Sie nicht mehr?«

»Aber Sie haben keinen Pass. Wie lange wird es dauern, bis diese Leute lernen, dass eine Offiziersuniform überhaupt nichts bedeutet? Sie hätten Sie ohne Pass nicht durchlassen dürfen.«

»Und wo bekomme ich einen?«

»Von mir.«

»Nun, vielleicht könnten wir uns einiges ersparen, wenn Sie mir einen geben würden.«

»Haben Sie drei Passbilder?«

»Selbstverständlich nicht.«

»Dann kann ich keinen Pass ausstellen.«

In diesem Augenblick ertönte eine Stimme von oben: »Was gibt's, Gilpin?«

»Ein Offizier ohne Pass, Sir.«

»Wer?«

»Captain Crouchback.«

»Ja, dann geben Sie ihm einen, und schicken Sie ihn rauf.«

Das war Brigadier Cape. Die Stimme gehörte zu einem Mann, der auf dem Treppenabsatz stand – ein lahmer ausgemergelter Mann mit den Regimentsabzeichen der Ulanen. Als Guy sich vorstellte, sagte er: »Sehr pflichteifriger Mann, dieser Gilpin. Nimmt seine Aufgaben sehr ernst. Tut mir leid, dass ich gestern nicht da war. Wir können uns gleich unterhalten. Ich erwarte ein paar Jugos, die sich über irgendwas beschweren wollen. Das Beste wäre, Sie lassen sich erst mal von Cattermole ins Bild setzen. Dann sehen wir, wo wir Sie unterbringen können.«

Major Cattermole hatte das Zimmer neben dem des Brigadiers, war etwa so alt wie Guy und ein lang aufgeschossener, leicht gebeugt gehender, hinkender Mann, der überhaupt nichts Soldatisches an sich hatte, ein Asket wie von Zurbarán, der freudig lächelte.

»Oxford, Balliol-College, 1921–24«, sagte er.

»Ja. Haben wir uns da gekannt?«

»Sie erinnern sich bestimmt nicht an mich. Ich habe ein sehr ruhiges Leben geführt. Aber ich erinnere mich, dass Sie mit den Sportlern rumgezogen sind.«

»Zu denen habe ich nie gehört.«

»Für mich schon. Sie waren doch mit Sliggers befreundet. Der war zwar immer ausgesprochen nett zu mir, aber ich habe niemals zu seiner Clique gehört. Ich habe überhaupt zu keiner Clique gehört. Als junger Student verbrachte ich meine Zeit mit arbeiten. Blieb mir gar nichts anderes übrig.«

»Haben Sie nicht im Debattierclub gesprochen?«

»Ich habe es versucht, aber war nicht gerade gut. Sie sollen also rüber nach Jugoslawien?«

»Soll ich das?«

»Es sieht so aus, als wären Sie deshalb hier. Wie ich Sie beneide! Ich bin erst im neuen Jahr rausgekommen, und die Ärzte wollen mich nicht wieder rüberlassen. Ich war wegen der Sechsten Offensive da, aber ich bin zusammengeklappt. Die letzten beiden Wochen mussten sie mich tragen, ich war also nur hinderlich. Die Partisanen lassen ihre Verwundeten niemals zurück, weil sie wissen, was der Feind mit ihnen machen würde. In unserer Einheit waren Männer von siebzig und Mädchen von fünfzehn Jahren. Ein paar Stunden Halt – und dann: *pokrit,* vorwärts! Ich weiß nicht, wie meine Kollegen von der Universität das geschafft hätten. Zuletzt haben wir uns von Wurzeln und Rinde ernährt, aber wir sind durchgekommen, und ich bin mit dem Rest der Verwundeten ausgeflogen worden. Hatten Sie nicht eine ziemlich schwere Überfahrt von Kreta aus?«

»Ja, woher wissen Sie das?«

»Das stand alles in dem Dossier, das sie uns geschickt haben. Nun, dann brauche ich Ihnen nicht zu sagen, was es heißt, fix und fertig zu sein. Hatten Sie Halluzinationen?«

»Ja.«

»Ich auch. Nur haben Sie sich besser davon erholt als ich. Die Ärzte sagen, ich werde niemals wieder felddiensttauglich sein. Und jetzt sitze ich hier in einer Schreibstube fest und muss andere Leute einweisen. Dann machen wir uns mal an die Arbeit.«

Zwanzig Minuten hielt er ihm einen Vortrag, den er vorher ganz offensichtlich ausgearbeitet hatte. Hier die ›befreiten Gebiete‹, da die Route einer Brigade, dort die Route einer anderen; hier ein Divisionshauptquartier, dort der Stab eines

Korps. Ein umfassender, unendlich komplizierter Feldzugsplan aus Umzingelungen und Gegenangriffen nahm in Cattermoles professoralen Sätzen Gestalt an.

»Ich hatte ja keine Ahnung, was für ein Ausmaß das Ganze hat«, sagte Guy.

»Das ahnt niemand. Es wird auch niemand erfahren, solange es eine königstreue Exilregierung gibt, die in London sitzt. Die Partisanen binden dreimal so viele Truppen wie der gesamte Italienfeldzug. Außer von Weichs Armeegruppen gibt es noch fünf oder sechs Divisionen von Tschetnik-Milizen und Ustascha-Einheiten – vielleicht kennen Sie diese Namen nicht. Es handelt sich um serbische und kroatische Quislinge, und auch um bulgarische. Es muss drüben eine halbe Million Feinde geben.«

»Es scheinen sehr viele Partisanen zu sein«, bemerkte Guy und deutete auf die vielen Aufstellungen, die auf der Karte eingezeichnet waren.

»Ja«, sagte Major Cattermole, »ja. Natürlich haben nicht alle Regimenter volle Stärke. Es hat ja keinen Sinn, mehr Leute in den Kampf zu werfen, als wir ausrüsten können. Dabei fehlt es uns an fast allem – Artillerie, Transportmittel, Flugzeuge, Panzer. Wir mussten uns mit Waffen ausrüsten, die wir erbeutet haben. Bis vor kurzem haben die Leute in Kairo auch noch Mihailovic mit Waffen beliefert, die gegen unsere eigenen Leute eingesetzt wurden. Jetzt läuft es ein bisschen besser. Der Nachschub kommt zwar nur tröpfchenweise, aber es ist auch nicht einfach, Material für Truppen abzuwerfen, die ständig unterwegs sind. Und jetzt haben endlich auch die Russen eine Militärmission geschickt, die ein General leitet. Wenn Sie die Partisanen nicht erlebt haben, können Sie sich nicht vorstellen, was das für sie bedeutet. Das muss ich allen unseren Verbindungsoffizieren erst klarmachen. Die Jugoslawen akzeptieren uns zwar als Verbündete, aber die Russen betrachten sie als die Anführer. Das alles ist Teil ihrer Geschichte – nun, ich nehme an, vom Panslawismus wissen Sie so viel wie ich. Sie werden feststellen, dass er heute noch so lebendig ist wie zur Zarenzeit. Einmal wurden während der Sechsten Offensive bei einer Flussquerung Stuka-Angriffe auf uns geflogen, und einer von den Leuten, die meine Bahre trugen, ein Student von der Universität Zagreb, sagte nur: ›Jede Bombe, die hier fällt, ist eine weniger auf Russland.‹ Für sie sind wir Fremde. Sie nehmen, was wir ihnen schicken, aber sie sehen keinen Grund, besonders dankbar zu sein. Schließlich sind sie es, die kämpfen und ihr Leben lassen. Manche unserer Leute, die nicht differenziert denken können, verwirrt das, sie halten das Ganze für eine Sache der Politik. Ich bin sicher, dass Sie diesen Fehler nicht machen werden, aber diesen kleinen Vortrag halte ich jedem.«

In diesem Augenblick steckte Brigadier Cape den Kopf zur Tür herein und sagte: »Joe, können Sie mal einen Augenblick kommen?«

»Sehen Sie sich inzwischen die Karte an«, sagte Major Cattermole zu Guy. »Prägen Sie sie sich ein. Ich bin gleich wieder da.«

Guy war im Kartenlesen geübt. Er tat, was man ihm gesagt hatte, und überlegte, wo in diesem komplizierten Terrain seine Zukunft liegen mochte.

Im Zimmer nebenan saß Cape an seinem Schreibtisch und starrte verbissen auf eine goldene Taschenuhr, auf deren Rückseite eine schöne Krone nebst Inschrift eingraviert war.

»Sie wissen, worum es geht, nicht wahr, Joe?«

»Jawohl. Ich habe Major Cernic gesagt, er soll Ihnen Meldung darüber erstatten.«

»Er hat sich furchtbar aufgeregt darüber.«

»Können Sie ihm das verdenken?«

»Aber was soll ich tun?«

»Berichten Sie es weiter nach London.«

»Es ist doch schon zum Davonlaufen – dass das ausgerechnet jetzt passieren musste, wo die Jugos angefangen haben, uns zu vertrauen.«

»Solange es eine Exilregierung in London gibt, werden sie uns niemals vertrauen. Wenn man das richtig machte, wäre das *die* Gelegenheit, sie abzuservieren.«

»An der Echtheit besteht kein Zweifel?«

»Nicht der geringste.«

»Es ist kein politischer Schachzug?«

»Nicht von unserer Seite aus. Es ist genau das, was es zu sein vorgibt – ein Geschenk an Mihailovic als Kriegsminister aus London. Ein Serbe, der angeblich zu den Partisanen stoßen sollte, hat sie mitgebracht. Glücklicherweise hat er sich in Algier betrunken und sie einem jungen Amerikaner gezeigt, den ich kenne und der hier auf der Durchreise war. Der gab mir einen Hinweis, und so haben die Partisanen den Serben bei seiner Ankunft gleich verhaftet.«

»Und er wäre durchgekommen? Wissen Sie, das Komische daran ist, dass wir jetzt den Beweis dafür haben, dass zwischen Titos und Mihailovics Leuten Verbindungen bestehen müssen.«

»Nur durch den Feind.«

»Verdammt«, sagte Cape, »verdammt! Mir wäre es fast lieber, der Kerl hätte seine Uhr gekriegt, als jetzt den ganzen Ärger am Hals zu haben. Was ist mit dem Serben geschehen?«

»Man hat sich um ihn gekümmert.«

»Das entspricht nicht dem Kriegshandwerk, wie ich es gelernt habe.«

Major Cattermole kehrte zu Guy zurück. »Tut mir leid, dass ich Sie allein lassen musste. Nur eine Routinesache. Ich bin mit meiner Nachhilfestunde auch ziemlich fertig, und der

Brigadier hat jetzt Zeit für Sie. Von ihm werden Sie erfahren, wann Sie wohin sollen.

Ihnen steht eine einzigartige Erfahrung bevor, was immer es auch sein mag. Die Partisanen sind eine Offenbarung – wirklich!«

Wenn Major Cattermole vom Feind sprach, tat er das mit der unpersönlichen, professionellen Feindseligkeit, mit der ein Chirurg einen bösartigen, aber operablen Tumor betrachtet; sprach er jedoch von seinen Waffengefährten, so zeigte er mehr als nur Loyalität. Es klang zwar auch unpersönlich, hatte aber gleichzeitig fast etwas von der mystischen Liebe, wie sinnenfreudige Künstler des Hochbarocks sie dargestellt haben.

»Offiziere und Mannschaften«, erklärte er begeistert, »essen das Gleiche und wohnen zusammen. Und die Frauen auch. Es wird Sie überraschen, dass Frauen neben ihren männlichen Kameraden im Unteroffiziersrang dienen. Manchmal liegen sie sogar unter derselben Decke zusammen, um sich zu wärmen, und zwar völlig keusch. Patriotische Leidenschaft hat Sex völlig verdrängt. Ja, einer ihrer Ärzte hat mir mal erzählt, dass viele von ihnen gar nicht mehr menstruieren. Manche waren kaum mehr als Schulmädchen, als sie ihre bürgerlichen Familien verließen, die mit dem Feind kollaborierten, und in die Berge flüchteten. Ich habe Beispiele von Mut erlebt, denen gegenüber ich skeptisch gewesen wäre, wenn ich davon in originalen klassischen Texten gelesen hätte. Selbst wenn wir Betäubungsmittel haben, weigern sich die Frauen, sich betäuben zu lassen. Ich habe gesehen, wie sie, ohne mit der Wimper zu zucken, die schrecklichsten Operationen über sich ergehen lassen. Manchmal haben sie gesungen, wenn die Chirurgen sie untersuchten, um zu beweisen, wie männlich sie sind. Nun, Sie werden es selbst sehen. Das ist eine Erfahrung, die einen anderen Menschen aus einem macht.«

Vor sieben Jahren hatte J. Cattermole vom All Souls College eine *Untersuchung über gewisse Redundanzen in empirischen Konzepten* veröffentlicht, eine Arbeit, die allgemein als *Cattermoles Redundanzen* bekannt war und als zukunftsweisend galt. Seither war er ein anderer Mensch geworden.

Wieder steckte Brigadier Cape den Kopf zur Tür herein.

»Kommen Sie, Crouchback.« Guy folgte ihm nach nebenan. »Ich bin froh, dass Sie jetzt hier sind. Sie sind der dritte Halberdier, der zu unserem Haufen stößt. Ich nehme mit Freuden alle, die ich kriegen kann. Frank de Souza kennen Sie vermutlich. Er ist im Augenblick drüben. Ich weiß, dass Sie den Abend gestern mit unserem G2 verbracht haben. Warum tragen Sie kein Fallschirmspringerabzeichen?«

»Ich habe nicht bestanden, Sir.«

»Ach, ich dachte, doch. Dann stimmt da irgendwas nicht. Aber egal, wir haben jetzt zwei oder drei Stellen, wo wir landen können. Sprechen Sie gut Serbokroatisch?«

»Kein Wort. Als ich interviewt wurde, hat man mich nur nach meinem Italienisch gefragt.«

»Nun, seltsamerweise ist das kein Nachteil. Wir haben ein oder zwei Leute gehabt, die die Sprache sprechen. Einige scheinen sich den Partisanen angeschlossen zu haben. Die anderen hat man zurückgeschickt – wegen unkorrektem Verhalten. Die Jugos verlassen sich lieber auf ihre Dolmetscher – dann wissen sie, was unsere Leute sagen und zu wem. Ein unglaublich misstrauisches Volk. Sie haben ja von Cattermole Näheres darüber gehört. Jetzt werde ich Ihnen mal die Kehrseite der Medaille zeigen. Aber damit Sie mich nicht missverstehen: Cattermole ist ein prächtiger Bursche. Er erzählt es niemandem, aber er hat drüben Phantastisches geleistet. Die Jugos lieben ihn, und das kann man nicht von vielen von uns behaupten. Und Joe liebt die Jugos, was vielleicht noch ungewöhnlicher ist. Nur muss man das, was er sagt, immer *cum grano salis* nehmen. Ich nehme an, dass er Ihnen erzählt hat, die Partisanen binden deutsche Truppen von einer halben Million Stärke. Ich sehe das etwas anders. Die Deutschen sind nur an zwei Dingen interessiert: an ihren Verbindungen mit Griechenland und an der Verteidigung ihrer Flanke gegen eine Landung der Alliierten an der Adriaküste. Unseren Informationen nach werden sie noch diesen Sommer den Rückzug aus Griechenland antreten. Deshalb muss der Rückzugsweg freigehalten werden. Sonst wollen sie nichts in Jugoslawien. Als die Italiener kapitulierten, war der gesamte Balkan für sie verloren. Aus der Traum, bis nach Suez vorzustoßen. Aber jetzt haben sie Angst, die Angloamerikaner könnten einen groß angelegten Vorstoß auf Wien unternehmen. Die Amerikaner landen selbstverständlich viel lieber an der Côte d'Azur. Aber solange die Gefahr einer Landung an der adriatischen Küste besteht, müssen die Deutschen starke Truppenverbände in Jugoslawien lassen. Und wenn die Jugos mal aufhören, sich gegenseitig zu bekämpfen, können sie den Deutschen verdammt unangenehm werden. Aufgabe der Mission ist es daher, mit den wenigen Dingen, die wir ihnen geben können, dafür zu sorgen, dass sie auch weiterhin verdammt unangenehm sein können.

Wenn die Partisanen von ihren Offensiven sprechen, dann meinen sie Offensiven der Deutschen, nicht der Jugos. Sobald die Jugos zu unangenehm werden, schlagen die Deutschen zu und treiben sie zusammen, nur ist es ihnen niemals gelungen, sie alle einzusacken. Und es sieht mehr und mehr danach aus, als ob ihnen das niemals gelingen wird.

Jetzt merken Sie sich eines: Wir sind Soldaten, keine Politiker. Unsere Aufgabe ist es, alles zu tun, um dem Feind Verluste beizubringen. Weder Sie noch ich werden uns nach dem Krieg in Jugoslawien niederlassen. Welche Regierungsform sie wählen, ist einzig und allein ihre Sache. Halten Sie sich aus der Politik raus. Das ist Regel Nummer eins dieser Mission.

Wir sehen uns noch, ehe Sie losziehen. Im Moment kann ich Ihnen nicht sagen, wann und wohin Sie gehen. Sie werden feststellen, dass Bari nicht der schlechteste Ort ist, um zu warten. Melden Sie sich jeden Tag beim G. S. O. II. Und genießen Sie Ihr Leben. Viel Spaß.«

Von den Kreuzzügen bis zum Sturz von Mussolini waren nur wenige Ausländer nach Bari gekommen. Nur wenige Touristen, nicht mal die emsigsten, erforschten die apulische Küste. Bari hat manches zu bieten, was sie hätte anziehen müssen: die Altstadt mit ihren vielen normannischen Bauten, die Gebeine des heiligen Nikolaus in ihrem silbernen Schrein, die großzügig angelegte, angenehme Neustadt. Aber Jahrhundertelang fand es keine Beachtung, außer bei einheimischen Geschäftsleuten.

Jetzt, Anfang 1944, war Bari wieder zu jenem regen kosmopolitischen soldatischen Leben erwacht, das hier im Mittelalter geherrscht hatte. Auf den Straßen wimmelte es von alliierten Soldaten auf Kurzurlaub, von denen ironischerweise manche das gewebte Regimentsabzeichen mit dem Kreuzritterschwert trugen. Die Krankenhäuser waren überfüllt mit Verwundeten. Die Mannschaften zahlloser militärischer Organisationen zogen in die neuen, arg mitgenommenen Bürohäuser ein, die als Monumente des Ständestaates aus dem Boden gestampft worden waren. Kleine Schiffe schmückten den schäbigen Hafen. Bari konnte es an Bedeutung nicht mit Neapel, dieser riesigen improvisierten Kriegsfabrik, aufnehmen. Die flinke und einfallsreiche Klasse der Ganoven bestand in Bari hauptsächlich aus halbwüchsigen Jungen. Nur wenige Automobile führten den Wimpel höchster Autoritäten, und nur wenige Offiziere, im Rang höher als ein Brigadier, bewohnten die Villen in den

Außenbezirken. Foggia zog die Verwaltung der Air Force an. In Bari blühte nichts Erhabenes. Dafür gab es schmuddelige Gebäude, in denen sich die Abgesandten der Zionisten und des Balkans einnisteten, Herausgeber kleiner Zeitungen, eigentlich mehr Propagandablätter, die in allen möglichen Sprachen gedruckt wurden; Agenten verschiedenster, miteinander rivalisierender Geheimdienste; eine Gruppe von Russen, deren Aufgabe darin bestand, amerikanische Konservenbüchsen mit schwungvoll kyrillisch beschrifteten Etiketten neu zu bekleben, die behaupteten, der Inhalt sei ein sowjetrussisches Produkt, ehe sie dann von amerikanischen Flugzeugen über belagerten kommunistischen Einheiten abgeworfen wurden. Ja, sogar Italiener wohnten dort, die Nachhilfeunterricht in lokaler demokratischer Verwaltung bekamen. Die Alliierten waren in ihrem Vormarsch bei der Zerstörung von Monte Cassino stark behindert worden, doch den Preis für diesen Frevel bezahlte die Infanterie an der vordersten Front. Die friedliebenden und ehrgeizlosen Offiziere, die sich mit Freuden in Bari niederließen, focht das nicht an.

Sie bildeten eine Welt von Soldaten – manche jung und abgerissen, andere älter und sehr schmuck –, die von der Verantwortung und der Mühsal des Kommandierens entbunden waren. Bei den Männern mit geringem Rang, die bisweilen in den Arkaden der Straßen anzutreffen waren, handelte es sich um Fahrer und Offiziersburschen, um Polizisten, Schreiber, Bedienstete und Wachsoldaten.

In dieser Vorhölle schmorte Guy über eine Woche lang, während der Februar erblühte und in den März überging.

Jeden Tag meldete er sich im Hauptquartier. »Noch nichts Neues«, hieß es dort. »Die Verbindung ist in den letzten Tagen nicht besonders gut gewesen. Die Air Force spielt nicht mit, solange sie nicht genau weiß, was drüben los ist.«

»Genießen Sie Ihr Leben«, hatte Brigadier Cape gesagt. Ritchie-Hook hätte einen solchen Rat niemals erteilt. ›Zuschlagen‹ konnte man in Bari nicht.

Da er Zeit und Muße hatte, ging Guy in die Altstadt, wo er eine ziemlich zerfallene romanische Kirche fand, in der ein Priester die Beichte abnahm. Guy wartete, bis er an die Reihe kam, und sagte dann:

»Pater, ich möchte sterben.«

»Ja. Wie oft!«

»Fast immer.«

Die dunkle Gestalt hinter dem Gitter neigte sich vor.

»Was wollten Sie tun?«

»Sterben.«

»Haben Sie versucht, Selbstmord zu begehen?«

»Nein.«

»Welches Vergehens bezichtigen Sie sich? Den Wunsch zu sterben hat heutzutage fast jeder. Vielleicht ist das gar keine so schlechte Gesinnung. Sie bezichtigen sich nicht der Verzweiflung?«

»Nein, Pater. Es ist Vermessenheit. Ich bin noch nicht bereit zu sterben.«

»Das ist keine Sünde. Es handelt sich nur um Skrupel. Tun Sie Buße für all die reuelosen Sünden in Ihrem bisherigen Leben.«

Nach der Absolution sagte er: »Sind Sie Ausländer?«

»Ja.«

»Haben Sie wohl ein paar Zigaretten übrig?«

5

Fast um die gleiche Zeit ging Virginia in der Westminister-Abbey zum ersten Mal zur Beichte. Sie sagte alles und verschwieg nichts, ohne Abstriche, ohne etwas zu beschönigen oder ungebührlich bei einer Sache zu verweilen. Die Aufzählung sämtlicher Missetaten eines ganzen Lebens dauerte nicht einmal fünf Minuten. »Danken Sie Gott für Ihre gute und demütige Beichte«, sagte der Priester. Die Absolution wurde ihr erteilt. Es wurden ihr dieselben Worte gesagt wie Guy. Dieselbe Gnade wurde ihr angeboten. Der kleine Trimmer regte sich, während sie am Seitenaltar kniete und die ihr auferlegte Buße tat. Dann kehrte sie zu ihrer Näherei zurück.

An diesem Abend sagte sie zu Onkel Peregrine wie schon einmal: »Warum machen die Menschen ein solches *Getue* darum? Es ist alles so leicht. Allerdings ist es gut zu wissen, dass ich nie wieder etwas Ernsthaftes zu beichten haben werde, solange ich lebe.«

Onkel Peregrine verzichtete auf jeden Kommentar. Er hielt sich selbst nicht für einen besonders guten Menschenkenner. Die meisten Dinge, die die Menschen taten oder sagten, verwirrten ihn, wenn er einen Gedanken an sie verschwendete. Derlei Probleme überließ er höheren Händen.

6

Süß und rasch zog der Sommer über die bewaldeten Hügel und fruchtbaren Täler Nordkroatiens. Die Brücken waren gesprengt und die Schienen der einspurigen Eisenbahnlinie zerstört, die einst von Begoy nach Zagreb geführt hatte. Die Hauptverkehrsstraße in den Balkan hinein verlief nach Osten. Dort rollten ununterbrochen Tag und Nacht die Lastwagen der Deutschen, und die deutschen Einheiten in den Städten warteten auf den Befehl zum Rückzug. Hier, auf einer Insel von ›befreitem Gebiet‹, fünfunddreißig mal fünfzehn Kilometer groß, bearbeiteten die Bauern die Äcker, wie sie es immer getan hatten. Die einzigen Abgaben, die sie zu leisten hatten, gingen an die Partisanen. Die Priester in den Kirchen lasen die Messe und waren nur der Sicherheitspolizei der Partisanen Rechenschaft schuldig, die sich auf den hintersten Bänken lümmelte und auf irgendwelche politischen Untertöne ihrer Predigten lauschte. Die Moschee in einem mohammedanischen Dorf war von der Ustascha in den ersten Tagen der kroatischen Unabhängigkeit niedergebrannt worden. In Begoy selbst hatte dieselbe – in Ungarn ausgebildete – Bande die orthodoxe Kirche in die Luft gesprengt und den Friedhof verwüstet. Aber Kämpfe hatte es nur wenige gegeben. Als sich die Italiener zurückzogen, folgten ihnen die Ustascha, die Partisanen kamen vorsichtig von den Bergen herunter und ließen sich als Eroberer nieder. Weitere Genossen, die in kleinen, zerlumpten Einheiten durch die Linien der Deutschen durchgeschlüpft waren, schlossen sich ihnen an. Es herrschte zwar Lebensmittelknappheit, aber keine Hungersnot. Es wurden zwar Abgaben erhoben, aber es wurde nicht geplündert. Die Partisanen hielten sich an Befehle, und es war lebenswichtig für sie, sich den guten Willen der Bauern zu erhalten.

Das Bürgertum hatte Begoy zusammen mit den sich zurückziehenden Truppen verlassen. Die Läden in der kleinen Hauptstraße waren entweder leer oder dienten als Unterkünfte. Die Bäume der Lindenalleen waren mit roher Hand gefällt und zu Feuerholz verarbeitet worden. Aber die Zeichen des Habsburger Reiches waren noch immer zu erkennen. Es gab Thermalquellen, die die Stadt gegen Ende des vorigen Jahrhunderts zu einem bescheidenen Kurort gemacht hatten. Im Badehaus lief immer noch heißes Wasser, und nach wie vor waren zwei Gärtner angestellt, um die dekorativen Gartenanlagen in Ordnung zu halten. Die Stufenwege, von denen jeder zu einem Aussichtspunkt führte, die Überreste einer Bank und eines Kiosks, wo einst Invaliden ihre Übungen absolvieren mussten, verliefen zwischen niedrigen Buchsbaumeinfassungen; jetzt führten sie quer durch das Biwak der Partisanen. Die Villen in den Außenbezirken der Stadt, die von ihren Besitzern überstürzt verlassen worden waren, wurden von den Partisanen für die verschiedensten offiziellen Zwecke benutzt. In der größten unter ihnen hauste unsichtbar die russische Militärmission.

Drei Kilometer außerhalb lag eine ebene Weidefläche, die jetzt als Flugplatz diente – vier englische Air-Force-Angehörige waren dort stationiert. Sie bewohnten den Flügel eines Gevierts von Holzhäusern, zu denen auch ein benachbartes Bauernhaus gehörte. Gegenüber war die Militärmission einquartiert, die von ihnen nur durch einen Misthaufen getrennt war. Beide Dienststellen wurden unermüdlich von drei montenegrinischen Kriegerwitwen umsorgt und von einem Partisanenposten bewacht. Außerdem war ihnen ein ›Dolmetscher‹ namens Bakic zugeteilt, der in den dreißiger Jahren als politischer Flüchtling in New York im Exil gelebt und dort etwas Englisch gelernt hatte. Beide Missionen waren mit einem Funkgerät ausgerüstet, um mit ihrem jeweiligen Hauptquartier Verbindung halten zu können. Zu Guys Stab gehörten ein Sergeant von den Funkern und ein Bursche.

Der Offizier, dessen Nachfolge Guy antrat, war in Schwermut verfallen und zurückbeordert worden, weil er sich in medizinische Behandlung begeben musste. Er war mit demselben Flugzeug zurückgeflogen, das Guy hergebracht hatte. Zehn Minuten hatten sie sich im Licht der beleuchteten Landebahn unterhalten können, während einige Frauen die Vorräte aus dem Flugzeug luden.

»Die Kameraden sind ganz gemeine und verschlagene Hunde«, hatte er gesagt. »Lassen Sie nie irgendwelche Funksprüche offen rumliegen. Bakic liest alles. Und sagen Sie ihm gegenüber nichts, was Sie nicht wiederholt wissen möchten.«

Der Fliegermajor erklärte, dieser Offizier sei in letzter Zeit unerträglich gewesen. »Wenn Sie mich fragen, leidet er an Verfolgungswahn. So jemanden wie den sollte man hier bestimmt nicht herschicken!«

Joe Cattermole hatte Guy bis ins Einzelne in seine Aufgaben eingewiesen. Aufregend waren sie nicht. In dieser Jahreszeit landeten fast wöchentlich irgendwelche Flugzeuge in Begoy und brachten neben dem Material ganze Ladungen irgendwelcher Slawen in Uniform, die nach der Landung verschwanden und zu ihren Genossen in höheren Kommandostellen stießen. Sie nahmen schwerverwundete Partisanen sowie alliierte Flieger mit zurück, die auf dem Rückflug von Deutschland nach Italien aus ihren angeschlagenen Maschinen ›ausgestiegen‹ waren. Außerdem wurde Kriegsmaterial abgeworfen, manches, wie Treibstoff und Waffen, mit Fallschirmen, die weniger empfindlichen Dinge wie Kleidung und Lebensmittel wurden einfach über das Gebiet verteilt fallengelassen, wie Bomben. Dieser ganze Verkehr war Sache des Fliegermajors. Er setzte auch die Zeiten für die Flugeinsätze fest. Er lotste die Maschinen ein. Guys Aufgabe war es, Meldungen über die militärische Lage weiterzuleiten, in dieser Hinsicht war er vollkommen abhängig vom ›Generalstab‹ der Partisanen. Dieser Generalstab bestand außer aus einem alten Rechtsanwalt aus Split, der den Titel ›Innenminister‹ trug, aus einem General und einem Kommissar, beides Veteranen aus der Internationalen Brigade des Spanienkrieges, und dem Stellvertretende Kommandeur, einem Berufsoffizier der Königlich Jugoslawischen Armee. Sie hatten ihren eigenen, fließend sprechenden Dolmetscher, ein Englischdozent von der Universität Zagreb, wie er behauptete. In den Berichten war ausschließlich von Erfolgen die Rede: Ein Dorf sei überfallen, ein faschistischer Nachschubtransport abgefangen worden, vor allem aber wurden die Namen jener Partisaneneinheiten aufgezählt, denen es gelungen war, sich ins Gebiet von Begoy durchzuschlagen und sich unter das Kommando der ›Kroatien-Armee‹ zu stellen. Ihnen mangelte es immer an der notwendigsten Ausrüstung, und Guy sollte sich darum kümmern, sie herbeizuschaffen. So fuhren der General und der Kommissar einen heiklen Kurs zwischen den wechselhaften und sich oft widersprechenden Behauptungen, die Partisanen hätten keinerlei Ausrüstung, andererseits stehe aber im Großen und Ganzen eine tüchtige moderne Armee bereit. Verstärkungen waren die Begründung für die Forderungen.

Der Generalstab war aus Gewohnheit nachtaktiv. Den ganzen Vormittag über schliefen sie. Am Nachmittag aßen und rauchten sie und taten nichts. Doch wenn die Sonne unterging, kam Leben in sie. Es gab einen Feldfernsprecher zwischen ihnen und dem Flugplatz. Ein- oder zweimal in der Woche klingelte es, und Bakic sagte: »Der General will uns gleich sehen.« Dann stolperte er zusammen mit Guy über den ausgetretenen Weg zu einer Besprechung, die manchmal im Schein einer Ölfunzel stattfand. Sie flackerte und ging genauso oft aus wie die Lampen im Hauptquartier von Bari. Ungeheuerliche Listen von Dingen, die man dringend brauchte, wurden Guy vorgelegt: Medikamentenvorräte, eine ganze Lazarettausrüstung mit ausführlichen Listen von Arzneien und Instrumenten, für die er Tage brauchte, um sie zu entziffern und nach Bari zu übermitteln; Feldartillerie; leichte Panzer; Schreibmaschinen; vor allem aber wollten sie ein eigenes Flugzeug haben. Guy machte gar nicht erst den Versuch, mit ihnen zu streiten. Er wies nur immer wieder darauf hin, dass die alliierten Streitkräfte in Italien selber Krieg führten, versprach jedoch, ihre Wünsche weiterzugeben. Dann wählte er aus und fragte nach, was machbar sei. Die Reaktion war nie vorherzusagen. Manchmal wurden uralte Gewehre abgeworfen, die einst in Abessinien erbeutet worden waren, dann wieder Stiefel für eine halbe Kompanie. Manchmal gab es auch einen Glückstreffer, und es regnete Maschinengewehre, Munition, Treibstoff, getrocknete Lebensmittel, Socken und Bücher für die Aufklärung der Bevölkerung vom Himmel. Die Partisanen stellten genaue Listen von allem auf, was sie erhielten, die Guy nach Bari weitergab. Gestohlen wurde nie etwas. Das Missverhältnis zwischen dem, was gefordert, und dem, was geliefert wurde, raubte Guy jedes Gefühl, als Wohltäter dazustehen. Ob er herzlich oder förmlich empfangen wurde, hing ausschließlich davon ab, wie groß der Segen war, der letztes Mal vom Himmel gefallen war. Einmal, nach einem Glückstreffer, wurde ihm sogar ein Glas Sliwowitz angeboten.

Mitte April tauchte ein neues Element auf.

Guy hatte gerade gefrühstückt und war dabei, aus einem Wörterbuch serbokroatische Vokabeln zu lernen, als Bakic verkündete:

»Sin' Juden draußen.«

»Was für Juden?«

»Schon da zwei Stunden, vielleicht mehr. Ich sagen warten.«

»Was wollen sie denn?«

»Sin' Juden. Denk, woll'n immer was. Woll'n seh'n britische Captain. Ich sagen warten.«

»Nun, bitten Sie sie doch rein.«

»Könne nich reinkomm. Sind über hundert.«

Guy ging hinaus und stellte fest, dass Hof und Straße voller Menschen waren. Es waren zwar einige Kinder darunter, doch die meisten Erwachsenen schienen zu alt, um ihre Eltern zu sein, denn durch ihre Lebensbedingungen waren sie vorschnell gealtert. Bis auf die Bäuerinnen liefen in Begoy alle in Lumpen herum, doch die Partisanen hatten Regimentsbarbiere angestellt, und ihre abgerissenen Uniformen hatten durchaus etwas Würdevolles. Die Juden wirkten dagegen in den Restbeständen ihrer bürgerlichen Kleidung geradezu grotesk. Dass sie alle einer Sippe angehörten, sah man ihnen kaum an. Es gab typische Semiten unter ihnen, doch die meisten waren blond, hatten breite Nasen und hohe Wangenknochen: die Abkömmlinge slawischer Stämme, die lange nach der Vertreibung judaisiert worden waren. Vermutlich verehrten nur noch wenige von ihnen den Gott Israels in der Form, wie ihre Ahnen es getan hatten.

Lautes Geplapper brach aus, als Guy sich näherte. Dann traten drei Sprecher vor, eine jüngere Frau, die etwas gepflegter aussah als die anderen, und zwei verhutzelte alte Männer. Die Frau fragte ihn, ob er Italienisch spreche, und als er nickte, stellte sie ihm ihre Gefährten vor – einen Kaufmann aus Mostar und einen Anwalt aus Zagreb – und sich selbst – sie stamme aus Fiume und sei mit einem ungarischen Ingenieur verheiratet.

Hier unterbrach Bakic sie grob auf Serbokroatisch, und die drei verfielen in ein unterwürfiges und hoffnungsloses Schweigen. Er sagte zu Guy: »Diese Leute besser sprechen Slawisch. Ich für sie reden.«

»Ich spreche nur Deutsch und Italienisch«, sagte die Frau.

Guy sagte: »Wir werden Italienisch sprechen. Ich kann Sie nicht alle hereinbitten. Aber Sie drei kommen besser mit, die anderen müssen draußen warten.«

Bakic machte ein finsteres Gesicht. Dann traten die drei mit schüchternen kleinen Verbeugungen über die Schwelle und putzten sich sorgfältig ihre zerschlissenen Stiefel ab, ehe sie auf die rohen Dielen ins Innere traten.

»Sie brauche ich nicht, Bakic.«

Der Spion ging hinaus, um die Menge anzuschnauzen und sie vom Grundstück auf die Gasse zu scheuchen.

Es gab nur zwei Stühle in Guys Wohnzimmer. Er setzte sich auf einen und forderte die Frau auf, auf dem anderen Platz zu nehmen. Die beiden Alten drängten sich hinter sie und fingen an, ihr zuzuflüstern, was sie sagen solle. Untereinander sprachen sie eine Mischung aus Deutsch und Serbokroatisch. Der Anwalt konnte ein wenig Italienisch – jedenfalls genug, um ängstlich auf alles zu achten, was die Frau sagte, und sie zu unterbrechen. Der Kaufmann blickte unbeirrt zu Boden und schien sich nicht für das zu interessieren, was vorging. Er war nur da, weil er unter der wartenden Menge Achtung und Vertrauen genoss. Er war früher ganz groß im Geschäft gewesen und hatte in allen bosnischen Dörfern Zweigstellen unterhalten.

Doch dann schüttelte die Frau, Madame Kanyi, unvermittelt und heftig ihre Berater ab und erzählte ihre Geschichte. Die Leute draußen, berichtete sie, seien die Überlebenden eines italienischen Konzentrationslagers auf der Insel Rab. Die meisten seien zwar Jugoslawen, doch ein paar, darunter sie selbst, seien Flüchtlinge aus Mitteleuropa. Sie und ihr Mann seien 1939 auf dem Weg nach Australien gewesen, ihre Papiere seien in Ordnung gewesen, und auf ihren Mann habe bereits ein Posten in Brisbane gewartet. Sie seien beide vom Krieg überrascht worden.

Als der König floh, habe die Ustascha angefangen, die Juden umzubringen. Zu ihrem eigenen Schutz hätten die Italiener sie zusammengetrieben und auf die Adriainsel gebracht. Bei der Kapitulation Italiens hätten die Partisanen ein paar Wochen lang die Küste besetzt gehalten. Sie hätten die

Juden wieder aufs Festland zurücktransportiert, diejenigen, die noch arbeiten konnten, weggebracht und die anderen ins Gefängnis gesteckt. Ihr Mann sei dem Armeehauptquartier als Elektriker zugeteilt worden. Dann kamen die Deutschen, die Partisanen flohen und nahmen die Juden mit. Und jetzt seien sie, insgesamt einhundertacht Personen, hier in Begoy und seien fast am Verhungern.

Guy sagte: »Nun, ich beglückwünsche Sie.«

Madame Kanyi blickte rasch auf, um sich zu vergewissern, ob er sich über sie lustig machte, stellte fest, dass das nicht der Fall war, und fuhr fort, ihn traurig und erwartungsvoll anzusehen.

»Immerhin«, sagte er, »sind Sie jetzt unter Freunden.«

»Ja«, erklärte sie, zu traurig, um ironisch sein zu können, »wir haben gehört, dass die Briten und die Amerikaner Freunde der Partisanen sind. Stimmt das denn?«

»Selbstverständlich stimmt das. Wozu, meinen Sie, bin ich sonst hier?«

»Ist es nicht wahr, dass die Briten und die Amerikaner kommen, um das Land zu besetzen?«

»Davon höre ich zum ersten Mal.«

»Aber es ist wohlbekannt, dass Churchill ein Freund der Juden ist.«

»Tut mir leid, Signora, aber ich sehe einfach nicht, was die Juden damit zu tun haben.«

»Aber wir sind Juden. Insgesamt hundertacht.«

»Und was erwarten Sie nun von mir?«

»Wir wollen nach Italien. Wir haben Verwandte dort, einige von uns. In Bari gibt es eine jüdische Organisation. Mein Mann und ich, wir hatten unsere Papiere, um nach Brisbane zu gehen. Bringen Sie uns nur nach Italien, und unsere Schwierigkeiten werden ein Ende haben. Hier können wir so nicht leben. Wenn der Winter kommt, werden wir alle sterben. Wir hören fast jede Nacht Flugzeuge. Drei davon würden genügen, um uns hinüberzubringen. Gepäck haben wir nicht mehr.«

»Signora, die Flugzeuge bringen wichtiges Kriegsmaterial her und nehmen Verwundete und Soldaten mit zurück. Es tut mir schrecklich leid, dass Sie so Schlimmes durchmachen müssen, aber dieses Los teilen Sie mit vielen anderen in diesem Land. Es wird jetzt nicht mehr lange dauern. Die Deutschen sind jetzt endgültig auf dem Rückzug. Ich hoffe, Weihnachten in Zagreb zu sein.«

»Wir dürfen nichts gegen die Partisanen sagen?«

»Bei mir nicht. Hören Sie, lassen Sie mich Ihnen eine Tasse Kakao geben. Aber dann muss ich wieder an die Arbeit.«

Er trat ans Fenster und trug seinem Burschen auf, Kakao und Kekse zu bringen. Während sie warteten, sagte der Anwalt auf Englisch: »Da ist es uns ja auf Rab besser ergangen.« Dann fingen sie plötzlich alle drei an, in allen möglichen Sprachen laut zu klagen – über ihr Haus, über ihr Vermögen, das ihnen genommen worden sei, über ihre Essensrationen. Wenn Churchill das wüsste, würde er dafür sorgen, dass sie nach Italien geschickt würden. Guy sagte: »Wenn die Partisanen nicht wären, wären Sie jetzt in der Hand der Nazis«, doch für sie hatte dieses Wort seinen Schrecken verloren.

Hoffnungslos zuckten sie mit den Achseln.

Eine der Witwen brachte ein Tablett mit Tassen und eine Dose Kekse.

»Bedienen Sie sich«, sagte Guy.

»Wie viele dürfen wir, bitte, nehmen?«

»Oh, zwei oder drei.«

Mit sehr viel Selbstbeherrschung nahm sich jeder drei Kekse und achtete gleichzeitig darauf, dass die anderen sie durch ihre Gier nicht blamierten. Der Kaufmann flüsterte Madame Kanyi etwas zu, und sie erklärte: »Er fragt, ob Sie etwas dagegen haben, wenn er einen für einen Freund mitnimmt?« Der Mann hatte Tränen in den Augen, als er den Duft des Kakaos roch – früher war Kakao säckeweise durch seine Hände gegangen.

Sie erhoben sich, um sich zu verabschieden. Madame Kanyi machte einen letzten Versuch, Guys Mitleid zu erregen. »Würden Sie bitte mitkommen und sich ansehen, wo sie uns hingesteckt haben?«

»Es tut mir leid, Signora, aber das ist wirklich nicht meine Aufgabe. Ich bin ein Verbindungsoffizier, weiter nichts.«

Demütig und überschwenglich dankten sie ihm für den Kakao und verließen dann das Haus. Guy sah, wie sie auf dem Hof heftig aufeinander einredeten. Die Männer schienen der Meinung zu sein, dass Madame Kanyi ihre Sache sehr schlecht gemacht hatte. Dann scheuchte Bakic sie hinaus. Guy sah, wie die Menge einen Kreis um die drei bildete und dann in einem Gemurmel von Erklärungen und Vorwürfen die Straße hinunterging.

Der Sommer begann im Mai. Guy ging jeden Nachmittag in den öffentlichen Gärten spazieren. Es gab gewundene Wege, schöne Einzelbäume und Statuen, einen Musikpavillon und einen Teich mit Karpfen und exotischen Enten, dazu verzierte Käfige, die früher mal zu einem Zoo *en miniature* gehört hatten. In einem davon hielten die Gärtner Kaninchen, in einem anderen Hühner und im dritten ein rotes Eichhörnchen. Guy begegnete keinem einzigen Partisanen. Die untersetzten, prahlenden jungen Mädchen in Kampfanzügen mit ihren Verbänden, Orden und Handgranaten am Gürtel, denen man sonst überall im Städtchen Arm in Arm begegnete, wie sie patriotische Lieder sangen, hielten sich von diesen Anlagen fern, in denen sich vor noch gar nicht allzu langer Zeit rheumatische Damen mit Sonnenschirmen und leichten romantischen Romanen ergangen hatten.

Der einzige Mensch, dem Guy jemals begegnete und den er im Vorübergehen grüßte, war Madame Kanyi.

»Sich nicht mit Zivilisten einlassen«, lautete eine der Vorschriften der Mission.

Ende Mai bemerkte Guy eine ängstlich-erwartungsvolle Atmosphäre im Hauptquartier. Der General und der Kommissar bekamen fast etwas Schmeichlerisches. Man sagte ihm, es gäbe keine neuen militärischen Entwicklungen. Keine Forderungen wurden gestellt. In einem großen Feuer in den Gärten wurden Unmengen Papier verbrannt. Man bot ihm zum zweiten Mal ein Glas Sliwowitz an. Nach einer Erklärung für diese neue freundschaftliche Haltung brauchte Guy nicht lange zu suchen. Er hatte aus Bari bereits gehört, dass Titos Einheiten in Dvar von deutschen Fallschirmjägern auseinandergetrieben worden seien. Tito selbst und sein Stab sowie die britischen, amerikanischen und russischen Militärmissionen habe man per Flugzeug gerettet und nach Italien gebracht. Er überlegte, ob der General wohl wisse, dass er es wusste. Vierzehn Tage vergingen. Tito, so erfuhr er, habe unter dem Schutz der Alliierten sein Hauptquartier auf Vis eingerichtet. General und Kommissar kehrten zu ihrem früheren förmlichen Verhalten zurück. In dieser Zeit wieder erkalteter Beziehungen erreichte ihn folgender Funkspruch: U. N. R. R. A. *Suchtrupp benötigt Einzelheiten über displaced persons. Erbitten Meldung über solche in Ihrem Gebiet. Displaced Persons* – Guy war mit diesem Ausdruck, der zu den Schlüsselworten des Jahrzehnts werden sollte, noch nicht vertraut. »Was sind das – *displaced persons*?«, fragte er den Major.

»Sind wir das nicht alle?«

Er funkte zurück: *Verstehe displaced persons nicht* und bekam umgehend Antwort: *Angehörige befreundeter Nationen, vom Feind vertrieben.* Woraufhin er nach Bari funkte: *Einhundertacht Juden.*

Am nächsten Tag kam Folgendes: *Erbitten Einzelheiten über Juden. Namen, Nationalität, Zustand.*

Widerwillig gab Bakic zu, dass er wusste, wo sie untergebracht waren: in einer Schule bei der zerstörten orthodoxen Kirche. Bakic führte ihn hin. Sie fanden das Haus in halber Dunkelheit vor, denn alle Fenster waren zerbrochen und mit Holz und Blech zugenagelt, das man aus anderen Trümmerhäusern geholt hatte. Möbel gab es keine. Die Einquartierten lagen zum größten Teil zusammengedrängt auf Strohschütten und Lumpen. Als Guy und Bakic eintraten, setzten sich ein Dutzend oder mehr kaum erkennbarer Gestalten auf und erhoben sich, um sich an die Wände und in die noch dunkleren Ecken zurückzuziehen. Manche hoben die geballte Faust zum Gruß, andere hielten kleine Bündel mit ihren letzten Habseligkeiten fest. Bakic rief einen von ihnen heran und fragte ihn auf Serbokroatisch aus.

»Er sagt, die anderen Holz sammeln. Diese hier krank. Was wollen sagen?«

»Sagen Sie ihnen, dass die Amerikaner in Italien ihnen helfen wollen. Ich bin gekommen, um zu melden, was sie brauchen.«

Diese Ankündigung brachte plötzlich Leben in sie. Er wurde umringt, aus anderen Teilen des Hauses kamen Gestalten, bis Guy von etwa dreißig von ihnen eingekeilt war. Sie baten ihn um alles Mögliche, um das, was ihnen als Erstes einfiel: eine Nadel, eine Lampe, Butter, Seife, ein Kissen; alte Wunschträume sollte er erfüllen: eine Passage nach Tel Aviv, ein Flugzeug nach New York, Neuigkeiten von einer Schwester, die zuletzt in Bukarest gesehen worden war, ein Bett in einem Krankenhaus.

»Sehen selber, woll'n alle was anderes, dabei sind noch nicht mal Hälfte.«

Guy blieb zwanzig Minuten, er fühlte sich überwältigt und wurde halb erstickt. Dann sagte er: »Nun, ich denke, ich habe genug gesehen. In diesem Gewühl komme ich nicht weiter. Ehe wir irgendetwas unternehmen können, müssen wir erst einmal Ordnung schaffen. Sie müssen selbst eine Liste aufstellen. Ich wünschte, wir könnten diese Ungarin finden, die Italienisch spricht. Das schien mir eine vernünftige Frau zu sein.«

Bakic erkundigte sich und berichtete: »Sie lebt nicht hier. Ihr Mann arbeitet elektrisches Licht, deshalb haben eigenes Haus in Park.«

»Dann wollen wir sehen, dass wir hier rauskommen und sie finden.«

Sie verließen das Haus und traten hinaus in den Sonnenschein und die frische Luft, die von Gesang von Kompanien junger Soldaten erfüllt war. Dankbar atmete Guy ein. Sehr hoch über ihnen summte eine riesige Formation schimmernder Bomber auf ihrer täglichen Route von Foggia ihrem Ziel irgendwo östlich von Wien entgegen.

Es gehörte zu Guys Pflichten, bei den Partisanen Eindruck zu machen, indem er auf die Macht der Alliierten, auf die großen vernichtenden Schlachten auf fernen Kriegsschauplätzen hinwies, durch die das Glück eines Tages auch hier wieder Einzug halten würde, auch wenn es jetzt so aussah, als hätte man sie vergessen. Er hielt Bakic einen kleinen Vortrag über Minenbomben und Bombenteppiche.

Sie fanden das Haus der Kanyis, es war das ehemalige Gewächshaus, das, hinter Sträuchern verborgen, von den öffentlichen Anlagen aus nicht ohne weiteres zu sehen war. Ein einziger Raum, Lehmboden, ein Bett, ein Tisch, eine baumelnde Glühbirne – verglichen mit der Schule ein höchst behagliches und komfortables Heim. Doch Guy bekam das Innere an diesem Nachmittag nicht zu sehen, denn Madame Kanyi war gerade dabei, draußen Wäsche aufzuhängen. Sie führte ihn von der Unterkunft weg und sagte, ihr Mann schlafe. »Er hat die ganze Nacht gearbeitet und ist erst nach Hause gekommen, als es fast schon Mittag war. Im Elektrizitätswerk war wieder mal etwas zusammengebrochen.«

»Ja«, sagte Guy. »Ich musste um neun im Dunkeln zu Bett gehen.«

»Es geht dauernd kaputt, weil alles veraltet und brüchig ist. Er kann nicht den richtigen Brennstoff auftreiben, und alle Kabel sind brüchig. Der General versteht das nicht und macht ihn für alles verantwortlich. Oft ist er die ganze Nacht draußen.«

Guy schickte Bakic fort und redete über die U. N. R. R. A. mit ihr. Madame Kanyi reagierte nicht ganz so wie die Unglücklichen in der Schule, sie war jünger, besser ernährt und daher noch hoffnungsloser. »Was können sie für uns tun?«, fragte sie. »Und wie? Warum? Wir sind doch unwichtig. Das haben Sie uns selbst gesagt. Sie müssen mit dem Kommissar reden«, sagte sie. »Sonst denkt der, hier ist eine Verschwörung im Gange. Wir können ohne die Erlaubnis des Kommissars nichts tun, wir dürfen nichts annehmen. Sie machen unsere Schwierigkeiten nur umso größer.«

»Aber Sie können doch zumindest die Liste beschaffen, die sie in Bari haben wollen?«

»Ja, wenn der Kommissar einverstanden ist. Mein Mann ist schon verhört worden, weil ich mit Ihnen gesprochen habe. Er war völlig aufgelöst. Der General hatte gerade angefangen, ihm zu vertrauen. Jetzt glaubt er, wir hätten Verbindung mit den Engländern, und gestern Abend ist das Licht ausgerechnet in dem Moment ausgefallen, als sie eine wichtige Besprechung hatten. Es ist besser, Sie unternehmen nichts – es sei denn über den Kommissar. Ich kenne diese Leute. Mein Mann arbeitet für sie.«

»Sie nehmen eine ziemlich privilegierte Stellung unter ihnen ein.«

»Glauben Sie, deshalb will ich jetzt meinen Genossen nicht mehr helfen?«

Gedanken dieser Art waren Guy allerdings schon durch den Kopf gegangen. Jetzt schwieg er, sah Madame Kanyi an und schämte sich. »Nein«, sagte er.

»Dabei ist der Gedanke vermutlich gar nicht so abwegig«, sagte Madame Kanyi ernst. »Es stimmt nicht immer, dass Leiden die Menschen selbstlos macht. Aber manchmal stimmt es eben doch.«

An diesem Abend wurde Guy ins Generalstabsquartier gebeten. Mit verkniffenen Gesichtern saß ein ganzes Komitee da, selbst der Innenminister fehlte nicht. Das Ganze ähnelte mehr einer Kriegsgerichtsverhandlung als einer Besprechung von Verbündeten. Bakic hielt sich im Hintergrund, und der junge Dolmetscher übersetzte.

Guy hätte sich nicht gewundert, wenn er hätte stehen müssen. Doch der Stellvertretende Kommandeur erhob sich, trug seinen Stuhl für Guy um den Tisch herum und stellte sich selbst neben den Dolmetscher.

Kanyis Elektrizitätswerk hatte offenbar wieder Schwierigkeiten, es gab keinen Strom. Der Schein einer einzigen Karbidlampe erhellte die flachen Gesichter und die runden, kurzgeschorenen Köpfe. Alle jugoslawischen Offiziere waren jünger als Guy, doch ihre Haut war wettergegerbt. Alle rauchten erbeutete mazedonische Zigaretten, und die Luft war schwer. Der Stellvertretende Kommandeur bot Guy eine Zigarette an, die er ablehnte.

Der Innenminister trug einen kurzen weißen Bart und hatte sehr tiefliegende, dumpfe Augen. Er hatte keine Ahnung, warum er überhaupt in Begoy war. In Split hatte er eine kleine, aber sehr erfolgreiche Anwaltspraxis betrieben, sich vor dem

Krieg ein wenig mit antiserbischer Politik befasst und vorübergehend in einem italienischen Gefängnis gesessen. Er war von den Partisanen herausgelassen worden, als diese für kurze Zeit die Küste ›befreit‹ hatten, und war in den Sog ihres Rückzuges gerissen worden. Man hatte ihm ein Zimmer gegeben, er bekam Verpflegung und diesen sonderbaren Titel ›Innenminister‹. Warum?

Der Dolmetscher sagte: »Der General möchte wissen, warum Sie heute bei den Juden gewesen sind.«

»Das geschah auf Befehl meines Hauptquartiers.«

»Der General versteht nicht, was die Militärmission mit den Juden zu tun hat.«

Guy unternahm einen Versuch, Ziele und Organisation der U. N. R. R. A. auseinanderzusetzen. Er wusste selbst nicht besonders viel darüber und hatte auch keine sonderliche Achtung vor den Mitgliedern, die er kennengelernt hatte, er tat jedoch sein Bestes. General und Kommissar beratschlagten sich. Dann: »Der Kommissar sagt, wenn diese Maßnahmen nach dem Krieg ergriffen werden – warum gibt es diese Einrichtung dann jetzt schon?«

Guy erklärte, dass es nötig sei, im Voraus zu planen. Die U. N. R. R. A. müsse wissen, wie viel Saatgut, Material für den Brückenbau, Eisenbahnen und so weiter benötigt würden, um den verwüsteten Ländern wieder auf die Beine zu helfen.

»Der Kommissar versteht nicht, was das mit den Juden zu tun hat.«

Guy sprach von den Millionen Heimatvertriebenen in ganz Europa, die wieder nach Hause zurückgebracht werden mussten.

»Der Kommissar sagt, das ist eine innere Angelegenheit.«

»Das ist der Brückenbau auch.«

»Der Kommissar sagt, Brückenbau ist eine gute Sache.«

»Den Vertriebenen zu helfen ist auch eine gute Sache.«

Wieder beratschlagten sich General und Kommissar. »Der General sagt, für alle Fragen, die innere Angelegenheiten berühren, sei der Innenminister zuständig.«

»Sagen Sie ihm, es tut mir sehr leid, wenn ich nicht korrekt gehandelt habe. Ich wollte nur jedermann Unannehmlichkeiten ersparen. Meine Vorgesetzten haben mir eine Frage geschickt. Ich habe mein Bestes getan, sie möglichst einfach zu beantworten. Dürfte ich dann den Innenminister jetzt bitten, mir eine Liste der Juden zu geben?«

»Der General sagt, er ist froh, dass Sie zugeben, nicht korrekt gehandelt zu haben.«

»Wird der Innenminister so freundlich sein, mir diese Liste zu verschaffen?«

»Der General versteht nicht, wozu diese Liste gebraucht wird.« Und damit fing alles noch einmal von vorn an. Sie redeten über eine Stunde. Zuletzt verlor Guy die Geduld und sagte: »Gut. Ich soll also berichten, dass Sie sich weigern, mit der U. N. R. R. A. zusammenzuarbeiten?«

»Wir arbeiten immer zusammen, wenn es notwendig ist.«

»Aber was die Juden angeht?«

»Die Zentralregierung muss entscheiden, ob das eine notwendige Sache ist.«

Schließlich gingen sie auseinander. Auf dem Heimweg sagte Bakic: »Sind sehr sauer auf Sie, Captain. Warum Scherereien machen wegen Juden?«

»Befehle«, sagte Guy, und ehe er sich schlafen legte, setzte er noch folgenden Funkspruch auf:

Lage der Juden beträchtlich verschlechtert; könnte verzweifelt werden. Behörden hier nicht zur Zusammenarbeit bereit. Hoffe auf höhere Instanz.

Am nächsten Morgen erhielt er folgende Nachricht:

P/302/B Persönlich für Crouchback, Telegramm beginnt Virginia hat heute Sohn gebadet. Beide wohlauf. Ende Telegramm an Crouchback. Bitte beachten, persönliche Nachrichten können nur weitergegeben werden wenn äußerst dringend. Im Auftrag Gilpin.

»Fragen Sie zurück, was ›gebadet‹ heißen soll«, sagte Guy zum Funker. Drei Tage darauf kam folgender Funkspruch:

Persönlich für Crouchback. Unser P/302/B statt ›gebadet‹ lies ›gebordet‹. Persönliche Fragen dieser Art gelten nicht als vorrangig. Siehe letzte Nachricht. Im Auftrag Gilpin.

»Fragen Sie zurück, was ›gebordet‹ heißen soll!«

Schließlich erhielt er folgende Nachricht: *Für ›gebordet‹ lies ›geboren‹ wiederhole ›geboren‹. Herzlichen Glückwunsch, Cape.*

»Funken Sie zurück: *Persönliche Nachricht Crouchback Bourne Mansions Carlisle Place London. Freue mich beide wohlauf. Crouchback. Ende. Persönlich an Brigadier: Vielen Dank für Glückwunsch.*«

7

Virginias Sohn wurde am 4. Juni geboren, dem Tag, an dem die Alliierten in Rom einmarschierten.

»Ein gutes Omen«, sagte Onkel Peregrine.

Er sprach bei Bellamy's mit seinem Neffen, Arthur Box-Bender. Er hatte im Club Zuflucht gesucht, weil in seiner Wohnung der Arzt, die Schwester und seine Nichte Angela das Regiment führten.

Im Club war in jenen Tagen nicht viel los. Die meisten jüngeren Mitglieder waren an die Südküste verlegt worden, wo sie auf den Tag warteten, an dem sie den Kanal überqueren sollten. Unter den älteren Mitgliedern herrschte keine besonders erwartungsvolle Stimmung. Sie waren sich der bevorstehenden Invasion kaum bewusst. Und darüber zu diskutieren verboten gesellschaftliche Konventionen, die stärker waren als alle Sicherheitsvorkehrungen.

Box-Bender konnte die Geburt eines Neffen nicht als reines Glück betrachten. Guys Heirat hatte ihn aus der Fassung gebracht. Er hatte die Monate der Schwangerschaft nachgerechnet. Für ihn war das Ganze eine Verirrung im reifen Mannesalter, für die Guy einen ungebührlich hohen Preis bezahlte, eine Sache, die sich nur nachteilig auf das Erbe seiner eigenen Kinder auswirkte. »Omen für was?«, fragte er daher ziemlich erbost. »Meinst du etwa, der Junge wird mal Papst?«

»Auf den Gedanken bin ich noch nicht gekommen. Allerdings muss ich zugeben, dass Virginia sich in den letzten Wochen höchst intensiv mit der Religion beschäftigt hat. Aber es ist nicht wirkliche Frömmigkeit, hört man gerüchteweise. Die Priester scheinen sie ganz besonders zu mögen. Da gibt einer dem anderen die Klinke in die Hand, bei mir haben sie das nie getan. Sie bringt sie zum Lachen. Jedenfalls ist sie eine wesentlich lebenslustigere Konvertitin als Eloise Plessington.«

»Das kann ich mir denken.«

»Angela ist eine große Hilfe gewesen. Du kennst dich mit Geburten vermutlich aus, für mich war das alles aber recht überraschend. Ich habe zwar nie sonderlich darüber nachgedacht, aber ich hatte es mir so vorgestellt, dass die Frauen einfach zu Bett gingen, eine Art Bauchweh hätten, ein bisschen stöhnten, und dann ist das Baby da. Aber so ist das ganz und gar nicht.«

»Ich bin immer ausgezogen, wenn Angela die Kinder bekam.«

»Mich hat das enorm interessiert. Zuletzt bin ich zwar auch ausgezogen, aber wie das anfing, das war schon erstaunlich – fast enervierend.«

»Ich kann mir nicht vorstellen, dass dich jemals etwas enerviert hätte, Peregrine.«

»Nein. Vielleicht ist enervierend nicht der richtige Ausdruck.«

Im H. O. O. H. Q. mit seinem deutlich verringerten Mitarbeiterstab tat sich nichts. Die skurrileren Gestalten wie der Hexenmeister und der Mann, der sich von Gras ernährte, waren geblieben, doch die Planer und eigentlichen Kämpfer waren weg. Angesichts von ›Overlord‹, jenem riesigen und gefährlichen Angriffsunternehmen, von dem das Schicksal der ganzen Welt abzuhängen schien, versanken kleinere Abenteuer in der Bedeutungslosigkeit.

›Brides-in-the-Bath‹ Whale befahl zwar keine Massenvernichtung, dafür aber, dass Berge von Akten, die sich jeweils mit einem aussichtslosen, wunderlich benannten Unternehmen befassten, die allesamt einst heiß diskutiert worden und jetzt so ganz und gar unwichtig waren, in unausgelotete Tiefen des Vergessens verbannt wurden.

Ian Kilbannock erkannte ohne Bedauern, dass er den Zenit seiner Macht überschritten hatte und dass es jetzt nur noch bergab gehen konnte. Er verhandelte bereits darüber, als Sonderkorrespondent in die Normandie geschickt zu werden. Das war nicht weit weg von zu Hause und stand auch im Mittelpunkt des Interesses, doch die Konkurrenz war groß. Ian musste an seine berufliche Zukunft denken. Seine kurze Erfahrung als Klatschkolumnist schien dem Zeitgeist nicht angemessen. Ian war der Meinung, dass er sich nun mit etwas Ernsthafterem beschäftigen und sich einen Namen machen sollte. Er meinte vorherzusehen, dass Kriegsenthüllungen aus erster Hand für den Rest seines Lebens ein weites Betätigungsfeld bilden müssten.

Man schlug ihm etwas an der Adria vor, und er überlegte es sich. Als ihm Burma angeboten wurde, hatte er abgelehnt. Den Berichten, die er bekam, hatte Ian entnommen, dass das nicht der richtige Ort für ihn sei. Andererseits war es vielleicht genau der richtige Platz für Trimmer.

»Sämtliche Meldungen von Trimmer sind negativ, Sir«, erstattete Ian General Whale Bericht.

»Ja. Wo ist er denn jetzt?«

»In San Francisco. Er war überall in den Staaten – und überall war es ein Reinfall. Das ist nicht wirklich seine Schuld. Er ist einfach zu spät dran. Die Amerikaner haben jetzt ihre eigenen Helden. Außerdem ist bei ihnen das Klassenbewusstsein nicht so ausgeprägt. Sie können in Trimmer nicht das proletarische Wunder sehen. Für Amerikaner ist er einfach der typische britische Soldat.«

»Sehen die denn nicht seine Haare? Ich meine nicht, wie es geschnitten ist, sondern, wie es wächst. Das *muss* doch proletarisch genug sein für sie, oder?«

»Für so etwas haben die keinen Sinn. Ich meine, wir können nur dafür sorgen, dass er sich immer weiter nach Westen absetzt. Im Augenblick sollte er allerdings nicht nach Hause zurückkommen. Dafür gibt es gute Gründe, man könnte sagen dringende Familiengründe.«

»Wir haben aber noch ein größeres Problem: General Ritchie-Hook. Er hat sich ganz fürchterlich mit Monty gestritten, hat nichts zu tun und geht dem Oberkommandierenden auf den Wecker. Eigentlich sehe ich aber nicht ein, warum wir für ihn verantwortlich sein sollten.«

»Meinen Sie, man könnte die beiden zusammen losschicken, um die loyalen Inder zu beeindrucken?«

»Nein.«

»Ich auch nicht. Jedenfalls nicht Ritchie-Hook. Die wären bald nicht mehr loyal, wenn man den auf sie losließe.«

»Ach, verdammt noch mal, finden Sie selbst eine Lösung! Dieser Kerl macht mich krank!«

Auch General Whale wusste, dass er den Zenit seiner Macht überschritten hatte und dass es von jetzt an nur noch bergab gehen konnte. Es hatte eine entsetzliche Episode gegeben, als zahllose Kanadier, auch durch seine Mitwirkung, in Dieppe in den Tod geschickt worden waren. Er hatte mitgeholfen, größere Unternehmen zu planen, aus denen nichts geworden war. Jetzt war er wieder dort, wo er in der ›schönsten Stunde‹ seines Vaterlandes angefangen hatte, mit seiner unbedeutenden Macht, Unheil zu stiften. Es saß immer noch im selben Raum, und sein Stab war noch derselbe wie in den Jahren der Expansion. Aber seine Legionen waren für ihn verloren.

Auch in Ludovics Fallschirmspringerschule tat sich nichts. Der Staff Captain war geblieben, die Ausbilder hingegen waren abgerufen worden. Neue Klienten trafen nicht mehr ein. Aber Ludovic war zufrieden.

Er beschäftigte eine Schreibdame in Schottland für sich. Seine Wahl war deshalb auf sie gefallen, weil sie unter denjenigen, die im *Times Literary Supplement* ihre Dienste anboten, am weitesten ab vom Schuss zu sein schien. Den ganzen Winter hindurch hatte er ihr jede Woche ein Päckchen mit Manuskripten geschickt und im Gegenzug das abgetippte Original und einen Durchschlag von ihr erhalten. Sie bestätigte den Erhalt jeder Sendung mit einer Postkarte, doch dazwischen lagen jeweils vier Tage, in denen Ludovic Qualen der Angst litt. Damals wurden viele Sendungen in der Bahn geplündert, doch Ludovics Roman, wie es der Zufall wollte, nicht. Jetzt, Anfang Juni, war alles fertig – zwei Stapel, zusammengeheftet und mit einem dünnen Pappdeckel versehen. Er schickte

Fido in sein Körbchen und setzte sich dann hin, um das letzte Kapitel zu lesen – nicht um Tippfehler zu korrigieren, denn er schrieb deutlich, und die Sekretärin war zuverlässig, und auch nicht, um stilistische Korrekturen anzubringen, denn ihm schien der Roman vollkommen (und er war es in gewisser Weise auch), sondern aus purer Freude an dem, was er erschaffen hatte.

Bewunderer seiner *Pensées* – und derer gab es viele – hätten ihn als Autor in diesem Buch nicht wiedererkannt. Es handelte sich um eine üppige, fast ein wenig überladene romantische Liebesgeschichte mit hochdramatischen Verwicklungen. Aber es war kein altmodisches Buch. Er ahnte nicht, dass ein halbes Dutzend englischer Schriftsteller, angewidert von den Entbehrungen des Krieges und der Furcht gesellschaftlicher Konsequenzen, dabei waren, unabhängig voneinander und ohne Wissen von Everard Spruce, Coney und Frankie aus den langweiligen Sackgassen der dreißiger Jahre herauszukommen. Inspiriert durch ihre noch ungeordneten Erinnerungen und ihre Phantasie, wandten sie sich den duftenden Gärten der jüngsten Vergangenheit zu, die eine zerrüttete Erinnerung und Phantasie verwandelte und erleuchtete. Allein und abgeschieden auf seinem Posten, gehörte auch Ludovic dieser Bewegung an.

Trotz allen Glanzes war es kein fröhliches Buch. Schwermut durchdrang jede Seite und wurde zum Schluss immer bedrückender.

Falls man überhaupt sagen konnte, dass eine der darin geschilderten Gestalten in der Welt der Wirklichkeit zu Hause war, dann war der Held der Autor.

Als Ludovic die letzten Seiten las, ging ihm auf, dass das ganze Buch die Vorbereitung auf Lady Marmadukes Sterben war – ein in die Länge gezogener, ritueller Tötungsakt wie bei einem Stier in der Arena, nur dass das Buch ohne Gewalt auskam. Manchmal hatte er Angst gehabt, die Heldin könne lebendig in eine Höhle eingemauert werden oder in einem treibenden Boot zugrunde gehen. Doch das blieben Chimären. Wie in früheren und glücklicheren Zeiten siechte Lady Marmaduke dahin. Ihre Krankheit verlief schmerzlos, sie hatte keinen Namen. In Ludovics schwerem Arm schwand sie dahin, wurde dünner, durchsichtig, die Ringe rutschten ihr von den Fingern und verschwanden in den prächtigen Decken ihrer Chaiselongue, während das Licht hinter den fernen, köstlichen Bergen schwand. Bei der Wahl des Titels hatte er gezögert, mit allerlei tiefgründige Anspielungen im Hinterkopf, auf die er in der letzten Zeit bei seiner Lektüre gestoßen war. Jetzt schrieb er entschlossen oben auf die erste Seite: DER TODESWUNSCH.

Fido in seinem Körbchen spürte etwas von dem, was in seinem Herrn vorging, setzte sich über dessen Befehle hinweg, um an diesen Gefühlen teilzuhaben, sprang auf Ludovics dicke Schenkel, blieb dort liegen, ohne dass er verscheucht wurde, und blickte mit bewundernden Augen, die heller und quellender waren als die von Ludovic, zu ihm auf.

»Ich möchte wirklich gern wissen, was sich zwischen Guy und Virginia abgespielt hat, nachdem sie in die Wohnung am Carlisle Place eingezogen ist«, sagte Kerstie. »Schließlich dauerte es noch einen guten Monat, bevor sie ihre hübsche Figur verlor.«

»Ich würde sie das jedenfalls nicht fragen«, sagte Ian.

»Und ich kann es jetzt wohl auch nicht mehr fragen. Wir haben uns zwar nach unserer Kabbelei wieder versöhnt. Es hat ja keinen Sinn, sich ewig zu streiten, findest du nicht auch? Aber unser Verhältnis ist doch merklich abgekühlt.«

»Warum willst du es denn unbedingt wissen?«

»Willst du es denn nicht wissen?«

»Die Beziehung zwischen Virginia und mir war schon immer eher kühl.«

»Wer war denn heute Abend da?«

»Ein ganzer Salon. Perdita hatte Everard Spruce mitgebracht. Dann war da noch jemand, den ich nicht kannte – eine Lady Plessington –, und ein Priester. Eigentlich war es ganz lustig, bis auf die Kinderfrau, die uns immer wieder das Baby zeigen wollte. Und Virginia kann seinen Anblick einfach nicht ertragen. In einem Roman oder einem Film würde man erwarten, dass das Kind Virginia völlig verändert hätte. Aber weit gefehlt. Ist dir aufgefallen, dass sie immer ›es‹ sagt und nie ›er‹? Die Kinderfrau nennt sie Jenny. Nur der alte Peregrine spricht von dem Baby als Gervase. Sie haben ihn übrigens schon getauft. Wenn er fragt, wie es Gervase geht, scheint Virginia nicht zu kapieren, wen er meint. Und dann sagte sie: ›Ach so, du meinst das Baby! Frag doch Jenny.‹«

Als Virginias Baby zehn Tage alt war und man von nichts anderem sprach als von der Landung in der Normandie, wurde die zweifelhafte Ruhe, die London umgab, gestört. Fliegende Bomben tauchten am Himmel auf, hässliche kleine Karikaturen von Flugzeugen, die eine Rauchfahne hinter sich herziehend über die Londoner Schornsteine dahindröhnten, dann jäh verstummten, unsichtbar wurden und dumpf explodierten. Sie kamen in unregelmäßigen Abständen Tag und Nacht und schlugen blindlings irgendwo ein. Das war etwas ganz anderes als das Schlachtfeld der Bombenangriffe mit dem Drama von Angriff und Verteidigung, mit ihrer erderschütternden, geballten Zerstörung, den lodernden Bränden und dem Aufatmen, wenn endlich die Entwarnung ertönte. Kein Feind setzte dort oben sein Leben aufs Spiel. Es war genauso unpersönlich wie die Pest, als wäre die Stadt von gewaltigen giftigen Insekten heimgesucht. Bei Bellamy's und anderswo hatte große Aufregung geherrscht, als Turtle's in Flammen aufgegangen war und Air Marshal Beech unter dem Billardtisch Schutz gesucht hatte. Jetzt sah man überall nur niedergeschlagene Gesichter. In der Bar konnte man diese neuen Flugkörper nicht hören, aber die hohen Fenster des Kaffeeraums (die kreuz und quer mit Pflaster überklebt waren) gingen auf die St James's Street hinaus. Aller Augen wandten sich den Fenstern zu, und Schweigen breitete sich zwischen den Anwesenden aus, wenn draußen ein Motorrad vorüberknatterte. Hiob harrte tapfer weiter in seiner Pförtnerloge aus, doch seine Seelenruhe bedurfte mehr und mehr eines gewissen Stimulans. Clubmitglieder, die nichts Wichtiges in London zu erledigen hatten, verließen die Stadt. Box-Bender und Elderberry fanden, es sei an der Zeit, sich wieder um ihre Wahlkreise zu kümmern.

General Whale verlegte zum ersten Mal sein Arbeitszimmer in den Luftschutzbunker. Dieser war unter großem Kostenaufwand errichtet worden, er war durch Telefon mit der Außenwelt verbunden, hatte eine Klimaanlage und war nie zuvor benutzt worden. Beim H. O. O. H. Q. hatte man sich üblicherweise um den Fliegeralarm nicht gekümmert. Jetzt ließ General Whale sich hier ein Bett aufstellen und verbrachte nicht nur seine Nächte, sondern auch seine Tage unter der Erde.

»Wenn ich mir die Bemerkung erlauben darf«, sagte Ian Kilbannock, »Sie sehen nicht besonders gesund aus.«

»Ehrlich gesagt fühle ich mich auch nicht gut, Ian. Ich habe seit zwei Jahren keinen Tag Urlaub gehabt.«

Der Mann war völlig mit den Nerven am Ende, beschloss Ian. Er konnte ihn jetzt unbeschadet im Stich lassen.

»Sir«, sagte er, »mit Ihrer Erlaubnis – ich habe daran gedacht, mich ins Ausland versetzen zu lassen.«

»Sie auch, Ian? Wohin? Wieso denn?«

»Sir Ralph Brompton meint, er könnte dafür sorgen, dass ich als Kriegsberichterstatter an die Adria geschickt werde.«

»Was hat der denn damit zu tun?«, fragte der General in einer Anwandlung von matter Verzweiflung. »Seit wann gehören denn militärische Versetzungen zu *seinen* Aufgaben?«

»Er scheint dort einigen Einfluss zu haben, Sir.«

Bedrückt und verständnislos sah General Whale Ian an. Vor zwei, drei Jahren, ja, noch vor sechs Monaten hätte er bei einer solchen Ankündigung einen Wutanfall bekommen. Jetzt seufzte er nur tief auf. Er ließ den Blick über die rohen Betonwände seines Unterschlupfs schweifen, über das schweigende ›Chiffrier‹-Telefon auf dem Tisch. Er kam sich vor (und hätte er diesen Absatz gekannt, hätte er es selbst so ausgedrückt) wie ein wunderschöner und ohnmächtiger Engel, der vergeblich mit schimmernden Flügeln im Leeren schlägt.

»Was tue ich hier?«, fragte er. »Warum suche ich Schutz, wo ich doch nichts weiter will als sterben?«

»Angela«, sagte Virginia, »das Beste ist, auch du reist ab. Ich komme jetzt gut allein zurecht. Eigentlich brauche ich nicht einmal mehr Schwester Jenny. Könntest du das Baby nicht mitnehmen? Die alte Nanny würde sich doch bestimmt darum kümmern, oder?«

»Vermutlich mit Freuden«, sagte Angela Box-Bender, zweifelnd zwar, aber doch bereit, auf die Stimme der Vernunft zu hören. »Das Schlimme ist nur, wir haben einfach kein Zimmer mehr für einen weiteren Erwachsenen.«

»Ach, ich habe auch nicht die geringste Lust, hier wegzugehen. Peregrine wird sich mit mir und Mrs. Corner bestimmt wieder wohlfühlen, wenn das Kinderzimmer erst mal geräumt ist. Und Mrs. Corner freut sich doch gewiss noch mehr, wenn alles hier vorüber ist.« (Zwischen Säuglingsschwester und

Haushälterin hatte die normale unvermeidbare Feindschaft geherrscht.)

»Ach, das ist wunderbar selbstlos von dir, Virginia. Wenn du wirklich meinst, es ist das Beste für Gervase ...«

»Ich glaube, es ist wirklich das Beste für – für Gervase.«

So einigte man sich. Virginia erholte sich wieder, als die Bomben über sie hinwegsausten. Jedes Mal, wenn ein Triebwerk verstummte, fragte sie sich: »Ist das diejenige, die hier einschlagen wird?«

8

In der Welt der hohen Politik wurde beschlossen, dass die Briten die serbischen Verbündeten – von denen der Premierminister einst lobend gesagt hatte, sie hätten ›ihre Seele gefunden‹ – aufgeben sollten, und das wurde dann nach und nach in die Wege geleitet. Der im Exil lebende König wurde überredet, seine Berater zu entlassen und gefügigere Nachfolger zu ernennen. Ein britisches Schiff brachte diesen neuen Minister nach Vis, wo er mit Tito in seiner Höhle konferieren sollte. Die Russen forderten Tito auf, er solle ein besonders herzliches Willkommen inszenieren. Als Belohnung boten die Briten und Amerikaner die vollständige Anerkennung der Partisanen und die Bereitstellung tiefgreifender Hilfe. Treffen ›auf höchster Ebene‹ wurden für die nächste Zukunft vereinbart. Als unbeabsichtigtes Nebenprodukt dieses Verrats ergab sich ein unendlich kleiner Nutzen.

Guy hatte die Juden nicht aus seinen Gedanken verbannt. Der Vorwurf nagte an ihm, aber noch stärker war sein Mitleid. Dieses Gefühl war zwar weniger ausgeprägt als das, was er für Virginia und ihr Kind empfunden hatte, aber hier bot sich ihm die Gelegenheit, inmitten einer Welt des Hasses und der Zerstörung ein einzelnes gutes Werk zu tun, um die Zeiten zu versöhnen. Er freute sich daher gehörig, als er folgenden Funkspruch erhielt: *Zentralregierung im Prinzip mit Evakuierung der Juden einverstanden stopp. Schicken Sie zwei, wiederhole zwei Vertreter mit nächster Maschine, um Problem mit* U. N. R. R. A. *zu besprechen.*

Er ging damit zum Innenminister, der auf seinem Bett lag und dünnen Tee trank.

Bakic erklärte: »Er krank und weiß nichts. Besser reden mit Kommissar.«

Der Kommissar bestätigte, er habe ähnliche Anweisung erhalten.

»Ich schlage vor, wir schicken die Kanyis.«

»Er sagt, warum die Kanyis?«

»Weil die am vernünftigsten wirken.«

»Wie bitte?«

»Weil ich sie für die Verantwortungsbewusstesten halte.«

»Der Kommissar sagt, Verantwortung für was?«

»Sie sind am besten geeignet, ihren Fall vernünftig darzulegen.«

Ein langes Gespräch entspann sich zwischen dem Kommissar und Bakic.

»Kommissar will die Kanyis nicht schicken.«

»Warum nicht?«

»Kanyi hat genug zu tun mit Dynamo.«

Also wurde ein anderes Paar nach Bari geschickt, der Kaufmann und der Anwalt, die Guy als Erste aufgesucht hatten. Guy brachte sie zur Maschine. Sie schienen wie betäubt und hockten während der langen Wartezeit zwischen Gepäckbündeln und Wolldecken auf dem Flugplatz. Erst als das Flugzeug tatsächlich da war und von der langen Reihe von Leitfeuern erleuchtet wurde, brachen die beiden in Tränen aus.

Doch dieses Wiederaufflammen menschlicher Hoffnung

war an diesem Abend das unbedeutendste Ereignis auf dem Flugplatz. Es ging unter in der Feierlichkeit, mit der die aussteigenden Passagiere begrüßt wurden.

Man hatte Guy nicht gesagt, dass er jemanden von Bedeutung zu erwarten hätte. Er merkte nur, dass etwas Ungewöhnliches vor sich ging, als er sah, dass sich in der Dunkelheit, noch bevor die Leitfeuer angezündet wurden, ein Empfangskomitee versammelte, bei dem der Kommissar und der General die herausragendsten Gestalten waren. Die Feuer leuchteten auf, und Guy erkannte verwundert die Einsiedler der russischen Militärmission, die man sonst so selten zu Gesicht bekam. Als die Maschine landete und die Türen aufgemacht wurden, traten sechs Gestalten in Kampfuniform heraus, die sofort von den Partisanen umringt und weggeführt wurden.

Der Fliegermajor überwachte das Entladen der Lieferung. Es war diesmal nicht viel, und das meiste war auch noch für die britische Mission bestimmt – Verpflegung, Post und ein Kanister Benzin nach dem anderen.

»Was soll ich denn mit denen?«, fragte Guy den Piloten.

»Abwarten! Ein Jeep ist auch noch dabei.«

»Für mich?«

»Nun, für Ihren Vorgesetzten.«

»Hab ich einen Vorgesetzten?«

»Hat man Ihnen das nicht gesagt? Sie haben gefunkt, dass einer kommen soll. Aber mir sagt ja niemand einen Namen. Er ist dort drüben bei den anderen.«

Kräftige Partisanen packten bereitwillig mit an, bauten so etwas wie eine Rampe, und vorsichtig wurde das Auto ausgeladen. Guy stand neben den beiden Juden und sah zu. Schließlich rief eine englische Stimme: »Ist Guy Crouchback irgendwo?«

Guy erkannte die Stimme: »Frank de Souza.«

»Komme ich ungelegen? Ich nehme an, die Meldung, dass ich komme, wird morgen übermittelt. Die Entscheidung, uns herzuschicken, fiel in allerletzter Minute.«

»Wen denn noch?«

»Das erkläre ich später. Ich fürchte, in dem ganzen Kriegstrubel bin ich jetzt zu Ihrem Vorgesetzten aufgerückt, Onkel. Seien Sie doch so gut und kümmern Sie sich um die Sachen, ja? Ich habe eine nächtliche Sitzung mit dem Generalstab und dem Präsidium vor mir.«

»Mit dem was?«

»Ja, das ist eine Überraschung, nicht wahr? Hatte ich mir schon gedacht. Aber ich erzähle Ihnen das alles morgen. Nur so viel: Begoy wird ein sehr bekannter Kurort werden. Wir werden hier Geschichte machen, Onkel. Ich muss noch das Geschenk heraussuchen, das ich für den General in meinem Koffer habe. Es könnte helfen, die antifaschistische Solidarität zu festigen.«

Er beugte sich über den kleinen Haufen Gepäck, lockerte ein paar Riemen und richtete sich dann mit einer Flasche in jeder Hand wieder auf. »Sagen Sie jemandem, er soll sie aufmachen, ja? Und lassen Sie sie hinstellen, wo immer ich schlafen soll.«

Damit ging er wieder zu der Gruppe, die jetzt den Flugplatz verließ.

»So«, sagte der Pilot. »Ich bin jetzt bereit, die Passagiere aufzunehmen.«

Zwei verwundete Partisanen wurden an Bord gebracht, dann eine amerikanische Bomberbesatzung, die vor einer Woche abgesprungen war und die man zum Major gebracht hatte. Sie waren alles andere als erfreut, so rasch wieder zu ihrer Einheit zurückgeflogen zu werden. Es gab eine Vorschrift, der zufolge sie, wenn sie noch ein paar Wochen länger auf feindlichem Gebiet geblieben wären, in die Vereinigten

Staaten hätten zurückgebracht werden können. Das war der Grund, warum sie sich zu dem gefährlichen Absprung mit dem Fallschirm bereit erklärt hatten und ein teures, nur leicht beschädigtes Flugzeug zerstörten.

Zuletzt kamen die Juden. Als Guy ihnen die Hand gab, küssten sie sie.

Wie immer bei diesen nächtlichen Einflügen hatte Guy seinen Sergeant und seinen Burschen bei sich. Die beiden freuten sich außerordentlich über den Anblick des Jeeps. Den Jeep und die Sachen überließ er ihnen und kehrte zu Fuß zu seiner Unterkunft zurück. Die Sterne funkelten in dieser Hochsommernacht, das ganze Firmament erstrahlte. Als er den Bauernhof erreichte, unterrichtete er die Witwen von der Ankunft de Souzas. Neben dem seinen war noch ein leeres Zimmer, das sie sogleich in Ordnung brachten. Es war schon Mitternacht, doch sie machten sich klaglos an die Arbeit, aufgeregt wegen der Aussicht auf einen Neuankömmling.

Bald darauf fuhr der Jeep in den Hof. Die Witwen liefen hinaus, um ihn zu bewundern. Die Soldaten luden ab, brachten Konserven und Benzin in den Vorratsraum und de Souzas Gepäck in das Zimmer, das für ihn vorbereitet worden war. Das Präsidium, was immer das auch sein mochte, interessierte Guy nicht. Er war froh, dass de Souza gekommen war, vor allem aber freute er sich, dass die beiden Juden abgeflogen waren.

»Die Post, Sir«, meldete der Bursche.

»Die lassen Sie besser bis morgen früh für Major de Souza liegen. Sie wissen, dass er hier das Kommando übernimmt?«

»Ja. Das hat man uns von der Air Force durchgetickert. Zwei Briefe sind an Sie persönlich gerichtet, Sir.«

Guy nahm die dünnen Luftpostumschläge – damals das einzige Kommunikationsmittel. Einer, sah er, war von Virginia, der andere von Angela.

Virginias Brief trug kein Datum, war aber offensichtlich vor etwa sechs Wochen geschrieben worden.

Der kluge Peregrine hat mir erzählt, es sei ihm gelungen, sie dazu zu bewegen, ein Telegramm anzunehmen, um Dir die Geburt des Kindes anzuzeigen. Ich hoffe, es ist angekommen. Man kann sich ja auf Telegramme heutzutage nicht mehr verlassen. Auf jeden Fall ist es da, und ich fühle mich sehr gut, und alle, insbesondere Angela, sind einfach himmlisch. Schwester Jennings – für mich Jenny – sagt, es ist ein schönes Baby. Es wurde bereits getauft. Ob Du's glaubst oder nicht, Eloise Plessington, mit der ich seit neuestem eng befreundet bin, war Patin. Ich habe überhaupt eine Menge neuer Freunde gewonnen, seit Du weg bist, ja, es ist eine ganz besonders schöne Zeit. Ein Intellektueller, der behauptet, dass er Dich kennt – er heißt Everard –, hat mir von Ruben einen geräucherten Lachs mitgebracht. Und eine Zitrone! Wo kriegt Ruben die bloß her? Zauberei! Ich hoffe, Du genießt Deine Reiserei im Ausland, wo immer Du auch bist, und vergisst, wie scheußlich London ist. Ian spricht davon, Dich besuchen zu wollen. Wie? Sehne mich danach, dass Du wieder hier bist. V.

Angelas Brief war einen Monat später geschrieben worden:

Ich habe schreckliche Nachrichten für Dich. Vielleicht hätte ich versuchen sollen zu telegrafieren, aber Arthur sagte, es hätte keinen Sinn, denn Du könntest sowieso nichts tun. Sei auf Schlimmes vorbereitet: Virginia ist umgekommen. Peregrine und Mrs. Corner auch. Eine von diesen neuen Bomben ist gestern um zehn auf den Carlisle Place niedergegangen. Gervase ist unversehrt bei mir. Sie waren alle sofort tot. Peregrines ganze ›Sammlung‹ ist dahin. Es war Virginias Idee, dass ich Gervase mitnehmen und auf ihn aufpassen sollte.

Wahrscheinlich werden wir Virginia und Peregrine nach Broome überführen lassen und dort begraben können, aber das ist nicht so einfach. Ich habe heute Morgen eine Messe für sie lesen lassen. Für unsere Freunde werden wir bald auch in London eine lesen lassen. Ich will gar nicht erst versuchen, das auszudrücken, was mich bewegt, sondern Dir nur versichern, dass ich Dich mehr in meine Gebete einschließe denn je. Du hast kein leichtes Leben gehabt, Guy, und zuletzt sah es nun doch so aus, als ob sich für Dich doch noch alles lösen würde. Auf jeden Fall hast Du Gervase. Ich wünschte, Papa hätte noch so lange gelebt, um das mitzuerleben. Und außerdem wünschte ich, Du hättest Virginia in diesen letzten Wochen erleben können. Selbstverständlich war sie lieb und lustig wie eh und je, aber es war doch etwas anders. Ich fing gerade an zu begreifen, warum Du sie liebtest, und gewann sie auch selbst lieb. Früher habe ich das nie verstanden.

Wie Arthur sagt, es gibt für Dich wirklich hier nichts, was Du tun könntest. Zwar nehme ich an, dass Du Sonderurlaub bekommen könntest, aber wahrscheinlich ist es Dir lieber, das weiterzumachen, was Du jetzt tust.

Die Nachricht berührte Guy nicht besonders tief, auf jeden Fall weniger als die Ankunft von Frank de Souza, des Jeeps und des Präsidiums. Und weit weniger als der Abflug seiner beiden jüdischen Schützlinge. Die Antwort auf die Frage, die Kerstie Kilbannock (und andere aus seinem Bekanntenkreis) so sehr beschäftigt hatte – nämlich, welcher Art die Beziehungen zwischen ihm und Virginia in der Zeit ihres kurzen Zusammenlebens gewesen sein mochten –, war ganz einfach. Guy war, nachdem sie als Mann und Frau vom Standesamt zurückgekommen waren, in den Lift gehumpelt, hinaufgefahren und hatte sich wieder ins Bett gelegt. Dort hatte Virginia sich zu ihm gesellt und hatte ihre Liebkosungen sanft, ja, zärt-

lich seinem behinderten Zustand angepasst. Wie stets ging sie
verschwenderisch mit ihren Gaben um. Leidenschaftslos zwar
und ohne großes Gefühl, aber dafür auf eine freundliche, vertrauliche Weise hatten sie die Freuden der Ehe wieder aufgenommen, und in den Wochen, in denen der Zustand seines
Knies sich besserte, heilte auch die tiefe alte Wunde in Guys
Herzen und in seinem Stolz – wie Virginia es intuitiv voraus-
gesehen hatte. Der Januar war ein Monat der Zufriedenheit
gewesen, eine Zeit der Erfüllung, nicht des Beginns. Als Guy
wieder diensttauglich geschrieben und sein Marschbefehl ausgestellt wurde, hatte er das Gefühl, ein Krankenhaus zu verlassen, in dem man ihn vorzüglich behandelt hatte, eine Stätte,
an die er sich dankbar erinnerte, an die zurückzukehren er
jedoch keinen sonderlichen Wunsch verspürte. Virginias Tod
erwähnte er Frank gegenüber weder damals noch später.

Frank kam bei Morgengrauen zusammen mit zwei Partisanen ins Bauernhaus und unterhielt sich angeregt auf Serbokroatisch mit ihnen. Guy hatte zwar auf ihn gewartet, war
jedoch eingenickt. Jetzt begrüßte er ihn und zeigte ihm sein
Zimmer. Die Witwen erschienen und wollten ihm zu essen
bringen, doch Frank sagte: »Ich habe sechsunddreißig Stunden lang nicht geschlafen. Wenn ich aufwache, habe ich eine
Menge zu erzählen, Onkel«, grüßte die Partisanen mit geballter Faust und machte die Tür hinter sich zu.

Die Sonne ging auf, und auf dem Bauernhof regte sich
das Leben. Die Partisanen-Wachtposten wurden abgelöst.
Schließlich standen die Angehörigen der britischen Mission
auf dem sonnendurchfluteten Hof und rasierten sich. Ein wenig abseits hockte Bakic auf der Treppe zur Küche und frühstückte. Die Kirchenglocke läutete dreimal, machte eine Pause
und ließ dann noch einmal drei Schläge ertönen. Zur Messe
ging Guy nur sonntags, in der Woche nie. Sonntags war die
Kirche voll von Bauern. Es gab stets eine halbstündige Predigt

auf Serbokroatisch, von der Guy nichts verstand, er hatte mit der Sprache nur geringe Fortschritte gemacht. Als der Priester zur Kanzel hinaufstieg, ging Guy nach draußen, und die Partisanenpolizei drängte sich weiter nach vorn, um ja kein Wort zu verpassen. Als die Liturgie wieder aufgenommen wurde, kehrte Guy zurück. Die Polizisten verschwanden im Hintergrund, sie entzogen sich dem Mysterium.

Jetzt rief das Glöckchen Guy zu der Pflicht, die er seiner Frau schuldete. »Sergeant«, sagte er, »was können wir von unseren Vorräten entbehren?«

»Viel seit gestern Abend.«

»Ich wollte jemandem im Dorf gern ein kleines Geschenk bringen.«

»Sollten wir nicht warten und den Major fragen, Sir? Es gibt einen Befehl, den Einheimischen nichts zu geben.«

»Vermutlich haben Sie recht.«

Er ging über den Hof zu der Unterkunft der Leute von der Air Force hinüber. Dort war man freizügiger und nahm es nicht so genau. Ja, der Fliegermajor unterhielt einen kleinen, kaum geheim gehaltenen Tauschhandel mit den Bauern und hatte bereits eine kleine Sammlung von kroatischem Kunsthandwerk zusammengetragen, die er seiner Frau mit nach Hause bringen wollte.

»Bedienen Sie sich nur, altes Haus.«

Guy nahm eine Dose mit Rindfleisch, steckte noch ein paar Tafeln Schokolade in seinen Brotbeutel und ging dann zur Kirche.

Der alte Priester war bereits wieder im Pfarrhaus und fegte den nackten Steinboden. Er kannte Guy vom Sehen, obwohl sie nie den Versuch unternommen hatten, sich zu unterhalten. Männer in Uniform bedeuteten für die Gemeinde nichts Gutes.

Guy salutierte, als er eintrat, und legte seine Gaben auf den

Tisch. Der Priester sah die Geschenke verwundert an und bedankte sich überschwenglich auf Serbokroatisch. Guy sagte: »Facilius loqui latine. Hoc est pro Missa. Uxor mea mortua est.«

Der Priester nickte. »Nomen?«

Guy schrieb Virginias Namen in Blockbuchstaben auf eine Seite seines Notizbuches und riss sie heraus. Der Priester setzte eine Brille auf und vertiefte sich in die Buchstaben.

»Non es *partisan*?«

»Miles Anglicus sum.«

»Catholicus?«

»Catholicus.«

»Et uxor tua?«

»Catholica.«

Die Geschichte klang wenig glaubwürdig. Der Priester blickte noch einmal auf Fleisch und Schokolade und auf den Namen auf dem Papier, auf Guys Feldanzug, den er nur als die Uniform der Partisanen kannte. Dann: »Cras. Hora septem.« Er hielt sieben Finger in die Höhe.

»Gratias.«

»Gratias tibi. Dominus tecum.«

Nachdem Guy das Pfarrhaus verlassen hatte, betrat er die Kirche daneben. Es handelte sich um ein altertümlich anmutendes Gebäude, doch nur ein Fachmann hätte jemals bestimmen können, wann es errichtet worden war. Ohne Zweifel hatte hier seit alters her eine Kirche gestanden, und ohne Zweifel waren Teile eines älteren Bauwerks erhalten geblieben. Im Lauf der Jahrhunderte war sie jedoch renoviert und neu gestrichen, abwechselnd geschmückt und ausgeraubt, vernachlässigt und liebevoll gepflegt worden. Als Begoy ein Heilbad gewesen war, stand die Kirche zeitweilig unter wohlhabender Gönnerschaft. Jetzt diente sie wieder ihrem ursprünglichen Zweck. In diesem Augenblick kniete eine Bäuerin in der altmodischen Tracht der Gegend aufrecht auf den Stufen vor dem Altar. Die Arme ausgebreitet, dankte sie offenbar für die empfangene Kommunion. Es gab ein paar Bänke, keine Stühle. Guy beugte das Knie, erhob sich und betete um Gnade für Virginia und sich selbst. Obwohl von Kindheit an daran gewöhnt, war ihm nie wohl dabei gewesen, wenn er die Gebete der Kirche für einen bestimmten Zweck sprach. Er übergab Virginias Seele an Gott – die Bitte um Frieden und Ruhe schien genau richtig – mit den schlichten Worten, die er stets gebrauchte, wenn er betete. Wie eine alte Frau, dachte er manchmal reuevoll, die mit ihrer Katze spricht.

Die Augen auf den Altar gerichtet, blieb er fünf Minuten lang stehen. Als er sich zum Gehen wandte, sah er Bakic, der ihn aufmerksam beobachtete. Das Weihwasserbecken war trocken. An der Tür beugte Guy das Knie und trat dann hinaus in das Sonnenlicht. Bakic wartete dort auf ihn.

»Was wollen Sie?«

»Ich dachte, vielleicht wollen mit jemand sprechen.«

»Wenn ich bete, brauche ich keinen Dolmetscher«, sagte Guy. Später fragte er sich, ob das auch stimmte.

9

Die Leichen von Virginia, Onkel Peregrine und Mrs. Corner wurden unversehrt und erkennbar aus den Trümmern der Bourne Mansions geborgen, doch die Schwierigkeiten, die sich von Seiten der Behörden einer Überführung nach Broome entgegenstellten (auch Mrs. Corner stammte aus diesem Dorf), erwiesen sich für Arthur Box-Bender als zu groß. Er ließ die Toten daher in Mortlake am Fluss zur Ruhe betten, wo im vorigen Jahrhundert jemand aus der Familie eine Grabstätte gekauft und niemals benutzt hatte. Sie lag nicht weit von Sir Richard Burtons Marmorzelt entfernt. Die Totenmesse wurde in der Kathedrale abgehalten. Everard Spruce nahm an keiner der beiden Zeremonien teil, las jedoch Frankie und Coney laut die Liste der Trauergäste vor.

Er hatte Virginia erst in den letzten Wochen ihres Lebens kennengelernt, jedoch seit langem alles, was sie betraf, in den Zeitungen verfolgt. Wie so viele Männer der Linken war er ein eifriger Beobachter von Ian Kilbannock und seinen Gefolgsleuten – eine Vorliebe, die er damit begründete, dass es seine Aufgabe sei, die Schlachtordnung des Gegners zu kennen. In letzter Zeit, als die soziale Rangordnung etwas ins Wanken geraten war, hatte er mit einigen dieser Repräsentanten der Unterdrückung und des frivolen Lebens freundschaftlich verkehrt, zum Beispiel mit der alten Ruby im Dorchester. Viele Jahre später, als er seine Memoiren schrieb, verstand er es, den Eindruck zu erwecken, als sei er in der Zeit der Hochblüte in diesen Häusern ein und aus gegangen. Schon jetzt fing er an zu glauben, dass Virginia eine alte und hochgeschätzte Freundin von ihm gewesen sei.

»Wer sind denn all diese Leute?«, fragte Coney. »Was soll das alles eigentlich? Ich weiß von Mrs. Crouchback nur, dass du ihr einen Räucherlachs geschenkt hast, von dem wir eine ganze Woche hätten leben können.«

»Bevor wir auch nur davon kosten konnten«, sagte Frankie.

»Und eine Zitrone«, sagte Coney.

Die fliegenden Bomben hatten die Ordnung in der Redaktion des *Survival* gestört. Zwei der Sekretärinnen waren aufs Land gezogen. Frankie und Coney waren zwar geblieben, aber waren nicht mehr so fügsam wie früher. Die Bomben kamen aus Südosten und waren am freien Himmel am Fluss deutlich zu sehen. Alle schienen sie genau auf das Haus an der Cheyne Row zuzusteuern. Sie lenkten die Mädchen von ihrer Pflicht ab, Spruce zu bedienen und zu verehren. Sein Verhalten ihnen gegenüber war in letzter Zeit zunehmend schulmeisterlich geworden, umso mehr, weil seine eigenen Nerven nicht mehr ganz ruhig blieben. Er war wie ein Lehrer, der befürchtete, dass man ihm einen Streich spielen wird.

Jetzt sprach er mit betonter Autorität.

»Virginia Troy war die letzte der Heroinen, die einander zwanzig Jahre lang abgelöst haben«, sagte er. »Der Geist der romantischen Liebe, der sich zwischen den beiden Kriegen zeigte.«

Er zog ein Buch aus dem Regal und las vor: »*Sie überquerte die schmutzige Straße, setzte ihre Füße, einen nach dem anderen, peinlich genau auf einer schnurgeraden Linie voreinander, als bewege sie sich auf Messers Schneide über der Himmel mag wissen welchen unsichtbaren Abgrund hinweg. Sie schien zu schweben, bei jedem Schritt ein wenig zu federn, und der Rock ihres Sommerkleides – weiß war es, und über und über mit einem schwarzen Blumenmuster bedeckt – wippte luftig zu ihrem wiegenden Gang.* Ich wette, keine von euch weiß, wer das geschrieben hat. Ihr sagt bestimmt, Michael Arlen.«

»Ich nicht«, sagte Coney. »Von dem habe ich noch nie gehört.«

»Noch nie was von Iris Storm gehört, ›dieser schamlos schamvollen Dame‹ – gekleidet *pour le sport*? ›Ich bin ein Männerhaus‹, schrieb sie. Ich habe es in der Schule gelesen, als es verboten war. Trifft bei mir immer noch einen Nerv. Was ist die Jugend ohne Kitsch? Vermutlich habt ihr auch noch nie was von Scott Fitzgerald gehört. Aber wie dem auch sei – die Passage, die ich eben vorgelesen habe, stammt von Aldous Huxley, aus dem Jahre 1922. Mrs. Viveash. Hemingway hat mit seiner Bret dieses Bild vergröbert, aber der Typ hat sich gehalten – in Büchern wie im Leben. Virginia war die letzte von ihnen – eine Auserlesene, Begnadete, mit ersterbender Stimme, verurteilt und vernichtend –, eine ganze Generation jünger. Weder im Leben noch in der Literatur werden wir jemals wieder jemanden wie sie erleben, und ich bin froh, dass ich sie gekannt habe.«

Mit Aufsässigkeit im Blick sahen sich Frankie und Coney an.

»Vielleicht sagst du jetzt noch: ›Die Gussform für solche Frauen ist zerbrochen‹«, sagte Coney.

»Wenn ich das will, werde ich das auch tun«, sagte Spruce trotzig. »Nur wer selbst ein Gemeinplatz ist, scheut sich vor Klischees.«

Coney brach angesichts dieser Zurückweisung in Tränen aus. Frankie behielt die Fassung. »Eine Auserlesene, Begnadete, verurteilt und vernichtend«, sagte sie. »Das klingt mehr nach Major Ludovics grauenhaftem *Todeswunsch*.«

In diesem Augenblick flog wieder dröhnend eine Bombe über sie dahin, und sie verstummten, bis sie vorüber war.

Dieselbe Bombe zog in der Nähe von Eloise Plessingtons kleinem Haus vorüber, wo diese mit Angela Box-Bender zusammensaß. Direkt über ihnen, so hörte es sich an, schaltete sich das Triebwerk aus. Die beiden Frauen saßen schweigend da, bis sie die Bombe viele Straßen weiter explodieren hörten.

»Es ist grauenhaft, das zuzugeben«, sagte Eloise, »aber jedes Mal, wenn das passiert, bete ich: ›Bitte, lieber Gott, lass sie nicht auf mich fallen.‹«

»Wer tut das nicht?«

»Aber Angela, das bedeutet doch: ›Bitte, lieber Gott, lass sie auf einen anderen fallen.‹«

»Nicht unbedingt. Sie könnte ja auch auf Hampstead Heath runtergehen.«

»Man sollte beten: ›Bitte, lieber Gott, lass sie auf mich fallen und auf niemanden sonst.‹«

»Sei doch nicht albern, Eloise.«

Die beiden Frauen waren etwa gleich alt und kannten einander seit ihrer Jugend. Charles Plessington war einer jener jungen Männer gewesen, der als passender Anwärter für Angelas Hand gegolten hatte. Er stammte aus demselben kleinen Kreis von Großgrundbesitzerfamilien wie sie, die dem Katholizismus nie abgeschworen hatten. Sie jedoch hatte die Ehestifter vom Wiseman Club völlig aus der Fassung gebracht, als sie nicht Charles heiratete, sondern den protestantischen und nicht dem Adel angehörenden Box-Bender. Eloise hatte daraufhin Charles geehelicht und war Katholikin geworden, und zwar eine äußerst rührige. Ihre Söhne waren mittlerweile erwachsen und gut verheiratet; das einzige Familienproblem war ihre Tochter, Domenica, jetzt fünfundzwanzig, die erst einen Versuch unternommen hatte, Nonne zu werden, dabei jedoch gescheitert war und jetzt auf einer der Familienfarmen den Traktor fuhr, eine Beschäftigung, die ihr Aussehen wie ihr Verhalten völlig verändert hatte. War sie früher schüchtern und fast übertrieben feminin gewesen, war sie jetzt ungestüm, trug Hosen, war verschmutzt und redete im rohen Jargon der Viehmärkte. »Wovon sprachen wir doch noch?«

»Von Virginia.«

»Selbstverständlich. Wie du weißt, habe ich sie diesen Winter und Frühling recht liebgewonnen, aber ich kann in ihrem Tod keine reine Tragödie sehen, eher, als wäre diese Bombe das Walten der göttlichen Vorsehung. Gott verzeih mir, dass ich so denke, aber ich hatte nie richtig Zutrauen, dass ihre neue Haltung von Dauer sein würde. Sie ist genau in dem Augenblick ihres Lebens zu Tode gekommen, wo sie des Himmels gewiss sein konnte – irgendwann.«

»Man musste sie einfach gernhaben«, sagte Angela.

»Wird es Guy sehr treffen?«

»Wer kann das sagen? Die ganze Sache war ja ziemlich verwirrend. Das Kind war ja schon unterwegs, ehe sie wieder heirateten.«

»Das hatte ich mir gedacht.«

»Ich kenne Guy kaum. Er ist so lange im Ausland gewesen. Ich hatte mir immer eingebildet, dass er völlig über Virginia hinweg wäre.«

»In dieser letzten Zeit wirkten sie aber sehr glücklich.«

»Virginia wusste, wie sie Menschen glücklich machen konnte, wenn sie wollte.«

»Und was wird jetzt aus meinem Patenkind?«

»Ich werde mich wohl um ihn kümmern müssen. Und Arthur ist gar nicht glücklich darüber.«

»Ich habe manchmal darüber nachgedacht, ein Baby anzunehmen«, sagte Eloise, »eine Flüchtlingswaise oder etwas Ähnliches. Weißt du, die leeren Kinderzimmer wirken immer wie eine Anklage auf mich, wo doch so viele Menschen heimatlos sind. Für Domenica wäre das auch interessant – sie würde mal auf andere Gedanken kommen als Stall und Landwirtschaft.«

»Willst du damit vorschlagen, Gervase zu adoptieren?«

»Nun, nicht gerade *adoptieren,* nicht juristisch, nicht so, dass er unseren Namen annimmt, aber mich um ihn kümmern, bis Guy zurückkommt und ihm ein Zuhause bieten kann. Was hältst du von der Idee?«

»Das wäre ganz wunderbar freundlich. Arthur würde eine Zentnerlast von der Seele fallen. Aber ich müsste selbstverständlich zuvor Guy fragen.«

»Aber es spricht doch nichts dagegen, wenn ich ihn zu Besuch mitnehme, solange wir auf eine Antwort warten.«

»Meiner Meinung nach nicht. Er ist wirklich süß, weißt du, nur hasst Arthur es, wieder ein Baby im Haus zu haben.«

»Da kommt schon wieder eine von diesen grässlichen Bomben.«

»Bete einfach: ›Lieber Gott, lass es einen Blindgänger sein, der überhaupt nicht explodiert.‹«

Es war kein Blindgänger. Sie explodierte nicht weit von Westminster in einer Straße, die bereits durch frühere Bomben in Schutt und Asche gelegt worden und jetzt weitgehend verlassen war.

»Du hast *Todeswunsch* gelesen?«, fragte Spruce.

»Teile davon. Ein kleiner Roman.«

»Ein kleiner Roman? Er ist doppelt so lang wie *Ulysses*. Heutzutage haben nur wenige Verleger genug Papier, um ein solches Buch überhaupt veröffentlichen zu können. Ich habe gestern viel darin gelesen. Ich kann bei diesen verdammten Bomben nicht schlafen. Ludovics *Todeswunsch* hat was, weißt du.«

»Etwas sehr Schlechtes.«

»Oh ja, schlecht; überragend schlecht. Ich würde mich nicht wundern, wenn es ein ganz großer Erfolg würde.«

»Kaum das, was wir vom Autor der Aphorismen erwartet hatten.«

»Das ist schon hochinteressant«, sagte Spruce, »aber nur wenige der großen Meister des Kitsches haben anfangs nicht nach Höherem gestrebt. Die meisten von ihnen schrieben in ihrer Jugend Sonett-Zyklen. Denk an Hall Caine – den Schützling von Rossetti – und den jungen Hugh Walpole, der Henry James nacheiferte. Dorothy Sayers hat religiöse Lyrik geschrieben. So gut wie niemand nimmt sich von Anfang an vor, Schund zu schreiben. Und wer das tut, kommt meist nicht weit damit.«

»Wieder eine Bombe.«

Es war dieselbe Bombe, die Angela und Eloise gestört hatte. Spruce und Frankie beteten nicht. Sie traten nur vom Fenster weg.

10

Frank de Souza hielt es wie die Partisanen: Er schlief den ganzen Morgen und redete bis tief in die Nacht hinein. An seinem ersten Tag erschien er gegen Mittag.

»Die Quartiere hier sind besser als die, die ich gewöhnt bin«, sagte er. »Bis vor wenigen Tagen habe ich in Bosnien in einer Höhle gehaust. Aber wir müssen schnell was unternehmen, um uns etwas komfortabler einzurichten. Wir werden nämlich sehr erlauchten Besuch bekommen. Wenn möglich, würde ich es gern Ihnen überlassen, alles dafür vorzubereiten. Ich habe den General und den Kommissar gestern Abend ins Bild gesetzt. Sie werden sehen, dass sie äußerst hilfsbereit sein werden.«

»Vielleicht setzen Sie auch mich ins Bild.«

»Es ist ein sehr hübsches Bild – ein Ölgemälde. Endlich kommt alles so, wie wir es uns gewünscht haben. Das Präsidium – das ist die neue Regierung –, Minister für Erziehung, Kultur und Transportwesen, die ganze Zaubertüte. Offiziell handelt es sich um eine vorübergehende Sache – *de facto, ad hoc* und so weiter, bis zur Volksabstimmung. Ich vermute, Sie haben gestern Abend nicht viel von ihnen gesehen – wir haben sie in Vis, Montenegro und Bari zusammengesammelt. Zwei von ihnen sind Blindgänger, mit denen wir uns nur einverstanden erklärt haben, um mit den Londoner Serben ins Reine zu kommen. Die eigentliche Macht liegt selbstverständlich bei der militärischen Führung der Partisanen. Das Präsidium ist nur was fürs Ausland. Und jetzt sage ich Ihnen etwas höchst Vertrauliches. Nur der General und der Kommissar sind eingeweiht, und das Präsidium sollte ein oder zwei Tage lang noch nichts davon erfahren. Tito ist in Italien. Er ist Ehrengast im Alliierten Hauptquartier in Caserta, und nach dem, was ich von Joe Cattermole gehört habe, sieht es so aus, als ob er und Churchill sich treffen werden. Wenn das stimmt, dann wird das Wellen schlagen.«

»Wer wird Wellen um wen schlagen?«

»Tito um Churchill, natürlich. Churchill meint, es mit einem Garibaldi zu tun zu haben. Er weiß nicht, dass Tito ein erfahrener Politiker ist.«

»Ja, aber ist Churchill das nicht auch?«

»Der ist Redner und Parlamentarier, Onkel. Das ist was ganz anderes. Das Einzige, was wir jetzt noch tun müssen, ist, dafür zu sorgen, dass auch die Yankees mit ihnen klarkommen. Die haben immer noch ein bisschen Hemmungen vor allem, was linksgerichtet ist. Der Präsident selbstverständlich nicht, wohl aber die Militärs. Aber so wie die Dinge jetzt stehen, haben wir sie immerhin schon zur Einsicht gebracht, dass das einzig Wichtige ist, wer in den Kampf zieht. Mihailovic und seine Leute sind auf die Probe gestellt worden – man hat ihnen gesagt, sie sollen an einem bestimmten Tag eine bestimmte Brücke in die Luft jagen. Nichts haben sie getan. Viel zu viel Angst vor Repressalien. Solche Bedenken kennen unsere Freunde nicht. Je mehr Hass die Deutschen auf sich ziehen, desto besser für uns. Folglich ist Mihailovic eindeutig aus dem Spiel. Nur wollen die Yankees sich nicht auf unsere Geheimdienstberichte verlassen, wollen immer alles selbst sehen. Deshalb schicken sie jetzt einen General her, damit der sich davon überzeugt, wie hart die Partisanen kämpfen.«

»Soweit ich das beurteilen kann, tun sie's aber nicht.«

»Das werden sie aber, sobald der Ami kommt. Warten Sie nur ab!«

Guy sagte: »Was mir am meisten Sorgen macht, ist das Flüchtlingsproblem.«

»Oh, ja, die Juden. Ich habe eine Akte darüber gesehen.«

»Gestern Abend sind zwei von ihnen nach Bari geflogen worden. Ich hoffe, dort befasst man sich auch mit ihnen.«

»Da können Sie Gift drauf nehmen. Die Zionisten haben ihre eigenen Gelder und ihre eigenen Kontakte mit der U. N. R. R. A. und dem Hauptquartier der Alliierten. Aber das geht uns ja im Grunde nichts an.«

»Sie reden wie ein Partisan.«

»Das bin ich ja auch, Onkel. Wir haben doch an Wichtigeres zu denken als an Streitereien einzelner Gruppen. Vergessen Sie nicht, ich bin selbst Jude – wie übrigens auch drei von den intelligenteren Präsidiumsangehörigen. Die Juden haben in Amerika eine wertvolle antifaschistische Propaganda abgegeben. Jetzt ist es an der Zeit zu vergessen, dass wir Juden sind, und uns darauf zu besinnen, dass wir Antifaschisten sind. Sonst können Sie genauso gut anfangen, Auchinleck wegen des schottischen Nationalismus zu behelligen.«

»Ich kann dieses Gefühl Katholiken gegenüber nicht aufbringen.«

»Wirklich nicht, Onkel? Versuchen Sie's.«

Als Guy am nächsten Morgen um sieben in die Kirche ging, standen dort zwei Partisanen Wache. Der Priester am Altar in seinem schwarzen Messgewand war nicht zu hören. Die Partisanen ließen Guy nicht aus den Augen. Als er zur Kommunion nach vorn ging, folgten sie ihm und standen, die Maschinenpistole im Anschlag, neben ihm. Als sie sich überzeugt hatten, dass nichts außer der Hostie zwischen Guy und dem Priester ausgetauscht wurde, kehrten sie auf ihren Platz zurück und sahen zu, wie Guy seine Gebete für Virginia sprach. Danach folgten sie ihm bis zur Dienststelle der Mission.

Beim Mittagessen an diesem Tag waren de Souzas erste Worte: »Onkel, was soll eigentlich das Ganze zwischen Ihnen und dem Priester?«

»Ich bin heute Morgen zur Messe gegangen.«

»Wirklich? Aber das ist unserer Sache eher abträglich. Wissen Sie, dass Sie den Kommissar dadurch ernstlich beunruhigt haben? Man hat gestern Abend förmlich Beschwerde eingereicht und behauptet, Sie hätten unkorrektes Verhalten an den Tag gelegt. Sie behaupten, Sie hätten dem Priester gestern Lebensmittel gebracht.«

»Das stimmt auch.«

»Und ihm eine schriftliche Nachricht übergeben?«

»Ich habe ihm nur den Namen von jemandem aufgeschrieben, der tot ist – es geht dabei um etwas, das wir eine ›Messe in besonderem Anliegen‹ nennen.«

»Das hat ihnen der Priester auch gesagt. Den haben sie nämlich geholt und verhört. Er kann froh sein, dass er nicht festgenommen und eingesperrt wurde und dass ihm nicht noch Schlimmeres passiert ist. Wie konnten Sie nur so ein Dummkopf sein? Er hat ein Stück Papier vorgewiesen und gesagt, das sei Ihre Nachricht. Darauf stand nur Ihr Name und sonst nichts.«

»Nicht meiner. Jemand aus meiner Familie.«

»Nun, Sie können doch nicht erwarten, dass der Kommissar da Unterschiede sieht, oder? Der hat natürlich sofort geglaubt, der Priester wollte Ihnen etwas über sie mitteilen. Sie haben das Pfarrhaus durchsucht, konnten aber nichts Verdächtiges finden, außer ein wenig Schokolade. Die haben sie natürlich beschlagnahmt. Aber sie sind immer noch argwöhnisch. Sie müssen doch gemerkt haben, was hier los ist. Wären unsere amerikanischen Gäste nicht da, hätten sie möglicherweise wirklich Schwierigkeiten gemacht. Ich musste sie ausdrücklich darauf hinweisen, dass der General nicht nur über die militärischen Kämpfe nach Bari und Caserta berichten würde. Man würde ihn auch fragen, wie es denn im Augenblick in Begoy aussähe, jetzt, da es momentan die Hauptstadt des Landes ist. Wenn er feststellen würde, dass die Kirche geschlossen und der Priester gerade eben abgelöst worden ist, kommt er womöglich auf den Gedanken, dass es sich nicht gerade um jene liberale Demokratie handelt, die er hier erwartet hatte. Das haben sie schließlich eingesehen, aber ich habe sie ganz schön bearbeiten müssen. Das sind sehr ernsthafte Leute, unsere Genossen. Versuchen Sie um Gottes willen so etwas nicht noch einmal. Wie ich Ihnen schon gestern Abend gesagt habe – dies ist nicht der richtige Zeitpunkt, irgendwelchen Sekten gegenüber Loyalität zu wahren.«

»Und den Kommunismus würden Sie keine Sekte nennen?«

»Nein«, erklärte de Souza. Er wollte offenbar noch mehr sagen, wiederholte stattdessen jedoch nur noch einmal sehr überzeugt: »Nein.«

Bei der Kampfhandlung, die dem amerikanischen General vorgeführt werden sollte, handelte es sich um einen Angriff auf ein kleines Blockhaus rund dreißig Kilometer weiter westlich. Es war der nächstgelegene ›feindliche‹ Außenposten vor Begoy an einer kleinen Straße, die zur Küste hinunterführte. Deutsche waren nicht in der Nähe. Die Garnison war eine Kompanie kroatischer Nationalisten, deren Aufgabe es war, an der nicht genau festgelegten Grenze des ›befreiten Gebietes‹ Patrouillen auszuschicken und Brückenwachen in diesem Gebiet aufzustellen. Sie gehörten nicht zu den hart durchgreifenden Ustascha, sondern waren friedliebende *Domobrans* der örtlichen Heimatgarde. Dieses Ziel war für diese Übung in jeder Hinsicht geeignet, außerdem war es günstig für Beobachter, da es in einem kleinen Tal lag mit bewaldeten Hängen zu beiden Seiten.

Der General wies darauf hin, dass ein frontaler Angriff bei Tageslicht nicht die normale Taktik der Partisanen sei. »Wir brauchen dazu Unterstützung aus der Luft.«

De Souza setzte zu diesem Zweck einen langen Funkspruch auf. Man konnte daran ermessen, welches Gewicht die

Partisanen als neue Verbündete hatten, dass die RAF für dieses an sich unbedeutende Ziel zwei Kampfbomber genehmigte. Der Angriff wurde zwei Brigaden der Nationalen Befreiungsarmee anvertraut. Jede Brigade war hundert Mann stark.

»Ich glaube«, erklärte de Souza, »wir nennen sie lieber Kompanien. Ob die Brigadeführer wohl etwas dagegen haben, wenn sie für zwei Tage zu Captains degradiert werden?«

»Bei den antifaschistischen Volksstreitkräften legen wir auf solche Dinge nur wenig Wert«, sagte der Kommissar.

Der General war sich nicht ganz so sicher. »Sie haben sich im Feld ihren Rang verdient«, sagte er. »Nur wegen der großen Opfer, die wir gebracht haben, sind die Brigaden zusammengeschmolzen. Und auch, weil die Versorgung mit Waffen durch unsere Verbündeten so dürftig war.«

»Ja«, sagte de Souza, »*ich* verstehe das selbstverständlich. Aber man muss bedenken, wie das auf unsere verehrten Gäste wirkt. Sie wollen sogar Journalisten herschicken. Es wird sich um die ersten Augenzeugenberichte aus Jugoslawien handeln, die in der westlichen Presse erscheinen, und es würde einen schlechten Eindruck machen, wenn man lesen würde, dass zwei Brigaden gegen eine Kompanie eingesetzt wurden.«

»Das muss man allerdings berücksichtigen«, sagte der General.

»Ich schlage vor«, sagte de Souza, »dass die Brigadeführer ihren Rang behalten und man ihre Einheiten Stoßtrupps nennt, das könnte doch einen guten Eindruck machen. ›Die Überlebenden der Sechsten Offensive.‹«

De Souza hatte Beglaubigungsschreiben mitgebracht, die der General und der Kommissar anerkannten. Sie vertrauten ihm und beachteten seine Ratschläge mehr, als wenn sie von Guy oder von Brigadier Cape gekommen wären – oder auch von General Alexander oder Mr. Winston Churchill.

Guy wurde zu diesen Besprechungen, die ohne Dolmet-

scher auf Serbokroatisch geführt wurden, niemals hinzuge-
zogen. Auch wurde er nicht in die Verhandlungen mit Bari
eingeweiht. De Souza ließ sich sämtliche Funksprüche chif-
friert bringen. Die späten Vormittagsstunden im Bett verbrachte er damit, diese Funksprüche zu lesen und die Antworten zu chiffrieren. Guys Aufgaben blieben deshalb die
Verwaltungsarbeiten und die Vorbereitungen für den Besuch.
Wie de Souza vorhergesagt hatte, waren die Partisanen ungewöhnlich zugänglich. Sie deckten geheime Lager auf, in denen
die Beute aus den Häusern geflohener Bürger untergebracht
war. Monströse moderne deutsche Möbel von solider Verar-
beitung. Kräftige Mädchen schleppten die Lasten. Die Zimmer des Bauernhauses wurden auf eine Weise eingerichtet, die
Guy sehr deprimierte, die Witwen jedoch, die mit dem Eifer
von Mesnern putzten und polierten, versetzten die Möbel in
helle Begeisterung. Dem ehemaligen Innenminister wurde
die Verantwortung für Tisch, Tafel und Keller übertragen. Er
schlug einen *vin d'honneur* und ein Konzert vor.

»Er gerne wissen«, erklärte Bakic, »englische amerikanische antifaschistische Lieder. Will Musik und Text, damit
Mädchen lernen können.«

»Ich kenne keine«, sagte Guy.

»Möchte wissen, welche Lieder Soldaten lernen.«

»Wir bringen ihnen überhaupt keine bei. Manchmal singen
sie Trinklieder wie *Roll out the barrel* und *Show me the way
to go home.*«

»Innenminister sagt, nicht diese Lieder. Wir solche Lieder unter Faschismus auch gehabt. Jetzt nich' mehr. Er sagt,
Kommissar befiehlt amerikanische Lieder zu Ehren von amerikanische General.«

»Amerikanische Lieder drehen sich ausschließlich um die
Liebe.«

»Er sagt, Liebe nicht antifaschistisch.«

Später kam de Souza mit einem Bündel von Funksprüchen aus seinem Schlafzimmer.

»Ich habe eine Überraschung für Sie, Onkel. Man schickt auch einen hohen britischen Offizier hierher. Offenbar ist es in Caserta die Regel, dass große Tiere immer zu zweit reisen. Der Ami hat nur einen einzigen Stern mehr als sein britischer Kollege. Warten Sie nur ab, wen wir zu sehen kriegen. Ich behalte es für mich. Das wird ein besonderer Leckerbissen für Sie, Onkel.«

II

Ian Kilbannock war der erste Journalist, der nach Jugoslawien reisen durfte. Sir Ralph Brompton hatte sich gegenüber Joe Cattermole für ihn verbürgt – nicht weil er der Sache mit Hand und Herz ergeben war, sondern weil es sich bei ihm um einen vorurteilsfreien Mann handelte. Cape war der unausgesprochenen und nicht anerkannten Meinung, ein Angehöriger des Hochadels und Mitglied von Bellamy's müsse vertrauenswürdig sein. Ian hörte sich alles an, was man ihm erzählte, stellte ein paar intelligente Fragen und machte keinen weiteren Kommentar als: »Ich werde mich umsehen, mit den Leuten reden und dann hierher zurückkommen und eine Artikelserie schreiben.«

Er beabsichtigte, sich hiermit für die Zukunft als einer jener politischen Kommentatoren zu etablieren, die Ende der dreißiger Jahre in so hohem Ansehen gestanden hatten.

In Bari wurde er auf der Durchreise vom Halberdier-Major zum Abendessen in den Club eingeladen. Sehr viel direkter als Guy sagte er: »Tut mir leid, aber wie war noch Ihr Name?«

»Marchpole. Grace-Groundling-Marchpole, genauer gesagt. Ich glaube, Sie kennen meinen Bruder in London. Er ist dort ein großes Tier.«

»Nein.«

Colonel Grace-Groundling-Marchpole wurde wie General Whale und Mr. Churchill und viele andere ehrgeizige Landsleute damals ein immer kleineres Tier. Er empfand das aber nicht als Scheitern, vielmehr erfüllte ihn ein geheimes Gefühl des Triumphes. Alles kam jetzt so, wie er es vor langer Zeit schon vorhergesehen hatte. Jeden Tag schloss er eine Akte. Die Stücke des Puzzles passten zusammen, und das Ganze nahm Gestalt an.

Crouchback, Box-Bender, Mugg, Cattermole – Faschist, Nazi, schottischer Nationalist, Kommunist –, alle gehörten zu einem einzigen erfassbaren Ganzen.

An diesem Vormittag hatte er gerade die Akte Crouchback in den Keller bringen lassen.

Während sie beim Abendessen saßen, trat Brigadier Cape ein und schob höflich einen Offizier in der Uniform eines Generalmajors vor sich her, einen hageren, graugesichtigen, steifen alten Mann, dessen einziges Auge gänzlich ohne Glanz war. Seine verstümmelte Hand griff nach einer Stuhllehne, um sich zu stützen, als er humpelnd und schlurfend an den Tisch kam.

»Du lieber Himmel«, entfuhr es Ian, »ein Gespenst!«

Im Dezember 1941 war er mit diesem Mann auf der Yacht Cleopatra zur Insel Mugg gefahren. Es war ein Mann gewesen, der seinen Spaß an bitterbösen Streichen hatte und von einem blutigen Ehrgeiz getrieben wurde, ein überschäumender, unberechenbarer Mann, dem Ian immer möglichst aus dem Weg gegangen war.

»Ben Ritchie-Hook«, sagte Major Marchpole, »einer der legendären Gestalten des Korps. Mit mir konnte er freilich nie viel anfangen. Wir haben uns getrennt.«

»Aber was ist aus ihm geworden?«

»Er steht auf dem Abstellgleis«, sagte Major Marchpole. »Das Einzige, was sie für ihn finden können, ist, die zweite Geige als Beobachter zu spielen. Er wird mit dabei sein, wenn Sie morgen hinüberfliegen.«

Die Gruppe von Männern, die sich am nächsten Abend auf dem Flugplatz versammelte, sollte angeblich dem neuen Präsidium einen Besuch abstatten. Sie war stark angewachsen, nachdem zunächst der Plan nur einen einzigen unabhängigen Beobachter vorgesehen hatte.

General Speit, der Amerikaner, war immer noch der ranghöchste Offizier. Unter dem ausladenden Helm hatte er ein energisches rundes Gesicht. Er war mit allerlei Plastikriemen, Waffen, Instrumenten und Beuteln ausgerüstet. Sein Adjutant machte einen weniger martialischen Eindruck und war vor allem deshalb ausgewählt worden, weil er Serbokroatisch sprach. Außerdem gehörte zu seinem Stab noch sein persönlicher Fotograf, ein junges, quicklebendiges Männchen, das der General mit ›Mr. Sneiffel‹ ansprach. Ritchie-Hook trug Shorts, Buschhemd, auf dem Kopf ein Schiffchen mit einem roten Band. Sein Halberdier-Bursche kümmerte sich um sein kleines Gepäck – es war noch derselbe Mann wie früher, Dawkins, mittlerweile ebenso vom Krieg gezeichnet wie sein Herr. Er hatte ihm schon in Southsand und Penkirk, in Zentralafrika, in der Wüste und überall gedient, wohin Ritchie-Hooks Siebenmeilenschritte ihn geführt hatten. Die Siebenmeilenschritte waren immer kürzer geworden, langsamer und langsamer, bis sie fast zum Stillstand gekommen waren. Lieutenant Padfield war mit von der Partie, und auch die Freien Franzosen hatten einen Vertreter eingebracht. Andere weniger bekannte Gestalten – Amerikaner, Briten und Jugoslawen – sorgten dafür, dass das Flugzeug voll war. Gilpin war dabei, um Cattermole Bericht zu erstatten, ein Beobachter der Air Force sollte über die Luftunterstützung durch die Kampfbomber berichten. Nur er, die beiden Generäle sowie Gilpin wussten Bescheid über den Einsatz.

Der Air Commodore war zur Stelle, um die Gäste an Bord zu bringen. Der amerikanische General trug Sneiffel auf, Schnappschüsse von ihnen beiden zu machen, und rief dann noch Ritchie-Hook hinzu. »Kommen Sie, General – für die Nachwelt.« Ziemlich fassungslos blickte Ritchie-Hook auf die kleine Gestalt, die sich mit ihrem Blitzlichtapparat zu Füßen des Generals hinkauerte, sagte dann aber mit furchterregendem Grinsen: »Nein, ich nicht. Bei meiner hässlichen Visage würde nur die Kamera kaputtgehen.«

Lieutenant Padfield grüßte General Speit und sagte: »Sir, ich glaube, Sie kennen Sir Almeric Griffiths noch nicht, der uns begleitet. Wie Sie ohne Zweifel wissen, ist er ein sehr berühmter Orchesterdirigent.«

»Soll herkommen! Na los, kommen Sie, Griffiths«, sagte der General, »stellen Sie sich neben mich.«

Das Blitzlicht flammte auf.

Ian beschloss, Freundschaft mit dem Fotografen zu schließen, um sich Abzüge von allen Filmen zu verschaffen. Vielleicht ließen sie sich als Illustration für ein Buch verwenden.

Im letzten Schein der untergehenden Sonne gingen sie an Bord der Maschine. Die Lichter wurden abgeschaltet. Es war vollkommen dunkel. Die Fensterscheiben waren überstrichen. Das Aufbrüllen der Motoren zwang alle zum Schweigen. Ian verspürte schwarze Langeweile und Trostlosigkeit, bis ihn nach einer Stunde der Schlaf übermannte.

Die Maschine flog hoch über die Adria und die vom Feind besetzte dalmatinische Küste hinweg. Sämtliche Passagiere schliefen, als die kleinen Lichter endlich wieder angingen und der amerikanische General, der vorn im Cockpit gewesen war, auf seinen Platz hinten in der Maschine zurückkehrte. »Also, Leute, wir sind da.« Alle fingen an, nach ihrem Gepäck zu suchen. Der Fotograf, der neben Ian saß, achtete fast zärtlich auf seine Kameraausrüstung. Ian hörte, dass die Motoren leiser wurden, er spürte, dass sie rasch an Höhe verloren, merkte, wie das Flugzeug sich auf die Seite legte und im Anflug wieder aufrichtete. Völlig unerwartet heulten die Motoren noch einmal auf. Die Maschine stieg steil in die Höhe, so dass die Passagiere auf ihren Sitzen hart gegen die Rückenlehnen geworfen wurden. Dann ging sie zu einer Art Sturzflug über, woraufhin alle nach vorn fielen. Das Letzte, was Ian hörte, war ein Hilferuf von Sneiffel. Dann klappte eine große Tür in seinem Geist zu.

Er stand im Freien neben einem Feuer. London, dachte er, der Turtle's Club geht in Flammen auf. Aber wieso wuchs Mais in der St James's Street? Andere Gestalten bewegten sich um ihn herum, die im grellen Licht nicht zu erkennen waren. Einer kam ihm bekannt vor: »Loot«, sagte er, »was machen Sie denn hier?« Um gleich darauf hinzuzufügen: »Hiob sagt, im Rinnstein fließt Wein in Strömen.«

Höflich wie immer sagte Lieutenant Padfield: »Wirklich?«

Eine amerikanische, befehlende Stimme rief laut: »Sind alle draußen?«

Eine weitere vertraute Gestalt kam auf ihn zu. »Sie da«, sagte Ritchie-Hook, »haben Sie die Kiste geflogen?«

Als komme er nach einer Narkose im Sessel eines Zahnarztes zu sich, erkannte Ian, dass mit der Kiste das Flugzeug gemeint war, dessen Fahrgestell abgerissen war. Zum Teil steckte es in einer tiefen Furche, die es aufgerissen hatte, vorn brannte es lichterloh, die Flammen breiteten sich am Rumpf entlang nach hinten aus, so wie der Wein im Turtle's Club. Ian erinnerte sich, dass er Bari in einem Flugzeug verlassen hatte und auf dem Weg nach Jugoslawien gewesen war.

Dann entdeckte er die ausgemergelte Gestalt, die vor ihm stand und ihn mit einem einzigen Auge schrecklich anfunkelte: »Sind Sie der Pilot?«, wollte Ritchie-Hook wissen. »Verdammt schlechte Leistung, die Sie da hingelegt haben! Warum haben Sie nicht aufgepasst, wo Sie hinfliegen?« Die Erschütterung, die alle anderen lähmte, hatte Ritchie-Hook vorübergehend wachgerüttelt. »Sie stehen unter Arrest!«, schrie er über das Prasseln des Feuers hinweg.

»Wer fehlt?«, fragte der amerikanische General.

Ian sah, wie einer sich aus der Gruppe löste, auf den Scheiterhaufen zumarschierte und die Notausstiegsluke wieder hineinkletterte.

»Was macht der Idiot denn da, zum Teufel?«, schrie Ritchie-Hook.

»Kommen Sie zurück! Sie stehen unter Arrest!«

Ian konnte inzwischen wieder klar denken. Dabei kam er sich immer noch vor wie in einem Traum, wenn auch in einem sehr lebendigen. »Wie das Kricketspiel bei *Alice im Wunderland*«, hörte er sich zu Lieutenant Padfield sagen.

»Das nenne ich sehr beherzt und tapfer!«, erklärte der Lieutenant. Die Gestalt erschien wieder am Notausgang und sprang ins Freie. Der Mann zog nicht, wie es zuerst schien, einen bewusstlosen Passagier heraus, sondern einen großen zylindrischen Gegenstand. Schwankend machte er ein paar Schritte und fiel dann zu Boden.

»Guter Gott, das ist Dawkins«, sagte Ritchie-Hook. »Was um Himmels willen machen Sie denn da?«

»Die Hosen brennen«, sagte Dawkins. »Gestatten, dass ich sie ausziehe, Sir?« Ohne auf Antwort zu warten, tat er es, riss sie herab, schnallte unter Schwierigkeiten die Gamaschen ab und befreite sich strampelnd von dem schwelenden Kleidungsstück. Dann stand er in Hemd, Waffenrock und Stiefeln da und starrte staunend auf seine nackten Beine. »Hübsch gegrillt«, sagte er.

Der amerikanische General fragte: »War noch jemand drin?«

»Ja, Sir, ich glaube schon. Aber sie schienen sich nicht zu bewegen. War zu heiß, um drinzubleiben und sie anzusprechen. Musste den Handkoffer des Generals rausholen.«

»Sind Sie verletzt?«

»Ja, ich glaube, Sir. Aber ich spüre nichts.«

»Das ist der Schock«, erklärte der General. »Später werden Sie's schon merken.«

Mittlerweile hatten die Flammen auch das Heck der Maschine erreicht. »Es werden keine weiteren Rettungsaktionen unternommen.« Keiner hatte dazu auch nur die geringsten Anstalten gemacht.

»Wie sind wir denn überhaupt rausgekommen?«, fragte Ian den Adjutant.

»Der General, unser General Speit. Er hat es geschafft, beide Notausstiege zu öffnen, ehe sich sonst jemand regte.«

»Es geht eben nichts über eine technische Ausbildung.«

Gilpin klagte laut über seine verbrannten Finger. Niemand kümmerte sich um ihn. Die kleine Gruppe verhielt sich auf geradezu automatische Weise sehr diszipliniert. Sie redeten einfach drauflos, keiner hörte dem anderen zu. Jeder schien durch den erlittenen Schock von allen anderen isoliert zu sein. Jemand sagte: »Ich möchte bloß mal wissen, wo wir überhaupt sind.« Keiner gab eine Antwort darauf. Ritchie-Hook sagte zu Ian: »Waren Sie gar nicht für diese bodenlose Unfähigkeit verantwortlich?«

»Ich bin Presseoffizier, Sir.«

»Ach, ich dachte, Sie wären der Pilot. Dann brauchen Sie sich auch nicht als unter Arrest stehend zu betrachten. Aber seien Sie in Zukunft besser vorsichtig. Dies ist das zweite Mal, dass mir so was passiert. In Afrika hat man das schon einmal versucht.«

Die beiden Generäle standen Seite an Seite. »Tolle Leistung von Ihnen, das mit den Notausstiegsluken«, sagte Ritchie-Hook. »Bei mir fiel der Groschen erst spät. Wusste einen Moment lang gar nicht, was eigentlich gespielt wurde. Wäre sonst womöglich noch drin.«

Der Adjutant erstattete General Speit Meldung: »Die ganze Besatzung wird vermisst.«

»Ha«, entfuhr es Ritchie-Hook. »Der Schuldige kam um.«

»Und sechs andere. Ich fürchte, Sneiffel ist einer von ihnen.«

»Schlimm, zu schlimm«, sagte General Speit. »War ein guter Junge.«

»Und der französische Verbindungsoffizier.«

General Speit hörte sich die Liste der Vermissten nicht an. Eine unendlich lange Zeit schien seit dem Unglück verstrichen zu sein. General Speit sah auf seine Uhr. »Acht Minuten«, sagte er. »Jetzt müsste aber bald jemand kommen.«

Das Flugzeug war auf einer Weide niedergegangen. Das Maisfeld lag direkt davor, hoch, erntereif und golden schimmerte es im Schein des Feuers. Jetzt wurden die Stengel auseinandergebogen, und die ersten Mitglieder des Empfangskomitees kamen vom Flugplatz herübergerannt – Partisanen und Angehörige der britischen Mission. Begrüßungen und besorgte Fragen folgten. Ian verlor jedes Interesse an der Szene. Er ertappte sich, wie er unbeherrscht gähnte, und hockte sich, den Kopf auf den Knien, auf den Boden, während hinter ihm das aufgeregte, besorgte Gerede mitsamt Übersetzungen von Stille abgelöst wurden.

Nach einer weiteren großen Pause – zwei Minuten, nach

der Uhr – wurde dieses Schweigen von jemandem unterbrochen, der sagte: »Sind Sie verletzt?«

»Ich glaube nicht.«

»Können Sie gehen?«

»Ich nehme es an. Ich würde aber lieber hierbleiben.«

»Kommen Sie, es ist nicht weit.«

Jemand half ihm auf die Füße. Ohne jede Überraschung bemerkte er, dass dieser Jemand Guy war. Guy, so fiel es ihm ein, war ja ein Bewohner dieses fremden Landes. Irgendetwas sollte er zu Guy sagen. Endlich fiel es ihm ein. »Tut mir sehr leid, das mit Virginia«, sagte er.

»Vielen Dank. Haben Sie irgendwelche Sachen dabei?«

»Verbrannt. So was Dämliches, dass mir das passieren musste. Ich habe der Air Force nie getraut. Irgendwas kann nicht gestimmt haben mit diesen Leuten, wenn sie *mich* mitgenommen haben.«

»Sind Sie sicher, dass Ihnen bei dem Unglück nichts auf den Kopf gefallen ist?«, fragte Guy.

»Nicht ganz. Ich bin nur müde.«

Ein Arzt von den Partisanen ging von einem Überlebenden zum anderen. Keiner außer Dawkins und Gilpin hatten irgendwelche sichtbaren Verletzungen. Gilpins verbrannte Finger tat der Arzt als Kleinigkeit ab. Dawkins hatte Hautverbrennungen erlitten, die rasch anschwollen und sich auf seinen Beinen und Schenkeln zu riesigen Blasen entwickelten. Er drückte darauf herum, als gehörten sie nicht zu ihm. »Es geht schon mit dem Teufel zu«, sagte er, »man verbrüht sich die Zehen mit einem kochenden Kessel und führt einen Heidentanz auf. Siedet man einen ganz und gar in Öl wie einen Ochsen, spürt man überhaupt nichts.«

Der Arzt gab ihm eine Morphiumspritze, und zwei Frauen der Partisanen trugen ihn auf einer Bahre fort.

Die kleine wankende Prozession folgte dem Pfad, den die

Retter durch den Mais getreten hatten. Die Flammen warfen tiefe Schatten vor ihren Füßen. Am Ende des Feldes wuchs eine riesige Kastanie. »Sehen Sie dasselbe wie ich?«, fragte Ian. Jemand hockte wie ein Affe in den Zweigen und begrüßte sie in einem unverständlichen Kauderwelsch. Es war Sneiffel mit seiner Kamera.

»Wunderbare Bilder«, sagte er. »Wird 'ne Sensation, wenn die veröffentlicht werden.«

Als Ian am nächsten Morgen erwachte, fühlte er sich wie nach einer schwer durchzechten Nacht. Alle Symptome eines schweren Katers, wie er ihn seit seiner Jugend nicht mehr erlebt hatte, quälten ihn. Wie damals konnte er sich nicht erinnern, wie er ins Bett gekommen war, und ebenso wie an jenem fernen Tag erhielt er bereits zu früher Stunde Besuch von dem, der ihn dort hingebracht hatte.

»Wie geht es Ihnen?«, fragte Guy.

»Scheußlich.«

»Es gibt einen Arzt, der Visite macht. Möchten Sie, dass er zu Ihnen kommt?«

»Nein.«

»Möchten Sie irgendwas frühstücken?«

»Nein.«

Er wurde allein gelassen. Die Fensterläden waren geschlossen. Das einzige Licht, das hereindrang, kam durch die Ritzen neben den Angeln. Draußen gackerten Hühner. Ian lag still da. Wieder ging die Tür auf. Jemand kam herein und machte die Läden auf, und Ian nahm in einem kurzen Augenblick eine Frau in einer Männeruniform wahr, dann schloss er die Augen wieder und wandte das Gesicht vom Licht ab. Sie trug eine Rotkreuzbinde am Arm und ein Kästchen in der Hand, in dem es klirrte und rasselte, schlug Ians Bettdecke auf und bemächtigte sich seines Arms.

»Was zum Teufel tun Sie?«

Die Frau zog eine Spritze hervor.

»Hinaus!«, schrie Ian.

Sie stach zu. Er schlug ihr die Spritze aus der Hand, sie rief: »Bakic. Bakic«, woraufhin ein Mann erschien, auf den sie in einer fremden Sprache hektisch einredete. »Sie Krankenschwester«, sagte Bakic. »Injektion für Sie.«

»Wozu denn?«

»Sagt, Tetanus. Sagt, spritzt immer Tetanus für jeden.«

»Sagen Sie ihr, sie soll verschwinden.«

»Sagt, Sie Angst vor Nadel? Sagt, Partisanen nie Angst.«

»Schaffen Sie sie mir vom Hals.«

Sofern diese Besucherin etwas Weibliches hatte, zeigte sie sich gekränkt. Sofern man in einer knapp sitzenden Felduniform röckeraschelnd hinausstürmen kann, stürmte sie röckeraschelnd hinaus. Guy kehrte zurück.

»Es tut mir furchtbar leid. Ich habe sie den ganzen Morgen von Ihnen ferngehalten. Sie muss hineingeschlüpft sein, als ich beim General war.«

»Haben Sie mich gestern zu Bett gebracht?«

»Ich habe mitgeholfen. Ihnen schien nichts zu fehlen. Ja, Sie schienen sogar prächtig in Form.«

»Davon ist nichts mehr übrig«, sagte Ian.

»Sie möchten lieber wieder allein gelassen werden?«

»Ja.«

Aber es sollte nicht sein. Er hatte die Augen geschlossen und war schon im Begriff, wieder einzuschlafen, als sich plötzlich etwas nicht sonderlich Schweres auf seine Füße legte, als sei ein Hund oder eine Katze dort gelandet. Er blickte auf und erkannte Sneiffel.

»So, so, so, Sie sind also Journalist? Meine Herren, da haben Sie eine tolle Geschichte geliefert bekommen. Ich bin schon beim Wrack unten gewesen. Es ist noch zu heiß, um nahe ranzugehen. Man nimmt an, dass noch fünf Tote drin sind – außer der Besatzung. Das wird ein elegantes Begräbnis, wenn sie die Leichen rausholen können. Alle sind schrecklich aufgeregt heute Morgen. Ich allerdings nicht. Ich lass mich nicht so leicht aus der Ruhe bringen. Die Partisanen waren dafür, das Unternehmen abzublasen, aber General Speit hält sich streng an den Zeitplan. Für ihn muss die Schlacht an dem Tag stattfinden, an dem sie geplant war, dann wird er seinen Bericht schreiben und ich die Bilder dazu liefern. Folglich findet die Schlacht wie vorgesehen morgen statt. Wie wär's, wenn Sie mit mir rausgingen und sich mit ein paar dieser Partisanen unterhielten? Ich habe den Dolmetscher des Generals dabei. Der fühlt sich zwar nicht besonders gut heute Morgen, aber ich nehme an, hören und sprechen kann er noch.«

Ian stellte vorsichtig die Füße auf den Boden, zog sich an und begann seine Arbeit als Kriegsberichterstatter.

Niemand konnte eine technische Erklärung geben, wie es zu dem Unglück in der Nacht gekommen war. Guy hatte wie üblich am Rand des Flugplatzes gestanden. Er hatte gehört, wie der Major sein Fluglotsen-Chinesisch in den Sendeapparat hineinsprach, hatte zugesehen, wie die Frauen von einem Teerfass zum nächsten liefen, um die Landebahn für die anfliegende Maschine zu erleuchten, hatte beobachtet, wie die Maschine sich absenkte, hatte bemerkt, wie sie über das anvisierte Ziel hinausschoss, plötzlich wieder in die Höhe fuhr wie ein aufgescheuchter Fasan und dann fast einen Kilometer weiter weg niederstürzte, als wäre sie abgeschossen worden. Er hatte gehört, wie de Souza sagte: »Das wäre dann *ihr* Ende«, hatte gesehen, wie die Flammen aufschossen und sich ausbreiteten und schließlich dunkle, unkenntliche Gestalten, eine nach der anderen, aus den Notausstiegen taumelten. Sie wirkten recht lethargisch und standen in der Nähe des Wracks herum. Er war mit den anderen herübergelaufen. Hinterher war er mit seinen Pflichten als Gastgeber beschäftigt gewesen, um die Überlebenden zu ihren Betten zu bringen und die Vorräte nach Ersatz für ihr verlorengegangenes Gepäck zu durchsuchen.

Die Partisanen waren Katastrophen gegenüber weniger empfindlich. Sie genossen sie in gewisser Hinsicht sogar und unterließen es nicht, immer wieder darauf hinzuweisen, dass es sich ausschließlich um die Schuld der Angloamerikaner handelte, aber natürlich mit einer für sie ungewöhnlichen Herzlichkeit. Sie hatten nie geglaubt, dass die Alliierten den Krieg ernst nahmen. Dieses unverlangte Brandopfer schien sie in gewisser Weise zu beschwichtigen.

De Souza hatte alle Hände voll mit dem Funkverkehr zu tun, und so war es Guys Aufgabe, den Tag der Neuangekommenen zu gestalten. General Speits Adjutant fing nachträglich an, heftig zu stottern, und klagte über Rückenschmerzen. Gilpins Hände waren beide verbunden, er konnte sie nicht gebrauchen. Die beiden Generäle waren am unbeschadetsten davongekommen. General Speit zeigte sich frisch und tatenfreudig, Ritchie-Hook war sichtlich aufgelebt. Guy hatte seinen Verfall nicht miterlebt. Er war jetzt wieder so, wie Guy ihn immer gekannt hatte.

Halberdier Dawkins sagte: »Ein Glück, dass dem General das zugestoßen ist. Jetzt ist er wieder der Alte. Kommt er doch heute Morgen rein und macht mir die Hölle heiß, weil ich seinen Befehlen zuwidergehandelt und seine Sachen aus dem brennenden Flugzeug gerettet habe.«

Dawkins konnte nicht mehr gehen, er musste auf der Bahre getragen werden, aber nach den vielen anstrengenden Jahren im Dienst von Ritchie-Hook bedauerte er es nicht allzu sehr, sich einmal gehen zu lassen. Ohne Klage unterzog er sich der Tetanus-Injektion und genoss in vollen Zügen die Gastfreundschaft des Missions-Sergeants, der ihn mit Whisky, Zigaretten und Klatsch verwöhnte.

Der ehemalige Innenminister strich mit Bedauern den *vin d'honneur* sowie das Konzert, doch kam es zwischen dem Generalstab und seinen Gästen zu einem geselligen Beisammensein, in dessen Verlauf auch der Einsatzplan diskutiert wurde. Nach diesem Treffen nahm Ritchie-Hook Guy beiseite und sagte: »Ich möchte, dass Sie ein Gespräch unter vier Augen zwischen mir und diesem Mann arrangieren, dessen Namen auf ›itsch‹ endet.«

»Alle ihre Namen enden hier so, Sir.«

»Ich meine, diesen schneidigen jungen Mann. Sie nennen ihn Brigadier, der Mann, der den Angriff leiten soll.«

Guy fand heraus, dass es sich um einen wilden, feurigen Montenegriner handelte, der insofern eine gewisse Ähnlichkeit mit Ritchie-Hook hatte, als auch er nur ein Auge hatte und ihm ein großer Teil seiner Hand fehlte.

Guy arrangierte ein Treffen und ließ die beiden Krieger mit dem Dolmetscher des Kommissars allein. Hinterher war Ritchie-Hook ganz aufgekratzt. »Toller Bursche, dieser Itsch«, sagte er. »Kein Gesäusel und Schönfärberei. Meinen Sie, alles, was er erzählt, ist wahr?«

»Nein, Sir.«

»Ich auch nicht. Ich hab ihn ein bisschen auf die Schippe genommen, aber ich bin mir nicht sicher, dass der Dolmetscher das alles geschnallt hat. Aber egal, wir haben ordentlich einen getrunken – und sogar das Zeugs endete auf ›itsch‹, absonderliche Sprache! –, und ich werde mich ihm morgen anschließen. Sagen Sie den anderen nichts davon, Itsch hat nur Platz für einen Touristen in seinem Wagen. Wir machen heute Abend noch eine Erkundungsfahrt und sorgen dafür, dass die Leute in Angriffsstellung gehen.«

»Wissen Sie«, sagte Guy, »bei diesem Angriff ist ein Haufen Humbug mit im Spiel. Das Ganze wird für General Speit inszeniert.«

»Das brauchen Sie mir nicht zu erzählen«, sagte Ritchie-Hook. »Das habe ich natürlich längst alles rausgehört. Itsch und ich verstehen einander. Es handelte sich um eine Art Demonstration, so wie wir sie auch bei unseren Manövern gemacht haben. Aber es hat uns Spaß gemacht, oder?«

Guy dachte an die langen Übungen bei großer Kälte, in denen sie sich im ›Zuschlagen‹ geübt hatten. »Jawohl, Sir«, sagte er, »das waren schöne Zeiten.«

»Und unter uns – ich nehme an, für mich ist das die letzte Chance, noch einmal einen in Wut abgefeuerten Schuss zu hören. Und wenn da irgendwas los ist, wird Itsch dabei sein.«

Um acht Uhr früh am nächsten Morgen versammelten sich General Speit und sein Adjutant, der Generalstab der Partisanen, die britische Militärmission, Ian und Sneiffel neben einer Reihe von kunterbunt zusammengewürfelten Autos, die die Jugoslawen den ganzen Sommer über zusammen mit vielen anderen Dingen in den Wäldern versteckt gehalten hatten. Guy entschuldigte Ritchie-Hook, woraufhin General Speit nur sagte: »Nun, wir sind auch ohne ihn noch genug.«

Der Konvoi fuhr durch ein zauberhaftes Land, es glich einem Aquarell aus dem vorigen Jahrhundert. Zöpfe mit leuchtenden Pfefferschoten hingen von den Traufen der Hütten. Die auf den Feldern arbeitenden Frauen grüßten zuweilen, manchmal aber verbargen sie auch ihre Gesichter. Man spürte äußerlich keinerlei Unterschied zwischen dem ›befreiten‹ Gebiet und dem, das noch unter der deutschen Unterjochung stöhnte. Ian merkte es nicht einmal, als sie über die nicht genau definierte Grenze fuhren.

Nach weniger als einer Stunde lag das Blockhaus vor ihnen. In rund fünfhundert Schritt Entfernung davon war eine Stelle ausgesucht worden, wo die Beobachter hinter dichtem Laubwerk verborgen, bequem und sicher der Dinge harren konnten, die da kommen sollten. Die Partisanen hatten sich ins Dunkel zurückgezogen, sie sollten in einem dichten Ring um ihr Ziel herum in Stellung liegen.

»Ich werde mal runtergehen und nach ihnen sehen«, sagte Sneiffel.

»Ich bleibe hier«, sagte Ian. Ihm setzte der Schock immer noch schwer zu.

General Speit studierte durch ein besonders starkes Fernglas das Gelände. ›Blockhaus‹ war ein leicht irreführender Ausdruck. Was er erblickte, war ein vor über einem Jahrhundert sehr solide gebautes kleines Fort, das der Christenheit als Festungswall gegen die Türken gedient hatte. »Jetzt kann ich auch verstehen, warum sie Unterstützung aus der Luft haben wollten«, sagte General Speit. »Soweit ich sehe, regt sich dort nichts. Die Überraschung wird uns jedenfalls gelingen.«

»Übrigens«, sagte de Souza leise zu Guy, »es ist nicht alles wunschgemäß verlaufen. Eine der Brigaden hat sich auf dem Hermarsch verlaufen. Möglich, dass sie noch rechtzeitig aufkreuzen. Aber geben Sie das nicht an unsere großen Verbündeten weiter.«

»Es handelt sich um Domobrans«, erklärte der Dolmetscher des Kommissars. »Das sind faule Leute.«

»Was noch mal?«

»Faschistische Kollaborateure.«

»Oh, in Bari dachte ich, wir würden gegen Deutsche kämpfen. Aber ich nehme an, es ist wohl alles ein und dasselbe.«

Die Sonne stieg hoch, doch im Schatten des Beobachtungsstands war es kühl. Die Unterstützung aus der Luft sollte Punkt zehn Uhr einsetzen. Das wiederum sollte das Zeichen für die Infanterie sein, sich aus ihrer Deckung zu wagen.

Um halb zehn gab es unten Gewehrfeuer. Der Partisanen-General machte ein verwundertes Gesicht.

»Was haben sie vor?«, fragte General Speit.

Ein Melder der Partisanen wurde hinuntergeschickt, um nachzufragen.

Ehe er zurückkam, hörte die Schießerei auf. Nachdem er Meldung erstattet hatte, sagte der Dolmetscher zu General Speit: »Es ist nichts, war ein Versehen.«

»Damit ist der Überraschungseffekt dahin.«

De Souza, der den Bericht des Melders gehört und verstanden hatte, sagte zu Guy: »Das war die Zweite Brigade, die gerade aufgetaucht ist. Die Erste dachte, es wären Feinde, und hat losgelegt. Getroffen wurde keiner, aber wie unser großer Verbündeter schon sagte, mit der Überraschung ist's vorbei.«

Jetzt herrschte kein Frieden mehr im Tal. Im Laufe der nächsten Viertelstunde hörte man gelegentliche Schüsse, manche von den Schießscharten des Forts herunter, manche aus den Deckungen ringsum; Punkt zehn, genau in dem Augenblick, als der Minutenzeiger auf der komplizierten Uhr von General Speit die Zwölf erreichte, kamen mit aufheulenden Motoren zwei Flugzeuge aus dem blauen Himmel niedergesaust. Sie stießen beide herab, das erste schoss zwei Raketen auf einmal ab, die ihr Ziel nur knapp verfehlten und in den Wäldern dahinter explodierten, wo einige der Angreifer sich eingegraben hatten. Das zweite zielte genauer. Beide Raketen landeten im Bollwerk, und eine Wolke von Schutt ging in die Luft. Die Maschinen gewannen wieder an Höhe und kreisten. Guy erinnerte sich an die Stukas in Kreta, wie sie erbarmungslos die Truppen auf dem Boden aufgespürt und bombardiert hatten, und wartete darauf, dass sie zurückkehren würden. Doch sie wurden immer kleiner, bis man sie weder sah noch hörte.

Der Air-Force-Mann, der zur Beobachtung hergeschickt

worden war, stand in der Nähe. »Fabelhaft«, sagte er. »Auf die Minute genau, und das Ziel getroffen.«

»Ist das alles?«, wollte Guy wissen.

»Das ist alles. Jetzt sollen die Soldaten mal zeigen, was sie können.«

Stille hatte sich über das Tal gebreitet. Freund wie Feind erwarteten die Rückkehr der Flugzeuge. Der Schuttregen und der Staub senkten sich. Diejenigen auf dem Hügel, die mit Feldstechern ausgerüstet waren, sahen zwei deutlich erkennbare Breschen in den Mauern des Forts. Einige von den Partisanen entsicherten ihre Waffen. Niemand kam heraus. Der Beobachter der Air Force war dabei, General Speit zu erklären, wie kompliziert der Einsatz gewesen sei, der soeben erfolgreich ausgeführt worden war. Der Kommissar und der General der Partisanen redeten ernst und erregt in ihrer Sprache aufeinander ein. Ein Bote von unten kam, um Meldung zu machen. »Es scheint«, erklärte der Dolmetscher General Speit, »dass der Angriff verschoben werden muss. Eine Einheit von Panzerfahrzeugen der Deutschen wurde gewarnt und ist auf dem Weg hierher.«

»Und was machen Ihre Leute jetzt?«

»Vor einer deutschen Panzereinheit verteilen sie sich. Das ist das Geheimnis unserer vielen großen Siege.«

»Nun, Onkel«, sagte de Souza zu Guy, »wir kümmern uns wohl besser ums Mittagessen für unsere Gäste. Sie haben jetzt alles Aufregende gesehen, was wir hier zu bieten haben.«

Aber er irrte sich. Gerade als die Beobachter wieder zu ihren Wagen gehen wollten, sagte Ian: »Sehen Sie!«

Zwei Gestalten waren in der Nähe des Blockhauses aus dem Gebüsch getreten und kamen über freies Gelände herüber. Guy erinnerte sich an die Instruktionen seines Schießlehrers: »Auf zweihundert Schritt Entfernung sind sämtliche Teile des Körpers deutlich zu erkennen. Bei dreihundert

Schritt verschwimmen die Gesichtszüge. Bei vierhundert gibt es kein Gesicht mehr. Bei sechshundert ist der Kopf nur noch ein Punkt und der Körper ein Strich.« Er hob das Fernglas und erkannte, um wen es sich bei dem ungleichen Paar handelte. Der vorderste war Ritchie-Hook. Er winkte heftig, forderte die Männer hinter sich auf, die sich bereits wegschlichen, weiter voranzugehen. Er ging langsam und wankenden Schritts auf die Breschen in den Mauern zu, die die Raketen geschlagen hatten. Er sah sich nicht um, ob man ihm folgte. Er wusste nicht, dass ihm ein Mann folgte, dass Sneiffel, der wie ein Terrier, wie ein Lieblingszwerg, der das Privileg genießt, die Füße eines Renaissancefürsten zu umtänzeln, mit seiner Kamera um ihn herumlief, sich hinkniete und rutschte, klein und beweglich, um den Scharfschützen auf den Mauern zu entgehen. Eine erste Kugel traf Ritchie-Hook, als er nur mehr zwanzig Schritt von der Mauer entfernt war. Er wurde herumgerissen und fiel dann auf die Knie, raffte sich wieder auf und wankte langsam weiter. Er berührte die Mauer, suchte nach etwas, um sich daran festzuhalten, als ihn eine Salve von oben traf, die ihn zu Boden riss. Sneiffel blieb gerade lange genug stehen, um eine Aufnahme von der letzten Pose zu machen, und rannte davon. Die Verteidiger waren von dem ganzen Zwischenfall dermaßen überrascht, dass sie gar nicht zum Schießen kamen, bis er die letzten der sich zurückziehenden Partisanen eingeholt hatte.

Die deutsche Patrouille – keine Panzereinheit, wie die Partisanenkundschafter gemeldet hatten, sondern zwei Geländewagen, die bei den ersten Schüssen telefonisch herbeigerufen worden waren – langte beim ›Blockhaus‹ an, sie fanden die Löcher der Raketen im Fels und den Leichnam von Ritchie-Hook. Sie verließen die Straße nicht. Eine Abteilung Domobrans erkundete den Wald, wo die ersten Raketen eingeschlagen waren. Sie fanden etwas schwelendes Holz und die Leichen von vier Partisanen. Ein deutscher Hauptmann, der aus dem Ganzen nicht recht schlau wurde, schrieb eine Meldung über den Zwischenfall, der durch die entsprechenden Akten des Geheimdienstes geisterte und, solange die Balkan-Abteilung existierte, nur ungläubige Kommentare fand. Von einem Manöver, bei dem ein britischer Brigademajor im Alleingang eine befestigte Stellung angriff, wobei er laut dem einen Bericht von einem kleinen Jungen, laut einem anderen von einem Kobold begleitet wurde, stand im Clausewitz nichts. Hier müsse, darin war sich der deutsche Geheimdienst einig, ein tieferes Motiv zugrunde liegen, das ihnen schleierhaft blieb. Vielleicht war das gar nicht Ritchie-Hooks Leiche – sie hatten seine ganze Biographie –, sondern die eines anderen, den man nur vorgeschoben und geopfert hatte. Ritchie-Hook wurde womöglich für irgendein Geheimunternehmen irgendwo verborgen gehalten. Sämtliche Wachtposten in der gesamten ›Festung Europa‹ erhielten Befehl, besonders auf einäugige Männer zu achten.

Lieutenant Padfield hatte in Begoy keinen angenehmen Vormittag verbracht. Sein einziger Gefährte war Gilpin gewesen, und außerdem hatte ihm eine Abordnung von Juden zugesetzt, die, als sie gehört hatte, ein Amerikaner sei da, sich bei ihm erkundigen wollte, was die U. N. R. R. A. zu ihrer Rettung unternehme. Der Lieutenant konnte keine Fremdsprachen. Bakic war verdrossen. Die Unterhaltung war anstrengend gewesen, und außerdem hatte er die Bruchlandung des Flugzeugs immer noch nicht überwunden. Er freute sich daher sehr, als die Beobachter früher in die Stadt zurückkamen als geplant.

Der Tod Ritchie-Hooks hatte alles verändert, aus einem Fiasko war eine Tragödie geworden. Es gab zwar Anlass zu Vorwürfen genug, doch angesichts des Todes sah sogar der Kommissar sich genötigt zu schweigen.

Sneiffel war überglücklich. Er hatte einen Fang gemacht, mit dem er ein halbes Dutzend Seiten einer Illustrierten füllen konnte – die vollständige Fotodokumentation über ein einzigartiges Ereignis.

Ian war von nüchterner Zuversicht. »Viel verpasst haben Sie nicht, Loot«, sagte er, »aber das Ziel der Unternehmung wurde immerhin erreicht. General Speit hat sich davon überzeugen können, dass die Partisanen es ernst meinen und versiert in der Guerillakriegsführung sind. Zu einem bestimmten Augenblick war er äußerst skeptisch, aber Ritchie-Hook hat die große Wende herbeigeführt. War wohl eher eine Entscheidung des Herzens als des Kopfes.

Es ist schon merkwürdig. Jetzt habe ich in diesem Krieg nur zweimal an Kampfhandlungen teilgenommen, und in beiden wurden klassische Heldentaten vollbracht. Wer hätte je gedacht, dass Trimmer und Ritchie-Hook so viel gemeinsam hätten?«

Guy übernahm es, Halberdier Dawkins den Tod seines Herrn beizubringen.

Der mit Brandblasen übersäte Mann zeigte sich nicht in den Grundfesten erschüttert. »Das war's also«, erklärte er erschrocken zu dem wohlwollenden Eingreifen der Vorsehung: »Hätte ich nicht diese Verbrennung abbekommen, wär ich jetzt höchstwahrscheinlich bei ihm. Er hat mich die letzten drei Jahre in ganz schön kitzlige Situationen gebracht, kann ich Ihnen sagen, Sir. Er hat ja gewollt, dass ihn 'ne Kugel erwischt. Wissen Sie, Sir, er hat nie 'n Blatt vor 'n Mund genommen und hat mehr als einmal direkt zu mir gesagt: ›Dawkins, ich wünschte, diese Kerle würden besser schießen. Ich will nicht nach Hause zurückkehren!‹ Selbstverständlich wär ich dem General überallhin gefolgt. Blieb mir ja auch gar nichts anderes übrig, und 'n feiner Kerl war er auch, das muss man ihm lassen. So ist es denn wohl für beide Seiten am besten.

Eine Schande, dass wir ihn nicht anständig begraben können, aber in der Beziehung kann man sich ja auf die Jerrys verlassen, dass sie's richtig machen. Hat er immer gesagt. Fromm war er eigentlich nicht. Aber es genügt, wenn sein Grab gekennzeichnet wird – mehr würde er sowieso nicht wollen.«

Später unternahm die Air Force einen Tagesausflug mit Jagdfliegerschutz, um General Speit und den Rest seiner Begleitung zurückzuholen. Als Guy und de Souza vom Flugplatz zurückkehrten, waren die Partisanenmädchen bereits dabei, das bürgerliche Mobiliar wieder herauszuholen.

»Captains und Könige ziehen ihrer Wege«, sagte de Souza. »Was machen wir jetzt, Onkel, um uns zu amüsieren?«

Es war nicht genug Arbeit für zwei Verbindungsoffiziere da. Im Grunde reichte sie kaum für einen. Aufgrund der Empfehlungen von General Speit trafen von nun an fast jede Nacht große Mengen Nachschub an Material und Vorräten ein. Der Fliegermajor regelte alles, die Partisanen holten die Sachen ab, und Guy und de Souza mussten sich mit der Rolle von Zuschauern begnügen. In den letzten Augustwochen und auch die erste Septemberhälfte hindurch kam vom General und dem Kommissar keine Klage, ja, sie gaben sich geradezu kameradschaftlich. De Souza fuhr mit Guy im Jeep in den ›befreiten Gebieten‹ umher und besuchte die Partisanenlager.

»Mir scheint«, sagte Guy, »sie haben jetzt alles bekommen, was sie im Moment brauchen. Wenn sie noch eine Sommeroffensive starten wollen, müssten sie damit eigentlich allmählich anfangen.«

»Hier in Kroatien wird es keine Sommeroffensive geben«, sagte de Souza. »Vielleicht ist Ihnen aufgefallen, dass sie die Truppen abziehen, sobald sie ausgerüstet sind. Die kommen nach Montenegro und Bosnien. Sie bleiben den Deutschen auf den Fersen und marschieren in Serbien ein, ehe die Tschetniks das Land übernehmen können. Darum geht es jetzt. Begoy hat ausgedient. Hier bleiben nur so viele Truppen wie nötig, um mit den Faschisten fertigzuwerden. Ich habe das Gefühl, dass auch ich nicht mehr lange bleibe. Können Sie sich vorstellen, den Winter über hier allein zurechtzukommen, Onkel? Sobald Schnee fällt, ist der Flugplatz allerdings nicht mehr zu gebrauchen.«

»Ich würde gern was für die Juden tun.«

»Ach ja, Ihre Juden. Ich werde einen Funkspruch aufsetzen.«

Die Antwort, die er erhielt, lautete: *Vorbereitungen weit fortgeschritten. Alle Juden aus Ihrem Gebiet werden vor Wintereinbruch evakuiert.*

»Ich hoffe, das muntert Sie ein wenig auf, Onkel.«

Das geschah in der Mitte der dritten Septemberwoche, Mitte der vierten kam de Souza mit einem Stapel Funksprüche in ihren gemeinsamen Wohnraum und sagte: »Ich werde Sie heute Abend verlassen, Onkel. Ich bin nach Bari zurückgerufen worden. Sagen Sie mir, ob ich hier noch irgendwas für Sie tun kann.«

»Erinnern Sie sie an die Juden.«

»Wissen Sie, Onkel, langsam bekomme ich Zweifel, ob man Sie hier allein zurücklassen kann. Sie leiden an einer fixen Idee. Hoffentlich werden Sie nicht zu einem Fall für den Psychiater, wie Ihr Vorgänger.«

Erst beim Abendessen sagte de Souza: »Ich meine, Sie sollten wissen, was vorgeht. Tito hat Vis verlassen und sich den Russen angeschlossen. Er hätte das auch auf eine höflichere Weise tun können. Er hat kein Sterbenswörtchen gesagt und ist einfach bei Nacht und Nebel abgehauen, als alle schliefen. Ein paar von unseren Leuten sind ziemlich wütend darüber, vermute ich, Winston auf jeden Fall. Ich habe Ihnen ja gesagt, es würde Wellen um den Alten schlagen. Winston hat sich eingebildet, er hätte Tito genauso eingewickelt wie 1940 die Führer der Labour Party. Wir Briten sollten in Dalmatien landen, in Belgrad sollte eine schöne Koalitionsregierung eingesetzt werden. So hatte Winston sich das gedacht. Von jetzt an kommt alle Hilfe, die Tito braucht, aus Russland und Bulgarien.«

»Bulgarien? Die Jugoslawen hassen die Bulgaren doch abgrundtief.«

»Das war einmal, Onkel. Sie hinken bei der modernen Politik genauso hinterher wie der arme Winston. Die Bulgaren haben, wie unser Premierminister es ausdrücken könnte, ihre Seele gefunden.

Ich glaube nicht, dass Sie den Winter über hier viel zu tun haben werden. Die Angloamerikaner werden sich für hier nicht so sehr interessieren wie in den vergangenen paar Monaten. Vielleicht wird die Mission überhaupt noch vor Weihnachten aufgelöst.«

»Haben Sie irgendeine Vorstellung, wie wir hier herauskommen sollen?«

»Ich lasse Ihnen den Jeep hier. Vielleicht kommen Sie bis Split durch.«

Guy hatte das Gefühl, als hätte er Frank de Souza eigentlich nie richtig gemocht.

Der Offizier in Bari, der Bildungsmaterial verteilte, hatte einen Riesenstapel amerikanischer Illustrierter geschickt, größtenteils ziemlich alten Datums. In den langen Stunden Anfang Oktober las Guy sie langsam, aber gewissenhaft durch, wie eine protestantische Kinderfrau ihre Bibel.

Tage vergingen, ohne dass er ein einziges Mal aufgefordert worden wäre, ins Hauptquartier zu kommen. Bakic ging nicht gern zu Fuß. Guy freute sich, den hinkenden Spion hinter sich, durch die herbstliche Landschaft zu streifen. Die Kirche war geschlossen worden, der Priester war nicht mehr da. Im Pfarrhaus hatten sich drei Mitglieder des Präsidiums eingenistet.

»Was ist denn aus ihm geworden?«, fragte Guy Bakic.

»Ist irgendwo anders hingegangen. Kleines Dorf ruhiger als hier. Zu alt. Haus zu groß für einen alten Mann.«

An Guys einundvierzigstem Geburtstag erhielt er ein Geschenk, ein Funkspruch traf ein, der folgendermaßen lautete: *Erwarten Sie Sonderflug vier Dakotas morgen Abend 29. Alle Juden ausfliegen.*

Voller Freude ging er zum Kommissar, der, wie bei den anderen Gelegenheiten, von seiner eigenen Behörde eine Bestätigung bekommen hatte und kühl seine Zustimmung zu dem Vorschlag gab.

Guy fühlte sich in seiner phantastischen Stimmung, die durch seine Einsamkeit noch gesteigert wurde, als spielte er eine uralte historische Rolle: Er ging mit Bakic hin, um die Juden über ihren bevorstehenden Exodus zu informieren. Moses, der ein Volk aus der Gefangenschaft führt.

Er kannte sich in der Geschichte des Alten Testaments nicht besonders gut aus. Die Rohrkolben, der brennende Dornbusch und die Plagen, die Ägypten heimsuchten, gehörten zu seinen frühesten Erinnerungen, die sich kaum von Grimms und Andersens Märchen unterschieden. Doch die Bilder von Moses in Rom standen ihm deutlich vor Augen: In der Nähe des Grand Hotels war er dargestellt, wie er grotesk Wasser aus dem Felsen schlug, und in San Pietro in Vincoli, wie er majestätisch die Gesetzestafeln niederlegte. An diesem Tag leuchteten Guy die Zeichen des Gehörnten auf der Stirn wie dem Patriarchen, als er aus der schrecklichen Wolke auf dem Sinai herabstieg.

Doch kein göttlicher Eingriff half den Juden von Begoy, kein Meer tat sich auf, und keine Streitwagen wurden von den Fluten verschlungen. Man teilte Guy mit, dass man seiner Hilfe nicht mehr bedürfe. Eine Sicherheitsabteilung der Partisanen wurde abkommandiert, um die Flüchtlinge zu mustern und ihr Gepäck zu untersuchen. Als der Abend dämmerte, wurden sie aus ihrem Ghetto herausgeführt und mussten auf der Straße am Flugplatz Aufstellung nehmen. Guy sah sie vorüberziehen. Es war die Jahreszeit der Nebel, Guy überlief ein Frösteln der Vergeblichkeit. Schweigend und schattenhaft zog die Prozession an ihm vorüber. Ein oder zwei von ihnen hatten sich Schubkarren von den Bauern geliehen. Darin wurden die Ältesten und Schwächsten gefahren. Die meisten gingen jedoch zu Fuß, gebeugt unter der Last ihrer schäbigen kleinen Bündel.

Um zehn, als Guy und der Major hinausgingen, herrschte so dichter Bodennebel, dass sie kaum ihre vertrauten Wege finden konnten. Die Juden kauerten an der Böschung. Die meisten schliefen.

Guy fragte den Major: »Hebt sich der Nebel noch?«

»In den letzten beiden Stunden ist er nur noch dichter geworden.«

»Können Sie denn landen?«

»Ich sehe keine Möglichkeit. Ich werde den Befehl durchgeben, den Flug zu streichen.«

Guy konnte es nicht ertragen zu warten. Allein kehrte er zurück, doch er fand keine Ruhe. Stunden später ging er wieder hinaus und wartete im Nebel auf der Kreuzung von Gasse und Straße, bis die Menschen müde an ihm vorüber in die Stadt zurückkehrten.

Zweimal innerhalb der nächsten drei Wochen wiederholte sich die schreckliche Szene. Beim zweiten Mal wurden die Teerfässer entzündet, die Maschinen flogen über ihnen, man hörte sie kreisen und nochmals kreisen, dann flogen sie wieder Richtung Westen davon. An diesem Abend betete Guy: Bitte, lieber Gott, lass es funktionieren, bitte schicke einen Wind! Doch das Geräusch der Motoren wurde schwächer und erstarb schließlich, und die hoffnungslosen Juden rafften sich abermals auf, um dorthin zurückzukehren, von wo sie gekommen waren.

In dieser Woche schneite es zum ersten Mal große Mengen. Bis zum Frühjahr würden keine Maschinen mehr landen können.

Guy verzweifelte, doch in Bari waren mächtige Kräfte am Werk. Bald erreichte ihn ein Funkspruch: *Erwarten Sie Sonderabwurf in Kürze Hilfsvorräte für Juden stopp Erklären Sie Partisanenhauptquartier, diese Vorräte ausschließlich wiederhole ausschließlich zur Verteilung an die Juden.*

Mit dieser Nachricht suchte er den General auf.

»Was für Vorräte?«

»Ich nehme an, Lebensmittel, Kleidung und Medikamente.«

»Seit drei Monaten habe ich immer wieder für meine Leute um diese Dinge angesucht. Das Dritte Armeekorps hat keine Stiefel. Im Lazarett wird ohne Narkose operiert. Wir mussten uns von zwei vorgeschobenen Positionen zurückziehen, weil wir keine Verpflegung hatten.«

»Ich weiß. Ich habe deshalb wiederholt nach Bari gefunkt.«

»Warum gibt es Lebensmittel und Kleider für die Juden und nicht für meine Leute?«

»Das kann ich nicht erklären. Ich bin nur gekommen, um Sie zu fragen, ob Sie garantieren können, dass die Dinge verteilt werden.«

»Ich werde sehen.«

Guy funkte: *Bitte ergebenst zu bedenken, dass vorrangige Behandlung der Juden höchst unklug stopp werde versuchen, angemessenen Anteil für sie von den allgemeinen Hilfssendungen abzuzweigen.* Er erhielt als Antwort: *Drei Maschinen werfen Hilfsvorräte für Juden Punkt C1130 um 21 Uhr ab. Diese Vorräte stammen aus privater Quelle, nicht militärischer stopp Verteilen Sie laut vorhergehendem Funkspruch.*

Am Nachmittag des 21. suchte der Major Guy auf.

»Was geht da eigentlich vor?«, fragte er. »Ich habe gerade eben einen Riesenkrach mit dem Genossen von der Luftverbindung über die Abwürfe heute Abend gehabt. Er will, dass das Zeugs irgendwo so lange sichergestellt wird, bis er Anweisung von oben erhält. Für gewöhnlich ist das ein ganz vernünftiger Mann. Ich hab ihn noch nie auf einem so hohen Ross erlebt. Wollte, dass alles in Anwesenheit des Innenministers überprüft und dann bewacht wird. Einen solchen Unsinn hab ich noch nie gehört. Ich nehme an, da hat in Bari mal wieder jemand Politik gemacht.«

An diesem Abend hing die Luft voll von Fallschirmen, und auch Lasten ohne Fallschirm sausten herunter wie die Bomben. Die antifaschistische Jugend barg sie. Es wurde alles auf Karren geladen, in der Nähe des Hauptquartiers in eine Scheune gebracht und in aller Form beschlagnahmt.

Belgrad fiel an die Russen, Partisanen und Bulgaren. In Begoy wurde vom Präsidium ein Tag zum Freudentag erklärt. Der wegen der Trauer verschobene *vin d'honneur* und das Konzert fanden wie eine Siegesfeier statt. Der antifaschistische Chor sang, die antifaschistische Theatergruppe brachte eine Art allegorischer Verherrlichung der Freiheit auf die Bühne. Wein und Sliwowitz flossen in Strömen, und Guy – dessen Worte vom Dolmetscher übersetzt wurden – dankte für den Trinkspruch, der auf Winston Churchill ausgebracht wurde. Und am nächsten Tag, vielleicht im Zuge der Feierlichkeiten – Guy kam nie dahinter, was genau die Partisanen dazu brachte, Großzügigkeit walten zu lassen –, bekamen die Juden ihre Vorräte.

Bakic grüßte ihn mit den Worten: »Wieder die Juden«, und als er auf den Hof hinausging, fand er ihn voll von seinen früheren Besuchern, die jetzt jedoch in so etwas wie die Karikatur einer Armee verwandelt waren. Alle, Frauen wie Männer,

trugen Army-Mäntel, Kopfschützer und gestrickte Woll-
handschuhe. Die Anweisungen aus Belgrad waren eingetroffen, die Vorräte plötzlich verteilt worden. Jetzt waren diejenigen, die sie empfangen hatten, gekommen, um ihm zu danken.
Diesmal waren andere Sprecher da. Der Kaufmann und der
Rechtsanwalt waren schon ins Gelobte Land vorausgegangen.
Madame Kanyi blieb aus Gründen, die nur sie kannte, fern;
ein alter Mann hielt eine längere Ansprache, die Bakic mit den
Worten wiedergab: »Mann sagt, alle sehr glücklich.«

Während der folgenden paar Tage schienen die Juden
von einer bedauernswerten Prahlerei besessen, als wären sie
von einem Fluch befreit. Sie tauchten überall auf, ließen die
Schöße ihrer Feldmäntel im Schnee schleifen, stampften in
riesigen neuen Stiefeln umher und gestikulierten mit ihren
behandschuhten Händen. Ihre Gesichter glänzten von Seife,
und alle hatten sie sich an Fleischkonserven und Trocken-
früchten sattgegessen – wie ein leibhaftiger Psalm. Und dann
waren sie genauso schnell wieder verschwunden.

»Was ist mit ihnen los?«

»Ich nehme an, woandershin verlegt«, sagte Bakic.

»Warum?«

»Leute machen ihnen Schwierigkeiten.«

Guy hatte an diesem Tag ohnehin mit dem Kommissar zu
tun. Als sie mit ihren Verhandlungen fertig waren, sagte Guy:
»Wie ich sehe, sind die Juden verlegt worden.«

Ohne bei seinem Vorgesetzten Rückfrage zu halten, antwortete der intellektuelle junge Dolmetscher: »Das Haus
wurde für das Landwirtschaftsministerium gebraucht. Daher
hat man ein paar Kilometer weiter eine neue Unterkunft für
sie gefunden.«

Der Kommissar erkundigte sich, worüber geredet werde,
knurrte und erhob sich. Guy salutierte, und die Unterredung
war beendet. Auf der Treppe holte ihn der Dolmetscher ein.

»Wegen der Juden, Captain Crouchback. Sie mussten einfach von hier weg. Unsere Leute konnten nicht verstehen, warum sie eine Sonderbehandlung bekamen. Wir haben Partisanenfrauen, die den ganzen Tag arbeiten und keine Stiefel und keine Mäntel haben. Wie sollen wir erklären, dass diese alten Leute, die nichts für unsere Sache leisten, solche Dinge haben?«

»Vielleicht dadurch, dass man sagt, dass sie alt *sind* und sich für *keine* Sache erwärmen. Sie sind bedürftiger als junge Enthusiasten.«

»Außerdem, Captain Crouchback, haben sie versucht, Geschäfte zu machen. Sie haben die Sachen, die sie bekommen haben, eingetauscht. Meine Eltern sind Juden, und ich verstehe diese Menschen. Sie wollen immer ein bisschen Handel treiben.«

»Was ist daran denn unrecht?«

»Krieg ist keine Zeit zum Geschäftemachen.«

»Nun, ich hoffe zumindest, sie haben eine anständige Unterkunft gefunden.«

»Sie haben, was für sie passend ist.«

Die Parkanlagen wirkten im Winter kleiner als im vollen Laub des Sommers. Von Zaun zu Zaun lagen die schneebedeckten Rasenflächen und Beete offen da, und die Wege waren nur durch die Fußstapfen zu erkennen. Guy brachte dem Eichhörnchen jeden Tag eine Handvoll zerkrümelten Zwieback und fütterte es durch die Gitterstäbe. Eines Tages, während er gerade beobachtete, wie das kleine Tierchen seine Beute versteckte, davonsprang und wieder so tat, als vergrabe es seine Beute, sah er Madame Kanyi einen der Wege herunterkommen. Sie trug ein Bündel Reisig, unter dem sie gebeugt ging, so dass sie ihn erst sah, als sie ganz nahe bei ihm war.

Guy hatte gerade durch einen Funkspruch erfahren, dass

er zurückgerufen wurde. Seine Einheit bekam einen anderen Namen und wurde neu zusammengestellt. So bald wie möglich sollte er sich in Bari zurückmelden. Vermutlich war nach Belgrad gemeldet worden, er sei nicht mehr *persona grata*.

Er begrüßte Madame Kanyi herzlich. »Lassen Sie mich das tragen.«

»Nein, bitte. Es ist besser, nicht.«

»Aber ich bestehe darauf.«

Madame Kanyi blickte sich um. Kein Mensch war zu sehen. Sie ließ ihn das Bündel nehmen und es zu ihrer Hütte tragen.

»Sie sind nicht mit den anderen weg?«

»Nein, mein Mann wird gebraucht.«

»Und Sie tragen auch Ihren Mantel nicht.«

»Nicht draußen. Ich trage ihn nachts in der Hütte. In Mänteln und Stiefeln hasst uns jeder, sogar diejenigen, die vorher freundlich zu uns waren.«

»Aber die Disziplin bei den Partisanen ist so streng. Es hat doch bestimmt keine Gewalttätigkeiten gegeben, oder?«

»Nein, das war es nicht. Es waren die Bauern. Die Partisanen haben Angst vor den Bauern. Sie werden sich später mit ihnen auseinandersetzen, aber im Augenblick hängen sie wegen der Lebensmittel von ihnen ab. Unsere Leute haben angefangen, ihre Sachen bei den Bauern einzutauschen. Sie haben versucht, Nadeln und Garn, Rasierklingen und andere Dinge, die kein Mensch hier bekommen kann, gegen Truthähne und Äpfel einzutauschen. Geld will niemand. Die Bauern haben lieber mit unseren Leuten Tauschgeschäfte gemacht, als das Papiergeld der Partisanen zu nehmen. Dadurch entstanden die Schwierigkeiten.«

Sie nannte einen Namen, der Guy nichts sagte. »Sie haben noch nie von diesem Ort gehört? Er ist dreißig Kilometer von hier entfernt. Der Ort hat keinen guten Klang. Die Deutschen und die Leute von der Ustascha haben dort ein Lager eingerichtet, wo sie die Juden, die Zigeuner, die Kommunisten und die Königstreuen eingesperrt und zur Arbeit am Kanal gezwungen haben. Ehe sie abzogen, töteten sie alle Gefangenen, die dort noch waren – viele waren es nicht. Jetzt haben die Partisanen neue Bewohner dafür gefunden.«

Inzwischen hatten sie die Hütte erreicht, und Guy trat ein, um das Bündel in der Ecke neben dem kleinen Ofen abzulegen. Es war das erste und das letzte Mal, dass er die Schwelle überschritt. Er gewann einen flüchtigen Eindruck von Ordnung und Armut und stand gleich darauf wieder draußen im Schnee. »Hören Sie, Signora«, sagte er. »Verlieren Sie nicht den Mut. Ich werde nach Bari zurückgerufen. Wenn die Straße frei ist, werde ich abfahren. Sobald ich dorthin komme, werde ich Himmel und Hölle in Bewegung setzen und wegen dieser Sache Radau machen. Sie haben dort viele Freunde, und ich werde ihnen die ganze Lage erklären. Wir bringen Sie alle hier weg, das verspreche ich.«

Als sie auf der kleinen Fläche vor der Tür standen, die Madame Kanyi vom Schnee freigeschaufelt hatte, sahen sie hinter den Zweigen der entlaubten Sträucher Bakic herüberspähen.

»Sie sehen – man ist Ihnen gefolgt.«

»Er kann keine Schwierigkeiten mehr machen.«

»Ihnen vielleicht nicht. Sie fahren fort. Es gab eine Zeit, da glaubte ich, alles, was ich zum Glück brauchte, wäre wegzukommen. Unsere Leute empfinden das so. Manche hoffen, in Palästina eine neue Heimat zu finden. Die meisten blicken nicht weiter als bis nach Italien – nur übers Wasser, als ob sie nur übers Rote Meer wollten.

Gibt es einen Ort, der frei ist vom Bösen? Es ist zu einfach zu sagen, nur die Nazis hätten den Krieg gewollt. Diese Kommunisten wollten ihn auch. Das war für sie die einzige Möglichkeit, an die Macht zu kommen. Viele von meinen

Leuten wollten ihn auch, um sich an den Deutschen zu rächen und um die Errichtung eines jüdischen Nationalstaates zu beschleunigen. Mir scheint, den Willen zum Krieg, die Todessehnsucht, gab es überall. Selbst gute Menschen glaubten, durch den Krieg ihre private Ehre wiedererlangen zu können, ihre Männlichkeit unter Beweis zu stellen, indem sie töteten und getötet wurden. Sie waren bereit, Mühsal als Ausgleich dafür in Kauf zu nehmen, dass sie selbstsüchtig und träge gewesen waren. Die Gefahr als Rechtfertigung für Privilegien. Ich kenne Italiener – vielleicht nicht sehr viele –, die genau so dachten. Hat es in England keine gegeben?«

»Gott verzeih mir«, sagte Guy. »Ich war einer von ihnen.«

Er war am Ende des Kreuzzugs angelangt, dem er sich am Grab von Sir Roger verschrieben hatte. Sein Leben als Halberdier war vorüber. Alles Strammstehen auf dem Kasernenhof und ›Zuschlagen‹ gegenüber einem starken imaginären Feind fand seine Vollendung in einem verzweifelten, vergeblichen Akt der Barmherzigkeit. Er verließ Begoy ohne förmliche Verabschiedung und beantragte im Hauptquartier nur eine allgemeine Fahrerlaubnis. Seinen kleinen Stab nahm er mit. Das Letzte, was er tat, war, Madame Kanyi durch seinen Burschen den Stapel Illustrierter zu schicken. Den Witwen überließ er seine restlichen Vorräte. Sie weinten.

Die Straße zur Küste war frei von Feinden und mit dem Jeep befahrbar. Sie führte durch die verheerte Karstlandschaft von Lika, in der sämtliche Dörfer zerstört und die Häuser ohne Dach waren, hinunter an die mildere Adriaküste. Achtundvierzig Stunden nachdem sie Begoy verlassen hatten, standen sie unter den Mauern des Diokletian-Palasts von Split. Im Hafen lag ein englischer Kreuzer, dessen Besatzung keine Landeerlaubnis erhielt. Die Partisanen hatten die Küstenbatterien auf ihn gerichtet. Das beeindruckte den Sergeanten mehr als alles andere, was er in Jugoslawien erlebt hatte. »Wer hätte geglaubt, dass die Navy sich das gefallen lässt. Politik ist das, nichts weiter!«

In Split gab es einen britischen Verbindungsoffizier, von dem er einen Befehl erhielt, der dort für ihn eingetroffen war. Er sollte weiterfahren nach Dubrovnik, wo eine kleine britische Einheit der Feldartillerie an Land gegangen und zur Untätigkeit verdammt war. Guy sollte als Verbindungsoffizier zwischen dieser Einheit und den Partisanen dienen.

Seine Aufgabe bestand darin, vom Partisanenkommandeur Vorwürfe wegen ›unkorrekten Verhaltens‹ seitens der britischen Truppen entgegenzunehmen und sie dem Brigadier zu überbringen, der überhaupt nicht wusste, was er davon halten sollte, weil er in der Annahme gekommen war, ein willkommener Verbündeter zu sein. Außerdem musste Guy sich Nachschubforderungen anhören – der Gegensatz zwischen den voll ausgerüsteten Invasoren und den abgerissenen Partisanen entging den Bewohnern nicht – und heimliche Besuche von Zivilisten aller möglichen Nationalitäten empfangen, die als *displaced persons* anerkannt werden wollten. Am ersten Tag schickte er einen Funkspruch ab: *Lage der Vertriebenen in Begoy verzweifelt,* und erhielt als Antwort folgenden Spruch: *Verantwortliche Stelle benachrichtigt.* Aber als er daraufhin die Liste der Vertriebenen übermittelte, blieb das ohne Bestätigung.

Endlich, Mitte Februar, zog sich die britische Einheit zurück. Guy fuhr mit der Vorausabteilung nach Italien. Er wurde in Brindisi an Land gesetzt und fuhr, fast auf den Tag genau nach einem Jahr, als er dort zum ersten Mal angekommen war, nach Bari. Die Mandelbäume standen wieder in Blüte. Er meldete sich bei Major Marchpole und aß im Club zu Abend.

»Hier packen alle ihre Sachen«, sagte der Major. »Ich werde

so lange hierbleiben, wie es geht. Der Brigadier ist bereits fort. Joe Cattermole hat das Kommando übernommen. Sie kehren nach England zurück, sobald Sie es wollen.«

Von Cattermole erfuhr er, dass die Juden von Begoy entkommen waren. Eine private Hilfsorganisation in Amerika hatte einen Konvoi von Ford-Lastwagen bereitgestellt, sie nach Triest verschifft und durch den Schnee nach Kroatien gefahren und – weil sie einen Teil der Lastwagen zurückließen – die Erlaubnis erhalten, die Juden nach Italien zu bringen. Es war tatsächlich so, als hätte das Rote Meer sich wie durch ein Wunder geteilt und zwischen Wasserwänden einen trockenen Übergang ermöglicht.

Guy erhielt die Erlaubnis, sie zu besuchen. Sie saßen wieder hinter Stacheldraht, in einem steinigen Tal in der Nähe von Lecce. Außer ihnen hausten dort noch vier- oder fünfhundert andere, die aus Gefängnissen oder Verstecken zusammengesammelt worden waren. Alle waren alt und wussten nicht, was ihnen geschah, alle trugen Militärmäntel und Sturmhauben.

»Ich sehe überhaupt keinen Sinn darin, dass sie hier sind«, erklärte der Kommandant. »Wir ernähren sie, sorgen für ärztliche Betreuung und stellen ihnen ein Dach über dem Kopf zur Verfügung. Mehr können wir nicht tun. Niemand will sie haben. Die Zionisten sind nur an den Jungen interessiert. Ich nehme an, sie bleiben hier, bis sie sterben.«

»Sind sie denn glücklich?«

»Sie beschweren sich ständig, aber sie haben auch viel Grund, sich zu beschweren. In so einem elenden Lager untergebracht zu sein!«

»Ich interessiere mich besonders für ein Ehepaar namens Kanyi.«

Der Kommandant sah in seiner Liste nach. »Die stehen nicht darauf.«

»Gut. Das bedeutet wahrscheinlich, dass es ihnen gelungen ist, nach Australien zu kommen.«

»Nicht von hier aus, altes Haus. Dazu bin ich lange genug hier. Von hier ist niemals jemand weggekommen.«

»Könnten Sie das überprüfen? Jeder aus Begoy würde sie kennen.«

Der Kommandant schickte seinen Dolmetscher, um sich zu erkundigen, und ging inzwischen mit Guy in einen Schuppen, den er sein Kasino nannte, und bot ihm dort ein Glas an. Der Dolmetscher war bald wieder da. »Alles klar, Sir. Die Kanyis haben Begoy nie verlassen. Sie sind dort in irgendwelche Schwierigkeiten geraten und gefangen genommen worden.«

»Dürfte ich mit dem Dolmetscher hingehen und persönlich nachfragen?«

»Selbstverständlich, altes Haus. Aber machen Sie da nicht etwas viel Wind drum? Was sind schon zwei mehr oder weniger?«

Guy ging mit dem Dolmetscher ins Lager. Einige der Juden erkannten ihn und bedrängten ihn mit Beschwerden und Bitten. Das Einzige, was er erfuhr, war, dass die Kanyis unmittelbar vor der Abfahrt von der Partisanenpolizei vom Lastwagen heruntergeholt worden waren.

Er trug sein Problem Major Marchpole vor.

»Wir möchten die Jugoslawen eigentlich nicht mehr behelligen. Im Grunde waren sie in der ganzen Sache recht kooperativ. Außerdem ist der Krieg dort inzwischen vorbei. Es hat keinen Sinn mehr, Menschen herauszuholen – im Augenblick haben wir damit zu tun, Menschen dort hinzubringen.« Der Major war in der Tat im Moment damit beschäftigt, königstreue Soldaten hinüberzubringen, und zwar – was er freilich nicht wusste –, um sie dem sicheren Tod auszuliefern.

Die letzten Tage in Bari verbrachte Guy damit, jene Büros aufzusuchen, an die er seine Funksprüche für ihre Rettung geschickt hatte. Das jüdische Büro zeigte sich nicht weiter interessiert, als sich herausgestellt hatte, dass er nicht gekommen war, um ihnen illegal irgendwelches Kriegsmaterial zu verkaufen. Auch interessierten sie sich nicht mehr für die Kanyis, als sie erfuhren, dass sie nach Australien wollten und nicht nach Zion. »Erst mal müssen wir den Staat errichten«, sagten sie. »Er wird dann eine Zuflucht für alle Flüchtlinge sein. Das Wichtigste zuerst.«

Ein alter Bekannter von der Air Force aus seiner Zeit in Alexandria besaß in Posillipo eine Wohnung und lud Guy ein zu bleiben. Für eine Reise, wie er sie vorhatte, ging es darum, einen Platz in einem Flugzeug zu ergattern, wenn jemand Wichtigeres ausfiel.

Am Tag vor seiner Abfahrt nach Neapel trat Gilpin an ihn heran und sagte: »Wie ich höre, haben Sie sich nach einem Ehepaar namens Kanyi erkundigt?«

»Ja, ich interessiere mich für sie.«

»Das hatte ich mir gedacht. Es klang so gar nicht nach Frank de Souza.«

»Was klang nicht so?«

»Der vertrauliche Bericht. Die Frau war die Geliebte eines britischen Verbindungsoffiziers.«

»Unsinn.«

»Man hat ihn beobachtet, wie er in Abwesenheit ihres Mannes aus ihrer Wohnung kam. Sie waren ein sehr fragwürdiges Paar. Der Mann wurde für schuldig befunden, im Elektrizitätswerk Sabotage betrieben zu haben. Ein ganzer Haufen amerikanischer, konterrevolutionärer Propaganda wurde in ihrem Zimmer gefunden. Die ganze Verbindung war äußerst kompromittierend für die Militärmission. Ein Glück, dass Cape das Kommando schon an Joe übergeben hatte, ehe wir diesen Bericht erhielten. Sonst hätte man Sie womöglich noch unter Anklage gestellt. Aber Joe ist nicht rachsüchtig. Er hat Sie einfach an einen Ort versetzt, wo Sie keinen Schaden mehr anrichten konnten. Obwohl ich sagen muss, dass einige der Namen von Vertriebenen, die Sie uns von Dubrovnik aus übermittelt haben, auf der Schwarzen Liste stehen.«

»Und was ist mit den Kanyis geschehen?«

»Was glauben Sie? Sie wurden vor ein Volksgericht gestellt. Sie können sicher sein, dass ihnen Gerechtigkeit widerfahren ist.«

Bisher war Guy in seiner militärischen Laufbahn nur ein einziges Mal in Versuchung gewesen, einen Kameraden zu schlagen – Trimmer in Southsand. Jetzt war die Versuchung noch größer, doch ehe er mehr getan hatte, als die Faust zu ballen, noch bevor er sie hob, überfiel ihn das Gefühl der Vergeblichkeit. Er drehte sich um und verließ die Dienststelle.

Am nächsten Tag quartierte er sich in Posillipo ein.

»Für jemanden, der auf dem Weg nach Hause ist, sehen Sie aber nicht besonders glücklich aus«, sagte sein Gastgeber, wechselte dann jedoch das Thema. Er hatte zu viele Männer gesehen, die zu Problemen zurückkehrten, die wesentlich schlimmer waren als diejenigen, denen sie sich als Soldat gegenübergesehen hatten.

XI
Bedingungslose Kapitulation

I

Um den Anbruch eines glücklicheren Jahrzehnts zu feiern, beraumte die Regierung im Jahre 1951 ein Festival an. Am Südufer der Themse wurden ungeheuerliche Bauten errichtet und feierlich der Grundstein für das National Theatre gelegt, doch es herrschte wenig Begeisterung unter den beengt lebenden Bürgern, und die dollarträchtigen Touristen kürzten ihren Besuch ab und eilten zu den Ländern des europäischen Kontinents hinüber, wo man, wie heikel ihre Lage auch war, die Dinge besser in den Griff bekam.

Es gab ein paar private Feiern. Zwei von diesen fanden in London am selben Juniabend statt.

Tommy Blackhouse war im Mai nach England zurückgekehrt. Hoch dekoriert, nahm er mit einer neuen, hübschen Frau und im Rang eines Major-General seinen Abschied von der Army. In den letzten Jahren war er weit über seinen Posten bei einem Kommando in immer verantwortlichere und bedeutendere Stellungen aufgestiegen, ohne dass er sich jemals ersichtlich um Beförderung bemüht hätte und ohne dass ihm die Leute, an denen er vorbeibefördert wurde, deswegen böse gewesen wären. Sein erstes Kommando lag ihm jedoch immer noch am meisten am Herzen. Als er Bertie bei Bellamy's traf, hatte er ein Ehemaligen-Essen vorgeschlagen, und Bertie fand das schön. »Aber das bedeutet ziemlich viel Organisationsarbeit«, erklärte sein ehemaliger Adjutant. Und so blieb die Arbeit wie immer an Tommy hängen.

Die Offiziere, die zusammen auf Mugg gewesen waren, hatten sich nicht so weit verstreut wie andere Kriegseinheiten. Die meisten von ihnen waren zusammen in der Gefangenschaft gewesen. Luxmore war aus dem Lager entflohen. Ivor Claire hatte ein halbes Jahr bei den Chindits in Burma gedient, sich dabei hervorgetan, den Distinguished Service Order verliehen bekommen und sich eine Verwundung geholt, mit der er in allen Ehren aus dem aktiven Dienst ausscheiden konnte. Er war jetzt oft bei Bellamy's. Die kurze Episode seiner Schande wurde nicht erwähnt, es war Gras darüber gewachsen.

»Wollen Sie alle einladen?«, fragte Bertie.

»Alle, die ich auftreiben kann. Wie heißt doch noch dieser alte Halberdier – Jumbo Irgendwas? Und den Tangfresser laden wir auch ein. Obwohl ich nicht glaube, dass er kommt. Und Guy Crouchback, versteht sich.«

»Trimmer?«

»Natürlich!«

Aber Trimmer war verschwunden. Trotz aller Nachforschungen gelang es Tommy nicht, ihn aufzuspüren. Jemand sagte, er sei nach Südafrika gegangen. Niemand hatte zuverlässige Informationen. Zuletzt waren es fünfzehn, die zusammenkamen – unter ihnen Guy.

Zum zweiten Fest, das gleichzeitig stattfand, hatte Arthur Box-Bender eingeladen. Seinen Sitz im Unterhaus hatte er 1945 verloren. Er kam in den folgenden Jahren nur noch selten nach London, sah sich jedoch an diesem Juniabend genötigt, sich zur Hälfte an den Kosten für eine kleine Tanzerei in einem Hotel zu beteiligen, die für seine achtzehnjährige Tochter und eine Freundin von ihr gegeben wurde. Ein oder zwei Stunden stand er mit Angela da und begrüßte die linkischen jungen Leute, die seine Gäste waren. Einige der jungen Männer trugen Leihanzüge, andere hatten die Stirn, sich im Smoking mit ungestärktem Hemd zu präsentieren. Arthur und sein Mitgastgeber hatten sich alle Mühe gegeben, den billigsten Schaumwein der Stadt aufzutreiben. Da er Durst hatte, schlenderte er den Piccadilly hinunter und bog in die St James's Street ein. Nur Bellamy's bewahrte noch einige Spuren glücklicherer Tage.

Elderberry saß in der Halle und las die *Erinnerungen* von Air Marshal Beech. Auch er hatte seinen Unterhaussitz verloren. Sein erfolgreicher Gegenspieler, Gilpin, war zwar im Unterhaus nicht beliebt, verstand es jedoch, seine Zeichen zu setzen, und war vor kurzem sogar Staatssekretär geworden. Elderberry besaß keinen Wohnsitz außerhalb Londons. Er hatte aber in London auch nichts zu tun. Also verbrachte er die meisten seiner Tage allein, immer im selben Sessel, bei Bellamy's.

Missbilligend schaute er auf Box-Benders gestärkte Hemdbrust.

»Gehen Sie immer noch aus?«

»Ich muss heute Abend eine Party für meine Tochter geben.«

»Ach, etwas, wozu Sie haben bezahlen müssen? Das ist was anderes. Ich freue mich, wenn ich *eingeladen* werde. Aber es lädt mich niemand mehr ein.«

»Ich glaube nicht, dass es Ihnen auf dieser Party gefallen hätte.«

»Nein, nein, selbstverständlich nicht. Früher habe ich Einladungen bekommen, wie Sie ja auch. Zwar wurde da immer ein Haufen Unsinn geredet, aber man brachte den Abend hinter sich. Hier ist jetzt alles sehr ruhig.«

Dieses Urteil wurde augenblicklich widerlegt, als die Teilnehmer der Dinner-Party des Kommandos laut die Treppe herunterkamen und im Billardzimmer verschwanden.

Guy war zurückgeblieben, um seinen Schwager zu begrüßen.

»Ich habe dich nicht zu unserer Tanzerei eingeladen«, sagte

Box-Bender. Sie findet auch nur im kleinsten Rahmen statt, nur für junge Leute. Ich nahm nicht an, dass du Lust hättest zu kommen. Ich habe noch nicht einmal gewusst, dass du in London bist.«

»Eigentlich bin ich auch nur hergekommen, um etwas mit meinem Anwalt zu besprechen. Wir haben ja das Castello verkauft, weißt du?«

»Das freut mich zu hören. Wer um alles in der Welt kann es sich denn heutzutage leisten, sich in Italien Besitz anzuschaffen? Amerikaner, nehme ich an.«

»Durchaus nicht. Einer unserer Landsleute, der es sich nicht leisten kann, in England zu leben – Ludovic.«

»Ludovic?«

»Der Autor des Romans *Todessehnsucht*. Du musst davon gehört haben.«

»Ich glaube, Angela hat ihn gelesen. Sie sagt, er taugt nichts.«

»In Amerika sind fast eine Million Exemplare verkauft worden, und sie haben ihn gerade verfilmt. Ludovic war einer der Männer von der Überfahrt nach Alexandria.«

»Einer von den Leuten aus deinem Kreis hier?«

»Nein. Wir wären nicht gerade die richtige Gesellschaft für Ludovic.«

»Nun, für einen Literaten ist das Castello vermutlich genau richtig. Wie schlau, dass du einen Käufer gefunden hast.«

»Das ist über jemanden gelaufen, den ich auch im Krieg kennengelernt habe, vielleicht erinnerst du dich an ihn? Ein Amerikaner namens Padfield. Früher kam er auch her. Jetzt ist er Ludovics Faktotum geworden.«

»Padfield? Nein. Kann mich nicht an ihn erinnern. Und wie steht's in Broome?«

»Alles in Ordnung. Vielen Dank.«

»Geht's Domenica und dem Jungen gut?

»Ja.«

»Und die Farm? Macht sie sich bezahlt?«

»Im Augenblick, ja.«

»Ich wünschte, ich könnte das von meiner auch sagen. Bestell schöne Grüße von mir.«

Eine Stimme rief: »Guy, kommen Sie und lassen Sie uns Slosh spielen.«

»Ich komme gleich, Bertie.«

Nachdem er gegangen war, sagte Elderberry: »Das ist Ihr Schwager, nicht wahr? Er wird dicker. Habe ich während des Krieges nicht etwas ziemlich Trauriges über ihn gehört?«

»Seine Frau kam durch eine Bombe um.«

»Ja, das war's. Jetzt erinnere ich mich. Aber er ist wieder verheiratet?«

»Ja, das war das erste Vernünftige, was er in seinem Leben getan hat. Domenica Plessington – Tochter von Eloise. Eloise hat sich um das Baby gekümmert, als Guy im Ausland war. Domenica hat den Kleinen sehr ins Herz geschlossen, und da lag eine Heirat einfach auf der Hand. Ich würde sagen, es ist Eloises Verdienst, dass das zustande kam. Domenica schmeißt die Landwirtschaft in Broome. Sie haben sich im Haus des Verwalters eingerichtet. Schade, dass sie selber keine Kinder haben. Es geht ihnen nämlich durchaus nicht schlecht. Angelas Onkel Peregrine hat alles, was er hatte, dem Kind hinterlassen, und ganz so wenig war das nun auch wieder nicht.«

Elderberry erinnerte sich, dass Box-Bender Schwierigkeiten mit seinem Sohn gehabt hatte. Was war's doch noch gewesen? Scheidung? Schulden? Nein, etwas Merkwürdigeres. Er war in ein Kloster gegangen. Mit ungewohntem Zartgefühl schnitt Elderberry diese Frage nicht an. Er sagte nur: »Dann ist also Guy glücklich verheiratet?«

»Ja«, sagte Box-Bender, nicht ohne einen feinen Unterton von Ressentiment, »für Guy ist alles sehr gut ausgegangen.«

*Bitte beachten Sie
auch die folgenden Seiten*

Evelyn Waugh
im Diogenes Verlag

Verfall und Untergang
Roman. Aus dem Englischen von Andrea Ott

Was macht man, wenn man erstens Opfer eines bösen Scherzes von Mitstudenten in Oxford wird, zweitens infolgedessen ohne Hose über den Hof des Colleges rennt, drittens daraufhin wegen anstößigen Benehmens rausgeschmissen wird und viertens kein Vermögen hat? Paul Pennyfeather tritt eine Lehrstelle in Llanaba Castle an, einem Internat von zweifelhaftem Ruf in Wales. Seine Schüler sind lauter verzogene Adelssprösslinge, seine Lehrerkollegen Zyniker, Säufer oder bestenfalls Zweifler.
Da taucht am Sporttag, inmitten einer Parfümwolke, Margot Beste-Chetwynde auf, die bezaubernde Mutter eines von Pauls Schülern. Eine Romanze entspinnt sich, doch wird die Society-Lady den Lehrer wider Willen retten oder nur noch tiefer ins Verderben stürzen?

»Mit wunderbarer Leichtigkeit in Szene gesetzt, Short Cuts wechseln mit abgefeimten Dialogen, Ironie und schwarzer Humor dominieren. Kein Wort zu viel, der Autor trifft immer. Es stimmt alles an diesem kleinen, aber feinen, glasklaren, fast beiläufigen Schmuckstück britischer Prosa.«
Bernhard Windisch / Nürnberger Nachrichten

Lust und Laster
Roman. Deutsch von pociao

Als der Schriftsteller Adam Fenwick Symes mit seinem neuen Manuskript nach England einreisen will, wird es von Zolbeamten als Pornographie eingestuft und verbrannt. Nicht nur Adams berufliche, sondern auch seine privaten Hoffnungen gehen dabei in Flammen auf. Denn woher soll er nun das Geld nehmen, um die verwöhnte Nina Blount zu heiraten?

Nina will vor allem eins: Spaß haben. Sie liebt Adam, aber solange er ihr kein sorgenfreies Leben bieten kann, kommt eine Hochzeit nicht in Frage. Immerhin schafft er es, mit seinen Kolumnen als »Mr. Chatterbox« die Londoner Salons aufzumischen und sie damit zu amüsieren. Der Kampf um Ninas Gunst ist damit jedoch noch nicht gewonnen.

»Rasend lustig. Waugh war ein hinreißend witziger Autor. Die Dialoge in seinen frühen Romanen sind makellos. Pociao hat sie in dieser Neuübersetzung souverän in ein zeitgemäßes Deutsch gebracht.«
Manfred Papst / NZZ am Sonntag, Zürich

Expeditionen eines englischen Gentleman

Deutsch von Matthias Fienbork
Mit einem Nachwort von Rainer Wieland

Die Krönung von Haile Selassie zog 1930 ein schillerndes Publikum nach Addis Abeba. Mitten unter ihnen: *Times*-Sonderkorrespondent Evelyn Waugh. Es ist ein Anlass wie geschaffen für die satirische Feder des Engländers. Er mokiert sich über europäische Diplomaten und ihre Entourage und liefert das Porträt einer vergnügungssüchtigen Gesellschaft, die weit weg von zu Hause, in Abessinien, ihre ausgelassenen und pompösen Feste feiert.

»Bitterböse und unterhaltsam, stets originell und voller scharfsinniger Beobachtungen.«
The Guardian, London

Schwarzes Unheil

Roman. Deutsch von Irmgard Andrae

Auf Azania, einer fiktiven Insel vor der Küste Afrikas, herrscht Seth, der ›Kaiser von Sakuyu, Herr von Wanda und Tyrann der Meere und B. A. der Universität Oxford‹. Zusammen mit dem Abenteurer Basil Seal, den er während des Studiums in England kennengelernt hat, versucht er, auf der Insel die moderne Zivilisation einzuführen. Die Ideen der beiden kollidieren auf aberwitzige Weise mit dem rauhen Fels der Realität. Und der französische Konsul wittert die Chance für einen Staatsstreich.

»Nicht nur unverschämt, sondern unverschämt witzig.«
The Times Literary Supplement

Eine Handvoll Staub
Roman. Deutsch von pociao

Tony Last liebt seine Frau Brenda, er liebt seinen kleinen Sohn, und er liebt sein schauderhaft hässliches Anwesen Hetton Abbey.
Er merkt nicht, wie satt Brenda ihr monotones Eheglück hat, auch nicht, dass sie eine Affäre mit dem jungen John Beaver beginnt. Erst als ihm Brenda eröffnet, dass sie sich scheiden lassen will, und horrende Forderungen stellt, wacht Tony aus seiner Illusion auf – und beginnt sich zu wehren.
Um Abstand zu gewinnen, unternimmt er eine Weltreise und strandet in einem Indianergebiet am Amazonas, einem südamerikanischen »Herz der Finsternis«. Doch sosehr Tony Last die sogenannte Zivilisation inzwischen verabscheut, hier ist er noch hilfloser als zu Hause.

»Ein Glanzstück eleganter Satire, und noch dazu sehr lustig… Ein großartiges Buch.«   *John Banville*

Scoop
Roman. Deutsch von Elisabeth Schnack

William Boot, der beim *Daily Beast* eine Kolumne zum Thema Natur und Landleben hat, wird 1938 aufgrund einer Verwechslung als Kriegsberichterstatter in das afrikanische Krisengebiet Ishmaelia entsandt. Boot erweist sich entgegen allen Erwartungen seiner Aufgabe gewachsen: Die Bekanntschaft mit einem Geschäftemacher und einer schönen Ausländerin verhilft dem belächelten Korrespondenten zu einer sensationellen Exklusivstory.

Ein respektloser, satirischer Roman über die Zeitungswelt, über Londons Fleet Street und die Pressemagnaten, über die Jagd nach dem großen Knüller.

»Der lustigste Journalisten-Roman überhaupt.«
Christopher Schmidt / Süddeutsche Zeitung, München

Mit wehenden Fahnen
Roman. Deutsch von Matthias Fienbork

Basil Seal, Salonlöwe und Tunichtgut, sorgt für Turbulenzen, wo auch immer er auftaucht – sehr zur Verzweiflung der drei Frauen in seinem Leben, seiner Schwester, seiner Mutter und seiner Geliebten. Als Neville Chamberlain Deutschland 1939 den Krieg erklärt, scheint ihm das die perfekte Gelegenheit für ein wenig Action und Abenteuer. Basil folgt also mit wehenden Fahnen dem Ruf zu den Waffen. Doch zunächst passiert erst einmal gar nichts – Europa ist erstarrt im sogenannten Sitzkrieg. Wann kommt endlich Basil Seals große Chance, ein Held zu werden?

»Das Verhältnis des Autors zu seinem bevorzugten Objekt (dem britischen Adel): An Schonung ist nicht gedacht.«   *Die Zeit, Hamburg*

Wiedersehen mit Brideshead
Die heiligen und profanen Erinnerungen
des Captain Charles Ryder
Roman. Deutsch von pociao. Mit einem Nachwort von Daniel Kampa

Eines der bedeutendsten Bücher der englischen Literatur – endlich in neuer Übersetzung. *Wiedersehen mit*

Brideshead ist das englische Gegenstück zum amerikanischen *Großen Gatsby*: das Porträt der Schönen und Reichen in den Jahren zwischen den Weltkriegen, die Chronik einer Vertreibung aus dem Paradies bei Anbruch der modernen Zeit – und die Geschichte einer unmöglichen Liebe.

Charles Ryder befreundet sich in Oxford mit Sebastian Flyte und widmet fortan sein Studium mehr den Drinks als den Büchern. Als Sebastian ihn nach Brideshead in sein prächtiges Zuhause einlädt, ist Charles fasziniert von der exzentrischen aristokratischen Familie, die ihn schon bald als einen der Ihren behandelt. Doch nach und nach erkennt er die Kluft, die ihn von den Flytes trennt: Sie sind geprägt von einer Moral, in der sich Pflichtgefühl und Begehren, Glaube und Glück im Wege stehen.

Halb Beteiligter, halb Chronist, erzählt Charles Ryder von seinen Besuchen in Brideshead, von einer trügerisch leuchtenden, scheinbar unbekümmerten Welt – die schließlich unterging und nichts als verbrannte Erde zurückließ.

»*Wiedersehen mit Brideshead*: 18 Mal gelesen, 27 Mal verschenkt. Bisher.« *Astrid Rosenfeld*

»Ein großes Werk der Weltliteratur, mit Verve, mit Witz, mit Wehmut und brillanter Intelligenz erzählt.«
Hubert Spiegel/Deutschlandfunk, Köln

Auch als Diogenes Hörbuch erschienen,
gelesen von Sylvester Groth

Scott-Kings moderne Welt
Erzählung. Deutsch von Otto Bayer

Scott-King ist ein staubtrockener Gelehrter, wie er im Buche steht. Er ist Lehrer für Latein und Griechisch in einem englischen Internat, findet moderne Sprachen vulgär und führt ein angenehm gleichförmiges Leben. Ein

Essay, den er über den obskuren Dichter Bellorius geschrieben hat, trägt ihm eine Einladung zu einem Kongress in dessen Heimatland Neutralien ein. Dort aber herrscht eine Militärdiktatur, und der aufrechte Brite findet sich bald in absurder internationaler Gesellschaft wieder, mit aufdringlicher Gastfreundschaft traktiert, für politische Zwecke vereinnahmt – und in Lebensgefahr.

Tod in Hollywood
Eine anglo-amerikanische Tragödie
Roman. Deutsch von Andrea Ott

Dennis Barlow, junger Dichter und Drehbuchautor a.D., ist einstweilen Tierfriedhof-Angestellter in Los Angeles. Als sein älterer Freund, von den Studios entlassen, Hand an sich legt, lässt Dennis Barlow ihn in Hollywoods Bestattungsparadies »Gefilde der Seligen« bestatten. *Neben dem Telefon stand eine Vase mit Rosen; ihr Duft wetteiferte mit dem Karbol, obsiegte aber nicht.* Dort lernt er auch die Leichenkosmetikerin Aimée Thanatogenos kennen, die ihrerseits ein Auge auf Mr. Joyboy, den hauseigenen Meister der Einbalsamierungskunst, geworfen hat.
In seiner rasanten Satire nimmt Waugh nicht nur die Filmbranche aufs Korn, sondern auch das Geschäft mit dem Tod und die kulturelle Unbedarftheit Amerikas.

»Eine tiefschwarze, putzmuntere und zeitlose Satire auf die Film- und die Beerdigungsindustrie in Los Angeles.«
Thomas Borchert / Die Welt kompakt, Berlin

Helena
Roman. Deutsch von Peter Gan

Die Kaiserin Helena, Mutter Konstantins des Großen, begründete die legendäre Pilgerreise nach Palästina, wo sie angeblich Teile des echten Kreuzes Christi fand. Ihr ungewöhnliches Leben, die enormen Konflikte dieser Zeit, Korruption und Verrat und der Wahnsinn des imperialistischen Roms gaben Waugh ausreichend Stoff für einen hervorragenden, äußerst spannenden Geschichtsroman.

»Spannend und humorvoll erzählt.«
Peter Münder / Die Welt, Hamburg

Gilbert Pinfolds Höllenfahrt
Ein Konversationsstück
Roman. Deutsch von Irmgard Andrae

Kurz nach seinem fünfzigsten Geburtstag beschließt Gilbert Pinfold, ein weltbekannter Schriftsteller, von Rheuma und Schlafstörungen geplagt, dem Rat seines Hausarztes zu folgen und eine Schiffsreise in die Tropen anzutreten. Zunächst muss Pinfold erleben, dass unter der Besatzung des Schiffes eine Meuterei ausbricht; und schließlich erfährt er, dass er das Opfer einer regelrechten Verschwörung werden soll...

Ohne Furcht und Tadel
Roman. Deutsch von Werner Peterich

Guy Crouchback, ein britischer Katholik aus altehrwürdiger Familie, zieht 1939 voller Idealismus in den Kampf gegen Nazi-Deutschland – und wird zunehmend desillusioniert vom Chaos, Leerlauf und moralischen Schlendrian des Soldatenlebens. Weltgeschichtliche Tragödie und schwarze Komödie liegen dicht beieinander in diesem Roman, der Guy Crouchback auf die Schlachtfelder Europas führt, aber zwischendurch auch zurück ins gar nicht so ungefährliche Gesellschaftsleben von London, wo immer wieder seine flatterhafte Exfrau Virginia seinen Weg kreuzt.

Dem britischen Schriftsteller Evelyn Waugh, der für seinen großen Weltkriegsroman aus seinen Erfahrungen als Soldat schöpfte, ist es wie stets mit der Satire bitterernst.

»Großartig. Eines der Meisterwerke des 20. Jahrhunderts.« *John Banville*

Ausflug ins wirkliche Leben
und andere Meistererzählungen

Ausgewählt von Margaux de Weck und Daniel Kampa
Deutsch von Otto Bayer, Hans-Ulrich Möhring,
Matthias Fienbork und Elisabeth Schnack

Keine Eigenart der britischen Upperclass Mitte des 20. Jahrhunderts, die dem scharfen Auge und der ebenso scharfen Feder von Evelyn Waugh entgangen wäre: seien es der Snobismus und die Skandale der Londoner Gesellschaft, die Langeweile in den Kolonien, die weltfremde Strenge der Eliteschulen, die Nachbarschafts- und Erbschaftsränke des Landadels oder die vergnügungssüchtige Jugend. Dabei zeichnet der große Satiriker und Stilist unvergessliche Porträts, wie das der jungen Dame, die sich im Laufe einer Kreuzfahrt mehrmals ver- und entlobt, oder das der exzentrischen Miss Bella, die auf ihre alten Tage noch einmal eine große Party geben will.

Wer Evelyn Waugh ins wirkliche Leben folgt, findet entlarvende Überzeichnung, unwiderstehliche Ironie, hinreißende Stimmenimitationen, schwarzen Humor und zuweilen überraschende Zärtlichkeit.

»Einer der großen Meister der englischen Prosa des 20. Jahrhunderts. Es ist nie zu spät, Evelyn Waugh zu lesen und wiederzulesen.« *Time Magazine, New York*

F. Scott Fitzgerald
im Diogenes Verlag

Er war Ernest Hemingways Vorbild. Dashiell Hammett, Raymond Chandler, Gertrude Stein und T.S. Eliot lasen ihn mit Begeisterung. Und heute ist er der Lieblingsautor so unterschiedlicher Persönlichkeiten wie Doris Dörrie, Joey Goebel und Haruki Murakami.

»Die Texte Fitzgeralds überzeugen heute vielleicht noch mehr als zu seinen Lebzeiten, da sie nicht mehr als Zeit- und Narrenspiegel, sondern als großartige Literatur gelesen werden können.«
General-Anzeiger, Bonn

»F. Scott Fitzgerald ist ein Schriftsteller, wie er uns heute fehlt. Man kann ihn wieder und wieder lesen.«
Frankfurter Allgemeine Zeitung

»Engel sind die eleganteren Menschen. Aber wer hoch steigt, wird tief fallen. Niemand zeigte beides so schön wie F. Scott Fitzgerald.« *Frankfurter Rundschau*

»F. Scott Fitzgerald war der Größte unter uns allen.«
Ernest Hemingway

Diesseits vom Paradies
Roman. Aus dem Amerikanischen von Bettina Blumenberg und Martina Tichy. Mit einem Nachwort von Manfred Papst
Auch als Diogenes Hörbuch erschienen, gelesen von Burghart Klaußner

*Die Schönen
und Verdammten*
Roman. Deutsch von Hans-Christian Oeser. Mit einem Nachwort von Manfred Papst
Auch als Diogenes Hörbuch erschienen, gelesen von Gert Heidenreich

Der große Gatsby
Roman. Deutsch von Bettina Abarbanell. Mit einem Nachwort von Paul Ingendaay

Auch als Diogenes Hörbuch erschienen, gelesen von Gert Heidenreich

Zärtlich ist die Nacht
Roman. Deutsch von Renate Orth-Guttmann. Mit einem Nachwort von Heinrich Detering
Auch als Diogenes Hörbuch erschienen, gelesen von Burghart Klaußner

*Die Liebe des
letzten Tycoon*
Roman. Deutsch von Renate Orth-Guttmann. Mit einem Nachwort von Verena Lueken
Auch als Diogenes Hörbuch erschienen, gelesen von Anna Thalbach

W. Somerset Maugham
im Diogenes Verlag

Seit 2005 erscheint eine Neuausgabe der Romane und Erzählungen W. Somerset Maughams in revidierten Übersetzungen.

»Somerset Maugham ist noch heute ein Autor von verblüffender Modernität.« *Der Tagesspiegel, Berlin*

»Ein humaner, toleranter Fabulierer, der in der Vielfalt seines Werkes die Antwort auf die Vielfalt der Welt findet. Trotz seiner Produktivität hat Maugham nicht eine einzige langweilige Zeile geschrieben.« *Hessischer Rundfunk, Frankfurt am Main*

»Ein glänzender Beobachter. Menschen und Umwelt gewinnen bei ihm höchste Präsenz.« *D. H. Lawrence*

Bisher erschienen:

Gesammelte Erzählungen in zwei Bänden in Kassette

Band 1: *Ost und West*
Aus dem Englischen von Felix Gasbarra, Tina und Gerd Haffmans, Ilse Krämer, Eva Schönfeld, Wulf Teichmann, Kurt Wagenseil und Mimi Zoff

Band 2: *Der Rest der Welt*
Deutsch von Felix Gasbarra, Marta Hackel, Monique Humbert, Raymond G. May, Helene Mayer, Claudia und Wolfgang Mertz, Wulf Teichmann, Friedrich Torberg und Mimi Zoff

Die *Gesammelten Erzählungen* sind außerdem in sechs Taschenbuchausgaben lieferbar:

Honolulu

Fußspuren im Dschungel

Der Büchersack

Eine flüchtige Beziehung

Die romantische junge Dame

Die Winterkreuzfahrt

Regen
und andere Meistererzählungen. Ausgewählt von Daniel Keel und Daniel Kampa. Deutsch von Tina und Gerd Haffmans, Ilse Krämer, Irene Muehlon, Simone Stölzel, Friedrich Torberg, Kurt Wagenseil und Mimi Zoff

Auf Messers Schneide
Roman. Deutsch von N.O. Scarpi

Rosie und die Künstler
Roman. Deutsch von Hans Kauders und Claudia Schmölders

Außerdem lieferbar:

Diogenes Hörbücher:

Ian McEwan
Abbitte

Roman. Aus dem Englischen
von Bernhard Robben

Am heißesten Tag im Sommer 1935 wird die drei-
zehnjährige Briony Tallis im Landhaus ihrer Familie
Zeuge eines eigenartigen Geschehens. In der Schwüle
des Tages sind alle wie verwandelt: Was treibt die ältere Schwester mit Robbie Turner am Brunnen, was
in einer dunklen Ecke der Bibliothek? Und wie ist jenes Wort in dem Brief zu verstehen, den sie nicht öffnen sollte? Mit Briony geht die Phantasie durch.
Noch am selben Abend ist das Leben aller Beteiligten
für immer verändert...
Abbitte ist ein Buch über Leidenschaft und die Macht
des Unbewussten, über Reue und die Schwierigkeiten
der Vergebung. Ein Meisterwerk, einfach hinreißend
in seiner Beschreibung von Kindheit, Krieg und Liebe.
In leuchtenden Bildern ersteht ein ganzes Universum:
Weltliteratur.

»Ein glänzender Romancier, ein fabelhaftes Buch,
eine wunderbare Liebesgeschichte.«
Marcel Reich-Ranicki

»Als es mir wirklich schlecht ging, habe ich *Abbitte*
gelesen. Ich habe gelesen und war gerettet.«
Elke Heidenreich

»Ein großer Wurf. Ein großartiger Roman.«
Lothar Müller / Süddeutsche Zeitung, München

»McEwan hat sich endgültig in die englische Litera-
turgeschichte eingeschrieben.«
Martin Ebel / Tages-Anzeiger, Zürich

Auch als Diogenes Hörbuch erschienen,
gelesen von Barbara Auer